Dornenkleid

Die Autorin

Karen Rose studierte an der Universität von Maryland, Washington, D. C. Ihre hochspannenden Thriller sind preisgekrönte internationale Bestseller, die in viele Sprachen übersetzt worden sind. Auch in Deutschland erobern Karen Rose' Thriller regelmäßig die Top 10 der *Spiegel-* Bestsellerliste. Die Autorin lebt mit ihrem Mann und ihren beiden Töchtern in Florida.
Mehr Informationen über Karen Rose unter:
www.karenrosebooks.com.

Karen Rose

# Dornenkleid

Thriller

Aus dem Amerikanischen von
Kerstin Winter

**Weltbild**

Die amerikanische Originalausgabe erschien 2016 unter dem Titel *Alone in the Dark* bei Signet. Published by New American Library, an imprint of Penguin Random House LLC.

Besuchen Sie uns im Internet:
*www.weltbild.de*

Genehmigte Lizenzausgabe für Weltbild GmbH & Co. KG,
Werner-von-Siemens-Straße 1, 86159 Augsburg
Copyright der Originalausgabe © 2016 by Karen Hafer
Published by Arrangement with KAREN ROSE BOOKS INC.
Copyright der deutschsprachigen Ausgabe © 2016 by Knaur Verlag.
Ein Imprint der Verlagsgruppe Droemer Knaur GmbH & Co. KG, München
Übersetzung: Kerstin Winter
Umschlaggestaltung: Alexandra Dohse, München, www.grafikkiosk.de
Umschlagmotiv: Artwork Alexandra Dohse unter Verwendung von Bildern von
Shutterstock Images / (c) Arunas Gabalis und Dragan Jelic
Satz: Datagroup int. SRL, Timisoara
Druck und Bindung CPI Moravia Books s.r.o., Pohorelice
Printed in the EU
ISBN 978-3-95973-902-3

2022   2021   2020   2019
Die letzte Jahreszahl gibt die aktuelle Lizenzausgabe an.

*Für den Seestern: Cheryl, Chris, Kathy, Susan und Sheila.
Danke für eure Freundschaft,
eure Unterstützung und – nicht zu vergessen! –
das viele Wörterzählen!*

*Und für Martin. Ich liebe dich.*

# Prolog

Cincinnati, Ohio
Dienstag, 4. August, 2.45 Uhr

*Wo bleibt er denn? Er hat doch versprochen zu kommen.*
Tala rang die aufsteigende Panik nieder und blickte sich verstohlen um. Weit und breit nur Leute aus dieser Gegend, die ihren Geschäften nachgingen. Geschäfte, die zu dieser Nachtzeit wohl kaum legal waren.

Niemand achtete auf sie. Niemand war ihr gefolgt. Zumindest hoffte sie das.

*Gib ihm noch eine Minute. Nur noch eine.* Angstvoll zog sie sich in den Schatten zurück. Sie musste zurückkehren, ehe jemandem auffiel, dass sie sich davongestohlen hatte.

Denn wenn man sie erwischte ... wäre alles aus. Sie hatte nicht nur ihr, sondern auch das Leben ihrer Familie aufs Spiel gesetzt. Dennoch war sie das Risiko eingegangen. Das Baby war es wert.

Für das Baby hätte sie alles getan. Dieses winzige, fröhlich krähende Lebewesen konnte noch nicht wissen, wie schlecht die Welt war. Tala hätte ihre Seele verkauft, um es vor der Hölle zu bewahren, in der sie lebte, seit sie vierzehn Jahre alt war.

Das lag nun drei Jahre zurück. Drei Jahre, in denen sie ein halbes Leben gealtert war. Drei Jahre, die den Augen ihrer Mutter das Leuchten genommen und ihren einst so stolzen Vater in einen Schatten seiner selbst verwandelt hatten. Die Furcht um ihre Kinder hatte die Eltern gelähmt: Sie konnten nichts tun. Das war Tala bewusst. Aber ihr war auch bewusst, dass es so nicht weitergehen konnte. Also hatte sie sich in Geduld gefasst und auf den richtigen Augenblick gewartet.

Und nun war er da. Einen besseren Augenblick würde es nicht geben. *Bitte komm doch. Bitte!*

Als sie Schritte hinter sich hörte, fuhr sie herum. Panisch versuchte sie, in der Dunkelheit etwas zu erkennen. Ihr Herz begann zu rasen. Ein großer Mann kam auf sie zu. Tala ballte die Fäuste und verlagerte ihr Gewicht, um notfalls fliehen zu können.

Er näherte sich langsam, vorsichtig und hob die Hände, die Innenflächen nach außen. »Ich bin's. Ich tu dir nichts.«

Beim Klang seiner Stimme kam ihr Herz zur Ruhe. Diese Stimme war so wunderschön. Als sie ihn damals im Park hatte singen hören, war sie wie gebannt stehen geblieben und hatte gelauscht. Sie hatte diesen albernen Hund ausgeführt, dessen Halsband allein ihre Familie ein Jahr lang hätte ernähren können. Seine Stimme war rein wie die eines Engels gewesen und hatte sie zu Tränen gerührt.

Obwohl sie später dafür bitter bezahlt hatte, blieb sie auch beim nächsten Mal stehen und die ganze folgende Woche, jeden Abend wieder. Das Risiko war es wert. Bald darauf war sie erneut erwischt worden, und diesmal fiel die Strafe sogar noch härter aus.

Dennoch konnte sie einfach nicht anders. Sein Gesang zog sie an und machte sie unvorsichtig. Ihn anzusprechen wagte sie jedoch nicht, nicht einmal, als er sich umdrehte, sie entdeckte und fragte, warum sie weinte.

Sie hatte kein einziges Wort gesagt. Bis jetzt.

Und sie hoffte inständig, dass sie nicht den schlimmsten Fehler ihres Lebens beging.

»Ja«, flüsterte sie. »Ich bin hier.«

Er kam näher, doch sein Gesicht lag noch im Schatten. »Ich bin Marcus«, sagte er schlicht. »Bitte sag mir, warum du weinst.«

Marcus. Sie mochte den Namen. Und, ja, sie vertraute seiner Stimme. Doch nun, da sie vor ihm stand, war ihre Zunge plötzlich wie gelähmt. Sie wich zurück. »Es ... es tut mir leid. Ich kann nicht.«

»Geh nicht. Bitte.« Er trat einen Schritt näher auf sie zu, die Hände noch immer erhoben, so dass sie sie sehen konnte. »Wie heißt du?«

Sie schluckte. »Tala.«

Ein kleines aufmunterndes Lächeln erschien auf seinen Lippen. »Ein hübscher Name. Warum weinst du, Tala?«

»Warum weinen *Sie?*«, gab sie seine Frage zurück, denn sie hatte seine Tränen gesehen, als er sich unbeobachtet geglaubt hatte.

Sein Lächeln verblasste. »Ich habe meinen Bruder verloren. Er wurde ermordet. Er war erst siebzehn.«

Sie schluckte. »Ich auch. Ich bin auch siebzehn.«

Er nickte. »Darf ich dir helfen, Tala?«

»Ich ... ich habe kein Geld.«

Er schüttelte den Kopf. »Ich will kein Geld von dir.«

*Oh,* dachte sie, als sie plötzlich begriff. Furcht packte sie, und sie wich unwillkürlich einen weiteren Schritt zurück. Doch dann blieb sie stehen, hob das Kinn, lächelte und streckte die Hand nach dem Bund seiner schwarzen Jeans aus. »Ich verstehe«, sagte sie mit rauchiger Stimme. »Jetzt weiß ich, was Sie brauchen.«

Er blinzelte schockiert und machte einen Riesenschritt rückwärts. »Nein! Nicht doch. Du verstehst mich falsch. Ich will nichts von dir. Ich will dir nur helfen.«

Tala ließ die Hände an die Seiten sinken. »Aber warum? Warum wollen Sie mir helfen? Sie kennen mich doch gar nicht.«

Erneut schüttelte er den Kopf. Traurig diesmal. »Spielt das denn eine Rolle?«, murmelte er, dann atmete er hörbar aus. »Warum weinst du, Tala?«

Seine Stimme schien bis in ihre Seele vorzudringen, und plötzlich brannten Tränen in ihren Augen. »Es ist zu gefährlich«, flüsterte sie. »Meine Familie muss sterben, wenn man mich hier erwischt.«

Seine dunklen Brauen zogen sich zusammen. »Warum? Vor wem hast du Angst?«

»Vor dem Mann und seiner Frau. Ich ...« Beschämt wandte sie den Blick ab. »Wir gehören ihnen.«

Marcus presste die Kiefer zusammen, und seine Augen verengten sich zu Schlitzen. »Was soll das heißen? Wem gehört ihr?«

Aus dem Augenwinkel sah sie etwas Metallisches im Mondlicht aufleuchten, doch sie reagierte einen Sekundenbruchteil zu spät. Ein Lichtblitz, ein Krachen, der reißende Schmerz in ihrem Bauch, Asphalt, der ihre Haut aufschürfte ...

»Tala!«, brüllte Marcus, aber seine Stimme war schon weit weg. Viel zu weit weg. »Stirb nicht, verdammt! Du darfst jetzt nicht sterben!«

Nein, sie wollte nicht sterben. Sie hatte doch noch gar nicht gelebt. Aber ihre Familie ... Er musste sie schützen. Unter größter Anstrengung öffnete sie den Mund. »Hilf Mala ...« Ihre Lippen bewegten sich, aber kein Laut drang darüber. *Sag es ihm. Du musst es ihm sagen.* Sie riss sich zusammen, rang nach Luft und stieß das Wort hervor. »Malaya.«

Und dann zerriss eine zweite Detonation die Luft, und etwas Schweres stürzte auf sie. *Marcus!* Man hatte auch auf ihn geschossen. Wieder rang sie nach Luft, aber es ging nicht mehr.

*Jetzt muss ich sterben.* Ihre Familie musste sterben. Und der Mann, der Marcus hieß, auch.

# 1

Cincinnati, Ohio
Dienstag, 4. August, 2.49 Uhr

Detective Scarlett Bishop ließ ihre Jacke absichtlich im Auto liegen. Einerseits war es so heiß und stickig, dass es vollkommen indiskutabel war, mehr Stoff am Leib zu tragen als unbedingt nötig. Andererseits aber war es ihr wichtig, dass man die Waffe in ihrem Schulterholster sehen konnte – am besten schon von weitem.

Ihr stand heute Nacht nicht der Sinn nach Ärger.

Stirnrunzelnd sah sie sich um. Die Straße war wie ausgestorben. Normalerweise wimmelte es hier von Dealern und Prostituierten, und dass jetzt keine einzige Menschenseele zu sehen war, gefiel ihr gar nicht. Etwas hatte das übliche Volk vertrieben, und was immer es gewesen war – etwas Gutes ganz sicher nicht.

Von dem Mann, der sie angerufen und gebeten hatte, allein zu kommen, fehlte jede Spur. Unter normalen Umständen hätte sie das misstrauisch genug gemacht, um Verstärkung anzufordern. Doch auch wenn sie es niemandem eingestehen würde, hatte es sie gründlich aus der Bahn geworfen, nach so langer Zeit seine Stimme zu hören. Obwohl er sie aus dem Tiefschlaf gerissen hatte, war sie sofort hellwach gewesen. Neun Monate lang hatten sie kein Wort miteinander gesprochen. Wozu auch? Sie konnte ihm und seiner Familie ja doch nur in Erinnerung rufen, was sie verloren hatten.

Eben jedoch hatte er sie angerufen. »Könnten Sie sich mit mir treffen? Allein? So bald wie möglich?«

»Und wieso?«

»Es ist ... wichtig.«

»Also gut«, hatte sie geantwortet. »Und wo?« Doch da hatte er bereits aufgelegt. Eine Sekunde später war eine SMS eingegangen, in der er ihr diese Straßenecke genannt hatte.

Sein letzter Anruf vor Monaten hatte sie zu vier Leichen geführt. Also hatte sie sich, ohne zu zögern, auf den Weg gemacht.

Aber wo war er?

Die einzigen sichtbaren Lebewesen auf der Straße waren zwei ältere Obdachlose, die sie mit unverhohlener Neugier beobachteten. Sie hatten ihr Nachtlager im Eingang eines mit Brettern vernagelten Hauses aufgeschlagen. Scarlett holte zwei Wasserflaschen aus dem Kofferraum ihres Wagens und überquerte die Straße. Sie kannte Tommy und Edna seit vielen Jahren. Die beiden hatten ihre gesamte Habe in einem Einkaufswagen verstaut und waren meistens hier anzutreffen.

Sie reichte den beiden die Flaschen. »Heiß heute«, sagte sie freundlich.

»Und wie«, antwortete Tommy. Seine Zähne blitzten in seinem dunkelhäutigen Gesicht auf, als er sich mit dem Schraubverschluss abmühte. »Was machen Sie denn so spätnachts noch hier draußen, Miss Scarlett?«, fragte er und zog ihren Namen mahnend in die Länge.

Scarlett schüttelte nachsichtig den Kopf und blickte die Straße entlang. Noch immer keine Spur von ihrem Anrufer. »Und Sie? Was machen *Sie* bei dieser Hitze hier draußen? Sie wissen ganz genau, dass das nicht gut für Ihr Herz ist.«

Tommy seufzte theatralisch. »Ach, mein Herz ist sowieso kaputt. Sie haben's mir schon längst gebrochen, Miss Scarlett. Denken Sie doch noch mal über meinen Antrag nach.« Scarlett grinste. Tommy war ein Schlitzohr, aber sie mochte ihn. »Das würde Ihrem Herzen auch nicht bekommen. Sie verkraften mich gar nicht.«

Tommys Lachen war von jahrelangem Kettenrauchen heiser. »Da haben Sie allerdings recht.« Warnend hob er den Zeigefinger. »Und sagen Sie mir jetzt bloß nicht, ich soll zur Meadow gehen.

Da war ich diese Woche schon dreimal. Die kleine Hübsche – Dr. Dani – hat gesagt, ich bin fit wie'n Turnschuh.«

Die Siebzigjährige neben ihm schnaubte. Edna lebte schon so lange auf den Straßen Cincinnatis, wie Scarlett Polizistin war. »Der Kerl redet nur Schrott, aber das stimmt wenigstens – er war letzte Woche in der Meadow. Allerdings nur einmal.«

Scarlett zog die Brauen hoch. »Und hat Dr. Dani tatsächlich behauptet, er sei fit wie ein Turnschuh?«

Edna zuckte die Achseln. »Wie'n ausgelatschter vielleicht.« Die Meadow war eine städtische Notunterkunft mit angeschlossener Klinik. »Die kleine Hübsche«, Dr. Danika Novak, Ärztin der Notfallambulanz und Schwester von Scarletts Partner Deacon, arbeitete in der Einrichtung und hatte inzwischen fast ihren gesamten Freundeskreis in ehrenamtliche Tätigkeiten eingebunden. Auch Scarlett.

Scarlett schüttelte den Kopf, ließ das Thema aber fallen. Es hatte keinen Sinn. In den vergangenen Jahren hatte sie Edna und Tommy schon mehrmals in Wohnheimen untergebracht, doch die beiden kehrten immer wieder auf die Straße zurück. Was ihrer Gesundheit nicht guttat, Scarletts Ermittlungen aber häufig nützte. Wer die ganze Nacht draußen war, bekam viel mit.

Wieder blickte Scarlett die Straße auf und ab. »Hat es heute Nacht hier irgendwo Ärger gegeben?«

Edna steckte die Wasserflasche in die Tasche ihres Kittels, den sie niemals abzulegen schien, und zeigte nach links. »Vielleicht sollten Sie mal drei Straßen weiter schauen, Herzchen. Da wurde geschossen. Dreimal.«

Scarletts Herz stolperte. »Warum haben Sie das denn nicht gleich gesagt?«

»Sie haben nicht danach gefragt«, erwiderte Edna mit einem Schulterzucken.

»Hier knallt es öfter«, fügte Tommy hinzu. »Wir scheren uns nicht drum, solange niemand auf uns schießt.«

Scarlett unterdrückte ihre aufkommende Verärgerung. »Wann war das?«

»Erst vor ein paar Minuten«, sagte Tommy. »Aber ich weiß es nicht genau. Hab keine Uhr.« Den letzten Satz brüllte er ihr hinterher, da Scarlett bereits losgelaufen war.

Ihr Telefon hatte vor dreizehn Minuten geklingelt. Wenn man auf ihn geschossen hatte, war er vielleicht jetzt schon tot. Bitte nicht! *Bitte lass ihn nicht tot sein.*

Schlitternd kam sie zum Stehen, als sie die Gasse erreicht hatte und augenblicklich die reglose Gestalt am Boden sah. *Das ist er nicht!* Das Opfer war zu klein für einen Mann seiner Statur.

Die Waffe in der einen, die Taschenlampe in der anderen Hand, näherte sie sich vorsichtig der Gestalt. Eine Frau, offenbar asiatischer Herkunft. Wer war sie? Und wo war er? Sie leuchtete mit der Lampe in die Gasse, doch niemand sonst war zu sehen.

Scarlett ging neben der Gestalt in die Hocke, und schlagartig sank ihr der Mut. Das Opfer war ein junges Mädchen. Es lag auf dem Rücken und starrte mit weit geöffneten Augen blicklos in den Himmel. Scarlett legte die Taschenlampe auf die Straße, so dass der Strahl auf das Gesicht des Opfers gerichtet war, und zog sich einen Handschuh über die Linke, ohne die Waffe in der Rechten abzulegen.

Sie drückte der jungen Frau zwei Finger an den Hals, fühlte jedoch keinen Puls, was sie nicht überraschte. Lange war sie allerdings nicht tot – die Haut war noch warm.

Der Bauch der Frau war entblößt; jemand hatte das weiße Polohemd unterhalb der Rippen abgetrennt. Eine Kugel war ein paar Zentimeter unter ihrem Brustbein eingedrungen, doch gemessen an dem ausgetretenen Blut, war die Wunde vermutlich nicht unmittelbar tödlich gewesen. Als Todesursache kam sehr viel wahrscheinlicher das kleine Loch in der linken Schläfe in Frage; die Austrittswunde hinter dem rechten Ohr hatte die Größe von Scarletts Faust. Die Kleine war sehr hübsch gewesen, bevor ihr jemand ein Stück aus dem Kopf geschossen hatte.

*Aber er ist es nicht gewesen.* Das konnte Scarlett nicht glauben. *Du willst es bloß nicht glauben.* Na schön, dann eben so. Aber das änderte nichts. Und wo war er?

Sie griff nach der Taschenlampe und leuchtete den Körper des Mädchens ab. Neben der Hüfte lag ein blutdurchtränkter zusammengeknüllter Stofffetzen; jemand hatte mit dem abgeschnittenen T-Shirt das Blut stillen wollen.

»Er hat versucht, dich zu retten«, murmelte Scarlett.

»Leider vergeblich.«

Ihr Kopf fuhr hoch. Er war hier. Der Mann, der seit Monaten ihre Gedanken, ihre Träume beherrschte. Der Mann, der sie nun schon zum zweiten Mal aus heiterem Himmel zu einem Tatort in einem Mordfall gerufen hatte.

Marcus O'Bannion.

Die Waffe in der einen Hand, die Taschenlampe in der anderen, erhob sie sich, drehte sich um und richtete den Lichtstrahl auf die tiefen Schatten der Hausmauern. Er war ganz in Schwarz gekleidet und lehnte mit vor der Brust verschränkten Armen an einer Hauswand. Sein Gesicht war unter dem Schirm einer Baseballkappe verborgen, sein Blick zu Boden gerichtet.

Doch als er nun den Kopf hob, geriet ihr Herz erneut ins Stolpern. Sein Gesicht war aschfahl, seine Miene grimmig. Ohne zu blinzeln, sah er in den Schein der Lampe.

Sie hatte ihn nicht kommen hören, hatte nicht einmal geahnt, dass er dort stand. Nicht viele Menschen konnten sich so lautlos bewegen wie er. Sie wusste, dass er eine Weile beim Militär gewesen war, und was immer er im Dienste für Onkel Sam getan hatte, seine Ausbildung war anscheinend gründlich gewesen.

»Wo kommen Sie denn so plötzlich her?«, fragte Scarlett ruhig, obwohl ihr Puls heftig in ihrer Kehle pochte.

»Von dort drüben«, antwortete er und deutete mit dem Kopf in die Richtung, aus der sie gekommen war.

»Okay – und wieso?«

»Ich bin dem Kerl nachgerannt, der das getan hat«, sagte er tonlos und deutete diesmal mit dem Kopf auf das Mädchen. Er hatte sich fast nicht bewegt. Scarlett trat einen Schritt auf ihn zu. Aus der Nähe konnte sie sehen, dass er den Rücken krümmte und die

Schultern hochzog. Feine Linien zeichneten sich um seine Mundwinkel ab. Er hatte Schmerzen.

»Sind Sie verletzt?«

»Nein. Nicht wirklich.«

»Was ist passiert?«

Er blinzelte noch immer nicht. Sein Blick blieb unbeirrt auf das Mädchen gerichtet. »Sie waren sehr schnell hier.«

»Ich wohne in der Nähe.«

Endlich sah er sie an, und sie zog scharf die Luft ein. Genau wie beim ersten Mal war sie wie elektrisiert. Damals hatte er schwer verletzt auf einer Trage gelegen, weil er versucht hatte, das Leben einer Frau zu retten, die er nicht einmal gekannt hatte. Doch trotz seines schlechten Zustands hatten seine Augen – und seine Stimme – sie schlagartig hellwach gemacht und in ihren Bann gezogen. Heute Nacht war es nicht anders.

»Ich weiß«, sagte er leise.

Überrascht kniff sie die Augen zusammen. Bei ihren kurzen Gesprächen damals im Krankenhaus war es nie um etwas so Persönliches gegangen wie um eine Privatadresse. »Was ist passiert? Und wer ist das Mädchen?«

»Das weiß ich nicht. Zumindest nicht genau. Sie hieß Tala.«

»Tala – und weiter?«

»Keine Ahnung. So weit sind wir nicht gekommen.« Er neigte den Kopf, als in der Ferne Sirenen erklangen. »Endlich«, murmelte er.

»Haben Sie die Cops gerufen?«

»Ja. Vor fünf Minuten. Da hat sie noch gelebt.« Er stieß sich von der Wand ab und richtete sich vorsichtig zu voller Größe auf, und Scarlett war erneut überrascht. Mit ihren eins achtundsiebzig musste sie selten aufblicken, um einem Mann in die Augen zu sehen, aber bei ihm schon.

Und erst jetzt wurde ihr bewusst, dass sie ihn noch nie hatte stehen sehen. Bei ihrer ersten Begegnung hatte er auf der Trage gelegen, im Krankenhaus dann im Bett, und an der Beerdigung seines Bruders hatte er im Rollstuhl teilgenommen.

Die Sirenen wurden lauter. »Schnell«, sagte sie. »Erzählen Sie mir, was passiert ist.«

»Sie hat mich gebeten, mich mit ihr zu treffen.«

Scarlett zog die Brauen hoch. »Sie hat Sie gebeten? Sich *hier* mit ihr zu treffen? Mitten in der Nacht?«

Er nickte knapp. »Das hat mich auch erstaunt. Wir haben uns noch nie zuvor hier getroffen.«

*O-kay* ... »Und wo haben Sie sich bisher getroffen, Marcus?«, fragte sie leise. Vorsichtig.

Seine Augen verengten sich, und er presste die Kiefer zusammen. »Es war nicht so etwas.«

Ihre verdeckte Andeutung hatte ihn verärgert. Tja, Pech für ihn. Er war ein erwachsener Mann, der sich mitten in der Nacht mit einer sehr jungen Frau getroffen hatte. Einer sehr jungen Frau, die nun tot war. »Dann sagen Sie mir doch, was es war.«

»Ich habe sie ein paarmal mit ihrem Hund im Park gesehen, ganz in der Nähe meiner Wohnung. Sie hat immer geweint. Ich habe sie mehrmals darauf angesprochen, aber sie hat mir nie geantwortet, obwohl ihr anzumerken war, dass sie es furchtbar gerne getan hätte. Heute Abend bekam ich eine SMS, in der sie mich bat, mich hier mit ihr zu treffen, die ich auch an Sie weitergeleitet habe. Ich habe Sie angerufen, weil ich dachte, das Mädchen brauchte vielleicht ... Schutz. Ich wusste, dass Sie ihm helfen würden.«

Sie gab sich Mühe, seine Worte nicht zu nah an sich herankommen zu lassen. »Aber offensichtlich ist etwas schiefgelaufen.«

»Ja. Offensichtlich«, sagte er verbittert. »Sobald sie zu reden begann, fiel ein Schuss.«

»Die erste Kugel traf sie in den Bauch, richtig?«

»Ja. Ich rannte zum Ende der Gasse.« Er deutete in die entsprechende Richtung. »Aber der Schütze war schon fort. Dann rief ich die Polizei, rannte zurück und versuchte, die Blutung zu stoppen.« Ein Muskel in seinem Kiefer begann zu zucken. »Ich hoffte, dass Sie noch vor den Cops hier eintreffen würden. Ich wollte Sie rasch ins Bild setzen und dann wieder verschwinden.« Er zögerte.

»Es war mir klar, dass jeder denken würde, was Sie gerade gedacht haben.«

»*War* sie eine Prostituierte, Marcus?«, fragte sie geradeheraus.

Er sah ihr direkt in die Augen. »Keine Ahnung. Ich weiß nur, dass sie in Schwierigkeiten steckte.«

Er sagte die Wahrheit, dessen war Scarlett sich sicher, aber nicht die ganze. Irgendetwas behielt er für sich, etwas Wichtiges, das spürte sie. »Wie hat sie Kontakt mit Ihnen aufgenommen?«

»Ich habe meine Karte auf der Parkbank liegenlassen.«

Sie zog die Brauen zusammen. »Wieso das? Wieso haben Sie sie ihr nicht einfach gegeben?«

»Weil sie mir nie nah genug kam. Sie hielt immer mindestens zehn Meter Abstand.« Er presste die Lippen zu einem Strich zusammen, und Zorn glomm in seinen dunklen Augen auf. »Und weil sie bei unserer letzten Begegnung humpelte. Sie trug eine Sonnenbrille – mit großen Gläsern. Sie waren allerdings nicht groß genug, um die Prellung an der Wange zu verbergen.«

Scarlett begriff, was er ihr sagen wollte. »Sie ist also misshandelt worden.«

»So sah es in meinen Augen zumindest aus. Als ich sie das letzte Mal sah, sagte ich kein Wort. Ich hielt nur mein Kärtchen hoch, steckte es dann zwischen die Latten der Bank und ging.«

»Wann war das?«

»Gestern Nachmittag. Gegen drei.«

»Okay. Man hat ihr also in den Bauch geschossen, und Sie, wollten die Blutung stoppen. Was geschah dann?«

Er sah zur Seite. »Der Mörder muss um uns herumgeschlichen sein. Ich redete auf sie ein, um zu verhindern, dass sie ohnmächtig wurde, bevor Hilfe eintraf, und achtete deshalb nicht auf meine Umgebung. Plötzlich war er hinter uns.« Sein Kehlkopf arbeitete, als er schwer schluckte. »Ich hätte besser aufpassen müssen. Er schoss erst auf mich, dann auf ... sie.«

Scarlett holte tief Luft. »Er hat auf Sie geschossen? Wo hat er Sie getroffen?«

»In den Rücken.« Er machte eine wegwerfende Handbewegung, als wäre das keine große Sache. »Aber ich trage eine Schutzweste.«

»Eine Schutzweste«, wiederholte sie kühl, obwohl die Erleichterung ihr Herz höherschlagen ließ. Die Größe der Austrittswunde im Schädel des Opfers deutete auf eine großkalibrige Waffe hin, die aus nächster Nähe abgefeuert worden war. Hätte Marcus keine Weste getragen, hätte sich Scarlett jetzt ein ganz anderes Bild geboten. »Hatten Sie eine gewalttätige Auseinandersetzung erwartet?«

»Nein. Ganz bestimmt nicht. Aber ich trage inzwischen immer eine Weste.«

»Warum das?«, fragte sie.

Überraschenderweise wurde er rot. »Meine Mutter hat mich darum gebeten.«

Das glaubte Scarlett ihm unbesehen. Marcus' Mutter hatte vor neun Monaten ihren jüngsten Sohn verloren und um ein Haar auch Marcus und seinen Bruder Stone. Dass eine Mutter ihrem Kind ein solches Versprechen abnahm, war nur verständlich.

Blieb allerdings die Frage, wieso seine Mutter davon ausging, er könne noch einmal Ziel eines Anschlags werden. Ihre Haut fing an zu kribbeln, wie immer, wenn ihre Instinkte erwachten, und sie nahm sich vor, der Frage später nachzugehen. »Und weiter?«

»Die Wucht des Projektils warf mich nach vorn. Ich stürzte auf sie.« Er berührte seine Brust und streckte Scarlett den Finger entgegen. Er war dunkelrot. Das schwarze T-Shirt hatte den Fleck verborgen. »Das Blut des Mädchens. Als ich wieder Luft bekam, stemmte ich mich hoch und sah ... und sah, dass er sie in die Schläfe geschossen hatte. Ich rappelte mich auf und versuchte, ihn zu erwischen, aber es war niemand mehr zu sehen. Also lief ich einmal um den Block, doch die Schüsse hatten alle von der Straße vertrieben.«

»Also sind Sie zurückgekommen, um auf mich zu warten?« Er zuckte die Schultern. »Um auf irgendwen zu warten. Auf Sie, den Notarzt oder die Polizei.«

Die in diesem Moment eintraf. Mit quietschenden Reifen kam der Streifenwagen an der Einmündung der Gasse zum Stehen. Zwei Polizisten sprangen heraus und sahen sich suchend um.

Scarlett blickte flüchtig zu ihnen hinüber. Sie brauchte unbedingt noch eine Antwort, bevor die beiden Polizisten sich zu ihnen gesellten. »Sie sagten eben, als sie noch lebte, wollten Sie gehen, sobald ich eintraf. Obwohl sie tot war, sind Sie zurückgekommen. Warum? Erste Hilfe brauchte sie ja nicht mehr, aber der Schütte hätte ebenfalls zurückkehren können. Warum sind Sie das Risiko eingegangen, dass er ein weiteres Mal auf Sie schießt?«

Er blickte auf das tote Mädchen hinab. Seine Miene war ausdruckslos. »Ich wollte sie nicht allein hier zurücklassen.«


Cincinnati, Ohio
Dienstag, 4. August, 2.52 Uhr

Keuchend warf Drake Connor einen Blick über die Schulter, sprang auf der Beifahrerseite in den wartenden Wagen und zog die Tür zu. »Fahr!« Er lehnte sich in den kühlen Luftstrom, der aus der Klimaanlage drang, und versuchte, wieder zu Atem zu kommen. Wäre er vergangenes Jahr im Wettkampf so gerannt wie eben, würden sich die Pokale in seinem Regal drängen.

Stirnrunzelnd gab Stephanie Gas. »Wo ist sie? Und wieso bist du so verschwitzt?«

Sie kamen viel zu langsam voran. »Fahr doch, verdammt noch mal!« Er packte Stephanies Knie und drückte es herunter, so dass der Mercedes mit quietschenden Reifen einen Satz nach vorn machte.

»Sag mal, spinnst du?« Stephanie trat auf die Bremse, bis sie wieder im Schneckentempo dahinkrochen. »Willst du, dass man uns verhaftet? Wo ist sie?«

Er blickte in den Seitenspiegel und hielt nach blinkenden Blaulichtern Ausschau. *Ich hätte sie beide sofort abknallen sollen.* Noch immer krampfte sich ihm vor Zorn der Magen zusammen. »Noch in der Gasse.«

»Also hatte ich recht«, sagte Stephanie verächtlich. »Ich wusste doch, dass etwas nicht stimmt. Das Miststück hat uns betrogen. Du hättest sie nicht allein losziehen lassen sollen. Wer wusste schon, was sie und Styx anstellen? Er ist hässlich wie die Nacht, aber er hat einfach den besten Stoff weit und breit. Wahrscheinlich hat er sie flachgelegt.«

*Nicht Styx und nicht so, wie du meinst,* dachte Drake grimmig, *aber liegen tut sie. Und das geschieht ihr nur recht.* »Ja, wahrscheinlich.«

Stephanie setzte den Blinker und warf ihm einen misstrauischen Blick zu. »Und das regt dich nicht auf? Styx hat doch bestimmt jede Krankheit, die man überhaupt haben kann – nie im Leben ist der sauber. Wenn sie es ihm für den Stoff umsonst macht, sind doch letztlich wir die Leidtragenden.«

»Dann müssen wir uns eben was anderes einfallen lassen«, stieß er hervor. Als Stephanie zum Abbiegen ansetzte, griff er ihr ins Lenkrad. »Was soll das? Wohin willst du?«

Stephanie blinzelte. »Wir müssen sie holen. Wir können sie doch nicht einfach dalassen.«

»Ich sagte, fahr, verdammt noch mal.« Inzwischen konnte man Sirenen hören. »Die Cops sind im Anmarsch. Bring uns von hier weg, aber schnell.«

Stephanie trat so hart auf die Bremse, dass sie beide ruckartig nach vorn schossen, gehalten von den abrupt einrastenden Gurten. »Die Cops? Wieso? Was hast du getan?«

Er begegnete ihren ängstlich aufgerissenen Augen mit einem harten, kalten Blick. »Sie ist tot. Wenn du also nicht im Knast landen willst, dann sieh zu, dass du endlich Gas gibst.«

»Tot?« Stephanies Mund klappte auf und zu wie ein Fischmaul. »Du hast sie umgebracht? Du hast Tala umgebracht?« »Das habe ich nicht gesagt!« Er wäre nicht so dumm, die Tat zuzugeben. »Trotzdem wird man es uns in die Schuhe schieben. Also fahr endlich nach Hause, oder ich schwöre bei Gott, dass du genauso enden wirst wie sie.«

Mit zitternden Händen lenkte Stephanie den Wagen zurück auf die Spur. »Warum hast du sie umgebracht?«

»Das habe ich nicht gesagt«, wiederholte er in etwas schärferem Ton.

»Also hast du sie gefunden? Und sie war tot?«

»Ja«, log er.

»Hat Styx sie umgebracht?«

»Kann sein. Ja, vermutlich.«

»Oh, mein Gott. Das ist ja schrecklich. Das ist ja ... Oh, Gott! Mom und Dad. Sie werden es herausfinden!« Stephanie atmete nun schwer, hyperventilierte fast. »Die bringen mich um.«

»Sie bringen dich nicht um, denn du reißt dich jetzt zusammen. Niemand findet irgendetwas raus.«

»Weil du das sagst?«, schrie sie ihn an. »Sei kein Vollidiot! Das kommt doch in den Nachrichten. Und meine Eltern sehen Nachrichten!«

In ihrem gegenwärtigen Zustand erinnerte Stephanie an ein blinkendes Neonschild, auf dem »Schuldig« stand. *Du musst sie beruhigen,* dachte er. *Atme tief durch. Entschärf die Situation.*

»Na und?«, setzte er an. Sein Tonfall klang nun wieder gelassen. Zuversichtlich. Überzeugend sogar. »Sie ist entwischt. Warum sollte jemand auf die Idee kommen, dass du dahinterstecksts, sofern du es nicht selbst erzählst? Sie war ein Junkie, sie brauchte ihren Stoff. Sie ist an den falschen Dealer geraten, und der hat sie und ihren Freund abgeknallt. Basta.«

Stephanie verharrte plötzlich ganz still. »Ihren was?«

»Ihren Freund. Sie war nicht allein in der Gasse.«

Sie stieß schaudernd den Atem aus. »Wer war das?«

»Keine Ahnung. Irgendein älterer Kerl.«

»Ein Cop?«

»Nein, glaube ich nicht. Spielt sowieso keine Rolle mehr. Beide sind tot. Die können nichts mehr erzählen.«

»Aber was, wenn ...?« Ihre Stimme war kaum mehr als ein Wispern. »Was, wenn er doch ein Cop war? Und sie ihm alles erzählt hat? Vielleicht hat der Cop es an seinen Partner weitergeleitet. Vielleicht wissen sie von meiner Familie. Vielleicht sind die Cops schon ...«

»Du solltest dich besser aufs Fahren konzentrieren«, unterbrach er sie mit eiskalter Ruhe. »Wir wollen doch keinen Unfall bauen, nicht wahr?«

»Nein«, flüsterte Stephanie wie in Trance. »Das wollen wir nicht.«

Sie machte aus einer Mücke einen Elefanten. Es war viel wahrscheinlicher, dass Tala tatsächlich anzuschaffen versucht hatte und der Kerl einfach ein Freier gewesen war. Oder sogar ein Zuhälter. Tala hatte viel zu viel Angst gehabt, um auch nur ein Wort zu sagen. Aber für den Fall, dass Stephanies Ängste doch nicht ganz unbegründet waren ...

Selbst wenn der Tote kein Bulle gewesen war, mochte es ein Problem geben, falls er jemandem von dem Treffen mit Tala erzählt hatte. Drake musste also herausfinden, wer das Arschloch gewesen war, woher die beiden sich gekannt hatten und ob er über sie gesprochen hatte.

Cincinnati, Ohio
Dienstag, 4. August, 3.35 Uhr

Scarlett Bishop beobachtete ihn.

Unter normalen Umständen hätte er es durchaus genossen, mit nacktem Oberkörper dem anerkennenden Blick einer schönen Frau ausgesetzt zu sein. Aber es handelte sich nicht um normale Umstände, und Scarlett Bishop war keine gewöhnliche schöne Frau. Sondern Detective bei der Mordkommission.

Im Krankenwagen zu sitzen und sich von einem Sanitäter durchchecken zu lassen, war übrigens auch nicht gerade das, was er unter Genuss verstand. Und leider war Scarlett Bishops Blick auch nicht unbedingt anerkennend. Eher wachsam. Besorgt. Misstrauisch sogar.

Denn Scarlett war klug. Und sah mehr, als ihm lieb war. Sie spürte, dass ihm der Schreck in die Glieder gefahren war. Allerdings nicht, weil die Kugel seinem Leben ebenso gut ein Ende hätte bereiten können, sondern weil er sich einen Moment lang genau das gewünscht hatte.

*Ich bin müde.* Gier, Gewalt, die Perversionen, denen er überall begegnete – er hatte genug davon. Genug von der Hoffnungslosigkeit in den Augen der Opfer, genug davon, immer wieder zu spät zu kommen. Denn selbst wenn es ihm gelänge, jedes einzelne Opfer zu retten, konnte er doch nicht ungeschehen machen, was man ihnen angetan hatte. Und heute Nacht war ihm die Rettung nicht einmal geglückt.

Tala war unterwegs ins Krankenhaus, wo man nur noch offiziell ihren Tod feststellen konnte. Weil sie ihn um Hilfe gebeten hatte. *Ich hätte besser aufpassen müssen. Hätte sie beschützen müssen.*

Er hatte gewusst, dass man sie misshandelt hatte. Die Angst in ihren Augen war echt gewesen. *Sie hat mir vertraut. Und ich habe versagt.*

»Ihr Blutdruck ist normal«, sagte der Sanitäter und nahm die Manschette von seinem nackten Oberarm. »Ihr Puls ebenfalls.«

Marcus rang sich ein knappes Nicken ab. »Danke«, brachte er heiser hervor.

»Sie sollten sich aber unbedingt röntgen lassen«, fuhr der Sanitäter fort. »Auch wenn die Weste eine Fleischwunde verhindert hat, könnten doch ein oder zwei Rippen gebrochen sein.«

Aber Marcus kannte seinen Körper gut. »Nicht nötig«, antwortete er ruhig.

Detective Bishop hatte sich endlich wieder dem Tatort zugewandt. Ausgehend von der Stelle, an der Tala gelegen hatte, begann sie in immer größer werdenden Kreisen die Umgebung abzusuchen. Marcus wusste, dass ihrem Blick kaum etwas entging.

Abrupt begab sie sich in die Hocke und beugte sich vor, um in eine Mauerspalte zu blicken, in der sich offenbar allerhand Unrat angesammelt hatte. Dabei rutschte ihr der schwarze geflochtene Zopf über die Schulter, und ungeduldig streifte sie die Handschuhe ab, wickelte den Zopf zu einer Art Acht und befestigte ihn mit irgendeinem Gummiding, das sie aus ihrer Jeanstasche zog, an ihrem Hinterkopf. Ihre Bewegungen waren schnell und effektiv, was ihn nicht weiter überraschte. Der Zopf reichte ihr bis über die Taille; wahrscheinlich kam er ihr oft in die Quere.

Es wäre praktischer gewesen – von sicherer ganz zu schweigen –, wenn sie ihn sich hätte abschneiden lassen. Ein solcher Zopf war eine Schwachstelle, der in einem Nahkampf dem Gegner die Chance bot, sie bewegungsunfähig zu machen.

Einem Liebhaber dagegen bot er die Chance ... – *Nein. Stopp! Denk nicht einmal dran. Nicht heute.* Aber er dachte bereits daran, so, wie er es in den vergangenen neun Monaten viele, viele Male getan hatte.

Rabiat verdrängte er die Bilder aus seinem Kopf und sah zu, wie sie dem Fotografen der Spurensicherung winkte, auf den Asphalt deutete und sich ein frisches Paar Handschuhe überstreifte, während der Mann ein Bild schoss. Sie griff in den Unrat und zog etwas heraus, das im Licht ihrer Taschenlampe aufleuchtete. Eine Patronenhülse. Eine verdammt große Patronenhülse. *Kein Wunder, dass mir der Rücken weh tut.*

Sie ließ die Hülse in eine Beweismitteltüte fallen, erhob sich und setzte ihre Suche fort. Sie war genau so, wie er sie in Erinnerung hatte. Groß und stolz. Geschmeidig und anmutig. Stark und doch mitfühlend. Zu mitfühlend vielleicht. Ihre Arbeit schien sie aufzufressen. Sie hatte dunkle Ringe unter den Augen, die nicht auf Schlafmangel zurückzuführen waren. Er kannte diesen ruhelosen Blick nur allzu gut. Er sah ihn jeden Morgen im Spiegel.

Sie war sofort gekommen, als er sie angerufen hatte. Genau wie damals. Und genau wie damals spürte er auch jetzt eine Verbindung zwischen ihnen, die über körperliche Anziehungskraft hinausging – obwohl er diese nicht einmal zu leugnen *versuchte*. Welcher Art diese Verbindung zu ihr war, hätte er nicht zu sagen vermocht, aber tief in seinem Inneren wusste er, dass Scarlett Bishop verstehen würde.

*Was verstehen würde?*, fragte er sich scharf. *Mich*, gab er sich selbst die Antwort. *Sie würde mich verstehen.* Die Entscheidungen, die er getroffen hatte. Die Geheimnisse, die er bewahrte. Den schmalen Grat, auf dem er sich bewegte, und die Finsternis, die ihn zu sich rief. All das würde sie verstehen. Vielleicht würde sie ihm sogar helfen wollen.

Was exakt der Grund dafür war, warum er sie bisher in Frieden gelassen hatte und das auch weiterhin tun würde. Denn sosehr er sich auch nach Trost sehnte, sie in den Sumpf hineinzuziehen, war absolut indiskutabel.

In diesem Moment gesellte sich ein Mann mit schneeweißem Haar zu Scarlett: Special Agent Deacon Novak, Scarletts Partner bei der Major Case Enforcement Squad, der gemeinschaftlichen Sondereinheit von FBI und der Polizei von Cincinnati. Tatsächlich kannte Marcus Deacon besser als Scarlett, da dieser mit seiner Cousine Faith liiert war. Bei der letzten Familienfeier hatten Faith und Deacon ihre Verlobung bekanntgegeben. Marcus hatte sich für sie gefreut. Deacon schien ein anständiger Kerl zu sein.

*Zu anständig*, dachte er. Er konnte sich nicht vorstellen, dass Deacon die blutrünstigen Rachefantasien gutheißen würde, die Marcus' Verstand fluteten, als er beobachtete, wie der Techniker der Spurensicherung Marker auf dem Asphalt plazierte, wo aus Talas Wunden Blut und Hirnmasse gesickert war.

*Sie war erst siebzehn.* Und dennoch hatte man sie wie einen räudigen Köter abgeknallt.

Plötzlich erschien ein Klemmbrett mit einem Formular in seinem Blickfeld und versperrte ihm die Sicht auf den Tatort. »Wenn Sie nicht mit in die Ambulanz kommen wollen, müssen Sie mir das hier unterschreiben«, sagte der Sanitäter beinahe vorwurfsvoll.

»Ich weiß, wie sich eine gebrochene Rippe anfühlt«, sagte Marcus. »Da ist nichts, glauben Sie mir.« Ungehalten unterzeichnete er. Als er wieder aufblickte, sah er Bishop mit Deacon an der Seite auf ihn zukommen.

Marcus kam auf die Füße und verkniff sich eine Grimasse. Sein Rücken tat höllisch weh, aber er hatte seinen Stolz. Es war unangenehm genug, dass er kein Hemd trug, während Scarlett und ihr Partner ordentlich bekleidet waren – Deacon sogar in Anzug und Krawatte! –, und es kam absolut nicht in Frage, dass er sitzen blieb und auf sich herabschauen lassen würde.

Scarlett musterte ihn einen Augenblick lang, dann wandte sie sich an den Sanitäter. »Und?«, fragte sie barsch. »Wie lautet die Diagnose?«

»Prellungen und mögliche Rippenbrüche«, antwortete dieser.

Sie zog die Brauen zusammen. »Und warum ist er dann noch nicht unterwegs in die Notaufnahme?«

Der Sanitäter zuckte die Achseln. »Er will nicht.«

»Es ist lediglich eine Prellung«, brummte Marcus. »Kann ich jetzt bitte mein Hemd wiederhaben?«

Ihr Blick schnellte zu seiner bloßen Brust und kehrte sofort wieder zu seinem Gesicht zurück. »Tut mir leid. T-Shirt und Kevlar-Weste sind Beweisstücke«, sagte sie sachlich. »Aber mein Partner hat Ihnen etwas zum Anziehen mitgebracht.«

»Marcus«, sagte Deacon freundlich.

Marcus nickte. »Deacon.«

Deacon hielt ihm ein schlichtes schwarzes T-Shirt hin. »Freut mich, dass man dich nicht auch abgeknallt hat.«

Marcus biss bei der Erinnerung an die drei Schüsse aus nächster Nähe die Zähne zusammen. »Mich auch«, pflichtete er ihm bei. »Das wäre eine noch größere Schweinerei geworden.« Er zog sich das Shirt über den Kopf und stöhnte unwillkürlich, als ein brennender Schmerz von der Schulter bis in seinen Rücken schoss.

»Sie müssen ins Krankenhaus«, sagte Scarlett fest.

»Nein, muss ich nicht.« Marcus holte probeweise tief Luft und bemerkte erleichtert, dass beide Lungenflügel sich aufblähten. »Ich habe für den Rest meines Lebens genug von Krankenhäusern. Und bei gebrochenen Rippen kann man sowieso nichts tun.« Er nickte dem Sanitäter zu. »Aber danke für Ihre Bemühungen.«

»Auf Ihre eigene Verantwortung«, sagte der Mann, stieg ein, warf kopfschüttelnd die Autotür zu und fuhr davon.

Und dann standen sie zu dritt am Ende der Gasse in einer Blase des Schweigens, während die Kriminaltechniker in fünfzehn Metern Entfernung Spuren sicherten. Scarlett und Deacon warteten auf seine Aussage, das wusste er. Er straffte den Rücken und richtete den Blick auf den blutverschmierten Asphalt vor sich. Er musste vorsichtig sein. Er war müde und hatte Schmerzen, aber vor allem war er erfüllt von brodelndem Zorn. In diesem Zustand enthüllte er womöglich mehr, als er durfte.

*Konzentrier dich. Sag ihnen nur, was für die Tat relevant ist. Alles andere geht sie nichts an.*

Er räusperte sich. »Sie hieß Tala. Sie war erst siebzehn.«

Cincinnati, Ohio,
Dienstag, 4. August, 3.45 Uhr

»Tala – und wie weiter?«, fragte Scarlett. Gott sei Dank trug der Mann endlich wieder ein T-Shirt. Nicht auf seine Brust zu starren, hatte einen Großteil ihrer Konzentration in Anspruch genommen, aber nun konnte sie sich wieder ganz seinen Worten widmen. *Und meinen verdammten Job machen.* Ein Mädchen war zu Tode gekommen und verdiente Gerechtigkeit und nicht die halbgaren Bemühungen einer Polizistin im Hormonrausch.

Scarlett war froh, dass Deacon eingetroffen war. Vorhin mit Marcus O'Bannion allein in der Gasse war es mit ihrer Professionalität nicht weit her gewesen. Emotionen hatten die Führung übernommen, und auf manch eine Regung war sie alles andere als stolz. Herrgott, zuerst war sie eifersüchtig gewesen, weil er sich mit dem Mädchen getroffen hatte. Dann war sie aus demselben Grund enttäuscht von ihm gewesen. Gleichzeitig aber hatte sie sich fast zwanghaft geweigert, auch nur in Erwägung zu ziehen, dass er irgendwelche unlauteren Beweggründe gehabt haben mochte.

Sie wollte einfach von ganzem Herzen daran glauben, dass er ein guter Mensch war – ihr Held.

»Sie hat keinen Nachnamen genannt.« Marcus sah weder sie noch Deacon an, als er antwortete. Er starrte auf die Stelle, an der das Mädchen gestorben war. »Dazu ist sie nicht mehr gekommen.«

»Was *hat* sie denn noch gesagt?«, fragte Scarlett.

Marcus presste die Kiefer zusammen. »Dass ihre Familie in Gefahr sei. Und dass sie jemandem gehörten. Einem Mann und einer Frau.«

Scarletts Herz wurde schwer.

Deacon fluchte leise. »Was hat sie damit gemeint?«, fragte er.

»Das wollte ich sie gerade fragen, als der erste Schuss fiel und sie zusammenbrach. Das Einzige, was sie noch sagen konnte, waren ›Hilfe‹ und ›Malaya‹. Dann war sie tot.«

»Malaya.« Deacon tippte bereits aufs Display seines Smartphones. »Vielleicht meinte sie das Land. Das heutige Malaysia.«

»Oder sie hat etwas in einer fremden Sprache gesagt«, wandte Marcus ein. »Malaya bedeutet ›Freiheit‹ auf Tagalog.«

»Tagalog«, murmelte Scarlett. »Eine Sprache auf den Philippinen, richtig?« Das würde passen. Das tote Mädchen war südostasiatischer Herkunft.

Marcus nickte knapp.

Deacon warf ihm einen neugierigen Blick zu. »Du sprichst Tagalog?«

»Nein. So heißt auch eine Zeitung in Manila«, antwortete Marcus.

»Woher weißt du das denn?«, fragte Deacon, noch immer eher neugierig als misstrauisch.

Marcus zuckte die Achseln. »Meine Familie ist seit Generationen im Zeitungsgeschäft. Als ich klein war, las mein Großvater noch vor dem Frühstück fünf verschiedene Tageszeitungen. Außerdem sammelte er Titelseiten mit wichtigen oder besonderen Schlagzeilen. Eine stammte aus der *Malaya,* sie war von dem Tag, an dem Marcos ins Exil ging. Ich wollte damals wissen, worum es ging, und er erklärte mir, dass ›Malaya‹ Freiheit bedeutet.«

»Das wissen Sie noch?«, fragte Scarlett. »Das ist fast dreißig Jahre her. Sie können damals doch höchstens vier oder fünf Jahre alt gewesen sein.«

Wieder ein Achselzucken. »Ich kann mich an fast alles erinnern, was er gesagt hat. Aber dieses Wort war ihm sehr wichtig. Er war im Krieg auf den Philippinen gewesen und hatte sich dort mit einigen Einheimischen angefreundet. Im Gefängnis in Bataan.«

Scarlett und Deacon verzogen gleichzeitig das Gesicht. »Puh«, murmelte Scarlett.

»Ja. ›Malaya‹ war eins der ersten Wörter, die mein Großvater dort lernte.«

»Also was, glauben Sie, hat Tala gemeint?«, fragte Scarlett. »Ich schätze, sie wollte, dass ich ihrer Familie helfe. Dummerweise habe ich keine Ahnung, wo ihre Familie steckt.« »Detective Bishop sagte, du seist Tala im Park begegnet«, bemerkte Deacon.

»Das stimmt nicht ganz. Genau genommen bin ich ihr nie wirklich begegnet. Ich habe sie immer nur gesehen, aber sobald ich sie ansprechen wollte, ist sie weggerannt.«

»Wo liegt dieser Park, und wann hast du sie zum ersten Mal dort gesehen?«

»Der Park befindet sich in der Nähe meiner Wohnung. Vor zwei Wochen ist sie mir zum ersten Mal dort aufgefallen. Gegen ein Uhr nachts.«

Scarlett zog überrascht eine Braue hoch. »Sie gehen nachts um eins im Park spazieren?«

»Normalerweise nicht. Meistens eher am Nachmittag, aber weil es in letzter Zeit so heiß war, bin ich damals erst nach Einbruch der Dunkelheit losgezogen, gegen elf.«

»Joggst du?«, wollte Deacon wissen.

»Früher ja. Aber in den letzten neun Monaten nicht mehr.« Nicht mehr, seit er beinahe getötet worden war, dachte Scarlett, der sich die Ereignisse jenes Tages in die Erinnerung gebrannt hatten. Eine Kugel hatte seine Lunge durchschlagen, als er versucht hatte, ein junges Mädchen vor einem Serienmörder zu schützen.

Marcus wandte sich wieder dem Schauplatz der Tat zu. »Ich besitze eine ältere Hundedame mit dichtem Fell«, fuhr er fort. »Sie hat ein schwaches Herz und leidet unter der Hitze, daher gehe ich manchmal nachts mit ihr spazieren. Vor zwei Wochen hatte ich lange zu tun auf der Arbeit, und es war schon nach eins, als ich nach Hause kam, aber BB musste raus, also gingen wir in den Park. Und weil weit und breit kein Mensch zu sehen war ... na ja.« Er zögerte und zuckte verlegen die Achseln. »Ich saß auf der Bank und ließ den Hund schnuppern, als Tala mit einem Pudel an der Leine vorbeikam. Der Hund hatte so eine typische Modeschur, aber es war das Halsband, das mir sofort ins Auge fiel.«

»Wieso? Trug er eins von diesen reflektierenden Dingern?«, wollte Deacon wissen.

Scarlett war an »Weil weit und breit kein Mensch zu sehen war« hängengeblieben. Wie hätte der Satz weitergehen sollen? Kurioserweise war er schon wieder rot geworden. Aber die Frage musste noch warten.

Marcus schüttelte den Kopf. »Nein. Das Halsband war mit Edelsteinen besetzt.«

Scarlett und Deacon starrten ihn verblüfft an. »Mit Edelsteinen?«, wiederholte sie. »Sind Sie sicher? Nicht eher Strass oder Zirkone?«

»Ziemlich sicher. Auf dem Halsband stand das Label – eines der exklusivsten Juweliere Chicagos.« Er nannte ihnen den Namen. »Als ich dort anrief, sagte man mir allerdings, dass man das Modell schon eine Weile nicht mehr verkauft habe, und riet mir, es bei eBay zu versuchen.«

Scarlett blickte düster. »Wieso erstaunt es mich nicht, dass Sie bereits recherchiert haben?«

Marcus zuckte die Achseln. »Zuerst war ich einfach nur entsetzt. Ich meine, wer lässt denn einen Hund mit so was auf die Straße? Und wieso führt ein Mädchen in diesem Alter zu so später Stunde einen Hund im Park aus? In meinem Kopf schrillten sämtliche

Alarmglocken, daher stand ich auf und wollte gehen, aber ...« Er seufzte. »Sie weinte.« »Also bist du geblieben?«, hakte Deacon vorsichtig nach.

Marcus bedachte ihn mit einem scharfen Blick. »Nur lange genug, um sie zu fragen, warum sie weine und ob sie Hilfe brauche. Doch sie wandte sich um und rannte einfach davon. Ich versuchte, ihr zu folgen, aber BB kann nicht mehr gut laufen, und bis ich den Hund eingesammelt hatte, war sie bereits fort.«

»Und wann haben Sie sie wiedergesehen?«, fragte Scarlett.

»Gleich in der nächsten Nacht, aber diesmal nicht aus der Nähe. Es war wieder gegen eins, und ich saß auf der Bank und wartete, aber sie hielt Abstand. Sie trug ein weißes Polo-Shirt, und weil der Hund auch weiß war, konnte ich die beiden durch die Bäume sehen. Wieder rief ich sie, und wieder lief sie weg. In der dritten Nacht dann wagte sie sich nah genug heran, dass ich sie weinen sehen konnte.«

Scarlett betrachtete Marcus' Gesicht eingehend. Er schien etwas zu verheimlichen. »Wieso, denken Sie, hat sie das getan? Warum ist sie näher gekommen?«

Er zögerte, dann verdrehte er die Augen. »Keine Ahnung. Vielleicht weil ich gesungen habe.«

Wieder starrten sie und Deacon ihn an. »Sie haben gesungen?«, wiederholte sie. »So was wie ein Lied?«

Er bedachte sie mit einem finsteren Blick. »Ja, so was wie ein Lied. In der ersten Nacht war ich ganz allein im Park. Das dachte ich zumindest. Wenn ich allein bin, singe ich manchmal. Ich hoffte, sie würde sich vielleicht herantrauen, wenn ich noch einmal singe.«

*Faszinierend.* Seine Wangen verfärbten sich, und er zog defensiv die Schultern hoch, als fürchte er, dass sie ihn auslachen würde, doch nichts lag ihr ferner. Auch sie hatte sich von Anfang an von seiner Stimme angezogen gefühlt, obwohl sie ihn nur hatte sprechen hören. Dass er eine fantastische Singstimme zu haben schien, überraschte sie nicht.

»Ich singe auch nur, wenn ich allein bin«, sagte sie trocken. »Allerdings, weil mich niemand hören will. Ich nehme an, dass Tala Sie dagegen hören *wollte*.«

Etwas Steifheit wich aus seinen Schultern. »Ja, ich schätze, das wollte sie.«

»Was hast du denn gesungen?«, fragte Deacon.

Er presste die Lippen zusammen. »Vince Gill. ›Go Rest High on That Mountain‹.«

Scarlett zog scharf die Luft ein, als ihr plötzlich eng in der Brust wurde. Sie hatte dieses Lied schon auf vielen Beerdigungen gehört, und eine davon verfolgte sie bis heute in ihren Alpträumen.

»Ich verstehe«, flüsterte sie und begegnete seinem Blick. Er nickte. Er glaubte ihr.

Deacon sah verwirrt von einem zum anderen. »Ich nicht. Was ist denn das für ein Lied?«

»Ein Country-Song«, erklärte Scarlett, ohne den Blickkontakt zu lösen. »Vince Gill hat ihn für seinen toten Bruder geschrieben. Er wird oft auf Beerdigungen gespielt. Auch auf der von Marcus' Bruder lief er.« Sie musste schlucken, als ihre Kehle sich zuzog. »Eine gute Wahl.«

Marcus' Blick flackerte, und sie glaubte darin einen Hauch Dankbarkeit zu erkennen.

Deacon atmete tief durch. Da er bei der Festnahme des Mörders von Marcus' Bruder schwer verletzt worden war, hatte er an der Beerdigung nicht teilnehmen können, aber er hatte den Leichnam des Siebzehnjährigen gesehen, als man ihn gefunden hatte. Genau wie Scarlett.

Und Marcus ebenfalls. Scarlett hätte sich gewünscht, dass ihm das erspart geblieben wäre. Den Bruder zusammen mit anderen Toten achtlos verscharrt in einer flachen Grube zu entdecken, musste es ihm so viel schwerer gemacht haben, mit dem Verlust zurechtzukommen. Das wusste Scarlett aus eigener Erfahrung.

»Ach so«, sagte Deacon leise. »Dann war es dieses Lied, das Tala anlockte. Hast du mit ihr sprechen können?«

Marcus blickte wieder zu der Stelle, an der die Leiche gelegen hatte. »Nein. Sie hat bis zum heutigen Abend kein Wort gesagt. Ich bin immer wieder gegen eins in den Park gegangen, weil ich hoffte, sie würde mir letztendlich erzählen, wovor sie solche Angst hatte. Irgendwann nahm ich meine Gitarre mit. Ich dachte, sie fände mich vielleicht weniger bedrohlich, wenn ich etwas in den Händen halte, aber das war nicht der Fall. Sie ließ den Hund so nah an mich herankommen, dass ich ihn streicheln konnte, hielt selbst aber immer einen Abstand von acht Metern ein.«

*Acht Meter?* Scarlett runzelte die Stirn, doch dann begriff sie. »Der Hund war an einer Flexi-Leine, richtig?« Sie wandte sich an Deacon. »Eine Acht-Meter-Leine nimmt man normalerweise für große Hunde. Ich hab auch so eine für Zat.« Fragend sah sie Marcus an. »Konnten Sie die Hundemarke sehen, als Sie das Tier gestreichelt haben?«

»Nein, nur ein Namensschild am Halsband – ›Coco‹ stand darauf –, aber keine Tollwut- oder Steuermarke. Sieben Nächte hintereinander kam Tala in den Park und hörte mir beim Singen zu, dann blieb sie drei Nächte in Folge weg. Ich begann, zusätzlich tagsüber in den Park zu gehen, und das zu ganz verschiedenen Zeiten, aber erst gestern am späten Nachmittag begegneten wir uns wieder. Also ungefähr vor zwölf Stunden.«

»Sie humpelte«, murmelte Scarlett.

Er nickte zornig. »Ja. Und sie sah aus, als ob man sie verprügelt hätte. Ich bin nicht davon ausgegangen, dass es etwas mit mir zu tun haben könnte, weil ich nie bemerkt habe, dass ihr jemand folgte. Jetzt aber denke ich, dass es doch so gewesen sein muss.« Er verzog verbittert die Lippen. »Andernfalls wäre sie wohl noch am Leben.«

»Detective Bishop sagte, dass du deine Karte auf der Bank hast liegenlassen«, fuhr Deacon fort. »Tala hat dir eine SMS geschickt. Können wir die Telefonnummer haben, mit der sie dich kontaktiert hat?«

Marcus reichte Deacon sein Telefon. »Sie bat mich, sie keinesfalls zurückzurufen. Das habe ich auch nicht getan, aber ich habe die Nummer überprüft.«

Deacon blickte finster. »Du hast die Nummer überprüft? Wie hast du das denn hingekriegt?«

»Ich leite eine Tageszeitung, Deacon«, antwortete Marcus nachsichtig. »Ich weiß, wie ich an Informationen gelange.« Deacon kniff die Augen zusammen. »Und du willst mir vermutlich nichts Genaueres darüber erzählen.«

»Ganz richtig.«

Deacon schien protestieren zu wollen, klappte aber den Mund wieder zu. »Na schön. Was kannst du uns sonst noch sagen?«

Marcus richtete den Blick wieder auf Scarlett und wirkte plötzlich peinlich berührt. »Auf Ihre Frage, ob sie eine Prostituierte war, habe ich geantwortet, ich wüsste es nicht, und das entspricht der Wahrheit. Allerdings hatte sie Erfahrung damit ... Männerwünsche zu erfüllen.« Er seufzte. »Als ich ihr meine Hilfe anbot, glaubte sie zuerst, es gehe mir um Geld, und als ich sagte, ich wolle ihr Geld nicht, huschte ein angeekelter Ausdruck über ihr Gesicht. Aber als hätte man einen Schalter umgelegt, verwandelte sie sich plötzlich in eine Verführerin, die mir an die Wäsche wollte.« Seine Kiefer verhärteten sich.

»Du hast gesagt, sie glaubte, dass ihre Familie in Gefahr war. Hat sie Geschwister erwähnt? Freundinnen?«, fragte Deacon. »Können wir eingrenzen, um was für eine Familie es sich handelt? Geht es wirklich um Blutsverwandte oder möglicherweise um Mitgefangene?«

Marcus schüttelte den Kopf. »Sie sagte nur ›meine Familie‹. Mein erster Gedanke war, dass dieser Mann und seine Frau, von denen sie gesprochen hat, sie dazu zwingen, in irgendeinem Sexgewerbe zu arbeiten.«

Scarlett holte das Foto des Opfers, das sie mit ihrem Handy aufgenommen hatte, auf den Bildschirm und zeigte es Deacon. »Das war auch mein erster Gedanke.«

»Jung und hübsch«, stimmte Deacon zu. »Genau der Typ Frau, der beim Menschenhandel besonders gefragt ist. Wie war sie im Park gekleidet? Trug sie etwas Verführerisches? Ich meine, wirkte sie, als habe sie eben mal die Arbeit unterbrochen, um rasch den Hund auszuführen?«

»Sie trug ein Polohemd und eine abgetragene Jeans«, gab er zurück. »Sie sah aus wie ein ganz normaler Teenager.«

»Der einen Hund mit Diamantenhalsband ausführt«, murmelte Deacon. »Tja, offenbar war ihr die Familie – oder wen auch immer sie zu schützen versuchte – ausgesprochen wichtig. Ihre ›Besitzer‹ vertrauten jedenfalls ausreichend auf ihr Druckmittel, um sie mit dem Hund Gassi zu schicken, ohne fürchten zu müssen, dass sie flieht.«

»Hatte sie einen Akzent?«, fragte Scarlett. »Wie war ihr Englisch? Klang es, als lebe sie schon länger in diesem Land?«

»Sie sprach fehlerfrei, hatte aber in der Tat einen Akzent.« Marcus zog eine dunkle Baseballkappe aus seiner hinteren Jeanstasche. »Aber Sie können sich selbst ein Urteil bilden. Ich habe unsere Unterhaltung aufgenommen.« Er zögerte, dann zuckte er die Achseln. »Ich habe jede Begegnung nach der ersten Nacht aufgezeichnet.«

Scarlett starrte auf die Kappe, dann in seine Augen. »Sie haben ein Mikrofon in der Kappe?«

»Sogar eine Kamera. Sie steckt im Rand des Schirms.«

Deacon starrte ihn verblüfft an. »Warum denn das?«

Marcus presste die Kiefer aufeinander. »Ich wollte etwas in der Hand haben, falls man mich in die Falle zu locken versucht.«

Deacon nahm die Kappe, sah ihn aber unverwandt an. »Und wer sollte dich deiner Meinung nach in eine Falle locken wollen, Marcus?«, fragte er leise.

Marcus straffte den Rücken, und seine Miene nahm jene Ausdruckslosigkeit an, die typisch für Soldaten vor einem Verhör war. »Ich weiß es nicht.«

Er klang frustriert, fand sie. Und aufrichtig. Aber vermutlich wollte sie das nur heraushören. »Vielleicht dieselbe Person, wegen der Sie Ihrer Mutter versprechen mussten, nur mit Kevlar-Weste auf die Straße zu gehen?«

# 2

Cincinnati, Ohio
Dienstag, 4. August, 3.50 Uhr

*Vielleicht dieselbe Person, wegen der Sie Ihrer Mutter versprechen mussten, nur mit Kevlar-Weste auf die Straße zu gehen?* Marcus war einen Moment lang sprachlos vor Verblüffung, doch dann musste er beinahe lächeln. Scarlett Bishop entging wirklich wenig. *Also sei umso vorsichtiger. Auch um ihretwillen.* »Mag sein. Und bevor Sie noch weiter fragen: Nein, ich weiß nicht, wer ›diese Person‹ ist.«

»Aber es gibt jemanden, der dich bedroht?«, fragte Deacon. »Wieso?«

Auch dem Bundesagenten entging nur wenig. Der Verlobte seiner Cousine hatte einen scharfen Verstand, der ihm Respekt abnötigte. Zusammen waren Scarlett und Deacon ein beängstigend gutes Ermittlerteam. Was ein Grund dafür war, warum Marcus die beiden bewusst und beharrlich gemieden hatte, wann immer es ihm möglich gewesen war. »Ich weiß nicht«, wiederholte er.

»Wer wusste sonst noch, dass du heute Nacht hier sein würdest?«, fragte Deacon.

Wieder zog Marcus verblüfft die Brauen zusammen. »Du glaubst, dass *ich* das Ziel war?«

»Du bist derjenige, der mit Schutzweste und versteckter Kamera hier aufkreuzt«, erwiderte Deacon trocken. »Sag du's mir.«

Marcus hatte bisher nicht einmal daran gedacht, doch er sah ein, dass er dies durchaus in Erwägung ziehen musste. Schließlich war es nicht das erste Mal, dass es jemand auf ihn abgesehen hatte. Dass er bis vor neun Monaten nie schwer verletzt worden war, grenzte im Grunde an ein Wunder. Und, ja, er kümmerte sich im Augenblick um diverse Projekte, aber keins davon war ein heißes Eisen, das einen derartigen Anschlag erklärt hätte. In der Vergangenheit dagegen ... Nun, da hatte es ganz andere Projekte gegeben. Er war schon vielen auf die Füße getreten.

»Ich bin Zeitungsverleger«, sagte er schließlich zögernd. »Meine Leute veröffentlichen Geschichten, über die manch einer nicht besonders glücklich ist. Wir bekommen immer wieder Drohungen, aber die meisten sind nicht wirklich ernst zu nehmen. Nein, ich glaube nicht, dass ich heute Nacht das anvisierte Ziel war.«

»Leider sind wir diejenigen, die das beurteilen müssen«, sagte Scarlett. Sie war nicht mehr sanft und verständnisvoll, sondern wieder durch und durch Polizistin. »Ein Mädchen wurde umgebracht. Falls eine jener ›Drohungen‹ Ursache dafür war, müssen wir davon wissen. Und speisen Sie mich ja nicht mit Quellenschutz ab«, fuhr sie ihm über den Mund, bevor er genau das tun konnte. »Sie haben mich angerufen, weil Sie wussten, dass das Mädchen Hilfe brauchte. Behindern Sie mich jetzt nicht bei meiner Arbeit.«

Sie hatte recht, wie er zugeben musste. Er hatte sie angerufen, hatte sie in diese Sache hineingezogen. »Sie haben es innerhalb der nächsten Stunde auf dem Schreibtisch.«

»Und was genau bekomme ich?«, fragte sie misstrauisch.

»Eine Liste der Drohungen, die bei uns eingegangen sind.« Zumindest die, die er ihr zu zeigen gewillt war. Einige Drohungen waren lächerlich. Um andere hatten sie sich bereits gekümmert. Wieder andere waren zu aufschlussreich. Er würde die auswählen, die ihm keinen Schaden zufügen konnten. »Wie weit soll ich zurückgehen? Sechs Monate? Ein Jahr? Fünf?«

Sie blinzelte. »Sie führen Listen *mit Drohungen gegen Sie?*« »Und gegen meine Leute. Meine Büroleiterin macht das, ja. Für alle Fälle.«

Sie warf Deacon einen raschen Blick zu. »Was denkst du? Drei Jahre?«

Deacon zuckte die Achseln. »Warum nicht? Irgendwo müssen wir ja anfangen.« Seine ungewöhnlichen zweifarbigen Augen musterten Marcus kühl. »Ich brauche deine Waffe.«

Marcus war froh, dass er sich unter den angenehmeren Umständen familiärer Zusammenkünfte an Deacons Aussehen hatte gewöhnen können. Deacon hatte wie seine Schwester das Waardenburg-Syndrom, wodurch sein Haar schneeweiß war und seine Iris heterochrom. Sie war zur Hälfte braun, zur Hälfte blau, und zwar exakt mittig geteilt, und der erste Blick warf die meisten Menschen zunächst aus der Bahn. Marcus ging davon aus, dass Deacon diesen Vorteil bei Verhören bewusst einsetzte, um sein Gegenüber zu überrumpeln. Nicht wenige hatten auf diese Art schon Eingeständnisse gemacht, die sie nachher bereut hatten.

Das würde Marcus nicht passieren. »Wie kommst du darauf, dass ich eine Waffe habe?«

Deacon verdrehte die Augen. »Weil du hier mit Kevlar-Weste und versteckter Kamera aufgekreuzt bist«, wiederholte er ungeduldig. »Du verschwendest meine Zeit, Marcus.«

Das entsprach der Wahrheit, wie Marcus sich eingestehen musste, und plötzlich war ihm das unangenehm. Sobald er ihnen die Pistole aushändigte, brauchten sie ihn nicht mehr. Scarlett würde davongehen, um ihre Arbeit zu erledigen, und er bliebe allein zurück. *Das ist doch erbärmlich. Reiß dich zusammen.*

»Du hast recht.« Er ließ sich auf ein Knie sinken und zog eine SIG in Taschengröße aus seinem Knöchelholster, dann richtete er sich wieder auf und legte die Waffe Deacon in die ausgestreckte Hand.

Deacon schnupperte am Lauf. »Die ist heute Nacht nicht abgefeuert worden.«

»Nein. Ich habe die Waffe zwar gezogen, aber der Schütze war schon fort. Vor zwei Tagen habe ich sie auf dem Schießstand benutzt. Euer Mann von der Spurensicherung hat mich vorhin auf Pulverreste getestet. Negativ.«

Deacon zuckte nicht mit der Wimper. »Du hättest Handschuhe tragen können.«

»Hätte ich. Habe ich aber nicht.« Er blickte verstohlen zu Scarlett, die ihn aufmerksam beobachtete. Und das auf eine Art, die vielleicht nicht hundertprozentig professionell war. Ihm wurde plötzlich warm.

»Und Ihr Messer?«, fragte sie, und ihr kühler Tonfall stand im Kontrast zu der Glut, die er in ihren Augen zu sehen glaubte.

Verdattert blinzelte er. »Mein Messer?«

»Sie haben ihr das T-Shirt abgeschnitten«, erwiderte sie. »Um damit die Blutung zu stoppen. An Ihrem Messer klebt vermutlich Talas Blut. Wo ist es?«

Verärgert über sich selbst, steckte er die Hand in die Tasche und fischte das Klappmesser heraus. »Das will ich aber zurückhaben«, murmelte er, als er es in die geöffnete Beweismitteltüte in ihrer Hand fallen ließ.

Sie hielt die Tüte ins Licht des Scheinwerfers, den die Spurensicherung aufgestellt hatte, um die Waffe zu begutachten. »Nettes Ding.« Sie blickte zu ihm auf. »Armeebestand?«

Wenn sie wusste, dass er gedient hatte, hatte sie ihn offenbar überprüft. Fragte sich nur, wie gründlich.

»Restposten«, sagte er. Die Halbwahrheit ging ihm geschmeidig über die Lippen. Das Messer, das er Bishop überreicht hatte, war tatsächlich dasselbe, das er im Kampf bei sich gehabt hatte. Es hatte ihm schon oft das Leben gerettet, und als sein Einsatz beendet gewesen war, hatte er es seltsamerweise nicht über sich gebracht, sich davon zu trennen. Also hatte er ein identisches Messer gekauft, dieses mitsamt seiner Ausrüstung zurückgegeben und sein altes behalten. Er trug es bei sich, seit er vom Golf zurückgekehrt war. Einfach so. *Na klar, red dir das ruhig ein.* Also schön: Er brauchte es, um sich daran festzuhalten. Es war sein Trostspender, sein Talisman, seine ganz persönliche Schmusedecke, und er war Manns genug, es sich einzugestehen.

Meistens jedenfalls.

Eine Pistole mit sich zu führen, hatte er sich allerdings erst angewöhnt, als er schon ein paar Monate bei der Zeitung gearbeitet hatte und hier in Cincinnati um einige Feinde reicher geworden war.

Die Liste war im Laufe der Jahre beträchtlich angewachsen, aber er bereute nichts von dem, was er getan hatte.

Bis jetzt. Verdammt, er hoffte inständig, dass Tala das eigentliche Ziel des Schützen gewesen war. Er wollte nicht einmal daran denken, dass sie durch seine Schuld zu Tode gekommen war. Gepeinigt blickte er auf. »Sie war doch fast noch ein Kind.«

Scarletts beinah militärisch stramme Haltung entspannte sich. »Im gleichen Alter wie Ihr Bruder Mikhail«, murmelte sie. »Es tut mir so leid, Marcus.«

Als er ihrem Blick begegnete, spürte er sie wieder, die Verbindung, die zwischen ihnen bestand. »Danke.«

Unbehagen flackerte in ihren Augen auf. Sie straffte die Schultern, und er konnte zusehen, wie sie sich von einem Moment auf den anderen wieder in die kühle Polizistin verwandelte. »Es gibt keinen Grund, Sie festzuhalten«, sagte sie brüsk, »aber wir werden vermutlich später noch weitere Fragen an Sie haben. Sie planen nicht zufällig, in nächster Zeit die Stadt zu verlassen?«

*Alles klar,* dachte er säuerlich. Der ihm zugeteilte Moment des Mitgefühls war anscheinend vorbei. Er öffnete den Mund, um eine sarkastische Bemerkung zu machen, überlegte es sich dann jedoch anders. Er war nicht fair. Ihr Mitgefühl war noch da, und es war immer da gewesen. Er hatte es gesehen, als sie neben seinem Krankenhausbett gestanden hatte, dann wieder am Grab seines Bruders, auch wenn sie sich während der Feierlichkeiten im Hintergrund gehalten hatte. Und selbst jetzt war es noch spürbar, aber sie wollte es sich nicht anmerken lassen, und das musste er akzeptieren. Im Augenblick zumindest. »Nein, das plane ich nicht«, antwortete er.

Sie musterte ihn abschätzend. »Weil Sie ja ohnehin nach Talas Mörder suchen werden.«

Er hob die Schultern. »Ich verdiene mein Geld damit, Nachrichten zu produzieren, Detective.«

»Hiermit nicht«, sagte sie scharf. »Suchen Sie nicht nach dem Schützen oder jemand anderem. Schicken Sie mir die Namen derer, die Sie verärgert haben, und alle Aufnahmen von Tala aus dem

Park – und das bitte so schnell wie möglich.« Sie reichte ihm ihre Karte. »Meine E-Mail steht ganz unten.«

Er kannte ihre E-Mail-Adresse bereits. Er wusste nahezu alles, was sie betraf – zumindest alles, was sich aus der Ferne und auf legalem Wege herausfinden ließ. Nun ja, größtenteils legal. Und nicht immer aus der Ferne. Denn diese Frau faszinierte ihn, seit er vor neun Monaten die Augen aufgeschlagen und sie neben seiner Krankentrage hatte stehen sehen. Damals war ihr Blick abwartend und wachsam gewesen. Und voller Respekt.

Den hatte er auch vorhin wahrgenommen, wie ihm plötzlich bewusst wurde – Respekt. Weil er zurückgekommen war, um sich zu vergewissern, dass man sich um die Leiche des Mädchens kümmerte. Es war schon viel zu lange her, dass er sich selbst gegenüber echten Respekt empfunden hatte. Früher hatte er gehandelt, weil er es für richtig gehalten hatte. Obwohl die Versuchung immer größer geworden war, hatte seine Selbstachtung ihn davor bewahrt, das Gesetz selbst in die Hand zu nehmen und die perversen Schweinehunde zu richten, über deren Verbrechen er in seiner Zeitung berichtete. Doch je öfter er damit scheiterte, die Täter dauerhaft aus dem Verkehr zu ziehen, umso stärker zweifelte er an dieser Selbstachtung. Denn dem Kind, das voller Angst zu Bett gehen musste, weil der kranke Pädophile noch immer nebenan schlief, nützte sie gar nichts.

Das Einzige, was Marcus zurückhielt, war die Furcht, so tief in den Abgrund zu stürzen, dass er nie wieder daraus hervorkriechen würde. Selbstjustiz war eine Gratwanderung. Das wusste Marcus O'Bannion aus eigener Erfahrung.

Doch heute Nacht hatte er in Scarlett Bishops Augen Respekt gesehen, und diesen Ausdruck wollte er öfter sehen. Unbedingt. Er hatte sie lange genug nur aus der Ferne beobachtet. Vielleicht hatte es das Schicksal ausnahmsweise mal gut mit ihm gemeint und ihm Scarlett Bishop aus einem bestimmten Grund geschickt. Vielleicht war sie sein Weg zurück ins Licht. Aber vielleicht war er auch nur so jämmerlich einsam, dass er nach jedem Strohhalm gegriffen hätte, nur um noch ein Weilchen in ihrer Nähe sein zu dürfen. *Aber auch damit könnte ich leben.*

»Ich fahre von hier aus direkt in mein Büro.« Marcus zog eine Braue hoch. »Natürlich nur, falls Sie mich hier nicht mehr brauchen«, fügte er leicht herausfordernd hinzu.

Ihr Blick flackerte, doch sie hatte sich rasch wieder im Griff. »Ich warte noch auf Ihre Zusicherung, dass Sie nicht nach Talas Mörder suchen werden.«

Nun, dann musste sie eben warten. Denn er würde ihr nichts zusichern, was er nicht zu halten gedachte. »Also ... Dann sind wir hier also fertig?« Fasziniert beobachtete er, wie ihr die Röte in die Wangen stieg.

»Verdammt noch mal«, zischte sie. »Dieses Mal werden Sie sich wirklich selbst umbringen.«

Ja, das war durchaus möglich. Nicht dass das etwas Neues war. Er wandte sich an Deacon Novak. »Steht es mir nun frei zu gehen?«, fragte er förmlich.

Deacon stieß verärgert den Atem aus. »Ja, es steht dir frei zu gehen. Lass dich nur nicht umbringen. Faith mag deine Familie, und ganz langsam wage ich sogar zu glauben, dass sie mich vielleicht doch nicht alle bis aufs Blut hassen.«

Marcus hätte fast gelächelt. »Vielleicht nicht alle, stimmt.« Niemand, um es genau zu sagen. Deacon Novak hatte mit seinem Charme Marcus' Mutter, Bruder und Schwester sogar in tiefster Trauer zum Lachen gebracht, und dafür würde Marcus ihm bis in alle Ewigkeit dankbar sein. Faith war ihnen allen nach Mikhails Tod eine unerschöpfliche Quelle emotionaler Unterstützung gewesen, und sie hatte sich so nahtlos in den O'Bannion-Klan eingefügt, als habe sie schon immer dazugehört. Faith und Deacon dazugewonnen zu haben, war das einzig Gute, das in den vergangenen neun Monaten geschehen war.

Das und die Tatsache, dass er Scarlett Bishop begegnet war, die ihn übrigens noch immer verärgert anstarrte. »Da Sie, wie Sie es eben so treffend formuliert haben, Ihr Geld mit dem Produzieren von Nachrichten verdienen, müssen wir vermutlich damit rechnen, auf der heutigen Titelseite des *Ledger* von Talas Tod zu lesen?«, fragte sie.

»Nein. Die heutige Ausgabe ist bereits im Druck.«

»Und was ist mit der Online-Version?«, fragte sie.

Am liebsten hätte er ihr alles Mögliche versprochen, nur um sie wieder auf seine Seite zu ziehen, aber er würde sie nicht anlügen. »Ich kann Ihnen garantieren, dass sich irgendjemand die Story unter den Nagel reißt, sobald die Leiche im Kühlhaus eintrifft. Wäre es Ihnen da nicht lieber, wenn wir zuerst die Wahrheit berichten?«

Sie legte den Kopf schief und betrachtete ihn nachdenklich.

»Wie viel von der Wahrheit gedenken Sie denn zu berichten?«

»Bitten Sie mich, bestimmte Einzelheiten zurückzuhalten, Detective?«

»Würden Sie das tun, falls ich Sie darum bäte?«

Eigentlich hätte er beleidigt sein müssen, denn ihre Bitte verstieß gegen alles, woran ein guter Journalist glaubt. Aber Marcus war kein normaler Nachrichtenmann. Seit er den *Ledger* vor fünf Jahren übernommen hatte, nutzte er ihn für eine selbst auferlegte übergeordnete Mission. Sein Recherche-Team hatte es sich zur Aufgabe gemacht, die Machenschaften von Männern und Frauen zu entlarven, die Kinder missbrauchten und misshandelten, der Justiz aber bisher immer durch die Finger geschlüpft waren. Menschen, die ihren Familien Gewalt antaten und nur damit aufhörten, wenn man sie dazu zwang.

Seine Leute spielten nicht immer fair, und hin und wieder verschafften sie sich Informationen auf nicht ganz legale Art, aber sie taten es, um die Opfer zu schützen. Genau wie er wussten sie, dass sie die Welt nicht retten würden, aber einen kleinen Teil davon konnten sie definitiv verbessern.

Scarlett Bishops Bitte nachzukommen war so gesehen nicht mehr oder weniger unmoralisch als das, was sie sonst taten, aber das brauchte sie nicht zu wissen, daher schüttelte er den Kopf. »Unwahrscheinlich. Es kommt darauf an, was ich Ihrer Meinung nach zurückhalten soll. Auch ich will, dass der Mörder des Mädchens gefasst wird, aber es liegt in meiner Verantwortung, vollständig zu berichten und nicht nur das, was Sie durchnicken. Was sollte ich denn für mich behalten?«

»Den Namen des Parks, wo Sie sie getroffen haben, die Patronenhülse, die wir gefunden haben, und die letzten Worte des Mädchens.«

Damit hatte er gerechnet. Es waren genau die Einzelheiten, die er ohnehin ausgelassen hätte. »Das sind schon drei Fakten.«

Sie ging gar nicht erst darauf ein. »Sie können ihr Foto und den Tatort veröffentlichen.«

»So viel dann doch?«, sagte er aufgesetzt staunend. »Darf ich mich als einzigen Augenzeugen selbst zitieren?«

»Das bleibt Ihnen überlassen«, sagte sie. »Allerdings hätte ich gedacht, dass Sie Ihre Beteiligung an der Geschichte lieber nicht an die große Glocke hängen würden.«

Das traf zu, aber dazu war es nun zu spät. »In Anbetracht der Tatsache, dass ich in Ihrem Polizeibericht auftauchen werde, ist das leider nicht mehr praktikabel. Ich werde unweigerlich auf den Titelseiten der Konkurrenzblätter erscheinen.«

»Aus dem Bericht kann ich Sie nicht ausklammern, tut mir leid.« Sie wirkte tatsächlich etwas zerknirscht. »Ich könnte die Akte zwar unter Verschluss halten, aber es haben Sie zu viele Leute am Tatort gesehen.«

»Dann ist die Nachricht ohnehin schon im Umlauf«, sagte er gelassen. »Und ich kann sie ohne schlechtes Gewissen bringen.«

Ihr Bedauern machte Verärgerung Platz. »Dann sorgen Sie doch bitte dafür, dass Ihre Leute ein Foto von dem Videomaterial benutzen, das Tala noch lebendig zeigt.«

Marcus zog die Brauen zusammen. Jetzt *war* er beleidigt. »Glauben Sie wirklich, ich würde ein Foto der Toten abdrucken, Scarlett? Für wen halten Sie mich eigentlich?«

»Für einen Mann, der sein Geld damit verdient, ›Nachrichten zu produzieren‹«, gab sie ruhig zurück.

*Touché.* Er wandte sich an Deacon. »Grüß Faith von mir, ja?« Dann nickte er in Scarletts Richtung. »Detective. In spätestens einer Stunde haben Sie die gewünschte Datei.«

Cincinnati, Ohio
Dienstag, 4. August, 4.05 Uhr

Scarlett sah Marcus O'Bannion stirnrunzelnd nach. »Glaubst du, dass er die Informationen zurückhält?«

»Keine Ahnung«, murmelte Deacon. »Marcus ist schwer einzuschätzen.«

Das war eine glatte Untertreibung. Just als sie geglaubt hatte, ihn durchschaut zu haben, hatte er knallhart den Verleger herausgekehrt. »Er hat irgendwo noch eine Pistole.«

Deacon hob seine schneeweißen Brauen, und sie wusste, dass er denselben Schluss gezogen hatte. »Wie kommst du darauf?«

»Weil er nie und nimmer nur ein Messer zu einer potenziellen Schießerei mitbringen würde.«

»Er hatte die SIG.«

»In einem Knöchelholster, das nur schwer zu erreichen ist. Der Mann trägt Kevlar und hat eine versteckte Kamera in seiner Kappe! Er hat mit Ärger gerechnet. Also hatte er garantiert eine größere Pistole bei sich, die er problemlos ziehen konnte.«

»Da bin ich ganz deiner Meinung. Allerdings spielt das nur dann eine Rolle, wenn er sie abgefeuert hätte.«

»Und es gibt keine Pulverreste an seinen Händen«, murmelte sie. »Aber wie du schon sagtest: Er hätte ja auch Handschuhe tragen können.«

»Tja, es würde immer Aussage gegen Aussage stehen. Denkst du, er hat mit der anderen Pistole geschossen?«

»Ich glaube nicht, dass er Tala getötet hat. Sonst hätte ich ihn wohl kaum einfach ziehen lassen. Aber er könnte auf den Täter gezielt haben.« Sie biss sich auf die Unterlippe. »Irgendwie gefällt es mir nicht, dass er uns die zweite Pistole unterschlagen hat.«

»Auch da bin ich deiner Meinung.« Deacon legte den Kopf schief und musterte sie prüfend. »Warum hat er das wohl gemacht?«

Sie warf ihm einen scharfen Blick zu. »Woher soll ich das denn wissen? Du tust ja gerade so, als würde ich ihn kennen. Du hast doch viel mehr mit ihm zu tun als ich.«

»Aber er hat dich angerufen. Nicht mich. Oder uns.«

Das stimmte. Auch Deacon hätte ihm helfen können. Aber er hatte sie angerufen. Und nur sie. Und dass ihr bei dieser Erkenntnis plötzlich warm ums Herz wurde, ärgerte sie ungemein. »Weil er sich mit einer Siebzehnjährigen treffen wollte«, fauchte sie. »Wie sieht denn das aus? Er brauchte Hilfe, und mehr steckt nicht dahinter.«

»Na schön«, sagte Deacon in einem väterlichen Ton. »Wenn du meinst.«

Sie biss die Zähne zusammen. »Hör auf. Du weißt, dass ich es nicht ausstehen kann, wenn du so mit mir redest.«

»Stimmt.« Sein plötzliches Grinsen durchdrang ihren Ärger wie ein Sonnenstrahl. Deacon schaffte es so gut wie immer, ihren Zorn zu vertreiben und ihre Gedanken somit wieder auf das Wesentliche zurückzulenken. Anfangs hatte sie das extrem gestört, aber inzwischen wusste sie es zu schätzen.

»Tut mir leid«, sagte sie aufrichtig. Es war nicht Deacons Schuld, dass sie so reizbar war. In Marcus O'Bannions Nähe schien sie unweigerlich nervös zu werden, und Nervosität konnte Scarlett nicht ausstehen. Sie holte tief Luft, um sich wieder zu erden. Hier ging es nicht um sie. Es ging um ein siebzehnjähriges Mädchen, das auf dem Weg ins Leichenschauhaus war. »Ich schlafe in letzter Zeit ziemlich schlecht. Deshalb bin ich wohl etwas angespannt.«

»Hm-hm.« Deacons Miene besagte, dass sie ihm nichts vorzumachen brauchte. »Also – warum hat er wegen der Waffe gelogen?«

Im Kopf rekapitulierte sie, was er gesagt hatte. »Er hat nicht gelogen. Er sagte nur, er habe seine Waffe gezogen. Nicht spezifisch die SIG. Aber wenn er alles, was geschehen ist, aufgenommen hat ...«

»Dann muss auch die Pistole auf dem Video zu sehen sein.« Deacon schüttelte den Kopf. »Allerdings bezweifle ich, dass er uns das Material so freigiebig angeboten hätte, wenn etwas für ihn Belastendes auf dem Film zu sehen wäre. Dass er uns nichts von der anderen Pistole gesagt hat, gibt mir zu denken.«

Sie griff nach der Kappe, die Deacon in eine Beweismitteltüte gesteckt hatte, und betrachtete sie von allen Seiten. »Speichert die Kamera das Video, oder wird es irgendwo anders eingespeist?«, fragte sie. Sie kannte Deacons Vorliebe für technische Spielereien aller Art.

»Falls die Kamera einen Speicher hat, dann reicht der höchstens für ein bis zwei Minuten Filmmaterial. Wahrscheinlicher ist, dass die Aufnahmen drahtlos an irgendein anderes Speichermedium gesendet werden.«

»Mit welcher Reichweite?«

»Das hängt davon ab, wie viel Marcus für die Kamera ausgegeben hat. Bei der Kohle, die er hat, tippe ich auf ein Modell vom Allerfeinsten, also dürften es schon ein paar Meter sein. Aber seine Privatadresse ist einige Meilen von hier entfernt, und das bedeutet ...« Er ließ den Satz verklingen, dann verdrehte er die Augen. »Dieser raffinierte Mistkerl. Bestimmt hat er im Auto eine externe Festplatte. Er hätte uns das Material also ebenso gut sofort geben können.«

*Raffinierter Mistkerl – und ob!* Jeder Rest von Wärme, den sein Vertrauen in sie eben erzeugt hatte, löste sich in nichts auf. »Er löscht einfach den Teil mit der Pistole, ehe er uns das Material schickt, stimmt's?«

»Ich schätze schon. Es sei denn, er hat aufgehört zu filmen, als ihm die Kugeln um die Ohren flogen.«

Sie hob die Tüte mit der Kamera auf Augenhöhe und blinzelte

in die Linse am Rand des Schirms. »Wie kann er das Ding denn an- und ausschalten?«

»Übers Handy. Aber nicht über das, was er uns gezeigt hat. Das war ein Wegwerfgerät.«

»Ja, das ist mir auch aufgefallen.« Sie seufzte. »Was hältst du von Marcus?«

»Ich glaube auch nicht, dass er das Mädchen erschossen hat, wenn es das ist, was du wissen willst. Wahrscheinlich wird das Filmmaterial seine Aussage in jeder Hinsicht stützen. Aber was *seine* Feinde angeht, hat er uns sicherlich nicht die ganze Wahrheit gesagt. Auf mich wirkte er ziemlich perplex, als ich ihn fragte, ob er sich vorstellen könne, dass der Angriff vielleicht ihm galt.«

Ja, dachte sie, Marcus war in der Tat perplex gewesen. Und dann entsetzt. Nicht zuletzt darüber, dass er womöglich unbeabsichtigt den Tod des Mädchens verschuldet hatte. »Mit dieser Frage hast du ein gutes Gespür bewiesen.«

Deacon zuckte die Achseln. »Reporter neigen dazu, sich viele Feinde zu machen. Ich für meinen Teil mag sie nicht besonders.«

Scarletts Mundwinkel zuckten in die Höhe. Deacon hatte gute Gründe, die Presse nicht zu mögen. Mit seinem schneeweißen Haar und der futuristischen schwarzen Sonnenbrille, die er tagsüber trug, war er für die Medien ein gefundenes Fressen. Und obwohl er jetzt in der Augusthitze auf sein Markenzeichen – einen langen, schwarzen Ledermantel – verzichtete, hatte ihn so gut wie jeder Reporter in der Stadt schon darin abgelichtet. Deacon Novak sah in der Tat aus wie eine Gestalt aus einer Comicverfilmung. Die Kameras liebten ihn.

*Und lieber ihn als mich.* In ihrer Eigenschaft als Polizistin war sie von der Presse schon oft zitiert worden. Das gehörte zu ihrem Job. Aber einmal war sie selbst Teil einer solchen Geschichte gewesen, und sie hatte keinerlei Bedürfnis, diese Erfahrung zu wiederholen. Allein die Erinnerung verursachte ihr Magenkrämpfe.

»Im Impressum wird O'Bannion als Herausgeber geführt«, sagte sie. »Der *Ledger* ist nach dem *Enquirer* die Nummer zwei in der Stadt, aber Marcus hat den Marktanteil beträchtlich ausbauen können, seit er die Zeitung nach seiner Rückkehr aus dem Irak vor fünf Jahren übernommen hat. Dennoch habe ich seinen Namen noch nie unter einer Schlagzeile gesehen. Er gehört nicht zu den Reportern, die losziehen und andere Leute belästigen.«

Deacon legte einmal mehr den Kopf schräg. »Du hast dich ziemlich gründlich über ihn informiert, was?«

Scarlett spürte, wie ihr das Blut in die Wangen stieg. »Natürlich. Und zwar vergangenes Jahr, als die O'Bannions als Verdächtige in Frage kamen.« Vor neun Monaten hatten sie einen Killer zu schnappen versucht. Marcus hatte einem Mädchen das Leben gerettet, und Scarlett hatte verzweifelt gehofft, dass er wirklich der gute Mensch war, der er zu sein schien. »Ich habe versucht, mir ein Bild von ihm zu machen.«

»Und?«

»Ich denke, dass seine moralische Haltung grundsätzlich stimmt, aber die Medien gehen nun mal nicht zimperlich mit anderer Leute Existenz um, wenn sie eine Story wittern.«

Deacon musterte sie plötzlich zu eingehend für ihren Geschmack. »Das klingt, als würdest du aus Erfahrung sprechen.«

»Das tue ich auch.« Und es war eine Schande, die Scarlett bis ans Ende ihres Lebens mit sich herumschleppen würde. »Auf dem College ist eine Freundin von mir gestorben, weil ein Reporter eine Story öffentlich gemacht hat, die besser privat geblieben wäre. Er bekam eine fette Schlagzeile auf Seite eins und sie einen hübschen Engel auf ihrem Grab.«

»Du gibst dem Reporter die Schuld für ihren Tod?«

»Er trägt zumindest eine Mitschuld, ja.« Genau wie sie selbst. »Aber vor allem mache ich das kranke, sadistische Schwein, das sie umgebracht hat, verantwortlich!«

»Oh. Ich hatte es so verstanden, dass deine Freundin Selbstmord begangen hat.«

»Nein. Ihr Ex-Freund hat sie ermordet, aber sie hätte vielleicht überlebt, wenn der verdammte Reporter die Klappe gehalten hätte.«

*Und du auch, Scarlett.* Denn sie hatte dem Reporter vertraut und Dinge erzählt, die sie besser für sich behalten hätte. *Weil du so unfassbar dumm warst.* Was zum Tod ihrer Freundin geführt hatte.

»Aber du willst nicht glauben, dass Marcus solch ein Reportertyp ist.«

Nein, das wollte sie nicht, blindes Vertrauen würde sie ihm allerdings auch nicht entgegenbringen. *Nie wieder.* Nun, was für ein Mensch er war, würde sich in dem Artikel über Tala zeigen. Er hatte die Macht, die Einzelheiten zurückzuhalten, die die Polizei der Öffentlichkeit verheimlicht hätte. Seine Zeitung hatte in der Vergangenheit bereits kooperiert, wie sie wusste, aber sie hatte nie mit Marcus direkt zu tun gehabt. »Wie ich schon sagte: Marcus wird nicht als Reporter geführt. Er ist Herausgeber und Eigentümer der Zeitung. Wodurch er für alle Inhalte verantwortlich zeichnet. Und für die Arbeit der Reporter, die er bezahlt.«

»Was bedeutet, dass die Liste derer, die ihm etwas Böses wollen, um alle Leute erweitert werden muss, die eventuell einen Groll gegen einen seiner Reporter hegen. Das mögen verdammt viele sein. Zum Glück führt er ja anscheinend Buch darüber.«

»Schon, aber ich hatte den Eindruck, er wollte nicht zugeben, dass die Drohungen ernst zu nehmen sind – uns oder sich selbst gegenüber, keine Ahnung. Trotzdem trägt er auf Bitten seiner Mutter eine Schutzweste, also muss zumindest sie gewisse Drohungen ernst nehmen. Was wiederum bedeutet, dass seine Familie – oder zumindest seine Mutter – ebenfalls davon weiß.«

»Stimmt. Falls also der Schütze jemand war, dem Marcus mit seiner Zeitung auf die Füße getreten ist, dann war Marcus das Ziel der Attacke und Tala ein Kollateralschaden.«

Scarlett drehte sich um und blickte auf die Stelle auf dem Asphalt, wo Tala ihr Blut vergossen hatte. »Dennoch sagt mir mein Bauchgefühl, dass es hier eher um Tala ging als um Marcus. Sie hat ihn gebeten, sich hier mit ihr zu treffen. Auf sie wurde zuerst geschossen. Und der Täter ist zurückgekommen, um sich zu vergewissern, dass sie wirklich tot ist. Es ist wahrscheinlicher, dass Tala das eigentliche Ziel und Marcus der Kollateralschaden war. In dem Fall haben wir keine anderen Anhaltspunkte als eine Leiche, einen Vornamen, Talas letzte Worte, eine Patronenhülse, eine ungefähre Ahnung von der Gegend, in der sie wohnte, und den Namen eines Pudels mit einem diamantenbesetzten Halsband.«

»Und die Tatsache, dass sie einem Mann und seiner Frau ›gehörte‹«, fügte Deacon grimmig hinzu.

Scarlett dachte einen Moment lang darüber nach. »Wir haben schon Fälle gelöst, bei denen uns anfangs weit weniger Informationen zur Verfügung standen. Wenn wir es hier mit Menschenhandel zu tun haben, brauchen wir deine FBI-Kontakte.« Das FBI hatte Deacon offiziell an die Sondereinheit der Polizei von Cincinnati »ausgeliehen«, aber er hatte sich so gut in die Gruppe eingefügt, dass sie ihn kaum noch als Bundesagenten wahrnahm.

Er nickte. »Ich werde meinen Chef kontaktieren. Er weiß bestimmt, wer in dieser Gegend die Fäden in der Hand hält.«

»Und ich werde uns ein bearbeitetes Foto von Talas Gesicht besorgen und eins von dem Hund aus Marcus' Videomaterial ausdrucken, sobald er es uns geschickt hat. Anschließend können wir in der Nähe des Parks anfangen, die Leute zu befragen. Vielleicht erkennt sie ja jemand und weiß, woher sie kam.«

»Wenn sie den Hund hauptsächlich nachts ausgeführt hat, könnte das problematisch werden.«

»Oder ein Vorteil sein. Denn dadurch wird sie sich den Leuten besser eingeprägt haben. Wir sollten uns auch bei den Tierärzten in der Gegend umhören. Wer sich einen solchen Hund hält, achtet meist penibel auf dessen Gesundheit.«

»Und was ist mit potenziellen Augenzeugen hier in diesem Viertel?«

»Mag sein, dass die Dealer und Prostituierten etwas gesehen haben, aber als ich eintraf, waren alle schon untergetaucht.« Scarlett sah auf die Uhr. »Und bald geht die Sonne auf, die meisten werden also nicht vor heute Abend zurückkehren. Tommy und Edna könnten etwas gesehen haben. Sie wussten jedenfalls, dass hier in dieser Gasse Schüsse gefallen sind, aber ich bin nicht lange genug bei ihnen geblieben, um weitere Fragen zu stellen.«

»Tommy und Edna?«

»Die beiden Obdachlosen, die es sich nachts für gewöhnlich drei Blocks weiter in einem Hauseingang bequem machen. Ich kenne sie schon seit Jahren. Auf dem Rückweg frage ich noch mal bei ihnen nach.«

»Und ich setze mich mit der FBI-Abteilung für Menschenhandel in Verbindung. Ruf mich an, wenn du Marcus' Videodateien und die Liste mit den Drohungen hast.«

»Sobald sie in meinem Postfach landen. Bis nachher im Büro.«

Cincinnati, Ohio
Dienstag, 4. August, 4.35 Uhr

»Verfluchte Scheiße«, brummte Marcus, als er sich vorsichtig auf dem Stuhl hinter seinem Schreibtisch niederließ. Er war froh, dass es noch so früh war. Die Zeitung war um zwei Uhr nachts in Druck gegangen, was bedeutete, dass auch Diesel und Cal zu Hause in ihren Betten lagen. Alle anderen würden nicht vor neun Uhr hier eintreffen.

Seine Leute würden die Hände über dem Kopf zusammenschlagen, vor allem seine Büroleiterin, Gayle. Sie war die Privatsekretärin seiner Mutter gewesen, als Marcus zur Welt gekommen war, und hatte später für ihn und seine Geschwister als Kindermädchen fungiert. Als Mikhail, der Jüngste, in die fünfte Klasse gekommen war, hatte Gayle den Posten aufgegeben, um stattdessen in der Redaktion zu arbeiten. Wirklich abgelegt hatte sie die Rolle des Kindermädchens allerdings nie. Gayle neigte zum Glucken, sogar noch mehr als seine Mutter.

Gemeinsam trieben die beiden Frauen ihn mit ihrer Fürsorge in den Wahnsinn, seit er vor neun Monaten aus dem Krankenhaus entlassen worden war. Die Ereignisse des frühen Morgens würden sie in ihrer Sorge nur noch bestärken. Mental bereitete er sich schon auf eine Verschärfung der familiären Kontrollen vor.

Er schloss seine Schreibtischschublade auf und holte den Laptop hervor, den er für vertrauliche Angelegenheiten nutzte. Falls es etwas auf dem Tala-Video gab, das die Polizei nicht sehen sollte – zum Beispiel eine zweite Waffe mit abgefeilter Seriennummer –, würde er es auf diesem Rechner speichern und eine bereinigte Fassung weitergeben.

Scarlett die SIG zu überlassen, war ihm nicht schwergefallen. Die Pistole war so neu, dass er sie bisher nur auf dem Schießstand benutzt hatte; selbst wenn die Ballistiker sie überprüfen sollten, würden sie nichts finden. Es machte ihm nichts aus, wenn sie die Waffe sähe, aber aushändigen würde er ihr seine PK380 nicht, dazu trug er diese schon viel zu lange bei sich. Und obwohl er nicht ernsthaft glaubte, dass eine ballistische Überprüfung etwas Belastendes zutage fördern würde, wollte er keinerlei Risiko eingehen.

Falls er ihr also eine PK380 geben musste, würde er ihr eine überlassen, die registriert war. Er besaß noch diverse andere. Marcus war sehr darauf bedacht, seine Privatsphäre zu wahren, weswegen er sogar mehr als einen »vertraulichen« Laptop besaß.

Die Daten eines Projektes wurden niemals kompakt auf nur einem Computer gespeichert, damit besagtes Projekt niemals lückenlos aufgedeckt werden konnte, falls ein Laptop je in falsche Hände geraten sollte. Außerdem war keiner der Rechner als Firmeneigentum gelistet, weshalb diese auch nicht beschlagnahmt werden konnten, sollte er oder einer seiner Leute je die Aufmerksamkeit der Gesetzeshüter auf sich ziehen.

So, wie es heute Morgen geschehen war.

So war das alles nicht geplant gewesen. Er hatte vorgehabt, eine gute Tat zu begehen und Tala in Scarlett Bishops Obhut zu geben und anschließend wieder zu verschwinden. Stattdessen ...

Seine Hände verharrten auf der Tastatur. Stattdessen war eine unschuldige junge Frau erschossen worden, und er befand sich plötzlich auf dem Radarschirm der Polizei.

*Warum sind Sie zurückgekommen?*, hatte Scarlett gefragt. Tja, warum war er zurückgekommen? Warum war er nicht abgehauen, solange er noch die Möglichkeit dazu gehabt hatte?

*Ich wollte sie nicht allein zurücklassen.* Und genau so war es gewesen, obwohl er gewusst hatte, dass ihm nun vermutlich die Cops eine Weile auf die Pelle rücken würden. Dass Scarlett Bishop zu diesen Cops gehörte, mochte Fluch oder Segen sein, das würde sich noch herausstellen. Umgehen konnte er mit beidem.

*Dann tu's auch. Schick ihr die versprochenen Dateien, damit sie ihren Job machen kann.*

Die Aufnahmen würden Scarlett mehr nutzen als die Auflistung der Drohungen gegen ihn und die Zeitung, also verband er den Laptop mit der Festplatte, die sich hinten in seinem Subaru befand. Er hoffte, dass er während der Ereignisse dieser Nacht immer innerhalb der Senderreichweite geblieben war. Die Kamera in seiner Kappe konnte die Daten zwar bis zu hundertfünfzig Meter weit schicken, aber auf der Suche nach dem Schützen war er um den Block gelaufen. Er klickte die Datei an und drückte sich im Geist die Daumen. Mit etwas Glück hatte die Kamera etwas aufgenommen, was ihm im Eifer des Gefechts entgangen war. »Was für eine elende Verschwendung«, murmelte er in der Stille des Büros, als Talas verängstigtes Gesicht auf seinem Bildschirm erschien. In einigen Sekunden würde er sie sterben sehen. Erneut hörte er das wenige, was sie ihm erzählt hatte.

Und dann, einen Sekundenbruchteil, ehe der Schuss die Luft zerriss, sah er es. Ein Flackern in ihren Augen. Entsetzen. Und Erkennen.

Sie hatte ihren Mörder nicht nur gesehen, sie hatte ihn auch erkannt.

»Du verdammter Hurensohn«, knurrte er und ignorierte den kurzen, scharfen Schmerz in seinem Rücken, als er sich zu schnell nach vorn beugte, um besser sehen zu können. *Bitte! Bitte lass die Kamera etwas aufgenommen haben!*

Die Aufnahme machte einen Satz und zeigte verschwommenes Mauerwerk und Schatten, als Marcus auf dem Video herumwirbelte, um nach dem Täter zu sehen. Das Bild wurde schärfer, doch die Einmündung zur Gasse war leer, genau wie er es in Erinnerung hatte. Dann hüpfte das Bild hierhin und dorthin, während er nach dem Täter – oder der Täterin – suchte, aber am Ende der Gasse war weit und breit niemand zu sehen.

Die Kamera fuhr wieder herum und richtete sich auf Tala, deren T-Shirt bereits blutgetränkt war. Er hörte sich einen Fluch ausstoßen, während er im Laufschritt zu dem Mädchen zurückeilte.

Seufzend lehnte sich Marcus zurück. Die Kamera hatte nicht mehr erfasst als seine Augen. Das Material würde Scarlett nichts nützen.

Dennoch spulte er das Band zurück und sah es sich erneut an. Diesmal jedoch konzentrierte er sich auf Talas Mund und drehte die Lautstärke auf, als sein Video-Ich versuchte, die Blutung zu stoppen. Vielleicht hatte sie doch versucht, etwas zu sagen.

Aber auch hier gab es nichts Neues zu entdecken. Er trennte die Festplatte von seinem Laptop, verband sie mit dem offiziellen Redaktionscomputer und schickte die Videodateien wie versprochen an Detective Scarlett Bishop.

Anschließend warf er einen Blick auf die Uhr. Er hatte noch viel Zeit, bis Gayle eintreffen würde. Er musste die Liste mit den Drohungen bearbeiten, ohne dass sie es mitbekam. Er glaubte zwar nicht einmal ansatzweise, dass der Anschlag wirklich ihm gegolten hatte, aber falls Gayle bemerkte, welche Datei er sich ansah, würde sie sofort wissen, dass etwas im Busch war. Schlimmer noch: Wenn er bei ihrer Ankunft noch immer hier saß, würde sie ihm anmerken, dass er angeschlagen war, und einen Riesenwirbel veranstalten, so dass schon bald das ganze Personal Bescheid wüsste. Und selbstverständlich würde Gayle seiner Mutter davon erzählen.

Marcus vertraute Gayle bedingungslos. Sie hatte ihn in all den Jahren noch nie verraten, obwohl er ihr wahrhaft düstere Geheimnisse zugemutet hatte. Doch was seine gesundheitliche Verfassung betraf, ließ Gayle nicht mit sich handeln, das wusste er.

Aber Marcus war sich nicht sicher, ob seine Mutter es aushalten konnte, wenn sie erfuhr, dass erneut auf ihn geschossen worden war. Seit dem Mord an Mikhail schien sie ständig kurz vor dem Nervenzusammenbruch zu stehen. Selbst seine Schwester Audrey riss sich zusammen und benahm sich anständig: Sie war in den vergangenen neun Monaten kein einziges Mal verhaftet worden.

Marcus würde nicht derjenige sein, der das fragile emotionale Gleichgewicht seiner Familie zerstörte. Zumindest nicht sofort. Er brauchte ein paar Stunden Schlaf, eine heiße Dusche und ein Kühlkissen für seinen Rücken, bevor er Gayle oder seiner Mutter unter die Augen treten konnte. Aber er hatte Scarlett Bishop die Auflistung der Drohungen gegen die Zeitung oder ihn persönlich versprochen, und Marcus O'Bannion hielt seine Versprechen.

Sobald er das erledigt hatte, konnte er sich auf die Story konzentrieren. Er würde Stone den Auftrag geben. Normalerweise war sein Bruder als freiberuflicher Journalist überall auf der Welt unterwegs, hatte sich jedoch eine Auszeit genommen, vermutlich um in der Nähe ihrer Mutter bleiben zu können, solange sie sich in diesem instabilen Zustand befand. Marcus war das nur recht; so hatte Stone Kapazitäten frei und konnte über den Mord an Tala berichten.

Wichtiger noch: Stone war einer der wenigen Menschen, denen Marcus alle Einzelheiten anvertrauen konnte. Er würde dafür sorgen, dass Stone die Fakten unter den Tisch fallen ließ, die Scarlett ihn auszulassen gebeten hatte, aber als Ermittler und Rechercheur war sein Bruder nahezu unschlagbar. Mit Stones Hilfe stiegen Marcus' Chancen, Talas Familie ausfindig zu machen, beträchtlich.

Er nahm das Telefon und drückte die Kurzwahl. Es überraschte ihn nicht, dass sein Bruder schon beim ersten Klingeln abnahm. Stone schlief nicht mehr als Marcus.

»Was ist los?«, fragte Stone. Der Fernseher, der im Hintergrund lief, verstummte.

»Ich brauche dich. Du musst eine Story für mich schreiben.«

»Okay. Worum geht's denn?«

»Komm in die Redaktion, dann erzähle ich dir alles. Kannst du auf dem Weg bei mir zu Hause haltmachen und mir ein paar saubere Klamotten mitbringen?« Seine Jeans war voller Blut. Er wollte damit möglichst nicht mehr gesehen werden. »Und könntest du vielleicht BB ausführen?« Als er das Gewicht verlagerte und ihm der Schmerz in den Rücken fuhr, fiel ihm noch etwas ein. »Und die alte Kevlar-Weste mitbringen? Sie ist in der Schreibtischschublade, die zweite von unten, glaube ich.«

Stone schwieg einen Moment lang. Dann: »Aha. Warum?«

»Das sag ich dir, wenn du hier bist.« Er rief die Liste mit den Drohungen auf seinem Computer auf und seufzte. »Du solltest auch eine tragen. Das ist sicherer.«

Wieder eine Pause. »Was soll denn das bedeuten?«

»Sag ich dir, wenn du hier bist«, wiederholte er. »Und danke.« Rasch legte er auf, bevor sein Bruder noch weitere Fragen stellen konnte.

Marcus überflog die von Gayle erstellte Auflistung, doch die Buchstaben verschwammen immer wieder vor seinen Augen, als sich der Schlafmangel bemerkbar machte. Er brauchte dringend Kaffee. Sein Verstand musste wach bleiben, damit ihm keine Daten entgingen, die er aus der Liste löschen musste, ehe er sie an Scarlett und Deacon weiterleitete. Die beiden waren ziemlich klug. Überließ er ihnen gewisse Informationen, würden sie sich rasch zusammenreimen können, dass er mehr tat, als nur Nachrichten zu verbreiten. Nur wenige handverlesene Mitarbeiter unterstützten ihn bei dem, was ihn wirklich interessierte – und was der Grund dafür war, dass er dieses Blatt seit Jahren künstlich am Leben erhielt, obwohl es wie die meisten Lokalzeitungen überall im Land längst eines natürlichen Todes hätte sterben sollen.

Er hatte das dumpfe Gefühl, dass Scarlett Bishop dieses Unternehmen grundsätzlich gutheißen würde. Ob sie mit den von ihm angewandten Mitteln und Methoden einverstanden wäre, stand jedoch auf einem anderen Blatt, und ihre Ablehnung konnte die

Existenzgrundlage – und die Freiheit – jener gefährden, die ihm genauso vertrauten wie er ihnen.

Dummerweise war keiner dieser Vertrauten hier, um Kaffee zu kochen. Mühsam kam er auf die Füße, um sich selbst einen zu machen, damit er sich endlich darauf konzentrieren konnte, seine Versprechen zu halten.


Cincinnati, Ohio
Dienstag, 4. August, 4.45 Uhr

Dass Marcus noch eine zweite Pistole mit sich geführt hatte, stand für Scarlett fest, und diese Tatsache nagte die ganze Heimfahrt über an ihr. Er hatte ihr sein Messer und die Zweitwaffe überlassen, aber nicht seine eigentliche Pistole. Was verbarg er noch vor ihnen? Und warum?

*Er ist Zeitungsverleger.* Das erklärte doch alles. Die Presse bestand aus windigen Gestalten, die für eine publikumswirksame Story mit allergrößter Selbstverständlichkeit logen. Sie war noch keinem Reporter, ob männlich oder weiblich, begegnet, den es kümmerte, ob er jemandem schadete oder nicht. Dennoch hoffte sie insgeheim, dass Marcus anders war. Dass er der Held war, den sie in ihm sehen wollte.

*Du steuerst auf die Enttäuschung deines Lebens zu.* Wahrscheinlich würde er Talas Geschichte veröffentlichen, alles herausholen, was herauszuholen war, und sich dann, ohne mit der Wimper zu zucken, der nächsten zuwenden.

Scarlett schaltete herunter, als sie auf die schmale Straße einbog, die zu ihrem Haus führte. Auf einem der steilsten Hügel der Stadt zu wohnen, hatte den Nachteil, dass man im Winter nicht nur besonders gute Fahrkünste, sondern auch einen Geländewagen brauchte. Aber Schnee und Eis lagen noch in ferner Zukunft, und ihr kleiner Audi, wenn auch schon etwas betagt, war dem Anstieg ohne weiteres gewachsen.

An den seltenen Tagen, an denen Schneestürme durch Cincinnati tosten, fuhr sie das Erbstück ihres verstorbenen Großvaters, den nahezu antiken Land Cruiser, der von ihr und ihren Brüdern liebevoll »der Panzer« genannt wurde. Er war zu groß für ihre Garage und stand den größten Teil des Jahres ungenutzt auf ihrer Auffahrt, denn damit in der Innenstadt zu parken war eine Quälerei und der Benzinverbrauch ein schlechter Scherz. Aber er war schon durch zwei Meter hohe Schneeverwehungen gepflügt, und sie gedachte ihn noch weitere fünfundzwanzig Jahre zu behalten.

Darüber hinaus hatte die Adresse oberhalb der Stadt in Scarletts Augen nur Vorteile. Die großartige Aussicht war einer davon. Dass sie aus den oberen Fenstern schon von weitem sehen konnte, wer sie besuchen wollte, war ein weiterer, denn so hatte sie Zeit, sich mental in die Scarlett zu verwandeln, die sie sein musste, wenn sie schließlich die Tür öffnete: die geduldige und liebevolle Scarlett Anne für ihre Mutter, die professionelle, immer beherrschte Detective Bishop für ihren Vater, die Freundin, mit der man bei einem Glas Wein über Gott und die Welt plauderte, oder aber Scar, mit der man Pferde stehlen konnte, für ihre Brüder.

Ihre Mutter stellte die größte Herausforderung dar. In ihrer Gegenwart musste Scarlett die starken, in ihr brodelnden Aggressionen unterdrücken, um nach außen als die beherrschte, gelassene Persönlichkeit zu erscheinen, die sie seit fast zehn Jahren für ihre Mutter spielte. Es hätte Jackie Bishop das Herz gebrochen, wenn sie gewusst hätte, was für ein Mensch ihre Tochter wirklich geworden war. Ihre Mutter hatte bereits einen schlimmen Verlust zu beklagen, und Scarlett dachte nicht im Traum daran, ihr noch mehr Leid zuzufügen.

Auch ein Besuch ihres Vaters machte es erforderlich, ihren Zorn und ihre Aggressionen niederzukämpfen, jedoch aus einem anderen Grund. Ihr Vater, ein hochdekorierter Officer der Polizei von Cincinnati, würde ihren Gemütszustand umgehend ihrer Vorgesetzten melden und sie suspendieren lassen. *Um mich vor mir selbst zu schützen. Weil ich nicht stark genug für diese Arbeit bin.* Denn ihr

Vater war überzeugt davon, dass sie dem Stress und dem emotionalen Druck der Polizeiarbeit auf Dauer nicht gewachsen war.

Zehn Jahre lang hatte sie versucht, ihm das Gegenteil zu beweisen.

Nur um festzustellen, dass er recht hatte. Sie *war* zu emotional. In ihr kochte ein ungeheurer Zorn. Sie war wie ein Pulverfass, das jeden Moment in die Luft gehen konnte, sie war eine Gefahr für sich selbst und andere. Eigentlich hätte sie nicht als Polizistin arbeiten dürfen, das wusste sie – aber was hätte sie sonst tun sollen?

Dummerweise waren all ihre Familienmitglieder extrem scharfsichtig, so dass Scarlett seit Jahren nichts anderes übrigblieb, als sich zu verstellen. Den Kontakt abzubrechen kam jedenfalls für sie nicht in Frage. Ihr Bruder Phin hatte das getan, und ihre Eltern würden wohl niemals darüber hinwegkommen.

Scarlett war eine gute Tochter. Eine gute Schwester. Eine Lieblingstante. Sie lernte sogar wieder, eine gute Freundin zu sein.

Was Deacons Schwester Dani und seiner Verlobten Faith zu verdanken war, denn die beiden hatten sie offenbar ins Herz geschlossen. Dani war Ärztin, Faith Psychologin, und beide Frauen besaßen erschreckend viel Menschenkenntnis. Mit ihnen zusammen zu sein, wäre schon bedrohlich genug gewesen, aber zu ihrem Kreis gehörte auch Meredith Fallon, ebenfalls Psychologin und einer der einfühlsamsten Menschen, die Scarlett je kennengelernt hatte.

Ihre angehende Freundschaft mit diesen Frauen fühlte sich manchmal an wie ein Spaziergang über ein Minenfeld, aber Scarlett hatte sich nicht dazu durchringen können, Distanz zu halten. Es war viele Jahre her, dass sie eine echte Freundin gehabt hatte, und ihr Herz schien diese Beziehungen aufzusaugen wie ausgedörrte Erde den Regen. Und plötzlich verspürte sie den innigen Wunsch, diese Frauen anzurufen und ihnen zu erzählen, dass Marcus sich vor wenigen Stunden bei ihr gemeldet hatte.

*Was ich selbstverständlich nicht tun werde.* Niemand wusste von ihrer Schwärmerei für Marcus O'Bannion, und dass er sie angerufen hatte, bedeutete ohne diesen Kontext gar nichts. Und eigentlich hätte Scarlett auch nur dann Grund zur Aufregung gehabt, wenn die Schwärmerei auf Gegenseitigkeit beruht hätte. Doch hätte er in diesem Fall nicht längst etwas unternommen? Sie angerufen zum Beispiel?

*Aber das hat er ja heute getan.*

Scarlett zog die Brauen zusammen. Der Anruf von heute Nacht zählte nicht, denn dabei war es um Tala gegangen. Wenn er an ihr als Person interessiert gewesen wäre, dann hätte er sie schon vor Monaten angerufen.

*Ach – so wie du ihn angerufen hast, ja?,* fragte eine leise spöttische Stimme in ihrem Kopf.

»Sei still!«, brummte sie. Dennoch war es die Wahrheit. Sie hätte ebenfalls anrufen können. Warum hatte sie es nicht getan?

*Weil du Angst hattest.*

Ach, Unfug. »Ich bin bloß vorsichtig«, sagte sie laut, aber ehe sie weiter mit sich diskutieren konnte, zerstreuten sich plötzlich ihre Gedanken, und sie stöhnte auf. Auf ihrer Auffahrt neben dem ramponierten Land Cruiser stand ein polierter schwarzer Jaguar. *Verdammt.*

Der Anblick erfüllte sie mit schuldbewusster Furcht. Sie wollte sich jetzt nicht mit Bryan auseinandersetzen. Dummerweise konnte sie sich diesmal nicht hinter ihren Vorhängen verstecken. *Also wirst du wohl oder übel mit ihm reden müssen.*

Die letzten Male, die Bryan mitten in der Nacht ungebeten aufgekreuzt war, war sie zu Hause gewesen, hatte aber nicht aufgemacht. Ihr fehlte einfach die Energie, immer wieder dieselben Argumente durchzukauen, also war sie zurück ins Bett gekrochen und hatte sich die Decke über den Kopf gezogen.

Beim ersten Mal hatte er nach ein paar Minuten aufgegeben. Doch jedes weitere Mal hatte er länger ausgeharrt. Vor drei Nächten dann war er kurz nach zwei Uhr gekommen und beinahe eine ganze Stunde geblieben, bis er ausgestiegen war und mit den Fäusten gegen ihre Tür gehämmert hatte. Fast wäre sie aufgestanden und die Treppe hinuntergelaufen, als ihre Nachbarin erbost das Fenster aufriss und ihm drohte, die Polizei zu rufen, wenn er nicht sofort mit dem Lärm aufhörte. Eine Minute später hörte sie jedoch, wie der Motor aufheulte und der Jaguar davonfuhr, und Scarlett fühlte sich mieser denn je.

*Du bist ein Feigling, Scarlett.* Oh ja, das war sie. Lieber hätte sie sich mit einem irren Mörder auf Crystal Meth geprügelt, als die Gefühle eines alten Freundes zu verletzen.

Sie bog in ihre Auffahrt ein und hielt so hinter dem Land Cruiser an, dass sie den Jaguar nicht zuparkte; sie würde Bryan keinen Vorwand liefern, länger zu bleiben als nötig.

Dann stieg sie aus und drückte behutsam die Fahrertür zu. Mrs. Pepper, ihre Nachbarin, besaß mit ihren fünfundachtzig Jahren noch ein erstaunliches Gehör. Falls sie aufwachte, würde sie hemmungslos lauschen, und dann wüsste bald darauf die gesamte Nachbarschaft Bescheid. Ihre Nachbarn waren nette Leute, mischten sich aber gerne ein, und jeder würde einen guten Rat für sie parat haben.

Bryan saß noch hinterm Steuer und deutete auf ihre Haustür, aber sie schüttelte den Kopf. Als sie ihn das letzte Mal »nur auf einen Kaffee« eingelassen hatte, wollte er nicht wieder gehen. Es war eine furchtbar unangenehme Situation gewesen.

Jetzt stieg er aus dem Jaguar und warf die Tür so laut zu, dass Scarlett die Zähne zusammenbeißen musste. Doch anstatt auf sie zuzukommen, blieb er stehen und blickte sie finster über das Autodach hinweg an.

»Wo bist du gewesen?«, begann er viel zu laut.

»Schscht!« Scarlett deutete auf die Häuser um sie herum, deren Fenster noch dunkel waren. »Du weckst ja die ganze Nachbarschaft auf«, flüsterte sie eindringlich.

Er schnaubte frustriert. »Entschuldige«, erwiderte er leiser. »Ich hab mir bloß Sorgen gemacht.«

*Nein,* dachte sie. *Du bist nur spitz wie Nachbars Lumpi.* Wie jedes Mal, wenn er hier auftauchte. Angeblich befand er sich dann immer »zwischen zwei Beziehungen«, aber Scarlett wusste es besser.

Bryan Richardson war ein echter Frauenheld, der problemlos von Affäre zu Affäre hüpfte. Er machte nie Versprechungen, daher musste er auch nicht lügen. Die meisten Menschen waren der Meinung, dass er das Alter, in dem man Freundinnen wechselte wie frische Hemden, längst überschritten hatte, aber die meisten wussten eben auch nicht, was Bryan durchgemacht hatte.

Scarlett jedoch wusste es. Weil sie dabei gewesen war. Ihr gemeinsamer Alptraum hatte sie auf ausgesprochen ungesunde Weise zusammengeschweißt und dafür gesorgt, dass sie seit dem College immer wieder zusammenkamen, wenn das körperliche Bedürfnis so stark wurde, dass es ihren Verstand vernebelte. Manchmal ließ sich die Einsamkeit eben nur auf diese Art vertreiben.

Dass Bryan genauso wenig ihre große Liebe war wie sie seine, hatte Scarlett nie gestört. Bis vor neun Monaten, als sie Marcus O'Bannions Stimme zum ersten Mal gehört hatte und kurz darauf an seinem Krankenhausbett zusehen musste, wie er um sein Leben kämpfte.

Das hatte alles verändert. Und gleichzeitig auch nichts. Sie war noch immer allein und würde es vielleicht bis in alle Ewigkeit bleiben. Aber nun störte sie immens, was sie mit Bryan verband – oder eben nicht verband. Sie hatte ihm bereits gesagt, dass ihre Beziehung beendet war und er sich einen anderen Hafen für stürmische Zeiten suchen musste, aber anscheinend hatte sie sich nicht deutlich genug ausgedrückt.

*Mach Schluss. Endgültig. Um eurer beider willen.*

»Ich bin Polizistin, Bryan«, sagte sie ruhig. »Und das bin ich schon seit zehn Jahren. Du hast dir doch früher nie Sorgen um mich gemacht.«

Langsam schlenderte er um seinen Jaguar herum und blieb dichter vor ihr stehen, als ihr lieb war. »Ich mache mir Sorgen um dich, seit ich dich kenne, aber bisher hatte ich den Eindruck, dass dir das völlig egal ist.« In seiner Stimme klang eine Spannung mit, die über sexuelle Frustration hinausging.

Etwas stimmte nicht mit ihm. Aber im Grunde stimmte nie etwas, wenn es um Bryan ging. Er hatte tiefe Narben in seinem Inneren, die kein anderer sehen konnte. *Genau wie ich.*

»Und warum sagst du mir das ausgerechnet heute Nacht?«, fragte sie.

Er hob die Hand, um ihre Wange zu streicheln, aber sie wich zurück, und er ließ die Hand sinken. »Weil ich das Gefühl habe, dass du dich von mir zurückziehst«, sagte er mit einem bitteren Lächeln. »Und ich habe keine Ahnung, woran das liegt. Es ist schon fast ein Jahr her, dass wir ...« »... miteinander ins Bett gegangen sind«, sagte sie ohne Umschweife, denn mehr war es nicht gewesen. »Übrigens ist es über ein Jahr her. Achtzehn Monate, um genau zu sein.« Sein verwirrtes Stirnrunzeln entlockte ihr ein Seufzen. »Das letzte Mal war vor Julie.«

»Oh. Ja.« Er lächelte, aber sein Blick wirkte eigenartig distanziert. »Wir hatten eine gute Zeit, Julie und ich.« Sein Lächeln verblasste. »Als es vorbei war, kam ich zu dir, aber du sagtest, du seist nicht in der Stimmung.«

Sie hatte ein paar Wochen zuvor Marcus kennengelernt. »Nein. Ich sagte damals, ich wolle nicht mehr mit dir schlafen.« Sie wurde rot, als sie an die vielen Male dachte, die sie mit ihm im Bett gewesen war, obwohl sie gewusst hatte, dass es ihr nicht guttat. »Und das will ich auch jetzt nicht, Bryan.«

Er senkte abrupt den Blick, dann sah er wieder auf. »Habe ich etwas falsch gemacht? Habe ich dir irgendwie weh getan?«

Mitleid regte sich in ihr. »Nein. Du hast nichts falsch gemacht, Bryan, und du hast mir auch nicht weh getan. Du bist für mich der, der du immer warst.«

Er entspannte sich sichtlich und beugte sich vor, um sein Gesicht an ihrem Hals zu bergen. Ohne sie sonst zu berühren, atmete er tief ein, als wolle er ihren Geruch aufsaugen. »Dann lass uns raufgehen«, flüsterte er. »Ich brauche dich. Es ist schon so lange her.«

Sie wich einen Schritt zurück, stieß aber gegen die Autotür. »Verzeih mir, Bryan«, flüsterte sie. »Ich kann nicht. Das habe ich dir doch schon so oft gesagt.«

»Kannst du nicht, oder willst du nicht?«

»Sowohl als auch.«

»Und warum nicht?«, brachte er hervor.

»Weil du dich vielleicht nicht verändert hast, ich mich dagegen schon.«

Er stieß hörbar die Luft aus und ließ das Kinn auf die Brust sinken. »Gibt es einen anderen in deinem Leben?«

»Nein«, sagte sie aufrichtig. *Noch nicht.* Und vielleicht würde nie etwas daraus werden. Sie atmete tief ein. »Aber es gibt da jemanden, mit dem ich gerne zusammen wäre.«

Überrascht sah er auf, dann wich die Überraschung Bedauern. »Doch dieser Jemand bin nicht ich.«

»Nein.« Sie lächelte, um ihre Worte abzumildern. »Wir beide wissen, dass du kein Mann für die Ewigkeit bist.«

»Das ist wahr«, murmelte er. Dass er es nicht einmal zu leugnen versuchte, schnürte ihr die Kehle zu. Einen Moment lang musterte er sie stumm. »Und du? Bist du eine Frau für die Ewigkeit?«

Tränen stiegen ihr in die Augen, denn ihr war klar, wie er seine Frage meinte. Wäre sie überhaupt in der Lage, sich dauerhaft zu binden? Und noch wichtiger: Könnte sie *Marcus'* Frau für die Ewigkeit sein? »Ich weiß es nicht. Vielleicht bin ich genauso beziehungsgestört wie du.«

Er schwieg lange, und sie wusste genau, dass er gerade an jenen grauenhaften Tag dachte, der ihr Leben so grundlegend verändert hatte. Sie erinnerte sich so lebhaft daran, als sei es gestern gewesen. *Gott ... das viele Blut!* In all den Jahren als Polizistin hatte sie nie wieder einen Tatort mit derart viel Blut gesehen.

Sie blinzelte, als etwas Weiches an ihrer Wange sie aus ihren Gedanken riss. Bryan trocknete ihr mit einem Papiertaschentuch das Gesicht. Sie hatte nicht einmal gemerkt, dass sie zu weinen begonnen hatte.

»Verzeih mir«, flüsterte er.

Sie rang sich ein Lächeln ab. »Was denn?«

»Dass ich kein Mann für die Ewigkeit bin. Ich wünschte, ich wäre es. Aber es geht nicht. Nicht einmal für dich.«

Gerührt legte sie eine Hand an seine Wange. »Vielleicht funktioniert es, wenn du dem richtigen Menschen begegnest.«

Er musterte sie und kniff die Augen zusammen. »Du hast ihn anscheinend schon getroffen.« Er verschränkte die Arme vor der Brust. »Hat er dich abgewiesen?«

»Nein. Nichts dergleichen. Es ist bloß ...« Sie seufzte. »Er weiß es gar nicht.«

»Dann ist er blind und dumm«, verkündete Bryan, und das spitzbübische Leuchten, das sie so gut kannte, kehrte in seine Augen zurück. »Ich könnte dir dabei helfen, ihn zu vergessen«, sagte er listig.

Scarlett schüttelte lächelnd den Kopf. Sie war froh, dass der allzu ernsthafte Augenblick vorbei war. »Ich weiß deine Opferbereitschaft zu schätzen«, sagte sie. »Aber die Antwort lautet immer noch nein.«

»Kriege ich dann wenigstens einen Kaffee?«

»Tut mir leid, nicht jetzt. Ich habe eine Leiche im Kühlhaus.«

Er runzelte die Stirn, hakte den kleinen Finger unter den Träger ihres Tanktops und ließ ihn zurückschnappen. »In dem Aufzug gehst du arbeiten?«

Augenblicklich schoss ihr das Blut in die Wangen. Er hatte recht. Das Oberteil, das sie trug, war eng und knapp, und auch die tief auf der Hüfte sitzende Jeans war für den Job nicht angemessen. *Aber ich habe mich auch nicht für die Arbeit angezogen.* Sie hatte sich für Marcus angezogen. Plötzlich dachte sie daran, wie er ihr mit den Augen gefolgt war, als sie den Tatort abgesucht hatte. Es musste ihm aufgefallen sein.

»Die Jacke liegt im Auto.«

Er blickte sie noch immer stirnrunzelnd an. »Ich dachte, du hättest heute frei.«

Scarlett blinzelte. »Und woher weißt du das?«

»Von deiner Mutter. Ich habe sie gestern Abend angerufen«, sagte er unschuldig.

»Du hast meine Mutter ausgefragt?«, wiederholte sie ungläubig. Dann seufzte sie resigniert. Ihre Mutter hatte schon immer etwas für Bryan übriggehabt. »Und woher wusste *sie* das?«

»Sie hat deinen Vater gefragt.«

Scarlett seufzte wieder. »Na klar.« Ihr Vater wusste so gut wie alles, was im Police Department von Cincinnati – kurz CPD – vor sich ging, vor allem wenn es die drei seiner sieben Kinder betraf, die in seine Fußstapfen getreten waren. Sie legte den Kopf schief und musterte Bryans Gesicht im grellen Licht der Straßenlaterne. »Warum hast du meine Mutter angerufen, Bryan?«

»Weil du mich immer wieder abgewiesen hast. Und ich ... mich einsam fühlte.«

»Was ist mit Sylvia?«

»Geschichte. Wir haben schon vor einem halben Jahr Schluss gemacht. Kathy kam danach, und dann gab es noch Wendy.«

»Aha. Und was ist mit Wendy?«

Er hob halb die Schultern. »Wir haben uns vor zwei Wochen getrennt.«

Scarlett zog eine Braue hoch. Das war Bryan, wie sie ihn seit ihrem ersten Jahr auf dem College kannte. Nun verstand sie endlich, warum sich seine Besuche in letzter Zeit derart häuften. »Also bist du zu mir gekommen.«

Immerhin hatte er den Anstand, beschämt auf seine Füße zu blicken. Wenigstens für zwei Sekunden. Dann hob er trotzig das Kinn. »Ich war letzte Woche schon ein paarmal hier, aber du warst nie zu Hause.«

»Ich arbeite zu sehr unterschiedlichen Zeiten, das weißt du.«

»Ich weiß aber auch, wenn dein Auto in der Garage steht. Sein Gestank verrät es.«

Sie stieß die Luft aus. *Ertappt.* Blöder Dieselmotor. »Tut mir leid, okay? Ich wollte dir nicht weh tun.«

»Tja, leider muss ich jetzt *dir* weh tun, denn ich habe schlechte Neuigkeiten«, sagte er ernst. »Letzte Woche habe ich Trent Bracken in der Stadt gesehen. Er war zum Lunch mit dem Seniorpartner von Langston & Vollmer.«

Scarlett zuckte zusammen, als hätte man ihr eine Ohrfeige verpasst. Sie war drauf und dran, zu explodieren, und musste tief einatmen, um sich unter Kontrolle zu halten. Trent Bracken hätte im Todestrakt sitzen müssen und nicht am Mittagstisch mit dem Seniorpartner der mächtigsten Kanzlei der Stadt. »Wieso?«, brachte sie heiser hervor.

Bryan verzog die Lippen. »Weil sie ihn just als Juniorpartner eingestellt haben. Seine Gewinnquote im Gerichtssaal ist ›legendär‹. Das jedenfalls war das Wort in dem Memo, das die Geschäftsleitung an alle Angestellten der Kanzlei geschickt hat.«

»Diese Mistkerle.« Scarlett musste erneut tief einatmen, diesmal um die plötzliche Übelkeit niederzukämpfen. »Die würden tatsächlich einen Mörder einstellen?«

»Sie würden nicht nur, sie haben es schon getan«, sagte Bryan erbost. »Es heißt, seine ›schlimme Erfahrung mit dem Rechtssystem‹ habe in ihm die Leidenschaft entfacht, ›die Rechte Unschuldiger zu verteidigen‹.«

Scarletts Knie drohten nachzugeben. Sie lehnte sich schwer gegen ihren Wagen. »Unschuldige«, flüsterte sie. »Michelle war unschuldig. Es kümmert sie nicht, dass Bracken sie umgebracht hat?« Sie stieß ein bitteres Lachen aus. »Nein, natürlich kümmert es die nicht. Die sind doch genau wie die Aasgeier, die Bracken überhaupt erst freigekriegt haben.« Verteidiger, die jedes Mittel, jedes Schlupfloch nutzten, ohne sich darum zu scheren, dass sie es damit einem Verbrecher ermöglichten, weiterhin sein Unwesen zu treiben. »Kein Wunder, dass sie diesen Mistkerl einstellen. Die sind doch nicht besser als er.«

»Jedenfalls dachte ich, dass du es wissen solltest. Damit du vor Gericht nicht unvorbereitet auf ihn stößt.«

Wieder stiegen ihr Tränen in die Augen, aber sie blinzelte sie rigoros weg. »Deswegen bist du also vorbeigekommen? Um mich vor Bracken zu warnen?«

Er nickte, dann zuckte er die Achseln. »Und weil ich mit dir ins Bett wollte«, gab er zu.

Sie schüttelte den Kopf. »Herrgott, Bryan, geh nach Hause und schlaf dich aus. Vielleicht lernst du schon morgen eine Neue kennen.«

»Vielleicht«, sagte er traurig. »Und wer ist der Glückliche, Scarlett? Kannst du mir wenigstens das sagen?«

Sie zog die Brauen zusammen. Sie war noch so schockiert über Brackens neueste Justizposse, dass sie Bryans Frage nicht sofort verstand. *Oh,* dachte sie, und dann erfüllte auch schon die Erinnerung an Marcus' Stimme ihr Bewusstsein. Aber sie war noch nicht gewillt, darüber zu reden. Nicht, solange sie nicht wusste, ob sie sich nicht alles nur einbildete. »Es gibt keinen ›Glücklichen‹. Nicht, ehe einer von uns einen Zug macht. Falls es überhaupt je geschieht.«

»Wenn er nicht bereits tot ist, *wird* er einen Zug machen«, versprach Bryan ihr grimmig, wandte sich um und ging zu seinem Wagen zurück. »Tja, dann ... Wir sehen uns. Auf jeden Fall nächsten Monat.«

Scarlett nickte. Ihr war noch immer übel. »Auf jeden Fall.« Wenn Michelles Freunde sich an ihrem Grab versammeln würden. Sie trat zur Seite, als er die Tür des Jaguars zuwarf und den Motor so laut aufbrüllen ließ, dass er damit vermutlich das ganze Viertel aus dem Schlaf schreckte. Mit quietschenden Reifen setzte er rückwärts aus der Einfahrt und raste mit überhöhter Geschwindigkeit den Hügel hin ab. Und vielleicht hätte Scarlett trotz ihrer Verärgerung im Stillen um seine Sicherheit gebetet – wenn sie denn noch an Gebete geglaubt hätte. Doch das tat sie nicht mehr, seit sie Michelles leblose Gestalt blutüberströmt in einer Seitenstraße gefunden hatte.

Der Gedanke an Leichen und Gassen beförderte sie wieder in die Gegenwart. *Tala.* Michelle hatte niemals Gerechtigkeit erfahren, doch bei Tala würde sie dafür sorgen. Sie atmete tief durch, besann sich auf den Zorn, der sie seit zehn langen Jahren antrieb, straffte den Rücken, stieg die Treppe zu ihrer Haustür hinauf, schloss auf und trat ein. Doch als sie die Tür hinter sich verriegelte, brach sich der Schluchzer, den sie unterdrückt hatte, mit solch einer Macht Bahn, dass es ihr beinahe den Atem raubte. Sie ließ sich gegen die Wand sacken, rutschte daran hinab zu Boden, verbarg ihr Gesicht zwischen den angezogenen Knien und ließ ihren Tränen freien Lauf.

Das ungleichmäßige Klackern von Krallen auf dem Holzboden durchdrang ihr Schluchzen und warnte sie vor, ehe eine rauhe Zunge über ihre Wange leckte. Scarlett lachte erstickt auf und schlang ihre Arme um den Hals der dreibeinigen Bulldogge, die sie aus dem Tierheim geholt hatte. »Hey, Zat«, flüsterte sie, noch immer erstaunt darüber, wie rasch der Hund ihr Herz erobert hatte.

Eine Weile blieb sie mit Zat im Arm auf dem Boden sitzen. Dann stemmte sie sich hoch und ging die Treppe hinauf Richtung Bad. Eine Dusche, saubere Anziehsachen, eine Tasse Kaffee, und sie wäre bereit, mit der Suche nach Talas Identität zu beginnen. Und ihren Mörder zu finden.

Dass sie dabei möglicherweise noch öfter mit Marcus O'Bannion zu tun haben würde, hätte ihr vielleicht nicht wie der Silberstreif am Horizont vorkommen dürfen, aber so war es nun einmal. »Und wer weiß«, murmelte sie, als sie das Wasser aufdrehte. »Vielleicht bin ja auch ich diejenige, die den ersten Schritt macht.«

# 3

Cincinnati, Ohio
Dienstag, 4. August, 5.15 Uhr

»Wow. So früh schon hier?«

Erschrocken fuhr Marcus vom Bildschirm auf und blickte stirnrunzelnd zu der jungen Frau, die in der Tür zu seinem Büro lehnte und mit ihren zerknautschten Kleidern und dem wirren lockigen Haar aussah, als wäre sie gerade erst aufgewacht.

Jill Ennis hätte eigentlich nicht allein hier sein dürfen. Sie gehörte nicht zu seinem inneren Kreis. Noch nicht jedenfalls. Und vielleicht würde sie das auch nie.

Die Frau hatte nie etwas getan, wodurch sie sein Misstrauen verdient hätte – an ihrer Arbeit war nichts auszusetzen –, doch sie strahlte etwas aus, das Marcus Unbehagen bereitete. Das allein wäre für ihn Grund genug gewesen, sie zu entlassen, aber sie war Gayles Nichte. Jill wohnte bei ihrer Tante, seit ihre Eltern vor fünf Jahren gestorben waren. Vor einem Jahr hatte sie die Schule abgeschlossen, und Gayle hatte ihn gebeten, sie in der Redaktion arbeiten zu lassen, bis sie sich entschieden hatte, was sie mit ihrem Leben anfangen wollte.

Marcus hatte es noch nie geschafft, Gayle etwas abzuschlagen, also hatte er eingewilligt. Jill war damit beauftragt worden, ihre Website zu pflegen, und sie machte ihren Job gut. Doch vor kurzem hatte sie mit dem College angefangen und sich angewöhnt, nach Feierabend hereinzukommen, um an der Seite zu arbeiten, und manchmal musste man sie regelrecht hinauswerfen, wenn die anderen um zwei Uhr morgens bei Drucklegung das Haus verließen.

»Was machst du denn schon hier?«, fragte er. Hatte sie etwas von seinem Gespräch mit Stone mitbekommen?

»Ich habe an einem Layout für einen neuen Anzeigenkunden gearbeitet und bin darüber am Schreibtisch eingeschlafen. In meinem Traum hat jemand geflucht, und dann wurde ich wach und merkte, dass du das warst. Was ist los?«

Ohne auf ihre Frage einzugehen, wandte sich Marcus wieder der Drohliste zu, in der Hoffnung, dass Jill nichts davon mitbekam. Es war über neun Monate her, dass er einen Blick in die Datei geworfen hatte, und sie war um einiges umfangreicher geworden. Nicht wenigen Leuten auf dieser Liste war durchaus zuzutrauen, dass sie auf ihn – oder jemanden, der neben ihm stand – schießen würden, aber er konnte die Datei unmöglich so an Scarlett Bishop weitergeben. Sie war klug genug, um Muster zu erkennen und daraus zu schließen, dass er nicht nur Nachrichten veröffentlichte.

»Du würdest nicht am Schreibtisch einschlafen, wenn du nicht auf zwei Hochzeiten gleichzeitig tanzen wolltest«, brummte er. »Ich bezahle dich doch so gut, dass du es nicht nötig hast, nach der Arbeit noch zur Schule zu gehen.«

»Ja, du bezahlst mich gut«, gab Jill zurück. »Das war nie das Problem.«

Er blickte auf. »Und was ist dann das Problem? Warum reibst du dich so auf? Du weißt sehr gut, dass es mir noch nie um irgendwelche belanglosen Noten gegangen ist.«

Ihre Lippen verzogen sich, doch nicht zu einem Lächeln.

»Das willst du gar nicht wissen, Marcus.«

Verblüfft über den unterschwelligen Unmut in ihren Worten, drängte Marcus seine eigene Verärgerung zurück. »Wie wär's, wenn du's drauf ankommen lässt?«

»Na schön.« Jill verschränkte die Arme vor der Brust und bedachte ihn mit einem Blick, der ihn an Gayle erinnerte. Er lehnte sich zurück. »Früher hat uns deine Tante immer so angesehen, wenn wir etwas ausgefressen hatten.«

»Ja, ich weiß. Sie hat mir erzählt, dass Stone sich meist irgendwie rauswinden konnte und am Ende sogar noch Kekse zum Trost bekam, während du deine Missetat sofort gestanden hast.«

»Das trifft es ziemlich genau.« Allerdings gab es eine »Missetat« seiner Kindheit, die er niemandem gestanden hatte – weder Gayle noch einem anderen lebenden Menschen. Einerseits aus Scham. Andererseits aus Furcht davor, wie seine Mutter und Stone die Wahrheit aufgenommen hätten. Aber vor allem hatte er nichts gesagt, weil er damals erst acht Jahre alt gewesen war – ein traumatisierter kleiner Junge in einer Lage, mit der sich kein Kind je konfrontiert sehen dürfte.

Aber er hatte Gayle auch nichts gestehen müssen. Sie hatte die ganze Sache miterlebt und sein Geheimnis bis heute bewahrt. Ihre Liebe und Fürsorge hatten verhindert, dass Marcus vor siebenundzwanzig Jahren an dieser Tat zerbrochen war. Er saß heute vor allem deshalb hier, weil Gayle ihn niemals aufgegeben hatte.

Nun sah er ihrer zornigen Nichte ruhig entgegen. »Aber du bist nicht Gayle, Jill, und ich bin kein Kind mehr. Sondern dein Chef.« Er ließ den Satz einen Moment lang wirken, dann hakte er schärfer nach: »Wie wär's, wenn du mir endlich sagst, was genau ich angeblich nicht wissen will?«

Jill straffte die Schultern. »Du guckst dir die Drohliste an. Wieso?«

Marcus erstarrte, schockiert. Woher wusste sie das? Er hatte sie bewusst nicht in das wahre Anliegen dieser Zeitung eingeweiht, daher hatte sie auch keinen Zugang zu sensiblen Daten. »Woher willst du wissen, dass es so eine Liste überhaupt gibt?«, fragte er mit gezwungener Ruhe.

»Meine Tante hat's mir gesagt.«

*Unmöglich.* »Nein, das hat sie nicht. Dessen bin ich mir sicher.«

Gayle war der einzige Mensch auf dieser Erde, den Marcus mit der heiklen Aufgabe betraut hatte, zu katalogisieren, was für sein Leben eine Bedrohung darstellen mochte. Niemals hätte sie jemandem außerhalb ihres kleinen, ausgewählten Zirkels davon erzählt. Niemals.

»Okay, schön, Gayle war es nicht. Ich habe mich in ihren Computer gehackt und es selbst herausgefunden.« Trotzig schob sie den Unterkiefer vor. Ihr Blick war Herausforderung pur.

Er spürte, wie sich seine Nackenhaare aufstellten. Hier lief etwas ganz und gar falsch. Jills Gelassenheit eben war reine Fassade gewesen; sie war stocksauer auf ihn, und er hatte das dumpfe Gefühl, dass sie diese Wut schon länger in sich trug.

»Wann hast du das getan?«, fragte er.

»Am Tag, an dem Mikhail starb.«

»Ermordet wurde«, korrigierte er barsch. »Mikhail wurde ermordet.«

»Meinetwegen.« Ihr Tonfall war so kalt wie seiner. »Am Tag, an dem Mikhail *ermordet* wurde, kam ich in die Redaktion und fand Tante Gayle vor, die weiß wie ein Gespenst war und ihre Hände auf die Brust presste. Es war ihr Herz!«

Marcus setzte sich ruckartig auf, ohne auf seinen protestierenden Rücken zu achten. Panik stieg in ihm auf. »Was? Gayle hatte einen Herzanfall?«

»Ja. Einen ›kleinen‹. Nicht, dass sie dich je damit belasten würde«, fügte sie sarkastisch hinzu.

Marcus schloss die Augen. In der Woche, die er im Krankenhaus verbracht hatte, war Gayle nicht zu Besuch gekommen. Er hatte sie erst bei Mikhails Beerdigung wiedergesehen. Damals war er davon ausgegangen, dass sie Zeit zum Trauern gebraucht hatte; Mikhail war praktisch wie ein eigener Sohn für sie gewesen, und sein gewaltsamer Tod musste sie schier zerrissen haben. Niemals aber wäre er auf die Idee gekommen …

»Gayle hatte einen Herzanfall«, flüsterte er fassungslos.

»Wie ich gerade erwähnte, ja.« Jill stieß verärgert den Atem aus. »In meinen Augen wäre an dieser Stelle die Frage ›Warum hat sie mir nie etwas davon erzählt?‹ angemessen.« Er schlug die Augen auf und begegnete ihrem Blick. Wahrscheinlich hatte er ihren Zorn in gewisser Hinsicht verdient. »Diese Frage muss ich nicht stellen, ich kenne die Antwort bereits. Gayle kümmert sich immer zuerst um andere. Das hat sie schon immer getan. Wenn du meinst, das wüsste ich nicht, dann irrst du dich gewaltig. Aber wenn du mir Schuldgefühle einimpfen willst, weil ich nicht wusste, dass sie krank war, und einfach davon ausgegangen bin, dass sie zur Arbeit kommt, als sei nichts gewesen, dann hast du einen Volltreffer gelandet. Mir war klar, dass Mickeys Tod sie schwer treffen musste, aber ich hatte keine Ahnung, dass das ihr Herz derart strapaziert hat.«

»Es war nicht Mickeys Tod, der ihr Herz strapaziert hat. Zu diesem Zeitpunkt hat sie noch gar nichts davon gewusst. Du warst es, Marcus.«

Er zog die Brauen hoch. »Ich? Sie hatte einen Herzanfall, weil man auf mich geschossen hat?«

»Nein. Es geschah am Morgen, Stunden bevor du angeschossen wurdest. Als ich sie fand, hielt sie ein Stück Papier in einer Hand. Sobald ich begriff, was mit ihr los war, bat ich sie, ruhig zu atmen und sich möglichst nicht zu bewegen. Dann rief ich den Notarzt, aber noch während ich die Adresse durchgab, schloss sie schnell die Datei, an der sie gearbeitet hatte, und versteckte den Zettel. Und das, obwohl sie die ganze Zeit über mühsam nach Luft rang.«

Er konnte sich die Szene so gut vorstellen, dass er sich nun noch elender fühlte als zuvor. »Also wolltest du wissen, was sie so aufgeregt hat. Okay, das kann ich sogar nachvollziehen.« Er warf einen Blick auf den Bildschirm und überflog die Liste nach einer Drohung, die glaubwürdig genug war, um bei einer Mittfünfzigerin Herzversagen auszulösen.

»Tja«, sagte Jill kalt. »Sie katalogisiert alles, was dein Leben gefährden könnte. Und zwar seit Jahren.«

»Ich weiß, ich habe sie darum gebeten.«

»Das hatte ich mir gedacht. Und deswegen bin ich auch so sauer auf dich.«

»Wahrscheinlich mit Recht.« Denn nun war auch er wütend auf sich. »Ich hätte ihr diese Verantwortung nicht aufladen dürfen.«

Jills Blick hätte Stahl durchdringen können. »Ganz richtig, Marcus, das hättest du nicht tun dürfen. Tante Gayle ist zu alt, um sich um dich zu sorgen.«

Marcus zog die Brauen zusammen. »Moment mal. Von alt kann ja wohl keine Rede sein. Ich stimme dir zu, dass sie sich nicht um mich sorgen sollte, aber sie ist schließlich erst fünfundfünfzig. Und war immer gesund.«

»Tja, ›war‹ ist wohl der richtige Ausdruck. Denn das ist sie nicht mehr.«

Neue Angst packte ihn. »Wie schlimm war der Herzanfall denn?«

»Schlimm genug. Der Arzt hat ihr nahegelegt, in den Vorruhestand zu gehen.«

»Sie muss den Wunsch nur äußern. Sie weiß genau, dass ich für sie sorgen werde.« Er merkte selbst, dass ein Hauch Verzweiflung in seiner Stimme mitschwang, aber er konnte es nicht ändern. Gayle gehörte zur Familie und war wie eine zweite Mutter für ihn, seit er denken konnte. »Ein Haus in Florida, Rund-um-die-Uhr-Versorgung ... sie kriegt, was sie will und braucht.«

Wieder loderte der Zorn in Jills Augen auf. »Aber sie wird nicht kündigen, das weißt du ganz genau. Sie fühlt sich euch viel zu sehr verpflichtet. Und da Mickey jetzt tot ist, wagt sie nicht, deine Mutter allein zu lassen.«

»Dann werde ich ihr eben sagen, dass sie in Rente gehen soll.«

»Nein. Du weißt ja offiziell gar nichts von ihren gesundheitlichen Problemen, und wenn Gayle erfährt, dass ich dir etwas verraten habe, wird sie stinkwütend auf mich.«

Frustriert wandte sich Marcus wieder dem Bildschirm zu. »An diesem Tag hat sie nichts Neues eingetragen, und seitdem ist auch nichts ernst genug gewesen, dass man sich darüber hätte Sorgen machen müssen. Hast du in Erfahrung gebracht, was für einen Zettel sie in der Hand hielt?«

»Nein.«

»Und sie hat nie etwas erwähnt? Wenn das, was darauf stand, so schockierend war, dass es einen Herzanfall bei ihr ausgelöst hat, dann hätte sie mich doch vermutlich gewarnt.«

Jill zuckte die Achseln. »Vielleicht hat sie es über Mickeys Beerdigung und deinen kritischen Zustand schlicht und einfach vergessen.«

»Nein, das glaube ich nicht. So was hätte sie niemals vergessen.«

Wieder ein eisiger Blick. »Sag mal, was genau verstehst du an Herzanfall nicht? Gott behüte, dass sie an etwas anderes denken könnte als an dich und deine großartige Familie. Ihre eigene Gesundheit? Ach, nebensächlich!«

Die Versuchung, sie anzufahren, war groß, aber er hielt sich zurück. Im Grunde genommen hatte sie ja recht. Er schluckte. »Wie lange war sie im Krankenhaus?«

»Vier Tage.«

Drei davon hatte er auf der Intensivstation gelegen. »Wo?« »Zum Glück nicht im County. Da du und Stone dort eingeliefert wurdet, wäre es schwer gewesen, ihr die Nachricht von Mikhails Tod zu verheimlichen. Als ich hörte, was geschehen war – was euch allen geschehen war ...«

»Da hattest du Angst, dass sie einen weiteren Anfall kriegen könnte.«

»Ja. Und ihr Arzt hat das genauso gesehen. Wir schafften es mit Müh und Not, die Nachrichten von ihr fernzuhalten, und ich erzählte es ihr erst drei Tage später, als Stone wieder auf dem Damm war und du zumindest nicht mehr in Lebensgefahr schwebtest, so dass es nicht nur schlimme Nachrichten gab.«

»Sie liebte Mikhail«, murmelte Marcus.

»Das weiß ich.« Jills Stimme war einen Hauch weicher geworden. »Sie war am Boden zerstört, als sie von seinem Tod erfuhr. Aber zumindest setzte ihr Herz nicht wieder aus.«

»Hat sie sich denn nicht gewundert, warum wir sie in den drei Tagen nicht besucht haben?«

Jills Tonfall wurde wieder härter. »Nein. Denn ich durfte ja niemandem verraten, wie es um sie stand. Ich musste versprechen, deiner Mutter zu sagen, dass sie sich spontan Urlaub genommen hätte. Aber als ihr Zustand wieder stabil war, hatte ich bereits von dem Mord an Mikhail und euren Verletzungen erfahren, daher sagte ich nichts mehr. Und es hat auch niemand nach ihr gefragt.«

»Oh, doch. Meine Mutter hat gefragt.« Jetzt reichte es. Auch in ihm flammte der Zorn nun wieder auf, und er war nicht nur sauer auf Jill, sondern in gewisser Hinsicht auch auf Gayle.

Gayle hatte die Mutterrolle für ihn und Stone übernommen, als seine leibliche Mutter unter einer schweren Depression gelitten hatte und nicht mehr in der Lage gewesen war, sich um ihre Kinder zu kümmern. Es war Gayle gewesen, die ihnen das Fahrradfahren beigebracht, Pflaster auf ihre aufgeschürften Knie geklebt und ihre Hausaufgaben kontrolliert hatte.

Und als er Nacht für Nacht schreiend aufgewacht war, weil die Alpträume ihn heimgesucht hatten – Männer mit kalten Augen und großen Pistolen, das ängstliche Schluchzen seiner Brüder, das ohrenbetäubende Krachen von Schüssen –, hatte Gayle stets an seinem Bett gesessen, ihn beruhigt und ihm versichert, dass ihm nichts mehr geschehen konnte.

Fast solange er denken konnte, war Gayle immer zur Stelle gewesen, wenn er sie brauchte. Nun hatte sie einmal *ihn* gebraucht, und er hatte es nicht einmal gewusst. Gayle hatte ihm die Chance genommen, sich um sie zu kümmern, und das tat weh. Aber noch mehr tat es ihm um seiner Mutter willen leid.

»Meine Mutter *hat* sie angerufen und nach ihr suchen lassen«, fügte er barsch hinzu. »Als Gayle nicht ans Telefon ging, schickte Mutter jemanden zu ihr, aber es war niemand zu Hause.«

Jill hob das Kinn und schürzte die Lippen. »Sorry, das ist nicht mein Problem. Deine Mutter hat immer genug Leute gehabt, die sie von hinten bis vorne bedienten, da brauchte sie nicht noch Tante Gayle als Handlanger.«

Wow. Da war sie also, die negative Haltung, die er bei Jill gespürt hatte – ihre Abneigung seiner Familie gegenüber!

»Meine Mutter hat nicht nach Gayle gesucht, weil sie sie brauchte«, sagte er kalt, »sondern weil sie nicht wollte, dass sie aus den Nachrichten von Mikhails Tod erfuhr. Und sie hat sich Sorgen gemacht, weil Gayle nicht auffindbar war. Gayle ist ihre Freundin, auch wenn du offenbar etwas ganz anderes denkst.«

Jill starrte ihn einen Moment lang stumm an, dann blickte sie zur Seite, doch ihre Kiefer waren immer noch vor Wut zusammengepresst. »Es tut mir leid«, sagte sie steif. »Mir ging es nur um Tante Gayle. Für deine Familie hat sie ihre Bedürfnisse und Wünsche hintangestellt und sich mehr zurückgenommen, als ihr alle verd...« Sie brach ab und holte tief Luft. »Auf jeden Fall mehr, als sie es hätte tun sollen«, sagte sie ausweichend.

*Mehr als wir alle verdient haben?* Marcus hatte es noch nie von dieser Warte aus betrachtet. Gayle war immer da gewesen. Sie hatte sich nie beklagt, nie den Eindruck erweckt, als sei es eine Last oder ein Opfer, und er hatte weder ihre Anwesenheit noch ihre Beweggründe je in Frage gestellt. Sie liebte sie. Mehr hatte ihn nie interessiert.

Oder?

*Verdammt, das kann ich jetzt überhaupt nicht gebrauchen.* Er hatte Scarlett Bishop die Liste der Leute versprochen, die in irgendeiner Hinsicht sein Leben bedrohten. Er war es Tala schuldig, herauszufinden, wer sie gewesen und woher sie gekommen war, denn trotz Scarletts und Deacons Theorie – und all dem, was er soeben über die Liste erfahren hatte – glaubte er noch immer nicht, dass der Täter ursprünglich ihn im Visier gehabt hatte.

Ein Mann und seine Frau. *Wir gehören ihnen.* Wenn er herausfand, wo Tala gewohnt hatte, würde ihn das ziemlich sicher auf die Spur ihres Mörders bringen. *Hilfe. Malaya.* Malaya. Freiheit. Sie hatte Angst um ihre Familie gehabt. Marcus konnte nur hoffen, dass es nicht schon zu spät für sie war.

Aber die Sache mit Jill, diese schwelende Abneigung – auch das war wichtig. Ganz offensichtlich hatte die junge Frau nichts für ihn und seine Familie übrig, was die Frage aufwarf, warum sie überhaupt für ihn hatte arbeiten wollen. Und nun fiel ihm wieder ein, womit ihre Unterhaltung begonnen hatte.

Jill hatte von der Drohliste gewusst.

»Woher wusstest du eigentlich, dass ich mir die Liste mit den Drohungen ansehe, Jill?«

Der plötzliche Themenwechsel brachte sie einen Moment lang aus dem Konzept, doch dann kehrte der Zorn in ihre Augen zurück. Zorn und Trotz und ... Angst. Sie hatte Angst vor ihm. Und doch stand sie vor ihm wie eine Soldatin, die bereit war, ihr Leben zu verteidigen.

*Herrgott noch mal.* Was, glaubte sie, wollte er ihr antun? Und was, glaubte sie, hatten sie Gayle all die Jahre angetan? »Ich habe die Datei mit einem Alarm verbunden«, sagte sie. »Wenn jemand sie öffnet, geht ein Signal auf meinem Handy ein. Das Summen des Alarms hat mich geweckt.«

Er musterte sie misstrauisch. »Anscheinend bist du technisch versierter, als du mich bei deiner Einstellung hast wissen lassen.« Und er musste sich fragen, was sie in diesem Jahr, das sie für ihn arbeitete, noch mitbekommen hatte.

Sie zuckte die Achseln. »Ich bin nicht davon ausgegangen, dass du die Datei anklickst, falls du dich dann besser fühlst. Ich wollte nur auf Tante Gayle aufpassen. Ihr Herz versagte, als sie an dieser Datei gearbeitet hat, und auch wenn sie seitdem keine Beschwerden mehr hatte, will ich kein Risiko eingehen. Dass ich beim ersten Mal rechtzeitig den Notarzt rufen konnte, war reines Glück.«

»Okay. Das kann ich verstehen.«

Sie verzog höhnisch die Lippen. »Aber?«

Aber ... er glaubte ihr nicht. Sie war plötzlich zu ruhig. Zu vorsichtig. Sie hatte neun Monate lang Zugriff auf Gayles Dateien gehabt.

*Und wenn sie zu viel gesehen hat?*

Gayles Nichte könnte sich zu einem echten Problem entwickeln.

Ihr Geld anzubieten, um damit ihr Schweigen zu erkaufen, war vermutlich nicht die allerbeste Idee. Er bezahlte ihr ohnehin bereits weit mehr, als ein durchschnittlicher Grafikdesigner im IT-Bereich erhielt.

*Du bezahlst mich gut. Das war nie das Problem.*

Womit er wieder bei der Frage angelangt war, wieso sie sich so aufrieb, tagsüber für ihn arbeitete, abends noch büffelte, und manchmal sogar danach noch in die Redaktion zurückkehrte. *Warum das alles?*

»Aber«, setzte er wieder an, »mir wird langsam klar, dass ich nicht allzu viel über dich weiß.«

Sie verdrehte die Augen. »Herrje. Was du nicht sagst.«

Er ignorierte ihren Zynismus. »Ich habe dich gefragt, warum du so ackerst, um einen Abschluss zu schaffen, den du im Grunde genommen gar nicht brauchst, und als Antwort hast du mich nach der Drohliste gefragt. Ich kapier nicht, wie das eine mit dem anderen zusammenhängt.«

»Nein, davon bin ich auch nicht ausgegangen. Warum hast du meine Tante gebeten, diese Drohungen schriftlich festzuhalten?«

Er war es langsam leid, dass sie jeder seiner Fragen mit einer Gegenfrage begegnete. »Ich wollte den Überblick behalten.«

»Das ist als Grund nicht ausreichend.«

»Das ist der einzige Grund, den ich dir zu verraten gewillt bin«, sagte er. »Ich bin immer noch dein Chef.«

»Das ist richtig. noch zumindest.«

Er zog eine Braue hoch. »Hast du vor zu kündigen?«

»Nein, *Chef*. Ich habe vor, mir einen neuen Job zu suchen, wenn du von einer der vielen Personen abgeknallt wirst, die sauer auf dich sind, und im Gegensatz zu dir interessieren sich die meisten Arbeitgeber durchaus für Noten.«

*Aha.* Daher wehte der Wind. Erleichterung stieg in ihm auf. »Du befürchtest, dass jemand von dieser Liste mich töten könnte.«

»Du doch auch«, erwiderte sie kämpferisch. »Sonst würdest du sie dir ja nicht ansehen und fluchen. Hier.« Sie warf ihm einen USB-Stick hin. »Die neueste *vollständige* Liste.« Als er reflexartig versuchte, den Stick zu fangen, schoss ein greller Schmerz durch seinen geprellten Rücken, und er verzog gequält das Gesicht, noch bevor er sich zusammenreißen konnte.

Sie verengte die Augen. »Es hat dich schon jemand erwischt, richtig?«, fragte sie. »Du bist verletzt.«

*Mist.* »Nein, bin ich nicht. Was soll das überhaupt heißen – die *vollständige* Liste?« Er deutete auf den Bildschirm. »Die da ist also nicht vollständig?«

»Nein. Die Datei, die du gerade geöffnet hast, ist die, die auf dem Server vom *Ledger* liegt. Mit der Gayle arbeitet. *Sie* glaubt, dass sie vollständig ist, falls dir das etwas hilft.«

Marcus rieb sich die Augen. Plötzlich machte sich die Erschöpfung bemerkbar. »Was genau hast du getan, Jill?«, fragte er.

»Seit neun Monaten fange ich die Post ab. Jeder Brief mit einer harmlosen kleinen Drohung geht durch, und Tante Gayle nimmt sie in die Liste auf. Die wirklich bösartigen Mails verschiebe ich auf den Stick dort, so dass sie sie gar nicht erst zu sehen bekommt.«

Sein Schädel begann zu pochen. »Und warum?«

»Weil sie dich zu sehr liebt, um das verkraften zu können. Es macht ihr entsetzlich Angst, dass es Leute gibt, die dich umbringen wollen. Und da ich *sie* zu sehr liebe, habe ich mir gewisse ... Freiheiten herausgenommen.«

»Was heißt das genau? Was hast du sonst noch unterschlagen?«

»Nichts. Ich bezahle lediglich die Rechnungen und sortiere deine Post.«

Beides Aufgaben, die in Gayles Ressort fielen. Das klang nicht nach der Gayle, die er kannte. Aber die Gayle, die er kannte, hätte ihm auch keinen Herzanfall verheimlicht. »Und was macht sie?«

»Sie kümmert sich um deinen Terminkalender und das Telefon, setzt die schicken Meetings an, die du nicht ausstehen kannst, und verfolgt die Drohungen gegen dich und dein Team zurück – ohne die, die ich vorher aussortiere, versteht sich.«

»Und Gayle weiß, was du übernommen hast?«

»Natürlich – bis auf die Sache mit den Drohbriefen. Sie wollte nicht, dass ich diese Aufgaben für sie erledige, aber ich hätte sie unter anderen Umständen gar nicht zurück zur Arbeit gelassen. Der Arzt hatte ihr Ruhe verordnet, aber sie sagte, du brauchtest sie, solange du nach dem Krankenhausaufenthalt noch nicht vollständig wiederhergestellt wärest.«

Er ballte die Faust um den USB-Stick. Er hatte keine Ahnung, auf wen er wütender war: auf Gayle, die ihm das alles verheimlicht hatte, auf Jill, die ihr dabei half, oder auf sich selbst, weil er nichts von alldem bemerkt hatte. »Ich bin schon seit einem halben Jahr wieder in der Redaktion. Sie hätte längst aussteigen, kündigen oder – man stelle sich vor! – mir die Wahrheit sagen können. Was dachte sie denn, was ich täte? Sie rauswerfen?« Als ob das je geschehen würde! »Ich würde mir eher die Zunge abschneiden, als ihr gegenüber auch nur laut zu werden.«

Auf Jills Lippen erschien ein Lächeln, und diesmal war es echt. »Das weiß ich. Deswegen habe ich so lange nichts gesagt. Sie glaubt, dass du nach Mikhails Tod nicht mehr du selbst bist. Vielleicht stimmt das, vielleicht auch nicht. Fest steht, dass Tante Gayle das Gefühl braucht, gebraucht zu werden. Und das will ich ihr nicht nehmen.«

Marcus spürte, wie sein Zorn sich aufzulösen begann. Jill hatte recht, was das betraf. Gayle *wollte* gebraucht werden, und er und seine Familie hatten sich das in den vergangenen Jahren wahrscheinlich unbewusst zunutze gemacht.

Er öffnete seine Hand und betrachtete den USB-Stick, ehe er den Blick hob. »Gayle hat mir immer von den schlimmsten Drohungen erzählt, damit ich im Notfall vorbereitet bin«, sagte er und suchte in ihrer Miene nach einem Anzeichen dafür, dass sie mehr wusste, als sie sollte.

Jill legte den Kopf schief und verengte die Augen. »Damit du vorbereitet bist oder damit du die potenziellen Angreifer eliminieren kannst?«

Sie wusste nichts, dachte Marcus. Aber sie schien etwas zu ahnen, und das war beunruhigend genug. Er verlieh seiner Stimme einen eisigen Unterton. »Vielleicht solltest du ›eliminieren‹ näher definieren.«

Ihr Puls unterhalb ihrer Kehle begann zu flattern, und ihr stieg das Blut in die Wangen. Sie hatte Angst, aber sie zuckte mit keiner Wimper. Das mochte gut sein ... oder auch sehr schlecht. »Du warst ein Army Ranger, Marcus. Du besitzt so gut wie jede Waffe, die die Menschheit kennt, und nur wenige davon sind registriert.«

Woher sie von seiner militärischen Vorgeschichte und seiner Waffensammlung wusste, war eine Frage, die er später klären musste. »Und doch bleibst du.«

Sie zuckte die Achseln. »Wie ich schon sagte – du bezahlst gut. Und Tante Gayle wird dich nicht verlassen. Ich kann ihr nicht einmal sagen, was ich glaube, denn in ihren Augen könntest du ohnehin nichts Unrechtes tun. Für sie bist du ein Heiliger.«

Weil Gayle ihn liebte. Daran zweifelte Marcus nicht eine einzige Sekunde. »Du hast meine Frage nicht beantwortet, Jill«, sagte er einen Hauch drohend. »Definiere das Wort ›eliminieren‹.«

Sie schluckte. »Als ich mich in die Liste eingehackt hatte, sah ich mir an, was bisher eingegangen war, und ... erkannte ein Muster. Manche Briefe waren nur Gepolter. Dummes Geschwafel von Leuten, die sich wichtigmachen. Aber andere waren durchaus ernst zu nehmen. Der Folgebrief war schlimmer, der nächste noch schlimmer und dann ... nichts mehr.«

Marcus starrte sie wortlos an, während die Sekunden verstrichen. Er würde nicht reagieren, ehe sie ihn nicht direkt beschuldigte. Schließlich senkte sie den Blick auf ihre Füße. »Hast du die Verfasser dieser Briefe umgebracht?«

Sie hatte Mumm, das musste er ihr lassen. »Nein«, erwiderte er ruhig. Das hatte er nicht. Aber er war oft genug versucht gewesen, es zu tun. »Ich verfüge über andere Mittel.«

Ihr Schlucken war hörbar, und seine Bewunderung wuchs, als sie ihr Kinn hob und ihm wieder direkt in die Augen sah. »Legale?«

Wow, die Kleine war wirklich gut. Er lächelte belustigt. »Größtenteils.«

»Mehr sagst du dazu nicht?«, fragte sie, und ihre Stimme wurde schriller. »Größtenteils?«

»Das ist die Antwort auf deine Frage.«

Sie holte tief Luft. »Okay, dann formulieren wir die ganze Sache um. Wenn man dich dabei erwischt, wie du irgendwas tust, was nicht unter ›größtenteils‹ fällt, kann meine Tante dann mit dem Gesetz in Konflikt kommen?«

Er musterte sie einen Moment lang. »Fürchtest du um dich selbst?«

»Klar, auch das, aber es geht mir hauptsächlich um Tante Gayle. Wenn man sie verhaftet, verkraftet ihr Herz das bestimmt nicht.«

»Du nimmst also an, dass Gayle von irgendwelchen Aktivitäten weiß, die nicht legal sind.«

»Ich nehme gar nichts an«, erwiderte sie steif. »Ich *weiß,* dass ich auf bestimmte Bereiche ihrer Festplatte nicht zugreifen kann. Ich weiß außerdem, dass sie einen separaten E-Mail-Account besitzt, der sich nicht knacken lässt. Sie hat eindeutig etwas zu verbergen. Und ich hab einfach Angst um sie.«

Dass Jill es nicht geschafft hatte, sich in die verschlüsselten Dateien zu hacken, war eine kleine Erleichterung. Es sei denn, sie log, um sich sein Vertrauen zu erschleichen, auch das war möglich.

Er warf den USB-Stick in die Luft und fing ihn wieder auf. »Du hast eben behauptet, du hättest befürchtet, dass jemand seine Drohung wahr macht, mich umbringt und du deinen Job verlieren würdest. Aber du bist nie auf die Idee gekommen, mich zu warnen?«

»Nein. Ich bin davon ausgegangen, dass du nicht allzu viel Angst haben konntest. Du hast die Datei doch kein einziges Mal selbst angeklickt.«

»Hast du nicht eben behauptet, du hättest mich nicht überwacht?«

»Habe ich auch nicht. Das war nur ein Nebeneffekt. Wirst du … Schmeißt du mich jetzt raus?«

Das hätte er wohl tun sollen. Sie war viel cleverer, als gut für sie war. Aber lieber wollte er sie im Auge behalten. »Nein. Du liebst deine Tante und hast sie beschützen wollen. Und dass du das für nötig hältst, ist meine Schuld. Ich hätte schon lange merken müssen, dass ich zu viel von ihr verlange. Den Fehler mache ich bestimmt kein zweites Mal.«

»Danke.« Ihre Schultern entspannten sich ein wenig. Dann holte sie tief Luft, als wollte sie sich stählen, und ihre nächste Frage bestätigte das. »Sagst du mir jetzt, was in den verschlüsselten Dateien steht, die meine Tante für dich führt?« Er bedachte sie mit einem eisigen Blick. »Übertreib's nicht.« Ihre Schultern versteiften sich wieder. »Du vertraust mir nicht.«

»Da hast du verdammt recht. Ich vertrau dir nicht.« Wieder holte er den ausrangierten Laptop aus seiner Schublade. Da das alte Ding mit keinem Netzwerk verbunden war, konnten Viren oder Trojaner – falls sich denn welche auf Jills Stick befanden – keinen Schaden anrichten. »Vertrauen muss man sich verdienen.«

»Habe ich denn noch eine Chance?«

»Das hängt ganz und gar von dir selbst ab.« Er fuhr den Rechner hoch, steckte den USB-Stick ein und warf ihr einen kalten Blick zu. »Dein anfänglicher Instinkt war nicht schlecht, Jill. Ich bin kein sanfter Mensch. Ich bin auch nicht immer nett. Aber ich versuche zu tun, was ich für richtig halte, und ich bin den Menschen treu, die mein Vertrauen und meinen Respekt besitzen. Ich habe dich eingestellt, weil Gayle mich darum gebeten hat, aber mach dir nichts vor: Wenn du Mist baust, rettet dich die Tatsache, dass du ihre Nichte bist, auch nicht. Hast du kapiert?«

Sie schluckte erneut hörbar. »Ja, habe ich. Hast du vor, meiner Tante von diesem Gespräch zu erzählen?«

»Nein. Aber ich werde irgendwie ›zufällig‹ von ihrem Herzanfall erfahren und dafür sorgen, dass sie kürzertritt.« Und er würde außerdem Jills Zugriff auf die Geschäftsdaten einschränken und jemanden aus seinem inneren Kreis darum bitten, von nun an die Drohmails abzufangen.

»Danke«, sagte sie und stieß bebend die Luft aus.

»Schon gut. Geh nach Hause und schlaf ein bisschen.« Der antike Rechner hatte die Datei auf dem USB-Stick endlich geladen, und er wandte sich dem Bildschirm zu. Die Liste, die Jill erstellt hatte, enthielt mehr Gift als die bereinigte, aber er erkannte schnell, dass nichts darunter war, was mit den Schüssen heute Morgen in Zusammenhang stehen konnte.

»Warum jetzt?«, fragte Jill.

Sein Kopf fuhr hoch, und er zog verärgert die Brauen zusammen, als er sie noch immer im Türrahmen stehen sah.

»Hatte ich nicht gesagt, du sollst nach Hause gehen?«

Sie trat ein und kam näher, bis sie vor seinem Schreibtisch stehen blieb. »Warum schaust du dir die Liste jetzt an, nachdem du dich neun Monate lang nicht dafür interessiert hast?«

Er presste die Kiefer zusammen. »Das geht dich nichts an. Und jetzt geh nach Hause.«

»Es geht mich sehr wohl etwas an, wenn es sich auf meine Tante auswirkt«, sagte sie bestimmt. »Du schaust dir die Liste jetzt an, weil dir heute Nacht etwas passiert ist. Ich sehe kein Blut, also scheint es noch mal gutgegangen zu sein. Aber wenn du glaubst, dass jemand von dieser Liste versucht hat, dir etwas anzutun, dann könnte er auch versuchen, Gayle etwas anzutun.«

Er begegnete ihrem Blick und starrte sie an, ohne ein Wort zu sagen. Doch obwohl sie zitterte, wich sie keinen Zentimeter zurück.

Schließlich schluckte sie laut. »Wer ist Tala? Ich habe dich eben diesen Namen sagen hören.«

Er setzte zu einem deftigen Fluch an, riss sich aber zusammen. Was sollte er tun? Offenbar hatte sie etwas von der Tonspur des Videos gehört, das er sich angesehen hatte. Am liebsten hätte er ihr nichts gesagt, aber sie würde es ohnehin bald herausfinden. Selbst wenn er nicht Stone mit der Story über Talas Ermordung beauftragt hätte, würde eine andere Quelle die Nachricht bringen, und wenn Jill hörte, dass Marcus am Tatort gewesen war, würde sie sofort eins und eins zusammenzählen.

Die Tür zur Redaktion öffnete sich. »Marcus?«, rief Stone vom Empfang aus.

Jill fuhr erschrocken zusammen und sah unwillkürlich auf die Uhr an der Wand. »Was macht der denn schon hier?«

»Ich habe ihn hergebeten«, sagte Marcus, und plötzlich lag die Lösung auf der Hand. »Du willst dir also mein Vertrauen verdienen?«

Sie sah ihn verunsichert an. »Ja«, sagte sie langsam. »Und wie?«

Stones schwere Schritte wurden lauter, dann blieb er abrupt im Türrahmen stehen. Seine massige Gestalt füllte ihn fast aus. Überrascht blinzelte er. »Jill? Was machst du denn so früh schon hier?« Er zog die Brauen hoch, als er ihr derangiertes Äußeres bemerkte. »Oder sollte ich sagen: so spät noch?« Er blickte seinen Bruder fragend an.

»Jill wird dich bei der Recherche zu der Story unterstützen, um die ich dich gebeten habe.«

Stone riss die Augen auf. »Wie bitte?«, fragte er entgeistert. Jills Augen wurden noch größer. »Ich?«

»Ja, du. Du willst doch, dass man dir vertraut«, wiederholte er. »Ja oder nein?«

Sie verengte die Augen. Kluges Mädchen. »Ich weiß nicht.« Marcus deutete zur Tür. »Geh und besorg uns etwas zum Frühstück, während du darüber nachdenkst. Stone kann dich in alles Nötige einweihen, wenn du wieder da bist.«

Jill schob sich an dem vollkommen verblüfften Stone vorbei. »Bin gleich zurück«, rief sie.

»Davon gehe ich aus«, erwiderte Marcus liebenswürdig. Als sie fort war, senkte er die Stimme und sah seinen Bruder an. »Vergewissere dich, dass sie wirklich weg ist, und schließ die Tür ab. Wir müssen reden.«

Cincinnati, Ohio
Dienstag, 4. August, 5.50 Uhr

Das Klingeln des Telefons riss Kenneth Sweeney aus einem sehr erfreulichen Traum. Während der menschenleere Strand und die gesichtslose schöne Frau, die ihn so angenehm bediente, verblassten, tastete er auf seinem Nachttisch nach dem Handy. Blinzelnd versuchte er, die Nummer auf dem Display zu erkennen, und war mit einem Schlag hellwach. Hastig setzte er sich auf. Die Sicherheitsabteilung kontaktierte die Geschäftsleitung nur dann direkt, wenn es sich um einen Notfall handelte. Und da ein Notfall meistens mit einer Razzia oder einer Überprüfung durch die Behörden zusammenhing, bereitete er sich mental auf eine Hiobsbotschaft vor. »Ja? Was gibt's?«

Ein Zögern am anderen Ende der Leitung. »Mr. Sweeney? Gene Decker hier.«

Ken blinzelte ein paarmal, als er sich bewusst machte, wer ihn da anrief. Gene war einer seiner Bodyguards gewesen, bis der junge Mann im vergangenen Monat bei einem Einsatz verletzt worden war; er hatte Ken vor einem schießwütigen Möchtegernkonkurrenten gerettet, der sich ein Stück von ihrem Drogen-Kuchen hatte abschneiden wollen. Weil Decker aber auf dem College Buchhaltungswesen studiert hatte, hatten sie beschlossen, ihn im Büro einzusetzen, bis er wieder gänzlich genesen war.

Gene Decker machte sich auch als Übergangsbuchhalter ganz hervorragend. Was jedoch nicht einmal im Ansatz erklären konnte, warum er in aller Herrgottsfrühe bei Ken privat anrief – und das aus der Kommandozentrale seiner Sicherheitsabteilung.

»Was ist los?«, fragte Ken barsch.

»Der Computer in der Security meldet einen Alarm.«

»Wo ist der diensthabende Sicherheitsmann?«

Wieder ein leichtes Zögern. »Ich fürchte, er schläft, Sir.«

Kens Jähzorn explodierte und jagte seinen Blutdruck in schwindelerregende Höhen. »Jackson schläft?«, fragte er mühsam beherrscht.

»Er riecht ein wenig nach Alkohol.«

Ken zählte gedanklich von zehn rückwärts. »Also schön. Erstens: Wo ist Reuben Blackwell?«

»Den habe ich bereits zu Hause angerufen. Ich habe ihm auf Band gesprochen, er solle umgehend zurückrufen, es handele sich um einen Notfall. Ich hoffe, das war okay.«

Nein, das war absolut nicht okay. Sein Sicherheitschef sollte eigentlich rund um die Uhr erreichbar sein. *Wo zum Henker ist er?* »Okay, Decker, dann erzählen Sie mir, was los ist, und fangen Sie damit an, warum Sie schon vor Beginn Ihrer Arbeitszeit im Büro sind.«

»Jahresabschluss, Sir. Wir müssen am Fünfzehnten unsere Steuererklärung abgeben. Ich habe die ganze letzte Woche die Nächte durchgearbeitet.«

»Wo ist Ihr Vorgesetzter?«

»Zu Hause im Bett, nehme ich an.«

Während sein Untergebener über den Zahlen schwitzen musste. *Wäre möglich.* Und warum auch nicht? Aber Joel Whipple war für alle Konten verantwortlich, auch und vor allem für die, auf die Gene Decker keinen Zugriff hatte. Ken wusste, dass Joel daher vermutlich nicht im Bett war, sondern selbst gerade über den Zahlen brütete. Den nicht offiziellen.

»Und was hat es mit dem Alarm auf sich?«, fragte er.

»Ich habe Pause gemacht und bin ein bisschen herumgewandert, um den Kopf wieder freizukriegen. Durch die Tür zum Büro der Security hörte ich den Alarm. Ich habe geklopft, aber niemand reagierte, also bin ich eingetreten.«

»Die Tür war nicht verriegelt?« *Das darf doch nicht wahr sein.* Dafür würde Reuben büßen müssen.

»Ähm ... nein, Sir. Der Mann, der Dienst hatte, lag am Boden. Ich schüttelte ihn und fragte, was ich machen und wen ich anrufen solle. Er schlug die Augen auf, sagte, ich solle die Eins wählen, und trat wieder weg. Die Eins war Reuben Blackwells Anrufbeantworter. Als ich damit nicht weiterkam, beschloss ich, das Risiko einzugehen und die Zwei zu wählen. Das waren Sie, Sir.«

»Gut. Aber ich kann keinen Alarm hören.«

»Ich habe den Computer auf stumm gestellt, um den Mann am Boden verstehen zu können. Wollen Sie ihn hören? Es ist nur ein Tuten. Auf dem Bildschirm steht ›501 Störung‹.« *Verdammt.* Man hatte an einem der Tracker herumgepfuscht. Doch das war definitiv nichts, was Gene Decker erfahren musste. »Ich kümmere mich darum. Lassen Sie den Mann da liegen, wo Sie ihn gefunden haben. Kehren Sie in Ihren Trakt zurück, und machen Sie weiter, was immer Sie eben gemacht haben.«

»Den Jahresabschluss, Sir.«

»Genau. Und, Decker? Ich erwarte von Ihnen absolute Diskretion.«

»Meine Lippen sind versiegelt, Sir.«

Ken legte auf, dann wählte er Reubens Handy an. Sein Sicherheitschef nahm beim ersten Klingeln ab. »Ken. Was ist los?«

Ken kannte Reuben seit fünfzehn Jahren – seit der ehemalige Polizist aus Knoxville ihn auf der Interstate aus Richtung Florida mit einem Kofferraum voller kleiner weißer Pillen erwischt hatte. Ken war sich sicher gewesen, dass das Ding für ihn gelaufen war, aber Reuben hatte ihn ziehen lassen und nur eine kleine Beteiligung verlangt. Nicht lange danach war Reuben zum vierten Partner aufgestiegen und schließlich mit seiner Frau von Tennessee nach Cincinnati gezogen. Seine anderen beiden Partner – den Buchhalter Joel und den Vertriebsleiter Demetrius – kannte Ken seit ihrem ersten Jahr auf dem College, was dreißig lange Jahre her war. Nur Reuben war noch mit der gleichen Frau verheiratet, die anderen drei waren mindestens einmal geschieden. Ehefrauen lenkten nur von den wahren Zielen ab, und im schlimmsten Fall machten sie Ärger. Vor allem, wenn sie zu neugierig wurden.

Was bei Kens zweiter Frau der Fall gewesen war. Sie hatte sogar versucht, ihn mit dem, was sie herausgefunden hatte, zu erpressen. Keine gute Idee. Nun war Ken Witwer und schlief wieder allein in seinem großen Bett.

Es war Reuben gewesen, der Kens Ex beim Pläneschmieden erwischt hatte, Reuben, der Ken mit Bedauern den Beweis für ihren Verrat vorgelegt hatte, und es war Reuben gewesen, der ihm dabei geholfen hatte, sie loszuwerden, nachdem Ken ihr die Kehle durchgeschnitten hatte. Ken vertraute Reuben. Zumindest mehr als anderen.

»Wo bist du, Reuben?«, fragte er. Er legte Autorität in seine Stimme und verzichtete auf einen kumpelhaften Ton, damit Reuben sofort wusste, dass es sich nicht um einen Freundschaftsanruf handelte.

Reubens Antwort klang vorsichtig. »Auf dem Weg ins Büro. Worum geht's?«

»Hat die Sicherheitszentrale dich angerufen?«

»Ja, aber ich war gerade unter der Dusche, und als ich versucht habe, zurückzurufen, ging keiner dran. Deswegen bin ich dorthin unterwegs. Wieso?«

»Ich bin auch angerufen worden.« Ken erklärte, was geschehen war, und Reuben stieß einen unterdrückten Fluch aus. »Jackson trinkt nicht. Ich habe keine Ahnung, was da los ist, aber ich werde der Sache auf den Grund gehen.«

»Ich bitte darum. Ich werde zu gewohnter Zeit im Büro sein, und wenn ich komme, will ich einen umfassenden Bericht. Sowohl dein Personal als auch den Tracker-Alarm betreffend.«

»Jawohl, Sir.«

# 4

Cincinnati, Ohio
Dienstag, 4. August, 6.10 Uhr

Scarlett setzte sich an ihren Schreibtisch und fuhr ihren Computer hoch. Sie war froh, dass das Büro noch relativ leer war. Sie hatte geduscht und sich sogar geschminkt, aber ihre Augen waren von ihrem Heulanfall noch immer geschwollen. Sie brauchte dringend einen Kaffee. Noch besser eine ganze Kanne. Am besten allerdings wäre, wenn sie niemals hätte hören müssen, dass Michelles Mörder bei der renommiertesten Anwaltskanzlei der Stadt eine Stelle bekommen hatte. Nein, schalt sie sich. *Am besten ist es, wenn du deine Arbeit erledigst.* Michelles Mörder war dem Gesetz entkommen. Talas Mörder würde das nicht gelingen.

Sie hörte Schritte hinter sich. »Morgen, Scar«, erklang eine männliche Stimme.

Scarlett musste gegen den Impuls ankämpfen, ihre verquollenen Augen zu verbergen, als sich Detective Adam Kimble auf seinen Platz neben ihrem Tisch fallen ließ. »Morgen, Adam.« Der Detective hatte seinen Dienst erst vor kurzem wieder angetreten, nachdem er sich nach einem besonders harten, emotional sehr aufreibenden Fall hatte beurlauben lassen.

Adams Gegenwart war Ansporn genug, ihre eigenen Gefühle unter Verschluss zu halten. Dass man ihr nahelegte, eine gesundheitlich bedingte Auszeit zu nehmen, war das Letzte, was sie wollte. Der Gedanke, man könnte meinen, sie sei unter dem Druck zusammengebrochen, war ihr unerträglich. »Du bist früh hier«, sagte sie.

Adam warf ihr einen missmutigen Blick zu. »Ja. Ich wurde heute Morgen aus dem Bett geworfen – wegen einer Schießerei. Auf halber Strecke zum Tatort rief die Zentrale mich an und sagte: ›Vergiss es.‹ Ein anderer Detective hatte bereits übernommen.«

Scarlett verzog das Gesicht. »Oje, tut mir leid.«

»Das will ich hoffen. Ich hatte sogar eine Krawatte umgebunden!« Er musterte sie prüfend. »Alles okay, Kleines?« Sie kannte ihn schon einige Jahre und mochte ihn sehr. Weil er Deacons Cousin war, hatten Deacon und sie auch während seiner Abwesenheit Kontakt zu ihm gehalten. Es schien ihm wirklich besserzugehen, doch in seinem Blick lag noch immer etwas Trostloses.

»Ja, alles okay«, sagte sie. »Und bei dir?«

»Alles bestens. Und da ich mich schon schick gemacht hatte, bin ich einfach hergekommen und hab ein bisschen Papierkram erledigt.«

Scarlett rang sich ein Lächeln ab. »Es wäre ja auch sträflich, eine solche Krawatte nicht auszuführen.«

»Das sehe ich genauso. Deswegen lade ich jetzt meine Mutter zum Frühstück ein.« Er erhob sich, blieb aber zögernd stehen und drückte ihre Schultern. »Das war nicht der beste Morgen, was?«

»Nicht wirklich.« Sie wusste, dass er sich auf den Fall bezog, und darüber war sie froh, denn er brauchte nicht zu wissen, dass sie zu Hause bei der Erinnerung an Michelle Rotz und Wasser geheult hatte. Im Übrigen hatte er ja recht: Ein Morgen, der mit der Entdeckung einer Toten begann, konnte kein guter sein. »Aber das wird schon wieder. Grüß deine Mom.«

Als er fort war, loggte sie sich in ihr Postfach ein und spürte, wie die Spannung aus ihren Schultern wich. Die oberste Mail im Posteingang stammte von Marcus O'Bannion. Der Journalist hatte Wort gehalten. Es gab keinen Anhang, aber einen Link, der von einer kurzen Nachricht gefolgt wurde:

Detective Bishop,
unter dem Link können Sie die Dateien, von denen wir gesprochen haben, herunterladen. Zögern Sie nicht,

mich anzurufen, wenn Sie weitere Fragen haben.
M. O'Bannion
Herausgeber und CEO, The Ledger, Inc.

Von der Drohliste war allerdings nichts zu sehen; weder hatte Marcus sie in seinem Schreiben erwähnt, noch führte der Link dorthin. Stattdessen entdeckte sie elf Videodateien, die alle mit einem Datum versehen waren. Die älteste Datei war vor zwei Wochen erstellt worden, die neuste trug das heutige Datum. Darauf musste der Mord in der Gasse zu sehen sein.

Noch zu aufgewühlt von dem Gespräch mit Bryan, beschloss Scarlett, das Mordvideo noch ein wenig vor sich herzuschieben. Wenigstens so lange, bis die Bilder von Michelles Leiche in ihrem Kopf ein kleines bisschen verblasst waren. Der erste Eindruck der Ereignisse von heute Morgen sollte nicht von den Erinnerungen an Michelles Ermordung beeinflusst werden. Ein ungetrübter Blick war Voraussetzung für gute Ermittlungsarbeit. Redete sie sich zumindest ein.

Sie lud das erste Video herunter und klickte auf »Play«. Es war zwar in Farbe, aber sehr körnig, und der Aufnahmewinkel der Kamera im Schirm der Kappe ergab ein seltsam schräges Bild.

»Langsam, alte Dame.« Marcus' Stimme erklang satt und sonor aus ihrem Lautsprecher und war wie eine Liebkosung, die ihr einen Schauder über die Haut jagte. Er blickte herab, so dass seine Füße, der Gehweg und ein leicht hinkender Sheltie an der Leine in Sicht kamen. »Komm, BB. Setzen wir uns.«

Das war also sein Hund. Das Tier ließ sich zu seinen Füßen nieder, rollte sich zusammen, legte die Schnauze auf die Vorderpfoten und stieß einen erschöpften Seufzer aus.

»Ich weiß«, murmelte Marcus. »Mir fehlt er auch.« Dann schlug er einen muntereren Ton an. »Und, BB, was denkst du? Kommt das Mädchen heute? Das mit dem Schickimicki-Hund?« Langsam fuhr die Kamera in einem Kreis die Gegend ab. »Wir versuchen es heute noch mal, und wenn sie dann nicht kommt, lassen wir es.

Ich kann ihr nicht helfen, wenn sie sich nicht einmal in unsere Nähe traut.«

Beinahe zwei Minuten verstrichen, ohne dass etwas geschah, außer dass Marcus sich hin und wieder hinabbeugte, um den Hund zu streicheln. »Vielleicht war es das Lied«, murmelte er schließlich. »Es kann ja zumindest nicht schaden.«

Scarlett erwartete die Ballade von Vince Gill und wappnete sich gegen den Ansturm der Erinnerungen, doch was tatsächlich aus dem Lautsprecher drang, traf sie noch härter: das »Ave-Maria«. Ihr Herzschlag stolperte, ihr Atem stockte. Sie hatte dieses Lied gehört, als sie zum letzten Mal in einer Kirche gewesen war. Damals war ihr Neffe getauft worden, und Hochzeiten, Taufen und Beerdigungen waren die einzigen Gelegenheiten, bei denen sie sich zwang, eine Kirche zu betreten. Und niederzuknien. Und zähneknirschend auszuharren, während alle anderen um sie herum beteten.

Marcus' »Ave-Maria« war so klar, kraftvoll und rein, wie sie es nie zuvor gehört hatte. Dennoch war sie erleichtert, als er abrupt abbrach und die Kamera in einem weiten Bogen herumschwenkte.

Und da stand Tala, halb verborgen zwischen den Bäumen, genau wie heute in Jeans und weißem Polohemd, an ihrer Seite ein großer, weißer, extravagant geschorener Pudel mit Manschetten um die Knöchel, Rosetten an der Hinterhand und einem Pompon auf dem Kopf.

Scarlett verbannte das »Ave-Maria« aus ihren Gedanken und konzentrierte sich auf den Hund. Eine solche Schur verlangte viel Pflege. Plötzlich hatte sie eine Eingebung. Tierärzte stellten sich manchmal quer, wenn sie Auskunft über Besitzer geben sollten. Ein Hundefriseur dagegen, den man nach Empfehlungen fragte, würde sicherlich bereitwilliger Namen herausrücken. Sie hatte sich ihre Idee gerade auf einem Block notiert, als Marcus wieder zu singen begann und sich schlagartig all ihre Gedanken zerstreuten. Diesmal sang er tatsächlich »Go Rest High on That Mountain« und erwischte sie damit vollkommen unvorbereitet. Ihre Kehle schnürte sich zusammen, und Tränen stiegen ihr in die Augen, als die Erinnerungen an zahlreiche Trauerfeiern wie eine mächtige Woge über sie hereinbrachen. So viele Menschen, die ihr am Herzen gelegen hatten. Michelle. Der beste Freund ihres ältesten Bruders, der im Irak gefallen war. Ein Kollege, im Dienst erschossen. Ein befreundeter Feuerwehrmann. So viele andere, die eine schmerzliche Lücke hinterlassen hatten. Und natürlich Marcus' Bruder. Zu den Feierlichkeiten war der Startenor der Oper von Cincinnati engagiert worden, und er hatte den Auftrag mit Bravour erfüllt. Aber Marcus' Version ...

Marcus' Version brach ihr das Herz und war tröstend zugleich.

Auch Tala hatte sich ihr offenbar nicht entziehen können. Auf dem Video sah man, wie sie sich langsam und vorsichtig durch die Bäume auf Marcus zubewegte, bis sie die Lichtung betrat. Marcus blieb sitzen und folgte ihr nur mit dem Blick. Tränen rannen ihr über das Gesicht, ihre Schultern bebten, und sie presste sich eine Hand auf den Mund, um ihr Schluchzen zu dämpfen. Die andere Hand umklammerte die Hundeleine.

Und so stand sie da, bis er die letzte Note gesungen hatte. Das Mikrofon der Kamera nahm sein Schlucken auf, dann räusperte er sich.

»Warum weinst du?«, fragte er.

Die Kamera wankte, als er ansetzte, um von der Bank aufzustehen, doch einen Augenblick später sah man Tala durch die Bäume davonlaufen. Das Weiß ihres T-Shirts und der weiße Hund blitzten zwischen den Bäumen auf, bis sie schließlich verschwunden waren.

*Wenigstens wissen wir jetzt, welche Richtung sie genommen hat.* So konnte Scarlett die Polizisten, die mit Talas Foto die Anwohner befragen würden, zumindest grob einweisen. Es war sicher klug, auch ein Foto des Hundes herumzuzeigen. Ein solches Tier war auffällig und musste in der Gegend bekannt sein.

Sie spulte den Film zurück zu der Stelle, an der Tala mit dem Pudel auftauchte, und sah sich dann die Einzelbilder an, bis sie eins fand, das scharf genug war, um es auszudrucken. Sie zoomte den Hund heran und betrachtete eingehend das rosafarbene Halsband mit den funkelnden Steinen; es waren mindestens sechs, und sie waren so groß, dass es sich eigentlich nur um Strass handeln konnte. Aber was, wenn Marcus recht hatte und es echte Diamanten waren? Allein der Gedanke brachte ihr Blut zum Kochen. Hatte das Paar, dem Tala und ihre Familie »gehörten«, wirklich Hunderte oder sogar Tausende Dollar für ein Hundehalsband ausgegeben? Wie widerwärtig!

Dennoch war das ein Detail, an das man sich erinnern würde. Und wenn sie den Hund identifizieren konnten, würden sie auch die Besitzer haben, was sie hoffentlich schnell zu Talas Mörder führte.

Scarlett nahm ihr Handy, öffnete die Kontakte und suchte nach dem Buchstaben »K«. Delores Kaminsky. Die Frau, die vor. neun Monaten von einem irren Serienmörder angeschossen worden war, konnte nur als medizinisches Wunder bezeichnet werden. Sie war aus nächster Nähe in den Hinterkopf getroffen worden und hatte es entgegen allen Voraussagen überlebt.

Vor dem Überfall hatte Delores neben einem Tierheim einen florierenden mobilen Hundesalon betrieben. Vor einiger Zeit hatte sie das Tierheim wieder in Betrieb genommen und beabsichtigte, auch das andere Geschäft wiederzubeleben, sobald ihr Gesundheitszustand es zuließ. Keiner ihrer Freunde zweifelte daran, dass sie es schaffen würde. Scarlett hatte Delores nur wenige Male getroffen, glaubte aber ebenfalls uneingeschränkt an ihren Erfolg.

Es war zwar noch nicht einmal halb sieben Uhr morgens, doch Scarlett wusste, dass Delores sehr früh aufstand. Wahrscheinlich war sie bereits dabei, die Hunde zu füttern. Scarlett wählte ihre Nummer und hoffte, dass sie zumindest eine Nachricht auf dem Anrufbeantworter hinterlassen konnte, falls die Frau nicht ans Telefon ging, doch stattdessen wurde bereits nach dem zweiten Klingeln abgenommen. Die Stimme klang verhalten und erstaunlich misstrauisch.

»Patrick's Place Animal Shelter. Was kann ich für Sie tun?«
»Delores? Hier spricht Scarlett Bishop.«

»Scarlett«, sagte die Frau und stieß hörbar den Atem aus. »Ich sah nur die Nummer der Polizei von Cincinnati und dachte ... Na, egal. Ich bin froh, dass Sie es sind.«

Scarlett zog die Brauen zusammen. »Ich rufe vom Büro aus an. Mein Handy hat hier keinen vernünftigen Empfang. Tut mir leid, ich wollte Sie nicht erschrecken.« Obwohl der Überfall über neun Monate zurücklag und Delores sich körperlich recht schnell erholte, würde das psychische Trauma sicher noch sehr viel länger nachwirken.

»Eigentlich haben Sie mich gar nicht erschreckt. Ich meine, der Mistkerl, der mich angegriffen hat, ist tot, was soll also passieren, richtig? Ich war bloß gerade ... ach, vergessen Sie's, ist nicht so wichtig. Also – was kann ich für Sie tun? Kommen Sie mit Zat zurecht?«

Scarlett hätte gerne genauer nachgehakt, um herauszufinden, was der Frau Angst machte – denn dass sie wegen irgendetwas beunruhigt war, stand fest. Aber sie wollte Delores nicht bedrängen. »Zat ist großartig«, versicherte sie ihr. »Und ich glaube, er fühlt sich bei mir auch schon zu Hause.«

»Keine zerkauten Schuhe?«, fragte Delores amüsiert.

»Nein, kein einziger. Außerdem hat sich Deacon darüber beklagt, nicht ich. Ich war schließlich klug genug, mir keinen Welpen auszusuchen.« Wobei das absolut nicht den Kern der Sache traf. Scarlett hatte Zat nicht ausgesucht. Die dreibeinige Bulldogge hatte *sie* gewählt. »Hören Sie, eigentlich rufe ich an, weil ich Ihre Expertenmeinung brauche.«

Die Stimme am anderen Ende der Leitung entspannte sich. »Worum geht's?«

»Hundeschur.«

»Oh. Ich arbeite noch nicht wieder als Hundefriseurin, tut mir leid. Noch fehlt mir die Kraft dazu.«

»Ich wollte Sie auch nicht um Ihre Dienste bitten, sondern mich nach anderen Hundesalons in dieser Gegend erkundigen – vor allem nach solchen, die sich um die Hunde reicher Kunden kümmern.«

»Okay«, sagte Delores nachdenklich. »Ich kenne natürlich nicht alle, aber ich habe einige Freunde in der Branche, die Ihnen helfen könnten. Geht es um eine bestimmte Hunderasse?«

»Großpudel.«

»Ich kenne verschiedene Groomer, die sich auf Pudel spezialisiert haben. Nur ...« Ein Hauch Furcht schlich sich in ihre Stimme. »Sie werden doch nicht erfahren, dass ich Ihnen ihre Namen genannt habe?«

»Nein, bestimmt nicht. Aber hören Sie, wenn es Ihnen unangenehm ist, mit mir zusammenzuarbeiten, dann ist das kein Problem. Ich kann jederzeit jemand anders anrufen. Wirklich.«

»Nein, nein, keine Sorge.« Sie lachte verlegen. »Wenn Sie mir genau sagen, wonach Sie suchen, dann kann *ich* Ihnen vielleicht sogar helfen. Ich habe in der Vergangenheit selbst den einen oder anderen Großpudel gestylt. Drei waren sogar Ausstellungssieger.«

Scarlett merkte auf. »Könnten Sie auf einem Foto erkennen, ob ein Hund ein Ausstellungshund ist?«

»Das hängt von der Qualität des Fotos ab. Auf jeden Fall könnte ich erkennen, wenn es keiner ist. Hat der Großpudel einen Mord begangen?« Der Scherz klang ein wenig gezwungen, aber Scarlett fand allein den Versuch bewundernswert.

»Nein«, antwortete sie in ähnlich lockerem Ton. »Aber ich muss die Besitzer finden.«

»Ich habe auf den Ausstellungen unzählige Fotos und Videos gemacht. Es ist eine Art Modelmappe für Hunde geworden. Sie können sie sich gerne ansehen, wenn Sie meinen, dass es Ihnen hilft.«

Scarlett fand den Vorschlag gar nicht so schlecht. »Hätten Sie vielleicht heute Morgen noch Zeit?«

»Ja, aber erst nach elf. Ich habe gleich einen Physiotherapietermin, und der dauert eine Weile. Wenn es allerdings wichtig ist, kann ich ihn auch absagen.«

»Wie wär's damit: Sie gehen zu Ihrem Termin, halten aber Ihr

Handy im Blick. Wenn es so dringend wird, dass ich Ihre Hilfe früher brauche, rufe ich Sie an.«

»Wunderbar, so machen wir's. Passen Sie auf sich auf, Scarlett.«

»Delores, warten Sie. Haben Sie sich schon dafür entscheiden können, meine Freundin anzurufen? Meredith?« Meredith Fallon therapierte zwar hauptsächlich Kinder und Jugendliche, nahm aber ab und zu auch erwachsene Patienten an.

*Und ich muss es wissen. Sie hat mich angenommen, ob ich es nun wollte oder nicht.* Aber Meredith tat es, weil ihr Scarlett am Herzen lag, das wusste sie. Scarlett war sich allerdings nicht sicher, ob Meredith den Therapeutenschalter umlegen konnte, wenn sie in privatem Rahmen miteinander umgingen, daher achtete Scarlett sehr genau auf das, was sie sagte, um möglichst wenig von ihrem inneren Aufruhr durchschimmern zu lassen. *Noch kann ich es nicht. Vielleicht werde ich es nie können.* Das Risiko, dadurch ihre Karriere zu ruinieren, war zu hoch.

Eine kleine Pause entstand. »Nein«, gab Delores zu. »Ich konnte es noch nicht – ich bin noch nicht so weit. Es tut mir leid.«

»Das muss Ihnen nicht leidtun. Ich verstehe das.« Sie müsste eine miesere Heuchlerin sein, wenn sie etwas anderes behauptete. »Wenn Sie so weit sind, ist sie auf jeden Fall für Sie da. Bis dahin tun Sie einfach all das, was Sie tun müssen, um einen Tag nach dem anderen zu überstehen.«

Eine lange Pause entstand – so lang, dass Scarlett schon glaubte, die Verbindung sei unterbrochen. »Delores? Sind Sie noch dran?«

»Ja. Ich ... ich habe mich nur gefragt, ob Sie ...« Sie seufzte frustriert. »Es hörte sich gerade so an, als ob Sie es wirklich verstünden. Und ich habe überlegt, ob Sie wohl auch mal, na ja, einem Verbrechen zum Opfer gefallen sind.«

Scarletts Lungen begannen zu brennen, und sie bemerkte, dass sie unwillkürlich die Luft angehalten hatte. Sie wollte diese Frage nicht beantworten, aber Delores hatte Schlimmes durchgemacht und verdiente eine ehrliche Antwort. »Nein. Ich bin niemals überfallen worden. Es kommt schon mal vor, dass jemand handgreiflich wird, aber das gehört zu diesem Job dazu, und meistens landen die Schläger schnell auf dem Boden, wo ich ihnen dann das Knie in den Rücken ramme und Handschellen anlege. Wahrscheinlich habe ich einfach schon zu viel gesehen.« Viel zu viel. »Melden Sie sich, wenn Sie von dem Physio-Termin zurück sind, dann komme ich zu Ihnen.«

Sie legte auf und starrte auf den Monitor, der noch immer das Bild des Pudels zeigte. Sie musste die anderen Dateien durchgehen. Alle. Zuerst die von heute.

*Ich will aber nicht.* Was absolut lächerlich war, denn sie war schließlich Detective der Mordabteilung und wurde tagtäglich mit Tod und Gewalt konfrontiert. Doch ein totes Opfer zu sehen war etwas ganz anderes, als mitzuerleben, wie es starb. Und manches Leid ging einem tiefer unter die Haut als anderes.

*Also mach deinen Job. Sieh zu, dass ihr Gerechtigkeit zuteilwird.* Das Wissen, dass der Täter bestraft werden würde, mochte ihr oder Marcus heute nicht helfen, aber irgendwann vielleicht schon.

Doch Scarletts Hand an der Maus wollte ihr nicht gehorchen und klickte statt der Videos wieder ihr Postfach an. Keine weitere E-Mail von Marcus. Keine Spur von der Drohliste, die er ihr versprochen hatte. *Vielleicht hat er es vergessen. Oder vielleicht hat seine Assistentin sie ihm noch nicht geschickt.* Aber schließlich hatte er ihr gesagt, dass sie die Datei innerhalb einer Stunde bekommen würde. *Vielleicht ist sie auf dem Weg hierher irgendwo im Äther verschwunden.* Ja, klar.

*Warum fragst du ihn nicht einfach?* Schlechte Verbindung hin oder her, für eine SMS reichte sie allemal.

*Scarlett Bishop hier,* tippte sie ein. *Wollte nachhaken, ob Sie an die Liste mit den Drohungen denken. Hab die Videodateien bekommen, aber sonst nichts.*

Einen Moment lang starrte sie auf die Nachricht. »Detective« statt ihres Vornamens wäre sicher angemessener gewesen, aber sie wollte nicht angemessen klingen. Seit neun Monaten ging ihr Marcus

O'Bannion nicht mehr aus dem Kopf. Vielleicht war sein Anruf heute Morgen ein erster Schritt gewesen, vielleicht hatte er sie aber auch nur um Hilfe gebeten. Sie würde es niemals herausfinden, wenn nicht sie den nächsten Schritt unternahm. Beherzt tippte sie auf »Senden«.

*Und jetzt mach endlich deinen verdammten Job.*

Sie wandte sich wieder den Videodateien zu, klickte resolut die der vergangenen Nacht an und bereitete sich seelisch darauf vor, Tala sterben zu sehen.

Cincinnati, Ohio
Dienstag, 4. August, 6.20 Uhr

Deacon Novak betrat sein Haus, schnupperte zögernd und stieß dann erleichtert den Atem aus. Dass dem Welpen ganz offensichtlich *kein* Malheur auf dem Küchenboden passiert war, war allein schon Grund genug zum Feiern, aber es duftete darüber hinaus auch ganz köstlich nach Frühstück. Zerknautscht vom Schlaf und mit zerwühltem Haar stand am Herd die Frau, bei deren Anblick er nach wie vor augenblicklich Herzklopfen bekam.

Zwei Hunde saßen ihr zu Füßen. Der eine war ein ausgewachsener schwarzer Labrador namens Zeus, der andere ein Welpe, ein Golden-Retriever-Mix mit enormen Pfoten, den sie in weiser Voraussicht Goliath getauft hatten. Beide stammten aus einem Tierheim, und Deacon war froh über ihre Anwesenheit, auch wenn der Welpe sich regelmäßig über seine Schuhe hermachte. Er fühlte sich nicht wohl dabei, seine Frau allein zu lassen, wenn er mitten in der Nacht zu einem Einsatz gerufen wurde, aber die Hunde bei ihr zu wissen, beruhigte ihn ein wenig.

Beide Hunde kamen auf die Füße, als sich die Tür öffnete. Zeus grollte beeindruckend, bis er erkannte, wer gekommen war, und sich wieder fallen ließ, während Goliath tapsig auf ihn zusprang. Deacon ging in die Hocke, um den Hund zu streicheln. Mochte er sich auch wegen seiner Schuhe aufregen, er hatte die beiden Hunde längst ins Herz geschlossen. Faith sah über ihre Schulter und schenkte ihm ein Lächeln, während sie ihn rasch von Kopf bis Fuß musterte.

Deacon richtete sich auf und streckte die Arme zur Seite. »Schau, nirgendwo ein Tröpfchen Blut.«

Sie lachte kopfschüttelnd. »Nicht der schlechteste Start in den Tag, finde ich. Hast du Hunger?«

Er grinste und ließ die Augen über ihren Körper schweifen. »Und wie, aber dafür ist leider keine Zeit.«

Sie errötete. Daran würde er sich nie sattsehen können. »Wasch dir die Hände, setz dich und sei still.« Sie stellte zwei Teller mit Eiern und Speck auf den Tisch und setzte sich zu ihm. »Was ist passiert? Ist mit Scarlett alles in Ordnung?«

Als er vorhin gegangen war, hatte er nur gewusst, dass seine Partnerin eine Leiche entdeckt hatte, nicht aber, wieso sie bereits am Tatort war. »Ja. Und mit Marcus auch.«

Faith riss ihre grünen Augen auf. »Marcus? Du meinst unseren Marcus?«

Er nickte. »Dein Cousin und kein anderer.« Er erzählte ihr in groben Zügen, was geschehen war, und sie presste mitfühlend die Lippen zusammen.

»Das arme Mädchen. Und Marcus ist unverletzt?«

»Er hat eine Schutzweste getragen, kann aber trotzdem von Glück sagen, dass er sich nicht mehr als eine Prellung zugezogen hat. Natürlich wollte der Spinner nicht ins Krankenhaus.«

»Natürlich nicht.« Faith verdrehte die Augen. »Komisch. Kommt mir irgendwie bekannt vor. Dich müsste man ja auch vorher bewusstlos schlagen. Ihr Kerle seid wirklich stur. Wie kommt ihr bloß darauf, dass ihr kugelsicher seid?« »Zum Glück geht es hier nicht um mich«, sagte er im lockeren Tonfall, »sondern um deinen Cousin, also bleiben wir doch beim Thema, okay?«

Ein winziges Lächeln huschte über ihre Lippen, ehe sie wieder ernst wurde. »Das wird dem Zustand seiner Mutter nicht gerade zuträglich sein. Seit Mikhails Tod hat Della permanent Angst um ihre anderen Kinder. Zumindest wenn sie nüchtern ist. Oder wach. Was allerdings nicht mehr so oft vorkommt. Am besten, ich fahre gleich mal rüber.«

Faith hatte diesen Zweig ihrer Familie erst im vergangenen Herbst kennengelernt, war aber rasch zu einer veritablen Ehren-O'Bannion geworden. Und ihre Verwandten liebten sie – beinahe so sehr, wie Deacon es tat. Er wollte sich gerade vorbeugen, um ihr die besorgte Miene wegzuküssen, als sein Handy klingelte.

»Zimmerman«, sagte er mit einem Blick aufs Display. »Das muss ich annehmen.« Es war sein Vorgesetzter vom FBI, Special Agent in Charge von der Dienststelle in Cincinnati. Deacon gehörte zur Major Case Enforcement Squad, einer Sondereinheit aus CPD- und FBI-Leuten, der Lieutenant Lynda Isenberg vorstand, wodurch sie seine direkte Vorgesetzte war. Doch da Deacon noch offiziell zum FBI gehörte, war auch SAC Zimmerman sein Chef. Er erstattete ihm nicht über jeden Fall Bericht, aber für diesen brauchte er bestimmte Mittel, über die vor allem das Federal Bureau of Investigation verfügte. »Morgen, Andy. Danke, dass Sie so schnell zurückgerufen haben.«

»Worum geht's?«, fragte Zimmerman.

»Möglicherweise um Menschenhandel.«

»Arbeit, Sex oder beides?«

»Weiß ich noch nicht.« Er gab weiter, was Tala Marcus gesagt hatte. »Detective Bishop versucht gerade herauszufinden, wer sie war und woher sie kam.«

»Wir haben eine Einsatzgruppe, die sowohl auf lokaler als auch auf Bundesebene ermittelt«, sagte Zimmerman. »Der Leiter dieser Abteilung ist Special Agent Troy, aber wir stocken gerade personell auf und bekommen einen weiteren Agenten zur Seite gestellt. Das Organisatorische wird noch ein, zwei Wochen dauern, aber ich versuche, ein bisschen Dampf zu machen. In der Zwischenzeit werde ich Troy kontaktieren und ihn bitten, so schnell wie möglich nach Cincinnati zu kommen. Er ermittelt in einem Fall in Cleveland, der hoffentlich heute abgeschlossen werden kann.«

»Gut. Ich halte Sie über die Entwicklungen hier auf dem Laufenden.« Deacon verabschiedete sich und beendete das Gespräch.

Faith legte ihre Hände über seine und drückte sanft. Sie hatte jahrelang Opfer sexueller Gewalt therapiert. »In Miami hatten wir oft mit Menschenhandel zu tun. Das wundert niemanden, man erwartet es dort. Hier nicht. Dennoch gibt es auch in Ohio einen Markt dafür. Den gibt es überall.«

Deacon dachte an Tala auf dem Weg ins Leichenschauhaus. »Leider hast du recht.«

Cincinnati, Ohio
Dienstag, 4. August, 6.20

»Verdammt noch mal, Marcus.« Stone rieb sich müde mit beiden Händen über das Gesicht. »Man hätte dich töten können.«

Marcus hatte seinem Bruder alles erzählt, was heute Morgen geschehen war – oder fast alles. Seine Faszination für Scarlett Bishop behielt er für sich. »Hat man aber nicht.«

Stone ließ sich schwer auf den Stuhl zurücksinken und schloss die Augen. »Ich will nicht noch einen Bruder begraben müssen«, sagte er rauh. »Bitte sorg dafür, dass das nicht geschieht.«

»Was soll ich denn deiner Meinung nach tun?«, fragte Marcus. Seine Stimme klang vollkommen ruhig; er war sehr darauf bedacht, sich seine Verärgerung nicht anmerken zu lassen. Stone wirkte zwar wie ein Fels in der Brandung, reagierte aber empfindlich auf bestimmte Situationen, und Kritik von Marcus' Seite konnte ihm regelrecht den Boden unter den Füßen wegziehen.

»Lass es einfach. Verzichte einmal in deinem Leben darauf, ein Held zu sein. Lass es!«

Marcus kämpfte gegen den Reflex an, sich zu verteidigen. »Ich soll mich also für den Rest meines Lebens im Büro verstecken?«

Stone schlug langsam die Augen auf. Seine Kiefermuskeln traten vor Anspannung hervor. »Nein. Aber das heißt auch nicht, dass du jedes Mal zur Stelle sein musst, wenn irgendjemand in Schwierigkeiten gerät.« Frustriert schlug er mit der flachen Hand auf die Armlehne des Stuhls. »Verdammt noch mal, Marcus. Mom braucht dich. Audrey braucht dich. Jeremy.« Er schluckte hart. »Und ich brauch dich auch.«

Marcus' Zorn verflüchtigte sich. Mikhails Tod hatte seine Mutter und seinen Stiefvater beinahe vernichtet, und Audrey ... Nun, seine Schwester war über Nacht erwachsen geworden. Und es lag nicht nur an der Trauer um ihren Bruder; Audrey hatte furchtbare Angst um ihre Mutter, und damit war sie nicht allein.

Er und Stone behandelten ihre Mutter wie ein rohes Ei und hielten alles von ihr fern, was sie womöglich noch mehr aufregen würde. Marcus hatte sie schon einmal so erlebt wie jetzt. Er wusste ganz genau, wie viel schlimmer es noch werden konnte.

Dennoch war es Stone, um den Marcus sich am meisten sorgte. Stone war wie ein Dampfkochtopf, wie das sprichwörtliche Pulverfass, das jeden Moment explodieren konnte, und kein einziges Mal in den vergangenen Monaten hatte er darüber gesprochen, wie sehr ihm der Verlust seines kleinen Bruders wirklich zugesetzt hatte. Marcus war, was Stone anbetraf, seit langem auf alles vorbereitet. Dass er sich selbst jedoch ändern sollte, war nicht einzusehen. Er würde nicht damit aufhören, Menschen zu helfen, die sich an niemand anderen wenden konnten.

»Ich weiß«, murmelte er. »Aber wir haben wenigstens uns. Wen mag Tala gehabt haben?«

Eine lange Weile schwiegen beide. Dann atmete Stone hörbar aus. »Eines Tages wird man dich noch umbringen.«

»Aber nicht heute«, erwiderte Marcus gelassen.

Stone verengte verärgert die Augen. »Der Tag ist noch jung.«

Jetzt reichte es Marcus. »Ich hab diese verfluchte Weste getragen. Wie ich es versprochen hatte.«

»Dann hast du wahrscheinlich Glück gehabt, dass der Kerl dir nur in den Rücken geschossen hat«, schleuderte Stone ihm sarkastisch entgegen. »Aber was wäre gewesen, wenn er höher gezielt hätte? Die verdammte Weste schützt deinen Dickschädel nämlich nicht. Hältst du dich für verzaubert? Glaubst du, du bist unverwundbar, oder was?« Stones Stimme war mit jedem Wort lauter geworden, bis er fast brüllte. »Bist du wirklich so verflucht dämlich?«

Marcus schnitt ein Gesicht. Nein, er war nicht so verflucht dämlich. Er wog stets die Risiken und Chancen ab, doch immer kam er zu dem Schluss, dass das Opfer, das er retten wollte, ebendieses Risiko wert war.

Stone sog plötzlich scharf die Luft ein. »Du Mistkerl«, flüsterte er. »Du *willst* ja sterben.«

Marcus schüttelte den Kopf. »Nein. Unsinn. So ist das nicht.«

Stone richtete sich langsam auf. Sein Blick wurde immer kälter. »Wie ist es dann? Erklär's mir, denn anscheinend bin ich ein wenig schwer von Begriff.«

Marcus rieb sich die Schläfen, hinter denen es dumpf pochte. Stone spielte die »Dummer-Bruder-Karte« nur dann aus, wenn er wirklich aufgewühlt war, denn es war ein Überbleibsel aus ihrer Kindheit, die beide am liebsten vergessen hätten. Aber natürlich war das unmöglich. Sie beide hatten dasselbe erlebt, denselben Verlust erlitten, doch wie unterschiedlich es sie geprägt hatte!

»Ich hab dich nicht in aller Herrgottsfrühe hergebeten, um mich mit dir zu streiten«, brummte Marcus.

Stone presste die Kiefer zusammen und ballte die Fäuste. »Tja, Pech für dich, denn das werden wir.«

»Oh, herrje, Stone! Ich will nicht sterben!«, sagte Marcus. Er war plötzlich viel zu müde, um zu diskutieren, von Streiten ganz zu schweigen. »Aber wenn ich Menschen wie Tala begegne ... sie haben es doch auch verdient, ein anständiges Leben zu führen.«

»Mehr als du?«, fragte Stone barsch.

Wieder schwieg Marcus, und Stone fuhr sich wütend mit beiden Händen ins Haar und zog daran wie ein psychisch Gestörter am Rande des Nervenzusammenbruchs.

Und waren sie das nicht eigentlich beide?

Schließlich nahm Stone die Hände aus dem Haar und strich es

wieder glatt. Besiegt ließ er sein Kinn auf die Brust sinken. »Du bist ein dummer, sturer Vollidiot.«

Tja. Unter diesen Umständen ließ sich wenig dagegen sagen. »Hilfst du mir denn trotzdem?«, fragte er leise.

Stones Kopf fuhr hoch, und ihre Blicke trafen aufeinander wie zwei Schwerter. »Dich umzubringen? Nein. Nie und nimmer.«

»Ich will mich nicht umbringen«, wiederholte Marcus mit mehr Nachdruck. »Ich bitte dich lediglich darum, mir mit dieser Tala-Story und mit Jill zu helfen. Früher oder später sieht irgendein anderer Reporter meinen Namen im Polizeibericht und erfährt, dass ich mich nachts in einer anrüchigen Gasse mit einer Siebzehnjährigen getroffen habe, die kurz darauf erschossen wurde. Ich möchte lieber die wahre Geschichte veröffentlichen, bevor ich zu einem sadistischen Pädophilen erklärt werde.«

Stone erbleichte. »Mist. Tut mir leid. Daran hab ich gar nicht gedacht.«

»Ja. Dann solltest du es jetzt tun.«

Stone straffte die Schultern. »Was soll ich machen?«

*Na endlich,* dachte Marcus. Ein bisschen Ärger hatte er von Stone erwartet, nicht aber, dass er sich derart aufregen würde. Mikhails Tod hatte sie alle an die Grenzen ihrer Belastbarkeit gebracht – doch für Stone galt das besonders.

»Ich will so schnell wie möglich einen Artikel in der Online-Version des *Ledger* bringen, der morgen auf der Titelseite der Printausgabe erscheint.« Er gab Stone die Eckdaten und erklärte ihm, welche Fakten er auslassen solle, ohne zu erwähnen, dass Scarlett ihn darum gebeten hatte. »Schreib, dass das Opfer einem Haushalt zu entkommen versuchte, in dem es offenbar misshandelt wurde. Darüber hinaus hast du freie Hand.«

»Misshandelt«, wiederholte Stone. »Die Formulierung ›Wir gehören ihnen‹ bleibt also unter Verschluss?«

»Ja. Dem können die Cops nachgehen.« *Und ich ebenfalls,* dachte er, aber das würde er Stone ganz sicher nicht unter die Nase reiben.

»Na gut«, willigte Stone ein. »Und wie genau soll ich erklären, dass ihr euch in dieser miesen Gegend getroffen habt?« »Du könntest zum Beispiel sagen, dass Tala nicht in ihrem Viertel gesehen werden wollte, weil sie Angst hatte, dass ihr Ausbeuter davon erfahren würde. Keine Ahnung – lass dir was einfallen. Sieh nur zu, dass es sich nicht wie ein Zitat anhört. Das könnte von jedem bemängelt werden, der Zugang zu den Beweisen hat.«

»Vor allem zu dem Videomaterial, das du Bishop überlassen hast.« Stone schnitt ein Gesicht, als hinterließe Scarlett Bishops Name allein einen schlechten Geschmack auf seiner Zunge. »Wieso zum Teufel hast du das bloß getan? Du hättest die Videos nicht einmal erwähnen müssen.«

*Oh, doch, das musste ich. Unbedingt sogar.* Und wenn nur, um das Misstrauen zu tilgen, das plötzlich ihre Augen verdunkelt hatte. In den fünf Jahren seit seiner Übernahme der Zeitung hatte er sich an diesen Blick gewöhnt; vor allem Cops neigten dazu, Zeitungsleute zu verachten, und Marcus konnte damit durchaus leben. Denn unterm Strich, das wusste er, war das, was er tat – was er tun musste, um denen zu helfen, die sich nicht selbst verteidigen konnten –, das Richtige.

Aber das Misstrauen in Scarlett Bishops Augen ... Das hatte weh getan. Und es hatte ihn wütend gemacht. Denn unter dem Misstrauen hatte er einen Zorn gespürt, der sich weit persönlicher anfühlte als die übliche Geringschätzung der Polizei. Irgendwann hatte irgendein Reporter eine Grenze überschritten und sie tief verletzt.

Marcus würde tun, was immer notwendig war, um ihr zu vermitteln, dass er diesen Blick nicht verdient hatte. Selbst wenn er dafür mehr von sich preisgeben musste, als er es gewöhnlich tat. Sie musste die Videos inzwischen gesehen haben. Also hatte sie auch seine heftige Reaktion auf den Mord erlebt. Er hatte ihr diesen Einblick in seine Gefühlswelt ganz bewusst gewährt.

»Marcus?« Stone beugte sich vor und schnippte vor Marcus' Gesicht mit den Fingern. »Bist du noch da?«

Marcus blinzelte. »Ja. Tut mir leid.«

Stone lehnte sich zurück. »Du hattest gerade einen ganz glasigen Blick. Vielleicht solltest du doch zum Arzt gehen.« »Die Sanitäter haben mich durchgecheckt. Es ist alles okay.« Stone wirkte nicht überzeugt. »Aber man hat dir nahegelegt, dich in der Ambulanz untersuchen zu lassen, richtig?« »Ja, aber das tun sie ja immer. Es ist alles in Ordnung.« Tatsächlich war ihm etwas flau im Magen, aber schließlich fühlte er sich immer so, wenn er auch nur an Krankenhäuser dachte. Er schluckte und räusperte sich. »Ich habe Detective Bishop die Dateien überlassen, weil jemand direkt vor meinen Augen ermordet wurde. Es war einfach das ...«

»Das Richtige, jaja«, unterbrach Stone und verdrehte genervt die Augen. »Schon kapiert.«

Da war sich Marcus manchmal nicht so sicher.

»Wodurch ich ganz nebenbei als Verdächtiger ausscheide«, fügte Marcus hinzu. *Hoffe ich wenigstens.*

»Ich will die Aufnahmen sehen.«

»Nein, ich glaube nicht, dass du das willst.«

Stones Miene verhärtete sich. »Nein, du hast recht, aber ich muss dennoch wissen, womit ich es zu tun habe, falls Bishop beschließt, das Video für die übrigen Medien freizugeben. Also los.«

Marcus glaubte nicht, dass Scarlett das tun würde, behielt seine Meinung aber für sich und drehte den Monitor zu Stone. Schweigend verfolgte sein Bruder die Aufnahmen, zuckte zusammen, als die Schüsse fielen, und wurde regelrecht grau im Gesicht, als die zweite Kugel Marcus zu Boden warf. Und als Talas zerschmetterter Schädel auf dem Bildschirm erschien, kam sein Atem plötzlich stoßweise.

»Alles okay?«, murmelte Marcus.

Stone nickte schwer atmend, ohne den Blick vom Bildschirm zu wenden. Als die Aufnahme endete, holte er tief Luft und stieß sie zitterig wieder aus. »Du hast ihr ...« Seine Stimme war rostig, und er musste sich räuspern, ehe er neu ansetzte. »Du hast ihr diese Datei gegeben? Genau die?«

»Ja.«

Stone hob den Blick, und einen Moment lang konnte Marcus den Jungen sehen, der sein Bruder einst gewesen war. So jung, so verängstigt. Und so verletzlich.

»Okay. Jetzt verstehe ich. Du musstest es tun.«

»Was genau? Tala helfen oder Detective Bishop die Datei überlassen?«

Stone schloss die Augen. »Sowohl als auch«, flüsterte er. Als er die Augen wieder öffnete, war die Verletzlichkeit darin verschwunden und sein arrogantes Selbstvertrauen zurückgekehrt. Stones Rüstung, die letzte Bastion emotionaler Verteidigung. Wenn sie fiel, wenn Stone die Kontrolle verlor ... nun, das war nicht gut.

»Ich denke nicht, dass Detective Bishop das Videomaterial freigeben wird, aber für den Fall, dass sie es doch tun sollte und meine Unterhaltung mit Tala öffentlich wird, darf sich natürlich nichts, was du schreibst, durch das Video widerlegen lassen. Lass offen, um welchen Park es sich gehandelt hat. Und schreib nichts über ihre letzten Worte.«

»Willst du, dass ich ein Foto von ihr bringe?«

»Ja. Nimm ein Standbild aus einem der Videos im Park. Ich schicke dir denselben Link zu den Dateien, den ich auch Bishop geschickt habe. Außerdem habe ich ja schon früher Opfern geholfen. Such dir zwei aus, die keine Verbindung zu den Namen der Drohliste haben.«

Stone, der sich nun wieder im Griff hatte, verengte die Augen. »Wieso? Welchen Unterschied macht es denn, ob sie auf dieser blöden Liste stehen oder nicht? Ziel des Anschlags war doch dieses Mädchen, Tala, und nicht du.«

»Und an dieser Stelle kommt Jill ins Spiel. Sie kennt die Liste.«

Stone setzte sich kerzengerade auf. »Was? Wie denn das? Gayle hat sie ihr doch bestimmt nicht gezeigt!«

Marcus musterte seinen Bruder nachdenklich. Hoffentlich konnte Stone schon den nächsten Schlag verkraften. »Hast du gewusst, dass Gayle einen Herzinfarkt hatte?«

Stones Kinnlade klappte herunter. »Verfluchte Scheiße!«

»Ja, das war auch ungefähr meine Reaktion.« Marcus berichtete seinem Bruder, was er von Jill erfahren hatte.

»Also macht die Kleine schon seit einiger Zeit Gayles Job?«

»Zum Teil, ja.«

Stone ließ sich gegen die Stuhllehne zurückfallen. »Tja, wirklich verübeln können wir es ihr wohl nicht. Ich würde wahrscheinlich ähnlich handeln, wenn es um meine Tante ginge.« Stirnrunzelnd schüttelte er den Kopf. »Allerdings hätte ich nie gedacht, dass sie eine solche Abneigung gegen uns hegt.«

»Gayle wird das auch nicht wissen. Obwohl ich mir vorstellen könnte, dass Jill es sie nur allzu gerne wissen lassen *würde*. Wie auch immer – das Mädchen hat die Liste gesehen und seitdem jede neue Bedrohung katalogisiert. Ihr ist übrigens aufgefallen, dass viele Drohungen sich in puncto Gewaltbereitschaft steigern und dann abrupt abbrechen.« Marcus verdrehte die Augen. »Sie glaubt, dass ich die Leute abmurkse.«

Stone schnaubte. »Na klar, weil du ja auch eigentlich Don Corleone heißt. Warum hast du ihr nicht die Wahrheit gesagt?«

»Weil ich ihr nicht über den Weg traue, aber nicht genau weiß, warum, also frag gar nicht erst. Vielleicht liegt es nur daran, dass sie uns nicht mag. Oder eifersüchtig auf unsere Beziehung zu Gayle ist.« *Vielleicht steckt auch mehr dahinter. Oder ich bin einfach nur paranoid.*

»Hat sie gedroht, uns auffliegen zu lassen?«

»Von *uns* war keine Rede. Falls überhaupt, geht es hier nur um mich, denn sie weiß nicht, dass du Bescheid weißt. Aber: Nein, sie hat mir nicht gedroht. Sie wollte nur wissen, ob ihre Tante für das, was sie bei uns tut, ins Gefängnis kommen könnte, und ich schätze, sie glaubte mir, als ich das verneinte. Trotzdem wird sie auf eigene Faust recherchieren und herumschnüffeln – zumal man auf mich geschossen hat. Sie hat Angst, dass jemand, der es auf mich abgesehen hat, auch Gayle an den Kragen gehen könnte.«

»Auch das können wir ihr wohl nicht verübeln. Insbesondere da sie uns für egoistische Mistkerle hält, die gar nicht zu schätzen wissen, was sie an Gayle haben. Aber wenn sie sicher sein kann, dass Tala heute Morgen das Ziel des Schützen gewesen ist, macht sie sich vielleicht nicht mehr so große Sorgen um ihre Tante.« Er nickte Marcus zu. »Indem du Jill an der Story beteiligst, schlägst du zwei Fliegen mit einer Klappe. Du wirkst sämtlichen Spekulationen entgegen, du könntest an Talas Mord beteiligt sein, und hältst dir gleichzeitig Jill vom Leib. Nicht schlecht.«

»Falls sie mir glaubt. Ganz sicher bin ich mir immer noch nicht.«

»Also schön«, sagte Stone nachdenklich. »Abgesehen davon, ihr den Hals umzudrehen ... was können wir unternehmen?«

»Ich will, dass ihr beide die Drohliste Punkt für Punkt abhakt. Mach ihr klar, dass alle Drohungen von aufgebrachten Menschen stammen, die bloß Dampf ablassen wollten. Dass auf die wüstesten Verwünschungen niemals Taten gefolgt sind und auch in Zukunft höchstwahrscheinlich nicht folgen werden.«

Stone zog eine Augenbraue hoch. »Ich soll sie also belügen.«

Marcus seufzte. »Nein. Du sollst sie nur davon überzeugen, dass sie sich keine Sorgen um Gayle machen muss.«

»Was ist dann mit den Drohungen, zu deren Beseitigung wir aktiv beigetragen haben? Wenn ich ihr diesbezüglich nicht die Wahrheit sage, hält sie dich wirklich für eine Art Mafiaboss.«

»Das wäre mir fast lieber«, brummelte Marcus. »Ich kann ihr ja nahelegen, es auf sich beruhen zu lassen, wenn sie nicht mit Betonschuhen im Fluss landen will.« Er rieb sich die Schläfen und versuchte, sich zu konzentrieren, aber sein Hirn schien ihm langsam den Dienst zu verweigern. Er hatte zu viele Nächte nicht mehr richtig geschlafen. »Lass dir was einfallen. Erzähl ihr von mir aus, dass wir den Leuten einen Anwalt auf den Hals gehetzt haben, der mit einer Klageandrohung gekontert hat.«

»Und wenn sie bei Rex nachhakt?«

Der Anwalt des *Ledger* war ein alter Freund von Marcus, aber er hatte ihn nicht eingeweiht, um ihn nicht in ein ethisches Dilemma zu bringen. »Dann wird er ihr erzählen, dass er an die Schweigepflicht gebunden ist. Anschließend wird er herkommen und mir die Leviten lesen, woraufhin ich zerknirscht verspreche, dass ich mit all diesen kleinen Tricksereien aufhöre und von nun an nur noch vollkommen legale und moralisch einwandfreie Wege beschreiten werde.«

Stone schnaubte. »Als ob.«

»Und dann wird Rex die Augen verdrehen, leise vor sich hin murmeln, dass ich eines Tages einen ›Riesenärger‹ bekommen werde, und wieder seiner Wege gehen.« Marcus zuckte die Achseln. »Also alles wie gehabt.«

Stone schüttelte den Kopf. »Na schön. Wenn du es so haben willst – meine Rückendeckung hast du.«

»Wie immer«, murmelte Marcus. Auf seine Art war Stone der loyalste Mensch auf Erden. »Danke.«

Verlegen winkte Stone ab. »Was hast du jetzt vor?«

»Die Liste bearbeiten und sie Detective Bishop schicken.«

Stones Augen traten fast aus den Höhlen. »Wieso in drei Teufels Namen willst du das denn machen?«

»Weil ich es ihr versprochen habe.«

»*Was?* Du hast ihr davon erzählt? Verdammt, Marcus! Du verdonnerst uns alle zu absoluter Verschwiegenheit, und dann gibst du das Ding einfach so an die Cops weiter?«

»Sie und Novak wollten wissen, ob ich bedroht werde. Es kategorisch zu leugnen, kam mir unklug vor, daher erzählte ich ihnen, dass meine Büroleiterin diesbezüglich sogar eine Liste führt. Ich hatte nie vor, ihnen die wahre Liste zu überlassen.« Noch immer starrte Stone ihn fassungslos an. »Die beiden deuteten an, dass vielleicht ich das Ziel des Schützen gewesen sein könnte, und von dieser Idee wollte ich sie abbringen. Es schien mir richtig.«

Stone schloss die Augen und kniff sich in den Nasenrücken.

»Herrgott, Bruder, was du für ›richtig‹ hältst, wird uns jede Menge unerwünschte Aufmerksamkeit einbringen. Wir müssen uns etwas ausdenken, wie wir uns diese Bishop vom Leib halten können.«

Marcus atmete tief ein und kontrolliert wieder aus. Aufmerksamkeit von Scarlett Bishop hätte nicht erwünschter sein können, und er dachte ja nicht daran, sie sich vom Leib zu halten, im Gegenteil. »Mach dir keine Sorgen wegen Detective Bishop.« Unwillkürlich war seine Stimme tiefer geworden, weicher. »Ich kümmere mich schon um sie.«

Stone riss die Augen auf und starrte ihn ungläubig an. »Ach du Schande, du stehst auf sie? Das glaub ich einfach nicht!« Einen winzigen Augenblick lang zog Marcus in Erwägung, es abzustreiten, aber dann wurde ihm bewusst, dass er das gar nicht wollte. »Wieso? Weil sie Polizistin ist?«

»Weil sie Bishop ist. Die frisst Männer zum Frühstück, spuckt die Knochen aus und mahlt sie, um daraus Brot zu backen. Die Frau ist wie eine Gottesanbeterin.«

Marcus' Lippen zuckten. Zum ersten Mal seit langer, langer Zeit fand er etwas wirklich lustig. »Wo hast du denn den Spruch her? Mahlt die Knochen und backt Brot daraus?«

»Die ist ein harter Brocken, glaub mir das«, sagte Stone.

Stone und Scarlett hatten sich nicht gerade unter Idealbedingungen kennengelernt. Deacon und Scarlett hatten in einem Entführungsfall ermittelt, und Stone hatte wichtige Informationen zurückgehalten. Doch Stone hatte kurz zuvor die Leiche seines jüngsten Bruders entdeckt; sein Gemütszustand war also, gelinde gesagt, ausgesprochen instabil gewesen.

»Du hast sie angelogen, Stone«, sagte Marcus sanft. »Dass sie das nicht einfach hinnimmt, ist doch kein Wunder.«

Stone starrte ihn verblüfft an. »Sag mal, haben dir die Sanitäter irgendwelche Pillen verabreicht? Nur so kann ich mir erklären, dass dein Urteilsvermögen gerade schwer getrübt ist. Ich meine – okay, sie ist hübsch und sexy, das gebe ich zu. Die Frau *ist* aufregend.« Er streckte die Hände aus und tat, als würde er Frauenbrüste betasten.

»Sie hat einen tollen Vorbau, und ich kann verstehen, dass du scharf auf sie bist. Also geh mit ihr ins Bett, wenn es sein muss, aber dann lass es gut sein. Und bewahr dir einen kühlen Kopf, sonst beißt sie ihn dir nämlich ab.«

Marcus' Belustigung hatte sich verflüchtigt, als Stone die Bemerkung über Scarletts Äußeres gemacht hatte. »Das reicht«, fuhr er seinen Bruder an. »Du magst sie nicht, okay, das kann ich verstehen. Das ist deine Sache. Aber es gefällt mir nicht, wie du über sie sprichst. Wenn dir nicht passt, wie sie ihren Job macht, ist das in Ordnung, aber alles andere ...« Er brach ab, als sein Bruder ihn erneut verdattert ansah.

»Ganz ruhig. Ist ja schon gut.« Stone legte die Stirn in Falten. »Kapiere ich das richtig? Du stehst *wirklich* auf sie? Du willst nicht einfach nur ins Bett mit ihr, sondern vielleicht sogar ...« Er schnitt eine Grimasse. »... eine Beziehung?«

»Ich kenne sie ja gar nicht«, sagte Marcus aufrichtig. »Noch nicht jedenfalls, und vielleicht wird es dazu auch nie kommen.«

»Aber du würdest sie gerne kennenlernen?«

Marcus zuckte die Achseln. »Vielleicht. Sofern wir uns überhaupt je wiedersehen. Aber falls ja, habe ich nicht vor, einfach nur mit ihr ins Bett zu gehen.«

Stone seufzte. »Wahrscheinlich nicht. So bist du einfach nicht gestrickt. Okay, Mr. ›Ich-tue-das-Richtige‹, gib ihr die verdammte Liste. Aber mach für mich Kopien von allem, was du ihr überlässt, damit ich weiß, wo du verwundbar bist.«

»Wie du willst.« Marcus blickte auf den Sicherheitsmonitor auf seinem Schreibtisch. Von hier konnte er jeden Ein- und Ausgang des Gebäudes überwachen. »Jill steht schwer beladen in der Lobby. Das sieht nach einem anständigen Frühstück aus. Wie wär's, wenn du ihr hilfst?«

Stone stand auf. »Okay. Ich lass sie rein und fange dann mit der Story über Tala an.«

»Ich will nicht, dass Jill hier unbeaufsichtigt herumschnüffelt.«

Stone riss die Augen auf. »Ich soll ihren Babysitter spielen?«

»Bis ich jemand anders dafür gefunden habe, ja.«

Das gefiel Stone gar nicht. »Wenn sie clever genug war, sich in Gayles E-Mail-Account zu hacken, dann kommt sie bestimmt auch aus der Ferne in unser System. Ich denke nicht daran, sie rund um die Uhr zu überwachen.«

»Ich ändere alle Passwörter«, sagte Marcus. »Und ich sage Diesel, er soll uns diverse neue Firewalls oder Ähnliches einrichten.« Diesel war ihr hauseigener Computercrack. Marcus kannte sich auf technischem Gebiet recht gut aus und hatte sich auch schon in das eine oder andere System gehackt, aber Diesel war ein wahrer Künstler. »Pass einfach in den nächsten Stunden ein bisschen auf sie auf. Ich will wissen, was sie vorhat.«

»Glaubst du, sie weiß mehr, als sie zugibt?«

»Zumindest ist sie weit neugieriger, als uns lieb sein könnte. Halt wenigstens bis zum Morgen-Meeting ein Auge auf sie. Dann überlegen wir uns, was wir in ihrem Fall unternehmen.«

»Okay.« Stone nickte widerstrebend. »Du bist der Boss.«

Marcus wartete, bis sich die Tür hinter seinem Bruder geschlossen hatte. »Bin ich nicht ein Glückspilz?«, murmelte er. Er lehnte sich auf seinem Stuhl zurück, um sein Handy aus der Hosentasche zu ziehen. Es hatte vibriert, während Stone und er sich unterhalten hatten. Er las die Nachricht und las sie mit hämmerndem Herzen ein zweites Mal. *Scarlett Bishop hier.* Nicht »Detective Bishop«, sondern »Scarlett«. Das klang herzlicher. Persönlicher. Sogar einladend. *Und du bist ein Idiot, O'Bannion.*

Es war keine Einladung. Nur ihr Name, sonst nichts. *Also deute nichts hinein, was nicht da ist, und konzentrier dich auf die Nachricht.*

Die erneute Bitte um die Liste kam nicht überraschend, weil er sie schon längst hätte schicken sollen, aber er hatte gehofft, dass sie sie nach Sichtung der Videos für unnötig halten würde. Dass Tala das Ziel gewesen war, musste ihr nun klar sein.

Doch er hatte genügend Polizisten kennengelernt, um zu wissen, dass sie von einer Idee erst dann abließen, wenn sie unwiderlegbare Beweise in den Händen hielten. Er musste also nur ein paar Namen zusammensuchen, die sie zufriedenstellten, ohne ihre Neugier zu wecken. Denn wenn sie in diese Richtung zu ermitteln begann, würde das für sie beide nicht gut ausgehen.

# 5

Cincinnati, Ohio
Dienstag, 4. August, 7.05 Uhr

»Was ist das?«, fragte Lieutenant Lynda Isenberg scharf. Sie war an den Schreibtisch getreten, ohne dass Scarlett es bemerkt hatte. »Ich dachte, Sie wollten sich das Videomaterial von O'Bannion ansehen.«

Die Missbilligung in der Stimme ihrer Chefin holte Scarlett schlagartig in die Wirklichkeit zurück. Lynda verfiel äußerst selten in diesen Tonfall und Scarlett gegenüber praktisch nie. Scarlett hatte ihr auch nie Grund dazu gegeben – was also war geschehen?

Verstohlen wischte sie sich die Augen und stellte den Computer stumm, ehe sie das Video anhielt. Verdammt. Sie hatte sich von Marcus' Gesang bezaubern lassen. Seine Singstimme war genau so, wie sie sie sich vorgestellt hatte: voll und samtig und wie Balsam auf seelische Narben, obwohl sie gleichzeitig eine andere Art von Schmerz an die Oberfläche zerrte.

»Das tue ich auch«, sagte sie und war froh, dass ihre Stimme nicht bebte. »Hier ist das Opfer, sehen Sie?« Sie deutete auf eine Stelle am Bildrand, wo Tala zwischen den Bäumen zu sehen war.

»Das Mädchen wirkt, als sei es jederzeit zur Flucht bereit«, bemerkte Lynda. Ihre Stimme klang merkwürdig unterkühlt. Etwas stimmte nicht, aber Scarlett würde ganz bestimmt nicht nachfragen. Sie kannte Isenberg lange genug, um zu wissen, dass ihre Vorgesetzte die Information dann weitergeben würde, wenn sie es für richtig hielt. Zum Glück war Isenberg ein Mensch, der seinen Mitarbeitern dieselbe Freiheit zugestand. Falls sie bemerkte, dass Scarletts Augen vom Weinen gerötet waren, ließ sie sich jedenfalls nichts anmerken.

»Aber sie bleibt«, sagte Scarlett. »Sie verschwindet erst, wenn er zu singen aufhört. Ich habe mir jetzt fünf von zehn Videos angesehen. Sobald Marcus sein Lied beendet, zieht sie sich zurück, vorher nicht.«

Lynda riss verblüfft die Augen auf – ein seltener Anblick. »Das war Marcus O'Bannion? Wirklich?«

»Ja. So ist Tala offenbar erst auf ihn aufmerksam geworden. Er hat mir erzählt, dass er zu singen begonnen hat, weil es mitten in der Nacht war und er sich allein glaubte. Als er aufsah, erblickte er sie mit dem Hund zwischen den Bäumen.« Das erste Mal hatte er die Ballade für seinen toten Bruder gesungen. Scarlett hatte nicht erwartet, sie auf den Videos zu hören, da er die erste Begegnung nicht aufgenommen hatte, doch tatsächlich befand sich der Song auf jeder einzelnen Datei aus dem Park, die sie bisher gesehen hatte. Manchmal sang er erst drei oder vier andere Lieder, aber sobald sich Tala blicken ließ, stimmte er wieder »Go Rest High« an.

Und jedes Mal schnürte es Scarlett die Kehle zu.

Und so erstaunte es sie auch nicht, dass ihre Vorgesetzte, deren kühle Gelassenheit nahezu legendär war, im Augenblick genauso erschüttert wirkte, wie Scarlett sich fühlte. Und dieser Anblick war seltsam tröstlich.

Lynda holte bebend Luft. »Das Lied wurde auf der Beerdigung meines Mannes gespielt«, murmelte sie.

Wie vom Donner gerührt, konnte Scarlett sie nur anstarren.

Sie arbeitete seit fünf Jahren unter Isenbergs Leitung, hatte aber noch nicht einmal gewusst, dass die Frau verheiratet gewesen war. »Das tut mir sehr leid«, sagte sie schließlich so leise, dass nur Lynda sie hören konnte. »Davon wusste ich gar nichts.«

Lynda schaute verlegen auf, und Röte stieg ihr in die Wangen. Dann schüttelte sie kurz und heftig den Kopf, als könnte sie ihn dadurch wieder frei bekommen, und einen Moment später war ihre Miene wieder wie sonst – wachsam, geschäftsmäßig und beinahe abweisend. »Das ist schon fünfzehn Jahre her«, sagte sie mit einer wegwerfenden Geste. »Und mit diesem Fall hat das nichts zu tun.«

Einen Moment lang schwiegen beide und blickten ins Leere. Dann räusperte Lynda sich und deutete auf den Monitor. »Kommt sie je zwischen den Bäumen hervor?«

»Bisher nicht. Marcus erzählte, sie habe den Hund an der Leine so weit laufen lassen, dass er ihn streicheln konnte, sei aber selbst niemals auf die Lichtung gekommen. Zu dieser Aufnahme bin ich noch nicht gelangt, aber alles, was ich bisher gesehen habe, deckt sich mit seiner Aussage.«

»Ich hätte auch nicht erwartet, dass er Ihnen freiwillig Material überlässt, das das nicht täte«, sagte Isenberg vorsichtig.

Fragend blickte Scarlett auf. Ihre Vorgesetzte musterte sie besorgt. »Wie bitte?«, fragte Scarlett und bemerkte selbst, wie trotzig sie klang.

»Sie haben eine persönliche Verbindung zu diesem Mann. Im Augenblick ist er ein Augenzeuge, aber er könnte zu einem Verdächtigen werden. Und zwar in einem Mordfall, Scarlett. Ehrlich gesagt, behagt mir das gar nicht.«

Scarlett konnte sich nicht vorstellen, wie Marcus sich verdächtig machen sollte, aber sie würde Isenberg nicht widersprechen, denn sie wollte nicht riskieren, von dem Fall abgezogen zu werden – nicht wegen Marcus, verstand sich, sondern wegen Tala.

»Ich habe keine persönliche Verbindung zu diesem Mann«, erwiderte sie, ohne den Blick abzuwenden. »Jedenfalls nicht so, wie Sie denken. Ich bin Marcus O'Bannion erst fünfmal begegnet.« Sie hob ihre Hand und zählte an den Fingern ab. »Einmal im Wald, als er bei dem Versuch, eine Frau zu retten, verwundet worden war, zweimal im Krankenhaus danach, bei dem Begräbnis seines Bruders und heute Morgen am Tatort. Das war alles.«

Von all den Nächten, in denen sie wach gelegen und sich gewünscht hatte, es wäre anders, musste sie ja nichts sagen. Lynda wirkte nicht überzeugt. »Was für eine Verbindung haben Sie dann zu ihm, wenn nicht so, wie ich denke?«

»Ich würde sagen, wir beide stellen gerade unsere Vorurteile auf den Prüfstand. Anscheinend traut er den meisten Cops nicht über den Weg, war aber der Ansicht, ich könne Tala helfen. Ich dagegen traue den Medienleuten nicht, hoffe aber, dass er anders ist. Im Übrigen gehe ich davon aus, dass Sie dieselbe Unterredung auch mit Deacon führen werden«, setzte sie kühl hinzu. »Er hat auf jeden Fall eine ›Verbindung‹ zu Marcus, da er in dessen Familie einheiraten wird.«

Lynda betrachtete sie noch einen Moment lang prüfend, dann wandte sie sich wieder dem Bildschirm zu, auf dem Tala noch immer am Waldrand stand. »Was wissen Sie über die junge Frau?«

»Sie ist siebzehn Jahre alt, wahrscheinlich Immigrantin. Die Datei von heute habe ich mir bereits angesehen. Weil es in der Gasse recht dunkel war, ist ihr Gesicht leider nicht allzu deutlich zu erkennen, aber der Ton ist glasklar. Sie spricht ein einwandfreies Englisch, allerdings mit deutlichem Akzent. Ich würde auf die Philippinen tippen.« Eigentlich war Marcus zuerst darauf gekommen, aber auch das würde sie für sich behalten.

Scarlett öffnete das Video von dieser Nacht, drehte den Lautstärkeregler nach oben und klickte auf »Play«. Dann drehte sie den Bildschirm so, dass Lynda besser sehen konnte, lehnte sich auf ihrem Stuhl zurück und verfolgte zum fünften Mal, was in den frühen Morgenstunden geschehen war.

*Warum weinst du, Tala?*

*Warum weinen Sie?*, konterte das Mädchen.

Dass Marcus nicht einmal den Versuch machte, es abzustreiten, trieb Scarlett erneut die Tränen in die Augen, und Grund dafür war nicht allein, dass er noch immer um seinen Bruder trauerte, sondern dass er sich seiner Tränen offenbar nicht schämte. Und mit einem Mal begriff sie, was für ein Vertrauen er ihr damit bewiesen hatte. Indem er ihr die Videos freiwillig ausgehändigt hatte, hatte er nicht nur ihr, Scarlett, Einblick in seine Seele gewährt, sondern auch jedem, dem sie erlaubte, sich diese Videodateien anzuschauen. Plötzlich aus der Bahn geworfen, nahm sie sich vor, diese Videos unter Verschluss zu halten und dafür zu sorgen, dass nur die Leute sie zu sehen bekamen, die sie wirklich sehen mussten.

*Darf ich dir helfen, Tala?*
*Ich ... ich hab kein Geld.*

Das Bild fuhr hin und her, als Marcus den Kopf schüttelte. *Ich will kein Geld von dir.*

Bedeutungsschweres Schweigen folgte. Tala schien in sich zusammenzufallen, doch dann hob sie den Kopf, und die eben noch angstvolle Miene war nun einladend und sinnlich. Sie griff nach dem Bund von Marcus' Jeans, und als sie wieder zu sprechen ansetzte, war ihre Stimme ein verführerisches Flüstern.

*Ich verstehe. Jetzt weiß ich, was Sie brauchen.*

Das Bild wackelte, als Marcus einen großen Schritt zurückwich. Seine abwehrend ausgestreckten Hände erschienen im Bildausschnitt der Linse.

*Nein! Nicht doch,* stieß er entsetzt hervor. *Du verstehst mich falsch. Ich will nichts von dir. Ich will dir nur helfen.*

*Aber warum? Warum wollen Sie mir helfen? Sie kennen mich doch gar nicht.*

*Spielt das denn eine Rolle?,* fragte Marcus traurig. *Warum weinst du, Tala?*

Angst stand ihr ins Gesicht geschrieben, aber auch so viel Hoffnung, dass es Scarlett schwer ums Herz wurde. Für das Mädchen war die Hilfe greifbar nah gewesen, doch nun war es tot. *Es ist zu gefährlich. Meine Familie muss sterben, wenn man mich hier erwischt.*

Marcus' Stimme klang plötzlich eisig. Spröde. Zornig. *Warum? Vor wem hast du Angst?*

*Vor dem Mann. Und seiner Frau. Ich ...* Das Mädchen blickte weg. *Wir gehören ihnen.*

*Was soll das heißen?,* fragte Marcus. *Wem gehört ihr?*

Scarlett wappnete sich innerlich gegen das, was nun kommen würde, zuckte aber dennoch zusammen, als der Schuss krachte.

Tala sackte zu Boden, und ihr Gesicht füllte den Bildschirm aus, als Marcus neben ihr in die Hocke ging. *Tala? Mein Gott, du bist getroffen.* Seine Hände zitterten, als er ein Messer zückte, ein Stück von ihrem T-Shirt abschnitt und ihr auf die Wunde presste. Dann stand er auf.

Lynda stieß einen missbilligenden Laut aus. »Er lässt sie allein?«

»Nur kurz«, murmelte Scarlett. »Er ruft den Notarzt und sichert den Tatort.«

Das Bild wackelte, als Marcus zu rennen begann. »Kein Mensch weit und breit«, stellte Lynda fest. »Es wäre ja auch zu schön gewesen, wenn er den Täter gefilmt hätte.«

»Er ist einmal um den Block gelaufen, ohne dass Marcus es wusste«, erklärte Scarlett. »Dann ist er von der anderen Seite zurückgekommen und hat noch zweimal geschossen. Marcus' Notruf ging um zwei Uhr siebenundvierzig ein.«

Wieder war Talas Gesicht in Großaufnahme zu sehen. *Tala!*, brüllte Marcus. *Stirb nicht, verdammt. Du darfst jetzt nicht sterben!*

Talas Lippen bewegten sich, und man konnte das Wort »Hilfe« ablesen, aber kein Laut war zu hören. Mit letzter Kraft stieß sie *Malaya* hervor.

Lynda griff nach der Maus und hielt das Video an. »›Hilfe‹ und ›Malaya‹.« Sie blickte zu Scarlett auf. »Was heißt ›Malaya‹?«

»Laut Google bedeutet es auf Tagalog ›frei‹«, erklärte Scarlett und behielt auch hier ihre ursprüngliche Quelle für sich. Der Form halber hatte sie Marcus' Übersetzung ohnehin überprüft.

»Sie hat ihn wahrscheinlich gebeten, ihre Familie zu befreien«, murmelte Lynda, dann schob sie das Standbild aus dem nächtlichen Park neben das der sterbenden jungen Frau auf dem Asphalt. »Dieselbe Kleidung.«

Scarlett nickte. »Ja, das ist mir auch aufgefallen. Sie trägt in jedem Video das Gleiche. Ein weißes Polohemd und eine ausgeblichene Jeans.«

»Eine Art Arbeitskleidung?«

»Sieht ganz so aus«, erwiderte Scarlett. »Ich konnte zwar auch auf der Nahaufnahme kein Logo auf dem Oberteil erkennen, aber das T-Shirt war voller Blut. Man hat mir versprochen, dass Vince sich sofort bei mir melden würde, wenn im Labor etwas an der

Kleidung entdeckt wird, was uns bei der Identifizierung helfen könnte, aber bisher habe ich noch nichts von ihm gehört.«

Falls es etwas gab, würde Sergeant Vince Tanaka es finden, das stand fest. Der Leiter der Spurensicherung war sehr penibel, und das verlangte er von seinen Mitarbeitern auch. »Auch auf den Videos aus dem Park ist kein Logo oder Abzeichen auf ihrem T-Shirt zu sehen, aber die Aufnahmen sind sehr körnig. Auch daran sitzt das Labor schon.« Scarlett griff nach der Maus und fuhr das Video von der Gasse um ungefähr ein Drittel zurück. »Zwei Dinge kann ich Ihnen noch sagen. Erstens, Tala wusste, wer auf sie feuerte.« Sie spulte das Band wieder ein Stück vor, bis man sah, wie Talas Augen sich weiteten – und das nicht nur vor Entsetzen. Lynda seufzte leise. »Sie haben recht. Womit die Theorie, dass es sich um eine Zufallstat handelte, wegfällt.«

»Und auch die Frage, wer das eigentliche Ziel des Angriffs gewesen ist.«

»Sie hatten darüber nachgedacht, ob vielleicht eigentlich Marcus O'Bannion gemeint war?«

Scarlett zuckte die Schultern. »Er verdient sein Geld mit Nachrichten und Enthüllungen, da wird er schon dem einen oder anderen auf die Füße getreten sein. Ich halte es nicht für unwahrscheinlich, dass jemand ihn deshalb umlegen will. Er hatte mir eine Datei mit Drohbriefen gegen die Zeitung oder ihn persönlich angekündigt, aber ich habe noch nichts bekommen.«

»Er wird sich dieses Video angesehen haben, bevor er es an uns weitergeleitet hat. Vielleicht ist er zu demselben Schluss gekommen wie wir und meint, Sie bräuchten diese Datei nicht mehr.«

»Ja, vielleicht.« Ziemlich wahrscheinlich sogar. »Ich will die Liste aber trotzdem sehen. Und wenn auch nur, um wirklich nichts außer Acht zu lassen.«

»Womit Sie recht haben. Besorgen Sie sich notfalls einen richterlichen Beschluss.«

»Ich warte noch eine Stunde, dann hake ich nach. Wenn er Ausflüchte macht, hole ich mir den richterlichen Beschluss. Allerdings wird er die Liste längst gelöscht haben, wenn er nicht will, dass ich sie zu sehen bekomme. Wie auch immer – im Augenblick gehe ich davon aus, dass Tala das Ziel war. Unsere Leute werden so bald wie möglich mit ihrem Foto und dem des Hundes die Anwohner befragen.«

»Werden Sie sich auch bei den Tierärzten erkundigen?«

»Unbedingt, aber ich hatte überlegt, zuerst mit den hochpreisigen Hundefriseuren anzufangen. Dieser Hund hat eine Schur wie für eine Ausstellung, ich schätze also, dass er regelmäßig in einen Salon gebracht wird.«

»Kennen Sie denn irgendwelche Hundesalons?«

»Zufällig kenne ich eine Hundefriseurin. Erinnern Sie sich an Delores Kaminsky?«

Lynda runzelte die Stirn, doch dann erhellte sich ihre Miene. »Aber natürlich. Die Frau, die den Kopfschuss überlebt hat, nicht wahr? Sie ist Hundefriseurin? Ich dachte, sie würde ein Tierheim leiten.«

»Vor dem Überfall hat sie beides gemacht, und sie hofft, bald auch wieder beides tun zu können.«

Lynda neigte den Kopf zur Seite und betrachtete Scarlett abschätzend. »Mir war nicht klar, dass Sie Kontakt mit Opfern halten.«

Scarlett überspielte ihre Verlegenheit mit einem Schulterzucken. »Mach ich auch nicht.« Vielmehr versuchte sie, sich aus der Ferne über sie auf dem Laufenden zu halten – vor allem über die jungen. Manch einer schaffte es nach dem erlittenen Trauma nicht, sein Leben wieder in den Griff zu bekommen, und Scarlett weigerte sich, einfach zuzusehen, wie sie auf die schiefe Bahn gerieten. Nicht nur einmal hatte sie bei einer Hilfsorganisation angerufen und auf ein potenzielles Sorgenkind hingewiesen. Manchmal gelang es, die betreffende Person aufzufangen, häufig aber leider auch nicht.

Aber sie hatte es wenigstens versucht, und sie würde das auch weiterhin tun. Es brauchte ja niemand davon zu erfahren.

Lynda schwieg und bedachte sie mit einem vielsagenden Blick, und Scarletts Wangen begannen zu glühen. »Dani und Faith haben mich zum Tierheim geschleift«, sagte sie schließlich mit einem entnervten Schnaufen. Deacons Schwester und seine Verlobte hatten behauptet, sie brauchten Scarletts Land Cruiser, um die beiden neuen Hunde aus dem Tierheim abzuholen, aber Scarlett wusste, dass sie versucht hatten, sie in ihre Aktivitäten mit einzubeziehen. Als hätte sie sich schon dagegen wehren können! »Sie hatten Delores damals im Krankenhaus besucht. Ihre Freunde hatten sich um die Tiere gekümmert und versucht, möglichst viele von ihnen zu vermitteln, aber es gab wirklich eine Menge Hunde.«

Isenbergs Lippen begannen zu zucken. »Faith hat gleich zwei Hunde adoptiert, wenn ich mich recht erinnere«, bemerkte sie.

»Ja. Einen dreijährigen Labrador und einen Golden-Retriever-Mischlingswelpen.«

»Ich weiß. Deacon beschwert sich ständig über seine zerbissenen Schuhe.« Plötzlich schossen Lyndas graue Brauen erfreut aufwärts. »Jetzt sagen Sie bloß nicht, dass Sie sich auch einen geholt haben.«

Scarlett verdrehte die Augen. »Na ja, doch. Die zwei haben so lange auf mich eingeredet, bis ich weich geworden bin.« Lyndas Gesichtszüge wurden sanfter. »Sie haben ein gutes Herz, Scarlett. Dessen muss man sich nicht schämen.«

»Das tue ich ja gar nicht.« Was eine glatte Lüge war. »Aber ich habe einen Ruf zu verlieren.«

»Keine Sorge, bei mir ist Ihr Geheimnis sicher. Was für einen Hund haben Sie sich denn geholt?«

Wieder ein Augenrollen. »Eine Bulldogge. Ihm ... fehlt ein Bein. Niemand wollte ihn.«

Lynda musterte sie einen Moment lang sorgfältig. »Und? Wie macht er sich?«

Scarlett dachte daran, wie Zat sie heute Morgen getröstet hatte, als ihre Gefühle sie übermannt hatten. Obwohl man den Hund vernachlässigt und misshandelt hatte, war er gutmütig und freundlich, und wenn es nach Scarlett ging, würde er bis ans Ende seiner Tage wie ein König leben.

»Ganz gut, denke ich«, antwortete sie brüsk. »Er frisst nicht so viel, wie ich gedacht hätte. Na ja, jedenfalls fahre ich nachher bei Delores vorbei, um ihr ein Foto des Pudels zu zeigen. Vielleicht kann sie meine Hundesalonsuche ein wenig eingrenzen.«

Lynda wandte sich wieder dem Bildschirm zu, auf dem noch immer Talas entsetztes Gesicht zu sehen war. »Sie sagten, Sie könnten mir zwei Dinge zu diesem Fall sagen. Was war das Zweite?«

Dankbar, dem emotionalen Treibsand entkommen zu können, griff Scarlett nach der Maus. »Dass Sie Marcus O'Bannion als potenziellen Verdächtigen streichen können. Er hat sie nicht erschossen.« Sie spulte vor, bis man sah, wie Marcus dem Mädchen Erste Hilfe leistete. »Jetzt kommt der zweite Schuss – er trifft Marcus in den Rücken und schleudert ihn zu Boden.« Das Bild kippte, als die Wucht der Kugel ihn nach vorn warf, dann wurde der Bildschirm schwarz.

»Ist die Kamera kaputt?«, fragte Lynda.

»Nein, der Schirm seiner Baseball-Kappe ist auf den Asphalt gerichtet. Er liegt auf ihr. Als ich an den Tatort kam, war sein T-Shirt durchweicht von ihrem Blut. Jetzt der dritte Schuss, wieder von hinten.«

Dreißig Sekunden verstrichen, dann ein Stöhnen, und Marcus hob langsam den Kopf.

»*Tala*«, murmelte er. »*Oh Gott.*« Der abrupte Schwenk der Kamera wurde begleitet von einem weiteren Stöhnen, als er sich aufsetzte und auf Talas leblosen Körper hinabblickte. Das Bild erstarrte, als die Kamera das Loch in ihrem Schädel erfasste, und begann dann zu beben.

»*Nein*«, flüsterte er heiser. »*Verdammt, nein!*« Langsam beugte er sich vor und umfasste das Kinn des Mädchens so zart, dass Scarletts Augen erneut zu brennen anfingen. Mit derselben Behutsamkeit drehte er den Kopf, bis die Austrittswunde zu sehen war.

»Oh nein«, flüsterte Lynda. »Das arme Mädchen.«

Scarlett sagte nichts, denn ihre Kehle war zu eng, als dass sie auch nur ein Wort hervorgebracht hätte. Sie wusste, was nun kam.

Genauso behutsam drehte er Talas Kopf in die ursprüngliche Position zurück. Zitternd ballte er die Fäuste und senkte sie langsam auf seine Oberschenkel.

Scarlett presste die Kiefer zusammen und wappnete sich gegen den qualvollen Schrei, in dem so viel Leid steckte, so viel Verzweiflung ... Als sie am frühen Morgen am Tatort eingetroffen war, hatte er beherrscht gewirkt, beinahe ungerührt, und nun zu erleben, wie er unmittelbar auf den Tod des Mädchens reagiert hatte, ging ihr bis ins Mark.

Jedes Mal aufs Neue.

Lynda seufzte. »Sein Bruder Mikhail ist auch mit einem Kopfschuss getötet worden, nicht wahr?«, murmelte sie.

Scarlett nickte. »Marcus und sein Bruder Stone haben ihn gefunden.« Man hatte den Jungen notdürftig verscharrt. »Mikhail war erst siebzehn!«

»Genau wie Tala.«

Auf dem Schirm kniete Marcus noch eine Weile keuchend neben Tala, als habe er gerade einen Sprint hinter sich, dann stemmte er sich stöhnend vor Schmerz auf die Füße. Er blickte hinter sich, doch es war nichts zu sehen. Der Schütze war längst auf und davon.

Scarlett hielt das Video an. »Er hat sich auf die Suche nach dem Täter gemacht, aber es war niemand da. Das Labor wird überprüfen, ob es vielleicht im Hintergrund etwas gibt, das mit bloßem Auge nicht zu erkennen ist.« Nach einer kurzen Pause fügte sie hinzu: »Marcus hat uns freiwillig eine kleine Pistole ausgehändigt, die er in einem Knöchelholster mit sich führte.«

»Deacon meinte, Sie beide wären der Ansicht, O'Bannion hätte Ihnen dafür eine andere Waffe unterschlagen.«

Dass Deacon Lynda schon angerufen hatte, um ihr Bericht zu erstatten, war keine Überraschung. Scarlett hatte dasselbe getan, nachdem sie geduscht und sich tausendmal geräuspert hatte, bis sie sicher gewesen war, dass ihre Stimme nicht mehr nach Tränen klang.

»Ja«, antwortete sie. »Und bevor Sie nachhaken – ja, das beunruhigt mich ebenfalls. Marcus O'Bannion verbirgt definitiv etwas, aber ich denke nicht, dass es etwas mit dem Mord an Tala zu tun hat.«

»Finden Sie heraus, was es ist«, sagte Lynda. »Falls er vor Gericht in den Zeugenstand treten sollte, will ich keine Überraschungen erleben.«

»Mach ich, Ma'am.« Auch Scarlett war nicht besonders scharf auf Überraschungen – am wenigsten privat. Sie würde aufdecken, was genau er ihr vorzuenthalten versuchte, und dann entscheiden, ob er ein Mann war, der ihr Vertrauen verdiente.

Sie überprüfte ihr Postfach, jedoch wieder vergeblich.

Die Liste war wahrscheinlich irrelevant in Bezug auf Talas Mörder, aber sie mochte Scarlett einen Einblick in die Persönlichkeit des Mannes selbst gewähren. Und ganz nebenbei bot sie ihr eine Ausrede, sich noch einmal bei ihm zu melden.

*Damit ich herausfinden kann, was er vor uns zu verbergen versucht,* ermahnte sie sich streng.

Seine Stimme zu hören war ja nur der Bonus.

# 6

Cincinnati, Ohio
Dienstag, 4. August, 7.15 Uhr

Als das Handy brummte, riss sich Drake vom Fernseher in seinem Zimmer los. Seit Stephanie ihn zu Hause abgesetzt hatte, zappte er sich durch die Kanäle und suchte in regelmäßigen Abständen online, was über den Vorfall von heute Morgen gemeldet wurde. Bisher hieß es nur vage, es habe in einem Getto der Stadt einen Schusswechsel gegeben. Natürlich nannte niemand es »Getto«, denn das war schließlich nicht politisch korrekt.

Er verdrehte die Augen. Die Medien waren voll von Liberalen, die so selbstgerecht waren, dass sie überhaupt nicht bemerkten, was wirklich in der Welt oder – zu Drakes Glück – in ihrer eigenen Stadt abging. Man mutmaßte lieber über »nicht identifizierte Opfer«, über deren »Zustand noch nichts Genaueres bekannt« war. Vollidioten. Sie waren tot. T. O. T. Tot.

Nirgends wurde Tala oder der Mann, der bei ihr gewesen war, erwähnt. Noch nicht jedenfalls.

Wieder verdrehte er die Augen, als er die Nummer auf dem Display sah. Stephanie. Er griff nach dem Telefon und stellte verärgert fest, dass seine Hand nach wie vor zitterte. Seitdem der Adrenalinrausch abgeebbt war, war sein Kreislauf instabil, und er hätte etwas essen müssen, aber im Kühlschrank hatte es nichts außer Bier gegeben.

Das Telefon in seiner Hand verstummte. Stephanies Anruf wurde auf die Voicemail umgeleitet. Er überlegte, ob er zurückrufen sollte, ließ es aber. Überdreht, wie sie war, würde sie es ohnehin in ein paar Minuten erneut versuchen. In Drakes Magen brannte es, und bittere Galle stieg in seiner Kehle auf. *Verdammt, ich brauche wirklich was zu essen.* Zumal er sich aus Mangel an fester Nahrung über das Bier hergemacht hatte. Seine große Schwester würde ausrasten, wenn sie heute Abend nach Hause kam und im Kühlschrank gähnende Leere vorfand. *Also sollte ich ihn besser wieder auffüllen.* Er hatte keine Lust, sich ihr Gezeter anzuhören.

Stephanie würde ihm das Geld für das Bier schon geben. Darüber machte er sich keine Sorgen.

Was ihm stattdessen Sorgen bereitete, war die Tatsache, dass er das ganze Sixpack getrunken hatte und noch immer zitterte. Am ganzen Leib sogar.

*Du bist durch den Wind, ist doch ganz klar. Man legt ja schließlich nicht jeden Tag einen um.* Zwei, um es genau zu sagen.

Es kam ihm immer noch vollkommen surreal vor. *Ich hab zwei Leute erschossen.*

Vorgehabt hatte er das nicht – schon gar nicht, was den Mann betraf. Der große Kerl ganz in Schwarz hatte sich bewegt wie ein Cop, Tala aber nicht verhaftet, sondern nur mit ihr gesprochen.

*Bestimmt hat er sie bloß zu einem Blowjob überreden wollen.*

Viel wahrscheinlicher war es allerdings, dass *sie* reden wollte, das wusste Drake. Nun würde er es nicht mehr erfahren – aber auch niemand sonst. Sicher wusste er nur, dass sie mit diesem Kerl verabredet gewesen war, denn sie hatte ihm mit Drakes Handy eine SMS geschickt. Wahrscheinlich hatte sie sich für unglaublich clever gehalten, als sie das Telefon aus seiner Jacke klaute, die er über Stephanies Sofa hatte liegenlassen. Tja, anscheinend war sie nicht clever genug gewesen, um sich denken zu können, dass er die Jacke mit Absicht dort gelassen hatte – nur um zu sehen, was sie tun würde.

Geschah ihr recht! Was hatte sie auch Geheimnisse zu haben! Er hatte die Visitenkarte in ihrem BH gefühlt, als er sich von hinten angeschlichen und ihre Brüste gepackt hatte. Und eine Sekunde später hätte er das Kärtchen auch herausgefischt, wäre nicht in diesem Moment Stephanies Vater hereingekommen.

Drake stieß ein amüsiertes Schnaufen aus. Dieser Vollpfosten. Der Alte glaubte tatsächlich, er könne Tala für sich allein haben. Drake konnte schon gar nicht mehr zählen, wie oft Stephanie und er ihm das Gegenteil bewiesen hatten, aber natürlich rieben sie es ihm nicht unter die Nase. Stephanie wollte den Herrn Papa nicht verärgern, also verhielten sie sich entsprechend, sobald er auftauchte. Was allerdings bedeutete, dass Tala das Kärtchen längst versteckt hatte, als er sie wieder allein erwischte, und weder er noch Stephanie hatten es finden können. Also hatten sie ihr eine Falle gestellt, und Tala war zuverlässig hineingetappt.

*Dummes Miststück.* Sie hatten ihr erzählt, dass sie am Abend für Stephanie Koks besorgen sollte. Tala hatte ihre Verabredung gebeten, sie in der Nähe des Obdachlosenheims zu treffen, wo Drake und Stephanie immer ihren Stoff kauften. Natürlich befand sich Talas SMS nicht mehr auf seinem Handy – sie hatte sie sofort gelöscht und geglaubt, damit auf der sicheren Seite zu sein.

Tja, Pech gehabt. Drake hatte nur seinen Laptop hochfahren und die App anklicken müssen, die Handy, Tablet und Rechner synchronisierte.

Gerne hätte er ihr noch ein wenig dabei zugesehen, wie sie verblutete, aber den Luxus hatte er sich nicht leisten können. Er hatte ihr eine zweite Kugel in den Kopf gejagt und anschließend die Beine in die Hand genommen. Keinen Augenblick zu früh. Gefühlte fünf Sekunden später waren schon die Sirenen zu hören gewesen. Viel zu bald für seinen Geschmack.

Wenigstens stellte Tala nun kein Problem mehr dar. Und falls sie dem Kerl alles erzählt hatte, war das auch nicht weiter schlimm. Beide waren tot. Keiner würde mehr etwas ausplaudern.

Wieder brummte sein Handy und riss ihn aus seinen Gedanken. Sofort schoss sein Puls in die Höhe. *Reg dich ab. Das ist nur Stephanie.* Die durchdrehen würde, wenn Drake nicht cool und gelassen wirkte. *Also komm, verdammt noch mal, runter und melde dich, als sei nichts Besonderes gewesen.*

»Ja?«, fragte er, halb Langeweile, halb Ungeduld, als hätte er tausend wichtigere Dinge zu tun. »Was ist denn nun schon wieder?«

»Er weiß es«, flüsterte Stephanie eindringlich.

Drakes Herzschlag stolperte. Stephanies Vater hätte noch rein gar nichts wissen dürfen. »Aus den Nachrichten kann er es nicht haben«, sagte er ruhig. »Woher also?«

»Ich hab nichts verraten, ich schwör's. Der Alarm ist losgegangen.« Stephanie sprach rasend schnell. »Ihr Tracker hat einen Sabotagealarm. Ich dachte, wir hätten das Ding über Dads Computer deaktiviert, aber das war wohl nichts. Die Meldung ist an sein Handy und an unsere Alarmanlage gegangen. Und zwar schon vor Stunden. Ich konnte bisher nur nicht anrufen.«

Drake schloss die Augen. Wie zum Teufel hatten sie den verdammten Sender an Talas Fußgelenk vergessen können? Sie waren doch immer so vorsichtig gewesen! Die Software auf dem Hausserver war manipuliert, so dass Talas Abwesenheit nicht aufgefallen war, wann immer er und Stephanie sie mitgenommen hatten. Stephanies Vater hätte nur dann etwas bemerkt, wenn er in die Berichtsdatei gegangen wäre, um nach Talas momentanem Aufenthaltsort zu sehen, aber dazu hatte nie Grund bestanden, solange das Mädchen wieder auf ihrem Lager gelegen hatte, ehe die anderen Dienstboten erwacht waren.

»Mir war nicht klar, dass der Hausalarm ausgelöst werden würde. Gott, das war so laut, dass davon Tote ...« Stephanie brach ab. »Jedenfalls war es unfassbar laut.«

»Anscheinend hat jemand den Tracker abgemacht«, bemerkte Drake leise. *Verflucht noch mal.* Daran hatte er einfach nicht gedacht. Aber die Leiche mitzunehmen, wäre auch keine Option gewesen. »Was hat dein Vater gesagt?«

»Er hat bloß gefragt, ob ich wüsste, wo Tala ist. Ich sagte, ich hätte keine Ahnung, aber er hat mir wohl nicht geglaubt. Er hat mich so komisch angesehen.«

Drake verdrehte die Augen. »Dein Alter guckt immer komisch.«

»Nein, diesmal war es anders. Er hat gemerkt, dass ich lüge.«

»Was willst du jetzt also machen?«, fragte er wie beiläufig. Eine kurze Pause entstand. »Was ich machen will?«, erwiderte sie ruhig. Zu ruhig sogar. »Du bist doch derjenige, der sie erschossen hat. Was willst *du* jetzt machen?«

Ihre plötzliche Gelassenheit brachte ihn etwas aus dem Konzept. Sie hätte in Panik geraten müssen – wie Mädchen es eben taten, wenn die Dinge aus dem Ruder liefen.

»*Wir* werden einfach locker bleiben und so tun, als wäre alles im Lot. Und *wir* werden auch nicht vergessen, dass wir zusammen im Wagen saßen.« Er verlieh seiner Stimme einen drohenden Unterton. »Nicht wahr?«

»Stimmt.« Ein tiefer Atemzug, die Stimme weit weniger aggressiv. »Okay. Wie du meinst.«

»Gute Antwort.« Und wenn Stephanie einbrach? Dann würde sich Drakes Tötungsbilanz vielleicht bald auf drei erhöhen.

Irgendwie bereitete ihm der Gedanke nicht so viele Sorgen, wie er vermutlich sollte.

Im Übrigen hatte Drake keine Angst vor Stephanies Vater. Er besaß etwas Wertvolles als Rückversicherung – einen USB-Stick, den er in seiner Unterwäscheschublade versteckt hatte. Darauf kopierte er die Dateien des Mannes jedes Mal, wenn er Zugriff auf dessen Computer bekam. Und wenn der Alte erfuhr, was Drake gegen ihn in der Hand hatte, würde er ihm nie wieder auf die Nerven gehen.


Cincinnati, Ohio
Dienstag, 4. August, 7.45 Uhr

»Mr. Sweeney? Hätten Sie eine Minute Zeit?«, drang die Stimme von Kens Sekretärin durch die Gegensprechanlage. Im Büro nannte Alice Newman ihn stets Mr. Sweeney, überall sonst war er für sie schlicht Dad. Alice war nie eine Sweeney gewesen – hauptsächlich zu ihrem eigenen Schutz. Ken hatte zu viele Feinde, als dass er das

Risiko eingegangen wäre, eins seiner Kinder nur durch ihre Verbindung zu ihm zu einer Zielscheibe zu machen.

Aber schließlich war auch Ken kein gebürtiger Sweeney. Niemand aus seinem Team operierte unter seinem ursprünglichen Namen. So war es sauberer.

Alice, Tochter aus erster Ehe, hatte das Jurastudium an der University of Kentucky summa cum laude abgeschlossen und lernte das Geschäft nun von der Pike auf. Ken hoffte, dass sie bald den Laden übernehmen würde, so dass er sein gestecktes Ziel wahr machen konnte, sich mit fünfzig an einem sonnigen Strand zur Ruhe zu setzen. Zum Glück lernte Alice schnell, denn bis dahin waren es nur noch zwei Jahre. »Einer Ihrer Angestellten möchte Sie sprechen«, fügte sie hinzu.

Ken blickte von der Steuererklärung auf seinem Tisch auf. Sie hatten weniger Gewinn und mehr Verlust gemacht als im Vorjahr. Das in Verbindung mit dem morgendlichen Vorfall in der Security und der Tatsache, dass Reuben sich noch immer nicht gemeldet hatte, verdarb ihm die Laune gründlich.

»Wer genau?«, fragte er ungeduldig.

»Gene Decker. Er, ähm, meint, es sei wichtig.«

Ken zog die Stirn in Falten. *Was soll das jetzt?* »Sag Decker, er möchte alle buchhalterischen Belange mit seinem Vorgesetzten besprechen, der sie gegebenenfalls an mich heranträgt. Und Joel sag doch bitte, er möge seinen Leuten genug Arbeit geben, damit sie keine Zeit mehr haben, mir auf die Nerven zu gehen. Und wo zur Hölle ist Reuben?«

»Mr. Blackwell ist noch nicht zurück. Und Mr. Decker sagte ausdrücklich, es ginge um eine Sache von heute Morgen.«

*Mist.* Decker hätte sich längst wieder um seinen eigenen Kram kümmern sollen. »Schick ihn rein«, befahl Ken kalt.

»Vielen Dank, Mr. Sweeney«, sagte Decker respektvoll, als er eine Minute später eintrat, die Tür hinter sich zudrückte und eine typisch soldatische Haltung einnahm: Die Beine breit, den Blick starr geradeaus gerichtet, die Hände hinter dem Rücken übereinandergelegt. »Es ist sehr großzügig, dass Sie sich die Zeit nehmen. Ich weiß, wie viel Sie zu tun haben.«

Ken stieß geräuschvoll die Luft aus. »Jetzt setzen Sie sich schon«, sagte er barsch, deutete auf einen Ledersessel vor dem Schreibtisch und wartete schweigend, dass der Mann seiner Aufforderung nachkam. Seine Bewegungen waren geschmeidig und kraftvoll.

»Ihre Verletzung scheint ausgeheilt zu sein«, bemerkte Ken. »Sie humpeln ja gar nicht mehr.«

»Nein, Sir. Es ist fast wieder alles wie früher.« Decker ließ sich so vorsichtig auf dem Sessel nieder, als hätte er Angst, das Möbel könnte unter seinem Gewicht zusammenbrechen. Was bei geringerer Qualität gar nicht so abwegig gewesen wäre. Decker war gebaut wie ein Schrank, dabei jedoch schnell wie ein Sprinter und wendig wie ein Boxer. Diese Kombination machte ihn zu einem 1-a-Bodyguard, wie Ken selbst bezeugen konnte. Er hätte heute nicht an seinem Schreibtisch gesessen, wenn Decker nicht so flink auf den Füßen gewesen wäre. Dummerweise hatte Decker durch den Vorfall einiges an Schnellkraft und Beweglichkeit eingebüßt, so dass er dem Personenschutz noch eine ganze Weile nicht zur Verfügung stehen würde.

Deckers Verlust war jedoch ein Gewinn für die Firma. Fähige Leibwächter gab es wie Sand am Meer, aber jemanden mit derart kreativen Buchhalterqualitäten? Der junge Mann hatte eine glanzvolle Zukunft vor sich.

Decker rutschte auf dem schweren Sessel herum. Seine Schultern waren schlicht zu breit, als dass er sich gemütlich hätte zurücklehnen können, also gab er es auf und stützte die Ellbogen auf die Knie. Seine Miene war besorgt. »Wir haben ein Problem, Sir.«

»Ich nehme an, dass es um den nächtlichen Computeralarm geht?«

Decker nickte. »Sean aus der IT hat mir erklärt, dass ein ›501‹ ein Sabotagealarm ist. Für Tracker.«

Ken achtete darauf, dass sein Gesichtsausdruck sich nicht änderte, aber innerlich begann er zu kochen. *Er ist in die IT gegangen?*

*Nachdem ich ihm ausdrücklich befohlen habe, die Sache auf sich beruhen zu lassen?* »Ich hatte Sie angewiesen, in die Buchhaltung zurückzukehren und Mr. Blackwell die Sache mit dem Alarm zu überlassen. Was war denn daran nicht zu verstehen?«

»Sir, ich *habe* Ihre Anweisungen befolgt. Und ich bin die ganze nächste Stunde an meinem Platz geblieben, weil ich dachte, Mr. Blackwell würde kommen und mich fragen, was geschehen ist. Aber er ist nicht aufgetaucht, deshalb habe ich mich auf die Suche nach ihm gemacht.«

»Reuben Blackwell mussten Sie nicht fragen. Er wusste bereits von mir, was geschehen war.«

Decker zuckte mit keiner Wimper. »Aber er ist überhaupt nicht gekommen, Sir. Als ich wieder in die Security kam, lag Jason Jackson noch immer am Boden und schlief. Und die 501-Warnung blinkte ebenfalls noch immer auf dem Monitor.«

Ken konnte seine Verblüffung nicht verbergen. »Wie bitte?«

»So war es, Sir. Ich gehe davon aus, dass das Sicherheitsbüro kameraüberwacht wird, es müsste also ein Video geben, das meine Aussage bestätigt.«

Und Ken würde sich dieses Video ansehen, sobald Decker sein Büro verlassen hatte. »Gut. Und weiter?«

»Ich half Jackson auf die Füße, aber er ... na ja, er hat sich übergeben.« Der Mann verzog leicht das Gesicht. »Er hatte Fieber, und ich wusste nicht so recht, was ich mit ihm machen sollte, also wählte ich wieder die ›Eins‹ für Mr. Blackwells Anschluss, bekam aber wieder nur die Mailbox. Ich hinterließ eine Nachricht, machte Jackson sauber, rief ihm ein Taxi und schickte ihn nach Hause. Und ich wollte Ihnen noch unbedingt sagen, dass ich eine Flasche Hustensaft in seiner Tasche entdeckt habe – das war wahrscheinlich der Alkohol, den ich in seinem Atem gerochen habe. Ich habe die Flasche mitgenommen, falls Sie sie sehen wollen.« Ken stieß sehr kontrolliert den Atem aus und zählte dabei im Geiste bis zehn. »Und Sie ... haben ihn einfach nach Hause geschickt.«

»Ja, Sir. Mit einem Taxi, Sir.« Ein leichtes Zögern, dann trat Decker die Flucht nach vorn an. »Jackson ist ein guter Mann, Mr. Sweeney. Er ist loyal. Wir kennen uns aus dem Personenschutz. Wir sind nicht unbedingt befreundet, können einander aber ganz gut leiden. Ich wollte einfach nicht glauben, dass er bei der Arbeit trinkt, und war deshalb heilfroh, als ich den Hustensaft entdeckt habe. Vielleicht hat er noch ein anderes Medikament eingenommen, das sich damit nicht verträgt, ich weiß es nicht.«

»Ich schicke jemanden, der nach ihm sehen soll.« Und jemand anderen, um nach Blackwell zu suchen. »Und dann, nehme ich an, fühlten Sie sich verpflichtet, die Technik zu benachrichtigen.«

Ein kurzes Nicken ohne einen Anflug von Schuldbewusstsein. »Wie ich schon sagte. Der 501-Code blinkte noch immer auf dem Bildschirm. Ich musste also davon ausgehen, dass sich noch keiner darum gekümmert hatte, und Sie hatten deutlich gemacht, dass Sie nicht noch einmal angerufen werden wollten, daher bin ich in die IT gegangen, um herauszufinden, was los war. Ich gehörte ja bis vor kurzem zur Security, daher bin ich davon ausgegangen, dass es kein Riesenproblem sein dürfte.«

Genau da irrte sich Decker. Er hatte zur offiziellen Sicherheitsabteilung gehört, der Tracker tat das aber nicht. Recht gehabt hatte Decker allerdings mit der Einschätzung, dass man sich umgehend um den Alarm kümmern musste. Jemand war entkommen und konnte sogar just in diesem Augenblick bei der Polizei sitzen und alles verraten.

Der Geflohene kannte Kens Identität zwar nicht, konnte aber ihren oder seinen Besitzer anzeigen. Und obwohl die große Mehrheit der Besitzer nicht so dumm war, den Namen ihres Lieferanten zu nennen, gab es immer ein paar schwarze Schafe unter den Kunden, die bei einer behördlichen Befragung einknickten. Solche Kunden brauchten manchmal eine kleine Ermahnung. Und manchmal musste die Ermahnung auch etwas nachdrücklicher, um nicht zu sagen *endgültiger* sein.

»Also gut«, sagte Ken ruhig. »Was haben Sie herausgefunden?«

»Nicht viel, Sir. Wie gesagt, Sean erklärte mir, dass ›501‹ der Code für einen sabotierten Tracker sei. Er rief die Karte auf und fluchte, als er den letzten Standort des Geräts sah.«

»Den letzten Standort?«

»Die Batterie versagte an der Ecke Fourteenth und Race Street.«

Zwei Blocks vom Polizeipräsidium der Stadt entfernt. Kens Eingeweide zogen sich krampfartig zusammen, doch er ließ sich nichts anmerken. »Soso. Hat Sean das Gerät identifizieren können?«

»Nein, aber die Nummer, die auf seinem Bildschirm angezeigt wurde, war 3942139-13.«

Ken zog erstaunt die Brauen hoch. »Sie haben ein gutes Zahlengedächtnis.«

»Eigentlich nicht. Ich habe sie mir aufgeschrieben.« Decker hielt die Linke hoch, in deren Innenfläche er mit einem Edding Ziffern notiert hatte.

Ken öffnete seine Schreibtischschublade und fuhr mit dem Finger über die Rücken der Bücher darin. Sie enthielten äußerst sensible Daten und Informationen. Sosehr er technische Spielereien liebte, so wenig vertraute er ihrer Sicherheit. An diese Bücher hier würde nur jemand gelangen, der ihm den Schlüssel aus seinen kalten, toten Fingern klaubte.

Er zog ein Buch mit dem Datum von vor drei Jahren heraus, fand die Seriennummer des Trackers im Inhaltsverzeichnis und blätterte zur entsprechenden Seite. Das Gerät war an Charles »Chip« Anders ausgegeben worden, der mit Frau und Tochter in Hyde Park wohnte.

*Ah, an ihn kann ich mich erinnern.* Anders war ein großer, dünner Mann, der auf halbwegs ehrliche Weise zu seiner ersten Million gekommen war. Seiner Frau, die ihrer Mittelschichtherkunft entrinnen wollte, hatte es aber nicht gereicht, einfach nur ein hübsches Auskommen zu haben. Sie wollte Diamanten und Pelze, ein Ferienhaus in Südfrankreich. Wollte mit den »Reichen und Schönen auf Du und Du« sein.

Ken schüttelte sich innerlich. *Ihre* Worte. Seine ganz sicher nicht.

Anders selbst gefiel die Macht, die man in solchen Kreisen nutzbar machen konnte. Also kaufte er sich ein Haus in einer exklusiven Gegend Cincinnatis und genoss sein persönliches Wirtschaftswachstum, bis der Markt gesättigt war und die Fabrik nicht mehr den Profit abwarf, den er für seinen neuen Lebensstil brauchte.

In diesem Augenblick war Ken auf den Plan getreten und hatte ihm die Möglichkeit eröffnet, seinen Reichtum zu bewahren und das schöne Leben fortzusetzen. Anders hatte nur allzu gerne zugegriffen. Sein Unternehmen erholte sich nicht nur, sondern expandierte sogar, und erneut war der Mann in der Lage, seiner Frau und seiner Tochter all den Luxus zu bieten, nach dem es ihnen gelüstete. Töchterchen fuhr eine Nobelkarosse und besuchte ein Oberschichtcollege, und Anders und seine Frau blieben »mit den Reichen und Schönen auf Du und Du« und feierten, bis der Arzt kam. Natürlich gab es so etwas nicht umsonst. Es entstanden Kosten. Und Verantwortlichkeiten. Und allzu große Sorglosigkeit hatte Konsequenzen.

»Der Kunde hat fünf Tracker bekommen«, sagte Ken. In seinen Büchern waren alle Seriennummern der Geräte plus Namen des jeweiligen Trägers vermerkt. »Hat Sean aus der IT Ihnen gesagt, welcher Träger den Alarm ausgelöst hat?« Gene schüttelte den Kopf. »Ich weiß nicht mal ...« Dann fing er sich und schürzte die Lippen. »Nein, Sir. Er hat mir gar nichts gesagt. Ich habe nur die Nummer gesehen.«

Ken zog die Brauen hoch. »Was wissen Sie nicht?«

»Was der Tracker aufspürt.«

»Haben Sie Sean nicht danach gefragt?«

»Doch. Er sagte, ich solle Sie fragen.«

»Einfach so?«

»Na ja, eigentlich nicht, Sir. Er wirkte etwas erschrocken und sah sich dann meine Akte auf dem Computer an. Ich habe offenbar keinen Zugang zu dieser Art von Daten. Was ihm klarwurde, als ich danach gefragt hatte.«

Einen Bonuspunkt für Sean aus der IT, dachte er zufrieden.

Kens Sohn aus zweiter Ehe hätte zwar gar nicht erst mit Decker sprechen dürfen, aber anders als Alice hatte Sean nicht viel mit anderen Angestellten zu tun und zog die Gesellschaft der Computer vor. Den meisten Mitarbeitern war nicht einmal bewusst, dass Sean Kens Sohn war, da er den Namen der Mutter behalten hatte – im Übrigen auch ein Alias, da Seans Mutter selbst kein Engel gewesen war.

Decker besaß nicht die Befugnis, etwas zu sehen oder zu wissen, was außerhalb des offiziellen Geschäfts geschah. Dass er überhaupt von dem Alarm erfahren konnte, lag daran, dass der zuständige Angestellte – der eine Freigabe auf Topsecret-Ebene *hatte* – seinen Pflichten nicht nachgekommen war.

Jason Jackson tat verdammt gut daran, ernsthaft krank zu sein. *Am besten steht er kurz vor dem Exitus.* Andernfalls würde die Strafe für sein Versäumnis entsprechend ausfallen.

Vielleicht war es Zeit, Deckers Initiative und seinen Beitrag zum Firmengeschehen mit etwas mehr Verantwortung zu belohnen.

Ken steckte das Notizbuch wieder in die Schublade und schloss sie ab, dann schaute er auf. Decker beobachtete jede seiner Bewegungen. »Wollen Sie wissen, was wir mit dem Tracker verfolgen?«

Decker blinzelte nicht einmal. »Ja.«

Ken schenkte ihm ein Lächeln. »Wenn ich es Ihnen sage, muss ich Sie nachher vielleicht töten.«

»Das dachte ich mir schon«, erwiderte er.

Ken neigte interessiert den Kopf. »Aha?«

Decker hob das Kinn – selbstbewusst, aber nicht arrogant. »Ich bin für die Buchführung zuständig und kann Zahlen interpretieren.« Ein halbes Schulterzucken. »Sie verkaufen Kinderspielzeug. Damit verdienen Sie ganz anständig. Aber Ihre Organisation ist viel zu groß, um sich von dem finanzieren zu können, was Sie mit Videospielen und Stofftieren umsetzen.«

Ken war sich nicht sicher, ob er wütend oder fasziniert sein sollte. Die Videoabteilung deckte ihren illegalen Pornovertrieb, und die Stofftiere waren nach wie vor die beste Möglichkeit, die

Pillen zu verstecken, die zwar nicht mehr ganz so profitabel waren wie noch vor zehn Jahren, ihnen aber dennoch fast die größten Gewinne verschafften. »Ich verstehe.«

»Tun Sie das?« Deckers Blick war eindringlich, seine Miene sehr ernst. »Ich meine, tun Sie das wirklich? Wenn ich erkennen kann, dass der Profit nicht zu den tatsächlichen Ausgaben passt, denken Sie nicht, dass es auch anderen auffällt?«

Ken holte tief Luft. »Anderen? Wem zum Beispiel?«

»Konkurrenten. Polizei. Ermittlern.« Decker verzog das Gesicht zu einer überzeichneten Grimasse. »Oder noch schlimmer: dem Finanzamt. Und glauben Sie mir – Sie wollen nicht, dass das Finanzamt auf Sie aufmerksam wird.«

Ken unterdrückte ein Schaudern. Nein, das wollte er wahrhaftig nicht. »Ich gehe davon aus, dass Sie eine Lösung für dieses Problem kennen.«

»Ja. Das tue ich. Aber dafür muss ich mehr wissen, als ich im Moment weiß.«

»Es dürfte Ihnen klar sein, dass ich Ihnen nicht sofort uneingeschränkte Befugnis erteile.«

»Wie gesagt – ich bin nicht dumm.«

»Davon bin ich auch nicht ausgegangen.« Ken lehnte sich zurück, schlug die Beine übereinander und schnippte einen Fussel von seinem Knie. »Menschen.«

Decker blinzelte einmal und schwieg. Ken konnte fast sehen, wie die Rädchen in seinem Gehirn ineinandergriffen und sich zu drehen begannen.

»Sex, Arbeit oder beides?«, fragte Decker schließlich so beiläufig, als würde er die Bestellung zum Frühstück aufnehmen.

»Arbeit. Hauptsächlich.« Ausgesuchte Ankäufe gingen auch in den Sexhandel, darunter wieder einige in die Pornoproduktion, aber die meisten wurden als Arbeitskräfte eingesetzt.

»Verkaufs- und Vertriebsgebiet?«

»Groß.« Und mehr würde er dazu auch nicht sagen, ehe sich Decker nicht bewiesen hatte.

»Okay, verstehe. Bezugsquellen? Heimisch oder ausländisch?«

»Sowohl als auch.« Ken hatte nicht den Eindruck, damit zu viel verraten zu haben. Der Mann war klug genug, um sich gewisse Dinge zusammenzureimen.

»Okay. Ich brauchte Einblick in die anderen Bücher, um Empfehlungen aussprechen zu können, auf welche Art das Finanzamt am besten besänftigt wird.«

»Sicher. Aber zuerst habe ich etwas anderes für Sie.«

Deckers Kiefermuskeln spannten sich an, und seine Augen blitzten auf – vielleicht nicht gerade zornig, aber doch mehr als verärgert. »Sie wollen mich testen?«

»Selbstverständlich. Würden Sie das an meiner Stelle etwa nicht tun?«

Decker atmete kontrolliert aus. »Doch. Sie haben recht. Also – worum geht's?«

»Sie nehmen sich dieser Tracker-Geschichte an. Kehren Sie in die IT zurück, und finden Sie heraus, wessen Tracker den Alarm ausgelöst hat und wo. Ich will über alle letzten Bewegungen informiert werden. Und überprüfen Sie die Bänder. Melden Sie sich anschließend sofort.«

Decker erhob sich, wandte sich aber nicht gleich zum Gehen. »Kann ich davon ausgehen, dass Sean hierüber informiert ist, ehe ich bei ihm eintreffe? Andernfalls schickt er mich nämlich wieder weg.«

»Davon können Sie ausgehen, ja. Noch Fragen?«

»Welche Bänder soll ich überprüfen?«

»Jeder Tracker schickt uns nicht nur Bewegungsdaten, sondern auch akustische. Sämtliche Unterhaltungen werden aufgenommen und gespeichert. Nun, wahrscheinlich gibt es heutzutage keine Bänder mehr«, fügte er mit einem selbstironischen Augenrollen hinzu, »aber die Daten sind irgendwo abrufbar.«

»Und wie lange?«

»Das brauchen Sie nicht zu wissen. Lange genug jedenfalls, damit Sie herausfinden können, was heute Morgen geschehen ist. Dass Sie sich darauf beschränken, dürfte klar sein. Möglicherweise ist der Träger dieses Trackers entkommen, konnte aber inzwischen wieder eingefangen werden. Wenn das der Fall ist, wird mich der Kunde, dem der Tracker zugeteilt wurde, anrufen und Ersatz anfordern. Den bekommt er, sobald ich weiß, wie der Träger hat entkommen können und was getan wurde, um dafür zu sorgen, dass so etwas nicht noch einmal geschieht. Wenn der Träger tot ist, will ich wissen, wie es geschehen ist und wann. Eigentlich sollte mich der Kunde von sich aus umgehend informieren, aber das geschieht nicht immer. Ich erwarte, dass Sie sich gegebenenfalls darum kümmern.«

Decker nickte grimmig. »Verstanden.«

»Und dass Sie unter genauer Beobachtung stehen, haben Sie sicherlich auch verstanden.«

Er nickte erneut. »Selbstverständlich. Dann mache ich mich jetzt an die Arbeit.«

Ken wartete, bis Decker die Tür hinter sich geschlossen hatte, dann hämmerte er auf die Kurzwahl-»1«. Sein Sicherheitschef ging noch immer nicht dran.

*Verdammt noch mal, Reuben, wo bist du?*

Als Nächstes wählte er die »2«. Demetrius, sein Einkaufsleiter, meldete sich bereits beim ersten Klingeln. Sein tiefer samtiger Bass hob sich deutlich von den Autogeräuschen im Hintergrund ab. »Demetrius.«

»Demetrius, ich bin's. Weißt du, wo Reuben steckt?«

»Nein. Ich wollte dich auch gerade anrufen und nach ihm fragen. Wir hatten gestern einen gemeinsamen Termin mit einem Lieferanten, aber er ist nicht aufgetaucht. Ich habe den Deal zwar auch allein abgeschlossen, aber Reuben muss mir dafür mindestens die Füße küssen. Er sollte mir nämlich Morticia vom Leib halten, während ich mit Gomez die Bedingungen aushandele, aber nein – er war ja nicht da. Und so musste ich mich auf den Vertrag konzentrieren *und* die Schlampe daran hindern, mir an die Wäsche zu gehen, ohne ihr ein paar Knochen zu brechen, was ich mir wirklich gewünscht hätte.«

Ken starrte den Lautsprecher auf seinem Schreibtisch an. »Was zum Teufel redest du da, Demetrius? Wer, bitte schön, sind Gomez und Morticia?«

»Du weißt doch, die Barbosas. Sie sind für die Lieferungen aus Rio zuständig. Die Frau sitzt immer neben dem Unterhändler der Gegenpartei und befummelt ihn unterm Tisch, damit seine Instinkte seinen Verstand überlagern und ihr Mann jede Menge Bullshit in den Vertrag einbauen kann. Aber wenn du dich gegen die Schlampe wehren willst, fängt sie an zu heulen, und der Herr Gemahl steht auf und geht. Die zwei geben alles, um einen über den Tisch zu ziehen, aber ihre Ware ist von guter Qualität, und Reuben macht die Fummelei nichts aus, also opfert er sich meist, so dass ich mich auf die Verhandlung konzentrieren kann. Nur diesmal nicht – weil er gar nicht erst aufgetaucht ist. Mann, ich werde dem Burschen so was von in den Hintern ...«

Ken unterbrach das Gezeter. »Er ist verschwunden.«

»Was? Reuben? Seit wann?«

»Ich habe kurz vor sechs heute Morgen mit ihm gesprochen. Da war er auf dem Weg ins Büro, ist aber nie dort angekommen.« Ken erklärte Demetrius rasch, was geschehen war. »Keine Ahnung, wo er steckt und was hier eigentlich gespielt wird.«

»Und dieser Decker? Können wir dem vertrauen?«

»Das wird sich noch zeigen. Er muss im Auge behalten werden, aber ich wollte mich erst vergewissern, dass Reuben nicht bei dir ist, ehe ich jemand anders einbringe. Am besten, du kommst sofort zurück, falls es hier Schäden zu begrenzen gibt.«

»Schon unterwegs.«

»Ich gebe dir die Adresse von Jason Jackson durch, den Decker nach Hause geschickt hat. Fahr dort vorbei und schau nach, was mit ihm ist. Hoffen wir für ihn, dass er mindestens Ebola hat, sonst reiße ich ihm den Kopf ab. Wegen ihm fehlt uns seit drei Stunden ein Tracker.«

»Ich ruf dich von Jackson aus an.«

Ken legte auf und rief Sean in der Technik an. »Decker ist auf dem Weg zu dir. Ich habe ihn beauftragt, sich um den vermissten Tracker zu kümmern. Gib ihm Zugang zu den akustischen Daten der letzten zwölf Stunden. Während er sich das anhört, zeichnest du den Weg des Trackers für die letzten vierundzwanzig Stunden nach und gibst ihm das auch.«

»Ernsthaft, Boss? Einfach so?« Sean achtete darauf, ihn bei der Arbeit stets »Boss« zu nennen; ein »Dad« entfuhr ihm praktisch nie, nicht einmal, wenn sie allein waren, aber Ken machte sich keine Gedanken darüber. Sean war immer schon ein seltsamer Junge gewesen, ein echter Nerd, dessen Know-how ihnen allerdings von größtem Nutzen war. Er hatte bereits für ihr Unternehmen gearbeitet, als Ken sich gezwungen gesehen hatte, seine Mutter zu eliminieren.

Was Sean natürlich nicht wusste. Er glaubte, seine Mutter sei mit dem Yogalehrer durchgebrannt, wie Ken und Reuben allen anderen erzählt hatten, ihre Geschäftspartner Demetrius und Joel eingeschlossen.

»Ja, aber ich werde jemanden aus der Sicherheit anweisen, ein Auge auf ihn zu halten. Sorg du dafür, dass Decker nichts zum Aufnehmen oder Kopieren bei sich trägt. Ruf mich sofort an, wenn du ein ungutes Gefühl hast.«

»Mach ich.«

# 7

Cincinnati, Ohio
Dienstag, 4. August, 7.55 Uhr

»Ich *liebe* Dienstage!«

Der knurrige Gruß ließ Marcus aufblicken. Seine Hand mit der Kanne, mit der er sich gerade Kaffee einschenken wollte, blieb reglos in der Luft hängen. Diesel schlurfte herein und ließ sich auf einen der dick gepolsterten Drehstühle plumpsen, die den schweren Konferenztisch aus Mahagoni umgaben. Neben dem fast zwei Meter großen Kerl mit seinen hundertzwanzig Kilo geballter Muskelkraft nahm sich das wuchtige Erbstück von Marcus' Großvater aus wie die Kaffeetafel für Barbies Verwandtschaft.

Marcus goss den Becher voll und reichte ihn an Diesel, der den Inhalt ungerührt herunterkippte, obwohl er brühend heiß war. Aber bei dem Leben, das Diesel Kennedy führte, war seine Speiseröhre vermutlich ohnehin längst verätzt, und Gott allein wusste, wie sein Magen aussah, denn sein letzter Arztbesuch lag zehn Jahre zurück.

Das wusste Marcus sehr genau, denn er war dabei gewesen. Als moralische Unterstützung, hatte er damals gedacht, aber Diesel hatte das gar nicht nötig gehabt. Ohne sichtbare Regung war er aus dem Sprechzimmer marschiert, und nichts in seiner Miene hatte erkennen lassen, dass man ihm soeben das Todesurteil verlesen hatte. Stattdessen hatte er angefangen, Hochprozentiges zu trinken, Kette zu rauchen, viel zu schnelle Motorräder zu fahren und kannenweise Kaffee in sich hineinzuschütten, und niemand sagte etwas dazu. Denn es war unwahrscheinlich, dass sein Verhalten ihn eher umbrachte als die Kugel, die nur Millimeter über seinem Herzen saß. Zu nah, um sie entfernen – eine tickende Zeitbombe, die ihn jederzeit töten konnte.

Diesel hob den Becher, um wortlos um Nachschub zu bitten. Der Mann war süchtig nach Koffein, denn er schlief so gut wie nie. Wenn normale Menschen in ihren Betten lagen, brütete Diesel über der Arbeit oder ließ es ordentlich krachen – und das sah man ihm an.

Marcus, der die Kanne noch gar nicht abgestellt hatte, schenkte ihm nach und wartete, während Diesel den zweiten Kaffee fast genauso schnell herunterkippte. Dann goss er ein drittes Mal nach.

»Warum?«, fragte er.

Diesel hob den Kopf und blickte ihn ausdruckslos an.

»Warum was?«

»Warum liebst du Dienstage?«

Diesels Lippen verzogen sich zu einem kleinen Grinsen, das Marcus an den Grinch erinnerte. »Heute muss Cal die Donuts mitbringen. Die von ihm sind einfach die besten.«

Marcus schnaubte. »Und ich dachte, es ginge um etwas ... – was weiß ich – etwas *Tiefgründigeres* vielleicht.«

»Wenn du es tiefgründig willst, geh in die Kirche«, konterte Diesel.

»Nein danke«, brummelte Marcus und beschloss auszunutzen, dass außer ihnen noch keiner zum Morgenmeeting eingetroffen war. »Du bist gestern Nacht hier gewesen, oder?«

»Ich hab den Laden um zwei zugemacht, wie immer.« Diesel verengte die Augen. »Warum?«

»Weil Jill hier war, als ich heute Morgen um kurz nach halb fünf herkam. Sie ist gar nicht erst nach Hause gegangen.«

»Was?« Diesel riss die Augen auf. »Das kann nicht sein! Ich hab in jeden Raum geguckt.«

»Damenklo?«

Diesel zog den Kopf ein. »Mann, Marcus«, brummte er wie ein Kind und wurde rot, was die meisten Frauen sehr anziehend fanden ... wenn sie denn das Glück hatten, es zu erleben. Diesel war keiner, der sich längerfristig band. Oder überhaupt band, was das betraf. »Da kann ich doch nicht reingehen. Ich hab die Tür aufgemacht und reingerufen, aber niemand hat reagiert.« Er schauderte. »Ich kann da einfach nicht reingehen«, wiederholte er. »Das ist doch nur für ... Frauen.«

Marcus starrte ihn ungläubig an. »Du willst mich verarschen, oder? Du hast doch schon feindliche Bunker im Kugelhagel gestürmt.« Und Marcus musste es wissen, denn er war jedes Mal an Diesels Seite gewesen. »Willst du mir ernsthaft erzählen, dass du dich vor *Frauenklos* fürchtest? Was soll das, Diesel? Ich meine – was soll das?«

Diesels finsterer Blick versprach Vergeltung. »Und warum hat Jill mir einfach nicht geantwortet?«

Marcus seufzte. »Weil sie, wie sich herausgestellt hat, heimlich eingehende Drohungen abfängt und Gayle die schlimmsten vorenthält.«

Diesels Miene wurde noch düsterer. »Weil die einen Herzanfall hatte.«

Marcus' Augen quollen fast aus den Höhlen. »Du wusstest das?«

»Du etwa nicht?«

»Nein!«, rief Marcus entnervt. »Dummerweise war ich zu diesem Zeitpunkt gerade selbst nicht ganz auf der Höhe.«

»Oh.« Diesel runzelte die Stirn. »Stimmt ja. Hatte ich schon vergessen.«

Marcus beugte sich über den Tisch und boxte ihm gegen die Schulter. »Arschloch. Ich bin fast draufgegangen damals.«

»Aua.« Diesel rieb sich die Schulter. »Aber ernsthaft jetzt, ich bin wirklich davon ausgegangen, dass du Bescheid wüsstest. Ich dachte, wir reden einfach nicht drüber, weil Gayle das nicht möchte.«

Marcus zog sich die Hände über das Gesicht. Sozialkompetenz war nicht gerade Diesels starke Seite. »Woher wusstest du es denn?«

Diesel zuckte die Achseln. »Ich war hier, als es geschah. Unten im Keller. Als ich den Lärm von oben hörte, ging ich rauf, um nachzusehen. Die Sanitäter schienen alles im Griff zu haben.« Etwas flackerte in seinem Blick. »Ich wollte sie nicht stören, deshalb bin ich wieder gegangen.«

Marcus seufzte. Er ahnte, wie es Diesel damals wirklich ergangen war. Vermutlich hatte er einen »Aussetzer« gehabt. Beim Anblick der Sanitäter hatte Diesels Verstand quasi mit einer Notabschaltung reagiert; Diesel war das Paradebeispiel für eine posttraumatische Belastungsstörung. »Okay«, murmelte Marcus. »Wichtig ist jetzt, dass Jill die Liste der Drohungen gegen uns kennt. Sie fängt alle neuen Hassbriefe ab, und Gayle bekommt sie erst nach ihrer Prüfung zu sehen.«

»Das kann böse ausgehen«, brummte Diesel.

»Ja, allerdings. Vor allem, wenn sie eins und eins zusammenzählt.«

Diesel sackte auf seinem Sessel zusammen. »Alter!« Er begegnete Marcus' Blick. »Dann sag's ihr doch einfach. Dafür, dass sie so ein junges Ding ist, find ich sie ganz okay.«

»Das kann ich nicht. Nicht, ehe ich mir sicher bin.«

»Und was muss man tun, um dein Vertrauen zu gewinnen?« Diesel leerte seinen dritten Kaffee und stellte den Becher auf den Tisch. »Einen Blutschwur leisten?«

Marcus verdrehte die Augen. »Nein. Aber ... ich weiß nicht. Irgendwas gefällt mir an ihr nicht.«

»Na ja, du konntest die Leute immer schon besser einschätzen als ich«, gab Diesel zu. »Und wie willst du sie in Schach halten?«

»Stone passt auf sie auf.«

Diesel starrte ihn eine Sekunde lang an, dann warf er den Kopf zurück und lachte so sehr, dass er beinahe mit dem Stuhl hintenüberkippte. Als Stone in diesem Moment den Konferenzraum betrat, lachte Diesel umso heftiger, bis ihm die Tränen über das hochrote Gesicht strömten.

»Was ist denn so lustig?«, fragte Stone säuerlich, als Diesel unterbrechen musste, um Luft zu holen.

Das löste eine neue Lachsalve aus, allerdings eine etwas gemäßigtere. »Du«, antwortete Diesel kichernd und wischte sich die Tränen ab. »Du als Babysitter von Fräulein Rollig.« Marcus riss erneut die Augen auf, während Stone nur verärgert schnaufte und sich abwandte, um sich ebenfalls einen Kaffee zu besorgen. »Fräulein *Rollig?*«, fragte Marcus. »Diesel, geht's noch? Selbst wenn das nicht absolut respektlos wäre – so was läuft unter sexueller Belästigung, und das wird in dieser Redaktion nicht toleriert.«

Ungerührt zuckte Diesel mit seinen schrankbreiten Schultern. »Wie du meinst. Du bist der Boss.« Er setzte sich kerzengerade hin, räusperte sich, legte seine Hände brav gefaltet vor sich auf den Tisch und verlieh seiner rumpelnden Stimme einen kultivierten Tonfall, auf den jeder Butler neidisch gewesen wäre. »Ich habe mich nur über die Aussicht amüsiert, dass Mr. Montgomery O'Bannion auf Miss Jill Ennis aufpassen soll.«

Stones wütender Blick gefror zu Eis. Er hasste seinen Taufnamen. Seinen Spitznamen hatte er bekommen, als er als Kleinkind gestürzt und mit dem Kopf aufgeschlagen war und der Arzt ihm einen steinharten Schädel bescheinigt hatte, da er weder Beule noch Kratzer hatte entdecken können. Dieser Spitzname war ihm allerdings auch deshalb geblieben, weil er so stur wie ein Felsbrocken war. »Wehe, du nennst mich noch einmal so.«

Diesel grinste erfreut. »Aber gerne, Montgomery. Sag einfach, wann und wo, und ich bin zur Stelle.«

»Hört auf!«, fauchte Marcus, als Stone den Mund zu einer Erwiderung öffnete. »Wie alt seid ihr eigentlich – fünf?«

Diesel grinste nur.

»Arschloch«, grunzte Stone, als er sich setzte. »Ich habe Jill, bevor ich herkam, bei Bridget in der Buchhaltung abgeliefert. Sie machen die Spesenabrechnung. Und dabei kann nicht mal Jill etwas anstellen. Wo bleibt denn Cal mit den verdammten Donuts? Es ist Dienstag, Herrgott noch mal.« »Schon da.« Cal betrat den Raum und stellte den Karton mit den Donuts auf den Tisch. »Hier. Haut rein. Aber nehmt euch Servietten.«

Calvin Booker arbeitete seit den sechziger Jahren für den *Ledger* und hatte sich ganz klassisch vom Postverteiler bis zum Chefredakteur und wichtigsten Mann an der Seite von Marcus' Großvater hochgearbeitet. Cal hätte schon vor Jahren in Rente gehen sollen, schob aber seinen Abschied immer wieder hinaus, angeblich weil er sich zu Hause nur langweilen würde. Aber Marcus war klar, dass er blieb, um ihn zu entlasten, und tatsächlich wusste Marcus nicht, wie er ohne ihn zurechtkommen sollte.

»Ich will einen mit Marmelade.« Lisette Cauldwell betrat den Raum, direkt dahinter ihr Bruder Phillip. Lisette, Chefin vom Dienst, befand sich in Marcus' Alter, Phillip, der für die Anzeigen zuständig war, war Ende zwanzig, sah aber weit jünger aus. Lisettes Vater war bis zum Tag seines Todes Redakteur beim *Ledger* gewesen; Marcus kannte Lisette seit der Highschool und vertraute ihr bedingungslos. Sie und Cal hatten sich beide für Phillip verbürgt, und so war auch er zum Team gestoßen.

Lisette und Phillip hatten als Reporter begonnen und sprangen immer noch ab und zu ein, wenn es in der Redaktion hoch herging oder die Story so groß war, dass Marcus die komplette Mannschaft brauchte.

»Mach die Tür zu«, sagte Marcus und wartete, bis jeder einen Kaffee hatte und die Schachtel mit den Donuts leer war.

»Wo ist Gayle?«, fragte Stone.

»Beim Arzt ... Au!«, unterbrach Phillip sich selbst und sah empört zu seiner Schwester, die ihn böse anfunkelte. »Tritt mich doch nicht! Das hat weh getan!«

Stone schnaufte verärgert. »Die zwei wissen also auch von Gayle?«, fragte er Marcus.

»Sieht so aus. Diesel übrigens auch.« Marcus begegnete Cals Blick. »Du auch?«

Cal seufzte. »Erst seit vergangener Woche. Wir gehen schon eine Ewigkeit zum gleichen Arzt, und ich bin ihr in der Praxis begegnet. Ich musste ihr versprechen, weder euch noch eurer Mutter etwas zu verraten.«

Marcus verschränkte die Arme vor der Brust und presste die Kiefer zusammen. »Und was genau hast *du* beim Arzt gemacht, Cal?«

Cal sah ihm in die Augen, ohne mit der Wimper zu zucken. »Meinen Check-up, wie jedes Jahr.«

Marcus schüttelte den Kopf und unterdrückte den aufkommenden Ärger. »Du vergisst aber nicht, dass ich dir beim Pokern hoffnungslos überlegen bin, oder, Cal? Warum wohl gewinne ich jede Partie? Weil deine Miene mir alles verrät. Genau wie jetzt. Du glaubst bloß, dass du unschuldig aussiehst!«

Cal starrte zur Decke. »Verdammt! Und ich war die ganze Zeit über der Ansicht, dass du schummelst.«

Stone qualmte förmlich aus den Ohren. »Hast du auch einen Herzanfall gehabt, Cal?«

»Nein. Man hat mir einen Stent eingesetzt. Ich habe eine Herzrhythmusstörung, nichts Wildes.«

Zum zweiten Mal in einer Viertelstunde zog Marcus sich die Handflächen über das Gesicht. »Das ist doch wohl alles nicht wahr«, sagte er gepresst. »Was ist denn los mit euch? Hat eigentlich jeder hier ein Geheimnis vor uns?«

Phillip schüttelte vehement den Kopf.

Diesel sah ihn nur an.

Lisette seufzte. »In letzter Zeit ist hier einiges los, Marcus. Niemand will dir – oder dir, Stone – noch mehr Stress aufbürden. Nichts davon beeinträchtigt das Geschäft, auch nicht das spezielle. Wir stehen alle hinter euch, das wisst ihr.«

Alle am Tisch nickten, und Marcus ließ müde die Schultern sinken. »Danke, aber es ist nicht nötig, uns wie rohe Eier zu behandeln. Wir müssen wissen, was hier in dem Laden los ist, und das bezieht sich auch auf euch. Wir kriegen schon keinen Nervenzusammenbruch, keine Sorge! Also – keine Geheimnisse, okay? Stone?«

»Ganz genau.« Sein Bruder zog eine Augenbraue hoch. »Und wo wir gerade beim Thema sind – erzähl ihnen doch mal von *deinem* Geheimnis, Marcus.«

Alle Augenpaare richteten sich auf ihn. Mit einem Seufzer fügte sich Marcus und berichtete, was von der ersten Begegnung mit Tala im Park bis zu der heutigen Auseinandersetzung mit Jill alles geschehen war. Als er endete, war die Atmosphäre im Raum höchst angespannt.

»Und du wagst es, die beleidigte Leberwurst zu spielen, weil wir dir nichts erzählt haben?«, brachte Lisette zähneknirschend hervor. »Du lässt dich fast abknallen und bist sauer auf *uns*?«

»Ich bin nicht beleidigt«, protestierte Marcus. »Ich bin nie beleidigt.«

»Ist klar«, sagte Diesel. »Du doch nicht.«

Marcus beschloss, die Bemerkung fürs Erste zu ignorieren. Cal bereitete ihm im Augenblick mehr Sorgen; er war blass geworden, und seine Hände zitterten. »Cal, ist alles in Ordnung mit dir?«

»Ja, mir geht's blendend, wirklich. Ich bestelle dir eine neue Kevlar-Weste.«

»Mit mir ist nichts«, versicherte Marcus ihm. »Der Notarzt am Tatort hat mich untersucht, aber wenn du willst, kannst du dir meinen Rücken ansehen.« Cal betonte immer, dass er Marcus schon die Windeln gewechselt hatte, und Marcus fand, dass er ihm zumindest das Angebot schuldig war.

Cal schüttelte den Kopf. »Nein, lass gut sein. Du bist schließlich erwachsen. Du tust sowieso, was du für richtig erachtest, und was ich davon halte, spielt keine Rolle.«

Marcus zog die Brauen zusammen. »Doch, natürlich spielt das eine Rolle. Und ich wollte euch sowieso heute Morgen alles erzählen. Die Story wird veröffentlicht. Stone hat den Artikel für die Online-Ausgabe bereits geschrieben.«

Stone schob ihm einen Ausdruck über den Tisch. »Schau bitte mal drüber.«

Froh über die Gelegenheit, den anklagenden Blicken zu entkommen, griff Marcus nach dem Blatt und überflog den Artikel. »Ist alles drin«, sagte er nach dem zweiten Durchgang. »Du kannst ihn so reinstellen. Danke.«

Lisette griff danach. Auch ihre Hand zitterte. »Und wie beleidigt du sein kannst«, brummelte sie. »Wer ist denn diese Bishop? Kann man ihr trauen?«

»Nein«, sagte Stone.

»Ja«, sagte Marcus gleichzeitig.

Diesel setzte sich aufrechter hin. »Oh. Jetzt wird's interessant.«

Marcus rollte mit den Augen. »Herr, gib mir Kraft«, murmelte er, dann wandte er sich an Lisette. »Sie ist eine wirklich gute Polizistin. Aber sie und Stone sind in der Vergangenheit mal aneinandergeraten, sein Urteil ist also nicht ganz objektiv.«

»Ich kann mich an sie erinnern«, sagte Phillip und hielt das Telefon hoch, auf dem er ein Google-Foto von Scarlett aufgerufen hatte. »Sie war auf Mikhails Beerdigung. Die Frau hat mir richtig Angst eingeflößt.«

Lisette betrachtete das Foto. »Wieso?«, fragte sie ihren Bruder.

»Weil sie so ... eiskalt wirkte. Als würde sie einem Kerl zum Frühstück die Eier abbeißen.«

»Sag ich doch«, brummelte Stone.

»Von mir aus kann sie's gern mal versuchen«, bemerkte Diesel an Phillip gewandt, ohne jedoch Marcus aus den Augen zu lassen.

Marcus seufzte wieder. »Wenn du darauf hoffst, dass ich den eifersüchtigen Höhlenmenschen rauskehre, dann muss ich dich leider enttäuschen«, sagte er zu Diesel, dann wandte er sich an Cal. »Tu mir den Gefallen und erkundige dich nach Schulungen, die sich mit sexueller Belästigung am Arbeitsplatz auseinandersetzen. Ich hätte gerne spätestens nächsten Montag ein erstes Seminar. Und jeder nimmt teil. *Jeder!*«

Alle außer Cal stöhnten.

»Dafür brauche ich keine Schulung«, sagte Diesel.

»Stimmt, das hast du längst drauf«, konterte Lisette. »Wie ihr alle.«

»Weswegen sich auch keiner drücken wird«, sagte Marcus ernst. »Leute, ihr wisst, dass ich solche Sprüche hier nicht hören will, und es ist mir egal, ob sie gegen eine Polizistin, eine Prostituierte oder eine Bäckereiverkäuferin gerichtet sind. Und, Diesel, wehe, du sagst zu Jill noch einmal ›Fräulein Rollig‹. Was soll das überhaupt?«

Diesel zeigte wieder sein Grinch-Lächeln. »Sag bloß, dir ist noch nicht aufgefallen, wie sie sich an Stone ranschmeißt – das sieht doch ein Blinder mit Krückstock. Oh, Moment, gegen Behinderte darf ich bestimmt auch nichts sagen, oder? Und Minderheiten? Verdammt und zugenäht, was bleibt denn da noch?«

»Du bist ein Arschloch, Diesel«, sagte Stone kopfschüttelnd, musste sich aber sichtlich das Grinsen verkneifen.

»Danke«, bemerkte Diesel mit einem huldvollen Nicken. »Ich strebe stets nach Perfektion.«

Lisette seufzte laut. »Kommen wir noch einmal auf Jill zurück. Ja, sie ist schon lange hinter Stone her, und ich kann, ehrlich gesagt, auch nicht fassen, dass du noch nichts davon bemerkt hast, Marcus. Sogar ich habe Mitleid mit Stone. Die Kleine gibt einfach nicht auf.«

Marcus drehte sich zu seinem Bruder um. Stone war dieses Thema sichtlich unangenehm. »Ist das wahr? Warum sagst du mir denn nichts? Ich hätte dich doch niemals zum Aufpasser ernannt, wenn ich das gewusst hätte.«

»Sie ist schon seit einer Ewigkeit in mich verknallt«, sagte Stone. »Aber sie ist doch noch ein halbes Kind, und ich wollte sie nicht verletzen. Bisher konnte ich ihr immer ganz gut aus dem Weg gehen, weil ich ja meistens unterwegs war, aber da ich seit einigen Monaten zu Hause bin, ist es immer schwieriger geworden. Mir war klar, dass ich die Sache früher oder später ansprechen musste, also habe ich es heute Morgen getan, da wir ja ohnehin zusammen an dieser Listengeschichte gesessen haben.«

»Und wie hat sie es aufgenommen?«, fragte Cal.

Stone presste die Lippen zusammen. »Nicht sehr gut. Sie hat geweint. Ich fühlte mich furchtbar. Wir haben uns darauf geeinigt, nie wieder darüber zu sprechen. Also zieht sie bitte nicht damit auf.«

Lisette erhob sich und drückte Stone an sich. »Das hast du gut gemacht.«

»Danke.« Stone seufzte und tätschelte ihre Schulter. »Obwohl ich mich frage, warum ihr alle immer so überrascht klingt, wenn ihr so was sagt. Na ja, jedenfalls gehen wir die Listen jetzt durch, die alte und die, die Jill vor Gayle geheim hält. Es sind ein paar ziemlich drastische Drohungen darunter. Ich glaube nicht, dass Jill alles davon verstanden hat, aber wenigstens hält sie dich jetzt nicht mehr für einen Mafia-Boss.«

Lisette machte große Augen und setzte sich wieder. »Wie bitte?«

Marcus nickte trocken. »Weil viele der Drohungen plötzlich aufhören, dachte sie, ich murkse meine Widersacher ab.«

»Eigentlich keine schlechte Idee«, sagte Diesel.

»Halt die Klappe, Diesel«, sagten alle gleichzeitig.

Diesel zuckte die Achseln. »Ich mein ja nur.«

»Dann lass es«, gab Cal zurück. »Über was für Drohungen reden wir denn diesmal?«

»Ach, das Übliche.« Stone klang gelangweilt, aber damit täuschte er niemanden. Sie wussten, dass er diese Drohungen genauso ernst nahm wie sie alle. »Ich knalle dich ab, schneide dir die Kehle durch, ruiniere dich und so weiter. Etwa die Hälfte ging an Lisette, Phillip und mich als Urheber diverser Artikel, Aber das Gros zielt auf Marcus als Herausgeber dieses ›Schmierblatts‹ ab.«

»Nichts Neues also«, sagte Marcus. »Irgendwelche Eskalationen?«

»Eine – eine Frau, die ›den elenden Lügner von Reporter‹ pfählen, mit Honig übergießen und dann Feuerameisen überlassen will, weil er auch nur anzudeuten wagt, dass ihr unschuldiger Mann – das eigentliche Opfer hier – junge Mädchen belästigen könnte. Der elende Lügner bist du, Phillip.«

»Das mit den Feuerameisen ist mal was Neues«, sagte Phillip leichthin.

»Das kam bestimmt von der Theaterlehrerin«, warf Lisette ein. »Deren Mann besagte Belästigungen mit dem Handy aufgenommen und in die Cloud hochgeladen hat.«

»Und in dessen Account man sich problemlos hacken konnte«, fügte Diesel verächtlich hinzu, »weil sein Passwort der Name seines Hundes war.«

»Zumindest ist seine Frau konsequent«, bemerkte Stone. »In ihren Drohmails steckt genauso viel Dramatik wie in ihrem ersten

Dementi, obwohl die Polizei ihr die Beweise in Farbe vorgespielt hat. Auf die erste Drohung haben wir nicht reagiert, weil wir sie nicht gesehen haben – Jill hatte sie abgefangen –, aber die Frau hat noch ein paar hinterhergeschickt, die letzte erst vergangene Woche. Sie hat vor, die Zeitung und dich, Marcus, persönlich wegen übler Nachrede zu verklagen.«

»Und mich verklagt sie nicht«, sagte Phillip verschmitzt, »weil es bei mir nichts zu holen gibt. Manchmal ist es ziemlich blöd, der reiche Chef zu sein, oder?«

»Rex soll sich darum kümmern«, sagte Marcus. Rex war der langjährige Anwalt des *Ledger,* der schon unzählige Klagen erfolgreich abgewiesen hatte. »Seit dieser Drohung ist ungefähr eine Woche vergangen, richtig? Er kann herausfinden, ob sie sich bereits einen Anwalt genommen hat, und entsprechende Schritte einleiten.«

Cal stand auf, um sich Kaffee nachzuschenken. »Womit ihre Drohungen in meinen Augen die Brisanz verlieren. Wenn es um Geld geht, verschwinden die impulsiven Emotionen meistens. Falls die Frau wirklich hinter harter Währung her ist, wird sie nichts tun, was einen Erfolg vor Gericht gefährdet.«

»Hoffen wir, dass es ihr nur um Geld geht«, erwiderte Stone. »Denn wenn die Frau wirklich versucht, die anderen Drohungen wahr zu machen, können wir sie ihr vielleicht nicht mehr anhängen.« Seine Miene verfinsterte sich. »Jill war nämlich so schlau, die Mails vom Firmenserver zu entfernen und auf ihren eigenen Laptop zu transferieren. Wir können nur hoffen, dass sie dabei keine elektronischen Spuren verwischt hat.«

»Dummes Mädchen«, brummte Diesel und warf Marcus dann einen Seitenblick zu. »Darf ich das wenigstens noch sagen?«

»Ja, das darfst du. Obwohl du mir eben noch geraten hast, ihr zu vertrauen.«

»Ich habe aber auch hinterhergeschickt, dass du mehr Menschenkenntnis hast«, konterte Diesel. »Ich brauche Jills Laptop. Sag ihr, dass ich keinen Widerspruch dulde. Dass du sie mit einem

Tritt in den Hintern rausbeförderst, wenn sie sich weigert. Darf ich in diesem Zusammenhang ›Hintern‹ sagen, Boss?«, fügte er beißend hinzu.

»Nur wenn du dann endlich die Klappe hältst«, erwiderte Marcus. »Stone, wenn sie Probleme macht, sag ihr, dass ich sie eliminiere. Mach mich ruhig zum bösen Buben, sie unterstellt mir ja sowieso schon das Schlimmste. Und alle anderen: Passt auf euch auf, solange Diesel die Drohungen noch nicht zurückverfolgt hat. Trefft Vorsichtsmaßnahmen, vor allem in der Nacht.« Um den Tisch herum wurde genickt. »Okay, was steht aktuell an? Speziell, meine ich.«

Im Gegensatz zum offiziellen Nachrichtengeschäft, über das sie am Schluss sprechen würden.

Lisette öffnete ihre Datei. »Zwei laufende Ermittlungen. Eine zu einem Fall von häuslicher Gewalt, die andere wegen Verdachts auf Missbrauch in einem Pflegeheim. Die häusliche Gewalt kam von unserer Freundin.«

»Freundin« wurde eine anonyme Quelle genannt, deren wahre Identität nur Lisette bekannt war. Es handelte sich um eine Frau vom Jugendamt, aber mehr wollte Marcus gar nicht wissen. Was er nicht wusste, konnte er auch nicht verraten.

Die Zusammenarbeit bestand bereits seit fünf Jahren. Die Sozialarbeiterin machte sie immer wieder auf Missbrauchsfälle aufmerksam, die sich auf offiziellem Weg nicht beweisen ließen. So auch dieser Fall, den Lisette nun zusammenfasste.

»Am Anfang stand ein anonymer Anruf bei der Hotline«, begann sie. »Eine Nachbarin entdeckte bei einem Kind eine Schürfwunde am Arm, die es sich angeblich beim Spielen zugezogen hatte, aber sie glaubte ihm nicht und meldete ihren Verdacht. Der Vater des Kindes hat eine leitende Position in einem großen Unternehmen und verfügt über einen hochbezahlten Anwalt. Keiner der unmittelbaren Nachbarn wollte sich dazu äußern, wohl aber zwei Kindermädchen – natürlich nur anonym. Das Kind vertraute der Sozialarbeiterin an, dass es von seinem Vater geschlagen wurde und die Mutter ebenfalls, ruderte aber später zurück. Der Anwalt des Vaters behauptete, die Sozialarbeiterin habe das Kind zu der Aussage genötigt, indem sie es mit Süßigkeiten bestochen hätte. Nun läuft eine Untersuchung gegen die Frau, die vom Dienst suspendiert wurde und für die Zeit der Freistellung kein Gehalt bekommt.«

»Wie kann es eigentlich sein, dass diese Taktik noch immer funktioniert?«, murmelte Cal.

»Gute Frage«, sagte Lisette grimmig. »Unsere ›Freundin‹ ist jedenfalls stinksauer, dass sie gezwungen ist, ein Kind im Stich zu lassen, nur weil sein Vater genug Geld hat, um sich vom Gesetz freizukaufen. Außerdem werden ihre Mitarbeiter es in Zukunft vielleicht nicht mehr wagen, gegen Eltern mit finanziellem oder politischem Einfluss vorzugehen. Sie bittet uns, herauszufinden, was immer wir können.«

»Das hört sich an, als hätte sich dieser Vater bisher noch keinen Moment lang sorgen müssen, dass man ihn zur Rechenschaft ziehen könnte«, sagte Marcus.

»So ist es. Was tun wir also nun?«

Alle schwiegen, während sie über ihre nächsten Schritte nachdachten. Denn genau das war es, was sie sich zur Aufgabe gemacht hatten: Wenn es auf legalem Weg nicht mehr funktionierte, suchten Marcus und sein Team nach Möglichkeiten, das Gesetz zu umgehen.

Jeder Einzelne hatte persönliche Gründe, in diesem Team mitzuarbeiten, wenn es auch nicht die Gründe waren, die man vielleicht erwartet hätte.

Marcus' Großvater hatte einen dicken Batzen seines Vermögens in Wohltätigkeitsorganisationen gesteckt und Cal angewiesen, einen gewissen Anteil der Anzeigenfläche des *Ledger* für Spendenaufrufe zu reservieren. Cal hatte diese Arbeit nach dem Tod des Mannes weitergeführt. Die Beweggründe für Cals Mitarbeit kannte Marcus nicht, aber er wusste sehr gut, warum sein Großvater das Bedürfnis gehabt hatte, Kindern zu helfen.

*Wegen uns. Und dem, was uns passiert ist,* dachte er nun. Aber das war etwas, das Stone und er niemals aussprechen würden. Sie konnten es gar nicht. Die Worte, deren es bedurft hätte, waren zu schmerzlich und einfach nicht ... abrufbar. Jedes Mal, wenn das Thema zur Sprache kam – was Gott sei Dank nicht allzu oft geschah –, erstarrte Marcus und verfiel in völlige Sprachlosigkeit. Stone dagegen reagierte mit Wutausbrüchen, die nicht selten in Prügeleien mündeten. Grundsätzlich war Stone ein anständiger, gutherziger Mensch, doch die Wut in ihm saß tief.

»Die gute alte Steuerhinterziehung wird hier nicht greifen«, gab Cal zu bedenken. »Der Kerl hat bestimmt eine ganze Armee von Buchhaltern, die ihn auf jede erdenkliche Art abgesichert haben.«

Mit dieser Methode hatten sie schon öfter Erfolg gehabt: Diesel verschaffte sich Zugang zum Computer der betreffenden Person und verglich dessen tatsächliche Ausgaben mit den Zahlen in der Steuererklärung. Die Hinterziehung musste heftig sein, damit eine Gefängnisstrafe dabei herauskam, aber wenn es funktionierte, war der Täter für lange Zeit weg von zu Hause, was das ultimative Ziel ihres Teams war.

Die Täter wurden zwar nicht dafür bestraft, ihre Kinder zu misshandeln, aber sie *wurden* bestraft – und die meisten Menschen fürchteten sich mehr vor dem Finanzamt als vor den Cops. Und Marcus fand, was recht gewesen war, um Al Capone festzunageln, konnte ihnen nur billig sein.

»Damit wirst du wohl recht haben, Cal«, antwortete er. »Der Kerl ist bestimmt zu clever dafür, aber Diesel soll dennoch nachsehen. Er hat in letzter Zeit kaum noch Herausforderungen gehabt. Wir müssen sein Interesse wachhalten, sonst wird er uns noch faul und träge.«

»Ich sitze gerade genau vor dir, Arschloch«, knurrte Diesel, doch seine Augen leuchteten. »Wenn ich keine Unregelmäßigkeiten in der Steuererklärung finde, dann vielleicht etwas anderes, was wir benutzen können. Vielleicht hat der Kerl eine geheime Pornosammlung – oder eine schmutzige Affäre. Aber ich muss mehr über ihn wissen, um sein Passwort herauszufinden: Hobbys, Freunde, ehemalige Geliebte. Ach, das wird Spaß machen.«

Lisette schüttelte den Kopf, konnte ihr Lächeln aber nicht unterdrücken. »Sei vorsichtig, Großer. Nicht, dass du vor lauter Aufregung irgendeinen Alarm auslöst.«

Diesel warf ihr einen gekränkten Blick zu. »Du beleidigst mich, Lissy.«

»Ich tue noch viel mehr, wenn du uns verrätst«, warnte sie ihn – aber ohne Nachdruck. »Ich frage mich, ob dieser Mistkerl vielleicht noch andere belästigt oder misshandelt hat. Zum Beispiel auf der Arbeit. Seine Hausangestellten wollen nicht reden, aber Kollegen oder Untergebene vielleicht.«

»Und wie willst du an die Namen der Angestellten kommen?«, fragte Stone.

Sie wackelte mit den Brauen. »Ich dachte, wir schicken jemanden mit einer Lieferung in das Unternehmen. In der Poststelle sitzen häufig Leute, die gerne plaudern. Aber wir brauchen jemanden, der so jung ist, dass er noch als Kurier durchgeht – oder zumindest so aussieht. Keinen, von dem es Pressefotos gibt wie von Stone, und auch keinen, der mit seinen Tätowierungen kleine Kinder erschreckt wie Diesel.« Mit strahlendem Lächeln wandte sie sich zu ihrem Bruder um.

Phillip seufzte ergeben. »Gib mir die Adresse. Ich geh nach Hause, zieh mir die Uniform an und schwing mich aufs Fahrrad.«

»Fang mit den weiblichen Angestellten an«, sagte Lisette nun wieder ernst. »Typen wie dieser suchen sich Leute, die sie für schwächer halten.«

»Ich weiß, was ich zu tun habe«, rief Phillip ihr in Erinnerung. »Ich mache so was schließlich nicht zum ersten Mal.« Das stimmte, und es hatte immer gut funktioniert. Phillip hatte eine jugendliche Ausstrahlung, und die Leute vertrauten ihm schlicht.

»Und wenn wir nichts finden?«, fragte Stone, und alle verstummten und sahen zu Marcus.

»Dann legen wir einen Köder aus, dem er nicht widerstehen kann«, antwortete er. Eine Sting-Operation hatten sie bisher erst einmal durchgeführt: Der Täter war zu clever gewesen, um in die von der Polizei errichtete Chatroom-Falle zu tappen. Aber da sie nicht der Polizei verpflichtet waren, galten für sie auch nicht dieselben ethisch begründeten Gesetze, und nun saß jener Täter noch für mindestens acht Jahre im Knast. Das Leben jenseits der Legalität konnte wahrhaft schön sein.

»Und worum geht es bei dieser anderen Geschichte? Mit der Pflegefamilie?«, fragte Cal.

»Ein Hinweis aus der Highschool«, antwortete Marcus. »Ein Freund von Mikhail.« Die Trauer um den Verlust traf ihn wie ein Schlag in die Magengrube, und er musste sich räuspern. »Er rief mich an, um sich zu verabschieden, weil er jetzt aufs College geht. Er, äh ... vermisste Mickey.« Im Konferenzraum wurde es still, während Marcus bewusst einatmete, um seine Emotionen unter Kontrolle zu halten. »Er und Mikhail hatten gemeinsam mit einem anderen Freund aufs College gehen wollen.«

»John«, murmelte Stone. »Die beiden waren wie siamesische Zwillinge. Irgendwie vergesse ich immer, dass wir nicht die Einzigen sind, die um ihn trauern.«

Marcus schluckte, als Lisette sich an Stone lehnte und tröstend ihren Kopf auf seine Schulter legte. »Wie auch immer. John und ich plauderten ein bisschen, und er erzählte mir, dass er der Einzige aus ihrem Trio sei, der tatsächlich auf das College ging, das sie sich gemeinsam ausgesucht hatten. Der Dritte hatte sogar ein Stipendium bekommen, drehte aber, laut John, kurz vor dem Schulabschluss ›vollkommen ab‹. Es war, als hätte man einen Schalter umgelegt. Er rasselte durch die Prüfungen, sein Notenschnitt sank, er verlor das Stipendium. Und nun hat John Angst, dass sein Freund irgendeine Dummheit begehen und sich vielleicht sogar etwas antun könnte.«

»Der Junge wurde also missbraucht«, bemerkte Stone. »Er wohnt in einem Pflegeheim?«

Marcus nickte. »Ja. John sagte, er hätte ihn zu überreden versucht, sich an die Behörden zu wenden, aber der Junge wollte das nicht. John musste ihm versprechen, auch nicht anonym die Hotline anzurufen. Er fürchtet um die anderen Kinder. John hatte gehofft, sein Versprechen umgehen zu können, indem er mich bat, mich mit den Behörden in Verbindung zu setzen, aber ich schlug ihm vor, mir ein paar Tage Zeit zu geben. Ich würde versuchen, mir etwas einfallen zu lassen, wie man die anderen Kinder ebenfalls schützen könnte.« Er wandte sich an Diesel, dessen Blick vor Hass glühte. »Willst du probieren, dich in den Computer dieses Kerls zu hacken, bevor ich mich mit dem Jugendamt in Verbindung setze?«

Diesel schnaufte. »Und ob ich das will.«

»Sei aber vorsichtig«, sagte Lisette leise.

Das Lächeln, das Diesel zustande brachte, sah eher nach gefletschten Zähnen aus. »Das sagst du immer, Lissy, und du weißt, dass ich immer vorsichtig bin. Du glaubst doch nicht, dass ich das Risiko eingehe, mir dieses kranke Schwein durch die Lappen gehen zu lassen, weil ich nicht gut genug aufpasse.«

Sie nickte, war aber noch nicht zufrieden. »Du hast schon mit den Drohmails an Marcus und den Finanzen von dem Vorstandsarschloch zu tun. Ich helfe dir bei dieser Sache, okay? Das musst du nicht allein stemmen.«

»Oh, doch, das muss ich, Schätzchen«, erwiderte Diesel grimmig. Keiner sprach je über Diesels Vorleben, aber jeder wusste, dass Kinderschänder sein Reizthema schlechthin waren, und man musste kein Genie sein, um eins und eins zusammenzuzählen. »Ich stelle Mr. Vorstandsarschloch noch ein oder zwei Tage zurück. Wenn ich bis dahin nichts über diesen Mistkerl hier gefunden habe, nehme ich dein Hilfsangebot an, okay?«.

»Na gut«, fuhr Marcus schließlich fort. »Reden wir über das offizielle Geschäft. Welche Storys stehen heute an?«

»Also. Das Mädchen in der Gasse ist unser Aufmacher«, begann Lisette. »In den Polizeiberichten von heute Morgen gibt es noch einige Meldungen, die wir bringen müssen, aber nichts ist so groß wie deine Geschichte.« Sie skizzierte die anderen Nachrichten und erklärte, welchen Reporter sie schicken wollte, und mit einem Mal hörte sich ihre Zusammenkunft wie eine ganz normale Redaktionskonferenz an. Lisette warf einen Blick zu Diesel, der bereits an seinem Laptop saß und mit versteinerter Miene auf die Tastatur einhackte. Dann wandte sie sich an ihren Bruder. »Tu mir den Gefallen und übernimm die Vorarbeit für die Recherche zu Mr. Vorstandsarschloch. Diesel hat bereits genug zu tun.«

»Ich schaff das«, knurrte Diesel.

Phillip nickte Lisette zu, ohne auf Diesel einzugehen. »Mach ich.«

Eine Weile noch besprachen sie weitere Ressorts – Sport und Kultur und all die Themen, die üblicherweise keine Gefahr für Leib und Leben bedeuteten –, dann beugte sich Marcus vor, als wolle er sich erheben. »Falls niemand sonst noch etwas hat, sind wir nun fertig. Haltet mich auf dem Laufenden.«

Das Team verließ den Konferenzraum, doch Cal, der als Letzter ging, blieb an der Tür noch einmal stehen. »Hast du deiner Mutter erzählt, was heute Morgen geschehen ist?«

Marcus schüttelte den Kopf. Allein der Gedanke daran verursachte ihm Übelkeit. »Nein, aber das mach ich noch. Ich will nicht, dass sie es erst aus Stones Artikel erfährt.«

Cal nickte und zog die Tür hinter sich zu, so dass Marcus mit seinen Gedanken allein war.

Seine Mutter hatte Mikhail begraben müssen. Und vor langer, langer Zeit Matty. Sie sprachen nie von dem dritten ihrer fünf Kinder, weil keiner die Wunde wieder aufreißen wollte. Doch Marcus war sich bewusst, dass er genau das tat, wann immer er sich in Gefahr brachte.

*Gott, vielleicht hat Stone recht. Vielleicht bin ich ja wirklich lebensmüde.* Dennoch bereute er nichts. Nicht einmal jene verabscheuungswürdige Tat, die ihn wohl sein ganzes Leben lang nicht mehr loslassen würde.

Aber nichts davon war im Augenblick relevant. Die Bilder, die immer wieder vor seinem geistigen Auge aufblitzten, brachten ihn bei dem, was er heute zu tun hatte, nicht weiter, daher drängte er sie in den Hintergrund und konzentrierte sich aufs Tagesgeschäft.

Er hatte immer noch eine Liste für Scarlett Bishop zusammenzustellen. Und sobald er die verschickt hatte, würde er in den Park gehen und dort Passanten nach dem Pudel befragen.

Aber zuerst würde er seine Mutter anrufen.

# 8

Cincinnati, Ohio
Dienstag, 4. August, 8.15 Uhr

Als Scarlett zur Pathologie kam, wartete Deacon schon vor dem Autopsiesaal auf sie.

»Hat Carrie dir irgendwas vorab gesagt, als sie anrief, um uns herzubitten?«, fragte er zur Begrüßung.

»Nur, dass sie uns unbedingt etwas zeigen muss.« Dr. Carrie Washington, die Gerichtsmedizinerin, war keine Plaudertasche. »Können deine Kumpels vom FBI uns weiterbringen?« »Vielleicht. Das Bureau hat diverse etwaige Menschenhandelsoperationen im Mittleren Westen unter Beobachtung, die meisten hier in Ohio. Die Leitung hat die Dienststelle in Cincinnati, was uns zugutekommt, da alle Daten hier zusammenströmen.«

Scarlett schüttelte den Kopf. »Weißt du, ich kenne die FBI-Berichte zu diesem Thema und bin ausgebildet worden, die Opfer zu erkennen, aber immer wenn ich lese, dass Ohio zu den Staaten mit der höchsten Menschenhandelsrate gehört, bin ich sicher, dass es ein Irrtum sein muss.« Aber es war keiner. In den neuesten Statistiken wurde Ohio in den Top Ten aufgeführt, nur ganz knapp hinter den üblichen Verdächtigen Kalifornien, New York, Florida und Texas. Toledo allein war in Bezug auf sexuelle Ausbeutung die drittschlimmste Stadt in den gesamten USA. »Ich meine – Ohio? Ernsthaft?«

»Hier zählt halt die Lage«, sagte Deacon grimmig.

»Ja, ich weiß. Dennoch ...« Mit der Nähe zur kanadischen Grenze im Norden und der Interstate-75, die sich durch die ganze Länge des Staates zog, war Ohio die ideale Verteilerroute für illegale Aktivitäten aller Art. Cincinnati als Torhüter der Interstate im

Süden des Bundesstaats verlangte von der hiesigen Polizei ein besonderes Augenmerk auf Drogenhändler, und jeder Polizist wusste, worauf er zu achten hatte. Aber das hier – dass Menschen für moderne Sklaverei durch den Staat geschleust wurden – war für sie alle noch neu. *Zumindest nehmen wir es erst jetzt langsam als Problem wahr.* »Ich frage mich, wie lange das Ganze schon so läuft«, murmelte sie.

»Länger, als wir glauben, dessen bin ich mir sicher. Das meiste des Materials, das ich heute Morgen in der Dienststelle gesichtet habe, hatte mit sexueller Ausbeutung zu tun, also finden wir vielleicht eine Verbindung zu Tala.«

»Du denkst, dass sie zur Prostitution gezwungen wurde?«

»Du nicht?«

»Doch«, gab sie zu. »Vor allem nachdem ich gesehen habe, wie sie Marcus für sein Hilfsangebot entlohnen wollte. Und es wird wohl kaum ihr einziger Job gewesen sein, einen Luxushund auszuführen.«

»Richtig. Der leitende Agent in dieser Ermittlung überprüft, welche der verdächtigen Personen, falls überhaupt, mit Philippinerinnen handelt. Er will sich bis zum Mittag bei mir melden. Und wie war's bei dir? Haben die beiden Obdachlosen etwas gesehen, was für uns von Bedeutung sein könnte?«

»Edna und Tommy waren schon weg, als ich zum Wagen zurückkehrte. Wahrscheinlich haben sie bei dem hohen Polizeiaufkommen die Flucht ergriffen. Ich bin auf dem Heimweg bei Danis Notunterkunft vorbeigefahren, aber dort waren sie zu dem Zeitpunkt auch noch nicht. Ich versuche es später noch mal.«

»Hast du was von Marcus gehört?«

Sie nickte. »Er hat mir, wie versprochen, die Videodateien von heute Morgen und aus dem Park geschickt. Ich hab ein paar ganz brauchbare Standbilder von Tala und Pudel Coco ausgedruckt und unsere Leute damit bestückt, damit sie die Häuser rund um den Park abklappern können. Aber die interessanteste Erkenntnis aus den Dateien ist, dass Tala ihren Mörder kannte.«

»Aha? Das ist wirklich interessant. Marcus hat gar nichts davon gesagt.«

»Vielleicht ist ihm das selbst nicht klar gewesen.«

»Inzwischen wird er es wissen. Ich kann mir nicht vorstellen, dass er uns die Dateien überlassen hat, ohne sie vorher genau durchzusehen.«

»Davon gehe ich auch aus«, murmelte sie. »Jedenfalls dürfte der Hund im Augenblick unsere wichtigste Spur sein. Sehr schickimicki. Ich habe mich bereits mit Delores Kaminsky in Verbindung gesetzt – sie leitet das Tierheim, aus dem Faith Zeus und den Welpen hat.«

Deacon stieß geräuschvoll den Atem aus. »Bitte sag mir, dass sie den elenden kleinen Schuhfresser vermisst und zurückhaben will.«

Scarlett versuchte gar nicht erst, sich das Lächeln zu verkneifen. Was seine Schuhe betraf, war Deacon ziemlich eigen. Früher waren sie immer auf Hochglanz poliert gewesen, bis Goliath bei ihm und Faith eingezogen war. Nun trug Deacon Schuhe, die Abdrücke winziger, scharfer Welpenzähne aufwiesen. Aber obwohl er so tat, als nehme er es dem Hund übel, wusste Scarlett, dass er das kleine haarige Ungeheuer nie wieder hergeben würde. »Tja, leider nicht. Aber sie stellt uns eine Liste mit exklusiven Hundesalons zusammen, die für Cocos Schur zuständig sein könnten.«

»Hundesalons«, sagte Deacon nachdenklich. »Darauf wäre ich nicht gekommen. Clever.«

»Danke. Was uns allerdings noch fehlt, ist die Liste der Drohungen gegen den *Ledger*. Ich habe Marcus eine Mail und eine SMS geschickt und sogar versucht, ihn anzurufen, aber bisher hat er noch nicht reagiert.« Was sie sowohl misstrauisch machte als auch enttäuscht. Er hatte sein Wort also doch nicht gehalten.

»Brauchen wir das denn noch? Zumal du sagtest, dass Tala den Mörder kannte.«

»Wahrscheinlich nicht. Aber Lynda will auf Nummer sicher gehen, dass er uns diese Drohungen nicht deshalb vorenthält, weil er etwas zu verbergen versucht, was uns später zum Verhängnis wird, falls er vor Gericht als Zeuge der Anklage auftritt. Ich war gerade auf dem Weg in die Redaktion, um ihn darauf anzusprechen, als Carrie mich anrief und bat, herzukommen. Also – sollen wir?«

Deacon schnitt ein Gesicht. »Okay. Bringen wir es hinter uns.«

Scarlett sah es genauso. Also stählte sie sich innerlich gegen den Geruch, an den sie sich wohl niemals gewöhnen würde, drückte die Tür zum Leichenschauhaus auf und nahm sich Maske und Handschuhe aus den Haltern.

Carrie blickte von der Leiche auf dem Autopsietisch auf. Ihre Augen wirkten durch die Schutzbrille riesig. »Detective Bishop. Special Agent Novak. Ich bin froh, dass Sie hier sind.« Sorgfältig deckte sie die Leiche mit einem Tuch zu und winkte ihnen. »Hier entlang, bitte.« Sie folgten ihr zu den Kühlschubladen, wo sie eine halb herauszog, so dass Talas Oberkörper zu sehen war. »Wir haben ihre Fingerabdrücke überprüft, aber sie ist nicht registriert, Vorstrafen hat sie hier also zumindest keine.«

Scarlett betrachtete Talas Gesicht und dachte an die Verzweiflung im Blick des Mädchens, kurz bevor die Kugel ihre inneren Organe zerfetzte. Plötzlich brannten Tränen in ihren Augen, aber sie drängte sie rigoros zurück. *Jetzt nicht.*

»Ich kann nur hoffen, dass sich der Hund als hilfreiche Spur erweist«, murmelte sie. »Ansonsten haben wir nämlich nichts, um sie zu identifizieren. Die Todesursache war die Kopfwunde, richtig? Nichts Merkwürdiges oder Unerklärliches, das wir wissen müssten?«

»Sehr viel Merkwürdiges, aber das hat mehr mit ihrem Leben als mit ihrem Tod zu tun. Ihr gesundheitlicher Zustand war sehr gut. Erstklassige Zahnversorgung, vor allem in den vergangenen Jahren. Die Füllungen sind recht neu.«

»Was heißt ›recht neu‹?«, fragte Scarlett.

»Älter als ein Jahr, aber nicht älter als fünf, schätze ich. Der Bluttest ergab eine ausreichende Vitaminversorgung, und ihr Gewicht lag für ihre Größe im Normalbereich, also auch keine Anzeichen für Unterernährung. Aber auch hier kann ich nur von den letzten

Jahren sprechen. Die Röntgenbilder zeigen in Armen und Beinen eine geringe Knochendichte.«

Deacon zog die Stirn in Falten. »Sie war als Kind mangelernährt, ihre Kidnapper aber haben gut für sie gesorgt?«

»Ich kann Ihnen nur sagen, dass sie ausreichend und gesund gegessen hat«, gab Carrie zurück. »Woher sie die Nahrung bekam, müssen schon Sie herausfinden.«

»Irgendwelche Anzeichen für Drogenmissbrauch?«, fragte Scarlett.

»Der Urintest war sauber, aber ich habe Blutproben ins Labor geschickt. Die Ergebnisse kriege ich vermutlich morgen.« Behutsam zog sie Talas Hand unter dem Tuch hervor. »Ihre Hände sind rauh, aber Nägel und Nagelhaut sind gepflegt, obwohl Schwielen an den Fingerspitzen und Knien auf körperliche Arbeit hindeuten. Äußerlich – und voll bekleidet – ist sie bei bester Gesundheit.«

»Aber?«, hakte Deacon nach.

»Aber sie ist geschlagen worden. Nicht so sehr, dass es Knochenbrüche gegeben hätte, aber sehen Sie selbst.« Carrie zog das Tuch bis zu Talas Taille herab.

Scarlett schnappte nach Luft. »Ach du Schande«, flüsterte sie. Schwarzblaue Blutergüsse zogen sich über den gesamten Oberkörper des Mädchens. »Womit ist sie geschlagen worden?«

»Mit Fäusten, würde ich vermuten, zumindest, was diese Hämatome betrifft. Da wusste jemand, was er tat. Er oder sie hat fest genug zugeschlagen, dass es weh tat, aber nicht so, dass es unbedingt einen Arzt erforderlich gemacht hätte.«

»Und nur da, wo es niemand sah«, fügte Deacon leise hinzu. »Das T-Shirt hat alle blauen Flecke verdeckt.«

»Was genau meinen Sie mit ›unbedingt einen Arzt erforderlich gemacht hätte‹?«, fragte Scarlett und fürchtete sich gleichzeitig vor der Antwort. Vorsichtig hob Carrie Talas Oberkörper an, und Scarlett verzog unwillkürlich das Gesicht. Neben ihr fluchte Deacon leise. Talas Rücken war übersät mit Striemen, Platzwunden und Schnitten.

»Diese Wunden könnten von einer Gürtelschnalle stammen«, sagte Carrie tonlos. Mit geschickten Händen legte sie die Leiche wieder ab und deckte sie zu. Doch als sie die Schublade ganz herauszog, war ihr Schlucken in der Stille des Kühlhauses deutlich zu hören.

»Alles okay mit Ihnen?«, fragte Scarlett leise.

Carries Lächeln war dünn. »Ja, sicher. Aber immer wenn ich solche Misshandlungen sehe ...« Sie stieß geräuschvoll die Luft aus und räusperte sich. »Die Striemen setzen sich auf den Beinen fort. Die Jeans hat sie genauso verdeckt wie das hier.« Sie zog das Tuch bis zu Talas Knien hoch und zeigte ihnen eine gerötete Abschürfung, die sich oberhalb des Fußknöchels um den Unterschenkel zog. »Sie hat einen Sender getragen. Eine elektronische Fußfessel, wie man sie oft bei Häftlingen auf Bewährung oder im Hausarrest einsetzt.«

Scarlett blinzelte, als ihre Gedanken sich überschlugen. »Sie haben den Sender abgetrennt?«, fragte sie, darauf bedacht, nicht anklagend zu klingen, aber der Zusatz *ohne es uns mitzuteilen?* hing deutlich im Raum.

Carrie nickte. »Das Ding sendete noch, als mein Assistent seine Arbeit beginnen wollte. Er rief die Spurensicherung an, die ungefähr zur gleichen Zeit eintraf wie ich. Sie trennten das Gerät ab und nahmen es mit ins Labor. Sie würden sich umgehend bei Ihnen melden, hieß es.«

Verärgert schürzte Scarlett die Lippen. »Haben sie aber nicht. Das hätte ich gerne sofort gewusst.« Sie warf Deacon einen Blick zu. »Hast du etwas gehört?«

Er schüttelte genauso verärgert den Kopf. »Nein. Wir kümmern uns drum, sobald wir hier fertig sind.« Er wandte sich wieder an Carrie. »Wenn man das Gerät entfernt, solange es noch sendet, wird vermutlich beim Empfänger ein Alarm ausgelöst. Wir hätten das möglicherweise zu unseren Gunsten manipulieren können.«

»Allerdings kommt es auf die Art von Überwachungsgerät an«, wandte Scarlett ein und schob ihren Ärger wenigstens vorübergehend zur Seite. »Wenn die Fessel den Puls oder die Körpertemperatur gemessen hat, wäre der Alarm nach ihrem Ableben ohnehin ausgelöst worden.«

»Das Labor wird uns sagen, um was für einen Tracker es sich handelt, so dass wir zumindest ausrechnen können, wann ihre Entführer von ihrem Verschwinden erfahren haben – immer vorausgesetzt, es waren nicht sie, die sie getötet haben.« Stirnrunzelnd betrachtete Deacon die Leiche. »Dennoch ... irgendwas stimmt hier nicht. Wieso hat sich Tala in dem Wissen, dass sie überwacht wird, überhaupt mit Marcus in dieser Straße verabredet?«

»Vielleicht hat sie geglaubt, dass es niemandem auffallen würde, wenn sie sich mitten in der Nacht aus dem Haus stiehlt«, warf Scarlett ein.

»Aber sie *muss* damit gerechnet haben«, sagte Deacon. »Sie hat den Hund nachts ausgeführt. Dabei ist sie garantiert ebenfalls überwacht worden.«

Scarlett biss sich nachdenklich auf die Lippe. Deacon hatte recht, irgendetwas entging ihnen – aber was? »Nicht jede Nacht. Marcus sagte, sie hätte sich nächtelang nicht blicken lassen. Ich frage mich, warum. Dass sie anhielt, um ihn singen zu hören, haben ihre Überwacher anscheinend nicht gewusst, denn sonst hätten sie sie vermutlich gar nicht wieder in den Park gelassen. Warum also diese Unregelmäßigkeit?«

»Vielleicht hat zwischendurch jemand anders den Hund ausgeführt und eine andere Strecke genommen. Oder man hat letztlich doch gemerkt, dass da etwas im Busch war. Vielleicht ist sie deshalb verprügelt worden. Hat Marcus nicht gesagt, sie hätte beim letzten Mal, als er sie traf, gehinkt? Und dass es zu einer ganz anderen Uhrzeit war?«

»Ja. Deswegen hat er ja seine Visitenkarte dort liegenlassen.« Scarlett wandte sich wieder an die Gerichtsmedizinerin. »Carrie, konnten Sie Hinweise darauf entdecken, dass sie schon früher verprügelt worden ist?«

»Nein. Rücken und Beine sind zu stark lädiert, als dass ich mit bloßem Auge Narben erkennen könnte, aber möglicherweise entdecke ich beim Ultraschall etwas. Wie wichtig ist es denn?«

»Keine Ahnung. Vielleicht gar nicht. Ich möchte einfach nur wissen, womit wir es hier zu tun haben.«

»Ich schaue es mir heute Nachmittag an.« Carrie deckte Tala wieder zu und strich das Tuch glatt. Die Geste hatte etwas Mütterliches, fast als brächte sie ein Kind zu Bett.

*Ich wollte sie nicht allein zurücklassen.* Die Worte, die Marcus zu ihr in der Gasse gesagt hatte, trafen sie wie ein Fausthieb. Er hatte sich so hoffnungslos und einsam angehört. Warum? War es nur der Schock über den gewaltsamen Tod des Mädchens gewesen? Irgendwie glaubte Scarlett das nicht. Er musste bei seinen militärischen Einsätzen weit schlimmere Wunden gesehen haben.

»Scarlett? Hallo? Erde an Detective Bishop!« Deacon wedelte mit der Hand vor ihrem Gesicht und blickte sie stirnrunzelnd an. »Alles okay?«

Vor Verlegenheit stieg ihr das Blut in die Wangen, und sie straffte den Rücken. »Ja, tut mir leid. Ich war für eine Sekunde woanders.«

»Eher für zehn«, sagte Deacon. »Hast du mitbekommen, was ich gesagt habe?«

Scarlett widerstand dem Drang, zu Boden zu blicken. »Leider nicht. Kannst du es bitte wiederholen?«

»Ich hatte Carrie gerade gefragt, ob das Opfer sexuell missbraucht worden ist«, sagte er.

*Eine Frage, die ich selbst längst hätte stellen müssen,* dachte Scarlett. Stattdessen hatte sie sich einen kleinen Tagtraum gegönnt. Und über Marcus O'Bannions Gefühlsleben nachgedacht. *Herrgott, konzentrier dich auf deinen Job, Bishop.* »Und? Ist sie?«, fragte sie.

»Zumindest lässt es sich nicht belegen. Keine Wunden oder Risse, keine fremden Körperflüssigkeiten. Aber sie ist sexuell aktiv gewesen. Sie hatte Gonorrhö und Genitalwarzen, vaginal und anal. Die sind allerdings nicht sichtbar, sie hat also vielleicht gar nichts davon gewusst. Ich habe eine Probe ans Labor geschickt, um den Erregerstamm zu bestimmen.«

»Jedenfalls nicht weiter verwunderlich«, sagte Scarlett. »Es erstaunt mich eher, dass Sie gar nichts gefunden haben, was auf wiederholte Vergewaltigung hinweist.«

»Mich auch«, erwiderte Carrie. »Vor allem, nachdem ich die Hämatome gesehen habe. Jedenfalls melde ich das dem Gesundheitsamt. Das muss übrigens auch informiert werden, wenn Sie die Täter gefasst haben. Jeder, der sexuell mit ihr verkehrt hat, kann infiziert sein.«

»Eigentlich wäre es doch großartig, wenn sich jeder Vergewaltiger irgendetwas Bösartiges einfangen würde«, sagte Deacon grimmig. »Wenn er es bloß nicht anschließend nach Hause zu Frau oder Freundin schleppen würde, deren einzige Schandtat darin bestand, diesem verlogenen Arschloch zu vertrauen.«

Erstaunt über die unvermittelte Wut in seiner Stimme, wandte Scarlett sich ihm zu. Er hatte die Kiefer fest aufeinandergepresst, seine Augen blickten hart, und Zornesröte zeichnete sich auf seinen Wangen ab. Deacon besaß ein Beschützer-Gen, und in den zehn Monaten ihrer Partnerschaft hatte sie oft erlebt, dass er wegen eines Opfers wütend geworden war, doch das hier klang irgendwie intensiver, deutlicher. Es klang persönlich.

Und plötzlich begriff Scarlett. Sie wusste, dass seine Schwester Dani HIV-positiv war, hatte aber nie danach gefragt, wie sie sich das Virus zugezogen hatte, weil es sie nichts anging, wie sie fand. Nun jedoch dämmerte ihr, dass Dani wahrscheinlich eine dieser Frauen gewesen war, die einem solchen »verlogenen Arschloch« vertraut hatten.

Behutsam legte sie ihm eine Hand auf die Schulter. »Bleib ruhig«, murmelte sie.

Deacons Brust hob sich, als er tief einatmete, die Augen schloss und sich sichtlich zusammenriss. »Tut mir leid.«

»Das braucht es nicht«, sagte Carrie. »Ich hätte es selbst nicht treffender ausdrücken können.«

Scarlett drückte seinen Arm. »Sie melden sich, wenn Sie etwas Neues wissen?«, fragte sie Carrie.

»Selbstverständlich. Aber ich war noch nicht fertig.«

Scarlett sank der Mut. »Es gibt noch mehr?«

Carrie nickte. »Ihr Opfer war mindestens einmal schwanger. Gemessen an der Beckenweitung, würde ich sagen, dass es zwischen ein und drei Jahren her ist und das Baby ausgetragen wurde.«

Scarlett fühlte sich, als hätte man ihr eine Extralast auf die Schultern gepackt. »Also existiert irgendwo ein Kind«, murmelte sie. »Sofern es überlebt hat.«

»Davon ist auszugehen«, sagte Carrie grimmig, »denn das Opfer hat bis zu seinem Tod noch gestillt.«

Deacon presste die Lippen zusammen. »Also existiert irgendwo ein Kind, das langsam mächtig Hunger bekommt.«

Cincinnati, Ohio
Dienstag, 4. August, 8.45 Uhr

Marcus starrte lange auf das Telefon auf seinem Tisch, ehe er sich endlich aufraffte und die Nummer seiner Mutter wählte. Ihre Assistentin nahm beim ersten Klingeln ab, und Marcus sackte vor Erleichterung beinahe in sich zusammen. Was für ein Feigling er doch war!

»Yarborough-Residenz, guten Tag. Was kann ich für Sie tun?«

Della Yarborough hatte wieder ihren Mädchennamen angenommen, nachdem sie und Jeremy O'Bannion sich vor zwanzig Jahren hatten scheiden lassen. Hier in Cincinnati bedeutete der Name Yarborough etwas, und seine Mutter wusste die Macht, die er mit sich brachte, zu nutzen. Marcus und Stone dagegen hatten den Namen des Stiefvaters behalten.

»Hi, Fiona, hier ist Marcus. Ist sie wach?« Die Frage war müßig, denn er kannte die Antwort: Dass Fiona so schnell den Hörer abgenommen hatte, war ein untrügliches Zeichen dafür, dass seine Mutter schlief. Und dass sie jetzt noch schlief, bedeutete, dass sie Tabletten genommen hatte. Im Laufe der letzten Wochen war sie immer früher schlafen gegangen und wachte immer später wieder auf.

»Nein, Sir«, sagte Fiona leise.

»Haben Sie heute schon nach ihr gesehen?«

»Ja, Sir. Dreimal schon. Sie schläft tief und fest. Kann ich Ihnen vielleicht weiterhelfen?«

»Ähm, na ja, eigentlich schon. Sagen Sie ihr bitte, wenn sie aufwacht, dass sie sofort Stone oder mich anrufen soll, ja?« »Ist etwas passiert?«

»Keine Sorge, uns beiden geht's gut. Aber wir haben online eine Story veröffentlicht, über die ich kurz mit ihr reden muss, bevor sie sie liest.«

»Ich verstehe«, sagte Fiona zögernd. »Sollte ich ihren Arzt herbitten?«

»Nein, nein, ich will bloß, dass sie meine Stimme hört und weiß, dass es mir gutgeht. Danke, Fiona.«

Marcus legte auf. Er hatte Mitleid mit seiner Mutter, aber vor allem hatte er Angst um sie. Vor Jahren war sie schon einmal in einem solchen Zustand gewesen, und damals hätte er sie fast verloren. Das wollte er nicht noch einmal erleben, aber er schien wenig dagegen tun zu können.

Er blickte auf sein Handy. Es hatte während des Meetings am Morgen mindestens fünf Mal vibriert. Er seufzte, als er die Namen und Nummern sah. Zwei der vier Anrufe und zwei Nachrichten stammten von Scarlett Bishop. Die anderen waren von seinem Stiefvater. Was Detective Bishop wollte, wusste Marcus – vermutlich das, wonach sie auch schon gefragt hatte, ehe er in das Meeting gegangen war: die Liste der Drohungen. Dennoch hörte er sich die neuen Nachrichten auf der Mailbox an, nur um ihre Stimme zu hören. Herrgott, wenn das nicht jämmerlich war!

In der ersten Nachricht auf dem Anrufbeantworter fragte sie ihn erneut, ob er die Liste bereits geschickt hatte. Die zweite dagegen klang besorgt. »Marcus, hier ist Scarlett Bishop. Sie melden sich einfach nicht, und ich ... na ja, ich wollte nur mal hören, ob alles in Ordnung ist. Wenn Ihr Rücken Ihnen Probleme bereitet, sollten Sie vielleicht doch besser zum Arzt gehen. Ich hoffe, Sie ruhen sich einfach nur ein bisschen aus. Rufen Sie mich bitte an, wenn Sie aufwachen? Ich habe noch ein paar Fragen an Sie.«

Marcus spielte die zweite Nachricht zwei weitere Male ab. Als er sie sich gerade zum dritten Mal anhören wollte, klingelte sein Handy. Es war sein Stiefvater Jeremy.

Schuldbewusst nahm Marcus den Anruf an. Dass Jeremy O'Bannion seine Mutter geheiratet hatte, war ein Segen, für den er bis in alle Ewigkeit dankbar sein würde. Der Mann war in ihr Leben getreten, als Stone und er dringend einen Vater nötig gehabt hatten. Und obwohl Jeremy damals erst einundzwanzig gewesen war – nur elf Jahre älter als Marcus –, hatte er ihnen seinen Namen gegeben und ihnen geholfen, die schrecklichen Alpträume in Schach zu halten.

Jeremy liebte sie, und Marcus liebte ihn ebenfalls, auch wenn er und seine Mutter nicht mehr zusammen waren. »Hi, Jeremy. Was ist los?«

Ein langer Seufzer ertönte. »Gott, Marcus, ich wollte einfach nur deine Stimme hören. Ich mache mir Sorgen, seit Detective Bishop mich angerufen hat.«

Marcus blinzelte irritiert. »Scarlett Bishop hat dich angerufen? Warum denn das?«

»Sie hat dich gesucht. Sie dachte, du wärest vielleicht aus irgendeinem Grund bei mir, weil sie dich weder auf dem Handy noch auf deinem Festnetz erreichen konnte. Sie klang besorgt, also habe ich sie ausgequetscht.«

Eine wunderbare Wärme durchströmte Marcus. »Mir geht's gut, ich hatte nur viel zu tun und war bis eben in einer Konferenz. Ich ruf sie zurück.« Wenn ich diese verdammte Liste zusammengestellt habe. »Wo bist du?«, fragte er, als er ein vertrautes Bellen im Hintergrund hörte.

»Zu Hause. Ich bin bei dir vorbeigefahren, um nachzusehen, ob du daheim bist, aber da war nur BB, und da ... da habe ich sie einfach mitgenommen. Nur für eine Weile natürlich, ich hoffe, du bist mir nicht böse. Ich weiß, es klingt blöd, aber manchmal ...«

»Ist sie wie eine allerletzte Verbindung zu Mikhail«, murmelte Marcus und konnte Jeremys Trauer nachempfinden. Sein Stiefvater hatte einen doppelten Verlust erlitten. Er hatte erst kurz vor Mickeys Tod herausgefunden, dass er sein leiblicher Sohn war, denn er war erst nach der Scheidung gezeugt worden, als Della und Jeremy ein letztes Mal zusammengefunden hatten. Marcus konnte gut verstehen, warum seine Mutter die wahre Vaterschaft verheimlicht hatte: Jeremys neuer Partner war ein eifersüchtiger Mann, und sie hatte keine Krise provozieren wollen. Doch für diese Rücksichtnahme hatten sowohl Jeremy als auch Mikhail einen hohen Preis bezahlt. Mikhail hatte auf den besten Vater der Welt verzichten müssen, und der arme Jeremy hatte erst von seiner Vaterschaft erfahren, als es bereits zu spät gewesen war.

»Genau«, antwortete Jeremy. »Ich wusste, dass du es verstehen würdest. Dein Herz ist zu groß, Marcus. Eines Tages wird dir das zum Verhängnis.«

»Mir geht's gut«, versicherte Marcus ihm. »Ich hab nichts abgekriegt.« Im Notfall konnte er sehr überzeugend lügen. »Ist mit dir alles in Ordnung, Dad?«

»Ja, alles okay«, antwortete er mit kratziger Stimme. »Ich habe versucht, deine Mutter anzurufen, damit sie es nicht aus den Nachrichten erfährt.«

»Ja, ich auch. Aber sie hat noch geschlafen.«

»Ich mache mir Sorgen, Marcus. Sie nimmt so viele Tabletten, und zusammen mit dem Alkohol ...«

Was Marcus an Jeremy am meisten schätzte, war dessen Fähigkeit, aufrichtig und bedingungslos zu lieben. Marcus sah ein, dass Jeremy nicht mit seiner Mutter hatte zusammenbleiben können, aber die Scheidung hatte nichts daran geändert, dass ihm Della und die Kinder wichtig waren.

Stone und Marcus hatten mit Wut und Hass reagiert, als Jeremy verkündete, sich trennen zu wollen, aber Marcus' Mutter hatte Partei für ihn ergriffen. Jeremy war immer ehrlich zu ihr gewesen und hatte von Anfang an kein Geheimnis daraus gemacht, dass er bisexuell war und sich zu Männern hingezogen fühlte. Sie und Jeremy führten jahrelang eine glückliche Ehe, aus der Audrey hervorging, doch dann lernte Jeremy Sammy kennen.

Er bat um die Scheidung, und Della willigte ein. Sie freute sich so aufrichtig für Jeremy und Sammy, dass auch Marcus und Stone ihm nicht länger böse sein konnten. Alle hatten Sammy lieben gelernt, und als er bei einem Autounfall ums Leben kam, hatten sie mit Jeremy getrauert.

Jeremys neuer Partner Keith ... nun ja, er war speziell. Kein schlechter Kerl, aber auch kein umgänglicher Mensch. Marcus nahm an, dass er sich durch die Familienbande, die Jeremy nicht zu kappen bereit war, bedroht fühlte. Und vielleicht sogar besonders durch seine Verbindung zu Della. Denn sobald sie ihn brauchte, ließ Jeremy alles stehen und liegen und kam ihr zu Hilfe.

»Ja, ich mache mir auch Sorgen«, sagte Marcus. »Sie muss dringend in Therapie, aber sie weigert sich. Faith hätte es fast geschafft, sie zu überreden, aber in letzter Sekunde hat Mom gekniffen.«

Jeremys Lachen klang wässrig. »Diese Faith. Sie hat auch ein großes Herz. Versprich mir, dass du vorsichtig bist, Junge. Bitte.«

»Ich versprech's. Wie geht's Keith?«

»Er ist mies gelaunt, kann aber langsam wieder gehen.« Jeremys Ehemann hatte zwei neue Kniegelenke bekommen, nachdem sie ihm von demselben Psychopathen zerschossen worden waren, der Marcus ins Krankenhaus befördert und Mikhail ermordet hatte.

Der Mörder hatte zwei Geiseln in einer Waldhütte verstecken wollen, und der Junge war einfach zum falschen Zeitpunkt ebenfalls dort gewesen.

Mikhail war in den Kopf geschossen worden. Marcus schluckte. *Wie Tala.*

Er räusperte sich und verdrängte den Gedanken. »Gut. Ich bin froh, dass es ihm bessergeht. Sag ihm, dass er uns an der dritten Base fehlt.« Keith war einer der besten Spieler im Softball-Team des *Ledger* gewesen. »Ohne ihn verlieren wir ständig. Die Jungs von der Country Radio Station sind schon an uns vorbeigezogen.«

»Ich sag's ihm. Ich habe heute Nachmittag ein Seminar, und vorher bringe ich dir BB zurück. Bist du dann zu Hause?«

»Ich hoffe es«, brummte Marcus. »Wenn nicht, dann komme ich kurz darauf. Ich gehe auf jeden Fall noch mit ihr raus. Danke, Jeremy. Und wenn Detective Bishop noch einmal anruft, kannst du ihr sagen, dass es mir gutgeht.«

»Ist das alles?«, fragte Jeremy. »Ich bin nicht blöd, Marcus. Mir schien ihr Interesse an dir nicht nur professioneller Natur zu sein.«

Die wunderbare Wärme in seinem Inneren blühte wieder auf. »Das ist alles, Dad. Und sag Audrey nichts. In solchen Angelegenheiten ist sie eine echte Nervensäge.«

»Nein, keine Angst.« In Jeremys Stimme lag ein kleines Lächeln. »Aber danke, dass du es mir bestätigt hast. Weißt du, ich mag Detective Bishop. Sie ist eine attraktive Frau.«

»Jeremy, lass ihn in Ruhe«, hörte man Keith im Hintergrund. »Hör auf mit deinen Verkuppelungsversuchen.«

»Ich muss jetzt Schluss machen«, sagte Marcus. »Bis später.«

Bevor er auflegte, hörte er noch Jeremys Glucksen, und unwillkürlich musste auch er lächeln. Bis er wieder auf seinen Monitor blickte, auf dem sich eine chaotische Auflistung aus eingefügten Namen und leeren Zeilen befand. Seit Stunden versuchte er, aus den beiden Listen die richtige zusammenzustellen.

Wenn er fertig war, konnte er die Auflistung ausdrucken und persönlich bei der Polizei vorbeibringen. Sofern er jemals fertig *wurde*.

*Also setz dich endlich ran, O'Bannion.*

# 9

Cincinnati, Ohio
Dienstag, 4. August, 8.50 Uhr

Ungeduldig trommelte Ken Sweeney mit den Fingern auf die Tischplatte in seinem Konferenzraum. Sie warteten nur noch auf Demetrius. Ken hatte die Krisensitzung einberufen, sobald Demetrius ihm zurückgemeldet hatte, dass Jason Jackson nicht zu Hause war.

»Wo, bitte schön, bleibt er denn?«, fragte Joel Whipple, der Buchhalter, und rieb sich die Augen. Er hatte die ganze Nacht an ihren realen Büchern gearbeitet; was er Decker zu tun gegeben hatte, war nur die Spitze des unternehmerischen Eisbergs gewesen. »Wenn er nicht bald auftaucht, schlafe ich hier noch am Tisch ein.«

»Früher hast du eine ganze Woche durchgemacht«, bemerkte Ken mitleidlos.

»Und du konntest früher eine Meile in sechs Minuten laufen«, konterte Joel verärgert. »Aber keiner von uns ist mehr im Collegealter, also halt dich bedeckt.«

Ken bedachte Joel mit einem warnenden Blick. Joel wurde eine Spur blasser, schluckte und rutschte auf seinem Stuhl herab. Zufrieden entspannte Ken sich wieder.

Tatsächlich waren Ken, Joel und Demetrius auf dem College sehr ungleiche Freunde gewesen. Joel, der Nerd, Ken, die Sportskanone aus reichem Elternhaus, und Demetrius, ein echter Junge aus dem Leben, der sich mit einem Football-Stipendium finanzierte und mehr Ahnung von den Aktivitäten auf der Straße als von Lehrbüchern hatte. Ken und Demetrius hatten sich in der Mannschaft kennengelernt, und Joel kam dazu, weil er zu Demetrius' Tutor bestimmt worden war. Demetrius war jedoch absolut kein Dummkopf;

von ihnen dreien war er vielleicht sogar der Schlauste. Dennoch war Ken von Anfang an der Anführer gewesen, und daran hatte sich nichts geändert. Joel musste nur hin und wieder daran erinnert werden.

»Er ist auf dem Weg«, sagte Ken ruhig. »Er hat mir aus der Lobby eine SMS geschickt. Aber wenn du unbedingt schlafen willst, kannst du natürlich schon gehen.«

»Nein«, gab Joel zurück. Seine Stimme schien einen Hauch zu beben. »Schon okay.«

»Schön. Es ist ja nicht so, als hätten wir etwas Wichtiges zu besprechen, nicht wahr?«

Sein Sohn Sean und Dave Burton, Reubens Stellvertreter in der Security, blickten sich nervös an. Beide waren über zehn Jahre jünger als die anderen, sie kannten ihren Platz in der Rangordnung und waren klug genug, den Mund zu halten.

Die Tür ging auf. Demetrius trat ein und schloss sie leise wieder. Der Mann war gebaut wie ein Panzer, bewegte sich aber noch immer mit der geschmeidigen Leichtigkeit, die ihn auf dem Footballfeld so effektiv gemacht hatte. Er ließ sich am Tisch nieder und zog eine Braue hoch. »Hast du schon was von Reuben gehört?«

»Nein.« Ken wusste nicht, ob er besorgt oder wütend sein sollte. »Du?«

Demetrius schüttelte den Kopf. »Auch nicht. Hast du vor, Decker unser ganzes Meeting über draußen im Flur stehen zu lassen?«

»Nein«, antwortete Ken. »Nur bis wir wissen, was zu tun ist. Ich bin noch nicht bereit, ihn in alles einzuweihen. Sean, erzähl ihnen, was du mir gesagt hast.«

Sean räusperte sich. Dass ihm die angespannte Atmosphäre nicht behagte, war deutlich. »Der Tracker löste heute Morgen um fünf Uhr fünfundvierzig einen Sabotagealarm aus, während er sich in der Nähe des Leichenschauhauses befand. Anschließend bewegte er sich weiter und sendete, bis die Batterie an der Ecke Fourteenth und Race Street versagte. Ich schätze, er war auf dem Weg zur Spurensicherung.«

»Mist«, murmelte Demetrius. »Wer ist umgekommen?«

»Charles Anders hatte das Gerät in Gebrauch«, sagte Ken. »Für einen von fünf Arbeitern, die wir am vierten März vor drei Jahren bezogen haben.«

Demetrius schaltete sein iPad an, gab mehrere Passwörter ein und öffnete den Ordner, in dem er Verträge und Verkaufsdaten sammelte. Ken war zunächst dagegen gewesen, dass Demetrius das Tablet nutzte, aber da es nicht mit dem Internet verbunden war, also auch nicht gehackt werden konnte, hatte er schließlich eingewilligt. Natürlich konnte man das Gerät einfach stehlen, aber das konnte auch mit Kens Notizbüchern geschehen, wie Demetrius ganz richtig bemerkt hatte, und sein Tablet würde sehr viel härter zu knacken sein als Kens altmodische Bücher.

Jedes Mitglied aus dem Team führte eigene Aufzeichnungen, und nichts davon ließ sich über das Internet abfragen. Falls einer von ihnen gefasst wurde, bekamen Unbefugte höchstens einen kleinen Teil der Informationen zu Gesicht. Joels Daten waren die sensibelsten, da er die aktuelle Buchführung erledigte, aber Ken wusste dank seines Handys zu jeder Tages- und Nachtzeit, wo sich Joel aufhielt. Die Telefone *all* seiner engsten Mitarbeiter waren mit einer speziellen Software verwanzt. Natürlich wussten sie nichts von der Überwachung. Vermutlich hätte es ihnen auch nicht gefallen.

Kens Smartphone war das einzige Gerät, das nicht verwanzt war. Dafür hatte er gesorgt.

Reubens Handy hatte wenige Minuten nach ihrem Telefonat am Morgen zu senden aufgehört, aber das war Ken erst aufgefallen, als er nach dem Gespräch mit Demetrius die Tracking-Software überprüft hatte. Zuletzt war das Telefon etwa auf der Mitte von Reubens täglichem Weg zur Arbeit aktiv gewesen. Dann hatte entweder der Akku einen Totalausfall gehabt, oder das Telefon war zerstört worden.

»Zu diesem Zeitpunkt haben wir acht Lieferungen aus Südostasien bekommen«, sagte Demetrius mit Blick auf die Tabellen. »Das Gros unserer Ankäufe ging an die Westküste, aber eine Sendung war für hier. Ah, ja. Eine Familie, fünf Personen, von den Philippinen: Vater, Mutter, zwei Töchter, vierzehn und dreizehn, ein Sohn, neun Jahre. Die beruflichen Vorkenntnisse des Vaters umfassten eine Lehrtätigkeit für Biologie auf Universitätsniveau und körperliche Farmarbeit. Die Mutter war Krankenschwester.«

»Konntest du die Position der anderen vier Tracker bestimmen, Sean?«, fragte Ken.

»Ja. Zwei – die beiden Männer – befinden sich im Nordwesten von Dayton. Es scheint sich um eine Fabrik zu handeln. Auf Google Earth sieht man ein großes Industriegebäude und einen Parkplatz.« Sean drehte seinen Laptop, so dass Ken und die anderen es sehen konnten. »Behaltet bitte im Hinterkopf, dass dieses Bild laut Google drei Jahre alt ist, es könnte also heute anders dort aussehen, aber die Position stimmt.« Er drehte den Laptop wieder zu sich. »Die anderen beiden Tracker befinden sich in Anders' Hauptwohnsitz in Hyde Park.«

Ken zog die Brauen hoch. »Hauptwohnsitz?«

»Ja, Sir«, sagte Sean. »Ich habe ihn überprüft, sobald ich den Namen wusste. Er hat noch eine Wohnung in Vail und ein kleines Anwesen in Südfrankreich, beides Firmeneigentum.«

Dave Burton, der in Reubens Abwesenheit für die Sicherheit zuständig war, stützte die Ellbogen auf den Tisch und beugte sich vor. »Anders ist zurzeit im Haus. Meine Männer haben ihn vor dem Fenster auf und ab gehen sehen.«

»Er hat allen Grund, auf und ab zu gehen«, sagte Ken spitz. »Er weiß sehr gut, dass er mich schon vor Stunden hätte kontaktieren müssen. Sie müssen mir garantieren, dass Ihre Männer ihn nicht entwischen lassen.«

»Keine Sorge. Sie haben genaue Anweisungen erhalten. Falls Anders, jemand aus seiner Familie oder ein anderer das Haus verlassen sollte, wird er sofort aufgelesen und in ein sicheres Haus gebracht.«

Womit ein Haus gemeint war, das vor fremder Beobachtung sicher war. Anders, dachte Ken, würde dort alles andere als in Sicherheit sein. »Schön. Also hat eine der Frauen den verlorenen Tracker getragen. Vermutlich befindet sie sich noch im Leichenschauhaus.«

Burton zog die Brauen zusammen. »Wissen Sie denn nicht, welcher Tracker welchem Träger zugeteilt wird?«

Plötzlich war die Atmosphäre im Raum angespannt. »Nein«, sagte Ken mit einem gezwungenen Lächeln. »Das tun wir nicht. Ich lasse Ihnen die Frage noch einmal durchgehen, da Sie zum ersten Mal in dieser Runde mit uns direkt zu tun haben.«

Burton sah sich am Tisch um, begegnete harten Blicken und stummer Kälte und schluckte. »Entschuldigen Sie. Ich wollte nicht respektlos sein. Ich hatte mich nur gefragt, wo her ich wissen soll, welche Personen ich aufspüren soll.«

»Wir speichern nur die allernötigsten Daten«, erklärte Demetrius. »Je weniger Informationen, umso geringer die Spuren, denen Konkurrenten oder Behörden folgen können.«

»Ich weiß, welche Frau es war«, sagte Sean. »Zumindest glaube ich, es zu wissen. Decker hat die Aufnahmen abgehört. Zunächst war es größtenteils belangloses Geplauder der Mitarbeiter im Leichenschauhaus. Es hat eine Weile gedauert, bis sich jemand an die Arbeit gemacht hat.« Er tippte auf die Tastatur, und eine Männerstimme ertönte. »*Nicht identifizierte weibliche Person asiatischer Herkunft, späte Pubertät. Zwei Schusswunden durch großkalibrige Waffe. Eine im Abdomen, keine Austrittswunde, eine andere in der linken Schläfe, Austrittswunde. Opfer wurde durch Notarzt zum Krankenhaus gefahren, wo es für tot erklärt wurde.*«

Sean drückte auf Pause. »Jetzt wird der Oberkörper geröntgt, der Befund kommentiert, und dann das.« Er drückte wieder auf Play. »*Keine Knochenbrüche im Oberschenkel, Knie und ... Moment mal. Was ist das denn?*« Eine kurze Pause, dann ein Seufzen. »*Ach je.*«

»Anschließend führt er zwei Telefongespräche«, erklärte Sean. »Das hören wir jetzt.«

Wieder klickte er auf Play. »*Vince, hier ist was, das musst du dir ansehen ... Ja, jetzt. Das Opfer mit den Schusswunden aus der Seitenstraße ... Danke, Mann.*« Eine kurze Pause, dann der nächste Anruf.

»*Carrie, du musst etwas früher kommen. Wir haben ein Mordopfer reinbekommen, und ich habe es gerade untersucht, eine junge Frau. Sie trägt eine elektronische Fußfessel ... Nichts, was sie identifizieren könnte, aber bis du hier bist, habe ich die Fingerabdrücke überprüft ... Sicher, den habe ich schon angerufen. Er ist auf dem Weg.*«

Sean stoppte die Aufnahme erneut. »Mit Vince wird der Leiter der Spurensicherung, Vince Tanaka, gemeint sein. Carrie ist Carrie Washington, Chefin der Gerichtsmedizin. Der Typ auf dem Band ist ihr Mitarbeiter. Ich habe mir die Aufzeichnungen der Polizeizentrale angesehen. Gegen drei Uhr morgens wurden verschiedene Einheiten zu einem Tatort drei Blocks nördlich vom Obdachlosenheim The Meadow gerufen.«

Demetrius' Miene verfinsterte sich. »Das ist ein Nutten- und Dealerviertel.«

*Er muss es ja wissen,* dachte Ken. Denn dort war Demetrius aufgewachsen. Er wandte sich wieder an Sean. »Was konntest du sonst noch in Erfahrung bringen?«

»In dem Erstbericht heißt es, dass ein Mann bei dem Opfer war, als es niedergeschossen wurde. Auch der Mann wurde getroffen, offenbar jedoch nicht so schlimm verletzt, dass man ihn ins Krankenhaus hätte bringen müssen.«

Ken runzelte die Stirn. Das war gar nicht gut. »Wer war der Mann?«

»Er ist noch am Tatort befragt worden und konnte danach gehen«, sagte Sean. »Sein Name wird nicht genannt, aber ich kenne jemanden beim CPD, der mir noch einen Gefallen schuldet. Den kann ich fragen.«

»Dann mach das«, fuhr Ken ihn an, ehe er sich an Demetrius wandte. »Wir müssen Reuben und Jackson finden. Sie können sich ja nicht einfach in Luft aufgelöst haben. Vielleicht hat jemand sie entführt. Dass Reuben von der Bildfläche verschwindet, nachdem der Tracker abgetrennt worden ist ... das kann kein Zufall sein.«

»Nachdem ich bei Jackson gewesen bin, habe ich noch einen Abstecher zu Reuben gemacht«, sagte Demetrius. »Anschließend bin ich die Strecke abgefahren, die er zum Büro hätte nehmen müssen, aber ich habe nichts entdeckt. Weder sein Auto noch irgendein Anzeichen für einen Unfall, nichts.«

Burton rutschte unbehaglich auf seinem Platz herum. »Ich, ähm, weiß, wo sein Auto ist.«

Alle Köpfe fuhren zu ihm herum. »Und wo?«, fragte Ken barsch.

Ein langes Zögern. »Auf dem Parkplatz eines Hotels am Flughafen«, antwortete Burton schließlich.

Ein noch längeres Schweigen. »Bitte, *was?*«, fragte Demetrius. »Er ist zum Flughafen gefahren?« Seine Augen blitzten zornig. »Und das fällt Ihnen erst jetzt ein?«

Ken hielt eine Hand hoch, um Demetrius zu beruhigen. »Woher wissen Sie das, Burton? Und seit wann wissen Sie das? Warum haben Sie uns das nicht gleich gesagt?«

Burton stieß frustriert den Atem aus. »Ich hab's nicht sofort gesagt, weil ich noch immer nicht weiß, wo Reuben ist. Ich habe den Wagen ungefähr eine halbe Stunde vor diesem Meeting entdeckt, aber er hat weder einen Flug gebucht noch im Hotel eingecheckt. Jedenfalls nicht unter seinem Namen.«

»Das Wie haben Sie ausgelassen«, sagte Ken kalt. »Erklären Sie uns, wie Sie den Wagen gefunden haben.«

Burton stieß erneut den Atem aus, diesmal mit geblähten Backen. »Reuben hat jedes Fahrzeug mit einem Sender versehen, um die Bewegungen eines jeden, der in diesem Unternehmen arbeitet, verfolgen zu können.«

Demetrius' dunkle Haut wurde noch dunkler. »Eines je den? Was soll das heißen – von *allen?* Also auch von mir? Und Ken und Joel?«

Burton blickte sich nervös am Tisch um. »Ja, Sir.«

Kens Zorn brodelte inzwischen gefährlich dicht unter der Oberfläche. Er hatte größte Mühe, sich zu beherrschen. *Ich bin derjenige, der die Führungsebene überwacht. Ich und kein anderer.* Reuben mochte die Angestellten beschatten lassen, soviel er wollte – aber die Geschäftsleitung? Das war nie Bestandteil der

Stellenbeschreibung gewesen. »Das hat er tatsächlich gewagt? In unsere Privatsphäre einzudringen? Wer hat die Sender angebracht? Waren Sie das?«

»Nein, Sir. Bei Ihnen nicht. Die Fahrzeuge der Führungsetage unterliegen allein Reubens Verantwortlichkeit. Ich kümmere mich nur um die anderen. Aber Sie dürfen das bitte nicht falsch verstehen. Auch sein eigener Wagen ist mit einem Sender versehen. Es geht darum, jemanden – wie jetzt! – im Falle eines unerklärlichen Verschwindens aufspüren zu können. Reuben ist Sicherheitschef, Sir. Er nimmt seine Verantwortung sehr ernst. Und er hat Ihnen nicht nachspioniert. Er würde die Trackingsoftware nur dann verwenden, wenn einer von Ihnen vermisst wird. Ich zum Beispiel hatte keine Zugriffserlaubnis, keine Passwörter – ich musste erst suchen. Deswegen habe ich auch so lange gebraucht, um seinen Wagen ausfindig zu machen.«

Ken kämpfte seinen Zorn nieder. Burtons Beteuerungen stimmten ihn nur wenig milder. Natürlich war es sinnvoll, im Notfall jeden Einzelnen aufspüren zu können. *Aber das sollte nur ich dürfen!* Er hatte Reuben ausdrücklich untersagt, die Autos der Führungsetage zu verwanzen. Sein Sicherheitschef hatte sich über seine Befehle hinweggesetzt. Sollte Reuben wieder auftauchen, würde Ken ihn vor die Tür setzen. Nachdem er ihm eine Tracht Prügel verabreicht hatte, von der er sich nie wieder erholen würde. »Und wie haben Sie die Passwörter entdeckt?«, fragte er Burton.

»Reuben bewahrt in einem Safe ein Notizbuch mit Passwörtern und anderen vertraulichen Daten auf. Ich wusste, dass die Kombination für den Safe auf einem Zettel steht, der auf der Unterseite seiner Nachttischschublade klebt. Das hat er mir für den Fall, dass er je vermisst werden würde, erzählt. Kombination und Passwörter sind selbstverständlich verschlüsselt.«

»Selbstverständlich«, sagte Demetrius beißend. »Da Sie offensichtlich in der Lage waren, sie zu entschlüsseln, konnten Sie also auch nachverfolgen, wo wir uns aufhalten.«

Man musste Burton zugutehalten, dass er keine Miene verzog. »Heute war das erste Mal, dass ich auf diese Software zugegriffen habe.«

Demetrius schüttelte den Kopf. »Das behaupten Sie. Aber selbst, wenn das der Wahrheit entspräche – was sollte Sie daran hindern, die Passwörter an den Meistbietenden zu verscherbeln?«

Was, wie Ken sich widerstrebend eingestehen musste, Reuben durchaus getan haben konnte. Er befand sich immerhin am Flughafen. Zumindest sein Auto. *Falls* sie Burton Glauben schenkten. Allerdings hatte der Mann ihnen bisher keinen Anlass dafür gegeben, das nicht zu tun.

Ken holte sein Handy heraus, achtete darauf, dass niemand aufs Display sehen konnte, und schickte Alice eine SMS. *Fahr zum Hotel am Flughafen und such nach Reubens Wagen. Sofort. Sag keinem was.* Zwar würde sie mindestens eine Dreiviertelstunde brauchen, bis sie dort ankam, aber dann hatten sie wenigstens Gewissheit. Und was, wenn Burton die Wahrheit gesagt hatte und Reubens Auto am Flughafen stand? Nun, dann mussten sie herausfinden, warum.

Er steckte das Handy weg und konzentrierte sich wieder auf den schwelenden Konflikt zwischen Demetrius und Burton, der gerade vehement den Kopf schüttelte.

»Nein, Sir, ich hatte keinen Zugriff darauf«, wiederholte er mit Nachdruck. »Und selbst wenn ich die Passwörter auswendig gelernt hätte, würde es keine Rolle spielen. Sie werden automatisch in unregelmäßigen Abständen geändert, unter anderem, sobald jemand sich von außen einloggt. Falls ich also die Passwörter verkauft hätte, wären sie nur eine kurze Zeit gültig gewesen – bis zum nächsten Reset nämlich. Und sobald der geschieht, bekommt Reuben eine E-Mail.«

»Er weiß also, dass wir nach ihm suchen«, murmelte Demetrius.

»Falls er noch lebt«, fügte Joel hinzu. »Er wäre doch nicht einfach abgehauen. Nicht Reuben. Für ihn steht hier genauso viel auf dem Spiel wie für uns alle.«

Dem hätte Ken normalerweise zugestimmt, aber dass Reuben sich seinem ausdrücklichen Befehl widersetzt hatte – selbst wenn es angeblich zu ihrer aller Sicherheit geschehen war –, ließ sich nicht einfach übergehen.

Burton räusperte sich. »Immer vorausgesetzt, dass er noch lebt und in der Lage ist, seine E-Mails abzurufen – ja, er weiß, dass wir nach ihm suchen. Darum ging es ja von vornherein: aufzuspüren, wer von Ihnen aus irgendeinem Grund verschwunden ist, und ihn wieder zurückzuholen. So oder so.«

Ken atmete geräuschvoll aus. »Na schön«, sagte er zu Burton. »Sean und Sie kümmern sich darum. Finden Sie heraus, wo zum Teufel Reuben steckt. Wenn er sein Auto am Flughafenhotel abgestellt hat, ohne einzuchecken, muss er irgendwo hingegangen sein. Ich weiß, Sie haben alles auf seinen richtigen Namen hin überprüft. Checken Sie nun Flüge, Mietwagen und Hotel auf jeden anderen Namen, den er je verwendet hat. Außerdem die umliegenden Gebrauchtwagenhändler, Krankenhäuser und Leichenhallen. Sie wissen ja, wie so was funktioniert.«

»Ja. Das verlernt man nicht«, antwortete Burton grimmig. Der ehemalige Cop hatte vor langer Zeit bei der Polizei von Knoxville unter Reubens Befehl gearbeitet. »Ich hole Reubens Wagen vom Flughafen ab, damit wir ihn durchsuchen können.«

Ken schüttelte den Kopf. »Dazu gibt es Abschleppunternehmen. Sie können sich den Wagen ansehen, wenn er hier ist.«

Burton verengte die Augen. »Sie trauen mir nicht?«

»Nein, aber nehmen Sie es nicht persönlich. Ich vertraue niemandem.« Er warf Demetrius einen Blick zu. »Gibt es noch was?«

Demetrius schüttelte den Kopf. »Nein. Außer dass ich diesen verdammten Peilsender an meinem Auto loswerden will. Und zwar sofort.«

»Das sehe ich genauso«, sagte Joel.

»Ich auch«, stimmte Ken zu. »Sean, kannst du dich darum kümmern?« Sean nickte. »Gut«, fuhr Ken fort. »Burton, weisen Sie Ihre Leute an, Anders herzuholen.«

Burton schnitt ein Gesicht. »Die sind in solchen Dingen nicht besonders erfahren. Ich kann nicht garantieren, dass es ihnen gelingt, ohne dass die Nachbarn Verdacht schöpfen.«

Demetrius verdrehte die Augen. »Herrgott noch mal. Wie führt Reuben seine Abteilung eigentlich?«

»Wir sind knapp an Personal, da Decker momentan in der Buchhaltung arbeitet und wir vergangenen Monat zwei Leute verloren haben«, sagte Burton angespannt. »Reuben hat bisher noch keinen Ersatz finden können.«

Der Mann und die Frau, die Burton erwähnt hatte, waren mit einer Ladung Lebendfracht aus Miami unterwegs gewesen, als einer ihrer Frachtgüter sie während der Fahrt niedergestochen hatte und der Transporter in den Mittelstreifen gekracht war. Zum Glück waren sie fast am Ziel gewesen; Reuben hatte das Wrack erreicht, noch bevor jemand den Notruf wählen konnte, wodurch im letzten Moment eine größere Katastrophe verhindert werden konnte.

Anschließend hatte man sich schnell und effektiv um die Fracht gekümmert. Der Leibwächter, der den Transporter und die Insassen auf Waffen hätte untersuchen sollen, wäre zur Rechenschaft gezogen worden, wenn er nicht bereits tot gewesen wäre.

»Na schön«, sagte Ken. »Dann gehen Sie. Nehmen Sie Decker mit. Er rennt vielleicht nicht mehr so schnell wie früher, kann aber mit Sicherheit jeden der Jammerlappen aus dieser Familie problemlos in Schach halten. Bringen Sie Anders, seine Frau und seine Tochter her. Ich will wissen, wieso ihm sein Eigentum entwischen konnte und er es nicht für nötig befunden hat, mich darüber zu informieren.«

»Und wenn er es dir nicht sagen will?«, fragte Demetrius und hatte plötzlich ein raubtierhaftes Glitzern in den Augen.

Ken ignorierte die Grimasse, die Joel schnitt. Ihr braver Schreibtischhengst machte sich nicht gern die Hände schmutzig. Zu Joels Glück hatten Ken und Demetrius diese Probleme nicht.

»Das wird er schon«, antwortete Ken. »Mal sehen, wie sehr ihm die körperliche Unversehrtheit seiner Frau und seiner Tochter am Herzen liegt.«

»Was ist mit den anderen beiden Frauen in Anders' Haus?«

»Bringen Sie sie mit. Vielleicht haben sie von den Fluchtplänen der Toten gewusst.« Ken warf Demetrius einen amüsierten Blick zu. »Vielleicht müssen wir Überstunden machen.«

»Zu schade aber auch«, sagte Demetrius gedehnt.

Unter anderen Umständen hätte Ken vielleicht gelächelt. Heute jedoch nicht. »Also. Was ich wissen will, ist: Wo zum Teufel stecken Reuben und Jackson? Wer ist der Mann, der sich bei dem Mädchen befand, als es erschossen wurde? Wie konnte es aus Anders' Haus entkommen? Und ich will diesen verdammten Tracker zurück. Tut, was immer nötig ist, damit diese Dinge geklärt werden. Noch Fragen? Schön. Dann war's das.«

Cincinnati, Ohio
Dienstag, 4. August, 9.00 Uhr

Vince Tanaka, der Leiter der Spurensicherung, schaute auf, als Scarlett und Deacon das Labor betraten. Durch die Brille mit den Vergrößerungsgläsern sah er aus wie eine Kreuzung aus irrem Wissenschaftler und Cyborg. »Oh. Ich wollte Sie beide gleich anrufen.« Er klappte eine der Vergrößerungslinsen hoch, blickte zur großen Uhr an der Wand und schnitt eine Grimasse. »Oh. Ich wollte Sie beide schon vor Stunden anrufen. Ich war völlig versunken in das hier, tut mir leid.«

Vor ihm auf dem Arbeitstisch lag das Überwachungsgerät, das man Tala abgenommen hatte. Es war schwarz, schmal und glatt und fast ... zierlich. Es wies keinerlei Ähnlichkeit auf mit den klobigen Exemplaren, die man von Sträflingen im Hausarrest kannte. Allerdings waren die meisten Sträflinge auch nicht gebaut wie eine schlanke, siebzehnjährige Philippinerin.

»Schon okay«, sagte Scarlett. »Es wäre nur ganz schön gewesen, eher davon zu erfahren. Vorher haben wir nur spekuliert, dass Tala wie eine Sklavin gehalten worden ist, aber das Gerät bestätigt es uns. Was können Sie uns darüber sagen?«

Deacon hatte sich Handschuhe übergestreift und reichte Scarlett ein Paar. Dann nahm er das Gerät und betrachtete es nachdenklich. »Kaum Gewicht.«

»Das Neuste vom Neusten«, erklärte Vince. »Wiegt nur hundertzehn Gramm. Justizvollzugsanstalten haben meist nicht das Budget, um sich diese hochmoderne Überwachungstechnik leisten zu können. Dieses besondere Modell wird übrigens nicht an Privatkunden verkauft.«

Scarlett musterte das Gerät in Deacons Hand. »Können Sie von der Seriennummer auf den Hersteller schließen?«

»Hab ich schon«, antwortete Vince. »Sozusagen, jedenfalls. Die Herstellerfirma nennt sich Constant Global Surveillance und hat ihren Hauptsitz in Chicago. Dieses Gerät ist angeblich bei der Qualitätskontrolle aussortiert worden und hätte vernichtet werden müssen. CGS nahm – O-Ton – ›vollkommen überrascht und erschüttert‹ zur Kenntnis, dass ich es in den Händen hielt. Man würde sofort eine interne Untersuchung einleiten.«

»Das hoffe ich doch«, bemerkte Deacon, der Scarlett den Sender weiterreichte. »Hat der Hersteller sich dazu geäußert, wie viele andere Tracker während der Qualitätskontrolle aussortiert worden sind?«

Vince schüttelte den Kopf. »Ich habe nachgefragt, aber sie wissen es angeblich erst, wenn sie ihre interne Ermittlung abgeschlossen haben. Ich bin bloß froh, dass ich nicht zuerst im Hauptsitz angerufen habe. Wahrscheinlich hätte ich sonst nicht einmal erfahren, dass es dort ein Problem gibt.« »Wen *haben* Sie denn zuerst angerufen?«, fragte Deacon.

»Den Kundendienst, dessen Nummer ich auf der Website gefunden habe. Als ich sagte, ich sei auf der Suche nach der Herkunft eines Geräts, hat man mich sofort an die Versandabteilung weitergeleitet. Und ich hatte Glück, dass nicht der Manager den Hörer abnahm, sondern ein junger Kerl, der sagte, es müsse sich um einen Irrtum meinerseits handeln, weil das Gerät mit meiner Seriennummer von der Qualitätssicherung vernichtet worden sei. Ich bat darum, den Manager sprechen zu dürfen, der mich wiederum sofort bat, in der Leitung zu bleiben. Eine Viertelstunde später hatte ich den Anwalt der Firma an der Strippe.«

Scarlett seufzte. »Der wahrscheinlich alles abgestritten hat.« Vince zuckte die Achseln. »Na ja, soweit es möglich war. Ich hielt das fragliche Ding ja in der Hand. Letztlich griff er auf die bewährte Masche mit der internen Untersuchung zurück, um mir erst einmal den Wind aus den Segeln zu nehmen.«

»Vielleicht kommen sie uns etwas mehr entgegen, wenn sie Zeit hatten, sich zu sortieren«, sagte Deacon nachdenklich. »Falls sich herausstellt, dass jemand aus dem eigenen Haus Ware für den Schwarzmarkt abzweigt, dürften sie großes Interesse daran haben, das Loch zu stopfen.«

Vince zuckte die Achseln. »Oder sie bestehen auf einen richterlichen Beschluss, um genügend Zeit zu gewinnen, alles zu vertuschen – vor allem dann, wenn sich der Betrug auf Vorstandsebene abspielt. Jedenfalls habe ich sie durch meine Fragen bereits gewarnt. Möglicherweise sind alle Beweise vernichtet, bis wir dort eintreffen.«

»Oder auch nicht«, sagte Deacon. »Einen Moment.« Mit dem Handy am Ohr trat er ans Fenster.

»Was gibt es sonst noch zu dem Sender zu sagen?«, fragte Scarlett an Vince gewandt. »Gibt er nur die Position der Person weiter, oder überwacht er auch Puls und Körpertemperatur?«

»Er sendet nur Koordinaten. Wieso?«

»Weil Sie wahrscheinlich einen Alarm ausgelöst haben, als Sie das Ding abtrennten. Dann wissen ihre Entführer, dass das Mädchen sich im Leichenschauhaus befindet.«

Tanaka zog die Brauen hinter der Brille zusammen. »Sollte man nicht davon ausgehen, dass ihre Entführer sie ins Leichenschauhaus gebracht haben?«

»Vielleicht, vielleicht aber auch nicht. Ich glaube, dass sie ihren Mörder kannte, aber es muss nicht unbedingt der gewesen sein, der sie gefangen gehalten hat. Deacon und ich haben uns gewundert, wieso sie überhaupt das Risiko eingegangen ist, sich mit jemandem zu treffen, wenn sie doch wusste, dass sie überwacht wurde – zumindest in gewissen Abständen. Durch den Sabotagealarm ist ihren Aufpassern jedenfalls klar, dass Tala nicht nur weg, sondern auch tot ist. Und dass sich der Tracker in den Händen der Polizei befindet. Tala hatte Angst um die Sicherheit ihrer Familie.« Sie seufzte. »Und vielleicht haben wir sie ausgerechnet durch unsere Aktion gefährdet.«

Vince sah sie entsetzt an. »Oh, mein Gott.« Die Kiefer fest zusammengepresst, schaute er einen Moment zur Seite. »Dann sollten wir sie besser so schnell wie möglich finden. Übrigens konnten ihre Bewacher zwar sehen, dass sie sich zuletzt in der Nähe des Leichenschauhauses aufgehalten hat, nicht aber, dass sich das Gerät inzwischen in Polizeigewahrsam befindet. Das Signal, das der Tracker abgab, war nur noch schwach, als ich ihn vom Knöchel des Mädchens entfernte, und bis wir hier ankamen, hatte er ganz aufgehört zu senden.«

»Aufgehört? Wieso? Haben Sie die Batterie entfernt?«

»Nein, das musste ich gar nicht. Sie war praktisch leer.«

»Also hätte es den Alarm ohnehin gegeben«, murmelte Scarlett.

»Vermutlich. Nach dem Entfernen lief das Gerät vielleicht noch zehn Minuten, allerhöchstens eine halbe Stunde. Ich habe die Batteriestärke vorher getestet. Wäre das Signal noch stark gewesen, hätte ich Sie sofort angerufen. Und hätte ich von der Familie gewusst, hätte ich das Gerät erst durchtrennt, als es nicht mehr sendete.«

»Wahrscheinlich ist es sinnlos, nach Fingerabdrücken zu fragen, oder?«

»Wir haben nur die des Mädchens und Teilabdrücke. Sie wurde in keiner Datenbank erfasst, aber vielleicht bringen uns die Teilabdrücke weiter. Wir lassen das überprüfen.«

Scarlett biss sich auf die Unterlippe und dachte an den ausländischen Akzent in Talas ansonsten tadellosem Englisch. Und an das letzte Wort, das sie gesagt hatte: Malaya. »Es ist ziemlich wahrscheinlich, dass sie aus einem anderen Land stammte.«

»Illegal eingeschleust?«

»Möglich – und falls dem so ist, gibt es natürlich keine Papiere. Aber es ist auch möglich, dass sie legal eingewandert und erst hier in die Hände dieser Leute geraten ist.«

Vince nickte knapp. »Dann müssten ihre Fingerabdrücke bei der Zoll- und Einwandererbehörde zu finden sein. Ich kümmere mich drum.«

*Malaya.* »Falls es nötig ist, die Suche einzugrenzen, sollte man mit Immigranten von den Philippinen beginnen.« Scarlett verdrängte das Bild der toten Tala und zwang sich, sich den Tatort als Ganzes in Erinnerung zu rufen. »Wissen Sie schon etwas über die Patronenhülse?«

»Wir haben einen einzelnen Fingerabdruck gefunden. Außerdem das hier.« Vince zog die Brille vom Kopf und holte einen kleinen Plastikbehälter aus dem Fach unter dem Arbeitstisch hervor. Er wollte gerade den Deckel abziehen, als Deacon sich wieder zu ihnen gesellte. »Und?«, fragte Vince ihn. »Hat das FBI die Möglichkeit, mehr von dem Tracker-Hersteller zu erfahren, ohne die Leute direkt in die Defensive zu drängen?«

»Sie werden dem Laden einen unangekündigten Besuch abstatten. Das FBI selbst ist kein Kunde von Constant Global Surveillance, aber die Bundesjustiz. In dem Vertrag steht, die Laboreinrichtungen des CGS seien ›jederzeit offen für Qualitätsprüfungen durch den Kunden‹, man muss sich nicht einmal vorher anmelden. Die Außenstelle Chicago hat bereits Agenten losgeschickt, die von diesem Recht Gebrauch machen werden. Hoffen wir bloß, dass sie eintreffen, bevor das Labor dort die Beweisunterlagen schreddert.«

»Welche Schlüsse ziehen wir also?«, fragte Scarlett. »Dass jemand von CGS einzelne Geräte aus der Fabrik schmuggelt, um sie auf dem Schwarzmarkt zu verkaufen? Rein finanziell scheint es mir das Risiko kaum wert zu sein. So viel kosten diese Dinger doch gar nicht.«

»Wenn man sie hochoffiziell ersteht«, wandte Deacon ein. »Aber ich könnte mir vorstellen, dass jemand, der sich eine Art Sklaven von einem Menschenhändler gekauft hat, einen ganzen Batzen mehr bezahlen würde, um seine Investition zu schützen. Solche Tracker kriegt man ja nicht bei eBay.«

Scarlett schüttelte den Kopf. »Kann sein, aber dennoch. Das Risiko, das derjenige eingeht, der die vermeintlich fehlerhaften Tracker aus der Fabrik schmuggelt, ist noch immer hoch. Und wenn er während der Tests zu viele davon ›vernichtet‹, muss es doch jemandem auffallen. Um sich nicht erwischen zu lassen, kann er das nur hin und wieder tun. Aber was, wenn er sie gar nicht wegen des Profits klaut? Sondern weil ihn jemand dazu zwingt?«

Deacon nickte. »Erpressung ist definitiv eine Möglichkeit. Ich besorge mir die Akten aller Mitarbeiter, die in dem ungefähren Zeitraum, in dem dieses Gerät hergestellt wurde, Zugriff auf die Produktion hatten. Vielleicht springt uns ja etwas ins Auge, oder wir stoßen sogar auf eine Spur, die uns zu dem Käufer dieses Geräts führt.«

»Das übrigens kurz davorstand, den Geist aufzugeben, als Vince es von Talas Bein abtrennte.«

»Ja, ich hab's eben noch mitgehört. Aber bevor wir über die anderen Fundstücke sprechen«, sagte Deacon und deutete auf den Plastikbehälter, »hätte ich noch eine Frage zum Tracker. Sendet er nur ein GPS-Signal, oder überträgt er auch Ton?«

»Tja, das hängt davon ab, wen man fragt. Constant Global Surveillance behauptet auf seiner Website, man könne damit nur den Träger ansummen – wie ein Telefon im Vibrationsmodus –, um ihn zum Beispiel an einen Termin mit dem Bewährungshelfer zu erinnern. Aber bestimmte Modelle können auch Unterhaltungen aufnehmen, ohne dass der Träger etwas davon wissen muss.«

»Ach du liebe Güte«, murmelte Scarlett. »Das muss ja ein Fest für Verteidiger sein!« Und natürlich rief ihr der Gedanke an Verteidiger sofort in Erinnerung, was Bryan vor ein paar Stunden erzählt hatte. Trent Bracken – ein Mörder! – durfte tatsächlich Menschen in einem echten Gericht verteidigen! *Nicht jetzt, Scarlett. Konzentrier dich. Für Tala.* »Und kann *dieses* Gerät das auch? Ich meine, könnte jemand gehört haben, dass Marcus Tala im Park angesprochen hat?« Sie rieb sich die Stirn.

»Das ist durchaus möglich«, antwortete Vince. »Ich hatte übrigens gerade vor, das Gerät zu zerlegen, um nachzusehen, welche Funktionen es noch hat, als Sie beide hereinkamen. Ich sage Bescheid, sobald ich mehr weiß.«

»Danke«, sagte sie. »Marcus hatte befürchtet, dass Tala verprügelt wurde, weil er versucht hat, mit ihr zu reden. Falls jemand gelauscht hat, als sie den Hund ausführte, könnte das tatsächlich stimmen. Wir müssen herausfinden, wofür man sie geschlagen hat. Ob es wirklich wegen Marcus geschah oder ganz andere Ursachen hatte.« Sie deutete auf den Kunststoffbehälter auf dem Tisch. »Also – was ist da drin?«

»Alles andere, was das Opfer am Leib getragen hat.« Vince hob den Deckel, nahm die etikettierten Tüten nacheinander heraus und breitete sie auf dem Tisch aus. »Bluejeans, Polohemd, Schuhe, Socken. Halskette mit Kruzifix. Hundeleckerlis. Und das hier.« Er hielt ein kleines Beweistütchen hoch. »Zehn Gramm Kokain. Von welcher Reinheit, kann ich Ihnen in ein paar Stunden sagen.«

Scarlett runzelte die Stirn. »Die Straße, in der ich sie entdeckt habe, ist eindeutig Dealerterrain, aber Carrie hat keinerlei Substanzen in ihrem Blut gefunden.«

Vincent bemerkte nichts dazu, während er das Tütchen zurücklegte und drei andere aus der Kiste nahm und sie schweigend nacheinander hochhielt.

Scarletts Herz zog sich zusammen. »Schnuller, Beißring und ein verschließbarer Plastikbeutel mit Haferflocken«, murmelte sie. »Fürs Baby.«

»Hundekuchen und Koks befanden sich in der linken Tasche«, sagte Vince. »Die Sachen fürs Baby in der rechten.«

»Das Baby muss mindestens acht oder neun Monate alt sein, wenn sie ihm schon Haferflocken gegeben hat«, bemerkte Scarlett und stählte ihre Stimme, damit sie nicht bebte.

Vince blickte überrascht auf. »Ich wusste gar nicht, dass Sie sich mit Babys auskennen, Scarlett.«

Sie hob eine Schulter. »Ich habe sechs Nichten und Neffen. Da schnappt man hin und wieder automatisch etwas auf.«

Deacon räusperte sich. »Könnten Schnuller oder Beißring uns vielleicht brauchbare DNS liefern, Vince?«

»Ich habe bereits Proben ans Labor geschickt.«

Deacon nickte. »Gut. Wenn wir das Kind nicht bei ihren Bewachern finden, können wir wenigstens belegen, dass es irgendwann einmal bei Tala gewesen ist. War sonst noch etwas in ihren Taschen?«

Vince schüttelte den Kopf. »Nichts. Kein Schlüssel, kein Geld, kein Ausweis.«

Scarlett hielt Vince' Arm fest, als er die Sachen wieder in die Box legen wollte. »Moment.« Sie nahm den Schnuller und hielt ihn ins Licht. »Was ist das denn?«, fragte sie und deutete auf drei schwarze Flecken auf dem Ring.

»Filzstift«, sagte Vince. »Aber schon zu abgenutzt, um noch lesen zu können, was dort ursprünglich stand.«

Sie nahm den Schnuller aus der Tüte und beugte sich blinzelnd näher ans Licht. »Kann ich die Lupe haben?« Sie hielt Vince die Hand hin, und er legte das Vergrößerungsglas hinein. »Ich sehe drei Farbflecken, die ungefähr gleich weit auseinander sind. Es könnten Kreise gewesen sein. Und ...« Sie blinzelte wieder und drehte den Schnuller hierhin und dorthin, um durch den veränderten Lichteinfall mehr zu erkennen. »Farbe«, fuhr sie murmelnd fort. »Winzige Farbreste. Rot und blau und ... gelb? Oder vielleicht grün. Jeweils links und rechts von den schwarzen Kreisen.«

»Andersfarbiger Filzstift?«, fragte Deacon.

Sie nickte abwesend. Sie kannte das, was sie vor sich sah, aber sie kam einfach nicht drauf, um was es sich handelte. Doch dann knüpfte ihr Verstand die Verbindung. *Heiliger Strohsack.* Ruckartig richtete sie sich auf. Ihr Puls hämmerte, als sie dem neugierigen Blick ihres Partners begegnete. »Verdammt, er hat sich geirrt.«

Deacon neigte den Kopf. »Was? Wer?«

»Marcus. Er hat sich geirrt«, sprudelte es aus ihr heraus. »Hast du schon mal ›Glücksrad‹ gesehen?«

Deacon blinzelte verdutzt, dann nickte er zögernd. »Äh ... ja. In letzter Zeit sogar ziemlich oft. Faith steht darauf. Wieso?«

»Kennst du die Leute, die das Rätsel schon mit einem Buchstaben lösen?«

»Die hasse ich«, brummte Vince. »Die verderben einem immer allen Spaß.«

Scarlett deutete auf sich selbst. »Tja, ich gehöre zu diesen Leuten. Diese drei schwarzen Flecken – die Kreise – könnten kleine ›a‹s sein. Die blauen, roten, gelben Flecken andere Buchstaben. Beliebig, a, beliebig, a, beliebig, a. Malaya. Jemand hat auf den Schnuller ›Malaya‹ geschrieben. Vielleicht war gar nicht ›Freiheit‹ gemeint. Sondern ein Name!« Deacon riss die Augen auf, als er begriff. »Tala hat ihn also nicht angefleht, ihrer Familie bei der Flucht zu helfen.«

Scarlett schluckte. »Nein, er sollte ihr Baby retten!«

Cincinnati, Ohio
Dienstag, 4. August, 9.15 Uhr

Drake knurrte, als der Klingelton seines Handys ihn aus dem Tiefschlaf riss. Er öffnete ein Auge und stöhnte. Stephanies Prepaid-Handy. »Wehe, das ist nicht wichtig«, fuhr er sie an. »Du hast mich geweckt.«

»Er weiß es«, flüsterte sie harsch. »Er ist in mein Zimmer gekommen, hat mir das iPhone abgenommen und mich angeschrien. Und mir eine geknallt. Richtig fest. Er weiß, dass ich Tala gestern Nacht mitgenommen habe. Und wollte wissen, warum.«

Drake setzte sich auf und rieb sich den Nacken. »Hast du es ihm gesagt?«, fragte er fast freundlich.

»Nein!«, zischte sie. »Das habe ich nicht. Ich hab geschworen, ich hätte keine Ahnung, wovon er redet, aber er hat mich noch mal geschlagen. Ich muss hier weg.«

»Dann setz dich in dein schickes Auto und hau ab«, sagte er verächtlich.

»Das kann ich nicht. Er hat mir meine Tasche abgenommen, und da ist alles drin – Papiere, Schlüssel, alles. Und er hat gesagt, wenn ich abzuhauen versuche, schlägt er mich tot. Du musst herkommen. Ich kann vielleicht durch den Dienstbotenausgang entwischen, aber ich werde nicht weit kommen. Du musst mich abholen.«

»Mit was?«

»Was weiß ich!«, fauchte Stephanie. »Lass dir was einfallen, aber mach schnell. Wenn er mir richtig weh tut, sag ich ihm vielleicht doch alles. Und irgendwie habe ich das dumpfe Gefühl, dass du bei dieser Geschichte mehr Ärger kriegst als ich.«

Drake verengte die Augen. Die Kleine zeigte Mumm, und das konnte er nicht ausstehen. Er hatte gedacht, dass er ihr das längst ausgetrieben hätte, aber offenbar hatte er sich getäuscht. Nun, von ihm aus sollte sie ihrem Alten doch alles erzählen – die Cops konnte er ja schließlich nicht rufen. Eigentlich sollte er ihr drohen, ihren Daddy an die Bullen zu verpfeifen. Mal sehen, wer dann den Ärger bekam.

Aber es war einfacher, Stephanie abzuholen, ihr eine Kugel in den Kopf zu jagen und ihre Leiche im Fluss verschwinden zu lassen. Weniger Theater, weniger Stress.

»Okay«, sagte er also ruhig. »Meine Schwester hat einen Honda Civic. Weiß. Halt danach Ausschau. Ich schicke dir eine Nachricht, wenn ich nur noch zwei Minuten entfernt bin.«

»Okay.« Sie stieß schaudernd den Atem aus. »Danke, Drake.«

»Kein Problem. Geh dem guten Daddy einfach aus dem Weg, bis ich dich hole.«

Cincinnati, Ohio
Dienstag, 4. August, 9.15 Uhr

Scarlett stieß die Tür auf, trat hastig aus dem Polizeigebäude und atmete durch. Die Luft war jetzt schon heiß und feucht. Sie blieb auf dem Bürgersteig stehen, damit Deacon zu ihr aufschließen konnte. Sie hatte Vince' Reich fluchtartig verlassen, ging aber davon aus, dass er ihr folgen würde.

*Malaya ist ein Baby.* Talas Baby. Irgendwo musste es sein. Und hoffentlich war es nicht allein. Hoffentlich war jemand bei ihm, der sich um seine Bedürfnisse kümmerte, es fütterte, ihm Liebe gab.

*Bitte, lieber Gott, lass das Baby wohlauf sein.*

Scarlett versteifte sich, als sie sich bewusst wurde, dass sie ein Gebet gesprochen hatte, wenn auch nur in Gedanken. Normalerweise betete sie nicht mehr. Seit zehn Jahren nicht mehr. Und dass sie es gerade getan hatte, war ausschließlich auf ihre Erschöpfung zurückzuführen, nicht auf die Hoffnung, dass ihr Flehen vielleicht tatsächlich erhört werden könnte. Seit sie fünf Jahre alt war, glaubte sie nicht mehr an den Weihnachtsmann. Seit sie vor zehn Jahren vor der Leiche ihrer besten Freundin gestanden hatte, glaubte sie nicht mehr an Gebete.

*Was ist denn heute los mit dir, Scarlett Bishop?* Sie befand sich auf einer emotionalen Achterbahnfahrt, seit ihr Telefon sie mitten in der Nacht aus dem Schlaf gerissen und Marcus' Stimme sie geweckt hatte.

*Und wie er mich geweckt hat,* dachte sie finster, als ihr wieder einfiel, wie ihr Körper kurz darauf auf seinen Anblick reagiert hatte. Prompt und heftig.

Sie zwang ihre bebenden Hände zur Ruhe und griff nach ihrem Handy, um nachzusehen, ob sie SMS, Anrufe oder Sprachnachrichten bekommen hatte. Tatsächlich waren einige eingegangen, aber noch immer nichts von Marcus O'Bannion. Weder hatte er sie zurückgerufen noch ihr diese verdammte Liste geschickt.

*Du brauchst die Liste nicht,* sagte sie sich, wusste aber sehr gut, dass es darum gar nicht ging. Er hielt sein Versprechen nicht. Was verbarg er? Es sei denn … Ihr Inneres krampfte sich zusammen, als eine neue Furcht in ihr aufstieg. War es möglich, dass Talas Mörder Marcus irgendwo aufgelauert hatte, um ihn endgültig auszuschalten?

Tala war schon vor Stunden ins Leichenschauhaus gebracht worden. Inzwischen mussten die Medien darüber berichten. Sie gab ein paar Schlagwörter bei Google ein und blickte Sekunden später auf eine endlose Reihe an Treffern. Als sie den ersten Link anklickte, entwischte ihr ein tiefer Seufzer. Es war die Website des *Ledger,* und die Headline richtete den Fokus geschickt auf Marcus: *Stadtbekannter Wohltäter bei Rettungsversuch angeschossen* von Stone O'Bannion. Der Artikel war erst vor wenigen Minuten ins Netz gestellt worden.

Nun wusste sie, was Marcus davon abgehalten hatte, die verfluchte Liste zu schicken oder sie zurückzurufen. *Wenigstens ist er nicht tot,* dachte sie verbittert.

Die Story entsprach in allen Punkten der Wahrheit. Und obwohl als Autor Stone angegeben war, hörte sie deutlich Marcus' Stimme in ihrem Kopf, als sie die Zeilen überflog. Es stand alles darin, was sie freigegeben, und nichts von dem, was sie ihn zurückzuhalten gebeten hatte. Der Text las sich, als hätte Marcus zufällig das sterbende Mädchen entdeckt und sei dann angeschossen worden, als er Erste Hilfe zu leisten versucht hatte. Am Ende des Artikels hatte Marcus es irgendwie geschafft, komplett von der Frage abzulenken, wieso er überhaupt in dieser anrüchigen Gegend unterwegs gewesen war. Stattdessen hatte er sich als barmherziger Samariter inszeniert, der als Lohn für seine Mühe hinterrücks angeschossen worden war.

*Ich verdiene mein Geld damit, Nachrichten zu produzieren.* Immerhin hatte er ihr die Wahrheit gesagt. Und er hatte sie vorgewarnt, dass er die Story bringen würde. Dennoch änderte das nichts an dem naiven Groll in ihrem Bauch, der immer weiter anschwoll.

Der wahre Marcus war nicht das, was sie in ihren Träumen aus ihm gemacht hatte. Unterm Strich war er Reporter. Ein Mann, der sein Geld mit dem Elend anderer Leute verdiente.

Sie hörte, wie sich die Tür des Polizeigebäudes hinter ihr öffnete und schloss. Dann gesellte sich Deacon zu ihr. »Ist alles okay mit dir, Scar?«

Die Besorgnis in seiner Stimme gab ihr den Rest. Plötzlich brannten ihre Augen, und sie kniff sie zusammen. »Klar – wieso denn nicht?«, presste sie mit einer kratzigen Stimme hervor, die sie kaum als ihre eigene erkannte. »Nur weil ich wie eine Irre gerade nach draußen gestürzt bin?« Wütend drängte sie die aufsteigenden Tränen zurück. Sie würde jetzt nicht weinen. Nicht jetzt! »Mist«, fügte sie brummend hinzu. »Das sind bloß die Hormone. Achte nicht auf mich.« Deacon stieß sanft seine Schulter gegen ihre, dann räusperte er sich. »Hör mal, ich hab gerade über das Leistungsvermögen des Trackers nachgedacht.«

Sie schluckte den Kloß in ihrer Kehle hinunter und wischte sich verstohlen die Augenwinkel, ehe sie Deacons Blick begegnete. Seine zweifarbigen Augen konnten sie nicht mehr erschüttern, das Mitgefühl darin aber umso mehr. Wieder stiegen die Tränen in ihr auf, und sie blickte hastig zur Seite. »Okay. Was ist mit dem Tracker?«

»Er überträgt auch eine Tonspur, wie ein Telefon.«

»Ich dachte, Vince hätte ihn erst auseinandernehmen müssen, um das zu bestimmen.«

»Das hat er getan. Er brauchte nur wenige Minuten dazu, aber du warst schon gegangen.«

*Geflohen trifft es wohl eher.* Sie presste sich die Fingerspitzen an die Schläfen. Mit den Tränen kamen unweigerlich Kopfschmerzen, was ein verdammt guter Grund war, nicht zu weinen. »Welche Reichweite hat das Gerät? Zum Mithören, meine ich?«

»Es gibt keine. Das Signal ist digital und unabhängig vom Satelliten. Wie eine Skype-Verbindung«, fügte er hinzu, als sie verwirrt aufblickte.

Und dann begriff sie. »Oh. Das heißt, sie konnte nirgendwo hingehen, ohne abgehört zu werden. Mein Gott. Das arme Mädchen.« Scharf zog sie die Luft ein. »Das heißt auch, dass man nicht nur ihre Stimme hören konnte, sondern auch jeden, der mit ihr sprach, richtig? Wie Marcus zum Beispiel. Im Park und gestern Nacht in der Gasse.« Und wenn jemand Tala gestern Nacht gehört hatte ... Scarletts Herz begann heftiger zu schlagen. Dann musste dieser Jemand auch wissen, was sie zuletzt zu Marcus gesagt hatte. »Kann man das aufnehmen, oder bekommt man es nur mit, wenn man im jeweiligen Augenblick zuhört?«

»Mit der richtigen Ausrüstung kann man es wahrscheinlich auch aufnehmen.«

»Die haben ganz sicher alles, was man dazu braucht«, sagte Scarlett grimmig.

»Vielleicht nicht alles«, widersprach Deacon sanft. »Eine Kamera hatte das Gerät zumindest nicht.«

Sie zog die Brauen zusammen. »Worauf willst du hinaus?«

»Dass Tala zwar zu hören und zu orten war, aber nicht zu sehen. Sie hat den Hund einige Nächte lang ganz allein ausgeführt. Ist im Park umherspaziert. Ohne dass jemand ihr dabei zugesehen hat.«

»Und du glaubst, sie hat im Wald irgendeine Nachricht oder Botschaft hinterlassen? Etwas, wodurch man sie vielleicht hätte aufspüren und retten können?«

Er zuckte die Achseln. »Das könnte doch sein. Zumindest sollten wir nachsehen. Wir haben noch ein paar Stunden Zeit, bis wir uns mit Agent Troy treffen sollen. Wie wär's?« Scarlett dachte darüber nach. »Warum nicht? Und wenn wir schon im Park sind, können wir uns auch gleich vor Ort bei unseren Leuten erkundigen, ob die Befragung der Anwohner etwas ergeben hat. Falls nicht, ziehe ich sie ab und schicke sie zu den Hundesalons.« Sie zögerte einen Moment und traf dann eine Entscheidung. Lieber nach Marcus sehen und das Risiko eingehen, wie eine dumme Kuh dazustehen, weil sie sich unnötig Sorgen gemacht hatte, als später festzustellen, dass ihre Besorgnis durchaus begründet gewesen war. »Lass uns auf dem Weg beim *Ledger* vorbeischauen.«

Deacon sah sie stirnrunzelnd an. »Wieso?«

»Weil Marcus O'Bannion öffentlich gemacht hat, dass er der letzte Mensch war, der Tala lebend gesehen hat.« Sie hielt ihr Smartphone hoch und zeigte ihm den Artikel.

Deacon las ihn und stöhnte. »Und ich dachte, ich sei derjenige, der hier einen Hang zur Dramatik hat. Der Mann hat sich zum Helden stilisiert.«

Scarlett verdrehte die Augen. »Falls jemand Talas letzte Worte mitgehört hat, hat Marcus sich vor allem zur Zielscheibe gemacht.«

»Der Sender. Verdammter Mist. Ihre Überwacher werden annehmen, dass Marcus Bescheid weiß – auch über Malaya.« »Und wenn der Tracker noch gesendet hat, als ich dort ankam? Wir haben über den Park gesprochen. Dann wissen sie jetzt auch, dass das Treffen in der Gasse nicht zufällig stattgefunden hat, wie der Artikel eigentlich zu vermitteln versucht.«

»Hast du versucht, Marcus anzurufen?«

Scarlett schnaubte frustriert. »Schon den ganzen Morgen – vergeblich. Er geht nicht ans Handy. In seinem Büro hat mir irgendeine junge Dame mitgeteilt, dass Mr. O'Bannion in einer Konferenz ist und nicht gestört werden darf. Bei seiner Mutter zu Hause hat man mir gesagt, dass ›Mr. Marcus‹ seit mehreren Tagen nicht dort gewesen sei und seine Mutter schliefe und nicht ans Telefon kommen könne.«

Deacon seufzte. »Was bedeutet, dass sie entweder einen Haufen Pillen eingeworfen oder wieder zu tief in die Flasche geguckt hat. Die Frau tut mir wirklich leid, und ich kann nachvollziehen, wie schlimm der Verlust Mikhails für sie sein muss, aber hier geht es längst um mehr. Sie braucht professionelle Hilfe, doch niemand in der Familie will sich das eingestehen.«

Scarlett fühlte mit Marcus' Mutter, aber gerade darum musste Marcus' Schutz Priorität für sie haben. »Wie dem auch sei, Marcus war nicht dort. Schließlich habe ich es sogar bei Jeremy probiert, aber auch da war er nicht.« Und es war ihr nicht leichtgefallen, Marcus' Stiefvater anzurufen, da sie befürchtet hatte, er würde sie ausschließlich mit dem in Verbindung bringen, was vor neun Monaten geschehen war. Doch Jeremy war aufgeschlossen und freundlich gewesen. »Jeremy hat bei Marcus privat angerufen, und als dort nur der Anrufbeantworter ansprang, ist er sogar hingefahren. Nichts. Marcus war nicht dort und hatte auch nicht in seinem Bett geschlafen.«

»Lass es mich mal versuchen. Vielleicht geht er ran, wenn er meinen Namen auf dem Display sieht. Hast du seine Handynummer da?«

Scarlett las sie ihm vor. »Das ist das Prepaid-Gerät, das er heute Morgen benutzt hat, um mich anzurufen.« Sie wartete stumm, und ihre Sorge wuchs, als Deacon ebenfalls zur Mailbox umgeleitet wurde. Sie wusste ja, dass es albern war. Marcus war wahrscheinlich einfach nur stark eingebunden. Aber sie konnte das ungute Gefühl nicht abschütteln, und sie hatte gelernt, ihrem Instinkt zu vertrauen.

»Er hat vermutlich gerade ziemlich viel zu tun«, sagte Deacon, »aber wenn es dich beruhigt, teilen wir uns auf. Du schaust beim *Ledger* vorbei, und ich fahre schon mal in den Park.«

»Hey«, rief Scarlett, als er sich zum Gehen wandte. »Woher weißt du, wo du anfangen sollst zu suchen? Wir wissen doch noch nicht einmal, auf welcher Bank Marcus gesessen hat.«

Deacon sah über die Schulter zu ihr. »Dann frag ihn doch einfach danach, wenn du ihn siehst.« Und damit verschwand er im Präsidium.

»Ja«, murmelte Scarlett. »Das mach ich.«

# 10

Cincinnati, Ohio
Dienstag, 4. August, 9.15 Uhr

Demetrius schloss die Tür zu Kens Büro. Ken ließ sich auf seinen Stuhl hinter dem Schreibtisch sinken und wartete, bis Demetrius es sich in dem Ohrensessel bequem gemacht hatte, in dem Decker nur wenige Stunden zuvor unruhig hin- und hergerutscht war. Aber sein Freund war nur äußerlich gelassener. Seine Miene verriet dieselbe Anspannung, die auch Ken selbst empfand.

»Hast du gewusst, dass Reubens Frau ihn verlassen hat?«, fragte Demetrius ohne Umschweife.

Ken konnte das Blinzeln nur knapp unterdrücken. Die Nachricht selbst war genauso überraschend wie die Tatsache, dass Demetrius etwas Derartiges vor ihm gewusst hatte. »Nein. Wann? Und wieso?«

»Gestern. Er hat es mir übrigens nicht erzählt.«

Kens Gedanken begannen zu rasen. Eine zornige Ehefrau, ein Auto am Flughafen, das Verschwinden Reubens und eines seiner besten Männer ... Ken hatte keine Ahnung, ob das miteinander zusammenhing, aber es verhieß nichts Gutes. Vor allem dann nicht, wenn Reubens Frau herausgefunden hatte, womit er wirklich sein Geld verdiente.

»Und wie hast du es dann erfahren?«

»Seine Frau stand gestern Abend heulend vor meiner Tür. Und wollte wissen, wen er sonst noch vögelte.«

Ken rieb sich die Stirn. »Wen sonst? Was soll denn das heißen?«

»Weißt du noch, was ich dir heute Morgen über die Frau des Brasilianers erzählt habe?«

»Die mit den vorwitzigen Händen, vor denen Reuben dich eigentlich bewahren sollte?« Eiskalte Furcht packte sein Herz. »Hat Miriam von den Brasilianern Wind bekommen?«

»Nein, aber von den Indern.«

Ken sackte auf seinen Platz zurück. »Wie bitte? Reuben hat sich auch mit unserem indischen Zulieferer eingelassen?«

»Nicht direkt mit dem Zulieferer«, sagte Demetrius ausweichend. »Nur mit seiner Tochter.«

»Heilige Scheiße.« Ken schloss die Augen und wünschte sich Reuben her. Er hätte ihn nach Strich und Faden verprügelt. Jeder Einzelne der vier Gründungsmitglieder hatte seine Vorlieben, aber sie alle hatten gelernt, ihre niederen Instinkte zugunsten des Unternehmens zu beherrschen – oder sich wenigstens nicht erwischen zu lassen, wenn sie sich irgendwo austoben mussten. Reubens Job war es, aufzuspüren, was immer die Firma von innen oder außen bedrohte, doch es waren Ken und Demetrius, die sich anschließend um die Bedrohungen kümmerten – und sie beseitigten.

Ein Exempel zu statuieren, fiel in Demetrius' Ressort. Er schlug den Betreffenden nach allen Regeln der Kunst zusammen und ließ ihn dort liegen, wo andere, die ihnen ihr Territorium streitig machen wollten, ihn finden mussten. Wurden Informationen gebraucht, filetierte Ken die betreffende Person mit dem Geschick eines Sushi-Kochs, bis sie jedes Geheimnis verriet, das ihr je anvertraut worden war.

Dummerweise ließen sich Joels und Reubens besondere Vorlieben nicht in den Dienst der Allgemeinheit stellen. Joel stand auf sehr junge Knaben, achtete jedoch darauf, nicht im eigenen Garten zu wildern. Reuben mochte junge Mädchen, war aber weniger anspruchsvoll als Joel – und leider auch nicht so diskret.

»Sag mir wenigstens, dass das Mädchen schon achtzehn war«, brummte Ken.

»So gerade eben, aber – ja, das war sie. Der Zulieferer hatte Frau und Tochter mit nach New York genommen, um sich hier Colleges anzusehen, während er mit uns Geschäfte machte. Wir trafen uns mit ihm in seiner Suite, und sie war vielleicht drei Minuten mit uns dreien im gleichen Raum – gerade genug, um hallo zu sagen und Daddy mehr Geld aus dem Kreuz zu leiern. Keine Ahnung, wie Reuben es gemacht hat, aber die Kleine landete noch in derselben Nacht in seinem Bett.« Demetrius schüttelte den Kopf und verdrehte die Augen. »Und glaubte anschließend, sie hätte ihre große Liebe gefunden.«

»Ach du Schande«, murmelte Ken. »Und wie hat Miriam das herausgefunden?«

»Klassisch. Sie hat eine Nachricht des Mädchens in seiner Tasche gefunden – auf Hotelbriefpapier. Also hat Miriam jemanden aus dem Hotel bestochen, ihr Bescheid zu geben, wenn das Mädchen das nächste Mal eincheckte, und das ist wohl vergangene Woche passiert. Sie hat einen Privatdetektiv angeheuert, der Fotos von Reuben und dem Mädchen machen sollte.«

Ken knirschte mit den Zähnen. *Reuben, du verfickter Vollidiot.* »Und? Hat er welche gemacht?«

»Oh ja.« Demetrius verzog das Gesicht. »Reuben ist an Stellen tätowiert, die ich niemals zu sehen bekommen wollte. Aber das ist nicht das Schlimmste. Das Hotel war eins am Flughafen. Genau das, auf dessen Parkplatz Reubens Auto entdeckt wurde.«

Ken bedachte ihn mit einem verärgerten Blick. »Wusstest du, dass Reuben heute Morgen dorthin unterwegs war?«

»Geht's noch?«, erwiderte Demetrius indigniert. »Dann hätte ich es dir doch sofort gesagt, als du anriefst. Ich habe sofort aufgemerkt, als Burton erzählte, wo er Reubens Wagen aufgespürt hat, aber ich wollte den anderen nicht unbedingt von diesem Mädchen erzählen. Oder dass Miriam Bescheid weiß. Vielleicht müssen wir uns um sie kümmern, und das wird wohl keinem von uns leichtfallen.«

»Verdammt. Ich könnte diesen Idioten umbringen!«

»Da musst du dich hinter Miriam anstellen. An deiner Stelle würde ich ihr im Moment nicht in die Quere kommen.«

»Wieso hast du mir nicht schon gestern Abend davon erzählt?«

»Das hätte ich tun müssen, aber ich wollte zuerst Reubens Version der Geschichte hören. Als du mir dann sagtest, er sei verschwunden, war ich zwar alarmiert, beschloss aber, erst nach ihm zu suchen. Es hätte ja sein können, dass er genau wie Jackson einfach nur überm Klo hängt und kotzt. Aber als Burton sagte, er hätte seinen Wagen am Flughafen entdeckt, wurde mir alles klar.«

Ken zog die Brauen zusammen. »Was hat denn Jackson überhaupt mit alldem zu tun?«

Demetrius seufzte. »Miriams Detektiv hat herausgefunden, dass Jackson derjenige war, der aufpasste, wann immer Reuben rumvögelte. Kann sein, dass Miriam es beiden heimzahlen wollte.«

»Herrgott noch mal.« Ken rieb sich die Augen. »Du meinst, Miriam ist für Jacksons Ohnmacht im Büro verantwortlich?«

»Sie hat gedroht, beide umzubringen. Jackson könnte zu Hause oder direkt bei seiner Ankunft hier etwas zu sich genommen haben, was ihn niedergestreckt hat. Da Miriam Reubens Leute immer gerne mit Keksen oder anderen Leckereien versorgt hat, ist das nicht so abwegig. Ich schaue mir mal die Überwachungsvideos an; vielleicht kann man da ja sehen, ob Jackson irgendetwas isst oder trinkt.«

»Die habe ich mir bereits angesehen«, sagte Ken. »Ich wollte auf Nummer sicher gehen, dass das, was Decker mir erzählt hat, auch stimmt. Jackson hat nur Kaffee getrunken, aber er nimmt immer seine eigene Kaffeesahne. Das Zeug steht in einer kleinen silbernen Flasche im Kühlschrank im Pausenraum. Sieht aus wie ein Flachmann.«

»Ich lasse den Inhalt analysieren.«

»Also – wo ist Jackson jetzt, wenn nicht zu Hause?«

Demetrius zuckte die Achseln. »Keine Ahnung. Miriam mag ihn vergiftet haben, aber sie ist nicht stark genug, um ihn aus seinem Haus zu schleppen.«

»Vielleicht hat sie ihn mit einer Waffe bedroht. Wenn es Jackson wirklich schlechtging, konnte er sich vielleicht nicht gegen sie wehren.«

»Möglich«, sagte Demetrius. »Aber vielleicht ist Reuben auch auf dem Weg zum Flughafen bei ihm vorbeigefahren, um ihn abzuholen, damit seine Frau ihn nicht in die Mangel nehmen kann.

Miriam war richtig mies drauf. Wütend genug, um die beiden tatsächlich umzulegen, wenn sie ihnen im richtigen Moment begegnet wäre. Ich frage am besten bei Jacksons Nachbarn nach, ob sie heute Morgen Reubens oder Miriams Wagen gesehen haben, nachdem das Taxi ihn zu Hause abgesetzt hat.«

»Hoffen wir, dass sie keinen von beiden umgebracht hat«, sagte Ken grimmig. »Aber falls Reuben Jackson abgeholt hat, weil er weiß, dass seine Frau hinter ihm her ist, dann will er vielleicht untertauchen.«

»Und beide könnten längst das Land verlassen haben«, fügte Demetrius finster hinzu.

Ken seufzte. »Sean und Burton suchen schon nach ihnen, und wenn jemand Reuben finden kann, dann Sean. Okay. Zeit für Schadensbegrenzung. Was war auf den Fotos zu sehen, die Miriam von dem Detektiv bekommen hat?«

»Bettakrobatik, weiter nichts. Allerdings sehr kreative Bettakrobatik. Reuben ist viel gelenkiger, als ich dachte.«

Ken verzog das Gesicht. »Danke, so genau wollte ich es nicht wissen. Was könnte der Detektiv sonst noch in der Hand haben?«

»Nichts«, antwortete Demetrius mit Nachdruck.

Ken merkte auf. »Du warst bei ihm?«

»Und ob ich bei ihm war. Direkt nachdem Miriam gestern wieder gegangen ist.«

»Ist er tot?«

Ein knappes Nicken. »Und entsorgt. Ich habe seine Kamera, seine Fotodateien, sämtliche Back-ups. Außerdem seinen Laptop, damit Sean überprüfen kann, ob er die Bilder noch anderswo hochgeladen hat.«

»Clever.«

»Nicht wahr?«, gab Demetrius grinsend zurück.

»Und Miriam?«

Demetrius zögerte. »Ich glaube nicht, dass sie sonst noch etwas weiß. Wir müssen sie aber definitiv im Auge behalten. Wenn wir sie beseitigen müssen, dann tun wir das, aber ich würde lieber erst mal abwarten. Es könnte ziemlich verdächtig aussehen, wenn sie kurz nach dem Privatdetektiv verschwindet.«

»Aus genau diesem Grund wollte ich, dass wir alle Single bleiben«, knurrte Ken. »Diese verdammten Weiber machen alles kaputt.«

»Ja, ich weiß.«

Demetrius und Joel waren schon lange geschieden, aber Ken war dumm genug gewesen, zweimal zu heiraten. Nach der unangenehmen Episode mit Seans Mutter hatte er jedoch gelernt. Zwar gefiel es ihm, hin und wieder eine Frau in seinem Bett zu haben, doch er ließ keine mehr wirklich nah an sich heran. Reuben war schon verheiratet gewesen, ehe er zu ihnen gestoßen war, und er hatte stets behauptet, Miriam hätte keine Ahnung, was sie wirklich verkauften. Schließlich war Reuben Polizist gewesen. Dass er sich mit Drogen- und Menschenhändlern zusammengetan haben könnte, war in ihren Augen vermutlich undenkbar.

»Wir hätten von Anfang an auf Reubens Scheidung bestehen müssen.« Er warf Demetrius einen bösen Blick zu. »So, wie ich es damals wollte!«

Demetrius verengte die Augen. »Du willst mir doch nicht ernsthaft mit ›Hättet ihr mal auf mich gehört‹ kommen, oder?«

Ken überlegte kurz, beschloss dann aber, nicht weiter über dieses Thema zu sprechen. »Was weißt du über Burton?«

»Nicht viel mehr als du. Er hat damals in Tennessee unter Reuben gelernt und war ein Jahr lang sein Partner bei der Sitte. Bei der Anhörung hat er für Reuben ausgesagt und geschworen, dass alle Bestechungsvorwürfe aus der Luft gegriffen waren. Ein halbes Jahr nach Reubens Entlassung wurde auch er vor die Tür gesetzt. Er ist Reuben gegenüber hundertprozentig loyal, aber ich hatte den Eindruck, dass auch er etwas beunruhigt ist. Sonst wäre er sofort zu dir gekommen, um dir von Reubens Wagen zu erzählen, anstatt zuerst selbst nach seinem Boss zu suchen.«

»Ich kann noch immer nicht fassen, dass Reuben unsere Autos verwanzt hat«, brummte Ken.

»*Falls* es mit Passwortschutz und Verschlüsselung so gelaufen ist, wie Burton gesagt hat, dann kann ich eigentlich nicht allzu sauer auf ihn sein. Schließlich hast du ihn angeheuert, um für unsere Sicherheit zu sorgen.«

»Ich hätte besser noch jemanden angeheuert, um dafür zu sorgen, dass er seine Hose zulässt!«

»Allerdings. Hast du schon was von Alice gehört?«

Kens Brauen schossen aufwärts. »Wieso denn das?«

»Um dir von ihr bestätigen zu lassen, dass Reubens Wagen wirklich dort steht, wo Burton behauptet.« Er verdrehte die Augen. »Komm schon, Kenny. Wie lange kennen wir uns schon? Du hast während eines Meetings eine SMS geschrieben. So was machst du sonst nie. Und als wir rauskamen, war Alice weg. Sie hat in den ganzen vier Jahren, die sie bei uns als Vollzeitkraft arbeitet, nicht ein Mal Mittagspause gemacht.«

»Du weißt ziemlich viel über meine Sekretärin«, sagte Ken kalt.

Wieder verengte Demetrius die Augen. »Spar dir jegliche Anspielung, Kenny. Sie ist mein Patenkind, Herrgott noch mal. Und selbst wenn nicht – ich stehe nicht auf dünne weiße Mädchen.«

»Tut mir leid«, sagte Ken leise. Und das entsprach der Wahrheit, denn er wusste sehr gut, dass Demetrius Alice liebte, als sei sie seine eigene Tochter. »Die Sache mit Reuben geht mir an die Nieren, das ist alles.«

»Schon gut. Aber sag so was nicht noch mal. Was ist mit Decker? Was weißt du über ihn?«

»Nur dass er sein Leben riskiert hat, um meins zu retten.« Kens Lippen verzogen sich zu einem halben Lächeln. »Das kann ich ihm schlecht verübeln.«

»Joel mag ihn nicht.«

Ken zuckte die Achseln. »Joel sieht ihn als Bedrohung. Der Junge ist ein Zauberer in der Buchhaltung.«

»Nun, ich traue ihm auch nicht«, erwiderte Demetrius. »Dieser Bursche will nicht Joels Job, sondern deinen. Oder Reubens.«

»Ist vielleicht gar keine schlechte Idee. Ich habe nicht vor, das hier für den Rest meines Lebens zu machen. Alice wird meinen Posten übernehmen, aber wir brauchen ziemlich schnell Ersatz für Reuben. Selbst wenn wir ihn wiederfinden. Ich will ihn hier nicht mehr haben. Er ist zu einem Unsicherheitsfaktor geworden.« Ken verstummte, als ihm bewusst wurde, welche Konsequenzen sich daraus ergaben. Sie konnten Reuben nicht einfach ziehen lassen, egal, wie diese Sache ausgehen würde. Er wusste zu viel. Er würde sterben müssen.

Mit einem Achselzucken verdrängte er den Gedanken. »Da von aber mal abgesehen – wir gehen hart auf die fünfzig zu, Alter. Wir sollten langsam an unseren Ruhestand denken.«

Demetrius schnitt ein Gesicht. »Du hast dich wieder mal von Joel bequatschen lassen. Willst du mir jetzt mit privater Altersvorsorge kommen?«

»Nein. Aber ich will mich auch nicht mit sechzig noch abrackern müssen.«

Demetrius runzelte die Stirn. »Und was genau schwebt dir vor?«

»Meine eigene Insel, auf der nackte Frauen mir Drinks in Kokosnüssen servieren.«

Demetrius schnaubte. »Kokosnüsse? Schwachsinn, Mann. Fast hätte ich es dir abgenommen.« Er stemmte sich aus dem Sessel. »Ich muss mit Joel wegen einer Überweisung reden. Heute kommt eine neue Fracht von den Brasilianern rein.« Er wackelte mit den Augenbrauen. »Hübsche Dinger. Sehr hübsch.«

»Wie alt?«

»Oh, alle über achtzehn«, sagte Demetrius ernst. Also waren die meisten weit jünger.

»Hast du schon einen Käufer?«, fragte Ken. Denn wenn Demetrius es mit so junger Ware zu tun hatte, sah er Dollarzeichen, nicht Sex wie Reuben.

»Viel besser als einen Käufer, Alter. Ich habe Bieter. Plural. Wir veranstalten eine Online-Auktion. Diese Mädels sind wirklich hübsch, ich sag's dir. Sie werden weggehen wie warme Semmeln.«

»Und was ist mit Gupta?« Der Inder war der Hauptlieferant für Arbeitskräfte. Seine Ware hatte höchste Qualität – starke Schultern, kluge Köpfe. »Wird er uns aufkündigen, wenn er das von Reuben und seiner Tochter erfährt?«

»Ich hoffe nicht.« Demetrius zögerte. »Aber Miriam weiß, wer sie ist. Die Kleine hat mit ihrer Kreditkarte im Hotel eingecheckt.«

Ken zog die Brauen zusammen. »Gut, dass du das noch erwähnt hast – das macht Miriam gefährlicher denn je. Wenn sie Gupta direkt darauf anspricht, wird er sich unweigerlich fragen, was sie noch alles weiß, und unsere Zusammenarbeit beenden. Das wiederum wird zu Lieferengpässen führen, solange wir noch keinen neuen Vertragspartner gefunden haben.« Er brach ab. »Du ziehst ein Gesicht. Warum?« »Weil du Miriam töten willst, was aber, wie ich eben schon sagte, Verdacht erregen würde. Der Detektiv hatte eine ganze Reihe eifersüchtiger Frauen als Klientinnen. Die Polizei wird also einen Haufen schuldbewusster Männer verhören. Aber wenn Miriam als Nächstes verschwindet, wird der Fokus auf Reuben liegen, was letztendlich zu uns führt.«

»Nicht, wenn sie Selbstmord begeht. Das hat schließlich schon öfter funktioniert.«

Demetrius entspannte sich sichtlich. »Oh. Daran hätte ich selbst denken müssen. Ich bin wohl etwas neben der Spur. Die Sache mit Reuben nimmt uns einfach alle mit.«

»Dann reiß dich zusammen und kümmere dich um Miriam, bevor sie Gupta sagen kann, dass unser Sicherheitschef seine Tochter genagelt hat.« Nun zog auch Ken ein Gesicht. »Oh, verflucht. Und wenn Reuben gar nicht vor Miriam wegläuft? Sondern nach New York unterwegs ist, um sich mit dem Mädchen zu treffen?«

Demetrius zog die Mundwinkel herab. »Verdammt. Zu blöd, dass ich den Detektiv ausgeschaltet habe. Den hätten wir jetzt gut auf Reuben ansetzen können. Ich schließe mich mit Burton kurz; er soll jemanden schicken, der die Kleine im Auge behält. Vielleicht einer von den Neuen, die er erwähnt hat. Wir wollen ja nur wissen, ob Reuben sich blicken lässt. Falls er das tut, fliege ich rüber, um mich persönlich um ihn zu kümmern. So geht es jedenfalls nicht weiter. Wie du schon sagtest: Er ist ein Unsicherheitsfaktor geworden.«

Ken seufzte. »Ich weiß. Tu, was du musst, aber ...« Das Telefon auf seinem Tisch unterbrach ihn. Auf dem Display erschien Seans Name. »Was gibt's?«, fragte er barsch und drückte auf den Lautsprecher.

»Die Information, die du haben wolltest.«

Ken ertappte sich dabei, den Atem anzuhalten. »Du hast Reuben gefunden?«

»Nein, Sir. Aber ich weiß, wer bei der Geflüchteten war, die heute Morgen ermordet wurde. Eine Lokalzeitung hat die Story bereits online gebracht. Ich habe dir den Link geschickt. Falls ...« Lautes Sirenengeheul unterbrach ihn mitten im Satz.

»Herrgott«, herrschte Demetrius ihn an. »Was ist das denn?«

»Wieder ein Sabotagealarm«, antwortete Sean. Das Heulen brach abrupt ab, dann hörte man das Klacken von Seans Tastatur. »Nach der Sache heute Morgen habe ich den Alarm auf meinen Computer umgeleitet. Es sind sogar zwei Tracker. Ich habe die Identifikationsnummern hier und suche jetzt nach der gegenwärtigen Position.« Eine Pause trat ein. »Beide im Haus von Chip Anders.«

»Die anderen beiden Frauen, die Anders damals erworben hat«, sagt Ken grimmig.

»Verdammt, Sean«, zischte Demetrius. »Erzähl nicht uns von dem Alarm, sondern Burton – er ist momentan Sicherheitschef. Außerdem hat er Männer auf Anders' Haus angesetzt und ist mit Decker zusammen unterwegs, um Anders und seine Familie abzuholen und herzubringen. Die beiden können also tatsächlich etwas *unternehmen*.«

»Okay, mach ich sofort«, sagte Sean. »Ich rufe zurück, sobald ich etwas weiß. Oh, und schaut euch den Link an, den ich euch gerade geschickt habe.«

Ken trennte die Verbindung, rief die E-Mail auf, klickte auf den Link und ... starrte auf den Bildschirm. »Nein«, flüsterte er.

Eiskalter Zorn ballte sich in seiner Magengrube zusammen. »Das kann nicht wahr sein.«

»Was ist denn?«, fragte Demetrius barsch.

Ken hob den Blick. »Marcus O'Bannion.«

Demetrius' Gesicht erschlaffte schockiert. »Du willst mich auf den Arm nehmen.«

Ken drehte den Bildschirm, so dass der Vertriebsleiter sich selbst überzeugen konnte.

Demetrius ballte die Fäuste. »Verfluchte Scheiße. O'Bannion war bei der Anders-Schlampe, als sie starb? Ich fass es einfach nicht!«

Ken blieb äußerlich ruhig, als er den Laptop wieder zu sich drehte. »Dieses Mal stirbt er. Und zwar, weil *ich* das sage. Ich will keine Wiederholung der Situation vom letzten Herbst. Wenn es vor neun Monaten vernünftig gelaufen wäre, würden wir jetzt nicht in dieser gottverdammten Scheiße stecken. Also – keine Diskussion mehr. Haben wir uns verstanden?«

Demetrius nickte steif. »Absolut.«


Cincinnati, Ohio
Dienstag, 4. August, 9.30 Uhr


Drake war nur noch eine Meile von Stephanies Haus entfernt, als sein Telefon zu summen begann. »Stephanie«, knurrte er mit Blick auf das Display. Er hätte sich denken können, dass sie ihrem Vater gegenüber nicht cool bleiben würde. Falls sie auch nur ein Wort gesagt hatte ... *Warum hab ich sie heute Morgen nur nicht gleich mit abgeknallt?*

Er gab Gas, während er den Anruf annahm. »Ja? Was ist denn jetzt wieder los?«

»Schnell!«, schluchzte Stephanie. »Du musst dich beeilen. Er bringt sie um. Und dann bin ich dran. Bitte beeil dich, Drake. *Bitte.*«

»Wer bringt wen um? Wovon redest du überhaupt? Und was ist das für ein Höllenlärm da bei dir?«

»Der Alarm. Für die anderen zwei Tracker – sie sind ab. Mein Vater tobt. Er glaubt bestimmt, dass ich das war. Beeil dich!«

Drake ging unwillkürlich vom Gas. Ihrem wütenden Vater gegenüberzutreten war das Letzte, worauf er Lust hatte. »Wer hat denn den anderen die Tracker abgeschnitten?«

»Keine Ahnung. Ich jedenfalls nicht. Vielleicht waren es die blöden Weiber selbst. Aber sie kommen bestimmt nicht weit. Dad sucht sie schon draußen, und ich weiß, dass er sie umbringt, wenn er sie erwischt.« Stephanies panisches Flüstern drohte zu kippen. »Er hat mir Prügel angedroht. Weil ich angeblich das Baby versteckt habe. Aber das stimmt nicht.«

»Moment mal. Das Baby ist weg?«

»Ja. Du musst kommen, Drake. Du musst mir helfen.«

*Ich muss dir vor allem den Mund stopfen,* dachte er. Er trat wieder aufs Gas. »In ein paar Minuten bin ich bei dir. Geh schon mal aus dem Haus, Baby. Warte an unserer Stelle auf mich.«

»Er hat mich eingeschlossen. Ich weiß nicht, ob ich mich raus...« Stephanie schrie auf, als ein lautes Krachen ertönte. Schüsse! »Jemand versucht, unsere Haustür aufzubrechen!« »Wer?«, fragte Drake barsch. »Wer versucht, eure Haustür aufzubrechen? Und wer schießt da?«

»Daddy. Er hat sein Gewehr geholt! Ich weiß nicht, wer da draußen ist. Oh, Gott. Ich höre Leute die Treppe raufkommen. Ich versuch zu entwischen, sobald sie meine Tür aufsperren. Warte draußen auf mich! Mach schnell! *Schnell!*«

Dann brach die Verbindung ab. Entweder hatte sie aufgelegt, oder man hatte ihr das Handy abgenommen.

Oder man hatte sie erschossen. Vielleicht war sein Problem also bereits gelöst. Auf keinen Fall wollte er in diese Sache reingezogen werden. Schon gar nicht, wenn einem dabei die Kugeln um die Ohren flogen. Ihr Vater war ein Arschloch, konnte aber verdammt gut schießen, und seine Waffensammlung war ziemlich beeindruckend.

Da er augenscheinlich gerade wild herumballerte, musste er in seiner Waffenkammer gewesen sein und entdeckt haben, dass eine Pistole fehlte.

Die sich gegenwärtig unter Drakes Fahrersitz befand. Es war die Waffe, mit der er heute Morgen auf Tala und diesen fremden Kerl geschossen hatte.

Er bremste den Honda Civic seiner Schwester ab, wendete und fuhr in Richtung Interstate. Nie und nimmer würde er den Irrsinn der Anders' noch länger mitmachen. Belle hatte gestern vollgetankt. Er würde also bis zur kanadischen Grenze kommen, ohne einmal anhalten zu müssen.


Cincinnati, Ohio
Dienstag, 4. August, 9.30 Uhr

»Guten Morgen.«

Gayles Gruß schreckte Marcus nicht auf, obwohl sein Blick seit gut zwei Stunden am Bildschirm klebte. Ihr Parfum hatte sie verraten, sobald sie durch seine Bürotür getreten war. Dabei war es keinesfalls aufdringlich, im Gegenteil. Doch es war der Duft, der an ihr haftete, seit er sie kannte – der Duft, der ihn als Kind beruhigt hatte, wenn er aus Alpträumen aufgeschreckt war und die furchtbaren Bilder in seinem Kopf nicht mehr allein abschütteln konnte.

Denn im Alter von acht Jahren hatte Marcus dem Bösen ins Antlitz geblickt. Und es dann getötet.

Gayles Duft hatte ihn damals an die Zeit erinnert, in der sein Zuhause ein Ort der Sicherheit gewesen war, und ihre Nähe sorgte auch danach für eine gewisse Geborgenheit. Gayle vermittelte ihm das Gefühl, doch kein Monster zu sein, aber sie begriff auch, dass dieser Glaube allein nicht ausreiche, um seine Schuldgefühle zu tilgen. Daher hatte sie ihn in den folgenden Jahren stillschweigend in allem unterstützt, was er zu tun versucht hatte, um die Waagschalen wieder ins Gleichgewicht zu bringen.

Heute jedoch hatte ihr Duft keine beruhigende Wirkung auf ihn. Marcus starrte weiterhin auf den Monitor und blickte auch nicht auf, als sie an seinem Schreibtisch stehen blieb. Er hatte geduscht und sich rasiert und wusste, dass man ihm die Ereignisse des frühen Morgens nicht mehr ansehen konnte. Er hatte sich auf die Konfrontation mit ihr vorbereitet und sich genau zurechtgelegt, was er sagen würde, ohne zu verraten, dass er seine Informationen von Jill hatte. Doch nun, da sie vor ihm stand, fehlten ihm die Worte, und ihm wurde klar, dass er noch nie zuvor wütend auf sie gewesen war. Doch jetzt war er es. Und wie. *Sie hätte mir vertrauen müssen.* Wie er ihr vertraut hatte. *Immer und in jeder Hinsicht.*

Ein Becher Kaffee erschien vor seinem Gesicht. »Marcus? Geht's dir gut? Du machst mir gerade ein wenig Angst.«

Endlich schaute er auf. Begegnete ihrem Blick und sah, wie ihrer flackerte. »Mir geht's gut«, sagte er ruhig. »Aber dir nicht, wie man so hört.«

»Unfug«, widersprach sie mit einem Lächeln. »Alles in Ordnung.«

»Ist der Kardiologe derselben Meinung?«, konterte er, unfähig – oder vielleicht auch unwillig –, den gekränkten Unterton in seiner Stimme zu unterdrücken.

Sie schloss die Augen und sank auf den Stuhl vor seinem Schreibtisch. »Wer hat es dir gesagt?« Ihr Teint nahm plötzlich eine gräuliche Färbung an, die ihn aufschreckte. Er griff nach dem Telefon.

»Brauchst du einen Arzt?«, fragte er.

»Nein. Es geht schon.« Sie schlug die Augen auf und sah ihn reuevoll an. »Ich wollte es dir nicht verheimlichen, aber ich wollte auch verhindern, dass du dir Sorgen machst. Oder deine Mutter.«

»Sie hat nach dir suchen lassen, aber du warst einfach verschwunden. Ohne ein Wort. Hast du wirklich geglaubt, dass ihr das keine Sorgen bereiten würde?«

Sie hob das Kinn ein wenig und sah ihm direkt in die Augen. »Sie hatte zu dem Zeitpunkt schon genug Angst um dich – und sie weiß nicht einmal, was du wirklich tagtäglich tust. Aber ich weiß es. Du hast ein starkes Bedürfnis, dich selbst zu bestrafen, Marcus, und das macht auch mir eine Heidenangst!«

Er runzelte die Stirn. »Das stimmt doch gar nicht.«

*Du Mistkerl. Du willst ja sterben.* Marcus zog eine Grimasse, als Stones Worte sich in sein Bewusstsein drängten, bevor er es verhindern konnte. Resolut schob er sie wieder beiseite und blickte Gayle mit verengten Augen an.

»Im Übrigen geht es hier nicht um meine Person, also lenk nicht ab. Was denkst du eigentlich, wie ich mich gefühlt habe, als ich erfahren musste, dass du fast gestorben wärst?« Gayle setzte sich aufrecht hin und bedachte ihn mit einem Blick, auf den jede Gouvernante neidisch gewesen wäre. »Ungefähr so, wie ich mich fühle, wenn ich dasselbe von dir erfahre«, antwortete sie hoheitsvoll. »Wie vor neun Monaten oder heute Morgen.« Sie hielt das Tablet hoch und deutete auf Stones Artikel. »Das hier durfte ich zum Frühstück genießen. Bist du vielleicht mal auf die Idee gekommen, mich oder deine Mutter vorzuwarnen?«

»Ich habe versucht, mit Mom zu reden, aber sie hat noch geschlafen. Fiona wird dafür sorgen, dass sie mich anruft, ehe sie Zeitung liest.«

Wütend schürzte Gayle die Lippen. »Ich sollte wahrscheinlich dankbar sein, dass ich dich zu der Kevlar-Weste überreden konnte.«

Er hatte Scarlett erzählt, er trüge die Schutzweste um seiner Mutter willen, da er noch nicht bereit war, ihr zu erklären, warum Gayle von einer bestimmten Zeit an die Mutterrolle für Stone und ihn übernommen hatte. »Gayle«, seufzte er.

»Ich meine es ernst. Vielleicht sollte ich dir das Versprechen abnehmen, demnächst nur noch mit Helm vor die Tür zu gehen.«

Marcus unterdrückte nur mit Mühe das Bedürfnis, unter ihrem Blick den Kopf einzuziehen. Er war der Herausgeber einer Tageszeitung, kein kleiner Junge! Und ganz sicher kein Idiot. Resolut lenkte er das Gespräch wieder auf ihre Gesundheit. »Wenigstens habe ich nicht versucht, zu vertuschen, was heute Morgen passiert ist.

Ich habe dir noch nie etwas verheimlicht. Du hast mir dagegen deinen Herzanfall verschwiegen!«

»Davon brauchtest du nichts zu wissen«, erwiderte sie, diesmal lauter.

»Ach – nicht?« Jetzt reichte es ihm. »Herrgott noch mal, Gayle!«, brüllte er und sprang auf. »Ich hatte nicht einmal die Chance, mich um dich zu kümmern!« Erst jetzt merkte er, dass er sich auf den Schreibtisch stützte und drohend vorbeugte. »Verdammt«, murmelte er und ließ sich behutsam wieder auf seinen Platz herab.

»Ich habe dir keine Chance gegeben, dich um mich zu kümmern, weil du dich zu diesem Zeitpunkt nicht einmal um dich selbst kümmern konntest«, fuhr sie, nun wieder in normaler Lautstärke, fort.

»Als es passierte, vielleicht«, gab er zurück. »Aber was ist mit jetzt? Und komm mir gar nicht erst so«, warnte er, als sie das Tablet anhob, um ihm mit Verweis auf den Artikel klarzumachen, dass er sich offenbar immer noch nicht um sich selbst kümmern konnte. Wütend stieß er einen Zeigefinger in ihre Richtung. »Hier geht es nämlich um *dich!*«

Gayle presste die Kiefer zusammen. »Du zeigst *nicht* mit dem Finger auf mich, Marcus O'Bannion!«

Marcus holte Luft, stieß sie langsam wieder aus und ließ die Hand sinken. »Ich verstehe ja, warum du es mir vor neun Monaten verschwiegen hast. Oder vor acht. Oder sogar noch vor sechs. Aber nun bin ich wieder gesund. Mir geht's blendend. Inzwischen hättest du es mir sagen müssen.«

Ihre Augen schleuderten Blitze. »Vor wenigen Stunden hat man erneut auf dich geschossen«, flüsterte sie wütend, »und du behauptest wirklich mit ungerührter Miene, dass es dir *blendend* geht?«

Marcus blickte auf den Tisch herab und überlegte, was er sagen sollte – sagen *konnte*. Auf der persönlichen Ebene zu bleiben brachte nichts; dazu waren sie beide zu aufgebracht. Also würde er sich auf das Geschäftliche konzentrieren. Er hob wieder den Blick und sah ihr in die Augen. »Gayle. Du hattest einen Herzanfall.

Normalerweise hättest du dich krankschreiben lassen müssen, aber das hast du nicht getan. Du bist auf eigenes Risiko viel zu früh zur Arbeit zurückgekehrt und hast einen Teil deiner Aufgaben zwangsweise an eine Kollegin abgetreten. Du hast einer recht neuen Angestellten Zugriff auf vertrauliche Firmendaten gegeben, für die sie keinerlei Befugnis besaß. Das ist ein eindeutiger Verstoß gegen die Vertragsauflagen.« Er holte tief Luft und spürte einen Schmerz in seiner Brust. »Mehr noch – es ist ein echter Vertrauensbruch.«

Schockiert blieb ihr der Mund offen stehen. »Glaubst du ernsthaft, dass ich Jill Zugriff auf vertrauliche Daten gewährt habe?«

»Sie hat deine E-Mails abgefangen, Gayle. Also: Nein, ich *glaube* nicht, dass du das getan hast, ich *weiß* es.«

Gayle erbleichte. »Sie hat meine E-Mails abgefangen? Das habe ich ihr nicht erlaubt.«

»Sie hat's trotzdem getan. Und sie manipuliert die Drohliste.«

Gayle setzte sich entsetzt zurück. »Oh, nein.«

»Oh, doch. Sie hat mir heute Morgen vorgeworfen, meine Familie würde dich seit vielen Jahren ausnutzen. Wenn es uns nicht gäbe, wärest du längst im Ruhestand und könntest dein Leben genießen, und diese verdammte Drohliste sei der Grund für deinen Herzanfall gewesen. Stimmt das, Gayle?« Gayle legte sich die bebenden Finger an die Lippen. »Nein. Niemand hat mich ausgenutzt. Ich bin hier, weil ihr meine Familie *seid,* Marcus. Du und Stone und Audrey und deine Mutter und auch Jeremy, auch wenn er nicht mehr bei uns wohnt. Ihr seid meine Familie.«

Er blies die Backen auf und stieß den Atem aus, den er unbewusst angehalten hatte. »Gott, ich bin so froh, dass du das sagst. Auch für mich bist du Familie. Ich ...« Die Worte gingen unter einer Welle von Emotionen unter. »Du bist immer für mich da gewesen. Ich fände es furchtbar, wenn du glaubtest, ich wüsste nicht zu schätzen, was du dafür aufgegeben hast. Du hättest einen Mann und eigene Kinder haben können. Ein eigenes Zuhause. Und doch bist du bei uns geblieben.«

Gayle beugte sich vor. Ihre Miene war eindringlich. »Ich *habe* ein Zuhause. Ich habe Kinder – dich und Stone und Audrey. Und Mikhail.« Schmerz flackerte in ihren Augen auf. »Und Matty«, flüsterte sie. »Gott, ich vermisse sie so sehr.«

Marcus ließ den Kopf hängen. Seine Brust war plötzlich zu eng zum Atmen. Mattys Name wurde in seiner Familie äußerst selten genannt, und wenn, dann nur flüsternd, als würde bei normaler Lautstärke Schreckliches heraufbeschworen. Dabei hätte Marcus nicht erst etwas heraufbeschwören müssen. Er hatte Mattys Leiche aus nächster Nähe gesehen, und diese Bilder hatten sich in seinen Verstand eingebrannt. Nun war auch Mikhail Bestandteil seiner Alpträume. Würde sein Name dasselbe Schicksal erleiden wie Mattys? *Nein,* dachte er. *Das lasse ich nicht zu.* »Ich vermisse sie auch«, sagte er mit belegter Stimme. »Beide.«

Eine lange Zeit saßen sie einfach nur schweigend beisammen, bis Marcus aufblickte. Gayle hatte die Augen fest zugekniffen, die Arme um den Bauch geschlungen und bebte unter ihren stummen Schluchzern so sehr, dass Marcus hastig aufstand.

Er ging um seinen Tisch herum, hockte sich vor sie und hielt ihr eine Schachtel Taschentücher hin. »Hey. Bitte hör auf zu weinen. Du machst mir Angst.«

Sie sah ihn durch die Tränen empört an. »Ich mache dir Angst? *Ich* mache *dir* Angst?« Sie rupfte eine Handvoll Taschentücher aus der Schachtel und wischte sich die Wangen ab. »Du hättest heute sterben können, Marcus O'Bannion, und das scheint dir nicht einmal etwas auszumachen!«

Sie weinte wegen ihm! *Und sie hat recht. Der Schütze hätte dich mit einem Kopfschuss abknallen können.* Als er am Boden gelegen hatte, die Wange an den Asphalt gepresst, in seinen Lungen kaum noch Platz zum Atmen, war er lächerlich leicht zu treffen gewesen. Er richtete sich auf und setzte sich auf die Tischkante. »Verzeih mir, Gayle. Du hast recht. Ich verspreche dir, dass ich von jetzt an vorsichtiger sein werde.«

Sie schniefte und wandte den Blick ab. Sie weinte noch immer, aber nicht mehr ganz so verzweifelt. Wenigstens würde sie hier und jetzt in seinem Büro keinen weiteren Herzanfall erleiden.

»Mir ist übrigens aufgefallen, dass du Keith nicht mit in deine Familie eingeschlossen hast«, sagte er trocken, um sie von ihren Tränen abzulenken. Dass Gayle Jeremys Mann nicht mochte, war kein Geheimnis.

Gayle schniefte erneut und bedachte ihn mit einem indignierten Blick. »Dieser Mann regt mich einfach auf. Er tut, als sei Jeremy sein Eigentum. Wenn sie vorbeikommen, guckt er alle fünf Sekunden auf die Uhr und seufzt wie ein schmollendes Kind, damit wir auch ja kapieren, wie froh er ist, wenn sie wieder gehen dürfen.«

»Ja, Keith ist ziemlich besitzergreifend, aber Jeremy liebt ihn«, sagte Marcus achselzuckend. »Was soll man dazu sagen?«

»Nichts. Nicht dass einer von euch überhaupt auf das hören würde, was ich sage«, brummte sie. Sie stützte sich auf den Armlehnen ab und begann sich zu erheben. »So, ich muss an meinen Tisch zurück. Vorn sitzt sonst keiner.«

»Nicht so schnell.« Marcus beugte sich vor und drückte sie sanft zurück auf ihren Platz. »Mir ist nicht entgangen, dass du meine Frage nicht beantwortet hast. Es ging darum, ob etwas auf der Drohliste deinen Herzanfall ausgelöst hat.«

Viel zu ruhig schüttelte sie den Kopf. »Nein. Ich hatte eine Arterienverengung, die eine Durchblutungsstörung ausgelöst hat. Es hätte überall und zu jedem Zeitpunkt geschehen können. Im Grunde war es sogar gut, dass es hier passiert ist, denn Jill hat schnell Hilfe herbeigerufen. Man hat mich auf Betablocker gesetzt, und das war's. Kein Drama.«

»Hm.« Marcus musterte sie, bis ihre Wangen sich rosig färbten. »Mir war gar nicht bewusst, wie geschickt du darin bist, meinen Fragen auszuweichen. Was war das für ein Drohbrief, den du gelesen hast, als du den Infarkt bekamst? Jill sagt, sie konnte nachher nichts mehr finden, du hättest ihn offenbar versteckt.«

Gayle hob kaum merklich das Kinn. »Das spielt keine Rolle mehr. Ich habe mich schon darum gekümmert.«

Marcus stieß frustriert den Atem aus. »Könntest du vielleicht meine Frage beantworten?«

Wütend sah sie ihn an. »Na schön. Ich hol dir den Brief. Er liegt bei mir zu Hause im Safe.«

Sie hatte die Drohung also ernst genug genommen, um den Brief zu behalten. »Wer hat ihn geschrieben?«

»Leslie McCord.«

Er schnitt ein Gesicht. »Ah, die reizende Mrs. McCord«, sagte er sarkastisch. Die Frau war ein boshaftes Biest in Reinform. »Die Gattin von Woodrow ›Woody‹ McCord, seines Zeichens pädophiler Perversling, Highschool-Lehrer und leidenschaftlicher Sammler von Kinderpornografie.« Es war die letzte Story gewesen, die er und sein Team veröffentlicht hatten, bevor Mikhail verschwand. »Dass sie uns droht, ist eigentlich keine große Überraschung. Sie war ausgesprochen unglücklich, als die perversen Neigungen ihres Mannes ans Licht kamen. Sie hat mich doch sogar beschuldigt, die kompromittierenden Bilder selbst auf Woodys Festplatte geladen zu haben.«

»Ja, sie hat nie an seine Schuld geglaubt. Aber das tun die meisten Angehörigen nicht.«

»Nicht einmal dann, wenn man ihnen die Beweise unter die Nase hält.« Marcus nickte. »Ich nehme an, sie gibt uns die Schuld an seinem Selbstmord.« Der Mistkerl hatte es geschafft, sich noch vor der Anklageerhebung in Untersuchungshaft zu erhängen. »Was genau steht denn in dem Brief?«

Gayle seufzte müde. »Sie wettert gegen Stone und dich gleichermaßen. Er hat die Story geschrieben, du hast sie gedruckt. Sie hofft, du und dein Reporter würdet in der Hölle schmoren, weil ihr den Namen ihres Mannes in den Schmutz gezogen und sein Leben ruiniert habt.«

»Das klingt eigentlich nicht besonders dramatisch«, sagte er vorsichtig. »Man hat uns schon schlimmere Drohungen geschickt.«

»Außerdem wünscht sie euch von ganzem Herzen, dass ihr am eigenen Leib erfahrt, wie es ist, einen geliebten Menschen zu verlieren.« Gayles Blick begegnete seinem und hielt ihn fest. »Erst wenn ihr verzweifelt vor dem Grab dieses Menschen stündet und euch vor Augen führen müsstet, dass er vor seinem Tod vergeblich um Erbarmen gebettelt hat, könntet ihr nachvollziehen, wie sich echtes Leid anfühlt.« Sie holte tief Luft und stieß sie wieder aus. »Diesen Brief bekam ich am Morgen, nachdem deine Mutter erfahren hatte, dass Mikhail vermisst wurde.«

»Oh, Gott.« Marcus konnte sie nur anstarren. »Du hast geglaubt, Leslie McCord hätte Mikhail gekidnappt.«

»Oder jemanden dafür bezahlt. Ich konnte nur daran denken, dass deine Mutter es nicht überleben würde, Mikhail genau wie Matty zu verlieren.«

Marcus' Herz schlug viel zu hart. »Und doch ist es geschehen«, murmelte er. »Nur hatte es nichts mit Leslie McCord zu tun.« Mikhail war einfach von zu Hause ausgerissen und zu einer Hütte im Wald gefahren, die seiner Mutter gehörte. Dort war er einem sadistischen Mörder in die Quere gekommen, der das Häuschen als Versteck nutzen wollte. Er hatte Mikhail erschossen und ihn zusammen mit anderen Toten verscharrt.

Gayle verzog verbittert den Mund. »Was für eine Ironie. Jedenfalls bekam ich plötzlich furchtbare Beklemmungen, und dann weiß ich nur noch, dass Jill mich anschrie, ich dürfe nicht sterben.«

Marcus wischte sich mit dem Handrücken über den Mund. »Okay, schön. Ich begreife jetzt, warum du mir nicht sofort von der Drohung erzählt hast. Du bist an dem Tag ins Krankenhaus eingeliefert worden und ich ebenfalls.«

Marcus war zu der Hütte hinausgefahren, um sich mit Stone zu treffen, der den toten Mikhail bereits entdeckt hatte. Mikhails Mörder hatte in der Hütte ein Mädchen und eine junge Frau versteckt, die jedoch hatten fliehen können und erschöpft und angeschlagen schließlich auf Marcus gestoßen waren – als im gleichen Moment der Killer zu ihnen aufschloss. Instinktiv hatte Marcus sich über die Frau geworfen, und die Kugel hatte seine Lunge durchschlagen.

Und, ja, sie hatte recht: Er war zunächst kaum lange genug bei Bewusstsein gewesen, dass man ihm von Gayles Herzinfarkt oder der Drohung der Lehrerwitwe hätte erzählen können. Und seine Genesung hatte sich lange hingezogen.

Er schüttelte den Kopf. »Aber wieso nicht später, als du bereits wusstest, dass McCord Mikhail nicht umgebracht hatte, und wir beide wieder gesund waren? Warum hast du es mir nicht einfach dann gesagt?«

»Weil es keinen Grund mehr dafür gab.«

»Woher willst du das denn wissen? Die Frau kann sich immer noch rächen wollen.«

Gayle schüttelte den Kopf. »Leslie McCord ist für niemanden mehr eine Bedrohung.«

Marcus runzelte die Stirn. »Woher willst du das denn wissen?«, wiederholte er.

Gayle öffnete den Mund, aber ihre Stimme wurde übertönt von plötzlichem Lärm, der von draußen hereindrang.

»He, was soll das?« Es war Stone, und er klang wütend. »Was in Dreiteufelsnamen machen Sie denn hier?«

»Ich würde Ihnen raten, die Hand von meinem Arm zu nehmen«, antwortete eine kühle, gefasste und sehr vertraute Stimme.

*Sie ist hier. Scarlett Bishop ist hier.*

# 11

Cincinnati, Ohio
Dienstag, 4. August, 9.35 Uhr

Ken sah zu, wie Demetrius in seinem Büro auf und ab lief. Der Zorn fraß sich wie Säure durch seine Innereien.

»Warum bist du noch hier?«, fragte er schließlich kalt.

»Ich überlege, was am besten zu tun ist.«

Ken sprang auf die Füße, stemmte die Hände auf den Tisch und beugte sich über die polierte Tischplatte. »Ich hab dir schon gesagt, was zu tun ist. Geh und bring diesen Mistkerl O'Bannion um, wie ich es dir schon vor neun Monaten aufgetragen habe!«

Demetrius unterbrach seine Wanderung gerade lange genug, um Ken einen wütenden Blick zuzuwerfen. »Vor neun Monaten war das aber nicht nötig. Weil er ohnehin außer Gefecht gesetzt war.«

Wofür sie keinen Finger hatten rühren müssen. Ein Eins-a-Serienkiller hatte den Job für sie übernommen – doch leider nicht gründlich genug. »Wie es aussieht, ist er aber inzwischen zurück und kommt uns schon wieder in die Quere«, fuhr Ken Demetrius an. »Warum haben wir davon nichts gewusst? Ich dachte, wir überwachen ihn.«

»Das haben wir auch getan. Reubens Berichten zufolge verbrachte O'Bannion nach seiner Entlassung aus dem Krankenhaus zwei Monate in diesem Mausoleum, in dem seine Mutter wohnt. Seitdem war er meistens in der Redaktion anzutreffen.« Ken verschränkte die Arme vor der Brust. »Heute Morgen offenbar nicht. Da hat er sich mit unserer Ware getroffen, und weiß Gott, was die kleine Schlampe ihm alles erzählt hat.«

Demetrius hielt sein Smartphone hoch. »Ich hab gerade diesen verdammten Artikel gelesen. Und das solltest du vielleicht auch tun, ehe du hier einen Aufstand machst.«

Ken atmete tief ein. »Ich mache keinen Aufstand.«

»Stimmt. Wir beide reden ja gerade ganz vernünftig miteinander.« Demetrius verdrehte die Augen. »Hör zu. Hier steht, dass O'Bannion erst eintraf, als das Mädchen schon blutend auf dem Boden lag. Sie hat gar nichts gesagt.«

Ken lehnte sich zurück und überflog den Artikel, aber er würde sich nicht täuschen lassen. O'Bannion war die Pest und als solche hochgefährlich. »Behauptet er. Der Mann lügt doch, sobald er den Mund aufmacht.«

»Er vertritt die Presse!«, fauchte Demetrius. »Natürlich lügt er. Aber wir können uns die Aufnahmen vom Tracker anhören. Sie mag O'Bannion heute Morgen nichts verraten haben, aber irgendjemandem *hat* sie was gesagt. Sonst hätte er sich wohl kaum mit ihr treffen wollen.«

»Warum ist er gestern nicht beschattet worden?«

»Weil Reuben momentan zu wenig Personal hat. Nachdem uns der Unfall vergangenen Monat zwei Leute gekostet hat, hat er vorgeschlagen, den Mann, der O'Bannion beschattete, abzuziehen und stattdessen als Frachtbegleitung einzusetzen. Wir haben alle eingewilligt – du auch!«

Nun fiel es ihm wieder ein. *Verdammt.* »Es sollte nur vorübergehend sein. Reuben hätte längst wieder jemanden einstellen müssen.«

»Reuben hätte eine ganze Menge tun müssen«, sagte Demetrius. »Anscheinend war er aber zu beschäftigt. Zum Beispiel mit den Frauen und Töchtern unserer Lieferanten.«

Ken schüttelte den Kopf. »Über Reuben haben wir uns schon genug aufgeregt. Was ihn betrifft, ist unser Vorgehen klar. Jetzt reden wir über O'Bannion. Wir hätten ihn umlegen sollen, als er aus dem Krankenhaus entlassen wurde.«

Demetrius legte die Hände aneinander. »Kannst du bitte aufhören, immer dasselbe zu sagen? Wir hätten in dem Moment gar nichts tun können. Wir hätten riskiert, dass die Bullen die Sache mit McCord und seiner Frau in Verbindung bringen. Und nachdem wir deren Selbstmorde inszeniert hatten, konnten wir bei O'Bannion nicht gleich genauso vorgehen.«

McCord hatte aussagen wollen, deshalb hatten sie seine Tötung im Gefängnis veranlasst. Das war kein großes Problem gewesen: Man hatte ihn in der Zelle aufgeknüpft, seine Wärter hatten von Selbstmord gesprochen. Sie hatten keine Ahnung davon gehabt, was seine Frau wusste, daher hatten sie ihr mit einer Überdosis Tabletten präventiv das Maul gestopft. In keinem der beiden Fälle stellten die Behörden den Selbstmord in Frage, weil sie ihn praktisch erwartet hatten.

»Auch bei O'Bannion wäre der Selbstmord direkt nach seiner Entlassung aus dem Krankenhaus glaubhaft gewesen. Er hat um seinen Bruder getrauert. Niemand hätte sich gewundert.«

Demetrius seufzte. »Du hast recht«, sagte er ruhig. »Ich habe mich geirrt. Wir alle haben uns geirrt, nur du nicht. Bist du jetzt zufrieden?«

Wütend öffnete Ken den Mund, konnte sich aber gerade noch zurückhalten, etwas zu sagen, was er später vielleicht bereuen würde. »Nein, ich bin nicht zufrieden«, erwiderte er schließlich mit erzwungener Ruhe. »Wir haben einige Fehler gemacht – *wir*, Demetrius, und das schließt mich ein.« Er sah seinem Freund tief in die Augen. »Nun gilt es vor allem, diese Fehler wieder auszubügeln, und O'Bannion ist einer davon.«

Ein winziges Lächeln huschte über Demetrius' Lippen. »Erzähl mir nicht solchen Blödsinn, Kenny«, sagte er beinahe herzlich. »Du hast dich immer schon für unfehlbar gehalten, und ich kann mir nicht vorstellen, dass du dich quasi über Nacht geändert hast. Aber bei einer Sache stimme ich dir zu: O'Bannion muss verschwinden. Dennoch will ich nicht in den Knast wandern, nicht einmal für dich. Also sollten wir uns jetzt gemeinsam überlegen, wie wir am besten vorgehen.« Er setzte sich wieder in den Ohrensessel und blickte stirnrunzelnd auf den Bildschirm seines Smartphones.

Ken las den Artikel zum zweiten Mal. »O'Bannion ist ebenfalls angeschossen worden, aber laut Seans Informanten wurde er noch vor Ort versorgt.« Mit verengten Augen blickte er auf. »Wer hat das Mädchen getötet?«

»Gute Frage«, murmelte Demetrius. »Aber eine wichtigere Frage wäre vielleicht, ›womit‹? Wenn wir nämlich herausfinden, was für eine Waffe es gewesen ist, könnten wir uns ein Exemplar davon besorgen und damit O'Bannion umlegen. Solange wir dafür sorgen, dass weder am Tatort noch in der Leiche eine Kugel gefunden wird, wird alles darauf hindeuten, dass es derselbe Täter war, der auch das Mädchen erschossen hat.«

»Würdest du das übernehmen?«, fragte Ken.

»Ernsthaft jetzt? Du *bittest* mich darum?« Ein leises Lachen. »Vielleicht bist du ja doch lernfähig. Ja, ich übernehme das. Ich habe bei einigen Leuten im CPD noch diverse Gefallen offen. Eigentlich brauchen wir nur das Kaliber in Erfahrung zu bringen. Ich werde allerdings warten, bis O'Bannion allein ist. Was bedeutet, dass du dich um Reubens Frau kümmern musst. Falls du nicht zu eingerostet bist.«

Ken zog eine Braue hoch. »Mit Miriam komme ich schon klar. Du sorgst dafür, dass O'Bannion keinen Ärger macht. Zumindest nicht noch mehr«, setzte er sarkastisch hinzu.

»Aye, aye, Sir.« Demetrius salutierte. »Da wir wieder im Befehlsmodus sind.«

Ken bedachte ihn mit einem säuerlichen Blick. »Sei kein Arschloch, Demetrius.« Er rieb sich den Nacken und seufzte tief. »Burton hätte sich eigentlich inzwischen melden sollen.«

»Ja, ich weiß.«

Mit einem weiteren Seufzer drückte Ken die Lautsprechertaste am Telefon und wählte Burtons Handynummer. »Lagebericht?«, sagte er barsch, als Burton sich meldete.

»Wir haben alle drei Mitglieder der Familie Anders in Gewahrsam. Keiner konnte vorher noch einen Notruf absetzen, zumindest in diesem Bereich gibt es also nichts aufzuwischen.«

»Und was hatte es mit dem Sabotage-Alarm auf sich?«, fragte Ken, obwohl ihm Burtons grimmiger Tonfall die Antwort bereits verriet.

»Die Tracker sind abgetrennt worden. Wir haben sie im Keller entdeckt, wo die Frauen anscheinend gehaust haben. Aber die beiden sind weg.«

Cincinnati, Ohio,
Dienstag, 4. August, 9.50 Uhr

*Scarlett Bishop.* Wie lange stand sie schon dort? Was hatte sie mitbekommen? Nichts Verräterisches, dachte Marcus. Im schlimmsten Fall hatte sie gehört, wie er Gayle vorgeworfen hatte, Jill an ihren Computer gelassen zu haben. Im besten Fall wusste sie jetzt nur, dass Gayle sich um ihn sorgte. Weil man – schon wieder! – auf ihn geschossen hatte. Er drängte die aufsteigende Panik an den Rand seines Bewusstseins.

Doch dort wurde es langsam mächtig voll. Dieser alberne Gedanke entlockte ihm ein kleines Lächeln, und sein Ärger ließ nach.

»Stone?«, rief er. »Begleite den Detective bitte herein.«

Stone stieß die Tür auf. Sein Bruder wirkte wie ein bezahlter Schläger, und sein finsterer Blick hätte wohl selbst gestandene Gangster in die Flucht schlagen können, aber Scarlett war ungerührt. Und so verdammt hübsch, dass Marcus sich scharf in Erinnerung rufen musste, dass sie anscheinend gerade eine private Unterhaltung belauscht hatte.

»Detective«, sagte er freundlich. Sie hatte sich umgezogen. Anstelle des sexy Tanktops und der engen Jeans trug sie nun eine biedere Bluse und eine Stoffhose, und zu seinem Leidwesen verdeckte ein Jackett das Schulterholster, das er an ihr so scharf fand. Der dicke Zopf, der heute Morgen auf ihrem Rücken herabgehangen hatte, lag nun in einer engen Spirale fest an ihrem Kopf, und es hätte ihn interessiert, wie vieler Nadeln es wohl bedurfte, um ihn dort zu fixieren. Vor seinem geistigen Auge sah er plötzlich, wie er Nadel um Nadel herauszog und diese Haarmassen befreite.

»Sie hat an der Tür gelauscht«, knurrte Stone.

»Am Empfang war niemand.« Scarlett zuckte mit den Schultern. »Ich wollte nicht länger warten.«

»Sie hätten ja rufen können«, sagte Gayle vorwurfsvoll. »Ich wäre sofort da gewesen.«

»Sie tun das gerne, nicht wahr?«, presste Stone durch zusammengebissene Zähne hervor. »Unangekündigt irgendwo reinplatzen?«

Scarlett und Deacon hatten Stone das erste Mal, als sie sich begegnet waren, überrumpelt: Sie hatten bei ihm angeklopft und waren auf sein »Herein«, das jemand anderem gegolten hatte, tatsächlich eingetreten, ohne sich als Polizisten zu erkennen zu geben. Theoretisch hatten sie damit Hausfriedensbruch begangen, aber da Stone zu dem Zeitpunkt wichtige Beweise in einem Mordfall unterschlagen hatte, war man stillschweigend darüber hinweggegangen.

Scarlett nahm weder Gayle noch Stone zur Kenntnis, sondern betrachtete Marcus mit unbeirrbarer Gelassenheit. *Eigentlich müsste mir längst der Kragen platzen,* dachte er. Stattdessen war er fasziniert.

Gayle erhob sich. »Ich bringe Sie hinaus.«

Marcus hielt die Hand hoch. »Schon gut, Gayle. Was kann ich für Sie tun, Detective?«

»Ich wollte mich vergewissern, dass Ihnen nichts zugestoßen ist«, sagte Scarlett und zog eine Braue hoch. »Da Sie auf keinen einzigen meiner Anrufe reagiert haben.«

Innerlich zog er den Kopf ein. Was sollte er darauf sagen? *Ich habe Ihre Anrufe ignoriert, weil ich mich einfach nicht entscheiden konnte, welche Drohungen ich Ihnen zeigen kann?* Wohl kaum. »Verzeihen Sie, ich wollte Sie nicht beunruhigen. Mir geht's gut, wie Sie sehen. Ich war einfach damit beschäftigt, mein Geld zu verdienen.«

Scarlett sah sich in seinem Büro um und betrachtete die gerahmten Zeitungstitel, die sein Großvater gesammelt hatte. Einen Moment lang war er sicher, dass sie eine Bemerkung zu der Ausgabe der *Malaya* machen würde, aber als sie sich ihm wieder zuwandte, war ihre Miene aufgesetzt ausdruckslos. Er zog die Brauen zusammen.

»Sie waren damit beschäftigt, Nachrichten zu produzieren«, sagte sie gelassen.

Die plötzliche Veränderung in ihrem Benehmen gefiel ihm nicht. »Das hier *ist* eine Zeitung, Detective«, sagte er scharf. »Nun haben Sie sich also vergewissert, dass mir nichts zugestoßen ist. Kann ich sonst noch etwas für Sie tun?«

Das zornige Aufblitzen in ihren dunklen Augen ließ seinen Ärger absurderweise wieder abflauen. »Sie haben mir eine Liste von Leuten versprochen, die Ihnen persönlich oder Ihrer Zeitung gedroht haben. Ich hatte schon vor Stunden damit gerechnet.« Sie wandte sich zum ersten Mal Gayle zu. »Ich nehme an, dass Sie Mr. O'Bannions Büroleiterin sind. Er hat meinem Partner und mir gesagt, dass Sie Drohbriefe von Leuten katalogisieren, die mit den Inhalten dieser Zeitung nicht einverstanden sind. Da Ihr Chef offenbar zu stark eingespannt ist, könnten Sie mir ja vielleicht die Liste ausdrucken.«

Gayle verspannte sich leicht, überspielte aber geschickt, wie überrascht sie war, dass Scarlett von der Liste wusste. »Ich fürchte, ich verstehe nicht ganz, wovon Sie reden, Detective ...?«

»Detective Bishop«, sagte Marcus. »Scarlett Bishop.«

»Mordabteilung«, fügte Scarlett knapp hinzu.

»Detective, das ist Gayle Ennis, meine Büroleiterin.«

Gayles Augen weiteten sich. »Sie haben den Mord an Mikhail untersucht«, sagte sie mit belegter Stimme.

Scarletts Miene wurde weicher. »Ja, Ma'am«, sagte sie respektvoll. »Sie kannten ihn?«

Gayle nickte und schluckte hart. »Ich war sein Kindermädchen.«

Verdattert blieb Scarlett der Mund offen stehen, doch sie fasste sich rasch. »Mein Beileid«, murmelte sie. »Ich ermittle im Fall einer jungen Frau, die heute Morgen erschossen wurde. Auch sie hat eine Familie, die erfahren muss, was geschehen ist. Diese Liste würde mich bei meinen Ermittlungen einen großen Schritt weiterbringen, und jede Sekunde zählt.«

Gayle warf Marcus einen verunsicherten Blick zu.

»Ich kümmere mich schon drum.« Er drückte Gayles Schulter und trat zu Scarlett, die noch immer an der Tür stand. Ihr Haar roch nach Wildblumen, genau wie damals, als sie an seinem Krankenhausbett gesessen hatte. »Haben Sie sich die Videodateien angesehen?«, fragte er leise.

Sie begegnete seinem Blick. »Ja. Mehrfach.«

»Und Sie denken immer noch, dass Sie die Liste brauchen?«

Ein Flackern in ihren Augen verriet ihm, dass sie verstand. »Wenn Sie mich fragen, ob ich noch immer meine, Sie könnten Ziel des Anschlags gewesen sein, so muss ich vermutlich mit Nein antworten, aber ich schulde es Tala – und Ihnen auch –, diese Möglichkeit vollkommen auszuschließen.«

Mit dieser Antwort hatte sie bei Gayle und Stone gepunktet. *Und bei mir auch,* musste er sich widerstrebend eingestehen. *Verdammt.*

»Na gut. Wenn Sie die Liste so unbedingt überprüfen wollen, dann lasse ich sie Ihnen sofort zukommen. Also. Wenn es sonst nichts mehr gibt, bringt Stone Sie nun hinaus.«

Stones Miene war längst nicht mehr so finster wie zu Anfang. »Detective? Bitte hier entlang.«

Scarlett regte sich nicht. »Ich kann hier warten, bis Sie die Liste gedruckt haben«, sagte sie fest. »Ich muss ohnehin noch ein paar Dinge mit Ihnen besprechen.«

Marcus verengte die Augen. »Aha. Und was zum Beispiel?« »Zum Beispiel, was den Hund betrifft. Ich habe vielleicht die Möglichkeit, die Besitzer des Pudels zu ermitteln, aber da die Standbilder aus den Videos sehr dunkel und körnig sind, bräuchte ich Ihre Hilfe, um ihn aus einer Reihe von Fotos einwandfrei identifizieren zu können.« Als er sie weiterhin nur ansah, fügte sie hinzu: »Sie sind der Einzige, der das Tier in natura gesehen hat. Wenn Sie also noch heute Morgen ein wenig Zeit dafür abzwacken können, wäre ich Ihnen sehr dankbar.«

Sie fragte ihn, ob er Zeit für *sie* abzwacken konnte? *Ernsthaft jetzt?* Marcus hatte bereits im Geist seine Termine überprüft, tat aber so, als müsse er erst den Kalender auf seinem Handy konsultieren. »Ich kann ein, zwei Stunden erübrigen. Gayle, cancel doch bitte den Termin bei ...«

»Nur wenn wir das Exklusivrecht bekommen«, unterbrach Stone sie.

Scarlett warf ihm einen entnervten Blick über die Schulter zu.

Stone zuckte die Achseln. »Seine Zeit ist Geld. Eine Exklusiv-Story bringt Geld. Im Übrigen untermauert die Existenz des Hundes und seiner augenscheinlich kriminellen Besitzer Marcus' Geschichte. Dass er Sie gestern Nacht angerufen hat, war riskant. Es gibt immer Leute, die ihm niedere Beweggründe unterstellen werden, wenn sie hören, dass er sich mitten in der Nacht in einer anrüchigen Gegend mit einem minderjährigen Mädchen getroffen hat – egal, was wir bereits online gestellt haben. Alles, was die Wahrheit bekräftigt, ist meinem Bruder von Nutzen.«

Mit zusammengezogenen Brauen dachte sie darüber nach. »Also schön. Sie kriegen Ihr Exklusivrecht, aber ich will die Story abnicken, bevor Sie sie drucken. Nur bis wir Talas Mörder haben«, fügte sie schnell hinzu, als Stone zum Protest ansetzte. »Ich gehe nicht das Risiko ein, dass Sie etwas veröffentlichen, wodurch uns der Täter entwischen könnte.« »Einverstanden«, sagte Stone, als sei Marcus nicht anwesend.

»Was für andere Dinge wollten Sie noch mit mir klären?«, versuchte Marcus, ihre Aufmerksamkeit wieder auf sich zu lenken.

Scarlett lehnte sich etwas nach links, so dass sie Gayle sehen konnte, die noch immer an Marcus' Tisch stand. »Weshalb sind Sie sich so sicher, dass Leslie McCord für Mr. O'Bannion keine Bedrohung mehr darstellt?«

Marcus verengte die Augen. »Das hat nichts mit Ihrem Fall zu tun.«

Sie blickte ungerührt zu ihm auf. »Ich frage nicht Sie, ich frage Ms. Ennis.«

»Antworte ihr nicht, Gayle«, warnte Stone. Seine Miene war wieder so finster wie zu Anfang. »Sie hat euch beide vorsätzlich belauscht. Wenn sie mehr wissen will, soll sie sich gefälligst einen richterlichen Beschluss besorgen.«

»Das braucht sie nicht«, erwiderte Gayle müde. »Sie kann die Antwort hier und jetzt googeln. Leslie McCord ist tot. Sie hat eine Überdosis Schlaftabletten genommen, die Sache ist also erledigt. Ich sah keinen Grund mehr, euch damit zu behelligen.« Sie ging zur Tür und schob sich an ihnen vorbei. »Ich gehe nun wieder an meinen Schreibtisch.«

»Zufrieden, Detective Bishop?«, fragte Marcus beißend.

Scarlett betrat sein Büro, ohne auf eine Einladung zu warten, und setzte sich auf den Stuhl, den Gayle frei gemacht hatte. »Sobald ich die Liste habe, ja.«

Cincinnati, Ohio
Dienstag, 4. August, 9.50 Uhr

Ken konzentrierte sich auf seinen Puls, der sich zu überschlagen drohte. Auch die anderen beiden Frauen, die Anders im Haus behalten hatte, waren entkommen. In nicht einmal zwölf Stunden drei weniger!

Wie vom Donner gerührt sank Demetrius zurück auf den Ohrensessel und blickte Ken fassungslos an.

Die Situation war rasant und gründlich aus dem Ruder gelaufen. *Reuben, mein Freund. Wenn ich mit dir fertig bin, wirst du dir wünschen, deine Frau hätte dich umgebracht* – falls Miriam es nicht längst getan hatte.

Mit Mühe gelang es ihm, seiner Stimme nichts anmerken zu lassen. »Was genau soll das heißen – die beiden sind weg?«, fragte er Burton über den Lautsprecher des Festnetztelefons.

Demetrius hatte sich nicht so gut im Griff wie Ken. »Ihre Leute standen doch vor der Tür, als der Sabotage-Alarm losging!«, brüllte er. »Wie schwer kann es denn sein, zwei verdammte Weiber festzuhalten?«

Am anderen Ende der Leitung herrschte einen Augenblick lang defensives Schweigen. Dann: »Ich habe die Leute reingeschickt, sobald Seans Anruf eingegangen war. Aber es war nicht so einfach, die Türen aufzubrechen. Anders hat sein Haus wie eine Festung gesichert. Letztlich mussten meine Männer sich den Weg frei schießen. Anders war gut bewaffnet.«

»Gab es Verletzte?«, fragte Ken.

»Einer unserer Leute wurde ins Bein getroffen. Glatter Durchschuss, muss vermutlich genäht werden. Decker sagt, er kann das machen, falls es sein muss. Er war im Irak Sanitäter.«

»Mr. Decker ist ja ein echtes Multitalent«, murmelte Ken geistesabwesend. Bestimmt hatte jemand aus der Nachbarschaft die Schüsse gehört und schon die Polizei gerufen. »Und Anders?«

»Chip Anders ist verwundet, aber nur leicht«, sagte Burton. Dann stieß er geräuschvoll den Atem aus. »Was man kaum glauben kann, wenn man ihn hört. Er quiekt wie ein angestochenes Schwein. Seine Frau hat einen Handabdruck im Gesicht. Decker hat ihr eine geknallt, als sie ihn gebissen hat.«

Ken warf Demetrius einen warnenden Blick zu, als dessen Lippen zuckten. »Und die Tochter?«, fragte er. Er brauchte die Kleine als Druckmittel gegen den Vater. »Hat sie auch was abgekriegt?«

»Gewissermaßen«, antwortete Burton mit grimmiger Zufriedenheit. »Wir mussten sie übers Knie legen. Die kleine Schlampe hat mir das Gesicht zerkratzt. Jedenfalls haben wir alle drei überwältigt, verschnürt, geknebelt – Gott sei Dank – und im Van mit Handschellen an die Türen gefesselt.«

»Ist die Polizei schon da?«

»Einer von unseren Leuten hält Ausschau nach sich nähernden Fahrzeugen. Wir hatten Waffen mit Schalldämpfern, Anders aber nicht. Decker und ich haben im Wald hinterm Haus nach den beiden flüchtigen Frauen gesucht, aber keine Spur von ihnen entdeckt. Vermutlich hat ein Wagen auf sie gewartet. Aber es ist so trocken draußen, dass wir keine anständigen Abdrücke finden werden.«

»Ein Wagen soll auf sie gewartet haben?« Ken runzelte die Stirn. »Wer hat ihre Freilassung veranlasst?«

»Von der Familie Anders will es keiner gewesen sein. Die wissen angeblich von nichts.«

»Bringen Sie sie her«, sagte Ken kalt. »Ich werde sie schon zum Reden bringen.«

»Das dauert ungefähr zwanzig Minuten. Wir fahren lieber einen Umweg, falls uns jemand folgen sollte.«

»Wie kommen Sie denn auf die Idee?«, fragte Demetrius.

»Decker meinte, er hätte jemanden gesehen, war sich aber nicht ganz sicher. Jedenfalls wollen wir kein Risiko eingehen. Wohin genau soll ich die drei bringen? Zu Ihrer Privatadresse?«

»Ja. In den Keller. Haben Sie die Computer mitgenommen?«

»Selbstverständlich. Computer, Handys, Tablets. Brieftaschen, Autoschlüssel. Es gibt einen Safe, aber Anders wollte uns die Kombination nicht verraten, und zum Probieren war keine Zeit.«

»Auch die Kombination ist etwas, das ich schon aus ihm rauskriegen werde«, sagte Ken. Dann trennte er die Verbindung.

»Wie alt ist die Tochter?«, fragte Demetrius plötzlich.

»Zwanzig. Geht auf die Brown University.« Ken verfolgte den Werdegang aller Kunden. »Wieso fragst du?«

»Ich hab da einen Käufer, der bestimmt großes Interesse an einer hübschen, kratzbürstigen Elitestudentin hat.«

Diese Idee war Ken noch gar nicht gekommen. »Wie viel?«

»Fünfzig? Mehr vielleicht. Kommt drauf an, wie hübsch sie ist. Vielleicht können wir sie auch versteigern.«

»Warten wir's ab. Vielleicht reicht die Drohung allein ja schon aus, um einen von ihnen zum Reden zu bringen.«

»Wer, glaubst du, hat die beiden Frauen laufenlassen?«, fragte Demetrius.

»Ich tippe auf die Tochter. Chips Frau ist ein ziemliches Miststück.«

Demetrius erhob sich. »Ich kümmere mich um O'Bannion. Lass mir einen von den Anders' übrig.«

# 12

Cincinnati, Ohio
Dienstag, 4. August, 10.15 Uhr

Marcus' Blick blieb an Scarletts Hinterteil hängen, die an ihm vorbeischlenderte, als ob ihr der Laden hier gehörte. Tief atmete er den Duft ihres Haars ein und hätte am liebsten nie wieder ausgeatmet. Was absolut bescheuert war. Er hätte sauer auf sie sein sollen. Stocksauer sogar.

Genau wie ... *Stone! Verdammt.* Beinahe zu spät registrierte Marcus die Veränderung in der Atmung seines Bruders. Er stellte sich so vor Stone, dass er ihm den Weg und die Sicht auf Scarlett versperrte, blickte ihm direkt in die Augen und versuchte, nicht in Panik zu geraten.

Denn Stone nahm ihn gar nicht mehr wahr. Stattdessen sah Marcus in seinen Augen nur heillosen Zorn und Schmerz. Und Angst. *Nicht jetzt. Nicht vor Scarlett. Bitte, Stone. Nicht jetzt.*

»Stone?«, flüsterte er in der Hoffnung, dass Scarlett nichts davon bemerkte.

Stones Blick flackerte wild, und seine breite Brust hob und senkte sich viel zu schnell.

*Verdammt noch mal! Das hätte ich kommen sehen müssen. Wieso habe ich das nicht kommen sehen?*

Weil er sich von Scarlett Bishops Hintern hatte ablenken lassen – *deshalb!* Und wenn es ihm nicht gelang, seinen Bruder schnellstens wieder zu beruhigen, würde hier gleich der Teufel los sein.

Polizisten und dreiste Respektlosigkeit waren eine Kombination, bei der Stone unweigerlich rotsah. Scarlett wusste natürlich nicht, dass Cops im Allgemeinen Anfälle bei ihm auslösen konnten, aber ihn einfach stehenzulassen, als wäre er gar nicht existent, war das Schlimmste, was sie hätte tun können.

Stones Miene war vor Wut erstarrt. Er hatte die Fäuste an den Seiten geballt, seine Nasenflügel blähten sich, und Marcus dachte unwillkürlich an einen wilden Stier, der sich zum Angriff bereitmachte.

Entschlossen legte er seinem Bruder eine Hand auf die Brust. »Bleib ruhig«, murmelte er. »Bleib ganz ruhig.«

Stone biss die Zähne zusammen. »Sie hat nicht das Recht, hier zu sein. Sie soll verschwinden.«

Aus dem Augenwinkel konnte Marcus sehen, wie Scarlett sich auf ihrem Stuhl umdrehte und Stone neugierig, aber unbeteiligt betrachtete, als wäre er ein Tier im Zoo. Diese Vorstellung machte ihn wütend, aber er riss sich zusammen. Wenn Stone merkte, dass er sich auch aufregte, war nichts mehr zu retten.

»Ich kümmere mich um sie.« Er nahm seine Hand von Stones Brust, legte sie ihm auf die Schulter und drückte sanft, während er ihm mit der anderen Hand die Wange tätschelte wie ein Trainer im Boxring. »Bleib ganz ruhig und atme ein und aus, Kumpel. Komm schon – ein und aus. So ist es gut. Schön langsam.«

Stone befolgte seine Anweisungen, und nach ein paar Atemzügen schloss er die Augen und sammelte sich sichtlich. »Alles okay, Marcus.«

»Ich weiß«, erwiderte Marcus sanft.

Stone schluckte. Seine Augen waren noch immer geschlossen. »Sie soll gehen«, flüsterte er. »Mach, dass sie geht. Bitte.«

Das Flüstern drang Marcus wie ein Messer ins Herz, und von einer Sekunde auf die andere war er wieder dort. In der Finsternis, in der er nur Stones gebrochenes Flüstern hören konnte. *Mach, dass er weggeht, Marcus. Bitte. Er soll weggehen, damit wir nach Hause können. Ich will nach Hause!*

*Hab keine Angst,* hatte er erwidert. *Alles wird gut. Ich versprech's dir.*

Marcus räusperte sich. »Verlass dich auf mich«, sagte er so zuversichtlich wie möglich. »Hab keine Angst. Alles wird gut.«

»Du versprichst es mir.« Das war keine Bitte, sondern eine Feststellung.

»Ja«, gab Marcus zurück und kämpfte mit seiner Stimme. »Ich versprech's dir. Und jetzt konzentrier dich noch ein bisschen aufs Atmen. Komm schon. Ein und aus. Mit mir. Genau so.«

Stone gehorchte, und eine Weile hörte man nichts als den Gleichtakt ihrer Atmung.

Als Stone die Augen wieder aufschlug, hatte er sich wieder unter Kontrolle. Ein selbstironisches Lächeln umspielte seine Lippen. »Alles in Ordnung, Houston. Selbstzerstörungscountdown abgebrochen. Gefahr abgewendet.«

*Gott sei Dank.* Marcus ließ die Arme sinken und entspannte sich etwas. »Na schön. Wo ist Jill?«

»Hinten bei Diesel. Er passt auf sie auf.«

»Okay, aber du solltest ihn wohl besser mal ablösen. Sie macht ihn wahnsinnig.«

Ein weiteres Lächeln, und diesmal war es echt. »Ich weiß. Deswegen habe ich ihn ja um Hilfe gebeten.«

So erleichtert, dass seine Knie nachzugeben drohten, lachte Marcus auf. Stone war wieder da. Der echte Stone! »Du bist ein Arschloch.«

»Selber.« Wieder ernst, trat Stone einen Schritt zur Seite und sah zu Scarlett. »Detective Bishop«, sagte er kalt.

»Mr. O'Bannion?«

Sie klang so kleinlaut, dass Marcus überrascht über seine Schulter blickte. Tatsächlich. Sie wirkte gedämpft. Traurig. Und ungeheuer erschöpft.

Marcus kannte das Gefühl.

»Dieses Büro ist Privateigentum«, sagte Stone. »Wenn Sie unsere Räumlichkeiten noch einmal unbefugt betreten, melden wir Sie so schnell Ihrem Vorgesetzten, dass Ihnen schwindelig wird. Beim nächsten Mal wedeln Sie also am besten gleich mit einem richterlichen Beschluss. Haben wir uns verstanden?«

Marcus hielt den Atem an und hoffte inständig, dass Scarlett keinen Machtkampf daraus machte. Er war viel zu müde, um den Diplomaten zu geben – oder den Schiedsrichter.

Sie nickte. »Ja, Mr. O'Bannion, das haben wir.«

Erst als Stone auf dem Absatz kehrtgemacht hatte und davonmarschiert war, atmete Marcus wieder aus. Er schloss die Tür seines Büros, lehnte sich mit der Stirn dagegen, ließ die Schultern sacken und konzentrierte sich auf seinen noch immer wilden Herzschlag. Er hatte keine Ahnung, was er ihr sagen sollte. Und wieder überraschte sie ihn, indem sie zuerst das Wort ergriff.

»Verzeihen Sie mir.«

Er regte sich nicht. »Was soll ich denn verzeihen?«

»Dass ich gelauscht habe. Und dass ich offenbar etwas ausgelöst habe ... was immer das gerade war.«

Plötzlich zu Tode erschöpft, drehte Marcus sich um, sackte mit dem Rücken gegen die Tür und rutschte daran herab, bis er saß. Er stützte die Unterarme auf die gebeugten Knie, legte den Kopf ab und schloss die Augen.

Der Stuhl ächzte, als sie aufstand. *Verdammt, sie geht.* Er hätte aufblicken müssen. Sie bitten müssen, zu bleiben. Um ihr zu erklären, dass sie nicht der Grund für Stones drohenden Anfall gewesen war, sondern nur ein Auslöser. Aber sein Kopf war so ungeheuer schwer, dass er reglos sitzen blieb.

Kleider raschelten, und der Duft von Wildblumen hüllte ihn ein, als sie näher kam. Er wollte nicht, dass sie ging, aber es war vermutlich besser für alle Beteiligten. Wenn er nur genügend Energie aufbringen könnte, um ein Stück von der Tür abzurücken ...

Doch wieder überraschte sie ihn, indem sie wie er an der Tür herabrutschte, bis sie neben ihm saß. Er wartete dar auf, dass sie etwas sagen würde, aber eine lange Zeit war nichts zu hören außer dem Ticken der Uhr seines Großvaters.

Schließlich seufzte sie. »Sie hatten einen anstrengenden Morgen«, murmelte sie. »Haben Sie überhaupt geschlafen?«

»Nein. Noch nicht.«

»Kein Wunder, dass Sie so erschöpft sind.« Ihre Stimme klang fast tonlos. »Ich hatte gehofft, dass Sie mich nur deswegen nicht zurückrufen, weil Sie sich für eine Weile hingelegt hätten.«

Er straffte den Rücken und lehnte sich gegen die Tür zurück, um sie anzusehen. Ihre Lider waren geschlossen. Sie wirkte noch immer niedergeschlagen, traurig, kraftlos. Und war dabei so unfassbar schön, dass ihm die Brust weh tat. »Warum sind Sie gekommen, Scarlett?«

Ein kleines Lachen. »Ich wollte mich einfach vergewissern, dass es Ihnen gutgeht.«

»Tut mir leid, dass ich Sie nicht zurückgerufen habe. Hier war es heute Morgen ein wenig ... hektisch.«

»Ja, das dachte ich mir schon. Aber ich muss auch wirklich mit Ihnen reden.« Ohne die Schultern von der Tür zu lösen, drehte sie ihm den Kopf zu und schlug die Augen auf.

Einen Augenblick lang konnte er sie nur anstarren. Ihre Augen waren vom dunkelsten Blau, das er je gesehen hatte. *Blau wie der Nachthimmel.*

»Warum starren Sie mich so an?«

Verlegen wurde er rot. Eine Lüge wäre sicherlich angemessener gewesen, aber er war zu müde, um sich etwas Überzeugendes einfallen zu lassen. »Ihre Augen sind gar nicht schwarz. Ich hatte sie so in Erinnerung, aber ich habe mich getäuscht.«

Ein schwaches Lächeln zeichnete sich auf ihren Lippen ab. Verlockende Lippen, dachte er, Lippen zum Küssen. Er wollte sich vorbeugen, um es auszuprobieren, als ihr leichtes Kopfschütteln ihn wieder zur Vernunft brachte.

»Nein, sie sind nicht schwarz«, sagte sie leise. »Auch wenn die meisten Leute das denken.«

Tief atmete er den Duft nach Wildblumen ein. »Ich hoffe, die meisten kommen nicht nah genug, um den Unterschied zu erkennen«, erwiderte er ebenso leise und beobachtete ihre Reaktion. Ein wohliges Prickeln breitete sich in ihm aus, als in ebendiesen Augen dasselbe Verlangen aufglomm, das er auch schon heute Morgen gesehen hatte, als er für den Sanitäter sein T-Shirt ausgezogen hatte.

Sie schluckte hart, und dann löste sie den Bann, als sie sich abwandte und geradeaus ins Leere blickte. »Ich bin gekommen, um mich zu vergewissern, dass es Ihnen gutgeht, und um Sie zu warnen.«

Die Luft zwischen ihnen kühlte sich ab. »Wovor?«

Sie verlagerte ihr Gewicht und zog die Beine an, bis sie im Schneidersitz saß. Ihre Augen blickten nicht mehr warm und herzlich, ihre Miene war kühl und professionell, doch ihre Hände, die ihre Knie so fest packten, dass die Knöchel weiß hervortraten, verrieten sie. Er wappnete sich innerlich gegen schlechte Nachrichten.

»Tala hat einen Sender getragen«, sagte sie. »Einen Tracker um den Fußknöchel.«

Er presste die Zähne zusammen, als greller Zorn in ihm auflöderte. »Mein Gott.« *Der Mann. Und seine Frau. Wir gehören ihnen.* »Wie ein Stück Vieh. Wie eine Sklavin ohne Rechte.«

Sie nickte ruhig, aber ihre Knöchel waren noch immer weiß. »Der Tracker war ein teures Modell, und wir versuchen, ihn zu der Person zurückzuverfolgen, die ihn eingesetzt hat. Wir wissen allerdings bereits, dass er auch Audiodaten sendet, und zwar digital. Was laut Deacon bedeutet, dass man alles hören konnte, was um Tala herum passiert ist.« Sie zog ihr Handy aus der Tasche, tippte auf den Bildschirm und hielt es ihm hin. Auf dem Monitor war Stones Artikel zu sehen.

Defensiv zog er den Kopf zurück. »Ich habe Ihnen gesagt, dass ich die Story bringen würde.«

»Ja, sicher. Aber sie liest sich so, als hätte Tala Ihnen nichts verraten.«

Er sah sie stirnrunzelnd an. »Ich dachte, das wollten Sie so.« »Richtig. Aber jetzt weiß ich, dass die Person, die Tala überwacht hat, jedes Wort hören konnte, das Sie und das Mädchen gewechselt haben.«

Verwirrt starrte er einen Moment vor sich hin. Dann begriff er. *Verfluchter Mist!* »Das heißt, diese Person weiß, dass ich ihr von

Anfang an helfen wollte und sie mir von ihrer Familie erzählt hat.« Sein müdes Hirn schaltete endlich wieder auf Betrieb. »Daher wusste man auch, dass sie mir im Park zugehört hat, wofür sie verprügelt wurde. Ist es nicht so?«

Scarletts Gesichtsausdruck veränderte sich nicht, und sie schwieg, aber ihr Blick war beredt genug.

»Also war es so«, sagte er grimmig. »Wie schlimm?«

»Schlimm«, murmelte sie. »Sehr schlimm.« Sie senkte den Blick, und als sie wieder zu ihm aufsah, war sie wieder die unterkühlte Polizistin. Das Mitgefühl war fort.

Er beugte sich vor, stützte sich mit einer Hand am Boden ab und musterte sie eingehend. »Wie oft machen Sie das?«

Sie blinzelte und zog die Brauen zusammen. »Wie bitte? Mache ich was?«

Seine Frage hatte sie überrumpelt, aber sie war nicht zurückgewichen, wie er es erwartet hatte. Stattdessen beugte auch sie sich vor, wenn auch nur ganz leicht.

»Wie oft am Tag müssen Sie die eigenen Gefühle unterdrücken, damit Sie sich auf Ihren Job konzentrieren können?« Ihr Kinn hob sich ein Stück, und er war sich sicher, dass sie ihm nun sagen würde, er solle sich zum Teufel scheren, doch stattdessen schimmerten ihre Augen plötzlich feucht. »Zu oft jedenfalls.« Sie räusperte sich und richtete sich wieder auf. »Der Punkt ist, dass man Sie gehört hat. Im Park, als Sie fragten, warum sie weinte, heute Morgen, als sie Ihnen erzählte, dass sie und ihre Familie wie Sklaven gehalten wurden, und später am Tatort, als Sie einer Polizistin der Mordabteilung den Tathergang schilderten.«

»Okay«, sagte er, »das ist gar nicht gut. Obwohl man ja nicht zwingend davon ausgehen kann, dass Tala ausgerechnet zum Zeitpunkt ihres Todes belauscht wurde.«

Sie sah ihn an, als könne sie nicht glauben, dass er wirklich so naiv war. »Sie wurde offenbar belauscht, wenn sie nachts im Park unterwegs war, und da sie ihren Mörder kannte, muss er ihr wohl zu dem Treffpunkt mit Ihnen gefolgt sein.«

»Weil er von vornherein vermutet hat, dass sie sich mit jemandem treffen wollte«, murmelte er. »Sie glauben also auch, dass sie den Mörder gekannt hat.«

»Das schien mir eindeutig«, sagte sie ruhig. »Danke, dass Sie uns die Videodateien überlassen haben. Ich sorge dafür, dass nur Leute sie zu Gesicht bekommen, die sie wirklich sehen müssen.«

Er senkte den Blick. Er wusste, dass sie auf den Moment anspielte, als er Talas grausige Kopfwunde entdeckt und der Schmerz ihn übermannt hatte. »Gern geschehen«, sagte er, zögerte und seufzte. »Und danke für Ihre Diskretion. Das war ... kein leichter Moment für mich.«

»Ich weiß. Plötzlich haben Sie wieder Mikhails Leiche vor sich gesehen.«

Etwas in ihrer Stimme ließ ihn seinen Blick heben. Wieder sah er Schmerz und Mitgefühl in ihren Augen, aber diesmal steckte noch etwas anderes dahinter.

»Wer war's bei Ihnen?«, fragte er leise.

Sie schluckte hörbar. »Meine beste Freundin. Auf dem College.«

Sie streckte die Finger, um sie zu lockern, ehe sie wieder ihr Knie umfasste, und er legte seine Hand über ihre. »Das tut mir sehr leid.«

Sie blickte auf seine Hand herab, machte aber keine Anstalten, ihre wegzuziehen. »Danke. Das ist schon lange her.«

»Obwohl es keinen Unterschied macht, ob es gestern oder vor zehn Jahren geschehen ist.«

»Leider.« Sie blickte immer noch auf ihre Hände herab, und ihre Lippen öffneten und schlossen sich, als ob sie nach Worten rang. Als sie endlich zu sprechen begann, konnte er sie kaum verstehen. »Wenn man etwas hört oder erlebt, was einen daran erinnert, ist es tatsächlich wieder so, als wäre es erst gestern geschehen.«

Er zog die Brauen zusammen, als er plötzlich begriff, was sie nicht ausgesprochen hatte. »Bringt jeder Mordfall, in dem Sie ermitteln, die Erinnerung zurück?«

»Nein, nicht jeder«, murmelte sie geistesabwesend. »Aber Talas Fall ... ist ziemlich hart.«

Das, dachte er, war für sie wahrscheinlich ein monumentales Eingeständnis. »Warum tun Sie das? Warum setzen Sie sich jeden Tag aufs Neue einer solchen Hölle aus?«

Sie blickte zu ihm auf, und der intensive Schmerz in ihren Augen verschlug ihm den Atem. »Wahrscheinlich aus demselben Grund, aus dem Sie heute Morgen zum Tatort zurückgekehrt sind. Sie wollten Tala nicht allein zurücklassen. Meine Freundin ist gestorben, und der Täter wurde nie zur Rechenschaft gezogen. Für Michelle kann ich nichts mehr tun, aber ich gebe alles, damit die Opfer, deren Fälle ich bearbeite, nicht in Vergessenheit geraten.«

Marcus' Herz zog sich so fest zusammen, dass er beinahe keine Luft mehr bekam. Er hatte von Anfang an gewusst, dass sie ein ganz besonderer Mensch war, und je besser er sie kennenlernte, umso deutlicher wurde ihm, dass er sie unbedingt wollte. Und er wollte sie ganz! Er wollte wissen, wie es sich anfühlte, jeden Abend zu ihr nach Hause zu kommen. Und jeden Morgen mit ihr aufzuwachen.

»Gut zu wissen«, sagte er, als er wieder so gefasst war, dass seine Stimme nicht brach. »Es ist schön, dass die Opfer jemanden wie Sie haben.«

Sie lächelte traurig. »Ich wünschte, sie brauchten niemanden wie mich. Aber es *gibt* nun einmal Verbrechen auf dieser Welt, also tue ich, was ich kann.« Sie holte Luft, entzog ihm ihre Hand, erhob sich geschmeidig wie eine Tänzerin und verwandelte sich auf dem Weg nach oben wieder in eine Polizistin. »Ich muss jetzt gehen.«

Er kam etwas langsamer wieder hoch, da sein geprellter Rücken ihm zu schaffen machte, und rollte die steifen Schultern, während er überlegte, was er sagen sollte. Aber ihm fiel nichts ein, daher lehnte er sich mit einer Schulter gegen die Tür, um Zeit zu schinden.

»Und wohin gehen Sie?«, fragte er.

Sie zog eine Braue hoch und gab sich cool. »Raus. Arbeiten«, antwortete sie.

»Etwas detaillierter ging's nicht?«, fragte er sarkastisch.

Doch sie nahm den Köder nicht. »Fakt ist, dass Ihr Leben in Gefahr ist, wenn der Mörder seine Arbeit gründlich machen will. Er hat geglaubt, Sie getötet zu haben, aber durch den Artikel von heute Morgen dürfte ihm klar sein, dass Sie quicklebendig sind. Ich kann Ihnen leider keinen Polizeischutz versprechen, aber zumindest kann ich darum bitten, dass eine Streife tagsüber regelmäßig hier und bei Ihnen zu Hause vorbeifährt.«

Er gab es auf, das Ganze ins Spaßige zu ziehen. Anscheinend war es ihr verdammt ernst. »Nicht nötig.«

»Wie Sie meinen.« Sie deutete mit einer Kopfbewegung auf die Tür, an der er lehnte. »Wenn's Ihnen nichts ausmacht. Ich muss los.«

Es machte ihm etwas aus, sehr viel sogar, aber er stieß sich von der Tür ab und griff nach dem Knauf. »Was ist denn nun mit der Liste? Sind Sie nicht auch deshalb vorbeigekommen?«

Er hatte die Frage noch nicht ganz ausgesprochen, als er auch schon entsetzt erstarrte. *Sag mal, bist du nicht ganz dicht, O'Bannion?* Sie hatte diese verfluchte Liste vergessen, und ausgerechnet er musste sie wieder daran erinnern? Aber dann war er plötzlich froh, dass er es getan hatte, denn nach kurzer Verblüffung huschte ein Lächeln über ihr Gesicht, und sie wirkte regelrecht erleichtert.

»Schicken Sie sie mir einfach per Mail. Wahrscheinlich ist es wirklich nur eine Formalität. Hauptsache, wir haben am Ende, wenn wir den Täter vor Gericht bringen, wirklich an alles gedacht.«

Mit einiger Verzögerung wurde ihm klar, dass sie diese verdammte Liste gar nicht wirklich hatte haben wollen. Ihr war wichtig gewesen, dass er sein Versprechen hielt. Und nun fühlte er sich verpflichtet, ihr tatsächlich etwas zu geben. *Verdammt!*

»Nein, nein«, sagte er aufgesetzt locker. »Dann wird wieder nichts draus. Ich seh's schon kommen: Gerade wenn ich sie Ihnen mailen will, braut sich die nächste Nachrichtenkrise zusammen, und hier geht wieder alles drunter und drüber. Ich mach es lieber jetzt, während Sie noch hier sind. Setzen Sie sich doch noch einen Moment.«

Sie hob die Schultern. »Na gut. Wenn es wirklich nicht länger als ein paar Minuten dauert.« Sie kehrte zu dem Stuhl vor seinem Schreibtisch zurück. »Und danke, Marcus.«

Er ließ sich behutsam auf seinen Platz nieder und drehte den Monitor so, dass sie ihn nicht sehen konnte. »Kein Problem«, antwortete er und hoffte, dass es wirklich so war.

Cincinnati, Ohio
Dienstag, 4. August, 10.30 Uhr

Ken Sweeney streifte sich ein Paar Handschuhe über, als er gemütlich die Kellertreppe hinunterschlenderte und vor seinen Gästen stehen blieb. Familie Anders saß gefesselt, geknebelt und mit verbundenen Augen auf drei Stühlen. Die Frisuren waren zerzaust, die Kleider zerrissen. Hinter ihnen standen Burton und Decker und blickten Ken missmutig entgegen.

»Da sind sie, Sir«, sagte Burton. »Wie Sie angeordnet haben.« Der ehemalige Cop berührte vorsichtig seine zerkratzte Wange. »Und fast ohne Verluste.«

»Gut. Wo ist der verwundete Wachmann?«

»Noch im Van«, antwortete Decker. »Anders hat mit einer kleinkalibrigen Waffe auf ihn geschossen, so schlimm ist es also nicht. Ich habe die Blutung gestoppt, brauche aber ein paar Utensilien, um die Wunde ordentlich zu versorgen. Wir waren uns nicht sicher, wo wir ihn hinbringen sollen. Er braucht mindestens zwei, drei Tage Ruhe.«

»Im ersten Stock ist ein Zimmer frei«, sagte Ken. »Im Wäscheschrank finden Sie saubere Handtücher, Verbandsmaterial und einen Erste-Hilfe-Kasten.«

»Und was soll ich machen?«, fragte Burton steif.

Ken warf einen Blick auf sein Handy. Alice hatte ihm zehn Minuten zuvor geschrieben, dass sie zwar Reubens Auto auf dem Hotelparkplatz am Flughafen entdeckt hatte, jedoch keine weitere Spur.

»Der Abschleppwagen, der Reubens Auto herbringt, ist noch nicht da, aber wenn er kommt, können Sie den Wagen in der Garage auf Hinweise untersuchen; dort ist genug Platz. Bis dahin habe ich noch etwas anderes für Sie zu tun.« Er reichte Burton einen Zettel mit einer Adresse. »Fahren Sie dorthin, und bringen Sie die Frau unversehrt her.« Ken nahm an, dass Miriam Burton noch aus seiner Zeit bei der Polizei kannte und ihm automatisch vertrauen würde. »Lassen Sie sich etwas einfallen, damit sie freiwillig mitkommt. An Ihrer Stelle würde ich ihr allerdings nicht verraten, wohin Sie mit ihr wollen.«

Burton blickte auf die Adresse, und Ken glaubte, in seinen Augen Zorn aufblitzen zu sehen. Burton schwieg einen langen Augenblick, dann schürzte er die Lippen, nickte einmal knapp und machte auf dem Absatz kehrt.

Reuben und Burton schienen sich recht gut verstanden zu haben. Er musste Burton sehr genau im Auge behalten, um herauszufinden, wem dieser Mann tatsächlich die Treue hielt. Ken deutete auf Decker, der noch immer hinter den Gefangenen stand und einen ratlosen Eindruck machte. »Sie versorgen zuerst Burtons Gesicht, dann den Mann mit der Schusswunde. Anschließend kommen Sie wieder zurück in den Keller.« Er blickte auf einen kleinen Rolltisch mit verschiedenen Werkzeugen, der hinter ihm stand, entschied sich für eine aus einem groben Strick geknüpfte Schlinge, trat damit vor Anders' Frau, drückte ihr Kinn hoch und streifte ihr die Schlinge über den Kopf. Sorgfältig zog er den Knoten so zu, dass er eng um ihren Hals lag, und blickte dann wieder zu Decker auf. »Vielleicht brauche ich Sie, um schwere Lasten zu heben.«

Ein gedämpftes Wimmern drang aus Marlenes Kehle und entlockte ihm ein Lächeln. Folter war immer sehr viel effektiver, wenn das Opfer nichts sehen konnte, aber er wollte seinen Gefangenen in die Augen blicken, wenn er sie verhörte. Einerseits hoffte er, dass sie schnell einknickten, da ihnen nicht viel Zeit zur Verfügung stand, aber andererseits hätte er auch nichts dagegen gehabt, wenn sie etwas durchhielten. Er hatte lange keine anständige Foltersession mehr veranstaltet. Hoffentlich hatte er es noch drauf.

»Gehen Sie«, sagte er zu Decker. »Lassen Sie uns allein. Wir kommen schon klar.«

Ken wartete, bis er hörte, wie die Tür oben an der Treppe geschlossen wurde, dann klatschte er einmal scharf in die Hände.

»Also schön, Familie Anders«, sagte er. »Wir können das hier auf die sanfte oder auf die harte Tour machen. Ihr entscheidet.«

Er nahm ihnen die Augenbinden ab, erst Chip, dann Marlene und zum Schluss der kleinen Wildkatze, die Burtons Gesicht zerkratzt hatte. »Oh, du bist ja wirklich hübsch, Kleine«, sagte er leise und strich ihr mit einem Finger über die Wange, und zu seinem Entzücken riss sie vor Angst die Augen auf. Unwillkürlich schoss ihr Blick zu ihrer Mutter, und als sie die Schlinge um deren Hals sah, gab sie ein panisches Gurgeln von sich.

Ken schlenderte zu Chip. »Ich würde nur allzu gerne wissen, was in deinem Haus eigentlich passiert ist. Fangen wir mit dem wichtigsten Punkt an. Warum hast du gestern Nacht jemandem aus deiner Dienerschaft erlaubt, aus dem Haus zu gehen?«

Chip schüttelte den Kopf und grunzte wild.

Mit einem Ruck riss Ken den Klebestreifen von seinem Mund, und Chip brüllte vor Schmerz auf. Ken lachte. »Findest du, dass das weh tut? Oje. Wir haben doch noch gar nicht angefangen.« Er schob den Rolltisch mit den Werkzeugen ein Stück näher heran, so dass die Anders einen Blick auf seine Auswahl werfen konnten: verschiedene Messer, die in Größe und Klingen variierten, eine Sammlung Skalpelle, Pinzetten, ein Stück Draht, an dessen Ende Elektroden befestigt waren.

Drei Augenpaare wurden so groß wie Untertassen.

Ken nahm die Pinzette und holte ein zusammengeknülltes Stück Stoff aus Chips Mund – ein Taschentuch, das mit Chips Initialen bestickt war.

Chip hustete heiser. »Wasser.«

Ken gab ihm einen kleinen Schluck aus dem Krug, der ebenfalls auf dem Tisch stand. »Beantworte meine Frage. Und erzähl mir nicht, dass du es nicht weißt. So einen Schwachsinn will ich nicht hören.«

Zorn flammte in Chips Augen auf. »Tja, Pech für Sie, denn es ist so. Ich wusste nicht, dass sie weg war, bis heute Morgen der Alarm losging. Keine Ahnung, wie sie entwischen konnte oder was sie da wollte, wo man sie abgeknallt hat. Wahrscheinlich war sie anschaffen.« Sein schlaffes Kinn hob sich trotzig. »Sie dürfen uns hier nicht festhalten. Wenn Sie uns jetzt freilassen, werde ich Sie nicht anzeigen.«

Ken lachte, als Marlene die Augen verengte. »Irgendwie scheint deine reizende Frau nicht deiner Meinung zu sein.« Er lehnte sich mit der Hüfte gegen den Rolltisch. »Du willst mir doch nicht erzählen, dass du dir die Aufnahmen noch nicht angehört hast, oder? Tja, ich schon, mein Lieber.« Wenn auch aus Zeitmangel bisher nur die aus der Pathologie.

Chips Augen schleuderten Blitze. »*Wie bitte?* Sie ... Sie können sie ebenfalls abhören?«, stammelte er wütend. »Soll das heißen, dass Sie uns seit drei Jahren belauschen? Unsere Privatgespräche auf ...«

Ken schlug Chip so fest ins Gesicht, dass der Stuhl einen Moment lang schwankte. Er wartete, bis alle vier Stuhlbeine wieder sicher standen, dann fuhr er fort: »Ja, Chip.« Er betonte das »p« mit einem abschließenden Lippenknallen und verdrehte die Augen. *Lächerlicher Name für einen erwachsenen Mann.* »Ja, ich kann alles mithören, was ihr innerhalb der Reichweite der Tracker, die ich euch zur Verfügung gestellt habe, sagt und macht. Aber ich tu's meistens nicht. Es ist mir nämlich vollkommen egal, was ihr mit der Ware anstellt, die ich euch verkaufe, solange ihr euch an gewisse Regeln haltet. Aber das habt ihr nicht getan. Und wenn ihr meine Regeln missachtet, behalte ich mir das Recht vor, mir anzuhören, was sich in meinem Audioarchiv befindet.« Er zog eine Braue hoch, als sich im Gesicht der Tochter nacktes Entsetzen abzeichnete.

*Bingo,* dachte Ken. *Da war aber jemand sehr ungezogen.* Das hätte wirklich lustig werden können, wenn ihm nicht drei seiner Importe abhandengekommen wären. Eine der Frauen befand sich tot im Leichenschauhaus, ihr Tracker in Polizeigewahrsam. Die anderen beiden ... *Wer weiß?* Entweder war Chip absolut unfähig, oder er spielte ein doppeltes Spiel. Vielleicht, dachte Ken, war es ein bisschen von beidem.

Chip berührte seine blutende Unterlippe mit der Zungenspitze. »Gegen welche Regeln hab ich denn verstoßen?«, fragte er höhnisch.

Eins musste man ihm lassen: Sogar unter diesen Bedingungen behielt er seine arrogante Art bei. Ken wäre vielleicht beeindruckt gewesen, wenn Chip nicht so gezittert hätte. »Du hast mich nicht sofort informiert, als sie verschwunden ist.«

»Weil ich es erst viel später herausfand«, fuhr Chip ihn an. »Später«, sagte Ken mit einem Nicken. »Wann ist der Alarm losgegangen?«

Chip atmete hörbar aus. »Um Viertel vor sechs heute Morgen. Aber das wussten Sie ja schon, da auch Sie alarmiert wurden. Sie können doch selbst jederzeit überprüfen, wo sich mein Eigentum gerade aufhält.«

»Richtig. Aber um es zu wiederholen: Ich tue es nicht. Nicht, solange du dich an die Regeln hältst. Was du bis zu dem Zeitpunkt getan hast. Und nun erzähl mir, wie dieses Mädchen heute Morgen in die Stadt gekommen ist und wieso du sie getötet hast.«

Chips Kopf fuhr zurück. »Ich habe sie nicht getötet. Ich wusste doch nicht einmal, dass sie weg war. Sie hat sich irgendwie davongestohlen. Wahrscheinlich, um sich mit einem Kerl zu treffen.«

»Zumindest mit Letzterem liegst du richtig: Sie *hat* sich mit einem Kerl getroffen.« Ken beugte sich abrupt zu Chip herunter und ließ seinem Zorn freien Lauf. »Sie hat sich mit einem gottverdammten Reporter getroffen, du dämlicher Vollidiot.«

Alle drei Anders starrten ihn schockiert an. Das Töchterchen schien besonders entsetzt.

Ken schlenderte zu ihr hinüber. Strich ihr erneut mit einem Finger über die Wange. Lachte leise, als sie den Kopf zurückriss. Er griff in ihr Haar, schlang es sich um die Hand und riss ihren Kopf hoch, so dass dem Mädchen die Tränen in die Augen schossen. Lächelnd beugte er sich über das ihm zugewandte Gesicht.

»Du warst es, nicht wahr?«, fragte er samtig. Er riss den Klebestreifen von ihren Lippen und steckte die Pinzette in ihren Mund, um das Taschentuch, mit dem sie geknebelt worden war, herauszuholen. Ohne sich um ihr ersticktes Husten zu kümmern, riss er ihren Kopf erneut zurück. »Du hast sie rausgelassen. Warum?«

»Hab ich nicht«, wimmerte das Mädchen. »Ich schwöre es.«

»Wer dann?«

»Ich ... ich weiß es nicht.«

Ken ließ ihr Haar los und trat zurück. »Du willst es also auf die harte Tour«, sagte er und lachte erneut, als sie die Augen zukniff, um sich anscheinend gegen den kommenden Hieb zu wappnen. »Ich werde dich nicht schlagen, meine Liebe«, versprach er ihr. »Ich möchte dein Gesicht nicht verunstalten. Das würde deinen Preis drücken.«

»Preis?«, fragte Chip barsch. »Was soll das heißen? Meine Tochter steht nicht zum Verkauf.«

»Deine Tochter ist mein ... Gast«, sagte Ken. »Noch. Und du, Chip, hast in dieser Sache sowieso kein Mitspracherecht.«

Die Augen der Tochter waren schreckgeweitet, und sie war entschieden blasser geworden. »Wovon reden Sie überhaupt?«

»Ich rede von einem schönen blonden Mädchen mit langen Beinen, einem knackigen Hintern und seidenglatter, sahniger Haut, wenn sich nicht gerade Angstschweiß darauf abzeichnet. Du gehst auf die Brown. Eine gute Universität. Hauptfach?«

»Englisch«, flüsterte sie.

Er zuckte die Achseln. »Damit hättest du sowieso nicht viel anfangen können. Du heißt Stephanie, richtig? Sprichst du irgendeine Fremdsprache?«

»Französisch.« Wieder nur ein Flüstern.

Ken nickte. »Hübsch. Das fügen wir deiner Katalogbeschreibung hinzu. Schweinereien klingen auf Französisch einfach besser. Was hältst du von Wüsten?«

»W-Wüsten?«

»Na, du weißt schon – Sand, Kamele. Kerle mit Tüchern auf dem Kopf. Weil wir Käufer haben, die auf hübsche, weiße Dinger wie dich stehen.«

Sie fuhr mit dem Kopf herum und starrte ihren Vater entsetzt an. »Käufer?«

Ihre Mutter hatte dasselbe getan, und dann waren alle Blicke auf Chip gerichtet.

»Du hast ihnen gar nichts gesagt, was?«, fragte Ken, dann warf er den Kopf zurück und lachte aus vollem Hals. »Oje. Du hast ihnen nicht erzählt, was für ein Mensch ich bin? Und zu was für einem Menschen du allein durch deine Verbindung zu mir geworden bist?« Er wandte sich den Frauen zu. »Ladys, ich handele mit Menschen. Und der Herr eures Hauses hat nicht wenige von mir gekauft. Du hast das gewusst, nicht wahr, Marlene? Auch wenn er es dir nicht explizit gesagt hat, wusstest du es. Komm, erzähl mir nichts. Die Tatsache, dass du deinen Bediensteten kein Gehalt zahlst und alle einen Sender am Fußknöchel tragen müssen, damit sie nicht abhauen, sollte dich wohl stutzig gemacht haben.«

Marlene starrte ihn hasserfüllt an, doch der Knebel zwang sie zum Schweigen.

»Dir war also vermutlich bekannt, dass dein Göttergatte auf nicht ganz legale Weise an euer Personal gekommen ist. Hat er dir denn wenigstens erzählt, dass er noch zwanzig, dreißig mehr gekauft hat, die in euren Fabriken arbeiten? Ah, ich sehe schon, er hat! Und ebenso, dass ich auch an ... eher sinnlich orientierte Käufer liefere?«

Marlenes Augen glitzerten. Ach ja, dachte er. Auch das hat sie also gewusst.

»Sexsklaven«, bemerkte Stephanie tonlos.

Er warf dem Mädchen einen Blick zu. *Schau an. Sie hat's nicht gewusst.* »Wenn du es so nennen möchtest – gerne. Aber ich kriege nicht oft so attraktive Exemplare wie dich rein.«

Ihr Schlucken war hörbar. »Wenn ich es Ihnen sage, lassen Sie mich dann frei?«

»Du sagst kein Wort«, presste Chip hervor. »Er lässt dich nicht frei. Er lügt dich an. Du kennst sein Gesicht. Niemand von uns wird anschließend einfach gehen können.«

Ohne seinen Blick von Stephanie zu nehmen, schlug Ken Chip den Handrücken mit solcher Wucht ins Gesicht, dass der Stuhl kippte und krachend auf dem Boden aufschlug. »Du gibst hier keine Befehle, Anders«, sagte er kalt, den Blick noch immer auf Stephanie gerichtet. »Also, meine Liebe. Es liegt in meiner Hand, wie gastfreundlich dein zukünftiges Zuhause sein wird. Machen wir es davon abhängig, was du mir erzählen magst.«

Stephanie betrachtete ihren Vater, der hilflos am Boden lag, mit einer Mischung aus Angst und Verwirrung, doch während die Sekunden verstrichen, stahl sich Berechnung in ihren Blick. Die Kleine war klug. »Ich ... ich weiß nicht, was ... Wie war die Frage?«

Ken erkannte die Antwort als das, was sie war – ein Versuch, Zeit zu schinden –, doch ihr Vater konnte ihr Gesicht nicht sehen. Er stöhnte. »Halt durch, Schätzchen. Wenn du ihm jetzt sagst, was er hören will, bringt er uns alle um. Warte noch. Die ... die Polizei wird alles erfahren.«

Ken beobachtete, wie Marlene und Stephanie sich verstohlen ansahen. Marlenes Blick war fest, und Stephanies Furcht schien nachzulassen.

Ken verengte die Augen. »Wieso? Von wem?«

Stephanie schloss die Augen. Schürzte die Lippen. Straffte die Schultern.

Und Ken explodierte. »Wieso wird die Polizei alles erfahren?«, brüllte er.

»Verpiss dich«, stöhnte Chip.

Ken wirbelte herum, packte ein Messer vom Rolltisch und drückte die Spitze an Marlenes Halsschlagader. »Ich schneid deiner Frau die Kehle durch, Chip.« Er packte Stephanies Kinn und drehte ihr Gesicht ihrer Mutter zu. »Mach die Augen auf, Stephanie. Mach die Augen auf, oder deine Mutter stirbt. *Los!*«

Stephanie gehorchte, und wieder weiteten sich ihre Augen vor Entsetzen, als sie den Blutstropfen am Hals ihrer Mutter sah. »Nein. Nein! Tun Sie ihr nichts. Bitte! Ich sag Ihnen, was Sie wissen wollen. Bitte tun Sie ihr nichts.«

»Wieso wird die Polizei alles erfahren? Von wem?«, verlangte Ken zu wissen.

»Von unseren Dienstmädchen«, presste sie hastig hervor. »Ich hab die beiden laufenlassen. Mila und ihre Tochter Erica. Sie werden zur Polizei gehen.«

*Sie lügt.* »Wieso?«

Stephanie runzelte die Stirn. »Wieso? Wieso was?«

Ken gluckste. »Oh, ich bin sicher, dass der eine oder andere Scheich ein fettes Sümmchen zahlen wird, um dich zähmen zu dürfen, Süße. Dein Verstand arbeitet schnell.« Er zog die Messerspitze über Marlenes Kehle und hinterließ eine blutrote Linie. »Nur leider wird euch das nicht retten. Also rede endlich, oder ich bring sie um.«

»Ich rede doch«, sagte Stephanie heiser. »Das war nicht gelogen.«

Ken lächelte. »Na schön. Warum hast du die Bediensteten laufenlassen?«

»Ich wollte für Ablenkung sorgen.« Sie presste die Zähne zusammen. »Verzeih mir, Dad.«

»Das verstehe ich nicht«, sagte Ken aufgesetzt verwirrt. Er glaubte ihr kein Wort. »Warum wolltest du denn für Ablenkung sorgen?«

»Weil mein Vater stinksauer auf mich war. Er wollte mich verprügeln, weil ich gestern mit Tala unterwegs war. Bitte nehmen Sie doch das Messer weg. *Bitte.*«

»Ich entscheide, wann es so weit ist, Süße.« Er drückte die Klinge fester gegen Marlenes Kehle, und sie wimmerte. »Und wieso warst du mit Tala unterwegs?«

Stephanies Kehlkopf hüpfte angestrengt auf und ab. »Ich ... ich kann nicht ...« Sie kniff die Augen zu. »Ich kann mich nicht konzentrieren. Sie machen mir Angst.«

»Das ist meine Absicht, Schätzchen.« Er trat zurück und legte das Messer wieder auf den Tisch. Es war besser, mit Strom zu arbeiten, damit er Marlene nicht versehentlich aus Wut umbrachte. »Ich habe Fragen, aber bisher überlegst du mir noch zu viel, wie du deine Lügen aufrechterhalten kannst, anstatt mir schlicht reinen Wein einzuschenken.« Er schraubte den Verschluss einer Wasserflasche, die auf dem Rolltisch stand, ab, goss den Inhalt über Marlenes Kopf und lächelte, als sie wütend zu ihm aufblickte. Dann befestigte er die beiden Clips an jeweils einem Ohrläppchen und drückte sie noch einmal fest an, damit sie auch wirklich alles spürte. »Das Gerät hat vier Stufen. Hier kommt Stufe eins.«

Er drehte den Schalter und freute sich über Marlenes gedämpfte Schreie, ihren durchgebogenen Rücken, ihre unverständlichen Laute und schaute auf die Uhr. Nach einer Minute schaltete er das Gerät wieder aus. Marlenes Schultern fielen erschlafft nach vorn, ihr Blick war glasig.

»Wie gesagt, das war Stufe eins, Stephanie. Denk ein paar Minuten darüber nach, okay?«

Ken ging rückwärts zur Treppe und trabte dann hinauf zur Eingangshalle. »Decker«, rief er in den ersten Stock hinauf. Decker erschien oben am Geländer. Seine Latexhandschuhe waren voller Blut. »Ja, Sir?«

»Haben Sie im Haus der Familie Anders Hinweise auf weitere Personen entdeckt?«

Decker runzelte die Stirn. »Nein. Wir haben jeden Raum nach den fehlenden Arbeiterinnen durchsucht und ein zusätzliches Schlafzimmer entdeckt, das den Eindruck machte, als sei es kürzlich benutzt worden, aber Mrs. Anders schwor, dass dort die Hundepflegerin schläft, wenn sie da ist.«

»Hundepflegerin?«

»Ja, Sir. Die Anders haben einen Show-Pudel. Einen von der

großen Sorte«, fügte Decker hinzu, als Ken verächtlich das Gesicht verzog. »Ich habe Fotos von dem Tier gesehen, außerdem Preise und Pokale im Wohnzimmer. Aber der Köter war nicht im Haus. Ich habe überall gesucht, weil ich nicht wollte, dass Passanten durch sein Gebell auf das Haus aufmerksam werden. In Mrs. Anders' Terminkalender sind die nächsten drei Wochenenden für Hundeshows geblockt – alle hier im Mittleren Westen, höchstens eine Tagesreise entfernt. Ich weiß nicht, ob die Pflegerin den Hund in den kommenden drei Wochen bei sich behält oder ihn zwischendurch immer wieder nach Hause bringt.«

Möglicherweise war es diese Pflegerin, auf die Chip hoffte. Vielleicht würde sie den Hund bald zurückbringen. Oder anrufen, um die Anders über die Erfolge auf dem Laufenden zu halten. Wenn Marlene nicht zu erreichen war, würde sie irgendwann misstrauisch werden und vermutlich die Polizei anrufen.

»Okay«, sagte Ken. »Nachdem Sie den verwundeten Wachmann verarztet haben, fahren Sie zum Haus der Familie zurück und vergewissern sich, dass noch immer niemand dort ist. Dann fahren Sie ins Büro und hören sich weitere Tonaufnahmen an. Fangen Sie mit dem Tracker der Toten an, dann nehmen Sie sich die der beiden Geflohenen vor.«

Decker zog eine Braue hoch. »Dann brauchen Sie mich also nicht unten im Keller, um schwere Lasten zu heben?«

»Ich schätze, ich komme allein klar.«

Ken kehrte zurück ins Untergeschoss. Marlene hatte sich inzwischen erholt und sah ihn wieder wütend an. Er packte die Schlinge, die noch immer um ihren Hals lag, und zog den Knoten enger, so dass der Strick auf der Wunde scheuerte, die das Messer hinterlassen hatte. »Ich habe das Gefühl, dass Sie diejenige sind, die mir letztendlich hilfreich sein wird, Mrs. Anders. Ich habe absolut kein Problem damit, Ihr Äußeres zu verunstalten, aber wir können trotzdem vorher noch ein bisschen mit Strom spielen.«

Er ließ sie los und wandte sich Stephanie zu. »Und? Bereit für Runde zwei?«

## 13

Cincinnati, Ohio
Dienstag, 4. August, 10.45 Uhr

Scarlett hatte Mühe, die Augen offen zu halten. Der altmodische Ohrensessel in Marcus' Büro war weich und gemütlich und lud dazu ein, sich anzulehnen und ein Nickerchen zu machen. *Aber das wirst du jetzt ganz bestimmt nicht tun. Bleib wach, Scar.*

Sie unterdrückte ein Gähnen und erhob sich abrupt. *Beweg dich. Sieh dich um.* Ihr Lieutenant hatte sie schließlich angewiesen, herauszufinden, ob dieser Mann etwas zu verbergen hatte. Die Gelegenheit, durch die Dinge, mit denen er sich umgab, mehr über ihn in Erfahrung zu bringen, war günstig. »Ich bin gleich so weit«, sagte Marcus, der sich gerade hinter einer Wand aus zwei riesigen Computermonitoren aufhielt. »Nur noch ein paar Minuten.«

»Schon okay«, gab Scarlett zurück. »Ich muss mir nur die Beine vertreten.« Sie schlenderte durch den großen, holzgetäfelten Raum und blieb an der gegenüberliegenden Wand stehen.

Die zahllosen gerahmten Zeitungsausschnitte hatten ihr Interesse von Anfang an geweckt. Bei einigen handelte es sich nur um einzelne Artikel, bei anderen um die komplette Titelseite. Alle stammten aus dem *Ledger* – mit einer Ausnahme: die Ausgabe der philippinischen Zeitung *Malaya,* die Marcus am Morgen erwähnt hatte. Er hatte ihr erzählt, dass sein Großvater im Zweiten Weltkrieg auf den Philippinen gewesen war, aber diese Titelstory war sehr viel jünger und handelte von der Absetzung des Präsidenten Ferdinand Marcos im Jahre 1986. Noch während sie sich fragte, wieso ausgerechnet diese Ausgabe an der Wand hing, machte sie sich bewusst, dass sie sich davor drückte, Marcus von Talas Baby zu erzählen. Sie wusste, dass ihm diese Neuigkeit zusetzen würde, aber er musste davon erfahren.

Sie wandte sich wieder den *Ledger*-Schlagzeilen zu: der Börsencrash von 1929, der Angriff auf Pearl Harbor, das Ende des Zweiten Weltkriegs in Europa und Asien. Sputnik und die Mondlandung. Die Attentate auf JFK und Martin Luther King. Der Fall der Berliner Mauer. 9/11. Ereignisse, die die Welt verändert hatten.

Die lokalen Nachrichten bezogen sich meistens auf Sport und das Wetter. Die aufeinanderfolgenden World-Series-Siege der Cincinnati »Big Red Machine« in den Siebzigern und Pete Rose, der Ty Cobbs Rekord brach. Seite an Seite die Artikel der beiden Hochwasserkatastrophen durch den Ohio River 1937 und 1997.

»Daran kann ich mich erinnern«, murmelte Scarlett und zeigte auf das Foto unter der Headline von 1997. »Mein Onkel hat damals fast alles verloren, was er besaß. Das war das erste Mal in meinem Leben, dass eine Schlagzeile auch etwas mit mir zu tun hatte.«

»Ich kann mich auch gut erinnern«, sagte Marcus vom Schreibtisch aus. »Ich saß mit dem Fotografen im Hubschrauber, als er das Foto schoss. Die Szenerie aus der Luft zu sehen war ... unglaublich.«

»Das kann ich mir vorstellen.« Sie blickte über die Bilderrahmen an der Wand, um sich von dem Prickeln abzulenken, das seine Stimme in ihr auslöste. »Das ist ja wie eine Geschichtsstunde hier. Nur in Schwarzweiß.«

»Ja, nicht wahr?«

Erschrocken fuhr sie zusammen, als seine Stimme dicht hinter ihr erklang; sie hatte ihn nicht kommen hören. Fest heftete sie den Blick auf die Zeitung vor sich und atmete lautlos ein, um ihren stolpernden Herzschlag zu stabilisieren, doch das Schaudern, das ihre Haut kitzelte, als sein Duft sie erfüllte, konnte sie nicht unterdrücken. Monatelang hatte sie von ihm geträumt, und nun standen sie dicht beieinander. Sie brauchte nur die Hand nach ihm auszustrecken.

Prompt zuckte ihre Hand, also schob sie sie resolut in ihre Tasche. Zeit und Ort hätten nicht ungünstiger sein können. Sie war im Dienst und hätte längst wieder gehen müssen, um Deacon im Park zu treffen. *Also los, Scarlett, hau ab, ehe du etwas tust, das du nachher bereust.* Aber bevor sie noch etwas sagen konnte, kam er ihr zuvor.

»Die schönste Zeit meiner Kindheit habe ich eigentlich in diesem Büro verbracht«, murmelte er beinahe ehrfürchtig. »Immer wenn ich meinen Großvater nach einer Headline fragte, erzählte er mir die Geschichte dazu.«

Sie wandte den Kopf in der Erwartung, dass er die Bilderrahmen betrachtete, aber stattdessen sah er sie an, und sie musste schlucken. Ihre Wangen wurden heiß, und sie wandte sich hastig wieder den Schlagzeilen zu. »Also hat Ihr Großvater die Artikel gesammelt?«

»Nicht alle. Mein Urgroßvater hat damit angefangen – von ihm sind die ganz alten, wie der Wall-Street-Crash und der Waffenstillstand von 1918. Mein Großvater übernahm die Zeitung Anfang der fünfziger Jahre, von da an hat also er die Auswahl getroffen.«

»Und was hat es nun mit dem Auszug aus der *Malaya* auf sich?«

»Als Soldat hatte er sich mit einem Philippiner angefreundet, und sie sind in Kontakt geblieben. Der Mann war im Widerstand gegen Marcos aktiv, und als es ihnen gelang, den Präsidenten abzusetzen, schickte er meinem Großvater ein Exemplar der Zeitung. Großvater war so stolz auf seinen Freund, dass er die Zeitung hier aufhängte. Die einzige Titelseite, die nicht vom *Ledger* stammt.«

»Er war ein treuer Freund.«

»Das war er. Und ein leidenschaftlicher Sammler. Im Keller meiner Mutter lagern unzählige Kartons mit Zeitungsausschnitten. Brandschutztechnisch unverantwortlich, aber ich kann mich einfach nicht dazu durchringen, irgendetwas davon wegzuschmeißen.«

Sie hörte die Sehnsucht in seiner Stimme. »Sie haben ihn geliebt, nicht wahr?«

Er seufzte. »Ja. Er konnte knallhart sein, aber ich habe ihn geliebt. Und er uns auf seine Weise ebenfalls.« Eine lange Pause entstand. »Ich glaube, dass der Krieg ihn grundlegend verändert hat. Es war ihm anschließend nicht mehr möglich, sich anderen zu öffnen. Aber ab und zu kam seine wahre Persönlichkeit durch.«

»Auf seine Weise« klang eigentlich nicht besonders verheißungsvoll. »War das gut?«, fragte Scarlett, obwohl sie nicht sicher war, ob sie die Antwort wirklich hören wollte. »Wenn seine wahre Persönlichkeit durchkam?«

»Manchmal. Er konnte sehr lustig sein, aber auch sehr launisch. Davon bekamen wir aber erst etwas mit, als wir bei ihm einzogen.«

»Und wann war das?«

Etwas Undefinierbares flackerte in seinem Blick. »Als ich acht war.«

»Wo haben Sie denn vorher gelebt?«

Er zog eine Braue hoch. »Versuchen Sie es gar nicht erst, Detective«, sagte er, und wieder wurde sie rot.

»Entschuldigung. Ich bin einfach neugierig. Aber Sie wissen ja, wie das so mit Gewohnheiten ist.« Sie zuckte die Achseln.

»Leider ja«, erwiderte er und klang einen Moment lang unglaublich ... traurig. »Ich wurde in Lexington geboren, Stone auch. Wir wohnten also nah genug, um unseren Großvater regelmäßig zu besuchen, aber wir blieben nie besonders lang, und daher konnte er seine gelegentlichen düsteren Stimmungen wahrscheinlich ganz gut verbergen. Als wir dann bei ihm einzogen, merkten wir ziemlich schnell, wie wechselhaft seine Launen waren. Manchmal war er der Opa, den wir kannten, der lachte, Football mit uns spielte und uns Huckepack trug, aber dann wieder regierte der Zorn. Und wir wussten nie, wann welcher Großvater auf den Plan trat.«

Sie sah stirnrunzelnd zu ihm auf. »Hat er Sie geschlagen?«

Mit einem halben Lächeln sah er auf sie herab. »Hätten Sie mich vor ihm beschützt?«

Sie verengte die Augen. »Selbstverständlich.«

Aus dem halben Lächeln wurde ein ganzes, und Scarlett war einen Moment lang regelrecht ergriffen. Seine Gesichtszüge waren etwas zu schroff, um im klassischen Sinne als schön zu gelten, aber wenn er lächelte ... *Atemberaubend.*

»Sie müssen ungefähr drei Jahre alt gewesen sein, als wir bei ihm einzogen«, sagte er. »Aber ich weiß die gute Absicht zu schätzen.«

»Ich war eine verdammt zähe Dreijährige«, erwiderte sie. »Ich hatte keine Wahl. Ich bin mit sechs Brüdern aufgewachsen.«

Er neigte den Kopf und sah sie neugierig an. »Älter oder jünger?«

»Sowohl als auch. Ich bin genau in der Mitte.«

»Schwestern?«

»Keine. Ich bin das einzige Mädchen in der Familie, und meine Eltern haben es wirklich versucht! Irgendwann hat meine Mutter aufgegeben. Und glauben Sie ja nicht, ich hätte nicht bemerkt, dass Sie meiner Frage ausgewichen sind.«

Er schüttelte den Kopf. »Ich würde niemals den Fehler machen, Sie zu unterschätzen. Nein, er hat uns nicht geschlagen. Wenn er diesen zornigen Ausdruck in den Augen bekam, zog er sich von allen zurück. Er hatte im Keller einen Trainingsraum mit Hanteln, Sandsack und einem Boxring, und dorthin ging er, um sich abzureagieren, bis er sich wieder im Griff hatte.« Er schwieg einen Moment lang nachdenklich, dann schüttelte er erneut den Kopf. »Wenn er dann wieder nach oben kam, wussten wir, dass wir sein wahres Ich eine lange Zeit nicht mehr zu Gesicht bekommen würden.«

»Er wollte Sie vor sich selbst schützen«, murmelte sie. Sie verstand es besser, als er zu ahnen vermochte. »Und sich selbst vor Ihnen.«

Im selben Augenblick wurde ihr klar, dass sie ihm zu nah getreten war. Marcus fuhr herum, und obwohl er nur wenige Zentimeter zurückgewichen war, war seine Miene so eisig geworden, dass es sich anfühlte, als hätte sich eine tiefe Kluft zwischen ihnen aufgetan.

»Wie war das gerade?« Auch seine Stimme war plötzlich eiskalt. »Sie kannten ihn doch gar nicht. Und uns auch nicht. Wir hätten ihm niemals etwas getan – niemals!«

»Ich wette, ich kenne ihn besser, als Sie es sich vorstellen können«, erwiderte sie leise und sah vor ihrem geistigen Auge deutlich einen gepeinigten Mann, der wie wahnsinnig auf einen Sandsack einprügelte, um sich in seiner Raserei nicht versehentlich an kleinen Kindern zu vergreifen. »Aber Sie haben recht. Ich hätte das nicht sagen dürfen. Es war nicht so gemeint, wie Sie es offenbar aufgefasst haben. Verzeihen Sie.« Die Hand in ihrer Tasche krampfte sich um ihren Autoschlüssel. »Ich werde jetzt gehen. Ich finde schon allein hinaus.« Sie machte einen Schritt zur Seite, um an ihm vorbeizugelangen. »Bitte seien Sie vorsichtig. Und zögern Sie nicht, mich anzurufen, wenn Sie mich brauchen.«

Er spiegelte ihre Bewegungen und trat ihr in den Weg. »Scarlett, ich ...« Er schüttelte den Kopf, und seine Miene war nicht länger eisig. Sie war ... gar nichts mehr, vollkommen emotions- und ausdruckslos. »Ich muss mich entschuldigen.«

»Nicht nötig. Wenn Sie mich jetzt bitte vorbeilassen könnten – ich muss wirklich gehen. Agent Novak wartet schon seit einer ganzen Weile auf mich.«

Seine Füße bewegten sich nicht von der Stelle, aber er hob die Hand und legte sie ihr so behutsam auf die Schulter, als fürchtete er, er könnte sie mit schnellen Bewegungen verjagen. »Gehen Sie nicht«, murmelte er. »Noch nicht. Nicht so. Erklären Sie mir, wie Sie es gemeint haben.«

Sie spürte die Wärme seiner Hand durch den Stoff des Jacketts, und als sein Daumen über ihren Hals strich, schauderte sie. Behutsam zog er die Hand wieder zurück.

»Ich weiß, dass er uns vor sich selbst schützen wollte. Das wusste ich sogar schon als Kind. Aber warum hätte er sich vor uns schützen sollen? Was hätten wir ihm tun können?« Sie begegnete seinem Blick und wünschte sich inständig, sie hätte den Mund gehalten. Marcus O'Bannion war alles andere als naiv. Mit ihrer Antwort würde sie ihm vermutlich Einblick in den verletzlichsten Teil ihrer Psyche gewähren. Aber andererseits – vielleicht war es besser so. *Dann kann er später wenigstens nicht sagen, du hättest ihn nicht gewarnt.*

Sie dachte an die gerahmte Titelseite der philippinischen Zeitung hinter sich. »Sie sagten, er war auf den Philippinen. In Bataan. Er muss dort Schreckliches gesehen und erlebt haben.«

»Damals und später auch noch«, sagte Marcus leise. »Er war im Pressekorps in Korea.«

»Andere leiden und sterben zu sehen, verändert einen Menschen. Es ist schlimm, begreifen zu müssen, dass man nichts dagegen tun kann. Es macht dich kaputt. Es ist, als ob Stücke von deiner Seele abbrechen, bis nichts mehr von dem zu erkennen ist, was einst gut und richtig war. Aber für mich hört es sich an, als hätte Ihr Großvater noch ein großes Stück Gutherzigkeit in sich gehabt. Ein Stück, das fühlte, das sich kümmerte und – wichtiger noch – von Vernunft gesteuert wurde. Dass er sich zurückzog, bevor er Ihnen gegenüber gewalttätig werden konnte, ehrt ihn. Viele Veteranen können das nicht mehr, und irgendwann passiert es dann, und sie fügen denen Leid zu, die sie eigentlich am meisten lieben. Manchmal physisch, manchmal emotional.« Sein Blick war fest auf sie geheftet. »Aber wieso hätte er sich vor uns schützen wollen?«, wiederholte er. »Wir hätten ihm niemals etwas angetan. Auch nicht, als wir älter waren.«

»Ich weiß. Und wahrscheinlich wusste er das auch. Aber manchmal ist das Wissen allein nicht genug, denn die Angst wurzelt im Unterbewusstsein, und was wir schützen wollen, ist der Rest dessen, was wir als unsere Menschlichkeit erkennen. Wenn man es wagt, sich zu öffnen, und dieser letzte Rest Güte nimmt auf irgendeine Weise Schaden – was bleibt einem dann noch?«

»Nichts«, murmelte er.

»Ganz genau. Der Drang, sich zu schützen, ist nicht rational erklärbar – er ist Instinkt pur. Man schottet sich ab, um sich vor weiterem Schaden zu bewahren. Und manchmal kann man sich nicht mehr öffnen, weil es schlicht zu viel Kraft kostet.«

Endlich brach er den Augenkontakt ab und blickte zur Seite. »Oder man gar nicht mehr weiß, wie es geht.«

»Oder das«, erwiderte sie leise. Sprachen sie eigentlich überhaupt noch von seinem Großvater? Sie räusperte sich. »Und jetzt habe ich Deacon sogar noch länger warten gelassen. Ich muss jetzt gehen. Mailen Sie mir die Liste, wenn Sie sie fertig haben.«

»Sie ist fertig. Sie liegt im Drucker.« Er kehrte an den Tisch zurück und nahm ein einzelnes Blatt Papier, das er ihr reichte. »Ich schicke sie Ihnen auch als E-Mail, falls Sie sie an Deacon weiterleiten wollen.«

Sie überflog die kurze Liste von Namen, faltete das Blatt und schob es in ihre Jackentasche. »Danke. Und danke auch, dass Sie mich heute Morgen angerufen haben. Ich wünschte nur, ich wäre etwas schneller dort gewesen.«

»Das wünschte ich mir auch. Dann hätte sie vielleicht schon in meinem Auto gesessen, ehe der Mörder eine Chance gehabt hätte, auf sie zu schießen.«

Scarlett blickte unwillkürlich über die Schulter zu der Titelseite des *Malaya*. Sie hatte ihm noch immer nichts von dem Baby erzählt. »Ich glaube kaum, dass sie mit Ihnen gegangen wäre. Und auch nicht mit mir. Sie wäre in jedem Fall dorthin zurückgekehrt, woher sie kam.«

Er sah sie stirnrunzelnd an. »Woher wollen Sie das wissen?«

»Mit ›Malaya‹ hat sie vermutlich nicht nur gemeint, dass Sie ihre Familie befreien sollten. Ich glaube, dass das der Name ihres Kindes ist.«

Marcus erbleichte, wie sie es befürchtet hatte. »Ihr Kind? Sie hatte ein Kind?«

»Ja.«

»Wie alt?«, fragte er heiser. »Wie alt ist es?«

»Schwer zu sagen. Die Gerichtsmedizinerin konnte es nicht genau eingrenzen. Wenn ich raten müsste, würde ich auf etwa ein Jahr tippen. Wir haben einen Beißring in Talas Tasche gefunden und wissen, dass sie noch gestillt hat.«

Einen Moment lang arbeitete seine Kehle schwer. »Aber sie war doch erst siebzehn, Scarlett.«

»Ich weiß«, antwortete sie sanft.

»Das bedeutet, sie wurde mit fünfzehn geschwängert.«

»Ich weiß.«

»Sie sagte, sie würde einem Mann gehören ...« Er wandte den

Blick ab, ohne auszusprechen, was sie sich beide fragten: War Talas Schwangerschaft das Resultat einer Vergewaltigung? »Woher wollen Sie wissen, dass das Baby Malaya heißt?«, fragte er stattdessen.

Als sie ihm von dem Schnuller erzählte, presste er die Kiefer so fest zusammen, dass ein Muskel in seiner Wange zu zucken begann. Abrupt drehte er sich um, ging zu seinem Schreibtisch, schloss eine Schublade auf und holte eine Glock älteren Modells und ein Schulterdoppelholster hervor.

Scarlett erwog ihn zu fragen, ob das die Waffe war, die er ihnen heute Morgen vorenthalten hatte, beschloss aber, die Frage noch zurückzustellen. Im Augenblick war er ihr zu ... unberechenbar.

Herausfordernd blickte er sie an, während er sich das sichtlich gut eingetragene Holster überstreifte, doch als sie schwieg, senkte er den Blick, um die Kammer der Waffe zu überprüfen, ehe er sie sicherte und in das linke Holster schob. Das Magazin kam in das andere. »Ich habe einen Waffenschein«, sagte er gepresst.

»Das weiß ich«, erwiderte sie ruhig. »Ich würde trotzdem gerne wissen, was Sie jetzt vorhaben.«

Er schaute auf und schenkte ihr ein Lächeln, das eher wie ein Zähnefletschen aussah. »Das Kind suchen. Kommen Sie mit?«

Cincinnati, Ohio
Dienstag, 4. August, 11.10 Uhr

Marcus blickte Scarlett über seinen Schreibtisch hinweg an und wartete auf den Vorwurf, der unweigerlich kommen musste. Und er hatte ihn verdient. Sie erwies ihm das Vertrauen und weihte ihn in die Einzelheiten ihrer Ermittlungen ein, und was machte er? Er packte seine Waffe aus und reagierte wie ein gestörter Vollidiot. Aber ... *Herrgott! Ein Baby.* Als Scarlett ihm von dem Tracker erzählt hatte, hatte er sich gefragt, wieso Tala ein solches Risiko eingegangen war, um sich mit ihm zu treffen. Nun wusste er es.

»Wo wollen Sie anfangen?«, fragte Scarlett so ruhig, dass es fast gelangweilt klang, und am liebsten hätte er geschrien. Doch dann rief er sich scharf in Erinnerung, dass ihre äußere Ungerührtheit nur Fassade war, hinter der sie ihr Mitgefühl und ihren Schmerz verbarg.

»In dem Viertel, in dem der Park liegt«, sagte er. »Irgendjemand muss den Hund doch gesehen haben.«

»Unsere Leute befragen die Anwohner bereits seit Tagesanbruch. Bisher haben sie niemanden ausfindig gemacht, der Tala gesehen hat. Oder es zugeben will.«

»Weil Sie uniformierte Polizisten geschickt haben. Vielleicht sind die Leute eher geneigt, jemandem Auskunft zu erteilen, der nicht wie ein Cop aussieht.«

Er hätte geglaubt, dass sie wütend reagieren würde, aber sie blieb ruhig, und er fragte sich, wie viel Kraft sie das kosten mochte. »Einem Reporter zum Beispiel?«, fragte sie.

»Ja. Die Leute mögen uns vielleicht nicht, und vertrauen tun sie uns noch weniger, aber es gibt immer irgendeinen narzisstisch veranlagten Spinner, der unbedingt ins Fernsehen will, sogar in den besten Wohngegenden.«

»Aber Sie sind nicht vom Fernsehen«, stellte sie mit emotionsloser Stimme fest. Doch er sah ihren Puls am Hals flattern und wusste, dass sie innerlich aufgewühlt war, auch wenn sie äußerlich eiskalt wirkte.

Er holte einen Camcorder aus derselben Schublade, in der auch seine Pistole gelegen hatte. »Wer unbedingt ins Rampenlicht möchte, dem ist das Medium egal.«

Sie zog eine Braue hoch. »Versuchen Sie, mich zu provozieren, Marcus?«

»Vielleicht. Vielleicht will ich auch einfach nur Ihr wahres Ich zu sehen bekommen. Ich weiß, dass Sie irgendwo da drin sind.«

Ein paar Herzschläge lang schwieg sie. Dann nickte sie einmal. »Ja, Sie haben recht. Ich bin irgendwo hier drin, aber ich kann mir den Luxus nicht erlauben, hollywoodreife Stunts abzuziehen, nur damit Sie Ihren Spaß haben. Ich kann Sie nicht daran hindern, die

Anwohner zu befragen. Aber damit eins klar ist: Wenn Sie Ihre Kompetenzen überschreiten, nehme ich Sie fest.«

Marcus musste schlucken, weil ihm bei dem Gedanken daran, dass Scarlett ihn festnahm, das Wasser im Mund zusammenlief, und prompt wurde er hart. Was bei dem Ernst der Lage natürlich vollkommen unangemessen war. Beiläufig verlagerte er sein Gewicht von einem Fuß auf den anderen, um den Druck gegen den Reißverschluss seiner Jeans zu lindern.

»Okay, die Botschaft ist angekommen«, sagte er, stolz auf seinen lässigen Tonfall. Einen letzten Versuch, sie aus der Reserve zu locken, konnte er sich allerdings nicht verkneifen. »Heißt das, Sie kommen nicht mit mir, Detective?«, fragte er samtig.

Sie verdrehte die Augen und stöhnte entnervt. »Sehen Sie nur zu, dass Sie sich nicht über den Haufen schießen lassen, okay?«

Er nickte. »Ich werde mein Bestes geben.«

Kopfschüttelnd ging sie zur Tür, blieb jedoch, die Hand am Türknauf, noch einmal zögernd stehen. »Danke für die Namensliste. Und die Videos.«

»Gerne«, sagte er ernst und ohne einen Hauch Ironie. »Danke, dass Sie mir von Talas Kind erzählt haben. Ich weiß, dass Sie das nicht hätten tun müssen.«

Sie verzog das Gesicht. »Und wahrscheinlich hätte ich es auch besser gelassen. Tun Sie mir den Gefallen, und schreiben Sie das nicht in Ihrer Zeitung, auch wenn Sie Ihr Geld damit verdienen, Nachrichten zu produzieren. Ich würde meinen Job gerne noch eine Weile behalten.«

»Ich werde es weder drucken noch posten, versprochen.«

Sie nickte. »Falls Sie den einen narzisstischen Nachbarn finden, der unbedingt ins Rampenlicht möchte ...«

»Dann leite ich Ihnen alle Informationen sofort weiter. Wo kann ich Sie antreffen?« Als sie die Augenbraue hochzog, fügte er hinzu: »Ich will nur wissen, wohin ich mich wenden soll, um es Ihnen zu sagen.«

»Sie enttäuschen mich, Marcus. Mehr haben Sie nicht drauf?

Wenn Sie wissen wollen, wohin mich meine Ermittlungen als Nächstes führen, fragen Sie doch einfach.«

Er schnaubte. »Das hab ich soeben getan. Woraufhin Sie mir ziemlich barsch klargemacht haben, dass mich das überhaupt nichts angeht.«

Ihre Lippen zuckten so leicht, dass es ihm entgangen wäre, wenn er sie nicht so intensiv beobachtet hätte. »Na gut«, murmelte sie. »Dann fragen Sie halt noch mal. Ich werde mich bemühen, weniger barsch zu reagieren.«

Er kam um seinen Tisch herum und blieb dicht vor ihr stehen. Noch immer umklammerte sie den Türknauf. Er neigte den Kopf zu ihr herab, bis seine Stirn beinahe ihre berührte, und atmete tief ihren Duft ein. »Detective Bishop, wohin führen Ihre Ermittlungen Sie als Nächstes?«

Dass sie sich erst mit einem tiefen Atemzug zur Ruhe bringen musste, tat seinem Ego ungeheuer gut.

»Ich treffe mich mit Deacon im Park. Wenn Tala gewusst hat, dass man sie nicht nur orten, sondern auch abhören konnte, hat sie vielleicht etwas aufgeschrieben und irgendwo im Park versteckt. Deacon wollte sich dort umsehen.«

»Er wird nichts finden.«

Sie zog den Kopf ein Stück zurück und sah mit verengten Augen zu ihm auf. »Wieso? Wie können Sie sich da so sicher sein?«

»Weil ich den Park bereits abgesucht habe – vergeblich. Ich wusste zwar nichts von dem Tracker, aber es war offensichtlich, dass sie Angst hatte, verfolgt zu werden.«

»Haben Sie tagsüber oder nachts gesucht?«

»Beides.«

Sie zog die Brauen zusammen. »Möglicherweise haben Sie dabei wertvolle Spuren zertrampelt.«

»Tja, nun. Ich wusste schließlich nicht, dass man sie erschießen würde.«

Sie seufzte. »Ein Punkt für Sie.« Plötzlich stach sie ihm mit dem Zeigefinger so fest in die Brust, dass er überrascht zusammenfuhr.

»Wenn Sie rausgehen, dann bitte nur mit Schutzweste. Seien Sie vorsichtig.« Und damit ging sie und ließ ihn verdattert an der Tür stehen. Er lauschte, bis sie die Eingangshalle durchquert hatte, dann drehte er sich automatisch zum Überwachungsmonitor um und sah zu, wie sie das Gebäude verließ und draußen als Erstes ihr Handy zückte.

Er starrte auf den Monitor, bis seine Augen zu brennen begannen. *Herrgott.* Er war ein bemitleidenswerter Trottel. Der einzige Trost war, dass er sie offenbar auch nicht kaltließ.

Doch die Frage, ob sich zwischen ihnen mehr entwickeln konnte, musste warten. Erst würde er Talas Baby und die Leute finden, die Tala und ihre Familie versklavt hatten. Um das zu erreichen, musste er unversehrt bleiben. Außerdem hielt er immer seine Versprechen. Vor allem solche, die er einer Frau mit mitternachtsblauen Augen gegeben hatte, für die er so gerne ein besserer Mensch gewesen wäre.

Marcus kehrte der Tür den Rücken zu, streifte sein Schulterholster ab und legte es auf den Schreibtisch. Wieder zog er die Schublade auf und holte die alte Kevlar-Weste heraus, die Stone am Morgen aus seiner Wohnung geholt hatte. Die Schutzweste, die er zum Treffen mit Tala angezogen hatte, war ein modernes, leichtes Modell gewesen, das man unauffällig unter einem T-Shirt tragen konnte, aber diese befand sich nun als Beweisstück in den Händen der Polizei. Seine alte Weste war ziemlich voluminös. Er würde ein langärmeliges, bis oben zugeknöpftes Hemd tragen müssen, wenn er sie verbergen wollte.

Er schnitt eine Grimasse. Voluminöse Weste und zugeknöpftes Langarmhemd. Im August. Na toll. *Ich werde an einem Hitzschlag sterben, bevor mich überhaupt eine Kugel erwischen kann,* dachte er missmutig, während er sich das T-Shirt über den Kopf streifte.

Es klopfte, doch bevor er noch etwas sagen konnte, öffnete die Tür sich schon einen Spalt. »Marcus?«, erklang Gayles angespannte Stimme.

Er fuhr hastig herum. Keinesfalls durfte Gayle die Prellung auf seinem Rücken sehen. »Nicht ...«

Die Tür wurde ganz aufgestoßen, und Gayle stand, die Hand noch auf Türgriffhöhe, mit offenem Mund da, während Scarlett Bishop sich resolut an ihr vorbeischob und dann wie angewurzelt stehen blieb.

»Das ist eine Unverschämtheit«, sagte Gayle wütend. »Diese Frau weiß anscheinend nicht, was Nein bedeutet. Stone ist nicht mehr hier, Marcus. Soll ich die Polizei rufen?«

Scarlett hatte noch kein Wort zu ihrer Verteidigung gesagt. Stattdessen starrte sie auf Marcus' nackten Oberkörper, und er hätte am liebsten die Muskeln angespannt. Natürlich riss er sich zusammen. »Schon gut, Gayle. Lass sie. Und mach bitte die Tür zu.«

Mit einem wütenden Blick zu Scarlett stolzierte Gayle hinaus und knallte die Tür zu. Der Lärm riss Scarlett aus ihrem tranceartigen Zustand, und sie drehte sich hastig um, doch er hatte bereits gesehen, dass ihre Wangen sich dunkelrot färbten.

»Tut mir leid«, murmelte sie und kreuzte die Arme vor der Brust. »Ich weiß gar nicht ...« Pustend stieß sie den Atem aus. »Sehen Sie wieder halbwegs anständig aus?«

»Sicher«, antwortete er und grinste, als sie sich umdrehte. Er trug noch immer kein Hemd und breitete die Arme aus, damit sie ihn betrachten konnte. »Unanständig ist etwas anderes. Am Strand trage ich deutlich weniger Stoff am Leib. Im Übrigen sind *Sie* einfach so hereingeplatzt! Einmal mehr. Es wäre Ihnen recht geschehen, wenn ich splitternackt gewesen wäre.«

Die Röte breitete sich noch weiter auf ihrem Gesicht aus. »Haben Sie vor, sich in nächster Zeit wieder anzuziehen?«, fragte sie steif. »Ich brauchte nämlich Ihre Hilfe.«

Schlagartig ernüchtert, schob er einen Arm in die Schutzweste. »Was ist denn passiert?«, fragte er und versuchte, in den zweiten Ärmel zu gelangen, doch er entwischte ihm immer wieder. Sein Rücken tat so weh, dass er nicht vernünftig nach hinten greifen konnte.

»Nichts Wildes.« Sie trat zu ihm, umfasste sanft seinen Unterarm, dirigierte ihn in den Ärmel, zog die Weste über seinem Oberkörper glatt und schloss die Schnallen. »Diese Prellung auf Ihrem Rücken muss ziemlich weh tun. Haben Sie sie gekühlt?«

»Nein«, sagte er, während sein Herzschlag sich in seiner Brust überschlug. Sie hatte ihn berührt!

Sie nahm das T-Shirt, das er ausgezogen hatte. »Wollen Sie das hier anziehen?«

Er brauchte einen Moment, um seinen Puls auf ein anständiges Maß zu drücken. »Nein. Im Schrank hängt ein langärmliges Hemd. Im Bad.« Er deutete vage in die Richtung. »Da ist die Tür.«

Sie verschwand, und er hörte ihren Ausruf. »Wow! Dieses Bad ist ja größer als meine beiden zusammen.« Sie tauchte mit einem dunkelblauen Hemd in der Hand wieder auf. »Dieses hier?«

»Ja.« Er hätte sich vermutlich selbst anziehen können, aber er ließ sich helfen und atmete genüsslich den Duft ihres Haars ein, als sie das Hemd zuknöpfte.

»Haben Sie das Bad einbauen lassen, oder war es schon drin?«

»Es war schon drin. Mein Großvater liebte seine kleinen Annehmlichkeiten.«

»Das merkt man.« Sie trat zurück und war wieder ganz Polizistin. »Sie könnten etwas für mich tun, das in meinen Augen sinnvoller ist, als an Türen zu klopfen. Wie wär's?«

Wenn er dadurch noch länger mit ihr zusammen sein konnte? *Immer!* »Lassen Sie hören«, sagte er ruhig.

»Ich habe gerade eine Nachricht von einer Bekannten bekommen, die früher einen Hundesalon betrieben hat.«

»Die Frau mit den Pudelbildern, die ich mir ansehen soll?«

Sie blinzelte verblüfft, dann sah sie verlegen zur Seite.

»Stimmt ja«, murmelte sie. »Ich habe Ihnen schon von ihr erzählt.« Sie atmete langsam aus, um sich wieder zu fangen. »Wie auch immer. Sie sagt, sie hat ein paar alte Videos gefunden, deren Qualität gar nicht mal so übel ist. Und da Sie der Einzige hier sind, der den Hund persönlich gesehen hat, könnten Sie vielleicht mit mir kommen, um sich die Filme anzuschauen.«

»Natürlich«, sagte er und streifte sich das Schulterholster über einen Arm. Sie griff um ihn herum, um ihm mit dem anderen Arm zu helfen. »Und was ist mit Deacon, den Sie im Park treffen wollten?«

»Er hat bisher noch nichts gefunden und war der Meinung, dass der Hund die vielversprechendere Spur ist. Er sagt, inzwischen seien mehr Menschen im Park, und er will den Leuten, die ihre Hunde ausführen, die Fotos von Tala und dem Pudel zeigen, aber dazu braucht er mich nicht. Also? Hätten Sie ein Stündchen Zeit?«

Er deutete auf die Tür. »Nach Ihnen, Detective.«

Sie schüttelte den Kopf und deutete auf das Schulterholster. »Sie wollen mir doch nicht ernsthaft erzählen, dass Sie so rausgehen wollen? Wenn Sie nicht wenigstens ein Jackett überziehen, kommen Sie nicht mit. Ich möchte nicht, dass die Leute glauben, ich sei die Partnerin von Dirty Harry.«

»Mist«, knurrte er. »Wie warm ist es denn draußen?«

»Schon über dreißig Grad, die Luftfeuchtigkeit liegt bei fünfundachtzig Prozent. Es fühlt sich an wie Erbsensuppe. Mit Jacke, Hemd und Kevlar liegen Sie schneller in der Ambulanz, als Sie die Waffe ziehen können. Warum benutzen Sie nicht das Taschenholster von heute Morgen?«

Er betrachtete sie mit verengten Augen. »Wie bitte?«

»Ich nehme nicht an, dass Sie mit einer Pistole an der Hüfte in einem Viertel spazieren gehen wollten, das als Tummelplatz für Dealer und Zuhälter bekannt ist. Ist die Glock die Waffe, die Sie auch heute Morgen bei sich hatten?«

Verflucht, er hatte ja gewusst, dass ihr so gut wie nichts entging. Er musste auf der Hut sein. »Wenn Sie von der anderen Waffe wussten, warum haben Sie sie dann nicht konfisziert wie das Messer? Das ich übrigens unbedingt wiederhaben will.«

»Ich wusste es nicht, ich hab's nur vermutet. Aber da Sie keine Pulverreste an den Händen hatten, habe ich nicht nachgehakt. Sie kriegen Ihr Messer zurück, sobald die Spurensicherung damit fertig ist. Dort hat man aber im Moment noch andere Dinge zu tun.«

Ohne ein Wort zu sagen, tauschte er die Holster aus und schob ein weiteres Magazin in seine Hemdtasche. »Nehmen wir meinen Wagen oder Ihren?«

»Meinen«, sagte sie ohne Umschweife. »Das ist ein offizieller Auftrag, Marcus, kein Date.«

Er hätte gerne gegrinst, riss sich aber zusammen. Schwungvoll öffnete er seine Bürotür und deutete mit übertrieben einladender Geste hinaus. »Also noch mal: Nach Ihnen, Detective.«

Cincinnati, Ohio
Dienstag, 4. August, 12.00 Uhr

Scarlett blickte zur Seite. Eine Baseballkappe tief ins Gesicht gezogen, saß Marcus zusammengesunken auf dem Beifahrersitz und atmete tief und gleichmäßig. Sie waren noch keine fünf Minuten unterwegs gewesen, als er eingeschlafen war.

»Marcus.« Sie stieß ihn leicht gegen den Arm. »Wachen Sie auf. Wir sind gleich da.«

Er fuhr erschreckt hoch, erstarrte, schien sich zu orientieren und entspannte sich wieder. Er schob die Kappe in den Nacken und blickte aus dem Fenster. »Wie lange habe ich geschlafen?«

»Nur zwanzig, fünfundzwanzig Minuten. Ich wollte Sie noch rasch briefen, bevor wir bei Delores einfallen.«

Er rutschte auf seinem Platz herum, bis er ihr Profil betrachten konnte. »Inwiefern briefen?«

»Ich habe Delores vor neun Monaten kennengelernt. Sie lag im selben Krankenhaus wie Sie.« Sie warf ihm einen kurzen Seitenblick zu. »Und zwar, weil sie von demselben Mann attackiert worden war wie Sie.«

»Ach du Schande. Die Frau, die gegen alle Prognosen überlebte.«

»Genau.« Scarletts Lippen zuckten. »Und sie kann es nicht ausstehen, wenn man sie so nennt. Sie meint, sie käme sich dann immer vor wie ein weiblicher Harry Potter.«

Marcus lachte in sich hinein. »Okay, ich sag's ihr nicht ins Gesicht.« Er seufzte und wurde ernst. »Ich erfuhr erst, was ihr zugestoßen war, als ich von der Intensivstation auf eine normale Station verlegt wurde. Ich wollte irgendwas für sie tun, wusste aber nicht, was. Jeremy fand heraus, dass sie ein Tierheim besaß, und schlug eine größere Spende vor. Er rekrutierte unter seinen Studenten freiwillige Helfer, die sich um die Tiere kümmerten, bis sie vermittelt werden konnten. Und da einige Tiermediziner werden wollten, passte das ziemlich gut. Die Tiere wurden versorgt, und die Studenten bekamen Praxispunkte.«

»Wie nett von Jeremy. Als Delores aus dem Koma erwachte, galt ihre erste Sorge den Hunden.«

»Jeremy ist ein guter Mensch. Immer schon gewesen. Stone und mir war er ein wunderbarer Vater, und das, obwohl er selbst noch so jung war, als er uns adoptierte.«

Wieder warf sie ihm einen Seitenblick zu. »Ich habe ihn heute Morgen angerufen, weil Sie auf keine meiner Nachrichten reagiert haben.«

»Ja, ich weiß. Er hat mich schon zusammengefaltet.«

Sie zögerte. »Ich hatte mich davor gefürchtet, mit Jeremy zu sprechen«, gab sie schließlich zu. »Ich wollte keine alten Wunden aufreißen. Aber falls ich das getan habe, dann hat er es tadellos überspielt. Er war ganz Gentleman.«

»Ich denke nicht, dass Sie alte Wunden aufreißen, Scarlett. Wir haben Mikhail nicht vergessen, und der Schmerz über den Verlust ist so frisch wie vor neun Monaten. Sie können keine Erinnerungen wecken, weil sie immer präsent sind.« Er schwieg eine Weile, und sie spürte, dass er sie beobachtete. »Wenn es das also war, was Sie davon abgehalten hat, früher anzurufen, dann vergessen Sie das ruhig wieder.«

Sie schluckte, wohl wissend, dass er nicht mehr über seinen

Stiefvater, sondern über sich selbst sprach. »Gut zu wissen«, murmelte sie. »Aber zurück zu Delores.«

»Richtig. Sie, die nicht ›die Frau, die überlebte‹ genannt werden darf. Weiß sie, dass ich mitkomme?«

»Ja. Sie freut sich, Sie kennenzulernen. Sie meint, Sie seien der Einzige von den O'Bannion-Geschwistern, den sie noch nicht kennt.«

Marcus blieb der Mund offen stehen. »Wie bitte? Audrey ... *und* Stone?«

»Jep.« Auch Scarlett war darüber vollkommen verblüfft gewesen. »Audrey hat sie mehrere Male besucht, seit sie aus dem Krankenhaus entlassen wurde. Sie hat sogar Spenden für das Tierheim gesammelt. Das Mädchen ist anscheinend ziemlich geschickt auf diesem Gebiet.«

»Das hat sie von meiner Mutter gelernt; die ist eine wahre Meisterin darin.« Er schüttelte den Kopf. »Aber Stone auch?«

»Stone auch. Er hat sie noch im Krankenhaus besucht, aber auch später im Tierheim. Angeblich hat er ihr Blumen und Pralinen gebracht und einmal sogar einen Stoffhund. Sie findet ihn übrigens ›süß‹.«

Marcus schnaubte. »Süß? *Stone?*«

Scarlett grinste. »Ja, ich musste auch lachen.« Rasch wurde sie wieder ernst. »Jedenfalls ist sie noch nicht ganz wiederhergestellt. Sie spricht noch etwas schleppend und bewegt sich nicht mehr so schnell wie früher – aber sie bewegt sich. Sie will auf keinen Fall hilfsbedürftig erscheinen, also halten Sie sich zurück. Ach, und sie umarmt die Leute gerne, wenn das also nicht Ihr Fall ist, bereiten Sie sich besser schon jetzt seelisch darauf vor.«

»Ist nicht mein Fall, aber ich werde es verkraften. Sonst noch was?«

Scarlett seufzte. »Sie ist immer noch ziemlich schreckhaft, also tauchen Sie bitte nicht plötzlich hinter ihr auf. So war es nämlich damals. Plötzlich stand der Täter auf dem Parkplatz hinter ihr.«

»Okay, ich merk's mir«, sagte er grimmig. »Aber wie *konnte* sie das eigentlich überleben? Immerhin hat er ihr eine Kugel in den Hinterkopf gejagt. Das übersteht man doch normalerweise nicht.«

»Die Kugel wurde aus nächster Nähe abgefeuert, was tatsächlich der entscheidende Faktor gewesen ist, ob Sie es glauben oder nicht. Es handelt sich eigentlich um ein klassisches medizinisches Wunder. Deacons Schwester hat an dem Tag in der Notaufnahme gearbeitet, und sie sagt, sogar der Chefarzt hätte so etwas vielleicht höchstes fünf, sechs Mal in seiner ganzen fünfundzwanzigjährigen Laufbahn erlebt. Delores muss den Kopf im allerletzten Moment zur Seite geneigt haben, so dass die Kugel im perfekten Winkel auf ihren Schädel traf. Statt durch den Knochen zu schlagen, schrammte sie sozusagen zwischen Haut und Schädel entlang und trat an der Schläfe wieder aus.«

Sie warf ihm einen kurzen Blick zu. Er sah sie stirnrunzelnd an. »Wollen Sie mich auf den Arm nehmen?«

Sie schüttelte den Kopf. »Nein, es ist wahr, ich schwör's. Sie können ja Deacon fragen. Hauptsache, Sie fragen Delores nicht. Sie kann noch nicht darüber reden.«

»Mach ich. Deacon fragen, meine ich. Und woher kennen Sie sie? Haben Sie sie auch im Krankenhaus besucht?«

»Nur einmal. Ich hatte ziemlich viel zu tun, während Sie alle im Bettchen liegen bleiben und Wackelpudding essen durften.« Sie seufzte müde. »Es gab verdammt viele Leichen zu identifizieren, nachdem sich der Staub etwas gelegt hatte.« Sie räusperte sich. »Ich lernte Delores bei der Wiedereröffnung ihres Tierheims näher kennen. Dani und Faith wollten sich dort ihre Hunde aussuchen und schleiften mich mit. Natürlich bequatschten sie mich so lange, bis ich auch ein Exemplar mit nach Hause nahm.«

»Das war aber nett von Ihnen«, sagte er ernsthaft. »Wirklich nett.«

»Eigentlich nicht. Ich fürchte, Zat gibt mir mehr, als er von mir bekommt.«

»Ja, das kenne ich. BB – der Hund, den ich im Park ausgeführt habe – gehörte Mikhail. Ich wollte sie zuerst nicht nehmen, aber ich hatte keine andere Wahl. Stone hat angeblich eine Tierhaarallergie, und Audrey, die zwar großartig Spenden sammeln kann, ist nicht gerade der verlässlichste Mensch auf Erden. Jeremy hatte alle Hände voll damit zu tun, Keith wieder aufzupäppeln.« Plötzlich aufgewühlt, fuhr Marcus sich mit den Fingern durchs Haar. »Und Mom ... sie konnte den Hund noch nicht einmal in nüchternem Zustand ansehen, ohne in Tränen auszubrechen.«

»Also haben Sie BB doch zu sich genommen«, sagte Scarlett, um ihn von der Sorge um seine Mutter abzulenken. Es war nicht das erste Mal, dass er ihr Suchtproblem erwähnte.

»Ja. Und es tut gut, am Abend nicht in eine leere Wohnung kommen zu müssen.«

»Oder in ein leeres Haus.« Scarlett bog von der Hauptstraße auf eine schlecht gepflasterte Auffahrt und schnitt ein Gesicht, als der Wagen in eins der vielen Schlaglöcher krachte. »Tut mir leid. Delores' Einfahrt ist eine Stoßdämpferhölle. Ich hätte den Land Cruiser nehmen sollen.«

»Das Ding fährt noch?«, fragte er, dann erstarrte er. »Oh, Mist«, fügte er murmelnd hinzu.

Wie vom Donner gerührt bremste Scarlett den Wagen ab, bis er vor Delores' Haus stehen blieb, und drehte sich in ihrem Sitz zu ihm um. Er blickte geflissentlich aus dem Fenster. »Marcus? Sehen Sie mich an.«

»Ich glaube, ich will nicht«, brummte er, und sie lachte überrascht auf.

»Tun Sie's trotzdem.« Sie wartete, bis er sich ihr schuldbewusst zuwandte. »Woher wissen Sie denn von meinem Panzer?«

»Ich hab ihn möglicherweise mal auf Ihrer Auffahrt gesehen.« Er zog leicht den Kopf ein. »So ein-, zweimal.«

»Sie waren bei mir zu Hause? Sogar zwei Mal?«

»Oder so.«

»Woher wissen Sie überhaupt, wo ich wohne?«

Sein Blick, eben noch zerknirscht, wurde herablassend. »Ich bitte Sie. Beleidigen Sie mich bitte nicht. Ein Fünfjähriger hätte Ihre Adresse herausfinden können. Und keine Angst, ich bin kein Stalker. Ich bin bloß mal ... vorbeigefahren.«

Einerseits war sie entsetzt. Andererseits fand sie den Gedanken ungeheuer erregend. »Wie oft genau, Marcus? Wie oft ist ›oder so‹?«

»Vier Mal insgesamt. Vier Mal in neun Monaten. Mehr nicht.«

»Aber ... wieso?«

Er senkte den Blick und schwieg eine Weile, dann atmete er seufzend aus. »Ich war einfach neugierig.«

Sie schluckte. Ihr Herz pochte wild in ihrer Kehle. »Neugierig? Worauf?«

Er schaute auf, direkt in ihre Augen, und sein Blick traf sie wie ein gewaltiger Fausthieb auf den Solarplexus. »Auf Sie.« Seine Mundwinkel wanderten aufwärts. Es war kein echtes Lächeln, aber so verdammt sexy, dass sie ihren Blick nicht von ihm losreißen konnte. »Waren Sie denn nicht neugierig? Wenigstens ein bisschen?«

Ihre Wangen erwärmten sich trotz der kühlen Luft, die aus der Klimaanlage drang. »Vielleicht ein bisschen«, gab sie zu, dann schloss sie die Augen. »Oder doch ziemlich.« Sie zuckte zusammen, als er ihr die Hand an die Wange legte, doch dann schmiegte sie sich an sie. »Na gut«, gestand sie heiser. »Sogar sehr.«

Sein leises Lachen jagte ihr einen Schauder über den Rücken. »Endlich. Ich bin hier drüben schon fast umgekommen.«

Sie öffnete die Augen und sah, dass er sie mit einem zufriedenen Lächeln betrachtete, und seine Augen waren dunkel vor Erregung. »Nicht umkommen«, flüsterte sie tonlos. »Bitte nicht.«

Sein Lächeln schwand. »Nein.« Sein Daumen strich ihr sanft über die Lippen, ehe er seine Hand wegnahm. »Ich glaube, deine Freundin weiß schon, dass wir da sind.«

Scarlett fuhr so heftig zurück, dass sie mit dem Rücken gegen die Armlehne der Fahrertür stieß. Ihr Gesicht glühte. Sie hatte vollkommen vergessen, wo sie sich befanden und wieso sie gekommen waren. Und er hatte recht. Delores lehnte mit verschränkten

Armen an einem der Pfosten, die ihre Veranda stützten, und beobachtete sie mit wohlwollender Geduld. Neben ihr saß ein riesiger Hund, der das zierliche Persönchen umso winziger erscheinen ließ; sein Kopf reichte ihr fast bis zur Taille.

»Oh, verdammt«, zischte sie. »Das hier wird in null Komma nichts die Runde machen.«

Marcus setzte sich zurück und runzelte die Stirn. »Na und? Wolltest du mich verheimlichen?«

»Nein«, antwortete sie hastig. »Aber ich ... Herrgott, Marcus, ich behalte solche Sachen immer für mich.« Sofort schalt sie sich innerlich, die Klappe zu halten. »Nicht, dass ich so was sehr oft mache.«

»Wie oft ist ›sehr oft‹?«, fragte er sie grinsend.

»Zweimal«, sagte sie aufrichtig, dann hob sie die Schultern. »Zweieinhalb Mal.« Denn Bryan zählte als Beziehung eigentlich nicht. Er war nur ... ab und zu ganz gelegen gekommen. Womit sie sich beide keinen Gefallen getan hatten.

Marcus zog die Brauen hoch. »Zweieinhalb? Was soll ich denn unter einem halben Mal verstehen?«

»Vergiss es«, fuhr sie ihn an und riss den Gurt förmlich aus der Halterung. »Komm jetzt. Wir haben zu tun.«

»Ja, Sir, Detective«, sagte er zackig und grinste dann. »Solange dir klar ist, dass wir dieses Gespräch weiterführen, sobald wir wieder zurückfahren«, fügte er samtig hinzu. »Immerhin macht das hier sowieso in null Komma nichts die Runde.«

»Herr im Himmel«, knurrte sie. »Schluss jetzt. Lass uns endlich rausfinden, wem dieser verdammte Pudel gehört.«

# 14

Cincinnati, Ohio
Dienstag, 4. August, 12.00 Uhr

Ken Sweeney stand am Wohnzimmerfenster und sah zu, wie Burton Reubens schlafende Frau behutsam auf den Beifahrersitz ihres Autos setzte. Er hätte gerne gewusst, ob Burtons Vorsicht auf Zuneigung zurückzuführen war oder ob er einfach keine blauen Flecken hinterlassen wollte. Ken war sich seiner Loyalität noch immer nicht sicher, aber er musste zugeben, dass der Mann in jeder Hinsicht Profi war. Als Burton davonfuhr, klingelte Kens Telefon. Es war Demetrius. »Ich habe mir schon langsam Sorgen gemacht«, sagte er barsch.

»Ach. Du machst dir also doch was aus mir«, sagte Demetrius genüsslich.

»Wo bist du?«

»In Loveland – ausgerechnet. Im Wald, und das zu Fuß. Du schuldest mir fünfzehnhundert Dollar.«

»Wieso, verdammt noch mal?«

»Für meine handgenähten Schuhe, die waren brandneu, und jetzt sind sie hinüber.«

Ken knirschte mit den Zähnen. Eines Tages würde er seinem Freund die verfluchten Schuhe sonst wohin stecken. »Ich meinte, was du in Loveland im Wald zu suchen hast!« »O'Bannion. Denn der ist hier, und zwar mit irgendeiner Polizistin.«

»Na, großartig«, brummte Ken. »Und was machen sie im Wald?«

»Sie gar nichts. Ich schon. Ich lag vor dem *Ledger* auf der Lauer, als die beiden irgendwann zusammen herauskamen und in ihr Auto stiegen – ein Zivilwagen vom CPD. Also fuhr ich hinterher, bis sie auf eine Privatstraße einbogen. Wäre ich ihnen gefolgt, hätten sie mich sofort bemerkt, also habe ich meinen Wagen abgestellt und bin durch den verdammten Wald gestapft. Bleib dran. Ich schicke dir ein Foto von der Polizistin. Ich könnte mir vorstellen, dass du sie ... interessant findest.«

Kens Handy kündigte eine eingehende Nachricht an, und er legte Demetrius auf Lautsprecher und lud das Foto herunter. »Wow.«

»Ja«, sagte Demetrius. »Ziemlich hübsch, nicht wahr?«

Demetrius war ein Meister der Untertreibung. Die Frau war ... außergewöhnlich. Sie war groß und hatte ihr dickes schwarzes Haar zu einem Zopf geflochten, der am Hinterkopf festgesteckt war, und zum ersten Mal seit langer, langer Zeit lief Ken tatsächlich das Wasser im Mund zusammen. »Denkst du, was ich denke?«

Demetrius lachte leise in sich hinein. »Wahrscheinlich nicht. Deine Perversionen sind biederer als meine.«

Ken verdrehte die Augen. »Mich würde interessieren, wie viel wir für sie kriegen könnten. Wie wär's, wenn wir sie mit Stephanie zusammen anbieten würden?«

»Wieso musst du uns die Besten eigentlich immer gleich wegnehmen?«, grummelte Demetrius. »Ich wette, die ist im Bett eine echte Kämpferin. Sie bewegt sich geschmeidig wie eine junge Amazone. Ich könnte sie ja vorher testen.«

»Mal sehen«, sagte Ken, dann zog er die Brauen zusammen und betrachtete das Foto genauer. »Sie kommt mir bekannt vor. Bin ich ihr schon einmal begegnet?«

»Ja, bist du«, erwiderte Demetrius, plötzlich wieder ganz bei der Sache. »Weil sie auch mir bekannt vorkam, habe ich D.J. angewiesen, mir ein paar Informationen über sie zu verschaffen.«

Demetrius' Sohn D.J. hatte sich, ähnlich wie Sean und Alice, im Laufe der Jahre als vertrauenswürdiger Mitarbeiter erwiesen.

»Sie ist Detective von der Mordabteilung«, fuhr Demetrius fort. »Untersucht den Tod des Mädchens von heute Morgen. Detective Scarlett Bishop. Außerdem hat sie die Ermittlungen in dem Serienmörderfall vom Herbst vergangenen Jahres geleitet.«

Jetzt fügte sich das Bild für Ken zusammen. »Sie war diejenige, die O'Bannion im Krankenhaus besucht hat, richtig? Und die auch auf der Beerdigung seines kleinen Bruders aufgetaucht ist.«

»Jep. Die Fotos, die D.J. gefunden hat, sind ausnahmslos bei dieser Beerdigung und vor dem Krankenhaus aufgenommen worden.«

»Hat D.J. sie überprüft?«

»Klar. Sie ist blitzsauber.«

»Kein Cop ist blitzsauber. Ich werde Sean anweisen, etwas tiefer zu graben. Vielleicht findet er ja doch was. Und warum sind Bishop und O'Bannion jetzt in Loveland?«

»Ich habe nicht den geringsten Schimmer«, antwortete Demetrius. »Sie wollten zu einem Tierheim. Es heißt ›Patrick's Place‹.«

»Ein Tierheim? Will O'Bannion sich einen Hund zulegen?«

»Keine Ahnung. Es kam mir allerdings nicht so vor, als wären sie hier, weil es mit diesem Fall zu tun hat. Ich glaube, die beiden haben was miteinander. O'Bannion hätte ihr bestimmt die Zunge in den Hals gesteckt, wenn nicht plötzlich eine Frau auf der Veranda aufgetaucht wäre.«

»Mist«, fluchte Ken. »Cop und Reporter.« Keine gute Kombination.

»Ja, das habe ich mir auch gedacht. Wenn wir ihn ausschalten, ist sie persönlich beleidigt und steigt uns aufs Dach, und das war's dann mit unserem unauffälligen Dasein. Es sei denn, wir beseitigen sie beide. Was wissen wir über die Anders? Worin besteht die Verbindung zu O'Bannion? Wie konnte der Mann überhaupt von dem Mädchen wissen, mit dem er sich getroffen hat?«

»Das finde ich schon heraus. Die Anders sitzen noch immer in meinem Keller.« Ken blickte auf den Überwachungsmonitor. Alle drei Gefangenen mühten sich, ihre Fesseln loszuwerden, was ihnen nichts weiter als aufgeschürfte Gelenke einbringen würde. Kens Knoten waren bombensicher. »Alles steht und fällt mit der Mutter. Ich muss sie nur noch ein bisschen bearbeiten, dann werden Chip und die kleine Stephanie mir schon sagen, was ich wissen will.

Stephanie weiß etwas, hält es aber zurück, weil Chip glaubt, irgendjemand würde sie bald vermissen und die Polizei einschalten.«

»Und wer soll dieser Jemand sein?«

»Möglicherweise die Hundepflegerin – der Kläffer ist wohl ein Ausstellungshund –, aber ich bin mir nicht sicher. Decker ist gerade noch einmal zurückgefahren, um sich zu vergewissern, dass sich nicht doch noch jemand im Haus versteckt hält. Er wäre schon eher gefahren, wenn Chips Kugel nicht größeren Schaden angerichtet hätte als ursprünglich gedacht. Decker hat eine ganze Weile gebraucht, um den Wachmann wieder zusammenzuflicken.«

»Sollen wir die Plätze tauschen? Du holst uns O'Bannion und Bishop, und ich schau mal, was ich aus den Anders rauskriegen kann?«

»Danke, ich schaff das hier schon«, antwortete Ken trocken. »Unsere schrecklich nette Familie ist einfach etwas sturer als die meisten anderen. Also habe ich ihnen eine kleine Pause zum Nachdenken gegönnt und mich in der Zwischenzeit um Miriam gekümmert.«

Ein kurzes Schweigen, dann ein Seufzen. »Reubens Frau wusste Bescheid?«

»Oh, ja. Sie hat Burton ausreichend vertraut, um freiwillig mit ihm zu gehen, aber als sie merkte, wohin er sie bringen wollte, fing sie an zu randalieren und ihm das Gesicht zu zerkratzen – schon wieder, der Arme! Sie kreischte, sie wolle nichts mit dem Teufel zu tun haben, der ihren Mann korrumpiert hat, also habe ich ihr zur Beruhigung einen Tee gekocht. Von dem Zeug wäre selbst ein Elch umgefallen.«

»Und den hat sie getrunken? Nachdem sie Jason Jackson vergiftet hat, hat sie es wirklich gewagt, etwas zu trinken, das du ihr anbietest?«

»Nicht freiwillig, aber mein Messer an ihrer Kehle war sehr überzeugend. Sie hat sich beruhigt, mir meine Fragen beantwortet und ist dann eingeschlafen. Burton bringt sie und ihren Wagen gerade zu einem billigen Motel. Er wird sie in ein Zimmer schaffen und Reuben mit ihrem Telefon eine Nachricht schicken, sie habe nicht gewollt, dass die Kinder, wenn sie von der Schule kommen, ihre Leiche finden und so weiter und so fort. Wenn Reuben, wie Burton sagt, auch seine eigenen Fahrzeuge verwanzt hat und darüber hinaus noch am Leben ist, wird er ihren Wagen und ihre Leiche schnell finden. Und dann: großes Drama, inklusive Haareraufen und Zähneknirschen.«

»Was hat sie dir denn gesagt?«

»Dass ich ein perverses Schwein bin, das ihren Mann verdorben hat«, erklärte Ken. »Und ihr Privatdetektiv sei uns schon auf den Fersen. Als ich entgegnete, ihr Privatdetektiv sei bereits tot, wurde sie etwas entgegenkommender. Burton hat ihren Laptop eingesackt und ihre Mails durchgesehen. Sie hat alles, was sie in Erfahrung gebracht hat, aufgeschrieben und an sich selbst geschickt – sonst anscheinend niemandem. Ich nehme an, sie wollte von überall darauf zugreifen können, falls sie schnell hätte untertauchen müssen oder wir ihren Computer geklaut hätten. Umgebracht hat sie Reuben aber angeblich nicht.«

»Hat Sean inzwischen irgendeinen Hinweis darauf gefunden, wo sich Reuben und Jackson aufhalten könnten?«

»Nein«, erwiderte Ken. »Keiner von beiden hat seine Kreditkarten benutzt, einen Flug oder Überlandbus gebucht oder einen Wagen gemietet. Sean sucht jetzt sukzessive nach allen Identitäten, die Reuben je benutzt hat.«

»Liegt es nicht nahe, dass er sich eine vollkommen neue Identität verschafft hat?«

Das war natürlich nicht abwegig. Ken hatte selbst einige, von denen sein Team nichts wusste. »In diesem Fall können wir nur hoffen, dass sein Vertrauen zu Burton ungebrochen ist und er sich irgendwann bei ihm meldet. Übrigens habe ich den einzigen noch verbleibenden unverletzten Mann aus Reubens Team hinter Burton hergeschickt.«

»Um dich zu vergewissern, dass Burton Miriam tatsächlich in ein Motel bringt?«

»Unter anderem, ja. Die beiden haben eine Vorgeschichte, wobei ich nicht weiß, ob Burton Miriam schon aus der Zeit kannte, als er und Reuben noch beim Knoxville Police Department waren, oder ob sie sich erst vor kurzem nähergekommen sind. Wie auch immer – unser Mann soll aber auch Burton auflesen und zurückbringen. Anschließend wird Burton Reubens Wagen durchsuchen. Er steht inzwischen in meiner Garage.«

»Sollen wir immer noch jemanden nach New York schicken, um Reubens Geliebte zu beschatten?«

»Ich denke nicht. Uns gehen die Leute aus. Wenn er wirklich zu ihr will, ist er wenigstens eine Weile beschäftigt und steht uns nicht im Weg. Falls er das Land verlassen hat, ist Sean derjenige, der ihn am ehesten aufspüren kann. Und falls er tot ist, ist das Problem ohnehin gelöst.«

»Dieser Vollidiot«, brummte Demetrius. »Das kommt da von, wenn man den Schwanz nicht in der Hose lassen kann. Wissen wir schon, was es mit den beiden deaktivierten Sendern auf sich hat, die wir in Anders' Haus entdeckt haben?« »Die Tochter behauptet, sie hätte sie den beiden Frauen abgenommen, aber ich glaube ihr das nicht. Ich gehe gleich wieder nach unten und läute die zweite Runde ein. Viel Zeit werde ich auf die drei aber nicht mehr verwenden. Zumal wir jetzt wissen, dass O'Bannion eine Polizistin anbaggert. Diese Gefahr auszuschalten, hat oberste Priorität. Hast du eine entsprechende Waffe dabei?«

»Ja. Das Mädchen ist mit einer Ruger P89 erschossen worden.«

»Ich sage Decker Bescheid. Er soll in Anders' Waffenschrank nachsehen, ob kürzlich eine Pistole von diesem Kaliber abgefeuert wurde. Vielleicht lässt sich auch erkennen, ob eine fehlt.«

»Er soll sich die Munition ansehen. Die Ruger war mit Black Talons geladen.«

»Wow. Die findet man heutzutage höchstens noch bei Sammlern. Allerdings hat Chip ein stattliches Arsenal. Da liegt es nahe, dass er auch Munition sammelt. Aber woher hast *du* BTs?«

»Aus meiner eigenen Sammlung. Ich habe sie in den Neunzigern gekauft, als man noch glaubte, die Dinger könnten Kevlar durchschlagen und Cops erledigen. Dabei stimmte das gar nicht.«

Beim letzten Satz klang Demetrius so betrübt, dass Ken grinsen musste. Doch plötzlich fiel ihm etwas ein. »Moment mal. Wieso kann O'Bannion von einem Hohlspitzgeschoss getroffen werden und unversehrt davonmarschieren?«

»Weil er Kevlar getragen hat«, antwortete Demetrius.

Ken verengte die Augen. »Ernsthaft? Also muss er gewusst haben, dass die Kleine Probleme hatte. Aber woher?«

»Ist das wichtig? Wenn ich ihn erst einmal umgelegt habe, kann er sowieso niemandem mehr sagen, was er weiß.«

»Ich hatte Decker angewiesen, sich die Tonaufnahmen des Trackers anzuhören, sobald er Anders' Haus durchsucht hat, aber in Anbetracht der Tatsache, dass O'Bannion mit einem Cop durch die Gegend läuft, will ich nicht mehr warten. Ich setze Sean dran. O'Bannion könnte schon weitererzählt haben, was er von dem Mädchen weiß.«

»Seinem Bruder zum Beispiel«, murmelte Demetrius mürrisch. »Dieser verdammte Kerl macht nur Ärger.«

»Du sagst es. Aber noch ärgerlicher wäre es, wenn er es dieser Bishop erzählt hätte.«

»Ganz genau. Deshalb müssen beide verschwinden, meinst du nicht auch?«

Er klang so beflissen, dass Ken in sich hineinlachte. »Ja, Demetrius. Sowohl O'Bannion als auch Bishop müssen verschwinden. Der Bruder vorsichtshalber auch. Und denk daran: Es darf keine Kugel zurückbleiben.«

»Keine Sorge. Aber wer hat denn nun heute Morgen das Mädchen erschossen? Anders?«

»Nein. Ich hatte nicht den Eindruck, als hätten Chip oder Marlene überhaupt gewusst, dass das Mädchen das Haus verlassen hatte. Aber die Tochter, Stephanie, weiß, was passiert ist.« Wieder warf Ken einen Blick auf den Überwachungsschirm. Inzwischen hatten alle drei Anders die Augen geschlossen. Die Erschöpfung war ihnen deutlich anzusehen. »Mir scheint, die drei machen ein Nickerchen. Es wird Zeit, sie zu wecken und die Sache zu Ende zu bringen.«

»Ich ruf dich an, wenn ich mich um O'Bannion gekümmert habe. Danach kommt sein Bruder an die Reihe.«

»Stone«, murmelte Ken. Nur allzu gut erinnerte er sich an die Schlagzeile im *Ledger,* unter der Stone O'Bannions Name gestanden hatte: *Kinderpornosammlung bei Lehrer entdeckt.* Ihnen war nichts anderes übriggeblieben, als unverzüglich Spuren zu verwischen. Dass sie dabei Risiken hatten in Kauf nehmen müssen, die sie ohne die Einmischung der O'Bannion-Brüder niemals eingegangen wären, nahm er ihnen persönlich übel. »Mach's den O'Bannions so richtig schwer. Sie sollen es ordentlich zu spüren kriegen.« »Keine Sorge«, erwiderte Demetrius ruhig. »Das werden sie.«

Cincinnati, Ohio
Dienstag, 4. August, 12.15 Uhr

Delores Kaminsky stand definitiv auf Körperkontakt, dachte Marcus, als die zierliche Frau ihn in ihre Arme herabzog. Und sie war weit stärker, als sie aussah. Er tätschelte verlegen ihren Rücken, während sie ihn fest an sich drückte. Schließlich ließ sie ihn los und lehnte sich zurück, um ihn zu betrachten. Ihr Lächeln war ansteckend. »Freut mich sehr, Marcus.«

Die Frau war schätzungsweise fünfunddreißig und erinnerte Marcus mit ihren strahlend blauen Augen, dem Porzellanteint und den kurzen blonden Locken an die teuren antiken Puppen, die Audrey als Kind gesammelt hatte. Der riesige Hund, der sie nicht aus den Augen gelassen hatte, seit sie ausgestiegen waren, ließ sich zu ihren Füßen fallen. »Mich auch. Man hat mir bereits erzählt, ich sei der letzte O'Bannion, der noch nicht die Ehre hatte, Sie kennenzulernen.«

Ihre blauen Augen funkelten. »Aber jetzt sind Sie ja da, und das sogar in Begleitung meiner Lieblingspolizistin.« Sie beugte sich vor, stellte sich auf Zehenspitzen und flüsterte ihm laut ins Ohr:

»Aber das nächste Mal küssen Sie sie, ja? Es kann nicht schaden, wenn sie ein bisschen lockerer wird.«

Aus dem Augenwinkel sah er, dass Scarletts ohnehin schon hummerrote Wangen noch eine Spur dunkler wurden. »Wenn ich vorher gewusst hätte, dass Stone Ihnen immer Blumen und Pralinen mitbringt, hätte ich mir etwas Besseres einfallen lassen«, sagte er. »Aus reiner Geschwisterrivalität, versteht sich.«

»Etwas Besseres als Blumen und Pralinen? Gibt's das denn?« Sie schenkte Scarlett ein vergnügtes Grinsen, ohne sich von deren finsterem Blick davon abbringen zu lassen. »Mit dem Charmeur hier haben Sie bestimmt alle Hände voll zu tun.«

»Ich hätte lieber alle Hände voller Beweise«, gab Scarlett brüsk zurück.

Delores lachte. »Oje. Detective Bishop gibt uns zu verstehen, dass sie Besseres mit ihrer Zeit anzufangen weiß, also kommen Sie. Der Computer läuft, die Videos sind aufgerufen. Angel, bei Fuß.« Der monströse Hund sprang sofort auf. »Machen Sie sich nichts draus«, sagte sie, halb zu Marcus gewandt, als sie sich – sehr langsam – in Bewegung setzte. »Das tut Scarlett immer dann, wenn ihr eigentlich zum Lachen zumute ist, aber niemand es wissen darf.«

Marcus warf einen Blick über die Schulter. Scarlett ging mit fest vor der Brust verschränkten Armen hinter ihnen her. »Ist das wahr, Detective?«

Scarlett blitzte ihn wütend an. »Nein.«

Marcus schnaubte und folgte Delores in ein Zimmer, das vermutlich ihr Büro war, aber offenbar auch als Abstellraum für Hundeboxen und Futtertüten diente. »Tut mir leid«, sagte sie und wedelte entschuldigend mit der Hand. »Meine Energie reicht entweder für die Tiere *oder* fürs Aufräumen. Es ist wohl nicht zu übersehen, wofür ich mich tagtäglich entscheide.« Sie deutete auf den klobigen Computer auf ihrem Schreibtisch. »Ich habe schon alles aufgerufen. Klicken Sie einfach auf Play.«

»Meine Güte, Delores«, rief Scarlett aus. »Wie alt ist das Gerät?«

»Keine Ahnung. Vielleicht vier Jahre? Ich habe ihn gebraucht gekauft.«

Zögernd inspizierte Scarlett den Röhrenmonitor mit der ausladenden Rückseite. »Haben Sie ein Faible für Gebrauchsgegenstände mit einem gewissen Nostalgiewert?«

Delores' Lippen zuckten. »Nein, aber ich achte auf meinen Geldbeutel, und der Computer funktioniert, das ist das Wesentliche. Also. Setzen Sie sich, und schauen Sie sich das Video an.«

Scarlett begegnete Marcus' Blick und zeigte auf den Platz. »Du bist derjenige, der den Hund gesehen hat.«

Er nickte, ließ sich auf den Stuhl gleiten und verzog das Gesicht. Der Stuhl war noch deutlich älter als der Computer und ausgesprochen unbequem. Delores schien das Tierheim mit sehr knappen Mitteln zu betreiben. Was mochte sie wohl mit den Spendengeldern angestellt haben? Vermutlich lag die Antwort in den Hundefuttertüten, die sich vom Boden bis zur Decke stapelten.

Er bewegte die Maus hin und her, bis der Bildschirmschoner verschwunden war, und auf dem Monitor erschien das Video, das Delores hochgeladen hatte. Er klickte auf Play und versteifte sich, als Scarlett sich vorbeugte, um ihm über die Schulter zu blicken. Wieder hüllte ihn der Duft von Wildblumen ein.

Auf dem Bildschirm war ein Vorführring im Freien zu sehen. Ein paar Leute trugen Bänder, die sie als Preisrichter kennzeichneten, und hier und da standen ein paar Zuschauer in Grüppchen zusammen.

»So hatte ich mir das gar nicht vorgestellt«, murmelte Scarlett. »Ich hatte eine regelrechte Manege mit Plätzen für die Zuschauer erwartet, wie man es aus dem Fernsehen kennt.« »Im Fernsehen werden meist nur die bedeutenderen Ausscheidungen gezeigt«, erklärte Delores. »Das hier war eine regionale Show, die vor ungefähr zwei Jahren von einem Zuchtverband in Indiana ausgerichtet wurde. Bei solchen Ausstellungen werden nahezu alle Showhunde aus dem Umkreis gemeldet, daher stehen die Chancen recht gut, dass der Hund, den Sie suchen, ebenfalls dort teilgenommen hat.

Er hat definitiv Showpotenzial. Und ehe Sie fragen: Die Kundin, mit der ich dort war, hatte zwar ebenfalls einen Großpudel, aber der war ein Rüde.«

»Sie haben das Video schon etwa bis zur Mitte vorlaufen lassen«, bemerkte Marcus. »Wieso?«

»Weil die Kategorien, die am Anfang kommen, für Sie nicht relevant sind. Okay, jetzt geht's los. In dieser Klasse sind zwölf Hunde gemeldet. Jeder wird eine ganze Runde durch den Ring geführt, so dass man ihn ausgiebig betrachten kann. Sie suchen nach einer Hündin mit Continental Clip. Das ist zwar die am häufigsten vertretene Schur, aber es kommen eigentlich aufgrund von Farbe und Geschlecht nur fünf Hunde in Frage.«

Marcus verbannte Scarletts Duft aus seinem Kopf und konzentrierte sich ausschließlich auf den Vorführring. Zwei der Hündinnen konnte er sofort ausschließen, weil sie zu groß waren. Die anderen drei sah er sich mehrmals an, bis er schließlich zögernd einen weiteren aussortierte. Blieben noch zwei.

Er sah über seine Schulter, und Scarlett fuhr zurück, damit sie nicht mit den Nasen zusammenstießen. »Ehrlich gesagt, kann ich die zwei nicht unterscheiden«, sagte er. »Es könnte sich bei beiden um den Hund aus dem Park handeln.«

»Nummer hunderteinundzwanzig und hundertdreißig«, sagte Delores. »Erinnern kann ich mich an sie nicht, aber wir können die Namen und Besitzer überprüfen. Spulen Sie auf einundzwanzig Minuten und zehn Sekunden vor.«

Marcus stoppte den Film. Auf dem Monitor erschien die Aufnahme eines aufgeschlagenen Kataloges, auf dessen Seiten alle Hunde einer Kategorie mit ihren Züchternamen und Besitzern standen.

»Sie haben die Meldelisten gefilmt«, bemerkte er anerkennend. »Ganz schön clever.«

»Eigentlich nicht.« Delores grinste verlegen. »Ich war noch nie besonders gut organisiert. Ich filme nach der Vorführung jeder Klasse die entsprechende Seite, weil ich genau weiß, dass ich das Programm irgendwann verlege.«

Scarlett legte ihm eine Hand auf die Schulter und beugte sich vor. »Kannst du das Bild etwas vergrößern, Marcus? Ich kann die Schrift nicht lesen.«

Marcus tat es, dann seufzte er. »Nummer hunderteinundzwanzig kommt aus Chicago.«

Doch auf der nächsten Seite landeten sie einen Volltreffer, und Scarlett gab einen zufriedenen Laut von sich. »Nummer hundertdreißig gehört einer Mrs. Marlene Anders aus Cincinnati, Ohio, und heißt Coco.«

»Bingo«, sagte Marcus grimmig und stieß sich vom Tisch ab. »Können wir die Datei mitnehmen, Delores?«

»Aber sicher. Wir ziehen sie auf einen Stick.« Delores öffnete eine Schublade und wühlte darin herum, bis sie einen USB-Stick fand und ihn Marcus reichte. »Machen Sie das ruhig.«

Während Marcus die Datei kopierte, rief Scarlett im Büro an und bat um Informationen über Marlene Anders. Marcus erhob sich und bückte sich rasch, um Delores zu umarmen, bevor sie ihm zuvorkam. »Danke«, flüsterte er eindringlich.

Sie drückte ihn fest an sich. »Gerne.« Sie ließ zu, dass er sich wieder aufrichtete, griff aber mit der Faust in seine Hemdbrust und hielt ihn fest. »Ich weiß nicht, warum diese Hundebesitzerin für Sie so wichtig ist, aber Sie machen den Eindruck, als würden Sie das Ganze sehr persönlich nehmen.« Er fand, dass er ihr eine Antwort schuldig war. »Das tue ich.« »Warum?«, hakte sie nach.

Marcus warf Scarlett einen Blick zu, doch sie schüttelte den Kopf.

»Das sollten Sie besser nicht wissen, Delores«, murmelte sie. »Vertrauen Sie mir einfach.«

Delores sah sie einen Moment lang stumm an, dann nickte sie leicht. Als sie wieder zu Marcus aufsah, war ihr Blick todernst. »Falls es hier um Wiedergutmachung geht, lassen Sie sich gesagt sein, dass Sie nichts wiedergutzumachen *haben*. In diesem Chaos vor neun Monaten waren Sie genauso Opfer wie ich.«

Er starrte fassungslos auf sie herab. »Wie bitte?«

»Sie sind voller Schuldgefühle, Marcus O'Bannion. Sie dünsten sie förmlich aus.«

Empört wandte sich Marcus zu Scarlett um, um sie zurechtzuweisen, als er an ihrer Miene erkannte, dass sie genauso überrascht war wie er.

»Detective Bishop hat mir nichts über Sie erzählt«, fuhr Delores fort, ehe einer von ihnen etwas sagen konnte. »Ich weiß nur, dass Sie um Ihren Bruder Mikhail trauern und Ihre Geschwister offenbar ein ähnliches Problem haben wie Sie. Schon mal was vom Überlebensschuld-Syndrom gehört?«

Er öffnete den Mund, um etwas zu sagen, aber sie tätschelte sanft seine Schulter. »Und wussten Sie übrigens, dass man heutzutage schon viel leichtere, dünnere Schutzwesten bekommen kann?«

Verblüfft über den abrupten Themenwechsel, blinzelte er. »Ja, Ma'am. Aber meine leichtere ist heute Morgen etwas ... in Mitleidenschaft gezogen worden.«

Ihr Lächeln verblasste. »Ich verstehe. Anscheinend leben Sie gefährlich, Marcus. Ich hatte gehofft, Sie wären vielleicht etwas mehr auf Sicherheit aus, so dass Scarlett sich zur Abwechslung mal entspannen könnte, wenn sie nicht im Dienst ist.«

Er musste Scarlett nicht einmal ansehen, um zu wissen, dass ihr Gesicht erneut in Flammen stand. »Ich passe auf sie auf«, versprach er Delores leise. »Und ich werde über das nachdenken, was Sie mir gesagt haben.«

»Danke«, antwortete sie und wandte sich ab, um auch Scarlett in die Arme zu ziehen. »Er ist ein sehr attraktiver Mann«, flüsterte sie übertrieben laut. »Wenn Sie zu dem Schluss kommen, ihn doch nicht zu wollen ...«

Scarlett schüttelte fassungslos den Kopf und lachte. »Sie ... Sie sind einfach unmöglich.«

»Ich weiß«, erwiderte Delores und grinste frech, als sie sich mit ihren Gästen in Bewegung setzte. »Ich muss jetzt mit der Mittagsfütterung beginnen, sonst werde ich bis zum Abend nicht fertig damit. Wenn Sie das nächste Mal kommen, müssen Sie Zat mitbringen.

Geben Sie ihm einen dicken Kuss von mir. Und das hier.« Aus ihrer Kitteltasche zog sie eine mit Knochen bedruckte Plastiktüte und füllte sie mit Hundesnacks.

»Danke. Das mache ich.« Scarlett deutete mit dem Kopf auf Marcus. »Er hat übrigens auch einen Hund.«

»Oh, jetzt weiß ich, warum ich ihn vom ersten Augenblick an sympathisch fand.« Sie fischte eine zweite Tüte aus der Kitteltasche und reichte sie Scarlett. »Geben Sie auch seinem Hund einen Kuss von mir. Und dem Mann unbedingt auch. Es tat mir so leid, dass ich Sie vorhin gestört habe. Im Übrigen werden Dani und Faith mir das niemals ohne Beweis glauben. Also – wie wär's damit: Sie küssen ihn, und ich mach rasch ein Foto, ja? Ganz unauffällig.«

Marcus war klug genug, sich das Lachen zu verbeißen, denn aus Scarletts Miene war jeder Rest Humor verschwunden. »Sagen Sie, geben Sie eigentlich niemals Ruhe?«

Delores riss in gespielter Unschuld die Augen auf. »Ich? Nein. Ich bin wie ein Hai.« Sie fletschte die Zähne, und Scarlett verdrehte die Augen.

»Von wegen Hai. Wohl eher ein Clownfisch.«

Gekränkt senkte Delores den Blick. »Na ja, da haben Sie wohl recht.«

»Delores meinte wahrscheinlich, dass sie verkümmert, wenn sie mit ihren Sprüchen aufhört, so wie ein Hai sterben muss, wenn er nicht weiterschwimmen kann«, erklärte Marcus einen Hauch vorwurfsvoll.

Delores schenkte ihm ein kleines Lächeln, und Scarlett seufzte reumütig.

»Verzeihen Sie mir, Delores. Ich trete heute von einem Fettnäpfchen ins andere.«

Delores tätschelte Scarletts Arm, dann zog sie die Eingangstür auf. »Keine Sorge. So schlimm ist es nicht. Im Übrigen ist mir klar, dass ich manchmal über das Ziel hinausschieße.« »Aber wo wir gerade beim Thema waren«, fuhr Scarlett fort, als hätte Delores überhaupt nichts gesagt. »Vielleicht wussten Sie ja gar nicht, dass die

Sache mit den Haien nicht immer zutrifft. Es gibt durchaus Arten, die auch dann noch atmen können, wenn sie sich nicht fortbewegen. Ammen- und Stierkopfhaie zum Beispiel.« Sie zog die Brauen hoch. »Passt doch eigentlich ganz gut zu Ihnen, finden Sie nicht?« Delores sah sie einen Moment lang verdutzt an, dann brach sie in lautes Gelächter aus. »Sehr schön, Scarlett, wirklich. *Das* nenn ich mal eine schlagfertige Antwort.«

Scarlett grinste. »Und jetzt verabschieden wir uns lieber schnell, ehe ich in das nächste Fettnäpfchen trete. Danke, Delores. Sie haben uns ein Riesenstück weitergebracht.« Sie beugte sich leicht vor. »Niemand wird je erfahren, woher wir den Namen der Hundebesitzerin haben, also machen Sie sich keine Sorgen über mögliche Racheakte.«

»Ganz bestimmt nicht.« Mit dem großen Hund an der Seite stand Delores auf der Veranda und winkte ihnen, während Scarlett zurücksetzte, wendete und mit Marcus davonfuhr.

Cincinnati, Ohio
Dienstag, 4. August, 12.45 Uhr

Ken blieb am Fuß der Kellertreppe stehen, als sein Handy klingelte. Einen Moment lang erwog er, es zu ignorieren und unverzüglich zu seiner Sitzung mit der Anders-Familie zurückzukehren, doch ein Blick aufs Display verriet ihm, dass es sich um Decker handelte.

»Und? War noch jemand im Haus?«, fragte er, ohne sich mit einem Gruß aufzuhalten.

»Keine Ahnung, Sir. Wir haben ein Problem. Anscheinend hat jemand die Polizei gerufen, denn hier stehen mindestens ein halbes Dutzend Streifenwagen, Zivilwagen und ein Transporter der Spurensicherung vor dem Haus. Was soll ich jetzt machen?«

Ken stieß wütend den Atem aus. »Ziehen Sie sich zurück. Mehr können Sie im Moment nicht tun. Ich gebe Sean Bescheid, dass er herausfinden soll, was da los ist. Sie fahren ins Büro und hören sich die Tondateien an. Ich bringe die Anders schon dazu, mir zu sagen, was – oder wen – sie verstecken.«

Bedächtig steckte er sein Smartphone wieder ein und musterte kalt Chip Anders' umgestürzten Stuhl. Der Mann schlief. Er schnarchte sogar! Das nahm ein abruptes Ende, als Ken ihn packte, mitsamt dem Stuhl hochhievte und das Ding wieder aufrecht auf den Boden rammte.

»W-Was?«, stammelte Chip und blickte sich benommen und verwirrt um.

»Tun Sie ihm nichts!«, schrie Stephanie, brach aber abrupt ab, als Ken ihr ins Haar griff und daran riss. »Aufhören! Bitte hören Sie auf.«

»Halt die Klappe, wenn du am Leben bleiben willst«, warnte Ken sie, ließ sie los und schlug Chip mit der flachen Hand ins Gesicht. »Du dämlicher Idiot. Dein kleiner Rambo-Akt hat dir zu Hause Besuch von der Polizei beschert.«

Marlene riss die Augen auf. Da sie als Einzige noch immer geknebelt war, konnte sie ihm nur tödliche Blicke zuwerfen. »Polizei?«, flüsterte Chip. »In meinem Haus?«

»Ja. Und was wird sie da wohl finden? Drogen? Pornos? Illegale Waffen? Jemanden, der den Cops sagen wird, dass man euch gekidnappt hat? Gibt es eine Verbindung zu mir?«

Chip sagte nichts, sondern schloss die Augen. Zorn wallte in Ken auf. »Na schön. Wenn du es unbedingt so haben willst ...« Er nahm ein kurzes, scharfes Messer von dem Rolltisch, trat hinter Marlene, griff eine Handvoll ihres Haars und zerrte den Kopf zurück, um ihren Hals zu überstrecken. Er zog die Schlinge, die er ihr umgelegt hatte, ab und warf sie zur Seite, ehe er die Messerspitze knapp unter Marlenes Ohr an den Hals ansetzte. »Mach die Augen auf, Chip. Es ist Zeit, deiner Frau Lebewohl zu sagen.«

Chip riss alarmiert die Augen auf und sah gerade noch, wie das Blut aus Marlenes Kehle schoss. Der erste Strahl traf ihn ins Gesicht, der zweite an der Schulter. Chip kreischte hysterisch, als der dritte Strahl schon viel kraftloser auf Marlenes edle Bluse herabsprudelte.

»Du Schwein!«, brüllte Chip. »Du Dreckschwein!« Ein entsetztes Schluchzen rasselte in seiner Brust. »Du hast sie umgebracht! *Umgebracht!*« Dann fiel er in sich zusammen. »Du Dreckschwein«, flüsterte er.

Ohne ihn zu beachten, schwang Ken Marlenes Stuhl zu Stephanie herum. Wie vorherzusehen war, hatte das Mädchen die Augen zugekniffen. Ihr Gesicht war schneeweiß, ihr ganzer Körper zitterte.

»Komm schon, Stephanie«, sagte Ken sanft. »Schau mal, wie breit die Mama jetzt grinsen kann.«

Stephanie drehte den Kopf weg und übergab sich. Ein Teil davon landete auf dem Boden, das meiste aber auf ihrem Hemd. Ken verzog das Gesicht und wedelte mit der Hand vor seiner Nase. Der Geruch von Erbrochenem war ihm zuwider.

Er legte Marlene samt Stuhl auf dem Boden ab und trat vor Stephanie. Froh über die Gummihandschuhe, packte er die Zipfel ihrer Bluse, riss sie mit einem Ruck auf, so dass die Knöpfe in hohem Bogen absprangen, griff nach einer Schere und schnitt ihr den Stoff von den Schultern. Er stopfte die Bluse in den Abfalleimer, knotete den Müllsack zu, streifte die Handschuhe ab und legte sie auf den Sack.

Dann ging er zum Waschbecken hinter der Bar, wusch sich die Hände und kehrte mit einem Raumspray und einem weiteren Stuhl zu seinen Gefangenen zurück. Er versprühte ein wenig Duft, stellte seinen Stuhl umgekehrt vor Chip, setzte sich rittlings darauf und legte die Unterarme auf die Rückenlehne.

»Nun, Chip, die Sache ist folgende. Du hast mich verarscht. Und mir heute ziemlich viel Ärger bereitet. Deinetwegen stehen wahrscheinlich bald die Cops bei mir auf der Matte.« »Nein«, wimmerte Chip. »Ich war das nicht, ich schwör's.« Ken schnippte sich ein imaginäres Stäubchen vom seinem Anzugärmel. »Im Grunde ist es mir egal, wer von euch was getan hat. Jedenfalls ist das Kind in den Brunnen gefallen, und du als Oberhaupt deiner Familie hättest Frau und Tochter besser unter Kontrolle haben müssen.«

Stephanie hyperventilierte und zitterte am ganzen Leib. Ihre Augen waren noch immer geschlossen.

»Also«, fuhr Ken fort, »du hast keine Chance, lebend hier rauszukommen, Chip – keine! Schmink dir das ab. Allerdings kannst du deiner Tochter das Leben ein klein wenig leichter machen.«

Chips Atem kam flach und stoßweise. Das Blut seiner Frau tropfte aus seinen Haaren. »Du lässt sie gehen?«

Ken legte den Kopf zurück und lachte. »Der war gut, Chip, wirklich gut.« Abrupt wurde er ernst. »Ganz sicher nicht. Aber ich muss sie nicht umbringen.«

»Du willst sie verkaufen. Wie deine Huren.«

»Sicher. Das weißt du doch. Du hast ja selbst genug davon gekauft.« Ken hob die Schultern. »Wir können es uns schwermachen oder leicht. Mein Geschäftspartner würde sich übrigens unheimlich freuen, wenn du dich weiterhin weigerst, denn dann darf er dein Töchterchen Probe fahren. Und falls das geschieht, bekommst du natürlich einen Platz in der ersten Reihe. Und mein Partner ist kein besonders netter Mensch, lass dir das gesagt sein.«

Chip schluckte schwer. »Du Scheißkerl.«

Ken schnalzte gönnerhaft mit der Zunge. »Aufrührerische Worte, Chip, und leider auch ziemlich vulgär. Aber irgendwie kann ich deinen Standpunkt verstehen. Nun gut – entscheide du. Willst du mit mir reden, oder soll ich deine Tochter meinem Partner überlassen?«

Chips Augen brannten vor hilflosem Hass. »Du krankes Schwein ...«

»Überleg dir deine Antwort gut«, unterbrach Ken ihn. »Wegen dir sind heute drei meiner Leute zu Schaden gekommen. Auch sie freuen sich bestimmt über eine gewisse Wiedergutmachung. Also sag mir am besten einfach, was ich wissen will. Wie ist das Mädchen letzte Nacht aus deinem Haus entwischt?«

»Ich weiß es nicht«, presste Chip zwischen zusammengebissenen Zähnen hervor. »Stephanie sagte, sie hätte sie mitgenommen.«

»Warum?«

»Ich weiß es nicht!«, brüllte Chip. *Ich weiß es nicht!*

»Stephanie?«, sagte Ken. »Du könntest langsam für dich selbst sprechen, meinst du nicht? Warum hast du dir das Eigentum deines Vaters ausgeliehen?«

»Weil ich sie brauchte«, antwortete Stephanie kalt, das Gesicht noch immer abgewandt.

»Ah, jetzt kommen wir der Sache schon ein Stück näher. Weiter.«

»Sie hat für mich Koks gekauft.«

Chip riss die Augen auf. »Aber du hast doch gesagt, du bist clean.«

»Ich hab dich angelogen – na und?«, fauchte Stephanie. »Was willst du jetzt tun? Mir Hausarrest aufbrummen? Du Mistkerl! Du bist doch an allem schuld. Du musstest sie ja zu uns bringen. Das alles hier ist nur deine Schuld.«

»Ich hab's für euch getan«, schleuderte Chip ihr wütend entgegen. »Ich hab sie für dich und deine Mutter gekauft.« »Und was hat es Mutter gebracht?« Stephanies Gesicht verzerrte sich vor Hass und Verzweiflung, als sie die Augen noch fester zusammenkniff. »Fick dich doch, *Daddy*. Fick dich.«

»Ist das nicht wunderbar?«, bemerkte Ken fröhlich. »Endlich redet ihr mal miteinander. Jetzt versucht auch mal, mit mir zu reden. Wenn ich das richtig verstehe, Stephanie, war deine nächtliche Shoppingtour gestern nicht dein erster Ausflug dieser Art?«

»Nein«, antwortete Stephanie knapp.

»Aber wieso bist du ein solches Risiko eingegangen?«, fragte er, ernsthaft interessiert.

»Wenn man mich noch mal erwischt hätte, wäre ich von der Schule geworfen worden, und mein Taschengeld hätte ich auch abschreiben können.«

Das glaubte Ken ihr sofort. »Aber wieso ausgerechnet das Mädchen? Was, wenn es von der Polizei aufgegriffen worden wäre?«

»Sie ist nie erwischt worden. Jedenfalls nicht bis gestern Nacht.«

»Und wer hat sie erschossen? Du?«

»Nein.«

»Wer dann?«

»Keine Ahnung«, gab Stephanie mürrisch zurück. »Wahrscheinlich irgendein Junkie, der es auf das Geld abgesehen hatte, mit dem sie Koks kaufen sollte.«

»Ich glaub dir kein Wort, Stephanie.« Ken stand auf, zog sein Jackett aus, hängte es an einen Haken, untersuchte den Stoff auf Blutflecken und schüttelte bedauernd den Kopf, als er tatsächlich ein paar entdeckte. Nun, Alice würde bestimmt etwas tun können; in solchen Dingen war sie eine wahre Zauberin. Er krempelte die Hemdsärmel hoch und sah zu Stephanie hinüber, die ihn angstvoll beobachtete.

»Was ... was haben Sie vor?«

»Nun ja, ich brauche Antworten, aber du verweigerst sie mir. Ich kenne da ein paar Methoden, die eine hervorragende Wirkung erzielen, ohne Spuren zu hinterlassen.«

»Ich habe die Wahrheit gesagt.«

»Nein, meine Liebe, das hast du nicht.« Er zog einen Handschuh über, zögerte dann aber. »Du hast doch nicht etwa eine Latexallergie, oder?«

»Nein«, sagte sie verwirrt. »Warum?«

»Weil ich nicht will, dass du Ausschlag bekommst. Das sieht doch nicht schön aus.« Er streifte den zweiten Handschuh über und stellte sich hinter sie. Sie bebte vor Angst. Ein guter Anfang.

»Bitte. Töten Sie mich nicht«, flüsterte sie heiser. »Bitte.«

»Hände weg von ihr«, knurrte Chip.

Ken schenkte ihm ein Lächeln. »Sorry, Chip. Aber du darfst gerne dabei zusehen.« Er legte dem Mädchen eine Hand auf den Mund und kniff ihr mit der anderen die Nase zu. Er wartete, bis sie sich gegen ihn zu wehren begann, zählte im Geiste langsam bis zwanzig und ließ sie los.

Keuchend wie eine Ertrinkende rang Stephanie nach Luft. »Oh Gott«, schluchzte sie. »Oh Gott, oh Gott.«

Er ließ ihr Zeit, wieder zu Atem zu kommen, dann beugte er sich herab und flüsterte ihr ins Ohr: »Wer hat das Mädchen erschossen, Stephanie?«

Sie blieb stumm, und er musste ihren Mut bewundern. Wenn die Bieter das Video sahen, das er in diesem Moment aufnahm, würde ihr Preis in die Höhe schießen. »Na gut, noch mal.« Wieder hielt er ihr Mund und Nase zu, bis sie sich zu winden und zu wehren begann, dann ließ er los, ließ sie ein paar Mal nach Luft schnappen und wiederholte die Prozedur. »Na, sag schon, Stephanie. Nicke einfach, wenn du vorhast, mir eine vernünftige Antwort zu geben. Und erzähl keinen Blödsinn, okay? Dann werde ich nämlich wütend, und das wird dir nicht gefallen. Wer hat das Mädchen erschossen? Du?«

Sie schüttelte wild den Kopf.

»Bist du bereit, mir zu sagen, wer es war?« Sie nickte heftig, und er nahm die Hand von ihrem Mund, hielt ihr aber weiterhin die Nase zu. »Und?«

»Drake«, stieß sie hervor, ehe sie Luft in ihre Lungen sog. »Drake war's.«

Das überraschte Ken allerdings. Er wich zurück und setzte sich wieder rittlings auf den Stuhl. »Drake wer?«

»Dieser miese Bastard«, spuckte Chip aus. »Ich hätte es mir denken können.«

Ken sah zu Chip, dann wieder zu Stephanie. Sie zitterte, als hätte sie Schüttellähmung – eine typische Nachwirkung des Sauerstoffmangels. »Wer ist Drake?«, fragte er überdeutlich.

»Mein Freund«, erklärte Stephanie, immer noch keuchend.

»Drake Connor. Er hat sie erschossen.«

»Warum?«

»Weil sie mit einem Mann gesprochen hat.«

»Mit einem Mann, hm? Jedenfalls war Drake gut vorbereitet.« Ken sah wieder zu Chip. »Er hat das Mädchen mit einer Ruger erschossen, die mit BTs geladen war.«

Chips Gesicht rötete sich noch mehr.

»Die war von dir?«, rief Ken.

»Ich bring ihn um«, sagte Chip, ohne auf die Frage einzugehen.

»Nein, das wirst du nicht tun, aber keine Sorge – ich übernehme das für dich. Und wo mag dein Freund jetzt wohl stecken, Schätzchen?«

»Ich weiß es nicht. Ich hab ihn seit heute Morgen nicht mehr gesehen.«

»Was für einen Wagen fährt er?«, fragte Ken.

»Er hat kein Auto. Wir nehmen immer meins.«

»Nun, wir werden ihn schon finden«, sagte Ken. Zumindest hoffte er das. Denn wenn dieser Drake clever war, hatte er sich längst davongemacht und mochte inzwischen einen Vorsprung von mindestens drei Stunden haben. »Welche Rolle hat Drake in der ganzen Geschichte gespielt?«

Stephanie wollte ihrem Vater einen hasserfüllten Blick zuwerfen, hatte jedoch anscheinend vergessen, dass ihre Mutter zwischen ihnen lag. Schlagartig erbleichte sie. »Oh Gott«, wimmerte sie. »Mama.«

»Deine Mama ist nicht mehr«, sagte Ken kalt. »Wenn du nicht willst, dass dir dasselbe geschieht, solltest du jetzt mit mir reden, Stephanie. Warum war Drake heute Morgen mit dir unterwegs? Und warum hatte er die Pistole deines Daddys dabei?«

»Das Viertel war nicht gerade das beste«, brachte sie hervor. »Und wir wollten Stoff kaufen. Als Tala nicht sofort wiederkam, wurde er unruhig.«

*Unruhig.* Interessante Wortwahl. »Du sagtest, er hat sie erschossen, weil sie mit einem Mann gesprochen hat. Was für ein Mann? Ein Cop?«

»Nein. Drake glaubt, der Kerl wollte Tala ... kaufen. Ihre Dienste.«

»Dein Freund dachte, der geheimnisvolle Kerl, mit dem sie gesprochen hat, sei ein Freier gewesen?« *Sonst noch was?* »Aber warum hat er dem Kerl dann nicht einfach gesagt, dass er sich verpissen soll? Warum hat er sie beide abgeknallt? Das ergibt keinen Sinn, liebste Stephanie.«

Sie biss sich auf die Lippe, und Ken sah förmlich, wie sich die Rädchen in ihrem Kopf drehten, als sie nach einer passenden Antwort suchte.

»Du könntest es mal mit der Wahrheit probieren«, schlug er freundlich vor. »Nur so als Anregung.«

»Er war ...« Stephanie schloss die Augen. »Er war eifersüchtig.«

»Tatsächlich? Das klingt auch nicht logisch, Stephanie.«

Sie stieß hilflos die Luft aus. »Er dachte, sie wollte diesen Kerl treffen, weil sie was miteinander hätten. Und er war eifersüchtig, weil er Tala für sich allein wollte. Sie gehörte ihm!«

»Das tat sie ganz bestimmt nicht!«, knurrte Chip.

»Tala«, sagte Ken. »So hieß sie also? Wieso gehörte sie Drake?«

Stephanie hob trotzig das Kinn. »Er hat sie sich genommen, wann immer er wollte. Beinahe von Anfang an.«

Chip verengte die Augen, und seine Nasenflügel bebten. »Du undankbare, boshafte kleine Schlampe.«

Ken zog eine Braue hoch. *Interessant.* »Hat dich das nicht gestört? Ich dachte, er wäre dein Freund.«

Stephanie bedachte ihren Vater mit einem höhnischen Grinsen. »Ich hatte auch was mit ihr. Wir haben es zu dritt getrieben.«

»Ich verstehe«, murmelte Ken. Und tatsächlich dämmerte es ihm langsam. Chip atmete schwer; er kochte vor Zorn. Dass Stephanie und Drake die kleine Dienerin gevögelt hatten, ließ ihn nicht kalt. Ganz und gar nicht. »Warum hast du deinen Vater gerade so angesehen?«

»Wie angesehen?«, fauchte Stephanie ihn an.

»Als würdest du ihm den Stinkefinger zeigen.«

»Weil er sie für sich allein wollte«, sagte sie verächtlich. »Er hat sie *geliebt.*«

Das wurde ja immer besser. »Und mit ›geliebt‹ meinst du was genau?«

»Er hat ihr ein Baby gemacht«, sagte Stephanie verbittert. »›Meine Tochter‹ hier und ›meine Tochter‹ da. Mein Gott, als sei das Balg nicht irgendein Bastard, sondern eine Prinzessin. Und hat die ganze Zeit gebrüllt. Ich glaube, Tala hat es absichtlich zum Heulen gebracht, damit Mama es auch ja hört.« Sie hielt das Kinn hoch und sah resolut über den toten Körper am Boden hinweg. »Sie hat sich vor Mama regelrecht damit gebrüstet.«

Ken wurde kalt. Langsam erhob er sich. »Wir haben kein Baby gefunden.«

»Weil sie es mitgenommen hat«, sagte Stephanie.

»Tala?«, fragte Ken, aber Stephanie schüttelte kalt lächelnd den Kopf. »Die anderen beiden entkommenen Frauen?«, hakte er nach.

Stephanies Lächeln hatte etwas Raubtierhaftes. »Das hätten Sie wohl gern.«


Cincinnati, Ohio
Dienstag, 4. August, 12.45 Uhr

Als sie außer Sichtweite des Hauses waren, holten Marcus und Scarlett gleichzeitig ihre Handys aus der Tasche. Sie legte ihres aufs Armaturenbrett, steckte sich einen Hörer ins Ohr und wählte über die Freisprechanlage Deacon Novaks Nummer.

Marcus meldete sich auf der Website an, die er zur Personenrecherche nutzte, und gab »Marlene Anders« ein. Nur für den Fall, dass Scarlett beschloss, nicht alles, was sie erfuhr, mit ihm zu teilen.

»Hey, Deacon, ich bin's. Hast du meine SMS bekommen?« Sie lauschte einen Augenblick, dann nickte sie. »Okay. Warte nicht auf mich, aber geh auch nicht ohne Verstärkung rein.« Sie gab einen ungeduldigen Laut von sich. »Ich weiß, dass wir keinen Durchsuchungsbeschluss haben. ... Das macht sie? Prima. Lynda kann mehr Druck ausüben als wir. Also. Wir treffen uns dort. Ich komme, so schnell ich kann.« Sie warf Marcus einen raschen Blick zu. »Ja, du kannst es mir schicken, aber Marcus sitzt hier neben mir. Bestimmt hat er schon alles gefunden, was es über Anders gibt, noch bevor wir wieder auf der Hauptstraße sind. Ich lasse mir die Informationen einfach von ihm geben. Und, Novak – zieh dir eine Weste an! Keine Ahnung, mit wem wir es zu tun haben, aber er schießt scharf.« Sie hielt am Ende der langen Zufahrt zu Delores' Hof an und zog den Hörer aus dem Ohr. »Deacon wartet vor Anders' Haus. Kannst du mir das Blaulicht geben? Es ist im Handschuhfach.«

Marcus legte ihr die blaue Lampe in die ausgestreckte Hand, und sie griff durchs Fenster, um sie auf dem Autodach zu befestigen. »Halt dich fest«, sagte sie und trat das Gaspedal durch.

»Ihr Polizisten solltet serienmäßig Turboantriebe in den Autos haben«, bemerkte Marcus, obwohl ihn erstaunte, wie viel Schub dieser Dienstwagen tatsächlich hatte.

»Wir sollten eine ganze Menge haben«, erwiderte sie düster. »Allem voran einen Durchsuchungsbeschluss.«

»Glaubst du, er wird auch ohne Beschluss reingehen?«

»Deacon?« Sie schien ernsthaft überrascht. »Eher nicht. Er nimmt es mit den Vorschriften ziemlich genau.«

Marcus setzte sich auf dem Beifahrersitz zurück. Sie fuhr zwar verdammt schnell, hatte aber den Wagen eindeutig unter Kontrolle, also entspannte er sich. »Und du?«

»Ob ich ohne einen Beschluss reingehen würde?« Ihre Miene war das mimische Äquivalent zum Schulterzucken. »Könnte sein. Hin und wieder lege ich die Gesetze vielleicht etwas großzügiger aus.«

»Zum Beispiel bei Hausfriedensbruch, um heimlich Privatgespräche zu belauschen?«, fragte er, nur halb im Scherz. Sie sah ihn vollkommen ernst an. »Wer tut denn so was? Wie unhöflich!«

Seine Lippen zuckten. »Ja, nicht wahr? Nahezu rüpelhaft.« Ein halbes Lächeln huschte über ihr Gesicht, verschwand aber rasch wieder. »Eigentlich wünschte ich mir, dass Deacon auf mich warten würde«, gab sie zu, »aber das wäre natürlich nicht im Interesse der Opfer.«

Dass sie »auf mich« gesagt hatte, wurmte ihn, aber er protestierte nicht. Schließlich ging es auch ihm um die Interessen der Opfer. »Das Baby muss inzwischen einen Mordshunger haben.«

Scarlett nickte grimmig, dann warf sie ihm einen Seitenblick zu. »Du weißt, dass ich dich nicht mit reinnehmen kann.«

Er zuckte die Achseln. »Ich komme so oder so an die Story.«

Eine Weile war nichts zu hören als das Geräusch der Reifen auf dem Asphalt. »Du überraschst mich immer wieder«, brach sie schließlich das Schweigen.

Er wandte sich ihr zu und betrachtete ihr Profil. »Inwiefern?«

Ihr Blick blieb auf die Straße gerichtet. »Du sagst selbst, dass du dein Geld damit verdienst, Nachrichten zu produzieren. Das hier ist eine große Story. Ich hätte erwartet, dass du in deiner Redaktion anrufst und einen Reporter zu der Adresse schickst, die du – dessen bin ich mir sicher – längst recherchiert hast.«

»Wer sagt dir, dass ich die Redaktion nicht schon kontaktiert habe? Ich kann eine SMS geschickt haben.«

»Hast du aber nicht, richtig?«

»Nein.«

»Warum nicht?«, fragte sie. »Vielleicht hat sich ein anderer Reporter bereits an Deacons Fersen geheftet und bringt die Story nun als Erster.«

»Selbst wenn – ich habe die wirklich wichtigen Hintergrundinformationen, also wird meine Story noch immer exklusiv sein. Aber manchmal geht es eben nicht um die Story. Sondern darum, das Richtige zu tun.«

Sie nickte knapp. »Diese Antwort hätte ich heute Morgen von dir erwartet, als ich dich fragte, warum du zu Tala zurückgekehrt bist, aber du hast gesagt, du wolltest sie nicht allein zurücklassen. Warum? Was hat es damit auf sich?«

Ja, sie war eine aufmerksame Beobachterin. Dass ihr diese Nuance nicht entgangen war, wunderte ihn nicht. »Scarlett«, sagte er gedehnt. »Um mit Freud zu sprechen: Manchmal ist eine Zigarre eben nur eine Zigarre.«

»Okay«, erwiderte sie achselzuckend. »Dann sag's mir nicht. Ich sehe ein, dass man manche Dinge für sich behalten möchte. Wie wär's, wenn du mir stattdessen etwas über Marlene Anders erzählst?«

# 15

Cincinnati, Ohio
Dienstag, 4. August, 13.05 Uhr

Scarlett verdrängte alle Gedanken an Zigarren und deren Symbolkraft aus ihrem Kopf, um sich auf das zu konzentrieren, was Marcus über Anders herausgefunden hatte, während Deacon und sie telefoniert hatten.

Er las von seinem Smartphone-Bildschirm ab. »Marlene Anders, weiblich, weiß, zweiundfünfzig Jahre alt. Heiratete mit einundzwanzig Charles ›Chip‹ Anders. Arbeitete zehn Jahre lang als Zahnhygienikerin, bis Tochter Stephanie zur Welt kam. Anschließend keine beruflichen Einträge mehr, dafür aber mindestens dreißig Links zu Lifestyle-Sparten diverser Zeitschriften und Online-Magazine.«

»Und ihr Mann?«

Aus dem Augenwinkel sah sie, wie er auf seinem Handy tippte. »Chip Anders hat sein Ingenieursdiplom auf der Xavier University gemacht und ist anschließend ins Familiengeschäft eingestiegen. Imbisswaren, Snack-Food.« Einen Moment lang las er schweigend. »Laut Unternehmerdatenbank hat Anders vor zehn Jahren Konkurs angemeldet. Im gleichen Jahr gründete er allerdings einen neuen Fertigungsbetrieb. Da es sich um ein privates Unternehmen handelt, sind die Jahresberichte nicht öffentlich, aber zwei Jahre später zog die Familie von der Bridgetown Road nach Hyde Park in eine Drei-Millionen-Dollar-Villa, die sich nur wenige hundert Meter von dem Park entfernt befindet, in dem Tala den Hund ausführte.«

»Wow.« Scarlett stieß einen leisen Pfiff aus. Die Villen dort hatten definitiv Traumhausqualität. Dass Marcus' Wohnung im selben Viertel lag, war ihr natürlich nicht entgangen, aber schließlich hatte sie schon vorher gewusst, dass er aus einer wohlhabenden Familie stammte.

Was im Augenblick vollkommen bedeutungslos war. Talas Baby hatte oberste Priorität; sie mussten es finden. Sie betete, dass die Anders die Leute waren, nach denen sie suchten. »Mir war gar nicht klar, dass ein Fertigungsbetrieb derart lukrativ sein kann.«

»Das kommt immer drauf an, was hergestellt wird und für wen. Und genau hier wird es interessant. Laut meinen Informationen wurde in seinem Unternehmen vom Gründungsjahr bis vor ungefähr sieben Jahren Personal abgebaut, und zwar drastisch: Die anfänglichen fünfhundert Stellen wurden auf weniger als hundert zusammengestrichen.«

»Dieses Schicksal teilten in der Weltwirtschaftskrise viele Unternehmen. Und dann mit einer fetten Hypothek am Bein? Harte Zeiten für Familie Anders.«

»So ist es«, sagte er. »Aber hör zu: Ein Jahr später errichtete Chip in verschiedenen Landesteilen drei neue Fabriken. Keiner der Standorte ist mit mehr als hundert Angestellten gelistet.«

»Er produziert also mit weit weniger Angestellten als zuvor so viel, dass er expandieren kann. Gehst du davon aus, dass er sich illegal personelle Unterstützung verschafft hat?«

»Ja.«

Scarlett nickte, während sie das Bild zusammensetzte. »So hört es sich auch für mich an. Aber jetzt habe ich noch ein paar andere Lücken zu füllen.«

Marcus legte sein Smartphone ab und widmete ihr seine volle Aufmerksamkeit. »Schieß los.«

Sie lächelte geistesabwesend; zu viele Gedanken schwirrten ihr im Kopf herum. »Deacon und ich haben uns gefragt, wie Tala zu dieser Gasse gekommen ist. Wenn sie am Park gewohnt hat, was ja inzwischen wahrscheinlich ist, hätte sie über vier Meilen zurücklegen müssen. Auf dem Video wirkte sie nicht so verschwitzt, als wäre sie bei der Hitze zu Fuß gegangen.«

Er nickte. »Ja, darüber habe ich auch schon nachgedacht.«

»Zuerst bin ich davon ausgegangen, dass sie doch näher an dieser Straße gewohnt hat und vielleicht von jemandem zum Park gebracht worden ist, der sie dort auch im Auge behalten hat. So hatte ich mir erklärt, dass die Leute – nennen wir sie Besitzer – sie mit dem Hund allein gehen ließen, obwohl sie ja auch mitten in der Nacht jemandem hätte begegnen können. Doch dann erfuhren wir von dem Tracker. Und dem Baby.«

»Das Baby allein war Grund genug, dass sie gehorchte«, sagte Marcus. »Aber das Wissen, dass sie über den Tracker abgehört wurde, wird sie zusätzlich eingeschüchtert haben. Jedenfalls war es nicht nötig, sie aus nächster Nähe zu beobachten. Wie auch immer. Da wir nun davon ausgehen können, dass sie doch am Park gewohnt hat, müssen wir uns die Frage erneut stellen: Wie ist sie zu unserem Treffpunkt gelangt? Und wieso musste es genau dieser Treffpunkt sein?«

*Weil sie sich in dem Viertel Drogen beschafft hat,* dachte Scarlett, aber war es klug, ihm das mitzuteilen? Allerdings hatte sie ihm nahezu alles andere auch schon erzählt. »Die Spurensicherung hat ein Tütchen Kokain bei ihr gefunden.« Er blickte sie schockiert an. »Tala war süchtig? Ich konnte überhaupt keine Anzeichen dafür entdecken.«

*Und woher weiß er, welche Anzeichen es gibt?,* dachte sie, stellte die Frage aber nicht. »Der toxikologische Befund war negativ, die Nasenschleimhaut nicht angegriffen, keinerlei Einstichspuren am Körper.«

»Dann hat sie das Zeug möglicherweise für jemand anders gekauft. Vielleicht ist sie geschickt worden. Warte mal.« Er tippte wieder etwas auf dem Handy ein. »Stephanie Anders ist aktenkundig. Sie wurde zweimal wegen Drogenbesitzes verhaftet – einmal Hasch, beim zweiten Mal Koks. Keine Vorstrafe.«

»Mit Geld geht eben alles.« Sie warf ihm einen raschen Blick zu. »Entschuldigung. War nicht so gemeint.«

»Schon okay. Miss Stephanie braucht also frischen Schnee und schickt Tala mit Geld ins Dealerviertel. Tala erledigt den Auftrag und huscht dann ein, zwei Straßen weiter, um sich mit mir zu treffen.«

»Vielleicht hat sie auch Stephanie Anders' Handy benutzt, um dir die SMS zu schicken.« Sie stellte ihr Telefon auf laut und wählte erneut Deacons Nummer. »Hey, ich bin's.«

»Hey. Lynda hat noch keinen Durchsuchungsbeschluss, und niemand macht die Tür auf. Von drinnen ist nichts zu hören, aber das Haus ist so riesig, dass das nichts heißt. Wenigstens haben wir bisher nicht allzu viel Aufmerksamkeit erregt, aber das Spezialeinsatzkommando ist noch nicht eingetroffen.«

»Hör mal, wenn du reinkommst, such im Zimmer der Tochter nach Drogenutensilien. Stephanie ist ... Moment. Marcus, wie alt ist sie?«

»Zwanzig. Geht auf die Brown University.«

»Hab's gehört«, sagte Deacon. »Du glaubst also, dass das Kokain aus Talas Tasche für Stephanie bestimmt war?«

»Möglich ist es jedenfalls.« Sie erzählte Deacon, was Marcus herausgefunden hatte. »Ich bin noch ungefähr zehn Minuten von dir entfernt. Wir sollten Lynda auf den neuesten Stand bringen. Vielleicht rückt der Richter den Beschluss dann schneller raus.«

»Ich ruf sie an«, sagte Deacon. »Bis gleich.«


Cincinnati, Ohio
Dienstag, 4. August, 13.25 Uhr

»Verdammt«, knurrte Scarlett, als sie in die Straße einbog, in der sich die Villa der Familie Anders befand.

Marcus seufzte. Die gesamte Polizei von Cincinnati schien sich vor dem Haus versammelt zu haben. Ganz vorn am Kopf der langen Reihe von Dienstfahrzeugen stand Deacon Novak. Er hatte die Arme vor der Brust verschränkt und die Kiefer grimmig zusammengepresst. Seine Augen waren hinter der futuristischen Sonnenbrille verborgen, die zu seinem Markenzeichen geworden war. »Sieht nicht so aus, als hättet ihr den Durchsuchungsbeschluss schon.«

»Nein, dann hätte Deacon sich sofort gemeldet.« Sie parkte ihren Wagen am Ende der Schlange und stellte den Motor aus. »Aber gehofft hatte ich es trotzdem.« Sie wandte sich Marcus zu und sah ihn ernst an. »Bitte tu nichts, was mich dazu zwingt, Gefallen einzufordern, um dich auf Kaution wieder freizukriegen.«

Er blinzelte unschuldig. »Ich bin ein gesetzestreuer Bürger, Detective.«

Ihr Blick flackerte zweifelnd. Wahrscheinlich wollte sie ihm glauben, war sich seiner aber nicht vollkommen sicher. »Dann belass es auch dabei«, murmelte sie. »Bitte.«

Da sie im Prinzip nur von ihm verlangte, sich nicht erwischen zu lassen, konnte er ihr das Versprechen guten Gewissens geben. Also nickte er. »Allerdings könntest du dann einen Gefallen von *mir* einfordern«, fuhr er leise und sehr ernst fort, »und ich hätte ein paar Ideen, an denen du bestimmt Spaß hättest.«

Sie zog scharf die Luft ein. In ihren Augen flammte Begehren auf, das sie jedoch sofort unterdrückte. »Ich bin so schnell zurück, wie ich kann.«

Er sah ihr nach, als sie an der langen Autoreihe vorbeitrabte, um zu ihrem Partner aufzuschließen.

Es wäre klug und richtig gewesen, in ihrem Dienstwagen sitzen zu bleiben, während sie das tat, wofür sie bezahlt wurde. Aber so war er einfach nicht gestrickt. Er wusste, dass er sich nicht mehr im Spiegel würde ansehen können, wenn er tatenlos herumsaß, obwohl er über Möglichkeiten verfügte, die der Polizei fehlten.

Also holte er eine schwarze Baseballkappe aus seiner Laptoptasche, setzte sie auf und aktivierte die Kamera im Schirm. Unauffällig stieg er aus dem Wagen und entfernte sich von den Fahrzeugen, bis er die Baumreihe erreicht hatte, die ans Grundstück grenzte und das Haus von der Straße abschirmte. Im Schutz der Bäume ging er in einem Bogen zur Rückseite des Anwesens.

Da das Haus am Hang stand, war die Kellermauer hinten sichtbar. Exakt in der Mitte befand sich eine solide fensterlose Tür, davor eine Wettertür. Beide Türen öffneten sich auf Bodenebene. Es gab keinen Sichtschutz auf der Hausrückseite, keinen Busch, keine Hecke – nichts, wohinter man sich verstecken konnte. Der Garten verlief die ersten dreißig Meter plan, dann stieg das Grundstück zum benachbarten Hügel wieder an.

Er blickte den Hang hinauf zur Straße und entdeckte einen geparkten Wagen. Nun, natürlich hatte Deacon dort jemanden postiert, damit die Anders nicht unbemerkt durch den Garten verschwinden konnten. Und wenn Marcus sich nun zeigte, würde der Cop dort oben augenblicklich aussteigen und ihn daran zu hindern versuchen, sich Zugang zum Haus zu verschaffen.

*Also dann.* Stumm sprach er ein kleines Stoßgebet, dann sprintete an der Kellermauer entlang und erreichte ohne Zwischenfälle die Tür. Stirnrunzelnd sah er über die Schulter zum Wagen hinauf. Nichts. Keine Rufe, keine Aufforderung, sofort anzuhalten, null.

Er packte den Knauf der Wettertür, zog und hob gleichzeitig die Faust, um an der zweiten Tür zu klopfen, als die Wettertür ihm förmlich entgegenkam. *Verdammt.* Hätte Marcus sie nicht am Knauf gehalten, wäre sie klappernd umgefallen.

Die Angeln beider Türen waren aus der Zarge herausgebrochen. Und das war gewiss kein Zufall: Jemand war gewaltsam eingedrungen und hatte die Türen provisorisch wieder eingesetzt, damit die Tat nicht sofort zu erkennen war.

Ein Stoß, und die Tür würde nach innen fallen. Marcus hatte gerade sein Smartphone hervorgeholt, um Scarlett eine Nachricht zu schicken, als sie auch schon mit verärgerter Miene um die Ecke bog. Sie trug eine Einsatzweste ihrer Abteilung, ihre Dienstwaffe steckte im Holster.

Dicht vor ihm blieb sie stehen. »Was zum Teufel machst du da?«, zischte sie.

»Ich wollte an die Hintertür klopfen«, erwiderte er ruhig, »erzähl mir nicht, dass du nicht damit gerechnet hast.«

»Ich hatte zumindest gehofft, dass du etwas diskreter vorgehen würdest. Jeder Cop da oben hat dich kommen sehen.« Sie verengte die Augen, als sie den Zustand der Wettertür bemerkte, und ihre Haltung veränderte sich augenblicklich. »Mist. Wir brauchen die Spurensicherung hier.« Sie holte das Handy hervor und wählte. »Deacon. Schick mir Vince hinters Haus. Die Hintertür ist aufge...«

Und dann explodierte der Türrahmen. Holzsplitter flogen ihnen um die Ohren, und schlagartig kam Marcus' militärische Erfahrung zum Einsatz.

*Ein Scharfschütze. Hinter uns auf dem Hügel.* Plötzlich begriff er, wieso von dem Wagen oben an der Straße keine Aktivität ausgegangen war. *Wir haben keine Deckung hier.* Kein einziger Baum weit und breit, hinter dem sie sich verstecken konnten. Die einzige Möglichkeit war das Hausinnere.

Er packte Scarlett um die Taille, duckte sich und rammte mit der Schulter die Hintertür, als auch schon eine zweite Kugel an der Stelle einschlug, an der er eben noch gestanden hatte.

Die Tür gab nach und fiel mit Scarlett und Marcus nach innen. Hart schlugen sie auf dem Boden auf, und Marcus rollte sie beide hastig aus der Türöffnung, als die dritte Kugel direkt hinter ihnen in den Boden schlug und Betonsplitter wie scharfe Minigeschosse gegen seinen Hinterkopf und Rücken prasselten.

Schwer atmend hob Marcus vorsichtig den Kopf. Im Licht, das durch die offene Tür hereindrang, blickte er auf Scarlett herab und sah erleichtert, dass sie unverletzt war und die Waffe umklammerte, die sie offenbar noch im Fallen gezogen hatte. Sie war eben Profi durch und durch – auch wenn er sich vielleicht ein ganz klein bisschen gewünscht hätte, dass sie sich zitternd in seine Arme geschmiegt hätte.

»Alles in Ordnung?«, fragte er leise.

»Ja. Du hast mir bloß die Luft aus den Lungen gequetscht. Bei dir auch alles okay?«

Er nickte. Sein Kopf tat weh, aber es gab Schlimmeres. Sie drehte sich in seinen Armen, reckte den Hals, um den aufgeplatzten Betonboden direkt neben der Tür zu betrachten, und schluckte schwer.

»Verdammt. Das war knapp.« Grimmig blickte sie zu ihm auf. »Schnelle Reflexe, O'Bannion. Armeetraining?«

»Ja.« Er wusste, dass er sich hätte aufrappeln müssen, aber nun, da die Gefahr vorbei war und der Adrenalinspiegel drastisch sank, schienen seine Glieder aus Gummi zu bestehen. Er ließ sich behutsam auf sie sinken, stützte die Unterarme auf und legte seine Stirn an ihre. »Gib mir bitte einen Moment, ja?«

Zärtlich strich sie ihm mit den Fingerknöcheln über die Wange. »Uns ist nichts passiert«, sagte sie leise, und er schauderte. Wie leicht hätte es anders ausgehen können! »Wir sind am Leben, Marcus.«

Er nickte und starrte auf ihren Mund, der nur wenige Zentimeter von seinem entfernt war. »Du hättest sterben können.«

Sie legte ihre Finger auf seine Lippen. »*Du* hättest sterben können«, flüsterte sie eindringlich. »Die Kugel war hoch gezielt. Der Schütze hat *dich* anvisiert.« Suchend betrachtete sie sein Gesicht, dann zog sie die Brauen zusammen und berührte zögernd seine Schläfe. »Du blutest.«

Noch immer starrte er auf ihren Mund. Er wünschte sich nichts sehnlicher, als sie zu küssen, doch der Zeitpunkt war denkbar ungeeignet. »Wahrscheinlich ein Betonsplitter. Halb so wild.«

»Du musst dich untersuchen lassen«, sagte sie streng, doch plötzlich bebten ihre Lippen. »Bitte lass dich untersuchen. Für mich. *Bitte*«, fügte sie flüsternd hinzu.

Am liebsten hätte er sich strikt geweigert; er hasste Krankenhäuser. Doch ihr Flehen drang ihm bis ins Mark. »Später, okay?«

Ihre Kehle arbeitete, als sie zu schlucken versuchte. »Versprich es mir.«

Er nickte, weil er seiner Stimme nicht traute. Schließlich räusperte er sich. »Ich muss nachsehen, ob da draußen noch jemand ist.«

Sie schüttelte den Kopf. »Lass mich Deacon anrufen. Wir bleiben in Deckung, bis er das Okay gibt.« Sie sah sich um und zog erneut die Stirn in Falten. »Mir ist das Smartphone aus der Hand gefallen, als wir ins Haus gestürzt sind. Siehst du es irgendwo?«

»Nein. Nimm meins.« Mühsam richtete er sich auf und streckte ihr die Hand entgegen, um sie auf die Füße zu ziehen. Dann reichte er ihr sein Handy. »Sag ihm, er soll sich den Wagen oben auf dem Hügel ansehen. Der Cop da drin war einfach zu still.«

Sie verstand sofort. »Verdammt«, murmelte sie, während sie wählte. »Alles okay, wir sind im Haus«, sagte sie ohne Vorrede, dann fasste sie für Deacon rasch zusammen, was geschehen war.

Marcus lauschte währenddessen angestrengt, ob sich jemand näherte. Der Schütze hatte es dreimal vergeblich versucht. Er würde bestimmt nicht so einfach aufgeben.

Ein schwaches Geräusch versetzte ihn erneut in Alarmbereitschaft. Es kam von rechts aus dem Keller. Er fing Scarletts Blick ein und deutete stumm mit dem Kopf in die entsprechende Richtung.

»Ich muss auflegen«, murmelte sie. »Beeil dich, Deacon.« Sie gab Marcus das Handy zurück und zog eine kleine Stablampe aus der Tasche ihrer Schutzweste. »Wo?«, formte sie stumm mit den Lippen.

Marcus aktivierte die Taschenlampen-App auf seinem Handy und richtete das Licht auf das Geräusch. »Da.« Er zog die Glock aus der Tasche, lauschte wieder und bewegte sich langsam vorwärts.

*Da.* Da war es wieder. So leise, dass er es fast überhört hätte.

Ein Stöhnen. Er warf Scarlett einen Blick zu und erkannte, dass sie es auch gehört hatte.

»Hallo?«, rief er leise. »Ist da wer? Wir tun Ihnen nichts. Kommen Sie bitte heraus.«

Wieder ein Stöhnen, diesmal noch schwächer.

Und dann brach über ihnen plötzlich das Chaos aus.

Etwas donnerte zweimal gegen die Haustür, ehe sie aufflog und gegen die Wand krachte, dann hörte man das Trampeln zahlloser schwerer Stiefel und laute Rufe. »Polizei! Hände hoch und keine Bewegung!«

Marcus erstarrte, als sein Fuß auf etwas Hartes trat. Er richtete den Lichtstrahl auf den Boden und entdeckte ein Handy. Es lag auf einem Teppich, ein paar Zentimeter von einem Bett entfernt, das mit dem Kopfteil an der Wand stand. Er ließ sich auf ein Knie herab, um es zu betrachten.

»Heilige Scheiße!«, schrie er auf, als knochige Finger in Sicht kamen und im Lichtkegel zunächst körperlos zu sein schienen. Doch dann erkannte Marcus den Arm, der unter dem Bett hervorragte. Darunter lag jemand!

»Mein Gott«, murmelte er. Das Telefon, auf das er getreten war, war unversehrt, doch die abgemagerte Hand, die schwach danach zu greifen versuchte, war es nicht. Offene Wunden, tiefe Schrammen und verkrustetes Blut überzogen die Haut.

Marcus sah zu Scarlett auf und begegnete ihrem entsetzten Blick.

»Deacon!«, brüllte Scarlett. »Hier unten ist jemand. Verletzt, aber am Leben!«

Cincinnati, Ohio
Dienstag, 4. August, 13.25 Uhr

Wütend beugte sich Ken vor und hielt Stephanie am Hinterkopf fest, als sie zurückweichen wollte. »Wer hat das verdammte Baby?«, zischte er. Das Kind war ihm völlig egal, aber sie musste ihm jetzt sagen, wer sonst noch da gewesen war, als seine Männer das Haus gestürmt hatten. Er hinterließ nie Zeugen. Niemals. »Ich bin deine Spielchen leid, Stephanie. Wer war noch im Haus?«

Sie blickte ihm direkt in die Augen. »Fragen Sie doch meinen Vater. Er ist schließlich der Herr im Haus gewesen.«

»Halt die Klappe, Schlampe!«, knurrte Chip. »Du hast doch keine Ahnung. Sei einfach still.«

Ken bedachte ihn mit einem eiskalten Blick. »Sie scheint eine ganze Menge Ahnung zu haben, Chip.« Eine Hand immer noch an ihrem Hinterkopf, packte Ken mit der anderen ihr Kinn und bohrte seine Finger so fest in ihre Wangen, dass sich definitiv blaue Flecken bilden würden. Stephanie riss schockiert die Augen auf.

Er lächelte und griff fester in ihr Haar. »Du hast gedacht, dass du auf der sicheren Seite bist, nicht wahr?«, fragte er liebenswürdig und grinste, als sie erneut zu zittern begann. »Du hast geglaubt, dir kann nichts passieren, weil du so hübsch bist und ich dich verkaufen will, richtig?« Er grub seine Finger so fest in ihre Wangen, dass ihr die Tränen in die Augen traten. »Du hast dich geirrt, meine Liebe. Blaue Flecken vergehen wieder, und ich habe dir doch schon gezeigt, dass ich dir weh tun kann, ohne dass man es nachher sieht. Aber langsam werde ich wütend. Also solltest du mir besser antworten, oder aber es ist vollkommen egal, ob man sieht, was ich mit dir anstelle, weil du es nämlich nicht überleben wirst.« Seine Stimme blieb sanft, sein Lächeln liebenswürdig. Er wusste aus Erfahrung, dass das den Leuten weit größere Angst einjagte, als wenn er sie anbrüllte.

Stephanie machte den Mund auf, doch es kam kein Laut über ihre Lippen. Sie war wie gelähmt vor Angst. *Wunderbar.*

Dummerweise klingelte ausgerechnet in diesem Moment sein Handy. Fluchend überlegte er, ob er den Anruf ignorieren sollte, doch dann erkannte er den Klingelton. Demetrius! Er ließ ihr Gesicht los und nahm den Anruf an. »Hast du's erledigt?«

»Nicht ganz.« Ein Seufzer. »Nein.«

Weiterhin lächelnd, damit man ihm nichts anmerkte, ließ Ken auch Stephanies Haar los und tätschelte ihre Wange. »Du bekommst noch eine kleine Atempause, Schätzchen. Ich bin gleich zurück.« Er wies Demetrius an, in der Leitung zu bleiben, nahm die zwei Stoffstreifen, mit denen Stephanie und ihr Vater geknebelt gewesen waren, knüllte sie zusammen, und stopfte sie den beiden wieder in den Mund. Dann ging er hinauf in die Küche, wo er seine Gefangenen auf dem Monitor beobachten konnte.

»Also gut«, sagte er ruhig zu Demetrius. »Was ist passiert? Du solltest ihn erschießen, sonst nichts.«

»Ich *hab* auf ihn geschossen«, erwiderte Demetrius mürrisch. »Aber ich hab ihn vermutlich verfehlt.«

»Du hast ihn *vermutlich* verfehlt?«, zischte Ken. Erneut kochte Zorn in ihm auf, und er schaltete den Lautsprecher für einen Moment auf stumm, um wütend die Luft auszustoßen. *Atme ruhig ein und aus, bis du wieder normal reden kannst.* Seine Gefangenen durften auf keinen Fall hören, dass er die Beherrschung verlor. Das würde ihnen nur neue Hoffnung geben, und er hatte nicht die Zeit, sie ihnen wieder zu nehmen. Er musste wissen, wer bezeugen konnte, dass die Anders gekidnappt worden waren, und zwar sofort! »Ken?«, fragte Demetrius. »Bist du noch da, Mann?«

»Ja«, sagte er, wieder ruhig. »Was soll das heißen, du hast ihn vermutlich verfehlt?«

»Nicht in diesem Ton!«, entgegnete Demetrius. »Und komm mir jetzt bloß nicht mit ›Alles muss man selbst machen‹, sonst steig ich hier und jetzt aus.«

*Pah. Leere Drohungen.* Aber ein Streit kam jetzt nicht in Frage. »Wie konntest du ihn verfehlen? Wir hatten uns doch darauf geeinigt, dass du ihm aus der Nähe einen Kopfschuss verpasst, damit du die Kugel mitnehmen kannst, bevor die Cops sie finden.«

»Ich musste umdisponieren«, sagte Demetrius kalt. »Ich bin O'Bannion und diesem Detective zu Anders' Haus gefolgt. Die Polizistin ist ausgestiegen und hat sich zu dem weißhaarigen FBI-Kerl gesellt – du weißt, wen ich meine.« »Agent Novak«, murmelte Ken. Er war dem Mann noch nie persönlich begegnet, hatte aber viel über ihn gelesen, da er ein echter Medienliebling war. »Und dann?«

»Dann ist auch O'Bannion aus dem Wagen gestiegen und hinters Haus geschlichen. Ich bin zur Hauptstraße gelaufen, von der aus man die Rückseite des Hauses sehen kann. Bishop kam ebenfalls ums Haus, um O'Bannion zusammenzufalten. So hatte ich beide im Visier.«

»Und hast auf sie geschossen.«

»Erst habe ich mich um den Zivilbullen kümmern müssen.« Ken stöhnte. »Du hast einen Polizisten umgelegt?«

»Ich tippe auf Bundesagent.«

»Herrgott, Demetrius.«

»Keine Ahnung, ob er tot ist. Ich konnte nicht riskieren, dass er mir in die Quere kommt. Bishop und O'Bannion wollten ins Haus. Burton hat gesagt, Anders habe auf ihn und seine Jungs geschossen, also muss es Spuren im Haus geben. Hätte O'Bannion etwas gefunden, hätten die Bullen keinen Durchsuchungsbeschluss mehr gebraucht, sondern die Bude einfach stürmen können. Und ich habe den Schalldämpfer benutzt. Niemand hätte etwas mitbekommen.«

»Nur hast du die beiden leider verfehlt.«

»Ich sagte: Es kann sein, dass ich sie verfehlt habe«, presste Demetrius zwischen den Zähnen hervor. »Der Mistkerl ist schnell. Er ist in letzter Sekunde ausgewichen. Die Kugel hat die Tür genau dort getroffen, wo sich kurz zuvor noch sein Schädel befunden hatte.«

»Und du hast es nicht noch einmal versucht?«

»Doch, natürlich. Der Mistkerl hat die Frau gepackt und die Tür eingedrückt, als wäre sie aus Pappe.«

»Klar. Burtons Leute hatten sie ja schon aufgebrochen.« Ken rieb sich die Schläfen. »Jetzt kommen wir nicht mehr an O'Bannion ran. Er wird extrem vorsichtig sein. Außerdem werden das CPD und das FBI nach dir suchen.«

»Vielleicht habe ich ihn ja mit dem zweiten Schuss getroffen«, sagte Demetrius, ohne auf Kens Vorwürfe einzugehen. »Ich höre den Polizeifunk ab. Die Cops, die vorn stehen, haben gerade einen zweiten Krankenwagen angefordert. Der erste kümmert sich um den FBI-Agenten, den ich ausgeschaltet habe.«

»Du glaubst, sie haben die Sanitäter wegen O'Bannion gerufen?«

»Wegen Bishop jedenfalls nicht – er hat sie abgeschirmt –, also bleibt ja nur er. Aber falls ich getroffen habe, ist es vermutlich nur ein Streifschuss oder eine Fleischwunde; sie werden ihn zusammenflicken und wieder nach Hause schicken. Dann kann ich nachbessern. Ein zweites Mal entkommt er mir bestimmt nicht.«

»Herrgott, Demetrius, weißt du eigentlich, was du da sagst? Du hast auf einen Bundesagenten geschossen, ihn vielleicht sogar getötet. Das nimmt das FBI nicht einfach so hin. Jeder Agent in dieser Gegend wird nach dir suchen.« »Mich hat keiner gesehen.«

»Aber sie werden die Kugeln finden! Herr im Himmel!« Ken war lauter geworden. Tief sog er die Luft in die Lungen, um sich zu beruhigen.

»Hör zu«, sagte Demetrius geduldig. »Wenn wir es geschickt anstellen, wird nichts auf uns hindeuten. Deswegen habe ich doch meine Ruger genommen, weißt du noch? Damit es so aussieht, als wollte der Täter von heute Morgen seinen Job zu Ende bringen. Ich muss nur nah genug an ihn herankommen.«

»Und wie willst du das machen?«

»Ich warte vor der Redaktion und schnappe mir die erste Person, die herauskommt. Auf diese Weise werde ich O'Bannion zu mir locken.«

Ken seufzte. Sie steckten zu tief in dieser Sache, um einfach abzutauchen. »Wenn er uns wieder entwischt ...«

»Schon kapiert«, knurrte Demetrius. »Noch mal schieße ich nicht daneben.«

»Das würde ich dir auch nicht raten.« Er blickte zum Monitor. »Möglicherweise haben wir noch ein anderes Problem. Ich hatte dir ja bereits erzählt, dass Anders uns anscheinend hinzuhalten versucht, weil er auf Rettung hofft. Es sieht so aus, als sei noch jemand im Haus gewesen, als Burton und Decker dort ankamen.«

»Blödsinn. Wer soll denn noch im Haus gewesen sein?«

»Die Tochter wollte es mir gerade sagen, als du anriefst. Ich setze Decker drauf an. Bleibt zu hoffen, dass er inzwischen schon genug von den Audiodateien der Tracker anhören konnte, um zumindest eine Vermutung zu haben, um wen es sich handeln könnte.«

»Ich beeile mich mit O'Bannion, dann übernehme ich.«

»Kümmere du dich nur um O'Bannion. Mit den Anders und den potenziellen Zeugen werde ich schon allein fertig.«

Einen Augenblick lang glaubte Ken, Demetrius würde Einwände erheben, doch der schnaufte nur. »Na schön, wie du willst«, erwiderte er verärgert.

Ken legte auf. »Ganz genau«, murmelte er. Demetrius und er waren seit Jahren befreundet, aber diesmal mochte Demetrius' Unverfrorenheit ihnen irreparablen Schaden zugefügt haben.

Wenn CPD und FBI auch nur ansatzweise ahnten, dass Demetrius die Waffe gegen einen der Ihren gerichtet hatte, dann würden sie nicht eher ruhen, bis er hinter Gittern oder tot war. Und Ken würde sich unter keinen Umständen mit ins Verderben reißen lassen, selbst wenn er Demetrius dafür eigenhändig ausschalten musste, bevor die Bundesagenten ihn in die Mangel nehmen konnten.

Cincinnati, Ohio
Dienstag, 4. August, 13.35 Uhr

Marcus legte sich bäuchlings auf den Kellerboden und leuchtete mit der Taschenlampe unters Bett. Eine alte Frau fuhr im grellen Licht zurück. Sie war mindestens siebzig, vielleicht sogar noch älter, und man hatte sie schwer misshandelt. Ihr Gesicht war mit Prellungen und Platzwunden übersät, die Unterlippe blutverkrustet. Die Wunden an den Händen rührten vermutlich von den Versuchen her, sich zu schützen. Der bloße Gedanke bereitete ihm Übelkeit. Wer verprügelte denn alte Frauen?

Tja. Vermutlich derselbe Mensch, der auch ein junges Mädchen kaufte, ausbeutete und so zusammenschlug, dass sogar eine gestandene Polizistin seinen Zustand als »schlimm« bezeichnete.

»Ma'am?« Scarlett ließ sich ebenfalls auf den Bauch herab, und ihr Kopf stieß gegen den von Marcus, als sie sich neben ihm unters Bett zwängte. »Ich bin Detective Bishop. Wir haben schon Hilfe gerufen. Halten Sie noch ein bisschen durch.«

»Danke«, flüsterte die Frau.

»Wer sind Sie?«, fragte Marcus. Er musste sich anstrengen, um ihre Stimme verstehen zu können.

»Tabby, Chips Tante.«

»Tante?«, wiederholte er. »Wo ist das Baby, Tabby?«

Eine einzelne Träne rann ihr über die runzlige Wange, und Marcus' Herz erstarrte zu Eis. Bis er Tabbys kaum wahrnehmbare Worte hörte: »Weg. In Sicherheit.« Mit erstaunlicher Kraft packte sie plötzlich Marcus' Handgelenk. »Sind Sie ... der Mann aus dem Park?«

Die Kellertreppe vibrierte, als mehrere Leute von oben herunterstürmten. Aber Marcus sah nicht hin, sondern konzentrierte sich ganz auf die Frau. »Ja. Woher wissen Sie von mir?«

»Von Tala ...« Sie hustete trocken und abgehackt. »Ich hab ihr gesagt, sie soll ... Ihnen vertrauen. Sie müssen ... bezahlen.«

»Wer?«

»Neffe. Seine Frau. Und das Gör. Sie sind schlimm. Bitte. Versprechen Sie's.«

»Haben die Ihnen das angetan?«

»Chip. Er war's.«

»Warum?«

»Weil ich das Baby genommen habe. Sein Baby.«

Marcus' Magen zog sich zusammen, obwohl er etwas in der Art vermutet hatte.

Tabbys Lippen verzogen sich zu einem winzigen Lächeln. »Malaya«, flüsterte sie. »Sie ist jetzt frei.«

»Das ist gut«, sagte Scarlett leise. »Sehr gut. Wo ist sie, Ma'am?«

»Bei einer Freundin. Annie. Annabelle heißt sie.«

»Eine Nachbarin?«, hakte Scarlett nach.

»Nein.« Wieder das abgehackte Husten, und plötzlich flatterten Tabbys Lider, und ihr Griff um Marcus' Handgelenk lockerte sich. »Kirche«, flüsterte sie.

Ein Sanitäter schob sich neben sie. »Detective Bishop, bitte machen Sie uns Platz. Der Herr bitte auch.«

Marcus und Scarlett stemmten sich hoch, als auch schon zwei

Polizisten das Bett über Tabby anhoben und auf einer sterilen Plane abstellten. Dirigiert wurden sie von dem Mann, der auch den Tatort von heute Morgen abgewickelt hatte. Derweil knieten sich die zwei Sanitäter links und rechts neben Tabby, überprüften ihre Vitalwerte und stellten die notwendigen Fragen. Die Antworten der Frau kamen abgehackt und in Schüben.

»Ich bin noch nicht fertig«, sagte Scarlett.

Einer der Sanitäter sah auf und schüttelte den Kopf. »Ihr Blutdruck ist extrem niedrig. Wir können froh sein, dass sie überhaupt noch atmet.«

»Nur eine Frage«, drängte Scarlett und trat an die Trage, auf die man die Frau gebettet hatte. »Wo sind Ihr Neffe, seine Frau und die Tochter?«

Wieder erschien ein Lächeln auf den Lippen der alten Frau, und diesmal war es beinahe grimmig. »Weg. Nicht freiwillig. Man hat sie geholt. Viel Geschrei.«

Scarlett ging neben der Trage in die Hocke. »Wer hat sie geholt?«

»Weiß nicht.« Tabbys Stimme war kaum mehr als ein Hauch. »Mit Waffen.«

»Ein Glück, dass Sie sich rechtzeitig unterm Bett verstecken konnten«, sagte Scarlett. Marcus wollte sie gerade wegziehen, damit sie die arme Frau endlich in Ruhe ließ, als Tabby sie näher zu sich winkte.

»Chip. Hat mich geschubst.« Ein weiterer Hustenanfall schüttelte sie. »Als sie kamen.«

Die Sanitäter hoben die Trage an. »Detective, wir müssen los. Und zwar sofort.«

»Hey, Bishop«, rief Deacon irgendwo aus dem Keller. »Sieh dir das mal an.«

Marcus fragte nicht um Erlaubnis, sondern folgte Scarlett einfach. Deacon stand in einem spartanisch eingerichteten Wohnbereich mit einer winzigen Küche, einem Bad, drei Betten und drei schmalen Schubladenkommoden. Hatten Tala und ihre Familie hier gewohnt? Aber wo war das Kinderbettchen?

»Oje«, sagte Scarlett, als Deacon ihr zwei abgeschnittene Tracker hinhielt. »Das ist entweder sehr gut oder sehr schlecht. Wenn sie mit dem Baby entkommen konnten – großartig. Aber was, wenn sie auch entführt wurden? Von denselben Leuten, die die Anders abgeholt haben? Dann sind sie vielleicht in noch größerer Gefahr als zuvor.«

Marcus beugte sich über die Tracker und betrachtete die durchtrennten Riemen, ohne etwas zu berühren. »Ich würde sagen, sie sind entkommen«, sagte er leise. »Seht euch die schartigen Ränder an. Sie sind nicht glatt durchgeschnitten worden. Jemand, der nicht genug Kraft hatte, um sie mit einem Ruck abzutrennen, hat eine Weile daran gesägt.«

»Und ich denke, die Fußfesseln lagen um Frauenknöchel. Sie sind nicht weit genug für Männer, höchstens für Jungs«, fügte Deacon hinzu. »Was ist mit dem Baby? Können wir davon ausgehen, dass es in Sicherheit ist? Hast du etwas in Erfahrung bringen können, Scar?«

Scarlett nickte. »Ja, hab ich.« Sie erzählte ihm von Tabby und Annabelle, ihrer Freundin aus der Kirche.

»Chip hat sie verprügelt, weil sie das Baby genommen hat«, setzte Marcus hinzu.

Deacon legte den Kopf schief. »Und *warum* hat sie das getan?«

»Das hat sie uns nicht gesagt.« Marcus deutete auf die Sender. »Vielleicht weiß diese Annabelle ja auch etwas über die Trägerinnen dieser Tracker.«

»Könnte sein.« Deacon neigte den Kopf noch ein Stück. »Was machst du eigentlich hier, Marcus?«

Marcus erwiderte Deacons Blick, ohne mit der Wimper zu zucken. Deacons Tonfall gefiel ihm gar nicht. »Inwiefern?«, fragte er unschuldig. »Existenzialistisch betrachtet?«

Deacon verengte die Augen. »Spar dir den Blödsinn.«

Marcus hob das Kinn ein Stück. »Gleichfalls. Oh, und mir ist übrigens nichts passiert. Wie geht's dem Cop in dem Zivilwagen oben an der Straße?«

Deacons Lippen bildeten eine farblose Linie. »Er ist tot. Ihm wurde durchs Beifahrerfenster in den Kopf geschossen.«

Marcus schnitt ein Gesicht. »Oh Gott.« Es konnte keine Austrittswunde geben. Am Fahrerfenster war kein Blut zu sehen gewesen.

»Wie konnte ein solcher Schütze dich verfehlen?«, fragte Deacon, und seine Stimme war beunruhigend leise. »Die Richtung, aus der Agent Spangler getötet wurde, lässt darauf schließen, dass der Kerl ungehinderte Sicht auf dich an der Hintertür hatte, lange bevor Detective Bishop bei dir eintraf.«

Verärgert beugte Marcus sich vor. »Worum geht es hier eigentlich, *Agent* Novak?«

»Deacon«, sagte Scarlett barsch. »Lass es. Und du, Marcus, auch! Herrgott, das ist ja wie früher bei mir zu Hause: Sechs Brüder, die sich über jeden Blödsinn stritten. Aber da konnte man ihr kindisches Verhalten wenigstens mit ihrem Alter entschuldigen!« Ungeduldig deutete sie auf Marcus' Kappe. »Ist das eine mit Kamera?«

»Ja, Ma'am«, erwiderte er schroff, aber hauptsächlich, weil er sich schämte. Sie hatte ja recht: Er benahm sich wie ein Teenager im Hormonchaos. Also zog er die Kappe vom Kopf und legte sie ihr in die ausgestreckte Hand. »Viel kann nicht drauf sein, aber du wirst sehen können, in welchem Zustand sich die Tür befand.« Er wandte sich an Deacon. »Und um deine Frage zu beantworten: Ich wollte an die Hintertür klopfen, weil ich mir dachte, dass die Leute vielleicht nicht mit der Polizei, wohl aber mit einem Journalisten reden würden. Ich stehe nicht unter Arrest, das Haus war bisher kein Tatort, und hier zu sein ist hundertprozentig konform mit meinen Bürgerrechten, die in der Verfassung verankert sind.«

»Und der Schütze konnte Marcus nur deshalb verfehlen«, fügte Scarlett ruhig hinzu, »weil er blitzschnell reagiert hat. Jemand hatte die Tür bereits aufgebrochen, bevor wir hier eingetroffen sind. Vermutlich die Leute, die die Anders entführt haben.«

Deacon nickte steif. »Okay, das klingt plausibel. Ich ... muss mich entschuldigen. Spangler, der Agent, der dort oben im Auto saß, war ein Freund von mir, und ... sein Tod trifft mich sehr. Natürlich bin ich froh, dass *dir* nichts geschehen ist, Marcus.«

Marcus atmete geräuschvoll aus. »Ich muss mich auch entschuldigen. Mein Beileid, Deacon.«

Deacon nickte wieder und räusperte sich, ehe er sich Scarlett zuwandte. »Also – was wissen wir?«

»Leider nicht allzu viel«, antwortete sie müde. »Das Baby ist offenbar bei einer gewissen Annabelle, die Tabby – die Frau unter dem Bett – aus der Kirche kennt. Aber was ist mit den anderen beiden Personen? Und was ist mit Chip Anders und seiner Familie geschehen?«

»Und was hat Chips Tante im Keller unter einem Bett zu suchen? Einerseits verprügelt er sie, andererseits versteckt er sie, als Leute mit Waffen ins Haus eindringen. Was hat das zu bedeuten?«, fügte Marcus hinzu. »Und hat die Tante auch hier unten gewohnt, oder war sie nur wegen des Babys hier?«

Scarlett nickte. »Alles ist nur wenige Stunden nach Talas Tod passiert – und nachdem man ihr den Tracker abgeschnitten hat. Wir müssen wohl davon ausgehen, dass diese Ereignisse zusammenhängen. Vielleicht sind die Leute, die ins Haus eingedrungen sind, die Menschenhändler, die ihnen Tala und ihre Familie verkauft haben.«

Deacon nickte. »Das ergibt Sinn. Aber gehört der Kerl, der Agent Spangler getötet und auf Marcus geschossen hat, auch dazu? Und wer hat Tala ermordet?«

Marcus sah sich stirnrunzelnd um. »Und wo ist der Hund?« Der Asiat, der sich am Morgen um den Tatort in der Gasse gekümmert hatte, trat zu ihnen. Sergeant Tanaka, fiel Marcus wieder ein.

»Wir werden das Haus von oben bis unten durchsuchen«, sagte er. Neugierig musterte er Marcus. »Sie hatten ja einen ziemlich ereignisreichen Vormittag, Mr. O'Bannion. Freut mich, dass Sie dennoch unversehrt sind. Habe ich gerade richtig gehört, dass die Hintertür bereits aufgebrochen war?«

»Ja«, antwortete Marcus. »Jemand hat das gesplitterte Holz. angedrückt und die Tür wieder eingesetzt, aber sie fiel sofort aus den Angeln, als ich mich mit der Schulter dagegen warf. In der Tür selbst sind mir allerdings keine Schäden aufgefallen. Eine Ramme scheinen die Täter also nicht eingesetzt zu haben.«

»Starke Burschen«, sagte Deacon. »Die Anders sind übrigens nicht kampflos mitgegangen. Wir haben in den Wohnzimmerwänden Einschusslöcher entdeckt. Auch eine Schlafzimmertür ist aus den Angeln gebrochen.«

»Wie gesagt – wir durchsuchen das ganze Haus und nehmen Fingerabdrücke aus jedem Zimmer«, sagte Tanaka. »Und wir überprüfen, ob die Kugeln zu denen passen, die Carrie heute Morgen aus dem Opfer geholt hat.« Er seufzte. »Und aus Agent Spangler holen wird.«

Scarlett und Deacon schwiegen einen Moment lang. »Er war gerade Vater geworden«, sagte Deacon leise. »Das Baby ist erst ein paar Monate alt.«

Scarlett senkte die Lider, und als sie aufblickte, waren ihre Augen ausdruckslos. Wieder einmal hatte sie ihre eigenen Gefühle rigoros unter Kontrolle gezwungen. Marcus tat das Herz für sie weh.

»Warum war der Schütze überhaupt dort?«, fragte sie. »Hat er darauf gewartet, dass jemand rauskommt? Hat er Wache gestanden? Wollte er die Polizei daran hindern, das Haus zu betreten? Und falls ja, warum hat er dann nicht auf uns geschossen, solange wir vorn tatenlos gewartet haben?«

»Vielleicht *weil* ihr tatenlos gewartet habt«, warf Marcus ein. »Ihm muss klar gewesen sein, dass ihr keinen Durchsuchungsbeschluss hattet. Ich würde gerne wissen, wie lange er schon dort war. Hat er seit der Entführung der Anders Wache gestanden? Oder ist er aus einem bestimmten Grund zurückgekommen?«

Die drei wichen einen Schritt zur Seite, als die Sanitäter die Trage mit der leichenblassen Tabby in Richtung Kellertreppe trugen. »Wohin bringen Sie sie?«, fragte Scarlett.

»Ins County General Hospital«, gab einer der Männer zurück. »Sie hat das Bewusstsein verloren. Ich sage Bescheid, dass man Sie anrufen soll, sobald sie wieder aufwacht.«

Marcus kannte das County gut. Dort waren Stone und er vor neun Monaten ebenfalls eingeliefert worden. Er nahm sich vor, Gayle zu bitten, ihre Informanten im Krankenhaus zu kontaktieren, damit auch er erfuhr, wann die alte Dame das Bewusstsein wiedererlangte. Falls das überhaupt geschah.

Die Sanitäter hoben Tabby die Treppe hinauf, und Marcus wandte sich Deacon zu, der ihr Gespräch wieder aufnahm. »Falls der Schütze zurückgekommen ist, dann vielleicht, weil es im Haus etwas gibt, das auf die Kidnapper der Anders hindeutet. Was uns in die Hände spielt, wenn es sich gleichzeitig um die Menschenhändler handelt.«

»Wann ist Agent Spangler erschossen worden?«, fragte Marcus.

»Ich weiß es nicht genau«, antwortete Deacon. »Er war jedenfalls noch nicht lange tot. Nach der Autopsie wissen wir mehr.« Er kniff die Augen zu. »Gott. Ich werde es seiner Frau mitteilen müssen.«

Scarlett drückte seinen Arm. »Das kann ich auch übernehmen.«

Deacon schüttelte den Kopf. »Nein, du warst beim letzten Mal dran. Außerdem war ich derjenige, der ihn vom FBI abgeworben hat. Zimmerman wird mich sicher begleiten.«

Zimmerman war Leiter der FBI-Dienststelle in Cincinnati und somit Deacons direkter Vorgesetzter. Das wusste Marcus, weil der Mann ihn damals im Krankenhaus besucht hatte.

Scarlett ließ ihre Hand sinken. »Okay. Aber wenn du es dir anders überlegst, sagst du mir Bescheid, ja?«

»Mach ich.« Deacon wandte sich an Marcus. »Warum hast du nach dem Zeitpunkt seines Todes gefragt?«

»Weil ich versuche, die Ereignisse in eine schlüssige Reihenfolge zu bringen«, erklärte Marcus. »Wenn er getötet worden wäre, sobald er hier ankam, hätte der Schütze vor ihm hier gewesen sein müssen, was vermutlich bedeuten würde, dass er als Wache zurückgelassen wurde. Aber da Spangler noch nicht so lange tot war, ist sein Mörder offenbar erst später eingetroffen. Vielleicht hat er etwas – oder jemanden – gesucht.«

»Du glaubst, er ist wegen Tabby gekommen?«, fragte Scarlett.

Marcus zuckte die Achseln. »Möglich. Die Leute, die ins Haus eingedrungen sind, hätten die Anders auch dort töten können, Aber sie haben sie mitgenommen.«

Scarlett nickte. »Tabby meinte, es hätte viel Geschrei gegeben.«

»In den Wänden oben sind verdammt viele Einschusslöcher zu sehen«, sagte Deacon. »Es hat definitiv ein Kampf stattgefunden.«

»Vielleicht wollten sie sie weitab vom Haus töten, damit wir die Leichen nicht in die Finger bekommen«, fuhr Scarlett fort. »Und Tabby haben sie nicht gefunden, weil Chip sie unter das Bett geschubst hat.«

Deacon zog die Brauen zusammen. »In meinen Augen ergibt es keinen Sinn, dass er sie halb zu Tode prügelt, dann aber vor den Eindringlingen zu schützen versucht, indem er sie unterm Bett versteckt.«

»Sie hat gerade versucht, nach einem Handy zu greifen, als ich sie fand«, sagte Marcus. »Vielleicht hat Chip es getan, um sich selbst zu retten. Er versteckt sie unterm Bett und wirft ihr rasch noch ein Handy hin, damit sie die Polizei alarmieren kann, sobald sie allein ist.«

»Vince, können Sie uns schon etwas über das Telefon sagen?«, fragte Deacon und winkte den Mann wieder heran. »Noch nicht allzu viel. Nur, dass es sich um ein Prepaid-Handy handelt«, antwortete Tanaka. Und ehe Marcus nachhaken konnte, fügte er hinzu: »Die Nummer ist übrigens nicht dieselbe, mit der das Opfer Sie kontaktiert hat, Mr. O'Bannion.«

Scarlett zog die Stirn nachdenklich in Falten. »Hätten die Eindringlinge von Tabby gewusst, dann hätten sie garantiert so lange gesucht, bis sie sie gefunden hätten.«

»Also hatte Chip vielleicht Geheimnisse vor seinem Dealer«, murmelte Deacon.

»Das würde auch erklären, warum die Anders nicht einfach hier getötet wurden«, setzte Marcus hinzu. »Jemand wollte Antworten.«

»Zum Beispiel auf die Frage, wer Tala erschossen hat?«, überlegte Scarlett laut.

Marcus nickte. »Wir landen immer wieder bei diesem Mädchen.«

Scarlett sah sich nach ihrem Smartphone um, das sie verloren hatte, als sie und Marcus durch die Tür gestürzt waren, und hob es auf. »Ich werde veranlassen, dass Tabbys Krankenzimmer bewacht wird. Falls der Schütze von eben tatsächlich ihretwegen gekommen ist, könnte er versuchen, sie dort zu erwischen. Vielleicht ist sie unsere einzige Zeugin – falls sie überhaupt überlebt.« Sie erledigte den Anruf, dann reichte sie Marcus' Kappe an Tanaka weiter, der sie in eine Beweismitteltüte fallen ließ.

»Moment mal«, sagte Scarlett, als Tanaka zwei weitere Plastikbeutel für die Tracker öffnete, die Deacon noch immer in der Hand hielt. »Wieso haben sie die Sender liegen lassen?« »Was soll das heißen?«, fragte Tanaka.

»Auch ich versuche, die zeitliche Abfolge zu begreifen«, erklärte sie. »Wenn die Eindringlinge durch diese Tür hereinkamen, sind sie auf dem Weg zur Treppe direkt an diesen abgetrennten Fußfesseln vorbeigelaufen. Sie haben die Anders gekidnappt, und es sind Schüsse gefallen. Ihnen muss also klar gewesen sein, dass irgendwann die Polizei eintrifft. Warum die Tracker zurücklassen, die für uns eine wichtige Spur bedeuten? Sie einzustecken wäre naheliegend gewesen.«

»Vor allem dann, wenn es sich bei Talas Tracker um dasselbe Modell handelte«, fügte Deacon hinzu.

Tanaka zuckte die Achseln. »Schwer zu sagen. Im Augenblick würde ich mich noch nicht zu einer Vermutung hinreißen lassen. Haben Sie sich die Seriennummern dieser zwei hier notiert?«, fragte er und hielt die Tüten hoch.

Deacon nickte. »Ja, danke. Ich lasse sie rasch überprüfen und melde mich dann wieder bei Ihnen. Okay, ich fahre dann jetzt mal los und hole Zimmerman ab.« Er bedachte Marcus mit einem mahnenden Blick. »Pass ein bisschen auf dich auf, okay? Zweimal an einem Tag ... nicht, dass beim dritten Mal doch noch jemand Erfolg hat.«

»Ich zieh den Kopf ein, versprochen«, sagte Marcus.

»Und ich versuche, diese Annabelle aufzuspüren«, sagte Scarlett an Deacon gewandt.

Er seufzte. »Vergiss unser Meeting beim FBI nicht. Wir treffen uns dort.«

Als er fort war, ging Scarlett zum Hinterausgang, stieg vorsichtig über das Türblatt am Boden und musterte stumm das gesplitterte Holz und die Einschusslöcher. Verzagt blickte sie auf. »Ich fahr dich zurück in die Redaktion«, sagte sie zu Marcus.

# 16

Cincinnati, Ohio
Dienstag, 4. August, 14.30 Uhr

Scarlett schnallte sich an, legte ihren Kopf an die Lehne und schloss die Augen. Sie hatte während des Angriffs und der anschließenden Spurensuche Ruhe bewahrt, aber nun, da sie allein waren, kehrte das Entsetzen zurück, das sie verspürt hatte, als die Kugeln viel zu dicht über ihre Köpfe hinweggeflogen waren. Viel zu dicht über Marcus' Kopf, um präzise zu sein. Diese Kugeln waren nicht für sie bestimmt gewesen. Ein Schütze, der erfahren genug war, ihrer Bewegung selbst im Sturz zu folgen, hätte nicht versehentlich mehrere Zentimeter über ihren Kopf gezielt. »Du hättest sterben können«, sagte sie leise zu Marcus. »Und das zum zweiten Mal an diesem Tag.«

»Bin ich aber nicht«, antwortete Marcus ruhig. Seine Stimme war wie ein Streicheln, und sie schauderte, obwohl in dem schwarzen Dienstwagen, der in der prallen Sonne gestanden hatte, gefühlte achtzig Grad Hitze herrschten. »Auch beim zweiten Mal nicht«, fügte er noch eine Nuance tiefer hinzu.

Ein Prickeln breitete sich in ihr aus, und unwillkürlich presste sie die Schenkel zusammen. Worte bildeten sich in ihrem Kopf, lösten sich jedoch auf, ehe sie sie aussprechen konnte, und so saß sie einfach nur da, umklammerte das Lenkrad und ... begehrte ihn.

Eine Weile herrschte absolute Stille. Dann ergriff er das Wort. »Obwohl ich wahrscheinlich gleich an Hitzschlag sterbe, wenn du nicht bald die Klimaanlage aufdrehst.«

Der amüsierte Unterton in seiner Stimme holte sie in die Wirklichkeit zurück. Sie startete den Motor und schaltete die Klimaanlage ein. »Tut mir leid«, sagte sie, stur geradeaus blickend.

»Mir nicht.«

Sie wandte ihm den Kopf zu und erstarrte, als sie das nackte Verlangen in seinen Augen entdeckte. »Du kannst mich nicht einfach so ansehen.«

»Warum nicht?« Ein winziges, aber höllisch erotisches Lächeln huschte über seine Lippen. »Ich bin kein Cop, verstoße gegen keine internen Polizeiregeln, und verdächtig bin ich auch nicht. Oder?«

»Nein.« Das Wort, das eigentlich kühl und beherrscht hätte klingen sollen, kam heraus wie ein verheißungsvoller Seufzer.

Nun musste *er* schlucken. »Dann kannst du auch nicht so mit mir reden.«

Sie holte tief Luft, wendete den Wagen und entfernte sich von der langen Reihe geparkter Polizeifahrzeuge. »Okay.« Aus dem Augenwinkel sah sie seine Lippen zucken. »Okay was?«

»Ich rede nicht so mit dir, und du schaust mich nicht so an.« Sein halbes Lächeln verschwand. »Wo dann? Und wann?«

Sie tat nicht einmal so, als würde sie ihn nicht verstehen.

»Jedenfalls nicht an einem Tatort; Oder in der Öffentlichkeit, solange diese Ermittlung läuft.« Sie spürte seinen Blick, als er ihr Profil betrachtete.

»Warum hast du eben im Keller die Tür so merkwürdig angesehen?«, fragte er.

Überrumpelt blinzelte sie. »Ich wollte wissen, wo die Kugel eingeschlagen ist. Der Killer hat auf dich gezielt. Hättest du dich nicht bewegt, wärst du jetzt tot.«

»Aber ich habe mich bewegt, und die Kugeln haben uns verfehlt. Du bist nicht tot, und ich bin es auch nicht. Ganz im Gegenteil«, fügte er fast mürrisch hinzu.

Sie blickte zu ihm auf, dann in seinen Schoß. Fast wäre ihr ein kleiner Laut entwischt. Nein, tot war er wahrhaftig nicht! Fest umklammerte sie das Lenkrad, um ihre Hand nicht auf die harte Schwellung zu legen.

»Gott, Marcus«, flüsterte sie. »Das ist unfair.«

»Wem sagst du das?«, brummte er und setzte sich mit einer Grimasse bequemer hin. »Also, Scarlett – wann und wo?«

»Ich ... ich weiß nicht. So weit hab ich noch nicht gedacht.«

»Ich schon«, erwiderte er leise. »Nimm mich mit zu dir.«

Ihr Kopf fuhr zu ihm herum. Er sah sie mit fast tödlichem Ernst an. Eine Hupe ertönte, und sie wandte sich hastig wieder der Straße zu, um gerade noch rechtzeitig einem entgegenkommenden Wagen auszuweichen. »Du meinst ... jetzt?«

»Ja.«

»Ich ... Marcus, das geht jetzt nicht. Ich muss den Hund ausführen und dann wieder zur Arbeit.«

»Also, Scarlett«, sagte er gespielt vorwurfsvoll. »Ich will dich nur anschauen. So, wie ich es hier nicht darf. Das kann ich auch, während du den Hund ausführst. Woran hattest du denn gedacht?« Er schnalzte mit der Zunge. »Du bist vielleicht unanständig!«

Sie musste lachen. »Du bist ...« Plötzlich ernüchtert, seufzte sie. »Du bist am Leben. Gott sei Dank.«

»Das bin ich«, sagte er genauso nüchtern. »Glaub mir, das war heute nicht mein bester Tag. Normalerweise muss ich keinen Kugeln ausweichen.«

»Du trägst eine schusshemmende Weste, und du bekommst regelmäßig Drohbriefe.«

»Und du bist ein Cop«, konterte er. »Auf dich wird ständig geschossen.«

»Eigentlich nicht. In der Beziehung hast du mir einiges voraus.« Sie klopfte sich auf die Einsatzweste. »Das hier ist schließlich nicht meine Alltagskleidung.«

»Warum kann ich nicht mit zu dir kommen?«

Ungewohnte Panik stieg in ihr auf. »Das habe ich nicht behauptet.«

Er fuhr sich mit der Hand durch das dichte, schwarze Haar an der Schläfe, dann hielt er ihr seine blutige Hand hin. »Ich brauchte Hilfe.«

»Betonsplitter«, murmelte sie. »Stimmt ja.« Und sie hatte nur deshalb nichts davon abbekommen, weil er sich mit seinem Körper vor sie geworfen hatte.

»Wie wär's, wenn wir zu dir fahren und du die Wunde versorgst?«

Sie biss sich auf die Unterlippe. »Ich wollte doch den Sanitätern Bescheid geben.«

»Tabby hatte die Hilfe dringender nötig.«

»Dann hätten sie eben hoch einen Krankenwagen gerufen, das weißt du ganz genau. Verdammt, Marcus, ich fahr dich jetzt ins Krankenhaus.«

»*Nein!*«

Überrascht sah sie ihn an. »Wieso nicht?«

Er holte tief Luft. »Ich hasse Krankenhäuser.«

»Okay, das kann ich nachvollziehen, wenn man bedenkt, was du im vergangenen Jahr durchlebt hast. Ich bin auch kein großer Fan davon.« Sie näherten sich einer Ausfahrt, und Scarlett setzte den Blinker.

»Wohin fahren wir?«, fragte Marcus misstrauisch.

»Ich will mir ansehen, wie schlimm es ist. Wenn ich das Gefühl habe, damit nicht zurechtzukommen, bringe ich dich zu einem Arzt. Nicht ins Krankenhaus«, fügte sie hinzu, als er zum Protest ansetzte.

Der erste Parkplatz, den sie entdeckte, gehörte zu einer Kirche. Zu dieser Tageszeit war dort praktisch nichts los. Scarlett hielt, stieg aus, ging um den Wagen herum und öffnete Marcus' Tür. »Steig aus. Ich brauche Licht, um mir die Wunde anzusehen. Hier sind wir sicher. Niemand ist uns gefolgt.«

Er gehorchte, umrundete die offene Tür und ließ sich von ihr rückwärts gegen die Motorhaube drücken, so dass er halb saß und sie vor ihm stand. Aus dieser Position konnte sie jeden sehen, der auf sie zukam, bevor er sie sehen konnte. »Kopf runter«, wies sie ihn an.

»Steig aus! Kopf runter!«, brummte er. »Du bist ganz schön herrisch.«

»Und das fällt dir erst jetzt auf?« Sie beugte sich vor, um besser sehen zu können, und schnappte nach Luft, als er ihre Hüften packte und sie mit einem Ruck zwischen seine Beine zog.

»Du hast gesagt, du wolltest es dir ansehen«, murmelte er so samtig, dass sie erneut schauderte. »Also tu's.«

Ohne auf seine Bemerkung einzugehen, teilte sie mit unsicheren Fingern das Haar um den Schnitt an seinem Schädel. »Das sieht nicht besonders tief aus. Ich schätze, das schaffe ich.«

»Gut.« Er zog sie noch näher an sich, vergrub sein Gesicht in ihrer Halsbeuge und inhalierte tief. »Du riechst so gut«, sagte er, und warm strich sein Atem über ihre Haut. »In dieser Position könnte ich den ganzen Tag bleiben. Und die ganze Nacht dazu.«

Völlig unvermittelt stieg vor ihrem inneren Auge das Bild von Marcus und ihr auf zerwühlten Laken auf, und ihr Körper reagierte prompt. »Marcus«, protestierte sie schwach.

Er hob den Kopf, und sein Blick wurde ernst. »Wir befinden uns an keinem Tatort, und niemand schießt auf uns. Ich finde, wir haben lange genug gewartet, Scarlett.«

Ohne weitere Vorwarnung legte er ihr die Hand in den Nacken und zog sie zu einem Kuss zu sich herab, der ihr den Atem raubte. Sein Mund war hart, fordernd und besitzergreifend, und sie schlang ihm die Arme um den Nacken und drängte sich an ihn. Seine Hände fuhren ungeduldig über ihren Rücken, und sie verfluchte die dicke Jacke, durch die sie nichts spüren konnte. Ein frustrierter Laut löste sich aus seiner Kehle, und dann lagen seine Hände auf ihrem Po und begannen zu kneten.

Es fühlte sich so gut an, dass sie am liebsten gestöhnt hätte. Gott, vielleicht tat sie es sogar, denn plötzlich gab auch er einen lauten Seufzer von sich, zog sie noch fester an sich und presste ihre Hüften an seine, so dass sie die beeindruckende Schwellung in seiner Jeans spüren konnte.

*Und all das ist für mich.* Die Erkenntnis war berauschend. Und plötzlich packte sie die Gier. Keuchend rieb sie sich an ihm und schlang ihm ein Bein um die Hüften. *Mehr,* war alles, was sie denken konnte.

Sein tiefes Stöhnen vibrierte in seiner Brust, als er sich gerade weit genug von ihr zurückzog, um Atem zu schöpfen. Seine Lippen strichen hauchzart über ihre. »Ich will dich«, sagte er heiser. »Das weißt du, nicht wahr?«

»Ja«, flüsterte sie und lächelte, als sich ein seltenes Glücksgefühl in ihr ausbreitete. »Das habe ich mir irgendwie schon gedacht.«

Er massierte ihren Po und erwiderte das Lächeln. »Und?«

Sie lehnte sich zurück, um ihm ins Gesicht zu blicken, als die Wirklichkeit plötzlich mit aller Macht zurückkehrte. *Mist.* Sie parkten hinter einer Kirche, befummelten einander wie Teenager und hörten und sahen nichts anderes mehr.

Sein Lächeln verblasste. »Was ist denn los?«

»Ich will dich auch«, gestand sie leise. »So sehr, dass es mir Angst macht.«

Er zog die Brauen zusammen und verharrte reglos. Seine Hände lagen noch immer auf ihrem Hinterteil, als gehörten sie dorthin, und der Gedanke fühlte sich gut an. »Warum macht dir das Angst?«

»Weil ich darüber sogar meine Vorsicht vergesse. Du stehst ungeschützt im Freien, und ich knutsche mit dir, anstatt auf dich aufzupassen. Es hätte *alles Mögliche* passieren können!«

Er atmete tief ein. Seine steifen Schultern entspannten sich ein wenig. »Dann wirst du mich wohl mit nach Hause nehmen müssen.« Eine Braue wanderte aufwärts. »Da sind wir doch sicher, oder?«

Zu spüren, wie die Anspannung aus seinem Körper wich, half auch ihr, lockerer zu werden. »Ja. Aber wir können dort nicht lange bleiben und das hier auch nicht fortsetzen, so nett es sich auch anfühlt. Ich muss Annabelle und Talas Baby finden. Und die Mistkerle, die auf dich geschossen haben.«

»Die könnten einem fast leidtun, wenn sie es nicht verdient hätten. Ich möchte dich jedenfalls nicht zum Feind haben.« Widerwillig ließ er sie los. »Das fühlt sich also *nett* an?«, fragte er herausfordernd.

Sie ging um das Auto herum, stieg ein, schnallte sich an und blickte durch die Windschutzscheibe. Wenn sie hart bleiben wollte, durfte sie ihn jetzt nicht ansehen. »Ja«, sagte sie fest, als auch er eingestiegen war und seinen Gurt anlegte. »*Nett.* Irgendeine Frau muss ja dafür sorgen, dass du nicht völlig abhebst.«

»Ich fürchte, der Zug ist abgefahren, Detective. Ich schwebe ziemlich weit oben.«

Scarlett wandte sich zu ihm und musste lachen, als er ungerührt ihrem Blick begegnete. »Was soll ich bloß mit dir machen?«, fragte sie kopfschüttelnd.

Er grinste. »Oh, ich hätte da schon ein paar Ideen.«

Sie legte den Gang ein und fuhr auf die Straße in Richtung Highway. Ihr ganzer Körper vibrierte, und sie fühlte sich so gut wie schon lange nicht mehr. »Das glaube ich gern, Mr. O'Bannion.«

Cincinnati, Ohio
Dienstag, 4. August, 14.35 Uhr

Als das »Ping« der Mikrowelle ertönte, holte Ken den Teller mit der dampfenden Lasagne heraus. Er hatte etwas Zeit gebraucht, um sich nach dem Telefongespräch mit Demetrius wieder zu beruhigen und seine Gedanken zu ordnen.

*Dieser elende, leichtsinnige, unbelehrbare Mistkerl.* Ken hatte auf seinem Handy die App aufgerufen, über die er die Telefone seiner Mitarbeiter überwachte, so dass er sehen konnte, wo Demetrius sich gerade herumtrieb, während er sich den Rest des Essens vom Vorabend warm gemacht hatte.

Demetrius' Telefon war da, wo es laut Demetrius' Ankündigung auch sein sollte: auf dem Weg zu O'Bannions Zeitungsredaktion. Ken stellte einen Warnton ein, der ihm melden würde, falls Demetrius aus irgendeinem Grund vom Kurs abkam, schenkte sich ein Glas Eistee ein und nahm den Teller mit der duftenden Pasta. Dann schlenderte er die Kellertreppe hinunter.

Der Essensduft erfüllte noch einen anderen Zweck: Er erinnerte seine Gefangenen daran, dass sie ihm auf Gedeih und Verderb ausgeliefert waren. Chip und Stephanie mussten inzwischen auch hungrig und durstig sein. Falls ihnen der Geruch von Marlenes Blut und der Anblick ihrer klaffenden Kehle nicht den Appetit verhagelt hatten.

Als er unten ankam, schauten Vater und Tochter zu ihm auf. Ihre Blicke waren klar und eindringlich; offenbar hatte die Pause auch ihnen gutgetan. *Verdammt!* Es würde einiges an Zeit kosten, sie erneut mürbe zu machen – Zeit, die Ken nicht hatte. Dieser dämliche Demetrius. Hätte er dreißig Sekunden später angerufen, hätte Ken die notwendige Information schon gehabt.

Er spürte die Blicke der beiden, als er Teller und Glas auf dem Rolltisch abstellte, sich setzte und zu essen begann. Er ließ sich Zeit, legte schließlich Messer und Gabel ab und seufzte.

»Hm, das war gut. Und unbedingt nötig. Folter laugt mich immer so aus.« Er stand auf und kreiste die Schultern. »Na, Stephanie? Können wir weitermachen?« Er holte ihr den Knebel aus dem Mund. »Also? Wer hat das Baby?«

»Tabby«, sagte sie ohne Umschweife. »Seine liebe Tante Tabby – kurz für Tabitha. Sie ist neunundsiebzig Jahre alt, eins siebenundsechzig groß, ziemlich dürr, weißhaarig, faltig, fast blind. Sie braucht eine Gehhilfe, kann also nicht allzu weit gekommen sein.«

*Da sieh mal einer an.* Offenbar war die kleine Stephanie endlich zur Vernunft gekommen. Doch was sie ihm da erzählte, gefiel ihm ganz und gar nicht. Gehhilfe oder nicht – es war immerhin möglich, dass jemand die liebe Tante Tabby abgeholt hatte, und in diesem Fall konnte sie durchaus schon weit gekommen sein.

»Dad hat sie außerdem fast totgeschlagen«, fügte Stephanie hinzu. »Ihre Leute müssten sie also ziemlich leicht kriegen.« *Schön wär's,* dachte Ken missmutig, als sein Verstand ein paar Querverbindungen knüpfte und er begriff, dass die liebe Tante Tabby vermutlich der Grund dafür war, warum die Cops einen zweiten Rettungswagen angefordert hatten – und nicht O'Bannion. *Und jetzt haben die Bullen Chips Tante als Zeugin, die offenbar in dem Haus gelebt hat, ohne dass ich etwas davon wusste. Na, großartig!*

Er schickte Sean, Decker und Burton eine Nachricht mit der Beschreibung der Tante und der Anweisung, sich ihrer anzunehmen. Sie waren schon mit Leuten fertig geworden, die im Gefängnis saßen, da würde ein Krankenhaus wohl kein unüberwindbares Hindernis darstellen.

»Danke, Stephanie. Meine Leute sind schon auf der Suche nach ihr.« Er schlug die Beine übereinander und musterte sie nachdenklich. »Aber wenn dein Vater seine Tante halb totgeschlagen hat, wie konnte sie dann mit dem Baby abhauen?«

»Sie hat es vorher weggebracht. Deswegen hat er sie ja verprügelt. Sie hat es irgendjemandem übergeben, aber ich habe keine Ahnung, wem, und das meine ich wirklich ernst. Ich wusste nicht mal, dass sie überhaupt Leute kannte. Dad hat sie doch nur bei uns aufgenommen, damit er das Geld von ihrer Sozialversicherung kassieren konnte.«

Ken wandte sich dem noch immer geknebelten Chip zu. Die Augen des Mannes schleuderten Blitze. »Das ist nicht dein Ernst«, sagte Ken ungläubig. »Du verdienst ein Heidengeld mit deinen Fabriken und klaust deiner alten Tante noch das bisschen Rente? Wie viel ist das – fünfhundert Dollar im Monat? Ich glaub's einfach nicht.«

»Dasselbe hat er schon mit seiner Mutter gemacht«, fuhr Stephanie beißend fort. »Bis sie gedroht hat, ihn anzuzeigen. Dann musste er was unternehmen.«

»Und was?«

»Kissen aufs Gesicht vermutlich. Ich war zu der Zeit auf dem College. Deswegen hat er ja überhaupt Mila gekauft – Talas Mutter. Sie war Krankenschwester. Er hat sie ins Haus geholt, damit sie sich um seine Mutter kümmerte.«

Ken betrachtete Stephanie. Hass glitzerte in ihren Augen. »Seine Mutter ist deine Großmutter, oder nicht?«

»Nein. Er ist nicht mein Vater.«

Chip schnaufte, und seine Nasenflügel bebten, aber seine Augen verrieten ihn: Entweder hatte er nichts davon gewusst, oder er hatte nicht gewusst, dass sie es wusste.

»Und wer ist dein Vater?«

Stephanie zuckte die Achseln, so gut es gefesselt eben ging. »Sein bester Freund. Mutter hat sich köstlich amüsiert, wenn Daddy bei Dinnerpartys mit dem Mann herumalberte, der seine Frau vögelte. Die beiden waren ziemlich lange zusammen. Mutter wollte Chip verlassen, als er pleiteging, aber er schaffte es dann ja doch noch, sich wieder aus dem Dreck zu ziehen.« Sie machte eine Kopfbewegung in seine Richtung. »Wahrscheinlich mit Ihrer Hilfe.«

Genau so war es gewesen. Ken hatte Chip die ersten Arbeiter verkauft, als sein Unternehmen so gut wie bankrott gewesen war.

»Weißt du, Stephanie, entweder bist du eine Weltklasse-Schauspielerin oder die herzloseste Schlampe, die mir je begegnet ist. Du redest über die Affäre deiner Mutter, während sie mit aufgeschlitzter Kehle neben dir liegt?«

Stephanie schloss die Augen, ihr Gesicht war nun schmerzverzerrt. »Sie würde wollen, dass ich hier lebend rauskomme. Und wenn ich Ihnen dafür sagen muss, was Sie wissen wollen, dann tue ich das.«

»Du weißt, dass ich dich nicht freilassen werde?«

Sie nickte, ohne die Augen zu öffnen. »Ja. Das habe ich kapiert.«

»Nur dass wir uns richtig verstehen«, sagte er liebenswürdig.

Sie war noch eine Spur blasser geworden. »Aber Sie haben gesagt, Sie könnten es leichter für mich machen.«

»Stimmt, das habe ich gesagt. Schauen wir einfach, wie es läuft, okay? Je direkter du mir meine Fragen beantwortest, umso großzügiger kann ich sein. Also. Warum hat Tabby das Baby ›jemandem‹ übergeben?« Er zeichnete Gänsefüßchen in die Luft.

»Keine Ahnung. Vielleicht hat sie gehört, dass Tala tot ist, und Angst gehabt, dass das Baby verhungert. Tala hat noch gestillt, und Mutter und ich hätten ihm sicher keine Ersatzmilch gekauft. Tabby selbst darf kein Geld haben. Vielleicht hat sie auch befürchtet, dass Mutter versuchen würde, das Kind loszuwerden. Ich weiß es nicht.«

Das Haus der Anders war ja eine echte Schlangengrube. Ken war froh, dass er mit solchen Leuten privat nichts zu tun hatte. Tabby konnte einem beinahe leidtun. Allerdings nicht so sehr, dass Ken Sean und die anderen zurückgepfiffen hätte. Die alte Dame musste abtreten. Wahrscheinlich empfand sie es ohnehin als Gnade.

»Hat Tabby auch die anderen Frauen gehen lassen?«

»Wahrscheinlich. Ich war's nicht und Mutter garantiert auch nicht. Es waren Dienerinnen.«

Ken zog die Stirn in Falten. Stephanie sagte ihm, was er hören wollte, aber irgendetwas stimmte da nicht. Sie hatte ihm die Tante bedenkenlos ausgeliefert, obwohl sie wahrscheinlich ihre einzige Hoffnung auf Rettung war ...

*Drake.* Natürlich. *Der Freund, der Tala erschossen hat.* Beinahe hätte er ihn über die Geschichte mit Tabby und dem Baby vergessen. Ken hätte sich am liebsten in den Hintern getreten. Drake ... wie hieß er noch mal mit Nachnamen? Er kramte in seiner Erinnerung. *Ah. Connor. Drake Connor.*

»Stephanie«, sagte er leise. »Wo ist Drake?«

Das Mädchen erbleichte.

*Bingo,* dachte Ken, und dann: *Verdammt.* »Hast du ihn angerufen, als meine Männer kamen? Hast du ihm gesagt, dass man euch kidnappt?«

»Nein«, erwiderte sie, aber ihre Stimme bebte.

Ken war auf den Füßen und schlug zu, ehe sie noch blinzeln konnte. Ihr Kopf flog zurück, und sie schrie auf.

»Lüg mich nicht an!«, rief er.

Verängstigt blickte Stephanie zu ihm auf, und er setzte sich wieder. »Also, jetzt noch mal. Hast du ihm gesagt, dass man euch kidnappt?«

Sie blickte zu Boden, sah die Leiche ihrer Mutter und würgte. Zum Glück hatte sie vorhin schon alles ausgekotzt. »Ja«, flüsterte sie.

»Wo war er, als du es ihm gesagt hast?«

»Auf dem Weg zu uns. Er wollte mich abholen.«

»Und du glaubst, er ist uns gefolgt?«

Ein hörbares Schlucken. Ein winziges Nicken.

Neben ihr verdrehte Chip die Augen. Ken musste lachen.

»Ich glaube, ausnahmsweise hat dein Vater recht, Stephanie. Drake wird nicht kommen und dich retten. Er dürfte längst auf dem Weg zur Grenze sein.« Wieder leitete er den Namen und die entsprechenden Informationen an Sean, Decker und Burton weiter. »In Anbetracht der Tatsache, dass er heute Morgen einen Mord begangen hat, bezweifle ich stark, dass er sich an die Polizei wendet. Und im ausgesprochen unwahrscheinlichen Fall, dass er dich auf eigene Faust zu befreien versucht, schnappen wir ihn uns, sobald er mein Grundstück betritt. Du kannst ihn also vergessen.«

Und endlich sah Ken in ihrem Blick die Erkenntnis, dass sie besiegt war. Sie hatte also tatsächlich stundenlang durchgehalten, weil sie auf Drake gehofft hatte. Irgendwie war das schon fast süß. Klebrig süß zwar, aber immerhin. Er stand auf und klopfte sich die Hände an der Hose ab. »So. Ich denke, ich habe nun, was ich von dir und dem lieben Daddy wollte.« Er wandte sich seinem Rolltisch zu und begann, die Instrumente durchzugehen.

Stephanie gab einen erstickten Laut von sich, als sie begriff, was er vorhatte. »Moment. Sie haben doch gesagt, Sie würden mir helfen, wenn ich mit Ihnen rede.«

»Tja, das war, bevor du fast einen halben Tag meiner Zeit vergeudet hast. Ich habe tatsächlich einen echten Job, musst du wissen, und deinetwegen werde ich heute wohl Überstunden machen müssen. Aber keine Angst, ich bring dich nicht um.« Er deutete auf ihren Vater. »Ihn dagegen schon. Er hat keinen Nutzen mehr für mich. Aber da er dich mit dem Kauf von Tala und ihrer Familie in diese Situation gebracht hat, darfst du entscheiden, wie er abtritt. Pistole oder Messer?«

Stephanies Wangen wurden dunkler, ihr Mund war wutverzerrt. »Was ist denn schmerzhafter?«

Ken warf den Kopf zurück und lachte. »Oh, ich wünschte, ich könnte dich behalten. Aber du würdest nur versuchen abzuhauen, und dann müsste ich dich am Ende doch umlegen.«

Sie hob das Kinn. »Ich werde in jedem Fall abhauen, egal, wohin Sie mich verkaufen«, sagte sie so trotzig, dass es ihm Respekt abnötigte.

Er grinste. »Das ist dann nicht mehr mein Problem. Aber vergiss nicht: Auch Tala wollte abhauen, und das hat kein gutes Ende genommen, nicht wahr?« Er klatschte in die Hände. »So, Schätzchen, du hast die Wahl. Das Messer tut mehr weh, ist aber unter Umständen eine ziemlich blutige Angelegenheit. Also?«

Automatisch wurde ihr Blick von der Leiche ihrer Mutter angezogen, doch im letzten Moment fing sie sich. »Blut stört mich nicht. Hauptsache, ich höre ihn schreien. Und ich habe noch eine Bitte.«

Wieder war er beeindruckt von ihrem Mut. Es schien eine Menge Wut in ihr zu stecken. »Kommt drauf an.«

»Ich will ihm etwas sagen und ihm dabei ins Gesicht sehen. Könnten Sie seinen Stuhl bitte so schieben, dass ... dass meine Mutter nicht mehr zwischen uns liegt?«

Ken überlegte einen Moment, dann nickte er. »Meinetwegen«, sagte er und zog Chip mit dem Stuhl herum, bis er Stephanie gegenübersaß.

Der Blick, mit dem sie ihn bedachte, war eiskalt. Dann huschte ein böses Lächeln über ihre Lippen. »Vielleicht sollten Sie ihm den Knebel entfernen. Seine Reaktion könnte auch für Sie lustig werden.«

Ken zog Chip das Stück Stoff aus dem Mund und trat ohne Hast zur Seite, als der Mann ihn, wie erwartet, anzuspucken versuchte. »Dann los, Stephanie«, sagte Ken. »Ich habe noch zu tun.«

Aus Stephanies Lächeln sprach purer Hass. »Dieses Balg, auf das du so stolz warst, war nicht deins«, sagte sie. »Sondern Drakes.«

Chip wurde noch blasser, als er ohnehin schon war. »Du lügst.« Sie lächelte weiterhin. »Oh, nein. Als deine kleine Hure geworfen hat, habe ich einen Vaterschaftstest machen lassen, weil ich es wissen wollte. Drake ist der Vater. Irrtum ausgeschlossen.«

Chip schien etwas sagen zu wollen, aber Stephanie kam ihm zuvor. Sie wandte sich an Ken. »Von mir aus können Sie ihn jetzt umbringen. Ich bin fertig mit ihm.«

»Moment«, krächzte Chip. »Deine Mutter ... Sie hätte mir doch was gesagt.«

»Sie wusste es nicht. Ich hab's ihr nicht erzählt.«

Ken trat neugierig zurück. Ein, zwei Minütchen länger zu warten, konnte nicht schaden. Die beiden boten beste Unterhaltung. »Wieso nicht?«, fragte er Stephanie. »Hast du nicht eben erzählt, dass sie unter dem Anblick des Babys gelitten hat?«

Stephanie schluckte schwer. »Als ich in der Schule wegen Drogenbesitzes verhaftet wurde, war sie stocksauer auf mich und drohte, mir das Geld zu streichen und den Wagen abzunehmen, falls es noch mal vorkommen sollte. Also hab ich mir für alle Fälle ein Druckmittel bewahrt.«

»Du hättest ihr das Geheimnis im Austausch für dein Auto verraten?«

»Und für meine Kreditkarten«, murmelte sie. »Aber das ist jetzt wohl nicht mehr wichtig.«

Ken empfand beinahe Mitleid. Er seufzte schwer. »Herrje, Mädchen. Du rührst mich zutiefst. Nun muss ich dir wohl einen besonders netten Käufer suchen. Aber leider habe ich jetzt keine Zeit mehr. Wenn du nicht sehen willst, wie der gute alte Chip hier ins Gras beißt, mach die Augen zu.«

Aber wieder beeindruckte sie ihn, indem sie ohne Gefühlsregung zusah, wie er ihrem Vater die Kehle durchschnitt. Er tat es langsam, so dass Chip am Ende gurgelte.

Dann säuberte Ken das Messer und streifte die Handschuhe ab. »Wie bist du eigentlich auf die Idee gekommen, dass das Baby nicht von Chip war?«, fragte er, ehrlich interessiert. »Wieso der Vaterschaftstest?«

»Das Balg hat ein Muttermal am Hintern – genau wie Drake«,

antwortete sie, während sie wie in Trance zusah, wie der Mann, der sie aufgezogen hatte, röchelnd sein Leben aushauchte. »Dass er nicht mein Vater war, habe ich vor ein paar Jahren herausgefunden, als in der Schule meine Blutgruppe bestimmt wurde. Erst dachte ich, ich sei adoptiert worden, und konfrontierte meine Mutter damit. Sie gab zu, dass sie eine Affäre gehabt hatte, bat mich aber, es nicht an die große Glocke zu hängen.« Sie schüttelte den Kopf. »Selbstverständlich wollte ich das irgendwann tun – ich wartete nur auf den richtigen Moment. Eltern hören sofort auf, dich anzubrüllen, wenn sie sich stattdessen gegenseitig anbrüllen können. Und das mit Talas Baby wäre richtig interessant geworden. Chip wollte immer schon noch mehr Kinder haben.«

»Du hättest ihn jederzeit zutiefst verletzen können.« Wieder war Ken beeindruckt. Nicht viele Mädchen in Stephanies Alter wären in der Lage gewesen, ein Geheimnis aus derart berechnenden und bösartigen Gründen für sich zu behalten. *Alice schon, aber sie ist ja schließlich meine Tochter.* Und dessen war Ken sich ganz sicher. Er hatte sowohl bei ihr als auch bei Sean einen Vaterschaftstest machen lassen.

Sie nickte. »Er war so aufgeregt wegen diesem Balg. Dass Tala es gestillt hat, war der einzige Grund, warum sie am Leben geblieben ist. Meine Mutter hätte sie, ohne mit der Wimper zu zucken, beseitigt.« Sie hob eine Schulter. »Im Grunde war es also gar nicht so schlecht, dass Drake Tala erschossen hat. Irgendwann wäre auch mit dem Stillen Schluss gewesen. Vielleicht ist sie ja deshalb das Risiko eingegangen, uns übers Ohr zu hauen.« Sie blickte auf und sah ihm direkt in die Augen. »Haben Sie nicht eine Außenstelle in Singapur oder Bangkok, wo Sie eine qualifizierte Kraft gebrauchen können? Vielleicht auf Bora Bora? Oder in Kamerun? Ich spreche fließend Französisch.«

Er lachte leise. »Teufel, jetzt wünschte ich es mir fast. Aber leider nicht, und im Augenblick habe ich hier einiges zu tun. Diese Geschichte hat mächtig Staub aufgewirbelt, und Chip hat ein paar von meinen Leuten angeschossen, daher bin ich knapp an Personal.

Und nur zu deiner Information: Die Polizei hat Tante Tabby gefunden und ins Krankenhaus gebracht. Ich habe den Befehl gegeben, sie dort zu erledigen.«

Das musste Stephanie erst verdauen. »Also hatte niemand vor, uns zu Hilfe zu kommen?«

»Nein. Sorry.« So verrückt es war – es tat ihm tatsächlich leid für sie. Und obwohl er wirklich alle Hände voll zu tun hatte, fiel es ihm schwer, sich von ihr zu trennen. »Warum hat Drake die Pistole heute Nacht überhaupt mitgenommen?«, fragte er. »Ich möchte die Wahrheit hören.«

Wieder hob sie eine Schulter. »Tala hatte sich mit irgendeinem Kerl im Park getroffen. Ich hatte keine Lust, den Hund auszuführen, deshalb habe ich Tala geschickt – um zwei, drei Uhr morgens, wenn ich Drake für mich allein haben wollte. Vor ein paar Tagen dann habe ich sie dabei erwischt, wie sie eine Melodie summte, und wurde misstrauisch. Drake und ich schauten uns die Aufzeichnungen vom Tracker an und stellten fest, dass sie manchmal im Park mehr als fünf Minuten einfach nur herumstand.« Stephanie grinste. »Dafür hat sie Prügel bekommen. Ein Wunder, dass die Schlampe noch laufen konnte.«

»Und woher wusstet ihr, dass sie sich mit einem Mann getroffen hat?«

»Das wussten wir nicht genau, aber Drake hat es vermutet. Er stellte ihr eine Falle, indem er ankündigte, wir würden in der Nacht in die Stadt fahren, um Stoff zu kaufen. Dann hat er seine Jacke mit dem Handy überm Stuhl hängen lassen und ist rausgegangen. Wie wir vorausgesehen hatten, hat sie dem Kerl eine Nachricht geschickt, um sich mit ihm zu treffen ... und den Rest wissen Sie ja selbst.«

»Danke«, sagte er und wandte sich zum Gehen. Er war schon halb die Treppe hinaufgelaufen, als sie ihn rief.

»Entschuldigung. Ich weiß gar nicht, wie Sie heißen.«

»Das musst du auch nicht.«

Ein frustriertes Schnaufen. »Wie viel werden Sie für mich verlangen?«

»Das weiß ich noch nicht. Wahrscheinlich wird es eine Versteigerung geben. Aber ich sorge dafür, dass der Gewinner dich nicht schlägt.«

»Sehr tröstlich«, sagte sie sarkastisch. »Wird es eine ›Sofort kaufen‹-Option geben?«

»Wie bei eBay?« Er musste lachen. »Bei uns läuft das etwas raffinierter.« Aber weil sie ihn in gewisser Hinsicht faszinierte, nannte er ihr eine vollkommen überzogene Summe. »Vielleicht für zwei Millionen.«

Sie dachte einen Moment darüber nach. »Ich würde mich gerne freikaufen.«

Verblüfft stieg er die Treppe wieder hinunter, wich Chips Blutpfütze aus und blieb vor ihr stehen. »Und von welchem Geld gedenkst du das zu tun?«

»Ich kenne Chips Passwörter.«

»Das glaub ich dir nicht«, gab er zurück. »Eben hast du mir noch erzählt, du hättest Angst gehabt, dass Frau Mama deine Kreditkarten einsammelt.« Er machte kehrt und musste lachen, als sie ihm wüste Beschimpfungen hinterherrief. »Glaub mir, ich würde dich wirklich gerne behalten«, sagte er amüsiert, »aber ich würde ja kein Auge mehr zumachen. Ich müsste immer fürchten, dass du die Sharon Stone rauskehrst und mir einen Eispickel ins Herz rammst.«

»Was soll denn das schon wieder heißen?«, fragte sie wütend, aber er lachte nur noch mehr.

»Dass du viel zu jung für mich bist, Schätzchen. Ich schicke dir nachher jemanden mit etwas zu essen hinunter.«

Oben schloss er die Kellertür ab und schrieb Alice, dass er sie hier brauchte. Sie konnte sich mit Burton zusammen um Stephanie kümmern, anschließend sollte Burton die Leichen entsorgen.

Einen Augenblick lang – wenn auch nicht mehr – war er versucht gewesen, Stephanie die Option, sich freizukaufen, zuzugestehen. Aber allein der Gedanke war dumm, und Ken Sweeney war kein dummer Mann. Einmal in seinem Leben hätte er gerne eine

Frau gehabt, bei der er sich nicht ständig vorsehen musste, aber die Kleine war es bestimmt nicht. Bei ihr war der Ärger vorprogrammiert.

Seufzend wandte er sich von der Kellertür ab und ging in sein Büro, wo er sich hinter seinem Schreibtisch niederließ. Doch statt mit der Arbeit zu beginnen, rief er auf seinem Smartphone erneut das Tracking-Programm auf. Reuben und sein bester Mann, Jason Jackson, blieben unauffindbar. Demetrius befand sich wie angekündigt in der Nähe des *Ledger,* Burton war auf dem Weg zu ihm, um Reubens Auto auf Spuren zu untersuchen, und Joel saß zu Hause in seinem Arbeitszimmer, wo er zweifellos an den Büchern feilte. Sean und Alice waren im Büro in der Stadt.

Deckers Handy ortete er im oder am County General Hospital, was hoffentlich bedeutete, dass er sich um die gute Tante Tabby kümmerte. Die alte Frau war ein Unsicherheitsfaktor, den es unbedingt auszuschalten galt.

Ken schickte eine Gruppennachricht an seine Leute und beraumte eine Krisensitzung an.

Sein Unternehmen drohte den Bach hinunterzugehen, was rasche Gegenmaßnahmen erforderlich machte. Zur Not würde Ken jeden Einzelnen aus dem sogenannten inneren Kreis eliminieren und an einem Strand auf den Turks- und Caicosinseln noch einmal ganz von vorn beginnen.

# 17

Cincinnati, Ohio
Dienstag, 4. August, 15.25 Uhr

Marcus seufzte innerlich vor Erleichterung, als Scarlett in ihre Straße einbog. Er war sich nicht sicher gewesen, ob sie ihr Versprechen tatsächlich wahr machen würde, aber nun, da sie sich ihrem Haus näherten, wagte er zum ersten Mal, daran zu glauben, dass auch sie ernsthaft an ihm interessiert war – und dass das, was zwischen ihnen war, eine echte Chance hatte.

Er seufzte erneut. Nun, da sie sich ihrem Haus – und ihrer direkten Nachbarin! – näherten, musste er ihr etwas gestehen. Er hoffte nur, dass sie das nicht zum Anlass nehmen würde, ihre Meinung wieder zu ändern. »Ich, ähm, muss dir was sagen«, begann er und brach damit das Schweigen, das andauerte, seit Scarlett wieder auf den Highway gefahren war. »Ich hatte dir ja erzählt, dass ich ein, zwei Mal hier vorbeigefahren bin.«

Sie schaltete herunter, als sie den steilen Hügel in Angriff nahmen, auf dessen Kuppe ihr Haus thronte, als hielte es Hof. »Viermal, wenn ich mich richtig erinnere.«

»Ähm, ja – na ja, ich bin allerdings nicht nur vorbeigefahren, musst du wissen. Als ich den Land Cruiser in der Einfahrt sah, habe ich mich gefragt, wem der wohl gehören mag.«

»Mir«, antwortete sie scharf.

»Das weiß ich jetzt auch. Aber zuerst dachte ich, er könnte ... jemand anders gehören.«

»Und wie hast du herausgefunden, dass es sich um mein Auto handelt?«

Er wappnete sich innerlich. »Ich habe deine Nachbarin gefragt.«

Sie riss die Augen auf. »Du hast Mrs. Pepper gefragt?« Sie stieß ein verärgertes Stöhnen aus. »Meine Güte, das ist die größte Klatschtante unter der Sonne.«

»Eigentlich hatte ich das auch gar nicht vor«, verteidigte er sich. »Und ich bin auch nicht einfach zu ihr hinmarschiert und habe sie ohne Umschweife gefragt. Ich habe es viel raffinierter angestellt.«

»Wenn es dir tatsächlich gelungen ist, Mrs. Pepper zu täuschen, bist du ziemlich gut.«

Das war er nicht, und das wusste er. Seit Monaten hatte ihn die wahre Mission des *Ledger* davon abgehalten, Kontakt zu der Frau aufzunehmen, die ihm einfach nicht mehr aus dem Kopf ging, doch nun würde er nicht länger warten. Er hatte zwar immer noch nicht die Absicht, sie in die Grauzone der Legalität mit hineinzuziehen, in der er und sein Team sich tagtäglich bewegten, aber verzichten würde er auf Scarlett auch nicht mehr. Irgendwie würde es ihm gelingen, beides miteinander zu vereinbaren.

»Ob ich Mrs. Pepper täuschen konnte, weiß ich ehrlich gesagt nicht. Es könnte sein, dass sie sich noch an mich erinnert.«

»Und ob sie sich an dich erinnern wird«, sagte Scarlett trocken. »Die Frau ist alt, aber hellwach. Sie hat ein Auge für das männliche Geschlecht. Sie malt nämlich. Würde mich nicht wundern, wenn sie irgendwann auch dich auf Leinwand bannt.«

Er grinste über Scarletts indirektes Kompliment. »Ernsthaft? Das würde mir gefallen.«

»Sie malt nur Akte.«

Marcus hüstelte. »Ähm, wirklich? Na, klasse, danke auch, Scarlett. Das hast du ja prima eingefädelt.«

»Hey, du bist derjenige, der sich mit ihr eingelassen hat.«

»Ich bin bloß ausgestiegen, um mir das Nummernschild des Land Cruisers anzusehen. Es war voller Dreck.«

Sie warf ihm einen Blick aus dem Augenwinkel zu. »Wann war das?«

»Ende März.«

»Ah. Da hat es noch geschneit.« Sie wedelte ungeduldig mit der Hand. »Weiter.«

Das Gespräch schien sie zu amüsieren, und ihm war das nur recht. »Jedenfalls nimmt Mrs. Pepper ihre nachbarschaftliche Verantwortung offenbar sehr ernst. Als sie bemerkte, dass ich mir den Land Cruiser ansah, kam sie gleich zu mir rüber. ›Junger Mann‹«, ahmte er ihre hohe Frauenstimme nach, »›hätten Sie wohl die *Güte*, mir zu erklären, was Sie auf *Detective* Bishops Grundstück zu suchen haben? Diese Frau besitzt *Waffen*, Jungchen. *Viele* Waffen.‹«

Scarlett lachte. »Das hat sie nicht gesagt.«

Marcus hätte ihr den ganzen Tag beim Lachen zuhören können. *Und die ganze Nacht dazu.* »Oh, doch, ich schwör's. Ich behauptete, ich wollte den Land Cruiser eventuell kaufen, und fragte sie, ob sie wüsste, wem er gehörte. Als sie erklärte, du seist die Besitzerin, war ich ziemlich erleichtert.«

»Du hättest nur die Nummer überprüfen lassen müssen«, konterte sie säuerlich. »Ich bin sicher, dass du über entsprechende Quellen verfügst.«

»Ja, das stimmt, und tatsächlich habe ich mir bestätigen lassen, was ich von Mrs. Pepper erfahren hatte«, antwortete er. »Jedenfalls habe ich mich hauptsächlich deshalb erkundigt, weil ich wissen wollte, ob ich überhaupt eine Chance habe oder ob du schon vergeben bist. Verzeih mir. Ich hätte einfach Deacon fragen sollen. Und ich dachte, ich sag's dir besser, falls deine Nachbarin sich noch an mich erinnert.«

»Das wird sie. Sie ist zwar fast neunzig, aber geistig topfit.« »Ja, das schien, mir auch so. Mir gefällt dein Haus übrigens«, bemerkte er, als sie auf die Einfahrt fuhr und neben dem Land Cruiser hielt. Der alte viktorianische Bau bestach durch eine charmant chaotische Farbauswahl. »Es hat Charakter.«

Seufzend blickte sie an der Fassade empor. »Im Moment sieht es aus wie ein Flickenteppich. Die Vorbesitzer haben es notgedrungen mit allem gestrichen, was gerade im Sonderangebot war: Lila,

Rosa, Grün, sogar Neongelb! Versteh mich nicht falsch, ich mag fröhliche Farben. Aber ich will, dass es authentisch aussieht. Deswegen habe ich angefangen, die alten Farben abzuschleifen, um es danach komplett neu zu streichen.«

»Und in welcher Farbe?«

»Türkis«, sagte sie mit einem Lächeln. »Ein helles Türkisblau, karamellfarben abgesetzt. Das waren die Originalfarben von achtzehnhundertachtzig, dem Baujahr des Hauses. Im Archiv des Geschichtsvereins habe ich ein altes Foto gefunden, auf dessen Rückseite die Farben notiert waren. Allerdings zieht sich die Arbeit ziemlich in die Länge. Ich traue mich nicht an einen Schwingschleifer, also mache ich alles per Hand.«

»Du schleifst das ganze Haus allein ab? Per Hand? Ich dachte, du hättest sechs Brüder!«

»Das stimmt. Zwei sind verheiratet und haben Kinder, ergo keine Zeit für mich. Zwei weitere sind bei der Polizei im Schichtdienst, sie haben also nie gleichzeitig mit mir frei. Und einer ist Cellist beim Cincinnati Pops Orchestra und darf sich die Hände nicht verletzen.«

Marcus verdrehte die Augen, stieg gleichzeitig mit ihr aus und folgte ihr zum Garagentor. »Ich spiele auch ein Instrument und arbeite trotzdem mit den Händen«, brummte er und bewegte dabei die Finger.

Sie lächelte. »Ich weiß. Du spielst Gitarre. Ich habe es auf den Videos gehört. Es war ... sehr schön.«

Am liebsten hätte er sie gepackt und so lange geküsst, bis sie keine Luft mehr bekam. »Aber es ist nur ein Hobby. Wenn ich mein Geld damit verdienen müsste, wäre ich wahrscheinlich auch vorsichtiger mit meinen Händen.«

»Tja, ich denke manchmal schon, dass mein Bruder Nathaniel, der Musiker, mir hier bei vielen Dingen helfen könnte, aber er ist unser Nesthäkchen, und Mama erlaubt uns nicht, ihn für körperliche Arbeiten einzuspannen.« Sie neigte sich ein kleines Stück zu ihm und flüsterte: »Manchmal stiehlt er sich trotzdem davon, um mir in der Werkstatt zur Hand zu gehen. Aber verrate das bloß nicht meiner Mutter.«

»Du kannst dich auf mich verlassen.«

Einen Moment lang blickten sie einander in die Augen, dann bückte sie sich abrupt und zog eins der beiden Garagentore auf, ehe er ihr seine Hilfe anbieten konnte. Er wartete, bis sie sich wieder aufgerichtet hatte. »Das waren nur fünf.«

Sie blinzelte. »Was?«

»Du hast gesagt, du hättest sechs Brüder, hast aber nur fünf erwähnt.«

Voller Unbehagen bewegte sie die Schultern. »Phin war im Irakkrieg und kam völlig verändert zurück. Er ist vor einiger Zeit in den Süden gezogen, aber wir wissen nicht genau, wohin. Er meldet sich nicht besonders oft.«

»Oh.« Marcus seufzte. »Ich kenne einige Männer, denen es nach ihrem Einsatz dort ebenso ergangen ist. Das tut mir sehr leid.«

»Danke. Wir sind Zwillinge und waren immer zusammen, bis ich aufs College ging und er sich zum Militär meldete. Ich vermisse ihn sehr.« Sie räusperte sich. »Also – wie wär's mit einer kleinen Palastführung?«

»Scarlett!«

Beide fuhren herum und entdeckten die alte Nachbarin, die auf ihrer Veranda stand und winkte. »Sie haben mich dem jungen Mann ja noch gar nicht vorgestellt!«

»Ich wollte Sie nicht stören, Mrs. Pepper.«

Die alte Dame bedachte sie mit einem indignierten Blick. »Papperlapapp! Kommen Sie mal her, junger Mann. Na, kommen Sie schon.« Marcus gehorchte und blieb in ihrem Vorgarten stehen. »Noch näher. Ich sehe nicht mehr besonders gut.«

Scarlett schnaubte hinter ihm, als er bis ans Verandageländer trat und in ihre scharfen, intelligenten Augen blickte. Fragend zog er eine Braue hoch, und das Funkeln in ihrem Blick bestätigte ihm, dass sie sich noch sehr gut an ihn erinnern konnte. »Der gefällt mir«, sagte sie in Scarletts Richtung. »Besser als der andere. Der hier hat eine reine Aura. Der andere ...« Sie schnitt ein Gesicht. »Gut, dass Sie dem den Laufpass gegeben haben.«

Marcus drehte sich mit großen Augen zu Scarlett um. »Der andere?«

Scarlett schoss das Blut in die Wangen. »Ich möchte nicht unhöflich sein, Mrs. Pepper, aber wir haben leider nicht viel Zeit. Ich wollte nur schnell Zat ausführen.«

»Sicher.« Schlagartig wurde sie wieder ernst. »Passen Sie auf sich auf, Scarlett. Da ist Ärger im Anmarsch. Ich spür's in den Knien.«

»Ja, Ma'am«, erwiderte Scarlett brav. »Ich pass schon auf.«

»Sie haben mir noch gar nicht Ihren Namen verraten, junger Mann«, sagte Mrs. Pepper.

»O'Bannion, Ma'am. Marcus O'Bannion.«

»Freut mich, Sie kennenzulernen. Und wenn Sie etwas brauchen, kommen Sie einfach zu mir rüber, verstanden?«

»Ja, Ma'am.« Er nickte der alten Dame zu, dann machte er kehrt und folgte Scarlett in die Garage. Drinnen blieb er staunend stehen und drehte sich langsam um die eigene Achse, um sich umzusehen. »Wow.«

Die eine Hälfte der Garage war leer; ein Ölfleck auf dem Boden verriet, wo üblicherweise der kleine Audi stand. Doch die andere Hälfte war voll mit Holz in diversen Stadien der Bearbeitung, Werkzeugen aller Art und ... Er stieß einen leisen Pfiff aus. Glas?

Tatsächlich. Im Regal standen Buntglasscheiben in den unterschiedlichsten Formen, Scherben in sämtlichen Regenbogenfarben baumelten von der Decke und drehten sich in dem trägen Luftzug, den der Deckenventilator erzeugte.

»Schade, dass es hier kein Fenster gibt«, sagte er leise. »Sie würden funkeln und glitzern.«

»Es reicht schon, wenn ich das zweite Tor aufmache.« Sie tat es und trat dann stolz lächelnd einen Schritt zurück.

»Hast du das alles hergestellt?«

»Ja. Die Stücke, die von der Decke hängen, sind eigentlich der Ausschuss, weil im Glas zu viele Bläschen sind, aber mir gefallen sie trotzdem. Mittlerweile mache ich das hin und wieder sogar extra.«

»Und das hier?« Er deutete auf die Holzverarbeitungswerkzeuge. »Auch alles deins?«

»Ja. Erbstücke meines Großvaters, genau wie der Panzer. Der Land Cruiser«, fügte sie erklärend hinzu. »Ich war die Einzige aus seiner Enkelschar, die Interesse an Holzarbeiten zeigte. Hier kann ich nach einem harten Arbeitstag wunderbar Stress abbauen.«

Er nahm eine fein gedrechselte Spindel in die Hand, die vermutlich Teil eines Stuhls werden sollte. »Baust du Möbel?« »Hin und wieder. Ich repariere viel. Die Leute schmeißen oft Sachen weg, die gar nicht so schlecht sind. Meistens braucht es nur ein bisschen Sorgfalt und Farbe, dann ist das Stück wieder so gut wie neu. Manchmal sogar schöner als zuvor.«

»Und was machst du mit den aufbereiteten Möbelstücken?« »Das meiste spende ich, aber ab und zu behalte ich etwas. Oder ich verschenke es.« Sie zeigte auf einen altmodischen Rollsekretär, dessen Schubladen herausgenommen, abgeschliffen und frisch gebeizt waren. »Das wird das Hochzeitsgeschenk für Deacon und Faith. Es ist natürlich noch nicht fertig.«

»Faith wird begeistert sein«, sagte er. »Eine großartige Arbeit.«

Plötzlich verlegen, griff Scarlett nach dem Strick, der an der Glühbirne baumelte, und schaltete das Licht in der Garage an, ehe sie die beiden Tore wieder zuzog. Marcus blieb stehen, wo er war, und bewunderte ihre geschmeidigen Bewegungen. Als sie sich wieder aufrichtete, wandte sie sich zu ihm um und bemerkte seinen Blick.

»Das hier ist kein Tatort«, sagte er mit der tiefen Stimme, auf die sie fast immer reagierte, wie er bereits festgestellt hatte. »Und wir befinden uns definitiv nicht in der Öffentlichkeit.«

»Nein«, erwiderte sie sanft, und prompt spürte er, wie ihm das Blut in die Lenden strömte.

Er trat einen Schritt auf sie zu, aber sie wich zur Seite aus. »Komm«, sagte sie. »Ich muss den Hund ausführen.«

Marcus stieß pustend den Atem aus, als er ihr aus der Garage in die Waschküche folgte. »Du willst mich umbringen«, brummte er, musste aber grinsen, als er ihr leises Lachen hörte.

»Na ja, vielleicht ein bisschen, aber das verkraftest du schon.« Sie ließ sich auf ein Knie herab, als das rasche Trappeln von Hundepfoten zu hören war. Einen Moment später bog eine dreibeinige Bulldogge um die Ecke. »Hey, Großer«, gurrte sie, legte die Hände an sein faltiges Gesicht und rieb ihm mit den Daumen die Ohren. »Ich hab dich reingelegt, nicht wahr? Ich bin durch eine andere Tür gekommen, als ich heute Morgen gegangen bin. Du musstest mich erst suchen.«

Träge blickte der Hund auf, entdeckte Marcus und stieß der Form halber ein Knurren aus, und sie lachte. »Als Wachhund ist er nicht zu gebrauchen, aber das macht nichts. Zat, das ist Marcus. Er ist ein Freund.« Sie warf ihm einen Blick über die Schulter zu. »Er beißt nicht, keine Sorge.«

Marcus war so versunken in die Betrachtung der Szene vor ihm, dass ihm vermutlich nicht einmal aufgefallen wäre, wenn der Hund nach ihm geschnappt hätte. Scarletts Gesichtszüge waren weicher, sanfter, als er sie je gesehen hatte, und plötzlich war er eifersüchtig auf den Hund. Er ging ebenfalls in die Hocke, und als sie mit den Hüften zusammenstießen, stieg eine attraktive Röte in ihr Gesicht.

»Er kommt aus Delores' Tierheim, richtig?«, fragte er.

»Ja. Er fiel mir gleich beim ersten Mal auf, als ich dort war, beim zweiten Mal bemerkte ich ihn dann wieder. Und als ich Delores zum dritten Mal besuchte, war er immer noch dort. Ich hatte geglaubt, dass irgendeine Familie ihn schon nehmen würde, aber niemand schien ihn haben zu wollen.« Sie lächelte verträumt. »Diese Dummköpfe. Sie haben sich den besten Hund der Welt entgehen lassen, nicht wahr, Zat? Mein Glück.«

Marcus wurde die Kehle eng. »Hieß er schon Zat, oder hast du ihn so genannt?«, fragte er und streichelte den Hund, um dabei ihre Hand berühren zu können.

»Ich war es. Zat steht kurz für *Zatoichi* – ein blinder Samurai aus einer japanischen Karatefilmreihe.« Sie zuckte die Achseln. »Meine Brüder standen früher auf so was, Phin ganz besonders. Als ich Zat zu mir holte, schickte ich ihm zur Erinnerung an unsere *Zatoichi*-Filmnächte ein Bild von ihm, aber er hat nicht darauf reagiert.«

»Wie lange ist es her, dass du es ihm geschickt hast?«

»Einen guten Monat.«

»Schick ihm noch mal eins«, schlug er mit sanfter Stimme vor. »Es kann sein, dass er wieder Kontakt aufnehmen will, aber nicht dazu in der Lage ist. Noch nicht jedenfalls. Vielleicht behauptet er, er hätte die erste Nachricht nicht bekommen. Oder die ersten zwanzig. Gib einfach nicht auf.« »Das tue ich auch nicht.« Sie begegnete seinem Blick. »Du hast Stone auch nie aufgegeben, stimmt's?«

»Nein. Ich könnte es gar nicht. Er ... braucht mich.«

»Wieso?«

Marcus zögerte. »Vielleicht erzähle ich dir das besser ein andermal.« Er erwartete fast, dass sie verärgert oder sogar beleidigt reagieren würde, aber sie nickte nur.

»Okay. Es ist deine Entscheidung.« Sie erhob sich und ging in die Küche. Der Raum war im Stil der siebziger Jahre eingerichtet, und zwar mit Originalen, wie er erkannte, als er sich staunend umsah: Das Design der Tapete war so schrill, dass es in den Augen weh tat. »Die Küche steht auch auf meiner To-do-Liste«, sagte sie entschuldigend, »aber die Geräte funktionieren noch, so dass ich nicht verhungern muss, bis ich mir den Herd leisten kann, den ich wirklich will.«

»Was für einen willst du denn wirklich?«, fragte er neugierig.

Sie zog eine Schublade auf und holte einen Prospekt heraus.

»Diesen.«

Marcus stieß einen Pfiff aus, während er das sechsflammige Zwei-Ofen-Gerät betrachtete. »Stattlich! Du kannst also kochen?«

»Ich bin eins von sieben Kindern, und meine Mutter war ganztags berufstätig. Wir können alle kochen.« Sie machte eine kleine Pause und zog dann eine Braue hoch. »Aber ich kann *wirklich* kochen.«

»Ich habe so einen ähnlichen«, sagte er und deutete auf ihren Traumherd. »In meiner Wohnung. Er wird nie benutzt.«

Ihre Augen weiteten sich. »Was für ein Verbrechen!« Sie nahm ihm den Katalog ab und steckte ihn in die Schublade zurück. »Apropos Verbrechen. Ich muss jetzt mit Zat raus, dich zurückfahren und mich dann wieder um meinen Job kümmern.«

*Nein. Noch nicht. Nur noch ein paar Minuten.* Verzweifelt durchforstete er sein Hirn nach einer Idee, als es ihm wieder einfiel. »Und was ist mit meinem Schädel? Du wolltest mich doch verarzten.«

Sie stutzte. »Natürlich, entschuldige bitte. Das habe ich ganz vergessen. Ich gehe rasch mit ihm raus, dann kümmere ich mich um deine Wunde. Zat, hierher. Wir gehen spazieren.«

Er bewunderte ihr Hinterteil, als sie sich bückte, um die Leine an Zats Halsband zu befestigen, und musste die Hände in seine Taschen schieben, um sie nicht anzufassen.

»Fühl dich wie zu Hause«, sagte sie, »aber setz dich im Wohnzimmer bitte nur auf die blaue Couch oder die Schaukelstühle. Alles andere ist noch nicht repariert.«

Marcus ging mit zur Hintertür und sah zu, wie sie geduldig wartete, bis der dreibeinige Hund die Treppe hinuntergehoppelt war. Während sie mit dem Hund durch den Garten lief, wo Zat jeden einzelnen Grashalm wässerte, holte sie ihr Handy hervor.

»Mach die Tür zu«, rief sie Marcus über die Schulter zu, ohne sich zu ihm umzudrehen. »Du kühlst mit meiner Klimaanlage die gesamte Nachbarschaft. Ich muss rasch mein Postfach durchsehen. Ich bin gleich zurück.«

Widerwillig gehorchte er. Er wollte keinen Augenblick ihrer gemeinsamen Zeit verpassen. Nun, da er sich entschieden hatte, sich an eine Beziehung zu wagen, schien er sich nicht mehr bremsen zu können. Er wollte sie – wollte sie ganz. Und am liebsten sofort.

Sie dagegen schien bewusst das Tempo zu drosseln, und er musste sich wohl oder übel damit abfinden. Nie und nimmer würde er sie zu etwas drängen, selbst wenn es ihn umbrachte – was ihm im Augenblick gar nicht so abwegig vorkam.

Er steuerte auf das Wohnzimmer zu, um sich auf dem blauen Sofa niederzulassen, blieb aber verdutzt an der Tür stehen. Hier sah es mehr nach einem Möbelgeschäft aus als nach einem Wohnraum. Überall standen Schreibtische, Nachtkästchen und Sitzmöbel verschiedenster Größen und Stile, und an der Wand lehnten die Kopfteile zweier Betten. Einige Stücke waren eindeutig kaputt, einige wurden gerade repariert, andere waren offenbar bereits fertig. Sein Blick fiel auf drei Schaukelstühle, die dicht beieinanderstanden. Sie schienen nagelneu zu sein.

Er ging neben einem in die Hocke, strich mit den Händen über das Holz und musterte das Stück eingehend. Die Verarbeitung war qualitativ hochwertig, das Design schlank und modern, der Eindruck behaglich. An der Armlehne entdeckte er eingekerbte Buchstaben. *SAB.*

Scarlett A. Bishop. Sie hatte die Stühle gebaut. »Alle Achtung«, flüsterte er. »Sie hat wirklich was drauf.«

»Danke schön«, sagte sie hinter ihm, und er fuhr herum.

Mit dem Handy in der Hand stand sie vor ihm. Sie hatte die Einsatzweste und ihre Waffe abgelegt, und ihr enges Top betonte ihre attraktive Figur. »Wofür steht denn das ›A‹?«, fragte er.

Aufgesetzt staunend zog sie ihre Brauen hoch. »Und das ist nicht ans Licht gekommen, als du mein Nummernschild überprüft hast?«

Er dachte ja gar nicht daran, sich dafür zu schämen. »Ich war so froh, dass der Land Cruiser dir gehörte, dass ich nach nichts anderem gefragt habe.«

Ein halbes Lächeln erschien auf ihren Lippen. »Anne. Das ›A‹ steht für Anne.«

»Ein anständiger katholischer Zweitname«, bemerkte er und war verblüfft, als ihr Lächeln verblasste.

»Die Bishops sind eben eine anständige katholische Familie«, sagte sie schnippisch, machte auf dem Absatz kehrt und verschwand im Flur. Er blickte ihr nach. Hatte er etwas Falsches gesagt? Offensichtlich hatte er einen wunden Punkt erwischt.

Er hörte Wasser laufen, dann kehrte sie mit einem Angelkasten zurück, der säuberlich mit »Erste Hilfe« beschriftet war. »Setz dich aufs Sofa, ich kümmere mich um deinen Kopf. Und dann muss ich endlich diese Annabelle ausfindig machen. Ich habe schon recherchiert: Allein in einem Umkreis von zwei Meilen gibt es vierzig Kirchen.«

Marcus hielt es für besser, ihr nicht zu sagen, dass er Gayle bereits damit beauftragt hatte, die umliegenden Kirchen abzutelefonieren und nach einem Gemeindemitglied namens Annabelle zu fragen. Leider hatte Gayle bisher noch nichts in Erfahrung bringen können. Aber während der Fahrt zu Scarlett, die beide größtenteils schweigend verbracht hatten, war ihm ein anderer Gedanke gekommen. Er setzte sich auf die blaue Couch, holte sein Smartphone hervor und rief eine Website auf, als sie ihren Erste-Hilfe-Kasten auf einem Tischchen abstellte. Staunend blickte er hinein. Der Inhalt hätte einem Rettungssanitäter zur Ehre gereicht.

»Erwartest du demnächst eine Apokalypse?«, fragte er und deutete auf den Angelkasten.

»So ungefähr«, antwortete sie und holte Latexhandschuhe hervor. »Ich passe oft auf meine Nichten und Neffen auf, und die Kinder gehen manchmal ziemlich ruppig miteinander um. Ich bin in Herz-Lungen-Reanimation ausgebildet und habe eine Grundlagenschulung für Notfallhelfer hinter mir. Unter meiner Aufsicht ist kein Kind in Gefahr.« Sie warf ihm einen Blick zu, als sie die Handschuhe überstreifte. »Du hast doch keine Gummiallergie, oder?«

»Nein. Mein Körper ist hundertprozentig latextolerant.« Er wackelte mit den Brauen, und sie musste lachen.

Sie deutete mit dem Kopf auf sein Telefon. »Was machst du da?«

»Ich habe gerade über Tabby und Annabelle nachgedacht und mich gefragt, woher sie sich kannten und wie sie miteinander in Verbindung getreten sind.«

»Sie sind zusammen in die Kirche gegangen. Und Tabby hat vermutlich das Telefon benutzt, das sie gerade zu erreichen versuchte, als du sie gefunden hast.«

»Mag sein. Aber könnte es nicht auch viel einfacher sein?«

Sie setzte sich neben ihn auf die Sofalehne. »Was meinst du damit?«

Sie war ihm so nah, dass er sich kaum auf seine Gedanken konzentrieren konnte. »Anders' Kidnapper haben anscheinend nichts von Tabby gewusst, was bedeutet, dass Chip Anders sie wahrscheinlich versteckt hielt. Glaubst du wirklich, er hätte ihr erlaubt, zur Kirche zu gehen?«

Scarlett biss sich auf die Unterlippe, und Marcus musste ein Stöhnen unterdrücken. »Nein. Du hast recht. Unser interner Datenguru hat Tabby bereits überprüft – ich habe die E-Mail gelesen, als ich mit Zat Gassi gegangen bin. Tabitha Anders wohnt angeblich außerhalb von Boston, doch die Adresse hat sich als falsch herausgestellt. Ja, Chip hat sie aus irgendeinem Grund versteckt. Wenn sie und Annabelle sich also nicht aus der Kirche kennen konnten ...«

»Dann heißt Annabelle mit Nachnamen vielleicht so – Church!«

Er tippte »Annabelle Church« und die Postleitzahl der Anders ein und bekam Sekunden später eine Adresse. Google versorgte ihn mit weiteren Informationen. »Annabelle Church wohnt drei Straßen von den Anders entfernt und spielt regelmäßig Golf im Country Club.« Er hielt ihr das Smartphone hin, so dass sie den Artikel und das Foto sehen konnte. »Sie hat letztes Jahr das Seniorenturnier gewonnen.«

Scarlett beugte sich vor, um zu lesen, und er inhalierte ihren Duft. Sie schien nicht zu bemerken, welche Wirkung sie auf ihn ausübte.

»Hör zu, hier steht, dass sie das Turnier trotz ihrer Krankheit gewonnen hat. Sie ist Epileptikerin und kann deshalb kein Auto fahren. Um zum Country Club zu gelangen, nimmt sie ein ausrangiertes Golfmobil, das auf dem Radweg fahren darf.« Scarlett zog die Handschuhe aus und rief auf ihrem Handy eine Karte des Viertels auf, in dem die Anders-Villa stand. »Der Radweg führt an den Bäumen hinten am Grundstück der Anders vorbei. Du hattest recht. Und ich habe viel zu kompliziert gedacht.«

»Es war bloß eine Idee, Scarlett.«

»Aber eine großartige. Lass mich das rasch an Isenberg weiterleiten. Sie kann einen Streifenwagen und jemanden vom Jugendamt hinschicken, um das Baby abzuholen und Mrs. Church zu befragen.« Sie erhob sich und nickte ihm ernst zu. »Danke, Marcus.«

Ihre Anerkennung wärmte ihn innerlich und tröstete ihn darüber hinweg, dass seine Chance, ihr auf dem Sofa näherzukommen, vermutlich vertan war.

Er seufzte tief. Ihr von der Idee zu erzählen, war selbstverständlich richtig gewesen. Aber manchmal war es einfach zum Kotzen, das Richtige zu tun.

# 18

Cincinnati, Ohio
Dienstag, 4. August, 16.15 Uhr

»Sehr gute Arbeit«, sagte Lynda Isenberg, als Scarlett ihr Annabelle Churchs Adresse durchgab.

»Das ist nicht mein Verdienst«, gab Scarlett zurück. »Marcus O'Bannion hat mich auf die Idee gebracht.«

»Oh. Aha.« Eine lange Pause entstand. »Gibt es da etwas, das Sie mir mitteilen wollen, Detective Bishop?«

Scarlett zog innerlich den Kopf ein. Ihre Vorgesetzte nannte sie nur dann »Detective Bishop«, wenn Scarlett etwas getan hatte, was sie missbilligte. So ähnlich klang es, wie wenn ihre Eltern sie »Scarlett Anne« nannten. Beides ging ihr gehörig auf die Nerven. »Nein, Ma'am.«

»Hm. Sind Sie sich da ganz sicher? Mir ist zu Ohren gekommen, dass er mit Ihnen am Tatort war.«

»Ja, Ma'am, das war er, und ja, Ma'am, ich bin mir sicher. Hier liegt definitiv kein Interessenkonflikt vor.« Noch nicht zumindest. Außer einem harmlosen Kuss war ja nichts passiert. *Na gut, ganz so harmlos ist der Kuss vielleicht nicht gewesen.*

Aber Marcus war schließlich kein Verdächtiger, und ewige Liebe hatten sie sich auch nicht geschworen. »Ich muss mich rasch noch um meinen Hund kümmern, aber anschließend komme ich wieder ins Büro. Bis dann.« Sie legte auf, ehe Lynda sie rundheraus fragen konnte, ob Marcus gerade bei ihr war, und fuhr zusammen, als ihr Handy erneut klingelte.

Sie blickte aufs Display und schnitt eine Grimasse. Das war ja klar. Ein Unglück kam schließlich selten allein. Sie tippte auf »Annehmen« und unterdrückte einen Seufzer. »Hi, Dad.«

Auf dem Sofa riss Marcus neugierig die Augen auf.

»Scarlett Anne, was muss ich da hören? Man hat auf dich geschossen?«, fragte ihr Vater barsch. »Ist alles in Ordnung mit dir?«

Nun seufzte sie doch. Zu einer Polizistenfamilie zu gehören, bedeutete, dass alle stets bestens über ihre Arbeit informiert waren. Ihr Vater verfügte über eine besonders ergiebige Quelle: Er und Lynda Isenberg waren alte Freunde. »Mir geht's gut, Dad. Es ist nichts passiert.«

»Angeblich bist du wegen eines Reporters in die Schusslinie geraten.« Die Missbilligung in seiner Stimme war unüberhörbar.

»Er ist Redakteur, kein Reporter.« In seinen Augen war das vielleicht nur ein kleiner Unterschied, für sie aber ein wichtiger. »Und mir ist nur deshalb nichts passiert, weil er mich aus der Schusslinie gezogen hat.«

»Na dann«, brummte ihr Vater unwirsch. »Ich bedanke mich bei ihm, wenn ich ihm irgendwann mal begegne. Deine Mutter will dich sehen. Um sicher zu sein, dass du nicht tot bist.«

Scarlett schüttelte den Kopf. Von ihren Brüdern würde ihre Mutter das nicht verlangen. »Das kannst *du* ihr ja jetzt bestätigen«, erwiderte sie und gab sich Mühe, nicht gereizt zu klingen. »Ich komme vorbei, sobald ich Zeit habe.«

»Du weißt genau, worum es geht«, gab er zurück. »Aber ich kann verstehen, dass dich der Fall ziemlich auf Trab hält.« Er seufzte schwer. »Pass auf dich auf, Kleine, ja?«

Sie zwang sich zu einem Lächeln. »Okay«, sagte sie aufgesetzt fröhlich.

»Eins noch.« Er zögerte leicht. »Was diesen Zeitungskerl betrifft ... Dein Lieutenant scheint zu glauben, er sei vielleicht mehr als nur ein Zeuge für dich.«

Scarlett presste die Kiefer zusammen. Wieder ein Thema, mit dem ihre Brüder niemals behelligt werden würden. »Ist das eine offizielle Frage, Sir?«

Wieder eine Pause, diesmal länger. »Und wenn?«, gab ihr Vater schroff zurück.

»Dann würde ich dir dasselbe antworten, was ich gerade Isenberg geantwortet habe. Es besteht keinerlei Interessenkonflikt. Und nun habe ich einiges zu tun. Ich melde mich, sobald ich Zeit habe.« Sie legte auf und holte tief Luft.

Es war immer dasselbe. Ihr Vater behandelte sie, als sei sie ein kleines Mädchen. Sie hatte geglaubt, das würde sich ändern, sobald sie ihre Marke erhielt, aber das war nicht der Fall gewesen; dann hatte sie geglaubt, das würde sich ändern, sobald sie zum Detective befördert wurde, aber auch das war nicht der Fall gewesen. Es würde sich nie ändern, weil ihr Vater sich nicht änderte, und sie musste lernen, damit zu leben. Irgendwann würde ihr das sicher auch gelingen.

»Ich habe dich in Schwierigkeiten gebracht, nicht wahr?«, fragte Marcus leise.

*Ja, hast du, aber das macht nichts.* »Nein, nicht wirklich.«

»Du hast deine Chefin angelogen und deinen Vater auch. Der ebenfalls Polizist ist, wenn ich das richtig verstanden habe?«

Sie sah ihn stirnrunzelnd an. »Ja, er ist Polizist. Wie sein Vater übrigens auch. Und ich habe niemanden angelogen.«

»Du hast beiden erzählt, es läge kein Interessenkonflikt vor.«

»Tut es ja auch nicht. Das wäre nur dann der Fall, wenn du verdächtig wärst.« *Oder ich mich unsterblich in dich verlieben würde.* »Bist du aber nicht.«

»Und wenn es dazu käme?«

»Wenn ich auch nur den Hauch eines Verdachts hätte, würde ich dich schneller aus dem Verkehr ziehen, als du dich umsehen könntest. Aber so ist es ja nicht.« Sie zuckte die Achseln. »Und solange du bei mir bist, kann sich daran auch nichts ändern.«

Ein Lächeln huschte über seine Lippen, und ihr Herz geriet ins Stolpern. »Beschützen Sie mich, Detective?«

»Kann sein.« Sie kehrte zum Tischchen mit dem Erste-Hilfe-Koffer zurück. »Vielleicht haben Sie es ja nötig, Mr. Betonkopf.«

»Ganz bestimmt«, sagte er und strahlte sie an. »Du willst mich also doch noch verarzten? Ich dachte schon, du würdest sofort losrennen, um Annabelle Church zu befragen.« »Lynda muss sich erst mit den Behörden in Verbindung setzen und die entsprechenden Schritte einleiten, um das Baby abzuholen. Von hier aus brauche ich nur eine Viertelstunde bis zum Präsidium, also ist noch etwas Zeit.« Sie holte eine Stirnlampe aus dem Kasten, streifte sie über und schaltete sie ein, kehrte dann aber wieder ins Bad zurück, um sich erneut die Hände zu waschen. Eine Minute später zog sie sich frische Gummihandschuhe über. »Halt still«, sagte sie und ließ sich auf der Sofalehne nieder. Sie beugte sich über seinen Kopf, teilte sein Haar mit der einen Hand und nahm mit der anderen das angetrocknete Blut mit einem Tupfer ab.

»Du siehst aus wie ein Bergarbeiter«, sagte er amüsiert.

Sie zog die Brauen zusammen. »Du bist dir bewusst, dass ich hier gleich mit einer sehr spitzen Pinzette hantieren werde, oder?«

»Und du bist dir bewusst, dass du mir deine Brüste ins Gesicht drückst? Ich muss mich ablenken, und das mit dem Bergarbeiter war das Erste, was mir einfiel.«

Sie blickte herab, und das Blut schoss ihr in die Wangen. Er hatte recht. Ratlos lehnte sie sich zurück und ließ die Hände sinken.

Er warf ihr einen düsteren Blick zu. »Mach weiter, ich halte schon die Klappe, versprochen. Ich bin durchaus in der Lage, meine niederen Instinkte wenigstens für kurze Zeit in Schach zu halten.«

»Entschuldige. Ich bin es gewohnt, Kinder zu verarzten. Da ist der Winkel anders.« Sie rückte auf der Lehne näher, so dass sie sich nicht so weit vorbeugen musste. »Es wäre besser, wenn du auf einem Barhocker sitzen würdest«, bemerkte sie, während sie den Rest Blut entfernte. »Aber die sind alle wackelig. Ich versuche, zumindest einen zu reparieren, ehe du dich das nächste Mal beinahe abknallen lässt.« »Gott, bist du schnippisch, wenn du auf Schwester Nancy machst.«

Sie begann zu lachen, riss sich aber zusammen, um die Hände ruhig zu halten. »Schwester Nancy?«

»Männerfantasie«, brummte er. »Schmutzig.«

Ein Blick in seinen Schoß verriet ihr, dass er nicht bluffte. »Schönen Dank auch«, sagte sie sarkastisch. »Jetzt habe ich das Bild dazu im Kopf.«

»Und? Trägst du auf diesem Bild eine Schwesternuniform?«, fragte er trocken.

Sie schnaubte. »Danke, ja, jetzt schon. Hattest du nicht gesagt, du wolltest die Klappe halten? Ich muss sicher sein, dass sich kein Fremdkörper in der Wunde befindet, bevor ich sie reinige.« Sie wagte einen zweiten verstohlenen Blick in seinen Schoß, wandte sich dann aber hastig wieder ab und griff nach einem Desinfektionsmittel. »Das Zeug betäubt ein wenig. Du hast auch keine anderen Allergien, oder?«

»Keine«, erwiderte er ernster als zuvor.

Während sie die Wunde betupfte, setzte er wieder zum Sprechen an. »Wen hat deine Nachbarin eigentlich mit ›dem anderen‹ gemeint? Dem du den Laufpass gegeben hast?«

*Verflixte Mrs. Pepper.* Natürlich hatte die alte Lady das in voller Absicht gesagt. »Bryan ist mein Ex. Sozusagen jedenfalls.«

»Sozusagen?«, fragte er scharf nach. »Was soll denn das heißen?«

»Zum einen, dass ich ihm tatsächlich den Laufpass gegeben habe, so dass er nun nichts anderes mehr ist als ein alter Freund. Wir kennen uns vom College. Aber ›sozusagen‹ bedeutet vor allem, dass wir nie richtig zusammen waren. Trotzdem hat er hartnäckig ignoriert, dass ich nichts mehr von ihm wollte. Also bin ich deutlicher geworden, und das hat Mrs. Pepper wohl mitbekommen.«

Er zog die Brauen hoch. »Sie hat es mitbekommen? Habt ihr euch gestritten?«

»Nein, in der Situation nicht. Wir standen draußen in der Einfahrt, weil ich ihn nicht reinlassen wollte.«

»In *der* Situation nicht?«

»Wie ich schon sagte, er hat lange Zeit nicht akzeptiert, dass ich Schluss machen wollte.«

»Wann hast du es ihm denn zum ersten Mal gesagt?«

»Vor acht Monaten.«

»Vor acht Monaten?«

»Ich sagte ja schon, dass wir nie richtig zusammen waren. Wenn er zu mir kam, dann ging das meistens von ihm aus. Bis vor acht Monaten hatte er eine Beziehung, daher kam das Thema zu dem Zeitpunkt zum ersten Mal auf.«

»Werdet ihr Freunde bleiben?«

Sie zögerte, nickte dann aber. »Ja«, antwortete sie und drückte einen Mulltupfer auf die Wunde. »Mehr als dieses Zeug hier sollte eigentlich nicht nötig sein, geh aber besser trotzdem zum Arzt. Ich bin schließlich kein Profi.« Sie wandte sich zu ihrem Erste-Hilfe-Kasten um und holte eine Rolle Fixierpflaster hervor. »Ich bin mir nicht sicher, ob das auf deinem Haar hält.«

»Dann rasier es ab«, sagte er knapp. »Ich gehe nicht zum Arzt.«

Scarlett schnitt ein Gesicht. Sein gekränkter Tonfall behagte ihr genauso wenig wie der Gedanke, sich an seinem wunderschönen Haar vergreifen zu müssen. Sie holte einen Rasierer und entfernte gerade so viel Haar, dass das Pflaster haften blieb. »Bryan und ich kennen uns schon sehr lange, Marcus.«

»Seit dem College. Das sagtest du schon.«

Marcus war nicht begeistert von dieser Geschichte, das war nicht zu überhören. »Er ist eher ein ... Kampfgefährte als alles andere. Wir haben zusammen harte Zeiten durchgestanden, und eine Weile hatten wir nur uns.« Wieder zögerte sie. »Ich liebe ihn nicht, okay?«, sagte sie schließlich seufzend. »Und das habe ich auch nie getan. Jedenfalls nicht so.« Er schwieg einen Moment. »Was für harte Zeiten habt ihr durchgestanden?«, fragte er vorsichtig.

Sie drückte das Pflaster auf seiner Kopfhaut fest und verharrte einen Moment reglos. »Ich hab dir doch erzählt, dass ich auf dem College eine Freundin verloren habe, erinnerst du dich?«

»Sicher. Sie hieß Michelle.«

Er hatte sich sogar den Namen gemerkt. »Ich habe ihre Leiche gefunden. Sie lag hinter einem Müllcontainer.« Sie presste die

Zähne zusammen, als die Bilder in ihr Bewusstsein aufzusteigen begannen. »Bryan war bei mir. Wir haben sie gemeinsam gefunden. Und keinem von uns ist es bisher gelungen, diese Erinnerung gänzlich hinter sich zu lassen.« Sein Seufzen war schwer. »Es tut mir leid, Scarlett.«

»Schon gut. Aber diese Verbindung zwischen uns wird immer bestehen bleiben. Ich kann sie nicht auslöschen – und glaub mir, ich hab's versucht!« Die Wunde war versorgt, und sie nahm die Hände herunter, machte aber keine Anstalten, sich zu erheben. Er lehnte sich an sie und ließ seinen Kopf gegen sie sinken.

Sie zog die Handschuhe aus, so dass sie ihm über das Haar streichen konnte. »Ich habe ihm gesagt, dass es aus ist mit uns. Und zwar vor ein paar Stunden noch. Als ich heute Morgen vom Tatort kam, hat er hier auf mich gewartet. Ich bin ihm in den vergangenen Wochen aus dem Weg gegangen, weil er einfach kein Nein akzeptieren wollte.«

Ein Schauer durchlief ihn, als sie ihm mit den Fingern am Hinterkopf durchs Haar fuhr, also tat sie es erneut. »Soll ich ihn für dich verprügeln?«, fragte er grinsend.

Ihre Lippen zuckten. »Nein danke. Wenn, dann täte ich das schon selbst. Aber es wird nicht nötig sein. Ich ... ich habe ihm nämlich gesagt, dass es einen anderen Mann in meinem Leben gibt, und das hat er nun endlich akzeptiert.«

Marcus richtete sich auf, um ihr in die Augen zu sehen. »Und der andere Mann bin ich?«

Scarlett lachte in sich hinein. »Ja, Marcus.«

Er lehnte sich wieder an sie und entspannte sich. »Ich wollte mich nur vergewissern.«

Dass er sie zum Lächeln bringen konnte, obwohl noch immer Bilder von Michelles geschundenem Körper in ihrem Bewusstsein aufblitzten, war ein wahres Wunder. Sie zog ihn näher an sich heran, und ihre Augen fielen zu, als er einen Arm um ihre Taille schlang und sie einfach nur festhielt. Sie fühlte sich ... geborgen. Beschützt. Begehrt.

»Ich muss dir was gestehen«, murmelte er, und sein Atem strich heiß über ihre Brust.

Sie schluckte. »Bist du etwa doch ein heimlicher Stalker?«, fragte sie mit belegter Stimme.

Er drehte den Kopf, so dass seine Lippen über ihre Brustwarze strichen, und ein Stromstoß fuhr direkt zwischen ihre Beine. »Nein, Detective Schlaumeier«, murmelte er.

Sie fuhr fort, sein Haar zu streicheln, und er schwieg so lange, dass sie schon glaubte, er hätte es sich anders überlegt. Doch dann setzte er wieder an. »Du glaubst, dass meine Abneigung gegen Krankenhäuser etwas mit der Sache im vergangenen Jahr zu tun hat.«

Sie ließ ihre Hand automatisch zu seiner Brust sinken, um die Stelle zu ertasten, wo die Kugel eingedrungen war und seine Lunge punktiert hatte, fühlte jedoch nur Kevlar und war froh darüber. »Gibt es einen anderen Grund dafür?«

»Ja. Als ich klein war, hat meine Mutter eine lange Zeit im Krankenhaus verbracht. Natürlich habe ich sie besucht, und das war alles andere als angenehm. Noch heute macht mich der Geruch von Antiseptika ... Nun ja, er bringt Erinnerungen zurück, auf die ich gut verzichten kann.«

Da ist sicherlich mehr hinter verborgen, dachte sie. Sehr viel mehr. »Warum war deine Mutter denn so lange im Krankenhaus?«

Wieder schwieg er lange. »Sie hat Tabletten geschluckt. Viele Tabletten. Es gelang mir nicht, sie zu wecken, daher rief ich einen Krankenwagen. Fast wäre es zu spät gewesen.«

»Oh, nein«, flüsterte sie. »Wie alt warst du da?«

»Acht.«

Er war acht gewesen, als er zu seinem Großvater gezogen war. »Und warum hat sie die Tabletten geschluckt?«

Sie spürte, wie sein Adamsapfel krampfhaft auf und ab hüpfte, als er zu schlucken versuchte. »Es geschah zu der Zeit, als mein Vater starb. Na ja. Also bitte keine Krankenhäuser, okay?«

»Okay.« Sie küsste ihn auf den Scheitel und wünschte, sie hätte ihm etwas von seinem Schmerz nehmen können, aber wer verstand besser als sie, was solche Erinnerungen anrichten konnten? Und sie verstand auch, dass er ihr diese Geschichte erzählt hatte, um sich für ihr Vertrauen zu revanchieren. »Falls es sich entzündet, rufe ich Deacons Schwester Dani an. Sie kann sich darum kümmern.«

»Okay.« Er inhalierte tief. »Du riechst so gut. Das ist mir schon vergangenes Jahr aufgefallen, als du mich im Krankenhaus besucht hast. Wenn der Geruch nach Desinfektionsmitteln mich zu ersticken drohte, dachte ich immer daran, wie gut du riechst. Nach Wildblumen.«

»Geißblatt«, flüsterte sie. »Mein Shampoo. Und Duschzeug.«

Diesmal spürte sie, wie sich sein Gesicht zu einem Lächeln verzog. »Danke«, sagte er.

»Wofür?«

»Dass du die Erinnerung an meine Mutter im Krankenhaus durch ein Bild von dir unter der Dusche ersetzt hast. Nackt, nass und voller Schaum, und meine Hände, die dich überall waschen.«

Alles in ihr zog sich sehnsüchtig zusammen. »Oh.« Leise stieß sie den Atem aus. »Das ist unfair, O'Bannion. Sehr, sehr unfair.«

Er gab ein leises Lachen von sich. »Ich muss dir noch etwas gestehen.«

Sie war sicher, dass ihr dieses Geständnis besser gefallen würde. »Und was?«

Mit einem Ruck zog er sie zu sich aufs Sofa, und eine Sekunde später lag sie auf dem Rücken und blickte in seine dunklen Augen. Sein Gewicht auf ihr fühlte sich gut an, und die nun sehr große, harte Schwellung in seiner Jeans befand sich genau an der Stelle, wo sie sie spüren wollte. Nun, vielleicht nicht ganz genau dort, wo sie sie wollte. Aber dazu war keine Zeit.

Doch als er begann, sich rhythmisch gegen sie zu pressen, schloss sie die Augen und stöhnte tief. »Was musst du mir gestehen?«, brachte sie mühsam hervor und keuchte auf, als seine Stöße schneller, härter kamen.

Er senkte den Kopf und plazierte eine Reihe von Küssen auf ihrem Hals, ihren Wangen, bis hinauf zu ihrem Ohr. »Ich träume.«

Sie schauderte. »Ich auch. Seit Monaten schon. Seit ich dich zum ersten Mal sah. Und hörte.«

»Warum hast du nie etwas gesagt?«, fragte er heiser.

Sie schlug die Augen auf. »Warum du nicht?«

Seine Hände kneteten ihre Schultern. »Falls ich je einen Grund hatte, kann ich mich nicht mehr daran erinnern. In meinen Träumen schaust du immer so zu mir auf wie jetzt.«

Sie streichelte seine Wange, auf der bereits wieder die ersten Stoppeln erschienen, obwohl er sich erst vor wenigen Stunden rasiert hatte. »In meinen Träumen höre ich immer deine Stimme.«

»Gut zu wissen«, murmelte er und sah auf sie hinab, als wolle er sie mit Haut und Haar verschlingen.

Und plötzlich konnte sie sich nicht mehr zurückhalten. Sie zog seinen Kopf zu sich herab, kam ihm auf halbem Weg entgegen und küsste ihn wie zuvor auf dem Parkplatz. Und in ihren Träumen. In ihrer beider Träume.

Mit einem tiefen Stöhnen packte er ihre Hüften, zog sie fest an sich und übernahm. Seine Zunge lockte sie, leckte über ihre Lippen, drängte sich dazwischen und drang in ihren Mund, als sie ihn für ihn öffnete, und seine Hände waren überall, streichelten, kneteten, packten zu, bis er sich von ihr löste, damit sie beide um Atem ringen konnten.

Sie grub ihre Finger in seine muskulösen Schultern, drängte sich an ihn und presste sich gegen seine Erektion, und ihr frustriertes Knurren ging nahtlos in ein Stöhnen über, als sein gieriger Mund erneut über sie herfiel und seine Hüften ihr entgegenkamen.

Als er von ihr abließ, damit sie atmen konnten, fiel ihr Kopf zurück auf das Polster. Herrgott, sie keuchte! Sie konnte eine Meile in sieben Minuten rennen, aber er hatte ihr so eingeheizt, dass sie außer Atem war. »Gott, das fühlt sich so gut an«, flüsterte sie, und er zog den Kopf zurück, um sie mit hungrigem Blick zu betrachten.

»Ich will dich«, sagte er leise. »Ich habe davon geträumt, auf jede erdenkliche Art mit dir zu schlafen. Ich will dich anfassen, streicheln, dich schmecken, und ich will sehen, wie du kommst. Immer und immer wieder. Und dann will ich in dir kommen und von neuem anfangen, bis du am Ende nur noch meinen Namen herausschreien kannst.«

Scarlett öffnete den Mund, aber es kam kein einziges Wort heraus, und ein zufriedenes Lächeln umspielte seine Lippen. Ohne Vorwarnung griff er ihr Top und schob es mitsamt BH nach oben, dann schloss sich sein heißer Mund um ihre Brustwarze. Ein langes, tiefes Stöhnen entrang sich ihrer Kehle, als er zu saugen begann, und verzweifelt packte sie ihn im Nacken, um ihn festzuhalten, als er von ihr ablassen wollte. »Hör nicht auf, bitte. Mehr!«

»Scarlett!« Seine Stimme war nicht mehr samtig, sondern heiser und kratzig. Seine Hand glitt zwischen sie und zupfte am Knopf ihrer Hose. »Ja oder nein?«, flüsterte er eindringlich.

Sie bog den Rücken durch, um sich gegen seine Hand zu drängen, und sah ihm direkt in die Augen.

»Ja.«

Lincoln Park, Michigan
Dienstag, 4. August, 16.30 Uhr

Drake Connor saß im Wagen seiner Schwester und starrte wütend auf die Tankanzeige und die wild blinkende Warnlampe. Die Werbung log! Belles Honda Civic schaffte mit einer Tankfüllung nicht einmal annähernd die versprochenen Meilen. Er hätte bis Detroit kommen müssen, aber stattdessen stand er mit leerem Tank am Straßenrand, sein Kumpel ging nicht ans Telefon, und das Miststück von seiner Schwester hatte anscheinend ihre Kreditkarte als gestohlen gemeldet.

*Ich hab sie mir doch bloß geliehen. Muss sie deswegen gleich so einen Aufstand machen?*

Als er ein paar Meilen zuvor an einer Raststätte hatte tanken wollen, war die Karte abgelehnt worden. Er hatte noch Glück gehabt, dass man ihn nicht festgehalten hatte. Er wagte nicht, es noch einmal zu probieren, und das Geld, das er aus ihrem Portemonnaie genommen hatte, war bereits für eine Schachtel Patronen und einen fettigen Burger draufgegangen. Leider war das schon Stunden her, und sein Magen hatte längst wieder zu knurren begonnen.

Fluchend steckte er die Ruger, die er Stephanies Vater geklaut hatte, hinten in den Hosenbund und zog sein T-Shirt drüber. Er würde wohl oder übel laufen müssen.

Wahrscheinlich war das ohnehin vernünftiger. Wenn Belle ihre Kreditkarte als gestohlen gemeldet hatte, dann vielleicht auch den Wagen. Er würde sich irgendwo etwas zu essen und einen anderen fahrbaren Untersatz verschaffen und sich anschließend überlegen, wie er über die Grenze kommen konnte.

Während er sich auf den Weg machte, dachte er an Stephanie. Ob sie ihn an diese Leute, die angeblich in ihr Haus eingebrochen waren, verraten hatte? Lebte sie überhaupt noch?

Er hoffte nicht. Wer tot war, konnte nicht mehr reden.


Cincinnati, Ohio
Dienstag, 4. August, 16.45 Uhr

*Ja. Sie hat ja gesagt.*

Marcus wartete nicht. Er riss an dem Knopf ihrer Hose, zerrte am Reißverschluss, setzte sich zurück auf seine Fersen und zog ihr die Hose über die endlos langen Beine, während sie sich ungeduldig T-Shirt und BH auszog.

Einen langen Augenblick saß er da und bewunderte fast atemlos ihre schlanken Muskeln und sanften Kurven. Das schlichte Höschen war aus weißer Baumwolle, wirkte mit dem deutlich sichtbaren, feuchten Fleck zwischen ihren Beinen auf ihn aber aufregender als die raffinierteste Spitze. Er schaute auf. Sie begegnete seinem Blick mit einem Selbstbewusstsein, das ihn zusätzlich anheizte. Sie war stolz auf ihren Körper, und so sollte es sein.

Ohne den Augenkontakt zu unterbrechen, mühte er sich mit Hemd und Hose ab, und sie half ihm mit der Kevlar-Weste. »Mach schnell, Marcus«, drängte sie. Mit dem letzten Rest seiner Selbstbeherrschung fischte er das Kondom aus seiner Jeanstasche, und vielleicht hätte er sich sogar noch sanft auf sie herabsenken können, hätte sie nicht sein Hinterteil gepackt und ihn mit einem Ruck zu sich herabgezogen.

Er schob einen Finger zwischen ihre Beine und stöhnte an ihren Lippen. »Gott, du bist so nass.«

Ihre Zähne zupften an seiner Lippe. »Mach schon, Marcus, schnell.«

Irgendwie gelang es ihm, das Kondom überzustreifen, und dann drang er in sie ein. Sie war so heiß, so eng, so nass! Er schauderte, während seine Hüften sich wie aus eigenem Antrieb zu bewegen begannen. Er hätte sich wohl nicht einmal mehr bremsen können, wenn sein Leben davon abgehangen hätte.

*Endlich.* Er beugte sich hinab und küsste jeden Zentimeter Haut, den er erreichen konnte, während er sich immer schneller, immer härter in ihr bewegte. Mit zurückgeworfenem Kopf und leicht geöffneten Lippen passte sie sich seinem Rhythmus an und kam seinen Stößen entgegen.

»Scarlett!«, presste er hervor. »Sieh mich an.«

Sie mühte sich, die Augen zu öffnen, und als sie es tat, verschlug es ihm den Atem. Es war die Frau aus seinen Träumen, die ihm entgegenblickte, und doch war es besser, als er es sich je hätte erträumen können. »Bitte«, sagte sie atemlos. »Ich brauche das. Ich brauche dich.«

Ohne sein Tempo zu verringern, schob er seine Hand zwischen ihre Körper, ertastete ihre nasse, geschwollene Klitoris und rieb mit dem Daumen darüber.

Fast augenblicklich erstarrte sie, und ihre Finger krallten sich in sein Hinterteil. Er schloss seinen Mund um ihre Brustwarze, biss zu und gab ihr den Rest.

Ihr Schrei gellte in seinen Ohren, als er sein Gesicht an ihrem Hals barg und ihr folgte.

Während sie ihm zärtlich über die Haare strich, kehrte er langsam in die Realität zurück. »Oh, mein Gott«, murmelte er, und sie lachte leise.

»Das dachte ich auch gerade.«

»Ich erdrücke dich.«

»Macht nichts«, sagte sie erschöpft. »Ich glaube, ich habe dir am Hintern die Haut in Streifen abgezogen.«

»Macht auch nichts. Das heilt wieder.« Er schnaufte zufrieden. »Danke.«

Ihre Hände verharrten in seinem Haar. »Ich habe dir zu danken«, sagte sie ernst. »Ich hatte das hier bitter nötig. Ich hätte mich nicht mehr konzentrieren können, wenn ich nicht wenigstens etwas von meiner Lust auf dich hätte abarbeiten können.« Sie küsste ihn auf die Schläfe. »Allerdings fürchte ich, dass der Druck ziemlich schnell wieder wächst. Da hat sich eine Menge Lust auf dich angesammelt, O'Bannion.«

Er lächelte. »Schön. Mit geht's ähnlich mit dir.«

Das gedämpfte Klingeln eines Handys ertönte, und beide stöhnten auf. »Das ist meins«, sagte sie, tastete, ohne hinzusehen, auf dem Boden nach ihrer Hose und zog das Handy aus der Tasche. Das Klingeln verstummte. »Mist«, murmelte sie. »Das war Isenberg. Moment.« Sie wählte und verzog einen Augenblick später das Gesicht. »Ja, ich bin's, Scarlett. Verzeihen Sie, ich war gerade mit dem Hund draußen.«

Marcus hob den Kopf. »Schwach«, bildete er mit den Lippen und grinste, als sie die Augen verdrehte. Ihre Brustwarzen waren noch immer hart, und er begann an einer zu saugen, aber sie griff ihm ins Haar und zog seinen Kopf hoch. Wütend funkelte sie ihn an, und er grinste wieder.

»Ja, Ma'am«, sagte sie zu ihrer Chefin. »Ich komme, so schnell ich kann. Ich hole ihn unterwegs ab.« Sie legte auf, und er nahm ihr das Telefon aus der Hand und warf es auf den Kleiderhaufen auf dem Boden.

»Wen musst du abholen?«, fragte er.

»Dich. Du sollst zu Isenberg ins Büro kommen.«

Er zog die Brauen hoch. »Warum?«

»Keine Ahnung. Wir werden es bald herausfinden.« Sie presste ihre Lippen auf seine Brust und überraschte ihn, indem sie ihm plötzlich mit der Zunge über die Brustwarze fuhr. »Sei froh, dass *ich* so was nicht mache, während du gerade mit deinem Chef telefonierst.«

Er lächelte selbstzufrieden. »Ich *bin* mein Chef.«

Ihre Lippen zuckten. »Ich muss duschen, Chef. Ich will nicht nach Sex riechen, wenn ich eine Frau mit dem Nachnamen ›Church‹ befrage.« Sie versetzte ihm einen kräftigen Klaps auf den Po. »Falls du auch duschen willst – am Flurende hier unten ist noch ein Bad. Handtücher findest du im Schrank daneben. Ich gehe nach oben. Und komm mir ja nicht hinterher.«

Ihr Tonfall war locker, aber sie meinte es ernst. »Wir würden aber Wasser sparen«, probierte er es dennoch, während er sich widerwillig aufrichtete.

Sie lächelte nicht, als sie ihre Sachen zusammensuchte. »Ich habe noch lange nicht genug von dir«, sagte sie ernst. »Und wenn ich jetzt mit dir duschen gehe, dann komme ich heute nicht mehr zur Arbeit.«

Er stöhnte, als prompt seine Fantasie einsetzte, doch als er auf der Suche nach dem Bad durch den Flur tappte, war er fast lächerlich glücklich.

Cincinnati, Ohio
Dienstag, 4. August, 17.00 Uhr

Ken nickte Alice zu, als sie eine Tasse Tee vor ihn auf den Tisch stellte. »Danke. Hast du Stephanie Anders etwas zu essen gegeben?«

Alice verzog angewidert das Gesicht. »Allerdings. Das Biest hätte mir fast den Finger abgebissen. Burton hat sie in den Käfig gesperrt, damit ich sie durchs Gitter hindurch füttern konnte. Mir tut der Mann, der sie kauft, fast leid. Er wird ihr einen Maulkorb verpassen müssen. Und wer sich von ihr einen blasen lässt, ist selbst schuld.«

Ken lachte leise. »Du würdest staunen, wenn du wüsstest, wie viele Männer Spaß daran haben, kleine Wildkatzen zu zähmen.«

Alice setzte sich und nippte an ihrem eigenen Tee. »Das sagst du. Vergiss nur nicht, von vornherein klarzumachen, dass man sie nicht umtauschen kann. Und leg dem Käufer nahe, seine Tetanusimpfung aufzufrischen, bevor er die Lieferung annimmt.«

Den Laptop unterm Arm, trat Decker an den Tisch und setzte sich. »So schlimm kann sie doch gar nicht sein.«

»Schlimmer«, bemerkte Ken. »Niedlich, aber tödlich.« Er deutete auf den Laptop, den Decker nun aufklappte und hochfuhr. »Was hat es damit auf sich?«

»Sean meint, es sei besser, das Büro nicht zu verlassen, solange Reuben nicht auffindbar ist«, erklärte Decker. »Wir schalten ihn online dazu.«

Burton betrat das Haus durch die Garage und streifte sich die Latexhandschuhe von den Fingern. »Wo ist Demetrius?«

»Immer noch Marcus O'Bannion auf den Fersen«, sagte Ken, ohne sich die Mühe zu machen, seinen Ärger zu verbergen. »Dieser O'Bannion hat mehr Leben als eine Katze. Demetrius wird sich telefonisch melden. Joel auch. Er ist zu beschäftigt mit dem Jahresabschluss, um Zeit mit langen Autofahrten zu vergeuden.«

»Wieso?«, wollte Decker wissen.

»Weil er sich um alles allein kümmern muss, seit ich Sie wieder im Personenschutz eingesetzt habe«, sagte Ken scharf. »Ich werde wohl noch einen weiteren Buchhalter einstellen müssen.«

Decker schüttelte den Kopf. »Nein, ich meine, warum Demetrius so viel Zeit aufwendet, um O'Bannion zu beschatten. Warum knallt er ihn nicht einfach ab?«

»Das frage ich mich auch«, murmelte Burton.

Alice hob die Hand. »Das sehe ich genauso. Ich kenne den *Ledger*. Der Mann und seine Reporter haben mehr Feinde, als sie zählen können. Warum erschießen wir ihn nicht einfach und hängen es einem der Kerle an, die er vor ein paar Jahren in den Knast gebracht hat? Irgendwann kommen die doch alle wieder raus. Wir könnten es sogar so aussehen lassen, als hätten die beiden sich bei einem Schusswechsel gegenseitig abgeknallt. Pillepalle.«

Ken lächelte. Manchmal war sie wirklich süß. »*Pillepalle?*« Sie verschränkte die Arme vor der Brust und verengte die Augen. »Ja. Im Ernst, Dad, zieh Demetrius von der Aufgabe ab und übertrag sie mir. Ich schieße mindestens so gut wie deine Jungs.«

Er tätschelte ihre Hand. »Das weiß ich. Gib Demetrius noch ein bisschen Zeit. Wenn O'Bannion morgen früh noch immer am Leben ist, gehört er dir.«

»Spätestens«, brummte Sean, der auf Deckers Bildschirm erschienen war. »Knall den Mistkerl endlich ab, damit wir ungestört weitermachen können.«

»Schluss jetzt«, sagte Ken barsch. »Holt mir Demetrius und Joel in die Leitung.«

Ken runzelte die Stirn, als Joel auf dem Monitor erschien. Er hatte dunkle Ringe unter den Augen und sah völlig fertig aus. »Wann hast du denn zum letzten Mal geschlafen?«, fragte Ken.

»Vor zwei Tagen. Ich bin da auf etwas gestoßen.«

Ken zog die Brauen noch weiter zusammen. »Und auf was?«

»Lass uns das lieber unter vier Augen besprechen.«

Das klang nicht gut. »Okay, wenn wir hier durch sind, rufe ich dich zurück.«

Als Demetrius sich meldete, drangen Fahrgeräusche durch den Lautsprecher. »Ich verfolge einen Lockvogel und kann jetzt nicht. Ich melde mich später.«

»Nein«, sagte Ken scharf. »Du bleibst in der Leitung. Das ist eine Teamkonferenz. Zu allererst: Wo ist Drake Connor?«

»Sein Name ist im Rahmen einer Polizeifahndung aufgetaucht«, erklärte Sean. »Seine Schwester Belle hat ihren Wagen als gestohlen gemeldet. Und später dann auch noch ihre Kreditkarte.«

»Weil ich mich vergewissern wollte, dass sie ihren Bruder nicht schützt, habe ich ihr einen Besuch abgestattet und die Wohnung durchsucht«, sagte Decker. »Ich habe mich als Polizist ausgegeben, der wegen ihrer Anzeige kommt, und sie erzählte mir, sie habe den Verlust der Karte erst bemerkt, als sie damit im Supermarkt bezahlen wollte. Sie habe daraufhin den Kartenanbieter kontaktiert, um die Karte sperren zu lassen. Kurz darauf meldete sich dieser bei ihr und teilte ihr mit, jemand habe in Michigan versucht, damit zu tanken.«

»Also ist Stephanies Freund unterwegs nach Kanada, wie ich es mir bereits gedacht hatte«, sagte Ken nachdenklich. »Können wir ihn aufspüren?«

Decker schüttelte den Kopf. »Das Handy scheint eins von diesen Prepaid-Dingern zu sein. Sean versucht, den Wagen mittels GPS ausfindig zu machen.«

»Aber ich habe gerade erst angefangen, es wird also noch etwas dauern, bis ich Koordinaten für euch habe«, sagte Sean. »Auf jeden Fall befindet er sich in der Nähe von Detroit. Wie dramatisch wäre es denn, wenn er uns entwischt?« »Er weiß, dass bewaffnete Männer bei den Anders eingebrochen sind – und dass Anders Arbeiter gekauft hat. Allerdings wissen die Cops das inzwischen auch ohne Drakes Hilfe. Und dass er nicht zu den Bullen marschieren wird, nachdem er heute Morgen einen Mord begangen hat, ist uns ja allen klar.« Ken rieb sich nachdenklich das Kinn. »Nun, echten Schaden kann er uns nicht zufügen. Es gefällt mir nur nicht, dass er eine Spur hinterlässt, die wir nicht verwischt haben.«

»Ich kümmere mich um ihn, nachdem ich O'Bannion erledigt habe«, bot Demetrius an.

Zum Glück sah er nicht, wie seine Kollegen die Augen verdrehten. Selbst Burton schüttelte den Kopf – und Reubens rechte Hand hatte Demetrius' Hilfe bei Sicherheitsproblemen bisher stets zu schätzen gewusst. Demetrius hatte den Respekt des Teams verloren. Vielleicht war es endgültig an der Zeit, die alte Garde auszumustern und ein neues Team zusammenzustellen.

Demetrius war nachlässig geworden. Genau wie Reuben, wo immer er sich gerade herumtrieb. Und Joel sah aus, als könnte ihn jederzeit ein Herzinfarkt ereilen. Das, was er entdeckt hatte, schien ihm schwer zu schaffen zu machen.

»Du konzentrierst dich auf O'Bannion«, sagte er zu Demetrius. »Er stellt momentan die größte Bedrohung für uns dar.«

Alice verschränkte die Arme vor dem Körper und warf ihrem Vater einen vielsagenden Blick zu. Er wusste, was sie dachte: Mit der größten Bedrohung sollte man nicht ausgerechnet jemanden betrauen, der sein Ziel nicht mehr traf. Womit seine Tochter natürlich recht hatte, aber das half ihm im Augenblick nicht.

»Decker, was ist mit Drakes Schwester?«, fragte Ken. »Sie hat Sie gesehen, kann Sie also auch identifizieren.«

»Nicht mehr. Ich habe mich bereits darum gekümmert«, antwortete Decker und fuhr sich mit dem Zeigefinger über die Kehle. »Anschließend habe ich sie entsorgt. Sie leistet den Anders jetzt Gesellschaft.«

Ken sah ihn überrascht an. »Wer hat denn das veranlasst?« »Ich«, antwortete Burton. »Ich war noch mit Reubens Wagen beschäftigt.« Verbittert presste er die Kiefer zusammen. »Und mit seiner Frau.«

Ken lehnte sich unzufrieden zurück. »Das nächste Mal will ich vorher gefragt werden, Burton. Und wenn Ihre Aufgaben Sie so mitnehmen, dann sollten Sie vielleicht darüber nachdenken, die Kündigung einzureichen.« Burton erbleichte, und das zu Recht. In ihrem Unternehmen wurde nicht gekündigt. Es wurde höchstens gestorben. Ken musterte Decker von Kopf bis Fuß. »Ihnen hat die Erfahrung offenbar nichts ausgemacht.«

Decker zuckte die Achseln. »Ich hab schon Schlimmeres gesehen. Beim Militär gehörte ich zu der Putzkolonne, die zum Einsatz kam, wenn einer unserer Humvees auf eine Mine gefahren war. Meistens war von den Leuten nicht mehr viel übrig. Jemanden durch einen Häcksler zu jagen, der sich in eine Grube öffnet, ist eine vergleichsweise sauberere Angelegenheit.«

Alice sah ihn entsetzt an. »Mein Gott, Decker. Heißt das, Sie haben Leichenteile aufgesammelt?«

Seine Miene blieb ausdruckslos. »Irgendjemand musste es ja machen. Wir fegten sie zusammen, ordneten sie zu, so gut es eben ging, und schickten die Überreste in normal großen Särgen zurück – reine Materialverschwendung, wenn Sie mich fragen, aber den Angehörigen ist es anscheinend wichtig.« Er wandte sich an Ken. »Mir hat es nichts ausgemacht, Sir. Geben Sie nicht Burton die Schuld. Ich wollte etwas tun, habe aber keine forensische Erfahrung, daher erschien uns die Aufgabenteilung sinnvoll.«

»Ich entscheide hier, was sinnvoll ist. Ist das klar?«

Decker nickte. »Ja, Sir.«

»Na schön. Was gibt es sonst noch zu berichten?«

Decker zögerte. »Ich war im Krankenhaus, um Tabitha Anders zu eliminieren, aber sie wird bewacht. Ich habe mich fürs Erste zurückgezogen. Zu unserem Glück hat die alte Lady das Bewusstsein verloren und wird es vermutlich auch nicht wiedererlangen.«

Ken rieb sich die Stirn. »Der Rückzug war richtig, Decker, gut gemacht. Alice, hast du noch die alte Schwesternuniform?«

Sie nickte. »Ich kümmere mich um Tante Tabby, aber nicht mehr heute. Ich warte lieber auf den Schichtwechsel der Wache vor ihrer Tür.«

»Gut. Sean? Bist du schon mit den Computern aus Anders' Villa durch?«

»Ja, und wir können von Glück sagen, dass wir zuerst dort waren. Chip Anders war offenbar vermessen genug zu glauben, dass seine Dateien sicher waren, wenn er sie verschlüsselte, aber die hätte ein Grundschüler knacken können. Ich war erschüttert, was er alles schriftlich festgehalten hat. Seine Bankdaten sowieso, aber auch die Standorte aller Schließfächer und« – Sean seufzte – »Informationen über unser Unternehmen als seine Lieferanten, wobei er explizit Demetrius und dich erwähnt, und zwar mit vollem Namen.«

Ken zog scharf die Luft ein. Dieser verfluchte Hurensohn. Über Lautsprecher hörten sie, wie Demetrius explodierte. »*Wie bitte? Was hast du da gerade gesagt?*«

Sean wiederholte alles geduldig. »Wären wir etwas später eingetroffen, befänden sich diese Daten jetzt in den Händen der Polizei.«

»Er könnte Sicherheitskopien auf externe Festplatten gezogen haben«, sagte Decker. »Wir haben in seinem Hause verschiedene Schlüssel gefunden, unter denen sich hoffentlich auch die zu seinen Bankschließfächern befinden. Falls er allerdings externe Speicher in einem Safe im Haus versteckt hat, könnte die Polizei sie bereits gefunden haben.«

»Dieser miese Schweinehund«, murmelte Ken. »Wie viel Geld konnten wir von seinen Konten abziehen?«

»Weniger als drei Millionen«, antwortete Sean. »Aber er hat möglicherweise noch Offshore-Accounts. Soll ich weitersuchen?«

Ken schüttelte den Kopf. »Konzentrieren wir uns lieber auf die Schließfächer und Safes. Ich will, dass alle Sicherheitskopien gefunden und vernichtet werden.«

»Vielleicht wäre es dennoch gut, eine schlüssige Erklärung für die Polizei vorzubereiten«, schlug Decker mit ruhiger Stimme vor.

Ken zog die Brauen hoch. »Was schwebt Ihnen denn vor?« »Na ja, wenn die Polizei entsprechende Informationen findet, werden Sie selbstverständlich alles abstreiten und als gemeine Lüge abtun. Trotzdem kann es in einem solchen Fall nützlich sein, eine Erklärung parat zu haben, *warum* Anders Ihnen Böses wollen könnte –

aus welchem Grund er Sie so hasst, dass er Ihnen ein Verbrechen anzuhängen versucht. Vielleicht ein verlustbringendes Geschäft, eine Affäre mit seiner Frau, eine Demütigung im Country-Club ...«

Ken nickte bedächtig und wandte sich an Alice. »Lass dir etwas Hübsches einfallen, ja, Schätzchen?«

Alice notierte es sich auf einem Block. »Mach ich.«

»Was noch?«, fragte Ken.

»Ich brauche die Tracker, die ihr aus der Anders-Villa geholt habt«, sagte Sean. »Ich setze sie zurück auf Werkseinstellung, dann können wir sie für die nächste Lieferung nutzen.«

Burton runzelte die Stirn. Decker ebenfalls. Die beiden sahen sich mit verengten Augen an.

»Wir haben sie Sean zusammen mit den Computern ausgehändigt.«

Sean erstarrte. »Ich habe keine bekommen.«

In Kens Magen bildete sich ein dicker Klumpen. *Oh-oh. Das ist gar nicht gut.* »Wo sind sie laut Signal?«

»Es gibt kein Signal mehr. Der letzte Standort, den die Software gemeldet hat, war Anders' Keller. Kurz danach hat die Batterie den Geist aufgegeben.«

»Ich hab sie im Van gesehen, als wir Chip und Marlene Anders einluden«, sagte Decker.

Burton nickte. »Ich auch.«

»Dann sind sie bestimmt noch dort«, sagte Decker. »Müssen sie ja.«

Ken stieß beunruhigt den Atem aus. »Sehen Sie zu, dass Sie sie wiederfinden. Schlimm genug, dass einer der Sender der Polizei in die Hände gefallen ist. Drei haben das Potenzial, zu viel zu verraten. Demetrius, wann soll die nächste Lieferung eintreffen?«

»Die Brasilianer?«, erwiderte sein Vertriebsleiter über Lautsprecher. »Sie kommen über Miami, und ich organisiere den Transport. Es wäre gut, wenn Alice als Begleitung mitkäme.«

»Kein Problem«, erwiderte Alice mit einem Achselzucken.

»Und wann genau?«

»Am Freitag. Wir kriegen sechs Stück, drei davon jungfräulich.«

»Sehr gut«, bemerkte Joel. Ken hatte fast vergessen, dass sein Buchhalter auch noch da war. »Für die können wir einen hohen Preis fordern. Im Augenblick brauchen wir jeden Gewinn, den wir erzielen können.«

Ken fiel etwas ein. »Demetrius, sieh zu, dass du die Versteigerung für Anders' Tochter auf die Beine stellst. Ich will sie hier weghaben. Wir machen ein paar Fotos und erstellen ein Profil mit ihren Vorzügen.«

»Davon hat sie einige«, gab Burton zu.

»Und sie spricht fließend Französisch«, fügte Ken hinzu. Decker schnitt eine Grimasse. »Und kann in mindestens sechs weiteren Sprachen fluchen.«

»Außerdem beißt sie«, beklagte Alice sich.

»Also sollten wir sie für den Transport sedieren«, sagte Ken. »Plant das ein.«

»Okay«, gab Demetrius zurück. »Ich muss jetzt Schluss machen. Ich hätte schon zweimal fast meine Zielperson verloren, weil ich euch zugehört habe. Ich melde mich später.« Und damit trennte er die Verbindung.

*Tut mir ja so leid, dass wir dich abgelenkt haben, Kumpel,* dachte Ken, verkniff sich die Bemerkung aber. »Burton, Sie sind dran. Was hat die Untersuchung von Reubens Wagen ergeben?«

»Nicht viel«, gab Burton zu. »Ein paar Haare von ihm, ein paar von Miriam. Ich habe ein Haar gefunden, das zu Jackson passen könnte. Im Kofferraum.«

Alle verzogen das Gesicht. Das war kein gutes Zeichen.

»Reuben wird nicht einfach von der Erdoberfläche verschwunden sein«, sagte Ken im Brustton der Überzeugung. »Ich kenne den Mann schließlich seit vielen Jahren. Er ist niemand, der sich in einer Höhle versteckt. Er genießt die angenehmen Seiten des Lebens, und wenn er lange genug auf sein heißgeliebtes belgisches Bier verzichten muss, taucht er schon wieder von allein auf. So, ihr könnt gehen. Alle. Aber lasst eure Handys eingeschaltet.«

Decker und Alice verließen das Zimmer, Sean und Joel meldeten sich ab. Ken nahm sein Smartphone und rief Joel zurück. »Also? Was gibt es, das du mir nicht vor den anderen sagen wolltest?«

»Von unserem Lohnkonto ist Geld verschwunden. Fünf Millionen. Die Hälfte davon konnte ich auf einem Konto ausfindig machen, auf das Reuben Zugriff hat.«

Ken schloss die Augen. Wirklich überrascht war er nicht. »Verdammt. Und die andere Hälfte?«

»War etwas schwieriger aufzuspüren. Es ist auf ein Konto geflossen, das Demetrius gehört.«

Ken starrte ungläubig das Telefon an. »Bist du sicher?«

»Absolut. Ich habe beide Konten mit einer Trace-Funktion ausgestattet. Sollte einer von beiden auf das Geld zugreifen, erfahre ich es. Es tut mir leid, Kenny.«

»Mir auch«, antwortete er seufzend. »Mir auch.«

Demetrius war sein ältester Freund, aber hier ging es ums Geschäft. Der Mann hatte ausgedient. Gerade Demetrius hätte das verstanden.

# 19

Cincinnati, Ohio
Dienstag, 4. August, 17.45 Uhr

»Ich wüsste nur allzu gerne, worum es hier geht«, brummte Marcus, während er hinter Scarlett den Fahrstuhl im Polizeipräsidium betrat. Es beunruhigte ihn, dass Scarletts Vorgesetzte ihn herbeordert hatte. Er war Lieutenant Isenberg zwar noch nie persönlich begegnet, aber Scarlett war nervös, und das übertrug sich auf ihn.

Scarlett drückte den Knopf für die Mordabteilung, dann trat sie einen Schritt zurück und verschränkte die Arme vor der Brust. Das war okay. Sie hatte deutlich gemacht, dass es keine öffentlichen Zuneigungsbekundungen geben durfte, und die Kameras in Polizeiaufzügen waren vermutlich leistungsstark genug, um seine Blutwerte analysieren zu können.

»Ich weiß es auch nicht«, sagte sie düster. »Lynda ist eigentlich ein umgänglicher Mensch, aber manchmal läuft ihr eine Laus über die Leber, und dann wird sie unberechenbar. Doch wenn sie mich von diesem Fall abziehen will, weil ich was mit dir habe, gehe ich auf die Barrikaden. Als sich Deacon damals mit Faith eingelassen hat, gab es nämlich keine Einwände von ihrer Seite.«

Er grinste sie an. »Lassen wir uns miteinander ein?«

Sie wurde rot. »Du weißt, was ich meine.«

»Hm, vielleicht nicht«, gab er zurück, als der Fahrstuhl hielt und die Türen aufgingen. »Willst du es mir nicht genauer erklären?«

»Was erklären?«, fragte eine barsche Stimme. Vor ihnen stand eine Frau mit kurzen grauen Haaren und zornig blitzenden Augen.

Scarlett versteifte sich. »Marcus O'Bannion, das ist meine Chefin, Lieutenant Isenberg. Sie leitet die Major Case Enforcement Squad. Lynda, das ist Marcus O'Bannion, Herausgeber des *Ledger*.«

Isenberg sah ihn herablassend an. »Kommen Sie bloß nicht auf die Idee, mich Lynda zu nennen.« Sie wandte sich an Scarlett. »Was sollen Sie ihm erklären?«

»Die Hierarchie in unserer Sondereinheit«, antwortete Scarlett. »Wie die Kompetenzen zwischen Ihnen und Special Agent Zimmerman verteilt sind, welche FBI- und CPD-Ressourcen gemeinsam genutzt werden, wer letztlich in Konfliktsituationen entscheidet – Sie wissen schon.« Marcus war sich nicht sicher, ob ihn die Lässigkeit, mit der sie ihre Chefin belog, entsetzen oder beeindrucken sollte.

»Nun, falls Sie das jemals durchschaut haben sollten, dürfen Sie mich gerne ins Bild setzen«, kommentierte Isenberg schnippisch. »Los jetzt. Sie wartet schon.«

Scarlett regte sich nicht, also blieb auch er stehen. »Wer wartet schon?«, fragte sie.

Isenbergs Lächeln hatte etwas Haifischartiges. »Ms. Annabelle Church. Folgen Sie mir.«

»Warten Sie«, sagte Marcus, und Isenberg blieb stehen und blickte sich zu ihm um. »Haben Sie das Baby, Lieutenant? Ist es in Sicherheit? Und weiß die Frau etwas über die beiden anderen Entkommenen? Talas Familie?«

Isenbergs Blick war unterkühlt. »Ja, ja und nein«, sagte sie, wobei sie die Punkte an den Fingern abzählte. »Church und das Baby sitzen im Verhörraum eins mit einer Sozialarbeiterin vom Jugendamt, aber Church weigert sich, die Verantwortung für das Kind abzugeben, ehe sie nicht mit ihrem Anwalt und Ihnen gesprochen hat, Mr. O'Bannion.«

Marcus starrte sie an. »Mit mir?«

»Mit Ihnen. Tabby Anders hat ihr eingeschärft, mit Ihnen Kontakt aufzunehmen, wenn sie – Anders – sich nicht bis fünf Uhr heute Nachmittag bei ihr gemeldet hat. Offenbar hat Ihr Artikel von heute Morgen Tabby Anders gereicht, um Vertrauen zu Ihnen zu fassen. Herzlichen Glückwunsch, Mister Zeitung. So schnell lässt sich die öffentliche Meinung manipulieren.«

Marcus beschloss, den Sarkasmus zu ignorieren. Er schüttelte den Kopf. »Es war nicht nur der Artikel. Tala hat Tabby von mir erzählt. Und Tabby hat ihr wiederum geraten, mir zu vertrauen.«

»Sie können sich das im genauen Wortlaut bestätigen lassen«, sagte Scarlett. »Das war auf der Videodatei aus Anders' Keller, die ich Ihnen geschickt habe.« Die Aufnahmen, die Marcus mit der Kamera im Schirm der Kappe gemacht hatte. »Ich weiß. Ich hab sie mir schon angesehen.«

»Was haben Sie dann gegen mich?«, fragte Marcus sie ohne Umschweife. »Soweit ich weiß, habe ich nichts verbrochen.«

»Nein, das haben Sie nicht.« Isenberg rollte die Schultern, als müsste sie eine Verkrampfung lockern. »Sie haben recht. Aber ich kann es nicht leiden, wenn Zeugen die Anwesenheit der Presse einfordern. Ich will nicht, dass das Schule macht.«

»Ich habe nichts gedruckt, was nicht vorher mit Detective Bishop abgesprochen war.«

Isenberg warf Scarlett einen missbilligenden Blick zu. »Auch das weiß ich. Jetzt kommen Sie schon. Sie beide. Uns läuft die Zeit weg.«

Marcus verbiss sich eine Erwiderung und folgte den beiden in einen Verhörraum mit dem unvermeidlichen Einwegspiegel, hinter dem sich zweifellos Beobachter verbargen. Und zweifellos hatten diese Beobachter die Lautsprecher abgeschaltet, denn Talas Baby schrie aus vollem Hals.

Am Tisch saß eine zerbrechlich wirkende ältere Dame, neben ihr ein gequält dreinblickender Mann in einem Zweitausend-Dollar-Anzug und Schuhen, die vermutlich noch mehr gekostet hatten. Im Hintergrund ging eine Frau von Mitte dreißig mit dem Baby im Arm auf und ab, um es zu beruhigen. Marcus nickte der Frau am Tisch zu. »Mrs. Church? Ich bin Marcus O'Bannion.«

»Endlich.« Annabelle Church bedachte Isenberg mit einem verärgerten Blick. »Ich dachte schon, man würde mich gar nicht mit Ihnen sprechen lassen.«

Marcus musste lächeln. »Jetzt bin ich ja da. Aber könnten Sie mir noch eine Sekunde Zeit geben?« Ohne eine Antwort abzuwarten, ging er zu der Sozialarbeiterin, die noch immer ohne Erfolg versuchte, das Kind zum Verstummen zu bringen. Es schien ungefähr ein Jahr alt zu sein und wirkte zu seiner Erleichterung gesund und kräftig. Äußerlich schien es die Ereignisse des Tages unversehrt überstanden zu haben. Die Auswirkungen auf seine emotionale Entwicklung waren jedoch noch nicht absehbar.

*Diese Kleine wird keine leichte Kindheit haben,* dachte er, und schmolz dahin, als die großen braunen Augen zu ihm aufblickten. »Hi, Malaya«, sagte er mit einer heiteren, hellen Stimme, die Kinder besonders mochten, wie er aus Erfahrung wusste. »Was ist denn los, Spätzchen?«

Wundersamerweise hörte sie auf zu weinen, und sein Herz setzte beinahe aus, als sie ihm plötzlich ihre kurzen, prallen Ärmchen entgegenstreckte.

Marcus sah die Sozialarbeiterin fragend an.

»Nur, solange wir hier im Raum sind«, sagte sie. »Sobald wir hier die Formalitäten erledigt haben, kommt sie in eine Pflegefamilie, bitte knüpfen Sie also keinen zu engen Kontakt.«

»Alles klar«, murmelte er und nahm ihr das Baby ab. Nach ein paar sanften Klapsen auf den Rücken war Malaya eingeschlafen, aber als er zu Isenberg blickte, blubberte Zorn in ihm auf. Die Frau beobachtete ihn mit einer Abneigung, die sie nicht einmal zu verbergen *versuchte*.

»Ich war achtzehn, als mein Bruder Mikhail geboren wurde«, begann er. Er sprach in einem melodiösen Singsang, richtete seine Worte jedoch an den Lieutenant. »Im letzten Schuljahr übernahm ich es oft für meine Mutter, ihn nachts wieder in den Schlaf zu wiegen.« Er strich dem Baby über das Köpfchen und fuhr mit zuckersüßer Stimme fort. »Falls es Sie also nicht allzu viel Kraft kostet, sparen Sie sich doch Ihren abwertenden Blick, oder meine nächsten Worte fallen deutlich weniger höflich aus.«

Isenberg blinzelte verdattert. »Ich ... ich muss mich entschuldigen.« Sie schüttelte den Kopf. »Detective Bishop, beginnen Sie bitte, damit wir das Kind in seine Pflegefamilie bringen können, bevor es wieder zu schreien beginnt.«

Scarletts erstaunter Blick verriet Marcus, dass Isenbergs Verhalten wohl ziemlich untypisch für sie war. Also nahm er sich zusammen, setzte sich an den Tisch und überließ Scarlett die Gesprächsführung.

Scarlett ließ sich neben ihm nieder, so dass sie Annabelle gegenübersaß. »Mrs. Church«, begann sie. »Vielen Dank, dass Sie sich die Zeit nehmen, mit uns zu reden. Heute war für viele Menschen ein sehr schwieriger Tag.«

Annabelle löste ihren Blick gerade lang genug von der schlafenden Malaya, um Scarlett zuzunicken. »Ich wollte nicht kommen. Ich habe die ganze Zeit gehofft, dass Tabby mich anruft. Wo ist sie? Niemand will mir sagen, was mit ihr passiert ist.«

»Sie ist im Krankenhaus und wird gut versorgt«, antwortete Scarlett. Auf der Fahrt zum Polizeipräsidium hatte sie sich nach dem Gesundheitszustand der alten Frau erkundigt. »Sie ist zusammengeschlagen worden.«

Annabelle presste sich die zitternden Finger an die Lippen. »Oh, mein Gott, das hatte ich befürchtet. Sie hat mir gesagt, ich solle gehen und nicht wiederkommen und auch nicht die Polizei rufen. Sie hatte Angst um Mila und Erica.«

»Mila und Erica – gehören sie zu Talas Familie?«, fragte Scarlett, und Annabelle nickte.

»Ihre Mutter und ihre jüngere Schwester. Wo sind die beiden?«

»Das wissen wir nicht«, antwortete Scarlett. »Wir hatten gehofft, sie wären bei Ihnen.«

»Nein, leider nicht.« Annabelle schüttelte traurig den Kopf. »Ich habe sie nicht mehr gesehen, seit Tabby mir das Baby gegeben hat.«

»Warum dachte Tabby, dass Talas Familie in Gefahr sei, wenn Sie die Polizei rufen?«, fragte Marcus, auch wenn er glaubte, die Antwort zu wissen.

»Sie hatte Angst, dass sie abgeschoben werden würden«, antwortete Annabelle. »Oder schlimmer. Ihr Neffe hatte ihnen erzählt, man würde sie ins Gefängnis stecken, wenn sie sich beklagten. Sie sind illegal hier, aber Tabby sagt, es sind gute Menschen. Ich hätte schon heute Morgen etwas sagen müssen, aber ich hatte auch um Tabby Angst. Dieser schreckliche Neffe von ihr ...« Sie verengte die Augen zu Schlitzen. »Wo ist der überhaupt?«

»Auch das wissen wir nicht«, sagte Scarlett. »Tabby hat uns erzählt, dass man ihn, seine Frau und seine Tochter mit Waffengewalt fortgebracht hat.«

»Das hat er verdient«, brummte Annabelle. »Dieser Mann ist ein Monster. Er misshandelt Tabby schon seit Jahren.«

»Wussten Sie, dass Tala und ihre Familie gegen ihren Willen in diesem Haus festgehalten wurden?«, fragte Isenberg.

Wieder warf Annabelle ihr einen verärgerten Blick zu. »Nein. Ich wusste bis heute Morgen nicht viel mehr, als dass Tabby Angst vor ihrem Neffen hatte. Auch nicht, dass noch mehr Leute dort waren, bis Tabby mich heute Morgen anrief. Sie sagte, ein Baby sei in Gefahr, und flehte mich an, es an mich zu nehmen und keine Fragen zu stellen, bis ich wieder von ihr hörte – und falls sie sich nicht meldete, sollte ich mich unbedingt mit Ihnen in Verbindung setzen, Mr. O'Bannion. Das ermordete Mädchen, über das Sie in Ihrer Zeitung geschrieben haben, sei die Mutter des Babys, und Sie würden uns helfen.«

»Und das werde ich auch«, antwortete Marcus mit einem Seitenblick zu Isenberg. »Erzählen Sie uns von Mila und Erica. Sie kennen ihre Namen.«

»Weil Tabby sie mir heute Morgen genannt hat, als ich das Baby abholen wollte.« Annabelle lächelte traurig. »Sie brachte es mir in einem zugedeckten Korb nach draußen, wo ich mit meinem Golfwagen wartete. In der Tür hinter ihr sah ich zwei schluchzende Frauen, und die eine umklammerte einen Rosenkranz, als hinge ihr Leben davon ab. Als ich Tabby fragte, warum sie das Baby weggeben würden, erklärte sie mir nur, die Mutter sei ermordet worden, aber die beiden könnten nicht zur Polizei gehen, weil sie Angst hätten, ausgewiesen zu werden.«

*Sie weiß es nicht,* dachte Marcus. Annabelle Church hatte keine Ahnung, dass diese Frauen Sklavinnen gewesen waren. Hatte Tabby es gewusst? Er nahm es an. Aber vermutlich hatte sie zu große Angst vor ihrem Neffen gehabt, und in Anbetracht der Brutalität, mit der er sie verprügelt hatte, war diese Angst mehr als berechtigt gewesen.

»Jedenfalls bat mich Tabby, erst dann zur Polizei zu gehen, wenn ihr etwas zustoßen sollte.« Zwei große Tränen kullerten über ihre pergamentartigen Wangen. »Ich habe es nicht verstanden, und ich verstehe es immer noch nicht. Ich wünschte bloß, ich hätte mich auf mein Bauchgefühl verlassen und sofort die Polizei angerufen. Dann wären diese Frauen jetzt vielleicht in Sicherheit.«

»Es muss ihnen ja nichts passiert sein«, sagte Scarlett tröstend. »Könnten Sie sie uns beschreiben? Oder sich vielleicht mit einem Zeichner zusammensetzen?«

»Wie in den Krimiserien?«, fragte Annabelle. »Ich kann es zumindest versuchen. Aber zuerst möchte ich zu Tabby.« Sie setzte an, sich zu erheben, und griff nach ihrer großen Tasche, die in ihren schmalen Händen fast lächerlich überdimensioniert wirkte. »In welchem Krankenhaus liegt sie denn?«

»Im County«, sagte Scarlett, »aber bitte bleiben Sie noch. Ich sorge dafür, dass man Sie anschließend zum Krankenhaus fährt, versprochen.«

»Na gut.« Die Frau setzte sich wieder und faltete die Hände über ihrer Tasche. »Was möchten Sie denn noch wissen?«

»Zum Beispiel, wie Sie Tabby kennengelernt haben«, sagte Scarlett. »Und wann.«

»Es war Anfang Juni. Ich hatte ihre Hortensien bewundert«, begann Annabelle. »Sie saß draußen im Garten und hielt ihr Gesicht in die Sonne, als ich mit meinem Golfcart vorbeikam. Ich machte eine lobende Bemerkung über ihre Blumen, wie man es eben so macht. Sie reagierte erschreckt, sagte aber nichts, also fuhr ich weiter.

Es dauerte ein paar Tage, bis ich sie wiedersah. Ich grüßte, und sie winkte mir schüchtern zu – so ungefähr.« Annabelle bewegte nur ihre Finger. »Gesprochen haben wir aber nicht. Es schien mir, als hätte sie Angst, dass jemand mithören könnte.«

»So war es wahrscheinlich auch«, murmelte Marcus und klopfte Malaya sanft auf den Rücken, als sie sich zu regen begann.

»Wir spielten dieses Spielchen ungefähr zwei Wochen«, fuhr Annabelle fort. »Eines Tages dann stand sie von ihrem Gartenstuhl auf, kam mit ihrem Rollator zur Grundstücksgrenze, drückte mir einen Strauß Hortensien in die Hand und machte wieder kehrt. Ich dachte, sie sei vielleicht ein bisschen ...« Annabelle tippte sich an die Schläfe. »Na ja, dement. Jedenfalls dauerte es noch mal gute zwei Wochen, bis wir uns endlich zu unterhalten begannen. Und dann hatte sie eines Tages eine böse Prellung im Gesicht. Sie sei die Treppe hinuntergefallen, sagte sie, aber das habe ich ihr natürlich nicht abgenommen. Ich bot ihr an, mit mir zu kommen, aber sie sagte, sie könne die Mädchen nicht alleinlassen. Was sie damit meinte, war mir zu diesem Zeitpunkt nicht klar.«

Ihr Blick fiel auf Malaya. »Jetzt schon. Ich wollte die Polizei rufen, aber sie flehte mich an, es nicht zu tun. Dennoch. Wieso habe ich nur auf sie gehört?«

Erstaunlicherweise war es Isenberg, die sie zu trösten versuchte. »Weil wir in gewisser Hinsicht darauf getrimmt wurden, uns nicht in das Leben anderer einzumischen«, sagte sie und legte ihre Hand auf Annabelles. »Sie waren dennoch da, als sie Ihre Hilfe brauchte. Sie haben das Baby mitgenommen und ihm damit vermutlich das Leben gerettet. Und *das* ist es, was zählt, Ma'am.«

Inzwischen liefen Annabelles Tränen in Strömen. »Danke, Lieutenant, aber das werde ich mir wohl niemals verzeihen. Kann ich wenigstens etwas für Mila und Erica tun? Ich habe ein nicht unbeträchtliches Vermögen. Ich könnte eine Belohnung für ihre Rückkehr aussetzen.«

»Ich fürchte, das ist keine gute Idee«, meldete sich die Sozialarbeiterin zu Wort.

Annabelle blickte empört auf. »Wieso denn nicht?«

»Wenn die beiden Angst haben, abgeschoben zu werden, muss ihnen eine öffentliche Suche so vorkommen, als sei ein Kopfgeld auf sie ausgesetzt«, erklärte die Frau. »Dann sehen wir sie vielleicht nie wieder.«

»Sie hat recht, Ma'am«, sagte Scarlett freundlich. »Aber ich weiß, wem die beiden vielleicht vertrauen werden. Tala hatte ein Kruzifix um den Hals, und Sie sagten, dass Mila einen Rosenkranz in der Hand hielt, richtig?« Sie blickte zu ihrer Vorgesetzten. »Wenn sie so gläubig sind, vertrauen sie sich vielleicht einem Priester an.«

Isenberg nickte anerkennend. »Gute Idee. Ich werde sofort einen verdeckten Ermittler anfordern.«

Marcus wollte Einspruch erheben, aber Scarlett kam ihm zuvor. »Wir müssen uns ihr Vertrauen verdienen. Sollten sie herausfinden, dass unser Geistlicher gar keiner ist, dann sagen sie uns garantiert nichts.«

»Nun, dann hoffe ich, dass Sie einen Priester kennen«, sagte Isenberg. »Mir fällt nämlich gerade keiner ein, der uns helfen könnte. Natürlich kann ich bei der Seelsorger-Vereinigung anfragen, ob man uns einen zur Verfügung stellt, aber das kann dauern.«

Scarlett wandte sich an Marcus. Sie schien sich plötzlich unwohl zu fühlen. »Kennst du einen?«, fragte sie.

»Wir sind Episkopalen«, antwortete er entschuldigend.

Annabelle zuckte die Achseln. »Lutheraner. Mein Pastor ist allerdings ein sehr netter Mensch. Ich kann Ihnen seinen Namen geben.«

»Mich brauchen Sie gar nicht erst anzusehen«, sagte die Sozialarbeiterin. »Ich bin Baptistin. Da trägt niemand den typischen Kragen.«

Isenberg verdrehte die Augen. »Ich frage nach unserem Polizeikaplan.«

Scarlett schüttelte den Kopf. »Nein, ist schon in Ordnung, Lieutenant.« Beinahe resigniert verzog sie das Gesicht. »Mein Onkel ist Pfarrer. Er hilft uns bestimmt.«

»Aber natürlich, an ihn hatte ich gar nicht gedacht. Eine gute Idee, Scarlett!«, sagte Isenberg.

Marcus fragte sich, warum Scarlett nicht sofort damit herausgerückt war, beschloss aber, es erst anzusprechen, wenn sie wieder allein waren.

Scarlett straffte die Schultern. »Wenn wir keine weiteren Fragen an Mrs. Church haben, dann kümmere ich mich jetzt darum, dass man sie zum County bringt, und rufe anschließend meinen Onkel an.«

Zum ersten Mal meldete sich der Anwalt zu Wort. »Ich werde meine Klientin fahren.«

»Dein Sportwagen hat mir zu wenig Kopffreiheit«, erwiderte Annabelle. »Ich bin mein Golfcart gewohnt.«

Er lächelte. »Dann machen wir einfach das Dach ab, Grandma. Und wenn wir uns beeilen, können wir noch rasch Blumen für deine Freundin besorgen.« Er reichte Marcus seine Visitenkarte. »Wenn Mila und Erica auftauchen, geben Sie ihnen das bitte. Ich bin zwar kein Fachanwalt für Einwanderungsrecht, kenne aber genügend Kollegen, die darauf spezialisiert sind. Wir sorgen dafür, dass die Frauen pro bono vertreten werden.«

Marcus nahm die Karte vorsichtig, darauf bedacht, die noch schlafende Malaya nicht zu wecken. »Danke.« Annabelles Enkel arbeitete für eine der Top-Kanzleien der Stadt. Marcus' Großvater hatte viele Jahre geschäftlich mit ihr zu tun gehabt. »Sehr anständig von Ihnen, Mr. Benitez.«

Benitez nickte freundlich. »Ich bin gebürtiger Amerikaner, mein Vater ebenfalls, aber mein Großvater kam in den Sechzigern auf einem lecken Fischerboot von Kuba hierher. Nicht jeder hat das Glück, hier geboren zu sein, und wenn die Situation tatsächlich so ist, wie sie scheint, waren die Frauen nicht freiwillig in diesem Haus. Ich würde ihnen gerne helfen. Wenn sie wieder nach Hause möchten, könnten wir das Verfahren eventuell beschleunigen. Aber falls sie bleiben wollen, sollten sie nach allem, was sie durchgemacht haben, nicht auch noch die Abschiebung fürchten müssen.«

Marcus war beeindruckt. Dieser Mann hatte Details wahrgenommen und interpretiert, die den meisten wohl entgangen wären. Und er stimmte ihm zu.

Annabelle dagegen zog die Stirn in Falten. »Willst du damit sagen, dass man sie entführt und gezwungen hat, für diesen schrecklichen Chip Anders zu arbeiten?«

»Entführt ist wohl nicht das richtige Wort, Grandma«, sagte der Anwalt sanft. »Hier geht es um Menschenhandel. Komm jetzt, bitte. Die Detectives haben zu tun.«

Annabelle blieb sitzen. »Menschenhandel? Das ist doch Unsinn, Gabriel. So was passiert in anderen Ländern, in Thailand vielleicht, aber doch nicht in Ohio. Und ganz sicher nicht in Hyde Park! Warum sollte Anders jemanden zwingen, für ihn zu arbeiten? Der Mann ist doch stinkreich!«

»Ihr Enkel hat leider recht«, meldete sich Scarlett zu Wort. »Hier in Ohio haben wir häufiger mit Menschenhandel zu tun, als man glauben möchte. Und die Leute, die sich Arbeitskräfte kaufen, sind oft sehr vermögend, zumal sie durch die Einsparung von Personalkosten ihren Gewinn erhöhen. Es handelt sich um nichts anderes als moderne Sklavenhalter.«

»Aber hier geht es auch um Macht und Anspruchsdenken«, fügte Marcus hinzu. »Manche Leute wollen andere Menschen einfach deshalb besitzen, weil sie es können. Es sei denn, wir verhindern es.«

»Tut mir leid, Grandma«, sagte der Anwalt.

»Ich …« Sichtlich erschüttert zog Annabelle eine große Tüte unter ihrem Stuhl hervor. »Ich hatte mein Hausmädchen geschickt, um Babysachen einzukaufen. Hier sind Windeln, Milchpulver, Flaschen, ein Schnuller, eine Decke und ein paar Strampler. Leider keine Schuhe, die habe ich vergessen. Aber sie wird welche brauchen.«

Behutsam nahm ihr Enkel ihr die Tüte ab und reichte sie der Sozialarbeiterin. Dann führte er seine noch immer wie vom Donner gerührte Großmutter aus dem Verhörraum.

Die Sozialarbeiterin streckte die Arme nach Malaya aus. »Ich übernehme jetzt wieder, Mr. O'Bannion. Und danke. Die Pause hat mir gutgetan.«

Es fiel ihm nicht leicht, die Kleine abzugeben. »Werden Sie mir sagen, wohin Sie sie geben? Ich würde ihr gerne von ihrer Mutter erzählen, wenn sie alt genug dazu ist.«

»Sie wird zunächst nur vorübergehend untergebracht, bis wir eine geeignete Familie finden, bei der sie aufwachsen kann. Ich darf Ihnen die Adresse leider nicht geben, aber ich kann ihrer zukünftigen Pflegefamilie Ihre Bitte weiterleiten. Sie entscheidet dann, ob Sie die Kleine sehen dürfen oder nicht.«

Marcus wollte etwas einwenden, wusste aber, dass es keinen Sinn hatte. Sie hielt sich nur an die Vorschriften. Zum Glück kannte er Leute bei der Familienfürsorge, die ihm vielleicht weiterhelfen würden. Er übergab Talas Kind der Frau. »Kann ich Ihre Karte haben?«

Sie reichte ihm eine, dann wandte sie sich an Scarlett und gab auch ihr eine. »Detective Bishop. Falls Sie mich aus irgendeinem Grund kontaktieren müssen.«

Scarlett nahm die Karte mit einem höflichen Nicken entgegen. »Ich lasse Sie nach unten bringen.« Sie winkte einen uniformierten Polizisten herein, dann überraschte sie Marcus, indem sie sich über das Baby beugte und ihm zart auf die Stirn küsste. »Deine Mama hat dich sehr geliebt, Kleines. Ich hoffe, dass du das eines Tages verstehen wirst.«

Als sie sich wieder aufrichtete, waren ihre Augen wieder ausdruckslos, und Marcus wurde die Kehle eng. Dass das Baby gesund und in Sicherheit war, hatte sie genauso erleichtert wie ihn. Aber natürlich hätte er das längst wissen müssen: Sie war eine Frau, die sich eine Grubenlampe und einen echten De-Luxe-Erste-Hilfe-Kasten zugelegt hatte, um ihre Nichten und Neffen jederzeit fachgerecht verarzten zu können.

Als sie Marcus' Blick begegnete, sah er die Emotionen in ihren Augen aufwallen, doch rasch hatte sie sich wieder im Griff. »Wenigstens kennen wir nun die Vornamen der Frauen«, sagte sie. »Lynda, wenn Sie einen Moment mit Marcus hier warten könnten, dann rufe ich schnell meinen Onkel an.«

Isenberg neigte hoheitsvoll den Kopf. »Kein Problem. Aber sagen Sie, Scarlett, Ihr Onkel ...«

Scarlett blieb an der Tür stehen. »Ja?«

»Ich habe den Bruder Ihres Vaters noch nie getroffen. Spricht man ihn mit Father Bishop an, oder wie?«

Scarlett verdrehte die Augen. »Wenn Sie wissen, was gut für Sie ist, sprechen Sie ihn nicht so an. Das bringt ihn auf die Palme. Er firmiert unter dem Namen Father Trace.« Doch dann huschte ein Lächeln über ihr Gesicht. »Irgendwann hat er mal gesagt, er wolle innerhalb der Kirche keinesfalls aufsteigen. Einen Bishop Bishop könne man schließlich keiner Diözese zumuten.«

Isenbergs Lippen zuckten. »Ich werde mich ihm gegenüber von meiner besten Seite zeigen, versprochen.«

Scarlett zog die Brauen hoch. »Marcus gegenüber auch?«

»Selbstverständlich«, sagte Lynda und wurde ernst, als Scarlett den Raum verließ, die Tür schloss und Marcus und sie allein ließ.

Einen Moment lang herrschte Stille, dann räusperte Isenberg sich. »Scarlett hat mich gebeten, mit Ihnen zu warten, weil sie weiß, dass ich mich bei Ihnen entschuldigen muss.« »Das sollten Sie etwas näher erklären, Lieutenant. Ich denke nämlich, dass es mit dem einen Mal nicht getan ist.«

Sie bedachte ihn mit einem reuigen Lächeln. »Damit könnten Sie recht haben«, gab sie zurück. »Vor neun Monaten hatte ich zum ersten Mal mit Ihnen zu tun. Bei dem Versuch, eine junge Frau zu beschützen, waren Sie schwer verletzt worden. Damals war ich überzeugt davon, dass Sie ein anständiger Kerl sein müssten. Und ich habe meine Meinung nicht geändert.«

»Warum dann diese Feindseligkeit?«

Sie blickte auf den Tisch herab und atmete hörbar aus. »Ich bin Ihnen vor neun Monaten nicht persönlich begegnet. Was Sie getan hatten, erfuhr ich durch Detective Bishops Bericht. Dann sah ich mir heute Morgen die Videodateien an, die Sie Detective Bishop geschickt hatten, und hörte Sie singen.« Sie schluckte hörbar. »Sie sangen ausgerechnet ein Lied, das mich an die Beerdigung eines mir nahestehenden Menschen erinnerte. Seitdem bin ich ... nicht ganz bei mir.«

»Go Rest High on That Mountain«, murmelte Marcus.

»Ja.« Isenberg seufzte. »Und als Sie eben aus dem Fahrstuhl traten und ich Sie reden hörte, war plötzlich alles wieder da. Ihre Stimme bringt mir Erinnerungen zurück, die ich am liebsten vergessen möchte. Hinzu kommt noch, dass wir heute ein Teammitglied verloren haben, so dass ich übermäßig gereizt reagiert habe.«

»Special Agent Spangler.« Marcus hatte ein schlechtes Gewissen, dass er den Mann beinahe vergessen hatte. »Mein Beileid.«

»Danke. Jedenfalls hätte ich das alles nicht an Ihnen auslassen dürfen. Bitte verzeihen Sie mir.«

Eine schöne Entschuldigung, fand er. Und ehrlich vorgebracht.

»Schon okay«, gab er zurück. »Es tut mir leid, dass mein Gesang Ihnen Kummer bereitet hat.«

»Der Kummer war schon vorher da«, sagte sie und verzog das Gesicht in einer Mischung aus Lächeln und Grimasse. »Der Kummer ist *immer* da.« Sie neigte den Kopf und musterte ihn. »Haben Sie vor, mit Detective Bishop anzubandeln?«

»Mit Scarlett?«, fragte er, verblüfft über den abrupten Themenwechsel. »Ich wüsste nicht, was Sie das angehen sollte.« Sie nickte knapp. »Gut. Ich hatte gehofft, dass Sie Rückgrat besitzen. Denn das brauchen Sie bei Scarlett Bishop. Sie ist eine harte Nuss.«

*Schau an. Offenbar kann sie andere mit ihrer vermeintlichen Emotionslosigkeit recht gut täuschen,* dachte er, sagte jedoch nichts, sondern sah Isenberg nur mit leerem Blick an.

Sie lachte tatsächlich auf. »Das könnte unterhaltsamer werden, als ich dachte«, sagte sie. »Und wer weiß – vielleicht sind Sie ja tatsächlich derjenige, der sie sich endlich angelt.«

Nun zog er die Brauen hoch. »Haben es denn schon andere versucht?«

»Ja, durchaus, und sie sind phänomenal gescheitert. Inzwischen hat sie einen Ruf wie Donnerhall, unsere Scarlett. Ein echter Männerschreck.«

Er runzelte die Stirn. Ihre Ausdrucksweise gefiel ihm nicht. »Dass Sie als Frau und in Ihrer Position so etwas sagen, erstaunt mich«, kommentierte er spitz. »Zumal es sich hier um jemanden handelt, den Sie angeblich respektieren.«

Sie schenkte ihm ein so ehrliches Lächeln, dass er einen Augenblick sprachlos war. »Nicht schlecht«, war alles, was sie sagte, und er begriff, dass sie ihn auf die Probe gestellt hatte.

»Hab ich bestanden?«, fragte er trocken.

»Mit Bravour. Die erste Etappe zumindest.« Ihr Lächeln verschwand, als hätte es nie existiert. »Aber jetzt lassen Sie uns darüber reden, in welcher Form dieser Fall in Ihrer Zeitung erscheint. Ich möchte ein paar Details zurückhalten.«

Marcus holte sein Handy aus der Tasche und öffnete eine neue Datei. »Was zum Beispiel?«

Cincinnati, Ohio
Dienstag, 4. August, 18.30 Uhr

Scarlett schlüpfte in den inzwischen leeren Beobachtungsraum, um zu telefonieren. Hoffentlich war es kein Fehler gewesen, Marcus und Lynda allein zu lassen. Ihre Chefin war zwar immer schroff, aber gewöhnlich nicht beleidigend, doch heute stimmte etwas nicht mit ihr. Vielleicht würde ein persönliches Gespräch mit Marcus sie wieder zur Vernunft bringen. Scarlett hoffte es zumindest.

Um Lyndas, aber auch um Marcus' willen. *Aber vor allem um meinetwillen,* dachte sie. Es war nicht abzusehen, wie lange dieser Fall sich hinziehen würde, und Marcus sollte kein kleines, schmutziges Geheimnis sein. Je weniger Animositäten es zwischen den beiden gab, umso leichter konnte sie, Scarlett, ihre Arbeit machen.

Sie beobachtete Isenberg und Marcus einen Moment lang durch den Spiegel, bis sie sicher war, dass kein Blut fließen würde. Dann nahm sie das Telefon und wählte die Nummer, die sie noch immer auswendig kannte.

»Gemeinde Saint Ambrose. Pfarrer Trace am Apparat.«

Beim Klang seiner Stimme wurde ihr das Herz schwer. Sie hatte sich ihrem Onkel gegenüber nicht gut benommen und vermisste ihn mehr, als sie sich eingestehen wollte. Er war immer ihr Lieblingsonkel gewesen. Und ihr Vertrauter – bis sie durch Michelles Tod begriffen hatte, was es wirklich mit dem Beten und Gott auf sich hatte. Weil ihr Onkel sie aber stets an diese schmerzhafte Erkenntnis erinnerte, war sie ihm aus dem Weg gegangen. Aus einem Monat war ein Jahr geworden, dann zwei, fünf – und nun waren bereits zehn Jahre vergangen.

»Hallo?«, hörte sie ihn durch die Leitung. »Ist jemand dran?«

Scarlett räusperte sich. »Onkel Trace.« Dann fügte sie hilflos hinzu: »Ich bin's, Scarlett.«

Einen Moment lang herrschte Stille. »Das weiß ich, Liebes«, sagte er zögernd. »Ich habe deine Stimme sofort erkannt.«

Kein Wunder, dass er so zurückhaltend reagierte. »Na ja, es ist lange her. Es hätte ja sein können, dass du sie vergisst.«

»Das ist lächerlich. Nur weil du seit ungefähr zehn Jahren nichts außer ›Hallo‹, ›Bis dann‹ und ›Frohe Weihnachten‹ zu mir gesagt hast? Im Übrigen steht auf meinem Display Cincinnati PD. Weder dein Vater noch deine Brüder können es sein, sofern sie sich nicht einer längeren Hormonbehandlung unterzogen haben, also bleibst mittels Ausschlussverfahren nur noch du.«

Sie lachte verunsichert. »Wie geht's dir?«

»Genauso wie beim letzten Mal, als du mich bei Colin juniors Taufe ignoriert hast«, sagte er pikiert, und sie kniff die Augen zusammen. Dann wurde seine Stimme sanfter: »Warum rufst du an, Scarlett?«

»Ich ... ich brauche deine Hilfe. Wir suchen zwei Frauen, die seit heute Morgen vermisst werden. Sie sind vermutlich Opfer von

Menschenhändlern, deshalb wollen wir keine Fotos von ihnen an die Medien geben. Es handelt sich um eine Mutter und deren Tochter im Teenageralter. Die ältere Tochter ist heute Morgen in einer Nebenstraße in der Innenstadt ermordet worden.«

»Ja, ich hab's gelesen. Aber wie kann ich dir helfen?«

Seine Stimme hatte noch immer dieselbe tröstende Wirkung wie früher, als sie noch ein Kind gewesen war. »Die Familie scheint sehr gläubig zu sein, und einem Pfarrer würden sie bestimmt vertrauen.«

»Ich verstehe. Wohin soll ich denn kommen?«

»Ins Präsidium.«

»In Ordnung.« Eine lange Pause entstand. »Du hast mir gefehlt, Scarlett.«

Ihr Herz wurde schwer, aber sie wollte ihm keine falsche Hoffnung machen. »Das hier bedeutet keine Rückkehr in die Gemeinde.«

»So habe ich es auch nicht gemeint. *Du* hast mir gefehlt. Ich warte schon sehr, sehr lange darauf, dass du dich bei mir meldest, deshalb würde ich jede Gelegenheit nutzen, um mit dir ein paar Worte zu wechseln.«

»Du hast es immer noch drauf, weißt du das?«

»Was – Schuldgefühle zu vermitteln, während ich mich, oberflächlich betrachtet, freundlich gebe?«

Diesmal war ihr Lachen zittrig. »Genau.«

»Schön«, erwiderte er heiter. »Du hast mich zehn Jahre lang links liegenlassen, das hat mich ziemlich gekränkt. Da wirst du wohl ein paar Schuldgefühle verkraften können.«

»Okay, eins zu null für dich. Wenn du, sagen wir, vor fünf Minuten hier sein könntest, wäre das großartig.«

»Zahlt ihr den Strafzettel, wenn ich wegen überhöhter Geschwindigkeit angehalten werde?«

Sie verdrehte die Augen. »Na schön, formulieren wir es um: Könntest du bitte so schnell wie legal möglich herkommen?«

»Das ist eine gute Idee. Wie wollt ihr die Frauen aufspüren?«

Darüber hatte Scarlett noch gar nicht nachgedacht. Im Geiste ging sie die Möglichkeiten durch. »Was für ein Verhältnis hast du zu Hunden?«

»Ich habe eine Hundehaarallergie. Wieso?«

»Ich würde dich gerne einem Suchhundeteam zur Seite stellen. Die Frauen sind aus einem Haus verschwunden, und soweit wir wissen, stand ihnen kein Transportmittel zur Verfügung. Sie haben zwar ein paar Stunden Vorsprung, aber wenn sie zu Fuß unterwegs sind, können sie noch nicht allzu weit gekommen sein. Zieh Wanderschuhe an. Und nimm ein Antihistaminikum mit.«

Er seufzte. »Und wahrscheinlich soll ich auch die Soutane anziehen, obwohl es draußen mindestens hundert Grad heiß ist.«

Ihre Mundwinkel zuckten. »Unbedingt. Staffier dich bitte so katholisch wie möglich aus.«

»So katholisch wie möglich? Ich habe die Soutane seit Jahren nicht mehr getragen, ich muss sie erst einmal suchen. Na gut, ich beeile mich.«

»Dir bleibt noch ungefähr eine Stunde Zeit. Ich muss erst die Hunde anfordern.« Und das Treffen mit dem FBI-Experten für Menschenhandel stand auch noch an.

Sie legte auf und starrte einen Moment lang blicklos auf das Telefon hinab. Irgendwie hatte dieser Tag eine ganz eigene Dynamik entwickelt. Sie hatte Bryan Lebewohl gesagt und sich auf Marcus eingelassen. Und nun mit Onkel Trace wieder vertragen.

Sie schickte eine rasche SMS an ihren Kontakt bei der Such- und Rettungshundestaffel und erhielt umgehend eine Antwort. *Ca. eine Stunde. Komme mit Romeo. Kriege vllt. noch andere zusammen.*

Dann wählte sie Deacons Handynummer und zog die Stirn in Falten, als Faith sich meldete. »Scarlett? Deacon ist gerade b-beschäftigt. *Ooooh!*« Faith unterdrückte ein Stöhnen, und ihre Stimme klang verdächtig atemlos. »Ähm, ja, Scarlett. Kann ich dir irgendwie helfen?«

Scarlett verdrehte die Augen. Sie sah das Szenario nur allzu deutlich vor sich. Die zwei Turteltäubchen waren so verknallt ineinander, dass Scarlett es manchmal unerträglich fand. »Sag mal, wollt ihr mich auf den Arm nehmen? Könnt ihr nicht einmal bis Feierabend warten? Grundgütiger!«

Im Hintergrund hörte sie Deacons gedämpfte Stimme. »Sag ihr, ich ruf gleich zurück.«

Faith stieß die Luft in kurzen pustenden Stößen aus, als wollte sie eine Wehe veratmen. »Gib ihm eine Minute. Er ruft dich glaaaaaaa ... ähm, ja. Gleich zurück.«

»Nicht auf dem Handy. Ich bin im Verhörraum eins. Bitte direkte Durchw...«

Deacon knurrte in die Leitung. »Ich rufe dich *zurück!*« Und damit war die Leitung tot.

»Herrgott noch mal«, murmelte Scarlett und wandte sich mit einem ungeduldigen Seufzer dem Beobachtungsfenster zu. Lynda und Marcus unterhielten sich angeregt und steckten immer wieder die Köpfe über Marcus' Handy zusammen. Keiner von beiden schien noch verärgert zu sein, Scarletts Plan war offenbar aufgegangen. Fasziniert beobachtete sie Marcus' Mimik, sein wunderschönes Lächeln, seine konzentrierte Miene, und als das Festnetztelefon zu klingeln begann, nahm sie ab, ohne ihren Blick von Marcus zu lösen.

»Bishop«, sagte sie geistesabwesend.

Ein Flüstern. »Faith hier. Ich weiß, du willst mit Deacon sprechen, aber er muss schnell duschen.«

»Danke, so genau wollte ich es gar nicht wissen«, gab Scarlett zurück, doch Marcus' Anblick allein hatte sie schon milder gestimmt.

»Ja, vermutlich. Tut mir leid«, murmelte Faith. »Hör zu, ich habe nicht viel Zeit. Deacon war eben bei der Frau des Agenten, der vorhin erschossen wurde.«

Die Wärme in Scarletts Brust verflüchtigte sich abrupt. Wie hatte sie ihn so schnell vergessen können? »Agent Spangler. Was ist passiert?«

»Es lief nicht besonders gut. Spanglers Frau ist durchgedreht und auf Deacon losgegangen. Sie hat ihm das ganze Gesicht zerkratzt.«

Scarlett sank auf einen Stuhl herab. »Aber ... warum hat er sich denn nicht gewehrt?«

»Weil er damit gar nicht gerechnet hatte, nehme ich an.«

»Und so, wie ich Deacon kenne, gibt er sich in irgendeiner Hinsicht die Schuld und meint, er hätte es verdient.«

Faith seufzte. »Ich wusste, dass du es verstehen würdest.«

»Aber wo, bitte schön, war SAC Zimmerman?«

»Er hatte keine Zeit, also ist Deacon allein hingefahren.«

*Idiot.* Wie konnte ein intelligenter Mensch sich nur so dumm verhalten? »Herrgott noch mal, Faith, warum hat er denn nicht mich oder Lynda angerufen? Einer von uns beiden wäre bestimmt mitgekommen.«

»Ja, aber du hattest etwas anderes zu tun, und zusammen mit Isenberg Angehörige zu benachrichtigen, macht ihn immer ziemlich nervös.«

»Ja, ich weiß. Sie ist nicht gerade feinfühlig. Und wie geht es Deacon jetzt?«

»Gar nicht gut. Er hat schon oft Angehörige von Gewaltopfern benachrichtigen müssen, aber noch nie die eines Kollegen. Ich habe zu Hause gearbeitet, als er kam, um sich umzuziehen und sich z...«

»Moment mal«, unterbrach Scarlett sie. »Wieso, um sich umzuziehen?«

»Spanglers Witwe hat ihm auch das Hemd zerfetzt, bis es ihm schließlich gelungen ist, sie festzuhalten. Es muss wirklich schlimm gewesen sein. Jedenfalls war ich hier, als er kam, und es ging ihm wirklich nicht gut, und da ...«

»Hast du ihn trösten wollen«, beendete Scarlett leise den Satz. »Das kann ich verstehen.«

»Er will bestimmt nicht, dass jemand weiß, wie sehr es ihn mitgenommen hat«, flüsterte Faith.

»Alles klar. Aber ich muss ihn damit aufziehen, dass ich sein Schäferstündchen unterbrochen habe, sonst wird er misstrauisch.«

Faith' leises Lachen klang ein bisschen wässrig. »Danke. Er hat gesagt, ihr würdet euch gleich beim FBI treffen?«

»Ja, deswegen habe ich vorhin angerufen. Es hat ein paar neue Entwicklungen gegeben, daher müssen wir unser Meeting ein wenig abkürzen. Wenn er nicht pünktlich dort ist, werde ich nicht lange auf ihn warten können.«

»Ich sag's ihm. Danke noch mal. Oh, und Scarlett? Grüß doch meinen Cousin ganz lieb von mir.« Sie betonte das »ganz lieb« so, dass es irgendwie anzüglich klang. »Hübscher Kerl, nicht wahr? Demnächst will ich Einzelheiten, meine Liebe, und zwar *alle* Einzelheiten.«

Scarlett schoss das Blut in die Wangen. »Mach's gut, Faith.«

Resolut legte sie auf und kehrte in den Verhörraum zurück, wo Lynda Marcus empört und Marcus Lynda herausfordernd anstarrte.

Scarlett zog ungläubig die Augenbrauen hoch. »Als ich eben nebenan war, haben Sie beide friedlich zusammengearbeitet, und zehn Sekunden später herrscht wieder Krieg? Was ist passiert?«

»Er war eigentlich ganz vernünftig«, erklärte Lynda beißend, »bis er einen vollkommen hanebüchenen Vorschlag gemacht hat. Er will an Ihrer Ermittlung teilhaben. Wie in dieser albernen TV-Serie, in der der Schreiberling mit der Polizistin loszieht.«

Scarlett verbiss sich ein Lächeln. »*Castle* meinen Sie? Ich mag die Serie. Sie ist ziemlich originell.«

»Das hier ist eine Abteilung, die sich mit Mord beschäftigt«, sagte Lynda scharf. »Wir sind nicht ›originell‹.«

Abgestraft zog Scarlett den Kopf ein. Aber ehe sie etwas erwidern konnte, ergriff Marcus das Wort.

»Und ich bin kein Romanautor«, konterte er. »Ich bin Journalist, und diese Geschichte muss unbedingt veröffentlicht werden. Wie viele Leute in dieser Stadt glauben genau wie Annabelle Church, dass Menschenhandel bloß in Thailand stattfindet? Und habe ich nicht gerade in alles eingewilligt, was Sie in Bezug auf den Artikel über Tabby Anders gefordert haben?«

»In fast alles, ja«, stimmte Isenberg zu. »Aber auch nur, weil ich es verlangt habe. Vor sich aus haben Sie keinerlei Zugeständnisse gemacht, O'Bannion, und ich bin, was Reporter angeht, ein gebranntes Kind. Sie mögen sich darauf einlassen, solange es Ihren Zwecken dient, aber sobald Sie können, drucken Sie, was immer Sie wollen, und gefährden damit nicht nur die Opfer, sondern auch meine Leute.«

»Bisher hat er sich immer an sämtliche Absprachen gehalten«, mischte sich Scarlett ein. Sie fand Marcus' Bitte nicht unangemessen, konnte jedoch auch Lyndas Standpunkt verstehen. Ihre Vorgesetzte hegte dieselben Befürchtungen wie Scarlett, bevor sie Marcus näher kennengelernt hatte. »In dem Artikel heute Morgen stand nichts, was ich nicht abgenickt hatte. Und er hat recht: Diese Geschichte *ist* wichtig! Ich vertraue ihm, Lynda.«

Lynda warf ihr einen harten Blick zu. »Der Mann ist gemeingefährlich. Sein Versuch, durch den Garten in Anders' Haus zu kommen, hätte Sie und ihn fast das Leben gekostet! Und möglicherweise ist er auch für Agent Spanglers Tod verantwortlich.«

Marcus öffnete empört den Mund, aber Scarlett hob hastig die Hand und war dankbar, als er sich tatsächlich zurückhielt.

»Es gibt keinen Grund anzunehmen, dass er etwas mit dem Mord zu tun hat. Außerdem« – Scarlett holte tief Luft, denn sie wusste, dass sie Ärger heraufbeschwor – »dachte ich mir schon, dass er versuchen würde, ins Haus zu gelangen. Ich habe es ihm nicht ausdrücklich untersagt.«

Lynda setzte sich kerzengerade. Ihre grauen Augen wurden kalt. »Sie wussten, dass er sich herumschleichen würde?«

»Ich bin davon ausgegangen, dass er es zumindest versuchen würde. Als ich sah, dass er nicht mehr im Auto saß, bin ich ihm gefolgt.« Sie setzte sich auf den Platz zwischen ihrer Chefin und Marcus. »Lynda, uns waren die Hände gebunden, solange wir keinen Durchsuchungsbeschluss hatten. Was Marcus getan hat, war nicht illegal – und hat Tabby Anders vermutlich das Leben gerettet, weil wir so das Haus stürmen konnten. Durch Tabby wiederum haben wir das Baby gefunden und kennen nun die Namen der beiden anderen Frauen. Tatsächlich ist Marcus uns bisher also ziemlich nützlich gewesen.«

»Toll, danke«, brummte Marcus sarkastisch. »Ich wollte immer schon *nützlich* sein.«

Scarlett warf ihm einen scharfen Blick zu, dann wandte sie sich wieder an Lynda. »Warum soll er nicht mitkommen und beobachten? Wir haben schließlich nichts zu verbergen. Und bevor er etwas druckt oder ins Netz stellt, zeigt er uns einfach, was er geschrieben hat.« Sie blickte über die Schulter. »Stimmt doch, oder, Marcus?«

# 20

Cincinnati, Ohio
Dienstag, 4. August, 19.00 Uhr

Es fiel Marcus zunehmend schwer, seinen Ärger zu unterdrücken. Sich von der Polizei die Erlaubnis geben zu lassen, ehe er seine Artikel hochlud? Dass sie das auch nur in Erwägung ziehen konnte, war einfach lächerlich.

Kopfschüttelnd begegnete er ihrem Blick. »Ganz sicher nicht«, sagte er fest. »Das nennt man Zensur. Ich drucke die Wahrheit, ob sie der Polizei nun gefällt oder nicht.«

Isenberg blähte die Nasenflügel. »Ich wusste es. Er ist Reporter! Reporter reden immer über ihre Bürgerrechte, nicht aber über die Rechte der Polizisten und Opfer, die sie durch unverantwortliche Berichterstattung gefährden, nur um die Sensationsgier ihrer Leser zu stillen.«

Scarlett, die zwischen ihm und Isenberg saß, lehnte sich zurück, als wollte sie zu ihnen beiden Abstand einnehmen. Ihre eben noch betroffene Miene wurde plötzlich wieder vollkommen ausdruckslos, und mit ihrem Blick geschah etwas, das ihm ganz und gar nicht gefiel.

»Scarlett? Was ist los?«, fragte er.

»Nichts«, sagte sie kühl. »Alles in Ordnung.« Grimmig presste sie die Kiefer zusammen. »Ich verlange ja nicht, dass du die Unwahrheit veröffentlichst. Es geht doch nur darum, manchmal gewisse Details zurückzuhalten, und heute Morgen warst du damit einverstanden. Was ist jetzt anders?«

»Nichts«, murmelte er. »Aber es gefällt mir nicht, dass jemand meint, er könne meine Arbeit ›freigeben‹. Ihr werdet mir schon glauben müssen, dass ich mein Wort halte, falls wir beschließen sollten, bestimmte Fakten auszulassen.«

Unwillkürlich hielt er den Atem an, während er auf ihre Reaktion wartete. Er wusste, dass dies ein kritischer Moment für ihre zukünftige Beziehung war, wie auch immer sie sich entwickeln würde.

Ein paar Sekunden lang starrte sie ihm emotionslos in die Augen, dann wandte sie sich wieder ihrer Chefin zu. »Sie trauen ihm nicht«, sagte sie unterkühlt. Sie wirkte so distanziert, dass Marcus am liebsten irgendetwas zertrümmert hätte. »Das kann ich nachvollziehen. Auch ich hatte große Schwierigkeiten damit, die Begriffe Vertrauen und Presse unter einen Hut zu bringen. Reporter verdienen ihr Geld damit, Nachrichten zu produzieren, und kümmern sich einen Dreck darum, was für einen Schaden sie damit anrichten.«

*Verdammt – nein!*, dachte er wütend. Das musste er sich von niemandem gefallen lassen, am wenigsten von ihr. Doch sie schien seinen Protest zu spüren, denn sie hielt mahnend eine Hand hoch, und weil sie es war, biss er sich auf die Zunge, bis er Blut schmeckte.

»Aber«, fuhr Scarlett derweil fort, »Marcus hat uns bisher keinerlei Grund gegeben, an seinem Wort zu zweifeln. Dass er den Hund identifizieren konnte, hat uns zu den Anders geführt, und obwohl er den Namen kannte, hat er bisher nichts darüber veröffentlicht. Er ist ganz offenbar nicht wie die Reporter, mit denen Sie und ich uns in der Vergangenheit auseinandersetzen mussten. Wenn Sie ihm nicht vertrauen, dann vertrauen Sie bitte mir. Ich übernehme die Verantwortung für das, was er druckt.«

»Ich will nicht, dass jemand die Verantwortung für mich übernimmt«, wandte er verärgert ein. »Das kann ich schon selbst.«

Ihre Augen waren immer noch eiskalt. »Das hier ist meine Welt, Marcus, und hier muss es so laufen. Wenn du willst, dass ich dir vertraue, dann musst du auch mir vertrauen.«

Ihre Selbstbeherrschung war phänomenal. Und ungesund. Niemand wusste besser als er, wie gefährlich es war, die eigenen Emotionen immer wieder bis zur Selbstverleugnung zu unterdrücken.

»Also gut«, sagte er. »Vermutlich würde ich an eurer Stelle dasselbe verlangen. Zumal ihr heute einen Kollegen verloren habt.«

»Danke«, sagte sie tonlos. »Ist diese Abmachung akzeptabel, Lieutenant?«

»Ja«, erwiderte Isenberg. Sie warf Marcus einen scharfen Blick zu. »Sorgen Sie dafür, dass ich es nicht bereue.«

Marcus seufzte nur.

Scarlett erhob sich. »Ich muss mich jetzt mit Deacon beim FBI treffen. Da sie noch nichts von unserem Arrangement wissen, fahre ich allein, aber ich werde das Thema dort ansprechen.«

»Um was für ein Treffen handelt es sich?«, fragte er.

»Wir hoffen auf die Hilfe der FBI-Spezialisten für Menschenhandel. Wir wollen uns mit dem Leiter der Sonderkommission unterhalten«, antwortete Scarlett. »Ich weiß nicht, was dabei herauskommt, aber ich werde dir berichten, was immer ich kann.«

»In Ordnung. Ich habe ohnehin ein paar Dinge im Büro zu erledigen.« Er stemmte sich hoch. »Bringst du mich raus?«, fragte er Scarlett und nickte Isenberg zu. »Lieutenant.«

Schweigend folgte er Scarlett hinaus. Er wartete, bis sie in ihrem Wagen saßen, ehe er die Frage stellte, die ihn schon die ganze Zeit umtrieb. »Was hat der Reporter getan?«

Ihr Kopf fuhr zu ihm herum. »Wie bitte?«

»Sobald Isenberg von rücksichtslosen Reportern gesprochen hat, hast du dich innerlich abgeschottet, und heute Morgen war es ähnlich. Anscheinend ist irgendwann etwas passiert, das dich persönlich betrifft.« Als sie schwieg, setzte er neu an. »Nun komm schon, Scarlett. Ich weiß, dass es wichtig ist. Ich kann es dir doch ansehen.«

Sie zog die Brauen zusammen, als sie in den Verkehr einscherte. »Bevor du mir über den Weg gelaufen bist, war ich bekannt für mein Pokerface.«

Er hätte gerne gegrinst, wollte sich aber nicht ablenken lassen. »Also. Was hat dieser Reporter dir angetan?«

Sie presste die Kiefer zusammen. »Ich habe dir ja erzählt, dass meine Freundin ermordet wurde.«

»Ja. Damals auf dem College. Michelle. Und der Täter wurde nie zur Rechenschaft gezogen.«

Sie nickte und schien sich kurz zu entspannen. »Ich habe dir allerdings nicht erzählt, dass ich genau weiß, wer sie umgebracht hat. Trent Bracken. Er war Michelles Freund.« Marcus blinzelte. Ihre Stimme verlieh ihm eine Gänsehaut. »Und warum sitzt dieser Bracken nicht im Gefängnis?«

»Weil sein Daddy genug Geld hatte, einen Staranwalt zu engagieren«, sagte sie verbittert. »Und heute ist dieser Bastard selbst Verteidiger, und zwar in einer exklusiven Kanzlei direkt hier in der Stadt.«

»Das muss furchtbar für dich sein«, sagte er sanft. »Ich kann deinen Zorn verstehen. Aber was hat das mit dem Reporter zu tun?«

Sie seufzte verärgert. »Als Michelle vermisst wurde, erzählten wir – ihre Freunde – der Polizei, dass Trent gewalttätig war und Michelle Angst vor ihm gehabt hatte. Die Polizei ließ Trent daraufhin beschatten. Er selbst ahnte nicht, dass er verdächtigt wurde.«

»Aber er fand es heraus, wie ich annehme.«

Sie nickte grimmig. »Weil ein sensationsgeiles, selbstverliebtes Arschloch von Reporter es in der ganzen Stadt verbreitete.« Sie hatte den Satz so hasserfüllt hervorgestoßen, dass Marcus beinahe zusammengezuckt wäre. »Zu dem Zeitpunkt lebte Michelle noch. Aber als Trent seinen Namen in der Zeitung las, drehte er durch.« Ihre Kehle wurde so trocken, dass sie kaum schlucken konnte. »Am nächsten Tag fand ich sie. Ihr Blut war noch warm. Es tropfte von der Hauswand in der Gasse, wo er sie abgeladen hatte.«

*In der Gasse?* Herrgott, dieser Tag war also in mehrfacher Hinsicht schlimm für sie gewesen. Tala ausgerechnet in einer Gasse zu finden, musste ihr die schrecklichen Bilder wieder lebhaft in Erinnerung zurückgebracht haben. Er hätte sie gerne getröstet, wusste aber, dass sie ihn im Augenblick abweisen würde. Außerdem steckte hinter dieser Reportersache noch mehr, das spürte er. »Woher wusste dieses sensationsgeile Arschloch von Reporter denn, dass Bracken verdächtigt wurde?«

Ihre Lippen verzogen sich. »Weil ich es ihm gesagt habe.«

Wieder blinzelte Marcus verblüfft. Das hatte er definitiv nicht erwartet. »Du hast mit dem Reporter gesprochen? Warum?«

»Weil ich nicht wusste, dass er Reporter werden wollte. Als ich es ihm erzählte, war er nur mein Freund.«

»Oh.« Marcus suchte nach den passenden Worten. »Das ist allerdings ein böser Verrat.«

»Ja«, murmelte sie. »Die Presse war die ganze Zeit schon hinter mir her. Jeder wollte ein Interview, weil ich Michelles beste Freundin war, und man ließ mich einfach nicht Ruhe. Und weil die Meute mein Wohnheim belagerte, hatte ich mich bei Donny versteckt.«

»Donny?«

»Mein damaliger Freund.«

Marcus runzelte die Stirn. »Ich dachte, du warst auf dem College mit Bryan zusammen.«

Ihre Finger krampften sich um das Lenkrad. »Nein, Bryan und ich waren einfach nur *Freunde*. Das habe ich dir doch schon erklärt.«

»Ja, das hast du. Entschuldigung«, sagte er ruhig. Ihre ganze Körperhaltung sandte die deutliche Warnung aus, sie bloß nicht anzufassen, also blieb ihm nur seine Stimme, um sie zu besänftigen. »Du hast dich also bei Donny versteckt.«

»Ja, weil ich so ungeheuer dämlich war, diesem schlappschwänzigen Vollidioten zu vertrauen.«

»Wie alt warst du damals, Scarlett?«, fragte er sanft.

Sie schluckte. »Zwanzig«, flüsterte sie, und eine einzelne Träne rann ihr über das Gesicht. »Zwanzig und noch so verdammt naiv. Ich glaubte auch damals schon nicht, dass er mich liebte, aber dass er mich auf so gemeine Weise ausnutzen würde, hätte ich auch nicht gedacht.«

Behutsam strich Marcus ihr mit den Fingerknöcheln über die Wange. »Erzähl es mir, Liebes.«

»Er war für mich da, hörte mir zu, nahm mich in den Arm, wenn ich weinen musste. Dass er sich die ganze Zeit über Notizen machte, war mir nicht bewusst. Schließlich verkaufte er seine Geschichte an einen Lokalsender unter der Bedingung, dass man ihn als ›Gastreporter‹ einsetzen würde.«

»Welche Nachrichtensendung lässt sich denn auf so was ein?«

»Eine, die die Story unbedingt haben wollte.«

»Donny hat also mir nichts, dir nichts beschlossen, Fernsehreporter zu werden? Hat er Journalismus studiert?«

Sie presste die Lippen zusammen. »Nein. Sein Hauptfach war Psychologie. Er wollte mit dieser Geschichte einen Fuß in die Tür der Sender bekommen, die die großen Nachrichtenmagazine produzieren. Er war der Ansicht, dass seine Psychologiekenntnisse ihm dabei helfen würden, den Leuten auch die düstersten Geheimnisse zu entlocken.«

Marcus schnaubte. »Etwas wahnhaft, der Gute.«

»Wahrscheinlich schon. Jedenfalls wusste ich nicht, dass er ein berühmter Reporter werden wollte, und er vermutlich auch nicht, bis Michelles Verschwinden zu einer Meldung wurde, die nationales Interesse weckte.«

»Und hat er einen Job bekommen?«

»Ja, aber nicht bei dem Sender. Letztlich hat er für irgendein Boulevardblatt geschrieben, aber nicht besonders gut, deshalb wurde er bald wieder rausgeworfen. Heute verkauft er Autos.«

»Und dreht den Leuten mit seinen Psychologiekenntnissen Kisten an, die sie gar nicht brauchen.«

»So ungefähr«, sagte sie. »Jetzt weißt du also, warum ich Reportern nicht über den Weg traue.«

Marcus schüttelte den Kopf. »Er war kein richtiger Reporter. Du hast ihn eben ›selbstverliebt‹ genannt, und ich denke, das trifft es genau.«

»Sobald Donnys Story veröffentlicht war«, fuhr sie leise fort, »fielen die *echten* Reporter über mich her. Sie folgten mir auf Schritt und Tritt und rammten mir bei jeder Gelegenheit ihre Mikrofone ins Gesicht. Ich bin froh, dass ich damals noch keine Waffe tragen durfte. Ich hätte sie abgeknallt.«

Irgendwie zweifelte er daran nicht.

Eine lange Weile sagte sie nichts, dann seufzte sie. »Damals jedenfalls konnte ich damit überhaupt nicht umgehen. Deshalb flüchtete ich mich in die Kirche.«

»In die Kirche deines Onkels?«

»Ja. Bis zu diesem Moment bin ich oft in die College-Kapelle gegangen, aber auch dorthin verfolgte mich die Presse. Ich rief Bryan an, und er kam mit seinem Motorrad, hielt gerade lange genug vor der Kapelle an, damit ich aufspringen konnte, und jagte dann mit mir davon. Als es ihm gelungen war, die Reportermeute abzuhängen, brachte er mich zu Onkel Trace und blieb bei mir. Michelles Familie war bereits dort und meine auch, denn Michelle und ich waren als Mitglieder dieser Kirche aufgewachsen und dort zusammen gefirmt worden. Wir beteten die ganze Nacht. Nur dann nicht, wenn wir ans Telefon gehen mussten, und die Dinger klingelten unaufhörlich, denn die Reporter hatten unsere Nummern herausgefunden. Dennoch wagten wir nicht, die Handys abzustellen. Michelle hätte doch versuchen können, uns zu erreichen. Oder jemand, der etwas Wichtiges wusste!«

»Ich verstehe«, sagte Marcus leise. *Besser, als du dir vorstellen kannst.*

Sie warf ihm einen schuldbewussten Blick zu. »Ja, ich weiß. Wir sind nicht die Einzigen, die so etwas durchmachen mussten. Verzeih mir. Es muss furchtbar für euch gewesen sein, als Mikhail verschwunden ist.«

»Ja, das war es«, murmelte er. Aber zumindest hatte er Mikhails Leiche nur gefunden; er hatte nicht miterleben müssen, wie sein Bruder gestorben war. Marcus schloss die Augen. Mikhails Flehen um Hilfe war ihm erspart geblieben. Bei Matty hatte er das Glück nicht gehabt. Und er war noch zu klein gewesen, um das jemals verkraften zu können.

*Maaaarcus!* Mattys schreckliche Schreie hatten sich für immer in sein Bewusstsein gebrannt. *Maaaaarcus!* Im Wachzustand konnte er sie meistens aussperren und so tun, als hätte er sie nie gehört.

Stones gequältes Geschrei dagegen hörte er auch heute noch ständig, ob er nun schlief oder wach war.

*Marcus! Mach, dass er aufhört. Hilf mir doch. Ich will nach Hause.*

»Marcus?«, fragte Scarlett besorgt. »Ähm – Marcus?«

Er schlug hastig die Augen auf und unterdrückte einen Fluch. Verdammt. Er hatte sich gehenlassen. Natürlich war ihr das sofort aufgefallen. »Wie ist es weitergegangen?«, fragte er, um das Thema wieder auf ihre Geschichte zu lenken.

»Am nächsten Morgen ging eine SMS bei mir ein – von ihrem Handy.« Wieder ein verbittertes Lächeln. »Ich dachte, meine Gebete seien erhört worden. Sie schrieb, ich sollte sie hinter dem Wohnheim treffen, sie hätte Angst vor den Reportern. Und ich sollte ihren Eltern nichts verraten, weil sie ihnen nicht so gegenübertreten wollte.« Sie schluckte hörbar. »Sie hatte mir ein Bild von sich mitgeschickt. Zuerst habe ich sie gar nicht erkannt, so geschwollen war ihr Gesicht. Trent Bracken sei es gewesen, schrieb sie. Ich war entsetzt, aber dennoch erleichtert, dass sie noch lebte.«

»Hast du es ihren Eltern gesagt?«

»Nein. Sie waren beide vollkommen am Ende, und zum ersten Mal seit Tagen schliefen sie. Ich dachte, ich verarzte Michelle, überschminke das Schlimmste und rufe dann erst ihre Eltern an. Auf diese Art konnten sie sich ein wenig ausruhen, und Michelle konnte ihre Würde bewahren.«

Marcus runzelte die Stirn. »Wie soll ich das verstehen?«

»Ihre Eltern mochten Trent nicht. Er war reich, sie zählten zur Arbeiterklasse. Sie hatten bereits vermutet, dass er nicht nett mit ihr umging, aber dass er sie verprügelte, ahnten sie nicht. Ich flehte Michelle an, ihn zu verlassen, und sie versuchte es tatsächlich. Einen Tag bevor sie verschwand, machte sie mit ihm Schluss.«

Sie waren vor der Redaktion des *Ledger* angekommen, und sie parkte ein, aber Marcus regte sich nicht. »Und dann?«

»Bryan hatte uns kurz vor der Dämmerung verlassen. Er hat damals Zeitungen ausgetragen – was für eine Ironie. Als ich die SMS bekam, bat ich ihn, mich abzuholen, und er ließ alles stehen und liegen.

Onkel Trace und dem Rest der Familie, die noch in der Kirche waren, erzählte ich, ich müsste eine Runde laufen, um den Kopf frei zu kriegen. Vor unserem Wohnheim lagerten immer noch ein paar Reporter, aber Bryan brauste durch die kleinen Straßen hinter den Gebäuden, so dass niemand uns entdeckte.«

Sie verstummte, und ihr Blick ging ins Leere. Leider hatte Marcus eine ziemliche genaue Vorstellung davon, was sie gerade vor ihrem geistigen Auge sah.

»Und dann habt ihr sie gefunden?«, fragte er leise.

Sie nickte. »Ja. Das haben wir. Trent hatte zu Ende gebracht, was er begonnen hatte.« Sie atmete tief durch. »Ich muss geschrien haben, denn plötzlich wimmelte es in der Gasse von Reportern. Obwohl ich buchstäblich ihr Blut noch an den Händen hatte, stand ich plötzlich in einem Blitzlichtgewitter, und Fragen prasselten auf mich herein. Erstaunlich, dass du mein Bild nicht bei euch im Archiv gefunden hast. Ihr werdet den Artikel garantiert gebracht haben – mit Agentur-Fotos, falls kein Fotograf vom *Ledger* persönlich dabei war.«

Er würde es überprüfen, sobald er in der Redaktion war. »Und dann?«

»Bryan schaffte mich aus dem Gewimmel raus und rief meine Eltern an.«

Der plötzliche Anflug von Eifersucht irritierte ihn. »Versteht Bryan sich gut mit deinen Eltern?«

Sie lächelte schwach. »Mom bezeichnet ihn immer noch als ihren Sohn Nummer sieben. Jedenfalls brachte Dad mich nach Hause. Er war damals bei der Polizei schon ziemlich weit aufgestiegen, daher wagte es niemand, uns zu belästigen.« Wieder atmete sie tief durch. »So. Jetzt weißt du, warum ich keine Reporter mag.«

»An deiner Stelle ginge es mir wohl genauso. Aber das wäre vermutlich nicht mein größtes Problem.«

Ihre Augen verengten sich drohend. »Was soll das heißen?« »Ich hätte das Gefühl, für den Tod meiner besten Freundin verantwortlich zu sein.«

Sie musterte ihn kalt. »Dein Psychogeschwafel ist nicht besser als Donnys.«

Er nahm die Spitze nicht persönlich. »Aber das ist doch der Kern der Sache, oder nicht? Du hast jemandem vertraut, der dich verraten hat, und als Folge davon ist deine beste Freundin ums Leben gekommen.«

Eine Weile blieb es still. »Ja«, gab sie schließlich heiser zu. »Du hast recht. Bist du jetzt zufrieden? Du hast es aus mir rausgeholt, dann kannst du ja jetzt gehen.«

Er beugte sich zu ihr und umfasste sanft ihr Kinn, damit sie ihn ansah. »Nein, ich bin nicht zufrieden, Scarlett. Im Augenblick bin ich stocksauer – um deinetwillen. Was dir passiert ist, ist furchtbar, und die betreffenden Reporter sollten sich in Grund und Boden schämen. Aber ich sehe nicht ein, dass ich mich für etwas entschuldigen soll, das ich nicht getan habe. Und ich habe auch nicht versucht, dir etwas abzuringen. Wir alle haben Geheimnisse, und jeder muss selbst entscheiden, was er mit anderen teilt und was nicht. Aber dieses Geheimnis hatte wesentlichen Einfluss darauf, wie du mich beurteilst.« Er packte ihr Kinn fester. »*Mich,* Scarlett. Nicht ich habe dich damals verraten, nicht ich habe dich verfolgt und belästigt. Niemals würde ich deine Story oder meine Seele verkaufen, nur um ein paar Zeitungen mehr zu verscherbeln!«

Inzwischen hämmerte sein Herz wild in seiner Brust, und er atmete schwer, doch plötzlich wurde ihr Blick klar, und ein echtes Lächeln erschien auf ihren Lippen.

»Das weiß ich«, sagte sie leise. »Und ich wusste es auch schon vorher, aber ich habe mich nicht getraut, auf mein Bauchgefühl zu hören.«

»Warum denn nicht?«

»Weil ich dich so sehr wollte. Ich habe mir so sehr gewünscht, dass du anders bist als die gewöhnlichen Reporter, dass es mir Angst machte. Und das tut es immer noch.«

»Aber das ist Unsinn. Ich bin vielleicht kein besonders guter Mensch, aber ich war immer der festen Meinung, dass das, was ich getan habe, in dem Moment das Richtige gewesen ist. Und das gilt sogar für ...« Er verstummte und ließ ihr Kinn los. *Mein Gott.* Fast hätte er es ihr gesagt.

Sie zog die Brauen hoch. »Das gilt sogar für was?«

*Für Mord.* »Ich muss jetzt gehen.«

Sie griff in sein Hemd und zog fest daran. »Ich habe dir alles erzählt, Marcus – *alles!* Wage es ja nicht, jetzt einfach abzuhauen.«

Sein Atem ging immer noch schwer, doch nicht mehr vor Zorn. Panik wallte in ihm auf. Er schloss die Augen, legte seine Hand über ihre und presste sie auf sein wild pochendes Herz. Er war sicher, dass sie es sogar durch die Kevlar-Weste spüren konnte.

»Marcus?«, murmelte sie schließlich. Als er nicht reagierte, seufzte sie enttäuscht. »Ich habe dir gesagt, was ich getan habe. Meine beste Freundin musste sterben, weil ich ...«

»Du hast kein Verbrechen begangen«, presste er hervor. Er schlug die Augen auf und starrte sie an. »*Du* hast niemanden umgebracht!«

Sie verharrte vollkommen reglos. »Was immer du getan hast – sag es mir. Ich habe dir vertraut. Bitte vertrau du mir auch.«

Er schluckte schwer und mühte sich, seinen Puls auf Normalmaß zurückzubringen. *Es ist nur fair*, dachte er. Sie musste wissen, auf wen sie sich einließ, falls ihre Beziehung eine echte Chance haben sollte. Er schluckte wieder, als ihn erneut die Angst packte. Vielleicht würde sie ihm den Rücken zukehren, sobald sie wusste, wer er wirklich war. »Google ›Matthias Gargano, Lexington, Kentucky, 1989‹. Den Rest erzähle ich dir später.« Er ließ ihre Hand los, packte ihren Nacken und zog sie zu einem harten, verzweifelten Kuss zu sich. »Denk an dein Meeting. Du kommst zu spät. Ruf mich an, sobald du fertig bist.«

Er sprang aus dem Auto und lief auf das Gebäude zu. Als er ihr einen Blick über die Schulter zuwarf, starrte sie ihm mit weit aufgerissenen Augen nach.

Lincoln Park, Michigan
Dienstag, 4. August, 19.25 Uhr

Drake Connor war erschöpft und ausgehungert. Schwitzend schleppte er sich die letzten zwanzig Meter zu der Tankstelle, wo ihn endlich, endlich ein klimatisierter Raum und etwas Kaltes zu trinken erwarteten. Er war meilenweit über kleine Straßen gewandert, wo es nichts gab als Gras. Viel Gras. Tonnenweise Landschaft.

Er hatte den Highway gemieden, weil er sich nicht sicher war, wer ihn verfolgte. Denn dass es so war, stand für ihn fest. Wenn seine Schwester ihre Kreditkarte als gestohlen gemeldet hatte, dann mit Sicherheit auch ihr Auto. Es fehlte ihm gerade noch, dass irgendein Bulle ihn anhand eines Fahndungsfotos erkannte.

Drake brauchte etwas zu essen und zu trinken. Geld hatte er zwar noch immer keins, dafür aber einen Plan, wie er sich welches verschaffen konnte.

Er zog den Schirm seiner Baseballkappe tief ins Gesicht und lehnte sich gegen den Mast, an dessen Ende in gut zwanzig Metern Höhe das Tankstellenschild befestigt war. Er hatte das Schild schon aus großer Entfernung gesehen, und da der Laden hier weit und breit der einzige zu sein schien, würde vermutlich einiges los sein, auch wenn es langsam spät wurde. Er musste nur auf das richtige Fahrzeug warten – mit dem richtigen Fahrer natürlich.

Schon ein paar Minuten später hatte er Glück. Neben einer der Tanksäulen hielt ein schwarzer SUV mit getönten Scheiben, aus dem eine Frau mittleren Alters im Kostüm stieg. Ihr enger Rock endete unterhalb der Knie, was es ihr erschweren würde, sich gegen ihn zu wehren oder vor ihm zu fliehen. *Gute Kombination.* Sie seufzte tief und bog den Rücken durch, um sich zu strecken. Sie war müde von einem langen Arbeitstag. *Noch besser.*

Jetzt musste sie nur noch nach dem Tanken in den kleinen Supermarkt gehen. Drake schob die Hand unter sein Hemd, um zu überprüfen, ob der Griff der Pistole gut erreichbar war, zog den Schirm der Kappe noch etwas tiefer ins Gesicht und wartete ungeduldig.

»Ja!«, flüsterte er, als sie den Zapfhahn einhängte, ihre Tasche nahm und auf das Gebäude zuging. Doch statt ihm den Gefallen zu tun, den Wagen offen zu lassen, hielt sie die Fernbedienung über die Schulter und verschloss die Türen, ehe sie den Schlüssel in ihre Rocktasche steckte.

Drake folgte ihr in den Supermarkt und bis zur Kasse, wo er ihr von hinten einen Arm um den Hals schlang, den Lauf der Ruger an die Kehle drückte und sie mit einem Ruck an sich zog, als sie sich zu wehren begann.

»Zeig mir deine Hände«, sagte er ruhig zum Kassierer. »Eine falsche Bewegung, und sie hat ein Loch im Hals. Mach die Kasse auf und leg das Geld in die Tasche der netten Dame hier.« Er stieß sie mit dem Lauf an. »Los, mach ihm die Tasche auf und stell sie auf die Theke.«

Die Frau gehorchte eilig, der Mann dagegen öffnete widerwillig die Kasse und stopfte kleine Scheine in die Handtasche. Drake hatte einen guten Zeitpunkt erwischt. Bald würden die Lottozahlen gezogen, und es waren fünfzig Millionen im Topf, daher hatte vermutlich jeder noch schnell auf der Heimfahrt Lose gekauft.

»Du kleiner Dreckskerl«, zischte der Kassierer, was wirklich lustig war, weil der Mann selbst höchstens eins sechzig maß. *Dir spuck ich doch noch auf den Kopf.*

Aus dem Augenwinkel nahm Drake eine Bewegung hinten am Gang zu den Toiletten wahr. Er dachte nicht nach, sondern reagierte einfach, richtete die Ruger auf den Kassierer und zog durch. Der Mann schrie auf und ging zu Boden.

Eine Frau mit Schrotflinte kam auf ihn zugerannt. Furcht zog Drake die Kehle zu, als sie die Waffe auf ihn richtete. Er packte seine Geisel fester, griff nach ihrer Handtasche und schleifte sie rückwärts aus dem Laden.

»Waffe runter!«, brüllte er der Frau mit dem Gewehr zu. »Und bleib stehen, wo du bist.«

»Bitte«, schrie seine Geisel. »Nicht schießen. Er bringt mich um.«

»Mein Mann!«, rief die Frau. Sie rannte hinter den Tresen und verschwand dahinter, vermutlich um sich um den Kassierer zu kümmern.

»Gib mir den Schlüssel, dann passiert dir nichts«, sagte Drake zu seiner Geisel. »Aber mach die verdammte Kiste erst auf.« Die Frau im Kostüm gehorchte, und Drake kämpfte seine Panik nieder und zerrte die Geisel um den Wagen herum zur Fahrerseite. Er hatte vorgehabt, sie freizulassen, sobald er im Wagen saß, aber sie begann sich zu wehren.

»Nein! Lassen Sie mich gehen!« Sie warf sich herum, trat nach ihm und ließ Drake keine Wahl. Also stieß er sie zu Boden, jagte ihr eine Kugel in den Kopf und stieg in den SUV. Er warf die Handtasche auf den Beifahrersitz, startete den Motor und ...

*Verdammt.* Säure schoss ihm in den Magen, als er in den Rückspiegel sah. Die Frau des Kassierers stürmte aus dem Supermarkt und richtete das Gewehr auf den SUV. Er trat das Gaspedal durch, roch den Gestank von verbranntem Gummi und fuhr mit quietschenden Reifen und schlingerndem Heck auf die Straße zu.


Cincinnati, Ohio
Dienstag, 4. August, 19.30 Uhr


Scarlett war erst einen Block vom *Ledger* entfernt, als sie wieder rechts heranfuhr. Ihr Herz pochte in ihrer Kehle, als sie ihr Handy hervorholte. Ihr eigenes Geständnis, die nagende Schuld und die Verzweiflung über den Tod und den Verrat hatten sie zutiefst erschüttert. Aber was sie in Marcus' Augen gesehen hatte ... *Mein Gott.* Er hatte wahre Angst erfahren. Einen Augenblick lang hatte sie geglaubt, dass er sich übergeben würde.

Sie zwang ihre bebenden Hände zur Ruhe und gab »Matthias Gargano, Lexington« und »1989« bei Google ein, wie er es ihr gesagt hatte. Stirnrunzelnd tippte sie das oberste Ergebnis an. Ein

Artikel einer Zeitung aus Lexington. Über ein Begräbnis. *Oh, mein Gott.* Die Beisetzung eines Kindes. »Wer bist du, Matthias Gargano?«, flüsterte sie, obwohl sie befürchtete, die Antwort bereits zu kennen.

*In großer Trauer nahm die Gemeinde heute Abschied von Matthias Gargano, dem dreijährigen Sohn von George Gargano und Della Yarborough-Gargano. An den Feierlichkeiten nahmen neben den Eltern und Großeltern auch die beiden Brüder teil, Marcus, acht Jahre, und Montgomery, sechs. Der kleine Matthias, der bei einer Entführung ums Leben kam, wird in der Familiengruft der Yarboroughs auf dem Spring Grove Cemetery in Cincinnati, Ohio, beigesetzt.*

Scarlett stockte der Atem. Wieso hatte sie von dieser Sache nichts gewusst?

»Oh, mein Gott«, flüsterte sie. Mikhail war also nicht das erste Kind gewesen, das Marcus' Mutter durch ein Gewaltverbrechen verloren hatte. »Die arme Frau!«

Der nächste Artikel stammte aus derselben Lokalzeitung. Als sie die Überschrift las, setzte ihr Herz einen Schlag aus. *Gargano-Söhne wieder in Sicherheit.*

»Oh, nein.« Entsetzt las sie weiter. Die drei Jungen waren in einer konzertierten Aktion von verschiedenen Orten gleichzeitig entführt worden. Marcus und Montgomery – Montgomery? Das musste Stone sein! – waren auf dem Heimweg von der Grundschule abgefangen worden. Man hatte den Chauffeur der Familie überwältigt, betäubt und aus dem Wagen gestoßen. Die beiden Kinder wurden in ein leerstehendes Lagerhaus gebracht. Der dreijährige Matthias verschwand während seines Mittagsschlafs. Wie sich später herausstellte, hatte der Täter sich bei der Baufirma eingeschlichen, die im Penthouse der Familie Reparaturarbeiten durchführte.

Die Entführer verlangten fünf Millionen Dollar Lösegeld. Der Betrag war so utopisch, dass Scarlett schwindelig wurde, aber Marcus' Eltern konnten das Geld in weniger als vierundzwanzig Stunden aufbringen. Dennoch kam es zur Katastrophe, als die Entführer merkten, dass ihnen das FBI und die Polizei von Lexington auf den Fersen waren; die Mutter hatte sie trotz Warnungen eingeschaltet. In Wut und Panik schossen die Entführer auf die Kinder. Eins starb, eins wurde schwer verletzt, den ältesten Bruder verfehlten sie.

*Marcus.* War entführt worden. Und man hatte auf ihn geschossen. Schon als Kind. *Mein Gott. Er war doch erst acht!* Acht Jahre. So alt war er gewesen, als seine Mutter eine Überdosis Tabletten genommen hatte. Scarlett hasste Selbstmord, denn es gehörte zu ihren beruflichen Aufgaben, die Angehörigen zu benachrichtigen, und nie hatte sie Antworten auf deren herzzerreißende Fragen. Dennoch konnte sie den Wunsch, sich selbst das Leben zu nehmen, nachvollziehen. Nach Michelles Tod hatte auch sie ein- oder zweimal darüber nachgedacht.

Aber Della Yarborough hatte noch zwei andere Söhne, und nach dieser furchtbaren Erfahrung brauchten die ihre Mutter gewiss nötiger als je zuvor.

»Oh«, hauchte sie. Das war also der Grund, warum Gayle in Marcus' Leben eine so wichtige Rolle spielte. Sie war zu jener Zeit das Kindermädchen gewesen. Jetzt verstand Scarlett einiges, unter anderem auch, warum Marcus Stone so vehement in Schutz nahm.

Jemand hupte in nächster Nähe, und Scarlett wurde plötzlich bewusst, wie spät es war. *Verdammt.* Sie fädelte sich wieder in den Verkehr ein und versuchte, ihre Gedanken zu ordnen.

Was immer Marcus quälte, hatte mit dieser Entführung zu tun, obwohl nichts, was sie gelesen hatte, auf ein Vergehen seinerseits hindeutete. Immerhin war er erst acht Jahre alt gewesen. Was für schlimme Dinge konnte ein Kind in diesem Alter schon tun?

Und nichts davon brachte sie in Talas Fall weiter, rief sie sich streng in Erinnerung.

Ja, Marcus war ihr wichtig. Sie wollte ihn verstehen. Ihm unbedingt helfen. Unwillkürlich verdrehte sie die Augen. Herrgott, ja, sie wollte diejenige sein, die ihm über die Schrecken seiner Kindheit hinweghalf.

Doch zuerst musste sie ihren Job erledigen – und der bestand darin, Talas Mörder zu finden.

## 21

Cincinnati, Ohio
Dienstag, 4. August, 19.30 Uhr

»Während du unterwegs warst, haben achtundzwanzig Leute für dich angerufen«, teilte Gayle ihm spitz mit, als er an ihrem Empfangstisch vorbeirauschte. »Marcus!«, fuhr sie ihn an. »*Stopp!*«

Er drosselte das Tempo, blieb aber erst stehen, als seine Hand schon auf der Klinke seiner Tür lag. »Ich hab's gehört, Gayle. Achtundzwanzig Anrufe.«

»Nein. Achtundzwanzig *Anrufer*. Die Hälfte der Leute hat mehr als einmal angerufen. Die meisten waren nicht besonders freundlich. Und die meisten hatten etwas zu der Story zu sagen, die Stone heute Morgen hochgeladen hat. Du erinnerst dich vielleicht«, fügte sie sarkastisch hinzu. »Es ging um eine Siebzehnjährige, mit der du dich nachts in einem anrüchigen Viertel getroffen hast. Unsere Anzeigenkunden wollen zum Beispiel wissen, was du überhaupt in diesem Viertel zu tun gehabt hast. Einige haben gedroht, ihre Anzeigen zurückzuziehen. Ich musste regelrecht zu Kreuze kriechen, Marcus. Dafür werde ich nicht bezahlt.«

Er brachte ein Lächeln zustande. »Du hast recht. Gewähr dir eine Gehaltserhöhung.«

»Lass das. Und versuch gar nicht erst, mich um den Finger zu wickeln. Das schaffst du sowieso nicht.«

Sein falsches Lächeln verschwand, und er blickte sie verwirrt an. »Was willst du von mir, Gayle?«

Gayle erhob sich stirnrunzelnd. »Was hat diese Frau mit dir angestellt?«

»Welche Frau?«

»Diese verflixte Detective Bishop. Sie setzt dich ab und braust davon, und du kommst hier rein und siehst aus wie ein Zombie.« Plötzlich weiteten sich ihre Augen. »Wieso hast du ein Pflaster am Kopf? Was ist passiert?«

Er schüttelte den Kopf. »Ich bin müde, Gayle, ich will das Ganze nicht noch einmal durchkauen. Ich habe die Story schon geschrieben.« Im Verhörraum mit Isenberg. Der Artikel war nicht lang und brauchte noch Feinschliff, enthielt aber alle relevanten Fakten. »Ich maile sie dir. Wo ist Stone?«

»In seinem Büro.« Gayle runzelte missbilligend die Stirn. »Und trinkt.«

»Wieso?«

»Weil du ihn zum Babysitter gemacht hast, behauptet er. Er hat Jill an der Uni abgesetzt, kam zurück, hat die Flasche Whisky aus deiner Schreibtischschublade geholt und sich damit in seinem Büro verschanzt.«

»Na, großartig«, brummte Marcus. »Erst Mom, dann Stone.«

Gayles Miene wurde weicher. »Na, komm schon. Du kannst deinen Bruder nicht mit deiner Mutter vergleichen. Um Stone musst du dir nicht solche Sorgen machen.«

»Dafür aber um Mom, meinst du?«, erwiderte er finster. Dann schüttelte er den Kopf. »Tut mir leid. Ich lasse meine miese Laune an dir aus, und das ist nicht fair. Lass uns später reden.«

Er betrat sein Büro und schloss die Tür hinter sich. Ein Blick auf den Überwachungsmonitor verriet ihm, dass Scarletts Auto nicht mehr vor dem Gebäude stand. Sie war unterwegs zum FBI.

Sein Stuhl ächzte, als er sich niederließ. *Was um alles in der Welt soll ich ihr bloß sagen?*

Die Wahrheit. Er musste ihr die Wahrheit sagen und das Beste hoffen.

Müde nahm er den Hörer ab und wählte Stones Büro an. Zum Glück klang sein Bruder nicht allzu betrunken. »Kannst du mal eben rüberkommen? Es ist wichtig.«

»Du brauchst doch nicht schon wieder eine Kevlar-Weste, oder?«, fragte Stone mürrisch.

»Nein. Die, die ich trage, ist noch unversehrt.« Er legte auf, fuhr den Computer hoch und gab »Michelle«, »Mord« und »Trent Bracken« ein.

Er seufzte, als es förmlich Treffer hagelte. Michelle Schmidts geschundener Leichnam war in einer kleinen Seitenstraße hinter Müllcontainern gefunden worden. Die Polizei hatte ihren Ex-Freund, Trent Bracken, festgenommen, weil Michelle ihn in ihrer letzten SMS an die beste Freundin der Misshandlung beschuldigt hatte.

»Studentin der Strafgerichtsbarkeit Scarlett Bishop«, las er laut. Fotos von ihr gab es in den Artikeln nicht, in einem Bericht hieß es jedoch, sie habe »am Fundort unter Schock« gestanden.

Wieder griff er nach dem Hörer, aber diesmal war es Cal, den er anrief. Als langjähriger Chefredakteur kannte sich Cal im Archiv am besten aus, obwohl Marcus sicher war, dass der Mann das meiste auch in seiner Erinnerung archiviert hatte. »Wer war vor zehn Jahren bei uns für das Ressort Verbrechen zuständig?«

»Jeb war das. Warum?«

»Mist.« Jeb war vergangenes Jahr verstorben. »Ich wollte ein paar Sachen aus dem Archiv haben.«

»Ich kann sie dir auch raussuchen. Oder Jill bitten.«

»Nein«, gab Marcus entschieden zurück. Solange er Jill nicht hundertprozentig vertrauen konnte, wollte er ihr keinen Einblick in seine Privatangelegenheiten gewähren – und in Scarletts schon gar nicht. »Erinnerst du dich an den Mord an einer gewissen Michelle Schmidt vor etwa zehn Jahren?«

»Oh ja, daran kann ich mich noch gut erinnern. Es überrascht mich ehrlich gesagt, dass du dich nicht ... Ah, Moment. Du warst damals am Golf. Was genau willst du denn wissen?«

»Alles über den Kerl, der das getan hat. Trent Bracken heißt er.«

»Okay«, sagte Cal langsam. »Obwohl er von einem Schwurgericht freigesprochen worden ist, wie du vielleicht weißt.« »Ja. Schick mir einfach rüber, was immer wir haben.«

»Ein neuer Fall?«, fragte Cal, ohne seine Aufregung verbergen zu können.

»Nein. Wie ich heute Morgen schon sagte, wir sollten uns für eine Weile etwas zurückhalten. Wenigstens bis der Mord an diesem Mädchen heute früh geklärt ist. Apropos – halt mir noch Platz in der Druckausgabe für einen Artikel über die möglichen Täter frei. Ich war mit der Polizei im Haus, in dem das Opfer gefangen gehalten wurde. Und ich werde offiziell in die Ermittlungen dieser Sondereinheit einbezogen.«

Cal stieß einen Pfiff aus. »Wie hast du das denn geschafft?« »Ich habe mich beim Lieutenant eingeschleimt.«

»Bist du sicher, dass du dich nicht vielmehr bei der hübschen Detective Bishop eingeschleimt hast?« Marcus verdrehte die Augen, schwieg aber, und Cal lachte schnaubend. »Also – sonst noch was, wenn ich schon im Archiv wühle?« »Ja, obwohl das tatsächlich auch Jill übernehmen kann. Sie soll alles zum Thema Menschenhandel zusammenstellen, was es in unserem Staat und den Nachbarstaaten darüber zu finden gibt – Fälle, Opferprofile, verhaftete Täter. Falls sie Treffer aus unserem Archiv bekommt, will ich die Fotos und die Originaltexte sehen. Wahrscheinlich wird die Suche Unmengen an Material hervorbringen, aber das meiste dürften Spekulationen sein. Was mich interessiert, sind harte Fakten.«

Cal schwieg einen Moment. »Also ging es bei dem Mädchen heute Morgen um Ausbeutung durch Menschenhändler?«

»Es sieht so aus. Übrigens brauche ich auch noch eine tragbare Fernsehkamera.«

»Willst du allein damit losziehen?«

»Hatte ich vor – warum?«

»Das ist doch ziemlich viel Schlepperei. Nimm mich mit.«

Marcus riss verblüfft die Augen auf. »Du willst raus auf die Straße?« Cal war seit zwanzig Jahren für das Archiv und die Druckpressen verantwortlich.

Cals Antwort klang schroff. »Ja.«

»Darf ich fragen, warum?«

»Nein, aber ich verrate es dir trotzdem. Wir haben in der Synagoge eine Frau, die Opfern von Ausbeutung hilft. Vor ein paar Wochen hat sie in der Gemeinde einen Vortrag gehalten; alle haben am Schluss geheult, ich eingeschlossen. Also würde ich auch gerne etwas tun.«

»Aber es ist brütend heiß draußen, Cal«, wandte Marcus vorsichtig ein. »Und man hat heute zweimal auf mich geschossen. Ich hätte ein besseres Gefühl, wenn du hierbleibst und unsere Praktikantin bei der Arbeit beaufsichtigst.«

»Man hat *zweimal* auf dich geschossen?«

»Ja. Aber behalt es für dich, ja? Gayle reißt mir den Kopf ab, wenn sie es rausfindet, und das möchte ich so lange wie möglich hinauszögern.«

»Das versteh ich gut. Ich mach mich jetzt an die Arbeit. Pass auf dich auf, Marcus. Ich habe nicht mehr lang bis zur Pensionierung, und ich habe keine Lust, noch einen neuen Chef einzuarbeiten, nur weil du dich aus purer Sturheit hast umbringen lassen.«

»Nett gesagt.« Als Marcus aufblickte, sah er Stone in der Tür stehen. »Und vielen Dank.« Er legte auf und winkte Stone herein. »Ich werde dich gleich zu einem glücklichen Mann machen.«

Stones Augen leuchteten auf. »Du teilst Jill wieder Diesel zu?«

»So glücklich dann doch wieder nicht«, antwortete Marcus trocken. »Diesel würde mich umbringen. Aber sie wird Cal helfen. Ich brauche Material über Menschenhandel. Dich wollte ich bitten, einen Artikel auf Vordermann zu bringen.« Er schickte Stone die Zusammenfassung, die er bereits geschrieben hatte. »Das sind die Fakten zu dem, was im Haus der Anders passiert ist – die Leute, die Tala gefangen gehalten haben. Mach einen guten Text daraus.« Marcus hatte früher einige Artikel für den *Ledger* geschrieben, aber Stone war immer schon der bessere Autor gewesen. »Das Ding läuft unter deinem Namen. Ich schicke dir regelmäßige Updates.« Er zog die Augenbrauen hoch. »Und zwar direkt von der Front. Ich bin bei der Ermittlung der CPD/FBI-Sondereinheit dabei.«

Stone ging nicht darauf ein. »Du hast ein Pflaster auf dem Kopf«, stellte er ruhig fest.

Unwillkürlich berührte Marcus die Wunde. »Ja. Scarlett hat mich verarztet.«

»Mir wird vermutlich nicht gefallen, was ich gleich lesen werde, richtig?«, fragte Stone gepresst.

»Vermutlich nicht. Aber ich hatte die Weste an.«

Stone schloss die Augen. »Herrgott, Marcus.«

»Mir ist nichts passiert. Wirklich nicht. Gleich fahre ich nach Hause, um mich umzuziehen. In diesem Foltergerät schwitzt man sich ja zu Tode.« Er hatte zwar noch bei Scarlett geduscht, aber bei dieser Hitze, nach der Auseinandersetzung mit Isenberg und seiner Panikattacke im Auto hatte er es wieder dringend nötig. »Wie weit seid ihr mit den Drohlisten gekommen?«, fragte er, um das Thema zu wechseln.

Stones immer noch starrer Blick verriet ihm, dass sein Ausweichmanöver nicht unbemerkt geblieben war. »Wir hätten die Namen schon längst überprüfen müssen. Ein paar von den Kerlen, die wir vorübergehend außer Gefecht gesetzt haben, sind wieder im Geschäft. Einige haben neue Familien, einige neue Jobs. Ich habe dir schon geschickt, was wir wissen.« Sein Blick war immer noch auf Marcus gerichtet. »Aber du warst offenbar zu sehr damit beschäftigt, Kugeln auszuweichen, um es zu lesen.«

*Wieder im Geschäft.* Was bedeutete, dass sie wieder Frau und Kinder misshandelten. Marcus sank in seinem Stuhl zurück. Er fühlte sich, als hätte man ihn geohrfeigt. »Großartig. Wir geben uns größte Mühe, sie aus ihren Familie herauszuholen, und dann war alles umsonst!«

Stone nickte, das Gesicht wie versteinert. »Ich habe Diesel darauf angesetzt. Vielleicht kann er kurzfristig etwas herausfinden. Allerdings haben einige aus ihren Fehlern gelernt und schützen ihre Rechner und Internetaktivitäten so gut, dass selbst Diesel Schwierigkeiten haben dürfte, ihnen auf die Schliche zu kommen.«

»Vielleicht kann Scarlett ja etwas mit der Liste anfangen«, murmelte Marcus und riss die Augen auf, als Stone ganz plötzlich aufsprang und mit dem Zeigefinger in seine Richtung deutete.

»*Vergiss* es! Nie und nimmer gewährst du dieser Frau Einblick in unsere Geschäfte. Wenn du unbedingt in den Knast wandern willst, bitte schön, aber uns wirst du da nicht mit reinziehen!« Stones mächtige Brust hob und senkte sich schwer. »Und du solltest dir besser genau überlegen, in welchem Team du spielst, Bruderherz. Ich brauche das hier nicht, ich habe auch ohne dich gut verdient. Und ich kann jederzeit zurück in meinen alten Job.«

Verdattert blickte Marcus ihn an. Es war nicht so sehr der Ausbruch an sich, der ihn erstaunte, sondern die Erkenntnis, dass Stone offenbar gar nicht glücklich damit war, für den *Legder* zu arbeiten. »Okay, okay, reg dich wieder ab. Ich ziehe niemanden mit rein.«

»Na schön«, knurrte Stone. »Dann kümmere ich mich jetzt um deinen Text. Willst du ihn lesen, bevor ich ihn hochlade?«

Marcus nickte. »Ja. Ich muss mich vergewissern, dass ich im Eifer des Gefechts nichts ausgelassen habe.« Was natürlich nicht der wahre Grund war. Vor allen Dingen musste er überprüfen, ob nichts darin stand, das Scarletts Karriere gefährden konnte. Immerhin war sie für sein Recht eingetreten, die Geschichte ohne Zensur zu veröffentlichen.

»Klar«, sagte Stone düster. »Wie du willst.« Und damit verließ er das Büro.

Auf dem Weg hinaus musste er sich an Cal vorbeidrängen. »Unsere Kameraausrüstung ist nicht auffindbar. Ich weiß noch, dass Phillip sie als Letzter benutzt hat, und er vergisst gerne, sie zurückzugeben. Vermutlich liegt sie noch bei ihm im Kofferraum.«

»Dann sag ihm, dass er sie holen soll«, erwiderte Marcus verärgert. »Aber falte ihn ordentlich zusammen. Er wohnt in einer üblen Gegend. Es würde mich nicht wundern, wenn jemand inzwischen sein Auto aufgebrochen und die Kamera geklaut hätte.«

»Ich würde es ihm gerne sagen, aber er ist noch nicht wieder im Haus. Das letzte Mal, als ich ihn gesehen habe, wollte er zu dir fahren, um mit BB rauszugehen, da du noch unterwegs warst. Ich habe versucht, ihn anzurufen, aber ich kann ihn nicht erreichen.«

Marcus zog die Brauen zusammen. Lisettes Bruder mochte zwar ab und an vergessen, etwas ordnungsgemäß zurückzugeben, aber sein Handy ließ er bestimmt nirgendwo liegen. Falls es geklingelt hatte, hätte er auch zurückgerufen. »Ich fahre jetzt auch nach Hause. Ich halte auf dem Weg Ausschau nach seinem Wagen. Vielleicht hat er einen Platten.«

»Dann hätte er sich gemeldet.«

»Dann ist vielleicht sein Akku leer. Er ist doch permanent mit Videos und irgendwelchen Spielen beschäftigt. Mach dir keine Sorgen. Ich ruf dich an, wenn ich ihn gefunden habe.«

Cincinnati, Ohio
Dienstag, 4. August, 20.15 Uhr

Deacon wartete in der Eingangshalle der FBI-Dienststelle von Cincinnati. Scarlett hoffte inständig, dass man ihr den Schock über das, was sie über Marcus' Kindheit gelesen hatte, nicht anmerkte, aber ihr wurde klar, dass sie sich keine Illusionen zu machen brauchte, als Deacon seine weißen Brauen hochzog.

»Was ist passiert?«

Sie überlegte, einfach nichts zu sagen, aber normalerweise belogen sie einander nicht, und Scarlett würde auch jetzt nicht damit anfangen.

»Ich habe gerade herausgefunden, dass ...« Doch plötzlich fehlten ihr die Worte, und sie klappte den Mund zu und schüttelte leicht den Kopf. »Verzeih mir, Deacon. Ich ... ich bin im Moment nicht ganz bei mir.«

»Das sehe ich«, erwiderte er. »Komm mit.«

Mit zittrigen Knien folgte sie ihm in eines der Konferenzzimmer und ließ sich vorsichtig auf einen Stuhl sinken. »Es hat nichts mit diesem Fall zu tun. Ich sollte im Augenblick nicht einmal darüber nachdenken, aber ... ich kann nicht anders.«

»Meine Güte, so erschüttert habe ich dich ja noch nie erlebt. Was ist denn los?«

Mit einem Mal brannten Tränen in ihren Augen, und entsetzt holte sie tief Luft. Eine Flasche Wasser erschien vor ihr auf dem Tisch, und sie trank und nutzte den Moment, um ihre Gefühle wieder unter Kontrolle zu bringen.

Den Blick fest auf das Flaschenetikett gerichtet, räusperte sie sich. »Wusstest du, dass es einen vierten O'Bannion-Bruder gegeben hat?«

Deacon riss die Augen auf. »Nein! Und ich bin sicher, dass Faith es auch nicht weiß.«

»Es war lange bevor Jeremy Marcus' Mutter kennenlernte.«

»Della«, ergänzte Deacon.

»Ja. Della«, murmelte sie. »Sie war damals noch mit ihrem ersten Mann zusammen, es wird also für die O'Bannions kaum Gesprächsstoff gewesen sein. Jedenfalls wurden Marcus, Stone und ihr kleiner Bruder Matthias vor siebenundzwanzig Jahren entführt. Die Täter wollten Lösegeld.«

»Du lieber Himmel!«

»Sie wohnten in Lexington, ihr Nachname war Gargano. Wenn man weiß, wonach man suchen muss, ist die Geschichte leicht zu finden.«

»Und woher wusstest du es?«, fragte Deacon leise.

»Marcus hat mir den Namen seines Bruders, den Nachnamen und das Jahr gesagt. Mehr bekam er nicht heraus, aber das reichte. Della schaltete damals die Polizei ein. Die Entführer drehten durch und erschossen den jüngsten Sohn, der erst drei Jahre alt war.«

Deacon rieb sich mit beiden Händen über das Gesicht. »Wow. Kein Wunder, dass Della das FBI nicht dabeihaben wollte, als Mikhail vermisst wurde.«

»Stone wurde angeschossen und lag eine Woche im Koma. Die Kugel, die für Marcus gedacht war, ging aus irgendeinem Grund daneben.«

»Der Bursche ist einfach ein Glückspilz«, murmelte Deacon.

»Tja, aber wie lange hält ein solches Glück an?« Scarlett seufzte. »Marcus hat mir damals im Krankenhaus gesagt, ich sollte mir nicht anmaßen, über Stone zu urteilen. Jetzt weiß ich, was er damit gemeint hat.« Und nun erschien ihr auch die Episode zwischen Marcus und seinem Bruder, die sie am Morgen in seinem Büro miterlebt hatte, in einem anderen Licht.

Deacon drückte ihre Schulter. »Geht's dir ein bisschen besser jetzt? Nicht, dass ich dich drängen will, aber – ich muss. Die Leute, mit denen wir reden wollen, warten auf uns.«

Sie nickte, kam auf die Füße und folgte ihm. »Ich habe ohnehin nicht viel Zeit. Ich habe ein Suchhunde-Team angefordert, um es auf Talas Mutter und Schwester anzusetzen.«

Deacon zog die Stirn in Falten. »Bist du sicher, dass Hunde eine gute Idee sind?«

»Wenn ein Pfarrer mitkommt, ja.« Sie erzählte ihm rasch, was sie von Annabelle Church erfahren hatten und zu welcher Abmachung Marcus und Lynda gekommen waren.

»Wie bitte? Isenberg hat Marcus erlaubt, sich uns anzuschließen? Wie hast du das denn geschafft?«

»Indem ich sie daran erinnert habe, dass wir nichts zu verbergen haben. Wer sind die Leute, mit denen wir reden werden?«

»Zimmerman, ein Agent namens Luther Troy, der die Operation leitet, und ein Neuzugang, der erst vor einer Stunde aus Washington eingetroffen ist. Mehr weiß ich auch nicht.« »Sie haben extra für dieses Treffen einen weiteren Agenten angefordert?«

»Keine Ahnung.« Er schenkte ihr ein verschmitztes Grinsen. »Und dein Onkel ist ein echter Pfarrer Bishop?«

Sie seufzte tief. »Jep.«

»Und wenn er groß wird, heißt er Bischof Bishop?«

Sie zog eine Braue hoch. »Du bist doch schon mal meinem Dad begegnet, nicht wahr?«

Er runzelte die Stirn. »Ja.«

»Ein großer, breiter Kerl, nicht wahr?«

»Ja«, wiederholte Deacon misstrauisch. »Wieso?«

»Onkel Trace ist das Nesthäkchen der Familie, aber nur dem Alter nach. Er ist größer und breiter als mein Vater. Reiß du also ruhig deine Witzchen über Bischof Bishop. Wer weiß, wie lange du das noch kannst.«

Deacon lachte in sich hinein, als er die Tür zum Konferenzraum öffnete, blieb aber plötzlich wie angewurzelt stehen. Scarlett rannte gegen ihn und fuhr erschreckt zurück. »Hey!«

Aber Deacon reagierte nicht. Scarlett versetzte ihm einen kleinen Schubs, dann schob sie sich an ihm vorbei, um zu sehen, warum ihr Partner erstarrt war.

Am Ende des Tisches stand eine Frau, die ihnen entgegenlächelte. Sie war so groß wie Scarlett und trug das dunkelrote Haar am Hinterkopf zu einem festen Knoten gebunden. Deacon fasste sich endlich und ging rasch auf sie zu, und sie zog ihn in die Arme und drückte ihn kurz und fest an sich.

Scarlett warf SAC Zimmerman einen Blick zu. Der Mann lächelte zufrieden.

Als Deacon sich aus der Umarmung löste, strahlte er über das ganze Gesicht. »Was machst du denn hier?«, fragte er die Frau.

»Ich arbeite hier. Ab jetzt.«

Deacon wandte sich zu Zimmerman um. »Sie ist die neue Agentin?«

Zimmerman nickte. »Genau. Sie wollte Sie überraschen.«

»Das ist gelungen«, erwiderte Deacon. »Wieso? Und seit wann?«

»Moment.« Die Frau begegnete Scarletts Blick und musterte sie eingehend. »Sie müssen Detective Bishop sein. Ich habe schon viel von Ihnen gehört. Ich bin ...«

Jetzt erkannte Scarlett sie. »Special Agent Kate Coppola. Sie waren Agent Novaks Partnerin in Baltimore.« Scarlett hatte die Frau auf einem Foto gesehen, das auf der Hochzeit eines gemeinsamen Freundes aufgenommen worden war, doch darauf hatte sie die Haare offen getragen. Im schwarzen Anzug und mit weniger Makeup sah sie anders aus, war aber immer noch atemberaubend schön, dachte Scarlett mit einem Anflug von Neid.

Deacon schnitt eine Grimasse. »Entschuldigt, ihr beiden. Kate, das ist meine Partnerin Detective Scarlett Bishop. Scar, meine ehemalige Partnerin Special Agent Katherine Coppola.«

Erst als Scarletts Schultern sich lockerten, merkte sie, wie angespannt sie gewesen war. Deacon hatte sie »Scar« genannt, um klarzumachen, dass sie mehr als nur Partner waren. Nach fast einem Jahr der gemeinsamen Arbeit waren sie Freunde geworden. Scarlett begann auf die Frau zuzugehen, doch Kate kam ihr mit ausgestreckter Hand und einem Lächeln auf dem Gesicht entgegen.

»Deacon hat mir nur Gutes über Sie erzählt, Detective. Ich freue mich sehr, Sie endlich kennenzulernen.«

Unwillkürlich erwiderte Scarlett das Lächeln. »Gleichfalls.« Sie deutete zum Tisch. »Setzen Sie sich doch, und beantworten Sie Deacons Fragen, bevor er vor Neugier platzt.«

Kate lachte, und das Eis war gebrochen. Scarlett wusste, dass diese Frau sich gut in ihr Team einfügen würde.

»Eigentlich sollte ich erst in ein paar Wochen anfangen«, erzählte sie. »Ich hatte Urlaub, um in Baltimore noch ein paar persönliche Dinge zu erledigen, als SAC Zimmerman mich heute Morgen anrief und mich bat, schon jetzt herzukommen. Es würde ein hochinteressanter Fall auf mich warten, der die ideale Einarbeitung für mich wäre.« Sie wies auf den Mann, der sich neben sie gesetzt hatte. »Das ist Special Agent Troy, mein neuer Partner.«

»Troy leitet unsere Sonderkommission Menschenhandel«, fügte Zimmerman hinzu. »Er war in Cleveland, um junge Frauen zu befragen, die aus einem Massagesalon befreit wurden. Ich beorderte ihn hierher, nachdem Sie mir heute Morgen von dem jungen Todesopfer berichtet hatten.«

Troy nickte ihnen zu. »Das Unternehmen in Cleveland hatte Verbindungen zum organisierten Verbrechen. Wir wissen von mindestens drei Ringen im Staatendreieck, die auf ähnliche Weise operieren.« Er seufzte. »Mutmaßliche Verbindungen, mutmaßliche

Menschenhändlerringe, mutmaßliche Verbrecherorganisationen. Beweise haben wir keine.« Doch dann begannen seine Augen zu leuchten. »Aber in zwei dieser Ringe haben wir verdeckte Ermittler eingeschleust, wovon einer Zugang zur Führungsriege hat.« Scarlett setzte sich automatisch auf. »Können wir mit ihnen sprechen?«

Troy schüttelte den Kopf. »Das Risiko dürfen wir nicht eingehen. Selbst der Mann, der sich nicht im inneren Kreis bewegt, steckt zu tief drin, als dass wir uns mit ihm auf ein Plauderstündchen treffen könnten. Er kann sich erst in zwei Tagen frei machen, dann wird er sich melden. Die andere Person kommuniziert nur via Kontaktmann und auch nur dann, wenn es etwas Wichtiges gibt. Wir haben dem Kontaktmann eine Nachricht übermittelt, bisher aber noch keine Rückmeldung erhalten.«

»Das dachte ich mir«, sagte Scarlett seufzend. »Aber ich musste es dennoch versuchen.«

Troy warf ihr einen mitfühlenden Blick zu. »Ich weiß, wie frustrierend das für Sie sein muss. Auch wenn ich die Identitäten der beiden kenne, sind mir die Hände gebunden. Doch dass Sie heute Morgen das Opfer gefunden haben, bedeutet für uns einen echten Durchbruch.«

Scarlett nutzte die Überleitung, um zu berichten, was sich am Nachmittag getan hatte. Wie erwartet, verrieten die Mienen der Bundesagenten keine Begeisterung, als sie von Marcus' Rolle bei der Entdeckung von Tabby und der Befragung von Annabelle Church erzählte. »Wir hoffen, Talas Mutter und Schwester mit Hilfe eines Such- und Rettungsteams zu finden. Ob sie jedoch die Leute, die die Anders entführt haben, identifizieren können, ist fraglich. Vielleicht waren sie zu dem Zeitpunkt schon fort.«

Zimmerman nickte. »Ja, ich weiß von der Suche nach Mutter und Tochter. Ich habe vorhin mit Isenberg gesprochen. Falls notwendig, können wir die Suche unterstützen, aber im Augenblick liegt die Handlungshoheit beim MCES und der Polizei.«

Scarlett blickte auf. Dass Zimmerman Isenberg die Leitung überließ, war nicht selbstverständlich.

»Sie wirken überrascht, Detective«, sagte Zimmerman, als hätte er ihre Gedanken gelesen.

Wieder fragte Scarlett sich, was aus ihrem berühmt-berüchtigten Pokerface geworden war. *Danke, Marcus,* dachte sie resigniert. »Ja, bin ich auch«, gab sie zu. »Ich hätte gedacht, dass Sie die Zügel übernehmen würden, zumal einer Ihrer Leute getötet wurde.«

Zimmerman zuckte die Achseln. »Es waren nicht die beiden Frauen, die abgedrückt haben, und Isenbergs Polizisten kennen die Gegend hier sehr viel besser als wir. Wir haben uns darauf geeinigt, die Frauen gemeinsam zu befragen.«

»Und was ist mit der alten Frau, die ebenfalls im Haus gewesen ist?«, fragte Kate. »Die Tante? Kann sie befragt werden?«

»Leider nein. Sie ist noch nicht wieder bei Bewusstsein«, sagte Scarlett. »Was wissen wir inzwischen über Chip Anders' Fabriken? Haben Sie dort Hinweise auf Ausbeutung illegal Beschäftigter gefunden?«

Zimmerman nickte und lächelte grimmig. »Oh, ja. Wir haben in allen dreien gleichzeitig Razzien durchgeführt.« Mit schuldbewusster Miene wandte er sich an Deacon. »Ich war gerade dort, als Sie mich anriefen. Deswegen konnte ich nicht mit Ihnen zu Spanglers Witwe fahren.«

Deacon nickte. »Das verstehe ich. Ist schon okay.«

Das war es nicht, dachte Scarlett, aber das brachte ihr Job eben mit sich. *Armer Deacon.*

»Wir haben so viele Illegale aufgegriffen«, fuhr Zimmerman fort, »dass der Betrieb mit den legalen Angestellten nicht hätte weitergeführt werden können, selbst wenn wir den Laden nicht dichtgemacht hätten. Es wird eine Weile dauern, bis alle Leute, die wir in Gewahrsam genommen haben, registriert worden sind. Es fehlt allein an genügend Dolmetschern, um die Aussagen aufzunehmen.«

»Zumindest haben wir die beiden Bautistas – Efren und seinen Sohn John Paul – schon identifiziert«, fügte Troy hinzu. »Bautista war Talas Nachname«, erklärte Deacon, als Scarlett verwirrt die

Brauen zusammenzog. »Die nationale Einwanderungs- und Ausländerbehörde hat mich eben kontaktiert.« »Ihre Fingerabdrücke waren also erfasst?«, fragte sie.

Deacon nickte. »Ich wollte es dir erzählen, als wir uns unten trafen, aber dann haben wir über den anderen Fall gesprochen. Talas Familie – Mutter, Vater, zwei Töchter und ein Sohn – ist mit einem H-2B-Visum von den Philippinen eingereist. Das Visum war ein Jahr gültig und ist abgelaufen. Sie leben seit drei Jahren hier.«

»Das ist das zeitlich begrenzte Arbeitsvisum?«, fragte Scarlett.

Agent Troy nickte. »Theoretisch ist es für Saisonarbeiter im nicht landwirtschaftlichen Bereich gedacht – Hotels, Vergnügungsparks und so weiter. Aber wenn die Leute erst einmal hier sind, werden sie auch bei der Ernte eingesetzt. Über siebzig Prozent derer, die Menschenhändlern zum Opfer fallen, sind legal in dieses Land gekommen. Sie schleichen sich nicht ein. Man hat sie mit dem Versprechen auf bessere Jobs hergelockt.«

Scarlett blickte erstaunt auf. Das hatte sie nicht erwartet. *Siebzig Prozent?* »Lieber Himmel. Und Sie denken, dass Talas Familie ebenso hergekommen ist?«

»Vermutlich«, sagte Zimmerman. »Aber Vater und Bruder haben noch nicht mit uns gesprochen. Sie haben Angst. Anscheinend hat Anders seinen Arbeitern weisgemacht, dass sie ins Gefängnis kommen, wenn wir sie erwischen, weil ihre Visa abgelaufen sind.«

»Die meisten werden in ihrem eigenen Land von falschen Personalfirmen angeworben«, bemerkte Kate. »Nach Mexiko sind es die Philippinen, von denen die meisten Arbeiter kommen, dicht gefolgt von Indien und Thailand.«

»Und man lockt sie nicht nur mit falschen Versprechungen hierher«, fügte Troy zutiefst empört hinzu, »sondern kassiert oft im Vorfeld noch horrende Vermittlungsgebühren für das Privileg, hier ausgebeutet zu werden.«

Kate nickte. »Im Durchschnitt entsprechen diese Gebühren einem Jahresgehalt im Heimatland. Manchmal bietet man ihnen auch einen ›Kredit‹ an, doch mit so hohen Zinsen, dass keines der

Opfer es je schafft, ihn abzuzahlen. Der Lohn ist schon weg, bevor sie überhaupt zu arbeiten beginnen. Und hier geht es wohlgemerkt um Leute, die tatsächlich Lohn *bekommen*. Bei sexueller Ausbeutung gibt es meistens gar nichts.«

»Wenn sie nach der Einreise dann feststellen müssen, dass sie belogen worden sind, ist es zu spät, und sie werden in die Sklaverei gezwungen.« Troy wirkte plötzlich erschöpft. »Manchmal ist es wahre Sklavenarbeit wie in Anders' Fabriken, manchmal geht es um sexuelle Ausbeutung wie in dem Massagesalon in Cleveland. Mitunter werden die Opfer regelrecht gefangen gehalten – Anders' Arbeiter haben auch in der Fabrik geschlafen –, oder man macht sie gefügig, indem man Familienmitglieder hier oder im Heimatland bedroht.« Er zuckte die Achseln. »Oder man nimmt ihnen Pässe, Visa und alles andere ab und lässt die Aufenthaltsgenehmigung ablaufen.«

»Was offensichtlich Talas Familie passiert ist«, sagte Scarlett zähneknirschend.

Kate seufzte. »Richtig. Dann sagt man ihnen, dass sie nun Illegale sind und dass in Amerika Illegale sofort ins Gefängnis wandern. Die meisten Opfer lassen sich leicht einschüchtern. Sie kommen aus Ländern, in denen die Polizei korrupt und nicht selten gewalttätig ist, daher haben sie von vornherein Angst vor uns.« Sie seufzte wieder. »Und das Schlimme ist: Falls sie es tatsächlich wagen, uns um Hilfe zu bitten, können wir in den seltensten Fällen Einfluss darauf nehmen, was weiterhin mit ihnen geschieht.«

»Und was geschieht mit ihnen?«, fragte Deacon.

»Sie müssen im Land bleiben, solange die Ermittlungen gegen die mutmaßlichen Täter laufen«, erklärte Troy. »Aber höchstens die Hälfte aller Menschenhändler wird überhaupt je verhaftet. Die meisten sind längst über alle Berge, wenn die Opfer sich bei uns melden.« Angewidert verzog er das Gesicht. »Bisher mussten allein sechs Prozent der Täter freigelassen werden, weil es sich um Diplomaten handelte. Ja«, sagte er, als alle ihn entsetzt ansahen. »So geht es mir auch, wenn ich davon erfahre. Aber das fällt in den

Kompetenzbereich einer anderen Abteilung. Mein Fokus liegt auf dem organisierten Verbrechen. Täter aus dieser Sparte werden meistens nicht verhaftet, weil die Opfer nicht entkommen – ein weiterer Grund, warum Talas Flucht für uns ein Glücksfall war.«

»Ohnehin bedeutet die Befreiung für die Opfer längst noch nicht die Freiheit«, bemerkte Kate. »Sie sind nach wie vor illegal im Land.«

»Obwohl sie nichts dafürkönnen«, sagte Scarlett verbittert. »Und falls sie bleiben wollen?«

»Einige bekommen eine Aufenthaltsgenehmigung, die in eine Green Card münden kann, aber das ist individuell verschieden«, erklärte Troy. »Viele wollen tatsächlich bleiben – vor allem die mit höherer Bildung –, weil sie hier bessere berufliche Chancen haben als in ihrer Heimat. Mindestens ein Drittel derer, die hier als Arbeiter ausgebeutet werden, haben eine höhere Schule besucht, manche haben sogar studiert. Diese Leute bekommen natürlich eher eine Arbeit, was Voraussetzung für eine langfristige Aufenthaltsgenehmigung ist. Efren war in seiner Heimat Lehrer, Mila besitzt Erfahrungen als Krankenschwester. Sie können etwas, das sie, nun ja, *begehrenswerter* macht, wenn ich das so sagen darf.«

»Sind Efren, John Paul und die anderen Arbeiter, die Sie in den Fabriken angetroffen haben, eigentlich in guter körperlicher Verfassung gewesen?«, fragte Kate, und prompt mochte Scarlett sie noch ein bisschen lieber.

Zimmerman hob die Schultern. »Keiner von ihnen wirkte ausgehungert, aber als fit und gesund kann man sie auch nicht bezeichnen. Einige wurden eindeutig geschlagen, viele sind mangelernährt, alle leiden unter Erschöpfung. Die Arbeitsbedingungen waren jämmerlich. Ein Teil der illegal Beschäftigten war direkt in der Fabrik untergebracht, die ›Schlafsäle‹ waren verdreckt und überhitzt – sie waren Gefangene in jeder Hinsicht! Andere Arbeiter durften die Fabrik über Nacht zwar verlassen, trugen aber elektronische Fußfesseln.«

»Und welche Arbeiten mussten sie verrichten?«, fragte Scarlett.

»Nichts Illegales, soweit wir das bisher überblicken«, antwortete Zimmerman. »Eine Fabrik hat Geflügel verarbeitet, eine andere Nüsse sortiert. In der dritten wurden manuell Briefumschläge befüllt – mit Coupons, Werbung und so weiter. Anders' Laden lief offenbar sehr gut; als wir eintrafen, war das gesamte Personal beschäftigt. Aber mit unbezahlten Arbeitskräften kann man natürlich die Konkurrenz wunderbar unterbieten«, fügte er voller Abscheu hinzu.

»Wie viele Arbeiter trugen einen Tracker?«

»Etwa ein Drittel«, sagte Zimmerman. »Wir können noch nicht sagen, ob Anders seine Leute aus unterschiedlichen ›Quellen‹ bezog. Bleibt zu hoffen, dass die Befragung der Opfer Aufschluss darüber geben wird.«

Scarlett dachte an Mila und Erica, die sich vor Furcht vermutlich irgendwo versteckten. »Falls einige Arbeiter zum Zeitpunkt der Razzien nicht in den Fabriken waren, befinden sie sich möglicherweise auf der Flucht. Sie müssen erfahren, dass sie nicht belangt werden und sich an die Polizei wenden können. Vielleicht ist es nicht unklug, diesbezüglich die Medien einzuschalten.«

Troy bedachte Scarlett mit einem nicht zu deutenden Blick. »Sie meinen, Sie wollen Ihren Reporter einschalten. Der über den Fall bereits in seiner Zeitung geschrieben hat.«

*Meinen Reporter? Ja. Meiner!* »Er ist Herausgeber des *Ledger*. Und wir haben ihm erlaubt, unser Team bei diesen Ermittlungen zu begleiten.«

Alle drei FBI-Agenten wandten sich ihr stirnrunzelnd zu. »Sie gewähren einem Reporter Einblick in Ihre Arbeit?«, fragte Troy entgeistert.

»Wir haben bisher keinen Grund gehabt, an seiner Integrität zu zweifeln«, entgegnete Scarlett. »Um der Opfer willen muss dieser Fall öffentlich gemacht werden. Es gibt zu viele Menschen in dieser Stadt, die keine Ahnung davon haben, was direkt vor ihrer Haustür geschieht, und Marcus O'Bannion ist in der Lage, die Geschichte richtig zu erzählen.«

»Er ist übrigens quasi mit mir verwandt«, fügte Deacon hinzu. »Und bisher habe ich ihn immer als integren Menschen erlebt.«

»Quasi mit dir verwandt?«, fragte Kate amüsiert nach. »Wie geht das denn?«

»Na ja, er ist der Stiefcousin meiner Verlobten.« Deacon hob die Schultern. »Faith hat ihn ins Herz geschlossen und vertraut ihm blind, und ich vertraue ihrem Urteil. Tatsächlich würde ich ihn empfehlen, falls wir uns dazu entscheiden sollten, die Medien mit einzubeziehen. Der *Ledger* ist die Nummer zwei in der Stadt, hat aber stetig an Lesern gewonnen, seit Marcus die Redaktion vor fünf Jahren nach seiner Rückkehr aus dem Irak übernommen hat. Ich würde sagen, dass er in spätestens einem Jahr den *Enquirer* überholt hat.«

»Irak?«, fragte Troy. Plötzlich klang er weit weniger misstrauisch als noch kurz zuvor.

»Er war bei zwei Einsätzen«, sagte Scarlett. »Als Ranger.« Troy nickte. »Aber ich will ihn erst kennenlernen.«

»Natürlich. Er wird das Suchhundeteam begleiten, zu dem auch ein Pfarrer gehört, der Scarletts Onkel ist. Man hat Talas Mutter mit einem Rosenkranz gesehen, daher dachten wir, sie würde einem Geistlichen vielleicht eher vertrauen.« »Und der Geistliche ist in Ordnung«, sagte Zimmerman, bevor Troy protestieren konnte. »Er hat vor Jahren schon mal mit dem CPD zusammengearbeitet. Er wurde überprüft und für gut befunden«

Scarlett musste sich eine verärgerte Bemerkung verkneifen. Natürlich hatte man ihren Onkel überprüfen lassen, ehe er in die Ermittlungen mit einbezogen wurde. Dennoch wäre es nett gewesen, wenn Scarletts Wort gereicht hätte.

»Wie geht es weiter?«, fragte sie an die Gruppe gewandt. »Wir finden Mila und ihre Tochter, bringen sie wieder mit Mann und Sohn zusammen und versuchen herauszufinden, was sie über die Leute wissen, die sie ins Land gebracht haben?«

»Vielleicht nicht ganz in der Reihenfolge, aber wir bringen sie wieder zusammen«, antwortete Troy.

»Bald«, murmelte Scarlett. »Sie haben genug durchgemacht.«

»Bald«, versprach Troy. »Und ich werde versuchen, unsere Undercover-Kontakte zu erreichen. Vielleicht haben sie etwas über Anders' Verschwinden gehört. Anders ist der, den ich haben will. Er kennt die Namen der Menschenhändler, die Preise, die Zahlungsmodalitäten. Die Opfer können vielleicht Gesichter beschreiben, aber dass sie Namen wissen, ist unwahrscheinlich. Außerdem müssen wir uns bewusst sein, dass es womöglich weitere Haushalte in dieser Gegend gibt, die ganze Familien wie die Bautistas erworben haben. Wir können nur hoffen, dass diese Opfer durch unsere Ermittlungen nicht zu Schaden kommen.«

»Schon deswegen werden wir eng zusammenarbeiten«, sagte Zimmerman. »Troy und Coppola, Sie bleiben mit Novak und Bishop in Kontakt. Tauschen Sie sich regelmäßig aus.« Er begegnete Scarletts Blick. »Nichts, was von uns kommt, geht ohne meine ausdrückliche Zustimmung an den Reporter.«

»Ja, Sir«, gab Scarlett zurück. »Verstanden.«

»Danke. Das war's.« Zimmerman erhob sich. »Deacon, ich muss mit Ihnen reden. Unter vier Augen, bitte. In meinem Büro.«

## 22

Cincinnati, Ohio
Dienstag, 4. August, 20.35 Uhr

Marcus stellte den Subaru auf seinem Parkplatz in der Tiefgarage unter dem Seven Hills Tower ab, in dem er wohnte, und ging die Treppe hinauf zur Lobby. Seine Gedanken waren bei Scarlett. Hatte sie schon die Begriffe gegoogelt, die er ihr genannt hatte? Wusste sie Bescheid?

Er blickte auf sein Handy, obwohl ihm klar war, dass sie noch keine Zeit gehabt haben konnte, um ihm zu schreiben. Sie musste noch in der Konferenz sein. *Und ich muss langsam in die Gänge kommen, wenn ich mich an der Suche nach Mila und Erica beteiligen will.* Er trabte durch die Halle, hob die Hand, um Edgar am Empfangstresen zuzuwinken, und blieb wie angewurzelt stehen.

Edgar war nicht am Empfangstresen. Zum ersten Mal in den fünf Jahren, die Marcus in diesem Haus wohnte, war der Empfangstresen leer.

»Edgar?«, rief er, und seine Stimme hallte in der Stille wider. Er spürte ein Prickeln im Nacken. »Edgar?«

In der Hoffnung, dass der Portier nur schnell auf die Toilette gegangen war, rannte er um den Tresen herum, fand jedoch seine schlimmste Befürchtung bestätigt, als er den alten Mann am Boden liegen sah.

»Oh mein Gott.« Marcus ging in die Hocke und legte Edgar zwei Finger an den Hals. »Edgar. *Edgar!* Kommen Sie, Kumpel, reden Sie mit mir.« Er spürte ein schwaches Pochen an seinen Fingern und atmete erleichtert aus. »Herrgott.«

Aber dann packte ihn neue, eiskalte Furcht, als er plötzlich den dunklen, feuchten Fleck auf Edgars Uniform entdeckte. Er griff nach seinem Handy und wählte den Notruf. »Marcus O'Bannion hier. In der Eingangshalle meines Wohnhauses ist jemand niedergeschossen worden.« Er gab die Adresse durch. »Edgar Kauffman, ungefähr sechzig Jahre alt. Bauchschuss. Er lebt noch, aber Sie müssen sich beeilen.«

»Hilfe ist unterwegs«, sagte die Vermittlung. »Bitte bleiben Sie in der Leitung, Sir.«

Marcus wollte nicht – er wollte Scarlett anrufen, und zwar sofort! Vor ein paar Stunden hatte man auf ihn geschossen und nun auf den Portier seines Wohnhauses. Er hatte Scarlett nicht glauben wollen, dass er das eigentliche Ziel am Haus der Anders gewesen war, aber das hier war kein Zufall. *Unmöglich.*

»Sir?«, kam es scharf durch den Hörer. »Sind Sie noch da?« »Ja.« Er schaltete den Lautsprecher ein und legte das Handy auf den Tresen, dann sah er sich um. Er brauchte etwas, um die Blutung zu stillen. Unter der Theke stand eine Sporttasche, und darin befand sich ein T-Shirt. Er knüllte es zusammen, drückte es gegen die Wunde und schob die Sporttasche unter die Füße des Mannes, so dass sie erhöht lagen.

*Warum?* Warum den alten Mann abknallen? »Bleiben Sie bei mir, Edgar«, murmelte er, während er versuchte, das zusammengeknüllte T-Shirt mit Edgars Hosenträger über der Wunde zu fixieren. »Wagen Sie es ja nicht, mir hier wegzusterben.«

»Sir?«, war die Stimme der Vermittlung schwach durchs Telefon zu hören. Marcus griff nach seinem Smartphone und stieß dabei versehentlich gegen Edgars Computermaus. Der Bildschirm erwachte zum Leben, und Marcus' Herz setzte beinahe aus.

»Nein«, flüsterte er und starrte entsetzt auf den letzten Besuchereintrag. *Phillip.* Edgar hatte Phillip eingetragen. Und jetzt erinnerte er sich wieder, dass Cal gesagt hatte, Phillip wollte herkommen, um BB auszuführen. Phillip war hier, in diesem Gebäude. Mit einem Killer!

»Sir?«, fragte die Frau in der Zentrale. »Sir? Was ist los?«

»Wann ist der Krankenwagen hier?«

»Noch zwei Minuten«, antwortete sie.

Verdammt! Vielleicht hatte Phillip die Zeit nicht mehr! Mit dem Smartphone in der Hand rannte Marcus zum Aufzug und hämmerte auf den Rufknopf. »Los, du Scheißding, komm schon.«

»Sir? Wie bitte?«

»Sagen Sie der Polizei, sie soll sich beeilen. Einer meiner Angestellten befindet sich in meiner Wohnung, und ich glaube, der Täter ist dorthin unterwegs.« Die Tür des Lifts öffnete sich, und Marcus sprang hinein, zog die Keycard durch, drückte den Knopf für sein Penthouse und warf die Karte hinaus in die Lobby, bevor sich die Türen wieder schlossen. »Ich fahre jetzt hinauf. Schicken Sie die Cops zum Penthouse. Meine Karte liegt vor dem Fahrstuhl, damit kommen sie hoch. Die Verbindung wird gleich abbrechen.« Der Fahrstuhl setzte sich in Bewegung, und Sekunden später war der Anruf weg. Die Fahrt kam Marcus unendlich langsam vor, und sobald die Tür aufglitt, stürmte er hinaus und rannte auf seine Wohnungstür zu.

Die sperrangelweit offen stand. Sein rasendes Herz schien abrupt auszusetzen. *Wo ist Phillip? Und BB?* Gott, hoffentlich war ihnen nichts zugestoßen. *Bitte nicht!*

Er steckte das Smartphone ein, zog die Waffe und trat langsam und vorsichtig durch die offene Tür. In der Wohnung herrschte heilloses Chaos. Umgestürzte Möbel, von den Wänden gerissene Bilder. Marcus' Stiefel knirschten auf Scherben, und er blickte flüchtig herab. Zerschmettertes Glas und Porzellan.

Die Stille war beängstigend. Keine Stimmen. Kein Gebell. *Bitte, bitte seid okay. Bitte!*

»Phillip?«, rief er leise. »BB? Komm her, Süße. Alles ist gut.« Er verlieh seiner Stimme einen munteren Klang. »Ich bin zu Hause. Komm raus. Ich bin's nur.«

Im Wohnzimmer war niemand, im Arbeitszimmer auch nicht. Die Schubladen in der Küche waren herausgezerrt und ausgekippt, Besteck und sonstige Utensilien auf dem Boden verstreut worden. Dazwischen überall kaputtes Glas und Scherben.

Als er die Tür zu seinem Schlafzimmer aufdrückte, sank ihm das Herz. »Oh Gott, nein«, flüsterte er. Phillip lag in einer Blutlache am Boden, BB reglos ein paar Zentimeter entfernt in einer Ecke.

Mit dem Rücken zur Wand, ging Marcus neben Phillip auf die Knie. Heute würde ihm niemand mehr hinterrücks eine Kugel verpassen. Er legte seine Pistole neben sich auf den Teppich, dann tastete er nach Phillips Puls. *Sei ja nicht tot, Junge. Tu mir das nicht an.*

Kein Puls. Zorn kochte in ihm auf, blanker und tödlicher Zorn, der die Panik zurückdrängte, so dass er wieder zu denken vermochte. *Beruhige dich,* befahl er sich. Sein Herz schlug so fest gegen seine Rippen, dass er nichts anderes hören, nichts anderes spüren konnte. *Reiß dich zusammen. Komm wieder runter.*

Er ließ die Hände an die Seiten sinken und konzentrierte sich darauf, seinen Herzschlag zu normalisieren, und als er spürte, dass sich sein Kopf zu klären begann, presste er erneut zwei Finger an Phillips Hals. Und klappte vor Erleichterung fast zusammen. *Danke!* Da war ein Puls. Schwach und unregelmäßig, aber er war da. Er griff nach dem Telefon auf dem Nachttisch, dankte Gott für die Festnetzleitung und wählte wieder den Notruf. Wenigstens würde er Phillip nicht wegen einer unterbrochenen Verbindung verlieren. Er schaltete auf Lautsprecher, zog sein Messer aus dem Stiefel und warf dabei einen Blick auf den Hund. BBs Brustkasten hob und senkte sich, aber die Kehle war voller Blut, und das Tier war nicht bei Bewusstsein.

»Notrufzentrale«, meldete sich die Vermittlung. »Bitte nennen Sie Ihren Notfall.«

Marcus wandte sich wieder Phillip zu, der so flach atmete, dass man kaum eine Bewegung sehen konnte. Er schnitt das blutgetränkte T-Shirt ab und blickte zum dritten Mal an diesem Tag auf eine massive Bauchverletzung. Blut sickerte aus dem Einschussloch, und Marcus musste erneut seine aufsteigende Panik niederkämpfen. Viel zu oft hatte er Menschen an solchen Wunden sterben sehen, noch bevor die Sanitäter eintrafen.

»Schussverletzung im unteren Bauchbereich. Das Opfer heißt Phillip Cauldwell, ist siebenundzwanzig Jahre alt, sehr schwacher Puls, nicht ansprechbar. Ich habe vor ein paar Minuten bereits einen Notfall gemeldet, daher sollte bereits ein Wagen unterwegs sein. Schicken Sie noch ein Team ins Penthouse, Wohnung 20B.« Und während er ins Bad rannte, um Handtücher zu holen, mit denen er die Blutung aufhalten konnte, wählte er bereits Scarletts Nummer auf dem Handy.

*Bitte geh ran. Ich brauche dich.*

Cincinnati, Ohio
Dienstag, 4. August, 20.40 Uhr

Deacon folgte Zimmerman hinaus. Agent Troy erhob sich ebenfalls. Er müsse noch ein paar Anrufe erledigen, sagte er und ließ Scarlett und Agent Coppola allein.

Scarlett betrachtete Kate einen Moment lang nachdenklich. Was mochte Faith davon halten, dass Deacons Ex-Partnerin plötzlich wie aus dem Nichts in dieser Abteilung auftauchte? »Darf ich fragen, wie es kommt, dass Sie ausgerechnet nach Cincinnati versetzt worden sind?«

Kate lächelte etwas verkrampft. »Jedenfalls bin ich nicht hinter Deacon her, falls Sie das meinen, und streiten Sie bitte nicht ab, dass Sie daran gedacht haben. Man sieht es Ihnen nämlich an.«

Scarlett starrte entnervt zur Decke. »Dieser verdammte Kerl«, brummte sie.

»Deacon?«

»Nein. Jemand anders.« Sie musterte die Rothaarige eingehend. »Aber ein merkwürdiger Zufall ist das schon, oder?«

Kate nahm anscheinend keinen Anstoß an ihrem Misstrauen. »Eigentlich nicht. Bei mir stand eine Beförderung an, es hätte mich also überallhin verschlagen können, aber mein Vorgesetzter wusste, dass ich die Zusammenarbeit mit Deacon vermisste.«

Scarlett zog die Brauen hoch. »Also hat Faith zwar nichts zu befürchten, ich aber schon?«

Kate lachte in sich hinein. »Nein. Es war nicht mein Ziel, wieder mit Deacon ein Team zu bilden, aber ich hatte ein paar Auswahlmöglichkeiten und ... na ja.« Sie zuckte die Achseln. »Mein Team in Baltimore war für mich wie eine Familie. Ich konnte aber nicht dort bleiben, wenn ich aufsteigen wollte, denn alle Posten, die mich interessierten, waren schon vergeben. Und als sich plötzlich diese Chance hier in Cincinnati eröffnete, war ich hocherfreut, verstehen Sie?«

»Weil Deacon auch zur ›Familie‹ gehört? Ja, das verstehe ich.«

Kate lächelte. »Und glauben Sie bitte auch nicht, dass ich Deacon wieder aus der Sondereinheit holen will. Er ist absolut zufrieden in seinem Job. Aber diese Stelle hier entspricht genau dem, was *ich* machen will.«

»Haben Sie denn Erfahrung im Kampf gegen Menschenhandel?«

»Leider ja. Baltimore ist eine Hafenstadt, und die Ravens haben es vergangenes Jahr in die Play-offs geschafft. In Städten mit Erstliga-Sport erreicht sexuelle Ausbeutung Spitzenwerte.« Ihre Miene war hart geworden, ihr Blick ging ins Leere. »Meinen ersten Fall hatte ich vor einem halben Jahr. Irgendein Arschloch hatte für das große Spiel seine ›Stuten‹ eingeflogen. Eine Anwohnerin hatte das Gefühl, dass in einem Haus in ihrer Nachbarschaft etwas nicht stimmte, und sie hatte ja so was von recht! Wir haben vier junge Mädchen aus einem Loch geholt, an das ich noch immer nicht denken kann, ohne dass mir speiübel wird.«

»Aber Sie *haben* sie herausgeholt«, sagte Scarlett sanft.

Kate schluckte. »Ja, aber zu spät. Wir konnten ja nicht ungeschehen machen, was schon passiert war.«

»Ich weiß. Wir können höchstens die Täter schnappen, um zu verhindern, dass sie noch weitere Verbrechen begehen.« Scarlett nickte traurig. »Ist Ihnen das denn gelungen? Den Täter zu schnappen, meine ich?«

Kate schüttelte den Kopf. »Nein. Er hatte Wind von unserer Razzia bekommen und war abgetaucht. Wir haben ihn nie erwischt.« Sie presste die Lippen zusammen. »Die vier Mädchen waren alle minderjährig, zwei sogar unter fünfzehn. Eins war eine Amerikanerin, eine Ausreißerin aus Iowa, die anderen drei waren wie Tala legal eingereist. Junge Mädchen, denen man droht, man würde ihre Familien töten, wenn sie nicht gehorchen. Also gehorchen sie.« Verbittert schüttelte sie den Kopf. »Und das immer wieder.«

»Sie sehen diese Arbeit also als Ihre Berufung an?«, fragte Scarlett.

»In gewisser Weise ja«, antwortete Kate. »Zumindest werde ich mich darauf spezialisieren. Talas Tod tut mir sehr leid, aber tatsächlich bringt ihr Fall uns einen Riesenschritt voran. Und das müssen wir unbedingt nutzen, damit sie nicht umsonst gestorben ist. Ich würde gerne dabei sein, wenn Sie mit ihrer Mutter und ihrer Schwester sprechen. Und ich würde gerne mit Ihrem Reporter reden.«

»Das lässt sich sicherlich einrichten«, antwortete Scarlett und blickte auf ihr Handy, das gerade zu summen begann. »Wenn man vom Teufel spricht. Das ist Marcus O'Bannion. Entschuldigen Sie mich bitte einen Augenblick.« Sie stand auf und trat ans Fenster. »Was gibt's?«

»Du musst herkommen«, sagte Marcus verhalten. Viel zu verhalten. »Sofort. Bitte.«

Augenblicklich schoss Scarletts Puls in die Höhe, aber sie zwang sich, ruhig zu bleiben. »Wohin?«

»In meine Wohnung. Ich schicke dir die Adresse. Bring diesen Kerl von der Spurensicherung mit, Tanaka. Und mach schnell. Bitte.«

»Marcus, ist alles in Ordnung?«

Aber sie erhielt keine Antwort mehr, er hatte bereits aufgelegt. Sekunden später traf die SMS mit seiner Adresse ein. *7 Hills Twr. Penthouse, 20B.*

Kate hatte bereits ihr eigenes Smartphone gezückt. »Wen soll ich anrufen?«

»Die Zentrale. Sie sollen jemanden zum Seven Hills Tower in Hyde Park schicken. Das Penthouse. Wo ist Deacon?« Aber sie wählte schon, ohne Kates Antwort abzuwarten.

Deacon nahm das Gespräch beim ersten Klingeln an. »Ich brauche noch ein paar Minuten«, sagte er.

»Marcus hat gerade angerufen. Da stimmt was nicht. Er ist in seiner Wohnung und hat nach Vince und der Spurensicherung gefragt.«

»Mist«, murmelte Deacon. »Fahr los. Ich komme nach, sobald ich kann.«

»Ich komme mit«, sagte Kate, als sie auflegte.

»Dann los.« Scarlett rannte schon hinaus in die Eingangshalle, während sie Vince Tanaka anwählte und mit halbem Ohr zuhörte, wie Kate mit der Notrufzentrale sprach.

*Bitte lass Marcus nichts passiert sein. Bitte nicht!*

Cincinnati, Ohio
Dienstag, 4. August, 20.45 Uhr

Marcus steckte das Smartphone in die Tasche zurück. Er wusste, dass Scarlett sich Sorgen machen würde, weil er einfach aufgelegt hatte, aber er musste sich auf Phillip konzentrieren. Sein Freund blutete aus zu vielen Wunden. *Du bist nicht schnell genug. Mach verdammt noch mal schneller.* Erneut stieg Panik in ihm auf, aber er kämpfte sie resolut zurück und fuhr stattdessen lieber Phillip an. »Du wirst hier nicht sterben, Phillip Cauldwell. Wag es ja nicht, hörst du?« Phillips Lider flatterten, hoben sich aber nicht. »Typisch«, flüsterte Phillip. »Immer musst du das Sagen haben.«

»Ganz genau«, fauchte Marcus, dessen Glieder vor Erleichterung plötzlich wie aus Gummi waren. »Weil *ich* der Boss bin, kapierst du das? Also – was ist passiert?«

»Ein Kerl ... ist mir ins Haus gefolgt. Breit. Schwarz. Mit Skimaske.« Phillips Kehlkopf hüpfte, und eine Träne rann aus seinem Augenwinkel. »Er hat Edgar getötet.«

»Nein«, sagte Marcus. »Edgar ist nicht tot. Die Sanitäter kümmern sich bereits um ihn. Was war mit dem Mann? Hat er dich gezwungen, hier hochzukommen?«

»Ja. Ich hatte mein Messer nicht bei mir.«

Phillip wohnte in einer zwielichtigen Gegend und trug normalerweise immer ein Messer bei sich. Lisette versuchte immer wieder, ihn zu einem Umzug zu überreden, und Marcus hatte extra sein Gehalt erhöht, aber Phillip wollte nichts davon wissen.

»Hattest du es in der anderen Hose vergessen?«, fragte Marcus aufgesetzt locker.

»Jep.« Phillip verzog vor Schmerz das Gesicht. »Ich musste bei Mr. Arrogant durch den Metalldetektor. Sorry.«

Marcus zog verwirrt die Brauen zusammen, doch dann fiel ihm wieder das Meeting von heute Morgen ein. Es war gerade zwölf Stunden her, kam ihm aber vor wie eine Ewigkeit. »Mr. Arrogant« war der Vizepräsident, der Frau und Kind schlug, an den die Behörden jedoch nicht herankamen, weil er alle bestochen hatte. Phillip hatte heute Morgen den Boten gespielt, um sich im Büro des Mannes umzusehen und vielleicht jemandem zu begegnen, der bereit war, die Wahrheit zu sagen.

»Was soll das heißen – sorry? Du lebst. Wie hast du das geschafft?«

»Er hat auf mich geschossen. Zwei Mal.« Wieder verzerrte er sein Gesicht vor Schmerz. »Und dann die Kugeln mit dem Messer rausgeholt ... tat verdammt weh.«

Wie bitte? Wozu aus jemandem die Kugeln entfernen, solange er noch lebte? »Ich kann's mir denken«, erwiderte Marcus grimmig.

Ein winziges Lächeln zuckte über Phillips Lippen. »BB hat ihn gebissen. Ins Bein. Das Schwein hat sie weggeschleudert, aber ich konnte mir sein Messer schnappen.« Phillip rang nach Luft, und seine Lungen rasselten bedrohlich. »Ich hab's in seinen Arm gerammt. Links. Tief.« Wieder rasselte sein Atem. »Ich hab ihn regelrecht aufgespießt.«

»Gut gemacht«, flüsterte Marcus inbrünstig.

»Aber dann hat er noch mal geschossen. Ich bin ... zu Boden gegangen. Und er ... hat sich ein Badetuch um den Arm gewickelt und nicht mal ... nicht mal das Messer rausgezogen ...«

»Damit er keinen Tropfen Blut hinterlässt«, beendete Marcus für ihn den Satz.

»Ja. Aber BB hat richtig fest zugebissen.« Wieder der Hauch eines Lächelns auf seinen Lippen. »Also hol dir seine DNS von ihren Zähnen. Schnapp dir das Schwein, Marcus.«

»Verlass dich drauf. Hat er was gesagt? Hast du was gesehen? Seine Augenfarbe vielleicht?« Marcus hörte selbst, wie verzweifelt er klang, also riss er sich zusammen.

»Er hat geflucht, als ich das Messer in seinen Arm gerammt habe. Tiefe Stimme. Braune Augen. Dunkle Augenlider, nur wenig heller als die Skimaske.« Mühsam atmete er ein. »Er wollte die Kugel aus meinem Bauch rausholen. Hat's versucht ... mit einem Küchenmesser.« Er schnitt eine Grimasse. »Hat er mitgenommen. Das Messer, nicht die Kugel.« Die Lider fielen wieder zu. »Verdammt, es tut so weh.«

»Ich weiß. Halte durch. Nur noch ein bisschen. Die Sanitäter sind unterwegs. Bleib bei mir, Phil.«

Ein schwaches Lächeln. »Immer musst du bestimmen. Du bist echt anstrengend, weißt du das?«

»Oh ja, das weiß ich«, murmelte er und sah auf, als plötzlich Lärm einsetzte. Sanitäter und ein Polizist erschienen in der Tür, und Marcus stand eilig auf und wich zurück. »Helfen Sie ihm.«

»Wir tun unser Bestes«, sagte einer der Sanitäter und schob ihn behutsam noch ein Stück zur Seite. »Bitte gehen Sie, Sir. Wir brauchen den Platz hier.«

Marcus hob BB auf. Der Hund hing schlaff und reglos in seinen Armen. »Ich bin Marcus O'Bannion«, sagte er an den Polizisten gewandt. »Ich habe bereits Detective Bishop vom CPD angerufen, sie ist unterwegs. Dieses Verbrechen steht in Verbindung mit einem Fall, den sie bearbeitet. Ich mache meine Aussage, sobald sie hier eintrifft.«

Cincinnati, Ohio
Dienstag, 4. August, 20:55 Uhr

Ken saß am Tisch seines privaten Arbeitszimmers, starrte auf sein Handy und sah dem, was er zu tun hatte, mit Grauen entgegen. Demetrius hatte sich noch nicht zurückgemeldet, aber tot war er nicht. Er saß in seinem Wagen und fuhr ziellos durch die Gegend. Nach nur knapp zehn Minuten in O'Bannions Wohnhaus war sein Freund wieder gegangen und ins Auto gestiegen und fuhr nun anscheinend nach nirgendwo. Er hatte nicht angerufen. Keine Nachricht geschickt. Nichts.

Was bedeutete, dass er gepatzt hatte. Schon wieder. Hätte er O'Bannion erschossen, dann hätte er sofort angerufen, um sich großspurig mit seiner Tat zu brüsten. Selbst wenn Demetrius kein Geld veruntreut hatte, musste er gehen.

Und zwar für immer.

Vor ihm erschien eine Tasse Tee, und er schaute auf. Eine besorgte Alice stand vor ihm. »Du hast überhaupt nichts gegessen, Dad.«

Er schaltete das Telefon aus, bevor sie fragen konnte, worauf er starrte. Er überwachte auch ihr Telefon und Seans, aber er wollte nicht, dass sie davon erfuhren. Ken traute seinen Kindern, aber er war nicht dumm. Immerhin *waren* sie seine Kinder – sie hatten seine Gene. Sofern der Preis stimmte, würden sie ihn, ohne mit der Wimper zu zucken, verkaufen.

»Ich habe keinen großen Hunger, Schätzchen. Aber der Tee wird mir guttun.«

»Du machst dir Sorgen wegen Demetrius«, sagte sie und ließ sich auf dem Sessel dem Tisch gegenüber nieder. Sie hatte sich bereits zum Schlafengehen umgezogen und trug einen schlichten Morgenmantel und alberne Tweety-Pantoffeln. Im Ausschnitt des Morgenmantels erkannte er das hellblaue T-Shirt der Universität von Kentucky. Seine Tochter hatte Jura studiert und mit summa cum laude abgeschlossen. Sie wirkte wie ein unschuldiges Kind, aber hinter ihrem niedlichen Gesicht arbeitete der messerscharfe Verstand – Kens Erbe. Sean war zu vergeistigt, ein Nerd, der von seiner Mutter verhätschelt worden war. Alice dagegen hatte den nötigen Biss.

»Sicher mache ich mir Sorgen«, antwortete er. »Ich habe seit Stunden nichts mehr von ihm gehört.«

»Also hat er O'Bannion noch immer nicht eliminiert. Dad, das ist langsam lächerlich. Demetrius entwickelt sich zu einem untragbaren Risiko. Er muss verschwinden.«

»Wir sind schon seit einer Ewigkeit befreundet. Es wird nicht leicht werden, ihn zu beseitigen.«

Sie schüttelte den Kopf. »Hätte er O'Bannion schon vor neun Monaten getötet, so, wie du es ihm aufgetragen hast, dann hätten wir jetzt kein solches Problem.«

Ken seufzte. »Wahrscheinlich nicht. Wohl aber das Theater wegen Anders, und dafür kann Demetrius ja nichts.«

»Wie man's nimmt. Wenn das Mädchen O'Bannion nicht im Park begegnet wäre, dann hätten sie sich auch nicht in dieser Seitenstraße getroffen, sie wäre noch am Leben, und alles wäre in Ordnung«, entgegnete Alice.

Ken neigte zustimmend den Kopf. »Stimmt allerdings. Auch das geht auf seine Kappe.« Das veruntreute Geld würde er nicht erwähnen. Erst musste er sich sicher sein.

»Setz mich auf ihn an«, sagte Alice. »Ich erledige das für dich. Dann besteht auch nicht die Gefahr, dass du ihn im letzten Moment doch noch davonkommen lässt.«

»Kann sein, dass ich dich beim Wort nehme, aber noch nicht.«

»Dad, das ist nicht einfach nur eine unangenehme Situation«, sagte sie scharf. Ihre plötzliche Vehemenz überraschte ihn. »Demetrius hat O'Bannion den ganzen Tag lang vollkommen ungehindert agieren lassen. O'Bannion gibt eine Tageszeitung heraus, er verfügt über ein ganzes Team von investigativen Journalisten. Ich muss doch nicht noch deutlicher werden, oder? Er hat uns bereits vor neun Monaten beinahe zu Fall gebracht, als er Woody McCords Kinderpornosammlung entdeckte. Wenn er noch etwas eingehender recherchiert hätte, wäre ihm aufgefallen, dass McCords Laster nicht einmal die Spitze des Eisbergs gewesen ist. Ich wette, er ermittelt wieder. Sobald seine Zeitung am Kiosk ausliegt, nützen uns auch die Anwälte nicht mehr viel, und weißt du, was ich glaube, Dad? Dir wird es im Knast nicht gefallen und mir genauso wenig, also wach endlich auf und tu nicht so, als sei das Ganze nur ein lästiger kleiner Störfaktor.«

Zum ersten Mal seit langem hatte er Lust, ihr eine Ohrfeige zu verpassen. »So redest du nicht mit mir, Alice.«

Sie stieß wütend den Atem aus. »Sonst hörst du mir aber nicht zu, ich habe es schon oft genug probiert. Glaubst du wirklich, es war ein Zufall, dass O'Bannion sich heute Morgen mit dem Mädchen getroffen hat? Er weiß, was wir tun, und recherchiert für seine Geschichte. Sobald er die Verbindung zwischen Chip Anders und Woody McCord herstellt, sind wir erledigt. Vielleicht ist ihm das längst gelungen. Überlass O'Bannion mir.«

»O'Bannion oder Demetrius?«, fragte er kühl.

»Beide.«

Er schüttelte den Kopf. »Selbst wenn ich deine Ansicht teilen würde, Alice – wir können Demetrius nicht einfach beseitigen. Zuerst brauche ich die Daten aller Geschäftsvorgänge, um die er sich kümmert, Namen von Lieferanten, laufende Verträge.«

»Zum Beispiel?«, hakte sie nach.

»Zum Beispiel, was die Tracker betrifft. Drei sind weg, und ich habe keine Ahnung, wie viele wir noch besitzen oder woher er sie bezieht.«

»Ich schon.«

Ken stutzte. »Was du nicht sagst.«

Sie lehnte sich im Sessel zurück und nippte an ihrem Tee. »Nun ja, noch weiß ich es nicht, aber D.J. Er wird es mir schon sagen.«

»Wie kommst du denn darauf? Demetrius' Sohn ist doch loyal bis zum Umfallen.«

»Nicht so loyal, wie du glaubst. Wir unterhalten uns oft.« Sie lächelte. »Und manchmal mehr als das.«

Ken blieb der Mund offen stehen. »Du und D.J.? Seit wann?«

»Seit er erwachsen geworden ist und es sich lohnt«, sagte sie in anzüglichem Tonfall. »Aber im Ernst jetzt. Demetrius hat dir vielleicht erzählt, dass Reuben die Frauen und Töchter der Lieferanten flachlegt, aber bestimmt nicht, wofür er selbst sein Geld ausgibt – und vor allem, wie viel!«

Ken wartete einen Moment, dann schüttelte er ungeduldig den Kopf. »Mach's nicht so spannend. Spuck's aus.«

Alice tat so, als schniefte sie eine Line Kokain von ihrem Handrücken.

»Koks? Demetrius? Nie und nimmer. Er ist Sportler. So einen Unfug macht er nicht.«

Sie lachte abschätzig. »Sportler? Sag mal, weißt du eigentlich, wie viele Sportler genau ›diesen Unfug‹ machen? Von Anabolika ganz zu schweigen. Oder was glaubst du, wie er seine Muskeln aufpumpt? Er ist schließlich keine zwanzig mehr.«

»Woher weißt du das?«

»Weil ich das Zeug in seiner Sockenschublade entdeckt habe«, antwortete sie. »Manchmal schnüffle ich ein bisschen im Haus rum, wenn D.J. pennt, weil wir vorher wie die Karnickel gerammelt haben.«

Ken hob resigniert die Hände. »Lass gut sein.«

Sie lächelte. »Jedenfalls werdet ihr auch nicht jünger, das weißt du«, fuhr sie fort. »Demetrius geht hart auf die fünfzig zu und du ebenfalls.«

Ken schnitt ein Gesicht. »Autsch. Muss ich mir Sorgen machen?«

Sie nippte mit bescheiden gesenktem Kopf an ihrer Teetasse. »Daddy, du hättest keine Chance, dir Sorgen zu machen. Wenn du das Unternehmen durch Dummheit gefährdest, ziehe ich dich eigenhändig davon ab.«

»Oh-oh«, sagte er gelassen. Er hatte nichts anderes von ihr erwartet. »Ich habe darüber nachgedacht, meinen Anteil zu verkaufen und mich auf irgendeine Insel zurückzuziehen.« »Keine schlechte Idee«, gab sie lächelnd zurück. »Du hast in deinem Leben schon so viel gearbeitet. Gönn es dir. Die nächsten vierzig Jahre am Strand sitzen und dir von halbnackten Frauen Cocktails servieren lassen? Klingt traumhaft.«

Er musste lachen, weil ihre Vorstellung sich nahezu hundertprozentig mit seiner deckte. »Ich denke darüber nach. Könntet Sean und du mich ausbezahlen?«

»Ja«, sagte sie ernsthaft. »Sofern du nicht eine exorbitante Summe verlangst.«

»Keine Sorge. Ich möchte auch später noch in Ruhe schlafen ...« Er brach ab, als das Telefon klingelte. »Demetrius.« »Das wurde auch Zeit«, brummte Alice. »Leg ihn auf Lautsprecher.«

Er deutete mit dem Finger auf sie. »Dann musst du aber mucksmäuschenstill sein.« Sie tat, als schließe sie ihre Lippen ab, und er nahm das Gespräch an. »Wo in aller Welt bist du gewesen?«, fragte er, obwohl er es selbstverständlich genau wusste.

»Ähm ... mir geht's nicht gut, Kenny. Ich glaube, ich verblute.«

Alice riss konsterniert die Augen auf. »Idiot«, sagte sie lautlos.

»Was ist passiert?«, fragte Ken.

»Ich bin einem Reporter vom *Ledger* gefolgt, wie wir besprochen haben.« Demetrius sprach schleppend. »Ich hab ihn mit der Ruger abgeknallt und die Kugel rausgeholt ...«

»Weiter«, sagte Ken ungeduldig.

»Und dann hat O'Bannions Köter mich gebissen. Und der Reporter hat zugestochen.«

Alice verdrehte die Augen. Ken konnte sie verstehen.

»Hast du Blut in O'Bannions Wohnung hinterlassen?«

Eine lange Pause entstand. »Wer sagt, dass ich in O'Bannions Wohnung war?«

Alice zwinkerte ihm zu. »Erwischt«, bildete sie mit den Lippen.

*Verdammt. Sie weiß es.* Sie wusste, dass er sein Team überwachen ließ.

Alice stellte ihre Teetasse ab, holte ihr Handy aus der Tasche und begann eifrig zu tippen. Ken verlieh seiner Stimme einen gelassenen Klang. »Du erzählst mir, dass sein Hund dich gebissen hat. Da ich nicht davon ausgehe, dass du den Reporter auf einer Hundewiese abgeknallt hast, kam mir die Wohnung logisch vor.«

Alice schaute auf und tat so, als würde sie ihm applaudieren.

Warnend drohte er mit dem Finger in ihre Richtung, aber sie hob nur die Schultern und widmete sich wieder ihrem Smartphone. Anscheinend hatte sie etwas gesucht und gefunden, denn plötzlich starrte sie düster aufs Display.

»Oh.« Demetrius rang nach Luft. »Na gut. Nein, ich habe kein Blut hinterlassen. Ich hab das Messer nicht rausgezogen, weil ich nicht wollte, dass es sprudelt, falls der kleine Scheißkerl eine Arterie getroffen hätte.«

Wenn O'Bannions Reporter eine Arterie getroffen hätte, dann hätte Demetrius es nicht bis zum Auto geschafft, dachte Ken verächtlich. Der Kerl war ein echter Hypochonder. »Hast du es jetzt rausgezogen?«

»Ja, aber das Blut sprudelt nicht, es sickert nur. Aber es hört auch nicht auf. Und ins Krankenhaus kann ich nicht. Hat Decker nicht Reubens Mann verarztet?«

»Das hat er. Wo bist du, Kumpel? Ich hol dich ab.«

Alice setzte zum Protest an, aber Ken machte eine abwehrende Geste und ließ sich von Demetrius die Adresse durchgeben.

»Okay, halte durch. Ich bin so schnell wie möglich bei dir.« Er legte auf und sah Alice verärgert an. »Du darfst mir durchaus etwas zutrauen, Töchterchen. Du bist nicht die Einzige mit Hirn, auch wenn du einen Abschluss in Jura hast.«

»Und was hast du vor?«

»Demetrius abzuholen und ihn nach Lieferanten und Kontakten zu fragen.«

»Und du glaubst, er nennt sie dir? Einfach so?«

»Ja, das glaube ich. Demetrius gibt sich gern als knallhartes Rauhbein, das anständig austeilt, kann aber überhaupt nichts einstecken.

Der kleinste Schnitt ist immer gleich eine halbe Amputation. Ich kriege schon, was ich will, solange Decker dafür sorgt, dass er nicht vorher verblutet.«

Alice nickte anerkennend. »Nett.«

Sein Finger schwebte über Deckers Kurzwahlnummer, als er noch einmal zu ihr aufblickte. »Du wusstest von der Überwachung?«

»Sicher«, erwiderte sie gelangweilt. »Das weiß ich schon seit Monaten. Irgendwann hast du aufgehört, mich zu fragen, wo ich abends war. Und Sean ebenfalls.«

»Deswegen wusste ich also nichts von dir und D.J.«

Sie zog ihr unteres Augenlid herunter.

»Und das ... hat euch nicht gestört?«, fragte er. »Dass ich euch überwacht habe?«

»Doch«, sagte sie. »Aber uns war klar, dass du dir wegen deiner Führungsetage Sorgen machst, also ließen wir das Smartphone einfach zu Hause, wenn wir nicht wollten, dass du weißt, wo wir uns herumtreiben. Übrigens hat Sean nur neunzig Sekunden gebraucht, um dein Smartphone zu hacken.« Ehe er darauf reagieren konnte, fuhr sie fort: »Und falls du doch vorhast, mit Demetrius gnädig umzugehen, dann sieh dir das mal an.« Sie hielt ihm das Display ihres Smartphones hin, und er schnappte nach Luft.

»Verdammter Mist.« Es zeigte die Website des lokalen Nachrichtensenders, und die Schießerei in dem Gebäude, in dem O'Bannion wohnte, war die Topmeldung. Zwei Schwerverletzte befanden sich auf dem Weg ins Krankenhaus, das Gebäude war hermetisch abgeriegelt.

Ein Glück, dass Demetrius es noch rechtzeitig hinausgeschafft hatte.

»Tja«, sagte sie kalt. »Er hat gar nicht erwähnt, dass weder Reporter noch Portier tot sind, nicht wahr?« Sie ließ die Worte einen Moment nachwirken, dann wandte sie sich zum Gehen. »Ich mache oben ein Zimmer für ihn fertig.«

»Alice, warte«, sagte er, und sie blieb stehen. »Du hast recht. Beide müssen verschwinden. Ich kümmere mich um Demetrius. O'Bannion gehört jetzt dir.«

Sie nickte. »Danke.«

»Noch etwas.« Er wartete, bis sie sich wieder zu ihm umgewandt hatte. »Hast du McCords Partner noch im Auge?« Der Mann, der aufgeflogen wäre, hätten O'Bannion und sein Team vor neun Monaten noch weiter recherchiert.

»Ja. Er scheint alles unter Kontrolle zu haben. Jedenfalls hat er aus Woodys Fehlern gelernt.«

»Hat er sich neue Ware verschafft?«

»Ja, aber nicht von uns. Dennoch bekommen wir einen Anteil – nicht viel, aber zuverlässig –, und es besteht die Möglichkeit einer Expansion. McCords Partner hat sich Seans E-Commerce-Wissen zunutze gemacht, und seine Wertschätzung hat aus dem Tröpfeln der Gelder einen steten Fluss gemacht. Wir haben uns seit Monaten nicht mehr persönlich gesprochen. Er weiß, dass ich seine Geschäfte beobachte, aber solange jeden Monat eine Überweisung eingeht, lasse ich ihn in Frieden.«

Der Highschool-Lehrer McCord und sein prominenterer Partner hatten ein Unternehmen gegründet, das einen stattlichen Gewinn abwarf. Doch dann hatte McCord die Dummheit begangen, O'Bannions Aufmerksamkeit auf sich zu ziehen, indem er ein wenig zu nett zu seinen Schülerinnen und Schülern gewesen war.

O'Bannion, der McCord genau dafür an den Pranger stellen wollte, hatte sich auf der Suche nach Beweisen in den Computer des Lehrers gehackt und dessen Sammlung entdeckt. Oder zumindest das, was der Zeitungsmann für dessen Sammlung hielt. O'Bannion hatte nicht erkannt, was er da vor Augen hatte, weil ihm – wie den meisten Menschen – der dazu nötige eiserne Magen fehlte. Um kinderpornografische Fotos distanziert zu analysieren, musste man extrem hartgesotten sein, und das war O'Bannion bestimmt nicht.

Aber O'Bannion war ein Mensch, der nicht mehr lockerließ, wenn er einmal Witterung aufgenommen hatte. Er hatte McCords perverse Vorlieben ans Licht gezerrt und die »Wahrheit« veröffentlicht. Zum Glück war Sean in der Lage gewesen, gewisse Dateien von McCords Server zu entfernen, ehe die Polizei sein Haus gestürmt, die Computer mitgenommen und den überführten Lehrer ins Gefängnis gesteckt hatte.

Sie hatten McCord ausschalten müssen, ehe er zu plaudern beginnen konnte. Es war ein echter Glücksfall gewesen, dass O'Bannion etwa zur gleichen Zeit schwer verletzt ins Krankenhaus eingeliefert worden war und die Trauer über den Verlust seines Bruders noch eine ganze Weile sein Leben bestimmt hatte. Hätte er den Fall weiterverfolgt, säßen Ken und sein gesamtes Team längst hinter Gittern, in dieser Hinsicht hatte Alice recht.

»Wie willst du an O'Bannion herankommen?«, fragte er sie. »Ich will gar nicht unbedingt an ihn herankommen. Mir ist es, ehrlich gesagt, egal, ob jemand glaubt, dass ein Angriff auf ihn mit dem Tod des Mädchens heute Morgen zu tun hat. Wie ich schon sagte: Der Kerl hat so viele Feinde, dass es kaum eine Rolle spielt.« Und damit ging sie.

Ken rief Decker an, sobald sie den Raum verlassen hatte. »Ich brauche Sie noch einmal in Ihrer Rolle als Sanitäter. Wir treffen uns im Eden Park am Gewächshaus. Ich warte an Demetrius' Wagen. Und bringen Sie Chloroform oder Ähnliches mit.« Er legte auf und rief Burton an. »Demetrius' Auto muss abgeschleppt werden. Bringen Sie es in meine Garage, entfernen Sie mögliche Blutspuren, und beseitigen Sie es anschließend.«

## 23

Cincinnati, Ohio
Dienstag, 4. August, 21.05 Uhr

Als Scarlett eintraf, saß Marcus mit einem Sheltie in den Armen im Wohnzimmer auf einer Couch. Der Hund regte sich nicht.

*Oh nein,* dachte sie, obwohl ihr gleichzeitig vor Erleichterung die Knie weich wurden. Marcus war unverletzt, ihm war nichts geschehen! Doch als er den Kopf hob und ihrem Blick begegnete, wallte neue Angst in ihr auf. Seine Augen wirkten kalt und leer.

Hinter ihm stand ein Officer, der ihr ungehalten entgegenblickte. Er hatte die Hand am Holster, als befürchtete er, dass Marcus jeden Moment aufspringen und Amok laufen würde. »Sind Sie Bishop?«, fragte er steif.

Scarlett warf einen Blick auf seine Marke. »Detective Bishop, ja. Sie können wegtreten, Officer Towson.« Sie konnte Leute im Schlafzimmer sehen und wusste von der Zentrale, dass Marcus zwei Mal den Notruf gewählt hatte – einmal wegen des Portiers Edgar Kauffman, das zweite Mal wegen Phillip Cauldwell, der für ihn arbeitete. Ein Krankenwagen stand unten noch vor dem Eingang, also waren die Sanitäter offenbar noch nicht fertig. Sie blickte über die Schulter zu Kate, die hinter ihr eingetreten war. »Können Sie nachsehen, was im Schlafzimmer vor sich geht?«

Kate nickte und ging in den anderen Raum hinüber. Scarlett ließ sich behutsam neben Marcus nieder.

»Bist du verletzt?«, fragte sie leise.

»Nein.« Er schluckte. »Phillip Cauldwell gehört zu meinem Team«, sagte er tonlos. »Beim *Ledger.* Er ist ein netter Kerl, ich kenne ihn seit Jahren. Seine Schwester Lisette ist eine uralte Freundin von mir. Ich muss es ihr sagen. Ich will nicht, dass sie es von Fremden erfährt.« Er blickte auf den Hund in seinen Armen. »Außerdem brauche ich einen Tierarzt. BB ist verletzt.«

Scarlett begriff, dass er unter Schock stand. »Was ist passiert?« »Sie hat ihn gebissen – den Kerl, der auf Phillip geschossen hat. Jetzt ist sie ein Beweisstück, aber ich will nicht, dass man sie in einen Käfig sperrt. Sie muss versorgt werden.« Er schluckte wieder. »Sie ist alles, was mir von Mikhail geblieben ist«, flüsterte er, und seine Stimme brach.

»Okay, ich verstehe.« Sie legte ihm die Hand auf den Unterarm und drückte sanft. »Tanaka ist schon unterwegs. Ich rufe ihn an und bitte ihn, einen forensischen Tiermediziner anzufordern, okay?« Sie zog ihr Handy aus der Tasche und erledigte den Anruf.

Kate kehrte zurück und ging vor Marcus in die Hocke. »Ihr Freund ist am Leben, wenn auch schwer verletzt, aber das wussten Sie ja bereits«, sagte sie leise. »Sie haben die Blutung stoppen können, daher hat er eine Chance.«

»Das ist Special Agent Kate Coppola«, stellte Scarlett vor. »Deacons ehemalige Partnerin. Sie ist gerade erst hierher versetzt worden und arbeitet bei diesem Fall mit uns zusammen. Erzähl uns, was passiert ist.«

Marcus warf Kate einen Blick zu, ehe er sich wieder auf Scarlett konzentrierte und beschrieb, wie er den Portier und Phillip gefunden hatte. »Du hattest recht«, endete er schließlich mit einer Stimme, die so tot war wie sein Blick. »*Ich* war heute Nachmittag das Ziel. Man hat auf mich geschossen, nicht auf dich. Und vielleicht war ich sogar heute Morgen in dieser kleinen Straße das Ziel.«

»Nein, nicht heute Morgen«, murmelte Scarlett. »Talas Mörder ist ihr gefolgt.«

»Und Agent Spangler«, fuhr er fort, als hätte sie nichts gesagt. »Vielleicht bin ich auch an seinem Tod schuld. Vielleicht ist man mir schon den ganzen Tag auf den Fersen.«

Scarlett hätte am liebsten geseufzt. In seinem Schockzustand übernahm er die Verantwortung für alles, was heute schiefgelaufen war. Leider ergab das, was er sagte, auf schreckliche Weise einen Sinn. Heute Morgen hatte ihr Bauchgefühl ihr geraten, Marcus' Feinde in Augenschein zu nehmen, aber dann hatte sie sich lieber auf Tala als ursprüngliches Ziel konzentriert.

Weil Tala ihren Mörder gekannt hatte. Und weil Talas »Besitzer« aus seinem Haus entführt worden war. Aber nun war der Killer zu Marcus gekommen. *Verdammt noch mal! Irgendetwas Entscheidendes entgeht mir.*

»Wer ist ›man‹?«, fragte Kate.

»Ich weiß nicht«, antwortete Marcus.

»Ich denke, wir sollten uns deine Liste doch etwas genauer ansehen«, sagte Scarlett, so sanft sie konnte. »Hier passen einfach zu viele Teile nicht zueinander. Ich muss meine Chefin anrufen. Ich bin gleich zurück.« Erneut drückte sie seinen Arm, als sie sich erhob. Lieber hätte sie ihn geküsst oder in die Arme gezogen, aber das musste warten.

»Officer Towson. Holen Sie mir bitte den Hausmeister her. Ich brauche die Videos der Sicherheitskamera. Ich will wissen, ob der Täter das Gebäude wirklich verlassen hat und falls ja, auf welchem Weg.«

»Er *ist* fort«, sagte Towson. »Ich habe alle Zimmer durchsucht.«

Marcus schüttelte den Kopf. »Aber das Haus ist groß. Vielleicht hat er sich irgendwo verkrochen.«

»Ich postiere Leute an allen Ausgängen und organisiere eine Tür-zu-Tür-Suche«, erbot Kate sich. »Hoffentlich hat er keine Geisel genommen.«

Scarlett nickte dankbar. »Ich muss mich mit Isenberg kurzschließen und jemand anderen finden, der die Suche nach den Frauen übernimmt.«

»Nein«, sagte Marcus und packte ihren Arm so fest, dass sie erschreckt zusammenfuhr.

»Hände weg, Freund«, fuhr Towson ihn an und griff nach Marcus' Handgelenk.

»Ich hatte Sie gebeten, den Hausmeister zu holen«, sagte Scarlett scharf. »Mr. O'Bannion ist nicht verdächtig. Er ist ein Zeuge und wird mit dem nötigen Respekt behandelt.«

Towson bedachte sie mit einem finsteren Blick. »Ja, Ma'am«, sagte er spöttisch und zog ab. Scarlett sah ihm kopfschüttelnd nach. Mit ihm würde sie sich später noch unterhalten. Sie ließ sich wieder neben Marcus nieder und legte ihre Hand auf seinen Unterarm. »Warum nicht, Marcus?«

»Weil du diese Frauen finden musst. Nur sie können dir sagen, wer Anders entführt hat.«

»Mag sein. Aber der Kerl, der auf dich geschossen hat, *ist* möglicherweise der Entführer. Dieser Fall ist komplexer, als wir dachten. Es gibt zu viele offene Fragen, zu viele Unstimmigkeiten. Du bist heute drei Mal angegriffen worden, Marcus. Und wenn du hier gewesen wärst, als der Kerl sich Zutritt verschafft hat, wärst du jetzt vielleicht derjenige, der um sein Leben kämpft.«

Er sah sie kalt an. »Und das sollte ich eigentlich auch. Phillip hat schließlich gar nichts damit zu tun.«

»Das weiß ich«, gab sie zurück. Ihre Hand lag immer noch auf seiner, und sie strich mit dem Daumen über seinen Ärmel. »Dennoch bin ich froh, dass du unversehrt bist. Und jetzt müssen wir nachdenken. Wenn jemand hinter dir her ist, warum hat er dann Phillip angegriffen? Warum hat er nicht einfach hier auf dich gewartet?«

»Weil Phillip ihn mit dem Messer verletzt hat.«

»Ja, das weiß ich, und glaub mir, Sergeant Tanaka wird deine Wohnung gründlich durchsuchen. Wenn der Täter etwas zurückgelassen hat, dann findet Tanaka es.«

»Phillip erzählte, der Kerl hätte das Messer in seinem Arm stecken lassen und sich ein Badetuch darum gewickelt. Blut werden wir also nicht finden.«

»Aber vielleicht Hautpartikel oder Haare. Tanaka macht seine Sache gut. Wir sollten das ihm überlassen, okay?«

Er nickte steif, und sie drückte erneut seinen Arm.

»Aber um die Frage zu wiederholen«, fuhr sie fort. »Wieso ist er Phillip nach oben gefolgt? Wenn er es auf dich abgesehen hat, warum hat er dir dann nicht hier unten aufgelauert?«

»Vielleicht hielt er es für sicherer, in meiner Wohnung auf mich zu warten.«

»Vielleicht. Aber ...« Sie schüttelte den Kopf. »Was ist mit dem Portier? Dem Kerl muss doch klar gewesen sein, dass man den armen Mann ziemlich bald entdecken würde.« Und dann verstand sie plötzlich. »Genau das war es, worauf er gezählt hat. Er wollte, dass der Portier entdeckt wird. Er wollte dich nach Hause locken!«

»So sehe ich das auch«, erwiderte Marcus tonlos.

Sie seufzte. »Schauen wir uns die Aufnahmen der Überwachungskameras an. Vielleicht entdecken wir etwas, was uns weiterbringt. In der Zwischenzeit bleib bitte hier sitzen und halte BB fest. Sie könnte unsere wertvollste Spur sein.«

Sie trat an die Tür zum Schlafzimmer und beobachtete die Rettungssanitäter, während sie Isenberg anrief. »Scarlett hier.«

»Was geht bei O'Bannion vor sich?«, fragte Isenberg, ohne sich mit einer Begrüßungsfloskel aufzuhalten. Scarlett brachte sie auf den neuesten Stand, während Vince Tanaka mit seinem Koffer in der Hand eintraf. Er bedeutete ihr mit einer Geste, dass er sich umsehen würde, also blieb sie, wo sie war. »Ich muss dieser Spur hier nachgehen«, sagte sie zu ihrer Vorgesetzten. »Könnten Sie jemand anderen mit meinem Onkel auf die Suche nach Mila und Erica Bautista schicken? Zimmerman sagte, er habe Vater und Sohn ausfindig gemacht. Könnte man nicht eine Telefonverbindung herstellen, so dass die beiden über Lautsprecher mit Mila und Erica reden können, falls der Suchtrupp die Frauen ausfindig macht?«

»Das ist eine gute Idee. Ich werde Adam Kimble bitten, sich der Sache anzunehmen.«

Scarlett verzog unwillkürlich das Gesicht. »Adam? Meinen Sie, dass er wirklich schon wieder so weit ist?« Kimble war nach einer sechsmonatigen Auszeit erst kürzlich wieder in den Dienst getreten, und obwohl er äußerlich ruhig und ausgeglichen wirkte, fragte Scarlett sich, wie viel von dieser Ruhe echt und wie viel nur aufgesetzt war.

»Ja. Ist er«, entgegnete Lynda in einem Tonfall, der keinen Widerspruch duldete.

Scarlett war nicht überzeugt, also versuchte sie einen anderen Ansatz. »Der Sohn und die Tochter sind noch minderjährig. Es wäre bestimmt gut, für alle Fälle eine Therapeutin dabeizuhaben.«

Einen Moment lang herrschte Schweigen, dann schnaubte Lynda. »Verdammt, Sie sind gut, Scarlett. Ja, holen wir uns eine Therapeutin dazu, und wenn es nur zur Rückversicherung ist. Haben Sie jemanden im Sinn?«

»Wie wär's mit Meredith Fallon? Sie ist zuverlässig und absolut vertrauenswürdig.« Und sie besaß das bemerkenswerte Talent, notfalls beruhigend auf Adam Kimble einzuwirken.

»Rufen Sie sie an. Ist Vince schon eingetroffen?«

»Ja, gerade.«

»Gut. Schnappen Sie sich den Kerl, Scarlett. Schnell.«

Lynda brach die Verbindung ab. Als Scarlett das Telefon einsteckte, schoben die Sanitäter gerade die Trage mit Phillip Cauldwell aus dem Schlafzimmer. Das Gesicht des Mannes unter der Sauerstoffmaske war aschfahl.

»Ins County«, sagte ein Sanitäter, ehe Scarlett noch fragen konnte. »Und, ja, wir geben Bescheid, dass man Sie informieren soll, sobald es etwas Neues gibt. Ihre Nummer haben wir.«

Scarlett kehrte zu Marcus auf die Couch zurück. »Es tut mir so leid«, murmelte sie. »Holen wir uns diesen Mistkerl.«

»Ja«, erwiderte er, und in seinen Augen glomm Zorn auf. »Tun wir das.«

Cincinnati, Ohio
Dienstag, 4. August, 21.45 Uhr

Scarlett stellte den Wagen auf dem Parkplatz der Notaufnahme ab, schaltete den Motor aus und wandte sich Marcus auf dem Beifahrersitz zu. »Es ist nicht deine Schuld«, sagte sie leise in die Stille hinein.

»Das kannst du gar nicht wissen«, gab er zurück und blickte auf das grelle Neonlicht über dem Eingang der Notaufnahme. Es *war* seine Schuld. Er war sich nicht sicher, wem genau er auf die Füße getreten war, aber der Kerl, der Phillip niedergeschossen hatte, stand auf dieser verdammten Drohliste, dessen war er hundertprozentig sicher.

»Ich weiß, dass nicht du das hier zu verantworten hast«, sagte sie schlicht. »Aber mich würde interessieren, warum du das anders siehst.«

Er konnte sie nicht ansehen, nicht einmal, als sie den Arm ausstreckte, um ihm mit den Fingerknöcheln über die Wange zu streichen. »Manchmal kann man nicht allein entscheiden, welche Geheimnisse man offenbart und welche nicht«, sagte er schließlich.

Wäre es nur anders! Hätte er nur nie Unbeteiligte in dieses Netz aus Täuschungen und Rachegelüsten mit hineingezogen, in das er sich selbst so hoffnungslos verstrickt hatte, dass er blind für mögliche Konsequenzen geworden war.

Nun waren Tala und Agent Spangler tot, und Phillip und Edgar schwebten in Lebensgefahr. *Und das meinetwegen.*

Sie legte ihm einen Finger unters Kinn und übte leichten Druck aus, bis er sie endlich ansah. »Aber das Risiko liegt nicht nur bei dir allein«, tadelte sie ihn sanft und legte ihm die Hand an die Wange. »Nicht mehr.«

Womit sie recht hatte. Er schmiegte seine Wange an ihre warme Handfläche, und als sie ihm mit dem Daumen über die Lippen strich, traten Tränen in seine Augen. »Ich rede mit den anderen«, murmelte er.

»Na schön.« Behutsam zog sie die Hand zurück. »Falls es dir hilft: Ich glaube nicht, dass du etwas Schlimmes getan hast.«

»Woher willst du das wissen?«

»Das würde nicht zu dir passen, Marcus. Du bist ein Mensch, der andere beschützt. Nicht vernichtet.«

Mühsam kämpfte er gegen den dicken Klumpen an, der sich in seiner Kehle bildete. »Lisette würde das sicher anders sehen.«

»Das kann ich nicht beurteilen, ich kenne sie nicht.«

»Mich kennst du auch nicht.«

»Dann lass mich dich kennenlernen. Ich freue mich darauf.« Sie legte ihm die Hand in den Nacken und zog ihn zu sich heran, um ihn zu küssen. »Komm«, flüsterte sie schließlich. »Deine Freunde brauchen dich.«

Rasch verstaute er seine Waffe unter dem Sitz. Sie durfte ihre ins Krankenhaus mitnehmen, er seine aber nicht, und er dachte nicht daran, sie sich abnehmen zu lassen. Er hatte Glück gehabt, dass der hochnäsige Officer ihn eben nicht durchsucht hatte, was vor allem daran lag, dass er BB auf dem Schoß gehabt hatte, bis der Tierarzt eingetroffen war. Scarlett schloss den Wagen ab. Sie nahm seine Hand, als sie das Krankenhaus betraten, und ließ erst wieder los, als sie sich dem Wartebereich der Chirurgie näherten.

Im Wartezimmer war das gesamte Team des *Ledger* versammelt. Lisette hatte geweint, Gayle ebenfalls, und Cal sah aus, als sei er den Tränen nah. Diesel saß zusammengesunken in einer Ecke und wirkte, als würde er bei der kleinsten Provokation die Einrichtung zertrümmern, und Stone war kreideweiß um die Nase.

Auch Jill war gekommen. Sie saß neben ihrer Tante und blickte Marcus anklagend an. Heute Morgen hatte sie ihm vorgeworfen, er würde durch das, was er tat, Menschen gefährden, die ihm nahestanden, und so ungern er es zugeben wollte – die junge Frau hatte recht gehabt.

Als er eintrat, erhob Lisette sich und kam zu ihm, und er zog sie in die Arme und hielt sie fest, während sie erneut zu weinen begann.

Aus dem Augenwinkel sah er, wie Scarlett zur Schwesternstation ging, ihre Marke zeigte, auf ihr Grüppchen deutete und sich dann in einiger Entfernung einen Platz suchte. Er hätte sich gewünscht, dass sie bei ihm geblieben wäre, aber sie hatte mehr als einmal deutlich gemacht, dass Arbeit und Privates für sie nicht zusammengingen. Keine Zuneigungsbekundungen in der Öffentlichkeit.

»Ich dachte schon, du kommst nicht mehr«, sagte Lisette, als ihr Schluchzen etwas abgeebbt war.

»Unfug.« Marcus hob ihr Kinn und wischte ihr mit dem Daumen die Tränen ab. »Ich musste noch auf die Tierärztin für BB warten.«

Lisette riss die Augen auf, aber es war Jill, die das Wort ergriff. Auch sie war aufgestanden. »Du hattest mehr Sorge um deinen Hund als um Phillip?«, brachte sie verächtlich hervor.

Marcus ignorierte sie und richtete seine Erklärung direkt an Lisette. »BB hat den Täter gebissen. Die Polizei hat eine forensische Tiermedizinerin angefordert, um mögliche DNS-Spuren zu sichern.«

Lisettes Augen verengten sich. »Gut. Und ich hoffe, das miese Schwein stirbt an einer Blutvergiftung.«

»Lieber wäre mir, wenn wir ihn vorher erwischten«, sagte Marcus. »Gibt es schon etwas Neues aus dem OP?«

»Noch nicht.« Sie blickte auf. Ihr Gesicht war rot und verquollen. »Was ist passiert?«

Jill hob trotzig das Kinn und verschränkte die Arme vor der Brust, und Marcus wurde sich bewusst, dass alle aufmerkten.

»Ich weiß es nicht genau«, begann er. »Phillip konnte mir nicht viel sagen. Er hat den Kerl, der auf ihn geschossen hat, mit einem Messer verwundet, aber der Täter hat kein Wort gesagt. Weder, warum er dort war, noch, was er wollte. Nichts.«

»Was er wollte, liegt doch auf der Hand«, sagte Jill scharf. »Dich. Und wäre einer von uns zufällig in deiner Wohnung gewesen, läge nun er statt Phillip auf dem OP-Tisch.«

Alle Köpfe fuhren zu ihr herum, sogar Scarletts. Das Schweigen war plötzlich so dicht, dass man es mit einem Messer hätte schneiden können.

»Was ist?«, fauchte Jill. »Das habt ihr doch alle gedacht, gebt es zu.«

»Du kleines, mieses ...« Diesel hatte sichtlich Mühe, nicht auszusprechen, was ihm auf der Zunge lag. »*Du* hast das gedacht – ich nicht!«

»Ich auch nicht«, sagte Stone unterkühlt.

Cal und Gayle schlossen sich an, und Lisette, die ihren Arm demonstrativ um Marcus' Taille liegen ließ, nickte zustimmend.

Alle verstummten, als Scarlett sich erhob und zu ihnen kam. »Warum?«, fragte sie, und einige Sekunden lang starrten alle sie verdattert an.

»Warum was?«, fragte Gayle schließlich unschuldig, aber es klang genauso aufgesetzt, wie es war.

Scarlett lächelte angespannt. »Warum hatte es der Schütze auf Marcus abgesehen? Und wieso sollte er einem von Ihnen schaden wollen?«

Diesel warf Stone einen raschen Blick zu. Der schüttelte stumm den Kopf, was Scarlett nicht entging. Doch sie wartete schweigend ab.

Jill setzte zum Reden an, aber Gayle packte ihr T-Shirt und zog sie mit einem Ruck zu sich herab, bis sich ihre Gesichter auf einer Höhe befanden. »Du hast schon genug gesagt, junge Dame. Halt den Mund.«

Kopfschüttelnd wandte Scarlett sich an Lisette. »Hören Sie, es tut mir sehr leid, was Ihrem Bruder passiert ist. Aber wenn Sie glauben, irgendwelche Spielchen spielen zu müssen, dann erwischen wir den Schützen nie. Ich will Ihnen nicht noch zusätzlich Angst einjagen, aber der Mörder scheint ein hartnäckiger Mensch zu sein, und Ihr Bruder hat ihn gesehen. Sie sind alle im Journalismus tätig. Ich muss Ihnen also nicht erzählen, wie die Dinge ablaufen.«

Lisette wurde blass. »Oh, mein Gott.«

Scarlett wandte sich an die Gruppe. »Sie mögen mich vielleicht nicht besonders«, begann sie, »und das ist in Ordnung, denn ich brauche Ihre Sympathie nicht. Was ich aber brauche, ist Ihr Vertrauen. Geben Sie mir die Informationen, die nötig sind, um diesen Schützen festzusetzen, ehe noch jemand zu Schaden kommt. Sie scheinen mitfühlende Menschen zu sein, die sich umeinander kümmern. Jetzt und hier können Sie es beweisen. Reden Sie mit mir.«

Lisette öffnete den Mund, schloss ihn dann aber wieder. »Marcus«, flüsterte sie schließlich ängstlich. »Was, wenn der Mann zurückkommt und Phillip umbringt?«

Marcus wusste, dass sie keine Chance hatten. Wenn sie Scarlett erzählten, was sie wissen wollte, würden sie vermutlich von den Tätern, in deren Computer sie sich gehackt hatten, verklagt werden – der *Ledger* als Unternehmen, aber auch das Team, jeder Einzelne von ihnen. Und Stone und ihn würde es am heftigsten treffen, zumal sie das größte Vermögen besaßen. Es war unwahrscheinlich, dass einer von ihnen im Gefängnis landen würde, aber man wusste nie. Die beste Lösung war also, den Mund zu halten.

Doch dann konnte Phillips Angreifer weiterhin sein Unwesen treiben – und vielleicht noch einmal zurückkehren.

Marcus wusste, was er persönlich tun würde, aber sein Team zu enttarnen, kam nicht in Frage. »Ich rufe Rex an«, sagte er schließlich. »Er kann besser beurteilen, wie wir mit dieser Situation umgehen sollen.« Zu seiner Erleichterung nickten die anderen. Er warf Scarlett einen Blick zu. »Rex Clausing ist mein Anwalt.«

Scarlett riss die Augen auf. »Das ist nicht wahr, oder?« Sie verschränkte die Arme vor der Brust. »Du nimmst dir einen Anwalt?«

Er machte keinen Versuch, sich zu verteidigen. »Es tut mir leid. Wenn es nur um mich ginge, hätte ich es dir längst erzählt, aber wie ich schon sagte – über manche Geheimnisse kann man nicht allein entscheiden.«

Sie schloss die Augen und holte tief Luft. Dann blickte sie jedem Einzelnen nacheinander in die Augen, bis sie schließlich bei Jill landete, die als Einzige nicht wegsah. »Gibt es etwas, was Sie mir mitteilen wollen, Miss?«

»Nein«, antwortete Gayle mit Nachdruck.

»Bei allem Respekt, Ma'am«, sagte Scarlett. »Ist diese junge Frau minderjährig?«

»Nein«, sagte Jill, »ich bin neunzehn, kann also für mich selbst sprechen. Und ich würde Ihnen nur allzu gerne alles erzählen, aber ich weiß nicht viel. Nur von dieser verdammten Drohliste, aber die haben Sie ja bereits.«

»Und woher wissen Sie, dass ich die bereits habe?«, fragte Scarlett stirnrunzelnd.

Jills prahlerische Fassade fiel in sich zusammen. »Ich ... ich habe gehört, wie meine Tante es erwähnte.«

Gayle schloss die Augen. »Junge Dame, von jetzt ab werde ich ... Oh, ich weiß nicht, was ich tun werde, aber du enttäuschst mich, du enttäuschst mich wirklich!«

Scarlett hatte sich wieder gefasst. »Wie lange wird es dauern, bis dieser Anwalt hier ist?«, fragte sie ruhig.

»Er ist schon unterwegs«, antwortete Lisette. »Ich habe ihn angerufen, nachdem Marcus mich informiert hat.«

Scarlett maß sie mit einem kühlen Blick. »Sie sind davon ausgegangen, dass Sie einen Anwalt brauchen?«

»Rex ist außerdem Lisettes Ex-Mann«, erklärte Marcus. »Wir drei sind zusammen aufgewachsen. Die beiden haben sich im Guten getrennt.«

Scarlett zog eine Braue hoch. »Schön für sie«, sagte sie sarkastisch. Sie hielt ihr Handy hoch, damit alle die Uhrzeit sehen konnten. »Es ist jetzt eine Stunde her, dass ein Mann, an dem Sie alle angeblich so hängen, schwer verletzt worden ist. Ich habe wertvolle Minuten damit vergeudet, Ihnen beim Jammern und

Schimpfen zuzuhören. Falls also jemand gewillt sein sollte, mir etwas mitzuteilen, was mir dabei hilft, den Mistkerl zu schnappen, der Ihren Freund« – sie wandte sich an Lisette – »und Ihren Bruder abgeknallt hat, dann lassen Sie es mich wissen. Ich warte draußen.«

Alle blickten stumm zu Boden, als sie sich umdrehte und ging, und Marcus unterdrückte ein frustriertes Stöhnen. Scarlett hatte recht. Hundertprozentig recht. Phillip würde vielleicht sterben, aber sie benahmen sich wie dumme, egoistische Kinder.

»Sie versuchen, mich zu schützen!«, rief er ihr nach und schnitt Stone, der protestieren wollte, mit einem Blick das Wort ab. »Suchen wir uns einen ruhigen Ort, dann erzähle ich dir, was du wissen musst.«

Sie blickte über die Schulter. »Wag es nicht, meine Zeit zu verschwenden, Marcus.«

Er schüttelte den Kopf. »Es spielt keine Rolle, wer was getan hat. Ich bin der Chef, also trage ich letztendlich die Verantwortung. Ich kann mit dir die Liste Punkt für Punkt durchgehen und dir erklären, warum wir ... uns so seltsam benehmen.«

Langsam drehte sie sich zu ihm um und betrachtete ihn abschätzig. Sie glaubte ihm nicht, aber das war im Moment nicht entscheidend. »Na schön. Dann komm mit.«

Diesel sprang auf die Füße, und Scarlett blinzelte. Ihre Augen wurden größer und größer, als er sich ihr näherte – der übliche Effekt, den Diesel auf Fremde hatte.

»Das ist doch scheiße«, entfuhr es ihm, dann warf er Gayle einen verlegenen Seitenblick zu. »Tut mir leid.«

Gayle schüttelte müde den Kopf. »Ich bin nicht deine Mutter, Diesel. Gott sei Dank.«

Scarlett trat einen Schritt zurück, um nicht den Kopf in den Nacken legen zu müssen. »Ich glaube nicht, dass wir einander schon vorgestellt wurden.«

»Diesel«, sagte Marcus. »Detective Scarlett Bishop. Scarlett, das ist Diesel Kennedy.«

»Mr. Kennedy«, begann sie wieder. »Was ist scheiße?«

Diesel deutete mit dem Daumen in Marcus' Richtung. »Er will den Kopf für etwas hinhalten, an dem ich genauso beteiligt bin. Vielleicht sogar noch mehr.«

Stone stand seufzend auf. »Ich auch.«

»Ich auch«, flüsterte Lisette.

»Und ich auch«, sagte Cal. »Ich bin Calvin Booker, Chefredakteur des *Ledger*. Alles, was wir tun, läuft über mich.« Diesel zuckte die Achseln und sah Marcus herausfordernd an. »Tja«, sagte er gedehnt. »Sieht so aus, als wären wir Spartacus.«

Stone verdrehte die Augen. »Lass es, Diesel.«

»Lasst es beide«, fuhr Marcus sie an, dann zeigte er auf Gayle. »Sie hat nichts damit zu tun.«

»Sie weiß nichts«, fügte Cal hinzu. »Sie schreibt nur Memos.«

»Das ist nicht wahr«, protestierte Gayle. »Ich weiß alles, *weil* ich Memos schreibe.«

»Sie sind also auch Spartacus, Ma'am?«, fragte Scarlett höflich, und Marcus hatte das irre Bedürfnis, laut zu lachen. Aber das hier war nicht witzig. Es war alles andere als das.

»Nein«, sagte er gleichzeitig mit Stone, Diesel, Cal und Lisette.

Gayle seufzte frustriert. »Mein Gott, wie ihr wollt. Ihr seid alle nicht ganz dicht, wisst ihr das? Ich fange am besten schon mal damit an, Feilen in Kuchen einzubacken.«

»Für mich bitte Schoko«, sagte Diesel, und Gayle ließ den Kopf in ihre Hände sinken.

»Auch wenn Sie nichts wissen, würde ich gerne mit Ihnen reden, Ma'am.« Scarlett wandte sich an Jill. »Und mit Ihnen auch.«

Jill zuckte die Achseln. »Ich hab nichts zu sagen. Ich weiß nichts.«

»Nun, dann warten Sie und Ihre Tante doch einfach dort«, sagte Scarlett und deutete auf ein Sofa in der Ecke. »Ich suche uns einen freien Raum. Und keine Angst«, fügte sie, an Lisette gewandt, hinzu. »Ich sorge dafür, dass man uns Bescheid gibt, sobald Ihr Bruder die OP überstanden hat.«

Cincinnati, Ohio
Dienstag, 4. August, 22.00 Uhr

Scarlett wartete, bis sich die Truppe in dem kleinen Sprechzimmer niedergelassen hatte. Marcus' Miene war grimmig; er war wütend auf seine Angestellten, und das überraschte sie nicht.

Dass sie zu ihm standen, sagte mehr über ihre Loyalität als über ihre Ehrlichkeit aus, aber das konnte ihr egal sein, solange sie ihr die Wahrheit *sagten*. Es wäre schön gewesen, wenn Deacon ihr hierbei hätte beistehen können, aber in gewisser Hinsicht war sie froh, dass er mit Agent Coppola am Tatort geblieben war. Der Testosterongehalt in dem kleinen Zimmerchen war schon jetzt so hoch, dass es ihr fast den Atem verschlug. Noch ein Mann mehr, und es wäre unerträglich gewesen.

»Sind wir so weit?«, fragte sie schließlich und sah, wie Stone O'Bannion die Augen verdrehte.

»Nein«, grollte er. »Sind *wir* nicht, aber da wir jetzt hier sind, bringen wir es am besten hinter uns.«

»Danke für den Polizisten im Warteraum«, sagte Lisette. »Das beruhigt ein wenig.«

Scarlett lächelte mitfühlend. »Kein Problem.« Sie hatte jemanden angefordert, um Jill und Gayle im Auge zu behalten, da sie nicht wollte, dass die beiden ohne einen polizeilichen Zeugen miteinander – oder mit jemand anderem – sprachen. Natürlich hatte sie es so dargestellt, als sei der Mann vor allem zu Gayles und Phillips Schutz abgestellt worden. »Ich kann nachvollziehen, was Sie durchmachen. Auch einer meiner Brüder wurde vor wenigen Jahren angeschossen. Tatsächlich hat man ihn sogar hier operiert.«

»Und? Geht's ihm gut?«, fragte Lisette und schwieg dann entsetzt, als sie sah, dass Scarlett zögerte. »Oh, nein, mein Beileid, Detective, das wusste ich nicht.«

»Nein«, wandte Scarlett hastig ein. »Er lebt. Die Ärzte hier sind wirklich gut. Nur ... Phin war im Krieg, und wir waren alle heilfroh, dass er wieder zu Hause war, aber dann geriet er in eine Kneipenschlägerei, bei der er angeschossen wurde ...« Sie hob eine Schulter. »Wir haben ihn eine lange Zeit nicht zu Gesicht bekommen, deswegen weiß ich nicht, wie ich Ihre Frage beantworten soll. Aber wir kommen vom Thema ab.«

Und das nicht unbeabsichtigt. Was Scarlett erzählt hatte, war kein Geheimnis. Die Zeitungen hatten damals über den Vorfall berichtet, der *Ledger* also mit Sicherheit auch. Aber sie wollte eine Bindung zu der Frau aufbauen, die am meisten zu verlieren hatte: Ihr Bruder war erst dann in Sicherheit, wenn der Täter gefasst war.

Genau wie Marcus. *Lisette Cauldwell ist nicht die Einzige, die sich Sorgen machen muss.*

Sie setzte sich auf den freien Stuhl zwischen Marcus und Diesel, dessen Schultern so breit waren, dass er ihr für ihren Geschmack deutlich zu nahe kam. Doch sie nahm ihren Platz ein, so dass ihm nichts anderes übrigblieb, als mit dem Stuhl ein paar Zentimeter von ihr wegzurutschen. Das erzeugte einen Dominoeffekt, weil Stone zu Diesels Rechter fast genauso breit war, und Scarlett wartete, bis jeder ein Stück gerückt war und wieder Ruhe einkehrte.

»Ich gehe davon aus, dass der *Ledger* irgendwie eingebunden ist«, begann sie. Aus der Jacke zog sie die Liste, die Marcus ihr vor ein paar Stunden ausgedruckt hatte. Das schien eine halbe Ewigkeit her zu sein. »Das hier sind die Drohungen, von denen ich weiß.« Sie blickte zu Marcus auf. »Aber ich nehme an, dass du mir eine gekürzte und bereinigte Version der Datei gegeben hast. Die echte hättest du mir direkt mit den Videodateien schicken können. Richtig?«

Er nickte. Das Blut stieg ihm in die Wangen, und plötzlich sah er aus wie ein ungezogener Junge, der mit der Hand in der Keksdose erwischt worden war. »Ich hielt es für das Beste. Aber ich habe mich wohl geirrt.«

»Vergessen wir's«, murmelte sie. »Lass uns lieber darüber nachdenken, wer deinen Freund überfallen haben könnte.« Sie legte die Liste auf den Tisch und sah nacheinander jeden Einzelnen an.

»Was bringt andere Menschen so gegen Sie auf, dass sie Sie umbringen wollen?«

»Wir fordern Immunität«, sagte Stone ruhig. »Vor allem für Gayle.«

»Wozu? Sie schreibt doch nur Memos«, sagte Scarlett trocken. »Und falls es noch keinem aufgefallen ist – ich habe Ihnen nicht Ihre Rechte vorgelesen. Sollte ich das besser tun?«

»Nein.« Marcus holte tief Luft. »Wir versuchen, häusliche Gewalt zu stoppen, indem wir die Täter aus ihrem jeweiligen Umfeld nehmen.«

Scarlett ließ die Worte einen Augenblick auf sich wirken. Sie war nicht wirklich überrascht. Sein Einsatz für Tala hatte ihr deutlich gemacht, dass er versuchte, Menschen in Not zu helfen, daher hatte sie etwas in der Art erwartet. Mehr Sorgen machte ihr, dass sein Team sich solche Mühe gab, die Spuren zu verwischen. »Brechen Sie dafür die Gesetze?«

Diesel zuckte nonchalant mit seinen schrankbreiten Schultern. »Hier und da hacken wir uns in einen Computer. Und manchmal ... legen wir jemandem nahe, doch lieber die Stadt zu verlassen.«

Scarletts Lippen zuckten. »Wenn ich die Tür öffnen würde und Sie auf der Schwelle stehen sähe, müssten Sie mir wahrscheinlich nichts mehr nahelegen, Mr. Kennedy. Ich würde von allein die Beine in die Hand nehmen.«

Diesel grinste zufrieden. »Oh. Danke.«

»Bitte – gerne. Wie kommen Sie auf die Täter?« Sie sahen einander verstohlen an, und Scarlett schnaubte verärgert. »Kommt schon, Leute. Ich habe nicht den ganzen Abend Zeit. Und den Wachmann vor der Tür kann ich auch nicht ewig rechtfertigen.«

»Meistens bekommen wir einen Tipp«, erklärte Marcus. »Häufig von Personen, die nicht berechtigt sind, uns darüber zu informieren.«

»Also vermutlich das Jugendamt. Okay, das kann ich verstehen. Es ist schlimm, immer wieder miterleben zu müssen, wie jemand straffrei ausgeht, der Frauen und Kinder misshandelt.«

»Sie sehen das doch jeden Tag«, sagte Cal.

»Leider ja«, gab Scarlett zurück. »Auch ich war schon oft versucht, jemandem ›nahezulegen‹, die Stadt zu verlassen.« Stones Augen begannen zu leuchten. »Und? Haben Sie es auch getan?«

*Immer mit Leib und Seele Reporter*, dachte sie und zog die Augenbrauen hoch. »›Versucht‹ ist das Zauberwort hier, Stone. Nichts anderes habe ich gesagt.« Sie wandte sich wieder den anderen zu. »Sie bekommen also Hinweise auf Täter, die zu gerissen sind, um sich erwischen zu lassen, oder ihre Opfer so eingeschüchtert haben, dass sie es nicht wagen, Anzeige zu erstatten. Was passiert dann? Sie recherchieren so lange, bis Sie einen Beweis für den Missbrauch entdecken?«

»So ähnlich«, sagte Marcus. »Manchmal gelingt uns das allerdings nicht. Dann müssen wir etwas anderes finden.«

»Finden oder fingieren?«

»Vornehmlich finden. Gelegentlich werden wir auch etwas kreativer. Aber wir saugen uns nichts aus den Fingern.«

Cal räusperte sich. »Manch einem müssen wir erst eine Falle stellen.«

»Ich verstehe.« Scarlett wandte sich an Diesel. »Sie sind der Hacker?«

Stolz flackerte in seinen Augen auf. »Ja. Aber ich klaue nichts. Ich stöbere nur ein bisschen herum.«

Wieder musste sie beinahe grinsen. Es war schwer, diesen Mann nicht zu mögen. »Herumstöbern, aha. Und auf der Suche nach was?«

»Nach Vergehen im Allgemeinen. Manchmal liegt es auf der Hand.« Seine Lippen bildeten einen dünnen Strich. »Wie bei Kinderpornografie, zum Beispiel. Bei Steuerhinterziehung oder Börsenbetrug dagegen muss man etwas genauer hinsehen.«

Scarlett blinzelte verblüfft. »Steuerhinterziehung oder Börsenbetrug?«

»Beides ist schließlich eine Straftat«, meldete sich Lisette zu Wort. »Vielleicht nicht so abscheulich wie das, was wir verfolgen, aber es kann ausreichen, um den Betreffenden ins Gefängnis zu bringen. Hauptsache, seine Familie ist ihn los.«

»Und selbst wenn es nicht für eine Gefängnisstrafe reicht«, fügte Cal hinzu, »fürchten manche Täter die Bloßstellung so sehr, dass sie für unsere Empfehlung, sich von ihrer Familie zu trennen, eher zugänglich sind.«

»Erpressung«, murmelte Scarlett.

»Hilfe bei der Entscheidungsfindung«, konterte Cal.

»Also schön«, sagte Scarlett, die sich anstrengen musste, eine professionelle Strenge an den Tag zu legen, obwohl sie am liebsten applaudiert hätte. »Die Täter müssen ihre Familien verlassen. Aber doch nur vorübergehend, oder? Irgendwann kommen sie unweigerlich zurück. Und dann?«

»Dann müssen sie oft feststellen, dass ihre Familie weggezogen ist«, sagte Marcus. »Wir helfen diesen Familien bei einem Neuanfang, falls sie das wollen – wir verschaffen ihnen neue Pässe, neue Jobs. Manche Frauen sind sogar wieder zur Schule gegangen und haben ihren Abschluss nachgeholt. Eine zum Beispiel hat gerade ihre Ausbildung zur Krankenschwester beendet, eine andere arbeitet jetzt bei einem Anwalt. Viele dieser Frauen sind inzwischen in der Lage, ihre Kinder allein zu ernähren und ein eigenständiges Leben zu führen. Sie sind ihren Peinigern nicht länger hilflos ausgeliefert.«

Scarlett holte tief Luft, als ihre Brust plötzlich eng wurde. Sie hatte gewusst, dass Marcus ein großes Herz hatte, sie hatte es von Anfang an gewusst. *Unsinn. Du hast es gehofft!* »Warum versteckt ihr euch denn damit?«, flüsterte sie und begegnete seinem Blick.

»Weil wir uns illegaler Mittel bedienen«, flüsterte er zurück und erwiderte ihren Blick eindringlich. »Wir hacken Computer, wir erpressen andere, wir stellen Fallen. Wir fälschen Pässe, Ausweise und Geburtsurkunden.«

»In der eigenen Druckerei«, murmelte sie. Ein Blick zu Cal, der trotzig das Kinn hob, bestätigte es ihr. »Ihr nutzt all eure Ressourcen.«

»Und unsere Fähigkeiten«, fügte Cal hinzu. »Ich war schon im Geschäft, noch bevor es Computer gab.«

Scarlett schüttelte den Kopf. »Aber was ihr tut, ist gefährlich. Wie man an Phillip sieht!«

»Phillip kannte das Risiko«, sagte Lisette ruhig. »Und er war damit einverstanden. Ich will den Kerl, der ihm das angetan hat, unbedingt hinter Gittern sehen, aber ich bin mir sicher, dass keiner von uns ans Aufhören denkt. Auch Phillip würde das nicht tun.«

»Aber wieso?«, fragte Scarlett und blickt erneut in die Runde. Sie wusste inzwischen, dass Stone und Marcus als Kinder ein traumatisches Erlebnis hatten, aber aus einer Entführung und dem Verlust des kleinen Bruders ergab sich nicht automatisch der Wunsch, misshandelten Frauen und Kindern zu helfen. Und was war mit den anderen? »Warum ist euch das so wichtig?«

»Wir haben alle unsere Gründe«, sagte Diesel reserviert. Die anderen nickten.

Und mehr würde sie im Augenblick wohl nicht erfahren. »Also gut. Ihr bedient euch illegaler Mittel, um gewalttätige Männer aus dem Verkehr zu ziehen.« Sie klopfte auf den Zettel, der vor ihr auf dem Tisch lag. »Kommt einer von den Namen hier auf der Liste als Verdächtiger für unseren Fall in Frage?«

»Nein«, sagte Marcus. »Deswegen stehen sie ja auf dieser Liste.«

*Na klar,* dachte Scarlett. Sie seufzte. »Kann ich jetzt die komplette Liste haben?«

Marcus holte einen USB-Stick aus seiner Hosentasche. »Hier ist sie.« Er legte ihn ihr auf die Handfläche, schloss ihre Finger darum und hielt ihre Hand einen langen Augenblick fest. »Aber ich muss die Namen mit dir zusammen durchgehen.«

Sobald er sie losließ, vermisste sie seine Wärme. »Meine nächste Frage – und ich brauche unbedingt eine ehrliche Antwort, weil ich keine unliebsamen Überraschungen mag: Wie weit geht die ›Hilfe bei der Entscheidungsfindung‹? Muss man von Körperverletzung sprechen? Und wichtiger noch: Ist einer von Ihnen deswegen aktenkundig geworden?«

Eine drückende Stille legte sich über die Runde, und Scarletts Herz sank. Was hatten sie getan?

»Aktenkundig?«, fragte Diesel. »Inwiefern? Dass man uns angezeigt hätte?«

»Ja.« Sie verengte die Augen. »Von welcher Akte reden *Sie* denn?«

»Nein, nein, alles klar«, sagte Diesel und wedelte mit den Händen. »Es geht um die Polizei, nichts anderes meinte ich. Und die Antwort lautet nein. Ich glaube nicht.«

»Nein, oder Sie glauben es nicht?«

»Na ja, möglich ist schließlich alles«, sagte Diesel mit einem Schulterzucken.

Wieder seufzte Scarlett. »Was genau haben Sie getan?«

Stone verschränkte die Arme vor der Brust. »Es kommt vor, dass irgendein Arschloch mal stürzt.«

»In eine Tür zum Beispiel«, fügte Diesel hinzu. »Oder auf die Straße. Oder gegen eine Faust.«

»Wie schlimm ist so ein Sturz?«, fragte Scarlett misstrauisch.

»Die Jungs haben nur einmal richtig zugeschlagen«, sagte Lisette. »Und das Schwein hatte es verdient.«

»Welche Jungs?«, hakte Scarlett nach.

Stone schüttelte den Kopf. »Ich bin raus. Ich habe ein Alibi. Ich war zu der Zeit in Kolumbien.«

Scarlett sah zu Marcus. »Du?«

Marcus nickte ohne jedes Schuldbewusstsein. »Er war blöd genug, als Erster zuzuschlagen. Hör zu, das Arschloch hatte im Knast gesessen, weil er seine Kinder missbraucht hatte und die der Nachbarn gleich mit. Als er wieder rauskam, brachte er die Freundin der Tochter mit einem Trick dazu, ihr zu verraten, wo seine Familie sich versteckte. Als das Mädchen begriff, dass er es reingelegt hatte, warnte es seine Freundin, und deren Mutter rief uns an.«

»Und warum hat sie sich nicht gleich an die Polizei gewandt?«, fragte Scarlett, und wieder herrschte einen Moment lang Schweigen.

»Er *war* von der Polizei«, sagte Marcus schließlich.

Scarlett blies die Backen auf. »Ihr habt einen Polizisten verprügelt?«

»Nur ein bisschen«, sagte Diesel.

»Ganz ordentlich«, korrigierte Marcus ihn. »Aber er hätte seine Frau totgeschlagen, dessen waren wir uns sicher. Wir drohten ihm, seine Kollegen zu holen, und er stürzte sich auf uns. Also machten wir ihm klar, dass es besser für ihn wäre, zu verschwinden und nie wieder zurückzukehren. Ein paar Wochen später kam er zu Tode, aber damit hatten wir nichts zu tun.«

Scarlett rieb sich die Schläfen, während sie sich zu erinnern versuchte. Dass Polizisten wegen Kindesmissbrauchs ins Gefängnis kamen, passierte nicht jeden Tag. Und plötzlich fielen ihr Name und Gesicht des Mannes ein. »Ich erinnere mich! Ich kannte ihn. Ein unangenehmer Kerl. Er ist nach Kalifornien gezogen und dort ein paar Wochen später umgekommen. Irgendwo bei einer Schlägerei in einer Kneipe oder auf der Straße, nicht wahr? An Einzelheiten kann ich mich nicht entsinnen.« Sie verengte die Augen. »Wart ihr dafür auch verantwortlich?«

»Wie ich schon sagte: nein«, erwiderte Marcus. »Unsere Begegnung mit ihm fand vorher statt. Aber wir haben ihm keine Träne nachgeweint. Ich lag zu der Zeit übrigens noch im Krankenhaus, Stone hat sich zu Hause erholt. Diesel hat Cal und Lisette geholfen, den Zeitungsbetrieb aufrechtzuerhalten.«

Scarlett wandte sich Diesel zu, und er begegnete ihrem Blick, ohne eine Miene zu verziehen. »Ich war's nicht«, sagte er. »Das Schwein war besoffen und hat eine Kellnerin angegrapscht, was ihrem aufgepumpten Freund wiederum gar nicht passte. Der Freund sitzt jetzt im Knast und wartet auf seinen Prozess.« Er lächelte boshaft. »Ich habe allerdings darüber geschrieben.«

»Okay«, murmelte sie und unterdrückte ein Schaudern. Diesel wollte man nicht zum Feind haben, das stand fest. Sie wandte sich an Marcus. »Gab es weitere Vorfälle?«

»Keine nennenswerten.« Er deutete auf den USB-Stick. »Ich erzähl es dir, wenn wir die Namen durchgehen.«

»Aber was ist mit den Leuten, die nicht auf der Liste stehen?«, fragte sie. »Es hat euch ja nicht jeder, gegen den ihr vorgegangen seid, explizit gedroht, oder? Und was ist mit den Tätern, gegen die ihr *momentan* ermittelt?«

Lisette zog scharf die Luft ein. »Mr. Arrogant. Phillip hat heute doch in seinem Büro Fragen gestellt.«

»Das würde aber nicht erklären, was Tala heute Morgen zugestoßen ist. Oder den Scharfschützen am Haus der Anders.«

Lisette fiel in sich zusammen. »Stimmt. Du hast recht.«

»Wer ist Mr. Arrogant?«, fragte Scarlett.

»Er heißt eigentlich Rich McKay«, sagte Lisette. »Und ist der Unternehmensanwalt und Vizepräsident von Wesman Peal, der Supermarktkette.«

»Was hat Phillip dort gemacht?«

»Er hat versucht, an die Namen der Angestellten zu kommen«, erklärte Marcus. »Wir dachten, wenn McKay Frau und Kinder schlägt, drangsaliert er vielleicht auch die Beschäftigten. Phillip hat sich als Kurier ausgegeben.«

»Das können wir als Ausrede nutzen, um uns dort umzusehen«, sagte Scarlett. »Wir behaupten, wir würden im Rahmen der Ermittlungen Phillips Tagesablauf rekonstruieren. Was noch? Gibt es weitere laufende Recherchen, die wir in Betracht ziehen müssen?«

»Nein«, ließ sich Stone vernehmen. »Es ist ruhig geworden seit letztem Herbst.«

Seit Mikhails Ermordung.

»Wir haben gerade erst wieder angefangen«, fügte Marcus hinzu.

Scarlett nickte. »Na gut. Aber Marcus hat recht. Ich glaube auch nicht, dass Mr. Arrogant hinter dem Angriff auf Phillip steckt. Dagegen spricht der Scharfschütze von heute Nachmittag. Wenn er wirklich dich im Visier hatte, Marcus, dann hat er dort entweder gewartet oder muss uns gefolgt sein.«

Marcus wurde plötzlich blass. »Oh, verdammt. Delores.«

Stone versteifte sich. »Was ist mit Delores?«

Die Brüder sahen sich an. »Wir sind von ihr gekommen«, erklärte Marcus. »Delores hat den Hund identifiziert, mit dem Tala nachts im Park spazieren gegangen ist. Dadurch konnten wir ja überhaupt erst Anders' Adresse ermitteln. Wir sind vom Tierheim direkt nach Hyde Park gefahren.«

Stone war ebenfalls blass geworden. »Mist.« Mit zitternden Händen holte er sein Handy hervor, drückte eine einzelne Taste und lauschte, während alle Anwesenden verdattert zusahen. Nach einem kurzen Moment entspannte Stone sich. »Ich wollte mich nur noch mal wegen der Öffnungszeiten vergewissern«, sagte er ins Telefon. »Nein, alles okay. Danke.« Scarlett warf Marcus einen Blick zu, aber er wirkte genauso verblüfft.

»Du, ähm ... du hast ihre Nummer als Kurzwahl?«, fragte Marcus zögernd.

Stones eben noch blasses Gesicht begann zu glühen. »Ja.«

»Und du musst dich nicht einmal mit Namen melden?«, bemerkte Diesel.

Stones Blick war mörderisch. »Lasst es, Leute. Ich meine das ernst.« Herausfordernd blickte er in die Runde. »Sie wohnt da draußen mitten in der Pampa, und ich erkundige mich einfach ab und an, ob alles in Ordnung ist, okay?«

»Loveland ist nicht mitten in der Pampa«, widersprach Scarlett.

Wütend wandte er sich ihr zu. »Sie wohnt mitten im Nirgendwo. Was, wenn jemand bei ihr einbricht?«

»Sie hat einen großen Hund an ihrer Seite, und ich habe persönlich mit ihr Schießen geübt. Sie kann es übrigens ziemlich gut. Machen Sie sich also nicht so viele Sorgen.«

Er holte tief Luft. »Na gut«, murmelte er. »Danke.«

»Ich schicke einen Officer zu ihr, der nach ihr sieht, und bitte sie, für ein paar Tage anderswo unterzukommen. Aber Marcus, ihr solltet überlegen, ob ihr eure Redaktion nicht auch zusätzlich sichert. Und eure Privatadressen sowie das Haus deiner Mutter. Wenn der Täter versucht hat, dich durch Phillip zu ihm zu locken, versucht er es vielleicht noch einmal, und deine Mutter und Audrey sind im Augenblick allein. Und Gayle ist hier zwar in Sicherheit, wird aber auch irgendwann nach Hause gehen.«

Wieder wurden Stone und Marcus blass. »Verdammt, daran hätten wir längst denken müssen«, presste Stone hervor, während er bereits eine Nachricht in sein Handy tippte. »Ich kontaktiere die Firma, die bei Audreys Spendenaktionen für die Sicherheit sorgt.«

Marcus holte bebend Atem. »Moms Fahrer war früher beim Militär, und ihre Haushälterin ist gut ausgebildet, aber weitere Wachleute können nicht schaden.«

»Ich benachrichtige sie am besten auch«, sagte Stone und tippte weiter. »Es ist besser, wenn sie vorbereitet sind.«

»Ich hatte bereits veranlasst, dass eine Streife bei ihr vorbeifährt, als ich den Officer für Phillip angefordert habe«, sagte Scarlett. »Für eine Vollzeitüberwachung fehlt uns die Begründung, aber vielleicht können Sie Ihre Sicherheitsleute bitten, sich mit dem CPD abzustimmen, Stone.«

Stone blickte verblüfft auf. »Danke, Detective. Das war nett von Ihnen.«

»Es war nur ein Anruf«, sagte Scarlett mit einem Schulterzucken.

Marcus' Lippen verzogen sich zu einem winzigen Lächeln, und unter dem Tisch tastete er nach Scarletts Hand. Sie entzog sie ihm nicht. »Wie gehen wir jetzt weiter vor, Detective?«, fragte er.

»Wir fangen mit der Drohliste an.« Sie biss sich auf die Lippe. »Aber irgendetwas stimmt immer noch nicht. Tala kannte ihren Mörder, dessen bin ich mir ganz sicher.«

Marcus legte den Kopf in den Nacken, starrte an die Decke und seufzte schwer. »Du hast recht. Wie man es auch dreht und wendet, das passt einfach n...«

Die Tür öffnete sich, und er brach mitten im Satz ab. Ein erschöpft aussehender Arzt trat ein. »Miss Cauldwell? Die Oberschwester meinte, ich würde Sie hier finden.«

Alle erhoben sich, auch Scarlett. Sie ließ Marcus' Hand nicht los und drückte sie fest.

»Ich bin Lisette Cauldwell«, sagte Lisette mit bebender Stimme.

Cal legte seinen Arm um Lisettes Schultern und zog sie an seine Seite. »Wie geht's ihm?«, fragte er.

»Er hat die Operation überstanden«, antwortete der Arzt. »Die Verletzung war sehr schwer, aber zum Glück konnte die Blutung noch vor Ort gestoppt werden, so dass er eine Chance hat. Wir lassen ihn nun auf die Intensivstation bringen. Die nächsten vierundzwanzig Stunden sind entscheidend. Anschließend sehen wir weiter.« Mit einem Nicken verließ der Chirurg den Raum und zog die Tür hinter sich zu.

Während Lisette sich von Cal in den Arm nehmen ließ und erneut zu weinen begann, sank Marcus zurück auf seinen Stuhl, und seine Hand hielt ihre so fest, dass es weh tat. Plötzlich schlug er seine freie Hand vor die Augen, und sie zog seinen Kopf zu sich und strich ihm über das Haar. Ihr Herzschlag stolperte, als er sein Gesicht an ihrem Bauch verbarg und einen Arm um ihre Taille schlang. Im Augenblick war es ihr egal, ob jemand sie zusammen sah, und sie hätte sich nicht einmal von ihm gelöst, wenn Lynda Isenberg in Begleitung des Polizeichefs hereinspaziert wäre. Sie spürte, wie ihr T-Shirt vorn feucht wurde. Auch Marcus weinte, aber er wollte nicht, dass sie es merkte.

Auch in ihren Augen brannten Tränen, als sie sich zu ihm herabbeugte. »Du hast den Arzt gehört«, murmelte sie mit belegter Stimme. »Du hast Phillip vermutlich das Leben gerettet, weil du die Blutung noch am Tatort gestillt hast. Nicht *du* hast ihn angeschossen, Marcus. Nicht *du* bist dafür verantwortlich.«

Sein Griff um ihre Taille wurde fester, und seine Schultern bebten.

»Hör mir zu, Marcus O'Bannion«, flüsterte sie ihm eindringlich ins Ohr. »Jedes Mitglied deines Teams kannte das Risiko und ist es aus freien Stücken eingegangen. Ihr alle tut Dinge, die gewisse Leute gegen euch aufbringen, und jeder Einzelne von euch kann der Grund dafür sein, dass jemand es auf dich als Inhaber der Zeitung abgesehen hat. Hör auf, dir für alles die Schuld zu geben.« Sie küsste ihn direkt unters Ohr und war erleichtert, als das Beben seiner Schultern ein wenig nachließ. »Phillip wird es schaffen, Marcus. Glaub einfach ganz fest daran.«

Seine Schultern sackten nach vorn, als er seufzte, und Scarlett fühlte durch die dünne Baumwolle seinen warmen Atem auf ihrem Bauch. Marcus rieb sich die Tränen mit ihrem T-Shirt ab, dann richtete er sich auf.

Hinter ihnen räusperte sich Diesel höflich. »Detective? Brauchen Sie uns noch? Cal und ich müssen langsam in die Redaktion zurück. Die neue Ausgabe muss gedruckt werden.«

Widerwillig drehte sie sich zu Diesel um. »Ich denke, fürs Erste weiß ich genug. Aber es kann sein, dass ich noch weitere Fragen haben werde.«

Amüsiert zog Diesel eine Braue hoch. »Sie werden uns also nicht festnehmen?«

Scarlett blinzelte, als verstünde sie nicht. »Aus welchem Grund? Soweit ich weiß, liegen keine offiziellen Beschwerden gegen Sie vor. Bitte sorgen Sie dafür, dass das auch so bleibt.«

Grinsend wanderte Diesel um den Tisch herum und küsste Lisette auf die Wange. »Ich komme wieder, Lissy. In der nächsten Zeit darf ich als Nicht-Angehöriger ohnehin nicht auf die Intensivstation. Falls ich nichts von dir höre, übernehme ich später die Nachtschicht, damit du schlafen kannst.«

»Ich schlafe bestimmt nicht«, sagte Lisette schniefend.

»Komm, Liebes.« Cal führte sie zur Tür. »Lass uns Gayle auf den neuesten Stand bringen.«

Marcus hatte sich Cal angeschlossen und drehte sich an der Tür zu Scarlett um. »Kommst du?«

Sie wollte sich gerade in Bewegung setzen, als sie bemerkte, dass Stone sich nicht geregt hatte. Er saß mit verschränkten Armen und finster zusammengezogenen Brauen am Tisch. »Gleich«, sagte sie. »Ich möchte erst noch mit Stone reden.« Denn Stone wollte eindeutig mit *ihr* reden. Marcus warf seinem Bruder einen warnenden Blick zu, ehe er sich wieder an Scarlett wandte. »Wir treffen uns am Eingang, okay? Dann können wir uns die Liste vornehmen.«

Sie nickte. »Halte dich von den Fenstern fern.«

Er salutierte. »Ja, Ma'am.«

# 24

Cincinnati, Ohio
Dienstag, 4. August, 22.35 Uhr

Scarlett setzte sich Stone gegenüber und faltete die Hände vor sich auf dem Tisch. Eine ganze Weile schwiegen beide, während Stone sie düster anstarrte.

Schließlich ergriff Scarlett das Wort. »Ich hab's verstanden.« Er lächelte spöttisch. »Was genau haben Sie denn verstanden, Detective Bishop?«

»Dass Sie ihn zu schützen versuchen, genau wie er Sie zu schützen versucht. Und dass Sie mir nicht vertrauen.« Sie zögerte. »Ich weiß, was vor siebenundzwanzig Jahren passiert ist.«

Zorn blitzte in seinen Augen auf. »Einen Scheiß wissen Sie.«

»Ich weiß zumindest, dass Sie als Kind entführt worden sind und dabei fast umgekommen wären. Ihr kleiner Bruder hat es nicht geschafft. Vor neun Monaten haben Sie noch einen Bruder verloren, und der Einzige, der Ihnen geblieben ist, ist heute nur knapp diversen Anschlägen auf sein Leben entkommen.«

Ein Muskel zuckte in seiner Wange, als er die Zähne zusammenpresste. »Woher wissen Sie von Matty?«, fragte er schließlich.

*Matty.* Offenbar Matthias' Kosename. »Marcus hat mir einige Begriffe zum Googeln genannt, und das habe ich getan. Ich weiß also das, was in den Zeitungen gestanden hat, mehr allerdings nicht.« Stones Unruhe ließ augenblicklich nach. Vermutlich hatte er befürchtet, dass Marcus ihr Persönliches über ihn verraten hatte. »Es tut mir sehr leid, dass Sie Ihre Brüder verloren haben, Stone. Ich habe selbst Brüder, und ich möchte mir gar nicht vorstellen, wie es wäre, wenn einer von ihnen ums Leben käme, obwohl es ein-, zweimal verdammt nah dran gewesen ist. Was Ihnen nichts bedeutet, das weiß ich, aber vielleicht glauben Sie mir dennoch, dass ich Ihre Sorge um Marcus verstehen kann.« Sie seufzte. »Hören Sie, ich kann nicht versprechen, dass zwischen Marcus und mir nur eitel Sonnenschein herrschen wird, aber wohl, dass ich ihn nicht verletzen werde.«

»Sie haben es zumindest nicht vor«, erwiderte Stone matt. Seine Verärgerung war wie weggeblasen. »Ich sollte Ihnen vielleicht sagen, dass ich ihm geraten habe, mit Ihnen ins Bett zu gehen und Sie anschließend wieder fallenzulassen.« Sie runzelte die Stirn. »Ach, wirklich?«

»Aber er kann's nicht. Ich habe keine Ahnung, was er für Sie empfindet, aber es geht anscheinend tief.« Er beugte sich vor und sah ihr direkt in die Augen. »Und zwar sehr tief. Verstehen Sie *das* auch?«

Scarlett atmete gleichmäßig ein und aus. Was Stone ihr sagte, überraschte sie nicht. »Sehr tief« ging das, was sie für Marcus fühlte, seit sie zum ersten Mal seine Stimme gehört hatte, ebenfalls, und sie war sich dessen bewusst, dass zwischen ihnen eine Verbundenheit bestand, wie sie sie noch nie zuvor erfahren hatte. »Ja, Stone, das verstehe ich auch. Und auch, dass Sie mich fragen, ob ich dasselbe für ihn empfinde.«

Stone wich nicht zurück. »Und? Tun Sie es?«

»Ja.«

Stone schüttelte den Kopf. »Sie kennen ihn doch gar nicht.« »Vielleicht nicht. Aber ich weiß, dass ich ihn besser kennenlernen will.«

Stone schien in sich zusammenzufallen. »Mein Bruder soll endlich sein Glück finden, Detective. Können Sie mir versprechen, ihn glücklich zu machen?«

Die Traurigkeit in seiner Stimme, die verzagte Hoffnungslosigkeit berührte sie, und sie wünschte, sie hätte ihm den Gefallen tun können. Aber eine Lüge würde ihm nicht helfen.

»Das kann ich nicht«, sagte sie bedauernd. »Aber nur, weil ich schon vor langer Zeit gelernt habe, dass niemand für das Glück eines anderen verantwortlich ist.«

Er nickte nachdenklich. »Das stimmt leider«, murmelte er. »Aber ich kann versprechen, auf ihn aufzupassen, und wenn das bedeutet, ihn vor sich selbst zu schützen, dann werde ich das tun.«

Stone musterte sie eine Weile, dann nickte er langsam, und seine Stirn schien sich ein wenig zu glätten. »Vielleicht kennen Sie ihn ja doch schon etwas besser, als ich dachte.« Er stand auf und wirkte plötzlich sehr erschöpft. »Rufen Sie mich an, wenn er mal wieder meint, den Helden spielen zu müssen. Das macht er leider viel zu oft.«

»Ja. Das ist mir auch schon aufgefallen«, gab sie trocken zurück und entlockte ihm damit den Hauch eines Lächelns. »Und, ja, ich werde Sie anrufen.«

Wieder nickte er. »Danke, Detective. Und vergessen Sie bitte nicht, jemanden bei Delores vorbeizuschicken.« Er schluckte. »Auch sie hat ein Recht auf ein unbeschwertes Leben.«

»Ich melde mich bei der Zentrale, sobald ich bei meinem Auto bin. Stone, eine Frage noch. Diese junge Frau draußen bei Gayle – ist das ihre Nichte?«

Seine Miene verhärtete sich augenblicklich. »Jill, ja.«

»Welche Rolle spielt sie in dieser Geschichte?«

»Die der Unruhestifterin«, sagte er mürrisch. »Marcus hat ihr einen Job gegeben, weil Gayle ihn darum gebeten hatte, aber das Mädchen hat eine Art, die mich rasend macht. Am liebsten würde ich ihr ...« Er verkniff sich den Rest.

»Ja. Ich verstehe«, erwiderte Scarlett und wurde wieder mit einem flüchtigen Lächeln belohnt. »Sie gehört also nicht in Ihr Team?«

»Nein. Marcus traut ihr nicht über den Weg.«

»Ich auch nicht. Woher weiß das Mädchen denn über die Drohungen Bescheid?«

»Sie hat sich in Gayles Computer gehackt, als ihre Tante krank war. Alles mit der Ausrede, sie wolle ihr nur helfen, und vielleicht ist das auch so, aber sie hat es eindeutig auf Marcus abgesehen. Sie verabscheut ihn, weil Gayle ihn so bemuttert.«

»Und was ist mit Ihnen?«

Er stieß sich vom Tisch ab. »Ach, mir will sie nur an die Wäsche, was Diesel urkomisch findet. Ich allerdings weniger. Ich stehe nicht auf verzogene, kleine Zicken.«

Scarlett schnitt eine Grimasse. »Ähm, ich wollte wissen, ob Gayle auch Sie bemuttert.«

Er wurde rot, wodurch er plötzlich zehn Jahre jünger aussah. »Oh, ach so. Nein, nicht so extrem zumindest. Ich bin wohl nicht der Typ, den man bemuttert. Ich muss jetzt übrigens los. Wenn Diesel und Cal in die Redaktion zurückkehren, habe ich Jill-Sitter-Dienst.«

»Weil sie von der Drohliste weiß?«, fragte Scarlett, und er nickte. »Aber was soll sie denn damit anstellen können?«

»Keine Ahnung, aber ich traue ihr einfach nicht. Das Mädchen müsste unbedingt auf seinen Platz verwiesen werden.« »Und warum tun Sie es dann nicht?«

Er schüttelte den Kopf. »Weil ich es vermutlich nicht auf die sanfte Tour machen könnte. Marcus ist der nettere Kerl von uns beiden. Ich bin ... eben nicht so. Finden Sie heraus, wer meinen Bruder töten will, Detective.«

»Und Sie? Gibt es keine Drohungen, die gegen Sie gerichtet sind?«

Er zuckte die Achseln. »Schon, aber bei den meisten gefährlichen Ermittlungen war ich für andere Auftraggeber im Ausland. Die wirklich bösen Arschlöcher wollen Lisette, Phillip und Marcus an den Kragen.«

»Und Diesel?«

»Diesel hackt und lässt die Muskeln spielen, wenn es nötig ist. Er ist kein echter Reporter, auch wenn er ab und zu für einen von ihnen einspringt. Er hat übrigens versucht, diese Drohliste vor mir geheim zu halten. Ich hatte keine Ahnung, dass so viele Leute sich an meinem Bruder rächen wollten.«

Sie erhob sich. »Wann haben Sie es herausgefunden?«

»Kurz nach Mikhails Tod. Marcus war aus dem Verkehr gezogen, und Cal brauchte Hilfe.«

»Und Sie sind eingesprungen.«

Er zuckte voller Unbehagen mit den Schultern. »Ich war ja da. Und hatte nichts Besseres zu tun.«

Scarlett lächelte. »Sie sind ein Schwindler, Stone. Sie spielen anderen Leuten den Neandertaler vor, aber unter der harten Schale steckt ein netter Kerl.«

Er bedachte sie mit einem eiskalten Blick. »Sie täuschen sich, Detective. Ich bin kein netter Kerl. Und besonders clever bin ich auch nicht. Aber ich liebe meine Familie und bin bereit, alles für sie zu tun.« Er machte einen Schritt auf die Tür zu. »Wenn Sie wollen, dass ich wie ein netter Kerl rüberkomme, dann sorgen Sie dafür, dass niemand meinen Bruder abknallt.« Und dann war er fort, und Scarlett starrte mit offenem Mund in den leeren Flur hinaus.

Traurigkeit stieg in ihr auf und hilfloser Zorn. Zumindest war sie alt genug gewesen, als sie Michelles Leiche gefunden hatte. Die O'Bannion-Brüder waren im Alter von sechs und acht Jahren entführt worden. Sie mussten sich ihr Leben lang mit diesem Trauma herumschlagen, nur weil irgendein mieser Bastard schnell zu Geld hatte kommen wollen.

Sie verdrängte den Gedanken und beschwor vor ihrem inneren Auge das Bild von Marcus herauf, wie er heute Morgen in dieser anrüchigen Gegend auf sie gewartet hatte, ohne sich um einen möglichen Skandal zu scheren.

Der sich für Tala hatte einsetzen wollen.

Von dem sie seit Monaten träumte.

Und der sie immer wieder lieben wollte, bis sie am Ende nur noch seinen Namen herausschreien konnte.

Sobald sie das Krankenhaus verlassen konnten, würden sie zu ihr nach Hause fahren. Sie setzte sich in Bewegung und holte ihr Handy aus der Tasche.

»Detective Bishop?«

Scarlett blickte über die Schulter und sah den Chirurgen von eben auf sie zukommen. Wie angenagelt blieb sie stehen. »Oh, nein«, flüsterte sie. »Bitte sagen Sie nicht, dass Phillip Cauldwell tot ist.«

»Nein, nein. Sein Zustand ist unverändert. Verzeihen Sie. Ich wollte Ihnen keinen Schrecken einjagen.« Er zog eine kleine Plastiktüte aus seiner Kitteltasche und reichte sie ihr. »Das ist die Kugel, die wir aus Mr. Cauldwells Bauchhöhle geholt haben. Ich wollte sie Ihnen nicht vor seiner Schwester und seinen Kollegen geben.«

*Ja!* Die Kugel war stark lädiert, aber eindeutig vom selben Typ wie die, die Carrie Washington am Morgen aus Talas Leiche geholt hatte. »Ich danke Ihnen, Doktor. Ich bringe das hier direkt ins Labor. Wahrscheinlich können wir damit eine Verbindung zu dem Mord von heute Morgen herstellen.«

Der noch immer nicht ins Bild passte, dachte sie. Weil Tala ihren Mörder gekannt hatte.

»So etwas habe ich vermutet, denn der Täter wollte anscheinend nicht, dass die Kugel uns in die Finger gerät. Es gab drei Schusswunden – die in Mr. Cauldwells Arm war ein glatter Durchschuss, die andere eine relativ harmlose Fleischwunde in der Seite, aus der die Kugel mit einem Messer entfernt wurde. Die dritte Kugel ging in den Bauch, und wir haben tiefe Einkerbungen im Gewebe gefunden, als hätte der Täter regelrecht darin herumgestochert. Warum er schließlich aufgegeben hat, weiß ich allerdings nicht.«

Scarlett lächelte mit grimmiger Befriedigung. »Phillip Cauldwell hat dem Kerl mit dem eigenen Messer in den Arm gestochen. Der Mistkerl blutete und musste abhauen.« »Gut gemacht«, sagte der Arzt kalt. »Hoffentlich hat er dem Schwein den Arm abgetrennt.«

Scarlett zog die Brauen hoch. »Sind Sie sicher, dass Sie kein Cop sind, Doctor?«

»Marine.«

»Ah. Also ... danke.« Sie ließ die Tüte in ihrer Tasche verschwinden. »Wie stehen Mr. Cauldwells Chancen wirklich? Und bitte kommen Sie mir jetzt nicht noch einmal mit ›Die nächsten vierundzwanzig Stunden sind entscheidend‹.«

»Eigentlich hätte ich gesagt, es sieht schlecht aus für ihn. Aber nach dem, was Sie mir erzählt haben, scheint er ein Kämpfer zu sein, also ist die Lage nicht hoffnungslos.«

»Hey, nicht hoffnungslos ist gar nicht so übel. Danke für die Kugel.« Sie winkte ihm zu und trabte durch den Gang zur Eingangshalle, wo Marcus bereits auf sie wartete.

Cincinnati, Ohio
Dienstag, 4. August, 22.55 Uhr

Marcus wurde langsam ungeduldig. Scarlett hatte nur kurz mit Stone reden wollen, aber inzwischen war ziemlich viel Zeit verstrichen. Er war versucht, in das kleine Sprechzimmer zurückzukehren, um sich zu vergewissern, dass die beiden sich nicht die Köpfe einschlugen. Stattdessen rief er seinen Bruder auf dem Handy an. »Wo bist du?«

»Ich steige gerade ins Auto. Gayle sagt, Jill bleibt heute Nacht bei ihr, also habe ich eine vorübergehende Babysitter-Pause. Warum? Wo bist du?«

»Ich warte in der Eingangshalle auf Scarlett. Ich habe dich gar nicht vorbeigehen sehen.«

»Ich hatte an der Notaufnahme geparkt.« Spöttisch fügte er hinzu: »Keine Ahnung, wo sie steckt. Ich habe deinen Detective jedenfalls nicht abgemurkst und irgendwo verscharrt, falls es das ist, was du eigentlich fragen wolltest.«

Bei der Erwähnung von Scarlett klang Stone ... irgendwie anders als bisher. Vielleicht nicht gerade freundlich, aber auch nicht mehr feindselig. »Ist alles okay mit dir? Du hörst dich merkwürdig an.«

Eine kurze Pause entstand. »Ja, alles okay. Hör mal ...« Stone stieß pustend den Atem aus. »Sie ist nicht der Teufel, okay?« Die Aussage kam so unerwartet, dass Marcus ein halb ersticktes Lachen ausstieß. »Nein, das ist sie nicht. Pass auf, ich will dich nicht kontrollieren, aber nach dem, was mit Phillip geschehen ist, würde ich gerne wissen, wo du dich gerade herumtreibst.«

»Ich bin nicht Phillip«, konterte Stone und klang wieder so zornig wie sonst. »Ich kann genauso gut auf mich selbst aufpassen wie du.«

»Das ist mir klar«, sagte Marcus vorsichtig. »Aber könntest du mich vielleicht wenigstens ab und zu anrufen, damit ich weiß, dass alles in Ordnung ist? Bitte, Stone. Tu mir einfach den Gefallen.«

»Na schön«, antwortete Stone schließlich. »Ich verspreche es dir.«

Marcus legte auf und begann wieder, auf und ab zu wandern, während er nach Scarlett Ausschau hielt. Er wurde immer unruhiger. Er musste raus aus diesem Krankenhaus. Vor Stone hatte er seine Mutter angerufen, um ihr die Sache mit Phillip beizubringen. Audrey war ans Telefon gegangen und hatte ihm erzählt, dass Della sich früh hingelegt hatte und nicht gestört werden durfte. Was nichts anderes bedeutete, als dass sie ein oder zwei Schlaftabletten genommen hatte. Oder vielleicht drei. Und vorher vermutlich noch ein oder zwei Drinks. Oder gleich eine halbe Flasche.

Er und seine Schwester waren einmal mehr aneinandergeraten, als er den Vorschlag gemacht hatte, ihre Mutter in eine Entzugsklinik einweisen zu lassen. Audrey hoffte noch immer, dass sie es allein schaffen würde, und Stone weigerte sich in der Regel, überhaupt darüber zu reden. *Grundgütiger, was sind wir für eine verkorkste Familie!* Marcus hatte fast ein schlechtes Gewissen bei dem Gedanken, Scarlett in dieses Drama hineinzuziehen, aber er brauchte sie zu sehr, um so großherzig zu sein.

Marcus war schon fast so weit, sich auf die Suche nach ihr zu machen, als sie mit dem Handy am Ohr die Eingangshalle betrat. Erleichterung überkam ihn, und er spürte, wie sich ein seliges Lächeln auf seinem Gesicht ausbreitete. Er gab wahrscheinlich ein vollkommen bescheuertes Bild ab, aber das war ihm egal. Sie war wieder da, und nun konnten sie endlich verschwinden.

Zögernd blieb sie stehen und musterte ihn besorgt, doch dann erwiderte sie sein Lächeln, und sein Herz schien plötzlich leichter, während es gleichzeitig wild zu pochen begann.

»In ungefähr fünfzehn Minuten bin ich in der Ballistik«, sagte sie ins Telefon. »Ich muss jetzt auflegen.« Sie beendete das Gespräch und schob das Handy zurück in ihre Tasche. »Bist du so weit?«

»Und wie. Ich stand kurz davor, einfach abzuhauen, aber dann hättest du dir bestimmt Sorgen gemacht.«

»Allerdings.« Und dann verblüffte sie ihn, indem sie ihn am Arm packte und energisch aus der Eingangshalle führte.

»Warum musst du in die Ballistik?«, fragte er, während sie ihn förmlich über den Parkplatz schleifte.

»Wegen einer Kugel«, antwortete sie, »die in Phillip steckte.« Ihr Wagen stand neben einem wuchtigen SUV, und sie verblüffte ihn erneut, als sie ihn zur Fahrerseite des Mammut-Autos zog.

»Was hast du v...«

Weiter kam er nicht, denn sie drückte ihn gegen den SUV, schlang ihre Arme um seinen Hals und küsste ihn heißer, als er je geküsst worden war. Ihre Finger fuhren in sein Haar, und sie stellte sich auf Zehenspitzen, als ihre Zunge in seinen Mund drang und ihn lockte, so dass er in einem Sekundenbruchteil steinhart wurde. Er stöhnte, als sie ihre Hüften an seinen rieb und ungeduldig versuchte, etwas höher zu kommen.

Ohne nachzudenken, schwang er sie herum, presste sie mit dem Rücken gegen den Wagen und hievte sie ein Stück hoch, ehe er sich zwischen ihre Beine drängte. Er hörte ihr wohliges Seufzen, als er seine Hände in ihre Jacke schob, ihre Brüste umfasste und mit den Daumen über die Brustwarzen rieb, bis sie sich durch BH und T-Shirt drückten.

Mit einem Keuchen machte sie sich los und legte den Kopf an den Wagen zurück. »Gott«, brachte sie hervor. »Hör auf damit. Ich kann nicht ... nicht hier auf dem Parkplatz. Lass mich runter. Warte, bis wir bei mir sind. Bitte.«

Widerwillig nahm er die Hände von ihren Brüsten und küsste erneut ihre Lippen. »Du hast angefangen«, rief er ihr murmelnd in Erinnerung und ließ sie behutsam zu Boden.

Sie drückte ihn sanft von sich und schob sich an ihm vorbei, um ihr Auto aufzuschließen. »Steig ein.«

Er gehorchte. »Wie lange brauchst du, um die Kugel abzuliefern?«

Sie setzte sich hinters Steuer. »Etwa zehn Minuten. Ich gehe direkt in die Ballistik und rede mit niemand anderem.« Es klang, als ob sie sich selbst ein Versprechen gab. »Ich muss diesen Wagen zurückgeben und meinen eigenen holen, vergiss also nicht, alles mitzunehmen, was dir gehört.«

Zum Beispiel die Waffe, die er unter dem Sitz verstaut hatte. Er wollte sich bücken, um sie zu holen, ließ es dann aber und schnitt eine Grimasse. »Geht noch nicht.«

Sie warf ihm einen anzüglichen Blick zu, ehe sie in den Verkehr einscherte. »Und warum nicht?«

Er musste lachen. »Sie sind boshaft, Detective Bishop. Heizen einem Kerl ein, bis er hart wie Stein ist, und machen sich dann noch über ihn lustig.«

Fast verschluckte er sich, als sie die Hand ausstreckte und die harte Schwellung in seinem Schritt zu streicheln begann. »Verdammt, Scarlett!«, fluchte er, während er sich automatisch gegen ihre Hand presste. »Wenn du so weitermachst, komme ich jetzt und hier wie ein verdammter Teenie. Also rede lieber mit mir über etwas, das mich wieder ernüchtert.«

Sie zog die Hand weg, legte sie ans Steuer und drückte das Gaspedal durch. Die Straßen waren wie ausgestorben. »Okay«, sagte sie mit rauchiger Stimme. »Wie wär's damit? Die forensische Tierärztin hat mir auf die Mailbox gesprochen.«

Das ließ ihn aufmerken. »Was ist mit BB?«

»Der alten Hundedame geht's gut, keine Sorge. Du kannst morgen zu ihr, wenn du magst. Und man hat aus ihrem Gebiss tatsächlich so viel Haut und Blut holen können, dass es für eine Analyse reicht.«

»Wenigstens etwas«, sagte Marcus. »Und ich habe mich nach Tabby Anders erkundigt, während ich auf dich gewartet habe. Sie ist noch immer nicht bei Bewusstsein.« Der Gedanke ernüchterte ihn wirklich. Noch eine schlechte Nachricht, dachte er düster, und er würde sich auch wieder bücken können, um seine Waffe an sich zu nehmen. »Gibt es schon etwas Neues von Mila und Erica?«

Sie schüttelte den Kopf. »Bisher nicht. Und ob die Hunde jetzt noch Witterung aufnehmen können, ist fraglich. Aber man hat auch keine Leiche oder Blutspuren entdeckt, und das ist immerhin positiv.«

»Wir sollten uns dem Suchtrupp anschließen«, sagte er zögernd.

Sie bedachte ihn mit einem raschen Lächeln. Sie wusste, dass es ihn Überwindung gekostet hatte, diesen Vorschlag überhaupt zu machen, während er sich doch nur danach sehnte, endlich mit ihr allein zu sein. »Ich habe Isenberg eben per SMS gefragt, und sie meinte, wir sollten uns lieber auf die Liste konzentrieren. Darf ich sie an Isenbergs Assistenten weiterleiten? Er kann uns dabei helfen, die Namen zu überprüfen, und schauen, wer überhaupt Gelegenheit hatte, auf dich zu schießen. Oder auf Tala und Phillip.« Plötzlich schnaufte sie frustriert. »Delores! Verdammt. Ich habe Stone doch versprochen, dass ich jemanden bei ihr vorbeischicke.«

Sie schaltete die Freisprechanlage ein, forderte einen Streifenwagen an und legte wieder auf, als sie auch schon in die Tiefgarage des CPD fuhr. Sie kam neben ihrem betagten Audi zum Stehen und reichte ihm den Schlüssel. »Steig schon mal ein und warte auf mich. Ich bringe den Wagen hier zurück und liefere die Kugel ab.«

»Warte.« Er griff nach ihrem Handgelenk. »Du darfst die Liste weitergeben, aber bitte nicht so. Es stecken zu viele vertrauliche Daten darin. Ich nutze die Zeit, die du im Präsidium bist, um die Liste zu bereinigen, dann maile ich sie dir. Anschließend kannst du sie gerne an Isenbergs Assistenten weiterleiten.«

»Okay, danke.« Sie beugte sich zu ihm, dann seufzte sie. »Kameras.«

»Dann beeil dich«, sagte er mit tiefer Stimme und musste lachen, als sie die Augen verengte. Er schaffte es, sich weit genug nach vorn zu beugen, um seine Pistole unter dem Sitz hervorzuholen. »Meine Laptoptasche liegt noch im Kofferraum.«

Sie holte die Tasche heraus und reichte sie ihm. »Dir sollte hier eigentlich nichts passieren«, sagte sie, plötzlich wieder sehr ernst. »Aber falls doch – gib Gummi!«

Er zog die Brauen hoch. »Du lässt mich fahren?«

»Nur das eine Mal. Gewöhn dich ja nicht daran.« Sie wartete, bis er in den Audi gestiegen war, ehe sie auf die Parkfläche rollte, die für die Dienstfahrzeuge reserviert war.

Cincinnati, Ohio
Dienstag, 4. August, 23.15 Uhr

»Und? Wie sieht's aus?«, fragte Ken.

Decker war gerade mit Demetrius fertig geworden und schälte sich die Gummihandschuhe von den Fingern. »Er wäre zwar nicht gerade verblutet, aber zwanzig Stiche waren nötig. Ich bin froh, dass Sie mich vorgewarnt haben, etwas zur Betäubung mitzubringen, auch wenn es leichter gewesen wäre, ihn im Wachzustand hier hinaufzuschaffen.« »Aber sein Gezeter zu hören macht auch keinen Spaß«, bemerkte Ken. »Haben Sie die Tracker gefunden?«

Decker schüttelte den Kopf. »Ich weiß, dass sie im Van lagen, aber Burton und ich haben noch einmal alles abgesucht, den Karton mit der Elektronik aus Anders' Haus eingeschlossen.« Er zögerte, dann zuckte er die Achseln. »Was eigentlich nur bedeuten kann, dass wir sie entweder verloren haben, was höchst unwahrscheinlich ist, oder aber einer der Anders' etwas damit gemacht hat, was ebenfalls unwahrscheinlich ist, da sie gefesselt waren und die Augen verbunden hatten.«

»Oder jemand von unseren Leuten hat sie eingesteckt«, schloss

Ken grimmig. »Verdammt. Woher will ich wissen, dass nicht Sie es waren?«

Decker verzog keine Miene. »Das können Sie nicht wissen. Allerdings habe ich keinerlei Grund, so etwas zu tun.«

»Nicht? Sie wollen Burtons Job«, sagte Ken, und Deckers Blick verriet ihm, dass er richtig getippt hatte. »Sie sind sofort eingesprungen, als uns klarwurde, dass Reuben verschwunden ist.«

»Ich bin lieber an der Front. Ich hasse den Bürojob.«

»Dafür machen Sie ihn aber verdammt gut.«

Er zuckte mit seinen massiven Schultern. »Ich mache vieles verdammt gut, auch wenn ich es nicht mag. Ich habe mich hier als Leibwächter beworben, nicht als Schreiberling. Dennoch respektiere ich die Befehlskette.«

»Aber wenn sich an vorderster Front eine Lücke auftut ...« »Bin ich da. Genau.« Decker hielt den Augenkontakt. »Bei allem Respekt, Sir, Ihr Job zum Beispiel interessiert mich nicht.«

Ken hätte fast gelächelt. »Und warum nicht?«

»So, wie ich das sehe, sitzen Sie den ganzen Tag hinterm Schreibtisch. Da würde ich wahnsinnig werden. Ich bin nicht froh darüber, dass Reuben verschwunden ist, aber ich bin nur allzu bereit, die Lücke zu schließen, und das hoffentlich so zufriedenstellend, dass Sie mich nicht in die staubige Bleistifthölle zurückschicken.«

»Und falls doch?«

»Dann sterbe ich an Bleivergiftung, weil ich mir aus lauter Frust den Stift ins Auge steche.«

Ken lachte. »Na gut, Soldat, greifen wir noch nicht vor. Burton ist der Nächste in der Hierarchie. Denken Sie, Sie können unter ihm arbeiten?«

»Ja. Er scheint ein ehrlicher Mann zu sein.«

Ken runzelte die Stirn. »Eine seltsame Bemerkung in diesem Zusammenhang.« Mit einem ironischen Unterton in der Stimme fügte er hinzu: »Ihnen ist aber durchaus klar, dass wir kein gänzlich legales Unternehmen sind?«

Endlich lächelte Decker. »Ja, Sir. Aber damit beschreiben Sie die Beziehung, die das Unternehmen zu Außenkontakten hat, sprich zu Lieferanten, Kunden, Regierung. Innerhalb einer Organisation müssen die Beziehungen transparent und verlässlich sein. Wie beim Militär. Soldaten töten. Das ist ihre Funktion. Das kann man, abhängig von Ihrer Einstellung, als kriminell oder patriotisch bezeichnen. Doch innerhalb der eigenen Reihen muss man sich blind auf den Mann neben sich verlassen können. Und ich denke, das ist mit Burton möglich.«

Eine interessante Perspektive, dachte Ken. Er lehnte sich mit einer Schulter gegen die Wand. »Was können Sie denn noch so?«

Decker grinste verschlagen. »Ich kann gut mit dem Häcksler umgehen.«

»O-kay.« Ken war sich nicht sicher, ob das Deckers schräger Sinn für Humor war oder ein Hauch von Irrsinn. Aber wen kümmerte das schon? »Ich hatte einen langen Tag. Solange Dornröschen hier seinen Ketaminrausch ausschläft, ruhe ich mich auch ein wenig aus. Wecken Sie mich, wenn er zu sich kommt.«

»Soll ich ihn befragen?«, fragte Decker.

»Nein. Er ist mein Freund, also fällt es in meinen Verantwortungsbereich. Ich kriege schon aus ihm heraus, was ich brauche.« Damit wandte Ken sich um und ging in sein Schlafzimmer. Drinnen schloss er erschöpft die Tür ab. Er war froh, dass Demetrius noch für eine Weile außer Gefecht sein würde.

Ken hatte heute zwei Menschen getötet und den Tod von vier weiteren angeordnet. Drake Connors Schwester und Reubens Frau stellten kein Problem mehr dar. Drake und Marcus O'Bannion waren dagegen immer noch auf freiem Fuß und verursachten womöglich Ärger, an den Ken nicht einmal denken wollte. Er hatte heute seinen Sicherheitschef verloren und herausgefunden, dass Reuben und Demetrius ihn betrogen hatten und vielleicht sogar gemeinsame Sache machten.

Und zu allem Überfluss hatte seine eigene Tochter ihm gesagt, dass er langsam zu alt für diesen Job wurde. Aber vielleicht hatte sie recht.

Denn er verfügte im Moment nicht mehr über genügend Energie, Demetrius zu »befragen.« Und in der Stille seines Zimmers wurde ihm das Herz schwer. Demetrius und er hatten auf dem College gemeinsam damit begonnen, Kommilitonen Gras zu verkaufen, und gemeinsam hatten sie ein millionenschweres Unternehmen aufgebaut, das Kunden in mehr als zweiundvierzig Ländern belieferte und so gut wie jede Perversion bediente, die man sich vorstellen konnte. Damit hatte er kein Problem. Mit Perversionen ließ sich trefflich verdienen, und wenn er es nicht tat, tat es ein anderer. *Dann doch lieber ich.*

Er zog sich das Hemd über den Kopf und stellte sich vor den Spiegel. Gestern noch war er stolz auf sich gewesen. Heute jedoch ...

Sein Handy klingelte, und einen Moment lang befürchtete er, dass Demetrius doch schon aufgewacht war. Mit Erleichterung sah er Seans Nummer auf dem Display. »Was gibt's?« Sean seufzte. »Dad, ich habe gerade etwas über Polizeifunk gehört, das du wissen solltest.«

Ken sank auf die Bettkante und kniff sich in den Nasenrücken. »Was?«

»Vor zwanzig Minuten ist eine noch nicht identifizierte Frau im Zimmer eines billigen Motels gefunden worden. An der Rezeption heißt es, sie hätte nicht eingecheckt, ist also wahrscheinlich eingebrochen, hat eine Überdosis Sedativa geschluckt und sich hingelegt. Die Beschreibung passt auf Reubens Frau Miriam.«

»Dann ist sie also tot?« Ken selbst hatte ihr das Sedativum verabreicht, ehe Burton sie zum Sterben in dem Motel abgeladen hatte.

»Nein. Bewusstlos, aber nicht tot. Angeblich hat die Polizei auf einen anonymen Anruf reagiert.«

»Moment mal.« Ken kniff sich noch etwas fester in den Nasenrücken. »Vor zwanzig Minuten, hast du gesagt? Das kann doch gar nicht sein. Sie hätte schon seit Stunden tot sein müssen. Ich habe ihr genug von dem Zeug gegeben, dass Reuben daran krepiert wäre, und sie wiegt doch höchstens halb so viel wie er.« Er kniff die

Augen zusammen. »Wenn sie noch lebt, muss ihr jemand den Magen ausgepumpt haben.«

»Oder sie hat alles wieder erbrochen.« Eine Pause entstand, dann fragte Sean zögerlich: »Hat Burton sie nicht dorthin gebracht?«

»Doch«, gab Ken zurück. Burton, der sie ohnehin nicht hatte töten wollen. Reubens rechte Hand hatte etwas mit der Frau gehabt, und aus Sentimentalität hatte er sie alle in Gefahr gebracht. *Mich vor allem.* Schließlich hatte Ken Miriam dazu gezwungen, das verdammte Sedativum zu trinken.

»Alice hat gesagt, ihr zwei würdet mich auszahlen und den Laden übernehmen wollen«, wechselte er abrupt das Thema. »Vielleicht. Auf jeden Fall müssen wir dringend aufräumen.«

Ken schnaufte verbittert. »Wenn mir noch mehr Leute abhandenkommen, sind wir damit schnell fertig.«

»Soll ich Burton aufspüren?«

»Ich weiß, wo er ist«, sagte Ken. »Und ich weiß auch, dass ihr über meine Handyüberwachungsmethode Bescheid wisst.«

»Ich wäre ein schlechter IT-Mann, wenn ich davon nichts gewusst hätte«, gab Sean ruhig zurück. »Ich mach dir keinen Vorwurf deswegen.«

Ken schwieg einen langen Augenblick. »Kommst du mit Burton zurecht? Er ist ein kräftiger Kerl.«

»Ich nicht, aber Alice schon.« In dem Satz steckte weder Bitterkeit noch Neid. Tatsächlich schien Sean sogar stolz auf seine Schwester zu sein, die den Löwenanteil von Kens Sportler-Genen geerbt hatte.

»Sie hat doch nicht etwa, ähm ... auch was mit Burton, oder?« Ken schnitt ein Gesicht. »Du weißt schon. So wie mit D.J.?«

Sean lachte leise. »Willst du wirklich eine Antwort darauf?« Ken schauderte. »Nein. Such Alice und setz sie auf Burton an. Sie soll ihn herbringen. Wo sie steckt, weiß ich nicht genau. Sie wollte sich eigentlich um O'Bannion kümmern.« Nachdem er aufgelegt hatte, streifte Ken die Schuhe ab und legte sich auf sein Bett. Er war zu müde, um sich auch nur die Hose auszuziehen. Ganz plötzlich und unerwartet sah er vor seinem inneren Auge, wie Stephanie Anders das für ihn übernahm.

»Nein danke«, murmelte er. Nie im Leben würde er mit einer Frau wie Stephanie Anders ins Bett gehen – und schon gar nicht an einem Tag wie diesem.

Aber vielleicht wollte ihm sein Unterbewusstsein damit auch nur klarmachen, dass es wirklich Zeit zum Ausstieg war. Sobald er dieses Chaos bereinigt hatte, würde er seine Konten auflösen, Reubens, Demetrius' und Chip Anders' Geld einstreichen und sich zur Ruhe setzen.

# 25

Cincinnati, Ohio,
Dienstag, 4. August, 23.30 Uhr

Marcus berührte seine Lippen, auf denen er noch ihren Kuss vom Krankenhausparkplatz spürte. Endlich, dachte er. Nachdem er sich neun Monate lang eingeredet hatte, er dürfte nichts mit ihr anfangen, war es ihm endlich gelungen, die Stimme in seinem Kopf zum Schweigen zu bringen.

Etwas jedoch nagte an ihm: Sie hatte noch nichts zu Matty und der Entführung gesagt. Vielleicht hatte sie noch keine Zeit gehabt zu googeln, und vielleicht hatte sie es in der Zwischenzeit ja schon wieder vergessen. Und obwohl es ihm am liebsten wäre, niemals mehr darüber reden zu müssen, wusste er doch, dass er es ihr nicht einfach verschweigen konnte. Ja, er würde es ihr sagen. Nachdem er wenigstens eine einzige Nacht mit ihr verbracht hatte. Dann besaß er etwas, an das er sich immer erinnern konnte.

Aber vielleicht würde es ihr auch gar nichts ausmachen. Auf die *Ledger-* Aktivitäten hatte sie erstaunlich tolerant reagiert. Zugegeben – das war eigentlich nicht vergleichbar. Sein Team hatte eher etwas von *Mission: Impossible,* und sie hatten noch nie jemanden getötet, auch wenn Diesel und er in Gedanken ein paarmal gefährlich nah dran gewesen waren. Was er getan hatte, nachdem Matty gestorben war, war jedoch etwas vollkommen anderes. Er hatte jemanden umgebracht, auch wenn er nicht selbst abgedrückt hatte. Er blickte hinab auf die Pistole in seinem Schoß. Vielleicht war sie eine Mordwaffe – vielleicht sogar *die* Mordwaffe! Er wusste es schlichtweg nicht. Und er wollte es auch gar nicht wissen.

Eins wusste er allerdings genau: Wann immer er die Waffe mit sich führte, ging er ein Risiko ein. Das war in Ordnung gewesen, solange es nur ihn allein betroffen hatte. Ja, vermutlich hatte das sogar einen gewissen Reiz ausgeübt. Aber nun ging es nicht mehr nur um ihn allein. Scarlett hatte für ihn gebürgt. Ihre Karriere stand auf dem Spiel.

Deshalb würde er die Pistole in seinem Safe einschließen, wo sie keine Probleme verursachen konnte. Er zog sie aus seinem Taschenholster und strich fast zärtlich mit dem Daumen über den Lauf. Dass er nur wenige Minuten zuvor genauso Scarlett liebkost hatte, entging ihm nicht.

Die Pistole war schon seit langer Zeit mehr als eine reine Waffe für ihn. Sie war ein Talisman, genau wie sein Messer, wenn auch aus vollkommen anderen Gründen. An eine andere Pistole würde er sich erst gewöhnen müssen, aber das war es wert.

Er steckte die Waffe zwischen Sitz und Autotür, um sie im Notfall schnell zur Hand zu haben, holte seinen Laptop aus der Tasche und öffnete die Datei mit den Drohungen. Er bereinigte sie von den Daten, die das Team oder den *Ledger* in Schwierigkeiten bringen konnten, steckte seine Wi-Fi-Karte ein und schickte die Datei an Scarlett weiter.

Ein Geräusch ließ ihn auffahren. Automatisch griff er nach der Waffe, entspannte sich jedoch fast gleichzeitig wieder, als Scarlett ans Beifahrerfenster klopfte. Er öffnete ihre Tür, und sie stieg ein. Über dem T-Shirt trug sie eine Einsatzweste, die Jacke hing über ihrem Arm.

»Tut mir leid, dass es doch so lange gedauert hat.« Ihr Gesicht war gerötet und glänzte verschwitzt.

»Bist du gerannt?«

Sie warf die Jacke auf den Rücksitz. »Nur ein Stück. Ich wollte nicht, dass du dir Sorgen machst.«

Er pikste in die wattierte, schusshemmende Weste. »Wo hattest du die denn versteckt?«

»Gar nicht. Lynda hat sie mir gerade erst gegeben. Falls jemand meint, auch auf mich schießen zu müssen.«

Er zog die Brauen zusammen. »Du hättest längst eine anhaben sollen. Und das hattest du doch vorhin auch, oder?« »Ja, aber ich habe sie zu Hause vergessen, nachdem wir ...« Sie zuckte die Achseln und wurde rot. »Nachdem wir auf meiner Couch miteinander geschlafen haben. Ich glaube, ich war etwas ... daneben.«

Verdammt. Das hätte er bemerken müssen. »Warum trägst du nicht wie ich Kevlar unter deiner Kleidung?«

»Erstens, weil es kratzt und juckt, zweitens, weil ich nichts zum Anziehen habe, worunter sich das Ding verstecken lässt, drittens, weil mir damit viel zu heiß ist, und viertens, weil *ich* es nicht meiner Mutter versprochen habe. Im Übrigen bist du hier das Ziel, nicht ich.«

»Versprich es *mir*«, sagte er eindringlich. »Versprich *mir*, dass du dich ausreichend schützt.«

Sie begegnete seinem Blick und wurde ernst. »Okay. Ich verspreche es. Bis dieser Kerl gefasst ist, schütze ich mich ausreichend.«

»Wir verhandeln nach, sobald er gefasst ist«, brummte er.

Sie grinste. »Übrigens können wir jetzt los, wenn du willst«, sagte sie und deutete auf den Schlüssel, der in der Zündung steckte. »Warum hast du die Klimaanlage nicht schon eingeschaltet? Ist dir nicht heiß?«

»Ich war zweimal am Golf«, rief er ihr in Erinnerung, während er den Laptop zuklappte und auf den Boden hinter seinen Sitz legte. »Ich kann ein bisschen Hitze aushalten.«

Sie verdrehte die Augen. »Ich auch, Mr. Macho, aber wieso sollte ich?« Sie drehte die Lüftung auf und hielt ihr Gesicht in den Luftstrom. »Bist du mit der Liste fertig geworden?« »Ja. Ich habe sie dir schon geschickt.«

»Da war ich offenbar schon nicht mehr am Schreibtisch.« Sie sank auf den Sitz zurück und blickte auf ihr Smartphone, während er aus der Garage fuhr. »Ah, ich hab sie.« Sie überflog die Namen, tippte auf den Bildschirm und steckte das Smartphone wieder weg. »Ich habe sie an Isenberg weitergeleitet. Wem immer sie sie zur Analyse geben will.«

Er warf ihr einen Seitenblick zu. »Ich dachte, du wolltest nicht an deinen Schreibtisch.«

Sie verzog das Gesicht. »Isenberg rief mich an, während ich in der Ballistik war. Deacon und Agent Coppola waren gerade aus deiner Wohnung zurückgekommen, und Detective Kimble, der die Suche nach Mila und Erica übernommen hat, war ebenfalls da, also haben wir uns rasch ausgetauscht.«

»Und?«

»Die Videos der Überwachungskameras aus deinem Haus zeigen, wie der Killer mit Phillip das Haus betritt, den Portier niederschießt und ungefähr fünf Minuten später wieder verschwindet.«

»Um wie viel Uhr war das?«

»Zwanzig vor neun.«

»Verdammt. Dann bin ich nur ein, zwei Minuten nach ihm eingetroffen. Ich hätte ihn noch sehen können. Phillip hat ihn als großen Afroamerikaner beschrieben.«

»Von seinem Gesicht war auf den Aufnahmen nichts zu sehen. Er trug eine Skimaske und eine Kappe, außerdem Handschuhe. Nur durch die Augenlöcher der Maske war Haut zu sehen, und die war nicht weiß, aber mehr lässt sich nicht sagen.«

»Wir fragen Phillip, sobald er wieder wach ist!«, sagte Marcus fest.

»Das tun wir«, erwiderte sie mit einem Nicken. »Der Schütze kam aus deiner Wohnung, vergewisserte sich in der Lobby, dass die Luft rein war, und verließ das Gebäude durch den Haupteingang. Wie Phillip dir erzählt hat, steckte das Messer noch in der Wunde. Er hatte sich ein Handtuch um den Arm gewickelt. Agent Coppola hat die Leute im Haus befragt. Niemand hat etwas gesehen oder gehört. Er muss einen Schalldämpfer benutzt haben.«

Marcus zog die Brauen zusammen. »Es ist nicht leicht, einen Schalldämpfer für eine Ruger zu bekommen. Vielleicht hat er ihn extra anfertigen lassen.« Die Stirnfalten wurden tiefer. »Aber bei Tala heute Morgen hat er keinen Schalldämpfer benutzt. Warum nicht?«

»Gute Frage. Das Gewehr, mit dem heute Nachmittag auf Agent Spangler und dich geschossen wurde, hatte wiederum einen.« Ihre

Stimme hatte einen nachdenklichen Unterton, und er wandte sich ihr zu.

»Was ist, Scarlett?«

»Der Chirurg hat mir erzählt, dass Phillip dreimal getroffen wurde. Die Wunde im Arm war ein Durchschuss, aber Coppola und Deacon haben keine Kugel gefunden, nur die Patrone. Der Schütze hat die Kugel aus Phillips Seite entfernt und wollte offenbar dasselbe mit der Kugel im Bauch tun, hat aber vorher aufgegeben. Vermutlich weil er selbst stark blutete.«

»Er wollte nicht, dass man den Angriff auf Phillip mit dem Mord an Tala heute Morgen in Verbindung bringt. Spangler ist mit einem Gewehr erschossen worden, da bestand also keine Gefahr.« Er rieb sich die Stirn. »Irgendwie ergibt das keinen Sinn. Wieso macht er sich die Mühe, die Kugeln wieder herauszuholen? Er muss sich doch denken können, dass wir die Verbindung sowieso herstellen. Wir wissen ja, dass er derselbe ist.«

»Aber wissen wir das wirklich?«, konterte sie. »Tala kannte ihren Mörder. Das war ihrem Blick anzusehen.«

»Ja, das denke ich auch«, murmelte er. »Du glaubst also, es ist vielleicht nicht derselbe? Die beiden Angriffe haben nichts miteinander zu tun?«

»Obwohl jemand uns das Gegenteil weismachen will.« Sie zuckte die Achseln. »Wir werden es ja bald erfahren. Die Technikerin aus der Ballistik hat sich sofort auf den Weg ins Labor gemacht. Normalerweise wird dort nicht nachts gearbeitet, aber für einen Fall wie diesen gelten Ausnahmeregelungen.«

»Weil ein Bundesagent ermordet worden ist«, stellte er kühl fest.

»Nein«, widersprach sie nachdrücklich. »Weil sich auf den Straßen ein Mörder herumtreibt, der mit Menschen handelt. Da nimmt man schon mal Überstunden in Kauf.«

»Entschuldigung. Das hätte ich nicht sagen sollen.«

»Schon okay.« Sie strich ihm über den Oberschenkel und drückte ihn kurz. »Manchmal stimmt es ja. Diesmal aber nicht.«

»Warum ist die Suchmannschaft eigentlich zurückgekommen?«

Sie seufzte. »Die Hunde haben die Witterung verloren. Anscheinend sind Mila und Erica irgendwann in ein Fahrzeug gestiegen. Wir haben die Fotos ihrer Visa und die von Mann und Sohn an alle Streifen verteilt, auch die nächste Schicht wird instruiert. Die Polizisten haben Anweisung, sich den Frauen vorsichtig zu nähern und ihnen die Aufnahmen von Vater und Sohn sowie von Malaya zu zeigen. Isenberg hat auf jedes Foto die Aufschrift ›Sie sind in Sicherheit‹ in Englisch und Tagalog drucken lassen.«

»Hoffentlich nützt es etwas. Wenn die beiden untertauchen, spüren wir sie vielleicht nie mehr auf.«

»Ja, ich weiß«, murmelte sie geistesabwesend.

Er hielt an einer roten Ampel und wandte den Kopf, um sie zu betrachten. »Was ist los?«

»Ich begreife einfach nicht, wie die einzelnen Teile zusammenpassen. Der ganze Fall ergibt keinen Sinn, wie man ihn auch dreht und wendet.« Sie zeigte auf die Ampel. »Es ist grün.«

Marcus gab Gas. »Und ich frage mich die ganze Zeit, ob ich schon einmal jemandem begegnet bin, zu dem Phillips Täterbeschreibung passt, aber mir will partout nichts einfallen.«

»Deacon ist recht gut darin, anderen dabei zu helfen, sich zu erinnern«, sagte sie.

»Deacon? Wieso?«

»Er kann dich mit Hilfe von Hypnosetechniken in einen so tief entspannten Zustand versetzen, dass du Erinnerungen wiederfindest, die das Unterbewusstsein an merkwürdigen Orten abgespeichert hat. Ich habe erlebt, wie er es bei Faith gemacht hat – sehr beeindruckend. Und keine Sorge«, fügte sie hinzu, als er skeptisch die Stirn in Falten legte, »niemand will dich dazu bringen, wie ein Huhn zu gackern. Es geht nur darum, deine Aufmerksamkeit zu fokussieren.«

»Ich glaube nicht, dass es bei mir funktionieren würde. Es erinnert mich zu sehr an eine Verhörsituation oder sogar an Gehirnwäsche, und ... na ja, das wird wohl eher nicht klappen.« Er beließ es dabei.

»Du bist beim Militär darin ausgebildet worden, Verhören und Bewusstseinskontrolle zu widerstehen?«

»Das habe ich nicht gesagt.« Obwohl es genau so war.

»Komm schon, Marcus, ich bin nicht blöd. Du bewegst dich so lautlos wie ein Gespenst. Ich habe normalerweise ein ausgesprochen feines Gespür für Menschen, die sich mir unbemerkt nähern wollen, aber du hast es schon zweimal geschafft. Entweder hattest du eine Spezialausbildung, oder du bist eigentlich Batman.«

Er stieß ein schnaubendes Lachen aus. »Okay. Ertappt.«

»Du bist also wirklich Batman?«, neckte sie ihn.

Er bog auf die steile Straße zu ihrem Haus ein und schaltete einen Gang herunter. Der Audi schepperte und ächzte. »Du wirst dir noch wünschen, es wäre so, wenn dieses Schätzchen hier den Geist aufgibt. Oder hast du zufällig deine Steigeisen dabei?«

»Herrje, du Weichei«, sagte sie. »Den Berg renne ich jeden Tag hinauf, wenn ich für einen Lauf trainiere.«

»Ernsthaft?« Der Gedanke gefiel ihm – sehr. Er warf ihr einen Seitenblick zu. »Das würde ich gerne sehen. Vor allem, wenn ich hinter dir laufen darf.« Ihm lief schon jetzt das Wasser im Mund zusammen.

»Okay, morgen früh«, sagte sie herausfordernd. »Bei Sonnenaufgang. Mal sehen, was du kannst. Schlag ein.«

Er schüttelte den Kopf. »Lieber nicht.«

»Was? Du weigerst dich, die Herausforderung anzunehmen? Fehdehandschuh, mein Lieber.«

Er bog in ihre Einfahrt, stellte den Motor ab und lehnte sich zurück. »Niemals würde ich mich weigern, eine Herausforderung anzunehmen. Ich nehme den Fehdehandschuh auf, Bishop.« Er griff nach ihr, als sie grinste, löste ihren Sicherheitsgurt und zog sie zu einem Kuss zu sich, der ihnen beiden den Atem raubte. »Nur möchte ich morgen früh meine Energie nicht ausgerechnet damit vergeuden, diesen verdammten Hang raufzurennen.«

Sie strich ihm mit einem zitternden Finger über die Wange. »Na gut. Ich könnte dir vielleicht einen Aufschub gewähren.« Sie küsste ihn wieder, dann lächelte sie an seinen Lippen. »Mrs. Pepper beobachtet uns.«

Er löste sich ein Stück und spähte um sie herum. »Woher weißt du das?«

»In deinem Fenster spiegelt sich die Verandalampe, die gerade erst angegangen ist. Wir sollten hineingehen, bevor sie sich zu uns gesellt. Wenn sie einmal zu reden beginnt, kann es Stunden dauern.«

Er sprang aus dem Auto, rannte darum herum und riss so schwungvoll ihre Tür auf, dass sie lachen musste. Eilig zog er sie aus dem Wagen und drückte ihr den Schlüssel in die Hand. »Schließ das Tor auf. Ich ziehe es hoch, dann kannst du reinfahren.«

»Ich kann das Tor selbst öffnen, Marcus.«

»Das weiß ich.« Er nahm sanft ihr Kinn und küsste sie leidenschaftlich, und sie seufzte, als seine Lippen zu ihrem Ohr wanderten. »Lass es mich trotzdem machen«, murmelte er. »Dann hält mich Mrs. Pepper für einen Gentleman, und ich will sie auf meine Seite ziehen. Sie kann bestimmt großartig backen.«

Scarlett schüttelte leise lachend den Kopf und gehorchte. Er wartete, bis sie den Wagen geparkt und den Motor abgestellt hatte, dann schloss er das Tor von innen. Sie waren allein. Endlich.

Er öffnete die Fahrertür und zog sie aus dem Wagen direkt in seine Arme. Und hielt sie. Hielt sie einfach nur fest. Sie schlang ihre Arme um seine Hüften und legte den Kopf an seine Schulter.

Er bebte wie ein Teenager vor Erregung, Herrgott noch mal. »Das von heute Morgen«, flüsterte er, »war etwas anderes.« »Ich weiß.« Sie stellte sich auf die Zehenspitzen und küsste ihn sanft auf die Lippen. »Heute Morgen waren *wir* anders. Ich wusste noch nicht, wer du wirklich bist.«

Er grinste. »Batman?«

»Nein.« Sie zupfte mit den Zähnen an seiner Lippe. »Der Mann, für den ich dich so unbedingt halten wollte.«

»Ich bin kein Held, Scarlett«, sagte er ernüchtert.

»Ich auch keine Heldin. Ich bin nur ich.«

Er küsste sie zärtlich. »Mir gefällt ›nur du‹.«

»Manchmal bin ich kein netter Mensch«, sagte sie.

»Rosen müssen Dornen haben.«

Ihre Lippen zuckten, aber dann wurde sie wieder ernst. Sehr ernst. »Ich bin lange allein gewesen, Marcus, und ich habe mich daran gewöhnt. Aber mit dir fühle ich mich nicht mehr allein, und das macht mir verdammte Angst. Heute Morgen ... das war Sex, schlicht und direkt, und es hat gutgetan und Spaß gemacht. Aber jetzt, Marcus, du und ich ... Das ist mehr.«

Er plazierte kleine Küsse auf ihren Hals, und sie schauderte. »Ich *will* mehr.«

Sie ließ den Kopf zurücksinken, um ihm besseren Zugang zu ihrem Hals zu gewähren. »Gut«, hauchte sie. »Es wäre nämlich ziemlich ärgerlich für mich, wenn ich die Einzige wäre.«

Er löste die Verschlüsse der Weste und senkte die Stimme. »Was willst du denn, Scarlett? Einen Ehemann, Kinder? Einen Zaun ums Häuschen?«

Sie schluckte und schauderte wieder. »Ja. Ich bin gierig. Ich will alles.«

Er rieb seine Nase an ihrem Hals. »Einen Zaun kann ich bauen. Und ich wollte schon immer Frau und Kinder. Unsere Ausgangsposition ist also gleich.« Er schob seine Hände unter die Weste und umfasste ihre Brüste. »Und was willst du jetzt? In diesem Moment? Konkret?«

Sie lachte atemlos. »Dich ins Bett zerren und viele unanständige Dinge mit dir tun.«

Damit war es um seine Selbstkontrolle geschehen. Er fiel grob über ihren Mund her, und sie fuhr ihm mit den Fingern durchs Haar und erwiderte seinen Kuss so wild, dass er befürchtete, hier und jetzt in der Garage zu kommen.

Schwer atmend zog er sich zurück. »Was zuerst?«

»Hund ausführen und duschen.«

»Dann los. Ich hole meine Sachen und komme nach. Wo ist dein Schlafzimmer?«

»Im ersten Stock.« Sie küsste ihn erneut, bevor sie sich aus seinen Armen wand und rückwärts auf die Haustür zuging.

»Es ist lila.«

Er runzelte die Stirn. »Wie bitte?«

»Mein Schlafzimmer. Ist lila.« Sie grinste. »Ich hab dich gewarnt. Bis gleich.«

»Okay«, brummte er und bückte sich mühsam, um Pistole, Laptop, ihre Jacke und ihr Schulterholster aus dem Wagen zu holen. »Lila. Soso.« Er betrat das Haus und eilte die Treppe hinauf, und obwohl sein Puls vor lauter Vorfreude zu rasen begann, spürte er, wie ihm leicht ums Herz wurde. *Frieden,* erkannte er. *So fühlt sich innerer Frieden an.*


Cincinnati, Ohio
Dienstag, 4. August, 23.55 Uhr

Normalerweise ließ Scarlett Zat allein die Treppe hinaufhopsen, aber heute fehlte ihr die Geduld. Sie hörte das Rauschen der Dusche, und bei dem Gedanken an Marcus unter dem Wasserstrahl begannen ihre Knie zu zittern. Sie hob Zat auf, rannte die Treppe hinauf und kam just oben an, als die Dusche abgestellt wurde.

Scarlett setzte den Hund ab und trat an die offene Badezimmertür. »Oh«, seufzte sie. Sie hatte ihn schon oben ohne gesehen. Sie hatte alle wichtigen Körperteile gesehen, als sie am Morgen auf dem Sofa übereinander hergefallen waren. Aber noch nie hatte sie Marcus O'Bannion in seiner ganzen Pracht gesehen.

Und das Gesamtpaket war wahrlich beeindruckend. Der Mann war fleischgewordene Fantasie! Ihre inneren Muskeln zogen sich so fest zusammen, dass sie schauderte. Sie konnte es kaum erwarten, ihn wieder in sich zu spüren. *Gleich!*

Er tupfte gerade behutsam um die Kopfwunde herum, als er sie in der Tür stehen sah. Ein Grinsen erschien auf seinem Gesicht. »Sie tragen noch zu viel Kleidung, Detective.«

»Moment.« Sie wich einen Schritt zurück in ihr Schlafzimmer, zog sich die Weste aus, legte das Handy auf den Nachttisch und die Pistole in die Schublade. Einen Moment lang zog sie in Erwägung, ausnahmsweise keine Nachrichten zu überprüfen, gab dann aber ihrem Pflichtgefühl nach. Erstaunlicherweise war nichts Neues eingegangen. Ihnen wurde eine kurze Atempause gewährt.

Sie kehrte zurück an die Badezimmertür und zog sich das T-Shirt über den Kopf. Sein Lächeln verblasste, und sein Blick wurde so hungrig, dass ihre Knie wie Pudding waren, als sie langsam auf die offene Dusche zuging. Er fuhr mit einem Finger unter den Spitzenträger ihres BHs. »Hübsch«, sagte er heiser. »Zieh ihn aus, bevor ich ihn zerreiße.«

Sie gehorchte, und er zog scharf die Luft ein. Dann ließ er die Hände an die Seiten sinken und ballte sie zu Fäusten. »Mach weiter. Aber beeil dich. Sonst werde ich noch wahnsinnig.«

Aber sie dachte nicht daran, sich zu beeilen. Eine Weile sah er zu, wie sie die Nadeln aus ihrem Haar zog, bis der dicke Zopf auf ihren Rücken herabfiel. Doch als sie ihn lösen wollte, hielt er sie auf.

»Lass mich das machen«, sagte er leise. Geschickt fuhr er mit den Fingern durch die einzelnen Stränge. »Seit ich dich zum ersten Mal sah, träume ich davon. Von deinem Haar auf meinem Kissen. Von deinem Haar auf mir.«

Rasch streifte sie ihre Schuhe von den Füßen und zog die Hose aus, bis sie nur noch in ihrem rosa Spitzenslip, das Knöchelholster am rechten Fuß, vor ihm stand.

Seine Brust hob sich, als er tief einatmete. »Scharf, das Holster. Ganz die knallharte Polizistin.«

»Ich würde sagen, rosa Spitze hebt den Effekt wieder auf.« Sie ließ sich auf ein Knie sinken, um das Holster zu lösen.

»Ich bin gleich zurück.«

»Beeil dich.«

Sie trat erneut ins Schlafzimmer, um ihre Zweitwaffe ebenfalls in die Schublade zu legen, zog ihr Höschen aus und kehrte hastig ins Bad zurück. Ohne weitere Verzögerung gesellte sie sich zu ihm unter die Dusche, drückte die Tür zu und drehte das Wasser auf.

Er zog sie unter den Strahl, gab Shampoo auf ihr Haar und begann ihre Kopfhaut zu massieren. Sie stöhnte und lehnte sich mit dem Rücken an ihn. »Sie haben eine Menge Haar, Detective«, murmelte er an ihrem Ohr. Seine seifige Hand glitt vorn über ihren Körper, liebkoste eine Brust und schoss plötzlich zwischen ihre Beine, um mit einem Finger in sie einzudringen. Sie keuchte auf, und er lachte leise. »Das wird ein Weilchen dauern.«

Sie hatte keine Ahnung, was er meinte, aber es war ihr auch egal. Sie lehnte sich schwer gegen ihn, gab sich seinen Händen hin und genoss die köstliche Reibung, bis ihre Hüften sich eigenständig zu bewegen begannen, damit er tiefer in sie eindrang, tiefer und fester zustieß.

Sie protestierte, als er den Finger aus ihr herauszog, Duschzeug auf die Hände gab und sie langsam, genüsslich und so gründlich wusch, als hätten sie alle Zeit der Welt.

»Das macht dir Spaß«, sagte sie anklagend, während er sich abwärts arbeitete. Er ging in die Hocke und begann, ihre Beine einzuschäumen.

»Dir nicht?«, murmelte er.

»Doch, aber – oh, Gott!«, keuchte sie, als er sich plötzlich nach vorn auf die Knie fallen ließ, ihren Po packte, sein Gesicht zwischen ihren Beinen vergrub und seine Zunge in sie stieß. »Oh, Gott, ja! Genau da! Bitte!«

Sekunden später wimmerte und stöhnte sie. Ihre Beine drohten nachzugeben, ihre Fäuste umklammerten sein Haar, ihre Hüften kreisten und stießen, damit seine Zunge tiefer gelangte, und alles in ihr zog sich immer stärker und stärker zusammen und ... »Nein!«, schrie sie auf, als er von ihr abließ und aufsprang, und am liebsten hätte sie ihre Nägel in seine Schultern geschlagen, damit er weitermachte. Doch er drehte das Wasser ab, packte sie, hob sie hoch und stieß die Tür der Dusche mit der Schulter auf. Sie schlang die

Beine um seine Hüften, schob sich auf seine Erektion und rieb sich an ihm, während er sie ins hell erleuchtete Schlafzimmer trug und tropfnass auf dem Bett ablegte. Ehe sie sichs versah, lag er wieder zwischen ihren Beinen, schloss seinen Mund über ihre Klitoris und begann zu saugen. Sie schrie auf, doch er steckte erst einen, dann zwei Finger in sie und trieb sie schneller und immer härter dem Höhepunkt entgegen.

Und dann kam sie. Ihre Hände griffen ins Laken, ihr Körper spannte sich wie ein Bogen, und sie rang nach Luft, als er weitermachte und Welle um Welle über ihr zusammenschlug, bis sie schließlich schaudernd und keuchend wieder aufs Bett zurücksackte.

Verdammt, sie heulte! Tränen rannen über ihre Wangen, und ein Schluchzen brach sich Bahn, und augenblicklich war er über ihr, wischte ihr die Wange ab und blickte besorgt auf sie herab. »Scarlett«, flüsterte er. »Hab ich dir weh getan?«

»Nein.« Sie hob die Hände und strich ihm über das Haar auf seiner Brust. »Es war ... Gott, Marcus!« Sie holte tief Luft, stieß sie wieder aus und spürte, wie die Enge in ihrer Brust nachließ. »So was habe ich noch nie gespürt ... nicht so. Nicht so ... intensiv. Gib mir einen Moment Zeit.«

Aber er dachte gar nicht daran, schob ihr die Hände in die Haare und nahm ihren Mund mit solch einer Wildheit in Besitz, dass sie nur ihre Finger in seine Schultern bohren und den Kuss erwidern konnte. Blind tasteten seine Hände unter das Kopfkissen, und sie hörte das Knistern von Folie. »Wann hast du das denn dort plaziert?«, fragte sie.

»Ehe ich unter die Dusche gegangen bin.« Er setzte sich zwischen ihren Beinen zurück, riss das Kondom mit den Zähnen auf und knurrte beinahe, als sie die Hand ausstreckte, um ihm zu helfen. »Nicht! Wenn du mich anfasst, ist alles vorbei.«

Er stützte sich links und rechts neben sie auf und drang mit einer einzigen geschmeidigen Bewegung tief in sie ein, und sie stöhnte vor Wonne, ihn endlich in sich zu spüren.

Und dann begann er sich zu bewegen. Geschickt und kontrolliert konzentrierte er sich auf ihre Lust, bis sie sich unter ihm wand und aufbäumte, bis sie bettelte und fluchte und ihn zu drängen versuchte, doch noch immer hielt er sich zurück. Am liebsten hätte sie frustriert geschrien.

Und plötzlich reichte es ihr. Sie wollte mehr. Sie wollte sehen, wie er die Kontrolle verlor, wollte erleben, wie er im Strudel der Gefühle unterging. Sie wollte seine Hingabe spüren und sich davon mitreißen lassen.

Also hielt sie inne und legte ihre Hände an seine Wangen. »Lass los«, flüsterte sie. »Nimm dir, was du brauchst. Ich bin nicht aus Zucker. Versprochen.«

Er schauderte. »Ich kann nicht. Ich will dich so sehr, ich würde dir weh tun.«

Resolut hakte sie einen Fuß unter seine Wade, stellte den anderen als Hebel auf und warf ihn mit Schwung auf den Rücken. Noch immer tief in ihr, starrte er verblüfft zu ihr auf. Doch dann wurden seine Augen dunkel vor Lust, und er packte ihre Hüften und zog sie fest auf sich.

Sie beugte sich vor und biss ihm in die Lippe. »Ich bin nicht aus Zucker!«, wiederholte sie überdeutlich, richtete sich auf und ritt ihn schnell und hart.

Er stöhnte tief auf, stemmte die Fersen in die Matratze und bog sich ihr entgegen. Dann warf er sie erneut herum und trieb sich in sie, wieder und wieder, und sie begegnete seinen Stößen, starrte ihm in die Augen und drohte ihm stumm, ja nicht nachzulassen.

»Keine Chance, Detective«, knurrte er, und sie musste lachen.

*Ja,* dachte sie, so *muss es sein. So fühlt es sich richtig an mit uns.*

Und dann sagte keiner von ihnen mehr etwas. Marcus schob seine Finger in ihre und hielt ihre Hände, und diese zärtliche Geste stand im krassen Kontrast zu der Wildheit, mit der ihre Körper sich vereinten.

Während der erste Orgasmus einer Explosion gleichgekommen war, rollte der zweite mit der Wucht einer Sturmflut heran, schwemmte jeden bewussten Gedanken davon und hinterließ pure Wonne. Sie drückte seine Hände, massierte seine Erektion mit ihren inneren Muskeln und schlug die Augen auf. »Jetzt«, wisperte sie. »Ich will dich sehen.«

Und als er kam, war es so schön, wie sie erwartet hatte. Seine Muskeln waren bis zum Äußersten gespannt, seine Erektion pulsierte und zuckte in ihr, und sein ganzer Körper erbebte. Er atmete tief aus, ließ ihre Hände los und senkte sich langsam auf seine Unterarme herab. Behutsam legte er seine Stirn an ihre.

»Scarlett«, murmelte er mit seiner Samtstimme. Sie hob die Hand und zeichnete mit dem Finger seine Lippen nach.

»Ich mag mich nicht bewegen. Am liebsten nie mehr.«

»Dann lass es doch«, flüsterte sie. »Bleib einfach noch eine Weile bei mir.«

# 26

Cincinnati, Ohio
Mittwoch, 5. August, 00.30 Uhr

Marcus kam aus dem Bad und blieb wie angewurzelt stehen. Scarlett hatte sich über das Bett gebeugt, um die Laken abzuziehen, und streckte ihm ihr appetitliches Hinterteil entgegen. Prompt regte sein Schwanz sich wieder, und ihm lief erneut das Wasser im Mund zusammen.

Lautlos durchquerte er den Raum, schmiegte sich von hinten an sie und lachte leise, als sie erschrocken auffuhr und zu fluchen begann.

»Verdammt, Marcus, hör auf, dich anzuschleichen.« Sie lehnte sich an ihn zurück, als er seine Arme um ihre Taille schlang, versteifte sich jedoch überrascht, als sie seine Erektion an ihrem Steißbein spürte. »Wow. Du bist ... schon wieder so weit? Nicht schlecht.«

Das tat ihm gut. »Na ja, du hast dich so nett übers Bett gebeugt. Da sind mir ein paar Gedanken gekommen.«

»Tatsächlich? Erzähl.«

Er strich ihr mit den Lippen über das Ohr. »Ich ziehe Taten den Worten vor.«

Sie summte genießerisch. »Wir müssen erst das Betttuch wechseln.«

»Das lohnt sich doch gar nicht.«

Sie sah über die Schulter und lachte.

»Tu mir einen Gefallen und hol aus dem Schrank im Flur ein neues. Die im obersten Fach passen auf das Bett hier.«

Er küsste sie, ließ sie widerstrebend los, holte das Laken und kehrte ins Schlafzimmer zurück, wo er erneut wie angewurzelt stehen blieb. Sie kniete neben der abgezogenen Matratze auf dem Boden, blickte unters Bett und reckte ihm wieder ihr Hinterteil entgegen.

»Frau, willst du mich heute eigentlich noch umbringen?«

»Zat liegt unterm Bett«, sagte sie und gab schnalzende Laute von sich. »Komm schon, Süßer, komm raus.« Sie seufzte und stand auf. »Ich glaube, wir haben ihm Angst eingejagt. Aber er gewöhnt sich schon daran.«

Marcus half ihr, das frische Laken aufzuziehen. »Er hat sich ja auch an Lila gewöhnt.«

Sie lachte. »Wenn du das für schräg hältst, solltest du dir mal die anderen Räume ansehen. Aber ich will erst mit dem Anstrich draußen fertig werden, bevor ich die Zimmer in Angriff nehme. Eins nach dem anderen.«

»Warum beauftragst du keinen Maler?«

Sie runzelte die Stirn. »Im Gegensatz zu dir bin ich nicht reich. Außerdem fühle ich mich wohler, wenn ich es selbst mache.«

»Ich könnte das für dich übernehmen«, schlug er vor. »Ich kann auch so einiges reparieren und ausbessern. Da ich das Geld nicht brauche, müsstest du mich allerdings anders entlohnen.«

Sie überlegte, ob er es ernst meinte. »Du hast Heimwerkerqualitäten?«

Er versuchte, ihren Zweifel nicht allzu persönlich zu nehmen. »Wer, denkst du, baut die Häuser, in die wir die Familien umsiedeln, von denen wir dir vorhin erzählt haben?«

Sie riss die Augen auf. »Du baust *Häuser?*«

»Na ja, ich helfe dabei. Diesel kann so was. Ehe er zu uns in die Redaktion kam, hat er an Sozialbauprojekten mitgewirkt. Ich bin eigentlich nur Investor, aber manchmal darf ich auch die Kelle schwingen.«

Sie zog eine Braue hoch. »Diesel scheint ja eine Menge unterschiedliche Qualitäten zu haben. Häuser bauen, Computer hacken, Hilfe zur Entscheidungsfindung leisten ... Woher kennt ihr euch?«

»Vom Militär. Wir haben uns ein paarmal gegenseitig das Leben gerettet. Als wir ausstiegen, gingen wir zunächst getrennte Wege, aber dann erbte ich die Zeitung hier und brauchte jemanden, der mir mit dem ... Nebengeschäft half. Stone war zu diesem Zeitpunkt als freiberuflicher Journalist fast ständig im Ausland unterwegs. Dass ich Diesel vertrauen konnte, wusste ich. Und da er noch keinen Job gefunden hatte, der ihn interessierte, willigte er ein.«

Sie hatte die Kissen bezogen, während sie sich unterhielten, und nun schüttelte sie sie auf, setzte sich im Schneidersitz auf das Bett und begann, ihr Haar zu flechten. »Er scheint ein guter Freund von dir zu sein. Ich bin froh, dass du ihn hast.«

Er setzte sich neben sie und hielt ihre Hand fest. »Nicht flechten. Lass dein Haar offen.«

»Aber es ist noch feucht. Dann ist es morgen ganz verfilzt.« »Ich bürste es für dich.« Er küsste sie sanft. »Bitte lass es offen. Davon habe ich so oft geträumt.«

»Oh«, hauchte sie. »Okay.«

Er schaltete das Licht aus, kroch unter die Decke und klopfte auf das Kissen neben sich. »Komm zu mir, Scarlett.« »Warte noch, ja? Ich muss schnell nach meinen Nachrichten sehen.« Sie blickte auf ihr Handy und runzelte die Stirn. Nach einem kurzen Zögern legte sie es wieder zurück auf den Nachttisch und kroch unter die Decke, um sich an ihn zu schmiegen.

»Was war das gerade?«

»Was?« Ihre Finger strichen träge über seine Brust, und obwohl es ihn ablenkte, konnte er sich nicht dazu durchringen, ihre Hand festzuhalten.

Er tippte ihr an die Stirn. »Die SMS, die deinen finsteren Blick verursacht hat.«

Sie seufzte. »Es geht um den Portier bei dir im Haus.«

Furcht packte ihn. »Edgar? Wieso? Ist er ...?«

»Nein, nein«, versicherte sie ihm. »Soweit ich weiß, ist sein Zustand unverändert. Ich rede von dem Angriff auf ihn. Als ich vorhin in Isenbergs Büro war, habe ich die Aufnahme der Überwachungskamera gesehen. Der Schütze hielt die Waffe in der rechten Hand und richtete sie auf Phillip, aber als Edgar seine Pistole zog, griff der Schütze blitzschnell um Phillip herum, rammte ihm den Lauf der Waffe unters Kinn, packte die Pistole des Portiers mit der Linken und schoss auf ihn.«

Marcus wollte es sich nicht vorstellen, aber es war zu spät. »Ein Beidhänder mit Kampfkunsterfahrung.«

»Oder er war beim Militär. Oder beides. Auf jeden Fall sehr geschmeidig. Fast als hätte er es so geplant oder sogar geübt.«

»Du meinst, er ist davon ausgegangen, dass Edgar eine Pistole zieht?«

»Ich weiß nicht. Aber er hat die Waffe so in die Kamera gehalten, dass man das Modell deutlich erkennen konnte.«

»Mit Absicht?«

»Scheint so. Danach steckte er Edgars Pistole ein und ging mit Phillip zum Fahrstuhl. Es wäre viel effizienter gewesen, den Wachmann rasch mit der eigenen Pistole außer Gefecht zu setzen, als die Waffe aufwendig zu tauschen.«

»Und trotzdem will er keine Kugel hinterlassen.«

»Ganz genau. Isenberg möchte, dass du dir das Video anschaust, um den Täter vielleicht zu identifizieren. Sie hat mir einen Link geschickt. Du hast wahrscheinlich eine Nachricht auf deinem Handy, in der sie dich bittet, sie oder mich anzurufen.«

Er setzte sich auf und schaltete das Licht wieder an. »Warum hat sie denn so lange damit gewartet? Ihr habt das Video doch schon seit Stunden.«

»Sie meint, sie hätte es erst etwas bearbeiten lassen müssen, da die Qualität so schlecht sei. In Wahrheit hat sie wahrscheinlich mit sich gehadert, ob sie es dir überhaupt zeigen soll.« Sie griff nach ihrem Handy. »Ich darf dir das nicht weiterleiten, tut mir leid. Es ist ein Beweisstück, das noch nicht für die Öffentlichkeit freigegeben ist.«

Er verdrehte die Augen. »Was muss ich denn tun, damit deine Chefin mir vertraut?«

»Ein, zwei Jahre als Cop unter ihrer Führung arbeiten.«

Er seufzte. »Spiel's einfach ab.«

Sie rief den Link auf und reichte ihm das Smartphone. Er tippte auf »Play« und versuchte, Phillip auszublenden und stattdessen ausschließlich auf den Körperbau des Schützen, seine behandschuhten Hände, seine Augen, seine Bewegungen zu achten. Nichts kam ihm vertraut vor, also sah er es sich noch einmal an, dann noch mal und noch mal, und jedes Mal presste er die Zähne fester zusammen.

Schließlich nahm ihm Scarlett das Smartphone aus der Hand. »Das reicht. Also – glaubst du, du kennst den Täter?«

Hilflos ballte er die Fäuste. »Nein.«

»Dann sage ich ihr das.« Sie legte ihre Hand über seine und rief ihre Vorgesetzte an. »Scarlett hier«, sagte sie, als Isenberg abnahm. »Ja, ich hab's bekommen. Ich hab's ihm gezeigt, aber er erkennt den Schützen nicht ... Ja, Ma'am, ich habe mich sehr schnell darum gekümmert, richtig.« Sie lauschte einen Moment, dann schloss sie die Augen und wurde rot. »Ja, Ma'am, er ist hier bei mir.«

*Oh, verdammt.* Dass sein Team von Scarlett und ihm erfahren hatte, war eine Sache, aber ihre Vorgesetzte? Er fragte sich, ob das nicht der wahre Grund dafür war, warum Isenberg die E-Mail mit dem Videolink erst jetzt geschickt hatte. Ihr musste klar gewesen sein, dass Scarlett zu pflichtbewusst war, um mit einer Antwort zu warten. Dieses hinterhältige Biest.

Am liebsten hätte er nach seinem Handy gegriffen, um Lieutenant Isenberg gehörig den Marsch zu blasen, aber er riss sich zusammen. Das war Scarletts Party.

»Ja, Ma'am«, sagte sie schließlich wieder. »In Ihrem Büro, Punkt neun Uhr morgen früh. Sie können sich auf mich verlassen.« Sie legte auf und schürzte abschätzig die Lippen. »Das kann spaßig werden.«

»Was wird sie machen?«

Scarlett zuckte die Achseln. »Vielleicht hält sie mir nur eine Standpauke, vielleicht gibt es einen Eintrag in meine Personalakte.

Im schlimmsten Fall werde ich suspendiert.« Er zog sie auf den Schoß und massierte ihre Kopfhaut, bis sie seufzte. »Aber wenn sie wirklich gemein sein will, sagt sie es meinem Vater.«

Er stutzte. »Deinem Vater? Wieso denn das?«

»Weil er im Büro des Polizeichefs arbeitet.«

»Oh. Du sagtest, er sei Polizist, aber dass er einen so hohen Rang bekleidet, war mir nicht klar.«

»Wirklich nicht? Hattest du nicht Diesel auf mich angesetzt?«

»Nicht wirklich. Wie ich schon sagte – ich habe nur das Nummernschild deines Land Cruisers überprüfen lassen. Alles andere wollte ich lieber selbst herausfinden.« Er küsste ihren Hals. »Es tut mir zwar leid, dass du meinetwegen Ärger bekommst, aber dass ich hier bin, bereue ich nicht.«

»Ich auch nicht. Es wird schon gutgehen. Könntest du jetzt das Licht ausmachen? Wir sollten ein bisschen schlafen.«

Er tat, worum sie ihn gebeten hatte, dann zog er sie zu sich. Wieder schmiegte sie sich an seine Seite, aber er konnte förmlich hören, wie sich die Rädchen in ihrem Hirn verzahnten.

»Und was geht dir jetzt im Kopf herum?«, fragte er schließlich.

»Dass ich dich um einen Gefallen bitten muss.«

Er wickelte sich eine Strähne von ihrem immer noch feuchten Haar um den Finger. »Dann tu es.«

»Du musst deine Pistole wegschließen. Deacon und ich haben Isenberg erzählt, dass wir dich in Verdacht hatten, heute Morgen noch eine zweite Pistole bei dir getragen zu haben. Wenn sie sich zu sehr darüber ärgert, dass ich mit dir ins Bett gehe, findet sie vielleicht einen Grund, diese Pistole zu konfiszieren.« Sie zögerte. »Und ich habe das dumpfe Gefühl, dass dir das nicht gefallen könnte.«

»Wie kommst du darauf?«, konterte er ein bisschen zu scharf.

»Weil du BB vorhin in deiner Wohnung so auf dem Schoß festgehalten hast, dass der Officer dich nicht durchsuchen konnte. Und ...« Sie schwieg eine Weile, dann holte sie tief Luft. »Und weil die Seriennummer weggefeilt wurde.«

Das schockierte ihn. »Und woher weißt du das?«

»Das konnte ich heute Morgen sehen, als du sie à la Rambo in dein Schulterholster gesteckt hast.«

»Und warum hast du nichts gesagt?«

»Weil ich selbst herausfinden wollte, warum du eine Pistole mit abgefeilter Seriennummer mit dir herumträgst.« Sie hob den Kopf und legte ihr Kinn auf seine Schulter, um ihn anzusehen.

»Und was glaubst du?«, fragte er.

»Ich weiß es nicht. Vielleicht hast du sie im Golfkrieg bekommen wie das Messer, an dem du so hängst. Vielleicht hast du sie auch bei jemandem eingesetzt, der ›Hilfe bei der Entscheidungsfindung‹ brauchte, doch die Situation geriet aus dem Ruder, und nun willst du nicht riskieren, dass die Ballistik eine Übereinstimmung findet.«

»So war es nicht«, widersprach er fest.

»Was war so nicht? Nicht aus dem Golfkrieg, keine Entscheidungshilfe, oder nichts ist aus dem Ruder gelaufen?«

»Nichts von alldem.« Er presste die Kiefer zusammen. »Wenn du es für möglich hältst, dass ich die Pistole dazu benutze, anderen Menschen Schaden zuzufügen – warum gehst du dann mit mir ins Bett?«

Sie musterte ihn weiterhin ruhig. »Weil ich nicht wirklich daran glaube. Und falls du es doch getan hast, hat der Betreffende es wahrscheinlich verdient.«

Er schüttelte den Kopf. »Sehr logisch.«

Sie legte den Kopf wieder auf seine Schulter. »Vielleicht liegt es daran, dass ich mehr verstehe, als du denkst. Vielleicht habe ich ja selbst bei der einen oder anderen Entscheidungsfindung geholfen.«

Sie hatte so leise gesprochen, dass er sie beinahe nicht verstanden hätte. »Gab es eine Beschwerde?«, fragte er.

»Nein. Ich habe nie die Grenze überschritten. Na ja, wenigstens nicht mit beiden Füßen. Die wenigen Male, die es knapp wurde, haben meine jeweiligen Partner mich gedeckt. Und jetzt verrate mir bitte, warum du diese Pistole mit dir herumschleppst.«

»Ich werde sie wegschließen«, versprach er. »Das hatte ich ohnehin vor.«

»Du weichst mir schon wieder aus.«

Er starrte an die Decke, und sein Herz begann wild zu pochen. »Weil es so schwer ist, darüber zu sprechen. Tatsächlich weiß ich nicht, was passiert, wenn die Pistole durch die Ballistik geht. Wenn du mich fragst, ob ich damit schon auf jemanden geschossen habe: Ja, mehrmals – als Warnung –, getroffen habe ich jedoch bewusst nicht. Ob das allerdings auch auf meinen Vater zutrifft, kann ich nicht sagen, weil ich es schlichtweg nicht weiß.«

»Ich nehme an, du meinst nicht Jeremy«, sagte sie leise, »sondern deinen richtigen Vater.«

»In meinen Augen *ist* Jeremy mein richtiger Vater, aber du hast recht, ich meine meinen biologischen Vater.« Er schnaubte verächtlich. »Der Mann, der sein Sperma beigesteuert hat – und nicht viel mehr.«

»Er war kein guter Mensch?«

Marcus lachte verbittert. »Nein.«

»Und doch trägst du seine Pistole immer bei dir.«

»Es war nicht seine. Sie gehörte meinem Großvater.«

»Okay«, sagte sie. »Da du deinen Großvater geliebt hast, hat sie also einen emotionalen Wert für dich.«

Er schüttelte den Kopf. »Das ist es eigentlich auch nicht.« Es fiel ihm so schwer, darüber zu reden, weil er nicht einmal daran denken wollte. »Mein Großvater hat nie eine Waffe getragen. Er hatte sie eingeschlossen. Mein Vater nahm sie sich hin und wieder, meistens um damit anzugeben. Jemanden umgebracht hat er damit wahrscheinlich nicht.«

»›Wahrscheinlich‹ klingt nicht sehr überzeugt«, sagte sie. »Wenn du willst, lasse ich sie für dich überprüfen, inoffiziell natürlich. Dann weißt du wenigstens, ob sie mit einem Verbrechen in Verbindung gebracht wird.«

*Nur über meine Leiche.* »Ach, nicht nötig. Ich schließe sie in den Waffenschrank und nehme eine andere.«

»Na schön, aber ich will immer noch wissen, warum sie für dich so besonders ist.«

Er seufzte. »Ich dachte, du wolltest schlafen.«

Sie setzte sich abrupt auf und sah ihn aufgebracht an. »*Marcus!*«

Er starrte einen Moment lang an die Decke, dann begegnete er ihrem Blick. »Könntest du wieder etwas näher kommen? Es fällt mir schwer, darüber zu reden.«

Ihr Ärger verwandelte sich in Besorgnis. »Das hast du eben schon gesagt«, murmelte sie, kroch aber wieder unter die Decke zu ihm. Sie legte ihre Hand auf seine Brust. »Dein Herz rast.«

»Ja«, murmelte er und versuchte, gleichmäßig zu atmen. »Hast du die Begriffe gegoogelt, die ich dir gegeben habe?« »Ja. Und ich habe auch ein paar von den Artikeln gelesen. Es tut mir so leid, Marcus. Kein Kind sollte so etwas durchmachen müssen.«

»Stone ist schlimmer dran. Ich hab's nur gehört. Er hat es gesehen.«

»Du meinst, er hat gesehen, wie dein Bruder getötet wurde?« Er nickte, als seine Kehle sich verschloss. Plötzlich hatte er Mühe, auch nur Luft zu holen, und er biss die Zähne zusammen und kämpfte gegen die Panik an. »Danach konnte ich nicht mehr schlafen, auch nicht, als wir längst wieder in Sicherheit waren. Ich weiß noch, dass ich stundenlang wach gelegen und an die Decke gestarrt habe.«

Sie streichelte ihm tröstend die Brust. »Kein Wunder.«

»Also ... nahm ich Großvaters ... Pistole ... mit ins Bett.« Das Stottern, unter dem er nach der Entführung jahrelang gelitten hatte, drängte mit Macht wieder an die Oberfläche und erschwerte ihm das Sprechen noch zusätzlich.

»Du warst doch erst acht Jahre alt«, flüsterte sie.

»Alt genug, um die Pistole zu benutzen, wenn es nötig geworden wäre.«

»Konnte sie denn die Alpträume eindämmen?«

»Manchmal. Aber nicht immer.«

»Dann ist sie also eine Art Talisman.«

»Genau«, sagte er erleichtert. Es stimmte ja. Alles, was er gesagt hatte, stimmte, er hatte nur einiges ausgelassen.

»Danke«, murmelte sie. »Danke für dein Vertrauen. Ich werde es nicht missbrauchen.«

Innerlich zuckte er bei dem Wort »Vertrauen« zusammen, aber es reichte nicht, um ihn zum Weitersprechen zu animieren. Er würde es ihr sagen müssen, und er wusste, dass sie es verstehen würde. *Aber nicht jetzt.*

Sie hob den Kopf und küsste ihn auf die Wange. »Schlaf jetzt.«

*Wenn das nur so einfach wäre,* dachte er verbittert. Er zog sie enger an sich, und sie schmiegte sich in seinen Arm. Innerhalb von Minuten war sie eingeschlafen.

Er jedoch nicht.


Cincinnati, Ohio
Mittwoch, 5. August, 2.30 Uhr

Ken hörte Burtons wütendes Gebrüll, sobald er die Kellertür öffnete.

»Sweeney! Verdammt noch mal, Sweeney, Sie Mistkerl! Was soll das hier?! *Sweeney!*«

Ken schlenderte die Treppe hinunter und zupfte an den Manschetten seines Hemds. Er hatte nicht lange genug geschlafen, um seine Energiespeicher voll aufzuladen, aber es würde reichen, um sich mit Burton zu unterhalten.

Sein Keller war wieder sauber, der Boden frei vom Blut der Anders. Stephanie saß in ihrem Käfig, die Arme um die angezogenen Knie geschlungen, und beobachtete mit scharfem Blick, wie er sich Burton näherte. Der Mann war so an seinem Stuhl festgebunden, dass sich der Strick um seinen Hals wie eine Schlinge zusammenzog, sobald er sich gegen seine Fesseln zu wehren begann. Sein Kinn war aufgeschürft, ein Auge zugeschwollen.

Die Schlinge und das Veilchen waren Alice' Handschrift, wie Ken wusste, und er empfand einen Anflug von Stolz. Seine Tochter wusste in jeder Lebenslage, was zu tun war.

Er blieb vor Burton stehen und verschränkte die Arme vor der Brust. »Sie haben gerufen, Mr. Burton?«

Sein stellvertretender Sicherheitschef blickte hasserfüllt auf. »Warum bin ich hier?«, knurrte er.

»Miriam Blackwell ist am Leben.«

Burton blinzelte schockiert, und das Blut schoss ihm ins Gesicht. Eine sehr gute Show. »Wie ist das möglich?«

»Sehen Sie, das würde ich auch gerne wissen. Man fand sie bewusstlos in ihrem Motelzimmer. Ein anonymer Anruf bei der Notfallzentrale. Ich kann es mir nur so erklären, dass jemand ihr geholfen hat, das, was ich ihr eingeflößt habe, wieder zu erbrechen.«

»Ich war's nicht.«

»Mochten Sie Reubens Frau, Burton?«

»Ja«, sagte er. »Aber nicht so, wie Sie denken. Rein platonisch.«

Auch hier wieder eine hervorragende Darbietung. »Welche Lügen haben Sie mir sonst noch erzählt?«

»Keine.«

Ken schlug ihm den Handrücken ins Gesicht, so dass der Stuhl zur Seite kippte, doch die Stricke hielten ihn in der Schräge und zogen sich um Burtons Kehle zu. Burton hielt still und gab keinen Laut von sich, und das war keine schlechte Leistung, wie Ken zugeben musste. Er ließ ihn zehn Sekunden hängen, dann zwanzig, dann stellte er den Fuß auf die Streben und holte den Stuhl wieder zurück.

Burton rang pfeifend nach Luft. »Du verdammter Schweinehund«, röchelte er. »Du bist doch krank.«

»Wir versuchen es einfach noch mal«, sagte Ken ruhig. »Welche Lügen hast du mir sonst noch erzählt?«

Burton biss die Zähne zusammen. »Keine.«

Ken schlug erneut zu und wartete diesmal ein paar Sekunden länger, bis er den Stuhl aufrichtete. »Wo ist Reuben?«

»Ich. Weiß. Nicht.«

Wieder schlug Ken zu und ließ Burton eine volle Minute baumeln, während er seinen Werkzeugtisch zu sich heranzog. Bis er die Werkzeuge darauf sortiert hatte, war der Mann bereits dunkel angelaufen und warf sich panisch um her. Ken stellte den Stuhl auf, trat hinter Burton, um nicht Bekanntschaft mit dessen Zähnen zu machen, und lockerte die Schlinge.

Burton keuchte verzweifelt, als Ken zum Tisch zurückkehrte und seine Messer begutachtete. »Ihr Ex-Cops seid zäh, ich weiß, aber ich hatte noch keinen, der letztendlich nicht doch eingeknickt ist.«

Er wählte ein Skalpell aus und wandte sich um. Doch als Burton nur die Augen verengte, jedoch nichts sagte, zog Ken die Schlinge wieder weiter zu, so dass Burton nur noch Luft holen konnte, wenn er absolut still verharrte.

Dann trat er hinter ihn und schnitt ihm blitzartig das oberste Stück vom Ohr ab. Burtons schockierter Schmerzensschrei gellte durch den Keller. Ken kehrte zu seinem Rolltisch zurück und legte den Streifen Ohr dorthin, wo Burton ihn sehen konnte. »Wo ist Reuben, Mr. Burton?«

»Verpiss dich doch, du verfickter Hurensohn«, zischte Burton. Er zitterte am ganzen Körper, das Blut rann ihm über den Hals und durchnässte den Strick, doch er hielt vollkommen still, damit sich die Schlinge nicht weiter zuziehen konnte.

»Verfickter Hurensohn hört sich eigentlich ziemlich gut an«, sagte Ken lächelnd. »Zölibatärer Hurensohn dagegen wäre traurig. Noch mal: Wo ist Reuben?«

Eine halbe Stunde und ein ganzes Ohr später musste Ken zugeben, dass er beeindruckt war. Entweder hatte Burton wirklich keine Ahnung, wo Reuben steckte, oder er war ein wahrhaft harter Hund. Ken hatte das Ohr Streifen für Streifen abgeschnitten und auf der Tischplatte wie ein Puzzle wieder zusammengesetzt, und doch hatte Burton nichts zugegeben. Weder, Reubens Frau gerettet zu haben, noch, über Reubens Pläne Bescheid zu wissen.

Es war Zeit, eine kleine Pause einzulegen, ehe Burton vom Blutverlust ohnmächtig wurde. Ken hatte gerade das Skalpell abgewaschen und seine Messer in einem kleinen Werkzeugkasten verstaut, damit er sie mit nach oben zu Demetrius nehmen konnte, als die Tür oben an der Treppe aufging. »Er ist wach, Sir«, rief Decker herab.

»Perfektes Timing. Ich wollte hier unten gerade eine Pause einlegen. Können Sie herunterkommen, Decker?« Er beobachtete das Gesicht des Mannes, als er die Treppe herabstieg und Burton entdeckte.

Doch Decker musterte den an den Stuhl gefesselten blutenden Mann, ohne eine Miene zu verziehen. »Soll ich ihn verarzten?«, fragte er.

»Keine schlechte Idee. Nicht, dass der Schnitt sich noch entzündet.«

Ein kurzes Zucken der Lippen war der einzige Hinweis darauf, dass Decker überhaupt menschliche Regungen besaß. »Nein, Sir.«

Ken klappte den Deckel des Werkzeugkastens zu. »Ist Demetrius gefesselt?«

»Wie Sie es gewünscht haben, Sir.«

»Schön.«

»Warum?«, knurrte Burton. »Wenn Demetrius nur noch Mist baut, dann bringt ihn doch endlich um. Schnell und sauber. Was soll diese Dr.-Mengele-Show?«

»Das ist keine Show. Hat Reuben dir denn nie etwas von meinen ... nun, Hobbys erzählt? Finanzen und Unternehmensführung sind nur zwei meiner besonderen Fähigkeiten.« Ken lächelte verschmitzt. »Demetrius ist der große, böse Angstmacher mit Fäusten aus Beton. Reuben ist unser Taktiker, der organisiert, plant und die Leute unter Kontrolle hält. Aber ich, ich bin das Monster unterm Bett, das es angeblich gar nicht gibt. Ich hole aus dir heraus, was ich wissen will – so oder so. Irgendwann redet jeder.«

Und damit ließ er Burton in Deckers Obhut zurück und stieg die Treppe hinauf ins Gästezimmer zu Demetrius. Sein Freund war wach und vollkommen bewegungsunfähig. Decker hatte Fußgelenke und den nicht verletzten Arm mit Handschellen an den Bettrahmen gefesselt und den verletzten Arm mit drei Riemen gesichert, die unter dem Bett durchführten und um Torso, Lenden und Oberschenkel festgezurrt waren.

Auch Alice war hier gewesen. Die Schlinge um Demetrius' Hals entsprach der Burtons, wodurch gewährleistet war, dass sein alter Freund kaum zappeln würde.

Demetrius blähte die Nasenflügel, als Ken eintrat, doch als er den Werkzeugkasten sah, riss er die Augen auf. »Was zum Henker soll das?«

Ken seufzte. »Ich würde ja gerne sagen, dass mir das hier mehr weh tun wird als dir, aber das wäre gelogen. Einfach wird es für mich aber nicht, glaub mir das.«

»Du bist doch nicht ganz dicht, Mann.«

Ken stellte den Werkzeugkasten auf den Nachttisch. »Und du bist ein Koksjunkie, der unser gesamtes Unternehmen in Gefahr gebracht hat. Du könntest es uns beiden ein wenig leichter machen, indem du mir verrätst, wo du dein iPad versteckt hast. In deinem Auto haben wir nichts gefunden, und Sean meint, du seist anscheinend nicht in der Cloud. Was immer das bedeuten soll. Wo sind deine Aufzeichnungen?«

Demetrius schien erschöpft in sich zusammenzufallen. »Verpiss dich, *Kumpel!*«

Einer der Vorteile, sich mit einem alten Freund zu beschäftigen, lag darin, dessen geschickteste Schachzüge zu kennen. Dieser gehörte zu Demetrius' Lieblingstricks. Er tat, als sei er zu müde, um sich zu wehren, und schlug dann überraschend zu, womit er meistens Erfolg hatte. Nun, Ken würde auf alles vorbereitet sein.

Er wählte eine Zange, schlenderte um das Bett herum, klemmte damit Demetrius' kleinen Finger ein und drehte. Demetrius bäumte sich auf, erstarrte aber, als sich die Schlinge zuzog. »Was machst du denn, Kenny?«, flüsterte er. »Ich bringe in Erfahrung, was notwendig ist, damit dieses Unternehmen auch dann noch Profit abwirft, wenn wir beide fort sind. Ich brauche deine Aufzeichnungen. Deine Lieferanten. Kontakte. Verträge.«

»Wohin willst du?«

»Ich steige aus. Sobald ich von dir habe, was ich will, bin ich raus. Um meinen Platz für die nächste Generation frei zu machen. Ich sichere D.J. sozusagen seinen Arbeitsplatz.«

»Und wenn ich dir sage, was du wissen willst?« Er lächelte verbittert. »Dann wirst du mich gehen lassen, richtig?«

»Aber klar.« Ken verdrehte die Augen. »Was denn sonst?« »Ich bin kein Koksjunkie. Wer hat dir das eingeredet?«

»Alice.«

»Sie lügt.«

»Uns fehlt einiges an Ware. Und Geld. Reuben und du – habt ihr wirklich gedacht, ihr könntet euch so einfach bedienen?«

Demetrius runzelte die Stirn. »Ich habe keine Ahnung, wovon du redest.«

Ken nahm einen Bolzenschneider aus dem Kasten und musterte Demetrius abschätzend. »Fangen wir mit etwas Einfachem an. Wo ist das iPad?«

»In meinem Auto.«

Ken strich mit dem Bolzenschneider über Demetrius' Zehen. »Das stimmt nicht. Wir haben alles durchsucht.«

»Doch, es ist da.«

Er knipste die Spitze von Demetrius' großem Zeh ab und wartete geduldig, bis der anschließende Schrei verklungen war. »Verdammt«, sagte er und rieb sich die Ohren. »Ich habe ganz vergessen, wie hoch du kreischen kannst. Versuchen wir es noch mal. Wo ist das iPad?«

»Im Wagen. Im Kofferraum.« In seiner Hast verschliff Demetrius die Wörter. »Unterm Teppich.«

»Ah. Jetzt kommen wir weiter.« Er hatte den Wagen in seine Garage schleppen lassen, damit sie die blutigen Sitze herausreißen konnten, ehe sie das Fahrzeug entsorgten.

Er wählte Alice' Nummer und wies sie an, das iPad zu holen und zu Sean zu bringen, der in seinem Büro in der Stadt sein Lager aufgeschlagen hatte. Es wäre einfacher gewesen, wenn Sean hergekommen wäre, aber sein Sohn war in dieser Hinsicht etwas eigen; er verließ sein Büro so gut wie nie. Einmal hatte Ken versucht, ihn aus seiner Komfortzone zu drängen, aber prompt hatte der Junge eine Art Nervenzusammenbruch erlitten, und da niemand außer ihm durchschaute, wie sein Computersystem aufgebaut war, ließ man ihn inzwischen in Ruhe.

Auf dem iPad würde sich das Gros der Informationen befinden, die Sean und Alice brauchten, aber Ken wusste, dass sein Freund eine ganze Menge wichtiger Daten im Kopf gespeichert hatte.

Er fuhr mit der Spitze des Bolzenschneiders innen an Demetrius' Bein aufwärts und stoppte ein kleines Stück vor den Kronjuwelen, auf die der gute Mann so stolz war.

Er lächelte auf Demetrius herab. Die weit aufgerissenen Augen und die geblähten Nasenflügel erinnerten ihn an einen aggressiven Bullen. »Reden wir über Passwörter.«

## 27

Cincinnati, Ohio
Mittwoch, 5. August, 6.00 Uhr

Scarlett schlug mit der flachen Hand auf den Wecker, aber es klingelte weiter. »Mist«, fluchte sie, bis sie begriff, dass es sich um ihr Handy handelte. Sie blinzelte, um wach zu werden, dann erinnerte sie sich.

*Marcus.* Sie drehte sich auf den Rücken, doch sie war allein im Bett. Eine ungute Ahnung packte sie. Sie sprang auf, streifte ein T-Shirt über, griff nach dem Telefon und nahm den Anruf entgegen, ohne aufs Display zu blicken. So früh am Morgen konnte es sich nur um Isenberg oder Deacon handeln. Oder um ihre Mutter, falls jemand gestorben war. »Ja?«

»Scarlett? Ich bin's, Onkel Trace.«

Sie blieb abrupt stehen. »Guten Morgen. Tut mir leid, dass ich mich gestern Abend nicht an der Suchaktion beteiligen konnte. Ich musste zu einem Tatort.«

»Ja, dein Lieutenant hat es mir mitgeteilt. Du hast das Opfer ins Krankenhaus begleitet?«

»Genau genommen waren es zwei Opfer.« Sie legte das Gespräch auf Lautsprecher und sah nach eingegangenen Nachrichten. »Beide sind noch auf der Intensivstation. Aber deswegen rufst du bestimmt nicht an, oder?«

»Nein. Ich habe deine vermissten Frauen gefunden.«

Sie schnappte überrascht nach Luft. »Was? Wo denn? Und wann? Ich dachte, die Hunde hätten die Spur verloren, weil Mila und ihre Tochter anscheinend in irgendein Fahrzeug eingestiegen sind.«

»Ja, so war es auch, aber mir kam die Idee, dass sie sich vielleicht an einer Kirche absetzen lassen würden, wenn sie Angst vor Abschiebung haben und so gläubig sind.«

»Kirchenasyl ... natürlich.« Sie ging zu ihrem Schrank, um sich etwas zum Anziehen herauszusuchen. Der Tag hatte definitiv begonnen. »Wo hast du sie gefunden?«

»In der Saint Barbara Church. Die liegt außerhalb von Georgetown, Kentucky.«

»Lieber Himmel, das ist ja fast eine Autostunde südlich von hier. Wie sind sie denn dorthin gekommen?«

»Ein Lkw-Fahrer hat sie mitgenommen und zu seiner ehemaligen Kirche gebracht.«

»Wie nett von ihm. Es wäre trotzdem schön gewesen, wenn seine ehemalige Kirche etwas näher gelegen hätte.« Sie nahm sich frische Unterwäsche und entdeckte einen Schuh. Wo mochte der andere gelandet sein? »Bist du jetzt dort?«

»Ja. Ich habe zuerst angerufen und den Pfarrer gebeten, dafür zu sorgen, dass sie dort bleiben, dann bin ich hingefahren. Ich wollte dir erst Bescheid geben, wenn ich mir sicher war, dass ich die richtigen Frauen gefunden habe, aber sie sind es. Mila und Erica Bautista.«

Sie ließ sich auf die Knie nieder und spähte unters Bett. Kein Zat – offenbar hatte der Hund seine Furcht vor dem lärmigen Sex überwunden –, aber dummerweise auch kein Schuh.

»Hast du schon die Polizei gerufen?«

»Nein. Die Frauen wollen nur mit Marcus sprechen.«

Scarlett richtete sich wieder auf. »Woher wissen sie seinen Namen?«

»Tabby hat ihnen den Zeitungsartikel gezeigt und erklärt, dass er der Mann war, der Tala helfen wollte. Wenn du herkommst, zieh dich also bitte nicht wie eine Polizistin an.«

»Okay. Ich hole Marcus und fahre dann sofort mit ihm nach Georgetown. Sag den beiden, dass er unterwegs ist. Und danke dir, Onkel Trace. Ich bin dir was schuldig.«

»Sei lieber vorsichtig mit solchen Bemerkungen, Scarlett«, erwiderte er. »Ich könnte etwas einfordern, was dir nicht gefällt.«

Sie seufzte. Wahrscheinlich würde er sie bitten, wieder in den Schoß der Kirche zurückzukehren. »Ich komme nach Saint Barbara, so schnell ich kann.«

Sie trat wieder an den Schrank und holte ein Sommerkleid und Sandalen heraus, dann zog sie sich an, putzte sich die Zähne, schnappte sich ihre Haarbürste und machte sich auf die Suche nach Marcus.

Sie rief nach ihm, während sie die Treppe hinunterging, bekam aber keine Antwort. Nachdem sie sich vergewissert hatte, dass beide Autos noch da waren, ging sie von Raum zu Raum. Keine Spur von Marcus.

Auch ihr Hund schien untergetaucht zu sein. »Zat? Hier- her, mein Junge. Wir gehen raus.« Aber das vertraute Pfotenstakkato blieb aus.

Schließlich war nur noch der Keller übrig.

Vorsichtig stieg sie die alte, steile Treppe hinab. Erleichterung durchströmte sie, als sie Zat sah, der sich auf dem Läufer am Fuß der Stufen zusammengerollt hatte. Sie wollte gerade nach Marcus rufen, als sie etwas hörte. Harte, kurze Schläge und die schönste Stimme der Welt, die die übelsten Flüche ausstieß.

Sie stieg die letzten Stufen hinab und blieb stehen, weil sie nicht wusste, was sie tun sollte.

Marcus war barfuß und trug nichts außer verschwitzten Sportshorts und den Boxhandschuhen ihres Bruders. Schweiß rann ihm über den Oberkörper, während er immer wieder auf Phins alten Boxsack einhieb. Unwillkürlich verzog sie das Gesicht, als sie die riesige Prellung sah, die von der Kugel vom Tag zuvor stammte. Falls sie ihm Schmerzen verursachte, schien er sich jedenfalls nicht davon beeinträchtigen zu lassen.

Ganz plötzlich hörte er auf, lehnte sich gegen den Sandsack und hielt sich unbeholfen daran fest. »Ich kann dein Shampoo riechen«, stieß er keuchend hervor.

»Du warst nicht da, als ich wach wurde.«

»Ich konnte nicht schlafen. Also war ich mit dem Hund spazieren. Und ich habe den Wasserhahn in der Küche repariert. Das Tropfen hat mich wahnsinnig gemacht.«

»Danke.« Sie trat näher, doch er hob eine Hand.

»Nicht. Fass mich nicht an. Bitte.« Seine Stimme klang plötzlich zittrig.

Sie ließ die Hand sinken. »Marcus? Ist etwas mit Phillip? Oder Edgar?«

»Nein. Beide sind noch nicht wieder bei Bewusstsein.«

»Was machst du dann hier?«

»Mich austoben.«

»Warum?« Aber im Grunde genommen wusste sie es sehr gut. *Ich hätte nicht auf der Sache mit der Pistole herumreiten dürfen. Er hatte mir doch schon versprochen, sie wegzuschließen. Das hätte reichen müssen.*

Er hob den Kopf und blickte sich um, ohne sie direkt anzusehen. »Woher kommt das ganze Zeug hier? Das sind ja echte Profigeräte.«

Sie setzte sich auf die Trainingsbank, die er aus dem hinteren Kellerraum geholt hatte. Er hatte auch die Hanteln entdeckt. Sie warf einen Blick auf die Menge der Scheiben und zog unwillkürlich die Stirn in Falten. Ohne einen Trainingspartner hätte er dieses Gewicht eigentlich nicht stemmen dürfen.

»Das gehört alles Phin.«

Er sah sie noch immer nicht an. »Dein Bruder mit der posttraumatischen Belastungsstörung, richtig?«

»Ja. Als er ging, nahm er nichts mit. Die Sachen hier stammen aus seiner Wohnung, der Vermieter wollte alles auf die Müllkippe bringen. Irgendwie hoffe ich immer noch, dass Phin eines Tages heimkehrt und die Sachen abholt.«

Marcus legte die Stirn an den Sandsack. »Ich hoffe es für dich. Und für ihn auch.«

Scarlett wusste, dass sie eigentlich losfahren mussten, aber ihr war auch bewusst, dass er im Augenblick emotional nicht dazu in der Lage war. »Es tut mir leid«, sagte sie leise. »Das hier ist meine Schuld. Du warst nicht bereit, meine Fragen zu dieser dummen Pistole zu beantworten, aber ich habe einfach nicht lockergelassen. Bitte verzeih mir.«

Die Stirn immer noch am Sandsack, schüttelte er den Kopf. »Nein. Du hast ein Recht darauf zu fragen. Ich wusste einfach nur nicht, was ich antworten sollte.«

»Das hast du doch getan. Du hattest große Angst als Kind und hast die Pistole als Talisman benutzt.« Sie deutete ein Schaudern an. »Ich hoffe nur, sie war nicht geladen, als du sie damals mit ins Bett genommen hast.«

Er stieß sich vom Sandsack ab, sackte an die Wand und rutschte mit dem Rücken daran herunter, bis er am Boden saß. Und genau wie am Tag zuvor in seinem Büro setzte sie sich neben ihn und zog den Rock ihres Kleids über die Knie. »Du siehst hübsch aus in dem Kleid«, flüsterte er.

»Danke.« Sie sagte ihm noch nicht, warum sie so angezogen war. »Rede mit mir, Marcus. Bitte. Ich will dir helfen.«

»Wie deinem kleinen, dreibeinigen Freund? Ein netter Hund übrigens. Er mag Salami.«

Sie musste lächeln. »Ja, aber davon kriegt er Blähungen. Ich lege seine Decke heute Nacht auf deine Bettseite.«

Er stieß ein kleines schnaufendes Lachen aus und ließ den Kopf sinken. »Gott, ich bin so kaputt!«

»Dann lass mich dich reparieren«, murmelte sie, und er lachte, aber es klang gezwungen. Als sie hilflos über seinen Arm strich, entzog er ihn ihr.

»Lieber nicht. Ich bin total verschwitzt.«

»Das macht mir nichts.« Wieder streichelte sie zögernd über seinen Arm, dann zupfte sie am Klettverschluss des Boxhandschuhs und zog ihm das klobige Ding aus. Anschließend nahm sie sich den anderen vor. »Lass mich mal deine Hand sehen.« Sie hielt sie ins Licht. »Oh, Marcus. Die Knöchel schwellen schon an. Warte hier und schlag möglichst auf nichts mehr ein.«

Sie huschte in den Hauswirtschaftsraum und schickte rasch eine Nachricht an ihren Onkel, dass sie in einen Stau geraten waren und mindestens eine Stunde später als gedacht eintreffen würden. Dann hob sie den Deckel der Tiefkühltruhe an und suchte darin herum, bis sie zwei Gelkissen gefunden hatte. Ihr Handy summte, als sie den Deckel wieder schloss. Ihr Onkel schrieb, sie solle sich keine Sorgen machen, die Frauen seien eingeschlafen, und er würde bleiben und auf sie aufpassen.

Beruhigt kehrte Scarlett zurück, ließ sich vor Marcus nieder und legte ihm die Kühlkissen auf die Hände. Er zuckte zusammen, sagte aber nichts, also schwieg auch sie. Nach einigen Minuten nahm sie die Kissen weg und küsste die Knöchel, einen nach dem anderen. Er schauderte.

»Marcus, ich kann dir nicht helfen, wenn du mir nicht sagst, was los ist.«

»Du kannst mir ohnehin nicht helfen.«

Die Endgültigkeit in seiner Stimme tat ihr im Herzen weh. »Dann teil dein Leid mit mir.«

Er hob den Kopf und sah sie an. »Das würde ich dir niemals antun.«

Sie kniete sich vor ihn und nahm sein Gesicht in die Hände. »Ich werde nicht aufgeben«, murmelte sie und küsste ihn sanft. »Das kann ich gar nicht. Meine Mutter sagt immer, ich sei unbelehrbar, und vielleicht stimmt das sogar. Aber ich kann warten, bis du bereit bist, es mir zu erzählen.«

Behutsam machte er sich von ihrer Berührung los, ließ die Hände schlaff zwischen seinen Knien baumeln und senkte erneut den Kopf. »Die Entführung war ein Insiderjob.«

»Ich hab's gelesen. Einer der Täter war bei der Baufirma angestellt, die bei euch renoviert hat, richtig?«

»Mein Vater hat sie angeheuert.«

Sein Tonfall verursachte ihr ein Brennen im Magen, und sie dachte daran, wie verbittert er gestern über seinen Vater gesprochen hatte. »Die Baufirma?«

»Er hat die Leute angeheuert, die uns entführt haben. Er wollte das Lösegeld.«

»Dein Vater wollte das Lösegeld?« Verwirrt zog sie die Brauen zusammen. »Aber – wieso? Es war doch sein Geld.« »Nein. Es war Mutters Geld. Einhundert Prozent Yarborough-Vermögen. Mein biologischer Vater hatte nichts mit in die Ehe gebracht außer seiner Leidenschaft fürs Glücksspiel. Meine Mutter hatte ihn schon oft auslösen müssen, und sie stritten permanent über dieses Thema. Ich war ein stilles Kind, aber ich hörte immer zu. Ich wusste, was vor sich ging, und ich hasste meinen Vater.«

»Hat deine Mutter ihm den Geldhahn abgedreht?«

»Nicht gänzlich. Sie wollte ihm eine Art Taschengeld auszahlen, aber das machte ihn nur wütend. So wütend, dass er auf sie losging.«

»Oh, Marcus, das tut mir so leid.«

»Nachher flehte er sie an, ihm zu verzeihen, und kaufte ihr ein teures Armband – natürlich von ihrem Geld –, und sie ließ sich immer wieder erweichen. Doch sein Schuldenberg wuchs.«

»Also fingierte er eine Entführung, um die Außenstände mit dem Lösegeld zu begleichen.«

Er nickte. »Sie wusste nichts davon. Sie weiß es bis heute nicht. Bitte sag es ihr nicht.«

Scarlett nahm seine Hand und küsste sie wieder. »Keine Sorge. Ich wünschte, ich könnte behaupten, es sei ein Ausnahmefall, dass leibliche Eltern ihre Kinder verkaufen, aber leider habe ich das schon viel zu oft erleben müssen.«

Seine Schultern sackten nach vorn. »Und nun gibt es noch etwas, was dich belastet.«

Sie legte sich ihre Worte sorgsam zurecht, bevor sie zu sprechen begann. »Ja, es stimmt, das belastet mich, und es tut mir in der Seele weh, mir vorzustellen, wie es dir damals gegangen sein muss. Aber falls das deinen Stolz verletzt, dann hast du Pech gehabt, Marcus, denn du gehörst jetzt zu mir, und wenn ich dein Leid teilen will, dann tue ich das, und damit basta.«

Langsam hob er den Kopf. Sein Blick war eindringlich. »Sag das noch mal«, flüsterte er.

Sie versuchte nicht, ihn misszuverstehen. Das hier war zu wichtig. »Du gehörst zu mir, Marcus.«

Er schloss die Augen und schluckte hörbar. »Gott.«

Sie kroch wieder an seine Seite und zog ihn in die Arme. Er verbarg sein Gesicht in ihrer Halsbeuge, schlang die Arme um ihre Taille, und sie hielt ihn, wiegte ihn sanft und ließ ihm Zeit, seine Fassung zurückzuerlangen.

Schließlich hob er den Kopf und küsste sie, bis ihr schwindelig war. »Und du gehörst zu mir, Detective.«

Sie lächelte. »Das weiß ich. Aber ich höre es immer wieder gerne.«

Mühelos hob er sie hoch, setzte sie auf seinen Schoß und hielt ihre Wange an seiner Brust fest, als sie zu ihm aufsehen wollte. »Ich muss dir etwas sagen. Aber mir wäre es lieber, wenn du mich dabei nicht ansehen würdest.«

Erneut ergriff sie eine dumpfe Furcht. *Das wird nicht gut,* dachte sie. »Okay. Ich höre. Fang an, sobald du bereit dazu bist.«

# 28

Cincinnati, Ohio
Mittwoch, 5. August, 6.25 Uhr

»Ich glaube nicht, dass ich jemals bereit dazu bin, aber du musst es wissen.« Er verharrte reglos, und nur sein Brustkorb hob und senkte sich. »Du hast nicht gefragt, woher ich weiß, dass mein Vater hinter der Entführung steckte.«

»Ich wollte dich nicht drängen.«

Seine Arme schlossen sich fester um sie, und er seufzte. »Du hast sicher gelesen, dass Stone und ich auf dem Heimweg von der Schule entführt wurden. Unser Fahrer war überwältigt worden, und als man ihn Stunden später aufgriff, taumelte er verwirrt und offensichtlich unter Drogeneinfluss durch die Straßen. Etwa zeitgleich wurde Matty gekidnappt.«

»Er war zu Hause gewesen und hatte Mittagsschlaf gehalten, nicht wahr?«

»Ja. Wir wurden alle drei in ein Lagerhaus am Fluss gebracht, aber das wussten wir damals natürlich nicht. Man sperrte uns in ein ehemaliges Kühlhaus für Rinderhälften, in dem es noch immer furchtbar stank, und Stone und Matty hatten entsetzliche Angst. Ich auch, aber ich versuchte, tapfer zu tun. Ich wusste, dass wir reich waren. Meine Mutter hatte schon immer befürchtet, dass uns eines Tages jemand kidnappen würde.« Er verstummte und zwirbelte eine Strähne ihres Haars zwischen Daumen und Zeigefinger. »Zuerst waren wir nicht gefesselt. Vermutlich gingen unsere beiden Kidnapper davon aus, dass drei kleine Kinder ihnen keine ernsthaften Probleme bereiten konnten.«

»Da kannten sie die O'Bannion-Jungs aber schlecht«, sagte sie, und er stieß ein schnaufendes Lachen aus.

»Damals hießen wir noch nicht so. Der Tag, an dem Jeremy O'Bannion uns adoptierte, war der beste Tag meines damaligen Lebens, denn von da an musste ich mich nicht mehr als Marcus Gargano vorstellen.« Er atmete ein paarmal tief durch, bis sein Körper sich wieder entspannte. »Im Kühlhaus hing eine Glühbirne, aber der Schalter war draußen, deshalb konnten wir kein Licht machen. Nur durch einen Lüftungsschlitz drang hin und wieder ein wenig Sonnenlicht.«

»Ihr wart allein im Dunkeln gefangen«, murmelte sie. Sein kleiner Bruder war im Dunkeln gestorben. Wie Tala. »Ach, Marcus.«

»Ja.« Wieder schluckte er hörbar, dann räusperte er sich. »Tut mir leid. Ich habe noch nie darüber gesprochen.«

»Aber du warst doch sicher in Therapie, oder?«, fragte sie vorsichtig.

»Natürlich, aber ich ... ich brachte es nicht über mich, dem Therapeuten zu sagen, was ich getan hatte, weil ich befürchtete, dass er es meiner Mutter verraten würde.«

Seine Mutter hatte es nicht wissen dürfen? *Mein Gott.* »Was hast du denn getan?«, fragte sie sanft.

»Ich stieg auf eine Kiste und schraubte die Birne aus der Fassung, damit die beiden Entführer kein Licht hatten, wenn sie nach uns sehen wollten. Dann benutzte ich eine Büroklammer, die ich in der Hosentasche hatte, um die Schrauben von einem Metallregal zu lösen. Mit einer Stange schlug ich auf einen der Kidnapper ein.«

Überrascht blickte sie zu ihm auf, obwohl sie wusste, dass das nicht die Antwort auf ihre ursprüngliche Frage war. Dennoch hakte sie nicht nach. Das hier war seine Geschichte. »Wow. Das war ziemlich clever.«

»Eigentlich nicht. Ich hatte bloß zu viel ferngesehen. Tatsächlich war es sogar ziemlich dumm, denn obwohl ich mit aller Kraft zuschlug, richtete ich praktisch keinen Schaden an. Dafür wurde er so wütend auf mich, dass er mich erschießen wollte. Sein Kumpel konnte ihn gerade noch da von abhalten. Anschließend fesselten sie uns drei und stellten meinen Stuhl so, dass ich meine Brüder nicht mehr sehen konnte.« Bebend stieß er die Luft aus. »Ich hörte sie weinen und schniefen, und Stone flehte mich an, etwas gegen die Männer zu unternehmen, er wollte nach Hause. Und ich versprach ihm, dass alles gut werden würde.«

Mit einem Mal fiel ihr wieder die Szene zwischen ihm und Stone am Tag zuvor in seinem Büro ein. »Etwas Ähnliches hast du ihm auch gestern gesagt.«

Wieder erschauderte er. »Bestimmte Situationen lösen heftige Reaktionen bei ihm aus. Einer der Entführer war der offizielle Wachmann für die leerstehenden Gebäude und trug eine Uniform. Er erzählte Stone, er sei Polizist und würde ihn erschießen, wenn er heulte. Noch lange nach unserer Befreiung konnte Stone keine Uniform sehen, ohne in Panik zu geraten. Erst mit Jeremys Hilfe gelang es ihm irgendwann, diese Furcht zu überwinden.«

»Aber Stone war doch beim Militär. Er hat selbst eine Uniform getragen.«

»Er sah es als persönliche Herausforderung. Es war seine Art zu sagen: ›Leckt mich, ich bin drüber hinweg.‹ Doch mit der Polizei kommt er immer noch nicht gut zurecht. Und sobald er sich von einem Polizisten bedroht fühlt ...«

»Aber ich trage doch gar keine Uniform.«

»Das ist egal. Irgendwann ist aus seiner Angst vor Uniformen eine Abneigung gegen die Polizei im Allgemeinen entstanden.«

»Hm. Als wir ihn damals befragten, hat er mir zwar kein Vertrauen entgegengebracht, aber auch nicht gleich rotgesehen.«

»Nicht, während ihr da wart. Später schon.«

»Deswegen hast du ihn damals im Krankenhaus so vehement verteidigt. Ich hatte ja keine Ahnung.«

Er küsste ihre Schläfe. »Woher auch? Es stand mir nicht zu, es dir zu erklären, denn es ist seine Geschichte – nur gehört sie eben auch zu meiner.«

Sie strich ihm beruhigend über die Brust. »Ich verrate dich nicht. Ich glaube, Stone und ich haben Waffenstillstand geschlossen, und den möchte ich nicht aufs Spiel setzen.«

»Danke. Im Augenblick hält er dich zumindest nicht mehr für den Teufel.« Er lachte leise, aber es klang traurig. »Du hast Eindruck auf ihn gemacht. Einen guten, denke ich, aber manchmal lässt sich Stone schwer einschätzen.« Er setzte sich etwas gerader auf und streckte den Rücken. »Es gibt noch andere Dinge, die ich dir nicht sagen kann. Was sie ihm angetan haben, zum Beispiel.« Seine Stimme war jetzt voller Schmerz. »Sie wussten ja, dass ich zuhörte. Und wie ich mich anstrengte, um mich zu befreien. Ich ...« Er brach ab, holte tief Luft, rang um Fassung. »Gott. Ich kann immer noch hören, wie er mich ruft und anfleht, ihm zu helfen ... Mich rührten sie nicht an, aber sie machten sich einen Spaß daraus, mich zu verhöhnen, ich würde schon noch an die Reihe kommen.«

Scarlett bebte inzwischen vor Wut, und sie ballte hilflos die Fäuste. Er streichelte sie, um sie zu beruhigen, und sie biss sich auf die Zunge. »Ich hoffe, sie sind tot«, presste sie mühsam hervor. Denn falls nicht, würde sie sie höchstpersönlich aufspüren und umbringen.

»Oh ja, das sind sie.«

Der zufriedene Unterton in seiner Stimme machte sie stutzig. Sie wollte sich losmachen, um ihn anzusehen, doch er hielt sie fest. »Noch nicht«, sagte er heiser. »Schau mich noch nicht an.«

Sie hörte auf, sich gegen ihn zu wehren, und er rückte sie auf seinem Schoß zurecht, bevor er fortfuhr.

»Sie stellten ihre Lösegeldforderungen mit der üblichen Warnung, unter keinen Umständen die Behörden einzuschalten. Gayle erzählte mir später, dass meine Mutter es dennoch tat. Das FBI verfolgte den Mann, der das Geld abholte, bis zu dem Lagerhauskomplex, aber dort blieb den Agenten nichts anderes übrig, als sämtliche Hallen zu durchsuchen. Und das gab den Entführern Zeit zu reagieren. In Panik rafften sie das Geld zusammen und wollten abhauen, aber wir hatten ihre Gesichter gesehen. Mir war damals nicht klar, dass sie niemals vorgehabt hatten, uns am Leben zu lassen. Jedenfalls riss einer der Entführer die Kühlhaustür auf und schoss.«

Seine Arme schlossen sich um sie, bis sie kaum noch atmen konnte, aber sie protestierte nicht. Dann, plötzlich, ließ er sie los. »Verzeih mir«, flüsterte er. »Ich wollte dir nicht weh tun.«

Sie legte ihm einen Finger auf die Lippen. »Alles in Ordnung. Und du musst nicht weitererzählen, wenn du nicht willst.«

»Ich habe dir noch gar nichts erzählt«, erwiderte er müde.

Ihr sank der Mut. Es würde also noch schlimmer kommen. »Dann sprich weiter«, flüsterte sie.

Eine Weile schwieg er, doch schließlich fuhr er fort: »Du hast die Zeitungsartikel gelesen, du weißt also, dass Matty starb und Stone schwer verwundet wurde. Die beiden hatten in Türnähe gesessen, waren also leichte Ziele gewesen. Ich warf mich zur Seite, und die Kugel verfehlte mich so knapp, dass mein Ohr gestreift wurde. Ich krachte mit dem Stuhl auf den Boden und wartete auf den nächsten Schuss, aber er kam nicht. Der Entführer zog nur hastig die Tür zu und ließ uns allein im Dunkeln zurück.«

Bittere Galle stieg in ihrer Speiseröhre auf. »Mein Gott, Marcus.«

»Ich konnte Stone weinen hören, aber Matty nicht mehr.« Er legte seine Lippen auf ihren Scheitel und verharrte eine Weile reglos. »Als der Stuhl zu Boden gegangen war, hatte die Rückenlehne einen Knacks bekommen, und mir gelang es, mich zu befreien. Ich schleppte mich zur Tür, konnte sie aber nicht öffnen – die Schweine hatten sie von außen abgeschlossen. Also versuchte ich, die Tür mit dem kaputten Stuhl aufzubrechen, aber natürlich klappte das nicht. Stone hatte aufgehört zu weinen, und ich dachte, er sei auch tot, aber es war zu dunkel, um Genaueres sehen zu können. Ich glaube, nach den drei endlos langen Tagen in Gefangenschaft drehte ich einfach durch. Als die Polizei endlich die Tür zu unserem Lagerhaus öffnete und ich die Uniformen sah, dachte ich jedenfalls, die Entführer wären zurückgekehrt, und stürzte mich auf sie. Es brauchte zwei Polizisten, um mich festzuhalten.«

»Es tut mir so leid wegen Matty.«

Marcus nickte. »Er muss praktisch sofort gestorben sein, wenigstens hat er also nicht gelitten. Stone dagegen ... war schwer verletzt.

Er lag eine Woche im Koma, danach musste er noch lange im Krankenhaus bleiben. Er verpasste Mattys Begräbnis, was wahrscheinlich nur gut für ihn war.«

»Und wie hast du herausgefunden, dass dein Vater an der Entführung beteiligt war?«

»Ein paar Tage nach unserer Rettung klingelte bei uns zu Hause das Telefon. Gayle war bei Stone im Krankenhaus, und meine Mutter schlief. Der Arzt hatte ihr eine starke Beruhigungstablette verabreicht, und das war praktisch der Anfang ihrer Sucht. Jedenfalls ging ich ans Telefon, damit das Klingeln meine Mutter nicht weckte. Und dann ...« Er schluckte schwer. »... hörte ich ihn. Es war einer der Entführer. Ich gab keinen Laut von mir. Ich war starr vor Angst, weil ich dachte, er würde kommen und mich holen. Fast gleichzeitig schaltete sich mein Vater von einem anderen Apparat ein. Die beiden begannen, sich zu unterhalten, und erst da wurde mir klar, dass sie einander kannten. Mein Vater warf ihm vor, dass Matty tot und Stone so schwer verletzt war, aber der andere konterte, dass mein Vater entgegen der Abmachung das FBI eingeschaltet hatte. Mein Vater tobte über das eigenmächtige Handeln meiner Mutter, aber er war noch wütender darüber, dass er seinen Anteil noch nicht bekommen hatte.«

Scarlett hätte am liebsten geschrien oder auf etwas eingeschlagen, aber sie riss sich zusammen. »Und was hast du getan?«

»Ich wollte es jemandem erzählen, aber ich wusste nicht, wem. Mom war nicht ansprechbar, Gayle nicht im Haus. Der Großvater väterlicherseits wohnte nicht weit weg und passte manchmal auf uns auf, aber er war vom Typ her wie mein Vater, und ich hatte Angst, dass er mir nicht glauben würde. Und als ich versuchte, einfach hinauszulaufen, um den nächstbesten Polizisten anzusprechen, hielt mein Vater mich auf. Ich dürfte nicht rausgehen, es sei zu gefährlich. Die Kidnapper könnten mir auflauern, weil ich ihre Gesichter gesehen hatte.«

»Dieses Schwein. Dir solche Angst zu machen!«

»Ich wusste nicht, was ich tun sollte. Ich hatte Angst, dass mein

Vater mich beobachtete oder mithören würde, sobald ich zum Telefon griff – so, wie ich ihn belauscht hatte. Deshalb versteckte ich mich in meinem Zimmer, zog mich vollkommen zurück und sagte nichts. Ich hatte keine Ahnung, wem ich trauen konnte.«

»Und der Großvater mütterlicherseits?«

»Ich liebte ihn, ja, und ich war sehr gerne bei ihm, aber selbst damals schon konnten wir nie sicher sein, wie seine Laune gerade war, daher hatte ich immer ein bisschen Angst vor ihm. Er war nach Lexington gekommen, als wir entführt worden waren, aber nach unserer Befreiung war er die meiste Zeit im Krankenhaus bei meiner Mutter und Stone. Und wenn wir uns begegneten, war mein Vater stets in der Nähe.«

»Er hat versucht, dich zu isolieren?«

»Ja. Außerdem mochte mein Großvater meinen Vater. Eigentlich mochte jeder meinen Vater. Er war lustig und charmant und wusste, wie man feierte, und jeder, der nicht in unserem Haushalt lebte, freute sich über seine Gesellschaft. Meine Mutter dagegen galt als launisch.«

»Gayle wohnte doch auch bei euch.«

»Aber sogar Gayle hatte hin und wieder frei. Oder machte Urlaub. Mein Vater wusste seine Ausbrüche recht gut zu steuern. Und wenn er sich einmal nicht zurückhalten konnte ... Tja, nun, meine Eltern hatten gelernt, sich heimlich zu streiten.«

»Ach, Marcus, aber deine Mutter hätte dir doch bestimmt zugehört.«

»Meine Mutter stand unter Schock. Matty war tot, Stone beinahe. Und leider liebte sie meinen Vater, auch wenn er ihr hin und wieder eine Ohrfeige verpasste. Ich habe versucht, den richtigen Moment zu finden, um ihr zu sagen, was er mit Stone und Matty gemacht hatte, aber der kam nie.«

*Mit Stone und Matty, aber nicht mit dir.* »Wie ist dein Vater gestorben, Marcus?«

Er holte tief Luft und hielt sie an.

»Marcus?«

Fast verzweifelt stieß er den Atem wieder aus. »Bei der Beerdigung tauchte plötzlich ein Fremder auf. Ein großer, breiter Kerl und ziemlich dreist dazu. Er stellte sich neben meinen Vater an den Sarg und fragte rundheraus, wo sein Geld bleibe. Mein Vater fuhr ihn verärgert an, er solle gefälligst später anrufen. Sobald wir zu Hause waren, hielt ich also Augen und Ohren offen, doch als der Anruf kam, wagte ich nicht, den Hörer abzunehmen, sondern versteckte mich und belauschte meinen Vater. Und der sagte: ›Ich verschaffe Ihnen das Geld, und wenn ich es erst erben muss.‹«

Scarlett starrte ihn entsetzt an. »Du meinst, er wollte deine Mutter umbringen?«

»So hörte es sich zumindest für mich an. Am Abend brachte meine Mutter mich ins Bett, sang mir ein Schlaflied und gab mir einen Gutenachtkuss. Sie wirkte ungeheuer traurig. Ich glaube, ich spürte instinktiv, dass es sie tröstete, mich wie ein kleines Kind zu behandeln.«

»Du *warst* ein kleines Kind, Marcus.«

»Nur fühlte ich mich nicht mehr so. Ich wollte sie warnen, aber ich wusste nicht, wie, und redete wirres Zeug, das sie nicht verstand. Sie hörte lediglich heraus, dass ich Angst vor meinem Vater hatte, und meinte, die Therapeuten hätten gesagt, ich würde vielleicht Wirklichkeit und Einbildung vermischen, während ich das Erlebte verarbeitete.« Er schluckte. »Natürlich konnte ich in der Nacht nicht schlafen. Weil ich solche Angst um meine Mutter hatte, schlich ich mich irgendwann in ihr Zimmer, um nach ihr zu sehen, aber sie wollte einfach nicht wach werden, sosehr ich sie auch schüttelte. Mein Vater war nicht da und Gayle noch im Krankenhaus bei Stone, deshalb wählte ich den Notruf. Man pumpte ihr den Magen aus, aber eine Weile hing ihr Leben an einem seidenen Faden.«

»Konntest du Gayle in der Nacht nicht von deinem Vater erzählen?«

»Nein. Man brachte meine Mutter in ein anderes Krankenhaus, und da ich mit ihr allein gewesen war, nahmen sie mich mit und riefen das Jugendamt an, das eine Sozialarbeiterin schickte. Sie blieb bei mir im Warteraum, und sie war so nett, dass ich fast den Mut aufgebracht hätte, ihr alles zu erzählen, aber plötzlich tauchte mein Vater auf und nahm mich mit nach Hause. Ich war wie gelähmt vor Angst, dass er mich umbringen könnte, aber er schickte mich nur ins Bett. Als ich früh am Morgen erwachte, war er fort. Er hatte meiner Mutter eine Nachricht hinterlassen, er müsse ein paar Tage allein sein, um Mattys Tod zu verarbeiten und mit der Tatsache zurechtzukommen, dass sie ›ihre Kinder in Lebensgefahr gebracht‹ hatte, indem sie hinter seinem Rücken das FBI informierte.«

»Toller Typ.«

»Nicht wahr. Geweckt worden war ich übrigens durch ein komisches Geräusch. Ich hatte zu dem Zeitpunkt ja noch keine Ahnung, dass mein Vater nicht mehr da war, daher stand ich auf, um nachzusehen. Als ich auf der Suche nach ihm das Zimmer meiner Mutter betrat, entdeckte ich den großen, breitschultrigen Kerl von der Beerdigung, der gerade in Mutters Schmuckkasten wühlte.«

Scarlett blinzelte. »Ach du Schande.«

»Oh ja. Er hatte den Brief meines Vaters an meine Mutter gelesen und war stocksauer. Vor Angst wäre ich beinahe in Ohnmacht gefallen, aber der Kerl versicherte mir, er wolle mir nichts tun. Allerdings müsse er meinen Vater finden, weil dieser seinem Boss viel Geld schuldete – eine Million Dollar!« Marcus verstummte. Zögerte. »Ich wusste, wohin mein Vater ging, wenn er wirklich abtauchen wollte.« Er stieß den letzten Satz förmlich hervor, und sie konnte hören, wie sich seine Atmung beschleunigte.

»Hattest du das auch bei einem Gespräch belauscht?«

»Ja. Aber ich war auch selbst schon dort gewesen. Du übrigens auch.«

Scarlett zog die Brauen zusammen, dann dämmerte es ihr. »Ist nicht wahr. Die Waldhütte in Kentucky?« Das kleine Holzhäuschen gehörte Marcus' Mutter. Dort war auch Mikhail ermordet worden.

»Genau die.« Er zögerte, blieb stumm, und instinktiv wusste sie, dass nun das kam, was er nicht hatte sagen wollen.

»Du hast dem gruseligen Typen erzählt, wo er deinen Vater finden konnte?« Sein Schweigen war Antwort genug. »Marcus, das kann dir niemand verübeln. Du warst ein kleiner Junge, der entsetzliche Angst hatte.«

»Es wäre leicht, dich in dem Glauben zu lassen, aber tatsächlich wurde ich mit einem Mal ganz ruhig. Ich glaubte dem Mann, dass er mir nichts tun würde. Ich dachte daran, dass Matty tot war, Stone um sein Leben kämpfte und meine Mutter in ernster Gefahr schwebte, und traf eine Entscheidung. Ich fragte den Mann, ob sein Boss Stone, Mom und mich in Ruhe lassen würde, wenn ich ihm sagte, wo er meinen Vater finden konnte. Er antwortete, es ginge ihm nur um das Geld, weswegen er nicht garantieren könne, dass nicht andere Geldeintreiber bei uns aufkreuzten.«

»Denkst du, der Kerl war von der Mafia?«

»Ja. Aber damals wusste ich das natürlich nicht. Was ich aber sehr wohl wusste, war, dass die beiden Entführer mit dem gesamten Lösegeld geflohen waren. Ich schlug ihm also vor, die Kidnapper ausfindig zu machen, seinem Boss die Million zu geben und den Rest für sich zu behalten. Er fand die Idee zwar großartig, wusste aber nicht, wie er an die beiden Entführer herankommen sollte, doch ich versicherte ihm, dass mein Vater ihm dabei weiterhelfen könnte. Und ich wiederum wüsste, wo mein Vater sich vermutlich aufhielt.«

»Wow. Vier Millionen – wenn das kein verlockender Köder ist. Er ist darauf angesprungen, nehme ich an?«

»Oh ja«, sagte er mit grimmiger Befriedigung.

»Okay ... und was geschah mit deinem Vater? Wurde seine Leiche wenig später in der Hütte entdeckt?«

»Das hatte ich damals erwartet, aber tatsächlich kam es anders. Man fand ihn drei Tage später in einem Hotelzimmer in Lexington. Ans Bett gefesselt und mit einem Einschussloch direkt zwischen den Augen. Man hatte es so aussehen lassen, als sei er von einer

Prostituierten ausgeraubt worden: Die Brieftasche war leer, überall lagen Kondome herum.«

»Und woher weißt du das?«, fragte sie vorsichtig.

»Zum Teil, weil ich in der Nähe war, als die Polizei meiner Mutter die Nachricht überbrachte, aber auch, weil ich mir viele Jahre später die Fotos vom Tatort angesehen habe. Zum Glück haben die behördlichen Archive ja eine Auskunftspflicht.« Seine Stimme troff vor Ironie. »Das Einschussloch war allerdings eine deutliche Warnung an alle, die dem Boss dieses Kerls ebenfalls Geld schuldeten.« Er blies sich die Haare aus dem Gesicht. »Meine Mutter brach zusammen, als sie vom Tod meines Vaters erfuhr, und erst da begriff ich wirklich, was ich getan hatte.«

Das war es also. »Was genau hast du denn getan, Marcus? Und jetzt sag mir bloß nicht, dass du deinen Vater umgebracht hast, denn das ist völliger Unsinn, das weißt du sehr gut.«

»Nein, aber ich habe praktisch die Ermordung meines Vaters in Auftrag gegeben.«

»Du hast versucht, deine Familie zu beschützen. Du wusstest, dass ihr nicht eher in Sicherheit sein würdet, bis die Schuld beglichen war, also hast du eine Lösung gefunden. Es war schließlich dein Vater, der sich mit dem Mob eingelassen hat. Er hat es verdient.«

»Für eine Polizistin bist du ziemlich blutrünstig, weißt du das?«, sagte er aufgesetzt locker.

Sein Ausweichmanöver ärgerte sie. Sie stieß ihn gegen die Brust, bis er sie losließ und sie sich rittlings auf seinen Schoß setzen konnte.

»Blödsinn. Aber viel zu oft erlebe ich, dass gewalttätige Arschlöcher ungestraft davonkommen. Viel zu oft müssen Frauen sterben, weil unser verfluchtes Rechtssystem ihnen nicht helfen kann, obwohl sich die Frauen an die Gesetze halten, obwohl sie das Schwein von Ehemann anzeigen und obwohl sie die Polizei anflehen, sie doch bitte zu beschützen. Doch weil sie nichts beweisen können, sind die Mistkerle spätestens am nächsten Morgen wieder draußen, gehen nach Hause und verprügeln ihre Frauen aufs Neue.« Sie stieß ihm mit dem Zeigefinger gegen die Brust. »Du hast deiner Mutter das Leben gerettet. Und Stone und dir selbst vermutlich auch.« Wieder stieß ihr Zeigefinger zu. »Du hast deinen Vater nicht getötet. Auch nicht indirekt. Du warst acht Jahre alt und hast schlichtweg der einzigen Person, die dir zugehört hat, erzählt, was dir zugestoßen ist.« Sie holte tief Luft. Inzwischen zitterte sie am ganzen Körper vor Zorn. »Und wenn diese Person zufällig ein Geldeintreiber der Mafia war – tja, dann würde ich das als sehr bizarre und doch befriedigende Ironie des Schicksals bezeichnen.«

Das Schuldgefühl, das eben noch so deutlich in seinen Augen gestanden hatte, war verschwunden. Sein Blick wirkte plötzlich ... sehnsüchtig. »Wenn ich dir sage: Ich glaube, ich liebe dich – wäre das zu früh?«

Ihr Herz öffnete sich und zog sich gleichzeitig zusammen, und sie legte ihm die Hände an die Wangen und die Stirn an seine. »Ja. Aber sag's mir trotzdem.«

Er musste lächeln. »Ich glaube, ich liebe dich, Scarlett Bishop. Oder ich bin auf dem besten Weg dahin.«

Plötzlich hatte sie allergrößte Mühe zu atmen. »Das trifft sich gut, denn ich glaube, mir geht es genauso. Obwohl du ein ernsthaftes Schuldproblem hast. Daran werden wir arbeiten müssen.«

Er schluckte schwer, und sie sah ein verräterisches Glitzern in seinen Augen. »Ich hab dein Kleid ruiniert. Es ist zerknittert und ziemlich feucht von meinem Schweiß.« Er fuhr mit den Händen unter den Saum und ihre Beine entlang. »Soll ich dir helfen, es auszuziehen?«

Enttäuschung machte sich in ihr breit, als sie rasch überschlug, wie viel Zeit vergangen war. »So verführerisch der Gedanke auch ist, wir müssen es vertagen. Onkel Trace hat angerufen. Er hat Mila und Erica gefunden, und die beiden wollen unbedingt mit dir reden.«

Er riss verblüfft die Augen auf. »Warum hast du das denn nicht eher gesagt?«

»Weil du eben, als ich herunterkam, nicht in der Verfassung warst, zwei traumatisierten Frauen zuzuhören.« Sie küsste ihn fest auf die Lippen. »Geht's dir jetzt besser?«

»Ja. Danke.«

Sie stand auf, trat einen Schritt zurück und streckte ihm die Hand entgegen. »Und jetzt ab unter die Dusche mit dir. Beeil dich.« Sie drückte ihm einen Kuss auf die Brust. »Du riechst nach Jungenumkleide.«

Er schob seine Finger durch ihre. »Und du riechst wie ich, also musst du auch duschen. Komm, ich knete dir Spülung ins Haar, dann sparen wir uns die Zeit zum Bürsten.«

»Wie könnte man einem solchen Angebot widerstehen?«, sagte sie und wollte sich bücken, um Zat hochzuheben, aber Marcus war schneller und trug den Hund wie selbstverständlich die Treppe hinauf. *Und wie könnte ich dir widerstehen?*

Das konnte sie nicht, sie wusste es. Aber – wozu auch?


Cincinnati, Ohio
Mittwoch, 5. August, 8.20 Uhr


Marcus beendete den Anruf und reichte das Handy an Scarlett weiter, damit sie es, ganz altmodisch, in den Zigarettenanzünder des Audis einstöpselte.

»Nichts Neues von Phillip«, sagte er mit einem Seufzer.

»Dafür scheint sich Tabby Anders laut Annabelle Churchs Enkel langsam ins Leben zurückzukämpfen.« Scarlett hatte Gabriel Benitez angerufen, um ihm mitzuteilen, dass sie auf dem Weg zu den Bautista-Frauen waren. »Mr. Benitez hat den befreundeten Anwalt für Einwanderungsrecht schon angerufen, und er steht uns zur Verfügung, sobald wir einen sicheren Ort wissen, wo wir die Familie zusammenführen können.«

»Den hab ich. Den sicheren Ort, meine ich.« Marcus hatte die Penthouse-Suite eines zentral gelegenen Hotels in der Stadt reserviert.

Isenberg würde die beiden Frauen vermutlich in Schutzhaft nehmen wollen, aber Marcus hatte den Verdacht, dass die Bautistas nach drei Jahren Sklavendasein vor jeder Art von Gewahrsam – Schutzmaßnahme oder nicht – davonlaufen würden. Falls sie woanders hingehen wollten, war das natürlich ihre eigene Entscheidung, aber für den Fall, dass sie mit ihnen zurückkehrten, konnten sie ihnen die Zimmer anbieten.

»Sonst alles in Ordnung?«, fragte Scarlett. »Dein Gespräch mit Stone klang etwas ... hitzig.«

»Es ging mal wieder um unsere Mutter. Ich will sie unbedingt zu einer Entziehungskur überreden, aber Stone ...«

»Will ihr keinen Druck machen«, beendete sie traurig seinen Satz.

»Genau so ist es.« Er versuchte ein Lächeln. »Wahrscheinlich ist er einfach nur sauer, weil er wieder auf Jill aufpassen muss. Cal kann das nicht übernehmen, weil er neben seinem Job auch Phillips machen muss. Und Lisettes dazu.« Er seufzte. »Und meinen auch, solange wir diesen Schützen nicht zu fassen kriegen.«

»Dann leitet Cal also das Blatt, wenn du nicht da bist?«

»Cal leitet das Blatt auch, *wenn* ich da bin. Er hat mir von Anfang an dabei geholfen, sowohl den Redaktionsalltag zu bewältigen als auch das Potenzial der Zeitung voll auszuschöpfen.«

Scarlett legte den Kopf schief und musterte ihn einen Moment lang. »Wirst du das Potenzial der Zeitung weiterhin voll ausschöpfen, wenn diese Geschichte hier vorbei ist?«

*Ja,* lag ihm auf der Zunge, aber er hielt sich zurück, um einen Moment darüber nachzudenken. »Würde es dir Probleme bereiten? Könntest du so tun, als wäre nichts, obwohl du weißt, dass wir die Gesetze manchmal etwas großzügiger auslegen?«

»Das meinte ich nicht. Ich hatte eher an die Gefahren gedacht. Gestern Nacht wart ihr euch alle einig, dass das, was Phillip zugestoßen ist, ein hinnehmbares Risiko sei. Aber werdet ihr das auch dann noch so sehen, wenn Phillip Langzeitschäden davonträgt ... oder sogar stirbt?«

Wieder wollte er automatisch ja sagen, doch wieder nahm er sich einen Moment Zeit, um genauer darüber nachzudenken. »Ich kann nicht für die anderen sprechen, aber ich stehe weiterhin hundertprozentig hinter dem, was wir tun. Ich sehe allerdings ein, dass sich die Rahmenbedingungen geändert haben. Jetzt bist du da. Und ich will nicht, dass du vor einer Intensivstation sitzen und bangen musst, ob ich jemals wieder die Augen aufschlage. Deswegen werde ich von nun an je nach Situation entscheiden.«

Bei ihrem Lächeln geriet sein Herzschlag ins Stolpern. »Danke. Auch ich werde in Zukunft doppelt vorsichtig sein.« Sie entwirrte noch eine Haarsträhne und begann dann zu flechten. »Du hast mir übrigens noch immer nicht verraten, warum du so an dieser Pistole hängst.«

Die Pistole, die er inzwischen in ihren Waffenschrank eingeschlossen hatte. Sie hatte ihm eine von ihren geliehen.

Als er nicht antwortete, zögerte sie. »Soll ich besser nicht fragen?«

»Du kannst mich alles fragen.« Dennoch rieb er sich voller Unbehagen den Nacken. »Vermutlich fällt es mir jetzt leichter, darüber zu reden. Einen Tag nachdem man die Leiche meines Vaters gefunden hatte, klingelte es an unserer Tür. Gayle war wie immer bei Stone, meine Mutter mal wieder mit Tabletten ruhiggestellt, also machte ich auf – und da stand er, der unheimliche Kerl. Sofort packte mich die Angst. Ich dachte, er hätte mich angelogen.«

»Wie bitte? Der Schuldeneintreiber kam zurück?«

»Ja. Aber er versicherte mir sofort, ich hätte nichts zu befürchten. Er wollte mir nur sagen, dass er alles erledigt hätte, was ich ja bereits wusste. Als ich ihn fragte, warum er meinen Vater denn aus der Hütte in das Hotelzimmer gebracht hätte, wirkte er tatsächlich verlegen, erklärte mir aber schließlich, dass mein Vater sich in diesem Hotel mit ›Freundinnen‹ getroffen hätte.«

Scarlett verzog das Gesicht, als hätte sie auf etwas Saures gebissen. »Ah. Wegen seiner Vorgeschichte mit Prostituierten war die Wahrscheinlichkeit größer, dass die Polizei die Geschichte von dem Raubmord glaubte.«

»So sieht's aus. Im Rückblick ist mir klar, dass der Kerl uns damit tatsächlich einen Gefallen getan hatte. Wäre herausgekommen, welche Rolle mein Vater bei unserer Entführung gespielt hatte, hätten Mom, Stone und ich noch lange unter dem Skandal gelitten. So aber legte sich der Staub relativ schnell wieder, zumal mein Großvater über den *Ledger* das Gerücht verbreitete, meine Mutter hätte schon vor der Entführung die Scheidung eingereicht. Der *Ledger* wurde in anderen Zeitungen zitiert, und bald glaubte es jeder. Tja, die Macht der Presse.«

»In diesem Fall sehr nützlich, um die Würde deiner Mutter zu wahren.«

»Richtig. Jedenfalls erzählte mir der Geldeintreiber, dass er sich außerdem um die beiden Entführer gekümmert habe. Es war seltsam, aber es kam mir vor, als würde ihm wirklich etwas daran liegen, mich zu beruhigen. Die beiden hätten bekommen, was sie verdient hätten, sagte er, und wir müssten keine Angst mehr haben, dass sie jemals zurückkämen.« Marcus atmete schwer aus. »Ich war so froh.«

»Kein Wunder. Und das Geld?«

»Sein Boss habe das Geld bekommen, die Rechnung sei beglichen.«

»Aber was es mit der Pistole auf sich hat, hast du mir noch immer nicht gesagt.«

»Dazu komme ich jetzt. Denn bevor er ging, gab er sie mir in einer Papiertüte.«

»Der Kerl hat einem *Achtjährigen* eine Pistole gegeben? Wieso?«

»Sie war bei den Sachen meines Vaters gewesen, und als er den eingravierten Namen meines Großvaters auf dem Griff entdeckte, dachte er, ich wolle sie vielleicht behalten. Ich hätte ihn gerne gefragt, ob die Entführer und mein Vater mit dieser Waffe getötet worden waren, aber ich traute mich nicht. Einerseits wünschte ich es mir, aber dann auch wieder nicht.«

»Ich glaube, das kann ich verstehen. Aber einen Namen habe ich auf dem Griff nicht gesehen.«

»Ich habe ihn rausgefeilt.« Er warf ihr einen Seitenblick zu. »Genau wie die Seriennummer.«

»*Du* hast sie weggefeilt? Wieso das denn?«

»Weil es möglich war, dass jemand damit umgebracht worden war, und ich nicht wollte, dass mein Großvater in den Schmutz gezogen würde. Er hatte schon genug durchgemacht.«

»Ich kann noch immer nicht glauben, dass dieser Mafia-Kerl dir eine Pistole in die Hand gedrückt hat.«

»Ja, nicht wahr? Jedenfalls strich er mir noch einmal übers Haar, wünschte mir Glück und verschwand.« Er lächelte unfroh. »Ich schloss die Tür, und als ich mich umdrehte, trat Gayle aus dem dunklen Flur.«

»Ach du Schande. Ertappt.«

»Sie war leichenblass, zitterte am ganzen Leib und hielt ein Gewehr in der Hand. Anfangs hatte sie geglaubt, der Mann hätte mich erneut entführen wollen, dann jedoch unser Gespräch belauscht, und als mir das bewusst wurde, erzählte ich ihr alles. Sie setzte sich auf den Boden und weinte, einerseits aus Erleichterung und andererseits um mich, weil ich, wie sie sagte, mit einer so furchtbaren Entscheidung allein gewesen war. Ich glaubte, sie würde es meiner Mutter verraten, aber das tat sie nicht. Allerdings nahm sie mir die Pistole ab und gab sie meinem Großvater zurück, als wir ein paar Wochen später nach Ohio zogen. Mein Großvater schloss die Pistole in seinen Safe ein, doch die Kombination war leicht zu erraten.«

»Das Datum der Befreiung von Bataan?«

»Du sagst es. Trotz des Umzugs schlief ich weiterhin schlecht, und Stones Alpträume wurden noch schlimmer, deshalb holte ich mir die Pistole zurück und legte sie nachts unter mein Kopfkissen. Das Haus meines Großvaters, das nun meiner Mutter gehört, hat acht Schlafzimmer, aber Stone und ich teilten uns eins, bis ich zum Militär ging.« Er seufzte. »Stone besitzt heute mehr Waffen als mancher Kleinstaat, und er versteht es, damit umzugehen. Außerdem hat er in drei verschiedenen Kampfsportdisziplinen einen schwarzen Gürtel.«

Sie schwieg eine lange Weile. »Hast du ihm je gesagt, was dein Vater getan hat?«

»Nein. Ich hatte Angst, dass er darüber erneut zusammenbricht. Allerdings erzählte ich ihm, dass die Entführer tot waren. Ich schnitt sogar den Zeitungsartikel aus, damit er es mir glaubte.«

»Und du beschützt ihn noch heute.«

»Er ist mein Bruder. Er weiß, dass ich viele Schuldgefühle mit mir herumschleppe, glaubt aber, mein Heldenkomplex rühre daher, dass ich ihn nicht vor diesen Schweinen retten konnte. Und Matty auch nicht. Ich habe schon tausendmal überlegt, ihm die Wahrheit zu sagen – aber wozu? Er hat genug andere Probleme, mit denen er zurechtkommen muss.«

Wieder schwieg sie lange, und er sah sie fragend an. »Du bist anderer Meinung?«

Sie zuckte die Achseln. »Du kennst ihn besser. Aber ich könnte mir vorstellen, dass er stärker ist, als du denkst. Wie auch immer – kommen wir auf die Pistole zurück. Hattest du denn nie Angst, dass das Ding eines Nachts versehentlich losgehen und dich schwer verletzen könnte?«

Er zögerte, beschloss dann jedoch, ihr auch den Rest zu erzählen. »Ich denke nicht, dass es mich gekümmert hätte, Scarlett. Es gab Zeiten, in denen ich mir das beinahe wünschte.«

Sie drehte sich abrupt in ihrem Sitz zu ihm, und ein kurzer Seitenblick genügte, um zu sehen, dass ihr die Farbe aus dem Gesicht gewichen war. »Wie bitte?«, flüsterte sie.

»Ich hadere noch immer mit dem, was ich getan habe. Ich weiß, du findest, dass mich allein mein damaliges Alter freispricht, aber dennoch starben drei Menschen, die niemals vor Gericht zur Rechenschaft gezogen wurden.«

»Willst du damit sagen, du bist der Meinung, sie hätten einen fairen Prozess *verdient*?«

»Nein. Aber meiner Mutter hätte es mehr als gutgetan, ihrem Mann ins Gesicht zu sehen und zu erfahren, dass nicht sie die Schuld an Mattys Tod trug. Ich konnte es ihr aber nicht sagen.«

»Ich verstehe. Weil du ihr sonst auch hättest gestehen müssen, welche Rolle du beim Tod deines Vaters gespielt hast. Oh, Marcus.«

»Jedenfalls kann ich heute halbwegs mit alldem umgehen, aber damals war ich ein kleiner, traumatisierter Junge, und irgendwann glaubte ich, es nicht mehr aushalten zu können. Es war kurz vor meinem zehnten Geburtstag.«

»Du wolltest dich umbringen?«, fragte sie mit zitternder Stimme. »Mit neun?«

Er nickte. »Ich habe es ja nicht getan. Zum Teil wegen Gayle. Weil sie Bescheid wusste und mich dennoch liebte. Und wegen Stone, der mich brauchte. Aber an manchen Tagen war die Stimme in meinem Kopf, die mich Mörder schimpfte, furchtbar laut.«

»Mein Gott, wie hast du nur deine Militärzeit überlebt? Musstest du denn niemals auf den Feind schießen?«

»Und ob«, murmelte er. »Die Armee hat Stone geholfen, seine Ängste zu überwinden, und mir in vieler Hinsicht ebenfalls. Die Einsätze rückten meine Perspektive zurecht und machten mir klar, dass die Männer, die uns entführt hatten, das Äquivalent zum Feind waren. Dennoch verfolgt es mich. Jeder Tod, den ich verursacht habe, verfolgt mich. Das ist einer der Gründe, warum wir beim *Ledger* selten Gewalt anwenden. Obwohl es mir in letzter Zeit immer schwerer fällt. Vor allem nach Mikhails Tod. Manchmal wünschte ich mir, ich könnte den Bastard, der dafür verantwortlich ist, einfach abknallen, und das war's dann. Aber bisher bin ich immer auf der Seite der Guten geblieben – wenn auch nur knapp.«

Sie nickte unsicher. »Ja, das kenne ich leider nur allzu gut. Aber, Marcus ... versprich mir eins: Falls du jemals wieder in Betracht ziehen solltest, deinem Leben ein Ende zu setzen ...«

»Nein«, unterbrach er sie. »Das habe ich nicht mehr getan, seit ich zehn war. Denn da trat Jeremy in unser Leben. Plötzlich waren wir eine richtige Familie. Mom war überglücklich. Sie wurde schwanger, und Audrey wurde geboren. Jeremy war ein Glücksfall für uns alle. Obwohl er nur elf Jahre älter war als ich und die Rolle eines großen Bruders hätte übernehmen können, war er mir der beste Vater, den man sich nur wünschen könnte.«

Scarlett wischte sich verstohlen die Augen. »Gott sei Dank«, sagte sie schlicht. Dann deutete sie auf ein Schild. »Da ist die Ausfahrt, die wir nehmen müssen. Und denk daran, mich vor den Frauen ja nicht Detective zu nennen.«

»Ich werde mich bemühen.«

Sie strich ihr Kleid glatt und sah in den Spiegel der Sonnenblende. »Mist, ich sehe ja total verheult aus. Aber wenigstens macht mich das authentischer.«

»Du siehst wunderschön aus.«

»Danke gleichfalls. Brauchst du irgendwas, bevor wir mit Mila und Erica sprechen?«

Er drückte ihre Hand. »Nur dich an meiner Seite.«

»Ich bin bei dir, darauf kannst du dich verlassen.«

## 29

Georgetown, Kentucky
Mittwoch, 5. August, 8.40 Uhr

Im Kirchenvorraum trafen Scarlett und Marcus auf Trace. Scarlett hatte der Begegnung mit Nervosität entgegengesehen, aber ihr Onkel erstickte jede Verlegenheit im Keim, indem er sie wortlos in seine Arme zog und fast erdrückte. Plötzlich fühlte sie sich wieder wie ein Kind. Als hätte es die vergangenen zehn Jahre nicht gegeben.

Er stellte sie auf die Füße und tippte ihr mit dem Finger unters Kinn. »Du hast ja geweint.« Stirnrunzelnd drehte er sich zu Marcus um.

»Er hat nichts getan«, sagte sie rasch. »Wir haben uns unterhalten, und ich war gerührt, das war alles.« Sie legte ihm einen Arm um die Taille. »Onkel Trace, das ist Marcus O'Bannion. Er hat versucht, Tala zu helfen, und war bei ihr, als sie starb. Marcus, Pfarrer Trace.«

Marcus streckte ihm die Hand entgegen. »Herr Pfarrer«, sagte er höflich. »Sie sind der Erste aus Scarletts Familie, den kennenzulernen ich die Ehre habe.«

Trace zog die Brauen hoch und blickte auf Scarlett herab. »Oh, der ist gut.«

Scarlett lachte. »Ich weiß.«

Ihr Onkel schüttelte Marcus die Hand. »Die Frauen warten im Altarraum. Scarlett, ich habe ihnen nur erzählt, dass du meine Nichte bist.« Er drückte sie erneut an sich. »Du musst selbst entscheiden, wann du ihnen sagst, in welcher Funktion du wirklich hier bist.«

»Wie geht es den beiden?«, fragte Marcus. »Rein körperlich, meine ich?«

»Ihre Füße sind wund, weil sie meilenweit barfuß gelaufen sind. Man hat sie hier zwar versorgt und verbunden, aber es wäre sicher besser, wenn ein Arzt sich darum kümmern könnte. Was die Verständigung anbetrifft, werdet ihr übrigens keine Probleme haben. Ihr Englisch ist ausgezeichnet. Gesagt haben sie dennoch bislang nicht viel. Als ich ihnen die Fotos von Mr. Bautista und dem jungen John Paul gezeigt habe, waren sie zwar überglücklich, aber sie haben noch sehr viel Angst.«

Er führte sie in die Kirche, und Scarlett hatte plötzlich große Probleme, normal zu atmen. Nach all den intensiven Gesprächen mit Marcus war sie aufgewühlt und dünnhäutig. In ihrem Magen begann es zu brennen, und sie schluckte mühsam den Kloß hinunter, der sich in ihrer Kehle gebildet hatte.

Doch dann nahm Marcus ihre Hand und hielt sie fest. Sie inhalierte den Duft seines Aftershaves und spürte, wie sie ruhiger wurde.

»Alles okay?«, flüsterte er.

Sie griff seine Hand fester. »Ja.«

Gemeinsam folgten sie Scarletts Onkel in den Altarraum und blieben abrupt stehen. Zwei zierliche Frauen saßen auf Klappstühlen und hielten einander genauso fest an den Händen wie Marcus und Scarlett. Die ältere Frau zitterte sichtlich, und in ihren Augen standen Tränen. Die jüngere war laut der Einwanderungspapiere noch keine sechzehn, wirkte aber sehr viel älter. Ihr Blick war in die Ferne gerichtet, ihre Augen wirkten kühl, und sie hielt die Schultern gebeugt.

»Sie sieht aus wie Tala«, murmelte Marcus. Er ließ Scarletts Hand los, trat zu den Frauen und ging vor ihnen in die Hocke, um in ihre Gesichter blicken zu können. »Ich bin Marcus«, sagte er. »Und es tut mir furchtbar leid wegen Tala.«

Mila Bautistas Zittern wurde stärker, und ihr Schluchzen brach sich Bahn, als Marcus seine Arme um die beiden Frauen legte. Talas Mutter lehnte sich an ihn und begann laut zu weinen.

Neben Scarlett seufzte Trace leise. »Ist der echt?«

Scarlett musste selbst gegen die Tränen anblinzeln. Unwillkürlich presste sie sich den Handballen auf das Brustbein. »Ja. Das ist er.«

»Ich habe im Internet gelesen, dass er sich in einer anrüchigen Gegend mit dem Mädchen getroffen hat, weil er ihr helfen wollte. Macht er so was öfter?«

Sie blickte zu ihrem Onkel auf. »Ja, das macht er öfter, aber nicht so, wie du denkst.« Sie fasste rasch zusammen, was bis gestern Nacht geschehen war. »Dennoch müssen wir uns fragen, wer das eigentliche Ziel war – Tala oder Marcus.«

»Es war Tala.« Erica Bautista hatte sich aus Marcus' Umarmung gelöst und strich ihrer Mutter, die an Marcus' Schulter weinte, übers Haar. Der Blick des Mädchens war hart und wütend, und Scarlett konnte es ihr nicht verübeln.

Scarlett holte sich einen Klappstuhl und setzte sich den Frauen gegenüber. »Wie kannst du dir da so sicher sein?«, fragte sie.

»Wer sind Sie?«, wollte das Mädchen wissen.

»Ich bin Scarlett. Pfarrer Trace ist mein Onkel, Marcus mein Freund, und ich fürchte auch um *seine* Sicherheit, deswegen bin ich mitgekommen. Wir wollen euch helfen, aber keiner weiß so recht, was wirklich passiert ist.«

Erica musterte sie weiterhin. »Sie sind von der Polizei«, stellte sie kühl fest.

Scarlett blinzelte verblüfft. Mila stieß Marcus weg und sprang panisch auf. Scarlett blieb ruhig sitzen, um die Frau nicht noch mehr einzuschüchtern. »Ich habe nichts mit der Einwanderungsbehörde zu tun, und ich werde sie auch nicht beachrichtigen. Ich bin als Nichte meines Onkels hier. Ich werde niemanden melden oder anzeigen. Darauf gebe ich Ihnen mein Wort.«

Mila blickte fragend zu Marcus, und er nickte. »Sie sagt die Wahrheit«, bestätigte er. »Sie ist wirklich Pfarrer Trace' Nichte, und sie ist wirklich meine Freundin. Und sie will Ihnen auch wirklich helfen. Als ich mich mit Tala verabredet habe, rief ich sie an, weil ich eine Frau dabeihaben wollte, der ich hundertprozentig vertrauen kann.«

»Sie vertrauen ihr?«, fragte Mila, die immer noch heftig zitterte.

»Absolut«, antwortete Marcus schlicht, und Mila ließ sich langsam wieder in ihren Stuhl zurücksinken.

Scarlett atmete erleichtert aus. »Woher wusstest du es?«

Erica zuckte die Achseln. »Pfarrer Trace heißt mit Nachnamen Bishop, Sie haben sich mit Scarlett vorgestellt. In der Zeitung heute Morgen stand, dass Detective Scarlett Bishop am Tatort gewesen war.«

*Autsch.* »Oh. Ich wollte euch nicht täuschen. Oder, doch, das wollte ich schon, aber nur, um euch keine Angst einzujagen. Ich meine es ernst. Ich werde euch nicht anzeigen.«

»Ihr Partner ist beim FBI«, fügte Erica kühl hinzu.

Scarlett ging in Gedanken den *Ledger* -Artikel durch, dann wandte sie sich verwirrt an Marcus. »Du hattest Deacon doch gar nicht erwähnt, oder?«

Erica verdrehte ungehalten die Augen. »Ich habe Sie gegoogelt, Detective. Ich kann so was. Ich konnte das schon, bevor wir hierherkamen – es ist wirklich nicht schwer. Nicht mal für Leute wie mich.«

»Für Leute wie dich?«, griff Scarlett ihren letzten Satz auf. »Du meinst Opfer eines abscheulichen Verbrechens, begangen von Leuten, die für den Rest ihres Lebens ins Gefängnis gehören?«

Perplex riss Erica die Augen auf. »Nein. Ich meinte ...«

»Ich weiß, was du meintest«, gab Scarlett zurück. »Und ich weiß auch, dass dein Vater Lehrer und deine Mutter Krankenschwester ist und ihr alle eine gute Schuldbildung genossen habt. Ich mag nur nicht so leicht aus dem Konzept gebracht werden.« Sie lächelte, und Erica entspannte sich ein wenig. »Deine Schwester war ungeheuer mutig, und sie hat alles riskiert, um ihre Familie zu retten. Ich will dafür sorgen, dass ihr Opfer nicht umsonst gewesen ist.«

Als Scarlett ihre Schwester erwähnte, zitterte Ericas Unterlippe, und nun begann auch sie zu weinen. »Wir haben sie angefleht, nicht zu gehen«, schluchzte sie. »Es war viel zu gefährlich.«

»Aber sie sah einfach keinen anderen Ausweg mehr«, fügte Mila hinzu. »Tala war fest entschlossen, Malaya aus dem Haus zu schaffen.« In hilflosem Zorn ballte sie die Fäuste.

»Dieser Mann. Am liebsten würde ich ihn umbringen.«

Marcus legte tröstend seine Hände um Milas Fäuste. »Chip Anders?«

Hass blitzte in den Augen beider Frauen auf. »Ja«, zischte Mila. »Und seine Frau und ihre schreckliche Tochter.«

»Sie sind verschwunden«, sagte Scarlett. »Und es sieht ganz danach aus, als hätte man sie entführt. Wissen Sie vielleicht, wer dahinterstecken könnte?«

Mutter und Tochter sahen einander an. »Nicht genau«, antwortete Mila. »Aber als Anders gestern bemerkte, dass Tala fort war, bekam er große Angst.«

»Wann genau hat er es denn bemerkt?«, fragte Scarlett.

Mila wollte etwas sagen, bekam aber kein Wort heraus. Erica legte den Kopf an ihre Schulter und antwortete für sie. »Als der Alarm losging«, sagte sie leise. »Unsere Tracker waren mit der Alarmanlage des Hauses verbunden. Mama und ich durften nicht hinaus.«

»Aber Tala schon«, wandte Marcus ein. »Zu ihren Aufgaben gehörte es, den Hund auszuführen.«

Mila presste die Lippen zusammen und sah zur Seite. »Nein. Zu Stephanies Aufgaben gehörte es, den Hund auszuführen.«

»Anders' Tochter«, stellte Scarlett fest. »Sie ist also derzeit nicht am College?«

»Nein. Und sie ist ein bösartiges Miststück«, knurrte Erica. Mila sah sie entsetzt an. »Erica! Wir sind in einer Kirche!«

Erica zuckte unbekümmert die Schultern. »Es stimmt doch.« Sie wandte sich zu Scarlett um. »Ich hoffe, dass ihr Entführer ihr etwas Schlimmes antut. Ich hasse sie!« Ihr Zorn löste sich in einem Schluchzer. »Sie hat meine Schwester umgebracht. Sie und ihr widerlicher Freund.«

Scarlett merkte auf. »Ihr Freund? Von dem wissen wir ja noch gar nichts.«

»Drake Connor«, Erica spuckte den Namen förmlich aus. Scarlett nahm die Hand des Mädchens und drückte sie ermutigend. Sie konnte ihre Aufregung kaum verbergen. Dieser Freund war vielleicht genau die Information, die sie ein entscheidendes Stück weiterbrachte. »Was hat er getan?«

Erica senkte den Blick, aber Scarlett hatte die Scham in ihren Augen bereits gesehen. »Was er wollte«, erwiderte das Mädchen tonlos.

Scarlett warf Marcus einen Blick zu. »Sollen Pfarrer Trace und Marcus vielleicht einen Moment hinausgehen?«, fragte sie, und Erica nickte stumm.

Marcus strich Scarlett im Vorbeigehen über die Schulter. »Wir warten im Vorraum.«

»Nun sind wir allein«, sagte Scarlett, als die beiden Männer weg waren. »Du kannst jetzt reden.«

Erica blickte nicht auf. »Es weiß doch ohnehin jeder Bescheid«, flüsterte sie. »Das ist ja unvermeidlich. Warum sonst sollte jemand drei Frauen kaufen?«

»Jetzt sprichst du von Anders, nicht von Drake, oder?«

Erica schnaubte verächtlich. »Drake war ein Habenichts. Stephanie war nur mit ihm zusammen, um ihren Vater zu ärgern. Ihr Vater kaufte unsere Familie und schickte meinen Vater und meinen Bruder in die Fabrik zum Arbeiten. Mama sollte sich um Anders' Mutter kümmern.«

»Ich dachte, um seine Tante.«

»Das auch, aber das war später. Als wir herkamen, lebte Anders' Mutter noch. Sie war bettlägerig.« Erica stockte. »Sie war nicht bösartig, nicht wie er. Sie wollte melden, dass wir ohne Bezahlung arbeiten mussten und er uns ... benutzte. Aber dann ... hat *sie* sie umgebracht. Anders' Frau hat ihr ein Kissen aufs Gesicht gelegt und sie erstickt.«

»Weil sie sich auf unsere Seite geschlagen hat«, fügte Mila flüsternd hinzu. »Marlene Anders liebt den Luxus. Sie will sich bedienen lassen. Aber sie will nicht dafür bezahlen.«

»Und Tante Tabby?«, fragte Scarlett.

Wieder füllten sich Milas Augen mit Tränen. »Ist sie noch am Leben? Pfarrer Trace konnte uns nur sagen, dass sie im Krankenhaus liegt. Was ist denn passiert?«

»Sie ist nicht ansprechbar, aber sie lebt. Chip Anders hat sie zusammengeschlagen.«

Beide Frauen schnappten entsetzt nach Luft. »Und wir haben sie alleingelassen«, flüsterte Mila. »Dieses Ungeheuer hat sie verprügelt, weil sie uns die Flucht ermöglicht hat.« Mila senkte den Kopf. »Sie ist ein guter Mensch. Wir haben die ganze Nacht für sie gebetet.«

*Na, viel Glück damit,* dachte Scarlett, wurde sich aber plötzlich verblüfft bewusst, dass ihre innere Stimme eher nach Hoffnung als nach Zynismus geklungen hatte. »Zurück zu Drake«, sagte sie und sah, wie Erica erneut den Blick senkte. »Er könnte wichtig für unsere Ermittlungen sein. Drake war also mit Stephanie zusammen. Wohnte er in der Nähe?«

Erica zuckte die Achseln. »Zumindest nah genug, um ein paarmal die Woche vorbeizukommen.«

»Du sagtest, er hat getan, was er wollte.« Sie nahm Ericas Hand. »Hat er dich vergewaltigt?«

Sie nickte kaum wahrnehmbar. »Meistens meine Schwester, aber manchmal mich, wenn Tala ...« Sie schlug die Hände vors Gesicht. Scarlett zog sanft an ihrem Handgelenk, rutschte vom Stuhl und kniete sich vor das Mädchen, um ihm ins Gesicht zu sehen.

»Du hast keinen Grund, dich zu schämen«, flüsterte sie eindringlich. »Ich weiß, wie schwer das für dich ist.«

»Woher denn?«, entgegnete Erica. »Sind Sie je vergewaltigt worden?«

»Nein. Aber ich hatte in meiner Polizeilaufbahn schon mit zu vielen vergewaltigten Frauen zu tun. Allen fällt es schwer, darüber zu reden, aber wer sich überwindet und so dazu beiträgt, den Täter vor Gericht zu stellen, kommt häufig besser damit zurecht.«

»Aber es wäre ein amerikanisches Gericht«, wandte Erica verbittert ein. »Die hören mir doch sowieso nicht zu.«

»Ich bin eine amerikanische Polizistin, und ich höre dir zu«, entgegnete Scarlett. »Ich werde alles in meiner Macht Stehende tun, um den Mann für seine Taten zur Rechenschaft zu ziehen, mehr kann ich dir nicht versprechen. Aber dazu brauche ich deine Hilfe. Du musst mir alles erzählen, was du über Drake weißt. Übrigens auch deshalb, weil jemand versucht, Marcus umzubringen. Und Talas Mörder ist vielleicht auch derjenige, der nun hinter Marcus her ist.«

»Tja, Marcus lebt noch«, sagte Erica, nun wieder kalt und tonlos. »Im Gegensatz zu meiner Schwester. Warum hat er eine Schutzweste getragen? Hat er gewusst, dass jemand Tala umbringen wollte?«

»Erica!«, rief Mila empört.

»Schon gut«, beruhigte Scarlett sie, wohl wissend, dass Erica nur nach einer Möglichkeit suchte, mit ihrem Schmerz umzugehen. »Marcus hilft häufig Menschen, die in einer gewalttätigen Beziehung leben, und er glaubte, bei Tala läge der Fall ähnlich. Und da schon einmal auf ihn geschossen wurde, trägt er meistens eine Schutzweste.«

Erica nickte widerstrebend. »Okay.« Sie senkte den Kopf. »Drake hat Tala vergewaltigt, wann immer er die Möglichkeit dazu hatte. Vor allem, wenn Anders nicht da war. Aber wenn sie ihre ... ihre monatliche ...«

»Wenn sie ihre Periode hatte?«, fragte Scarlett, und Erica nickte wieder, schwieg aber. »Drake hat dich vergewaltigt, wenn Tala ihre Periode hatte?«

Tränen rannen Erica über das Gesicht. Scarlett blickte zu Mila, die ihre Augen geschlossen hatte und so elend aussah, dass es Scarlett im Herzen weh tat. »Kannst du mir Drake beschreiben?«

»Er ist groß«, flüsterte Erica. »Über eins achtzig. Breite Schultern und sehr stark. Blonde Haare, braune Augen.« Ein grimmiges Lächeln. »Ein abgebrochener Zahn.«

»Warst du das?«

»Tala. Als er sie das erste Mal gezwungen hat.«

»Gut gemacht.«

Erica bewegte unruhig die Schultern. »Aber Drake hat sie dafür verprügelt, und Stephanie wurde wütend, weil ihr Vater Talas blaue Flecken sehen würde. Chip Anders wollte Tala für sich allein.«

Scarlett drückte wieder die Hand des Mädchens. »Du machst das großartig. Weißt du noch, welcher Zahn abgebrochen ist?«

»Ein Schneidezahn. Unten.« Sie entzog Scarlett eine Hand, um ihr die Stelle zu zeigen.

»Sehr gut. Hast du Narben oder Tätowierungen bemerkt?«

»Eine Tätowierung am linken Oberarm. Eine Schlange mit offenem Maul.« Sie schauderte.

»Was hat er für eine Hautfarbe?«

»Weiß, aber im Moment ist er ziemlich braungebrannt. Er hat eine Zeitlang für die Gartenbaufirma gearbeitet, die den Rasen am Haus mäht.«

»Gut, das hilft uns weiter. Weißt du vielleicht, wie diese Firma heißt?«

»Belle's Bluebells«, antwortete Mila gepresst. »Ich hab den Van gesehen. Die Firma gehört Drakes Schwester. Aber er hat im Juni aufgehört, als Stephanie vom College zurückkam. Von ihr hat er mehr Geld gekriegt, als er mit Rasenmähen verdienen konnte.«

»Schön. Einen kleinen Moment, bitte.« Scarlett holte ihr Smartphone aus der Tasche und tippte eine Nachricht für Deacon.

*Such Drake Connor, Schwester gehört Belle's Bluebells, Gartenfirma. D. C. Freund von Stephanie Anders. Vielleicht Talas Mörder.*

Sie zeigte den Text den beiden Frauen. »Ich schicke das hier meinem Partner, Special Agent Deacon Novak. Ich erwähne Ihre Namen bewusst nicht, aber wir müssen diesen Drake Connor finden.«

»Aber Ihr Partner weiß doch, dass Sie hier sind und mit uns reden«, sagte Erica misstrauisch.

»Ja, aber er weiß nicht, wo ›hier‹ ist.« Sie schickte die Nachricht ab und überlegte, ob sie ihnen von Kate Coppola und der FBI-Ermittlung gegen Menschenhandel erzählen sollte, aber sie entschied sich dagegen. Ihr Bauchgefühl sagte ihr, dass die beiden Frauen noch weit davon entfernt waren, sich sicher zu fühlen.

Scarlett setzte sich wieder auf ihren Stuhl. »Gibt es sonst noch etwas, was ich über Drake und Stephanie wissen müsste?«

Mila presste die Zähne zusammen. »Stephanie hat Tala ebenfalls missbraucht. Sexuell missbraucht.«

Erica fuhr herum und starrte ihre Mutter entsetzt an. »Mama, nein!«

»Doch, Erica«, gab Mila eindringlich zurück. »Und sie haben sie gezwungen, ihnen Drogen zu beschaffen.«

»Weil Stephanie schon auf dem College dabei erwischt wurde«, fügte Scarlett hinzu, und Mila sah sie überrascht an.

»Das wissen Sie?«

»Ich habe geraten.« Sie wollte Mila nicht sagen, dass in Talas Jeanstasche ein Päckchen Koks gesteckt hatte. »Ihre Tochter wurde in einer Gegend getötet, die berüchtigt für Drogengeschäfte ist. Ich konnte mir einfach nicht erklären, was sie dort zu suchen hatte, bis ich auf Stephanies Vorstrafenregister stieß. Sie sagten eben, dass es Stephanies Aufgabe war, den Hund auszuführen. Und weil sie keine Lust dazu hatte, hat sie Tala dazu gezwungen. Aber wie konnte das funktionieren? Wenn Ihre Tracker die Alarmanlage des Hauses auslösten, warum dann Talas nicht?«

»Drake konnte gut mit Computern umgehen. Er hat das Programm auf Mr. Anders' Rechner manipuliert, damit sie Tala mitnehmen konnten, wenn sie sich Drogen beschaffen wollten. Manchmal wollte Stephanie Drake für sich allein. Auch dann hat sie Tala mit dem Hund losgeschickt. Tala konnte nie sicher sein, ob sie ihre Bewegungen auf dem Monitor gerade verfolgten oder nicht, daher wagte sie keinen Ausbruch.«

Scarlett seufzte. Allein die Erzählung der Frauen laugte sie emotional aus – und die beiden hatten das alles *erlebt!* »Die Anders werden dafür bezahlen müssen, das verspreche ich Ihnen. Können Sie mir etwas über die Leute erzählen, die Sie ins Land geholt haben?«

Mila schüttelte den Kopf. »Mein Mann hat damals die Formalitäten erledigt. Er wurde betrogen.«

»Das FBI kümmert sich momentan um ihn und Ihren Sohn. Sie werden zunächst medizinisch versorgt.«

»Dann ist es also wahr?«, fragte Mila so leise, dass es kaum zu hören war. »Sie sind wirklich noch am Leben?«

Scarlett war, als hätte man ihr einen Schlag in die Magengrube versetzt. Die Frau saß hier und redete mit ihnen, obwohl sie nicht einmal sicher gewesen war, dass ihr Mann und ihr Sohn noch lebten! »Aber ja, sie *sind* am Leben. Pfarrer Trace hat Ihnen das doch schon gesagt, nicht wahr? Haben Sie ihm denn nicht geglaubt?«

Tränen rannen Mila über das Gesicht, als sie Erica in die Arme zog, die ebenfalls wieder weinte. »Doch, aber ... aber die Fotos, die er uns zeigte, waren schon alt. Wir hatten sie gemacht, noch ehe wir herkamen. Ich dachte, er hätte sich vielleicht geirrt.«

»Oder die Polizei hätte ihn bewusst angelogen«, fügte Erica unter Tränen hinzu. »Die Anders haben uns gesagt, die beiden seien tot.«

*Aber mir glauben sie.* Und diese Verantwortung wog schwer. »Sie leben. Das schwöre ich Ihnen. Wenn Sie es mir erlauben, bitte ich meinen Partner, uns neue Fotos zu beschaffen. Aber dazu muss er vielleicht einen anderen Agenten fragen. Und der wiederum könnte erraten, dass wir Sie gefunden haben.«

Mila und Erica sahen einander an, dann nickten beide. »Ja«, sagte Mila schließlich mit belegter Stimme. »Ich will sie sehen.«

Scarlett schickte eine weitere Nachricht an Deacon. »Mila, reden wir Klartext. Fotos werden Ihnen nicht reichen, richtig? Sie wollen wieder zu Ihrem Mann und Ihrem Sohn. Und Sie wollen Ihre Enkelin zurückhaben, nicht wahr?«

Mila nickte, schwieg aber.

Erica begann sich zu erheben. »Sie haben versprochen, uns nicht anzuzeigen.«

»Und das werde ich auch nicht tun. Aber die Situation ist nicht so aussichtslos, wie sie vielleicht scheint. Bitte hören Sie mir beide zu.«

Erica sank auf den Stuhl zurück. »Reden Sie.«

»Erinnern Sie sich an die Frau, der Tabby das Baby anvertraut hat? Ihr Name ist Annabelle Church.« Mila und Erica nickten.

»Malaya war bei ihr in guten Händen, und als sie das Baby in die Obhut des Jugendamts geben musste, rief sie ihren Anwalt an, damit Malayas Rechte gewahrt wurden.«

»Rechte? Aber Malaya ist doch nur ein Baby«, flüsterte Mila verblüfft.

»Und US-Bürgerin«, setzte Scarlett hinzu. »Die Tatsache allein wird nicht reichen, um Ihnen zu einer Green Card oder einer Staatsbürgerschaft zu verhelfen«, fügte sie hinzu, als Hoffnung in den Augen der beiden Frauen glomm, »aber Annabelles Anwalt hat uns versprochen, sich mit einem Kollegen für Einwanderungsrecht in Verbindung zu setzen, der Ihren Fall übernimmt. Umsonst.«

»Warum?«, fragte Erica, noch immer misstrauisch.

»Erstens, weil Annabelles Anwalt auch ihr Enkel ist. Und die beiden sind einfach nett. Annabelle ist nach unserer Befragung direkt ins Krankenhaus gefahren und seitdem nicht mehr von Tabbys Seite gewichen. Und ihr Enkel hat väterlicherseits ebenfalls einen Migrationshintergrund, deswegen will er helfen. Ich bin keine Expertin, aber ich weiß, dass Sie als Opfer von Menschenhändlern ein sogenanntes ›U-Visum‹ beantragen können. Es berechtigt Sie, im Land zu bleiben, wenn Sie den Behörden bei der Ermittlung helfen. Mr. Bautista wird dasselbe Angebot erhalten.«

»Das ist aber keine Green Card, oder?«, fragte Erica stirnrunzelnd.

»Nein, aber es kann eine daraus werden. Dazu bedarf es außerdem eines Arbeitgebers, und dabei kann Marcus helfen. Voraussetzung ist allerdings Ihre Kooperation mit dem FBI.«

»Werden wir ins Gefängnis kommen?«

»Nein. Sie haben ja kein Gesetz gebrochen.« Scarlett beugte sich ein Stück vor. »Sie sind Opfer eines Verbrechens. Niemand wird Ihnen die Schuld geben. Bitte verstehen Sie das.« Erica hob ihr Kinn, ihre Lippe zitterte. »Amerikaner hassen illegale Einwanderer.«

»Nein, das tun sie nicht«, widersprach Scarlett. »Na gut, einige vielleicht schon, aber die Mehrheit der Bevölkerung steht auf Ihrer Seite und will, dass die Leute, die Sie unter Vortäuschung falscher

Tatsachen ins Land geholt haben, vor Gericht gestellt werden. Das heißt nicht, dass sich jeder nett und freundlich gebärden wird, denn illegale Einwanderung *ist* ein Problem. Aber Sie hatten ja ein Visum.«

»Das man uns abgenommen hat.« Milas Stimme bebte. »Aber das spielt ohnehin keine Rolle mehr, denn es ist längst abgelaufen.«

»Sie bekommen ein neues«, erwiderte Scarlett mit einem Lächeln. »Aber dazu müssen Sie mir vertrauen.«

Mila holte tief Luft. »Was sollen wir denn tun?«

»Fahren Sie mit uns zum FBI. Mein Partner und ein paar Agenten möchten mit Ihnen sprechen. Sie brauchen Ihre Hilfe, um die Täter dingfest zu machen.«

Mila rang die Hände. »Werden Sie bei uns bleiben?«

Scarletts Herz wurde schwer, und sie musste sich räuspern. »Solange ich kann. Genau wie Marcus und Pfarrer Trace.« Sie nahm Milas Hand. »Sie haben nichts mehr zu befürchten. Sie sind jetzt in Sicherheit.«

»Und wo sollen wir wohnen?«, fragte Erica und gab sich Mühe, energisch zu klingen, doch Scarlett spürte ihre Beklommenheit.

»Wir werden etwas finden, keine Sorge. Vielleicht müssen wir euch anfangs in einem sicheren Haus unterbringen, bis wir herausgefunden haben, wer hinter der ganzen Sache steckt. Das schließt eventuell Polizeischutz ein, aber das bedeutet nicht, dass ihr Gefangene seid, sondern nur, dass man auf euch aufpasst, damit euch nichts zustößt.«

»Für wie lange?«, hakte Erica nach.

Scarlett seufzte. »Ich wünsche, ich wüsste es, Erica. Aber wenigstens eins kann ich dir sagen: Marcus bedeutet mir sehr, sehr viel, und im Augenblick ist sein Leben in Gefahr, sobald er sich in die Öffentlichkeit begibt. Also selbst wenn deine Familie mir nicht am Herzen läge – was sie tut! –, würde ich alles geben, um diesen Fall möglichst schnell zu lösen. Das ist alles, was ich versprechen kann, aber ich bin gar nicht so schlecht in meinem Beruf, und mein Partner Agent Novak auch nicht.«

Mila schwieg eine lange Weile, doch schließlich nickte sie, und Scarlett stieß erleichtert den Atem aus. »Wir kommen mit«, sagte Mila. »Aber bitte keine Handschellen.«

Wieder drohte Scarletts Herz zu brechen. »Natürlich nicht«, versprach sie. »Darauf gebe ich mein Wort. Ich sage jetzt Marcus Bescheid, und dann bringen wir Sie nach Cincinnati.«

»Das haben die damals auch gesagt«, murmelte Erica, als Scarlett sich zum Gehen wandte.

Die Hand schon am Türknauf, drehte Scarlett sich noch einmal um. »Wer hat das gesagt? Anders und Konsorten?« Mila schüttelte den Kopf. »Nein. Der Mann und die Frau, die uns vom Flughafen abgeholt und zu den Anders gebracht haben. Ein Ehepaar. Sie behaupteten, ihnen würde das Unternehmen gehören, für das wir arbeiten sollten. Wir haben ihnen geglaubt.«

Sich als Ehepaar auszugeben, war nicht unklug, wenn man mit Menschen handelte, denn ein verheiratetes Paar flößte automatisch mehr Vertrauen ein. »Können Sie die beiden beschreiben?«

»Der Mann war sehr groß und dunkelhäutig«, sagte Mila. »Um die vierzig, vielleicht etwas älter. Die Frau war kleiner als er, aber größer als wir alle – auch als mein Mann. Sie war blond und sehr viel jünger als der Mann. Am Anfang waren sie nett zu uns, aber als wir dann zum Übernachten in einem Motel einkehrten ...«

»... holten sie plötzlich die Handschellen hervor«, fuhr Erica tonlos fort. »Der Mann war stark und schnell. Ich glaube, er konnte Karate. Und er war mit beiden Händen gleich geschickt. Tala versuchte, mit mir und John Paul wegzulaufen, aber er nahm sie in den Schwitzkasten und schlug mit der anderen Hand fast gleichzeitig meinen Vater bewusstlos, als er sich auf ihn stürzen wollte. Dann ...« Sie blickte zur Seite. Ihre Stimme klang verbittert, als sie leise fortfuhr: »Dann hat er Tala vergewaltigt. Und wir begriffen endgültig, dass das hier wohl nicht das gelobte Land war.« Scarlett ließ den Türgriff los, ohne die Tür zu öffnen, kehrte langsam zu den beiden Frauen zurück und ging vor dem Mädchen in die Knie. »Hat er dich auch vergewaltigt, Erica?«

Sie schluckte schwer und nickte.

Scarlett schloss die Augen. »Mein Gott, es tut mir so leid.« Doch mit einem Mal wurde ihr bewusst, was Erica gesagt hatte, und sie riss die Augen wieder auf. Groß, dunkelhäutig, schnell und ausgesprochen geschickt mit beiden Händen? Okay, es wäre schon ein sehr großer Zufall, aber ein Versuch konnte nicht schaden. Sie holte ihr Smartphone hervor, rief das Video auf, das sie Marcus in der Nacht gezeigt hatte, und wählte eine Sequenz, auf der man den Gang des Mannes und seine Augen hinter der Skimaske sehen konnte.

Wortlos zeigte sie es den beiden Frauen, die unwillkürlich zu zittern begannen.

»Das könnte er sein«, flüsterte Mila. »Ich werde ihn nie vergessen.« Sie legte ihrer Tochter einen Arm um die Schultern.

»Der Gang stimmt, die Größe auch.« Sie presste die Kiefer zusammen und straffte die Schultern. »Die Frau hat ihn Demetrius genannt, er sagte Alice zu ihr. Natürlich weiß ich nicht, ob das ihre richtigen Namen waren. Wer ist der junge Mann bei ihm?«

»Ein Freund von Marcus. Phillip. Er wurde ein paar Minuten später schwer verletzt. Genau wie ein weiterer Mann.« Mila riss die Augen auf. »Hat der Mann mit der Skimaske Tala getötet?«

»Ich weiß es nicht.« Tala hatte ihren Angreifer gekannt. Dass sie einen Mann, der sie vergewaltigt hatte, wiedererkennen würde, stand außer Frage. Aber auch Drake Connor hatte sich an ihr vergriffen. Scarlett hätte eigentlich froh sein sollen, dass sich die Teile endlich zusammenfügten, aber sie war es nicht. Ihr Bauchgefühl sagte ihr, dass nach wie vor etwas Entscheidendes fehlte, und sie hatte gelernt, ihm zu vertrauen. »Fahren wir in die Stadt zurück. Ich werde einen Zeichner bitten, sich mit Ihnen zusammenzusetzen. Und während wir unterwegs sind, werde ich meiner Chefin Bericht erstatten und alles in die Wege leiten, damit Ihre Familie schnell wieder zusammengeführt werden kann.«

Cincinnati, Ohio
Mittwoch, 5. August, 11.15 Uhr

Deacon Novak wartete schon, als Marcus und Scarlett mit Mila und Erica am Netherland Plaza ankamen. Scarlett war spürbar in Alarmbereitschaft, ihr Blick schoss hierhin und dorthin, und sie hielt sich dicht bei den beiden Frauen, um sie notfalls mit ihrem Körper abschirmen zu können.\

Marcus war sich außerdem bewusst, dass Scarlett auch ihn abzuschirmen versuchte, was noch deutlicher wurde, als Deacon sich in der Hotellobby zu ihnen gesellte und die beiden eine Mauer zwischen ihnen und den anderen Anwesenden bildeten. Am liebsten hätte Marcus Scarlett gepackt und hinter sich gezerrt, aber natürlich tat er es nicht. Sie war durch und durch Polizistin, und auch nur anzudeuten, sie könne ihn nicht beschützen, würde sie zutiefst kränken. Dennoch hielt er die Hand auf dem Griff der Waffe, die sie ihm geliehen hatte.

»Mila, Erica«, stellte Scarlett vor. »Das ist Special Agent Deacon Novak, mein Partner.«

Um die beiden Frauen nicht mit seinen heterochromen Augen zu verunsichern, behielt Deacon auch in der Hotellobby seine futuristische Sonnenbrille auf. Er nickte Mila zu. »Mrs. Bautista.« Der finster dreinblickenden Erica schenkte er ein freundliches Lächeln. »Und Miss Bautista.« Es war offensichtlich, dass Erica noch nicht akzeptieren konnte, dass sie in Sicherheit waren, und Marcus verstand das nur allzu gut. Er wusste, dass es noch lange dauern würde, bis das Mädchen das erlittene Trauma auch nur ansatzweise bewältigt haben würde.

»Wir sind sehr froh, dass wir Sie gefunden haben«, fuhr Deacon freundlich fort. »Bitte folgen Sie mir.« Er führte sie in einen Fahrstuhl, zog eine Karte durch das Lesegerät, drückte den Knopf zum Penthouse und stellte sich vor die Tür, die sich hinter ihm schloss. Erst dann entspannten er und Scarlett sich etwas. Deacon warf Scarlett über die Köpfe der beiden kleinen Frauen hinweg einen Blick zu. »Alles ist vorbereitet, so, wie du mir aufgetragen hast.«

»Ist mein Dad hier?«, fragte Erica und klang plötzlich sehr aufgeregt. »Und mein Bruder?«

»Ja«, antwortete Deacon. »Und sie können es kaum erwarten, Sie zu sehen. Ihr Vater ist etwas dünner als früher – nur um Sie darauf vorzubereiten.«

Eigentlich war Mr. Bautista nicht dünn, sondern völlig ausgemergelt, aber das sagte Deacon natürlich nicht. John Paul dagegen wirkte gesund und gut genährt, was darauf schließen ließ, dass sein Vater ihm wahrscheinlich stets einiges von seiner eigenen Ration abgegeben hatte.

Wieder begann Mila zu weinen. Marcus konnte sich nur wundern, dass die Frau bei all den Tränen, die sie heute vergossen hatte, nicht längst dehydriert war. Wenigstens waren es diesmal Freudentränen – oder zumindest bittersüße. Nach Jahren würde sie ihren Mann und ihren Sohn wiedersehen, doch eine ihrer Töchter hatte sie verloren ...

Marcus räusperte sich. »Ist der Anwalt auch oben?«

Deacon nickte. »Wir haben gleich zwei hier. Gabriel Benitez, Annabelles Enkel, und Peter Zurich, der Anwalt für Einwanderungsrecht.«

»Und wer ist vom FBI und CPD anwesend?«

»Special Agent Kate Coppola und ihr Partner, Special Agent Luther Troy. Sie leiten die Sonderkommission Menschenhandel in dieser Gegend«, antwortete Deacon. »Isenberg ist auch hier.«

Scarlett blickte gequält. »Und wie ist die Stimmung?«

Deacon zog seine weißen Brauen hoch. »Könnte schlimmer sein. Sie ist nicht gerade glücklich über die vielen Forderungen, die du gestellt hast, und dass du heute Morgen nicht wie befohlen zum Appell in ihrem Büro erschienen bist, hat ihr auch nicht gefallen, aber sie wird's überleben.«

Scarletts »Forderungen« waren darauf ausgerichtet gewesen, den Bautistas bei ihrer Wiedervereinigung eine gewisse Privatsphäre zu ermöglichen. Dass Marcus die Penthouse-Suite bereits reserviert hatte, traf sich also umso besser. Die Sicherheitsausstattung des Hotels war erstklassig, und das CPD hatte zusätzlich einen Wachmann für die Zimmertür abgestellt.

Scarlett hatte verlangt, dass alle Befragungen durch Behörden und die Sitzung mit dem Polizeizeichner im Hotel stattfinden würden. Außerdem hatte sie keine Zweifel daran gelassen, dass den Bautistas ein erfahrener Rechtsvertreter zur Seite stand, so dass keiner auch nur versuchen würde, die Familie mit der Androhung von Abschiebung einzuschüchtern.

»Was für ein Appell?«, fragte Erica misstrauisch.

»Nichts Wildes«, erwiderte Scarlett lächelnd. »Ich sollte mir eigentlich heute Morgen einen Anpfiff von meiner Vorgesetzten abholen, bin aber stattdessen nach Saint Barbara gefahren, um mit euch zu sprechen.«

»Wird Pfarrer Trace auch hier sein?«, fragte Mila.

»Er ist bereits vor zehn Minuten angekommen«, gab Deacon zurück. Marcus und Scarlett waren einen Umweg durch die Stadt gefahren, um sicherzustellen, dass ihnen niemand folgte.

»Wenn Sie möchten, steht Ihnen übrigens eine Psychologin zur Verfügung«, sagte Scarlett an Mila gewandt, als die Fahrstuhltür aufglitt. »Ihr Spezialgebiet sind Kinder und Jugendliche, aber sie kann auch Ihnen und Ihrem Mann helfen. Ich kenne und schätze sie sehr. Sie erwartet Ihren Anruf, zögern Sie also nicht, wenn Sie gerne mit ihr sprechen würden.«

Mila holte tief Luft, als sie in den Flur trat. »Danke, Detective. Für alles, was Sie für uns tun.« Sie legte sich eine Hand aufs Herz. »Ich bin so nervös.«

»Keine Angst, Mama«, sagte Erica und nahm die Hand ihrer Mutter. »Alles wird gut.«

Hilflos stand der ausgemergelte Mr. Bautista da und starrte den beiden Frauen entgegen, als sie das Hotelzimmer betraten. Doch dann warf sich John Paul laut schluchzend in die Arme seiner Mutter, und zwei Sekunden später umklammerten die vier einander weinend. Mr. Bautista berührte fast ehrfürchtig das Gesicht seiner Frau, als könne er nicht glauben, dass sie wirklich vor ihm stand.

Marcus wischte sich verstohlen die Augen und folgte Scarlett in den angrenzenden Raum, um der Familie einen Moment für sich allein zu gönnen. Im Nebenzimmer saßen bereits Pfarrer Trace und Isenberg, außerdem eine Rothaarige und ein Mann mit lichter werdendem Haupthaar, beide augenscheinlich FBI-Agenten.

Lieutenant Isenberg maß Marcus mit einem kühlen Blick, ehe sie sich Scarlett zuwandte. »Wir werden uns zwar immer noch über Ihre Prioritäten unterhalten müssen«, begann sie, »aber Sie haben unbestritten gute Arbeit geleistet.«

Scarlett zuckte die Achseln. »Mein Onkel hat die beiden Frauen ausfindig gemacht.«

»Aber Sie haben Mutter und Tochter davon überzeugen können, uns zu vertrauen.« Isenberg winkte sie an den Tisch. »Setzen Sie sich.«

»Ich auch?«, fragte Marcus mit einem Hauch Sarkasmus in der Stimme.

Ihr Blick war alles andere als einladend. »Sie auch. Sie haben nichts gedruckt, was Sie nicht drucken sollten, also traue ich Ihnen noch einen weiteren Tag über den Weg.«

»Oh, vielen Dank«, sagte er übertrieben höflich und setzte sich neben Scarlett, die ihm einen reuigen Blick zuwarf, ehe sie ihm die Rothaarige als Kate Coppola und den Mann als Luther Troy vorstellte.

Scarletts Onkel stand auf und entschuldigte sich. »Ich sehe besser mal nach, ob die Bautistas mich brauchen. Wenn der emotionale Überschwang der Wiedervereinigung nachlässt, werden sie um ihre Tochter und Schwester trauern.« Im Vorbeigehen drückte er Scarletts Schulter. »Ich habe einiges von dem gehört, was du vorhin in der Kirche zu den beiden gesagt hast«, murmelte er. »Du hast das großartig gemacht. Ich bin stolz auf dich.«

Und damit ging er. Scarlett war rot geworden. »Was gibt's Neues?«, fragte sie schroff.

»Erstens«, begann Isenberg. »Die Kugel, die aus Phillip Cauldwell herausoperiert wurde, stammt nicht aus derselben Waffe, mit der Tala Bautista erschossen wurde.«

»Aber ...« Marcus zog die Brauen zusammen. »Verdammt. Wir dachten, der Schütze aus meiner Wohnung wäre derselbe wie der, der auch Tala und Agent Spangler getötet hat. Heißt das, wir sind jetzt genauso schlau wie am Anfang?«

»Etwas weiter sind wir schon«, sagte Deacon, »denn wir haben die Waffe gefunden, durch die Tala Bautista zu Tode gekommen ist – und zwar bei Drake Connor.«

Marcus hatte an der Tür der Kirche gelauscht und wusste daher, was die Frauen berichtet hatten. »Also war es Stephanie Anders' Freund, der das Mädchen erschossen hat.« Deacon nickte. »Sieht ganz so aus. Nachdem du mir seinen Namen geschickt hattest, Scarlett, habe ich ihn zur Fahndung ausgeschrieben und bin zur Wohnung seiner Schwester gefahren. Sie war nicht da, aber alles deutete auf eine tätliche Auseinandersetzung hin. Gestern Morgen hat sie ihr Auto als gestohlen gemeldet. Sie hatte ihren Bruder im Verdacht, weil sie schon öfter Ärger mit ihm hatte.«

»Tja, jetzt wird er wohl jede Menge Ärger bekommen«, sagte Scarlett tonlos. »Er hat Tala und ihre Schwester vergewaltigt, und er hat Tala ermordet! Wo ist er jetzt?«

Deacon schüttelte angewidert den Kopf. »Seine Schwester hat *er* jedenfalls nicht attackiert. Sie hat nämlich gestern Nachmittag um drei mit ihrer Kreditkartengesellschaft telefoniert. Zu dem Zeitpunkt befand sich Drake auf dem Weg nach Detroit.«

»Der kleine Mistkerl wollte sich nach Kanada absetzen«, sagte Marcus grimmig.

»Wo ist er jetzt?«, wiederholte Scarlett ungeduldig.

»In einem Krankenhaus in Detroit«, antwortete Deacon. »Mit Handschellen ans Bett gefesselt. Sein Name tauchte auf, sobald ich die Daten für die Fahndung eingab. Er hat eine Tankstelle überfallen, den Kassierer und eine Kundin niedergeschossen und anschließend deren Wagen gestohlen. Die Kundin ist tot, der Kassierer schwer verletzt. Als Connor mit dem Auto flüchten wollte, hat die Frau des Kassierers auf die Reifen geschossen. Er wollte zu Fuß weiter, doch die Frau traf ihn ins Bein. Ein Glück für uns, dass sie ihn nicht getötet hat und wir ihn verhören können.«

»Wird die Polizei von Detroit ihn uns denn überlassen?«

»Das wird sie müssen, auch wenn es ihr nicht gefällt«, antwortete Troy. »Wir werden Drake der Verschwörung zum Menschenhandel anklagen. Auch wenn er Tala nicht selbst gekauft hat, wusste er doch, warum sie bei den Anders war, und hat aus dem Straftatbestand seinen persönlichen Nutzen gezogen. Unsere Leute in Detroit kümmern sich darum und bringen ihn zu uns, sobald er transportfähig ist. Bis dahin werden sie auch seine Aussage zu der Schießerei gestern Morgen in der Gasse aufgenommen haben.«

»Ich habe die Polizei in Detroit angerufen, sobald mir sein Name angezeigt wurde«, fuhr Deacon fort. »Sie bestätigten, dass er eine Ruger bei sich hatte, die mit Black Talons geladen war – dieselbe Munition, die wir aus Tala und Phillip herausgeholt haben. Der dortige Detective hat ordentlich Druck gemacht, so dass mir die Ergebnisse der ballistischen Untersuchung bereits vorliegen. Drakes Ruger – die übrigens auf Chip Anders registriert ist – ist definitiv die Waffe, mit der gestern Morgen auf Tala und dich, Marcus, geschossen wurde, jedoch nicht die, mit der Phillip angeschossen wurde.«

Scarlett stutzte. »Also war Marcus gestern Morgen in der Gasse doch nicht das Ziel. Was leider auch bedeutet, dass wir immer noch nicht wissen, wer hinter ihm her ist. Denn Drake war schon auf halber Strecke nach Detroit, als der Scharfschütze hinter Anders' Villa auf ihn und Spangler geschossen hat.«

»Aber es besteht in jedem Fall eine Verbindung zwischen Drake und dem Kerl, der gestern Abend in meine Wohnung eingedrungen ist«, sagte Marcus. »Und diese Verbindung ist Tala.«

Isenberg schüttelte den Kopf. »Sie gehen davon aus, dass dieser Mann derselbe ist, der damals die Bautistas vom Flughafen abgeholt hat, aber für diese Annahme ist es zu früh.«

Marcus presste die Kiefer zusammen. »Mila und Erica haben den Täter auf dem Überwachungsvideo meines Wohnhauses identifiziert.«

Isenbergs grimmige Miene wurde einen Hauch freundlicher. »Er hat eine Skimaske getragen, und die beiden haben ihn drei Jahre lang nicht mehr gesehen. Mag sein, dass er denselben Gang und dieselbe Statur hat und außergewöhnlich geschickt mit der rechten *und* der linken Hand ist, aber dass es sich wirklich um denselben Mann handelt, ist bisher nur eine Vermutung. Wir müssen für andere Möglichkeiten offen bleiben.«

»Ach, verdammt, sie hat recht«, murmelte Scarlett, und Isenbergs Lippen zuckten.

»So was soll vorkommen«, bemerkte sie trocken.

Scarlett schmunzelte verhalten, dann straffte sie die Schultern. »Dennoch. Der Schütze in Marcus' Apartment-Haus hat sich ziemlich viel Mühe gegeben, es so aussehen zu lassen, als wolle Talas Mörder nur seinen Job zu Ende bringen. Er hat dasselbe Waffenmodell benutzt und dafür gesorgt, dass die Kamera es auch wirklich aufnimmt. Er hat dieselbe Munition verwendet, wollte sie aber eigentlich mitnehmen, damit die Ballistik keine Vergleichsmöglichkeit hätte.«

»Nur was hat das mit mir zu tun?«, murmelte Marcus.

»Das ist die große Preisfrage.« Scarlett blickte zu ihm auf. »Hoffen wir, dass wir mit Hilfe der Bautistas eine brauchbare Zeichnung anfertigen können. Vielleicht erkennst du den Mann ja.«

Agent Coppola räusperte sich. »Es besteht immer noch die Möglichkeit, dass es überhaupt keine Verbindung gibt. Vielleicht will jemand Sie umbringen und benutzt den Mord an Tala als Ablenkungsmanöver.«

»Was uns wieder zu der verflixten Drohliste zurückführt.« Scarlett erklärte Coppola und Troy in knappen Worten, worum es ging, dann wandte sie sich an Isenberg. »Wie weit sind wir mit den Namen gekommen, die ich Ihnen gestern geschickt habe?«

»Mein Assistent hat bereits Adressen herausgefunden. Einige sitzen wegen diverser Vergehen im Gefängnis.« Sie warf Marcus einen scharfen Blick zu. »Was Sie selbstverständlich wussten, nicht wahr?«

»Ich wusste zumindest, dass es im Bereich des Möglichen lag«, sagte er aufrichtig. »Ich weiß ebenfalls, dass ein paar andere im Gefängnis waren, aber längst wieder entlassen wurden – leider.« Stone hatte die Namen ebenfalls überprüft. »Die meisten sind Kinderschänder und gewalttätige Ehemänner. Ein Zeitungsartikel und ein Kurzaufenthalt im Knast reichen nicht, um ihnen das Handwerk zu legen.«

»Nein, wohl nicht«, bemerkte Isenberg, dann wandte sie sich an Deacon. »Gibt es etwas Neues zu der elektronischen Fußfessel?«

»Ja«, antwortete Deacon. »Nachdem wir die anderen beiden Tracker hatten, wurde es einfacher.« Rasch erklärte er Marcus und Agent Troy, dass Talas Tracker beim Hersteller als unbrauchbar gelistet worden war und daher eigentlich hätte zerstört werden müssen. »Die Bundesjustiz ist Kunde der Firma und befugt, unangekündigt Qualitätsprüfungen durchzuführen. Man hat von dem Recht Gebrauch gemacht und uns die Fertigungsprotokolle der entsprechenden Produktionstage kopiert.«

»Raffiniert«, lobte Coppola.

»Kreativ«, konterte Deacon.

Coppola grinste. »Oder so. Schön, dass du noch ganz der Alte bist, Novak.«

Deacon wackelte mit seinen weißen Augenbrauen. »Danke. Wie auch immer. Mit den Kopien ließen sich ziemlich schnell zwei Männer isolieren, die in allen drei Schichten, in denen die Tracker hergestellt wurden, gearbeitet haben. Beide sind Techniker und für die Qualitätskontrolle zuständig. Wir haben sie heute Morgen bei Arbeitsantritt abgefangen. Sie sind bereits auf dem Weg nach Cincinnati, damit wir sie verhören können. Einer der beiden hat viermal so viele Geräte als mangelhaft eingestuft und infolgedessen ›vernichtet‹« – er malte Gänsefüßchen in die Luft – »wie der andere, und ich würde sagen, das ist unser Mann, obwohl ich über beide Erkundigungen einziehen werde. Mit etwas Glück hat er die Geräte nicht an Anders, sondern gleich an die Menschenhändler verkauft.«

»Hatten die Arbeiter, die ihr gestern aus Anders' Fabriken geholt habt, ebenfalls elektronische Fußfesseln?«

»Nicht alle«, antwortete Coppola. »Hauptsächlich die Arbeiter, die technisch versierter waren als die anderen – wie Efren Bautista. Von denen, die mit uns gesprochen haben, hat etwa ein Viertel in ihrem Heimatland einen Hochschulabschluss erworben, was mit den Daten übereinstimmt, die wir bereits in der Vergangenheit über die Ausbeutung von Arbeitskräften gesammelt haben.«

»Wie viele der Arbeiter *haben* denn mit Ihnen gesprochen?«, fragte Marcus.

»Nicht einmal ein Drittel«, gab Coppola zu. »Sie haben Angst vor uns, und das kann ich ihnen nicht verübeln.«

»Lassen Sie mich versuchen, mit ihnen zu reden«, sagte Marcus. »Vielleicht habe ich mehr Glück, vor allem, wenn sich Efren für mich verbürgt. Diese Leute haben ein Recht darauf, dass man sie anhört. Außerdem will ich dafür sorgen, dass sie genau wie die Bautistas rechtlichen Beistand erhalten.«

Troy schnalzte skeptisch mit der Zunge. »Der Anwalt, den Benitez vermittelt hat, will den Fall zwar pro bono übernehmen, aber Sie können wohl kaum erwarten, dass er die gesamte Belegschaft vertritt.«

»Irgendwer wird es schon machen, und wenn ich ihn persönlich bezahlen muss«, sagte Marcus. »Allerdings glaube ich kaum, dass das nötig sein wird. Wenn die Story veröffentlicht ist, werden sich viele Leute als freiwillige Helfer melden, dessen bin ich mir sicher.«

Er holte tief Luft, als er spürte, wie Scarlett unter dem Tisch sein Knie drückte. Erst jetzt wurde ihm bewusst, wie zornig er geworden war, und das hatten die beiden Agenten nicht verdient. »Verzeihen Sie bitte«, sagte er. »Manchmal geht mein Temperament mit mir durch.«

Agent Coppola lächelte verständnisvoll. »Ich habe nicht die Absicht, diese Menschen alle wieder nach Hause zu schicken, Marcus. Meine Aufgabe ist es, die gewissenlosen Mistkerle einzusperren, die sie mit falschen Versprechungen hierhergelockt haben. Um das zu erreichen, nutze ich jedes Mittel, das mir zur Verfügung steht, aber ich kann effektiver arbeiten, wenn die Zeugen keine Angst vor mir haben. Ich glaube zwar nicht, dass ich zum jetzigen Zeitpunkt die Genehmigung bekomme, einen Reporter hinzuzuziehen, aber sobald es so weit ist, wäre ich froh über Ihre Hilfe. Wenn Sie den Opfern einen Rechtsbeistand verschaffen können, umso besser. Soweit ich weiß, hat keiner dieser Menschen eine Straftat begangen, und falls doch, dann unter Zwang. Ich werde meinem Vorgesetzten Ihr Anliegen vortragen, dann sehen wir weiter.«

FBI-Bürokratie. Marcus hätte sich am liebsten die Haare gerauft, aber er nahm sich zusammen. »Danke.«

Als ein Klopfen ertönte, drehten sich alle zur Tür um. Scarletts Onkel steckte den Kopf herein. Er wirkte erschöpft. »Die Bautistas wären jetzt so weit, Ihre Fragen zu beantworten. Aber zuerst ... zuerst wollen sie von Mr. O'Bannion wissen, wie es Tala in ihren letzten Augenblicken ergangen ist.« Mitfühlend blickte er Marcus an. »Ich denke, das ist wichtig für sie.«

Marcus hatte die Geschichte der Polizei und seinem Bruder erzählt, aber mit den Eltern des Opfers darüber zu sprechen ... Plötzlich fühlte er sich sehr unwohl. Aber wieder drückte Scarlett unter dem Tisch sein Knie und nickte ihm aufmunternd zu. Seufzend stand er auf. »Also gut«, sagte er und ging schweren Herzens zu den Bautistas hinüber.

# 30

Cincinnati, Ohio
Mittwoch, 5. August, 12.25 Uhr

»Wir haben ein Problem«, sagte Sean ohne Umschweife, als Ken den Anruf annahm, während er sich mit einer Hand das Haar trocken rubbelte. Er hatte sich gerade erst unter der Dusche Demetrius' Blut abgespült. So gerne er sich als Monster unterm Bett bezeichnete – und so gut er als solches war! –, er machte diese Arbeit nicht gerne. Sie kostete ihn viel Energie.

Die Schreie taten ihm in den Ohren weh, und es fiel ihm schwer, das richtige Maß zu finden. Zu wenig, und das Opfer hielt Informationen zurück, zu viel, und es starb. Demetrius lebte noch, aber viel fehlte nicht mehr. Sein alter Freund hatte mehr Durchhaltevermögen bewiesen, als er ihm zugetraut hatte. Vielleicht hatte Rachedurst oder Hass die Schwelle des Erträglichen heraufgesetzt. Oder das Kokain. Oder Anabolika. Was auch immer es gewesen war: Demetrius hatte die Folter so lange ausgehalten, dass Ken beinahe aufgegeben hätte. »Wir haben ein Problem« war deshalb nicht gerade der Satz, den er im Augenblick hören wollte.

Ken überlegte einen Moment lang ernsthaft, einfach aufzulegen, zum Flughafen zu fahren und den nächsten Flieger in ein Land zu nehmen, das kein Auslieferungsabkommen mit den USA hatte. »Nur eins?«, erwiderte er beißend. »Ist etwa schon wieder Weihnachten?«

»Es geht um das Unternehmen, das die Tracker herstellt. Du hast Demetrius nach dem Namen gefragt, erinnerst du dich noch?«

Oh ja, Ken erinnerte sich noch. Er hatte Demetrius zwei Finger abtrennen müssen, bevor er mit dieser Kleinigkeit herausgerückt war. »Constant Global Surveillance. Was ist damit?«

»Das FBI hat den Laden gestern durchsucht und die Produktionsaufzeichnungen mitgenommen. Heute Morgen haben sie Demetrius' Kontaktperson und einen weiteren Arbeiter abgefangen und zum Verhör vorgeladen. Beide sind just in diesem Augenblick unterwegs nach Cincinnati.« »Oh, verfluchter Mist«, knurrte Ken. »Die Bullen haben den Tracker also bis zur Herstellerfirma zurückverfolgt. Und um Demetrius' Kontaktmann herauszupicken, müssen sie mehr als nur den einen gehabt haben.«

»Tja, sieht ganz danach aus«, sagte Sean ruhig. »Was sollen wir tun?«

Ken rieb sich die Schläfen. Er war körperlich und emotional vollkommen ausgelaugt. »Wir müssen davon ausgehen, dass der Kerl von Constant Global Surveillance Demetrius identifizieren oder den Cops zumindest Informationen geben kann, die auf uns verweisen. Das ist unter allen Umständen zu verhindern. Ich gebe Alice Bescheid. Sie soll vor dem Präsidium in Stellung gehen. Sie ist zwar keine Scharfschützin, aber selbst auf große Entfernung ausgesprochen treffsicher. Schick ihr ein Foto von Demetrius' Kontaktmann aufs Handy.«

»Sie wird ziemlich sauer sein, wenn du sie von O'Bannion abziehst. Sie lauert schon den ganzen Morgen vor der Redaktion.«

»Dann ist sie eben sauer! Schick ihr einfach das Foto. Ich rede mit ihr.«

Ken hörte Seans Computertastatur klackern, während er selbst Alice per SMS zurückbeorderte. »Erledigt«, sagte Sean.

»Gut.« Ken zog sich an und ging, das Handy in der Hand, die Treppe hinunter in Richtung Arbeitszimmer. »Was mich aber wirklich brennend interessiert, ist, woher die Polizei die beiden anderen Tracker hat, die eigentlich mitsamt den Anders im Van liegen sollten.«

Sean schwieg einen Moment lang. »Wenn sowohl Decker als auch Burton die Geräte im Van gesehen haben, muss sie entweder jemand in Anders' Haus zurückgebracht oder aber der Polizei auf anderem Wege zukommen lassen haben. Ich bin mir jedenfalls völlig sicher, dass sie niemals in meinem Büro gelandet sind.«

*Demetrius, ich bringe dich um.* Diese ganze Sache war nur deshalb aus dem Ruder gelaufen, weil Demetrius diesen Mistkerl von Marcus O'Bannion vor neun Monaten nicht abgeknallt hatte.

Ken betrat sein Büro, schloss die Tür und ließ sich schwer auf seinen Sessel nieder. »Also lügt entweder Burton oder Decker. Oder beide«, sagte er zu Sean. »Und was ist mit den beiden Männern, die die Anders aus dem Haus geholt haben? Einer der beiden war zu stark verwundet, um irgendein krummes Ding abzuziehen. Was ist mit dem anderen? Ich weiß nur, dass Reuben ihn eingestellt hat. Und dass er erst seit kurzem bei uns ist.«

»Trevino«, sagte Sean. »Ein ehemaliger Polizist wie Reuben und Burton. Ich habe ihn überprüft. Er wurde entlassen, weil er sich regelmäßig am konfiszierten Kokain bedient hatte. Dafür hat er drei Jahre gesessen. Bei uns hat er sich bisher gut geführt.«

Ken dachte einen Moment darüber nach. Sein Verstand war eindeutig überlastet. »Burton hat sich meinem Befehl widersetzt, als er Reubens Frau umbringen sollte, also würde ich auf ihn tippen, aber ich werde Trevino dennoch zu einem kleinen Kaffeeklatsch herbestellen.«

»Vergiss nicht, dass Decker noch einmal in Anders' Haus war, um nach der Tante zu sehen«, gab Sean zu bedenken. »Er hätte die Tracker zurücklegen können.«

Ken schüttelte den Kopf. »Zu dem Zeitpunkt war die Polizei schon da. Decker ist abgehauen, bevor sie ihn bemerken konnten.«

»Tja«, sagte Sean düster. »Hat Burton denn zugegeben, Miriam gerettet zu haben, nachdem du ... na ja, du weißt schon?«

»*Du weißt schon?*«, wiederholte Ken höhnisch.

»Ich an deiner Stelle wäre etwas vorsichtiger damit, was ich am Telefon sage. Wer weiß, ob unsere Gespräche nicht aufgezeichnet werden. Hier läuft etwas schief, das steht fest. Einer von Reubens Männern treibt seine Spielchen mit dir – entweder weil er ein Maulwurf ist oder weil er einen Staatsstreich plant. Vielleicht ist es Reuben selbst, der irgendwo auf einer Trauminsel hockt, die Fäden zieht und darauf wartet, dass du und dein Team euch gegenseitig an die Gurgel geht. Und wenn der Staub sich gelegt hat, kommt er einfach wieder zurück und übernimmt das Kommando.«

Ken blinzelte entsetzt. Dass er nicht selbst daran gedacht hatte! Was war nur mit ihm los? Er hatte gerade praktisch über eine offene Leitung den Befehl zu einem Mord gegeben! Energisch rief er seinen panisch davonjagenden Verstand zur Ordnung. Er musste nachdenken. »Burton ist standhaft bei seiner ursprünglichen Aussage geblieben.« Und Ken hatte sich wirklich größte Mühe gegeben. Nun – offenbar nicht genug. »Vielleicht sollte ich Decker auf ihn ansetzen. Dann wird sich zeigen, ob der Bursche wirklich so gelassen und cool ist, wie er mir weismachen will.« Mit einem Piepen meldete sein Handy einen eingehenden Anruf. »Das ist Alice«, sagte er zu Sean. »Ich melde mich später.« Er unterbrach die Verbindung und nahm den anderen Anruf an.

»Fang ja nicht an zu diskutieren«, begann er, ohne sich mit einer Begrüßung aufzuhalten. »Du musst herkommen.«

»Dad, du hast mir gesagt, ich soll mich auf O'Bannion konzentrieren. Aber ich kann mich auf gar nichts konzentrieren, wenn du alle fünf Minuten deine Meinung änderst.«

»Was habe ich gerade gesagt? Fang jetzt nicht an, mit mir zu diskutieren!«, fuhr er sie an. »Ich bin noch immer dein Boss, und solange du mich nicht ausbezahlst oder vom Thron stößt, tust du gefälligst, was ich dir sage.«

Eine kurze Pause entstand, dann sagte Alice: »Ja, *Sir.* Auf was soll ich mich jetzt konzentrieren, *Sir?*«

Er hätte beinahe gelacht. Eines Tages würde sie ihm eine würdige Nachfolgerin sein. Hoffentlich bald. »Wo bist du im Augenblick?«

»Ich dachte, ich würde O'Bannion im Krankenhaus antreffen, aber dort ist er nicht aufgetaucht. Also bin ich zur Redaktion gefahren, doch da ist er laut Empfangsdame ebenfalls noch nicht erschienen. Sie könnte natürlich auch lügen. Ich werde das Gebäude weiterhin beobachten müssen.«

»Oder ihn zu dir locken. Demetrius hatte das Gleiche vor. Er hat es nur nicht besonders geschickt angestellt.«

»Ich werde darüber nachdenken«, sagte sie widerstrebend. »Was soll ich zuerst tun?«

»Sean hat dir ein Foto geschickt. Der Mann wird in ein, zwei Stunden am Polizeipräsidium eintreffen. Er ist Demetrius' Kontaktperson bei der Firma, die die Sender herstellt.«

»Und jetzt ist er in Polizeigewahrsam. Na, großartig. Ich gehe davon aus, dass ich ihn ...«

»So sauber wie möglich. Anschließend führst du deinen ursprünglichen Auftrag aus.«

»Okay. Ich rufe dich an, sobald ich Ergebnisse vorweisen kann.«

»Beeil dich, Schätzchen. Ich habe langsam die Nase voll von dieser Geschichte.« Er legte auf, lehnte sich zurück und schloss die Augen. Er musste schlafen. Wenigstens ein bisschen.

Cincinnati, Ohio
Mittwoch, 5. August, 12.30 Uhr

Die Agenten Coppola und Troy befragten die Familie, während Scarlett mit Marcus und ihrem Onkel etwas abseitsstand und zuhörte. Deacon war ins Nebenzimmer gegangen, um ein paar Anrufe zu erledigen, die die Ermittlungen in Gang halten würden. Die Anwälte saßen die meiste Zeit still dabei und unterbrachen nur dann und wann, um der Familie einen Begriff zu erklären oder sich zu vergewissern, dass alle ihre Rechte kannten.

Isenberg hielt sich zusammen mit Meredith Fallon im Hintergrund. Mrs. Bautista hatte wegen ihrer Kinder um ihre Anwesenheit gebeten, wenngleich Erica und John Paul darauf bestanden, keine Therapeutin zu benötigen. Meredith nahm die Ablehnung nicht persönlich und lauschte aufmerksam den Gesprächen, ohne einzugreifen.

Efren Bautista ließ beschämt den Kopf sinken, als er seine Geschichte beendet hatte. »Ich komme mir so unglaublich dumm vor«, sagte er leise.

»Wir sind gebildete Leute«, fügte seine Frau hinzu, die sich die ganze Zeit über an seinen Arm klammerte. Seit ihrer Wiedervereinigung hatten sie einander noch nicht losgelassen. Der Sohn saß Mila zu Füßen und hielt ihre Beine umschlungen, und Erica hatte ihren Arm durch den ihres Vaters geschoben und den Kopf an seine Schulter gelegt.

»So etwas hätte uns nicht passieren dürfen«, fuhr Efren erschöpft fort. »Ich habe uns hierhergebracht, und nun ist meine Tochter tot.«

»Tausende Menschen werden mit falschen Versprechen in die USA gelockt«, erwiderte Kate sanft. »Ich weiß, das hilft Ihnen nicht, aber Sie sind nicht allein. Und ganz sicher nicht dumm. Die Menschenhändler gehen äußerst geschickt vor.« »Sie kamen hierher, weil Sie arbeiten wollten«, meldete sich Agent Troy zu Wort. »Sie haben nur versucht, Ihrer Familie ein besseres Leben zu ermöglichen. Dessen müssen Sie sich gewiss nicht schämen.«

Efren schüttelte den Kopf. »Wir hätten auf den Philippinen bleiben sollen, dann würde Tala noch leben, und niemand hätte sie vergewaltigen können. Niemand hätte ihr ein Baby aufzwingen können.«

»Malaya ist wunderschön«, sagte Marcus. »Ihre Enkelin hat Talas Augen.«

Efren nickte nur stumm, ohne aufzusehen.

»Lassen Sie mich zusammenfassen, was Sie uns bisher erzählt haben«, sagte Kate. »Anschließend habe ich noch ein paar Fragen. Einverstanden?« Sie wartete, bis Efren nickte, dann fuhr sie fort: »Einer Ihrer Nachbarn, dem man eine Stelle in unserem Land zugesagt hatte, ist auf Sie zugekommen, um Sie ebenfalls anzuwerben, richtig?« Sie buchstabierte den Namen des Mannes, und Mila nickte.

»Hoffentlich hat er nicht dasselbe erleiden müssen wie wir«, sagte sie. »Wir sollten versuchen, mit ihm Kontakt aufzunehmen. Er sagte, er wollte nach New York.«

»Wir werden nichts unversucht lassen, um ihn ausfindig zu machen«, versicherte Kate ihr, »aber Sie sollten wissen, dass oft Menschen dafür bezahlt werden, ihren Nachbarn von ihrem vermeintlichen tollen Jobangebot zu erzählen, um sie in die Hände von Menschenhändlern zu locken. Und sehr, sehr oft bleiben sie selbst weiterhin in ihrem Heimatort und leben recht gut davon, ihre Freunde zu belügen. Es tut mir leid«, setzte sie hinzu, als Efren und Mila sie entsetzt ansahen. »Ich hoffe sehr, dass das in Ihrem Fall anders war.«

»Das hoffe ich auch«, flüsterte Mila. »Denn dieser Nachbar war Efrens Cousin. Ich möchte mir nicht vorstellen, dass auch er ausgebeutet wird, aber ...« Sie legte ihrem Mann einen Arm um die Schultern, als er plötzlich einen erstickten Schrei ausstieß.

»Er hatte ein neues Auto!«, brach es aus Efren heraus. »Er sagte, er hätte es für seine Mutter besorgt, weil er ja das Land verlassen wollte. Er hat uns belogen, Mila. Er hat uns belogen, und jetzt ist unsere Tochter tot!«

Scarlett stieß vorsichtig den Atem aus. Nun mussten die Bautistas auch noch damit fertig werden, von der eigenen Familie verraten worden zu sein. Sie begegnete Kates Blick und erkannte, dass sie dasselbe dachte.

Sobald Efren sich etwas beruhigt hatte, setzte Kate neu an und fragte nach weiteren Einzelheiten. Er erklärte, dass der Anwerber eine enorme Summe als Vermittlungsgebühr verlangt hatte, welche die Ersparnisse der Bautistas weit überstieg. Efren hatte sich Geld zu so hohen Zinsen geliehen, dass er seine Schulden niemals hätte begleichen können. Er war voller Hoffnung auf eine ehrliche Arbeit in die Staaten gekommen und hatte es schlimmer angetroffen als ein Lohnsklave.

Die Familie war kurz nach der Ankunft getrennt worden. Mila und Efren hatten sich im ersten Jahr nur viermal sehen dürfen, in den kommenden zwei Jahren gar nicht mehr. Chip Anders hatte Efren damit verhöhnt, mit seiner Frau und seinen Töchtern zu schlafen, und ihn sich mit der Drohung gefügig gemacht, sich als Nächstes an seinem Sohn zu vergreifen.

»Möchten Sie ein U-Visum beantragen?«, fragte Peter Zurich, der Einwanderungsanwalt.

Efren zuckte die Achseln. »Im Grunde genommen spielt es keine Rolle, was wir tun. Wenn wir hierbleiben, kann ich mich nicht mehr im Spiegel ansehen, aber wenn wir zurückkehren, wird man uns auslachen. Doch falls Mila und meine Kinder nach Hause wollen, dann gehen wir.«

Erschrocken riss Mila die Augen auf. »Ich weiß es nicht. Ich ... ich weiß einfach nicht.«

»Wann müssen sie ihre Entscheidung treffen?«, fragte Meredith Fallon ruhig.

»Innerhalb der nächsten ein, zwei Wochen«, antwortete Zurich. »Es wäre gut, wegen der Formalitäten einen zeitlichen Vorsprung zu haben, da vermutlich einige Arbeiter aus Anders' Fabriken ebenfalls einen Antrag stellen werden und die Zahl der gewährten Visa pro Jahr begrenzt ist.«

»Wenn sie das Visum jetzt beantragen und es sich später anders überlegen«, wandte Meredith ein, »wäre das ein Problem?«

»Nein. Man kann den Antrag jederzeit zurückziehen.«

»Dann veranlassen Sie bitte alles Nötige«, sagte Efren, der noch immer nicht aufblickte. »Und vielen Dank für Ihre Güte.«

Zurich gab allen vier Bautistas ein Handy und seine Visitenkarte. »Rufen Sie mich an, wenn Sie mich brauchen.«

Efren wollte das Telefon nicht annehmen. »Ich kann mir das nicht leisten.«

Zurich legte Efrens Handy auf ein Tischchen. »Machen Sie sich im Augenblick bitte keine Gedanken um Geld. Wir arbeiten gebührenfrei für Sie, weil wir wissen, wie viele Menschen sich in einer ähnlichen Situation befinden. Vor fünf Jahren habe ich eine Familie aus Indien vertreten. Der Vater war studierter Ingenieur und musste hier ohne Lohn in einem Restaurant arbeiten. Er fühlte sich mindestens so gedemütigt wie Sie jetzt, doch heute sind er und seine Familie US-Bürger. Die Söhne gehen auf die Universität, und er hilft uns immer wieder ehrenamtlich, damit Familien wie seine – und Ihre – einen Neuanfang machen können. Wir sehen es als eine Investition, und ich würde mich freuen, wenn Sie uns eines Tages auf die gleiche Art unterstützen würden.«

Endlich sah Efren auf. Seine Augen waren gerötet. »Ich danke Ihnen für den Versuch, mir meine Würde zurückzugeben. Aber ich fürchte, dafür ist es zu spät.«

»Dafür ist es nie zu spät, Sir«, sagte Zurich. »Vergessen Sie nicht, dass Sie nicht allein sind. Wir unterhalten uns bald wieder. Jetzt sollten Sie sich erst mal ausruhen.« Er wandte sich an die beiden Agenten. »Fahren Sie jetzt zu der Notunterkunft, in der die anderen Arbeiter vorübergehend einquartiert wurden?«

»Ja«, sagte Kate. »Vertreten Sie diese Leute auch?«

»Im Augenblick schon. Meine Praxis versucht gerade, weitere Anwälte ins Boot zu holen. Aber heute müssen sie mit mir vorliebnehmen.«

»Ich werde noch ein wenig bleiben«, sagte Annabelles Enkel. Er schenkte Mila ein Lächeln. »Meine Großmutter hat mir das Versprechen abgenommen, mich um Sie zu kümmern.«

Kurz nachdem die Agenten und Zurich gegangen waren, traf die Polizeizeichnerin ein. Scarlett erhob sich, um sie zu umarmen. »Lana. Danke, dass du gekommen bist. Du hast heute eigentlich frei, nicht wahr?«

»Ich war mitten im Hausputz«, antwortete Lana D'Amico mit einem Lachen. »Der Anruf kam mir also mehr als gelegen!«

Scarlett führte sie zu den Bautistas, die einander noch immer umklammerten. »Das ist Sergeant D'Amico«, sagte sie. »Sie wird versuchen, anhand Ihrer Beschreibungen Skizzen von dem Mann und der Frau anzufertigen, die Sie in die Stadt gebracht haben. Sergeant D'Amico ist eine Freundin von mir. Wir waren Partner, bevor ich Detective wurde.«

»Freut mich«, sagte Lana. Ihr Lächeln nahm den meisten Zeugen augenblicklich die Unsicherheit, und die Bautistas bildeten keine Ausnahme. Alle vier entspannten sich sichtlich, als Lana Kates Platz einnahm.

»Lieutenant Isenberg? Detective Bishop?« Mit dem Handy am Ohr tauchte Deacon an der Tür zum anderen Zimmer auf und winkte sie nun heran. Seine Miene war nicht zu deuten.

Lana legte den Zeichenblock auf ihren Knien ab. »Geh ruhig«, sagte sie zu Scarlett, dann wandte sie sich wieder lächelnd an die Bautistas. »Wir schaffen das schon allein, nicht wahr?«

»Kommst du auch, Marcus?«, fragte Deacon.

Marcus versteifte sich unwillkürlich, aber Scarlett nahm seine Hand und zog ihn mit sich in das Zimmer mit dem großen Konferenztisch.

»Mach dir keine Gedanken«, murmelte sie so leise, dass nur er es hören konnte. »Es können nicht immer nur schlechte Nachrichten sein.«

Deacon nickte Marcus aufmunternd zu. »Das ist vielleicht nicht ganz einfach für dich, aber im Nachhinein wirst du bestimmt froh sein, es dir angesehen zu haben.« Er drehte den Laptop zu ihnen um, und sie sahen einen schlaksigen jungen Mann in einem Krankenhausbett. Eines seiner Beine hing in einer Schlinge, und seine Handgelenke waren an das Bettgeländer gefesselt. Der Junge versuchte, einen gelangweilten Eindruck zu erwecken, scheiterte aber kläglich. Er hatte eindeutig Angst.

Deacon deutete mit großer Geste auf den Bildschirm. »Darf ich vorstellen? Drake Connor.«

Cincinnati, Ohio
Mittwoch, 5. August, 13.15 Uhr

»Du mieser, elender Dreckskerl!«, knurrte Marcus und machte unwillkürlich einen Schritt auf den Laptop zu. »Kann der kleine Scheißer mich hören?«

»Nein«, sagte Deacon. »Nur die Agenten können via Ohrhörer mit uns kommunizieren.«

Scarlett zupfte an seiner Hand. »Marcus.«

Marcus atmete tief durch. »Tut mir leid. Aber allein ihn zu sehen ...« Er warf Isenberg einen Seitenblick zu. Eigentlich überraschte es ihn, dass sie ihn nicht hinauswarf. »Ich werde mich zusammenreißen.«

»Ich hatte mich langsam schon gefragt, was es braucht, um bei Ihnen eine Reaktion hervorzurufen«, bemerkte der Lieutenant. »Ob Sie wirklich aus Fleisch und Blut sind.«

»Oh, ich denke schon«, flüsterte Scarlett, und Marcus musste ein Lachen unterdrücken. Die kurze Ablenkung tat ihm gut.

»Das hab ich gehört«, sagte Isenberg. »Sie bewegen sich auf dünnem Eis, Detective. Zumal unser kleines Vieraugengespräch immer noch ansteht.«

Marcus zog verärgert die Brauen zusammen, doch Scarlett schüttelte nur den Kopf und setzte sich, um den jungen Mann auf dem Bildschirm zu betrachten. »Mit welchen Kollegen haben wir es zu tun?«, fragte sie Deacon.

»Der Mann im schwarzen Anzug dort ist Special Agent McChesney von der Dienststelle in Detroit«, erklärte Deacon. »Der im grauen Anzug ist Detective Danhauer von der Mordabteilung der Polizei Detroit. Der Mann an der Bettseite heißt Graham White und ist der Pflichtverteidiger, den man Connor zugeteilt hat.«

»Weiß Drake, dass seine Schwester vermisst wird?«, fragte Scarlett.

»Noch nicht«, antwortete Deacon. »Aber die eigentliche gute Nachricht kommt jetzt.« Er hielt ihnen das Display seines Smartphones hin, auf dem das Foto eines USB-Sticks zu sehen war. »Der lag unter dem SUV, den er klauen wollte. Offenbar hat er ihn dorthin geworfen, als die Polizei an der Tankstelle eintraf – sein Fingerabdruck ist zumindest drauf. Auf dem Stick befinden sich laut der Polizei von Detroit verschiedene verschlüsselte Dateien, die sie gemeinsam mit Tanaka zu öffnen versuchen. Wir haben das, was wir wissen, miteinander abgeglichen und Agent McChesney und Detective Danhauer gebrieft. Sie warten schon auf uns.«

»Dann sagen Sie ihnen, dass sie anfangen sollen.«

Sie eröffneten die Vernehmung mit der Schießerei in der Tankstelle, die Drake prompt bestritt – er habe nur den Wagen stehlen wollen –, doch als man ihm das Video der Überwachungskamera zeigte, verstummte er.

»Was bieten Sie an?«, fragte Drakes Anwalt.

»Nichts«, erwiderte der Detective mit einem angespannten Lächeln. »Wir sind noch nicht fertig.«

»Wir haben ja noch gar nicht richtig angefangen«, bestätigte der Agent.

»Woher haben Sie die Pistole, Drake?«, wollte der Detective wissen.

Sofort grätschte der Anwalt dazwischen. »Sie müssen das nicht beantworten, Drake.«

Der Detective sprach einfach weiter. »Sie ist registriert auf den Vater Ihrer Freundin. Die übrigens vermisst wird. Die ganze Familie ist verschwunden. Die Polizei in Cincinnati hat uns erzählt, es habe eine Schießerei gegeben, und man habe die Leute offenbar gewaltsam aus dem Haus geholt. Waren Sie das, Drake? Haben Sie die Anders irgendwo verscharrt?«

»Nein. Ich habe keine Ahnung, wovon Sie reden!« Aber seine Augen sagten etwas anderes. »Ich war nicht oft bei ihr. Ihr Vater konnte mich nicht ausstehen.«

»Drake«, warnte der Anwalt.

»Aber so war es. Ich sag ja nur, dass ich keinen Grund hatte, zu ihr zu gehen.«

»Wie sind Sie dann an die Pistole gekommen?«, fragte der Agent unschuldig.

»Stephanie hat sie mir geschenkt.« Drake zuckte betont lässig die Achseln. »Ich wohne in keiner besonders guten Gegend. Sie hatte Angst um mich.«

Deacon beugte sich zum Mikrofon am Laptop vor. »Er wohnt in einem Viertel mit geringer Kriminalitätsrate«, murmelte er dem Agenten in Detroit zu. »Keine erstklassige Wohngegend, aber sicher auch kein sozialer Brennpunkt.«

»Wann hat sie Ihnen die Pistole gegeben?«, fragte der Agent. Drake schwieg einen Moment und schien im Geist zu rechnen. »Letzte Woche.«

»Gestern Abend waren Sie also nicht dort?«

»Das sagte ich doch schon.«

»Das Arschloch lügt, dass sich die Balken biegen«, murmelte Marcus. »Er hat jede Gelegenheit genutzt, um Tala und Erica zu vergewaltigen.« Scarlett drückte unter dem Tisch erneut seine Hand, und wieder atmete Marcus tief durch.

»Sie haben sich also auch nicht vorgestern Nacht mit Ihrer Freundin getroffen?«, hakte der Agent nach.

»Das hat er doch bereits gesagt«, fuhr der Anwalt dazwischen. »Die nächste Frage, bitte.«

Der Agent ignorierte ihn. »Sie waren also vorgestern Nacht nicht mit Ihrer Freundin und der Ruger in einem einschlägigen Viertel von Cincinnati, um Drogen zu kaufen?«

»Nein!« Er war schon vorher blass gewesen, wurde nun aber kreideweiß.

»Wie sind dann nur die Kugeln aus der Pistole, die Stephanie Anders Ihnen letzte Woche geschenkt hat, in die beiden Opfer gelangt, auf die man vorgestern Nacht in einem einschlägigen Viertel von Cincinnati geschossen hat? Das verstehe ich einfach nicht.«

»Das war nicht meine Pistole.«

»Doch, doch«, sagte der Agent. »Die Ballistik hat es definitiv nachgewiesen. Und Ihr Fingerabdruck befand sich auf einer Patronenhülse, die man am Tatort gefunden hat.«

Der Pflichtverteidiger seufzte. »Ich will die Berichte sehen – den von der Ballistik und den von der Spurensicherung.«

Drake fuhr herum. »Sie glauben denen? Sie sind mein Anwalt – Sie sollten auf meiner Seite stehen.«

»Sind Sie wirklich so naiv?«, fragte der Detective munter. »Ihr Anwalt weiß, dass Sie geliefert sind. Dafür gibt es die Todesspritze.«

Der Anwalt schüttelte den Kopf, als Drake entsetzt die Augen aufriss. »Jetzt versuchen sie nur, Ihnen Angst zu machen. Die

Todesstrafe wurde in Michigan schon vor hundertfünfzig Jahren abgeschafft.«

»In Ohio nicht«, sagte der Detective mit einem kalten Lächeln. »Wir machen Ihnen hier den Prozess für den Mord an der Frau, deren Wagen Sie stehlen wollten, und dafür bekommen Sie lebenslänglich. Dann kommt Ohio zum Zug und klagt Sie wegen kaltblütigen Mordes an einer jungen Frau an. Sie haben auf sie gefeuert, sind noch einmal zurückgekommen, um sie mit einem Kopfschuss zu erledigen, und haben einem Mann, der ihr helfen wollte, in den Rücken geschossen. Darauf steht definitiv die Todesstrafe, mein Junge, und wenn es so weit ist, stehe ich am Fenster und sehe zu.«

»Gute Idee«, fügte der Agent hinzu. »Ich spendiere das Popcorn.«

»Ich hab niemanden erschossen«, sagte Drake. »Das können Sie nicht beweisen.«

»Wir haben Ihre Pistole«, konterte der Agent. »Das ist Beweis genug.«

»Was wollen Sie?«, fragte der Verteidiger erneut.

Der Special Agent hielt den USB-Stick hoch, und Drake verengte zornig die Augen. »Das ist nicht meiner!«

»Natürlich nicht«, gab der Agent zurück. »Deshalb ist ja auch Ihr Daumenabdruck drauf.«

»Ich habe das Ding auf dem Boden gefunden, als die Schlampe auf mich geschossen hat. Ich muss es versehentlich berührt haben.«

Der Agent schüttelte den Kopf. »Der Abdruck ist auf dem Steckerteil, der durch eine Hülle geschützt war. Schauen Sie mal – wir haben alles auf einem Filmchen.« Der Agent sprach so langsam, als hätte er ein widerspenstiges Kleinkind vor sich. »Da werden Sie angeschossen. Oh, und da fischen Sie den Stick *aus Ihrer eigenen Hosentasche* und werfen ihn unter den SUV der toten Lady. Aber kein einziges Mal in dieser Szene haben Sie die Hülle abgezogen und den Stecker angefasst.«

Drake presste die Kiefer zusammen und schloss die Augen. »Verpisst euch doch.«

»Ganz sicher nicht«, sagte der Agent freundlich.

»Das Gespräch ist jetzt beendet«, bemerkte der Pflichtverteidiger spitz.

Drake wandte sich an den Mann. »Sagen Sie ihnen, ich entschlüssele die Dateien, wenn sie mich dafür gehen lassen.«

Der Anwalt stutzte. »Hören Sie, mein Junge, die werden Sie nie und nimmer gehen lassen.«

Drake zuckte die Achseln. »Dann werden sie wohl niemals Chip Anders' Geheimnisse erfahren. Und er hat ein paar sehr schöne Geheimnisse.«

»Oh. Richten Sie Vince aus, er soll sich beim Dekodieren beeilen«, sagte Isenberg zu Deacon. »Der Junge hatte anscheinend vor, Anders zu erpressen. Mit etwas Glück finden sich auf dem Stick Informationen über die Menschenhändler.«

»Machen Sie sich deswegen mal keinen Kopf, Drake«, sagte Agent McChesney und steckte das Beweismitteltütchen mit dem USB-Stick in die Tasche. »Wir haben Experten, die praktisch alles entschlüsseln können. Sie werden die Dateien knacken, noch ehe wir das Krankenhaus verlassen haben.«

»Machen wir weiter«, meldete sich Detective Danhauer zu Wort und holte eine weitere Beweismitteltüte hervor – diesmal mit einem Handy darin. »Ihre Fingerabdrücke sind überall darauf, also streiten Sie gar nicht erst ab, dass es Ihnen gehört. Mit diesem Telefon wurde eine Nachricht an den Mann verschickt, auf den Sie vorgestern Nacht geschossen haben. In dieser Nachricht bitten Sie ihn in besagte Seitenstraße. Locken Sie öfter erwachsene Männer in dubiose Gassen, Drake?«

»Nein«, zischte Drake. »Die Nachricht war nicht von mir.«

»Nein, nein, natürlich nicht. Da habe ich wohl was durcheinandergebracht«, entgegnete der Detective. »Es war der Hilferuf einer jungen Frau, die der Daddy Ihrer Freundin ausgebeutet und missbraucht hat, stimmt's?«

»Shit«, brummte der Verteidiger.

Drake zuckte die Achseln. »Dann muss sie mein Handy geklaut haben.«

»Sie trug eine elektronische Fußfessel«, erklärte der Detective. »Sie konnte Anders' Haus nicht verlassen.«

»Und wie ist sie dann in diese Seitenstraße gekommen?«, fragte Drake spöttisch.

»Und wie ist sie dann an Ihr Telefon gekommen?«, konterte der Detective. »Anscheinend hatten Sie engeren Kontakt zu ihr. Wie eng genau, Drake?«

»Ich hab sie nicht angerührt.«

Unwillkürlich gab Marcus ein tiefes Knurren von sich.

Scarlett drückte wieder seine Hand. Dann sagte sie ins Mikrofon: »Teilen Sie ihm mit, dass wir Spermaspuren im Genitalbereich der Toten gefunden haben. Wir können es leicht mit seinem abgleichen.«

»Aber das stimmt doch gar nicht«, sagte Deacon stirnrunzelnd.

»Ich weiß. Aber mich würde trotzdem interessieren, wie er darauf reagiert. Er soll zugeben, dass er Tala vergewaltigt hat, damit Erica eine Basis hat, falls sie ihn ebenfalls verklagen will.« Scarlett beugte sich wieder über das Mikrofon. »Außerdem soll er sich, wenn er schon im Krankenhaus liegt, gegen Genitalherpes und Gonorrhö behandeln lassen. Er ist ansteckend. Und das entspricht durchaus der Wahrheit.«

Der Detective vom Detroit PD nickte kaum merklich. »Sie haben sie nicht angerührt?«, fragte er Drake. »Wie konnte sie dann Ihr Telefon entwenden und einen Hilferuf losschicken? Und wie konnte der Gerichtsmediziner Ihr Sperma in ihr finden?«

»Das ist eine glatte Lüge«, fauchte Drake. »Ich hab immer ein Kondom benutzt.«

»Ich wusste es doch«, sagte Scarlett mit tiefer Befriedigung. »Arschloch. Und saublöd dazu.«

Der Detective beugte sich vor. »Leider haben Sie nicht immer ein Kondom benutzt, Drake. Das Opfer in Cincinnati hatte einen Tripper und Herpes. Aber sehen Sie es positiv: Sie werden sich im Gefängnis nicht mehr anstecken können, Sie haben ja schon alles. Das nimmt einem eine Menge Druck. In unseren Gefängnissen sitzen nämlich viele nette Jungs, die eine hübsche Visage wie Ihre zu schätzen wissen.«

Drakes Gesichtsausdruck war unbezahlbar. »Verpisst euch«, stieß er erneut hervor. »Ich sag nichts mehr. Raus.«

»Erzählen Sie ihm jetzt von seiner Schwester«, sagte Deacon leise.

Der Detective und der Special Agent standen auf. »Eine Sache noch«, sagte der Agent, »und das ist eine ernste Angelegenheit. Wir wissen, dass Sie den Wagen und die Kreditkarte Ihrer Schwester gestohlen haben.«

»Nur geliehen«, widersprach Drake finster.

»Tja, nun. Sie sollten allerdings wissen, dass Sie irgendwen auf ihre Spur gebracht haben. Ihre Schwester ist verschwunden. Wahrscheinlich entführt. Möglicherweise von denselben Leuten, die Ihre Freundin und deren Familie mitgenommen haben.«

Drakes Unterlippe begann zu zittern. »Quatsch. Die ist bei der Arbeit. Wie immer.«

Der FBI-Agent schüttelte den Kopf. »Ihr Firmen-Van steht in der Auffahrt, ihre Tasche mit allen Papieren liegt auf dem Küchentisch. Es hat einen Kampf gegeben. Ihre Schwester muss sich heftig gewehrt haben.«

»Sie lügen doch. Ihr geht's gut.«

»Das hoffe ich für Sie. Mit den Leuten, die die Anders entführt haben, ist definitiv nicht zu spaßen. Sie sollten froh sein, dass Sie bewacht werden. Die Kerle sind auf der Suche nach Ihnen, weil sie wissen, dass Sie sich an ihrem Eigentum vergriffen haben. Das Mädchen, das mit Ihrem Handy einen Hilferuf abgesetzt hat, war völlig verzweifelt.«

»Was werden diese Leute wohl tun, wenn sie erfahren, dass Sie sich in Polizeigewahrsam befinden?«, dachte der Detective laut nach. »Ich finde, wir sollten Sie nach Cincinnati schaffen und abwarten, wie Ihnen die Untersuchungshaft bekommt.«

Drake wurde noch weißer. »Es ist Ihr Job, mich zu beschützen.«

Der Detective schnaubte. »Aber nein. Es ist unsere Aufgabe zu beweisen, dass Sie gestern einen Kassierer und eine Kundin niedergeschossen haben. Da wir alles auf Band haben, ist unser Job ziemlich einfach, wie ich zugeben muss. Die Mistkerle, die Ihre Schwester und Ihre Freundin entführt haben, sind Kriminelle aus Cincinnati. Der Job der dortigen Polizei ist es, den Mörder des jungen Mädchens zu finden, damit sie an die Leute kommen, die das Mädchen überhaupt erst ins Land gebracht haben – und das sind ziemlich wahrscheinlich dieselben Kerle, die sich an Ihrer Schwester vergriffen haben, um an Sie heranzukommen. Sie sehen schon, Drake, niemand wird Sie beschützen. Wir nicht, das CPD nicht. Sie können sich höchstens selbst schützen. Indem Sie helfen, die Drahtzieher zu fassen.«

»Wow, der Mann ist gut!«, murmelte Scarlett.

»Ja«, gab Deacon zurück. »Aber freu dich nicht zu früh. Es wird nicht reichen. Drake ist ein Soziopath.«

Der Agent holte erneut das Tütchen mit dem USB-Stick aus der Jackentasche und ließ es in der Luft baumeln. »Dies ist Ihre letzte Chance, uns zu sagen, was darauf ist.«

Der Anwalt flüsterte Drake etwas ins Ohr. Drake schüttelte den Kopf. »Sofern Sie mir kein Angebot machen, passe ich. Warum sollte ich euch das Leben erleichtern? Schönen Tag noch, Leute.«

»Arschloch«, murmelte Marcus.

Der Detective klappte seinen Laptop zu, und das Bild auf dem Monitor wurde schwarz.

Deacon stellte das Mikrofon wieder auf Empfang. »Drake scheint seine Schwester nicht allzu wichtig zu sein. Offenbar macht er sich viel mehr Gedanken darum, wie er sich vor den Leuten retten kann, die nach ihm suchen.«

»Ja«, pflichtete ihm Danhauer bei. »Er ist ein harter Brocken.«

»Allerdings hat er in einer Hinsicht recht«, sagte Scarlett. »Wir können nicht beweisen, dass er Talas Mörder ist.«

»Wir brauchen einen Augenzeugen«, sagte Isenberg. »Stand in Ihrem Bericht nicht etwas von zwei Obdachlosen, die Ihnen von den Schüssen erzählt haben?«

Scarlett nickte. »Tommy und Edna. Ich werde versuchen, sie ausfindig zu machen.«

»Wir klinken uns hier auf unserer Seite aus«, meldete sich der Agent in Detroit zu Wort. »Geben Sie uns Bescheid, wenn Sie noch etwas brauchen.«

»Popcorn«, sagte Scarlett grimmig, und die beiden Detroiter lachten.

Deacon klappte seinen Laptop zu. »Alles okay mit dir?«, fragte er Marcus.

Marcus nickte. »Am liebsten würde ich eine Story nur über Drake Connor schreiben«, presste er heiser hervor. »Ich würde en détail darüber berichten, was er getan hat und wo er zu finden ist, und dann inständig hoffen, dass die Menschenhändler unser Blatt abonniert haben. Mieses Arschloch.«

»Schreiben Sie den Artikel, und schicken Sie ihn mir zu«, sagte Isenberg trocken. »Ich hätte bestimmt das eine oder andere hinzuzufügen.«

»Was ist denn mit den beiden Angestellten der Firma, die die elektronischen Fußfesseln herstellt?«, wollte Scarlett wissen. »Wann können wir mit ihrer Ankunft rechnen?«

»Sie sollten eigentlich jeden Augenblick beim CPD eintreffen«, sagte Deacon. Er warf Isenberg einen Blick zu. »Ich nehme an, dass Marcus mitkommen und das Verhör im Beobachtungsraum verfolgen kann?«

»Na ja, das hat er sich wohl verdient«, antwortete Isenberg zur Verblüffung aller. Sie stand auf. »Ich will Sie allerdings nach wie vor unter vier Augen in meinem Büro sprechen, Detective Bishop. Planen Sie nach dem Verhör mit den Leuten der Tracker-Firma etwas Zeit dafür ein.«

»Ja, Ma'am.«

Marcus wandte sich um, um ihr nachzusehen. Sie verließ das Zimmer durch die Tür zum Korridor, ohne sich von den Bautistas und den anderen im Nebenraum zu verabschieden. »Ich verstehe diese Frau nicht.«

»Sie mag dich«, erklärte Scarlett. »Aber es gefällt ihr nicht, dass ich dich mag, während ich an einem Fall arbeite, der unmittelbar mit dir zu tun hat. Es ist ihr wichtig, mir das mitzuteilen. Suspendieren wird sie mich höchstwahrscheinlich nicht. Im Grunde genommen versucht sie, mich zu beschützen.«

Marcus sah zu Deacon, der nickte. »So ist es«, bestätigte er. »Isenberg ist etwas kompliziert, aber keine schlechte Vorgesetzte. Kommt, packen wir unseren Kram zusammen und besorgen uns was zu essen. Dann fahren wir zum Präsidium und sprechen mit den beiden Angestellten.«

In diesem Moment klopfte es, und Lana D'Amico steckte den Kopf zur Tür herein. »Kann ich reinkommen? Eine Zeichnung hätte ich bereits – die des Mannes. Die Bautistas brauchen eine kurze Pause, bevor wir uns an die Beschreibung der Frau machen.«

Sie forderten sie auf hereinzukommen. Marcus hielt den Atem an, als die Zeichnerin ihren Block auf den Tisch legte.

»Die Erinnerungen sind natürlich nicht mehr frisch, schließlich ist die Begegnung mit den beiden drei Jahre her«, sagte Lana, »aber alle vier sind sich einig, dass die Zeichnung dem Mann, der sie damals nach Cincinnati brachte, stark ähnelt.«

»Manche Gesichter vergisst man einfach nicht«, sagte Marcus leise. »Dieser Kerl hat Erica und ihre Schwester vergewaltigt. Die Eltern mussten dabei zusehen. So etwas brennt sich in die Erinnerung ein.« Er bemerkte erst, dass er die Fäuste geballt hatte, als Scarlett ihre Hände darauflegte.

Lana klappte den Block auf, Marcus schnappte nach Luft. Harte, eiskalte Augen starrten ihm entgegen.

»Den habe ich schon einmal gesehen. Ich weiß nur nicht, wo.« Er sah zu Scarlett und spürte zu seinem Entsetzen, wie sich nackte Angst in seiner Brust breitmachte. Dass er nicht begriff, woher diese Reaktion rührte, steigerte seine Panik noch.

»Das fällt dir bestimmt wieder ein«, murmelte sie, legte ihm die Hand in den Nacken und begann, seine verspannten Muskeln zu massieren.

Marcus holte tief Luft und schloss die Augen. Er versuchte, sich zu konzentrieren, aber die Furcht war stärker, und sie hatten keine Zeit zu verlieren. Er schlug die Augen auf und begegnete Deacons Blick. »Man munkelt, du könntest Erinnerungen hervorlocken.«

Deacon hob die Schultern. »Ich kenne Entspannungstechniken, mit deren Hilfe man auf Erinnerungen zugreifen kann, die man in schwer zugänglichen Bereichen abgespeichert hat. Möchtest du es versuchen? Es ist eigentlich nur eine Atemübung.«

»Ich kann so lange rausgehen, wenn du willst«, murmelte Scarlett, aber Marcus entzog ihr seine Hand, nur um seinerseits ihre zu nehmen.

»Nein.« Er zog sie an sich, vergrub sein Gesicht in ihrem Haar und atmete ihren Duft so tief ein, dass es in seinen Lungen schmerzte. »Bleib bitte«, flüsterte er, und sein heißer Atem strich über ihr Ohr. »Ich brauche dich.«

»Na ja, wenn das so ist ...« Sie grinste und drehte den Kopf, so dass ihre Stirn an seiner lag. »Alles wird gut. Was auch immer geschieht.«

Sie hatte ihn verstanden. Etwas an diesem Männergesicht machte ihm auf unbewusster Ebene Angst. Er musste herausfinden, was es damit auf sich hatte, und nicht nur für Phillip, Edgar, Agent Spangler und die Bautistas – sondern auch für sich selbst.

# 31

Cincinnati, Ohio
Mittwoch, 5. August, 14.05 Uhr

Deacon Novak war nervös. Er hatte diese Methode schon oft angewandt, manchmal funktionierte sie und manchmal nicht. Doch wenn er eine persönliche Bindung zu der Person hatte, die er zu hypnotisieren versuchte, hing von einem positiven Ergebnis naturgemäß mehr ab. Wie damals bei Faith natürlich. Und bei der Frau seines ehemaligen Vorgesetzten in Baltimore.

Und nun, da Scarlett ihn derart vertrauensvoll ansah, war ihm bewusst, dass auch dieses Mal eine große Bedeutung für alle hatte. Deacon mochte Scarlett und wusste längst, dass ihre vermeintliche Kaltschnäuzigkeit nichts anderes als Selbstschutz war. In dem knappen Jahr, das sie nun zusammenarbeiteten, hatte er ein paarmal die »echte Scarlett« kennengelernt, doch noch nie hatte er sie so offen und unverstellt erlebt wie jetzt.

Und das lag an Marcus O'Bannion, der ihr anscheinend viel bedeutete. Marcus fürchtete sich offenbar nicht vor der Hypnose selbst, er fürchtete sich vor dem, was da durch in sein Bewusstsein zurückgeholt werden mochte. Dass er einer der mutigsten Menschen war, denen Deacon je begegnet war, machte seine Angst umso beunruhigender.

Lana D'Amico hatte ihren Skizzenblock genommen, die Zeichnung herausgetrennt und Scarlett zum Abschied umarmt. Nun befanden sich nur noch sie drei im Raum.

»Es geht nur um das richtige Atmen«, sagte Deacon. »Mehr steckt nicht dahinter.« Er dirigierte Marcus durch die einleitenden Übungen, dann führte er sie ein zweites Mal durch, doch es funktionierte nicht. Der Mann war zu angespannt.

Scarlett zögerte. »Ich hätte eine Idee, aber sie ist ein bisschen ... merkwürdig.« Sie löste ihren dicken Zopf und flocht ihn auf, bis ihr das Haar über Schultern und Rücken herabfiel. Dann fasste sie es auf einer Seite zusammen und hielt es Marcus mit beiden Händen hin wie eine Gabe.

Mit einem peinlich berührten Seitenblick zu Deacon legte Marcus seine Hände unter Scarletts, vergrub sein Gesicht in ihrem Haar und inhalierte tief.

Augenblicklich ließ seine Anspannung nach.

Deacon bedachte Scarlett mit einem nachsichtigen Lächeln. »Ich habe schon Merkwürdigeres erlebt«, brummte er, und sie lachte auf. Hastig presste sie eine Hand vor ihren Mund, aber es war zu spät. Das fröhliche Lachen wollte heraus.

Auch Marcus ließ sich davon anstecken. »Hey«, sagte er schließlich grinsend. »Das hier ist eine ernste Angelegenheit.«

Sie legte ihre Hände an sein Gesicht und strich mit dem Daumen über seine Wange. »Wer behauptet das?«, murmelte sie. »Sag uns einfach, was du brauchst, um dich zu entspannen.«

»Tatsächlich? Ich fürchte, dafür hat Deacon dann doch kein Verständnis«, antwortete er ebenso leise, und Scarlett musste ein weiteres Lachen unterdrücken, während ihr die Röte in die Wangen stieg.

Deacon räusperte sich und begann erneut mit den Atemübungen, und diesmal funktionierte es.

Da Deacon weder Anlass noch Datum kannte, bei dem er ansetzen konnte, begann er mit Marcus' Gemütslage. »Also. Wie fühlst du dich?«

»Ehrlich gesagt, ein bisschen verunsichert«, gab Marcus zögernd zu.

Deacon leitete ihn ein weiteres Mal durch ein paar Atemübungen, dann versuchte er es erneut. »Du siehst dieses Gesicht.« Er tippte auf die Zeichnung auf dem Tisch und beobachtete, wie Marcus wie in Zeitlupe zurückwich – als würde er sich durch Honig kämpfen. Wunderbar. »Wie geht es dir, Marcus?«

»Ich kann nicht atmen.« Er verzog das Gesicht. »Es riecht antiseptisch.«

»Du bist also in einem Krankenhaus?«

»Ja.«

»Als Patient?«

Sein Kiefer verspannte sich. »Ja.«

Okay. Das konnte bedeuten, dass dieser Vorfall vor neun Monaten stattgefunden hatte. Nun wäre es nützlich gewesen, Einblick in Marcus' Krankenakte zu haben, aber das konnte als Plan B dienen, falls sie hier nicht weiterkamen. Scarlett machte den Mund auf, um etwas zu sagen, klappte ihn aber wieder zu, ehe Deacon Einwände erheben konnte. Er nickte ihr zu.

»Ist dir kalt, Marcus?«

»Nein.«

»Zu warm?«

»Nein.«

»Bist du traurig?«

Marcus schluckte. »Ja.«

»Fühlst du dich benommen?«, fragte Deacon, um herauszufinden, ob Marcus unter Schmerzmitteln gestanden hatte. Seine Verletzungen waren sehr schwer gewesen.

»Ja, sehr. Und dann kommst du.«

Deacon wollte gerade anmerken, dass er ihn damals nicht besucht hatte, als er begriff, dass Marcus Scarlett meinte.

Sie liebkoste seine Wange. »Ja, ich weiß«, murmelte sie mit einer Sanftheit, die Deacon ihr nie und nimmer zugetraut hätte.

»Du hältst Wache, aber dann gehst du.«

»Dafür habe ich dir einen Polizisten vor die Tür gestellt«, antwortete sie leise.

»Irgendwann ist er nicht mehr da.«

Deacon erinnerte sich, dass man die Wache abgezogen hatte. Der Täter, der Marcus schwer verletzt und viele andere umgebracht hatte, war gefasst worden, und man war davon ausgegangen, dass keine Gefahr mehr bestand.

Anscheinend hatte man sich geirrt.

»Und du bist allein?«, flüsterte sie. »Im Dunkeln?«

Er nickte. »Er kommt zu mir.«

»Der Mann von der Zeichnung?«

»Ja. Er setzt sich in mein Zimmer.«

Scarletts Augen weiteten sich, doch ihre Stimme blieb sanft. »Was ist passiert, Liebling?«

Marcus versteifte sich, und plötzlich fuhr sein Kopf zu Scarlett herum, als er die Erinnerung endlich zu fassen bekam. »Es war ein Kissen! Er hat es mir aufs Gesicht gedrückt. Ich konnte nicht atmen.«

Scarlett presste die Lippen zusammen. Ihr Atem kam nun in kurzen Stößen. »Er hat versucht, dich umzubringen.«

Marcus setzte sich auf. »Aber warum?«, fragte er frustriert.

Scarletts Blick driftete ins Leere. »Vor neun Monaten. Was ist vor neun Monaten passiert? Wem seid ihr zu diesem Zeitpunkt auf die Füße getreten?«

»Niemandem. Jedenfalls nicht so sehr, dass er einen Grund gehabt hätte, mich mit einem Kissen zu ersticken«, entgegnete Marcus. »Da war bloß der eine Polizist, den Diesel und ich aus seiner Familie entfernen mussten, aber der ist ums Leben gekommen und hat uns zuvor auch nie gedroht.«

Scarlett verharrte plötzlich reglos. »Moment mal. Da war doch diese eine Drohung. Die bei Gayle den Herzanfall ausgelöst hat. Mc ... McIrgendwas.«

»McCord«, sagte Marcus. »Woody McCord, der Highschool-Lehrer mit dem kinderpornografischen Material auf dem Computer. Er war das Ziel unserer Ermittlung, aber seine Frau hat den Brief an uns geschrieben. Zu dem Zeitpunkt war sie allerdings schon tot. Sie hat eine Überdosis Schlaftabletten genommen.«

»Wovon redet ihr beiden eigentlich?«, fragte Deacon.

Scarlett riss ihren Blick von Marcus los und wandte sich zu Deacon um. »Ich habe gestern eine Drohliste erwähnt, erinnerst du dich? Mit den Namen von Leuten, die sich rächen wollen, weil der *Ledger* belastendes Material über sie veröffentlicht hat.«

»Stimmt. Hauptsächlich ging es um häusliche Gewalt und Kindesmissbrauch, richtig? Heißt das, dieser Woody McCord war einer von den Leuten, die die Redaktion bedroht haben?«

»Ja«, sagte Scarlett. »Oder besser gesagt, seine Frau. Leslie McCord hat den Drohbrief geschrieben, nachdem ihr Mann sich im Gefängnis erhängt hatte. In dem Brief hieß es, sie hoffe, auch Marcus würde jemanden verlieren, den er liebt, und weil zu dem Zeitpunkt nach Mikhail gesucht wurde, glaubte Gayle, Leslie McCord habe etwas damit zu tun.«

»Vor Schreck bekam sie einen Herzinfarkt«, fuhr Marcus fort. »Als sie wieder aus dem Krankenhaus entlassen wurde, stellte sich heraus, dass Leslie keine Bedrohung mehr darstellte, weil sie eine Überdosis Schlaftabletten geschluckt hatte.«

»Und genau das ergibt für mich keinen Sinn«, sagte Scarlett. »Wenn Woody und Leslie nicht mehr lebten, wer ist dann dieser Kerl« – sie deutete auf die Zeichnung –, »und warum hat er dich umbringen wollen?«

»Es passt eben nicht, Scarlett«, sagte Marcus stirnrunzelnd. »Und es muss ja auch nicht unbedingt jemand sein, den ich vor neun Monaten gegen mich aufgebracht habe. Es kann sich ebenso gut um jemanden handeln, dem ich vor fünf Jahren aufs Dach gestiegen bin und der nur auf die passende Gelegenheit gewartet hat, sich an mir zu rächen.«

Scarlett seufzte. »Du hast ja recht.«

»Wer hat denn eigentlich den Artikel über diesen Lehrer verfasst?«, wollte Deacon wissen.

»Stone«, gab Marcus zurück.

»Also würde das nicht einmal erklären, warum er Phillip attackiert hat – es sei denn, der Kerl wollte dich anlocken«, bemerkte Scarlett enttäuscht. »Verdammt.«

»Phillip hatte überhaupt nichts mit dem Fall zu tun«, sagte Marcus. »Stone und Diesel haben sich darum gekümmert.« »Diesel ist sein IT-Mann«, erklärte Scarlett.

Deacon lehnte sich auf seinem Stuhl zurück und verengte nachdenklich die Augen. »Wie habt ihr denn das mit den Kinderpornos herausgefunden?«, fragte er und sah, wie die anderen beiden einen kurzen Blick austauschten. Marcus nickte.

»Diesel ist geschickt darin, auf Computern geschützte Dateien zu öffnen«, erklärte Scarlett.

»Er ist also ein Hacker«, stellte Deacon ohne Umschweife fest.

»Das klingt so negativ«, wandte Scarlett ein. »Ich würde ihn eher als ... Entdecker bezeichnen.«

Deacon stutzte, dann lachte er in sich hinein. »Herrgott, Scar, wenn du stürzt, dann stürzt du tief.« Er schüttelte den Kopf. »Aber es interessiert mich nicht, wie genau er an die Informationen gekommen ist. Ich habe mich bloß gefragt, wieso Marcus bedroht wird, wenn Stone den Artikel geschrieben und Diesel, der Entdecker, das brisante Material gefunden hat.«

Scarlett drehte sich so auf ihrem Stuhl, dass sie sich ganz Marcus zuwandte. »Ja, das frage ich mich allerdings auch.« Marcus atmete tief durch. »Mag sein, dass ich McCord einen Besuch abgestattet habe. Im Gefängnis.«

»Oh, Herrgott noch mal.« Scarlett verdrehte die Augen. »Du wolltest angeben, richtig? Du bist zu ihm marschiert und hast dich höflich vorgestellt. ›Hi, ich bin Marcus.‹« Sie senkte die Stimme in lächerliche Tiefe. »»Und ich bin derjenige, der dein Leben ruiniert hat.‹« Sie schüttelte den Kopf und sprach normal weiter. »Du wolltest nicht, dass jemand deine Leute bedroht, richtig? Also hast du jedem auf deiner Liste gesagt, du seist derjenige, der gegen sie ermittelt hat – nicht nur den McCords. Du hast allen ein Gesicht präsentiert, das sie hassen können – deins!«

Marcus' Augen waren groß geworden. »Verdammt. Du machst mir Angst.«

»Das will ich hoffen«, fuhr sie ihn an. »Leute, die so einen Blödsinn anstellen, sollten sich auch fürchten. Versprich mir, dass du so was nie wieder tust.«

»Versprochen. Ich tu's nie wieder.«

»Danke«, brummte sie. »Also richteten Woody und Leslie ihren Hass gegen dich, waren allerdings bereits tot, als du im Krankenhaus lagst. Wer also ist der Mann mit dem Kissen, und wie passt er ins Bild? Du bist ihm irgendwann in die Quere gekommen – entweder persönlich oder im Zuge einer Ermittlung. Und wenn dieser Demetrius der Kerl mit dem Kissen ist, dann hast du es irgendwie geschafft, die Aufmerksamkeit eines Menschenhändlerrings auf dich zu ziehen – und zwar neun Monate, *bevor* du Tala begegnet bist.«

»Du bist diesem Kerl damals gefährlich geworden«, sagte Deacon und klopfte auf die Zeichnung, »und jetzt anscheinend wieder – oder bist es immer noch. Vielleicht hast du etwas gehört oder gesehen ... möglicherweise etwas, dessen du dir gar nicht bewusst bist.«

Marcus rieb sich die Stirn. »Verdammt«, murmelte er. »Irgendwie kann ich nicht glauben, dass sich Menschenhändler jahrelang Zeit lassen. Was immer es war, es muss vor neun Monaten geschehen sein. Und die einzige große Story, die wir damals rausgebracht haben, war die von Woody McCord.«

»Also sind wir wieder beim Kinderporno-Sammler«, sagte Deacon nachdenklich. »Irgendwas haben McCord und dieser Demetrius miteinander zu tun, und du bist der gemeinsame Nenner, Marcus.«

»Man hat angefangen, auf dich zu schießen, als du dich mit Tala getroffen hast«, gab Scarlett zu bedenken. »Davor herrschte neun Monate Ruhe. Du stellst McCord in einem Zeitungsartikel bloß, woraufhin ein paar Tage später Demetrius auftaucht und versucht, dich umzubringen. Du veröffentlichst einen Artikel über Tala, und prompt erscheint Demetrius wieder auf der Bildfläche und versucht es erneut. Die Verbindung besteht also nicht nur zwischen Demetrius und McCord. Tala gehört auch irgendwie dazu.«

Marcus runzelte die Stirn. »Nur sind es zwei ganz verschiedene Storys. Einmal ging es um Kinderpornografie, das andere Mal um modernen Sklavenhandel.«

Scarlett stand auf und begann, im Konferenzzimmer auf und ab zu gehen. »Aber beide Storys wurden von dir veröffentlicht. Nehmen wir doch mal an, dass dieser Demetrius derjenige war, der Agent Spangler getötet und am Haus der Anders auf dich geschossen hat. Später versucht er es dann in deiner Wohnung.«

Marcus sah skeptisch auf. »Allerdings hat nicht Demetrius Tala getötet, sondern Drake.«

Scarlett blieb stehen. »Aber der Mord hat sie ins Licht der Öffentlichkeit gerückt und im Zuge dessen Chip Anders. Tala war nur Auslöser. Anders ist die Verbindung. Nicht Tala.«

»Falls du damit recht hast«, überlegte Deacon, »muss dieser Demetrius auch mit beiden etwas zu tun haben – mit Anders *und* McCord. Nur was?«

»Ich muss mir unbedingt Stones Notizen zu dem McCord-Artikel ansehen«, sagte Marcus. »Stone ist gerade in der Redaktion, und er hat seine Unterlagen dort. Kommt mit.«

Scarlett hielt die Hand hoch. »Warte. Ich muss mich erst umziehen.«

»Warum hast du überhaupt ein Kleid an?«, wollte Deacon wissen.

»Weil sie mir darin gefällt«, sagte Marcus lächelnd.

Scarlett errötete. Deacon konnte sich nicht erinnern, sie jemals erröten gesehen zu haben.

»Mein Onkel hatte mich gebeten, möglichst nicht wie eine Polizistin auszusehen, um Mila und Erica nicht in die Flucht zu schlagen. Also. Wir müssen jetzt Verschiedenes gleichzeitig erledigen. Lasst uns kurz überlegen.« Scarlett zählte an ihren Fingern ab. »Erstens sind da die beiden Angestellten des Fußfessel-Herstellers. Mit etwas Glück erzählen sie uns, wer die Tracker gekauft hat, und vermutlich wird es entweder Anders gewesen sein oder der Kopf des Menschenhändlerrings. Hoffen wir Letzteres.«

»Zu dem auch Demetrius und Alice gehören«, sagte Marcus. »Da sie die Bautistas vom Flughafen nach Cincinnati gebracht haben.«

Scarlett tippte an den zweiten Finger. »Zweitens müssen wir Tommy und Edna finden und sie fragen, ob sie Drake Connor gestern Morgen in aller Herrgottsfrühe in oder in der Nähe der Gasse gesehen haben, in der Tala erschossen wurde. Drittens sollten wir herausfinden, wie sich Demetrius in die McCord-Story einfügen lässt.«

Marcus' Handy surrte auf dem Tisch. Er nahm es, las die Nachricht, schloss die Augen und stöhnte erleichtert. »Gott sei Dank.«

Scarlett sah ihm über die Schulter und lächelte strahlend. »Eine Nachricht von Phillips Schwester Lisette. Phillip ist gerade aufgewacht und hat Lust auf einen Burger.«

»Ihr solltet ihm die Zeichnung zeigen«, sagte Deacon zu Scarlett, während Marcus Lisette zurückrief. »Vielleicht kann er ihn als seinen Angreifer identifizieren.«

»Ich würde lieber warten, bis *wir* ihn identifiziert haben, und Phillip dann eine Auswahl von Bildern zeigen«, wandte Scarlett ein. »Dann kann wenigstens nachher kein Anwalt behaupten, wir hätten den Zeugen beeinflusst.«

Deacon runzelte die Stirn. »Stimmt. Allerdings müssten wir alle gestern abgefeuerten Schüsse einem Schützen zuordnen.« Scarlett sah auf die Uhr. »In spätestens zwölf Stunden haben wir die DNS des Schützen aus Marcus' Wohnung. Der Tierarzt hat aus dem Gebiss des Hundes genug Gewebe entnehmen können. Dann haben wir zwar noch immer keinen Namen, aber zumindest eine Bestätigung, sobald wir ihn fassen.«

Plötzlich summten Deacons und Scarletts Handy gleichzeitig, und beide griffen danach und fluchten einstimmig. »Verdammt.«

Marcus legte auf. »Was ist passiert?«

»Man hat auf die beiden Angestellten des Tracker-Herstellers geschossen, als sie das Polizeipräsidium betreten wollten«, erklärte Scarlett. »Den Männern ist nichts passiert. Der Agent rechts neben ihnen wurde in den Arm getroffen, als er sie zur Seite stoßen wollte. Keine Todesopfer.«

Deacon stieß erleichtert den Atem aus. Der Besuch bei Agent Spanglers Witwe war ihm noch allzu frisch in Erinnerung. Dann summten sein und Scarletts Handy erneut. Er las den Text gleichzeitig mit Scarlett, und sie sahen einander breit grinsend an.

Scarlett legte Marcus die Hand in den Nacken und zog seinen Kopf zu einem schmatzenden Kuss herunter. »Sie haben den Schützen erwischt, der auf die Techniker von Constant Global Surveillance geschossen hat«, sagte sie.

Ein weiteres Summen, diesmal war es nur Deacons Handy. »Eine Nachricht von Kate. Sie und Agent Troy waren es, die den Täter zur Strecke gebracht haben.« Sein Grinsen wurde noch breiter. »Nicht schlecht für den zweiten Tag.«

Deacon wählte Kate an und legte den Anruf auf Lautsprecher. »Ich bin's. Scarlett und Marcus sind bei mir. Was muss ich da lesen? Respekt, meine Liebe.«

»Ha! Danke!«, sagte Kate. »Mein Adrenalinspiegel ist noch ganz weit oben. Es war eine Frau, blond, Mitte zwanzig. Sie befand sich auf einem Dach gegenüber dem CPD. Wir haben sie umzingelt, als sie gerade abdrückte. Deshalb hat sie den Techniker von Constant Global Surveillance verfehlt. Ein paar Sekunden später, und wir hätten den Burschen begraben können. Sie hatte ihn voll im Visier.«

»Woher wusstet ihr, dass ihr auf dem Dach nachsehen müsst?«, fragte Marcus.

Eine lange Pause entstand, dann seufzte Kate. »Ein anonymer Hinweis. Mehr kann ich im Moment nicht sagen, tut mir leid.«

Scarlett warf Deacon einen Blick zu, und er wusste, dass sie beide dasselbe dachten: Der Undercover-Agent, den das FBI in die Organisation eingeschleust hatte, musste ihnen den Tipp gegeben haben.

»Langsam kommt Bewegung in die Sache«, sagte sie zu Kate. »Wir stehen kurz davor, den Mann zu identifizieren, der Agent Spangler erschossen und den Portier und Phillip Cauldwell verwundet hat.«

»Und ich werde jetzt die Techniker verhören. Einer der beiden ist durch den Anschlag auf sein Leben derart aufgewühlt, dass er bestimmt reden wird wie ein Wasserfall. Und, Deacon, eigentlich wäre es mir lieb, wenn du dabei wärst, denn wie ich schon sagte: Ich bin noch im Adrenalinrausch.« Deacon lächelte. »Ich bin in zehn Minuten da.« Dann wurde er wieder ernst. »Die Schützin auf dem Dach ... Hat sie das Gewehr verwendet, mit dem auch Agent Spangler erschossen wurde?«

»Nein«, sagte Kate. »Unterschiedliche Gewehre, unterschiedliche Kugeln, unterschiedliche Entfernung. Ich fürchte, die Kleine ist eine harte Nuss. Ich spar sie mir lieber noch ein bisschen auf. Bis auf den Fluch, den sie von sich gegeben hat, als wir ihren Treffer vereitelt haben, hat sie noch kein Wort gesagt. Wir lassen derzeit ihre Fingerabdrücke durch alle Datenbanken laufen, und ich möchte die Ergebnisse abwarten, ehe ich zu ihr reingehe.«

»Das ist wahrscheinlich besser«, sagte Scarlett zögernd. »Ich würde wirklich furchtbar gerne dabei sein, aber wir haben noch anderes zu erledigen.«

»Wir nehmen alles auf«, versprach Deacon. »Geh schon. Und zieh dir eine Schutzweste an.«

»Worauf du dich verlassen kannst«, entgegnete Scarlett. »Anscheinend lauern die Scharfschützen inzwischen überall. Wir treffen uns um achtzehn Uhr in Isenbergs Konferenzraum. Ich schaue nur noch rasch nach den Bautistas, ehe wir losziehen. Bis später, Kate.«

Cincinnati, Ohio
Mittwoch, 5. August, 14.30 Uhr

Alice war aufgeflogen. Man hatte sie festgenommen. Ken stand mitten im Wohnzimmer und starrte wie in Trance auf das zerborstene Panoramafenster, das Opfer seiner impulsiven Reaktion geworden war. Doch sein Zorn war bereits wieder verraucht. *Was jetzt? Was soll ich nur tun?*

Decker, der das ohrenbetäubende Splittern gehört hatte, kam aus dem Gästezimmer gestürmt, in dem er sich um Demetrius gekümmert hatte, blickte über das Geländer nach unten und rannte die Treppe hinab.

»Runter, Mr. Sweeney!«, brüllte er, warf sich auf Ken und riss ihn zu Boden wie vor einem Jahr, als er ihm das Leben gerettet hatte. Doch diesmal war das nicht nötig. Diesmal gab es keine Kugeln. Keine Gefahr. Zumindest nicht hier. Nichts außer der Zerstörung, die Ken selbst verursacht hatte. Buchstäblich wie auch im übertragenen Sinn.

Nach einer Sekunde tödlicher Stille hob Decker den Kopf und runzelte die Stirn. »Moment mal. Die Scherben sind draußen, nicht drinnen. Verflucht.« Er sprang geschmeidig auf die Füße und streckte Ken die Hand entgegen, um ihm aufzuhelfen. »Verzeihen Sie, Sir. Habe ich Ihnen wehgetan?«

Ken wälzte sich herum, bis er zum Sitzen kam. Er war zu erschöpft, um aufzustehen, und wehrte Deckers Hand mit einer Geste ab. »Nein, mir geht's gut.« *Oh, sicher,* dachte er verbittert. *Mir geht's saugut. Und meine Tochter sitzt im Knast.*

»Ich dachte, man schießt auf Sie. Was ist denn passiert?« Decker begutachtete das Fenster, das Ken eingeworfen hatte. Der Sockel, auf dem eine fünfhundert Jahre alte chinesische Vase gestanden hatte, war leer, überall im Zimmer waren Keramikscherben verstreut. Der antike Stuhl, den seine Mutter so geliebt hatte, lag draußen inmitten von Glassplittern.

»Ich hab den Stuhl durch die Scheibe geworfen.«

Decker sah ihn argwöhnisch an. »Und wieso?«

Ken rieb sich müde die Augen. »Alice ist verhaftet worden.« Sean, der ihm die schlechte Nachricht überbracht hatte, war ähnlich erschüttert gewesen.

»Oh, nein«, murmelte Decker. »Wie ist das passiert, Sir?«

»Ich habe sie auf die Angestellten von Constant Global Surveillance angesetzt, die zu dem Tracker verhört werden sollten. Sie sollte sie ausschalten, noch bevor sie das Präsidium betreten konnten, aber sie wurde vorher auf dem Dach abgefangen.«

»Oh, verflucht«, sagte Decker.

Ken wandte sich mit verengten Augen zu dem jungen Mann um, der Model oder Football-Spieler oder alles Mögliche hätte werden können, aber für ein armseliges Gehalt für Ken arbeitete. »Es scheint fast so, als hätte die Polizei gewusst, dass sie dort oben auf der Lauer lag.«

Decker verharrte still. Dann sagte er: »Steckt in diesem Satz eine Anschuldigung, Sir?«

»Vielleicht. Unsere Schwierigkeiten haben angefangen, als Sie mich gestern Morgen anriefen. Sie sind recht neu in meinem Unternehmen, haben sich aber rasant eingefügt.«

Deckers Kiefer wirkten wie aus Granit gemeißelt. »Nein, Sir, da muss ich Ihnen widersprechen. Darf ich Sie daran erinnern, dass ich seit drei Jahren für Ihr Unternehmen arbeite? Dass ich in der ganzen Zeit bis auf einen Ausfall von einem Monat Ihr Leibwächter gewesen bin? Und für Sie, *Sir*, eine Kugel abgefangen habe? Ihre Schwierigkeiten hängen damit zusammen, dass Ihre Führungsriege auseinanderfällt. Joel säuft wie ein Loch. Ich gleiche seine Fehler in den Büchern aus, und ich möchte mir gar nicht erst vorstellen, was für einen Mist er in der inoffiziellen Buchhaltung verzapft. Demetrius kokst und vermasselt so gut wie alles, wofür er keine Fäuste einsetzen darf, und Reuben, wo immer er stecken mag, ist sexsüchtig. *So* haben Ihre Schwierigkeiten angefangen, genau so.« Er atmete nun schwer, und seine Nasenflügel bebten. »*Sir.*«

Ken musterte den Mann ausdruckslos. Decker hatte gerade, mehr Sätze von sich gegeben als in den vergangenen drei Jahren zusammen. »Sie scheinen sich ja recht gut auszukennen, Decker.«

Decker hob das Kinn. »Ich höre zu und beobachte, Sir, aber ich hatte keine Ahnung, dass Alice diesen Angestellten ausschalten wollte. Hätte ich es gewusst, dann hätte ich davon abgeraten. Das riecht doch nach einer Falle.«

»Ach ja?«, fragte Ken kühl. »Und wieso?«

»Wie lässt sich der Gegner denn effektiver hervorlocken als durch einen so wichtigen Gefangenen?«, antwortete er mit scharfer Stimme. »Dass die Angestellten wissen, wer die Tracker kauft, liegt doch auf der Hand. Die Polizei musste davon ausgehen, dass Sie versuchen würden, sie zum Schweigen zu bringen.«

*Und daran hätte ich selbst denken müssen.* »Ich muss Alice da rausholen.«

»Bei allem gebotenen Respekt, Sir, damit werden Sie keinen Erfolg haben. Es sei denn, Sie wollen ihr bei einem Ausbruch behilflich sein.«

Was er selbstverständlich im Sinn gehabt hatte. Sein Schweigen war Antwort genug.

»Hören Sie, sie wird nicht einknicken, richtig? Sie wird keine Namen nennen?«

»Nein.« Dessen war Ken sich sicher. »Selbstverständlich nicht.« Es sei denn, man bot ihr einen Deal an, den sie nicht ablehnen konnte. Seine Tochter war alles andere als dumm.

»Sie ist nicht vorbestraft, und ihre Fingerabdrücke sind in keiner Datenbank gespeichert. Im schlimmsten Fall sitzt sie eine Weile in Untersuchungshaft, bis ein guter Anwalt sie, wieder herausboxt.«

»Mag sein.« Aber er glaubte es nicht. Man hatte sie mit dem Finger am Abzug erwischt. Jemand hatte gewusst, dass sie auf dem Dach sein würde, daran bestand kein Zweifel. Aber langsam gingen ihm die Verdächtigen aus. Er kam auf die Füße. »Wie geht's Demetrius?«

Decker holte tief Luft. »Er ist tot, Sir. Der Blutverlust. Im Krankenhaus hätte man ihn vielleicht retten können, aber ... es tut mir leid. Ich wollte es Ihnen gerade mitteilen, als ich das Fenster splittern hörte.«

Als Sean ihm von Alice' Verhaftung erzählt hatte, waren in Ken Wut und Angst aufgestiegen, doch jetzt empfand er ... nichts. Absolut nichts. Und das war ihm nur recht.

»Räumen Sie hier auf. Hier und oben auch. Danke.«

»Was soll mit Demetrius' Leiche geschehen?«

»Weg damit. Bringen Sie sie dahin, wo auch Chip und Marlene Anders sind. Oh, und beseitigen Sie auch die kleine Anders. Demetrius sollte sie eigentlich versteigern, aber ich habe jetzt keinen Kopf dafür.«

»Wir haben immer noch den sedierten Wachmann, der gestern von Anders angeschossen wurde. Was soll ich mit dem machen? Und mit Burton?«

»Was immer Sie wollen. Mir ist es gleich. Ich will nur nicht, dass Burton redet. Wenn dieser Wachmann Burton ergeben ist, dann schaffen Sie uns auch ihn vom Hals.« Und damit ging Ken in sein Büro und schloss die Tür. Er schenkte sich einen ordentlichen Drink ein, ließ sich in seinen Sessel fallen und rief Sean an.

»Dad ...« Sean klang so betäubt, wie Ken sich fühlte. »Was machen wir denn jetzt?«

»Was ich schon vor langer Zeit hätte machen sollen.« Ken schob seinen Whiskey zur Seite und schloss seinen Waffensafe auf. *Ich kaufe mir ein Flugticket nach Bora Bora. Und dann ...* »Ich bringe Marcus O'Bannion um.«

Cincinnati, Ohio
Mittwoch, 5. August, 15.45 Uhr

Scarlett warf Marcus vom Fahrersitz aus einen verstohlenen Seitenblick zu. Er war etwas zu still für ihren Geschmack. »Willst du erst bei Phillip vorbeischauen?«, fragte sie. »Ich könnte es verstehen.«

»Nein. Lisette ist bei Phillip, er ist also nicht allein, und wir müssen mehr über diesen Demetrius herausfinden.« Er blickte aus dem Seitenfenster. »Mir ist noch etwas zu diesem Vorfall im Krankenhaus eingefallen.«

*Ah.* »Was denn?«

»Mir ist inzwischen klargeworden, dass die Erinnerung gar nicht verschüttet war. Ich habe sie bloß für einen Alptraum gehalten.« Er verzog angewidert das Gesicht. »Morphin ist wirklich ein Teufelszeug.«

»Und an was erinnerst du dich?«

Er seufzte. »Es war noch jemand in meinem Zimmer. Eine Frau. Ihr Gesicht habe ich allerdings nicht gesehen.«

Zorn stieg in Scarlett auf. »Könnte das daran liegen, dass du ein Kissen auf dem Gesicht hattest?«

»Stimmt, da war doch noch was«, gab er sarkastisch zurück. Er brach ab und zog konzentriert die Augenbrauen zusammen. »Sie sagte, er solle sich beeilen, es würde jemand kommen. Deswegen haben sie vermutlich von mir abgelassen und sind abgehauen. Die Schwester kam herein, weil ein Überwachungsgerät für die Vitalfunktionen zu piepen begonnen hatte.«

»Kein Wunder, wenn man dich zu ersticken versucht«, murmelte sie. »Wie gut, dass es diese Maschinen gibt.«

»Allerdings. Aber er ist noch einmal zurückgekommen. Mit einer Spritze, mit der er weiß Gott was in die Infusionsbeutel injizierte, die die Schwester bereits vorbereitet hatte. Ich weiß noch, dass ich es unbedingt jemandem sagen wollte, aber so daneben war, dass ich es nicht konnte. Als wenn man in einem Traum schreien will, aber keinen Ton herausbekommt. Ich war mir nicht einmal sicher, ob ich nicht ohnehin alles träumte. Oder ob ich vielleicht einfach nicht mehr alle Tassen im Schrank hatte.« Seine Stimme war leise geworden.

Scarlett hoffte, sie würden diesen Demetrius, oder wie auch immer er wirklich hieß, bald fassen, denn sie hätte ihm gerne selbst die Hände um die Gurgel gelegt. »Als ich dich besucht habe, warst du absolut klar und bei Verstand. Vielleicht hat er dir etwas eingegeben, was die Wirkung deiner Medikamente verstärkte. Manche Drogen bewirken, dass man an der eigenen Wahrnehmung zweifelt. Oder sich in seinem eigenen Körper eingesperrt fühlt.«

»Daran habe ich gar nicht gedacht.«

Sie drückte seine Hand, froh über seine Erleichterung. »Nach dem, was wir bisher über diesen Kerl wissen, ist es absolut im Bereich des Möglichen, dass er dich unter Drogen gesetzt hat. Zweifle nicht an deiner geistigen Gesundheit. Erzähl mir lieber, was mit den Infusionsbeuteln geschah.«

»Keine Ahnung. Ich bin noch am Leben, also muss etwas damit geschehen sein.«

»Vielleicht fällt es dir später wieder ein. Oder vielleicht können wir auch herausfinden, welche Schwester damals für dich zuständig war.«

»Sie wird sich doch nicht mehr daran erinnern können, was vor neun Monaten geschehen ist.«

»Sag das nicht. Du warst damals fast eine Berühmtheit. Ein Mann, der sich heroisch vor eine junge Frau wirft, um sie vor Pistolenkugeln zu schützen, wirkt auf viele Frauen enorm anziehend.« Sie sah ihn mit großen Augen an und klimperte mit den Wimpern, und er musste lachen.

»Hauptsache, auf dich wirkt es anziehend.« Er küsste ihre Hand. »Wohin fahren wir zuerst?«

»Zum *Ledger*. Ich will mehr über McCord wissen.«

»Und was ist mit den beiden Leuten, die Drake gesehen haben könnten?«

»Ich habe die Obdachlosenunterkunft angerufen. Wir haben Glück, Tommy und Edna sind dort, weil es draußen zu heiß ist. Tommy hat Herzprobleme«, fügte sie erklärend hinzu. »Dani ist auch dort, und sie hat mir versprochen, die beiden dort festzuhalten. Hör zu: Wenn wir beim *Ledger* ankommen, gehst du direkt rein. Dasselbe gilt für das Obdachlosenheim.«

»Ich trage Kevlar.«

»Das nützt dir nichts, wenn jemand auf deinen Kopf zielt. Also warte nicht auf mich und spiel nicht den Gentleman. Nicht, solange Scharfschützen auf den Dächern hocken.«

»Und du?«

»Ich bin hier nicht die Zielscheibe. Im Übrigen habe auch ich mich passend gekleidet.« Sie zupfte am Kragen der dünnen Kevlar-Weste, die sie unter der Bluse trug. »Und das blöde Ding scheuert. Versprich es mir, Marcus. Keine heldenhaften Aktionen.«

Er gab einen mürrischen Laut von sich. »Na schön. Ich werde den Kopf einziehen.«

Er hielt Wort und sprintete in die Lobby des Gebäudes, als sie den Wagen abstellte. Sobald sie durch die Tür trat, packte er sie, zog sie an sich und küsste sie, ehe sie protestieren konnte.

»Leute, Leute, habt ihr denn kein Zuhause?«, rief jemand. Es klang nach Diesel.

Scarlett lächelte an Marcus' Lippen, ehe sie sich losmachte. »Sehr öffentlich, Marcus.« Worum es ihm vermutlich gegangen war. Der Kuss hatte eine besitzergreifende Komponente gehabt, als hätte er es der ganzen Welt zeigen wollen. »Ich weiß«, sagte er und drehte sie um, so dass sie in die Lobby blickte.

Diesel saß am Empfang und grinste. »Detective.«

»Mr. Kennedy«, erwiderte sie mit einem Nicken. Sie sah sich um und entdeckte einen bewaffneten Wachmann in einer Ecke. »Wo ist Gayle?«

»Ich habe sie in die Pause geschickt, um ihr eine neue Firewall zu installieren. Unseren Server habe ich bereits aufgerüstet, aber Gayles Computer braucht ein paar Extras.«

»Wegen Jill, nehme ich an«, murmelte Scarlett, und Marcus nickte seufzend.

Diesel zuckte nur die Achseln. »Also – was wollt ihr zwei? Außer dem Offensichtlichen, wofür ihr besser nach Hause gehen solltet?«

Marcus wurde wieder ernst. »Wir müssen mit Stone reden«, sagte er. »Und du kommst am besten mit.«

Diesel stand stirnrunzelnd auf. »Okay.«

Marcus führte sie an seinem Büro vorbei und durch eine Tür weiter hinten, hinter der der Rest der Belegschaft arbeitete. Kleine Räume zogen sich an einer Wand entlang, die Fläche in der Mitte war mit Stellwänden abgetrennt. Er hielt vor einer geschlossenen Tür, auf der Stones Name stand, und klopfte.

Stone öffnete fast augenblicklich. Der Blick, den er Scarlett zuwarf, war nicht unbedingt einladend, aber doch weit weniger feindselig als am Tag zuvor. »In deiner SMS stand, du müsstest mit mir reden, Marcus – auf eine Party bin ich nicht vorbereitet. Worum geht's?«

Die drei traten ein und schlossen die Tür. Marcus zeigte ihnen die Zeichnung von Demetrius, wiederholte, was sie von den Bautistas wussten, und berichtete, welche Erinnerungen Deacon aus seinem Unterbewusstsein hervorgeholt hatte.

Stone war sichtlich erschüttert. »Man hat im Krankenhaus versucht, dich umzubringen? Heilige Scheiße, Marcus!«

»Sogar ausgeknockt ziehst du noch Spinner an«, fügte Diesel verblüfft hinzu. »Das gibt's doch wohl nicht.«

»Das Einzige, was in jener Woche eine Bedrohung hätte darstellen können, war die McCord-Sache«, sagte Scarlett. »Aber Leslie McCord war bereits tot, als Marcus ins Krankenhaus kam, und ihr Mann hatte schon vorher, im Gefängnis, Selbstmord begangen. Hier scheint ein Puzzleteil zu fehlen. An was können Sie sich im Zusammenhang mit der Ermittlung noch erinnern?«

Diesel und Stone verzogen beide die Gesichter. »Das war eine üble Geschichte«, sagte Diesel leise. »Ich ... ich kriege die Bilder bis heute nicht aus dem Kopf, und ich habe nur ein paar wenige gesehen. Sobald ich entdeckt hatte, was McCord da zu Hause auf seiner Festplatte gespeichert hatte, trat ich den Rückzug an.«

»Wir haben der Polizei sofort einen Tipp gegeben«, fügte Stone hinzu. »Sobald die Leute von der Sondereinheit seinen PC konfisziert hatten, machten wir die Story öffentlich.«

»Wo sind die Fotos jetzt?«, fragte Scarlett.

»Bei der ICAC.« Das war die Sonderkommission, die sich mit Internetverbrechen an Kindern beschäftigte. »Wir haben keine Kopien gezogen.«

»Normalerweise kopiere ich jede Festplatte, die ich hacke«, sagte Diesel, »nur nicht, wenn es sich um Kinderbilder handelt.« Er schüttelte den Kopf. »Ich kann mit solchen Aufnahmen nicht umgehen.«

»Ich denke, das können die wenigsten«, sagte Scarlett. »Haben Sie sonst noch etwas für mich?«

Stone tippte etwas auf seiner Tastatur ein, und einen Augenblick später spuckte der Drucker mehrere Seiten aus. »Das hier ist die Story, wie sie veröffentlicht wurde. Und das sind meine Notizen. Wir kamen ursprünglich durch einen Tipp auf McCord. Schüler aus dem Footballteam der Schule beschweren sich, dass McCord manchmal etwas *zu* freundlich war. Marcus hat an der Schule ehrenamtlich als Trainer gearbeitet.«

»Der *Ledger* sponsort Jugendsport«, erklärte Marcus verlegen. »Es kommt der Zielsetzung unseres Teams entgegen. Die Kinder oder Jugendlichen reden manchmal mit einem Trainer über Dinge, die sie einem Lehrer nicht anvertrauen würden – vor allem dann nicht, wenn der Lehrer der Täter ist. McCord unterrichtete Naturwissenschaften in der Unterstufe. Offenbar nutzte er den Versuchsaufbau bei Experimenten gerne dazu, seinen Schülern näherzukommen. Die Mädchen hatten wohl den gleichen Eindruck, aber es gab keinen konkreten Anlass oder Vorwurf, dem wir nachgehen konnten, daher durchstöberte Diesel seinen Computer.«

Diesel fuhr sich mit der Hand über die Glatze, als habe er noch Haar. »Auf das, was ... was ich fand, war ich nicht vorbereitet. Ich meine, ich habe schon jede Menge pornografische Bilder gesehen, auch Fotos mit Kindern, aber McCord hatte ein wahrlich stattliches Archiv. Es gab Fotos, ja, aber auch Videodateien, und nicht nur Clips, sondern auch lange Filme. Hardcore.« Er schluckte. »Wie gesagt: Sobald mir klar war, auf was ich da gestoßen war, trat ich den Rückzug an. Ich mag Cops nicht besonders gern – nichts gegen Sie persönlich, Detective –, aber die Jungs, die sich mit diesem Zeug auseinandersetzen müssen, tun mir wirklich leid.«

»Okay«, sagte Scarlett sanft. Diesel hatte zu zittern begonnen. »Sie sagten, Sie hätten die Festplatte an die ICAC weitergegeben. Sie haben keine Fotos oder Videos kopiert, aber wie steht's mit dem Rest der Festplatte? Gab es noch weitere Dateien?«

»Ja«, antwortete er. »Textdateien, ein paar Tabellen. Ich habe sie nicht mal geöffnet. Ich habe nur rasch überprüft, dass keine Bilddateien dabei waren, dann habe ich sie zusammen mit den Festplatten von anderen Ermittlungen in meinen Safe eingeschlossen.«

Scarlett sah zu Marcus auf. »Wir müssen sie uns ansehen. Ich übernehme das, wenn ihr wollt.«

Er nickte. »Das Angebot nehme ich gern an. Ich glaube nicht, dass ich das schaffe.«

Sie legte die Hand auf sein Knie, dann sah sie die Seiten durch, die Stone ihr gegeben hatte. »Ihr habt also der ICAC einen anonymen Tipp gegeben, woraufhin man sich dort einen Durchsuchungsbeschluss beschafft und McCords Kinderpornos gefunden hat. Er wird verhaftet, ihr veröffentlicht die Geschichte, die Leser schaudern vor Entsetzen. McCord verliert seinen Job, wandert ins Gefängnis ...« Sie blätterte um und zog die Stirn kraus. »Er nimmt sich einen Anwalt, der gegen die Anklage vorgehen soll?« Sie blickte zu Stone auf. »Wie das denn? Hatte er denn irgendetwas in der Hand, mit dem er hätte handeln können?«

»Das fanden wir erst später heraus, da der Anwalt zuerst nicht mit der Sprache rausrücken wollte«, antwortete Stone. »Und glauben Sie mir, ich habe ihm ziemlich zugesetzt. Erst nachdem McCord sich in seiner Zelle erhängt hatte, behauptete der Anwalt, sein Mandant hätte die Namen seiner Lieferanten preisgeben wollen, um damit die ursprüngliche Anklage wegen des Besitzes von Kinderpornografie auf die Förderung sexueller Handlungen Minderjähriger zu reduzieren – sprich: Kuppelei.«

Scarlett blinzelte. »Kuppelei? Ich meine, das Mindeststrafmaß fällt geringer aus als für Besitz von Kinderpornografie, aber macht das wirklich einen solchen Unterschied?«

Stone zuckte die Achseln. »Da musst du den Anwalt fragen. Mehr hat er mir auch nicht gesagt.«

Scarlett entdeckte den Namen des Anwalts in Stones Unterlagen und googelte ihn auf ihrem Handy. »Shit«, murmelte sie. »Den können wir nicht mehr fragen. Er ist tot.«

Marcus beugte sich über ihre Schulter, um mitzulesen. »Starb bei einem Brand in seiner Kanzlei. Verdacht auf Brandstiftung.«

»Sauber«, bemerkte Scarlett grimmig. »Verdammt noch mal. McCord verkündet, er würde seine Quelle öffentlich machen, und bald darauf sind alle tot, die uns verraten könnten, was genau er zu sagen gehabt hätte.« Sie legte die Blätter vor sich und sprach aus, was ihr durch den Kopf ging, seit sie das Hotel verlassen hatten. »Demetrius hat Chip Anders mit Arbeitskräften beliefert, unter anderem mit den Bautistas. Vielleicht hat er McCord ja ebenfalls beliefert – mit Kindern. Wir *müssen* die Dateien einsehen, die Sie aufbewahrt haben, Diesel. Sie liegen bei Ihnen zu Hause im Safe, sagten Sie? Dann lassen Sie uns sofort dorthin fahren.«

»Schon gut. Ich fahre rasch und hole sie«, entgegnete Diesel.

Scarlett wollte widersprechen, aber plötzlich und unerklärlicherweise herrschte im Raum eine seltsame Spannung. Scarlett spürte sie deutlich. Verwirrt sah sie zu Marcus.

»So viel Zeit haben wir nicht«, sagte Marcus an Diesel gewandt. »Wir müssen weiter zur Meadow. Die städtische Notunterkunft an der Race Street.«

»Die kenne ich«, gab Diesel steif zurück. »Wir treffen uns dort.«

Sie trennten sich, und Scarlett hielt ihre Frage zurück, bis sie in Marcus' Büro waren und er die Tür geschlossen hatte. »Ich wollte ihm nicht auf die Füße treten«, murmelte sie. »Weißt du, warum er so seltsam reagiert hat?«

Er legte ihr die Hände auf die Schultern und begann zu kneten. »Du hast nichts falsch gemacht. Das ist typisch Diesel. Er lässt nicht gerne Leute in sein Haus.« Er beugte sich vor, um seine Stirn an ihre zu legen. »Ich fürchte mich vor dem, was er uns bringen wird.«

»Ich auch. Ich habe mich nicht getraut, den beiden weitere Einzelheiten abzuringen. Sie wirkten so ...« Sie schluckte, als sie daran dachte, was Marcus ihr über Stone erzählt hatte – und was nicht. Scarlett hatte in Stones Blick ein Begreifen gesehen, wo keines hätte sein dürfen, und einen Moment lang hatte Diesel dieselbe Schockstarre erfasst. »Diesel auch?«

»Ich weiß nicht. Er hat es mir nie erzählt, und ich habe nicht nachgefragt.« Er streckte sich und küsste sie auf den Scheitel. »Lass uns fahren, sonst kommt er noch vor uns an der Meadow an. Er wohnt nicht weit davon entfernt.« Er holte aus der unteren Schublade seines Schreibtischs einen alten, zerschrammten Laptop hervor und schob ihn in seine Tasche.

»Was hat es denn damit auf sich?«, fragte sie neugierig.

»Kein Internet und nicht WLAN-fähig. Ich benutze das Ding immer dann, wenn ich ausschließen will, dass jemand sich in mein System hackt, oder mir die Datenquelle in irgendeiner Hinsicht dubios erscheint. Ich möchte nicht das Risiko eingehen, den gesamten Server des *Ledger* zu infizieren.«

»Hast du das von Diesel gelernt?«

»Nein, so was weiß ich selbst. Ich kenne mich ganz gut mit Computern aus, aber Diesel ist ein wahrer Künstler.« Er hängte sich die Laptop-Tasche über die Schulter, dann kam er zu ihr zurück und gab ihr einen Kuss, der ihr den Atem raubte. »Zum Aufbauen«, murmelte er.

»Dich oder mich?«

»Uns.«

# 32

Cincinnati, Ohio
Mittwoch, 5. August, 16.30 Uhr

»Ich war seit Jahren nicht mehr in der Meadow«, murmelte Marcus, während er vom Beifahrersitz aus die Dächer der Häuser, die die Straße säumten, im Auge behielt. Bei günstigem Lichteinfall mochte der Lauf eines Gewehrs in der Sonne aufblitzen und ihnen den Vorteil von einem Sekundenbruchteil verschaffen – und manchmal entschied dieser Sekundenbruchteil über Leben und Tod.

Scarlett konzentrierte sich beim Fahren auf verdächtige Bewegungen und Schatten in den Parterrefenstern. »Du warst schon mal dort?«, fragte sie überrascht.

Das Lorelle E. Meadows Center gab es, seit Marcus sich erinnern konnte. Es lag in einer Gegend, in der Gentrifizierung noch ein Fremdwort war, eingeklemmt zwischen zwei Gebäuden, deren Fenster schon in Marcus' Kindheit vernagelt gewesen waren.

»Schon oft sogar. Jeremy hat Stone und mich oft samstags mitgenommen, damit wir in der Suppenküche halfen, während er in der Klinik arbeitete. Damals war ich zwölf, Stone zehn, und wir haben dort jahrelang ehrenamtlich geholfen. Allerdings waren wir die einzigen Helfer mit eigenen Leibwächtern.« Er zog verlegen die Achseln. »Unsere Mutter hat darauf bestanden.«

»Das kann ich gut verstehen.«

»Ja, das konnte Jeremy auch. Also kam Sammy mit.«

»Sammy war Jeremys erster fester Partner, nicht wahr? Stone erwähnte ihn, als Deacon und ich ihn im November befragten. Er erzählte uns, dass Sammy bei einem Autounfall ums Leben kam und Jeremy Jahre später Keith heiratete.«

Marcus nickte. »Wir wussten damals nicht, dass Sammy und Jeremy ein Liebespaar waren – wir dachten, sie seien einfach nur gute Freunde.« Er lächelte traurig. »Ich glaube nicht, dass Jeremy seit dem Unfall noch einmal hier war. Er war so am Boden zerstört, dass er eine Weile jede Orientierung verloren hatte.«

»Und in dieser Phase wurde Mikhail gezeugt?«

»Genau. Dass Jeremy Mikhails biologischer Vater war, wusste bis vergangenen Herbst niemand außer unserer Mutter – nicht einmal Jeremy.« Und obwohl Marcus ihre Beweggründe verstand, machte es ihn dennoch immer wieder wütend, dass sie Jeremy und Mikhail das Wissen verwehrt hatte. Es war verflucht traurig. Seine Mutter hatte es für sich behalten, weil sie Angst gehabt hatte, dass Keith es an Mikhail auslassen würde, wenn er jemals erführe, dass sein Mann sich in seiner Trauer um einen anderen Partner von ihr hatte trösten lassen.

*Ach, verdammt.* »Ich frage mich oft, wie sich wohl alles entwickelt hätte, wenn Jeremy von Anfang an Mikhails Vater hätte sein dürfen. Ich meine, er behandelte ihn ohnehin immer, wie er uns behandelte, wenn wir ihn besuchten – wie seinen eigenen Sohn nämlich. Was ja schon eine gewisse Ironie besitzt, da Mikhail tatsächlich sein einziger *echter* Sohn war.«

»Was meinst du? Was hätte sich denn anders entwickeln können?«

»Jeremy hat täglich etwas mit uns unternommen. Er war unser Dad. Er hat darauf geachtet, dass wir unser Gemüse aßen, Hausaufgaben machten und nie, nie, nie vergaßen, dass Reichtum ein Privileg ist. Er sorgte dafür, dass wir der Allgemeinheit etwas zurückgaben. Mikhail wuchs anders auf. Als ich aus der Armee ausstieg und nach Hause kam, war er zwölf und total verzogen. Also habe ich ihn mir vorgeknöpft und ihm weitervermittelt, was Jeremy mir beigebracht hatte.«

Ihre Stimme wurde sanft. »Ich wusste nicht, dass du ihm so nahestandst.«

Marcus nickte und räusperte sich, ehe er fortfuhr: »Die letzten fünf Jahre schon. Ich verlangte von ihm, dass er trotz Bodyguard zu einer bestimmten Zeit zu Hause sein musste. Ich ließ ihn Zeitungen austragen. Ich spielte mit ihm Ball und kontrollierte seine Hausaufgaben. Und als Diesel mit dem sozialen Wohnungsbau anfing, schickte ich Mickey auf die Baustelle. Zuerst jammerte er furchtbar, doch später gefiel es ihm.« Die Erinnerung brachte ein kleines Lächeln auf seine Lippen. »Vor allem, als die Mädchen sich für ihn zu interessieren begannen, weil er plötzlich Muskeln aufbaute.« Er holte tief Luft und stieß sie geräuschvoll aus. »Meine Mutter schnürte ihm die Luft ab mit ihrer Furcht. Ständig musste ein Leibwächter auf ihn aufpassen, nie konnte er für sich sein. Ich war derjenige, der Mom überredete, ihm ein Auto zu kaufen, als er sechzehn wurde, damit er sich ein bisschen freier bewegen konnte.« Er schloss die Augen und musste sich zwingen, weiterzusprechen. »Als er dann weglief, fühlte ich mich schuldig. Er holte einen Freund ab, fuhr mit ihm zur Hütte hinauf, drückte ihm den Autoschlüssel in die Hand und bat ihn, ihn eine Woche später wieder abzuholen.«

»Marcus, du weißt, dass es nicht deine Schuld war. Er ist tot, weil ein Verbrecher ihn erschossen hat.«

»Mom hatte ständig Angst um ihn. Aber ich wollte nicht, dass Mikhail unter solch einem Druck heranwachsen musste wie Stone und ich. Wir fürchteten uns damals praktisch vor jedem Schatten. Wir konnten nur schlafen, wenn wir das Licht anließen.« Er begegnete ihrem Blick, und kein Lächeln lag auf seinen Lippen. »Und wehe, du erzählst das weiter. Wir sind beide längst darüber hinweg.«

»Ich werde schweigen wie ein Grab«, antwortete sie.

»Na ja.« Er zuckte die Achseln. »Es ist bloß nicht gerade männlich, sich vor der Dunkelheit zu fürchten.«

Sie lächelte. »Ich habe nicht den geringsten Grund, an deiner Männlichkeit zu zweifeln. An deiner Liebe zu deinem Bruder übrigens auch nicht. Du wolltest, dass er ein gutes Leben führt und zu einem Mann heranwächst, der stolz auf sich sein kann.« Sie schluckte, und in ihren Augen schimmerte es plötzlich.

»Eines Tages wirst du einen großartigen Vater abgeben, Marcus O'Bannion«, flüsterte sie.

Mit einem Mal wurde ihm die Brust eng. »Danke.«

Verstohlen rieb sie sich die Augenwinkel, als sie auf dem Parkplatz des Obdachlosenheims hielt, und sah sich nach allen Seiten um. »Sieht aus, als sei die Luft rein. Lass den Kopf unten und beeil dich.«

»Ja, Ma'am«, sagte er brav.

Problemlos gelangten sie ins Gebäude. Diesel wartete bereits. »Hier sind die Dateien«, sagte er ohne Umschweife und hielt Scarlett eine externe Festplatte hin, als würde sie glühen.

Scarlett steckte sie in ihre Jackentasche. »Danke, Diesel. Das weiß ich wirklich zu schätzen, glauben Sie mir.«

»Diesel!« Ein kleiner Junge von ungefähr fünf Jahren humpelte auf Krücken durch den Raum. Eines seiner Beine war hellgrün eingegipst.

Diesel blickte überrascht herab. »Emilio?«, fragte er und ging in die Hocke. »Was machst du denn hier? Und was ist mit deinem Bein passiert?«

Scarlett sah Marcus fragend an. »Kinderfußball. Diesel trainiert die Mannschaft«, murmelte er und musste über ihren verblüfften Gesichtsausdruck grinsen.

Emilio blickte mit unverhohlener Bewunderung zu Diesel auf, der ihn auch in der Hocke noch überragte. »Mein Bruder hat irgendwas mit Krupp. Hat meine Oma gesagt. Deswegen hat sie ihn zu Dr. Dani gebracht.«

»Den kenne ich nicht«, sagte Diesel, und der Junge kicherte. »Das ist eine Sie«, erklärte Emilio.

»Dr. Dani ist Deacon Novaks Schwester«, fügte Scarlett hinzu. »Sie kümmert sich auch um Tommy und Edna, die beiden Obdachlosen, derentwegen Marcus und ich hergekommen sind.«

Diesel merkte interessiert auf. »Deacons Schwester? Hat sie auch so weiße Haare wie er?«

»Nicht ganz«, erklärte Scarlett. »Eher wie Rogue von *X-Men* – schwarze Haare, weiße Strähnen.«

Emilio grinste spitzbübisch. »Die ist echt hübsch. Du solltest sie mal kennenlernen.«

Marcus hatte Dani Novak schon damals im Krankenhaus kennengelernt. Außerdem hatte sie Deacon und Faith in den vergangenen Monaten ab und an zu Jeremys Partys begleitet und sich bei seinem Adoptivvater beliebt gemacht, indem sie aus seiner neusten wissenschaftlichen Publikation zitiert hatte. Dani war lieb und lustig und ihre Verwandtschaft mit Deacon unübersehbar. Im Übrigen hatte der kleine Junge recht: Dani war wirklich hübsch, aber nicht ganz so hübsch wie Marcus' Detective.

Aber was uniformierte Polizisten mit Stone anrichteten, bewirkten Ärzte in weißen Kitteln bei Diesel: Sie stürzten ihn in die Tiefen seiner posttraumatischen Belastungsstörung. Marcus war gespannt, wie Diesel sich herausreden würde.

Sein Freund zerzauste dem Jungen das Haar. »Heute nicht, Kleiner.« Er beugte sich vor. »Ich habe Angst vor Nadeln, deshalb gehe ich Ärzten lieber aus dem Weg«, sagte er verschwörerisch. »Selbst hübschen Ärztinnen. Du verrätst mich doch nicht, oder?«

»Nein«, antwortete Emilio ernst. »Aber die Ärztin ist wirklich nett. Du würdest sie bestimmt mögen.«

»Da bin ich mir sicher«, sagte Diesel. »Trotzdem.«

Emilio neigte den Kopf. »Wer sind diese Leute?«, flüsterte er.

»Das ist Mr. Marcus – mein Boss und mein Freund. Und das ...« Er sah zu Scarlett hinüber. »... ist Miss Scarlett. Sie ist nicht mein Boss. Aber eine Freundin von mir.«

Scarletts Lächeln war ein wenig wacklig, als sie begriff, dass diese Bemerkung einem inoffiziellen Ritterschlag gleichkam. »Hallo, Emilio. Dein Gips ist cool. Wie bist du denn dazu gekommen?«

»Ich hab versucht, auf dem Sportplatz auf das Schlagmal zu schlittern«, sagte er niedergeschlagen. »Das war keine gute Idee.«

Marcus hustete, um sein Lachen zu verbergen, und Scarlett verbiss sich ein Grinsen, aber Diesel zuckte nicht einmal mit den Lippen. »Das hat bestimmt ziemlich weh getan«, sagte er mitfühlend.

»Jetzt verstehe ich auch, warum du am Donnerstag nicht beim Training warst. Wenn du magst, kannst du aber trotzdem zu den Spielen kommen und Tore zählen. Zählen kannst du doch schon, oder? Und Zahlen schreiben?«

»Bis zwanzig.«

»Das dürfte reichen. Wir treffen ja nicht gerade oft. Aber wir ...«

»Emilio! Wo steckst du?« Dani Novak kam mit wehendem Kittel aus einem der hinteren Zimmer gerannt.

Scarlett winkte sie zu sich. »Dani. Er ist hier bei uns.«

Dani eilte zu ihnen. »Du weißt doch, dass du nicht einfach wegrennen darfst. Vor allem nicht hier. Deine Großmutter hat fast einen Herzanfall bekommen.«

*Hier,* dachte Marcus, wo mehr als drei Viertel der Patienten entweder obdachlos, süchtig oder beides waren. Mit einem misstrauischen Blick zu Diesel ging sie neben ihm in die Hocke und schob sich nah an das Kind heran, um es notfalls zu schützen. Was so unnötig wie lächerlich war. Mit seinen eins achtundneunzig und den hundertdreißig Kilo geballter Muskelkraft hätte Diesel Dani durch die Gegend schleudern können wie eine Stoffpuppe.

Nicht, dass die Gefahr bestanden hätte. Trotz seines kahlrasierten Schädels und den, nun, interessanten Tätowierungen ging der Mann mit seinen Mitmenschen unglaublich sanft um – sofern es sich nicht um jene Gewalttäter handelte, die zu vernichten er sich zur Lebensaufgabe gemacht hatte.

Im Augenblick jedoch hätte Diesel für niemanden eine Bedrohung dargestellt. Er hockte wie erstarrt da und fixierte Danis Kittel, als sei er etwas Lebendiges. Einen Moment lang erwog Marcus, einzugreifen und Dani unter einem Vorwand wegzuschicken, aber dann entschied er sich dagegen. Es war höchste Zeit, dass Diesel seine Probleme anging. »Aber wenn Oma so was kriegt, dann kannst du ihr doch helfen«, sagte Emilio ernst. »Oma sagt, du bist eine Wunderheilerin.«

Dani schürzte die Lippen, gab es dann aber auf und grinste breit. »Du fängst ja früh an, die Mädchen zu bezirzen. Ich möchte trotzdem nichts riskieren, okay?« Sie streckte ihm beide Hände entgegen. »Komm, wir gehen zurück zu deiner Oma.«

»Warte mal.« Emilio zupfte an ihrer Hand. »Das ist mein Trainer. Diesel.«

Dani zog die Brauen hoch. »Der auf die tolle Idee gekommen ist, dass du auf den Abschlag rutschen sollst?«

»Nein, das war doch beim Baseball. Diesel ist mein Fußballtrainer«, erklärte Emilio stolz.

Dani schenkte Diesel ein Lächeln. »Ich bin Dr. Novak, aber hier sagen alle Dr. Dani.«

Diesel, der noch immer hockte, hob den Kopf und ... – nichts. Die Stille zog sich so lange hin, dass Marcus sich vorbeugte, um zu sehen, was vor sich ging. Verblüfft sah er, dass sein Freund wie benebelt in Danis Augen starrte. Er schien buchstäblich die Sprache verloren zu haben.

Scarlett erbarmte sich als Erste. »Diesel arbeitet mit Marcus für den *Ledger*«, sagte sie. »Komm schon, Emilio, ich habe noch einiges zu tun.« Sie hob das Kind hoch und plazierte es auf ihrer Hüfte, als hätte sie das schon tausendfach getan. Und da sie, wie Marcus ja inzwischen wusste, häufig auf ihre zahlreichen Nichten und Neffen aufpasste, entsprach das vermutlich sogar den Tatsachen. Marcus gefiel der Anblick von ihr mit einem Kind auf dem Arm so sehr, dass es einen Moment dauerte, bis er die veränderte Stimmung wahrnahm. Emilio grinste nicht mehr und war auf Scarletts Arm totenstill geworden. Sein Blick huschte alarmiert zu Dani, dann zu der Ausbeulung unter Scarletts Jacke.

»Meine Pistole«, murmelte Scarlett zu Dani.

»Alles gut, Emilio«, sagte Dani und streichelte dem Jungen den Rücken. »Sie ist Polizistin. Sie arbeitet mit meinem Bruder zusammen.«

Emilio machte große Augen. »Oh.«

Dani hob die Krücken des Jungen auf. »Tommy und Edna sitzen im Aufenthaltsraum, Scarlett.« Sie blickte über ihre Schulter. »Kommst du, Marcus? Trainer Diesel?«

»Gleich«, gab Marcus zurück. Als die Frauen weg waren, packte Marcus Diesel am Oberarm und zerrte ihn aus der Hocke wieder auf die Füße. »Du solltest weniger Bier trinken, Kumpel. Du hast deutlich zugenommen.«

Diesel antwortete nicht, sondern starrte nur auf die Tür, hinter der Dani Novak verschwunden war. Marcus wedelte mit der Hand vor seinem Gesicht herum. »Diesel? Bist du noch da?«

Diesel nickte stumm, dann machte er auf dem Absatz kehrt und marschierte ohne ein weiteres Wort Richtung Ausgang. Marcus folgte, doch Diesel sprang die Treppe hinunter, ohne sich umzudrehen. »Diesel? *Kennedy*, warte!«

Diesel hielt an, wandte sich um und schaute auf. Marcus, der diesen glasigen Blick erwartete, der nach einer solchen Episode typisch für Diesel war, blieb schockiert stehen. Noch nie hatte er seinen Freund so traurig, so niedergeschmettert erlebt.

»Diesel, warte doch.« Marcus setzte gerade an, die Treppe hinunterzugehen, als ihm einfiel, dass er Scarlett versprochen hatte, sich nicht in die Schusslinie von potenziellen Heckenschützen zu begeben. »Lass uns reden.«

»Nicht nötig, mir geht's gut, Marcus. Bleib bei deinem Detective. Wir sehen uns später.«

Cincinnati, Ohio
Mittwoch, 5. August, 16.50 Uhr

»Soso«, sagte Dani zu Scarlett, nachdem sie Emilio bei seiner Großmutter abgeliefert hatten und nun Richtung Aufenthaltsraum zu Edna und Tommy unterwegs waren. »Du und Marcus, ja?«

Scarlett nickte, warf Dani einen verstohlenen Seitenblick zu und sah, dass sie bis über beide Ohren grinste. »Ich mag ihn schon eine ganze Weile. Ich wusste bloß nicht, dass er für mich dasselbe empfindet.«

»Das freut mich, das freut mich wirklich. Ich trage ein Dauergrinsen auf dem Gesicht, seit Faith mich angerufen und mir davon erzählt hat.«

»Mir war klar, dass das bei eurer Kommunikationsfreude nicht lange geheim bleiben würde«, erwiderte Scarlett trocken. »Dennoch ist euer Tempo beeindruckend.« Danis amüsiertes Schmunzeln verblasste. »Was war eigentlich mit Marcus' Freund los? Ich habe mich nicht getraut, ihn darauf anzusprechen, aber er wirkte ziemlich fertig.«

»Das kann ich dir nicht sagen. Ich kenne ihn erst seit gestern Abend, aber du hast recht – irgendwas stimmt mit ihm nicht. Allerdings scheint er ein netter Kerl zu sein.« Sie zuckte die Achseln.

»Tja, dann.« Dani öffnete die Tür zu einem großen Zimmer mit Sitzgruppen und Fernseher. Es war leer bis auf Edna und Tommy, die vor dem Fernseher eingedöst waren. »Ich muss mich jetzt wieder um meine Patienten kümmern. Du kommst ja allein klar.«

»Danke, dass du sie hierbehalten hast.« Scarlett musterte das Gesicht ihrer Freundin. Dani hatte versucht, die dunklen Ringe unter ihren Augen zu überschminken, aber es war ihr nicht gelungen. »Wie geht's dir? Wirklich, meine ich.«

Dani seufzte. »Ich bin müde. Und mir ist dauerübel. Aber meine Werte sind wieder im Lot, ich bin also kerngesund. Es macht mich nur fertig, dass ich nicht weiß, wie es weitergehen soll.«

Dani hatte sich von ihrer Arbeit im Krankenhaus freistellen lassen, nachdem ihre HIV-Infektion bekannt geworden war. Nun arbeitete sie in Vollzeit in der Klinik der Meadow, die sich vor Patienten kaum retten konnte. »Ich liebe meine Arbeit hier, aber ich komme kaum über die Runden, schon gar nicht, seit ich wieder in meine Wohnung gezogen bin. Zumindest kriege ich jetzt etwas mehr Schlaf.« Sie zog verschmitzt die Nase kraus. »Deacon und Faith haben mich so gut wie jede Nacht wach gehalten. Sie sind nicht gerade zurückhaltend. ›Ooohhh, Deacon‹«, gurrte sie.

Scarlett lachte. »Ich kann's mir vorstellen. Ich traue mich inzwischen schon gar nicht mehr, bei ihm zu Hause anzurufen. Wann immer ich es probiere – ständig habe ich das Gefühl, sie zu unterbrechen.«

Dani legte den Kopf schief. »Ich habe dich seit einer Ewigkeit nicht mehr so lachen gehört. Vielleicht sogar noch nie. Wie schön! Marcus tut dir anscheinend gut.« Ihr Blick wurde sehnsüchtig, doch rasch kehrte ihr Lächeln zurück. »Ich muss weitermachen. Pass gut auf ihn auf, und auf dich auch.«

»Du kannst jederzeit bei mir einziehen, falls du deine Wohnung lieber kündigen möchtest.«

Dani ging rückwärts auf ihr Sprechzimmer zu und schüttelte den Kopf. »Ich weiß dein Angebot wirklich zu schätzen«, sagte sie. »Aber dann muss ich mir wahrscheinlich jede Nacht ›Ooooh, Marcus‹ anhören.« Sie kicherte, als Scarlett rot wurde, und warf ihr einen Luftkuss zu. »Bis ganz bald.«

Scarlett hörte, wie Marcus hinter sie trat. »Worum ging's?«, fragte er.

»Ach, du kennst doch Dani. Sie und Faith haben über uns getratscht.« Sie musterte prüfend sein Gesicht. »Ich weiß schon, dass es dir nicht zusteht, die Geheimnisse anderer auszuplaudern«, sagte sie leise. »Aber wenn du das Gefühl hast, du müsstest etwas loswerden, kannst du es mir anvertrauen, das weißt du.«

»Danke.« Er legte ihr eine Hand in den Nacken und küsste sie innig. »Und auch dafür danke, denn den habe ich jetzt wirklich gebraucht.« Er straffte die Schultern und sah sich um. »Sind das da Edna und Tommy?«

»Ja. Komm, wecken wir sie.« Scarlett zog ihr Handy hervor und rief ihre E-Mails auf. »Isenbergs Assistent hat uns eine Fotoreihe zusammengestellt, darunter auch eine Aufnahme von Drake – nur für den Fall, dass Edna und Tommy tatsächlich etwas gesehen haben sollten. Ach ja, stör dich nicht an Tommy. Er wird mir mindestens einen Heiratsantrag machen, bevor wir wieder gehen.«

»Wie lange kennst du die beiden denn schon?«

»Schon ziemlich lange. Nach der Polizeiakademie war ich häufig in der Gegend auf Streife. Ich habe schon oft versucht, sie irgendwo unterzubringen, aber sie leben lieber auf der Straße.« Sie ging zum Sofa, auf dem die beiden tief und fest schliefen, und schüttelte sie sanft. »Edna, Tommy. Aufwachen.«

Edna fuhr erschrocken hoch, während Tommy sich langsam aufrichtete. Edna sah sich desorientiert um, entdeckte dann aber Scarlett und entspannte sich wieder.

»Detective Bishop. Dr. Dani hat uns gesagt, dass Sie uns sprechen wollen.«

»Miss Scarlett«, sagte Tommy mit anzüglicher Stimme. »Ich wusste ja, dass Sie irgendwann zur Vernunft kommen würden. Wo wollen wir unsere Flitterwochen verbringen? In den Bergen ist es jetzt schön kühl.«

Scarlett ging in die Hocke, damit sie nicht zu ihr aufsehen mussten. »Das mit den Flitterwochen müssen wir wohl verschieben, Tommy. Erinnern Sie sich an gestern Morgen, als wir uns in aller Frühe begegnet sind?«

Edna nickte. »Sie sind zu der Gasse gerannt, wo zuvor geschossen wurde.«

»Ja. Ich wollte anschließend noch mal mit Ihnen sprechen, aber da waren Sie nicht mehr da.«

Edna schnitt eine Grimasse. »Zu viele Bullen, zu viel Blaulicht. Da haben wir uns lieber verzogen.« Sie deutete auf Marcus. »Wer ist dieser Mann?«

»Das ist Marcus. Er ist der Mann, mit dem ich mich gestern dort treffen wollte.« Sie erklärte in groben Zügen, was in der Gasse geschehen war. »Ist Ihnen vielleicht etwas Besonderes aufgefallen? Haben Sie zum Beispiel jemanden wegrennen sehen?«

»Alle sind weggerannt«, sagte Tommy. »Und das ist auch clever, sonst denken die Bullen nachher, man selbst wär's gewesen, und fangen auch an rumzuballern.« Er zuckte die Achseln. »Den Bullen is' es doch eh egal, wen die abknallen.« Er zog eine buschige graue Augenbraue hoch. »Sie mein ich damit nicht, Miss Scarlett, Sie sind natürlich anders. Und der da auch, hoffe ich.«

»Marcus? Er ist kein Cop, sondern Journalist.«

Tommy entspannte sich sichtlich. »Gut. Wenn Sie mich wegen 'nem Bullen hätten sitzenlassen, hätte ich das nicht verkraftet. Ich hab gesehen, wie Sie geknutscht haben.«

Scarlett grinste. »Sie haben also nur so getan, als würden Sie schlafen.«

Tommy erwiderte das Lächeln nicht. »Ich schlafe immer mit offenen Augen, Miss Scarlett.«

»Die Bullen verscheuchen uns oft«, erklärte Edna kopfschüttelnd. »Wir dürfen nicht in dem Hauseingang schlafen. Aber wir tun das schon seit Jahren, und ich versteh nicht, warum die sich so aufregen deswegen.«

Das Viertel, in dem die beiden auf der Straße lebten, war vor über zehn Jahren das Zentrum von Rassenunruhen gewesen. Obwohl die Lage sich seitdem stark verbessert hatte, misstrauten die meisten Bewohner der Polizei immer noch.

»Das tut mir leid«, sagte Scarlett schlicht. Es hatte keinen Sinn, Edna und Tommy zu erklären, dass die meisten Polizisten, die sie aus dem Hauseingang verscheuchten, nur ihre Sicherheit im Sinn hatten. »Haben Sie vielleicht jemanden weglaufen sehen, der nicht aus dem Viertel stammte? Jemanden, der eindeutig fremd dort war?«

Edna zögerte. »Ich will keinen Ärger kriegen.« Scarlett wartete geduldig. Endlich stieß Edna einen tiefen Seufzer aus. »Na gut«, sagte die alte Frau schließlich. »Ich hab ihn gesehen.« Sie deutete auf Marcus. »Er ist gerannt.«

»Dass er dort war, weiß ich schon«, sagte Scarlett freundlich. »Einer der Schüsse, die Sie gehört haben, hat ihn in den Rücken getroffen. Zum Glück hat er eine schusssichere Weste getragen, sonst wäre er jetzt nicht hier bei uns.«

Edna musterte Marcus von Kopf bis Fuß. »Wär auch schade drum«, murmelte sie. »Aber da war noch ein anderer. Auch ein Weißer. Blond. Der konnte richtig schnell rennen. Er ist über eine umgestürzte Mülltonne gesprungen wie bei der Olympiade.«

»Sie meinen wie beim Hürdenlauf?« Die Polizei in Detroit hatte in Erfahrung gebracht, dass Drake auf der Highschool in der Leichtathletikmannschaft gewesen war, insofern passte es. »Konnten Sie sein Gesicht erkennen?«

»Klar. Er ist direkt an mir vorbeigerannt«, sagte Edna.

»Ich hab mehr auf den Ballermann geachtet«, fügte Tommy hinzu. »So, wie der damit rumgefuchtelt hat, musste man um sein Leben bangen.«

Scarlett seufzte. »Warum haben Sie mir das denn nicht schon gestern Morgen erzählt?«

»Sie haben ...«

Scarlett winkte resigniert ab. »Ich weiß schon. Ich habe nicht danach gefragt.«

»Nein«, wandte Tommy ein. »Sie haben uns keine Chance dazu gegeben. Sie sind plötzlich genauso schnell losgerannt, wie der Kerl abgehauen ist.«

»Oh, natürlich.« Scarlett kam sich plötzlich ziemlich dumm vor. »Denken Sie, Sie würden ihn bei einer Gegenüberstellung wiedererkennen?«

Tommy schüttelte zweifelnd den Kopf. »Weiße sehen für mich alle gleich aus.«

»Wir setzen keinen Fuß in eine Polizeistation«, sagte Edna mit Bestimmtheit und verschränkte die Arme vor der Brust. »Nie und nimmer.«

»Das müssen Sie auch nicht. Ich habe ein paar Fotos mitgebracht.« Scarlett hielt ihr das Display ihres Smartphones hin und wischte durch die Bilder, die Isenbergs Assistent zusammengestellt hatte.

»Das ist er«, sagte Edna beim zweiten Durchlauf und deutete zielsicher auf Drake. »Der Dritte.«

*Ja! Jetzt haben wir dich, du kleines Arschloch.* Scarlett ließ sich nichts anmerken, obwohl sie innerlich die Faust in die Luft stieß. »Wohin ist er gelaufen, nachdem er an Ihnen vorbeigekommen ist?«

»Nur bis zum Ende der Straße. Da stand 'ne dicke Karre. Er ist auf der Beifahrerseite eingestiegen.«

»Ein Mercedes«, setzte Tommy ehrfürchtig hinzu. »Silbern. Der blitzte förmlich im Licht der Straßenlaterne. Und dann ist er mit quietschenden Reifen davongebraust.«

*Großartig,* dachte Scarlett. Auf Stephanie Anders' Namen war ein silberner Mercedes zugelassen. Sie schickte Vince Tanaka rasch eine Nachricht und bat ihn, den Wagen nach Spuren abzusuchen, mit denen sich beweisen ließ, dass Drake Connor und Tala Bautista mitgefahren waren.

»Konnten Sie sehen, wer am Steuer saß?«, fragte sie.

»Eine Frau«, sagte Tommy.

»War klar, dass dir die Frau auffällt«, grummelte Edna.

»Na und? Dir ist der Kerl ja auch aufgefallen«, konterte Tommy. »Dass Schnee auf dem Dach liegt, beweist ja noch lange nicht, dass im Herd kein Feuer mehr brennt.« Er leckte sich lüstern über die Lippen.

»Also, *das* Feuer brennt nicht mehr«, erwiderte Edna verärgert. »War ja eh nich' mehr als 'n glimmender Span.«

»Schönen Dank für die anschauliche Beschreibung«, sagte Scarlett. »Wie sah sie aus?«

»Sie war hübsch«, antwortete Tommy. »Nicht so hübsch wie Sie natürlich.«

»Okay, gut zu wissen. Geht es noch etwas detaillierter? Haarfarbe? Hautfarbe?«

»Blonde Haare, weiß, funkelnde Ohrringe, rote Fingernägel. Lange Nägel. Sie hat das Lenkrad so gehalten.« Er streckte vier Finger aus und klappte den Daumen ein. »Das war alles, was ich erkennen konnte.«

»Das ist schon ziemlich viel. Vielen Dank.«

Edna zog besorgt die Stirn in Falten »Und wenn der Kerl sich jetzt an uns rächen will?«

»Das kann er nicht. Er befindet sich zweihundertfünfzig Meilen von hier in Polizeigewahrsam.«

»Gott sei Dank«, sagte Edna erleichtert.

»Oh, ja. Also dann. Und bleiben Sie bitte noch etwas hier im Kühlen. Die Hitze da draußen ist mörderisch.«

Tommy zeigte auf Marcus. »Kann der sprechen?«

Scarlett lachte. »Ja, das kann er. Wieso?«

»Sagen Sie ihm, dass er noch bleiben soll. Sie können gehen, Miss Scarlett. Ich will allein mit ihm reden.«

Scarlett blickte Marcus an, zuckte die Achseln, stand auf und ging zur Tür, wo sie Tommy, Edna und Marcus aus dem Augenwinkel beobachtete, während sie Deacon und Isenberg per SMS über die McCord-Geschichte und Tommys und Ednas Aussage informierte.

Zwanzig Sekunden später rief Isenberg an.

»Gute Arbeit, Detective.«

Scarlett hätte am liebsten geseufzt. Offenbar blieb es bei der höflichen Distanz. »Danke, Lieutenant«, antwortete sie ähnlich neutral. »Ich kann im Augenblick nicht frei sprechen.«

»Verstanden. Dann hören Sie einfach nur zu. Agent Coppola hat gerade den Qualitätsprüfer von Constant Global Surveillance verhört. Den mit dem viermal höheren Ausschussanteil. Der andere scheint sauber zu sein, wir werden ihn wohl laufenlassen müssen. Sie hatten recht – der Mann war so erschüttert von dem Anschlag auf sein Leben, dass er uns bereitwillig Auskunft gegeben hat, damit wir ihm auch ja Schutz gewähren. Ein gewisser Demetrius Russell war der Abnehmer. Der Techniker hat routinemäßig ein paar vermeintlich schadhafte Tracker aussortiert, sie als ›recycelte Einzelteile‹ eingetragen und sie dann an Russell verkauft, der immer bar bezahlte.«

»Also ist er der Verbindungsmann, genau wie wir es uns gedacht haben.«

»Ja. Der Techniker gab an, um die zweihundert Geräte pro Jahr verkauft zu haben, Tendenz steigend.«

Scarletts Gedanken überschlugen sich. *So viele?* »Wow. Wieso ist das niemandem aufgefallen?«

»Er hat angedeutet, dass sein Chef ein Stück von dem Kuchen abbekommen hat. Das FBI ist bereits unterwegs, um ihn sich vorzuknöpfen.«

»Okay. Sie haben gelesen, was ich Ihnen über diesen McCord geschrieben habe?«

»Der Lehrer, der sich im Gefängnis erhängt hat? Glauben Sie, dass es vielleicht gar kein Selbstmord war? Dass man ihn zum Schweigen gebracht hat?«

»Ja. Eine simple Festnahme mag also vielleicht nicht ausreichen.«

»Dann veranlasse ich, dass die Angestellten von Constant Global Surveillance unter Personenschutz gestellt werden und der Chef der Firma ebenfalls«, sagte Isenberg. »Es gibt aber noch eine Neuigkeit. Sie betrifft die Frau, die auf dem Dach gegenüber dem Präsidium auf unsere Zeugen geschossen hat. Das FBI hat ein bisschen mit ihrer schicken Gesichtserkennungssoftware herumgespielt und festgestellt, dass es sich um eine gewisse Alice Newman handelt. Juraabschluss an der University of Kentucky.«

»Und sie ist eine Scharfschützin? Wow.«

»Ja, so haben wir auch reagiert. Sie sagt kein Wort, außer dass sie einen Anwalt will, aber auf ihrem Handy haben wir ein Foto des Mannes gefunden, auf den sie geschossen hat. Und eins von Marcus.«

Scarlett stieß schaudernd den Atem aus. Sie musste sich räuspern, bevor sie sprechen konnte. »Ich verstehe.« Sie blickte zu Marcus hinüber, der sich mit den beiden Obdachlosen unterhielt, und die Furcht packte sie mit solch einer Macht, dass ihre Knie einzuknicken drohten. Demetrius hatte ihn vor neun Monaten umzubringen versucht und gestern wieder. Aber er war zweimal gescheitert. Anscheinend sollte diese Frau sich der Sache annehmen.

*Die Frau im Krankenhaus. Die Demetrius gewarnt hat, dass jemand kommt.*

Diese Frau war vermutlich dieselbe gewesen, die zusammen mit Demetrius die Bautistas vom Flughafen abgeholt hatte. Die Frau, die sich den Bautistas als Alice vorgestellt hatte.

»Haben Sie eine Sprachaufnahme von dieser Frau?«, fragte sie ihre Vorgesetzte. »Der Satz, sie wolle einen Anwalt, genügt schon.«

»Sicher. Wir lassen das Aufnahmegerät laufen, seit wir sie verhaftet haben. Wieso?«

»Wie ich schon sagte, ich kann hier nicht frei sprechen, aber ich melde mich bald wieder.« Scarlett legte auf, als Marcus auf sie zukam. Sein gequält-amüsierter Gesichtsausdruck wurde besorgt, als er ihrem Blick begegnete.

»Ist etwas passiert?«

»Nichts Schlimmes, aber wir müssen zurück ins Präsidium.« Während sie im Auto saßen und zum CPD fuhren, erzählte Scarlett ihm, was sie von Isenberg erfahren hatte. »Meinst du, du könntest die Stimme der Frau wiedererkennen, die Demetrius damals im Krankenhaus gewarnt hat?«

»Keine Ahnung«, gab er aufrichtig zurück. »Aber spielt es denn eine Rolle? Sie hatte mein Foto auf dem Handy. Vermutlich war ich ihre nächste Zielscheibe.«

»Wir könnten ihr eine Verbindung zu Demetrius nachweisen, was ihr eine Anklage für die Beteiligung am Menschenhandel zum Zweck der Ausbeutung einbrächte. Ohne diese Verbindung könnte sie sich als schlichte Auftragsmörderin ausgeben.«

Marcus zog eine Braue hoch. »Mord auf Bestellung ist doch keine Bagatelle.«

»Nein, natürlich nicht, aber ich will Gerechtigkeit für Tala. Ich will, dass jede einzelne Person, die von ihrem dreijährigen Martyrium profitiert hat, dafür bezahlt. Alle, die an diesem Verbrechen beteiligt waren, sollen bis an ihr Lebensende im Gefängnis sitzen und am eigenen Leib erfahren, wie es ist, wenn man anderen auf Gedeih und Verderb ausgeliefert ist.« Ihre Augen brannten, und ihre Stimme begann zu zittern. »Ich möchte eines Tages Malaya mit der Gewissheit in die Augen sehen können, alles Menschenmögliche getan zu haben, damit das Opfer ihrer Mutter nicht vergeblich war.«

Er betrachtete sie einen Moment lang stumm, dann streckte er die Hand aus und rieb ihr eine Träne von der Wange. »Okay. Ich werde mein Bestes geben.«

»Mehr will ich ja gar nicht«, flüsterte sie.

Die nächsten Minuten legten sie schweigend zurück. Sie hatte nicht vorgehabt, derart emotional zu werden, aber in Marcus' Gegenwart schien ihr das ständig zu passieren. Vielleicht war es gut, alles einfach mal rauszulassen. Auf alle Fälle fühlte sie sich jetzt besser, und ihm schien es nichts auszumachen.

»Alles wieder gut, Miss Scarlett?«, fragte er nach einer Weile in Tommys Tonfall.

»Ja, alles gut.« Sie warf ihm einen neugierigen Seitenblick zu. »Was wollte Tommy eigentlich von dir?«

Marcus lachte schnaubend. »Mir genau das sagen, was dein Vater und deine Brüder mir sagen werden, wenn ich sie demnächst kennenlerne. Wehe, ich breche dir das Herz, dann bricht er mir das Genick, reißt mir Arme und Beine ab und verprügelt mich damit. So was in der Art.«

»Tommy? Wirklich? Das ist ja süß.«

»Süß? Er droht mir, und du nennst ihn süß? Du bist wirklich blutrünstig.«

»Na ja, echte Sorgen wirst du dir wohl nicht machen müssen. Tommy mangelt es am nötigen Kampfgeist, um seinen Worten Taten folgen zu lassen.«

»Ich weiß nicht so recht. Der alte Bursche hat noch ziemlich kräftige Hände. Wusstest du, dass man ihm das Purpurherz verliehen hat?«

Scarlett blinzelte. »Ich hatte keine Ahnung, dass er in Vietnam war.«

»Jep. Er trägt es immer bei sich.«

»Er hat dir einfach seinen Orden gezeigt? Mir noch nie!«

»Er wollte wissen, was ich schon erreicht hätte im Leben. Also habe ich ihm von meiner Zeit beim Militär erzählt. Übrigens ist er daraufhin von seiner Verstümmelungsabsicht wieder abgewichen.«

Er grinste, als sie lachen musste, und schwieg einen Moment. »Er hat mir auch erzählt, wie viel du für ihn und Edna und andere tust, die auf der Straße leben.«

Scarletts Wangen wurden heiß. »Er übertreibt.«

»Ich glaube nicht. Außerdem seist du im Krankenhaus bei ihm gewesen, als seine Schwester starb. Wie lange ist das jetzt her, Scarlett?«

»Im Herbst zwölf Jahre.«

»Du warst also erst achtzehn. Noch keine Polizistin.«

»Nein, aber ich wusste schon, dass ich eine werden würde. Tommys Schwester fehlt mir. Sie hat ihn lange vor dem Absturz bewahrt. Tommy hat nicht immer in einem Hauseingang geschlafen, wie du dir sicher denken kannst. Er hatte einen Schuhputzstand in der Innenstadt. Wenn mein Vater samstagnachmittags dienstfrei hatte, holte er mich immer von meiner Tanzstunde ab und fuhr einen riesigen Umweg, damit er sich von Tommy die Schuhe putzen lassen konnte.«

»Und so hast du ihn kennengelernt?«

»Genau. Ich durfte auf Daddys Schoß sitzen, während er sich die Schuhe wienern ließ und mit Tommy über Gott und die Welt plauderte. Dass mein Dad sich dadurch auf dem Laufenden hielt und Vertrauen aufbaute, weiß ich heute, damals aber begriff ich es nicht. Einmal, ich war vielleicht neun, fragte ich meinen Vater, warum er Tommy für etwas bezahlte, was ich viel preiswerter erledigen könnte. Wenn er mich als Schuhputzerin beschäftigte, könne er außerdem Zeit und Benzingeld sparen.«

Marcus grinste. »Sehr geschäftstüchtig. Was hat dein Vater dazu gesagt?«

»Dass Tommy das Geld brauche, ich aber nicht. Ich widersprach. Immerhin sparte ich auf ein Mädchenfahrrad, weil ich es satthatte, die Klapperkisten meiner Brüder zu erben. Aber da erklärte er mir, dass man sich glücklich schätzen müsse, ein besseres Leben führen zu dürfen, als Tommy es tat. Tja, wie auch immer. Jedenfalls verlor Tommy durch den Tod seiner Schwester jeglichen Halt.«

»Und deshalb kümmerst du dich um ihn.«

»Ich weiß nicht, ob man es als ›kümmern‹ bezeichnen kann. Man tut es einfach.«

»*Du* tust es. Wer von deinen Kollegen noch?« Marcus hatte sich ihr in seinem Sitz zugewandt und sah sie unverwandt an.

»Keine Ahnung. Ich rede nicht darüber«, sagte sie gereizt. »Ich will nicht, dass jemand davon erfährt. Schon gar nicht durch Tommy.«

»Weil du den Ruf hast, ein Männerschreck zu sein?«

»Ganz genau, und diesen Ruf habe ich mir hart erarbeitet«, fuhr sie ihn so indigniert an, dass er lachen musste. »Denk ja nicht, dass ich das scherzhaft meine. Wenn Leute wie Tommy einmal anfangen, darüber zu reden, weiß es bald die ganze Gegend, und dann halten mich alle für ein Weichei.«

»Ich verrate Sie nicht, ich schwör's, Miss Scarlett.«

Sie lächelte. »Eigentlich mache ich das sowieso nur für mich. Manchmal werde ich in meinem Job so wütend auf irgendeinen widerlichen Junkie, der das Kind seiner Freundin zu Tode geprügelt hat, dass ich ihm am liebsten den Kopf wegpusten möchte. Und wenn es mir mal wieder ungeheuer schwerfällt, mich zurückzuhalten, fahre ich durch mein Viertel und tue etwas ... na ja ...«

»Gutes?«, fragte Marcus.

»Vermutlich.« Sie zuckte verlegen die Achseln. »So habe ich wenigstens das Gefühl, etwas zu bewirken.«

»Soso. Du machst es also nur für dich.« Marcus schüttelte grinsend den Kopf. »Übrigens hattest du bisher nicht viel über deinen Vater gesprochen. Deshalb hatte ich das Gefühl, euer Verhältnis sei eher ... distanziert.«

Scarlett musste schlucken. »Nein, ganz und gar nicht. Mein Vater ist ziemlich großartig. Er macht sich Sorgen um mich. Und meine Mutter auch. Ich war mal ihre kleine, süße Prinzessin, aber nun bin ich nur noch eine zornige Frau voller Aggressionen.«

»Das hast du schon mal gesagt. Aber ich sehe dich nicht so.«

Sie überlegte einen Moment lang. »Vielleicht bin ich weniger zornig, wenn du in meiner Nähe bist.«

Er lächelte. »Schöne Erklärung.«

»Dad wollte nicht, dass ich zur Polizei gehe. Er war der Ansicht, ich hätte ein viel zu weiches Herz und würde zwangsläufig an dem Job zugrunde gehen. Aber ich wollte immer schon zur Polizei. Und als Michelle starb und Trent Bracken freigesprochen wurde, schwor ich mir, dass ich mich als Polizistin niemals von meinem weichen Herzen beeinflussen lassen würde. Ich wollte meinen Job so verdammt gut machen, dass in Zukunft kein Trent Bracken mehr ungestraft davonkommen würde.«

»Dennoch hatte dein Vater recht. Du hast ein weiches Herz. Und Fälle wie Talas strapazieren es extrem. Also unterdrückst du deine Gefühle mit aller Macht und kehrst die Harte heraus. Wie lange, denkst du, kannst du das durchziehen?«

»So lange, wie es nötig ist.«

Er seufzte. »Ich dachte mir schon, dass du das sagen würdest. Und ich bin vermutlich auch nicht in der richtigen Position, um dir das auszureden.«

Sie schenkte ihm ein schiefes Lächeln. »Richtig. Wer im Glashaus sitzt ...« Sie fuhr in die Tiefgarage des Cincinnati PD, stellte den Wagen ab und wollte gerade den Schlüssel aus dem Zündschloss ziehen, als ihre Gedanken abrupt zum Fall zurückkehrten. »Moment mal. Die FBI-Leute hätten die Angestellten von Constant Global Surveillance doch durch die Garage ins Gebäude führen können. Das Risiko wäre sehr viel geringer gewesen. Trotzdem haben sie mit ihnen den Haupteingang genommen, wodurch sie eine wunderbare Zielscheibe abgaben.«

»Du hast recht.« Marcus zog die Brauen hoch. »Hat Coppola nicht gesagt, sie hätten einen Tipp bekommen?«

»Sie haben der Schützin eine Falle gestellt«, sagte Scarlett. »Und die Techniker der Tracker-Firma als Köder benutzt. Nicht, dass ich mich beschweren möchte, aber das war verdammt riskant.«

»Sie müssen diesen Tipp ziemlich ernst genommen haben«, bemerkte Marcus, der sie aufmerksam beobachtete.

Scarlett überlegte, was sie darauf erwidern sollte, und entschied, dass er ein Recht darauf hatte, ihre Vermutung zu erfahren. »Sie haben einen verdeckten Ermittler eingeschleust.«

»Das FBI?«

»Ja. Ich weiß nicht, wer es ist. Ich weiß nicht, wo er ist. Ich weiß auch nicht, wie der Kontakt hergestellt wird. Ich weiß nur, dass ich dir das nicht hätte sagen dürfen.«

»Irgendwann wäre ich sicher von allein darauf gekommen«, sagte er kühl. »Dennoch danke.«

»Hey. Ich hab dich auch nicht wegen Diesel ausgequetscht.«

»Stimmt, aber das hier ist etwas anderes. Das hier hat eine gewisse Auswirkung auf mein Leben.«

»Richtig, aber das wusste ich bis jetzt ja nicht sicher. Das FBI hat mehrere Menschenhändlerringe unter Beobachtung; sie haben extra eine Sondereinheit dafür eingerichtet, und das ist nichts Neues. Mir war allerdings nicht klar, dass dieser verdeckte FBI-Ermittler ausgerechnet mit den Leuten in Verbindung steht, die dich offenbar unter die Erde bringen wollen. Jetzt weiß ich es. Und du auch.«

Er seufzte. »Entschuldige. Du hast recht.«

»Oh ja, das habe ich. Und vergiss ja nicht, überrascht zu reagieren, wenn ein anderer es dir mitteilt.«

Er machte ein schockiertes Gesicht. »So in etwa?«

Sie kicherte. »Das üben wir wohl besser noch. Komm. Alice Newman wartet auf uns.«

# 33

Cincinnati, Ohio
Mittwoch, 5. August, 18.00 Uhr

Ken fand Decker in dem Gästezimmer, in dem Demetrius gestorben war. Verschwitzt und mit freiem Oberkörper zerlegte der junge Mann die blutige Matratze mit Hilfe einer Kreissäge. Es war drückend heiß, da Decker zum Lüften das Fenster aufgerissen hatte und die Klimaanlage dieser Herausforderung nicht gewachsen war.

Decker schaltete die Säge aus, als er Ken im Türrahmen stehen sah. »Bin gleich fertig, Sir«, sagte er, zog ein kleines Handtuch aus der hinteren Jeanstasche und wischte sich den Schweiß aus dem Nacken. »Dann bringe ich das Zeug raus und verbrenne es.«

»Nein, besser nicht. Der Qualm ist zu auffällig. Vergraben Sie die Reste.« Ken war froh, dass bald alle Spuren beseitigt sein würden. Seinen ältesten Freund zu töten, war schwerer gewesen, als er gedacht hatte, auch wenn Demetrius ihn betrogen hatte.

»Mach ich.« Decker wollte die Säge wieder anwerfen, zögerte jedoch. »Kann ich sonst noch was für Sie tun, Sir?«

»Wo sind Burton und die kleine Anders? Ich war gerade unten im Keller, aber da ist niemand mehr.«

»Ich habe getan, was Sie wollten. Mich um sie gekümmert.«

»Schon?«

»Ich sagte ja bereits, dass ich gerne mit dem Häcksler arbeite.« Decker zog die Stirn kraus. »Erzählen Sie mir jetzt bitte nicht, dass Sie Ihre Meinung geändert haben.«

Ken lachte. »Nein. Ich dachte, ich könnte vielleicht ein letztes Mal mit ihr plaudern. Sie war ...«

»Ein Miststück.« Decker drehte sich halb um und zeigte Ken vier tiefe Kratzer auf seiner Schulter.

»Wow. Beim nächsten Mal sollten Sie besser ein Hemd tragen.«

Decker sah ihn finster an. »Ich *habe* ein Hemd getragen. Sie hat ihre künstlichen Nägel am Betonboden des Käfigs geschärft.«

Das hätte Ken gerne gesehen. Noch lieber aber hätte er sie in seinem Bett gehabt, wenigstens einmal. Ein guter Fick verschaffte ihm meistens einen klaren Kopf, und der Gedanke daran, wie sie mit ihren Krallen Decker attackierte, ließ ihn steinhart werden.

»Wie sieht es mit Ihrer Tetanusimpfung aus?«, fragte er.

»Zum Glück habe ich mir gestern noch eine Spritze verpassen lassen. Wegen ihrer Mutter.«

»Ach ja. Marlene hat Sie gebissen.«

»Ich weiß schon, warum ich männliche Gefangene vorziehe«, brummte Decker. »Wenn ich hier fertig bin, fahre ich am besten ins Büro. Ohne Burton und Reuben stapelt sich dort die Arbeit. Sie werden neues Personenschutzpersonal einstellen müssen. Ich wüsste ein paar zuverlässige Ex-Soldaten, die an einer Stelle hier interessiert sein könnten. Soll ich Ihnen die Namen aufschreiben?«

»Gute Idee«, sagte Ken, auch wenn er innerlich so laut *Nein!* schrie, dass ihm der Schädel dröhnte. Er war am Ende, sein Führungsteam drastisch dezimiert, Alice verhaftet. Und obwohl er gerne glauben wollte, dass sie im Verhör standhaft bleiben würde, wusste er doch, dass sie ihn, ohne mit der Wimper zu zucken, verraten würde, wenn sie das für ihre beste Option hielt.

Ken hatte sich bereits ein Erste-Klasse-Flugticket von Toronto nach Papeete, Tahiti, gebucht. Von Papeete ging es mit einer gecharterten Maschine weiter nach Bora Bora, wo er einen Bungalow angemietet hatte. Die falsche Identität, unter der er den Flug morgen Abend antreten würde, war eine, die nicht einmal Alice oder Sean kannte.

Ken hatte noch nicht entschieden, ob er Sean später einweihen sollte. Sein Verhältnis zu seinem Sohn war immer schon distanzierter gewesen als das zu Alice. Sean mochte sich nicht die Hände schmutzig machen, Alice dagegen blühte dabei erst so richtig auf. *Verdammt, sie fehlt mir jetzt schon,* dachte er. Dennoch würde er nicht das Risiko eingehen, sich verdächtig zu machen, indem er sie rauszuhauen versuchte. Sie war weder hilf- noch mittellos. Sie war Juristin, Herrgott noch mal, und sie wusste weit besser als er, wie man sich aus einer solchen Misere befreien konnte.

Decker und die anderen, die noch übrig waren, mochten tun, was ihnen beliebte. Falls sie das Netzwerk aus Kontakten nutzen wollten, das Ken und sein Team in den vergangenen zehn Jahren aufgebaut hatten – bitte schön. Vielleicht würde Joel die Chef-Position übernehmen, wenn Ken erst einmal fort war, und auch das war in Kens Augen vollkommen in Ordnung. Nicht, dass er Joel eine lange Karriere an der Spitze zutraute. Entweder würde ihn nach kürzester Zeit die nachrückende Jugend eliminieren, oder Joels Herz würde versagen. So oder so – Joel war ein erwachsener Mann. Er konnte sich um sich selbst kümmern.

Ken hatte nur noch ein Ziel: Marcus O'Bannion zu töten und dann zu verschwinden. O'Bannion war ein Mensch, der ihn quer durch die ganze Welt verfolgen würde, wenn er erst einmal genügend Puzzleteile zusammengesetzt hätte. Besser, ihn jetzt zu beseitigen, als die nächsten dreißig oder vierzig Jahre auf der Hut sein zu müssen. Er würde seine Jagd vor der Redaktion beginnen. Viele der Mitarbeiter waren schon seit Jahren dabei. Bestimmt wäre jemand darunter, den O'Bannion zu retten versuchen würde, wenn er plötzlich verschwände. Und falls Ken beim *Ledger* nicht fand, was er suchte, würde eben Plan B in Kraft treten.

Auf Demetrius' iPad hatte er Fotos von O'Bannion und der Polizistin im Auto vor dem Tierheim entdeckt, und ihm war wieder eingefallen, dass Demetrius den beiden gestern gefolgt war. Anscheinend lief da etwas zwischen O'Bannion und dieser Frau, und obwohl Ken keinerlei Bedürfnis verspürte, sich mit einem Detective anzulegen, wenn es nicht unbedingt notwendig war, würde die hübsche Polizistin sicher einen wunderbaren Köder abgeben.

»Ähm, Sir ...?«, fragte Decker, und Ken wurde klar, dass er schon zu lange hier stand. »Kann ich sonst noch etwas für Sie tun?«

»Nein, nein. Eine Liste mit den Namen potenzieller neuer Security-Mitarbeiter wäre ganz wunderbar. Ich gebe Sean Bescheid, dass er Sie im Büro erwarten soll.« Er sah sich ein letztes Mal im Zimmer um und gab sich wehmütig, um seine Zerstreutheit zu überspielen. »Demetrius und ich haben viel zusammen erlebt. Er wird mir fehlen.«

Decker bedachte ihn mit einem argwöhnischen Blick. »Ich verstehe.«

*Nein, das tust du ganz sicher nicht.* »Also dann, Decker. Schließen Sie die Haustür ab, wenn Sie gehen.«

Cincinnati, Ohio
Mittwoch, 5. August, 18.00 Uhr

Marcus war nervös, als er aus dem Fahrstuhl trat. Scarlett wollte, dass er die Frau in Verhörraum vier als die Person identifizierte, die damals im Krankenhaus an dem Mordversuch beteiligt gewesen war, und er war sich bewusst, welche Bedeutung das für Scarlett und den Fall als solchen hatte.

Dummerweise bezweifelte er, dass er ihr helfen konnte. Normalerweise hatte er keinerlei Bedenken, sich eine Story auszudenken, wenn das Ziel ihrer Ermittlungen sich weitaus schlimmerer Vergehen schuldig gemacht hatte. Diese Frau war eine Mörderin – oder wäre definitiv zu einer geworden, wenn das FBI nicht diesen Insider-Tipp erhalten hätte. Was also hätte einfacher sein können, als Scarlett zu sagen, was sie hören wollte?

Doch in diesem Fall streikte sein Gewissen. Denn hier ging es um Scarlett, die fest an seine Lauterkeit glaubte.

Isenberg wartete am Fahrstuhl auf sie. »Mr. O'Bannion. Detective Bishop.«

Marcus entging nicht, dass Scarlett kurz das Gesicht verzog, und Ärger stieg in ihm auf. Doch er biss die Zähne zusammen und folgte dem Lieutenant. Gemeinsam betraten sie den verdunkelten

Beobachtungsraum neben Verhörraum vier. Dort trat er an die Scheibe, und Scarlett stellte sich neben ihn. Sie hatte beide Hände in die Hosentaschen geschoben, lehnte sich aber kaum merklich an ihn, so dass ihre Schulter seinen Oberarm berührte.

»Wenn du dir nicht sicher bist, ist es auch in Ordnung«, murmelte sie so leise, dass nur er es hören konnte, und ihm war, als rutschte ihm eine gewaltige Last von den Schultern. An der Wand hinter ihnen saßen sowohl FBI-Leute als auch Polizisten, darunter Deacon und die Agenten Coppola und Troy. Diese drei gesellten sich jetzt zu ihnen, und Marcus stellte erleichtert fest, dass Isenberg sich irgendwo in eine dunkle Ecke des Raums zurückgezogen hatte.

Marcus war ohnehin nicht wegen Isenberg hier. Er war hier, um eine Frau zu identifizieren, die ihn möglicherweise umgebracht hätte, wenn sie nur genug Zeit dazu gehabt hätte. *Ich war ihr nächstes Ziel.* Diese Erkenntnis erschütterte ihn. Und machte ihn mit einem Mal ungeheuer wütend.

»Das ist Alice Newman«, sagte Kate Coppola. »Sie ist nicht besonders glücklich, hier zu sein.«

Alice saß von der Scheibe abgewandt, so dass er ihr Gesicht nicht erkennen konnte. Ihre Hände waren an den Stuhl gefesselt, und sie hielt sich kerzengerade. Ihr blonder Bob kam ihm vage bekannt vor.

Aber er hatte sie doch nur gehört und nicht gesehen – oder etwa doch?

Deacon deutete auf den Mann neben ihr. »Karl Hohl, der Anwalt, den sie angerufen hat. Da wir ihr das Handy abgenommen hatten, bat sie um ein Telefonbuch, schloss die Augen und tippte auf irgendeine Nummer.«

»Ich werde ihr sagen, dass sie sich umdrehen soll«, sagte Kate.

»Nein, noch nicht«, gab Marcus zurück. »Ich möchte erst ihre Stimme hören.«

»Na schön. Dann versuche ich, sie zum Reden zu bringen.« »Bisher war sie allerdings nicht gerade gesprächig«, fügte Deacon hinzu.

»Vielleicht wirst du dir anhand der Aufnahme ein Urteil bilden müssen.«

Als spürte sie, dass sie beobachtet wurde, wandte Alice Newman sich um, und Marcus fiel die Kinnlade herab. »Heilige Scheiße. Ich fass es nicht.«

»Du kennst sie?«, fragte Scarlett, schien aber nicht besonders überrascht. »Wer ist das?«

Marcus dagegen war höllisch überrascht. »Allison Bassett, die große Schwester eines Freundes von Mikhail. Das hat sie zumindest behauptet. Ich kannte ihren Bruder nicht, aber als Mickey gestorben war, besuchten uns viele Leute, die ich nicht kannte, daher habe ich mir nichts dabei gedacht.«

»Wie hat sie Kontakt aufgenommen?«, fragte Deacon.

»Sie kam ins Krankenhaus, nachdem ich von der Intensivstation auf eine normale Station verlegt worden war. Sie erzählte mir, sie seien erst zum Schuljahresanfang hergezogen, und Mickey habe sich mit ihrem Bruder angefreundet. Sie kam mehrmals, aber wir haben uns immer nur unterhalten. Kein einziges Mal hat sie versucht, mich zu ersticken oder zu erschießen.« Seine letzte Bemerkung hatte lustig klingen sollen, aber seine Stimme bebte hörbar. Diese Frau war ihm damals ziemlich nahe gekommen. Sie hätte ihn in seinem geschwächten Zustand problemlos umbringen können, wenn sie es gewollt hätte.

Scarlett war ungewöhnlich still geworden und beobachtete die Frau unverwandt.

»Worüber habt ihr gesprochen?«, fragte Deacon.

»Hauptsächlich über mich und meine Familie. Sie erkundigte sich, wie es mit meiner Genesung vorangehe und wann ich wieder arbeiten könne. Sie hatte einige Reportagen im *Ledger* gelesen und eine Unmenge an Fragen. Wir sprachen sogar über McCord und wie widerwärtig solche Leute doch sind.« Noch immer wie benommen, schüttelte er den Kopf. »Wahrscheinlich wollte sie herausfinden, ob ich vorhatte, die Ermittlungen wieder aufzunehmen. Heiliger Strohsack. Und ich hatte nicht einmal den Hauch einer Ahnung.«

»Und nach Ihrer Entlassung aus dem Krankenhaus?«, fragte Kate.

»Sie hat mich ein-, zweimal im Haus meiner Mutter besucht. Als ich wieder zu Kräften gekommen war und regelmäßig ins Fitnessstudio ging, unterhielten wir uns manchmal auf dem Laufband.«

Im Spiegel der Scheibe sah er Kates Stirnrunzeln. »Und das kam Ihnen nicht merkwürdig vor?«, fragte sie. »Sind Sie nicht auf den Gedanken gekommen, dass sie etwas von Ihnen wollte?«

Marcus blies die Wangen auf und warf Scarlett einen verstohlenen Seitenblick zu. »Nein, das kam mir nicht merkwürdig vor, weil ich tatsächlich das Gefühl hatte, dass sie etwas von mir wollte. Im Krankenhaus bekam ich öfter Besuch von Frauen, außerdem E-Mails, Facebook-Posts, was auch immer. Nachdem die Medien davon berichtet hatten, wie ich verwundet worden war ...«

»... hatte die Damenwelt plötzlich einen neuen Helden«, beendete Deacon den Satz trocken. »Marcus, der Retter aller Jungfrauen in Not.«

Marcus zuckte verlegen die Schultern. »So ungefähr. Ich erhielt ein paar interessante Anträge, wusste aber, dass der Hype nur vorübergehend sein würde. Sie war im Grunde die Einzige, die am Ball blieb. Ich fragte sie übrigens sogar, wieso sie ausgerechnet in meinem Fitnessclub gelandet wäre, und sie gab offen zu, dass sie sich meinetwegen dort angemeldet und den Burschen am Empfang bestochen hatte, damit er ihr meine Trainingszeiten verriet.«

Im Spiegel der Scheibe sah er, dass Scarletts Miene vollkommen ausdruckslos geworden war. Er hätte nicht sagen können, welche Gefühle sie zu verbergen versuchte – Zorn auf die Frau oder Furcht um ihn –, hoffte aber, dass sie nicht eifersüchtig war, denn dazu gab es keinen Grund.

»Natürlich fand ich das schmeichelhaft«, fuhr er fort, »aber ich wollte nichts von ihr, und das sagte ich ihr auch.«

»Dennoch ließ sie nicht locker«, sagte Scarlett kühl. Plötzlich spürte er eine leichte Berührung an der Hüfte; sie hatte die Hand in ihrer Hosentasche ausgestreckt, um ihn zu berühren, ohne dass es jemand mitbekam.

Erleichtert atmete er aus. »Ja. Ich änderte meine Trainingszeiten, aber sie passte sich an. Irgendwann sagte ich ihr schließlich, dass es eine andere in meinem Leben gebe.« Er senkte die Stimme zu einem Murmeln, das allein für Scarletts Ohren bestimmt war. »Und das meinte ich ernst.«

Wieder das leichte Tippen an seiner Hüfte. »Und? Hat sie aufgegeben?«

»Ja, das hat sie tatsächlich. Sie hängte sich beim Training an einen anderen Kerl, und in null Komma nichts waren die zwei ein Paar. Ich war froh, dass sie mich fortan in Frieden ließ. Jetzt allerdings frage ich mich, wer dieser Kerl war, weil er mich auch ein paarmal angesprochen hatte, nur nicht so offensichtlich. Das Studio – das *Silver Gym,* nur eine Straße vom *Ledger* entfernt – müsste seine Daten eigentlich im Computer haben. Der Typ, ich glaube, er hieß D.J., war ein Riesenkerl, dunkelhäutig, knapp über zwanzig. Er konnte hundertvierzig Kilo drücken. Ich kann ihn euch zeigen, wenn das Studio das Foto von den Anmeldeformularen rausrückt.«

Scarlett und Deacon sahen einander an. »D.J.«, wiederholte Scarlett. »Das Alter könnte stimmen.«

Marcus begriff. »Demetrius junior? Könnte sein. Vom Körperbau bestimmt.«

»Ich werde das gleich klären«, sagte Kate. »Die Frage ist jetzt, ob Alice Newman alias Allison Bassett auch diejenige war, die Demetrius warnte, als er im Krankenhaus versuchte, Sie zu ersticken, und überraschend die Schwester kam.« Sie hielt ihm einen Ohrhörer hin und steckte das Kabel in ihr Handy. »Das ist die Tonaufnahme, die wir haben.«

Marcus steckte sich den Stöpsel ins Ohr, drückte auf »Play« und hörte eine wütende Stimme, die barsch nach einem Anwalt verlangte. Er spielte die Aufnahme mehrmals ab, schüttelte dann jedoch den Kopf. »Ich weiß es nicht«, sagte er aufrichtig. »Die Erinnerung ist so vage. Ich würde die Aufnahme nicht einmal mit der Allison Bassett in Verbindung bringen, als die ich sie kennengelernt habe, und es macht auch nicht *klick,* wenn ich an die Stimme der Frau im Krankenhaus denke.«

»Probieren mussten wir es trotzdem«, sagte Kate.

»Immerhin können wir jetzt davon ausgehen, dass sie etwas mit Demetrius' Sohn hat oder hatte, und das bringt sie zumindest in die Nähe der Menschenhändler.«

»Dummerweise haben wir dafür keine handfesten Beweise«, sagte Kate mit Bedauern. »Drücken wir uns die Daumen, dass ein Verhör uns weiterbringt.«

»Wie wär's, wenn ich mit ihr rede?«, schlug Marcus vor. »Vielleicht ist sie so verblüfft, mich hier zu sehen, dass sie zu reden beginnt.«

Kate warf Troy einen Blick zu. »Was meinst du?«

»Geh du zuerst rein«, antwortete Troy. »Konfrontiere sie mit dem, was wir wissen, und schau, ob du sie dazu kriegst, den älteren Mann zu identifizieren. Wenn sich nichts tut, schicken wir O'Bannion rein.«

»Welchen älteren Mann?«, fragte Scarlett misstrauisch. »Was wissen Sie, was ich nicht weiß?«

»Reg dich ab, Scar«, murmelte Deacon und berührte sie leicht an der Schulter. »Niemand will dir etwas vorenthalten. Wir haben erst davon erfahren, als Isenberg dich schon herbeordert hatte.«

»Wir haben sogar Kopien gemacht«, fügte Kate hinzu, »aber wir wollten Marcus nicht beeinflussen, ehe er nicht versucht hatte, sie zu identifizieren.« Sie reichte Scarlett ein Blatt Papier, auf dem drei Fotos zu sehen waren. Scarlett hielt den Ausdruck so, dass auch Marcus etwas sehen konnte.

Er legte ihr die Hand in den Rücken und beugte sich vor, um ihr über die Schulter zu blicken. Neben jedem der drei Fotos war ein Detail vergrößert abgebildet. Die erste Aufnahme zeigte drei junge Mädchen in knappen Shorts und Tops, die, die Arme umeinandergelegt, in die Kamera lächelten. Auf Bild Nummer zwei und drei war eine Abschlussfeier mit Alice Newman im Hintergrund zu sehen. Auf dem dritten Foto stand Alice mit Doktorhut und Talar neben einem Mann, der alt genug war, um ihr Vater sein zu können. Er wirkte fit und durchtrainiert, trug einen teuren Anzug und hatte einen Arm um ihre Schultern gelegt. Sie posierten nicht für das Foto, und man sah das Gesicht des Mannes nicht ganz, aber die Vergrößerung zeigte sein stolzes Lächeln.

»Den Namen ›Alice Newman‹ haben wir von der Kraftfahrzeugbehörde, nachdem wir ihr Foto durch die Gesichtserkennung haben laufen lassen«, erklärte Kate. »Dann haben wir verschiedene soziale Medien durchsucht und sind auf dieses Strandfoto gestoßen. Die junge Frau in der Mitte hat ebenfalls an der University of Kentucky Jura studiert – eine Kommilitonin, wenn nicht gar eine Freundin. Also haben wir auch ihre Accounts nach Fotos durchstöbert – und sind dabei auf die beiden Aufnahmen von der Abschlussfeier gestoßen.«

»Man sollte meinen, eine Juristin würde mit ihren Privatsphäre-Einstellungen etwas verantwortungsbewusster umgehen«, sagte Marcus.

»Ein Glück für uns, dass dem nicht so war«, gab Scarlett zurück.

»Und so haben wir Alice im Hintergrund dieser beiden Abschlussbilder gefunden«, fuhr Kate fort. »Der Mann auf dem dritten Bild ist in den sozialen Medien offenbar nicht präsent und findet sich auch nicht in den Datenbanken der Kraftfahrzeugbehörde. Demetrius Russell übrigens auch nicht.« Sie ließ die Schultern kreisen und die Knöchel knacken. »Wünscht mir Glück. Sie bleiben hier, Marcus. Ich hole Sie rein, wenn ich so weit bin.«

Doch Alice blieb stur und starrte schweigend auf das Fenster, als Kate den Wachmann dazu anhielt, den Stuhl umzudrehen. Nachdem Kate eine halbe Stunde lang alles probiert hatte, ohne sie zum Reden zu bringen, winkte sie Marcus durch die Scheibe herein.

Marcus holte tief Luft und straffte die Schultern, ehe er den Verhörraum betrat. Zunächst sagte er kein Wort, wartete lediglich ab, wie Alice auf ihn reagiert. Und er wurde nicht enttäuscht.

Alice' Augen verengten sich zu Schlitzen, und purer Hass blitzte darin auf. Hätte Marcus nicht damit gerechnet, wäre er vermutlich unwillkürlich einen Schritt zurückgewichen. »Hallo, Allison«, sagte er ruhig. »Oder soll ich Alice sagen?« Sie lehnte sich zurück, und ein bitterböses Lächeln erschien auf ihren Lippen. »Schau an. Wenn das nicht Mister Neun-Leben höchstpersönlich ist. Ich hätte dich umbringen sollen, als ich die Chance dazu hatte.«

Cincinnati, Ohio
Mittwoch, 5. August, 18.55 Uhr

Scarlett stieß geräuschvoll den Atem aus. »Das hätten wir also geklärt.«

»Allerdings«, murmelte Deacon. »Ehrlich, Frauen schaffen mich. Erst geben sie sich lieb und harmlos, als könnten sie keiner Fliege was zuleide tun, aber ehe man sichs versieht, verwandeln sie sich in Furien und fallen über einen her. Das macht mir eine Höllenangst.«

Er klang so frustriert, dass Scarlett grinsen musste. Deacon war der intelligenteste Partner, mit dem sie je zusammengearbeitet hatte, aber dass das Böse auch in Frauen stecken konnte, wollte ihm einfach nicht in den Sinn. »Die Natur schafft eben immer einen Ausgleich. Nimm zum Beispiel die Seeanemone. Sie sieht aus wie eine wunderschöne, völlig harmlose Blume, bis plötzlich ihre Tentakel hervorschießen und das völlig überrumpelte Opfer mit Gift lähmen, und – zack! – ist es vorbei!«

»Mein Gott, bist du blut...«

»Sag's gar nicht erst«, warnte sie. »Auch ich kann meine Tentakel ausfahren.«

»Ist klar«, schnaubte Deacon verächtlich. »Aber falls es dir hilft, erzähle ich allen, dass ich Angst vor dir habe.«

»Au ja, das wird dir bestimmt jeder abkaufen«, brummte sie, während sich Marcus auf der anderen Seite des Beobachtungsfensters den Stuhl neben Alice nahm, ihn umdrehte und sich rittlings draufsetzte.

Eine Weile sagte niemand etwas. »Warum hast du es nicht getan?«, durchbrach Marcus schließlich das Schweigen. »Mich umgebracht, als du die Chance dazu hattest? Gelegenheiten gab es doch genug, auch nachdem es deinem Partner nicht gelungen war, mich im Krankenhaus mit einem Kissen zu ersticken. Danke übrigens, dass du mir das Leben gerettet hast, indem du ihn warntest, jemand würde kommen.«

Alice blieb einen Moment lang der Mund offen stehen, ehe sie ihre Überraschung überspielen konnte. »Er war ein nutzloser Idiot.«

»Bingo«, murmelte Deacon.

»Die gehört so was von weggesperrt«, murmelte Scarlett zurück.

Marcus zuckte die Achseln. »Allerdings sitzt nun nicht er hier, sondern du. Warum, Alice?«

»Weil ich gehorsam bin?«

Der Anwalt räusperte sich. »Miss Newman.«

»Keine Sorge«, sagte sie mit einem Lachen, das Scarlett durch Mark und Bein ging. »Ich sage nichts von Bedeutung. Nicht, ehe ich kriege, was ich will.«

»Und was wollen Sie, Miss Newman?«, fragte Kate.

»Immunität. Komplett und bedingungslos.«

Kate lachte hustend. »Tatsächlich? Daraus wird wohl nichts.« Alice lächelte. »Dann vergeuden Sie nur meine Zeit. Und Ihre ebenfalls. Wenn Sie mich nicht gehen lassen, bekommen Sie gar nichts.«

»Mag sein«, sagte Marcus ruhig. »Vielleicht braucht Agent Coppola dich aber auch gar nicht. D.J. könnte etwas gesprächiger sein, wenn sie ihn verhört.«

»D.J. ist ein dummer kleiner Junge. Er weiß nichts.«

»Mag sein«, wiederholte er. »Wir werden es bald wissen, denn er wartet im Raum nebenan. Ich bin gespannt auf sein Gesicht, wenn er hört, dass sein Vater tot ist. Oder weiß er es schon? Meinst du, er läuft dir immer noch wie ein Hündchen hinterher, wenn er erfährt, was du getan hast?«

Diesmal war ihr der Schock deutlicher anzusehen. »Verpiss dich, O'Bannion«, zischte sie. »Oder fahr am besten gleich zur Hölle.«

Hinter der Scheibe legte Deacon den Kopf schräg. »Woher weiß er das?«

»Ich nehme an, es war ein Schuss ins Blaue«, sagte Scarlett. »Sie hat gesagt, Demetrius ›war‹ ein nutzloser Idiot. Er ist halt ein cleverer Bursche.«

Deacon verdrehte die Augen. »Ich glaub, ich muss kotzen.« Scarletts Lippen zuckten. »Jetzt weißt du, wie's mir geht, seit ich mit dir zusammenarbeite.«

Auf der anderen Seite der Scheibe verzog Marcus keine Miene. »Noch nicht. Ich habe noch nicht alle neun Leben aufgebraucht.«

»Es ist ja noch nicht zu spät, Marcus«, erwiderte Alice mit einem Lächeln.

»Dieser Vollidiot«, knurrte Deacon. »Eine Schlange, die man in die Ecke treibt, reizt man nicht mit einem angespitzten Stock.«

»Er schon«, bemerkte Scarlett zähneknirschend. »Dafür haue ich ihn später.« Ihr Handy summte, aber sie ignorierte es. Sie wagte nicht, den Blick von dem tödlichen Biest am Tisch im Verhörraum zu lösen.

Nun zog Marcus eine Braue hoch. »Aber da du hier bist und Demetrius nicht mehr lebt, wird wohl ein anderer den Job übernehmen müssen. Wer denn? D.J. wohl kaum. Er ist bloß ein dummer kleiner Junge. Der hier vielleicht?« Er tippte auf das Foto, das Kate vergrößert hatte. »Ist er dein Sugardaddy? Dein ›Gönner‹?«

Alice schien sich kaum merklich zu versteifen, doch dann entspannte sie sich wieder. »Das war er. Er hat damals meine Studiengebühren bezahlt, aber inzwischen brauche ich ihn nicht mehr. Ich hab ein besseres Angebot bekommen.«

Kate setzte sich neben Marcus. »Als Auftragsmörderin?«, fragte sie. »Dazu braucht man keinen Juraabschluss.«

Scarletts und Deacons Handys summten, und sie fluchte leise. Sie wollte Alice' Antwort nicht verpassen.

»Es ist Vince«, sagte Deacon mit einem Blick auf sein Smartphone. »Er hat die Dateien von Drake Connors USB-Stick entschlüsselt. Kommst du, Scar?«

»Moment noch. Ich will wissen, was sie sagt.« Sie drückte Deacon die Festplatte in die Hand, die Diesel ihr gegeben hatte. »Kannst du ihn bitten, das hier auf mögliche Sprengfallen zu untersuchen? Darauf befinden sich die Textdateien von McCords PC.«

»Will ich wissen, woher du das hast?«

»Nein. Sag Vince, ich sehe mir die Dateien selbst an. Aber ich muss erst sicher sein, dass ich mir damit keine Viren auf meinen Computer lade.«

»Okay«, sagte Deacon zögernd. »Ich hoffe, du weißt, was du tust.« Er warf einen Blick über die Schulter. »Lynda? Agent Troy? Kommen Sie mit?«

Scarlett hatte nicht vergessen, dass im dunklen Bereich des Raumes noch weitere Personen saßen, und ihr entging auch nicht, dass eine davon sitzen blieb. Sie wartete, bis Deacon und die anderen beiden gegangen waren, dann drehte sie sich seufzend um. »Du kannst gerne näher kommen, Dad.« Jonas Bishop stand auf, trat neben sie und verschränkte die Arme vor seiner breiten Brust. »Mir war nicht klar, ob du wusstest, dass ich hier bin.«

»Ich hab dich sofort gesehen, als ich hereinkam, aber hier ging es ja nicht um uns, und ich wollte Marcus nicht ablenken. Du kannst dich mit ihm unterhalten, sobald er fertig ist.«

»Jawohl, Detective«, sagte er und strich ihr sanft übers Haar. Dann legte er ihr einen Arm um die Schultern und zog sie an sich, und sie schmiegte sich bereitwillig an ihn, ohne jedoch die Hände aus den Hosentaschen zu nehmen. Im Verhörraum vier saß Alice wieder schweigend auf ihrem Stuhl und starrte ins Leere. Seit Kate sich in das Gespräch eingemischt hatte, hatte sie kein Wort mehr gesagt.

Kate sah auf ihr Handy und bedeutete Marcus mit einer Geste, sitzen zu bleiben. Es wurde still in beiden Räumen, während sie warteten. Auf was, wusste Scarlett nicht.

»Was machst du hier, Dad?«, fragte sie schließlich.

Er drückte ihren Oberarm. »Ich wollte dich einfach mal wieder sprechen. Wir sehen uns viel zu selten.«

»Entschuldige.«

»Du musst dich nicht entschuldigen. Nur ab und zu vorbeikommen.« Er zögerte. »Dein Onkel hat mir erzählt, du hättest ihn um Hilfe gebeten.«

»Ja. Ich brauchte einen Pfarrer. Trace hat großartige Arbeit geleistet.«

Wieder breitete sich Stille aus, während beide die Personen im Verhörraum beobachteten. »Das ist er also, hm? Der Mann, den du dir ausgesucht hast?«

Etwas in seiner Stimme weckte augenblicklich die trotzige Tochter in ihr. »Ja«, sagte sie fest. »Marcus ist ein wunderbarer Mensch.«

»Das kann ich nicht beurteilen«, gab er leichthin zurück. »Ich kenne ihn ja nicht.«

»Ich hätte ihn euch noch vorgestellt.« *Irgendwann jedenfalls.* »Aber wir hatten bisher nicht gerade viel Zeit.«

»Ich hab's gehört. Ich hätte nicht gedacht, dass du dich je wieder auf einen Reporter einlassen würdest.«

»Marcus ist kein gewöhnlicher Reporter. Er leitet eine Tageszeitung und arbeitet ab und an als Enthüllungsjournalist. Er ist völlig anders als die Medienmacher, die mir bisher begegnet sind.«

»Deine Mutter hat immer befürchtet, du würdest uns eines Tages Bryan präsentieren. Sie wird ziemlich erleichtert sein.« Scarlett warf ihm einen erstaunten Blick zu. »Ich dachte, sie mag Bryan.«

»Er tut ihr leid, weil er sonst niemanden hat. Aber als deinen festen Partner – nein, das hat sie nie gewollt. Ich habe ihr aber immer versichert, dass du ein kluges Kind bist und schon wüsstest, was gut für dich ist.«

Scarlett wurde die Kehle eng. »Danke.«

»Aber ...«

Sie versteifte sich. »Aber?« Warum musste es immer ein Aber geben?

»Dein Lieutenant fürchtet, dass du deine Karriere aufs Spiel setzt, wenn du dich mit diesem Burschen einlässt, ehe der Fall abgeschlossen ist. Du kennst die Regeln, Scarlett Anne.« Früher hatte er. sie immer dann bei ihrem vollen Namen genannt, wenn er wütend oder enttäuscht von ihr gewesen war. Doch nun klang seine Stimme nur zärtlich und besorgt. »Ja. Ich kenne sie.«

»Aber das bedeutet nicht, dass du sie befolgst?«

»Nein, das bedeutet es nicht.«

»Scarlett, diese ... diese Beziehung kann dir alles kaputt machen.«

Das hier war kein Tadel. Er sprach nur eine Tatsache aus, und sie wusste seine klaren Worte zu schätzen. »Ich weiß, Dad. Ich hoffe nicht, dass es dazu kommt, aber wenn ich eine Wahl treffen muss, dann werde ich mich für ihn entscheiden. Ich habe zu lange auf ihn gewartet, um ihn einfach wieder aufzugeben.«

Ihr Vater schnaubte. »Du kennst ihn doch erst zwei Tage, Kleines.«

Sie lächelte. »Nein, viel länger.« Ihr Lächeln verblasste, als sie ihren Blick wieder auf Alice Newman richtete, die noch immer stumm geradeaus starrte. »Im Übrigen ist es vielleicht gar nicht so schlecht, aus diesem Hamsterrad auszubrechen.« Ihre Stimme klang wackelig, aber es tat gut, es auszusprechen. »Ich bin müde, Dad.«

»Und wie lange bist du schon müde?«, fragte er so sanft, dass ihr die Tränen in die Augen traten.

»Wann hatte ich noch mal meinen ersten Tag?« Sie lachte freudlos. »Ich hole einen von der Straße, und am nächsten Tag stehen zwei neue da!« Sie blinzelte, um ihren Blick zu klären. »Sie zum Beispiel. Sie handelt mit Menschen. Kauft und verkauft Kinder. Familien. Als seien sie Vieh. Sie und ihre Leute haben versucht, Marcus umzubringen, und zwar nur, weil er anständig und gut ist und jemandem helfen wollte. Und ich, ich kann nichts weiter tun, als sie zu verhaften, obwohl ich doch am liebsten ...« Sie brach ab, bevor sie zu viel sagen konnte.

»Auf sie eindreschen möchtest?«, murmelte ihr Vater. »Ihr eine Dynamitstange dorthin schieben, wo keine Sonne scheint? Sie an ein Bett fesseln, ihren Opfern scharfe Klingen in die Hand geben und sie an ihr vorbeischicken, bis sie aussieht wie ein Messerblock?«

Verblüfft blickte sie ihren Vater an. Er lächelte nicht. »Aber ...«

Er legte ihr den Zeigefinger unters Kinn und klappte ihr den Mund zu. »Hast du gedacht, du bist die Einzige mit Gewaltfantasien, Scarlett? Tja, du hast dich geirrt.«

»Aber du hast nie darüber gesprochen.«

»Nicht mit dir. Du warst ein Kind, und das ist nicht für Kinderohren bestimmt. Deine Mutter aber musste es sich anhören – das und noch viel mehr. Sie weiß seit langer, langer Zeit, dass ich meine Fantasien nicht ausleben muss. Es reicht, sie auszusprechen, um etwas Dampf abzulassen, und deine Mutter kann damit umgehen.«

Scarlett biss sich auf die Lippe. »Ich glaube, mir geht es nicht nur darum, etwas Dampf abzulassen.«

»Aha?«

Sie blickte wieder durch die Scheibe. Marcus wartete immer noch geduldig, während Kate auf ihr Display starrte. »Ich wollte Trent Bracken umbringen.«

»Verständlich. Er hat deine beste Freundin ermordet und ist nie dafür bestraft worden.«

»Nein, du verstehst nicht, was ich meine. Es ist nicht nur, dass ich es tun *wollte*. Ich hatte es sogar bis ins Detail geplant – ich hatte mir sogar ein Alibi zurechtgelegt. Mehrere Male saß ich mit meiner Dienstwaffe in der Hand vor seinem Haus und wartete darauf, dass er den Müll rausbringen würde. Und eines Abends tat er es tatsächlich. Ich zielte, entsicherte, ich hatte ihn gute zwanzig Sekunden im Visier. Doch ich drückte nicht ab, und er kehrte ins Haus zurück, ohne etwas zu ahnen.«

Eine lange, lange Zeit schwieg er. »Was hat dich davon abgehalten, ihn zu töten?«, fragte er schließlich schroff.

»Ich weiß nicht. In gewisser Hinsicht Stolz, denke ich. Er sollte wissen, wer ihn tötete. Und ich wollte sein Blut an meinen Händen spüren.«

Unwillkürlich packte er ihre Schulter fester. »Jedenfalls hast du es nicht getan.«

»Ich konnte nicht. Ich konnte es einfach nicht.« Sie zuckte die Achseln. »Tja, vielleicht habt ihr ja doch etwas richtig gemacht bei meiner Erziehung.«

»Wir haben eine Menge richtig gemacht, Scarlett Anne.«

»Na dann.« Sie holte tief Luft und schluckte schwer. »Aber dessen ungeachtet – Polizisten sollten so etwas nicht tun. Ich bewege mich schon seit längerer Zeit auf einem sehr schmalen Grat. Wenn Isenberg mich also warnt und behauptet, ich würde meine Karriere aufs Spiel setzen, dann macht mir das im Grunde keine Angst. Ich würde meine Karriere lieber wegen Marcus beenden, als dass ich irgendwann einen Mistkerl zu Brei schlage, weil er sein Kind misshandelt hat. Denn du hast von Anfang an recht gehabt. Ich bin nicht dazu gemacht, Polizistin zu sein. Ich bin nicht zäh genug.«

Er versteifte sich. »Was redest du da, Kleines? Was soll das heißen, ich hatte von Anfang an recht? Du bist eine großartige Polizistin, Scarlett, und ich habe nie etwas anderes behauptet.«

Wieder blickte sie ihn ernst an. »Doch, das hast du. An meinem ersten Tag auf der Akademie. Ich war total aufgeregt, und dann habe ich mitbekommen, wie du gesagt hast, ich hätte ein zu weiches Herz und würde zwangsläufig an dem Job zerbrechen.«

Er starrte sie ungläubig an, aber sie hielt seinen Blick fest, bis er erbleichte. Offenbar erinnerte er sich. »Das hättest du gar nicht hören dürfen«, sagte er leise. »Ich habe es zu deiner Mutter gesagt. Im Schlafzimmer.«

»Ja. Ich wollte ins Bad und hörte euch streiten.«

»Nein, du hast gehört, wie ich Dampf abließ.« Er schloss die Augen. »Verdammt, Scarlett. Du warst noch völlig gefangen in deiner

Trauer um Michelle. Ich konnte es kaum glauben, als ich erfuhr, dass du den psychologischen Eignungstest bestanden hattest. Du warst doch praktisch gar nicht zurechnungsfähig.«

»Ich war sehr wohl zurechnungsfähig, Dad.«

»Ach ja? Nennt man das so, wenn man vor dem Haus eines Mannes lauert, um ihn zu erschießen, sobald er den Müll rausbringt?«

Sie wurde rot.

»Hör zu, du hast damals anscheinend nur einen Teil der Unterhaltung mitbekommen. Deine Mutter sagte, du seist viel stärker, als ich glaubte, und ich solle dir vertrauen. Also tat ich genau das und behielt meine Angst um dich für mich. Denn nur darum ging es. Und darum geht es auch heute. Ich habe Angst um dich. Denn du *hast* ein weiches Herz. Aber weißt du, was deine Mutter an dem Abend noch gesagt hat?«

Sie schüttelte den Kopf. »Nein, was denn?«

»Dass du dieses weiche Herz von mir geerbt hast. Dass du von unseren sieben Kindern mir am meisten ähnelst. Sie hatte recht. Und genau dieses weiche Herz ist es, das dich zu einem verdammt guten Cop macht.« Seine Stimme zitterte, und er räusperte sich. »Und ich werde jeden aus den Schuhen hauen, der etwas anderes zu behaupten wagt.«

Scarlett musste gegen die Tränen ankämpfen. »Tu das bitte nicht«, krächzte sie. »Sonst verlierst du noch deine Pension.«

Er lachte leise. »Das wäre schlecht. Deine Mutter bleibt schließlich nur bei mir, weil sie auf meine Rente hofft.« Er legte ihr eine Hand an die Wange. Nun schimmerten auch seine Augen feucht. »Warum hast du mich damals nicht darauf angesprochen? Oder mich wenigstens angebrüllt?«

»Weil ich es dir beweisen wollte. Ich wollte dir zeigen, dass ich eine gute Polizistin sein kann.«

»Und das *bist* du, Kleines. Sonst wärst du längst untergegangen. Du hättest diesen Mistkerl Bracken erschossen und die Väter, die ihre Kinder misshandeln, verprügelt.« Er schüttelte sie sanft. »Und wenn du ab und zu mit jemandem – zum Beispiel mit deinem Vater! – über deine Wut gesprochen hättest, dann hätte sie sich auch nicht derart aufgestaut, dass du an dir selbst zweifeln müsstest.«

»Ich wollte aber nicht, dass du von meiner Wut weißt«, gestand sie ihm. »Du solltest nicht merken, dass ich befürchtete, die Gratwanderung nicht bewältigen zu können.«

»Also hast du lieber Abstand gehalten.« Er seufzte schwer. »Verdammt noch mal, Kleines. Was hast du jetzt vor?«

»Bei Marcus bleiben. Er behauptet, den Zorn gar nicht zu bemerken, der mir so zu schaffen macht. Und ich glaube, das liegt daran, dass ich in seiner Nähe nicht zornig *bin*.«

Ihr Vater nickte nachdenklich. »Vielleicht ist er dein Ventil.«

»Wie Mom deins ist.«

»Na dann. Bring ihn doch am Sonntag zum Abendessen mit. Deine Brüder wollen ihn sicher auch kennenlernen.«

Scarlett lachte. »Der Arme. Tommy hat ihm heute Nachmittag schon die Leviten gelesen.«

Er drückte sie fest an sich. »Da muss er durch, Kleines. Also ... haben wir zwei jetzt alles geklärt? Keine Unstimmigkeiten mehr zwischen uns, die zu Missverständnissen führen könnten?«

»Ich weiß nicht«, sagte sie verschmitzt. »Ich denk drüber nach und melde mich dann wieder bei dir.«

Er lachte, als ihr Handy eingehende Nachrichten meldete. Augenblicklich wieder bei der Sache, las sie sie und lächelte zufrieden. »Die Spurensicherung hat Drake Connors USB-Stick entschlüsselt und einen Haufen interessantes Material gefunden – inklusive Fotos.« Sie klickte auf eines davon. »Das ist der bisher nicht identifizierte Mann von der Abschlussfeier, und hier schüttelt er Chip Anders die Hand.« Sie zeigte ihrem Vater die Aufnahme. »Anders ist das Arschloch, das Talas Familie gekauft hat.«

Seine Augen funkelten zornig. »Eine Stange Dynamit da hin, wo keine Sonne scheint.«

»Du sagst es. Es gibt einen Namen zu dem Mann auf dem Foto: Der Kerl heißt Kenneth Sweeney.« Sie tippte auf das nächste Bild.

»Das hier zeigt Anders und Demetrius Russell. Anders nimmt die Bautistas in Empfang. Ich erkenne das Wohnzimmer, auch wenn das Foto körnig ist. Ich bin erst gestern dort gewesen.«

»Die Fotos sind mit versteckter Kamera gemacht worden«, sagte ihr Vater nachdenklich. »Offenbar wollte Anders sicherstellen, dass man ihn nicht übers Ohr haute. So was. Kein Ehrgefühl mehr unter Verbrechern heutzutage.«

»Traurig«, bestätigte sie. »Drake Connor hat sich offenbar eine Kopie der Dateien gezogen, um Anders später damit zu erpressen. Hm, was haben wir denn hier ...« Mit zusammengekniffenen Augen studierte sie das nächste Bild. »Das ist Chip Anders' Hand – siehst du den Ring? Er unterschreibt eine Art Formular an einem Empfangstresen. Die Kamera muss irgendwo an seinem Jackett befestigt sein. Wahrscheinlich ist sie in dem Stift in der Brusttasche.«

»Und da sitzt deine Scharfschützin. Direkt hinter der Theke.«

Und so war es. Scarlett wischte zum nächsten Foto, das ebenfalls mit der Kugelschreiber-Kamera aufgenommen worden war. *Ja.* »Bingo. Kenneth Sweeney gemeinsam mit Demetrius Russell und Alice Newman. Jetzt haben wir die Verbindung.«

## 34

Cincinnati, Ohio
Mittwoch, 5. August, 19.15 Uhr

Ken fuhr dreimal um den Block, ehe er sich einen Parkplatz hinter dem *Ledger* suchte. Es gab eine Hintertür sowie eine Laderampe, die jedoch so aussah, als hätte man sie seit Jahrzehnten nicht mehr benutzt. Er hatte nicht viel Zeit, O'Bannion zu erledigen. Er musste bei Tagesanbruch auf dem Weg nach Toronto sein, denn den Flug morgen Abend durfte er unter keinen Umständen verpassen. Weißer Strand, Palmen, halbnackte Frauen – und die Freiheit! – warteten.

Das Adrenalin jagte ihm ein Prickeln über die Haut, als er seine Ausrüstung bereitmachte. Er hatte zwei Sturmgewehre und zwei Kurzwaffen, dazu genug Munition, um eine kleine Armee auszuschalten. Zum Glück würden im *Ledger*-Gebäude nicht einmal annähernd so viele Leute sein. Über die Hälfte der fünfundachtzig Angestellten arbeitete in der Druckerei im Westen der Stadt, und das Personal aus dem Hauptgebäude war größtenteils schon nach Hause gegangen. Weil Ken aber seine Hausaufgaben gemacht hatte, wusste er, dass mindestens vier aus dem Stammteam noch im Haus waren. Er hatte ihre geparkten Autos auf der Straße gesehen: Gayle Ennis, Büroleiterin, Cal Booker, Chefredakteur, Stone O'Bannion, Reporter und Marcus' Bruder, sowie Elvis »Diesel« Kennedy, IT-Spezialist und Musterexemplar einer veritablen Landplage. Stone und Diesel waren Kens Primärziele. Stone hatte die McCord-Story geschrieben, und dass Diesel in seiner Eigenschaft als IT-Profi derjenige gewesen war, der sich in den Computer gehackt hatte, um nach den Pornos zu suchen, lag nahe. Cal Booker würde er nur dann erschießen, wenn es notwendig war. Der Mann war über sechzig und stand kurz vor der Pensionierung; ihn zu töten erschien ihm irgendwie übermäßig grausam. Gayle Ennis war diejenige, die er mitnehmen würde. Er hatte auf der Beerdigung gesehen, dass sie O'Bannion sehr nahestand.

Er würde sie in jedem Fall zu retten versuchen.

Jeder andere im Gebäude tat gut daran, Ken nicht in die Quere zu kommen.

Ken trug vom Hals bis zum Schritt Schutzkleidung. Er hängte sich die beiden Gewehre im Rambo-Stil über die Brust und schob die Pistolen in die Holster an Taille und Fußknöchel. Dann steckte er die Füße in seinen übergroßen Overall, zog ihn hoch und schob die Hände durch die Ärmel.

Etwas Derartiges hatte er seit fünfundzwanzig Jahren nicht mehr getan. Damals hatten Demetrius und er hauptsächlich Drogen von Florida über die Interstate 75 hierher in den Norden geholt. Zwar war Joel damals auch schon dabei gewesen, aber Demetrius und Ken hatten die Regeln aufgestellt – und sie gebrochen, wann immer sie Lust dazu hatten.

*Shit. Wir sind alt geworden.* Nur, dass es kein »wir« mehr gab. Demetrius war tot. *Vollidiot. Du hast mir ja keine Wahl gelassen.*

Er streifte sich eine Skimaske über den Kopf, dann schob er sie vorn wieder hoch und verdeckte sie mit einer Kappe, deren Schirm seine Augen verbarg. Anschließend zog er den Reißverschluss des Overalls zu.

*Showtime.* Er stieg aus dem Auto und verspürte ein Kribbeln im Magen, als stünde ihm sein erstes Date bevor. Er hätte das hier längst selbst erledigen sollen, anstatt sich auf andere zu verlassen. Er war verweichlicht, weil er irgendwann aufgehört hatte, sich die Hände schmutzig zu machen. Er umrundete das Gebäude und näherte sich dem Haupteingang.

Mit einem tiefen Atemzug drückte er die Tür auf, zog die Skimaske übers Gesicht und den Reißverschluss des Overalls herunter. Er hatte bereits ein Gewehr im Arm und eine Pistole in der Hand, als die Frau am Empfang aufblickte. Ken lächelte.

*Wunderbar.* Er hatte Gayle Ennis schon gefunden.

»Verzeihung, aber wir haben bereits Feiera...« Einen Moment lang starrte sie ihn schockiert an, dann begann sie zu schreien. Blitzartig war er hinter ihr, packte sie und rammte ihr die Pistole unters Kinn.

Ein massiger Wachmann, der in der Ecke gestanden hatte, stürmte vor und ging im Laufen zu Boden, als Kens Kugel ihm die Schädeldecke wegpustete. Ein zweiter Wachmann, der aus dem Flur herbeirannte, erlitt das gleiche Schicksal.

Gayle schrie und schrie, und Ken packte sie fester. »Na, komm schon, Ms. Ennis, schrei sie alle zusammen«, murmelte er ihr ins Ohr. »Ich bin bereit.«

Prompt klappte sie den Mund zu. Sie zitterte so stark, dass er befürchtete, sie könnte ohnmächtig werden. Er zerrte sie hinter der Empfangstheke hervor und blickte in das Büro, auf dessen Schild *M. O'Bannion* stand. Niemand da. »Wo ist er?«, fragte Ken.

»Keine Ahnung.«

»Macht nichts. Er wird schon kommen.« Er fand das Handy der Frau und steckte es ein, als der erste Angestellte in die Lobby rannte und von Kens Kugelhagel niedergemäht wurde.

Wieder schrie Gayle aus Leibeskräften. »Sehr schön«, murmelte er ihr ins Ohr. »Genau so läuft es. Ich schieße, du schreist. Deine Freunde eilen zu deiner Rettung, und ich knalle einen nach dem anderen ab. Kapiert?«

Er zerrte sie durch eine Tür in die Redaktion mit ihren durch halbhohe Wände abgetrennten Arbeitsbereichen. Ein dritter Wachmann schoss und ging sofort hinter einer Trennwand in Deckung, und die Kugel pfiff gefährlich nah an Kens Ohr vorbei.

»Ich töte Gayle«, rief er und zog sie wie einen Schild vor den Körper. »Zeig dich.«

Ken sah einen Schatten an der Wand und zielte auf die Quelle. Als ein Uniformärmel hinter der Trennwand hervorkam, feuerte er eine weitere Salve ab, und Wachmann Nummer drei ging zu Boden.

Zur Linken sah er eine Tür mit dem Namensschild *S. O'Bannion*. Er stieß sie auf, aber auch dieses Büro war leer. »Wo sind sie, Gayle?«, fragte er, aber sie presste eisern die Lippen zusammen.

Er schleifte sie durch die Redaktion, doch die meisten Plätze waren leer. Hinter der letzten Trennwand versuchte eine Frau, sich unter dem Tisch zu verbergen. Ken feuerte, und Gayle begann zu schluchzen.

»Hören Sie auf. Was wollen Sie denn? Wir geben Ihnen doch alles.«

»Oh, ja, ganz bestimmt«, sagte er. »Ich will Stone und Diesel. Wo sind sie?«

»Ich bin hier.« Stone trat durch eine Tür und zeigte ihm die Handflächen. »Lass sie los. Wenn du mich haben willst – bitte schön.«

»Lass deine Waffen auf den Boden fallen und kick sie zu mir rüber. Dann reden wir.« Ken wartete, während Stone eine Pistole aus der Hosentasche und eine zweite aus dem Knöchelholster zog, auf den Boden legte und mit dem Fuß wegtrat.

»Lass sie los«, sagte Stone. »Nimm mich.«

»Kein Interesse. Ich will dich abknallen.« Ken feuerte die nächste Salve ab, und Stone wurde zurückgeschleudert, ging taumelnd zu Boden und rollte sich zur Seite, so dass die nächste Salve sein Bein traf.

Gayle wimmerte. »Stone, nein. Bitte – *nein!*«

»Wo ist Diesel?«, fragte Ken.

»Ich weiß es nicht«, sagte Gayle. »Nicht hier. Er ist bereits vor Stunden gegangen.«

»Ich glaub dir kein Wort. Sein Auto steht draußen.«

»Er lässt den Wagen immer hier stehen. Da, wo er wohnt, gibt es kaum Parkplätze.« Gayle packte sein Handgelenk und versuchte, ihm die Waffe wegzuziehen, aber Ken rammte ihr den Lauf nur noch fester unters Kinn.

Er wollte sie gerade zur Hintertür zerren, als er hörte, wie ein Gewehr entsichert wurde. Zu seiner Rechten stand Cal Booker.

Cal hob das Gewehr an die Schulter. »Lass sie l...«

Fluchend jagte Ken dem Redaktionsleiter eine Ladung Kugeln in die Brust. Der Mann ging zu Boden, und Ken schleifte die inzwischen hysterisch kreischende Gayle durch die Hintertür. Ein Alarm begann zu schrillen. »Pass auf die Füße auf, Lady«, sagte er, als er sie die Treppe hinunter zu seinem Wagen zerrte. Er stieß sie durch die offene Beifahrertür und befahl ihr, sich in den Fußraum zu knien und den Kopf auf den Sitz zu legen. Er stellte die Kindersicherung ein, damit sie nicht fliehen konnte, fesselte ihr mit Handschellen die Handgelenke im Rücken und warf eine Decke über sie. Dann fuhr er los.

Nicht die eleganteste Aktion, die er je durchgeführt hatte, aber – nun gut. Er war eben aus der Übung.

Sobald er seinen Gast in den Käfig im Keller gesperrt hätte, würde er Marcus anrufen. Und auf dieses Gespräch freute er sich jetzt schon.

Cincinnati, Ohio
Mittwoch, 5. August, 19.20 Uhr

Nur allzu gerne hätte Marcus den Verhörraum verlassen, aber Agent Coppola hatte ihm signalisiert, dass er bleiben sollte, vermutlich weil seine Gegenwart Alice Newman eindeutig nicht kaltließ. Die Agentin wartete auf etwas, und so oft und so auffällig, wie sie immer wieder ihr Handydisplay überprüfte, wollte sie, dass Alice das auch begriff.

Die junge Frau saß neben ihm und starrte stur geradeaus, aber die nicht an den Stuhl gefesselte Hand war zu einer Klaue gekrümmt, und Marcus zweifelte nicht daran, dass sie ihm das Gesicht zerkratzen würde, wenn sie eine Chance dazu bekäme.

Die würde er ihr aber keinesfalls geben. Seine Haut gehörte Scarlett und niemand anderem.

Dieser Gedanke brachte ihn trotz der angespannten Situation zum Lächeln.

»Findest du das hier etwa lustig?«, murmelte Alice.

Abrupt wurde er wieder ernst. »Nein, Alice. Ich finde das hier ganz und gar nicht lustig. Im Gegenteil. Ich finde es beängstigend, dass eine Bestie wie du so ein hübsches Gesicht haben kann. Damit fällt es leicht, die Menschen zu belügen und zu betrügen, aber du darfst dir sicher seih, dass es damit nun erst einmal vorbei ist. Denn ich werde dafür sorgen, dass die Leute erfahren, wer und was du bist. Und wer er ist.« Marcus deutete auf das Foto von Alice mit dem älteren Mann. »Ich werde dafür sorgen, dass jeder, der ein Radio, einen Fernseher, eine Zeitung oder einen Computer besitzt, erfährt, was ihr getan habt und wie skrupellos ihr vorgegangen seid.« Alice hob die Brauen. »Ist das jetzt der Moment, in dem ich ›Glory Hallelujah‹ anstimmen sollte?«

»Lieber nicht«, erwiderte er. »Deine Singstimme ist bestimmt grässlich.«

»Oh, bitte verzeih.« Sie lächelte, und plötzlich war sie wieder ganz die hübsche, fröhliche junge Frau, die ihn im Krankenhaus besucht hatte. Die Verwandlung war erschreckend. »Ich wollte dich nicht damit belästigen. Ihr Sänger habt ja ein extrem sensibles Gehör.«

Marcus erstarrte. Woher wusste sie, dass er sang? Sie hatten weder im Krankenhaus noch im Fitnessstudio darüber gesprochen, dessen war er sich sicher.

Hinter ihm summte Agent Coppolas Handy. »*Ja!*«, stieß sie hervor.

Offenbar hatte sie endlich bekommen, worauf sie gewartet hatte. *Na endlich.* Marcus lehnte sich auf dem Stuhl, auf dem er noch immer rittlings saß, zurück, ohne Alice aus den Augen zu lassen. »Möchten Sie, dass sie ›Glory Hallelujah‹ anstimmt, Agent Coppola?«

Coppolas Kichern klang entspannt und zuversichtlich. »Nein, Mr. O'Bannion. Aber sie kann ja schon mal den Titelsong von *Dead Man Walking* einüben.« Sie stellte sich neben Alice und legte ihr Handy vor sie auf den Tisch. »Ihr Kunde hat Erinnerungsfotos gemacht.« Sie wischte durch die Bilder, auf denen Chip Anders mit dem Mann von der Abschlussfeier, dann mit Demetrius zu sehen war. »Erinnern Sie sich an diesen Tag?«, fragte sie Alice und zeigte ihr ein Bild, auf dem Alice an einer Theke saß. »Da ist Chip Anders wohl bei Ihnen zu Besuch gewesen.«

Alice' Gesichtsausdruck wurde völlig ausdruckslos.

Coppola zeigte ihr ein weiteres Bild. »Hier sieht man Sie mit Demetrius Russell und Kenneth Sweeney.« Ein Flackern in Alice' Augen war die einzige Reaktion auf diese Namen.

»Sind Sie sicher, dass Sie nicht doch langsam mit mir reden wollen?«, fragte Coppola nüchtern. »Versuchter Auftragsmord allein würde reichen, um Sie lebenslänglich wegzusperren, aber nun kann ich Sie auch noch mit Menschenhändlern in Verbindung bringen. Und mit einem Mord – dem an Agent Spangler nämlich. Als studierte Juristin müssten Sie doch eigentlich einen wachen Verstand haben. Denken Sie lieber noch einmal darüber nach.«

»Immunität«, fuhr Alice sie an. »Sie haben nichts als Indizienbeweise.«

»Bisher vielleicht«, erwiderte Coppola gelassen. »Aber wir werden jetzt die Daten von Woody McCords Computer sichten. Das könnte spannend werden. Mr. O'Bannion, ich danke Ihnen. Ich brauche Sie jetzt nicht mehr, wenn Sie möchten, können Sie gehen.«

Marcus erhob sich. »Manch einem Schwurgericht reichen übrigens Indizienbeweise, sofern sie in ausreichender Zahl vorhanden sind. Sie wusste, dass ich singe, Agent Coppola. Sie muss die akustischen Daten von Tala Bautistas Knöcheltracker abgehört haben. Das sollten Sie im Hinterkopf haben, wenn Sie ihr Büro und ihre Privatadresse durchsuchen.«

Auf Coppolas Lippen erschien ein Lächeln, obgleich sie unverwandt Alice Newman ansah. »Noch einmal danke, Mr. O'Bannion. Sie waren mir eine große Hilfe.«

Marcus verließ den Vernehmungsraum. Draußen im Flur blieb er stehen und atmete ein paarmal tief durch, um seine Nerven zu beruhigen. Erst als er sich wieder ein wenig gefangen hatte, betrat er den Beobachtungsraum. Und blieb wie angewurzelt stehen.

Scarlett sah ihm entgegen. Sie hatte den Arm um die Taille eines älteren Mannes geschlungen, und dass es sich um ihren Vater handelte, war selbst im Halbdunkel zu erkennen.

Sie machte sich von ihrem Dad los und trat auf Marcus zu. »Ist alles in Ordnung mit dir?«, fragte sie.

Marcus rang sich ein Nicken ab, da er sich bewusst war, dass ihr Vater sie beide genau beobachtete. Doch ihre verquollenen Augen konnte er nicht ignorieren, daher legte er ihr sanft eine Hand an die Wange. »Du hast geweint. Ist mit *dir* alles in Ordnung?«

Sie schmiegte ihre Wange in seine Hand. »Ja«, sagte sie mit einem Lächeln. Sie drehte sich halb um und legte ihm die Hand auf den unteren Rücken – nur eine kleine Berührung, aber hier, mitten im CPD, ein gewaltiges Zugeständnis. »Marcus, das ist mein Dad, Lieutenant Jonas Bishop. Dad – Marcus O'Bannion.«

Marcus streckte seine Hand aus. »Lieutenant. Freut mich sehr. Scarlett hat mir viel Gutes über Sie erzählt.«

Der Mann ergriff seine Hand. »Gleichfalls«, erwiderte er schroff.

Marcus wusste, dass dieser Moment wichtig war. Der erste Eindruck würde das Verhältnis zu ihrem Vater auf Jahre prägen. »Gleichfalls was? Es freut Sie, oder Scarlett hat Gutes über mich erzählt?«

Bishops Lippen zuckten. »Genau.«

»Na dann.« Marcus ließ die Hand des Mannes los. »Wie möchten Sie angesprochen werden? Lieutenant? Mr. Bishop? Jonas? Und sagen Sie jetzt bitte nicht ›Genau‹.«

Bishop warf seiner Tochter einen amüsierten Blick zu. »Jonas ist mir recht. Scarlett, ich schätze, mit ihm können wir klarkommen. Ich muss jetzt nach Hause. Deine Mutter hat gekocht, und wie ich sie kenne, ist reichlich da, also seid ihr herzlich eingeladen. Beide. Deine Mutter freut sich bestimmt. Auf euch beide.«

Scarlett schüttelte den Kopf. »Ich muss noch einige Dateien durchsehen. Aber vielleicht kommen wir nachher auf einen Kaffee vorbei, falls es nicht zu spät wird.«

»Es ist nie zu spät«, erwiderte ihr Vater. Seine Stimme war wieder schroff geworden. »Komm oder ruf an. Zu jeder Tages- und Nachtzeit.«

»Mach ich.« Impulsiv schlang sie die Arme um seinen Hals. »Danke.«

Jonas drückte seine Tochter fest an sich, als fürchtete er, dass sie ihm davonlaufen könnte. »Wag es nicht noch mal, mir zu danken, Scarlett Anne«, flüsterte er. »Wag es ja nicht.«

Marcus hatte zwar keine Ahnung, was sich zwischen ihnen abgespielt hatte, aber ihm wurde die Kehle eng. Als sein Handy surrte, war er froh über die Ausrede, sich ein Stück entfernen zu können.

Erleichtert stieß er den Atem aus, als er Diesels Nummer auf dem Display erkannte. Niemand hatte mehr etwas von ihm gehört, seit er vorhin die Meadow verlassen hatte. »Hey, Mann, alles klar?«, fragte er.

»Marcus.« Diesels Stimme zitterte und klang seltsam belegt. Er weinte! *Oh, mein Gott.* Marcus Knie drohten einzuknicken, als ihm das Blut aus dem Kopf wich. Er ließ sich auf einen Stuhl sinken. »Was ist passiert?«

Scarlett und ihr Dad fuhren alarmiert herum. Sie machte sich von ihrem Vater los und ging neben Marcus auf die Knie. »Was ist?«

»Ich weiß nicht.« Er hörte nichts als das abgehackte Schluchzen seines Freundes am Smartphone. »*Diesel.* Was ist passiert? Du musst mit mir reden, Mann. Wo bist du?«

»Im *Ledger*. Es ist furchtbar, Marcus. Entsetzlich.«

Marcus' Herz drohte auszusetzen. Er spürte, wie ihm übel wurde. »Ich lege dich auf Lautsprecher, Diesel. Scarlett ist bei mir. Atme tief durch. Was ist denn so entsetzlich?«

»Sie sind tot. Cal. Bridget. Oh, Gott. Stone auch.«

Marcus erstarrte. Er konnte plötzlich nicht mehr atmen. Wie aus weiter Ferne vernahm er, wie Scarlett ihren Vater anwies, sofort Leute zum Verlag zu schicken. Dann hörte er nichts mehr.

Cincinnati, Ohio,
Mittwoch, 5. August, 19.30 Uhr

»Marcus.« Scarlett nahm Marcus das Telefon ab und griff nach seiner Hand. »Bleib bei mir.« Sein Blick war glasig. Er stand unter Schock. Sie boxte ihm fest gegen die Brust. »Hol Luft, verdammt noch mal.«

Er keuchte, rang um Atem, dann ein zweites Mal. Ohne ein Wort zu sagen, drückte er ihre Hand, bis es weh tat, aber sie ließ nicht los.

Ihr Vater kniete sich an seine andere Seite. »Streifenwagen und Ambulanzen sind unterwegs. Ich habe Isenberg schon Bescheid gegeben.«

Sie dankte ihm mit einem knappen Nicken. »Diesel«, sagte sie in Marcus' Handy. »Hier spricht Scarlett. Haben Sie das gehört? Hilfe ist unterwegs. Aber Sie müssen in der Leitung bleiben und mit mir reden. Zuallererst: Sind *Sie* verletzt?«

»Nein. Ich bin gekommen, um Cal zu helfen ...« Er schluchzte auf, dann räusperte er sich energisch. »Zuerst habe ich Jerry, unseren Wachmann, gefunden. Vorn in der Lobby. Er wurde erschossen. Genau wie Bridget, das ist unsere Buchhalterin. Sie hat noch versucht, sich unterm Schreibtisch zu verstecken. Und dann ... dann bin ich auf Cals Blut ausgerutscht.«

Scarlett zwang sich zu einem beruhigenden Tonfall. »Haben Sie den Opfern den Puls gefühlt?«

»Nein.« Sie hörte, wie er tief Luft holte. »Moment. Cal ... nein. Nichts. Stone ... Oh, Gott, ja. Er hat noch Puls.«

Scarlett ließ Marcus' Hand los und packte sein Kinn. »Hast du das gehört? Stone ist am Leben.«

Marcus schien aus einer Trance zu erwachen. Er begann zu zittern. »Was ist passiert, Diesel?«

»Ich weiß nicht«, erwiderte er, plötzlich verzagt. »Hier hat eine Schießerei stattgefunden.«

»Wo sind die Wachleute?«

»Hier. Sie sind tot.«

»Alle drei?«

»Ja.« Man hörte das Geräusch von zerreißendem Stoff. »Ich muss die Blutung stoppen. Stone? Hey, Stone, wach auf, Kumpel. Die Augäpfel bewegen sich unter den Lidern. Wartet. Er will was sagen.«

Marcus war aufgesprungen und stand steif wie ein Brett da. Scarlett legte ihm beide Hände an den Kopf und zog ihn zu sich, bis seine Stirn an ihrer lag. »Ruhig, Liebling«, flüsterte sie. »Stone ist wie ein Fels. Das weißt du.«

»*Fuck.*« Diesels Stimme kippte. »Er hat Gayle. Stone sagt, er hat alle abgeknallt bis auf Gayle. Die hat er mitgenommen.«

Marcus sackte auf den Stuhl zurück. Sein Gesicht war leichenblass. »Aber ... wer denn? Und warum?«

»Ich weiß nicht, Mann. Keiner ...« Diesel brach ab. »Moment. Ich höre was.« Schritte, eine Tür wurde geöffnet. »Heilige Scheiße«, hauchte Diesel erleichtert. »Kommt hoch. Ich brauche Hilfe.«

Einige Sekunden lang hörten sie eilige Schritte, dann drangen Schreie aus dem Smartphone, die zu einem leisen Wimmern verebbten.

»Leute!«, knurrte Diesel. »Ich sagte, ich brauche Hilfe! Jill, hol Handtücher. Liam, hör auf zu heulen und such eine Decke und ein Kissen für Stone. Nicht hinsehen. Schau mich an, hörst du? Und jetzt hol das Kissen aus Stones Büro. *Los!*«

»Diesel ist wieder da«, murmelte Marcus, dann sprang er erneut auf.

Scarlett packte sein Hemd. »Wo willst du hin?«

»Was glaubst du denn?«, fuhr er sie an.

»Denk nach, Marcus«, fauchte sie. »Jemand hat Gayle entführt. Vielleicht war es dieser Kenneth Sweeney, vielleicht ein anderer. Und was will dieses Monster? Dich! Also setz dich wieder, damit wir überlegen können, wie wir vorgehen. Isenberg hat schon Leute losgeschickt.«

»Novak und Tanaka«, meldete sich ihr Vater zu Wort.

»Hast du gehört? Deacon kümmert sich darum. Wenn es irgendeinen Hinweis gibt, dann findet er ihn. Und wenn irgendwo ein Haar liegt, dann findet es Tanaka. Du wirst vorerst bei mir bleiben.«

»Sie hat recht«, sagte Diesel. »Der Krankenwagen ist schon da. Ich ... Oh, *shit!*« Seine Atmung beschleunigte sich.

»Bleib ruhig, Diesel«, sagte Marcus eindringlich. »Geh in mein Büro und warte auf die Cops. Wer ist noch da?«

»Nein, ich gehe nirgendwohin. Ich bin okay. Jill ist jetzt da. Und Liam. Er arbeitet für Lisette.«

»Ich weiß, wer Liam ist«, knurrte Marcus.

»Ja, aber deine Polizistin nicht. Donna aus der Buchhaltung und Frank aus dem Lager. Sie waren unten im Archiv, keiner von ihnen ist verletzt. Stone atmet. Die Sanitäter kümmern sich um ihn. Mehr kann ich dir im Augenblick nicht sagen.«

»Ich komme«, sagte Marcus entschieden.

»*Nein*«, entgegnete Diesel. »Fahr direkt ins Krankenhaus. Stone wird dich dort brauchen. Und Audrey und deine Mutter auch.«

»Ist das Marcus am Telefon?« Eine Frau. Jung. »Marcus? Ich bin's, Jill.«

Die verzagte Stimme überraschte Scarlett. Sie passte kaum zu der wütenden Frau, die sie gestern im Wartebereich des Krankenhauses erlebt hatte.

»Stone ist bei Bewusstsein«, sagte Jill. »Er hat eine Schutzweste an. Liam und ich haben ihm die Kleidung ausgezogen, um die Blutung einzudämmen. Er hat sich viele Kugeln eingefangen, und die Kevlar-Weste hat nicht alle abhalten können, aber das Blut sprudelt nicht. Ich möchte nur, dass du das weißt.«

Scarlett stellte das Handy auf stumm. »Sie ist zu ruhig. Sie weiß noch nichts von Gayle.«

Marcus straffte die Schultern, als sie das Mikrofon wieder einschaltete. »Jill, wo warst du?«

»Unten im Archiv mit Cal.« Sie stockte. »Marcus, Cal ist ...«

»Ich weiß«, unterbrach Marcus und kniff die Augen zu, doch seine Stimme blieb ruhig. »Was ist passiert?«

»Wir hörten Schüsse aus der Lobby, und kurz darauf stieß Stone Liam, Frank, Donna und mich die Treppe hinunter. Cal war schon im Archiv. Stone befahl uns, dort zu bleiben, ging wieder hoch und machte die Tür zu. Aber Cal wollte nicht auf ihn hören.« Ihre Stimme brach. »Ich bin so froh, dass Tante Gayle schon fort war.«

Es wurde totenstill, doch Diesels Miene schien Bände zu sprechen, denn plötzlich begann Jill zu wimmern. »Nein. Sie war nicht hier.«

»Jill! Warte«, brüllte Diesel. »Verdammt«, fügte er leise hinzu. Jills ohrenbetäubender Schrei übertönte jedes andere Geräusch.

»Sie hat Gayles Handtasche auf dem Schreibtisch entdeckt«, erklärte Diesel. »Ich muss auflegen. Einer der Polizisten holt Jill vom Empfangstresen weg. Komm nicht her, Marcus. Fahr ins Krankenhaus. Scarlett? Sorgen Sie dafür.«

»Mach ich«, versprach Scarlett grimmig. Sie beendete das Gespräch, suchte in Marcus' Kontaktliste nach der Nummer von seinem und Stones Stiefvater und wählte, ohne Marcus' Hemd loszulassen. »Jeremy? Hier spricht Scarlett Bishop.« Sie hörte ihn nach Luft schnappen und fügte rasch hinzu: »Marcus geht es gut. Stone allerdings nicht.« Sie fasste zusammen, was geschehen war, während ihr Blick Marcus fixierte. »Wo sind Sie?«

»Zu Hause. Mit Keith.«

Also fast eine Dreiviertelstunde Fahrtzeit entfernt.

»Ich bin auch hier, Detective«, meldete sich Keith zu Wort. »Ich habe alles mitgehört. Welches Krankenhaus?«

»Das weiß ich noch nicht. Wahrscheinlich das County.«

»Wir fahren sofort los. Rufen Sie an, wenn Sie Genaueres wissen.«

»Moment«, sagte Jeremy. »Weiß Della es schon?«

»Nein. Ich rufe Audrey an. Wenn ich sie nicht erreichen kann, versuche ich es bei Mrs. Yarborough selbst.«

»Danke, Detective. Marcus?«

Marcus schluckte hörbar. »Ich bin hier, Dad.«

»Gut. Ich musste nur deine Stimme hören. Wir sind unterwegs.«

Scarlett unterbrach die Verbindung. »Willst du Audrey anrufen?«

Er nickte, nahm das Handy und wählte die Nummer seiner Schwester. Immer wieder brach seine Stimme. »Audrey und Mom kommen«, sagte er schließlich, als er das Gespräch beendet hatte.

Scarlett schob ihm das Handy in die Hemdtasche. »Komm. Deine Familie braucht dich jetzt.«

Er schüttelte den Kopf und sah sie gequält an. »Gayle gehört auch zu meiner Familie. Gott, ich darf gar nicht daran denken, was der Mistkerl ihr antun könnte. Wenn er ihr auch nur ein Haar krümmt, werde ich ihn umbringen, das schwöre ich.«

Scarlett zog seinen Kopf erneut zu sich herab. »Denk jetzt nicht daran. Wir müssen uns auf die Frage konzentrieren, wohin er sie gebracht haben könnte. Das Warum kennen wir. Er will dich. Aber er wird dich nicht kriegen. Alles klar?«

Er zog konzentriert die Luft ein. »Ja. Gehen wir. Bleib nur bei mir, okay?«

Sie legte ihm den Arm um die Taille. »Worauf du dich verlassen kannst.« Dann blickte sie zu ihrem Vater auf. »Danke, Dad.«

»Ich hab doch gar nichts gemacht«, sagte er.

Alle drei wandten sich zum Gehen, als Marcus plötzlich erstarrte. Scarlett folgte seinem Blick durch die Scheibe in den Verhörraum, in dem Kate Coppola mit ernster Miene telefonierte. Doch Marcus sah Kate gar nicht. Er starrte Alice Newman an, auf deren Gesicht ein höhnisches Lächeln lag. Und dann riss sich Marcus los und stürmte hinaus, ehe Scarlett ihn daran hindern konnte.

»Mist«, murmelte sie. Sie rannte ihm nach, bekam ihn im Verhörraum zu fassen, schlang ihm einen Arm um die Taille und zog mit aller Kraft. Doch er war groß und stark und außer sich vor Zorn.

Er packte Alice mitsamt dem Stuhl, rammte sie gegen die Wand und legte ihr die Hände um die Gurgel.

»Marcus!«, schrie Scarlett. »Nein! Wenn du sie umbringst, kann sie uns nichts mehr sagen!«

Es war ihr Vater, der ihn aufhielt, indem er ihn an den Schultern packte und zur Seite riss. Marcus krachte hart gegen die Wand. Der Wachmann, der im Hintergrund gestanden hatte, war ebenfalls zur Stelle, aber Marcus schien es nicht einmal wahrzunehmen.

»Stopp!«, brüllte Jonas und schob sich vor Marcus. »Das werden Sie nicht tun!« Er ruckte den Kopf in Richtung Tür. »Officer! Bringen Sie ihn raus. Ketten Sie ihn irgendwo an, wenn es sein muss – Hauptsache, er beruhigt sich wieder.«

Scarlett legte ihre Hände an seine Wangen. »Sie ist ein Stück Dreck, Marcus. Sie ist es nicht wert, dass du deine Freiheit um ihretwillen verlierst. Aber ich brauche dich.« Sie hielt ihn fest, bis er schaudernd den Atem ausstieß. »Marcus, wenn du sie tötest, wirst du eingesperrt. Ich will dich nicht verlieren. *Bitte*«, fügte sie flüsternd hinzu. »Vertrau mir. Lass mich einfach meinen Job machen.«

Eine lange Zeit sah er sie nur an, und langsam fand seine Atmung zu einem normalen Rhythmus zurück. »Also gut«, sagte er schließlich. »Ich warte draußen.«

Scarlett wandte sich zu Alice um, die über das ganze Gesicht grinste. Scarlett verzog die Lippen zu einem Lächeln, das alles andere als freundlich war. Sie hielt Alice' Blick fest, bis deren Grinsen verblasste.

»Wir kennen uns noch nicht, Alice. Ich bin Detective Bishop.« Sie zerrte Alice' Stuhl wieder zum Tisch zurück, fesselte ihr auch die andere Hand an den Holm und zog dabei so fest, dass es weh tun musste, achtete aber darauf, dass die Kamera das nicht aufnahm. Schließlich setzte sie sich neben die Frau. Sie war sich dessen bewusst, dass ihr Vater an der Tür stand, und obwohl sie sich sicher war, dass sie seinen Schutz nicht brauchte, war es ein gutes Gefühl für sie, ihn dort zu wissen. *Für alle Fälle.*

»Wollen Sie mich beeindrucken?«, fragte Alice spöttisch. »Oder mir vielleicht sogar Angst einjagen?«

»Wissen Sie, wohin Sie von hier aus gehen werden, Alice? Ah ja, natürlich wissen Sie das, Sie sind ja schließlich Juristin. Aber für den Fall, dass Sie Ihr Examen nur durch Bestechung geschafft haben, erkläre ich es Ihnen gerne. Bis zur Anklageerhebung bleiben Sie in Haft, danach geht es auf direktem Weg ins Gefängnis, und Orange, Schätzchen, steht Ihnen leider gar nicht.«

»Oh, wie lustig«, sagte Alice und verdrehte die Augen. »Gähn.«

»Schon gelangweilt? Dann ist der Knast ideal für Sie«, fuhr Scarlett, immer noch lächelnd, fort. »Das wird eine Party! Vor allem, wenn Ihre Zellengenossinnen erfahren, dass Sie pädophil sind. Dass Sie Kinder ge- und verkauft und sexuell ausgebeutet haben.«

Alice schüttelte gelangweilt den Kopf. »Pädophil? Ernsthaft? Sie wissen, dass Sie mir das nicht anhängen können. Dafür haben Sie keinerlei Beweise.«

Es war ein Schuss ins Blaue gewesen, aber Alice' Blick sagte Scarlett, dass sie einen Volltreffer gelandet hatte. »Die brauche ich auch nicht. Ich muss es nur Ihren Mithäftlingen ins Ohr flüstern: Die Anklage wegen Kindesmissbrauchs lag auf dem Tisch, aber sie hat einen Deal ausgehandelt. Hey, Sie sind Anwältin. Man wird wie selbstverständlich davon ausgehen, dass Sie sich auch aus den übelsten Geschichten herauswinden können.«

Alice' Kiefer verspannten sich. »Sie haben gar nichts in der Hand.«

»Zumindest haben wir Fotos mit Ihnen, Demetrius, Anders und Sweeney.«

»Ich hab nur den Kaffee gekocht.«

»Und wennschon. Gerüchte sind mächtig.« Scarlett beugte sich vor. »Und anfangs sind Sie sowieso nur Frischfleisch. So schönes Haar, so eine makellose Haut. Alle werden Sie hassen, bevor sie Sie überhaupt kennengelernt haben, aber jeder wird Sie haben wollen. Das wird ein Spaß! Sie werden die Ballkönigin sein. Eine Debütantin des wahren Lebens, ein Spielzeug für alle. Stellen Sie es sich nur mal vor, Alice. Jeden Tag. Und jede Nacht.«

Zum ersten Mal flackerte Alice' Blick. »Sie machen mir keine Angst, Detective.«

»Dann ist es ja gut. Ich tue Ihnen ja auch gar nichts. Ich kenne da allerdings ein, zwei Leute im Gefängnisumfeld, die mir noch einen Gefallen schulden. Die werden mir sicher nur allzu gerne aushelfen.«

Sie beugte sich vor. »Weil Sie so hübsch sind«, flüsterte sie. »Noch jedenfalls.«

Alice warf ihrem Anwalt einen bösen Blick zu. »Wollen Sie nicht endlich eingreifen?«

»Wieso?«, fragte der Mann unschuldig. »Sie macht Ihnen doch nur Komplimente.«

»Ich mag Ihren Verteidiger, Alice. Er beweist viel gesunden Menschenverstand.« Scarlett erhob sich und blickte zur Tür, wo Kate stand und schweigend zugesehen hatte. »Agent Coppola, ich denke, wir sollten sie jetzt abführen. Ich werde einem Officer Bescheid geben. Wir sehen uns später, Alice. Viel Spaß mit Ihren neuen Freundinnen.«

»Ich sage Ihnen gar nichts«, gab Alice trotzig zurück, doch sie war sehr blass geworden. »Sie schüchtern mich nicht ein!«

»Nein, das ist auch gar nicht nötig. Ich hole mir die nötigen Informationen einfach von D.J.«

»D.J. sitzt in Verhörraum sechs«, meldete sich Kate zu Wort. »Diesmal wirklich. Man hat ihn gerade hergebracht.«

Alice' Augen blitzten wütend auf, als ihr bewusst wurde, dass sie zuvor auf Marcus' Lüge hereingefallen war. »Sie halten Ihr Versprechen nicht«, rief sie Scarlett höhnisch nach, als sie sich zum Gehen wandte.

»Welches Versprechen?«, fragte Scarlett, obwohl sie ganz genau wusste, was Alice meinte.

»Sie haben O'Bannion versprochen, mich zum Reden zu bringen.«

Scarletts Lächeln wurde noch lieblicher. »Keinesfalls. Ich habe ihm gesagt, dass ich meinen Job machen werde. Dazu gehört, den Opfern Gerechtigkeit widerfahren zu lassen. Und manchmal trägt die Gerechtigkeit einen orangen Overall.«

Scarlett verließ den Raum, bevor sie dem Drang nachgeben konnte, der Frau auf dem Stuhl die Ohrfeige ihres Lebens zu verpassen. Draußen im Flur wartete ihr Vater. »Wo ist Marcus?«, fragte sie.

»Ich bin hier«, antwortete er, als er gleichzeitig aus dem Beobachtungsraum in den Flur trat. »Ich habe mich wieder beruhigt. Tut mir leid, dass ich versucht habe, ihr an die Gurgel zu gehen.«

Er wirkte erschöpft und niedergeschmettert, und das gefiel ihr gar nicht. »Das braucht dir nicht leidzutun. Mir tut es leid, dass ich dich daran hindern musste.«

»Willst du jetzt D.J. verhören?«, fragte er.

»Ja. Und du solltest nun ins Krankenhaus fahren.« Stirnrunzelnd warf sie einen Blick zurück in Richtung Verhörraum. »Obwohl ... verdammt. Wenn die Schießerei im Verlagshaus dazu dienen sollte, dich hervorzulocken, könnte dir auch jemand am Krankenhaus auflauern.«

Marcus öffnete den Mund, um zu protestieren, schürzte aber dann nur die Lippen. »Kevlar-Weste«, sagte er.

»Kopfschuss«, konterte sie.

»Helm«, erwiderte er. »Komm schon, Scarlett, ich bin nicht lebensmüde. Vertrau mir. Am Golf waren wir ständig mit Helm im Einsatz. Und du hast es selbst gesagt – meine Familie braucht mich. Ich werde mich nicht hier verstecken, und Stone muss die Gewissheit haben, dass ich ihn nicht im Stich lasse.«

Scarlett nickte, obwohl sie am liebsten vor Angst und Wut geschrien hätte. Er hatte recht, das wusste sie. »Marcus, ich traue dir zu, dass du genug Verstand besitzt, um das Risiko zu minimieren. Aber ich traue diesen Leuten ebenfalls zu, dass sie es ohne Rücksicht auf andere weiterhin probieren werden, dich zu töten. Du weißt nicht, wer womöglich sonst noch sein Leben lassen muss.«

Wieder erbleichte er. »Shit. Du hast recht.«

»Warte mal.« Sie sah zu ihrem Vater auf. »Dad? Was können wir tun, um die Sicherheit der Leute im Krankenhaus zu gewährleisten? Selbst wenn Marcus nicht hinfährt ...« Sie hielt die Hand hoch, um seinen Protest im Keim zu ersticken, »... gehen die Angreifer vielleicht davon aus und visieren es an.«

»Wir postieren Polizisten an jedem Eingang«, antwortete ihr Vater, »außerdem in der Notfallambulanz und in der Chirurgie. Wir kontrollieren jede Person auf den Stationen auf Waffen. Das Krankenhaus hat eine eigene gut organisierte Sicherheitsabteilung, und wir schließen uns mit ihnen kurz. Auf diese Art können wir zumindest Attentate mit klassischen Mitteln ausschließen.«

»Das muss reichen«, sagte sie, ohne Marcus aus den Augen zu lassen. »Ich spreche jetzt mit D.J. Vielleicht kann er mir sagen, wo wir diesen Kenneth Sweeney finden. Da Demetrius tot und Anders offenbar entführt ist, könnte nun Sweeney derjenige sein, der die Kontrolle hat.«

»Ich bringe Marcus zum Krankenhaus, Scarlett«, schlug ihr Vater vor. »Erledige du hier deine Arbeit.«

Marcus nickte ernst. »Danke. Aber könnten Sie uns vielleicht einen kurzen Moment allein lassen?«

»Sicher. Wir treffen uns unten am Fahrstuhl.«

Scarlett nahm Marcus' Hand und führte ihn in einen leeren Besprechungsraum, schloss die Tür und zog ihn in ihre Arme. Schaudernd umklammerte er sie. »Was soll ich nur tun?«, flüsterte er. »Ohne Stone? Ohne Gayle?«

»Im Augenblick sollst du vor allem davon ausgehen, dass du sie bald wiederhast. Beide.«

»Aber wenn nicht? Mikhail zu verlieren, war die Hölle. Wenn Stone stirbt ...«

Scarlett zog seinen Kopf zu sich herab und küsste ihn innig. »Hör auf. Du hast mitbekommen, was Jill gesagt hat. Stone ist bei Bewusstsein. Er wird durchkommen. Er ist viel zu dickköpfig, um aufzugeben.«

Er nickte, wirkte aber nicht überzeugt. »Also müssen wir nur Gayle finden.«

»Richtig.«

Er legte seine Wange auf ihren Scheitel. »Ich hätte den *Ledger* schließen sollen, bis die ganze Sache überstanden ist«, sagte er heiser. »Wieso habe ich das nur nicht getan?«

»Weil du dadurch viele Leute nach Hause hättest schicken müssen. Du hast die Zeitung aufgebaut und deinen Angestellten finanzielle Sicherheit geboten. Selbst wenn du ihnen die Wahl gelassen hättest – meinst du wirklich, jemand von ihnen wäre zu Hause geblieben?«

»Das weiß ich nicht. Und ich werde es auch nicht mehr erfahren.« Er schwieg einen langen Moment. »Ich kannte Cal Booker von Kindesbeinen an. Cal war schon hier, als wir noch in Lexington wohnten.« Seine Arme schlossen sich noch fester um sie. »Das alles ist meine Schuld, Scarlett. Ich bin einfach nie davon ausgegangen, dass es einen anderen als mich treffen könnte.«

Sie musste daran denken, dass er Woody McCord im Gefängnis besucht hatte. »Du hast geglaubt, dass all die McCords dieser Welt nur hinter dir her sein würden. Vielleicht hast du dir das ja insgeheim sogar gewünscht.«

»Das hat Stone auch behauptet, und jetzt ...«

»Hör zu, Marcus, ich weiß nur, dass jeder deiner Angestellten mir gestern in die Augen gesehen und mir versichert hat, dass es das Risiko wert sei. Auch Cal.«

»Bridget nicht. Und Jerry auch nicht.«

»Und für sie hast du die private Wachmannschaft engagiert.« »Du willst unbedingt verhindern, dass ich mich schuldig fühle, richtig?«

»Richtig. Deine Familie braucht dich. Deine Angestellten brauchen dich. Sie stehen unter Schock und trauern um die Toten. Wenn du also etwas für Cal tun willst, dann sieh zu, dass die Druckerpresse weiterläuft.«

»Du bist so ruhig.«

»Ja, weil es nötig ist. Aber es wird Zeiten geben, in denen ich nicht die Ruhe bewahren kann, und dann werde ich dich brauchen. Ich weiß aus verlässlicher Quelle, dass gute Partnerschaften genau so funktionieren.«

»Hat dein Dad dir das gesagt?«

»Unter anderem.« Sie stellte sich auf die Zehenspitzen und küsste ihn. »Und jetzt geh. Ich komme nach, sobald ich kann.«

»Gut.« Er richtete sich auf und seufzte. »Wir sehen uns im Krankenhaus.«

## 35

Cincinnati, Ohio
Mittwoch, 5. August, 20.45 Uhr

Als Scarlett den Warteraum der chirurgischen Abteilung betrat, erblickte sie zu ihrem Erstaunen zwischen all den vielen Menschen ihre eigenen Eltern. Jackie Bishop hatte neben Della Yarborough Platz genommen und hielt ihre Hand. Marcus saß zwischen seiner Mutter und Scarletts Vater. Deacons Verlobte Faith war ebenfalls anwesend. Sanft hielt sie die Hand ihres Onkels Jeremy, während Audrey an seiner anderen Seite saß und ausdruckslos ins Leere starrte.

Den Platz neben Audrey belegte Jill, die ihren Kopf auf Keith' Bein gelegt hatte. Ihre Augen waren geschlossen, doch sie weinte, und ihre Tränen durchnässten Keith' Hosenbein. Mit ungewohnter Zärtlichkeit streichelte Jeremys Mann Jill übers Haar, und Scarlett machte sich einmal mehr bewusst, wie jung das Mädchen war. Dennoch hatte es einiges an Weitblick bewiesen. Was Jill befürchtet und zu verhindern versucht hatte, war eingetreten. Marcus und sein Team hatten sich in Gefahr begeben, und nun war Jills Tante die Leidtragende.

Lisette und Diesel teilten sich eine Sitzbank, doch beide wirkten wie paralysiert und völlig einsam.

Alle Anwesenden, Scarletts Eltern eingeschlossen, trugen schwere Schutzwesten, was in der steril anmutenden Krankenhausatmosphäre seltsam fehl am Platz wirkte.

Scarlett ging direkt zu Marcus und gab ihm einen Kuss auf die Stirn. »Nichts«, murmelte sie in sein Ohr. »Es tut mir leid. D.J. ist der Inbegriff der Gelassenheit. Er hat uns rein gar nichts verraten. Da war Alice noch hilfreicher.«

Marcus' Schultern fielen herab. »Ich hab's befürchtet.«

»Kate ist geblieben und versucht es weiter. Vielleicht hat sie mehr Glück. Gibt es von Stone schon etwas Neues?«

»Er wird noch operiert. Deacon ist im Rettungswagen mitgefahren, doch inzwischen wieder zum ...« Er schluckte. »... zum Tatort zurückgekehrt. Aber Stone war noch bei Bewusstsein, als wir hier eintrafen.« Er öffnete den Mund, klappte ihn aber mit einem raschen Blick zu seiner Mutter wieder zu.

Scarlett nickte. Er würde ihr später unter vier Augen mehr erzählen. Sie bemerkte, dass Della Yarborough sie neugierig musterte, doch ihr Interesse wirkte gedämpft. Sie hatte definitiv ein Beruhigungsmittel eingenommen. Und davon nicht zu wenig.

Scarlett beugte sich herab, um ihre eigene Mutter auf die Wange zu küssen. »Hi, Mom. Dich hätte ich hier nicht erwartet.«

»Dein Vater rief an, um mir zu sagen, dass er es nicht pünktlich zum Essen schaffen würde, und hat mir von Marcus erzählt. Wenn er dir wichtig ist, ist er auch uns wichtig. Deswegen sind wir hier.«

Scarlett ging das Herz auf. »Danke.« Sie wandte sich an Marcus' Mutter und ging auf ein Knie herab, damit Della nicht aufschauen musste. »Mrs. Yarborough. Ich ... ich wünschte, wir müssten uns nicht unter diesen Umständen wiedersehen.«

»Mrs. ist nicht nötig – Della reicht.« Della lächelte, aber nicht lange, es schien, als koste es sie zu viel Energie. »Sie und Marcus sind also ...?«

Scarlett stieg das Blut in die Wangen. »Ja, Ma'am. Ich hoffe, Sie haben nichts dagegen einzuwenden.«

»Und wenn doch?«

»Dann würde ich, bei allem Respekt, trotzdem mit ihm zusammenbleiben.«

Diesmal dauerte Dellas Lächeln etwas länger. »Sie waren bei Mikhails Beerdigung. Warum?«

Scarlett zögerte, dann zuckte sie die Achseln. »Ich tue das bei jedem Opfer. Es ist mir wichtig.«

Della nickte in Zeitlupe. »Sie passen ganz wunderbar zu Marcus. Also: Nein, Scarlett, ich habe nichts dagegen einzuwenden Im Gegenteil.«

»Puh.« Scarlett lächelte zu ihr auf. »Und ich hatte schon Sorge.«

Plötzlich wurde Dellas Blick scharf. »Wissen Sie schon, wo Gayle ist?«

»Nein, Ma'am. Noch nicht. Aber wir suchen nach ihr.« Als ein Rascheln hinter ihr zu hören war, drehte sie sich um. Jill war aufgestanden und kam mit geröteten Augen auf sie zu. »Aber nicht genug«, sagte Jill kalt. »Sie haben Verdächtige festgenommen, Sie sind der Super-Cop. Sie müssen doch die Mittel haben, etwas aus ihnen rauszukriegen.«

Scarlett erhob sich. Mit einem Mal fühlte sie sich unendlich müde. »Ich bin kein Super-Cop, Jill, und das hier ist das wahre Leben. Leider reden Verdächtige nicht immer. Sehr oft sagen sie kein Wort. Und meistens würde ich die Wahrheit am liebsten aus ihnen herausschütteln, aber das darf ich nicht.«

»Warum tricksen Sie sie nicht einfach irgendwie aus, damit sie gestehen?«

*Herrgott, sie ist noch so jung.* »Wenn sie dumm genug sind, sich austricksen zu lassen, sind sie vermutlich auch zu dumm, um Spuren zu verwischen, und dann brauche ich kein Geständnis. Leider sind die Leute, die Ihre Tante gekidnappt haben, alles andere als dumm.«

Doch so schnell ließ Jill sich nicht abwimmeln. »Dann schlagen Sie ihnen doch einen Deal vor, verdammt noch mal.«

»Auf keinen Fall. Es sind Verbrecher. Sie haben andere umgebracht, haben Menschen versklavt und verkauft, und sie haben *Kinder* ausgebeutet, Jill, unschuldige Kinder. Glauben Sie wirklich, Ihre Tante könnte damit leben, dass diese Verbrecher ungestraft davonkommen?«

Jills Wut fiel in sich zusammen, und zurück blieb nur Verzweiflung. »Diese Leute haben meine Tante in ihrer Gewalt«, schluchzte sie. »Sie haben andere ermordet, und jetzt haben sie meine Tante.«

Müde seufzend zog Scarlett das Mädchen in ihre Arme. Einen Moment lang standen sie einfach nur da. Dann ballte Jill die Fäuste und schlug so fest gegen Scarletts Schlüsselbein, dass diese scharf die Luft einzog und einen Schritt zurücktaumelte.

Mit vor Zorn blitzenden Augen riss Jill die Fäuste hoch, als machte sie sich zum nächsten Schlag bereit. »Nein!«, fauchte sie. »Tun Sie ja nicht so, als ob Sie Mitgefühl hätten. Kümmern Sie sich gefälligst darum, sie zu retten!«

Hinter Scarlett waren Marcus und ihr Vater auf die Füße gesprungen, aber sie hielt die Hand hoch, ohne sich umzudrehen. Dann packte sie Jill fest am Arm. »Los, komm. Wir gehen ein Stück weiter.«

»Scarlett?«, murmelte Faith besorgt. »Vergiss bitte nicht, dass sie noch ein Kind ist.«

Scarlett verdrehte die Augen. »Endlich erkennt jemand mal meinen wahren Charakter. Ich dachte schon, ich sei total verweichlicht.« Sie hörte vereinzeltes Kichern, und die Spannung ließ ein wenig nach. Sogar Jill grinste, aber das brachte Scarlett sofort wieder auf. »Aber weißt du was? Sie ist gar kein Kind mehr. Sie ist neunzehn und alt genug, um mit den Fäusten auf eine Polizistin loszugehen. Also kann sie gefälligst auch hören, was ich ihr zu sagen habe. Keine Sorge, Faith. Wir gehen nur ein kleines Stück spazieren.« Sie packte fester zu, als Jill den Arm aus Scarletts Griff lösen wollte. »Hiergeblieben. Die gute Faith soll doch keinen Grund haben, sich zu sorgen, nicht wahr, *Kind?*«

Jill hörte auf, sich zu wehren, und ließ sich in einen kleineren unbesetzten Warteraum führen. Dort angekommen, riss sie sich los und rieb sich das Handgelenk. »Sie haben mir weh getan.«

»Das hat weh getan? Du Memme. Sei froh, dass ich dir nicht den Arm gebrochen habe.«

Nun war auch Jills Zorn wieder geweckt. »Das würden Sie nicht wagen.«

»Das würde ich nicht wagen? Nein – keine Sorge, ich *tu's* nicht. Weil ich mich nämlich beherrschen kann. Wenn ich impulsgesteuert wäre, dann lägest du längst am Boden, glaub mir das. Also hör mir jetzt zu, denn ich sage das nur einmal: Werd verdammt noch mal erwachsen. Du hast Angst und bist stinksauer. Das verstehe ich. Aber du bist nicht die Einzige, die Angst um Gayle hat. Du bist allerdings die Einzige, die sich deswegen wie Rumpelstilzchen aufführt. Diesen einen Hieb eben lasse ich dir durchgehen, Kind. Aber fass mich nicht noch einmal an, sonst ist es vorbei mit meiner Beherrschung, ist das klar?«

»Ja«, brummelte Jill trotzig.

»Na schön. Wenn du dich wie ein launisches Gör benehmen willst, bleibst du hier allein. Falls du aber dabei helfen willst, deine Tante zu finden, reißt du dich gefälligst zusammen.«

Jill setzte sich. »Ich bleibe hier.«

»Wie du meinst.« Scarlett wandte sich zum Gehen, doch mit einem Mal sackte ihr Adrenalinspiegel ab, und sie fühlte sich derart erschöpft, dass sie sich zurück auf den Stuhl fallen ließ und den Kopf in den Nacken legte.

Jill sah sie pikiert an. »Man kann nur allein irgendwo zurückbleiben, wenn man auch allein ist.«

Scarlett erwiderte den Blick. »Hältst du zwischendurch eigentlich auch mal die Klappe?«

»Sie klingen wie Stone«, brummte Jill.

Scarlett schnaubte. »Jetzt werd nicht gleich ausfallend.«

Jill musste lachen, dann seufzte sie. »Es tut mir leid, dass ich Sie geschlagen habe. Ich weiß wirklich nicht, was in mich gefahren ist.«

»Ich nehme an, du warst verängstigt und frustriert, und da kam ich dir gerade recht. Mach's einfach nicht noch mal.«

»Nein, ganz bestimmt nicht. Ist alles in Ordnung mit Ihnen? Sie sehen ziemlich blass aus.«

»Es war einfach ein langer Tag. Ich sollte wohl etwas essen, aber ich habe nicht mal mehr genug Energie, um mir etwas zu besorgen.«

»Ich hätte ein Snickers. Wir können es uns teilen, wenn Sie möchten.«

»Danke.« Scarlett verschlang ihre Hälfte in null Komma nichts. »Raubtierfütterung?«

»So schlimm sind Sie übrigens gar nicht.«

»Und das aus deinem Munde.«

Jill schwieg eine lange Weile. »Ich weiß, was sie machen«, sagte sie plötzlich leise.

»Wer?«

»Marcus, Gayle, Lisette und die anderen. Sie benutzen den *Ledger,* um gegen Triebtäter und Kinderschänder zu ermitteln und sie entweder öffentlich bloßzustellen oder der Polizei auf dem Silbertablett zu servieren.«

»Aha? Und woher weißt du das?«

»Viele der Drohungen von dieser Liste ergaben für mich keinen Sinn, weil es sich um Fälle handelte, deren Storys niemals in Druck gegangen sind. Warum sollte jemand Marcus deswegen an den Kragen wollen? Und dann habe ich die Drohmails mit Polizeiakten abgeglichen und fand heraus, dass so gut wie jeder von dieser Liste in der Vergangenheit wegen irgendeiner Form von Gewalt gegen andere inhaftiert worden war. Ich bin nicht so dumm, wie Marcus zu glauben scheint.«

»Er hält dich absolut nicht für dumm – deswegen machst du ihn ja so nervös. Er weiß nicht, auf wessen Seite du stehst.«

»Auf Gayles. Definitiv. Sie hat mich zu sich genommen.«

»Und sie ist der einzige Mensch, den du noch hast, stimmt's? Denkst du nicht, dass Marcus das weiß?«

»Doch, vermutlich schon.« Sie ahmte Scarletts Haltung nach, indem sie ebenfalls den Kopf in den Nacken legte und an die Decke blickte. »Es war eigentlich nicht seine Schuld«, sagte sie nach einer Weile leise. »Gayles Herzanfall, meine ich. Sie hatte schon eine ganze Weile Probleme, verbot mir aber, es irgendjemandem zu sagen.«

»Das war nicht gerade clever von ihr.«

»Sie hat ihren Stolz. Und sie will Marcus und Stone unter keinen Umständen beunruhigen. Sie behandelt die zwei wie rohe Eier. Als könnte einer von ihnen jederzeit einen Knacks bekommen.«

»Vielleicht stimmt das auch.«

Jill schnaubte verächtlich. »Die zwei haben Nerven wie Drahtseile. Die juckt doch gar nichts.«

»Vielleicht mussten sie sich das dicke Fell ja aus einem bestimmten Grund zulegen. Hast du dein Smartphone zur Hand?«

»Klar.« Jill zog es aus der Tasche. »Und jetzt?«

»Tu mir einen Gefallen und googel ›Matthias Gargano‹, ›Lexington‹ und ›1989‹.« Scarlett schloss die Augen, während Jill die Anweisungen befolgte. Scarlett wusste, dass das Mädchen die entsprechenden Artikel gefunden hatte, als es nach Luft schnappte.

»Oh, mein Gott. Das ... das wusste ich ja gar nicht. Es gab noch einen Bruder?«

»Ja. Matty wurde von den Entführern ermordet, und Gayle war diejenige, die die Familie danach zusammenhielt. Sie hat die beiden als kleine, verängstigte Jungen erlebt, und eine solche Erinnerung bekommt man nur schwer wieder aus dem Kopf. Vielleicht kannst du die enge Beziehung der drei nun etwas besser verstehen.«

»Gott, ja. Und dann starb auch noch Mikhail! Jetzt wundert es mich auch nicht mehr, dass Della ständig Schlaftabletten nimmt. Und die arme Tante Gayle. Sie hat furchtbar um Mikhail getrauert, und ich dachte immer nur: ›Hallo? Und was ist mit mir? Ich bin doch auch noch da.‹ Ich hatte ja nicht die geringste Ahnung.«

»Aber nun weißt du Bescheid. Und jetzt ist es an dir, auch entsprechend zu handeln.«

Jill stieß pustend den Atem aus. »Ich war ein ziemliches Miststück, was?«

»Jep.«

Das Mädchen lachte schnaufend. »Okay, ich verspreche, ich werde mich bessern.«

»Das ist ein Wort.« Ohne die Augen zu öffnen, sprach Scarlett weiter. Sie war so verdammt müde. »Ein Zugeständnis muss ich dir allerdings machen. Gayles Herzanfall ist tatsächlich indirekt durch die Arbeit des Teams ausgelöst worden, insofern war deine Sorge durchaus begründet.«

»Woher wissen Sie das?«

»Ich habe gestern an der Tür gelauscht, als Gayle Marcus von dem entsprechenden Drohbrief erzählte. Die Absenderin drohte, Marcus ›jemanden wegzunehmen‹, so, wie Marcus ihr ›jemanden weggenommen‹ hatte. Ihr Mann war in Haft gestorben – Selbstmord, wie es hieß. Als Gayle den Brief in die Finger bekam, hatte sie gerade erfahren, dass Mikhail verschwunden war, und in Anbetracht der Yarboroughschen Vergangenheit ...«

»Ach du Schande«, stieß Jill hervor. »Der Zeitpunkt hätte nicht schlechter gewählt sein können. Ich wünschte, ich hätte ihr den Brief sofort gezeigt. Dann hätte sie sich wenigstens keine Sorgen um Mikhail gemacht.«

Scarlett drehte den Kopf zur Seite und öffnete die Augen. Sie betrachtete Jills Profil. »Was soll das heißen? Wann hast du den Brief denn bekommen?«

»Eine Woche vorher. Gayle hatte ein paar Tage gefehlt, weil sie so schnell müde wurde; wahrscheinlich war das bereits ein Warnsignal. Ich hatte die Post in meinem Schreibtisch eingeschlossen, war dann aber selbst eine Weile nicht in der Redaktion gewesen, da ich für die Schule pauken musste. Deswegen hat es ein paar Tage gedauert, bis ich ihr die Post übergeben konnte. Das war der Tag der Herzattacke, und später erfuhren wir, dass Mikhail ermordet worden war. Als der Brief kam, war Mikhail noch gesund und munter, das weiß ich genau. Hätte ich ihn ihr dann übergeben, hätte sie keinen solchen Schock bekommen.«

Scarlett runzelte die Stirn. Irgendwas stimmte an der Sache nicht, aber inzwischen war sie so erschöpft, dass ihr Verstand den Dienst verweigerte. Sie fischte die gefalteten Zettel aus der Tasche, die Stone ihr zuvor ausgedruckt hatte.

»Was ist das?«

»Stones Artikel über Woody McCord, der Ehemann von der Verfasserin des Drohbriefs.« Frische Energie packte sie, und sie erhob sich und ging auf und ab, während sie die Zeilen las.

Nach einer Weile blieb sie stehen und drehte die Zettel um, um sich die wichtigsten Daten auf der Rückseite zu notieren. »An welchem Tag genau ist der Brief angekommen, Jill?«

Jill zog die Brauen zusammen. »An einem Donnerstag. Ich kann mich so gut daran erinnern, weil am nächsten Tag Halloween war und ich mit Mikhail und seinen Kumpels losziehen wollte.« Sie blickte zur Seite. »Er ist erst am Wochenende darauf verschwunden, aber auf der Party am Abend habe ich ihn zum letzten Mal lebend gesehen.«

»Tut mir leid, dass ich das Ganze wieder in dein Gedächtnis rufen muss, aber es ist wichtig.«

»Warum denn?«, fragte Jill. »Woher wollen Sie das wissen?«

»Ich spüre es.« Selbstironisch schnitt Scarlett ein Gesicht. »Das klingt blöd, ich weiß, aber ich habe die Erfahrung gemacht, dass es gut ist, aufs Gefühl zu hören. Mein Bauch erinnert sich nämlich oft an Dinge, die mein Hirn schon vergessen hat.«

»Vielleicht doch ein Super-Cop?«, sagte Jill spöttisch.

Scarlett schüttelte den Kopf. »Das ist Deacons Part.« Sie blickte auf ihre Notizen. »Wenn du den Brief am Donnerstag bekommen hast, muss er Montag oder Dienstag abgeschickt worden sein. Mittwoch allerspätestens.« Auch das schrieb sie auf.

»Okay«, sagte Jill. »Und was schließen wir daraus?«

»Tja ... das weiß ich leider selbst nicht so genau.« Scarlett brachte ihre Notizen in die richtige zeitliche Abfolge.

*Mo. 27.10. – Mi. 29.10.: Leslie McCord schickt Brief ab.*
*Mi. 29.10.: McCord teilt Anwalt und Staatsanwalt mit,*
*dass er auspacken will.*
*Do. 30.10.: Brief kommt per Post im Ledger an.*
*Do. 30.10.: Woody McCord wird tot in seiner Zelle gefunden.*
*(Mord oder Selbstmord?)*
*Mo. 3.11. (Schätzung der Gerichtsmedizin): Leslie McCord stirbt*
*an einer Überdosis Tabletten.*
*Mi. 5.11.: Gayle liest Brief, bekommt Herzinfarkt,*
*Mikhails Leiche wird gefunden, Marcus angeschossen.*
*Do. 6.11.: Leslie wird laut Polizeibericht tot zu Hause aufgefunden.*

Und endlich erkannte Scarlett, was hier nicht stimmte. Leslie McCord hatte sich in ihrem Brief auf den Tod ihres Mannes bezogen, bevor er überhaupt gestorben war. Sie sah auf und begegnete Jills ungeduldigem Blick. »Ich muss den Originalbrief sehen.«

»Wieder ein Bauchgefühl?«

»Ja. Kennst du die Safe-Kombination deiner Tante?«

»Nein. Ich habe mal versucht, ihn zu knacken – nur um zu sehen, ob ich es kann –, aber es hat nicht geklappt.«

Aber Diesel konnte es bestimmt. »Komm. Du kannst nicht allein hierbleiben. Das ist zu gefährlich.«

Jill erhob sich stirnrunzelnd. »Aber eben haben Sie mir doch gesagt ...«

»Ich weiß«, unterbrach Scarlett. »Eben war ich zu müde, um einen klaren Gedanken zu fassen. Aber jetzt bin ich wieder hellwach.«

Scarlett kehrte im Laufschritt zum großen Wartebereich zurück und musste feststellen, dass in ihrer Abwesenheit ein Streit entbrannt war. Marcus und Diesel standen sich fast Nase an Nase gegenüber. Deacon war inzwischen zurückgekehrt, und er und Scarletts Vater versuchten, die beiden Männer zu beruhigen.

»Was ist denn hier los?«, fragte sie barsch. »Ist was mit Stone?«

Diesels breite Brust hob und senkte sich wie ein Blasebalg. »Nein, der ist noch im OP.« Er stach Marcus den Zeigefinger in die Brust, was in Anbetracht der Tatsache, dass alle Kevlar-Westen trugen, keinerlei Wirkung zeigte. »Vielleicht können Sie diesen Wahnsinnigen hier zur Vernunft bringen. Ich kann es anscheinend nicht.«

Marcus hatte die Kiefer zusammengepresst und die Fäuste geballt. Scarlett schob Diesel behutsam beiseite, nahm Marcus' Fäuste zwischen ihre Hände, hob sie unter ihr Kinn und wartete, dass er sich beruhigte.

Ungefähr dreißig Sekunden später trat er einen Schritt auf sie zu und senkte seine Stirn an ihre. »Er hat angerufen.«

»Wer?«

»Der Mann, der Gayle entführt hat«, murmelte er.

*Oh, verdammt.* Ihr Zorn wallte mit solch einer Wucht auf, dass ihr beinahe schwindelig wurde. Sie schloss die Augen, atmete konzentriert und versuchte, nicht die Beherrschung zu verlieren. Marcus brauchte sie jetzt dringend. Sie schlug die Augen wieder auf. »Lasst mich raten. Er will verhandeln.«

»So ist es«, sagte Diesel wütend.

Marcus hob den Kopf, und seine Nasenflügel bebten. »Halt die Klappe, Diesel. Ich mein's ernst!«

»Lasst mich raten«, sagte Scarlett erneut. Sie war selbst erstaunt, wie ruhig sie sprechen konnte. »Du willst dich darauf einlassen.«

Cincinnati, Ohio
Mittwoch, 5. August, 21.15 Uhr

»Clever, Detective«, fauchte Diesel. »Oder vielleicht auch nicht, wenn man bedenkt, dass Sie sich ausgerechnet einen Kerl mit Todessehnsucht ausgesucht haben.«

Marcus biss die Zähne so fest zusammen, dass der Schmerz ihm bis unter die Schädeldecke schoss. Er konnte sich jetzt nicht schon wieder mit Diesel auseinandersetzen. »Diesel, ich schwöre bei Gott, wenn du nicht endlich die Klappe hältst …«

»Dann was?«, fragte Diesel und breitete die Arme aus. »Schlägst du zu? Au ja, bitte, tu dir keinen Zwang an. Aber ich schlage zurück, und vielleicht kann ich dir ja ein bisschen Verstand in deinen Schädel prügeln.«

»Ähm – Verzeihung?« Eine Krankenschwester stand im Türrahmen. »Soll ich die Wachleute rufen?«

»Nein«, sagte Marcus.

»Nein, Ma'am«, brummte Diesel.

Scarlett hielt noch immer seine Fäuste. »Also schön«, sagte sie. »Könnte mir jemand wohl bitte halbwegs zusammenhängend erzählen, was ich verpasst habe?«

Deacon räusperte sich. »Nun, wir gehen davon aus, dass es sich bei dem Anrufer um Sweeney handelt, da Stones Beschreibung des Schützen im *Ledger* mit der Statur des Mannes übereinstimmt, der auf dem Foto mit Alice zu sehen ist. Sweeney behauptet, er habe Gayle, und Marcus soll sich mit ihm um Mitternacht am Eingang zum Shawnee Lookout Park treffen. Angeblich will er Gayle im Austausch gegen Marcus freilassen. Marcus ist bereit, sich darauf einzulassen, natürlich nur mit einem klugen Plan in der Hinterhand, den er allerdings noch nicht hat. Diesel hält ihn für komplett wahnsinnig, und meine Einschätzung liegt irgendwo dazwischen.« Er warf Scarletts Vater einen Blick zu. »War das im Großen und Ganzen zutreffend zusammengefasst, Sir?«

»Ja, ich denke schon«, antwortete Jonas.

»Und wenn wir einen Plan hätten?«, fragte Scarlett ruhig. Zu ruhig. Das war alles Show, wie Marcus wusste. Und er wusste auch, wie sie sich wirklich fühlte. Am liebsten hätte er auf etwas eingeschlagen. Vorzugsweise auf Diesel.

»Das käme drauf an«, sagte ihr Vater. Er legte Marcus zögernd eine Hand auf die Schulter. »Haben Sie sich nun so weit beruhigt, dass Sie wieder klar denken können?«

Marcus schüttelte den Kopf. »Nicht wirklich.«

»Wenigstens ist er ehrlich«, brummte Jonas.

»Was genau hat Sweeney denn gesagt?«, fragte Scarlett. »Im Wortlaut!«

Marcus ließ eine ihrer Hände los, um sein Smartphone aus der Tasche zu ziehen. »Ich habe es aufgenommen. Gayles Nummer erschien auf dem Display.«

Scarlett legte ihm die Hand auf die Brust. »Jill muss das nicht unbedingt hören.«

»Aber ich will es«, sagte Jill trotzig. »Mach schon, Marcus.« »Der Ton ist nicht schlecht«, murmelte er in Scarletts Ohr. »Das Video zeige ich ihr nicht.«

Entsetzen trat in ihre Augen, und ihre aufgesetzte Gelassenheit löste sich in nichts auf. »Heilige Mutter Gottes.«

»Ja«, erwiderte Marcus grimmig, tippte auf »Play« und stählte sich innerlich.

»Hallo?« Marcus verzog das Gesicht, als er seine eigene hoffnungsvolle Stimme hörte. »Gayle?«

Das leise Lachen am anderen Ende der Leitung verursachte ihm erneut Übelkeit.

»Nein, Marcus. Hier spricht nicht Gayle. Aber sie ist bei mir. Sie haben mir in letzter Zeit ziemlich viel Ärger bereitet. Kommen wir gleich zur Sache. Wir treffen uns heute um Mitternacht am Shawnee Lookout Park. Das ist nicht besonders originell, ich weiß, aber meine Zeit ist momentan sehr knapp bemessen. Sobald Sie dort sind, setze ich Gayle in Ihren Wagen, und sie kann gehen.«

»So, wie all die anderen gehen konnten, die Sie im *Ledger* abgeknallt haben?«, fragte Marcus kalt.

»Das war bloß eine kleine Racheaktion. Wie gesagt: Sie haben mir viel Ärger bereitet. Kommen Sie zum Park, oder lassen Sie's, aber wenn Sie nicht kommen, wird Gayle sterben. Oh, und selbstverständlich keine Polizei.«

Marcus stoppte die Aufnahme. »Das war's im Prinzip.«

»Lass den Rest auch noch laufen, Marcus«, sagte Della müde. »Jetzt spielt es auch keine Rolle mehr.«

Marcus seufzte. »Na gut.«

Wieder erklang Ken Sweeneys Stimme. »Sie wissen ja, was passierte, als Ihre Mutter vor siebenundzwanzig Jahren die Behörden einschaltete. Das soll sich doch ganz bestimmt nicht wiederholen, oder?«

»Wie kann ich wissen, dass Gayle noch lebt?«

»Fragen Sie sie selbst«, gab Sweeney mit öliger Stimme zurück.

»Marcus.« Gayles Stimme klang brüchig. »Du darfst das nicht tun. Ich ...« Abrupt brach sie ab.

»Um Mitternacht«, sagte Sweeney.

Dann war die Leitung tot.

»Was war auf dem Video?«, bildete Scarlett lautlos mit den Lippen.

Marcus beugte sich vor und atmete den Duft nach Wildblumen ein. »Gayle steckt in einem Käfig. Gefesselt.« Er zögerte. »Er hat ihr die Kleider abgenommen.«

»Sind ihre Augen verbunden?«

Er schluckte. »Nein.«

Scarlett holte tief Luft. »Okay. Wir sind uns vermutlich alle einig, dass der Kerl Gayle *nicht* gehen lässt. Wir müssen herausfinden, wo sie ist, und zwar vor Mitternacht.«

Jill presste die Hand vor den Mund, um ein Wimmern zu unterdrücken, und Lisette stand auf, schlang ihre Arme um sie und begann sie zu wiegen. »Haben Sie vielleicht irgendwelche Ideen, Detective?«, fragte sie mit brüchiger Stimme. »Ich kann nämlich nicht mehr denken.«

»Das gehört zur Strategie«, antwortete Scarlett. »Unsere Moral derart zu schwächen, dass wir handlungsunfähig werden.« Sie wandte sich zu Deacon um. »Habt ihr schon versucht, den Anruf zurückzuverfolgen?«

Deacon hatte sich auf den Platz neben Faith fallen lassen, als sich abgezeichnet hatte, dass Diesel und Marcus einander nicht an die Gurgel gehen würden. »Vince sitzt dran, hat aber wenig Hoffnung. Ihm ist klar, dass der Anruf nicht wirklich von Gayles Handy kam, sonst hätten wir es bereits geortet. Sweeney hat den Anruf über einen Spoofing-Service umgeleitet, das Handy ist ein Prepaid-Gerät.«

Scarlett hatte nichts anderes erwartet. »Was ist mit der externen Festplatte, die ich euch gegeben habe? Die Kopie der McCord-Dateien? Hat Vince schon was gefunden?«

Deacon zog eine Braue hoch. »Die Festplatte, deren Dateien du selbst sichten wolltest?«

Sie verdrehte die Augen. »Herrgott. Als würde Vince je auf mich hören. Was hat er entdeckt?«

Deacon schüttelte müde den Kopf. »Nichts, was uns zu Ken Sweeney führen könnte.«

Scarlett ließ den Kopf sinken und rieb sich die Schläfen. »Diesel, können Sie einen Safe knacken?«

Alle Köpfe fuhren hoch. »Hast du gerade ›Safe knacken‹ gesagt?«, hakte Marcus vorsichtig nach.

»Jep. Diesel? Können Sie so was? Falls nicht, müssen wir einen von unseren Leuten anfordern, und das kostet Zeit, die wir vielleicht nicht haben.«

»Warum?«, fragte Diesel irritiert nach.

»In Gayles Safe befindet sich ein Brief, den ich mir unbedingt ansehen will.«

Marcus zog die Brauen zusammen. »Du meinst den Drohbrief von Leslie McCord? Warum?«

»Weil sie den Brief ein paar Tage vor dem Tod ihres Mannes geschrieben hat. Jill hat mir erzählt, dass Gayle den Brief erst eine Woche nach seinem Eintreffen zu sehen bekommen hat.« Sie zog den Zettel mit ihren Notizen aus der Tasche und reichte ihn Marcus. »Vielleicht führt es uns nicht weiter, aber es ist immer noch besser, als hier zu sitzen und untätig die Zeit verstreichen zu lassen.« Marcus überflog die Zeittabelle, die Scarlett verfasst hatte, dann las er sie ein zweites Mal. »Du hast recht. Irgendwas stimmt da nicht. Könntest du uns den Brief beschaffen, Diesel?«

Diesel warf Jonas Bishop und Deacon verstohlene Blicke zu. »Kann schon sein.«

Scarlett verlor die Geduld. Mit zwei Schritten war sie bei Diesel und fuchtelte dicht vor seiner Nase mit dem Zeigefinger herum. »Weder mein Vater noch Deacon wird Sie verhaften, Diesel«, zischte sie, »aber ich erwürge Sie mit bloßen Händen, wenn ich nicht sofort eine vernünftige Antwort kriege. Können Sie den verdammten Safe knacken – ja oder nein?«

Mit weit aufgerissenen Augen nickte Diesel. »Ja.«

Scarlett packte seinen Arm und schubste ihn auf die Tür zu. »Dann tun Sie es, verdammt noch mal«, schrie sie. »Und zwar jetzt!«

Diesel eilte im Laufschritt davon.

»Diesel!«, brüllte Scarlett ihm hinterher. Sie lief zur Tür, wandte sich dann aber noch einmal augenrollend zu den anderen um. »Jill, geben Sie Deacon Ihren Hausschlüssel. Deacon, bitte geh mit ihm und ruf mich an, sobald du den Brief hast und ihn mir vorlesen kannst. Ich bleibe unterdessen hier und überlege, was wir tun können.«

Deacon war augenblicklich auf den Füßen. »Ja, Ma'am.« Er drückte der verdutzten Faith einen Kuss auf den offenen Mund. »Ich melde mich, sobald ich kann.«

Als Deacon fort war, herrschte einen Moment lang absolute Stille. Scarletts Mutter saß schockiert da und starrte Scarlett an, während ihr Vater sich ganz offensichtlich ein Grinsen verbiss.

Scarlett zuckte die Achseln. »Tut mir leid, Mom. So bin ich nun mal.«

»Ja, natürlich«, sagte ihre Mutter. »Ich bin bloß ... Wow. Ich schätze, meine Sorgen um dich waren größtenteils unnötig.« »Ja, Ma'am.« Scarlett legte die Hände aneinander. »Wir brauchen einen Schlachtplan, Mr. O'Bannion.«

Er grinste. »Absolut, Detective.«

»Einer, bei dem du dich nicht gegen eine Geisel eintauschen lassen musst.«

»Ich bin offen für Vorschläge«, sagte er schlicht.

Sie schluckte, aber ihr Blick blieb finster. »Eigentlich bin ich stocksauer auf dich. So eine Aktion überhaupt in Erwägung zu ziehen!«

Er zog sie an sich und küsste ihren Scheitel. »Ich weiß. Aber es handelt sich um Gayle, und sie hat große Angst. Und das habe ich auch.«

Sie machte sich von ihm los und setzte sich an einen Tisch in der Ecke des Wartebereichs. »Wir müssen uns überlegen, wie wir diesen Sweeney aufspüren können. Aber noch wissen wir ja nicht einmal, wer er eigentlich ist.«

Lisette setzte sich ihr gegenüber. »Ich habe jede Datenbank, auf die ich Zugriff habe, nach Ken Sweeney durchforstet, bevor ... also, bevor die Schießerei losging. Nichts. Ein Ken Sweeney existiert nicht. Genauso wenig wie ein Demetrius Russell.«

»Sie verwenden Tarnnamen«, schlussfolgerte Scarlett, »was mich nicht weiter überrascht. Kate hat dasselbe erzählt. Sie hat den Wagen, mit dem Alice Newman unterwegs war, zurückzuverfolgen versucht, aber er war gestohlen. Als ich ging, war einer von Tanakas Technikern gerade dabei, sich in Alice' und D.J.s Telefone zu hacken. Vielleicht finden wir darin Kontaktinformationen, Adressen oder irgendetwas anderes, was uns weiterhelfen könnte.«

Marcus setzte sich neben Scarlett. »Dreh nicht gleich durch, aber wir müssen davon ausgehen, dass wir Sweeney nicht innerhalb der nächsten zwei Stunden ausfindig machen können.« Er rief auf seinem Handy eine Karte des Shawnee Lookout Parks auf. »Lass uns überlegen, wie ich da rein- und wieder rauskommen kann. Vorzugsweise lebendig.«

Sie nickte. »Lebendig klingt gut.«

Cincinnati, Ohio
Mittwoch, 5. August, 22.15 Uhr

Ken legte die letzten Fotos in den Karton und verstaute ihn in seinem Koffer. Er nahm nur mit, was sich nicht ersetzen ließ. Die Fotos, der erste Dollar, den Demetrius und er verdient hatten. Den Pokal für den besten Spieler seiner Mannschaft, den er im Abschlussjahr auf dem College gewonnen hatte. Die kleinen Diamantohrringe seiner Mutter, die einen hohen emotionalen, aber praktisch keinerlei materiellen Wert besaßen. Den anderen Schmuck hatte er schon vor vielen Jahren verkauft. Noch ehe Demetrius und er ihr Unternehmen aufgezogen hatten, verstand sich.

Damals hatte er das Geld gebraucht, um das Haus seiner Familie behalten zu können. Im Grunde war das der Auslöser gewesen, das Unternehmen zu gründen.

In seinem Gepäck befanden sich ein paar Kleidungsstücke zum Wechseln und genügend Bargeld, um damit eine Weile auszukommen, ohne gleich den Zoll zu alarmieren, wenn er die Flughafenkontrollen passierte. Gleich nach seiner Ankunft würde er mit einem Bankscheck ein Konto eröffnen. Er hatte bereits verschiedene Überweisungen auf ein Offshore-Konto getätigt, das er seit Jahren unter einem anderen Namen führte. Mit diesem Konto hatte er den Bungalow angemietet und für ein halbes Jahr im Voraus bezahlt.

»Ich denke, das war's«, murmelte er.

»Und verabschieden wolltest du dich nicht?«

Ken drehte sich langsam um. Sean stand mit locker vor der Brust verschränkten Armen in der Tür. Dass er weder wütend noch aggressiv wirkte, kam Ken entgegen, denn er wollte ihn nicht auch noch töten müssen.

»Ich wollte dich anrufen, wenn ich angekommen bin. Ich wusste nicht, ob du dich mir anschließen würdest oder nicht.«

»Kommt drauf an, wohin du willst.«

Ken zog die Brauen zusammen. »Warum bist du überhaupt hier?« Sean verließ sein Büro in der Stadt so gut wie nie. Ken glaubte sich vage zu erinnern, dass sein Sohn zum letzten Mal ungefähr zu der Zeit in diesem Haus gewesen war, als seine Mutter »verschwand«. Ken wusste selbstverständlich, wo Seans Mutter war. Er hatte sie eigenhändig durch den Häcksler gejagt. Auch das lag Jahre zurück.

»Hast du die Nachrichten gesehen?«, fragte Sean.

»Nein, ich hatte viel zu tun. Warum? Ist was mit Alice?«

»Soweit ich weiß, nicht, aber ein Mann mit Skimaske ist in die Redaktion des *Ledger* marschiert und hat dort ein Blutbad angerichtet. Sechs Tote, ein Verwundeter, vier Überlebende.«

Ken gelang es, keine Regung zu zeigen. *Verflucht. Ein Verwundeter? Vier Überlebende?* »Wie schrecklich«, sagte er. »War einer der Toten Marcus O'Bannion?«

»Gib's doch einfach zu«, sagte Sean verärgert. »Du wolltest O'Bannion unbedingt beseitigen, warum leugnest du die Tat jetzt?«

»Die Macht der Gewohnheit wahrscheinlich.« Ken klappte den Koffer zu. »Sonst noch was?«

»Die Polizei hat auch D.J. zum Verhör einbestellt.«

Verdattert setzte sich Ken auf die Bettkante. »Wie sind sie denn auf den gekommen?«

»Durch das Fitnesscenter, erinnerst du dich nicht? Alice und er haben sich dort angemeldet, um O'Bannion nach seiner Entlassung aus dem Krankenhaus im Auge zu behalten. Entweder hat Alice mit den Cops geredet, oder man hat Marcus gebeten, sie zu identifizieren, und er hat sich erinnert. Für Letzteres spricht, dass man D.J. heute direkt aus dem Sportstudio geholt hat.«

»Und wie hält er sich?«

»Keine Ahnung. Wieso musstest du unbedingt den *Ledger* aufmischen?«

»Wer sagt denn, dass ich es war? Aber selbst wenn – das geht dich nichts an.«

»Es geht mich sehr wohl etwas an, denn dort wimmelt es nur so von Polizei. Und da sie Alice und D.J. in Gewahrsam haben, ist es nur noch eine Frage der Zeit, bis alles über uns zusammenbricht. Die Cops werden die Sache nicht auf sich beruhen lassen. Und Marcus O'Bannion schon gar nicht. Du hast seine Leute ermordet.«

»Lass O'Bannion meine Sorge sein.« Ken reichte seinem Sohn den Ordner, den er vorbereitet hatte. »Hier ist alles drin, was du brauchst. Zulieferer, Kunden, Preise, Gewinnspannen. Nimm dir, was du brauchst.«

»Nach dem Stunt, den du heute abgezogen hast, weiß ich ehrlich gesagt nicht, ob deine Firma noch einen Pfifferling wert ist«, gab Sean zurück. Noch immer hielt er die Arme vor der Brust verschränkt. »Wenn unsere Kunden schlau sind, werden sie sich aus dem Staub machen.«

Ken warf den Ordner aufs Bett. »Wie du willst. Da die anderen tot oder im Knast sind, kannst du alles für dich allein haben.«

»Der einzige Haken an der Sache ist, dass es nichts mehr gibt, was ich mir nehmen könnte. Alles geht den Bach runter, und die Firmenkonten sind leer.« Sean zog die Brauen hoch. »Ich frage mich, wer das Geld wohl genommen haben könnte«, fügte er spöttisch hinzu.

»Dein Ton gefällt mir nicht, Junge. Rede mit Joel. Er hat mir gesagt, dass Reuben und Demetrius Geld auf geheime Konten geschafft haben. Vielleicht findest du unser Kapital dort. Vermutlich sitzt Reuben jetzt gerade mit einer Minderjährigen auf dem Schoß irgendwo in der Karibik.«

»Und dahin willst du jetzt auch? In die Karibik?«

»Nein. Wenn ich dort bin, wohin ich will, melde ich mich bei dir. Dann kannst du entscheiden, ob du nachkommen möchtest.«

»Und was ist mit Alice?«

»Sie wurde gefasst, Sean. Wir wissen alle, was passiert, wenn man gefasst wird.« Er nahm den Koffer und sein Handgepäck, schob sich an seinem Sohn vorbei und ging die Treppe hinunter.

Sean folgte ihm. »Wer ist die Frau in dem Käfig?«

»Das weißt du nicht?«, fragte Ken sarkastisch. »So, wie du redest, bin ich davon ausgegangen, du wüsstest alles.«

»Du willst O'Bannion hierherlocken?«

»Nein, das will ich nicht.«

Sean packte seinen Arm. »Was hast du dann vor? Du hast seine Leute abgeknallt, um ihn so wütend zu machen, dass er hinter dir herläuft, ohne nachzudenken. Und du hast seine Büroleiterin gekidnappt, um das Ganze zu beschleunigen.«

»Schau an, du weißt ja doch alles.«

»Du willst O'Bannion im Alleingang erledigen?«

Ken lächelte herablassend. »Bietest du mir etwa deine Hilfe an? *Du?*«

Sean verengte die Augen. »Allein kannst du jedenfalls nicht gehen. Der Mann war ein Army Ranger.«

»Na und? Ich habe in Eigenregie sein Personal dezimiert. Und noch dazu drei Wachen erledigt.«

Sean nickte. »Aber du hast fünf weitere am Leben gelassen, die Frau im Käfig nicht eingeschlossen. Stone O'Bannion hat überlebt.«

Ken zuckte die Achseln. »Macht nichts. Niemand hat mein Gesicht gesehen. Also. Wenn es dir nichts ausmacht ... Ich habe noch einiges vorzubereiten.« Er ging Richtung Waschküche, aber Sean blieb ihm auf den Fersen.

»Wo ist das Geld, *Ken?*«

Ken reichte es allmählich. »Keine Ahnung, wer welche Kohle wohin verfrachtet hat. Und jetzt halt die Klappe und verschwinde. Ich muss dir keine Rechenschaft ablegen.« Er wandte seinem Sohn den Rücken zu und begriff, dass er einen Fehler begangen hatte, als sich der Lauf einer Pistole in seine Nieren bohrte.

»Jetzt schon, Dad.«


Cincinnati, Ohio
Mittwoch, 5. August, 22.15 Uhr

»Nein«, sagte Isenberg schlicht. Sie war vor ein paar Minuten im Krankenhaus eingetroffen, um dabei zu helfen, einen sinnvollen Plan zu entwickeln, doch Marcus hatte den Eindruck, dass ihr Beitrag lediglich darin bestand, ihm zu sagen, was er alles nicht tun durfte. »Zivilisten bei einer Geiselbefreiung als Lockvogel einzusetzen, kommt überhaupt nicht in Frage.«

Scarlett, ihr Vater und Deacons Vorgesetzter Agent Zimmerman hatten Isenberg zu ihrer Besprechung hinzugebeten, und Marcus hatte um Scarletts willen eingewilligt.

Aber dass er deswegen Isenbergs Meinung teilte, konnte niemand von ihm verlangen.

»Bei allem Respekt, Lieutenant«, sagte er nun. »Diese Entscheidung liegt nicht bei Ihnen.«

»Und Sie entscheiden sich für eine Selbstmordaktion?«, fragte Isenberg sarkastisch, und hätte Marcus nicht einen Hauch echter Sorge in ihren Augen gesehen, wäre ihm wohl der Kragen geplatzt.

»Nein, Ma'am. Aber dieser Mann muss gefasst werden. Er hat meinen Bruder angeschossen und Menschen ermordet, die mir nahestanden.« Marcus' Blick glitt automatisch zu dem leeren Stuhl zwischen Isenberg und Zimmerman, und seine Hände begannen zu zittern. Dort hatte am Tag zuvor Cal gesessen. »Er tötet kaltblütig, er verkauft Männer, Frauen und Kinder, als handele es sich um Vieh, und er hat die Frau entführt, die wie eine Mutter zu mir ist, und sie in einen gottverdammten Käfig gesperrt ...« Seine Stimme brach, und er musste sich räuspern. »Also verzeihen Sie mir, wenn mir völlig egal ist, was für Sie in Frage kommt oder nicht. Das hier ist meine Familie, also ist es auch meine Angelegenheit.«

Isenberg hob pikiert das Kinn. »Es wird aber auch zu meiner Angelegenheit, sobald meine Leute involviert sind.«

Marcus versteifte sich. Er hatte niemanden außer Scarlett um Hilfe gebeten. Aber Isenberg, Zimmerman und Jonas Bishop brachten immer mehr Leute ins Spiel. »Wir müssen diesen Sweeney zu fassen kriegen, und im Augenblick ist er auf mich fixiert. Also bin wohl ich hier die wichtigste Trumpfkarte auf dem Tisch.«

Isenberg wollte zum Protest ansetzen, aber Zimmerman kam ihr zuvor. »Ich will diesen Mann genau wie Sie zur Rechenschaft ziehen, Mr. O'Bannion – und das nicht nur, weil er auch einen von meinen Leuten umgebracht hat. Trotzdem bin ich fest entschlossen, klug und besonnen vorzugehen.«

Marcus öffnete den Mund, um Isenberg und Zimmerman zu sagen, wohin sie sich ihre Klugheit schieben könnten, doch Scarlett schüttelte den Kopf, um ihn zu bremsen, ehe er alles verdarb.

»Vielleicht hören Sie sich erst einmal unseren bisherigen Plan an«, sagte Scarlett und sah erst Isenberg, dann Zimmerman und zuletzt ihren Vater an. »Wir postieren in den Bäumen um den Treffpunkt Scharfschützen – und zwar hier und hier.« Sie deutete auf die entsprechenden Punkte auf der Karte des Parks, die sie auf dem Tisch ausgebreitet hatte. »Kate Coppola ist ausgebildete Scharfschützin, und Adam ist zum Glück auch wieder fit und steht ihr in nichts nach.« Sie hatten bei Detective Adam Kimble angefragt, und er hatte sofort zugesagt. Kimble war Deacons Cousin und hatte viele Jahre mit Scarlett zusammengearbeitet. »Wir bekommen Unterstützung aus der Luft und eine Hundestaffel, und außerdem verteilt sich ein FBI-Sondereinsatzteam im Park, um uns im Notfall beizustehen. Zu dem Treffen selbst wird Marcus einen speziellen Ganzkörperschutzanzug mit höchster Schutzklasse tragen statt eine normale Kevlar-Weste wie Stone heute Nachmittag.«

Denn Kugeln aus einem Sturmgewehr durchschlugen gewöhnliche Kevlar-Westen, die eher auf Kurzwaffenmunition ausgelegt waren, wie Esspapier. Stone konnte von Glück reden, dass er noch am Leben war. Der Chirurg, der eben ihre Sitzung unterbrochen hatte, um sie auf den neuesten Stand zu bringen, hatte gesagt, es bestünde »berechtigte Hoffnung«, dass Stone es schaffen würde.

»Also – was würden Sie stattdessen vorschlagen?«, fragte Scarlett.

Zimmerman schüttelte den Kopf. »Im Augenblick nichts.« »Ich weiß nicht«, sagte Isenberg. »Es fühlt sich falsch an.«

Scarletts Anspannung war deutlich zu spüren. Auch sie hatte Angst. Sie hielt unter dem Tisch Marcus' Hand so fest umklammert, dass seine Knöchel knackten.

»Natürlich fühlt es sich falsch an, Lieutenant«, gab sie zurück. »Weil es falsch *ist*. Sweeney hat Zeit und Ort ausgesucht, also handelt es sich mit hoher Wahrscheinlichkeit um eine Falle. Wenn wir in den nächsten dreißig Minuten in Erfahrung bringen, wo er Gayle festhält, stürmen wir den Laden und holen sie da raus. Andernfalls gibt Marcus vor, sich auf den Austausch einzulassen, und wir greifen ein, sobald Gayle bei uns ist. Kate und Adam machen Sweeney kampfunfähig, und wir verhaften ihn. Sofern Ihnen nichts Besseres einfällt, ist das unser Plan.«

Isenberg wandte sich an Jonas Bishop, der ihr im Rang ebenbürtig war. »Haben Sie mit Ihrer Tochter gesprochen?« Jonas nickte. »Ja, und sie ist gewillt, ihre Marke abzugeben, sollten Sie Druck auf sie ausüben. Also überlegen Sie sich das bitte gut.«

Isenberg fuhr sichtlich zurück. »Wie bitte?«

Marcus riss die Augen auf, als er sich zu Scarlett wandte. »Du bist gewillt, was zu tun?«, fragte er. »Nein! Du wirst nicht deine Marke abgeben. Nicht meinetwegen.«

Scarlett zuckte die Achseln. »Das ist meine Entscheidung. Ich kann machen, was ich will.«

Marcus begegnete Isenbergs Blick. »Das ist das Letzte, was ich will, Lieutenant.«

Isenberg wandte sich an Scarlett. »Na schön, Detective. Ich billige Ihren Plan, auch wenn er mir keineswegs gefällt.«

»Vielen Dank, Ma'am«, erwiderte Scarlett ruhig.

»Und vergessen Sie das mit der Marke. So weit wäre es nicht gekommen. Vorher hätte ich Sie versetzen lassen.«

»Das freut mich«, murmelte Scarlett. »Ich hatte gehofft, dass Sie an meinem Wohl interessiert sind, und es tut gut, das bestätigt zu wissen.« Sie blickte auf ihr Handy. »Wir müssen bald los. Mist. Deacon hat sich immer noch nicht gemeldet. Aber ich wage nicht, ihn anzurufen. Er ist ohnehin schon so gereizt.«

Deacon war gereizt, weil Scarlett ihn alle paar Minuten nach Neuigkeiten fragte. »Sobald er etwas Brauchbares gefunden hat, wird er schon anrufen«, sagte Marcus.

»Ich weiß. Ich hätte nur nicht vermutet, dass es so lange dauern würde, einen Safe zu knacken«, grummelte sie. »Im Kino geht das immer viel schneller.«

»Also, ich für meinen Teil bin erleichtert, dass Mr. Kennedy nicht geschickter darin ist«, sagte Jonas Bishop mit unbewegter Miene, doch das Funkeln in seinen Augen verriet ihn. »Sonst hätte ich ihn möglicherweise doch noch verhaften müssen.«

»Ich habe eben einen Experten vom CPD angerufen«, sagte Isenberg. »Er ist auf Safes spezialisiert, aber momentan anderweitig im Einsatz, daher kann es eine Weile dauern, aber ...«

Es klopfte an die Tür ihres Besprechungsraums, und Faith steckte den Kopf herein. »Entschuldigen Sie, aber – Marcus? Hier will dich jemand sehen.« Sie hielt die Tür auf, und Marcus stutzte, als er die zierliche Frau hinter Faith erkannte.

»Delores?«

Scarlett erhob sich und nahm die Hände der Frau. »Ist alles in Ordnung, Delores?«

»Ich weiß nicht.« Delores war blass, und ihre geröteten Augen verrieten, dass sie geweint hatte. »Deswegen bin ich gekommen.«

»Delores gehört das Tierheim, aus dem ich Zat habe«, erklärte Scarlett ihrem Vater, während sie die Frau in den Raum bat. »Was hat Sie hergeführt?«

»Das Krankenhaus wollte mir keine Auskunft geben. Wo ist Stone? Wie geht es ihm?«

Überrascht blickte Marcus zu Scarlett und erkannte, dass sie genauso perplex war wie er. »Er ist noch im OP«, sagte er. »Aber man hat uns bereits versichert, dass er es schaffen wird.«

Delores war die Erleichterung deutlich anzumerken. »Er kommt durch? Gott sei Dank.« Sie ließ sich auf den Stuhl fallen, den Scarlett ihr hervorgezogen hatte, und vergrub das Gesicht in den Händen. »Ich habe mir solche Sorgen gemacht. Sobald ich es in den Nachrichten gehört hatte, bin ich losgefahren.« Ihre porzellanpuppenblauen Augen füllten sich mit Tränen. »Ich hatte solche Angst um ihn, Marcus.«

»Das kann ich gut verstehen.« Marcus erinnerte sich wieder daran, wie Stone reagiert hatte, als er befürchtet hatte, Delores sei in Gefahr. Zwischen den beiden schien sich definitiv mehr abzuspielen, als er gedacht hatte. »Aber Sie ... Sie sind Stone doch erst ein paarmal begegnet.«

»Nicht nur ein paarmal«, gab sie zu. »Er bringt mir mindestens einmal pro Woche etwas für das Tierheim vorbei. Dann hilft er mir auch bei der schweren körperlichen Arbeit – Futtersäcke stapeln, Käfige reinigen und so weiter. Er hat mir das Versprechen abgenommen, mit niemandem darüber zu reden. Und gestern Abend kam er zu mir und erzählte mir, dass man Ihnen beiden gestern gefolgt ist und ein Mörder jetzt meinen Namen kennen könnte. Deshalb hat er mein Haus bewacht. Die ganze Nacht.«

»Stone?«, fragte Marcus entsetzt. »Mein Bruder?«

»Mein Cousin?«, fragte Faith ebenso verblüfft von der Tür aus. »Ernsthaft?«

Auf Delores' Lippen erschien ein Lächeln. »Ernsthaft. Er ist wirklich ein lieber Kerl. Er ist auch gar nicht reingekommen, sondern hat sich mit seinem Laptop auf meine Veranda gesetzt und sich von den Mücken zerstechen lassen. Er wollte heute Abend wiederkommen, aber als er dann nicht auftauchte und auch nicht an sein Telefon ging, begann ich mir Sorgen zu machen. Und dann habe ich's in den Nachrichten gesehen.«

Faith legte ihr einen Arm die Schultern. »Komm mit. Ich stelle dich den anderen vor.«

»Nein, nein, schon gut, ich möchte nicht stören. Ich habe mir nur so schreckliche Sorgen gemacht.«

»Genauso ist es uns ergangen«, entgegnete Faith. »Und du störst überhaupt nicht.« Sie bedachte Scarlett mit einem Blick, der gleichzeitig Hoffnung und Furcht ausdrückte. »Passt gut auf euch auf.«

»Versprochen.« Scarlett wandte sich an Marcus. »Bist du bereit?«

Mit fest zusammengepresstem Kiefer nickte er, auch wenn sich in seinem Magen Säure sammelte.

Isenberg erhob sich. »Das hier ist kein Selbstmordkommando, Mr. O'Bannion. Sobald jemand in ernste Gefahr gerät, wird die ganze Sache abgebrochen.«

Marcus antwortete nicht. Er würde ihr keinen Grund geben, die Operation abzublasen, denn es stand außer Frage, dass er Gayle befreien würde.

Isenberg verdrehte die Augen. »Herrgott.« Sie steckte den Kopf durch die Tür und sah in den Flur. »Officer? Geben Sie her.« Ein uniformierter Polizist erschien und reichte ihr einen Rucksack, den sie Marcus in die Hand drückte.

Der Rucksack war schwerer, als er aussah, und Marcus öffnete ihn stirnrunzelnd. »Rettungsdecke, Erste-Hilfe-Paket, Wasser, Eiweißriegel, Bolzenschneider und eine Maglite.« Er warf Scarlett einen Blick zu.

Sie schenkte ihrem Lieutenant ein Lächeln. »Alles, was du brauchst, um Gayle zu befreien. Danke, Lynda.«

»Machen Sie bloß keine Dummheiten«, fuhr sie Scarlett an, aber es lag kein Zorn in ihren Worten. »Noch eins. Agent Coppola übernimmt die Leitung dieser Operation. Sie sind ihr unterstellt.«

Scarletts Lächeln verblasste. »Warum?«

»Weil Sie aufgrund Ihrer emotionalen Beteiligung nicht objektiv urteilen können«, erklärte Isenberg. »Ich will Sie beide lebend wiedersehen. Wenn Agent Coppola ›Zurückbleiben‹ sagt, dann reagieren Sie gefälligst mit ›Ja, Ma'am‹. Haben wir uns verstanden?«

Scarlett nickte knapp. »Ja, Ma'am.« Sie stellte sich auf Zehenspitzen und küsste ihren Vater auf die Wange. »Bis dann.«

Jonas nahm ihr Kinn und sah ihr in die Augen. »Dein Lieutenant hat die richtige Entscheidung getroffen. Du bist emotional zu stark involviert.«

»Das bin ich«, gab sie zu. »Aber ich ärgere mich trotzdem darüber.« Sie straffte die Schultern. »Also los. Gehen wir.«

Cincinnati, Ohio
Mittwoch, 5. August, 22.28 Uhr

Trotz der Waffe im Rücken blieb Ken äußerlich ruhig. Sein Sohn drohte ihm. Ken hatte schon schlimmere Situationen erlebt, aber Sean hatte ihn überrumpelt. »Respekt«, sagte er gelassen. »Einen Staatsstreich hätte ich eher von deiner Schwester erwartet als von dir.«

»Überraschung!«, sagte Sean kalt und stieß die Pistole fester in Kens Nieren. »Los, vorwärts. Aber langsam. Eine schnelle Bewegung, und ich puste dir den Schädel weg.«

Ken gehorchte. Während er widerstrebend einen Fuß vor den anderen setzte, schätzte er Gang, Gleichgewicht und Körperhaltung seines Sohnes ab. Sean mochte sich kaltschnäuzig geben, war aber nicht kampferprobt. Die Hand mit der Pistole zitterte leicht und kam Ken ein wenig zu nah. Ken hatte keinen Zweifel, dass er ihn entwaffnen konnte, aber es war besser zu warten, bis sie draußen waren, um notfalls schneller die Flucht ergreifen zu können. Außerdem wollte er herausfinden, was genau Sean vorhatte.

»Warum?«, fragte er und versah seine Stimme mit einem leichten Beben.

»Geh einfach.«

»Wenn es dir um Geld geht, können wir reden.«

Sean lachte. »Es geht mir nicht um Geld. Ich habe mir bereits alles zurückgeholt. Dein Offshore-Konto steht auf null.«

Ken war so verdattert, dass er fast gestolpert wäre. Keiner konnte etwas von diesem Konto wissen. Er führte es seit Jahren unter einem Namen, den er niemandem verraten hatte. »Das glaub ich dir nicht.«

»Dann lass es, Mr. William J. Bosley.«

*Verdammt,* dachte Ken. In seinem Magen begann es zu brennen, als Sean mit einem leisen Lachen auch noch die Kontonummer herunterratterte.

*Bleib ruhig.* »Wie hast du das herausgefunden?«, fragte er.

»Genau so, wie ich herausgefunden habe, dass du uns über unsere Handys beschattest. Ich bin dein Informatiker. Ich kenne jede Software, jedes Gerät. Auch die, die du für privat gehalten hast.«

Ken hatte seinem Sohn nahezu hundertprozentig vertraut. Was ganz offensichtlich ein grober Fehler gewesen war. »Warum?«

»Warum?«, wiederholte Sean ungläubig. »Meinst du diese Frage etwa ernst?«

»Ich stelle nur selten Fragen, auf die ich keine Antwort erwarte«, konterte Ken scharf. »Lass die Spielchen. *Warum?*« »Weil meine Mutter nicht mit ihrem Yoga-Lehrer durchgebrannt ist«, stieß Sean hasserfüllt hervor. »Weil sie mich nicht einfach im Stich gelassen hat, wie du mir jahrelang weisgemacht hast. Du hast sie umgebracht.«

*Oh, verflucht.* »Und wie hast du das herausbekommen?«, fragte er mit einem Hauch Neugier in der Stimme.

»Durch Reuben. Du hast sie umgebracht und ... und entsorgt. Wie all die anderen, die du in den vergangenen Jahren ermordet hast.« Seans Stimme zitterte hörbar, aber die Hand mit der Waffe war erstaunlich ruhig. »Du hast meine Mutter in diesen gottverdammten Häcksler gestopft.«

»Das ist nicht wahr«, log Ken. »Wie kommt Reuben dazu, dir so einen Schwachsinn zu erzählen?«

»Weil ich ihn mit einer Minderjährigen erwischt habe. Unzählige Male. Und jedes Mal mit einem anderen Mädchen.« Er schüttelte angewidert den Kopf. »Er wollte nicht in den Knast gehen, also hat er mir einen Deal angeboten: die Videos, die ich gemacht habe, gegen das eine, das *er* gemacht hatte. Darauf bist du zu sehen, wie du meine Mutter umbringst.«

*Shit. Reuben, du mieser Scheißkerl.*

Sie waren fast in der Waschküche, die zur Garage führte, angelangt. Er würde den Jungen niederringen und außer Gefecht setzen, und dann ... Er überlegte. Er *würde* den Jungen umbringen, ja, aber erst musste er sich das Geld zurückholen. Und dazu brauchte er Seans Kontonummern und seine Passwörter.

Ihm blieb noch ein bisschen Zeit, bis O'Bannion eintraf, und diese Zeit würde er nutzen, um Sean ein paar Geheimnisse zu entlocken. Sein Sohn würde gewiss schneller plaudern als Demetrius.

»Reuben hatte damals behauptet, sie würde mit den Cops zusammenarbeiten«, sagte Ken. Eine glatte Lüge, denn Seans Mutter hatte die Polizei verabscheut. Tatsächlich hatte sie vorgehabt, Ken und sein Team zu erpressen. »Aber jetzt weiß ich ja, dass man Reuben nicht trauen darf. Er hat mich bestohlen. Und Demetrius ebenfalls.«

»Nein, hat er nicht«, widersprach Sean. »*Ich* habe das Geld hin- und hergeschoben. Joel hat ewig gebraucht, um mir auf die Schliche zu kommen. Übrigens hat auch Joel dich belogen. Auf seinem Konto war nämlich auch plötzlich ziemlich viel Geld. Aber er hat seines nur stillschweigend auf ein anderes Konto transferiert, ohne es dir gegenüber zu erwähnen.«

Erneut verblüfft, warf Ken einen Blick über die Schulter. »Du wolltest, dass ich Demetrius umbringe?«

Sean sah ihn mit milder Verachtung an. »Na ja, mir selbst die Hände schmutzig machen wollte ich jedenfalls nicht. Demetrius war nicht mehr bei Verstand, die vielen Anabolika machten ihn immer aggressiver.«

*Ich habe Demetrius wegen einer Lüge gefoltert und getötet.* Na ja, nicht ganz, korrigierte er sich selbst. Er hatte Demetrius getötet, weil er wiederholt versagt hatte – Marcus O'Bannion war noch immer am Leben. Aber deswegen hätte er ihn ja nicht gleich foltern müssen. »Wo ist Reuben?«, fragte er barsch.

»Das weiß ich nicht. Ich dachte, du hättest ihn vielleicht auch schon umgebracht.«

»Nein.«

»Schade eigentlich. Der Mann ist nämlich längst überfällig.« Vor den zwei Stufen, die von der Waschküche zur Garagentür führten, blieb Ken stehen. Das war seine Chance. Wenn er sie verdarb, gab es aller Wahrscheinlichkeit nach keine zweite mehr. Sean würde ihn hinterrücks abknallen, so viel stand fest. Ken setzte den Fuß auf die erste Stufe, fuhr herum, packte Seans Hand und drückte den Lauf der Pistole Richtung Betonboden, wobei er Sean gleichzeitig das Handgelenk verdrehte.

Sean schrie auf vor Schmerz und rammte Ken den Ellbogen gegen den Kehlkopf. Ken keuchte und verlor das Gleichgewicht, nutzte aber den Höhenunterschied, indem er sich an seinen Sohn klammerte und ihn mit sich riss, als er hintenüberfiel und zu Boden ging.

Ken krachte rückwärts gegen die Garagentür, Sean fiel auf ihn. Doch während Ken schon Schlimmeres erlebt hatte, war sein Sohn wie gelähmt, und im Handumdrehen hatte Ken ihn auf den Rücken geworfen und ihm die Waffe entrungen.

Um kein Risiko einzugehen, feuerte er zwei Kugeln ab, eine in Seans Knie, die andere in die Seite. Er wollte seinen Sohn nicht töten, doch so hatte er ihn weitestgehend bewegungsunfähig gemacht.

Während Sean schreiend mit den Armen ruderte, war Ken schon wieder auf den Füßen und richtete die Waffe auf wichtigere Körperteile.

»Also schön, mein Junge«, sagte er kalt. »Dann reden wir doch mal über Passwörter.«

# 36

Cincinnati, Ohio
Mittwoch, 5. August, 22.45 Uhr

»Wir sind fast da«, sagte Scarlett leise. Nur noch zehn Minuten bis zu einem Ort, wo Marcus sehenden Auges in eine womöglich tödliche Falle tappen würde. Sie hätte alles gegeben, wenn sie ihm sein Vorhaben hätte ausreden können, aber sie wusste, dass das unmöglich war. Wenn er Gayle diesem Ungeheuer überließ, nur um seine eigene Haut zu retten, würde er sich das niemals verzeihen.

Er war, wie er war, und das musste sie akzeptieren.

»Hättest du das wirklich getan?«, fragte er. »Deine Marke zurückgegeben, meine ich?«

»Ich habe meinem Vater gesagt, dass ich mich für dich entscheide, wenn man mich vor die Wahl stellt. Ich habe nicht explizit gesagt, ich gäbe meine Marke zurück, aber natürlich liefe es letztendlich darauf hinaus. Aber weißt du, sollte ich wirklich vor eine solche Wahl gestellt werden, würde ich ohnehin nicht bleiben wollen. Ich bin eine gute Polizistin, und meine Integrität ist mir wichtig. Ich tue das, was ich für richtig halte, und bei Druck nachzugeben, passt nicht dazu.«

»Tja, dann ...«, begann er, schien aber nicht weiterzuwissen. »Also ... danke.«

Sie grinste. »Wenn du dich erkenntlich zeigen willst, ruf Deacon an. Er wollte sich alle halbe Stunde melden, und jetzt ist gerade wieder eine vorbei. Wenn *ich* noch einmal anrufe, legt er auf.«

»Er ist erst eine halbe Minute drüber, aber – okay, ich rufe ihn an.« Er wählte Deacons Nummer und schaltete den Lautsprecher an.

»Ich fass es nicht«, knurrte Deacon. »Die paar Sekunden, Leute.« Etwas freundlicher fügte er hinzu: »Aber wir haben tatsächlich, was du wolltest, Scarlett. Soll ich dir den Brief vorlesen oder schicken?«

»Beides. Schick ihn mir auf mein Handy. Ich fahre kurz rechts ran, um ihn zu lesen.«

»Gern geschehen, Detective des Schreckens«, ertönte Diesels Stimme im Hintergrund.

Scarlett grinste. »Danke, Diesel. Es tut mir leid, dass ich Ihnen drohen musste, aber anders ging es nicht.«

»Ach, schon okay«, erwiderte Diesel. »Eigentlich war es ein ziemlich scharfer Auftritt.«

Scarlett wollte gerade empört protestieren, als sie aus dem Augenwinkel Marcus eifrig nicken sah. Also zwinkerte sie ihm stattdessen zu. Marcus hatte Angst um Gayle und wahrscheinlich vor dem, was vor ihm lag. Wenn ein kleiner Flirt ihm einen Moment der Leichtigkeit verschaffen konnte, war Scarlett nur allzu gern dabei.

»Ich halte jetzt kurz am Straßenrand«, sagte sie. »Und, Diesel? Sie vergessen, dass dieses Gespräch je stattgefunden hat, klar?« Bis sie den Wagen zum Stehen gebracht hatte, war der Brief in ihrer Mailbox gelandet, und sie und Marcus beugten sich über das Display, während Deacon ihn laut vorlas.

Als er geendet hatte, seufzte Scarlett enttäuscht auf. »Verdammt noch mal. Da steht genau das drin, was Gayle gesagt hat. Dennoch: Danke, Jungs«, sagte sie. »Ich hatte mir allerdings etwas anderes erhofft.«

»Nicht so schnell«, meldete sich Marcus zu Wort, der sich über Scarletts Smartphone beugte. Er hatte den Brief aufgerufen, vergrößerte nun die Displaydarstellung und sah sie zufrieden lächelnd an. »Schau mal auf die Absenderadresse. Da wohnten die McCords nicht, das weiß ich genau. Ich schätze, es liegt etwa eine Meile von dem Parkeingang entfernt, wo Sweeney sich mit mir treffen will.«

»Oh, mein Gott, glaubst du …? Kann es sein, dass Leslie McCord Sweeneys Adresse als Absender auf den Brief geschrieben hat?«, fragte Scarlett. »Aber ... wieso? Und woher kannte sie sie überhaupt?«

»Sie hat die Adresse als Absender auf den Brief geschrieben, damit wir Nachforschungen anstellen«, meldete sich Diesel über den Lautsprecher zu Wort. »Vielleicht hat Leslie McCord kapiert, dass sie und ihr Mann in noch ganz anderen Schwierigkeiten steckten, und wollte jemanden wissen lassen, wer die eigentlichen Drahtzieher sind. Aber wie sie an die Adresse gekommen ist? Vielleicht war sie mal dort, vielleicht ist sie Sweeney ja auch nach einem Treffen gefolgt. Anders hat heimlich Fotos gemacht, um sich abzusichern. Vielleicht wollten die McCords etwas Ähnliches tun.«

»Aber warum hat sie es euch nicht einfach gesagt?«, fragte Deacon.

Scarlett hatte es inzwischen begriffen. »Weil Woody eigentlich einen Deal mit der Staatsanwaltschaft anstrebte und in diesem Fall nichts auf seine Schuld verweisen durfte. Leslie wollte kein Risiko eingehen.« Sie stieß langsam den Atem aus. »Okay, lasst uns den Plan neu überdenken. Wir haben noch etwas mehr als eine Stunde Zeit. Es ist absolut möglich, dass wir uns irren, und falls dem so ist, will ich sofort wieder zu Plan A zurückkehren können – nämlich Sweeney am Park zu treffen. Zu diesem Zweck sollte zumindest Adam auf seinem Posten im Park bleiben.«

Adam Kimble kannte sich in dem weitläufigen Parkgelände gut aus, weil er dort schon in seiner Jugend gezeltet hatte, daher war man übereingekommen, dass er sich im Vorfeld umschauen sollte. Kate, die ausgebildete Scharfschützin war, hatte ihn begleitet, um sich und ihm einen geeigneten Baum zu suchen.

»Dann lass uns Kate anrufen«, sagte Marcus. »Wir geben ihr die Adresse durch, damit sie direkt dorthin kommt und uns Deckung gibt, während wir das Haus nach Gayle durchsuchen.«

Scarlett nickte. »Gayle herauszuholen, hat oberste Priorität, dann machen wir uns auf die Suche nach Sweeney.«

»Wir geben uns, sagen wir, bis halb zwölf Zeit, um Gayle zu finden. Ist sie dort nicht, gehe ich wie abgemacht zum Treffpunkt. Falls Kate früh genug eintrifft, um sich einen passenden

Baum zu suchen, dann soll sie das tun, andernfalls gibt sie Adam am Boden Deckung.«

Sobald sie Gayle sehen konnten, würden die beiden auf Sweeney schießen, um ihn bewegungsunfähig zu machen. Versuchte Sweeney allerdings, sie reinzulegen, waren Adam und Kate selbstverständlich autorisiert, den Mistkerl auszuschalten.

Scarlett und Deacon sollten unsichtbar im Hintergrund bleiben. Zumindest solange nichts schiefging. Sonst würden sie eingreifen und genau wie Adam und Kate alles tun, um Sweeney entweder festzunehmen oder an der Flucht zu hindern.

Marcus sah Scarlett beängstigend nüchtern an, während er sich über das Smartphone beugte. »Und, Leute, falls ihr euch irgendwann entscheiden müsst, wen ihr rettet, mich oder Gayle, dann versprecht mir, Gayle zu wählen.«

Es herrschte Stille in der Leitung. Scarlett presste die Lippen zusammen. Sie dachte gar nicht daran, über diese Möglichkeit auch nur nachzudenken. Wenn sie das tat, würde sie zusammenbrechen, und damit war niemandem gedient.

Schließlich seufzte Deacon. »Also gut. Lasst uns beten, dass die Absenderadresse hält, was wir uns davon erhoffen.«

Scarlett räusperte sich. »Aber falls sie es ist, haben wir den Überraschungseffekt auf unserer Seite, anstatt ein Gemetzel riskieren zu müssen.«

»Ich will ja nicht spitzfindig sein«, sagte Deacon. »Aber wie genau willst du vorgehen?«

Scarlett zögerte. »Zuerst müssen wir das Terrain sondieren. Zumindest können wir uns über Google Earth einen Überblick über Grundstück und Haus verschaffen. Wir finden einen Weg hinein, befreien Gayle und verschwinden wieder.«

»Mit anderen Worten: Es gibt keinen Plan«, sagte Diesel trocken.

»Stimmt«, gab Scarlett zu. »Wir müssen spontan entscheiden. Es *ist* heikel, aber wenigstens ist es unser Plan und nicht seiner.«

»Okay, ich werde jetzt Kate und Adam kontaktieren. Wir treffen uns in zwanzig Minuten bei der angegebenen Adresse.«

Cincinnati, Ohio
Mittwoch, 5. August, 23.05 Uhr

»Die Mauer ist zu jeder Seite ungefähr hundert Meter lang«, sagte Kate Coppola, als sie zu Scarlett und Marcus zurückkam. Sie hatten am Rand des Grundstücks am Auto gewartet. »Vielleicht in der Breite noch mal die Hälfte.«

Kate war vor etwa zehn Minuten eingetroffen und hatte sich bereits umgesehen. Deacon brauchte noch ein paar Minuten. Scarlett sah auf ihr Handy. Die Zeit rann ihnen durch die Finger, ohne dass sie wussten, wie sie auf das Anwesen gelangen sollten.

»Die Mauer ist zwanzig Zentimeter dick und zusätzlich mit Elektrodraht geschützt. Dort drüben befindet sich ein schmiedeeisernes, ferngesteuertes Tor, dahinter liegt eine lange, mit Bäumen gesäumte Auffahrt. Ich konnte innen kein Wachhäuschen entdecken, aber mein Blickwinkel war ungünstig, es könnte also durchaus eins da sein.«

»Kameras?«, fragte Scarlett.

»Ich habe auf unserer Seite der Mauer mindestens sechzehn gezählt, und alle sind aktiv. Durch den Draht auf der Mauerkrone läuft Starkstrom. Ich bin auf einen Baum geklettert, um über die Mauer zu blicken, aber natürlich reicht nirgendwo ein Ast hinüber, dass man einsteigen könnte.« Sie zuckte die Achseln. »Wenigstens kann man bei solchen Sicherheitsmaßnahmen davon ausgehen, dass es sich tatsächlich um Sweeneys Haus handelt.«

»Dummerweise wird es dadurch auch zu einer verdammten Festung«, presste Scarlett frustriert hervor.

Marcus schloss die Augen, als die Verzweiflung ihn zu übermannen drohte, zwang sich aber, ruhig zu bleiben. »Und Sie sind sicher, dass durch den Elektrozaun Starkstrom fließt?«

»Ich konnte das Summen hören.«

Marcus nickte und schlug die Augen wieder auf. »Was sonst noch?«

»Die Mauer schließt nur das Haus und eine angrenzende Garage ein«, erklärte Kate. »Hinten führt ein Maschendrahttor hinaus aufs restliche Grundstück. Wir groß es insgesamt ist, kann ich nicht sagen, weil ich es nicht gänzlich abgelaufen bin, aber es wird von einem Zaun begrenzt, der ebenfalls Starkstrom führt.«

»Wenn der Grundbucheintrag stimmt«, sagte Marcus, »haben wir es hier mit knapp zehn Hektar Gesamtfläche zu tun. Ich habe auf der Fahrt hierher in der Datenbank nachgesehen. Eigentümer ist ein gewisser Kenneth Spiegel, achtundvierzig Jahre alt.«

»Sweeney, Spiegel ... Immerhin war er so freundlich, den Vornamen beizubehalten«, sagte Kate.

»Das Alter könnte ebenfalls hinkommen«, fügte Scarlett hinzu. »Immer vorausgesetzt, Sweeney ist der Mann, der zusammen mit Alice auf dem Abschlussfoto zu sehen war.« »Haben Sie schon ein Bild bekommen können?«, fragte Kate.

»Noch nicht«, antwortete Marcus. »Isenbergs Assistent probiert es gerade in der Datenbank der Kraftfahrzeugbehörde. Spiegel existiert übrigens noch – zumindest dem Namen nach. Er zahlt jedes Jahr brav die Grundsteuer. Der Besitz ging vor zweiundzwanzig Jahren von einer gewissen Martha Spiegel auf ihn über. Wie es aussieht, gehört das Land den Spiegels schon seit gut hundert Jahren. Das im Tudorstil gebaute Haus verfügt über sechs Schlafzimmer und dreieinhalb Bäder und eine Garage, in die sechs Autos passen. Angegeben ist die Villa mit einer Grundfläche von dreihundertsiebzig Quadratmetern.«

»Das deckt sich mit dem, was ich von dem Baum aus gesehen habe«, stimmte Kate zu. »Der hintere Grundstücksbereich ist überwiegend bewaldet, aber ich konnte durch den Zaun zwei Schuppen erkennen. Einer ist normal groß und dient wahrscheinlich als Unterstand für Gartengeräte, der andere ist größer und hat ein hohes Kuppeldach. Er sieht ein bisschen aus wie ein Jahrmarktszelt.«

»Das sind verdammt viele Möglichkeiten, um eine einzelne Frau zu verstecken«, brummte Scarlett.

»Auf dem Video sah es aus, als würde er sie in einem Keller festhalten«, wandte Marcus ein. »Der Käfig stand auf einem Betonboden, und die Wand dahinter war unverputzt.«

»Und es hallte etwas«, stimmte Scarlett zu. »Wenn wir erst einmal im Haus sind, sollten wir also am besten dort anfangen zu suchen.«

»Haben Sie jemanden gesehen?«, fragte Marcus an Kate gewandt. »Wachleute zum Beispiel?«

»Nein«, antwortete Kate. »Aber es müssen kürzlich Leute hier gewesen sein. Die Mülltonnen sind voll, und ein Garagentor steht offen. Ich habe Fotos gemacht.« Sie reichte ihnen ihr Handy, damit sie es sich selbst ansehen konnten. »Hat jemand eine Idee, wie wir reinkommen können?«, fragte Scarlett.

Marcus schüttelte niedergeschlagen den Kopf. »Nein.«

Scarlett legte ihm eine Hand auf den Unterarm. »Dann warten wir darauf, dass er rauskommt. Falls er noch nicht fort ist, muss er durch das vordere Tor, es sei denn, er geht zu Fuß. Das Waldgrundstück hat keine Zufahrt. Kate kann auf einen Baum klettern und ihn mit einem Kopfschuss ausschalten, sofern er ein nicht gepanzertes Auto fährt. Falls das nicht geht, machen wir den Wagen fahrunfähig und überwältigen ihn zu zweit.«

Marcus hob den Kopf und sah Scarlett einen Moment lang an. In seinen Augen stand neue Hoffnung. »Wir müssen ihn zu fassen kriegen, noch ehe er überhaupt weiß, dass wir da sind. Kate?«

Kate blickte auf die Uhr. »Deacon wird bald hier sein, aber das Sondereinsatzkommando braucht mindestens noch zwanzig Minuten, und darauf sollten wir unbedingt warten.«

»Aber Sweeney verschwindet vielleicht, bevor sie hier sein können«, protestierte Marcus.

»Kate, gehen wir doch so nah am Haupttor in Deckung, wie wir können, ohne einen Alarm auszulösen«, versuchte Scarlett zu verhandeln. »Wir regen uns nicht, bis die Verstärkung hier ist, es sei denn, Sweeney kommt aus eigenem Antrieb hinaus. Können Sie damit leben?«

Kate überlegte einen Sekundenbruchteil länger. »Ja, damit kann ich leben.«

»Dann los.« Marcus presste die Kiefer zusammen. »Wie können

wir uns zum Haupttor schleichen, ohne von den Kameras erfasst zu werden?«

»Ich habe mich im Schutz der Bäume vorwärtsbewegt. Ich gehe davon aus, dass ich unentdeckt geblieben bin, da niemand auf mich geschossen hat. Kommen Sie.«

Scarlett drückte wieder seinen Arm. »Du hast die Frau gehört, Soldat. Ihr nach.«

Cincinnati, Ohio
Mittwoch, 5. August, 23.10 Uhr

Ken loggte sich aus seinem Bankkonto aus und klappte den Laptop zu, ehe er sich umwandte und seinen Sohn musterte, der trotz der drückenden Hitze in der Garage zitternd am Boden lag. Er war an Händen und Füßen gefesselt und um einige Zehen- und Fingerglieder ärmer als zuvor.

Das war nur fair. Immerhin hatte Ken Demetrius nur deshalb die Finger abgetrennt, weil er geglaubt hatte, dass sein alter Freund ihn betrog, während in Wahrheit Sean derjenige gewesen war, der Geld hin- und hergeschoben hatte, um im Führungsteam für Unfrieden zu sorgen. Sean hatte sich für einen genialen Drahtzieher gehalten, der die anderen nach Gutdünken manipulieren konnte. Aber er hatte sich geirrt.

»Eins muss ich dir lassen, mein Sohn«, sagte Ken. »Du hast weit länger durchgehalten, als ich dir zugetraut hätte.« Zum Glück hatte er ihm letztlich doch gesagt, was er hören wollte. »Bestimmt freust du dich, wenn du erfährst, dass ich mir mein Geld zurückgeholt habe. Und deins auch. Aber mach dir nichts draus. Du wirst es eh nicht mehr brauchen.«

Sean starrte voller Hass zu ihm auf, doch seine Augen waren glasig vor Schmerz. »Du verfluchter Scheißkerl«, krächzte er. Er hatte so lange und laut geschrien, dass seine Stimme fast verschwunden war.

»Na, na, na, was ist denn das für eine Ausdrucksweise«, sagte Ken. Er wischte sich mit dem Hemdsärmel den Schweiß von der Stirn. Er hatte das Garagentor geöffnet, um etwas Luft hereinzulassen, aber draußen war es genauso heiß und stickig wie hier drin. *Ich stinke,* dachte er. Er brauchte dringend eine Dusche und frische Kleidung, zu mal er sich mit Seans Blut besudelt hatte. Sein Geld war in Sicherheit, nun musste er sich fertig machen, um O'Bannion zu eliminieren.

Ken hatte selbstverständlich nicht die Absicht, dem Mann gegenüberzutreten. O'Bannion brauchte nicht zu wissen, wer ihn tötete – Hauptsache, er starb. Ken kannte den Park wie seine Westentasche. Er war hier aufgewachsen. Er wusste genau, wo er sich verbergen musste, um den idealen Treffer zu landen und anschließend unbemerkt verschwinden zu können.

Denn Ken wollte nicht bis an sein Lebensende befürchten müssen, dass dieser Mann ihn aufspürte. Er wollte leben, wo und wie es ihm beliebte.

Er bückte sich und griff nach Seans Knöchel, um ihn aus der Garage zu schleifen, hielt aber wieder inne. Es gab noch immer ein paar Dinge, die er wissen musste. Er begegnete dem wütenden – und hilflosen – Blick seines Sohnes. »Also hat mich doch niemand bestohlen, Demetrius war loyal, und du weißt wirklich nicht, wo Reuben steckt?«

»Verpiss dich doch.«

Ken stieß seinem Sohn mit der Schuhspitze gegen das zerschossene Knie, und Sean stöhnte vor Schmerz. »Benimm dich, oder ich trete zu, und das wird dir nicht gefallen, glaub mir. Was war mit Reubens Frau Miriam? Wurde sie wirklich durch einen anonymen Anruf gerettet?« Er hielt sein Messer über die Kniewunde. »Und spiel nicht schon wieder den rauhen Kerl von der Straße.«

»Es gab einen anonymen Anruf«, presste Sean durch zusammengebissene Zähne hervor. »Aber da war Miriam bereits tot. Niemand hat ihr den Magen ausgepumpt. Du hast sie vergiftet.«

Kens Lippen wurden zu einem farblosen Strich. »Burton hat mich also gar nicht betrogen. Auch das war nur eine Lüge von dir.«

»Nein. Das war keine Lüge.« Sein Gesicht war nicht mehr als eine schmerzverzerrte Fratze. »*Du* hast deine Schlüsse gezogen.«

Mit Macht wallte Zorn in Ken auf. »Ich habe Burtons Tötung angeordnet. Decker hat ihn umgebracht und beseitigt.« »Willst du mir etwa erzählen, dass du ein Gewissen hast?«

»Nein. Aber wegen dir gibt es einen Mann weniger, auf den ich mich später vielleicht noch hätte verlassen können.« Und das machte ihn immer wütender. »Was ist mit deiner Schwester?«, fragte er drohend. »Welche Rolle spielt sie bei dem Ganzen?«

Sean presste die Lippen zusammen, und Ken drückte die Klinge in die Schusswunde. Sean verdrehte die Augen vor Schmerz, und Ken verpasste ihm eine Ohrfeige.

»Nichts da. Du bleibst wach«, knurrte er. »Du stirbst erst, wenn ich es sage. War Alice an alldem beteiligt?«

»Nein!«, schrie Sean. »Sie ist dir treu ergeben.« Sein Gesicht war aschfahl, doch er verzog verächtlich den Mund. »Sie wollte dich tatsächlich auszahlen.«

»Aber du nicht«, sagte Ken ruhig. »Du wolltest mir mein Geld wegnehmen.«

»Ja, denn du solltest in dem Wissen sterben, dass du alles verloren hast.« Sean spuckte die Worte förmlich aus, während ihm Tränen über die Wangen strömten. »Aber sie *liebt* dich. Und dafür hasse ich sie.«

Ken blinzelte wie vom Donner gerührt. »Du hättest sie auch umgebracht?«

»Nein. Nein, das hätte ich nicht über mich gebracht.« Er schluchzte. »Deshalb habe ich sie aus dem Spiel genommen.«

Langsam kam Ken auf die Füße. Sein Verstand war wie betäubt, und doch rasten seine Gedanken. Alice war definitiv aus dem Spiel genommen, sie befand sich in Polizeigewahrsam. *Weil ich sie damit beauftragt habe, potenzielle Zeugen auszuschalten.* Und das hatte er getan, weil Sean ihm gesagt hatte, dass man ihren Tracker-Lieferanten ins Polizeipräsidium bringen würde. Er packte seinen Sohn am Kragen. »Du hast sie den Bullen zum Fraß vorgeworfen?«

»Ich hätte sie rausgeholt!«, brüllte Sean. »Ich hätte ihr den besten Anwalt verschafft, den man sich kaufen kann!«

Ken schüttelte ihn. »Und wann?«

»Nach deinem Tod«, antwortete Sean. »Nachdem ich dich in den Häcksler gestopft hätte.«

Ken holte aus und schlug seinem Sohn so fest mit dem Handrücken ins Gesicht, dass dessen Schädel mit einem hörbaren Knacken auf dem Beton aufschlug. »Du elender Bastard«, flüsterte er heiser. Am liebsten hätte er ihm das Genick gebrochen, aber das wäre zu schnell und zu gnädig gewesen. »Der Häcksler, ja?«, fuhr er noch immer leise fort. »Und wie genau hattest du dir das gedacht, mein Junge? Wolltest du mich *vorher* töten?«

Sean erbleichte, als ihm bewusst wurde, worauf die Frage hinauslief. Der Junge war schnell von Begriff. »Ich ... ich hatte mich noch nicht entschieden«, erwiderte er in dem Versuch, tapfer zu sein.

Ken lächelte. »Ich dagegen *habe* mich gerade entschieden.« Mit tiefer Befriedigung beobachtete er, wie sein Sohn so heftig zu zittern begann, dass seine Zähne aufeinanderschlugen.

Aber im Moment war keine Zeit für Spielereien. Ken warf einen Blick auf die Uhr und fluchte. Er musste sich beeilen. O'Bannion war kein Idiot. Wahrscheinlich wimmelte es im Shawnee Lookout Park bereits von Polizisten, und falls eine Hundestaffel im Einsatz war, würden die Köter ihn meilenweit gegen den Wind wittern, wenn er sich nicht vorher das viele Blut abspülte.

Er überprüfte die Fesseln seines Sohnes, steckte ihm einen Knebel in den Mund, reinigte schnell seine Messer und legte sie in den Kasten zurück, den er mit seinem Laptop wieder mit ins Haus zurücknahm. Er drehte im Bad das heiße Wasser auf und streifte sich die verschmutzten Kleider ab. Er würde sie später mit Seans Überresten in der Grube entsorgen.

Als Ken unter die Dusche trat, spürte er die ganze Last seiner achtundvierzig Jahre. Seine Tochter war im Gefängnis, und er musste sie irgendwie dort herausholen. Aber das musste aus der Ferne geschehen, denn zumindest eine Sache stand fest: Er würde morgen an Bord des Flugzeugs sein, das nach Papeete, Tahiti, flog, was immer auch geschah. Von dort aus würde er für sie tun, was er konnte.

Er seifte sich ein, während er überlegte, welche Möglichkeiten ihm blieben. Er konnte zumindest ...

Plötzlich ging das Licht aus. Quietschend fuhr die Klimaanlage herunter. Kein Strom? Das war eigentlich nicht möglich. Bei Stromausfall sprang sofort der Generator an, was aber ganz offensichtlich nicht geschah.

Hier stimmte etwas nicht.

Ken spülte sich hastig ab und verließ lautlos die Dusche.

Cincinnati, Ohio
Mittwoch, 5. August, 23.10 Uhr

Marcus und Scarlett folgten Agent Coppola im Schatten der Mauer zum Haupttor. Plötzlich sprang Scarlett vor und tippte Kate auf die Schulter. Abrupt blieben sie stehen.

Scarlett deutete auf eine der Kameras, die in regelmäßigen Abständen an der Mauerkrone angebracht waren. »Woher wussten Sie eigentlich, dass die aktiv sind?«, flüsterte sie.

»Das rote Licht war an«, antwortete Kate ebenso leise. Nun war kein rotes Licht zu sehen. Sie legte den Kopf schräg. »Ich höre auch kein Summen mehr. Vorhin konnte man das Licht der Scheinwerfer auf der Innenseite der Mauer sehen.« »Da hat anscheinend jemand seine Stromrechnung nicht bezahlt«, sagte Marcus. »Wenn der Zaun hinten ebenfalls keinen Strom mehr führt, können wir dort eindringen, anstatt zu warten, bis Sweeney rauskommt.«

Kate sah erneut auf die Uhr, dann tippte sie eine rasche Nachricht. »Ich gebe nur schnell Deacon Bescheid«, sagte sie. »Wir wissen nicht, ob der Strom zufällig ausgefallen oder absichtlich abgestellt worden ist, aber er kann jederzeit wieder fließen. Wir schneiden ein Loch in den Maschendraht. Sollte der Strom wieder angehen, ziehen Sie sich in den Wald zurück, bis die Verstärkung kommt. Ansonsten überprüfe ich die beiden Schuppen hinten und suche mir anschließend eine geeignete Stelle mit Blick auf die Garage. Wenn Sweeney verschwinden will, während Sie im Haus sind, schieße ich, sobald der Wagen aus der Garage kommt.« Im Laufschritt rannten sie im Schatten der Bäume bis zu der Stelle, wo die Mauer endete und der Elektrozaun begann. Marcus pflückte ein Blatt vom Baum und warf es gegen den Draht, aber es zischte nicht. Er holte den Bolzenschneider aus dem Rucksack, durchtrennte den Draht und zog ihn so weit auf, dass sie selbst dann noch einen Fluchtweg hatten, wenn der Strom wieder zu fließen beginnen sollte.

Kate lief nach links in die Richtung, in der sie die Schuppen gesehen hatte. Scarlett war bereits am Maschendrahttor in der rückwärtigen Mauer. Marcus schloss zu ihr auf und schnitt ihnen den Weg hinein frei. Dann verstaute er den Bolzenschneider wieder im Rucksack. Vorsichtig kroch erst Scarlett durch das Loch im Tor, dann folgte Marcus.

*Halt durch, Gayle,* dachte er. *Wir kommen.*

Cincinnati, Ohio
Mittwoch, 5. August, 23.15 Uhr

Special Agent Kate Coppola warf einen Blick über ihre Schulter und sah, wie Marcus und Scarlett hinter der Mauer verschwanden. Stumm wünschte sie ihnen Glück. Sie war sich dessen bewusst, dass die beiden den weit gefährlicheren Teil der Suche übernommen hatten. Hier zwischen den Bäumen konnte sie notfalls überall in Deckung gehen, aber innerhalb der Mauer gab es nur das Haus, die Garage und sehr viel freie Gartenfläche.

Marcus O'Bannion ging es in erster Linie darum, Gayle zu befreien, Kenneth Sweeney zu schnappen kam für ihn an zweiter Stelle. Scarletts Prioritäten lagen ähnlich, doch Kates waren umgekehrt. Kate war hier, um die Menschenhändler festzusetzen, die das FBI schon länger im Visier hatte. Das zweitwichtigste Ziel war es, ihren verdeckten Ermittler zu kontaktieren und – falls nötig – herauszuholen. Sie hatten seit Wochen nichts mehr von ihm gehört, was nicht besonders ungewöhnlich war. Beunruhigender dagegen war die Tatsache, dass sie auch von seinem Verbindungsmann seit einigen Tagen nichts mehr gehört hatten. Er hätte sich längst melden müssen.

So leise wie möglich bewegte sie sich durch den Wald auf den größeren der beiden Schuppen zu, den mit der Kuppel, weil er ihr am nächsten lag. Kate konnte kein Fundament erkennen und nahm an, dass der Schuppen rasch zerlegt und anderswo wieder aufgebaut werden konnte.

Aber wozu? Wofür wurde er benutzt?

Sie hörte einen Zweig knacken und duckte sich rückwärts ins Unterholz. Aus dem größeren Schuppen kam ein Mann, doch das konnte unmöglich Sweeney sein. Denn der war Ende vierzig und hatte dunkles Haar, während dieser hier blond, riesig und ungeheuer massiv war, beinahe wie Marcus' Freund Diesel. Sie wollte nicht auf ihn schießen und so vielleicht andere alarmieren, wusste aber, dass sie sich einen Vorteil verschaffen musste, wenn sie ihn stellen wollte.

Also hängte sie sich das Gewehr über den Rücken, packte einen Ast, schwang sich auf den Baum und kletterte ein Stück hinauf, bis sie sicher war, dass der Mann sie nicht bemerken könnte.

Sie wartete, bis er unter dem Baum durchgegangen war, dann ließ sie sich fallen und landete fast lautlos hinter ihm in der Hocke. Blitzschnell drückte sie ihm den Lauf ihres Gewehrs in den Rücken.

»Hände hoch.« Langsam folgte er ihrer Anweisung. »Höher.« Sie stieß ihm den Gewehrlauf noch fester in den Rücken. »Höher, habe ich gesagt. Und jetzt runter auf den Boden, Blondie. Auf den Bauch.« Er ließ sich auf die Knie sinken und legte sich hin. »Arme ausstrecken, Handflächen nach unten, Finger spreizen.«

Wieder gehorchte er, und sie legte ihm die Handschellen an, ohne dass er nennenswerten Widerstand leistete. »Wo ist dein Boss?«, fragte sie.

»Kommt drauf an, wen Sie meinen. Wer sind Sie?«

Sie rammte ihm den Lauf erneut zwischen die Schulterblätter. »Ich blase dir deinen verfluchten Schädel weg, verlass dich drauf. Wo ist dein Boss?«

»Im Haus, glaube ich. Eben war er jedenfalls noch da. Nicht schießen.« Er drehte den Kopf zur Seite, so dass er sie aus dem Augenwinkel sehen konnte. Er hatte strahlend blaue Augen. »Wer sind Sie?«

Sie hielt das Gewehr ruhig in beiden Händen. »Special Agent Coppola, FBI.«

Er atmete geräuschvoll aus. »Endlich. Übermitteln Sie Ihrem Vorgesetzten eine Nachricht, und zwar ›Ananas ganz tief im Meer‹. Sofort!«

»›Ananas ganz tief im Meer?‹« Verdattert ließ sich Kate auf ein Knie herab und betrachtete das Gesicht des Mannes genauer. Ja, es war tatsächlich möglich. Behutsam schob sie sein Hosenbein hoch und suchte nach der charakteristischen Narbe. Da war sie. Schnell schloss sie die Handschellen auf. »Na, so was. Wir haben schon nach Ihnen gesucht, Special Agent Davenport.«

Cincinnati, Ohio
Mittwoch, 5. August, 23.15 Uhr

Scarlett und Marcus rannten auf den Garagenanbau zu. Es gab sechs Tore, eins davon stand offen. Hoffentlich bedeutete das, dass Sweeney noch nicht fort war.

Scarlett ging davon aus, dass der Mistkerl seine Geisel mitnehmen würde, um Marcus möglichst nah zu sich zu locken und ihn dann zu töten. Zweifellos würde er Gayle danach ebenfalls umbringen und vermutlich jeden anderen, der sich ihm in den Weg stellte. Er hatte im *Ledger* wahllos um sich geschossen. Er hatte nichts mehr zu verlieren.

Aber wenn er sich noch auf dem Anwesen befand, hatten sie eine Chance, Gayle zu befreien und die Falle zu umgehen. Auch dieses offene Garagentor mochte eine Falle sein, aber leider spielte das keine Rolle. Marcus hatte recht. Das, was auf dem Video zu sehen gewesen war, hatte nach Keller ausgesehen. Sie mussten ins Haus.

Die Villa selbst war gewaltig. Sie war im Neu-Tudor-Stil gebaut, der für Cincinnatis Vorkriegsvillen so typisch war, und mindestens dreimal so groß wie Scarletts Haus. In die Fachwerkfassade waren im obersten Stock sechs Fenster eingelassen, und unten ... Scarlett runzelte die Stirn.

Ein Panoramafenster erstreckte sich über die Rückseite des Hauses, doch in der Scheibe befand sich ein riesiges Loch. Splitter lagen draußen im Gras verstreut. Jemand hatte das Fenster von innen abgedichtet, ohne sich die Mühe zu machen, die Scherben einzusammeln.

Scarlett hörte Marcus hinter sich nach Luft schnappen und fuhr herum. Er starrte auf das offene Garagentor, und jetzt sah auch sie, dass sich ein breiter Streifen Blut über den Betonboden zog, als habe man einen menschlichen Körper herausgeschleift.

Marcus' Gesicht war leichenblass geworden. »Nicht Gayle«, flüsterte er. »Bitte nicht! Das darf nicht sein.«

»Nein«, stimmte sie leise zu. »Es wäre unsinnig, sie zu töten, ehe er dich in seiner Gewalt hat. Also lass sie uns finden. Sieh mal, dort ist eine Tür, die ins Haus führt, vielleicht ist sie nicht abgesperrt.« Sie zog ihre Waffe und bewegte sich mit dem Rücken zur Wand auf die Tür zu, aber Marcus regte sich nicht.

»Das kommt mir viel zu einfach vor«, flüsterte er stirnrunzelnd. »Erst fällt passenderweise der Strom aus, als wir uns dem Haus nähern, dann steht auch noch das Garagentor offen, damit wir hineinspazieren können.«

Sie hatte dasselbe gedacht. »Aber er kann nicht ahnen, dass wir von dem Haus wissen.«

»Möglich ist das schon. Vielleicht hat er gesehen, wie Kate das Terrain sondiert hat. Oder er hat uns doch vor dem Haus auf der Straße gesehen, genügend Kameras hat er ja.« Sie blies die Wangen auf und riss sich zusammen, um nicht gereizt zu reagieren. »Ja, das ist durchaus möglich. Es könnte sich um eine Falle handeln.«

»Ich gehe rein«, flüsterte er. »Du bleibst hier.«

*Aha.* Er wollte sie aus der Schusslinie wissen. *Aber daraus wird nichts.* »Vergiss es. Du sicherst oben, ich unten. Los.« Er schloss einen Moment lang die Augen, und als er sie wieder aufschlug, war sein Blick hochkonzentriert. Die Waffe im Anschlag, schob er sich vorsichtig um die Ecke der Garage und durch das offene Tor.

Lautlos schlich er über die freien Stellplätze und folgte dem Streifen Blut, der von der Einfahrt bis zur Mitte eines dieser Stellplätze reichte und in eine trocknende Blutlache mündete. Man hatte eindeutig ein großes, schweres Lebewesen von hier aus der Garage geschleift. Wohin es gebracht worden war, würden die Forensiker herausfinden müssen.

Scarlett fotografierte die blutige Schleifspur und nahm mit beiden Händen Maß. Sie hielt sie hoch, damit Marcus sehen konnte, dass, wer oder was auch immer dort gelegen hatte, sehr viel breiter als Gayle gewesen sein musste.

Marcus verstand offensichtlich, was sie meinte, denn er seufzte erleichtert, ehe er auf ein Fahrzeug deutete, das auf einem anderen Stellplatz parkte. Scarlett erkannte den Van, den die Überwachungskamera des *Ledger* an der Laderampe aufgenommen hatte.

Das Nummernschild war allerdings ein anderes als das auf dem Video. Jemand – wahrscheinlich Sweeney – hatte es ausgetauscht. Vorsichtshalber fotografierte Scarlett das neue Schild. Falls Sweeney die Flucht gelang, würden sie bei einer Fahndung größere Chancen haben.

Marcus war bereits am Van und zog die Türen auf, um mit der Taschenlampe hineinzuleuchten. Keine Gayle. Auf dem Teppich war ein Blutfleck zu sehen, aber er war bereits eingetrocknet, konnte also nicht von Gayle stammen.

»Demetrius?«, fragte Scarlett lautlos. Achselzuckend griff Marcus durch das offene Fahrerfenster in den Innenraum, holte einen Schlüsselbund heraus und steckte ihn in die Hosentasche. Scarlett zeigte ihm den erhobenen Daumen.

Geräuschlos schlichen sie weiter zu der Tür, die sie von außen gesehen hatten. Zum ersten Mal erlebte sie den Army Ranger im Einsatz, und sie war beeindruckt. Sie hatte bereits gewusst, wie lautlos und effektiv er agieren konnte, aber während sich die Zusammenarbeit mit jedem anderen Partner bisher erst hatte entwickeln müssen, schienen Marcus und sie sich instinktiv zu ergänzen und aufeinander einzuspielen.

Wieder sicherte er oben, sie unten, dann drehte Marcus vorsichtig den Knauf. Die Tür ließ sich mühelos öffnen. Sie schlüpften hindurch und fanden sich in einer Art Waschküche wieder.

Im Haus war es totenstill; niemand schien da zu sein. Ohne den Strom war kein einziger Laut zu hören: kein Summen von Leuchtstoffröhren, nicht das unterschwellige Brummen einer Klimaanlage. Nichts als drückende Stille.

Marcus presste die Lippen zusammen, und sie ahnte, dass er befürchtete, Sweeney und Gayle könnten bereits fort sein. Sie schüttelte den Kopf, und er schien zu verstehen und straffte die Schultern.

Von der Waschküche aus gelangten sie in eine große Eingangshalle. Links und rechts führten Treppen hinauf zu einer Balustrade, von der aus man nicht nur die Halle überblicken konnte, sondern durch ein großes Fenster über der Eingangstür auch den Vorplatz draußen. Oben befanden sich vermutlich die Schlafzimmer. Wenn sie Gayle im Keller nicht entdeckten, würden sie ihre Suche oben fortsetzen.

Mehrere Flure führten von der Halle ab. Sie begannen mit dem ganz rechts, der sie in die Küche führte. Marcus trat zuerst ein, winkte Scarlett und deutete auf eine weitere Tür an der Rückseite. Volltreffer. In den meisten Häusern ging es von der Küche oder der Diele aus in den Keller. In der Halle hatten sie keine Treppe nach unten gesehen. Scarlett schloss lautlos die Küchentür hinter ihnen, dann gab sie Marcus Deckung, der die Tür an der Rückseite aufriss. Stufen führten hinab in die Dunkelheit.

Nun würde es heikel werden. Sie mussten praktisch blind hinabsteigen, ohne zu wissen, was sie dort unten erwartete. Auch das konnte eine Falle sein. Scarlett deutete auf Marcus, der soeben die Stabtaschenlampe aus dem Rucksack zog, dann auf die Treppe. Falls Gayle sich dort unten befand, aber bewegungsunfähig war, konnte er sie hinauftragen. Anschließend deutete sie auf sich und die Tür. Sie würde hier oben bleiben und Wache halten. Es wäre ein Leichtes, sie einzusperren, wenn sie sich beide im Keller umsahen.

Marcus knipste die Maglite an und ging langsam die Treppe hinunter. Der grellweiße Strahl der Taschenlampe durchschnitt die Dunkelheit. Automatisch hielt sie den Atem an und lauschte angestrengt, doch sie hörte nichts.

Jetzt hieß es warten.

Cincinnati, Ohio
Mittwoch, 5. August, 23.20 Uhr

Ken knöpfte sein Hemd zu und spitzte die Ohren, doch da war nichts. Seit der Strom ausgefallen war, hatte er kein Geräusch mehr vernommen. Er war aus der Dusche gesprungen und hatte aus dem Fenster im ersten Stock nach draußen geblickt. Niemand war im fahlen Mondlicht zu sehen gewesen, also war er in sein Zimmer zurückgekehrt, um sich anzuziehen. Er war sich der Gefahr überaus bewusst.

Der Stromausfall war kein Zufall, und es war Sean durchaus zuzutrauen, dass er einen Timer installiert hatte. Natürlich konnte es sein, dass sein Sohn einen Verbündeten hatte, doch im Grunde war ja keiner von der Truppe mehr übrig. Er atmete geräuschvoll aus. Bis auf Decker und Trevino, den Zweiten von Burtons Rekruten. Sean hatte die Aufgabe gehabt, Trevino zu überprüfen. Ken hätte sich in den Hintern treten können, weil er seinen Sohn derart unterschätzt hatte. Aber noch schlimmer war, dass er Reuben so sträflich unterschätzt hatte. Niemals hätte er ihm zugetraut, sich mit solchen Aufnahmen abzusichern.

Als er angezogen war, überprüfte er auf seinem Smartphone, wo sich seine verbleibende Mannschaft befand. Decker war im Büro, Joel wie immer zu Hause. Tja, anscheinend waren die beiden die letzten Überlebenden, die den Laden – oder das, was davon übrig war – übernehmen konnten. Zumindest bis Alice aus dem Gefängnis kam.

Trevinos Smartphone war nicht verwanzt. Ken hatte ihn für zu unbedeutend gehalten, um einen derartigen Aufwand zu betreiben, doch ein solcher Fehler würde ihm garantiert nie wieder unterlaufen.

Er griff nach dem Koffer, den er nach seiner Konfrontation mit Sean wieder mit nach oben genommen hatte, und zog eilig seine Waffe heraus. Koffer und Handgepäck in einer, die Knarre in der anderen Hand, schlich er die Treppe hinunter und warf einen Blick auf die Uhr. Es blieb ihm gerade noch genug Zeit, zum Park zu fahren und die Position einzunehmen, die er sich vorher ausgesucht hatte. Er würde auf O'Bannion warten, ihn abknallen, sobald er ihm vor die Flinte lief, in den Van springen und schnurstracks nach Toronto fahren.

Wieder zurückzukehren, um Sean bei lebendigem Leib in den Häcksler zu stopfen, war leider nicht mehr möglich, obwohl er es als immens befriedigend empfunden hätte. Auch die Zeit, Gayle eine Kugel in den Kopf zu jagen, würde er sich nicht mehr nehmen. Er konnte Decker anweisen, in ein, zwei Wochen hier vorbeizuschauen. Bis dahin war die Frau sicher längst tot; sie hatte ein schwaches Herz. In der Waschküche blieb er stehen, um sich zu vergewissern, dass der Schalldämpfer richtig befestigt war. Er würde Sean mit einem Kopfschuss töten, ehe er losfuhr. Das war ein sehr viel gnädigerer Tod, als ihn der kleine Mistkerl verdient hatte, aber im Moment war es Ken wichtiger, so schnell wie möglich zu verschwinden.

Er betrat die Garage und erstarrte.

Sean war nicht mehr da.

Cincinnati, Ohio
Mittwoch, 5. August, 23.20 Uhr

»Was ist in dem größeren Schuppen? Der, der aussieht wie ein Jahrmarktzelt«, fragte Kate Agent Davenport, nachdem sie ihm auf die Füße geholfen hatte. Er bewegte sich geschmeidig und klopfte sich die Erde von Hemd und Jeans, aber ein paar Blätter klebten daran fest, und er musste sie abzupfen. Sie waren voller Blut. »Verdammt. Sind Sie verletzt?«

»Nein. Das ist nicht mein Blut. Der größere Schuppen ist ihre Entsorgungsanlage.« Seine Stimme klang angespannt, und er setzte sich in Richtung Haus in Bewegung. »Darin befindet sich ein ziemlich großer Häcksler. Die Kerle graben ein Loch, richten den Häcksler aus, zerkleinern die Leichen, fügen verschiedene Kompostierungsmaterialien hinzu, et voilà! Eine Sorge weniger.« Davenport verzog angewidert das Gesicht. »Wenn die Grube voll ist, graben sie eine andere und verlegen Häcksler und Schuppen dorthin.«

*Oh, mein Gott.* »Und was hatten Sie dort zu suchen?«

»Ich habe jemanden versteckt. Wir brauchen dringend einen Rettungswagen. Im Schuppen liegt ein Kerl, der bald verblutet, wenn er nicht dringend ärztliche Hilfe bekommt.« »An der Straße vor dem Haus sollten inzwischen zwei Ambulanzen warten. Wo ist Ihr Verbindungsmann?«

Der große Blonde blieb wie angenagelt stehen. »Was soll das heißen? Sie haben noch gar nicht mit ihm gesprochen?« »Nein, er hat sich seit Tagen nicht bei uns gemeldet.«

»Verdammt. Sie haben also nicht Reuben Blackwell oder Jason Jackson in Gewahrsam?«

»Nein«, sagte sie und sah, wie er die Kiefer zusammenpresste. »Wer ist das?«

Agent Davenport packte ihren Arm. »Schicken Sie sofort jemanden zum Wharton Court 5487«, wies er sie an. »Agent Symmes ist mein Verbindungsmann. Wenn er sich aus irgendeinem Grund nicht ausweisen kann, schauen Sie nach einer Reißverschluss-Tätowierung um den Oberarm. Die anderen beiden Männer, die sich dort befinden müssten, gehören zu Sweeneys Leuten, und die sollten besser nicht frei herumlaufen, das können Sie mir glauben. Wenn Symmes sich noch nicht gemeldet hat, dann ist etwas schiefgelaufen, und zwar gewaltig.«

Kate zückte ihr Handy und rief in der Zentrale an, dann legte sie auf und blickte ihren Kollegen durchdringend an. »Was geht hier vor, Agent Davenport? Wer sind Reuben Blackwell und Jason Jackson?«

»Blackwell ist Sweeneys Sicherheitschef, Jackson einer seiner Leute. Aber wenn Sie sie nicht verhaftet haben, woher wissen Sie dann von Sweeney?«

»Das ist eine längere Geschichte«, antwortete sie und setzte sich wieder in Bewegung. »Wenn Sweeney im Haus ist, müssen wir eingreifen. Sweeney hat bei einem Schusswechsel in der Redaktion des *Ledger* eine Geisel genommen, und zwei meiner Leute sind auf der Suche nach ihr.«

»Wegen der Geiselnahme bin ich zurückgekommen. Ich habe im Radio davon gehört und dachte, ich könnte die Geisel vielleicht befreien.«

»Ich hoffe, dass uns das gelingt. Was wissen Sie über Sweeney?«

»Sweeney ist der Kopf eines Menschenhändlerrings. Er hatte drei Partner: Reuben Blackwell, Demetrius Russell und Joel Whipple.«

»Von Demetrius wissen wir«, sagte sie. »Er ist tot, nicht wahr?«

Davenport sah sie überrascht an. »Ja. Woher wissen Sie das?« »Er wurde gestern von einem jungen Mann niedergestochen, den er umzubringen versuchte. Phillip Cauldwell.«

»Oh, das hat ihn keinesfalls umgebracht«, entgegnete Davenport finster. »Seine Leiche liegt in dem großen Schuppen, wo auch Sean, Sweeneys Sohn, versteckt ist. Sean hat versucht, Sweeney zu stürzen, doch leider hat er sich an seinem Daddy die Zähne ausgebissen. Sean ist der Informatiker des Unternehmens, und noch ist er am Leben. Wenn es uns gelingt, ihn zu retten, verschafft er Ihnen möglicherweise Zugang zu den entscheidenden Daten. Ich hoffe, die Sanitäter geben ihr Bestes.«

»Verstanden. Haben Sie Gayle Ennis, Sweeneys Geisel, gesehen?«

»Nein. Aber wenn sie im Haus ist, dann vermutlich im Keller.«

»Dort wollten O'Bannion und Bishop auch zuerst suchen.«

»Der Zeitungsmensch und die Polizistin? Die zwei haben doch keine Ahnung, womit sie es zu tun haben!«

Kate schüttelte den Kopf. »Sie haben sogar eine ziemlich genaue Ahnung, glauben Sie mir. Wieso wirkt das Anwesen eigentlich wie ausgestorben? Es müssten sich doch mehr Leute hier aufgehalten haben.«

»Ja, aber die sind entweder tot oder im Gefängnis. Am Ende sind sich alle gegenseitig an die Gurgel gegangen. Der Buchhalter, Joel, sollte bei sich zu Hause sein. Bei ihm finden Sie auch die Bücher. Und zwar *alle*.« Er ratterte die Adresse herunter.

Kate gab die Daten per Handy durch, dann wandte sie sich wieder Davenport zu. »Unsere Agenten sind unterwegs. Was ist in dem kleineren Schuppen?«

»Er dient hauptsächlich zur Lagerung. Aber der Hauptverteilerkasten hängt ebenfalls dort.«

»Haben Sie den Strom abgeschaltet?«

»Ja. Eine Überwachungskamera hat Sie erfasst, als Sie auf einen Baum kletterten, und ich hoffte, dass Sie meine Verstärkung wären. Haben Sie die beiden Knöcheltracker gefunden, die ich bei Anders im Haus deponiert hatte?«

Sie nickte. »*Sie* waren das also. Und wo befindet sich die Familie Anders jetzt?«

»Sweeney hat die Eltern getötet.« Er zog sich den Zeigefinger über die Kehle. »Eine ziemliche Sauerei. Und das vor den Augen der Tochter.«

»Stephanie Anders, nicht wahr? Ist sie noch am Leben?«

»Ja. Sweeney hat mir zwar aufgetragen, auch sie umzubringen, aber ich habe sie im großen Schuppen hinter ein paar Kisten versteckt. Ein ziemliches Miststück, die Kleine. Sie ist gefesselt und geknebelt, aber Sie sollten sich dennoch vor ihren Fingernägeln hüten. Die sind mörderisch.«

Er klang so aufgebracht, dass Kate sich ein Grinsen verkneifen musste. »Okay, ich werd's mir merken. Übrigens haben wir Stephanie Anders' Freund in Gewahrsam. Drake Connor heißt er. Die Kollegen haben ihn in Detroit aufgegriffen. Er hatte einen USB-Stick mit Dateien von Chip Anders dabei, und darauf befinden sich auch Fotos, die Anders zu seiner eigenen Sicherheit von Sweeney gemacht hat. Über diese Fotos konnten wir Sweeney mit Alice Newman in Verbindung bringen.«

Davenport lächelte grimmig. »Sehr schön. Alice Newman war praktisch die designierte Nachfolgerin. Sie ist Sweeneys Tochter.«

»Ah, das ergibt Sinn. Wir haben Fotos von den beiden auf einer College-Abschlussfeier entdeckt.«

»Facebook?«

Kate nickte. »Was täten wir nur ohne.«

»Bei Stephanie befindet sich ein Kerl namens Dave Burton – ebenfalls gefesselt und geknebelt. Er war Reubens rechte Hand und vorübergehend Sweeneys Sicherheitschef. Auch seine Weste ist alles andere als weiß. Sweeney geht davon aus, dass er und Stephanie in kleinen Stücken den Boden düngen. Soweit ich weiß, hegt er keinen Verdacht gegen mich. Noch nicht.«

»Verstanden«, sagte Kate. »Schnappen wir ihn uns. Ich hab genug von diesem Kerl.«

Cincinnati, Ohio
Mittwoch, 5. August, 23.20 Uhr

Marcus schlich die Treppe hinunter und verdrängte seine Sorge um Scarlett, die oben in der Küche allein zurückgeblieben war. Sie war hundertprozentig in der Lage, sich selbst zu schützen, also konnte er sich mit all seinen Sinnen auf die vor ihm liegende Aufgabe konzentrieren. Er lauschte angestrengt. Er musste auf alles gefasst sein.

Der Keller war stockdunkel, dennoch musste es irgendwo zumindest ein kleines Fenster geben, denn vor ihm bemerkte er einen schwachen Lichtstrahl, der schräg auf den Boden fiel. Marcus knipste die Taschenlampe aus, da sie ihn zu einer regelrechten Zielscheibe machte, falls ihn jemand bemerkt hatte und unten auf ihn wartete. Es war zu leicht gewesen, ins Haus zu kommen. Viel zu leicht.

Einen Moment lang blieb er reglos stehen und lauschte angestrengt. Tatsächlich. Er hörte ein Schniefen. Noch kein Schluchzen, aber mehr als ein Einatmen. Es kam aus einer Ecke im Keller, und die Richtung passte zu dem, was er im Video gesehen hatte.

*Gayle.* Sie lebte! Die Erleichterung jagte ihm den Puls hoch, und seine Knie drohten einzuknicken.

So lautlos wie möglich schlich er auf das Geräusch zu, bis er vage Umrisse einer Gestalt erkennen konnte. »Gayle«, flüsterte er. »Ich bin's.«

Er hörte, wie sie scharf die Luft einzog, dann ein ersticktes Schluchzen, das ihm beinahe das Herz brach. Rasch knipste er die Taschenlampe an und legte sie neben sich auf den Boden. Dann holte er den Bolzenschneider aus dem Rucksack und durchtrennte das Schloss. Anschließend zog er die Rettungsdecke hervor und öffnete die Käfigtür. Als sie quietschte, zog er unwillkürlich den Kopf ein, doch nichts geschah. Niemand stürzte sich auf ihn, nichts war zu hören, außer Gayles unterdrücktem Weinen.

Eilig löste Marcus ihre Fesseln, hüllte sie in die Decke und zog sie in seine Arme. »Schscht«, machte er, als sie laut zu wimmern begann, und zupfte behutsam den Klebestreifen von ihren Lippen, damit sie endlich tief durchatmen konnte. »Bitte, halt noch ein bisschen durch«, wisperte er ihr ins Ohr. »Nicht weinen. Niemand darf uns hören.«

Er konnte spüren, wie sie sich versteifte, während sie versuchte, ihr Schluchzen zu unterdrücken. Er setzte den Rucksack auf und hob sie hoch. Die Taschenlampe im Mund, trug er sie beinahe geräuschlos die Kellertreppe hinauf.

Scarlett bewachte noch immer die Tür, und ihr war die Erleichterung deutlich anzusehen, als Marcus mit Gayle auftauchte, doch sie sagte kein Wort. Die Waffe in der Hand, öffnete sie die Küchentür, blickte hinaus und bedeutete ihm, ihr zu folgen. Gemeinsam huschten sie in die Waschküche, wo sie stehen blieben.

»Nimm den Schlüssel vom Van«, flüsterte Marcus. »Er steckt in meiner rechten Hosentasche.«

Scarlett zog den Schlüsselbund heraus und schenkte ihm ein rasches Lächeln.

Ein Lächeln, das Marcus nicht erwidern konnte. Er wagte noch immer nicht zu glauben, dass es wirklich so einfach gewesen sein sollte. Das dicke Ende würde gewiss noch kommen.

Und tatsächlich. Scarlett stieg die beiden Stufen hinunter und öffnete die Tür zur Garage, als sie plötzlich abrupt aus seinem Blickfeld verschwand. Einen Sekundenbruchteil später ertönte ein Aufschrei, dann fiel ihre Dienstwaffe klappernd zu Boden und schlitterte über den Beton.

Sofort ging Marcus hinter der offenen Tür in Deckung, ließ Gayle zu Boden gleiten und schirmte sie mit seinem Körper ab. Blitzschnell zog er seine Pistole. Seine Gedanken rasten. »Mr. O'Bannion.« Die Stimme kam aus der Garage, links von der offenen Tür. Die Stimme von Gayles Entführer – der Mann, der seinen Bruder niedergeschossen und Cal ermordet hatte. Eine ölige, selbstherrliche Stimme, die Marcus den Magen umdrehte. »Wie nett von Ihnen, mich zu besuchen. Hätte ich geahnt, dass Sie kommen, hätte ich Sie ganz anders willkommen geheißen.«

»Unsinn, Sweeney«, sagte Scarlett. Ihr Atem kam in kurzen, flachen Schüben. »Er ist nicht mitgekommen.«

Sie war verletzt! Marcus konnte ihrer Stimme anhören, dass sie Schmerzen hatte.

»Oh, bitte, Detective«, sagte Sweeney. »Natürlich ist er mitgekommen. Ich gebe zu, dass Sie mich überrascht haben, aber ob wir uns hier begegnen oder am ursprünglichen Treffpunkt, spielt eigentlich keine Rolle. Keiner von Ihnen kommt hier lebend wieder raus.«

»Sie dämlicher Idiot«, spuckte Scarlett aus. »Glauben Sie wirklich, dass ich allein bin? Ihr Haus ist umzingelt von FBI-Leuten und SWAT-Teams, die es kaum erwarten können, Ihnen an den Kragen zu gehen. Sie haben die *Ledger* -Redaktion dezimiert und eine unschuldige Frau gekidnappt und getötet.«

»Ich habe die Frau nicht getötet«, widersprach er gelassen.

»Tja, nun, sie war tot, als ich sie fand. Warum, glauben Sie wohl, ist sie nicht bei mir?«

»Weil sie bei O'Bannion ist.« Doch Sweeney klang plötzlich verunsichert.

Scarlett lachte freudlos auf. »Na klar. Wahrscheinlich lauert er hinter der Tür da. Sie Arschloch. Ich würde wohl kaum eine Zivilperson bei einer Geiselbefreiung einsetzen. Schon gar nicht, wenn er emotional involviert ist.«

»In diesem Fall, meine Liebe, ist Ihr Leben nichts mehr wert. Haben Sie gehört, O'Bannion?«, fügte er mit schneidender Stimme hinzu. »Es gibt keinen Grund, Ihre kleine Freundin am Leben zu lassen.«

Scarlett schnaubte verächtlich. »Sie werden mich nicht umbringen. Die ballern Sie ab, sobald Sie da draußen Ihre Visage zeigen, egal aus welcher Tür Sie kommen. Ich bin Ihr Ticket in die Freiheit.«

*Egal aus welcher Tür Sie kommen.* Sie wollte Marcus mitteilen, dass er sie zurücklassen und durch eine andere Tür verschwinden sollte. Gayle hatte in seinen Armen zu zittern begonnen und sich die Decke in den Mund gestopft, damit ihre klappernden Zähne nicht zu hören waren.

Er musste Gayle hinausschaffen zu einem Krankenwagen. Sie steuerte rasant auf einen Schockzustand zu, und den würde ihr Herz nicht verkraften.

»Oh«, fügte Scarlett hinzu, »den Van können Sie vergessen, Sie werden die Garage zu Fuß verlassen müssen.« Sie gab ein erneutes Schnauben von sich, dann rief sie übertrieben laut: »Lebt wohl, ihr Autoschlüssel. Hallo, SWAT-Team. Schwups durch das Garagentor und für alle sichtbar.«

Trotz seiner Furcht musste Marcus grinsen, als er das Klirren hörte. Scarlett hatte die Autoschlüssel auf die Auffahrt geschleudert. Er betete, dass Kate irgendwo in einem Baum wartete. Denn das war ihre Chance.

»Na los, Sweeney«, spottete Scarlett. »Holen Sie sich die Schlüssel wieder.«

Sweeney lachte nur. »Netter Versuch, meine Liebe. Waren das Ihre Schlüssel? Ganz schön clever. Los. Sie fahren. Ich bleibe in Deckung und sorge dafür, dass Sie nicht anhalten.« Man hörte schleifende Geräusche. Offenbar zerrte Sweeney sie über den Betonboden. Auf einmal ertönte ein Wutschrei: Er hatte festgestellt, dass sie die Wahrheit gesagt hatte.

Marcus wusste, dass das *seine* Chance war. Vorsichtig stand er auf, hob Gayle auf seine Arme und trug sie von der Tür weg quer durch die Waschküche zurück in die Eingangshalle. Durch das große Fenster über der Eingangstür fiel silbriges Mondlicht. Marcus riss die Tür auf und rannte mit Gayle auf den Armen hinaus in die Nacht.

Im Schatten der Mauer lief er um das Haus herum und schlüpfte mit der wimmernden Frau durch das Loch im Maschendrahttor in der hinteren Mauer. Plötzlich bemerkte er aus dem Augenwinkel einen Schatten. Er blickte über die Schulter. Schlagartig gefror ihm das Blut in den Adern.

Kate Coppola bewegte sich langsam auf die offene Garage zu,

dicht gefolgt von einem großen blonden Mann mit einer Pistole in der Hand. Marcus blieb das Herz stehen. Eilig schaute er sich um. Es waren keine Scharfschützen in den Bäumen zu sehen.

Nie und nimmer würde er Scarlett im Stich lassen. *Bring Gayle in Sicherheit und kehr um.* Er sprintete auf das Loch im Zaun zu, gelangte unbehelligt hindurch und rannte dann im Schatten der Bäume in Richtung Hauptstraße.

»Marcus!«

Eine vertraute Stimme ließ ihn abrupt innehalten. Er wirbelte herum und sah Deacon und Diesel im Laufschritt auf sich zukommen. Ohne nachzudenken, drückte er Diesel Gayle in die Arme. »Bring sie von hier weg! Sweeney hat Scarlett, und einer seiner Männer bedroht Kate.«

»Verfluchter Mist«, murmelte Deacon. Er nahm sein Handy und packte Marcus am Arm, damit der nicht sofort wieder losrannte. »Warte eine Sekunde.«

Marcus riss sich los. »So viel Zeit hat Scarlett vielleicht nicht mehr.«


Cincinnati, Ohio
Mittwoch, 5. August, 23.30 Uhr

Marcus rannte erneut los, in die Richtung, aus der er gerade gekommen war. Deacon folgte ihm, während er gleichzeitig die Verstärkung herbeorderte. Das wurde verdammt noch mal Zeit! Erst am Maschendrahttor in der Mauer blieb Marcus stehen, damit Deacon zu ihm aufschließen konnte. Gemeinsam spähten sie durch den Zaun und fluchten unisono. »Verdammt!«

Scarlett stand im Mondlicht vor der Garage, die Hände am Hinterkopf, während Sweeney sie entwaffnete. Nach und nach brachte er drei Pistolen und zwei Messer zum Vorschein, während er seine schallgedämpfte Pistole gegen ihren Hinterkopf drückte. Scarletts rechte Hand blutete. Sweeney hatte sie verletzt.

Kate Coppola hatte ebenfalls die Hände am Hinterkopf, während der große Blonde ihr einen Pistolenlauf in den Rücken hielt und sie mit der anderen Hand abtastete. Kates Gewehr hing über seiner Schulter.

Am liebsten wäre Marcus sofort durch das Loch im Tor geschlüpft und zu dem kleinen Grüppchen gerannt, aber es gab nirgendwo Deckung. Jede unvermittelte Bewegung würde Scarlett vermutlich das Leben kosten, also blieb ihm nichts anderes übrig, als reglos vor dem Tor zu verharren.

»Danke, Decker«, sagte Sweeney gerade. »Ich bin froh, dass Sie hier sind, auch wenn ich nicht mit Ihnen gerechnet habe.«

»Ich hätte angerufen, aber ich habe mein Handy im Büro vergessen. Ich bin gekommen, um mein Laptopkabel zu holen. Es liegt auf der Küchentheke.«

Marcus zog die Stirn in Falten. Auf der Küchentheke hatte nichts gelegen. Kein Aufladekabel weit und breit.

»Wie auch immer – Sie kommen jedenfalls gerade recht. Sie wissen, was zu tun ist.«

»Ach ja?«, fragte Scarlett kämpferisch. »Und was ist zu tun?«

»Töten und entsorgen«, erwiderte der Blonde prompt.

»Wie man es halt so macht mit ungebetenen Gästen.« Sweeney betrachtete Kate abschätzend. »Ist die Schlampe da Ihr FBI- und SWAT-Team? Eine einzige Frau, noch dazu ohne Gewehr?«

Kate sah ihn an, schwieg aber.

Geschickt zog der Mann namens Decker Kates Marke aus der Tasche. »Special Agent Kate Coppola«, las er laut vor. Er steckte die Marke ein, legte ihr die Handschellen um ein Handgelenk, zog ihr die Arme hinter den Rücken und fesselte das andere.

»Jetzt Sie, Ma'am«, sagte Decker zu Scarlett, und sie lachte höhnisch.

»Ma'am? Sehr witzig.«

»Wir machen keine Witze, Ma'am.« Decker zog Scarlett von Sweeney fort und drehte sie um, so dass sie dem älteren Mann gegenüberstand, und fesselte sie genauso wie zuvor Kate.

»Lassen Sie Detective Bishop noch hier«, sagte Sweeney. »Ich brauche sie, wenn O'Bannion zurückkommt, denn das wird er. So tickt der Kerl nun mal. Die Rothaarige können Sie schon mal zum Häcksler bringen.«

»Mach ich, Sir«, sagte Decker höflich. »Oh, und ich habe vorhin Sean in der Garage gefunden. Ich habe mir die Freiheit erlaubt, ihn ebenfalls in den Schuppen zu schaffen.«

Sweeney wirkte einen Moment lang verärgert, dann erleichtert. »Gut, Decker. Danke.«

»Sonst noch was, Sir?«

»Nein. Das wäre im Moment alles.«

Decker näherte sich, Kate vor sich herstoßend, dem Tor.

Marcus und Deacon drückten sich gegen die Mauer, um nicht gesehen zu werden. Hoffentlich bemerkte Sweeneys Lakai die Öffnung im Maschendraht erst, wenn er ganz nah dran war. Dann konnten sie das Überraschungsmoment ausnutzen, sich auf den Mann stürzen und Kate befreien.

Doch stattdessen entbrannte plötzlich ein Kampf. Kate wehrte sich wie eine Wildkatze, und Sweeney ließ Scarlett stehen, um Decker zu helfen.

Automatisch zogen Marcus und Deacon ihre Waffen und stürmten los, blieben jedoch abrupt stehen, als Scarlett, Kate und der große Blonde ihre Pistolen gleichzeitig auf Sweeney richteten. Von Scarletts Handgelenk baumelten die Handschellen, von Kates ebenso.

»Kommen Sie langsam näher«, sagte Decker zu Marcus und Deacon, ohne sie anzusehen. »Keine schnellen Bewegungen.«

»Kate. Was soll das?«, fragte Deacon barsch.

Kate deutete mit dem Kinn in Deckers Richtung. »Ananas ganz tief im Meer«, sagte sie.

»Oh«, stieß Deacon erleichtert hervor. »Das hättest du mir auch gleich sagen können.«

»Das hatte ich auch noch vor«, fauchte Kate ihn an. »Aber bis eben hatte ich alle Hände voll zu tun.«

»Wie bitte?«, fragte Marcus.

»Keine Ahnung«, sagte Scarlett. »Er hat mir eine Pistole in die Hand gedrückt, als er vorgab, mich zu fesseln. Ich hielt es für klug, das nicht zu hinterfragen.«

Decker gab Kate das Gewehr zurück, zog ein weiteres Paar Handschellen aus seiner Tasche und trat hinter Sweeney, dessen Augen hasserfüllt blitzten.

»Sie haben mich tatsächlich getäuscht, Mr. Decker.«

»Das war der Sinn der Übung«, antwortete Decker. »Sir.«

Plötzlich warf sich Sweeney herum und machte einen Satz zurück auf den Stapel Waffen zu, die er Scarlett abgenommen hatte. Decker taumelte und stürzte schwer auf ein Knie. Überrascht starrte er auf das Messer, das Sweeney ihm blitzschnell in die Seite gerammt hatte. Sweeney griff mit jeder Hand eine Pistole und begann wild um sich zu schießen.

Scarlett ging zu Boden. Marcus brüllte auf und feuerte auf Sweeney, genau wie Deacon und Kate. Einen Moment lang herrschte ein unfassbares Getöse, dann verstummten die Waffen. Die anschließende Stille war schwer und drückend, und die Luft stank nach Blei.

Sweeney lag von Kugeln durchsiebt auf seiner Auffahrt und starrte blicklos in den Nachthimmel.

Wie Tala.

Endlich, dachte Marcus, als er auch schon zu Scarlett lief, die bäuchlings auf dem Boden lag und ihre Waffe noch immer auf Sweeney richtete; sie musste sich blitzschnell herumgerollt haben. Als sie zu ihm aufsah und grimmig nickte, gaben seine Knie vor Erleichterung nach.

Er riss sie in seine Arme, ohne sich darum zu kümmern, was die anderen denken mochten. Bebend vor Erleichterung, vergrub er sein Gesicht an ihrem Hals. »Oh, Gott, ich dachte, er hätte dich erwischt. Ich dachte, du seist tot.«

»Alles in Ordnung«, murmelte sie. »Die Jacke hat alles abgehalten.« Sie zuckte zusammen, als er sie fester drückte. »Na ja, ein paar blaue Flecken wird es wohl geben.«

Augenblicklich ließ er locker. Er hielt sie noch einen Moment lang sachte in den Armen, dann hob er den Kopf, um sich umzusehen.

Deacon hockte neben dem leblosen Sweeney und fesselte ihm die Handgelenke, ehe er ihm den Puls fühlte.

Kate hatte sich das Gewehr wieder über den Rücken gehängt und ging besorgt neben Decker in die Hocke, der sich mit einem tiefen Stöhnen das Messer aus der Seite zog. Der Mann wirkte vor allem verärgert.

»Schon okay, Agent Coppola«, sagte er. »Ich kann es nicht fassen, dass der Mistkerl tatsächlich zugestochen hat.« Verlegen schob er Kates Hände weg. »Wirklich, machen Sie sich keine Sorgen. Meine Weste ist stichsicher. Ich hab höchstens einen kleinen Kratzer«, wiederholte er. Er kam langsam auf die Füße und legte die Weste ab. »In der Waschküche hängt ein Medizinschrank. Ich hole mir Salbe und etwas Verbandszeug.«

»Nicht nötig.« Marcus öffnete den Rucksack, den Isenberg ihm gegeben hatte, und holte zwei Rollen Mull heraus. Eine warf er Decker zu, mit der anderen verband er die Wunde an Scarletts Handgelenk. »Ist er tot?«, fragte Marcus in die geschäftige Stille hinein.

Deacons außergewöhnliche Augen waren voller Wärme und Verständnis, als er Marcus einen Moment lang stumm betrachtete. Dann nickte er. »Toter geht's nicht.«

Marcus kam auf die Füße und zog Scarlett ebenfalls hoch. Er trat zu Sweeneys Leiche und sah befriedigt, dass die meisten Kugeln seinen Kopf getroffen hatten. Die Schädeldecke war schlicht verschwunden. Sweeneys Hemd war von Kugeln durchlöchert und von Blut durchweicht, doch seltsamerweise war ein Bereich verschont geblieben.

Marcus richtete den Lauf auf Sweeneys Brust und schoss dem Mann in sein nicht vorhandenes Herz. »Das war für Cal«, sagte er leise. »Und für Tala. Und all die anderen.« Er schauderte, als Scarlett einen Arm um ihn legte.

»Schsch. Es ist vorbei«, flüsterte sie und begann ihn zu wiegen.
Und erst in diesem Moment bemerkte er, dass er weinte. Und sie ebenfalls.


Cincinnati, Ohio
Mittwoch, 5. August, 23.55 Uhr

Davenport war ein sturer Dummkopf, dachte Kate, als sie mit dem Mann zum Schuppen mit dem zirkusartigen Dach rannte. Man hatte ihm ein Messer in die Seite gerammt, aber er tat so, als sei es nicht schlimmer als ein Mückenstich! Sweeneys Sohn Sean dagegen brauchte nach seiner Aussage dringend Hilfe, weswegen die Sanitäter ihnen nun mit Trage und Ausrüstung folgten.

»Sie sind hier drin«, sagte Davenport und schob die Tür auf. »Sean plus Stephanie Anders und Dave Burton. Auch Burton wird medizinische Hilfe brauchen, denn Sweeney hat ihm ein Ohr abgeschnitten.«

»Na, großartig«, brummte Kate.

»Die junge Frau dagegen hat höchstens ein paar Schürfwunden und geringfügige Prellungen«, fuhr Davenport fort.

Kate sah sich um und erstarrte, als sie den riesigen Industrie-Häcksler sah, dessen Schütte über ein klaffendes Loch im Boden ragte. Es stank entsetzlich, und Kate versuchte, den Würgereiz niederzukämpfen, war aber nur mäßig erfolgreich.

»Das mit dem Geruch ist meine Schuld, tut mir leid«, murmelte Davenport. »Ich sollte die Leichen von Chip und Marlene Anders sowie von Demetrius entsorgen, habe sie aber nur hier in der Erde verscharrt, um keine Beweise zu vernichten.«

Er trat ans andere Ende des Schuppens, wo ein grob zusammengezimmerter Bretterverschlag errichtet worden war. »Sweeney sollte sie nicht sehen. Er ist nicht oft hierhergekommen, aber ich wollte kein Risiko eingehen.« Er hob die Bretterwand an und stellte sie weg.

Dann erstarrte er. »Verdammt«, murmelte er und war mit ein paar großen Schritten bei Stephanie Anders. Man hatte ihr die Kehle durchgeschnitten. Unter ihrem Stuhl sammelte sich das Blut in einer Lache.

»Das sind wohl nicht nur Schürfwunden«, sagte Kate leise. Neben der Toten lag ein umgekippter Stuhl, dahinter eine ebenfalls umgekippte Schubkarre. »Burton ist weg«, stellte Davenport fest. »Und Sean ebenfalls.«

»Aber wie kann das sein? Hatten Sie nicht gesagt, Sean sei halbtot?«

Davenport presste die Lippen zusammen. »Das war er auch.« Er hob einen durchtrennten Strick auf. Das Ende war ausgefranst. »Sean hatte anscheinend irgendwo ein Messer versteckt. Ich habe ihn nicht durchsucht. Er war doch gefesselt, verdammt noch mal. Vielleicht hat Burton ...« Wütend auf sich selbst, schüttelte er den Kopf. »Wie immer es geschehen konnte – die beiden sind frei!«

Cincinnati, Ohio
Donnerstag, 6. August, 00.10 Uhr

»Hier, Wasser.« Diesel drückte Scarlett und Marcus jeweils eine Flasche in die Hand, als sie sich auf der Straße vor dem Anwesen versammelten, wo ihre Fahrzeuge standen. Ein Rettungsteam kümmerte sich um Gayle.

»Ist Sweeney tot?«, fragte Diesel.

»Das ist er«, antwortete Marcus. Genau wie Scarlett leerte er die Flasche in wenigen Zügen. »Gott, das war nötig.«

Diesel hielt ihm schon die nächste hin. »Damit du später weiterheulen kannst«, sagte er und bedachte ihn mit einem vielsagenden Blick.

»Verpiss dich«, gab Marcus wohlwollend zurück. Er schämte sich seiner Tränen nicht.

Scarlett wischte sich die Lippen ab. »Wo ist Gayle?«

»Unterwegs zum County General«, sagte Diesel. »Und wer ist der Surferboy?« Er deutete auf Davenport alias Decker, der soeben mit Kate auf sie zugeeilt kam. Beide sprachen mit Deacon, ihre Mienen waren finster.

»Das ist wohl der Undercover-Agent vom FBI«, sagte Marcus.

»Die drei sehen nicht besonders glücklich aus«, bemerkte Diesel.

»Nein, leider nicht«, murmelte Scarlett. »Sie wollten Sweeneys Sohn holen; Davenport sagte, er sei verletzt. Da Sweeney tot ist, hätte der Sohn uns über wichtige Einzelheiten aufklären können, aber wie es aussieht, hat er nicht überlebt.«

Diesel musterte die Agenten misstrauisch. »Ich will ja nichts sagen, aber hier laufen mir im Moment zu viele Bullen rum. Enttschuldigung, Scarlett.«

Scarlett verkniff sich ein Grinsen. »Schon okay. Ich werde Sie hochoffiziell entschuldigen.«

»Und da ich mich mit eigenen Augen überzeugen konnte, dass ihr zwei gesund und munter seid, fahre ich jetzt ins Krankenhaus und sehe nach Gayle und Stone.« Ohne der immer größer werdenden Truppe von Agenten und SWAT-Leuten den Rücken zuzukehren, wich Diesel zu seinem Auto zurück, stieg ein und fuhr davon.

»Wenn man bedenkt, wie sehr er Krankenhäuser hasst, sollte uns das wohl zu denken geben«, bemerkte Marcus amüsiert, wurde aber sofort wieder ernst, als Kate, Deacon und Decker auf sie zukamen. »Was ist passiert?«

»So, noch einmal offiziell«, sagte Kate und stellte sie rasch nacheinander vor.

»Sie sind also der verdeckte Ermittler«, sagte Marcus.

»Ja«, erwiderte Davenport. »Obwohl meine Deckung jetzt vermutlich aufgeflogen ist.«

»Zum Glück ist es ja nun vorbei«, bemerkte Marcus, doch gleichzeitig überkam ihn eine dumpfe Vorahnung. »Es *ist* doch vorbei, oder?«

Davenport schüttelte den Kopf. »Noch nicht. Mindestens zwei

von Sweeneys Leuten sind entkommen – Dave Burton, Sweeneys Sicherheitschef, und Sweeneys Sohn, Sean Cantrell, der Informatiker der Truppe. Die haben mit allem Möglichen gehandelt. Drogen, Pornos, Menschen.« Angewidert verzog er den Mund. »Kinder.«

»Wir schwärmen gerade aus und durchsuchen das Gelände, aber möglicherweise sind sie uns entwischt, als wir Sweeney erledigt haben«, sagte Kate. »Die Fahndung läuft bereits.«

»Zählte Woody McCord zu ihren Kunden?«, fragte Marcus. Davenport zog die Brauen hoch. »Ja. Kannten Sie ihn?«

»Wir haben seine pädophile Neigung aufgedeckt«, murmelte Marcus. »Und über den *Ledger* öffentlich gemacht. Aber wir haben nicht intensiv genug recherchiert, schätze ich. Sweeney hatte Angst, dass ich den Fall noch einmal aufgreifen würde, und beschloss daher, mich auszuschalten.«

»Ja, er hasste Sie«, sagte Davenport. »Und Sie stellten eine große Bedrohung für den Verbrecherring dar. Sweeney ist tot, einige andere ebenfalls, aber noch immer sind ein paar von ihnen auf freiem Fuß.« Er seufzte müde. »Außer Burton und Sean noch Joel Whipple, der Buchhalter, und ein gewisser Trevino, ein Neuzugang im Personenschutz. Übrigens liegt in einem der Zimmer oben noch ein Mann unter einem Bett. Er heißt Rod Kinsey. Er wurde gestern Morgen angeschossen. Ich habe ihm hochdosierte Sedativa gegeben, und seitdem schläft er. Aber ich glaube nicht, dass er etwas weiß. Er war nur ein unbedeutender Handlanger.«

»Wo finden wir Joel Whipple und diesen Trevino?«, wollte Scarlett wissen. »Und wie sind die anderen beiden entkommen?«

»Das wissen wir noch nicht«, sagte Kate grimmig. »Burton und Sean Cantrell waren einfach nicht mehr da, als wir sie aus dem Schuppen holen wollten. Jemand hat sie befreit und Stephanie Anders die Kehle durchgeschnitten. Sie ist tot.«

Scarlett wandte sich wieder an Agent Davenport. »Erzählen Sie uns von Sweeneys Organisation. Wir wissen von Demetrius und Alice, aber das war's auch schon.«

»Okay«, sagte Davenport. »Sweeney, Demetrius, Joel und Reuben waren die Inhaber des Unternehmens. Sweeney und Demetrius begannen in den Achtzigern mit dem Transport von Drogen von Florida hinauf in den Norden. Als Tarnung diente ihnen Spielzeug, und das tut es heute noch. In Teddys lassen sich viele kleine Pillen unterbringen. Als Florida die Gesetze verschärfte, setzte das Unternehmen einen neuen Schwerpunkt: Menschenhandel. Sweeney regelte als Kopf der Bande den Verkauf, Demetrius schaffte die Ware heran. Soweit ich es beurteilen kann, holen sie vor allem Immigranten mit befristeten Visa ins Land, vorzugsweise gebildete, da sie für sie höhere Preise erzielen konnten. Reuben war, wie ich schon sagte, Sicherheitschef, während Joel sich um die Buchhaltung kümmerte.«

»Und was für eine Rolle spielten Sie?«, wollte Scarlett wissen.

»Ich wurde als Leibwächter für Sweeney eingestellt, aber in dieser Position bekam ich nicht die Informationen, die ich benötigte. Agent Symmes, mein Verbindungsmann, arrangierte einen kleinen Unfall: Bei dem vermeintlichen Versuch, für Sweeney eine Kugel abzufangen, wurde ich angeschossen und fiel vorübergehend als Bodyguard aus. Da ich Mathematik studiert habe, konnte ich mich für die Buchhaltung qualifizieren, doch da bekam ich nur Einblick in die frisierten Bücher. Also versuchte ich, in den Sicherheitsbereich zurückzukehren, diesmal allerdings wollte ich ins Innere der Firma vordringen, nicht in den Personenschutz, aber so mühelos, wie ich mir das vorgestellt hatte, gelang es mir nicht.«

»Also rissen Sie eine Lücke, um sie füllen zu können«, folgerte Kate.

»So ungefähr. Reuben war Sicherheitschef und Dave Burtons Boss. Beide waren in Knoxville, Tennessee, zusammen bei der Polizei gewesen und ein eingeschworenes Team. Ich gehörte nicht zum inneren Kreis, also musste ich ihn aufbrechen. Jason Jackson arbeitete im Büro der Security-Abteilung. Weil ich einen Vorwand brauchte, mich ab und zu dort aufzuhalten, freundete ich mich mit ihm an und wartete auf eine Chance, mich ins Netzwerk zu hacken.

Die kam, als das System wegen des abgetrennten Trackers Alarm schlug. Ich betäubte Jackson, der an diesem Morgen Dienst hatte, brachte ihn nach Hause und ließ es so aussehen, als sei er zu krank, um zu arbeiten. Da es mir aber vor allem um eine unbesetzte Führungsposition ging, schickte ich Reuben zu Jackson, betäubte auch ihn und schaffte beide an einen sicheren Ort. Dann kontaktierte ich Agent Symmes und teilte ihm mit, wo er die beiden finden konnte.«

»Sie wollten sich Reubens Job unter den Nagel reißen?«, fragte Scarlett.

»Nein, nicht wirklich. Ich wollte ihn nur aus dem Weg haben, um mich in der Führungsriege umsehen zu können. Reuben führte ein ziemlich strenges Regiment. Er achtete darauf, dass die einzelnen Aufgabenbereiche strikt voneinander getrennt blieben.«

»Wohin haben Sie Reuben und Jason Jackson geschafft?«, wollte Deacon wissen.

»In eine Wohnung in der Nähe meines Verbindungsmanns. Er stellte Reubens Wagen am Flughafenhotel ab und sollte von dort aus eigentlich zu dieser Wohnung fahren und die beiden in Gewahrsam nehmen. Dummerweise ist der Kontakt abgebrochen. Ich war gerade so weit, einen Notruf an das FBI abzusetzen, als Agent Coppola mir ein Gewehr in den Rücken rammte.«

»Ich habe bereits Leute zu der Wohnung geschickt«, fügte Kate hinzu. »Wir haben allerdings noch keine Rückmeldung.«

»Haben Sie denn letztendlich die Informationen erhalten, die Sie sich verschaffen wollten?«, fragte Deacon.

Davenport nickte. »Zum Teil. Ein paar Dateien konnte ich kopieren, anderes steckt hier.« Er tippte sich an die Schläfe. »Das, was noch in den Computern im Büro zu finden war, wird Sean wohl vernichtet haben.«

»Ach ja, Sean«, sagte Scarlett. »Sie sagten, er sei Sweeneys Sohn?«

»Ja. Sweeney hatte einen Sohn und eine Tochter. Beide haben für ihn gearbeitet. Alice kennen Sie ja schon.«

»Oh ja«, murmelte Marcus finster. »Alice kenne ich.«

Scarlett rieb ihm beruhigend den Rücken, obwohl sie ihre Frage an Davenport stellte. »Und was war ihre Rolle – abgesehen von der der bösen, intriganten Hexe?«

Davenports Lippen zuckten. »Alice war Sweeneys rechte Hand und designierte Nachfolgerin. Die Frau ist kalt wie Eis und noch dazu blitzgescheit. Sean ist Informatiker. Ein echter Nerd, der am liebsten für sich bleibt. Das Blut in der Garage ist seins. Er hat seinen Vater wegen leergeräumter Firmenkonten zur Rede gestellt und dann den Fehler begangen, damit anzugeben, er habe sich längst alles unter den Nagel gerissen. Es kam zu einem Handgemenge, bei dem Sweeney seinen Sohn überwältigen konnte, ihn fesselte und ihm dann nach und nach Finger und Zehen abtrennte, bis Sean ihm Passwörter und Bankkonten verraten hat.«

»Und Sie haben einfach hinter der Tür gestanden und *zugehört?*«, fragte Scarlett fassungslos.

»Nein, ich habe in dem kleinen Schuppen gesessen und zugehört«, gab Davenport eisig zurück. »Sobald ich mich in Sweeneys Haus halbwegs frei bewegen konnte, habe ich es verwanzt. Im Schuppen stand das Equipment. Wenn ich mich eingemischt hätte, wäre meine Deckung aufgeflogen und drei Jahre Undercover-Arbeit umsonst gewesen.«

Scarlett starrte ihn einen Moment lang an, dann wurde ihre Miene freundlicher. »Ich muss mich entschuldigen. Das war bestimmt nicht leicht für Sie.«

Davenport nickte. »Nein, war es ganz bestimmt nicht. In den meisten Fällen kann man nicht viel für die Opfer tun, ohne dass man sich verdächtig macht.« Er warf Marcus einen Blick zu. »Jedenfalls ließ Sweeney seinen Sohn gefesselt in der Garage liegen, weil er sich mit Ihnen treffen wollte. Ich habe Sean versteckt, weil er derjenige ist, der über die wirklich wichtigen Informationen verfügt. Deshalb war ich auch bereit, das Risiko einzugehen und meine Dienststelle direkt anzurufen; ich wollte nicht, dass Sean mir unter den Händen wegstirbt.«

»Aber jetzt ist Sean verschwunden«, sagte Marcus kopfschüttelnd. »Und Burton ebenfalls?«

»Ja. Sean muss ein Messer bei sich gehabt haben. Die Stricke waren durchgeschnitten.«

»Warum hat Sean sich überhaupt gegen seinen Vater gewandt?«, wollte Scarlett wissen.

»Sweeney hat seine Mutter umgebracht.«

»Oha«, sagte Kate. »Wenn das kein starkes Motiv ist.«

Davenport nickte. »Wir müssen ihn unbedingt finden.«

»Was ist mit Marlene und Chip Anders passiert?«, fragte Scarlett.

Decker fuhr sich mit dem Finger über die Kehle. »Sweeneys Werk. Ich habe sie im großen Schuppen begraben. Demetrius liegt auch dort, aber sein Körper ist ... in keinem guten Zustand. Sweeney hat auch ihn gefoltert, bevor er ihn getötet hat. Ach ja, außer Reuben Blackwell und Jason Jackson habe ich noch Belle Connor aus dem Verkehr gezogen und an einen sicheren Ort gebracht.«

»Drakes Schwester«, sagte Deacon. »Ich war am Tatort. Gut zu hören, dass ihr nichts passiert ist. Wo befindet sie sich jetzt?«

»Bei einer Freundin. Ich passte sie bei der Arbeit ab, behauptete, ich sei vom CPD, und erklärte ihr, dass sie in Gefahr sei, weshalb sie sich lieber ein paar Tage verstecken solle. Anschließend verwüstete ich ihre Wohnung, damit es nach einer Entführung aussah, weil ich hoffte, dass die Ermittlungen Ihr Interesse auf Belles Bruder Drake lenken würden, der Sie wiederum zu Stephanie Anders, Chip und letztlich zu Sweeney geführt hätte. Obwohl Sie offensichtlich von allein auf Anders gekommen sind.«

»Durch den Hund«, sagte Scarlett. »Wo ist der eigentlich?« »Bei der Pflegerin, soweit ich weiß. Ich nehme an, dass der Name der Frau irgendwo in einem Adressbuch der Anders zu finden ist.«

»Was ist mit Joel, dem Buchhalter?«, fragte Kate. »Was gibt es zu ihm noch zu sagen?«

»Er könnte gewillt sein, als Kronzeuge aufzutreten. Ich hatte den Eindruck, dass er aussteigen wollte. Die nötigen Beweise sollten

Sie in Sweeneys Büro und hier im Haus finden. Ich für meinen Teil wäre froh, wenn ich nicht mehr dorthin zurückmüsste. Ich hatte vorhin schon mit diesem Job abgeschlossen, als ich ging, um meinen Verbindungsmann zu kontaktieren, aber dann hörte ich von der Schießerei im *Ledger* und der entführten Frau. Daher kam ich zurück.«

»Und darüber sind wir verdammt froh«, sagte Scarlett.

Mit einem raschen Blick überprüfte Marcus Scarletts Verband. »Wir fahren jetzt ins Krankenhaus, damit ein Arzt sich die Wunde ansieht. Außerdem wartet meinen Familie auf mich. Sie wissen ja, wie Sie uns kontaktieren können.«

»Es wird noch ein Meeting mit SAC Zimmerman geben«, sagte Davenport.

Marcus hätte gerne gewusst, was der Undercover-Agent noch zu sagen hatte, aber er fragte nicht nach. Im Grunde war er verblüfft, dass man in seiner Gegenwart überhaupt so offen gesprochen hatte.

Kate deutete auf den Krankenwagen, der an der Einmündung der Zufahrt wartete. »Davenport, Sie lassen sich kurz durchchecken.« Als er etwas einwenden wollte, schnitt sie ihm ungeduldig das Wort ab. »Und sagen Sie ja nicht, dass das nicht nötig ist. Ihr Verband ist blutgetränkt, Ihr Hemd färbt sich schon dunkelrot. Ich will nicht, dass Sie mir zusammenbrechen, noch ehe wir mit meinem Chef gesprochen haben.«

Davenport fasste sich an die Seite und verzog das Gesicht, als er seine blutigen Finger sah. »Ach, Mist. Na gut. Aber ins Krankenhaus fahre ich nicht.«

Marcus, Scarlett und Deacon ließen die beiden stehen und setzten sich in Bewegung. »Sie war immer schon ein bisschen herrisch«, flüsterte Deacon, als sie sich ein paar Schritte entfernt hatten.

»Das hab ich gehört, Novak«, rief Kate barsch, ohne sich aus dem Takt bringen zu lassen, und Deacon musste grinsen.

»Außerdem hat sie Ohren wie ein ...«

Er brachte den Satz nicht zu Ende. Die Rücklichter des Krankenwagens zersprangen, und Davenport taumelte und ging zu Boden. Schockiert blickte er auf sein Hemd herab, auf dem sich bereits ein zweiter tiefroter Fleck ausbreitete.

»Runter!«, brüllte Deacon.

Marcus warf sich auf Scarlett und riss sie hinter den Krankenwagen. Sie stöhnte, als sie auf den Boden aufschlugen. »Tut mir leid«, sagte er gepresst. »Ist alles okay?«

»Ja. Lass mich los.« Sie rollte unter ihm hervor und sprang auf die Füße. Hastig sah sie sich um, dann riss sie die Augen auf. »Verfluchte Scheiße. *Kate!*«

Mit dem Gewehr in der Hand rannte Kate die Straße entlang. Scarlett riss die Pistole aus dem Holster, die sie nach der Schießerei mit Sweeney wieder an sich genommen hatte, und stürmte hinter ihr her.

Marcus setzte sich ebenfalls in Bewegung, warf aber noch einen raschen Blick über die Schulter. Deacon kniete neben Davenport, der sich nicht mehr regte. Die Sanitäter hatten sein Hemd aufgeschnitten und ... Verdammt! Das sah gar nicht gut aus. Das Gesicht des Agenten wurde immer bleicher, während das Rettungsteam verzweifelt versuchte, die Blutung zu stoppen.

Plötzlich zerriss Gewehrfeuer die Luft. Drei Schüsse in rascher Folge, Sekunden später ein lautes metallisches Knirschen und das Splittern von Glas. Marcus' Herz schaltete in den Turbogang, als er Scarlett hinterhersprintete.

Er fand sie hinter der nächsten Biegung. Sie starrte in die Ferne, wo ein schwarzer Wagen gegen einen Baum gekracht war. Kate stand, das Gewehr noch im Anschlag, mitten auf der menschenleeren Straße.

»Sie hat zwei Reifen und die Rückscheibe zerschossen«, sagte Scarlett ehrfürchtig. »Und das bei einem schleudernden Wagen in einer halben Meile Entfernung.«

*Wow,* dachte Marcus. Mit ernster Stimme sagte er: »Davenport ist getroffen, Deacon unverletzt.«

Scarlett nickte, ließ aber den schwarzen Wagen nicht aus den Augen, als sie zu Kate aufschloss und sich gemeinsam mit ihr der Unfallstelle näherte. Drei Streifenwagen und zwei FBI-Fahrzeuge jagten an ihnen vorbei und hielten mit quietschenden Reifen neben dem Wrack.

»Der Beifahrer hat während der Flucht auf Kate geschossen, aber keinen Treffer gelandet«, rief Scarlett Marcus im Laufschritt zu. »Hoffentlich hat es den Mistkerl erwischt, der auf Davenport geschossen hat.«

Als sie näher kamen, sah Marcus die Airbags. Im Wagen saßen drei Personen. Keiner hatte den Sicherheitsgurt angelegt, keiner schien bei Bewusstsein zu sein.

Marcus sah zu, wie die Polizisten und Agenten den Innenraum durchsuchten und die Insassen entwaffneten, ehe sie ihnen Handschellen anlegten. Der Fahrer, ein junger Mann, hatte seine Bewusstlosigkeit nur vorgegeben und versuchte, mit dem Messer auf einen der Polizisten loszugehen, aber der Aufprall hatte ihm zugesetzt, und der Cop konnte ihm rasch das Messer entwinden.

Der Beifahrer war wirklich bewusstlos, genau wie der Mann auf der Rückbank, dem mehrere Fingerglieder fehlten – Sweeneys Sohn Sean, dachte Marcus.

Ein Krankenwagen hielt bei der Unfallstelle an, dicht gefolgt von Deacon. Der Rettungswagen mit Davenport raste mit Blaulicht davon.

»Davenport ist unterwegs ins Krankenhaus. Es sieht schlecht aus, Kate.«

Kate versteifte sich. »Verdammt. Warum hat er bloß seine Schutzweste ausgezogen? Er hätte diese Kerle hier identifizieren können.«

»Und genau deswegen wollte man ihn ausschalten«, folgerte Deacon. »Es war ein glatter Durchschuss. Möglicherweise ist der Lungenflügel kollabiert.«

Marcus verzog das Gesicht. Er konnte sich nur allzu gut daran erinnern, wie *er* vor neun Monaten mit kollabierter Lunge im Krankenhaus gelegen hatte. »Das wird ihn nicht umbringen«, sagte er mit fester Stimme zu Kate. »Glauben Sie mir, ich spreche aus Erfahrung.«

»Hoffentlich. Er hat eine Menge Informationen, die wir dringend benötigen.« Sie warf Scarlett einen Blick zu. »Fahren Sie ins Krankenhaus. Wir kommen hier allein zurecht. Und danke für die Rückendeckung.«

»Sie hätten mich nicht gebraucht«, sagte Scarlett. »Sie hatten jederzeit alles unter Kontrolle. Halten Sie mich auf dem Laufenden?«

Kate nickte ernst. »Unbedingt.«

Cincinnati, Ohio
Donnerstag, 6. August, 2.15 Uhr

Jubel brandete auf, als Scarlett hinter Marcus den Wartebereich des General County Hospitals betrat. Marcus breitete grinsend die Arme aus und setzte zu einer formvollendeten Verbeugung an. Auf dem Weg zum Krankenhaus hatte seine Mutter ihn angerufen, um ihnen mitzuteilen, dass Stone aufgewacht war und sie sprechen wollte. Scarlett ließ sich kurz durchchecken und die Platzwunde an der Hand neu verarzten. Zum Glück bestätigte der Arzt, dass sie sich bei dem Sturz mit Marcus die Rippen nur geprellt, nicht aber gebrochen hatte.

Als sie aus der Notaufnahme in den Wartebereich zurückkehrte, machte ihr Vater Anstalten, sie voller Stolz in seine Arme zu schließen, aber sie hob warnend den Zeigefinger. »Sachte, Dad, bitte. Meine Rippen tun höllisch weh.«

Jonas hielt sie so behutsam, als sei sie aus Glas. »Du hast heute Großartiges geleistet, Kleines«, flüsterte er ihr ins Ohr. »Von nun an denkst du an diesen Moment, wann immer du jemandem Dynamit dorthin stecken willst, wo keine Sonne scheint.«

Ihre Mutter drückte sie genauso vorsichtig an sich, umarmte Marcus dagegen überschwenglich und nahm ihnen das Versprechen ab, noch am gleichen Abend zum Essen zu kommen. Scarlett war nicht sicher, ob sie bis dahin schon wieder aufgewacht sein würde. Sie war am Ende ihrer Kräfte und beabsichtigte, mindestens eine Woche zu schlafen. Dennoch sagte sie zu, da ihr klar war, dass es nicht nur für Marcus und sie ein neuer Anfang war, sondern auch für sie und ihre Eltern.

Jill schlang ebenfalls ihre Arme um Scarlett und dankte ihr wieder und wieder für die Rettung ihrer Tante. Scarlett fasste das Mädchen an den Schultern und sah ihm fest in die Augen. »Hättest du uns nicht von dem Brief erzählt, wäre die Sache vielleicht ganz anders ausgegangen. Dass wir im allerletzten Augenblick Sweeneys Adresse herausfinden konnten, hat uns den entscheidenden Vorteil verschafft. Also danke.«

Noch eine ganze Weile danach schwebte Jill auf Wolke sieben.

Endlich waren sie so weit, Stone einen Besuch abzustatten. Als sie sein Zimmer betraten, legte er einen Finger auf seine Lippen. Delores war auf dem Stuhl neben seinem Bett eingeschlafen, seine Hand fest in ihrer.

»Sieh mal einer an«, sagte Marcus aufrichtig erfreut.

Stone zuckte die Achseln. »Sie steht eben auf Streuner.«

Marcus verengte die Augen. »Nie mehr, Stone. Ich will nie mehr hören, dass du dich selbst so abwertest. Bitte.«

Stone zuckte wieder die Achseln, dann schloss er die Augen. »Cal ... Bridget. Jerry und die Wachleute. Ich hab's versucht, Marcus, wirklich.«

»Ich weiß. Und ich weiß auch, dass wir es dir zu verdanken haben, dass Jill und die anderen drei noch am Leben sind. Du bist ein Held, Stone.«

»Na endlich«, murmelte er. Er winkte Scarlett näher. »Er ist in Miami.«

Scarlett zog verständnislos die Brauen zusammen. »Wer?«

»Phineas Bishop, Corporal. Ihr Bruder, richtig?«

Schlagartig schnürte sich Scarletts Kehle zu. »Sie haben Phin gefunden?«, stammelte sie überwältigt. »Wie haben Sie das denn geschafft? Ich habe schon so lange nach ihm gesucht.«

»Anscheinend will er nicht gefunden werden. Ich habe gestern Abend mit ein paar alten Kumpels von der Army Kontakt aufgenommen. Ich kenne einige Leute, die mit Veteranen arbeiten – vor Ort, nicht im Krankenhaus. Jemand kannte jemanden, der Phin kannte. Ich habe seine Adresse in meinem Computer. Ich schicke sie Ihnen, sobald ich hier raus bin.«

Sie hatte Mühe zu atmen, und die Tränen begannen zu fließen, als Marcus ihr einen Arm um die Taille legte, um sie zu stützen. »Ich ... Oh Gott, Stone, wissen Sie, was Sie da für mich getan haben?«

»Ja, das weiß ich. Ich habe Ihnen Ihren Bruder zurückgegeben. Und Sie mir meinen. Jetzt sind wir quitt.« Er blickte zu Marcus auf. »Von nun an keine Selbstmordkommandos mehr, okay?«

Marcus stieß ein schnaubendes Lachen aus. »Kein Bedarf. Versprochen.«

Müde schloss Stone die Augen. »Ich glaube, ich muss jetzt schlafen. Ist Gayle in Sicherheit? Und sind die bösen Jungs alle tot?«

»Ja und ja«, sagte Marcus. »Den Letzten haben wir alle zusammen getötet. Scar und ich und Deacon und Kate. Und Davenport.«

Stone bemühte sich, die Augen zu öffnen. »Wer ist Davenport?«

Scarlett schniefte noch immer. »Das erzählen wir Ihnen später. Sie müssen jetzt schlafen. Wir kommen bald wieder.« Sie küsste ihn sanft auf die Stirn. »Und danke.«

Auf Stones Lippen erschien ein kleines Lächeln. »Gern. Ach, könnten Sie mir vielleicht einen Gefallen tun?«

»Was immer Sie möchten«, flüsterte sie.

»Wow, dass ich Sie da mal nicht beim Wort nehme«, murmelte er. »Aber Spaß beiseite: Könnten Sie mir die Sachen besorgen, die man braucht, wenn man sich einen Hund zulegen will? Delores hat mir vorhin einen aufgeschwatzt, und ich möchte sie nicht enttäuschen.«

Scarlett lächelte. »Ich komme morgen wieder, dann besprechen wir genau, was Sie brauchen.«

Marcus und Scarlett winkten ihm zum Abschied, dann traten sie hinaus in den Korridor. »Willst du deiner Familie von Phin erzählen?«, fragte er.

»Ich warte lieber, bis ich die Adresse habe. Vielleicht morgen Abend beim Essen.«

Marcus atmete geräuschvoll aus. »Heute Abend, meinst du wohl. Aber jetzt will ich erst mal zu dir fahren und in deinem lila Zimmer einschlafen – mit dir in den Armen und deinem Hund unterm Bett.«

Sie waren schon fast am Fahrstuhl, als Kate Coppola sie rief. »Scarlett, Marcus – warten Sie.«

Sie wandten sich um. »Gibt es schon etwas Neues von Davenport?«, fragte Scarlett.

»Es ist zum Glück nicht ganz so schlimm, wie wir dachten. Die Kugel ist hier durchgeschlagen.« Kate tippte sich auf die linke Brustseite. »Er hat eine gebrochene Rippe, eine gequetschte Lunge und Blut in der Brusthöhle. Man hat ihm eine Bluttransfusion verabreicht und einen Drainageschlauch gelegt.«

Marcus schnitt eine Grimasse. »Also, harmlos klingt das nicht gerade.«

»Aber es hätte schlimmer sein können. Sie haben ihn in ein künstliches Koma versetzt, damit er sich in Ruhe erholen kann.«

»Was ist mit den drei Kerlen im Auto?«, fragte Scarlett.

»Der Fahrer heißt Danny Trevino, der Mann, der neben ihm saß, war Dave Burton. Beide sind ehemalige Polizisten, daher konnten wir ihre Fingerabdrücke in der Datenbank finden. Trevino hat zudem im Gefängnis gesessen, seine Abdrücke befanden sich also auch in dieser Kartei. Trevino hat den Mann auf der Rückbank identifiziert: Sean Cantrell, Sweeneys Sohn, genau wie wir vermutet haben. Burton ist noch auf dem Weg in die Notaufnahme gestorben.« Kate presste die Lippen zusammen. »Durch meine Kugel.«

»Sie hatten keine andere Wahl«, wandte Scarlett ein. »Ihre Kugel hat uns vielleicht das Leben gerettet.«

»Ich weiß. Aber jetzt kann er nicht mehr reden. Trevino behauptet, Burton – sein Vorgesetzter – habe ihn angerufen, er solle ihn abholen. Er sammelte ihn und Cantrell auf der Straße vor der Villa auf – wahrscheinlich als wir gerade da bei waren, Sweeney vor der Garage zu stellen. Laut Trevino hatte Sean trotz des Blutverlusts noch sagen können, dass er ein Klappmesser im Schuh hätte. Burton muss sich mitsamt Stuhl auf den Boden geworfen haben und zu ihm hingerobbt sein. Sie haben sich gegenseitig befreit, und anschließend hat Burton Stephanie Anders die Kehle durchgeschnitten.«

Scarlett schnitt eine Grimasse. »Selbst mit einem scharfen Klappmesser wäre das kein schneller Tod gewesen. Aber mit diesem stumpfen Ding ...?«

»Mir tut es zwar keinesfalls leid, dass sie tot ist«, sagte Marcus, »aber um der Bautistas willen hätte ich mir gewünscht, dass man ihr den Prozess macht.«

»Ja, das kann ich verstehen«, erwiderte Kate.

»Jetzt machen Sie es nicht so spannend«, sagte Scarlett ungeduldig. »Wie sieht es mit Sean aus?«

»Er liegt gerade auf dem OP-Tisch. Er ist schwer verletzt, aber ich hoffe sehr, dass er überlebt, denn er ist definitiv derjenige, der über die wichtigsten Informationen verfügt.« Kate seufzte. »Davenports Verbindungsmann und die zwei Männer, die Davenport versteckt gehalten hat, sind tot. Auch hier war offenbar ein verstecktes Messer im Spiel. Die Spurensicherung hat in Reuben Blackwells Hosenbein einen aufgerissenen Saum entdeckt. Reuben und Jackson hatten sich fast schon befreit, als Agent Symmes eintraf. Es kam zu einem Kampf. Blackwell stach mit dem Messer auf Symmes ein, aber er konnte die beiden noch erschießen, ehe er starb.«

Scarlett seufzte. »Hatte Agent Symmes eine Familie?«

»Nur seine Eltern, weder Frau noch Kinder. Zimmerman und Troy sind bereits unterwegs.«

»Wenigstens muss Deacon die Nachricht diesmal nicht übermitteln«, murmelte Scarlett. »Wie lange wird Davenport im künstlichen Koma bleiben müssen? Und wie lange braucht so eine gequetschte Lunge, um auszuheilen?«

»Wenn sie ihn aus dem Koma holen, wohl noch bis zu einer Woche. Er hat die in Sweeneys Haus abgehörten Gespräche aufgenommen, also habe ich einiges, was ich mir in der Zwischenzeit anhören kann.« Kate lächelte grimmig. »Und ich habe ja auch noch Alice. Auf das Verhör freue ich mich schon sehr.«

»Sie wird Ihnen nichts sagen«, prophezeite Marcus.

»Warten wir's ab«, erwiderte Kate. »Wie geht's Gayle Ennis?«

»Soweit ich weiß, hat sie keine ernsten gesundheitlichen Schäden davongetragen«, antwortete Marcus, und das Lächeln, das auf seinen Lippen erschien, raubte Scarlett einmal mehr den Atem. »Die Ärzte behalten sie heute noch zur Beobachtung hier, aber morgen darf sie voraussichtlich schon nach Hause. Mein Stiefvater, meine Schwester und ich werden Jill, Gayles Nichte, dabei unterstützen, sich um sie zu kümmern.«

Er hatte seine Mutter nicht mit einbezogen, und nun, da Scarlett Della Yarborough begegnet war, verstand sie auch, warum. Marcus' Mutter wirkte so fragil, als könnte sie keinen weiteren Schlag mehr verkraften, ohne endgültig zu zerbrechen.

»Ich bin so froh, dass wenigstens das gut ausgegangen ist.« Kate zögerte. »Hören Sie, mein Beileid für Ihre Freunde beim *Ledger*. Wenn ich irgendetwas tun kann, sagen Sie mir bitte Bescheid.«

Scarlett legte ihren Arm um Marcus' Taille und drückte ihn kurz, aber fest. »Machen wir. Und wenn es sonst nichts Wichtiges mehr gibt ... Wir müssen dringend ein paar Stunden schlafen. Morgen wartet eine Menge Arbeit auf uns.«

Kate nickte. »Gute Nacht. Und vielen Dank Ihnen beiden.«

Scarlett steuerte Marcus in den nächsten Fahrstuhl und drückte den Knopf zum Erdgeschoss. »Nach Hause?«, fragte sie leise.

Sein Kehlkopf arbeitete, als er schlucken musste. »Wenn das bedeutet, dass du bei mir bleibst – ja.«

»Natürlich«, sagte sie schlicht. »Also nach Hause.«

# Epilog

Cincinnati, Ohio
Mittwoch, 12. August, 20.30 Uhr

Scarlett stellte den letzten Teller in die Spülmaschine und wischte über den neuen Herd, der wie durch Zauberhand zwei Tage nach Gayles Rettung und Sweeneys Tod in ihrer Küche aufgetaucht war. Es war der sechsflammige Viking, den sie Marcus gezeigt hatte, als er zum ersten Mal bei ihr zu Hause gewesen war. Und sie sich zum ersten Mal geliebt hatten.

In der Woche, die seitdem verstrichen war, hatten sie sich sehr oft geliebt. Manchmal ging es sehr schnell, manchmal hatten sie sich viel Zeit gelassen. Und manchmal nur, weil Marcus von Geistern heimgesucht wurde. Scarlett nahm an, dass es heute auch so sein würde.

»Ich denke, das war alles«, sagte ihre Mutter. Sie war ein letztes Mal durchs Haus gegangen, um nach Tellern oder Gläsern zu sehen, die die Gäste möglicherweise irgendwo abgestellt und vergessen hatten. »Dein Bruder hat sogar unter den Betten nachgesehen, ob einer der Hunde sich vielleicht einen Vorrat für Notzeiten angelegt hat.«

Scarlett lächelte. »Ich danke euch, aber Zat und BB waren den ganzen Nachmittag im Garten. Falls sie irgendwo einen Knochen ergattert haben, ist der bestimmt längst im Garten vergraben.« Scarlett küsste ihre Mutter auf die Wange. »Danke für alles. Ich habe noch nie zuvor eine Trauerfeier ausgerichtet, und dank deiner Hilfe wird sie bestimmt jedem in guter Erinnerung bleiben.«

Sie hatten am Nachmittag Cal Booker beerdigt und waren alle sehr deprimiert gewesen, bis ihre Mutter sich unter die Leute gemischt und jeden gefragt hatte, was seine schönste Erinnerung an Cal gewesen war. Schon bald darauf hatten alle in Erinnerungen geschwelgt, und auch wenn dabei viele Tränen geflossen waren, war die Stimmung doch nicht mehr so verzweifelt gewesen.

»Ich habe viel Erfahrung mit solchen Veranstaltungen«, sagte ihre Mutter seufzend. »Leider.«

Denn auch ihr Vater und ihre Brüder hatten bereits an vielen Beerdigungen teilnehmen müssen. Das gehörte einfach zum Leben einer Polizistenfamilie dazu.

»Ich fahre jetzt nach Hause, Scarlett«, sagte Jackie Bishop und tätschelte ihrer Tochter die Wange. Mit einem Blick zu Marcus, der inzwischen allein auf der Veranda saß, fügte sie hinzu: »Pass gut auf ihn auf.«

»Das tue ich.« Sie brachte ihre Mutter zur Tür, und als sie hinter ihr abschloss, drangen plötzlich Gitarrenklänge von der Veranda zu ihr herüber. Marcus.

Er hatte am Nachmittag gemeinsam mit seiner Schwester Audrey die Vince-Gill-Ballade »Go Rest High on That Mountain« gesungen, als sich alle am Grab versammelt hatten, und der A-cappella-Vortrag hatte niemanden kaltgelassen.

Ohne ein Wort zu sagen, gesellte sich Scarlett zu ihm auf die alte Hollywoodschaukel, die sie auf einem Flohmarkt erstanden hatte. Von hier aus hatte man einen großartigen Blick auf den Fluss. Er warf ihr einen kurzen Seitenblick zu und wollte die Gitarre weglegen, aber sie hielt ihn davon ab. »Nein, bitte, spiel weiter. Was war das gerade?«

Er ließ den Unterarm auf der Gitarre ruhen und legte sein Kinn darauf. »Es war schön, was deine Mutter vorhin getan hat. Uns daran zu erinnern, warum uns Cal so wichtig war.« Ihr war nicht entgangen, dass er ihrer Frage auswich. »Ja, so etwas kann sie gut.«

Er senkte den Blick. »Cal konnte ›Go Rest High on The Mountain‹ nicht ausstehen. Er musste dabei immer weinen.« Scarlett hatte am Grab zwischen Marcus und Diesel gesessen, und als Marcus Hand in Hand mit Audrey zu singen begonnen hatte, war es um

Diesel geschehen gewesen. Der große Mann hatte so herzzerreißend geschluchzt, dass Scarlett ihm das ganze Lied über nur hilflos den Rücken tätscheln konnte.

Marcus hatte keine einzige Träne vergossen, bis er zu seinem Platz neben ihr zurückgekehrt war, und selbst dann hatte er keinen Laut von sich gegeben, sondern mit gesenktem Kopf schweigend getrauert.

Marcus klopfte mit dem Daumen auf den glänzenden Gitarrenkorpus. »Ich hätte es nicht singen sollen«, stieß er verärgert hervor. »Warum habe ich nicht etwas gesungen, was Cal gefallen hätte?«

Scarlett streichelte seinen Rücken. »Ich glaube, das Lied hat den Trauergästen geholfen«, murmelte sie. »Beerdigungen sind für die Hinterbliebenen.« Er zuckte die Achseln und schwieg, und sie hatte das Gefühl, als hätte sie eine Testfrage falsch beantwortet. Sie rutschte näher an ihn heran, und die Schaukel bewegte sich leicht. »Was hätte Cal denn gefallen?«

Er lächelte nicht. »›What a Wonderful World‹«, sagte er leise, und nun erkannte sie auch das Lied, das er eben gespielt hatte. »Ich hatte überlegt, ob ich es an seinem Grab spielen soll, aber die Welt ist nicht wundervoll. Ich hätte es den Gästen gegenüber als respektlos empfunden. Aber wäre es nicht richtig gewesen, Cals Wunsch zu respektieren?«

»Ich denke, Cal hat dich geliebt, Marcus, und eine solche Kleinigkeit hätte ihn sicher nicht gestört. Aber dass die Angehörigen damit nicht einverstanden gewesen wären, könnte stimmen. Mein Großvater hat immer gesagt, wenn man an einem Vorhaben zweifelt, sollte man es besser lassen. Aber du könntest es jetzt singen. Für ihn. Und für mich.«

»Na gut.« Er spielte die ersten Akkorde, und sie hielt unwillkürlich den Atem an, als er zu singen begann. Marcus' Stimme war ganz anders als die von Louis Armstrong – samtiger, voller und tiefer –, aber das Lied war auf seine Art mindestens genauso schön.

Als er geendet hatte und die letzten Akkorde verklangen, nahm sie sein Gesicht in die Hände und küsste ihn zärtlich. Er stellte die

Gitarre zur Seite und zog sie auf seinen Schoß. Als sie sich nach einer Weile voneinander lösten, atmeten beide schwer.

»Genau das habe ich gebraucht«, flüsterte er.

»Ich auch.«

Er musste unwillkürlich grinsen, als er zum Nachbargarten blickte. »Wir haben Publikum.«

Mrs. Pepper stand mit entzücktem Gesichtsausdruck auf der anderen Seite des Zauns. Als sie merkte, dass sie entdeckt worden war, winkte sie und rief: »Ich habe Kekse gebacken. Ich lasse sie auf der Veranda stehen, dann können Sie sie holen, wann immer Sie möchten.«

»Danke, Mrs. Pepper«, rief er zurück und sah ihr lächelnd nach, als sie im Haus verschwand. »Sie will uns anscheinend mästen. Wenn sie das öfter macht, bin ich in null Komma nichts dick und rund.«

»Keine Sorge. Hier gibt es viel zu reparieren und zu streichen. Du wirst hart arbeiten. Und dich um mich kümmern.« Sie tippte ihm mahnend mit dem Finger auf die Lippen. »Und jetzt bitte keine Teenie-Witze zum Thema ›hart‹. Du bist schlimmer als Stone und Diesel zusammen.«

»Wer, glaubst du, hat Stone beigebracht, was er wissen muss? Diesel war schon vorher verdorben.«

Sie kicherte und schmiegte sich an ihn. Die Schaukel schwang sanft hin und her. »Schön, dass Tabby Anders auch zur Beerdigung gekommen ist, nicht wahr?«, sagte sie. »Hast du gehört, dass Annabelle Church ihr angeboten hat, bei ihr einzuziehen? Die Bautistas wohnen bereits dort – sie wollen dort bleiben, bis sie ihre Visa haben und wieder ein wenig auf die Füße gekommen sind.«

»Ich weiß, ich habe auch mit ihnen gesprochen. Phillip wäre sicher auch gerne bei der Beerdigung gewesen. Genau wie Edgar, mein Portier. Er kannte Cal recht gut.«

»Aber beide werden wieder ganz gesund, und das ist alles, was zählt«, sagte Scarlett mit Nachdruck. »Oh, ich habe heute übrigens auch Kate getroffen. Agent Davenport ist heute Morgen aufgewacht und wird bald ohne Beatmungsgerät auskommen. Die Chancen stehen gut, dass auch er sich wieder ganz erholt.«

»Das sind wirklich gute Nachrichten«, bemerkte Marcus erleichtert.

Sean Cantrell, Sweeneys Sohn, hatte es dagegen nicht geschafft. Zwei Tage nach dem gescheiterten Versuch, das Geschäft seines Vaters zu übernehmen, war er an den Folgen der Folter gestorben. Scarlett weinte ihm keine Träne nach, und in diesem Augenblick, da sie an all die Dinge denken wollte, die die Welt wundervoll machten, erschien es ihr grundfalsch, auch nur seinen Namen auszusprechen.

»Übrigens ist auf der Beerdigung eine Frau zu mir gekommen, der wir vor einer Weile geholfen haben, von ihrem gewalttätigen Ehemann loszukommen. Sie ist hochschwanger und hatte ihren neuen Mann dabei. Sie fragte mich, ob es in Ordnung sei, das Baby nach Cal zu nennen.«

»Oh, wow«, sagte Scarlett gerührt. »Wie schön.«

»Das finde ich auch. Ich fragte ihren neuen Mann, ob er denn auch damit einverstanden sei, und er sagte, es sei sogar seine Idee gewesen. Schließlich hätte er seine Frau und das Baby nur, weil wir ihr damals geholfen haben.« In Scarletts Augen standen Tränen der Rührung, als er fortfuhr: »Und dann sagte er noch, er sei sehr froh, dass sein Sohn Cal heißen werde. Er hätte das Kind wirklich ungern Diesel genannt. Als ich ihm erklärte, Diesel hieße eigentlich Elvis, war er erst recht erleichtert.«

Scarlett lachte laut. »Mein Gott. Das kann ich gut verstehen.«

»Es geschehen also auch viele wunderschöne Dinge«, sagte er leise. »Wenigstens, was manche Menschen betrifft.«

Scarlett seufzte. »Du kannst nicht jedem helfen, Marcus. Manchmal passieren schlimme Sachen, und wir können es einfach nicht ändern. Jemand begeht einen Mord und muss dafür nicht einmal ins Gefängnis, Familien leiden unter häuslicher Gewalt. Ich kann nicht jeden Mörder verhaften und du nicht jede misshandelte Frau retten.«

»Wir tun, was wir können«, murmelte er. »Aber wenn ich nicht mehr tun kann, was ich bisher getan habe – was mache ich dann?«

»Wenn ich dich richtig verstehe, willst du wissen, wie du weiterhin Menschen helfen kannst, ohne dich illegaler Mittel zu bedienen? Nicht dass deine Freundin noch gezwungen ist, dich in den Knast zu befördern!«, bemerkte sie trocken.

Er küsste ihre Nasenspitze. »Ja. Genau das meinte ich.«

Sie lehnte ihren Kopf an seine Brust. »Das kann ich dir nicht sagen, aber ich bin mir sicher, dass du einen Weg finden wirst. Doch was immer du vorhast, denke bitte daran, dass du nicht mehr allein bist. Nie mehr. Verstanden, Mr. O'Bannion?«

»Verstanden, Detective. Morgen fange ich allerdings erst mal damit an, einen Pavillon zu bauen. Mit Mückennetz, damit diese Blutsauger draußen bleiben. Und mit einem Sichtschutz, hinter dem wir uns verstecken können.«

»Beobachtet uns Mrs. Pepper etwa schon wieder?«

Er grinste. »Diesmal vom Schlafzimmerfenster aus.«

Scarlett lächelte verschmitzt. »Dann sollten wir ihr unbedingt etwas bieten.«

Er küsste sie ausgiebig. »Ich fürchte, ihr Herz ist nicht stark genug für das, wonach mir der Sinn steht.«

Sie lachte, als er aufstand, sie auf seine Arme hob und ins Haus trug, als wäre sie leicht wie eine Feder. »Wetten, ihr schwinden jetzt schon die Sinne?«

»Wäre doch nicht schlecht. Schwinden sie dir?«

»Das tun sie, seit ich zum ersten Mal deine Stimme gehört habe. Wenn du singst, bin ich Wachs in deinen Händen. Und wenn du dazu noch Gitarre spielst ... Tja, ich hoffe, dass *dein* Herz stark genug ist für das, was mir vorschwebt!«

Er steuerte die Treppe an und sah ihr voller Leidenschaft in die Augen. »Ich glaube, das Risiko gehe ich ein.«

# Dank

Ich bedanke mich bei ...

Linda Hurtado für ihre Expertise bei der Entwicklung meines journalistischen Helden (Batman lebt),

Dr. Marc Conterato, der stets weiß, welche Wunde/Verletzung meiner Geschichte gerade am besten dient,

Kay Conterato, Mandy Kersey, Sonie Lasker, Terri Bolyard und meinem Mann Martin, weil sie immer zur Stelle sind, wenn ich nicht weiterweiß,

dem Seestern, der dafür sorgt, dass ich das Ziel nicht aus den Augen verliere,

Mike Magowan für seine Antworten auf meine Fragen zu Feuerwaffen,

Tory und Kirk Smith, die mir das komfortabelste Arbeitsumfeld geboten haben, das man sich denken kann. Die Worte strömten nur so aus mir heraus,

Caitlin Ellis, die mich mit kannenweise Tee, Mikrowellenmahlzeiten und Keksen (!) versorgt hat,

und dem Urban Institute für seinen detaillierten und erschreckenden Bericht über die Abläufe, die aus Immigranten Ausbeutungsopfer machen. Diese Lektüre hat mich verändert.

Wie immer liegen alle Fehler in meiner Verantwortung.